HEYNE BÜCHER

Fantasy

Herausgegeben von Friedel Wahren

Von **L. E. Modesitt** jr. erscheinen in der Reihe
HEYNE SCIENCE FICTION & FANTASY:

Der Recluce-Zyklus

1. *Magische Insel* · 06/9050
2. *Türme der Dämmerung* · 06/9051
3. *Magische Maschinen* · 06/9052
4. *Krieg der Ordnung* · 06/9053
5. *Kampf dem Chaos* · 06/9054
6. *Sturz der Engel* · 06/9055 (in Vorb.)
7. *Der Chaos-Pakt* · 06/9056 (in Vorb.)
8. *Weiße Ordnung* · 06/9057 (in Vorb.)
9. *Die Farben des Chaos* · 06/9097 (in Vorb.)
10. *Der Magier von Fairhaven* · 06/9098 (in Vorb.)

Weitere Romane in Vorbereitung

L. E. MODESITT JR.

Kampf dem Chaos

Fünfter Roman des Recluce-Zyklus

Deutsche Erstausgabe

WILHELM HEYNE VERLAG
MÜNCHEN

HEYNE SCIENCE FICTION & FANTASY
06/9054

Titel der Originalausgabe
THE DEATH OF CHAOS
Übersetzung aus dem amerikanischen Englisch
von Siglinde Müller
Das Umschlagbild malte Darrell K. Sweet

Umwelthinweis:
Dieses Buch wurde auf chlor- und
säurefreiem Papier gedruckt

Deutsche Erstausgabe 8/2000
Redaktion: Angela Kuepper

Erstausgabe bei Tom Doherty Associates, Inc., New York
(A Tor Book)

http://www.heyne.de
Printed in Germany 2000
Umschlaggestaltung: Nele Schütz Design, München
Technische Betreuung: M. Spinola
Satz: Schaber Satz- und Datentechnik, Wels
Druck und Bindung: Elsnerdruck, Berlin

ISBN 3-453-16234-X

Inhalt

BEGEGNUNG MIT DEM CHAOS
Seite 11

BEGEGNUNG MIT DEM WISSEN
Seite 273

BEGEGNUNG MIT DEM GLEICHGEWICHT
Seite 667

Nordmeer
Candar
Golf von Murr
Golf von
Recluce
Candar
Ostmeer
Die WELT

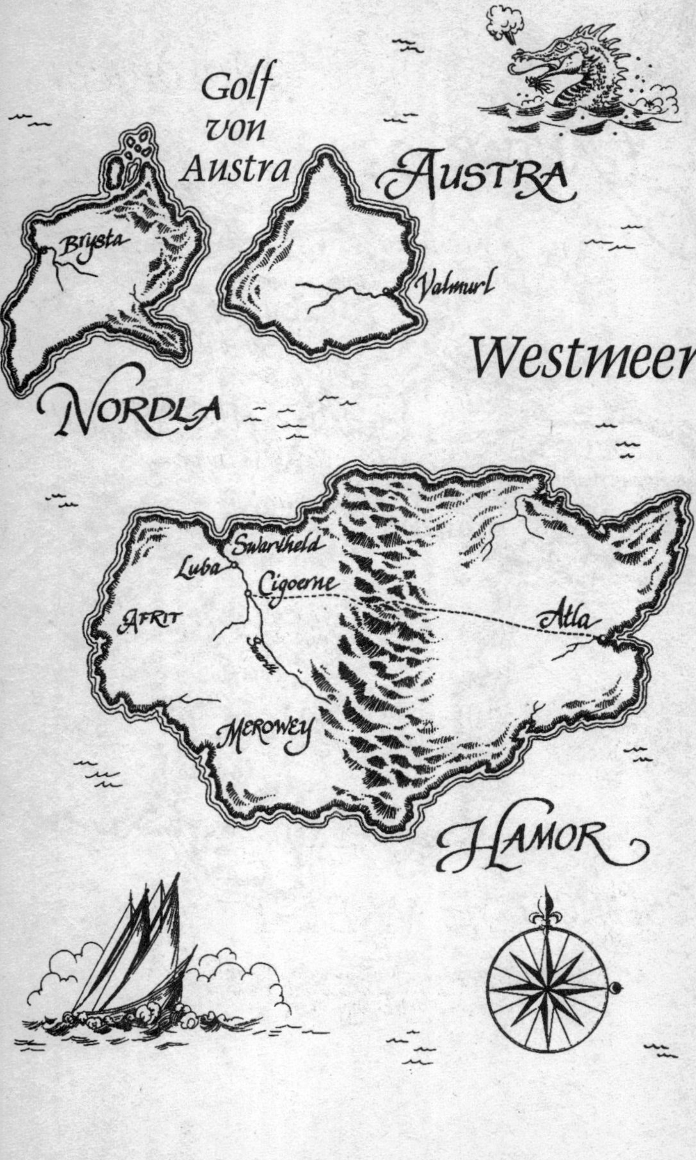
Golf von Austra
Austra
Brysta
Valmurl
Westmeer
Nordla
Swartheld
Luba
Cigoerne
Afrit
Atla
Merowey
Hamor

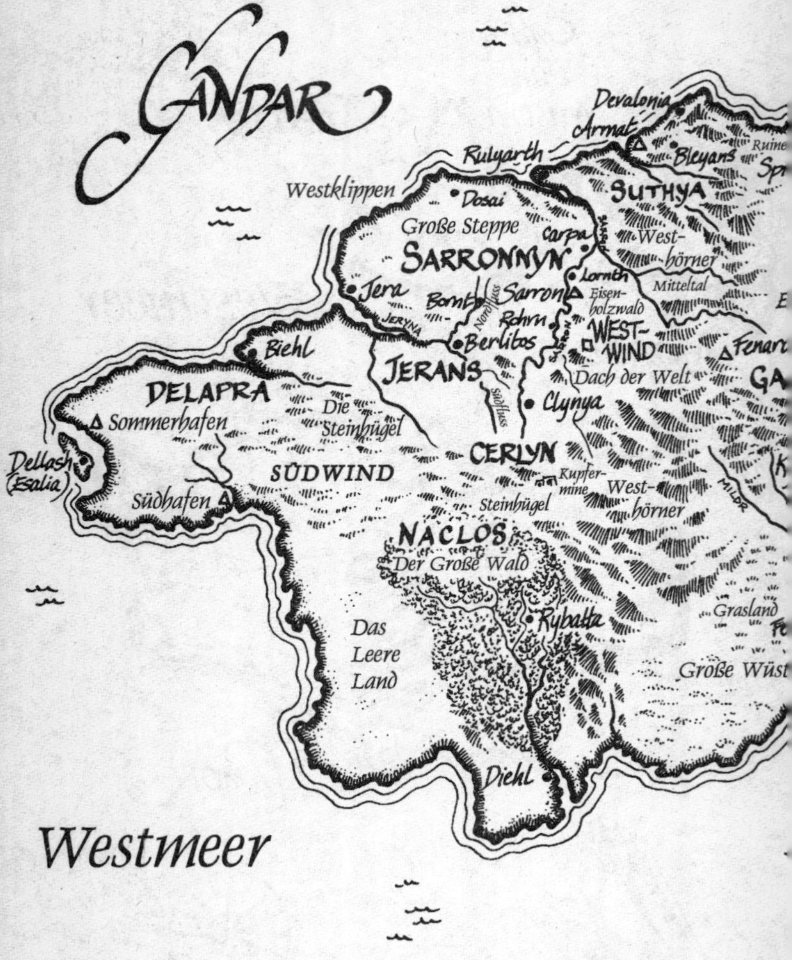

Gandar
Devalonia
Armat
Rulyarth
Bleyans
Ruine
Westklippen
Dosai
SUTHYA
Große Steppe
Carpa
SARRONNYN
West-
hörner
Lornth
Jera
Bornt
Sarron
Eisen-
holzwald
Mitteltal
Nordfluss
Rohrn
JERYNA
WEST-
WIND
Biehl
Berlitos
JERANS
Dach der Welt
DELAPRA
Südfluss
Clynya
Die
Steinhügel
Sommerhafen
CERLYN
Dellash
(Esalia)
SÜDWIND
Kupfer-
mine
West-
hörner
Südhafen
Steinhügel
NACLOS
Der Große Wald
Rybatta
Grasland
Das
Leere
Land
Diehl
Westmeer

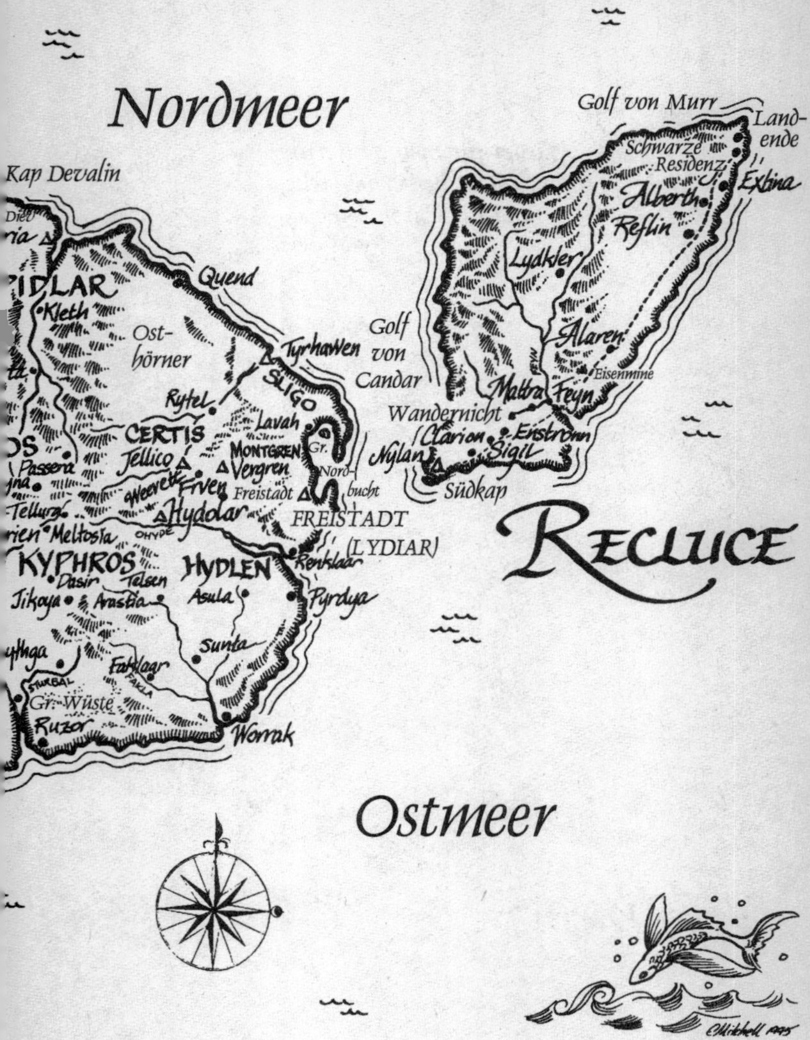

Nordmeer
Golf von Murr
Landende
Schwarze Residenz
Extina
Alberth
Reflin
Lydkler
Kap Devalin
Quend
Kleth
Osthörner
Golf von Candar
Tyrhaven
Sligo
Alaren
Eisenmine
Feyn
Rytel
Wandernicht
Lavah
Certis
Jellico
Montgren
Vergren
Clarion
Enstronn
Nylan
Sigil
Gr. Nordbucht
Südkap
Passera
Freistadt
Weevett
Frven
Hydolar
Freistadt (Lydiar)
Recluce
Meltosia
Ohyde
Kyphros
Hydlen
Renklaar
Dasir
Telsen
Jikoya
Arastia
Asula
Pyrdya
Sunta
Gr. Wüste
Ruzor
Worrak
Ostmeer

Wieder für meine Eltern,
die ich jetzt besser verstehe,
und für Carol Ann

I

Begegnung mit dem Chaos

I

Ich hatte soeben die dünnstmögliche Firnisschicht auf den Schrank aus Schwarzeiche für Kasee, den Autarchen von Kyphros, aufgebracht, als ich draußen Hufschläge hörte. Krystal schien nicht dabei zu sein und ich fühlte mich nicht gerade wohl bei der Vorstellung, dass die Elitegarde hier vor meiner Werkstatt ohne meine Gemahlin vorstellig wurde. Doch als Sub-Kommandantin musste sich Krystal oft mit einem unregelmäßigen Arbeitsplan abfinden.

Ich stellte den Firnistopf beiseite und ging der Garde vor dem Stall entgegen. Der Stall war nicht meiner, sondern Krystals Einfall gewesen und sie hatte ihn größtenteils bezahlt – besonders den Teil, der auch als Unterkunft für ihre Leibwache diente. Solcherlei Dinge widerfahren nun einmal dem Gemahl der zweithöchsten Offizierin im Lande Kyphros. Keiner von uns beiden hätte sich vor einigen Jahren auch nur im Entferntesten vorstellen können, wohin es uns verschlagen würde, als Krystal, Tamra, ich und noch einige andere Recluce hatten verlassen müssen, weil wir für die Bruderschaft – und für meinen Vater – nicht genügend Ordnung an den Tag gelegt hatten.

»Sei gegrüßt, Ordnungs-Meister!« Gekleidet in der grünen Lederuniform der Elitegarde des Autarchen, saß Yelena lässig im Sattel ihres braunen Wallachs.

Ich kannte Yelena schon seit meinem ersten Aufenthalt in Kyphrien, als ich das Glück gehabt hatte, gegen den Weißen Chaos-Meister Antonin kämpfen zu dürfen, um Tamra zu retten. Yelena hatte mich ein Stück auf diesem schwierigen Weg begleitet, doch sie nannte mich noch immer Ordnungs-Meister und drohte jedem Elitegardisten, der sich auch nur die geringste Vertrautheit erlaubte, mit Peitschenhieben. Hätte sie die Sache nicht so ernst genommen, so hätte man sich vielleicht ein wenig lustig darüber machen können, aber ich konnte ihre Beweggründe verstehen und darin nichts Falsches erkennen. Die Menschen hier hielten mich für einen großen Magier, weil ich drei Weiße Magier besiegt hatte. Einer der drei war nicht nur eine Plage für Kyphros gewesen, sondern für den gesamten candarischen Kontinent.

»Sei gegrüßt, Anführerin Yelena.«

Sie rümpfte die Nase. »Was ist das für ein Geruch?«

»Firniswachs – ich habe allerdings noch ein paar andere Substanzen dazugemischt, damit es mehr ...«

»Genug, genug ...« Die breitschultrige Anführerin grinste, als sie abstieg. »Bevor ich dich traf, dachte ich immer, alle Schreiner wären klein, versteckten sich in ihren Werkstätten und werkelten endlose Tage vor sich hin, bis sie irgendetwas Wunderbares ans Tageslicht brächten.«

»Der Teil mit den endlosen Tagen ist richtig und besonders groß bin ich auch nicht.«

Belustigt schüttelte sie den Kopf. In Wahrheit überragte ich die meisten Kyphrer, die im Allgemeinen ein wenig kleiner und dunkler waren als die Menschen aus dem Norden oder vom Inselkontinent Recluce. Und doch konnte man mich noch lange nicht als besonders groß bezeichnen.

»Wo ist Krystal?«

»Die Sub-Kommandantin ist noch beim Autarchen und wird in Kürze hier eintreffen.«

»Warum bist du dann schon hier?« Ich betrachtete den wachsgetränkten Lappen in meiner Hand. »Ich muss zurück zu meinem Schrank. Wenn ich mich nicht beeile, wird er zweifarbig.«

»Kommandantin Ferrel wollte sicherstellen, dass die Sub-Kommandantin nicht gestört wird.«

Was ergab das für einen Sinn? Wenn Ferrel Krystal ungestört wissen wollte, warum hielten sich die Soldaten dann nicht in ihrer Nähe auf?

»Wie viele kommen heute zum Abendessen, Meister Lerris?« Rissa ging noch immer barfuß und trug viel zu kurze Hosen. Ich hatte es schon lange aufgegeben, sie zu tadeln, aber sehr wohl bemerkt, dass sie mich in Gegenwart anderer stets ›Meister‹ nannte. Rissa war nicht weit von dem niedergebrannten Anwesen aufgewachsen, das ich vom Autarchen geschenkt bekommen und wieder aufgebaut hatte. Yelena hatte Rissa aus den Händen der Banditen befreit, die Rissas Mann und Tochter umgebracht hatten, kurz nachdem wir eingezogen waren. Zuerst hatte Rissa kein Wort gesprochen, aber mein Onkel Justen – der einzig wahre Graue Magier in Candar, wenn nicht der ganzen Welt – schien überzeugt gewesen, dass sie mit unserer Hilfe wieder völlig genesen würde. Außerdem hatte Justen damals, nach der verheerenden Begegnung mit Antonin, als sich die Weiße Magierin Sephya Tamras Körper hatte aneignen wollen, alle Hände voll damit zu tun gehabt, Tamras Fähigkeiten und ihr Selbstvertrauen wieder aufzubauen.

Wir taten für Rissa, was in unserer Macht stand, und außerdem fanden wir es ganz schön, jemanden zu haben, der kochte und sauber machte. Auf diese Weise konnte ich meine Aufmerksamkeit voll und ganz dem Aufbau meiner Schreinerei und den neuen Kunden widmen. Krystal kochte sehr gut, doch sie trug die Verantwortung für die Rekrutenausbildung und die Militärverwaltung in Kyphros und fand dadurch kaum Zeit für solche Tätigkeiten. Immer noch war ich ein wenig verwundert über die Tatsache, dass Kyphros, wie übrigens das alte Westwind auch, im Grunde fast ausschließlich von Frauen regiert wurde. Aber anders als in Westwind hatte man die Männer hier nicht fortgejagt oder unterdrückt. Wie durch Zufall schienen in Kyphros die regierungsfähigsten Menschen Frauen zu sein. Ich hatte dagegen nichts einzuwenden; derartige Vorurteile waren mir schon immer fremd gewesen.

»Er hört mir wieder nicht zu«, schnaubte Rissa aufgebracht. »Meister Lerris … Abendessen? Wie viele?«

»Wie soll ich das wissen?« Ich wandte mich an Yelena. »Wie viele Soldaten begleiten dich?«

Yelena legte ihre Stirn mit einem zwinkernden Auge in Falten. »Wir haben vor dem Aufbruch schon gegessen und die Soldaten haben ihre Essensration dabei.«

»Willst du uns nicht Gesellschaft leisten? Warum bist du eigentlich nicht bei der Sub-Kommandantin? Hat man Krystal wieder abkommandiert?«

»Nein, heute nicht. Die Sub-Kommandantin trug mir auf, dir zu sagen, dass der Magier Justen und sein Lehrling auch hierher kommen werden.«

Ich holte tief Luft. Warum wurde immer alles so schwierig? Ich hatte Krystal im letzten Achttag nicht gesehen, sie war in der Gegend von Ruzor unterwegs gewesen, um Truppen auszuheben. Ich hatte gehofft, wenigstens jetzt ein wenig Zeit mit ihr allein verbringen zu können. Aber nun traf wieder das halbe Heer bei uns ein. Yelena, die uns sonst beim Essen Gesellschaft leistete, selbst wenn es ihre Truppen nicht taten, wollte sich heute fern halten und das verhieß nichts Gutes.

Yelena lächelte sanft, sie hatte meine Gedanken gelesen.

»Wir werden zu fünft sein, bis jetzt. Und, Rissa, sorge dafür, dass etwas Bier für Justen im Haus ist.«

Rissa schüttelte verständnislos den Kopf und trottete zurück ins Haus.

»Ich muss …«

»... zurück zum Schrank. Ich möchte die Letzte sein, die die Schuld an einem verdorbenen Möbelstück für den Autarchen trägt.«

»Woher weißt du das?«

Sie zuckte nur die Schultern, drehte sich um und forderte Weldein, Freyda und zwei andere, die ich nicht kannte, auf, es ihr gleich zu tun. Weldein grinste zu mir herüber und ich antwortete ihm mit einem übertriebenen Achselzucken.

Als ich in die Werkstatt zurückkehrte, fragte ich mich – nicht zum ersten Mal übrigens –, warum in Kyphros immer alles so geheim war. Ich nahm einen frischen Lappen, tauchte ihn ins Wachs und rieb damit das Holz ein. Der Ausdruck ›reiben‹ war hier jedoch wirklich fehl am Platz, denn Kraft spielte bei dieser Arbeit keine Rolle. Das flüssige Wachs, das ich zusammengekocht hatte, trocknete nur langsam. Ich musste mehrere Schichten aufbringen, doch dadurch erhielt das Holz eine solide, fast unsichtbare Schutzschicht – ohne zusätzliche Magie – und genau das benötigte dieser Schrank, zumal die Türen für gewöhnlich nicht gerade sanft behandelt wurden.

Die Intarsienmuster glänzten und stachen aus dem dunklen Holz hervor. Die Einlegearbeiten bedeuteten für mich den härtesten Teil der Arbeit. Nicht das Ausheben oder Rillen des Holzes verlangte mir am meisten ab – hierbei waren nur Vorsicht und Geduld vonnöten –, sondern die Herstellung der Intarsienstücke selbst. Die Holzmaserung musste sich in das Muster einfügen, keinesfalls durfte sie außer Acht gelassen werden. Oft fertigte ich einen Hauch stärkere Intarsien an, aber das bedeutete, dass das Holz darunter auch geringfügig dicker sein musste, um nicht an Festigkeit einzubüßen.

Das Muster zeigte die Flagge des Autarchen – ein Olivenbaumzweig, gekreuzt mit einer Klinge –, Goldeiche bildete das Grundholz, das Paneel über den

Türen hatte ich aus Schwarzeiche gefertigt. Das war alles – nichts weiter sollte die glatte Oberfläche des Stücks verunstalten. Bei dieser Art von Arbeit musste man äußerst sorgfältig vorgehen, denn jeder Fehler sprang sofort ins Auge. Bei kunstvolleren und komplizierteren Intarsien hingegen fielen kleine Unebenheiten oft gar nicht mehr auf.

Ich reagierte wahrscheinlich besonders empfindlich auf Fehler in Holzarbeiten, denn als ich als Lehrling bei Onkel Sardit gearbeitet hatte, hatte ein winziger Ausrutscher dazu geführt, dass ich Recluce verlassen musste. Ich wurde über das Ostmeer nach Candar geschickt, um, nur mit einem Stab bewaffnet, die ›Wahrheit‹ über die Ordnung herauszufinden. Es handelte sich dabei allerdings um einen besonderen Stab, eingehüllt in Ordnungs-Magie und Schwarzes Eisen. Da ich das Zeug zu einem Ordnungs-Meister in mir trug, zu einem sogenannten Schwarzstabträger, hüllten sich alle in Schweigen und erzählten mir nichts darüber, und bald verstrickte ich mich immer tiefer in Schwierigkeiten. Ich wurde aus Freistadt gejagt, aus Hrisbarg vertrieben und befand mich ununterbrochen auf der Flucht quer durch Ostcandar, bis ich Justen begegnete. Damals dachte ich noch, er sei ein einfacher Grauer Magier, und ich war froh, sein Lehrling zu sein. Es dauerte länger als ein Jahr, bis ich herausfand, dass er mein Onkel war – und weit über zweihundert Jahre alt. So ritt ich also mit Justen weiter. Fast hätte ein Weißer Magier, dessen Seele in den Ruinen von Frven seit Jahrhunderten eingekerkert war, von mir Besitz ergriffen. Justen rettete mich vor ihm und brachte mir anschließend bei, wie man Schafe heilte … und noch ein paar andere Dinge mehr. Doch die Ereignisse überschlugen sich. Ich heilte eine Straßenhure in Jellico, was ich besser nicht getan hätte, denn Heilen ohne Genehmigung galt dort als Verbrechen. Gezwungenermaßen verließ ich Justen und ritt um mein Leben, durchstreifte Candar weiter in Richtung Westen.

Auf diesem langen Ritt überquerte ich bei Sturm und Schnee die hohen Gipfel der Osthörner und gelangte schließlich nach Fenard, der Hauptstadt von Gallos. Ich fand eine Stelle bei einem Schreiner, dem alten Destrin, und arbeitete wieder in meinem erlernten Beruf. Dort blieb ich etwa ein Jahr, doch dann beging ich wieder eine Dummheit: Ich flößte einigen von mir geschreinerten Stühlen zusätzliche Ordnung ein. Diese zusätzliche Ordnung traf auf den mit Chaos durchdrungenen Subpräfekten und er und seine Familie verbrannten dadurch. Dies bedeutete, dass ich Gallos umgehend verlassen musste. Zuvor hatte ich unbedingt noch einen passenden Bräutigam für Destrins Tochter Deirdre finden wollen, was mir schließlich auch gelungen war.

Genau zu dieser Zeit führten Gallos und Kyphros einen furchtbaren Krieg gegeneinander, den Antonin – einer der abscheulichsten Weißen Magier, mit dem ich jemals das Vergnügen hatte – schürte und vorantrieb. Inzwischen hatte ich erfahren, dass Krystal in das Heer des Autarchen von Kyphros eingetreten war. Also wanderte ich nach Kyphrien, der Hauptstadt von Kyphros, um dort meine Hilfe anzubieten, obwohl meine Fähigkeiten, verglichen mit denen Antonins, verschwindend gering waren.

Nachdem ich einige Soldaten aus Kommandantin Ferrels Elitegarde vor dem sicheren Tod bewahrt und einen Weißen Magier vernichtet hatte, gelangte ich nach Kyphrien. Krystal nahm bereits den zweithöchsten Rang innerhalb der Elitegarde ein und ich stellte fest, dass ich ihre Gesellschaft vermisst hatte … Aber natürlich verhielt sich alles nicht ganz so einfach. Zuerst musste ich ausziehen, um Antonin zu suchen. Er und seine Weiße Gefährtin Sephya hielten Tamra gefangen, die mit mir zusammen aus Recluce vertrieben worden war. Sephya hatte bereits damit begonnen, sich Tamras Körper anzueignen – auf diese Weise verlängern die Körperwechsler ihr Leben –, und beide, Antonin und Sephya, wollten sich meiner ermächtigen. Zwei Jahre lang hatte ich mich trotz vieler gut gemeinter Ratschläge geweigert, die *Basis der Ordnung* zu lesen; letztendlich hatte ich mich doch darüber hergemacht, wodurch ich mich schließlich stark genug wähnte, gegen Antonin zu bestehen. Und es gelang mir auch. Am Ende starb er. Ich hatte aber erst begreifen müssen, dass ich meinen eigenen Stab zu zerbrechen hatte, denn er barg einen Teil meiner Seele und meiner Fähigkeiten. So konnte ich Antonin von den Kräften des Chaos abschneiden. Sein Schloss stürzte ein und Tamra und ich konnten gerade noch flüchten. Tamra verlor fast den Verstand, doch ich half ihr, ihn wiederzufinden – obwohl ein Schrei von Justen durch das ganze Land tönte, dass ich das nicht könnte. Dann erhielt ich endlich die Belohnung dafür, dass ich meine eigene Dummheit überlebt hatte: Ich wagte es, Krystal meine Liebe zu gestehen. Wir bauten das Haus wieder auf und errichteten die Werkstatt. Ich wollte ein einfacher Schreiner sein und jeder Magie aus dem Weg gehen.

Und all das war nur geschehen, weil ich in der Schreinerei meines Onkels in Recluce die Zwingen etwas zu gewaltsam an eine Tischplatte angelegt hatte.

Ich schüttelte den Kopf. Justen und Tamra würden bald eintreffen und das Schwelgen in Erinnerungen brachte mich nicht weiter mit dem Schrank. Noch bevor die drei Pferde in den Hof trabten, hatte ich den Firnis aufgetragen. Ich legte den Lappen beiseite und lief hinaus in den kalten Herbstwind. Wenn in Candar der Winter nahte, lag ein beißender Geruch in der Luft, ein wenig moderig und bitter, was wahrscheinlich mit dem verfaulenden Laub zusammenhing.

Ich küsste und umarmte meine dunkelhaarige, schwarzäugige Sub-Kommandantin, noch bevor ihre Stiefel den Boden berührten. Tamra und Justen saßen noch im Sattel; Justen ritt wie immer auf Rosenfuß.

»Hast du mich vermisst?« Krystal lächelte.

»Ich vermisse dich ständig.« Ich umarmte sie wieder.

»Musst du deine Freude so offen zeigen, Krystal?«, fragte Tamra verächtlich.

»Aber wenn ich mich doch freue. Eines Tages wirst auch du das verstehen.« Krystal umarmte mich noch fester und gab mir einen langen, zärtlichen Kuss. Ich hatte nicht einmal etwas dagegen, als der Griff ihres Schwertes gegen meinen Unterleib stieß.

»Widerlich ...« Tamra schwang sich vom Pferd. Sie trug die übliche dunkelgraue Kleidung, diesmal mit einem blauen Schal, der ihr rotes Haar vortrefflich zur Geltung brachte und sehr gut zu ihren eisblauen Augen passte.

Justen stieg mit einer Anmut von Rosenfuß ab, die von einer langen Übung herrührte, und sah seinen Lehrling an. »Wir bringen alle drei Pferde in den Stall, Tamra.«

»Zeig es ihm, Krystal«, zischte Tamra, als sie sich die Zügel von Krystals Braunem schnappte.

Krystal zeigte es mir auf ihre ganz besondere Art und wir beide genossen es. Schließlich gingen wir doch ins Haus, wo Krystal für kurze Zeit verschwand, um sich zu waschen, während ich mir in der Küche schnell Gesicht und Hände wusch, bevor wir uns zu den anderen an den Tisch setzten.

Rissa hatte bereits einen frischen Laib Brot, Olivenbutter und Rotbeerenmarmelade aufgetragen. Ich vermisste die Birnäpfel aus dem Norden, doch in Kyphros herrschte ein zu warmes Klima für diese leckere Obstsorte.

Tamra griff nach dem Brot. Der Rotschopf war

immer hungrig und blieb doch dünn wie eine Bohnenstange. »Ein Gutes haben die Besuche bei dir schon, Lerris – das Essen ist vorzüglich. Du wirst noch dick und träge werden.«

»Wohl kaum. Meine Hosen werden immer weiter.«

»Rissa lässt sie wahrscheinlich ständig heraus.«

»Habe ich dich nicht neulich mit einer Nadel in der Hand gesehen?«, warf Justen mit Blick auf Tamra in die Runde.

Tamra errötete bis über beide Ohren. Rissa kicherte. Justen sah Tamra, seinen ungebärdigen Lehrling, mit hochgezogenen Augenbrauen an. Ich hatte von Justen sehr viel gelernt und hätte noch mehr lernen können, wenn ich nicht gezwungen gewesen wäre, ihn zu verlassen, weil ich nicht gut genug aufgepasst und eine Straßenhure in aller Öffentlichkeit in Jellico geheilt hatte. Daraufhin waren sämtliche Truppen des Vicomte hinter mir hergehetzt. Nur mit viel Glück hatte ich diesen Vorfall überlebt. Besser wäre gewesen, auf Justen zu hören, aber Justen verhielt sich wie alle Magier, die mit Ordnung zu tun haben. Außer der Empfehlung, *Die Basis der Ordnung* zu lesen, erfuhr ich von ihm nichts. Tamra schien es auch nicht besser zu ergehen und was mich betraf, hüllte sich Justen nach wie vor in Schweigen.

Eigentlich müsste Justen ein tatteriger Greis sein, denn er war vor über zwei Jahrhunderten geboren worden – nach dem, was ich herausgefunden hatte. Er selbst erzählte nie etwas, außer, dass er zufällig mein Onkel war und dass auch er einst Recluce hatte verlassen müssen. Das erklärte zumindest, warum mein Vater, der sogar noch älter als Justen war, meinen Fragen nach der Familiengeschichte und auch allen sonstigen Fragen stets ausgewichen war. Dieser Mangel an Wissen brachte mir und vielen anderen jungen Vertriebenen aus Recluce – den armen Gefahrenbrigadieren –

eine Menge Ärger ein. Viele wurden getötet und auch ich bin dem Tod mehr als einmal gerade noch entronnen. Unwissenheit ist tödlich, besonders wenn sie nicht offensichtlich ist.

Justen wirkte wie ein Mann mittleren Alters. Er hatte braunes Haar, das immer dann von silbergrauen Strähnen durchzogen wurde, wenn er sich bei seiner Ordnungs-Arbeit sehr anstrengen musste – oder bei verschiedenen anderen brenzligen Gelegenheiten, wie zum Beispiel damals, als er die Dämonen von Frven abriegelte. Wenn ich so zurückdenke, hatte ich schon zu jenem Zeitpunkt kein sonderlich schlechtes Gewissen dabei, auch wenn ihn das beinahe getötet hätte, denn er war derjenige gewesen, der dieses Unheil angerichtet hatte – er und mein Vater. Natürlich hatte sich keiner der beiden die Mühe gemacht, mir davon zu erzählen. So ist das mit den Ordnungs-Meistern. Sie behalten ihr Wissen für sich, denn sie sind der Meinung, dass Wissen, das ohne harte Arbeit erlangt wurde, nicht viel taugt. Das ist auch der Grund dafür, dass viele Ordnungs- und Chaos-Meister nicht sehr lange leben.

Während wir das Brot aßen und auf Krystal warteten, die noch im Waschraum weilte, machten Tamra, Justen, Rissa und ich es uns um den Tisch herum bequem. Wie bei vielem in diesem Haus handelte es sich auch bei dem Tisch um ein Ausschussstück. Die Sache mit diesem Tisch hatte sich anders entwickelt als ursprünglich geplant. Die achteckige Tischplatte schmückten Intarsien und nicht die schlechte Holzverarbeitung ließ diesen Tisch zu Ausschuss werden, sondern Reger. Reger hatte als Händler für Getreide und andere Feldfrüchte in Ruzor gearbeitet, bis er von einem Olivenbaum fiel und sich den Hals brach. Wie man sich bei einem Fall aus nur sechs Ellen Höhe allerdings den Hals brechen konnte, war mir schleierhaft, aber er hatte etwas zu tief ins Glas geschaut und dann mit seinem Bruder Streit angefangen. Nun ja, es stellte sich als schwierig heraus, sich einen Auftrag von einem toten Auftraggeber bezahlen zu lassen. Und so besaßen wir also jetzt einen Tisch, der für die Küche eines Schreinerhauses viel zu elegant wirkte.

Krystal hatte mich davon überzeugt, dass es das Schicksal einfach so wollte und dass ich zumindest ein gutes Stück für mich behalten sollte. »Würdest du einem Waffenschmied vertrauen, der nur schiefe und krumme Klingen an der Wand hängen hat? Einem Maurer, der in einem Haus mit schiefen Wänden wohnt?«, hatte sie mich gefragt und diese Fragen entbehrten in der Tat nicht einer gewissen Logik.

Ich nahm vom Brot, ließ jedoch die Olivenbutter und die Rotbeerenmarmelade auf Tamras spöttische Bemerkung hin unversucht.

»Hast du *Die Basis der Ordnung* wieder einmal gelesen?«, fragte Justen, der nur aß, wenn er wirklich hungrig war.

»Nein«, musste ich zugeben.

»Es könnte aber nicht schaden.« Er wandte sich an Rissa, die auf dem Stuhl saß, der dem Kühler am nächsten stand. »Ist noch etwas von dem dunklen Bier da?«

Rissa glitt mit einer Anmut vom Stuhl, die allen Kyphrern zu Eigen sein schien und für die ich sie beneidete, und stellte den Krug vor Justens Platz ab. »Hurlot sagt, es ist das beste. Und Ryntar auch. Es stammt aus Gesils Fässern und der verbringt mehr Zeit beim Brauen als auf dem Markt und in der Schenke.«

»Das ist gut.«

»Ich verstehe immer noch nicht, wie Ihr das trinken könnt«, grübelte Tamra.

»Mein Bruder auch nicht. Zumindest früher nicht.« Justen sah mich an. »Um noch einmal auf *Die Basis der Ordnung* zurückzukommen …«

»Ich bin wirklich sehr beschäftigt. Da ist der Schrank für den Autarchen und dann muss ich noch einen Tisch und Stühle für …«

»Lerris … du bist der einzige Schreiner weit und breit. Du kannst dir durchaus ein wenig Zeit zum Lernen nehmen.«

»Aber warum? Ich will Schreiner sein.«

»Man hält dich aber auch für einen der mächtigsten Magier in Kyphros, selbst wenn du vorgibst, bloß ein armer Schreiner zu sein.«

Krystal setzte sich auf den Platz neben mir. Sie trug nur die grünen Lederhosen und eine einfache Bluse; die kurze Jacke mit den Goldtressen hatte sie abgelegt. »Es tut mir Leid. Kasee hat mich aufgehalten. Wir haben ein Problem – wieder einmal.« Krystal sah zu Rissa hinüber. »Ein wenig von Justens Bier wäre jetzt gut.«

»Justens Bier?«, fragte Tamra verwundert.

Ich beachtete sie nicht.

Rissa brachte Krystal einen Humpen und goss Bier aus dem Krug hinein.

Krystal nahm einen tiefen Schluck, bevor sie fortfuhr. »Der neue Herzog von Hydlen hält die Schwefelquellen in den Mittleren Osthörnern besetzt.«

»Schwefel?«, fragte Rissa.

»Für Schießpulver. Man vermischt ihn dazu mit Salpeter und Holzkohle«, erklärte Tamra.

»Der Nutzen von Schießpulver ist nicht sehr groß«, wagte ich einzuwerfen. »Jeder Chaos-Magier …«

»Das ist wahrscheinlich das Problem.« Krystal seufzte und wandte sich an Justen. »Habt Ihr von Gerlis gehört?«

Justen strich sich nachdenklich übers Kinn. »Ja, auch er ist ein Körperwechsler. Und er ist derzeit der wahrscheinlich mächtigste Weiße Magier in Candar.«

»Er ist der Hofmagier vom neuen Herzog – dem Schuft namens Berfir«, fügte Krystal hinzu.

Die Herzöge wechselten oft in Candar, fast so oft wie die mächtigen Weißen Magier die Körper.

»Woher kommt er?«, fragte Tamra.

»Berfir ist der Anführer der Yeannota-Sippe. Seine Familie besitzt schon seit Urzeiten das gesamte Weideland zwischen Telsen und Asula. Sehr viel mehr wissen wir nicht, außer dass er ein Heer aufgestellt und ein Steuerabkommen mit den Händlern getroffen hat. Eines Tages starb dann plötzlich Herzog Sterna und Berfir wurde zu seinem Nachfolger ernannt. Passt alles zusammen.«

»Glaubst du, dass Gerlis etwas damit zu tun hat?« Tamra nahm sich noch vom Rotbeerensaft.

»Wer kann das schon sagen? Auch wenn das nicht der Fall sein sollte, so hat er doch bestimmt einen Nutzen aus dieser Lage gezogen.«

Rissa stand auf und rührte in was auch immer da in dem großen Topf vor sich hin kochte und in den Nudeln, die in einem anderen Topf köchelten. Der Duft von Zwiebeln und Lamm drang verführerisch in meine Nase, sodass mir das Wasser im Munde zusammenlief.

»Was hat das alles mit den Schwefelquellen zu tun?«

Krystal zuckte mit den Schultern. »Das wissen wir noch nicht, aber Kasee meint, wir sollten die Sache im Auge behalten und einen Beobachtungstrupp dorthin entsenden.«

»Wann wirst du aufbrechen?«, fragte ich.

»Ich diesmal nicht. Ferrel ist der Meinung, dass sie nun an der Reihe sei. Sie hat Kyphrien seit Jahren nicht mehr verlassen, weil sie ja die Kommandantin der Elitegarde ist, und nun ist es an mir, diesen Posten zu übernehmen. Sie ist es leid, sich von unwissenden Außenstehenden beurteilen zu lassen. Und außerdem« – Krystal sah mich grinsend an – »glaubt sie, dass ich mich nicht genug um dich kümmere, und einen Ordnungs-Meister darf man keinesfalls vernachlässigen.«

Durch diese Äußerung wurde mir Ferrel noch sympathischer und Krystal liebte ich umso mehr, weil sie auch einmal an mich dachte. Ich hatte Ferrel schon immer gemocht, sie hatte mir damals bei meinem ersten Abendessen mit dem Autarchen mein Messer zurückgegeben. Ich hatte es bei den Soldaten zurückgelassen, die ich befreit hatte, um dann den ersten Weißen Magier nur mit meinem Stab herauszufordern. Das war eine sehr riskante Sache gewesen, auch wenn alles gut gegangen war. Als ich dann das erste Mal nach Kyphros kam, hatte mich Ferrel für meine Tat mit der Rückgabe des Messers belohnt. »Wie denkt Kasee – ich meine der Autarch – darüber?«

»Ihre Durchlaucht, der Autarch, ist auch der Meinung, dass die Erfahrung als Ferrels Stellvertreterin mir gut tun würde.«

»Erfahrung bringt selten etwas«, brummte Justen. »Außer den Tod.«

»Wie wäre es jetzt mit dem Hauptgang?« Tamra warf einen sehnsüchtigen Blick auf den Ofen.

»Das Essen ist fast fertig«, rief Rissa.

Ich stand auf und teilte die Teller aus. Braunes Steingut, das ich von der Belohnung gekauft hatte, die der Autarch mir gezahlt hatte, nachdem ich Kyphros – und Candar – von einigen ungeliebten Weißen Magiern befreit hatte. Die meisten Münzen hatte ich für den Bau des Hauses und der Werkstatt und für den Kauf von Werkzeugen ausgegeben. Gutes Werkzeug kostete viel und immer noch hatte ich nicht alles, was ich dringend brauchte, zusammengetragen.

Justen schien der einzige nichtweiße Magier zu sein, der seinen Lebensunterhalt wirklich mit Zauberei verdiente. Er bereiste dafür fast ganz Candar.

Da ich praktisch der Herr im Haus war, obwohl Krystal mit Sicherheit die wichtigere Stellung innehatte, stellte Rissa alles vor mich auf den Tisch und ich hatte den Eintopf und die Nudeln auszuteilen, während Rissa zwei große lange Laibe dampfenden dunklen Brotes auftrug. Auf Tamras Teller lud ich extra viel Eintopf und Nudeln, damit sie nur ja satt wurde.

Eine Zeit lang sprach niemand am Tisch und nur das Geklapper der Löffel und Teller störte die Ruhe. Tamra schlürfte lauter als jeder Jungsoldat der Elitegarde. Nicht gerade damenhaft, doch Tamra hatte sowieso noch nie als Dame gelten wollen.

Ich fing Justens Blick auf und mein Onkel schüttelte den Kopf. Ich fragte mich, ob diese Geste nun Tamra oder mir galt. Krystal aß ruhig, aber schnell, so wie ich es schon bei meinem ersten Treffen mit ihr beobachtet hatte. Unter dem Tisch drückte ich ihr Knie.

»Sag Ferrel, sie soll vorsichtig sein«, warnte Justen.

»Ferrel ist immer vorsichtig. Sonst hätte sie als Kommandantin der Elitegarde nicht überlebt.«

Ich tätschelte Krystals Oberschenkel. Ich war froh, dass sie diese Spähermission nicht erfüllen musste. Weiße Magier waren immer gefährlich.

»Ihr müsst mehr essen, Magiermeister«, sagte Rissa und zeigte auf Justen. »Sogar die Spatzen essen mehr als Ihr.«

»Es ist nicht gut, mit allem so zu übertreiben«, meinte Justen mit einem Lächeln.

»Dann übertreibt auch das Hungern nicht so«, antwortete Rissa.

Sogar Tamra grinste und Justen aß sogar noch ein paar Löffel von dem Eintopf, bevor er erneut sprach. »Wie hat der Autarch von den Quellen erfahren?«

»Von Reisenden. Die Quellen liegen direkt an der östlichen Hauptstraße nach Sunta. Die hydlenischen Truppen haben die Straße gesperrt, worüber einige Reisende natürlich nicht sehr erbaut waren.«

Wenn man den Wasserweg von Kyphrien auf dem Fluss Phroan durch Zentralkyphros nach Felsa nahm, dann die Schotterstraße am Fluss entlang nach Ruzor fuhr, dem einzigen richtigen Hafen in Kyphros, und schließlich ein Küstenschiff zu einem der Häfen in Hydlen nahm, war man fast genau so schnell und weniger beschwerlich unterwegs, wenngleich es ein bisschen weiter war. Aber es kostete auch mehr; deshalb nahmen Reisende lieber die Bergstrecke in Kauf, Händler jedoch fast nie.

»Glaubt Ihr, der Herzog wollte, dass Kasee davon erfährt?«, fragte Krystal.

»Wie lange hielten die Hydler die Quellen schon besetzt, als ihr es herausgefunden habt?«, fragte mein Onkel, der Graue Magier.

Krystal nickte. »Ich werde mit Ferrel darüber sprechen.«

»Ist noch etwas von dem dunklen Bier da?«, fragte Justen.

Rissa reichte ihm den Krug und er füllte seinen Humpen halb voll.

»Das sind die Vorteile, die ein Grauer Magier genießt.«

»Weiße Magier können nur davon träumen«, meinte ich dazu.

»Wenn du ein wenig älter bist, wirst auch du Grau werden, Lerris. Das garantiere ich dir.«

Ich hoffte, dass ich weder grau noch Opfer solcher Wortspiele werden würde.

Wir unterhielten uns über alles Mögliche, über den für diese Jahreszeit ungewöhnlichen Regen – Regen, öfter als jeden zweiten Achttag, war für Kyphros sogar im Winter ungewöhnlich – bis zur Entscheidung des Autarchen, die alte Magierstraße durch Nordkyphros wieder zu öffnen. Krystal gähnte plötzlich. »Es tut mir Leid, aber … ich hatte einen langen Tag.«

Rissa entfuhr ein erleichterter Seufzer.

Wir standen auf und ließen Tamra und Justen am

Tisch zurück. Sie redeten über das Gleichgewicht zwischen Ordnung und Chaos. Ich wusste nur zu gut über dieses Gleichgewicht Bescheid, hatte ich mich doch selbst durch die Schaffung von zu viel Ordnung in Fenard in Antonins Hände gespielt. Aber wenn man einmal verstanden hatte, dass sich Ordnung und Chaos die Waage halten *müssen,* gab es nicht viel mehr darüber zu sagen. Man musste versuchen, damit zu leben; ich hatte nicht vor, meine Schreinerarbeiten deshalb weniger ordentlich auszuführen. Ich versuchte jedoch auch nicht, den Arbeiten zusätzliche Ordnung einzuflößen. Diesen Fehler wollte ich keinesfalls ein zweites Mal begehen.

Krystal lächelte mich zärtlich an, als ich die Tür hinter uns schloss.

»Du ...«

»Ich bin des vielen Redens müde.«

Noch immer staunend darüber, dass ich bei unserem ersten Zusammentreffen nichts von ihrer menschlichen Wärme gefühlt hatte, öffnete ich meine Arme.

Später, viel später, als Krystal schlafend neben mir lag, ihr Gesicht offen und unschuldig wie das eines Kindes, sah ich sie lange an. Mir war klar, dass uns die neuesten Nachrichten von diesem Magier wieder tief in etwas hineinziehen würden.

Von draußen hörte ich die leisen Schritte des Wachpostens. Manchmal konnte ich nur den Kopf schütteln über das alles – schon allein der Gedanke, dass Haus und Werkstatt eines Schreiners von den Truppen des Autarchen bewacht wurden, weil seine Gemahlin so einen wichtigen Posten bekleidete, schien absurd.

Ich küsste Krystal auf die Wange. Sie murmelte etwas im Schlaf und drückte meine Hand. Schließlich löschte ich das Licht und schmiegte mich wieder an ihre Seite.

II

Nylan, Recluce

Die schwarzen Steinwände der Festung auf dem Hügel werden durchbrochen von einer Reihe von Fenstern, die den Blick auf den Hafen von Nylan, den Golf von Candar und das Ostmeer freigeben. Nur nach Norden gibt es keine Aussicht. Die Fenster – diejenigen, die sich öffnen lassen, und auch die großen geschlossenen Glasflächen – werden allesamt von Schwarzeiche umrahmt, welche so exakt eingepasst ist, dass die Enden der auf Gehrung geschnittenen Zargen unsichtbar scheinen. Hinter dem nach Süden gerichteten Fenster im zweiten Stock mit dem schönsten Ausblick auf Hafen und Wellenbrecher befindet sich der große Ratssaal der Bruderschaft.

Am späten Nachmittag tosen vor der Südspitze des Inselkontinents Recluce zwei Ellen hohe schaumgekrönte Wellen. Derselbe kalte Wind, der den Schaum auf die Wellen zaubert, bläst durch die kleinen Fenster auf der westlichen Seite des Ratssaals herein und durch die genauso kleinen Fenster auf der Ostseite wieder hinaus. Die drei Ratsmitglieder sitzen hinter dem alten, nierenförmigen Tisch, die Augen auf die leeren Stühle gerichtet, die für die Ratsbesucher vorgesehen sind.

»Maris, wisst Ihr, was da auf uns zukommt?« Der breitschultrige Magier in Schwarz richtet seinen Blick auf den bärtigen Mann.

Die schmalgesichtige Frau hebt ein Kelchglas an ihre Lippen und nippt an dem grünen Saft. Ihre Augen starren ausdruckslos durch das große Fenster nach Süden, doch sie sagt nichts.

»Ihr glaubt wohl, ich bin blind, weil ich ein Händler

bin. Aber auch wir sehen, was geschieht. Wir sehen es nur anders«, bringt Maris vor; die Finger seiner rechten Hand streichen über den mächtigen Bart. »Auch aus diesem Grund sitzt ein Händler im Rat und nicht nur …«

»Heldra vertritt das Volk und Ihr …«, hebt Talryn an.

»Erspart mir Eure schönen Reden, Talryn.« Maris seufzt. »Heldra ist eine Magierin und auch Marinekommandantin. Sie repräsentiert die Waffen und die Menschen, die das notwendige Geld haben, um sie zu kaufen. In ihrer Freizeit spielt sie gern die Kommandantin. Auch ich repräsentiere das Geld, und zwar durch die Händler, und ich hasse es, mit Waffen zu spielen. Ihr repräsentiert die Ordnungs-Meister der Bruderschaft, die zwar nur wenig Geld besitzen, dafür aber die Kriegsschiffe aus Schwarzem Eisen und die Macht der Magie. Waffen, Geld und Macht, diese drei Dinge repräsentieren wir, und Ihr habt in Wirklichkeit zwei Stimmen, denn niemand kann die Bruderschaft zwingen, etwas zu unternehmen. Aber Ihr braucht unser Geld und ich brauche Eure Visionen.« Maris hält inne und trinkt einen Schluck. »Ich weiß, dass es in Candar Probleme geben wird, aber wo genau? Ich weiß auch, dass uns erneut eine Chaos-Bündelung bevorsteht. Diese Chaos-Bündelung hat bereits Candar ergriffen und dadurch wird auch unser Handel empfindlich gestört. Aber wann genau? Und welcher Markt ist betroffen?«

»Es sieht nicht so aus, als wären die hamorischen Händler betroffen«, wirft Heldra ein.

»Sie handeln mit billigen Massengütern, dem, was die Menschen in schwierigen Zeiten kaufen. Wir hingegen handeln mit Qualitätsprodukten, die das Volk in Krisenzeiten nicht kauft.«

»Vielleicht solltet Ihr Händler es den Hamoranern gleichtun.«

»Heldra, Ihr könnt doch nicht so dumm sein …«

Maris kann die Wut in seiner Stimme nicht unterdrücken. »Die einzig wirklich gute Ware, die wir produzieren und ausführen können, ist Eisen, und Ihr und Talryn habt …«

»Genug davon«, wettert Talryn. »Ihr sprecht immer nur von der Chaos-Bündelung.« Seine Augen wandern hinaus aufs Wasser, wo der Golf und das Ostmeer zusammenströmen. Seine Finger umklammern den Stiel seines Glases. »Derzeit haben wir kein Problem mit der Chaos-Bündelung. Der Letzte, der uns Schwierigkeiten bereitet hat, war Antonin, und der junge Lerris hat sich um ihn gekümmert. Er hat seine Sache gut gemacht, wie ich meine.«

»Zu gut.« Heldras durchdringende grüne Augen wandern von Talryn zu Maris und wieder zurück zu Talryn. Sie schürzt die Lippen. »Er kann nicht so unwissend gewesen sein, wie es schien, als er Recluce verließ. Keiner kann so unwissend sein, nicht mit Gunnar als Vater.«

»Er wusste wirklich nicht mehr«, beharrt Talryn. »Ihr habt ihn nicht unterrichtet. Aber ich.«

»Ihr sagtet, dass uns derzeit keine Chaos-Bündelung droht. Das könnte dennoch bedeuten, dass wir kurz davorstehen.« Maris streicht erneut über seinen Bart.

»All das Chaos, das Lerris losgetreten hat, muss irgendwohin.« Talryns Finger lösen sich vom Glas.

»Habt Ihr das am Institut vorgebracht?«, fragt Heldra eindringlich.

»Bei Gunnar, meint Ihr? Er mag ein Wetter-Magier sein, aber ein richtiges Mitglied der Bruderschaft ist er nicht«, erläutert Talryn. »Das Institut und Gunnar waren noch nie Verbündete des Rates, auch wenn sie den Rat zu keiner Zeit öffentlich angegriffen haben. Fragte ich Gunnar, würde er nur ›das Gleichgewicht‹ als Antwort anführen. Außerdem ist sein Sohn in die Sache verwickelt – sein Sohn und sein Bruder.«

»Das meine ich doch. Gunnar war derjenige, der seinen Sohn so früh in die Gefahrenbrigade schickte. Warum?«

»Heldra …« Maris entfährt ein aufgebrachter Seufzer.

»Er schickte seinen Sohn in die Gefahrenbrigade lange bevor wir dessen Macht entdeckten. Der Junge wusste nicht einmal, warum er gehen musste, um der Dunkelheit willen.« Talryn räuspert sich. »Und Gunnar wollte uns weis machen, dass Lerris eine Gefahr für Recluce bedeuten könnte, wenn er nicht schon früh zur Gefahrenbrigade käme. Das hört sich nicht nach Vetternwirtschaft an, selbst wenn es von der Leitung des Instituts kommt.«

»Aber kaum zwei Jahre nachdem Lerris seine Ausbildung in der Gefahrenbrigade abgeschlossen hatte, legte er sich mit einem Weißen Magier an, einer Chaos-Bündelung, und besiegte ihn? Wir haben ihn nicht zum Ordnungs-Meister ausgebildet. Aber wer hat es dann getan?« Heldra stellt ihr Glas ab. »Die ganze Geschichte ist schwer zu glauben.«

»Ihr beide vergesst eines«, wirft Maris ein. »Wen traf denn der junge Lerris, kaum einen Achttag nach seiner Ankunft in Candar?«

»Justen.« Heldra nickt. »Das war bestimmt kein Zufall.«

»Vielleicht nicht«, antwortet Maris, »aber Ihr habt meine Frage nicht beantwortet. Steht uns eine neue Chaos-Bündelung bevor? Wie bald? Wir Händler würden gern wissen, wo wir in Schwierigkeiten geraten können – bevor dies wirklich geschieht.«

»Handel, ich höre immer nur Handel«, murmelt Heldra.

»Der Handel zahlt die Rechnungen und unterstützt das Trio, ganz zu schweigen vom Rat und einem Großteil der Ausgaben der Bruderschaft.«

»Handel ist wichtig«, wirft Talryn ein, »und es ist sehr wahrscheinlich, dass mit der nächsten Chaos-Bündelung wieder schwere Zeiten auf uns zukommen. Ich persönlich glaube, dass es Gerlis sein wird, aber ich kann nicht sagen wann. Noch nicht.« Talryn schenkt sich Grünbeerensaft in sein leeres Glas ein und trinkt. »Das Chaos scheint in Hydlen zuzunehmen, aber wir wissen von keinen anderen Weißen Magiern dort. Auch in Sligo ist etwas im Gange.«

»Das ist ja wunderbar«, fährt Maris dazwischen. »Der junge Lerris ist in Kyphros, Gerlis in Hydlen und Justen treibt sich herum, wo es ihm gerade passt, und dann erzählt Ihr mir, dass es demnächst in Sligo zu Schwierigkeiten kommen wird. Aber wann, könnt Ihr mir nicht sagen.«

»Das Problem in Sligo ist Euer kleiner Möchtegern-Einsiedler.« Talryn deutet auf Heldra.

»Ist das der Schmied, der ein Gelehrter werden und alle Welt unterrichten wollte?«, fragt Maris. »Sammel?«

Talryn nickt. »Einige Bände aus der Verborgenen Bibliothek werden vermisst. Alte Bücher … einige davon werden Dorrin zugeschrieben.«

»Ihr macht Euch alle Sorgen um Lerris«, gibt Maris zu bedenken. »Er scheint sich allerdings eher zurückzuhalten. Dieser Sammel jedoch verfügt über all das alte Wissen …«

»Sammel soll über altes Wissen verfügen? Wer außerhalb von Recluce – außer Justen – besitzt denn die Fähigkeit, es anzuwenden? Genau aus diesem Grund mache ich mir Gedanken um Justen.« Heldra zuckt die Achseln. »Er war ein Ingenieur und Graue Magie gehört zu den Kräften dieser Welt, die alles zerstören können. Wo Chaos mit im Spiel ist, ist nichts sicher. Wir wussten auch nicht, dass Lerris zu einer Ordnungs-Bündelung werden würde. Wer sagt, dass er nicht Justen folgen wird?«

»Wenn das geschehen sollte, haben wir noch Zeit. Gerlis ist dringlicher. Besonders jetzt, da Colaris das Ohydetal wieder für sich beanspruchen will.«

»Das Ohydetal gehört schon seit Jahrhunderten nicht mehr zu Freistadt.« Maris schnaubt verächtlich.

»Aber sie haben es nicht vergessen und Colaris nimmt diesen Streitpunkt als Aufhänger, um das Volk aufzuwiegeln.«

»Schickt nur eins aus dem Trio dorthin«, schlägt Heldra vor.

»Rein vorsichtshalber.« Maris nickt zustimmend. »Lasst die *Llyse* dem Hafen von Renklaar einen Besuch abstatten.«

»Wie Ihr wünscht«, antwortet Talryn.

»Was ist mit Lerris? Und Gunnar?«, fragt Heldra.

»Im Augenblick können wir nichts unternehmen. Oder wollt Ihr Euch mit Gunnar anlegen?« Talryn sieht Heldra in die Augen. »Oder mit den Meistern, die er am Institut um sich versammelt hat?«

»Nein danke. Weckt keine schlafenden Drachen.«

»Ihr habt wieder mit Cassius gesprochen. Auf unserer Welt hat es niemals Drachen gegeben. Und er hat zugegeben, dass es auch auf seiner keine gab.«

»Gunnar muss trotzdem immer noch als schlafender Drache betrachtet werden.«

»Was ist mit Justen?«, fragt Maris.

»Justen meidet die direkte Begegnung mit Chaos-Bündelungen; er drückt sich immer irgendwie darum herum.« Talryn holt tief Luft. »Möglicherweise hat er deshalb so lange überlebt. Vielleicht kann er vorausahnen, was passiert.«

»Worauf wollt Ihr hinaus?«

»Ich glaube, Lerris wird von einer Chaos-Bündelung in die nächste stolpern. Justen ist ein Grauer Magier. Wir alle wissen das.«

»Lerris wird nicht beliebig viele Chaos-Bündelungen

überleben können«, überlegt Maris. »Jede wird an Stärke gewinnen.«

»Daraus wird dann ein echtes Problem werden«, fügt Heldra hinzu. »Wir befänden uns in der gleichen schlimmen Lage wie damals in der Hoch-Zeit von Fairhaven und das will keiner von uns. Sogar Gunnar wäre nicht dafür.«

»Nein.«

»Nein.«

Die drei blicken hinaus auf die schaumgekrönten Wellen des Ostmeeres.

III

Während Krystal für Ferrel einsprang und Ferrel die Schwefelquellen genauer unter die Lupe nahm, arbeitete ich an dem ersten der acht Stühle für Hensil, den Olivenhändler, der Olivenhaine von Kyphrien bis Dasir besaß. Wie jeder in letzter Zeit verlangte auch er etwas besonders Originelles. Der Entwurf eines Lehnstuhls, dessen Lehnhölzer oben nicht im rechten Winkel, sondern mittels eines Bogens zusammengefügt waren, gefiel ihm besonders. Die Skizze sah vier spiralförmige Speichen um eine rautenförmige Strebe vor, in der in der Mitte seine Initialen eingearbeitet werden sollten. Ich konnte die Speichen nicht einfach eine nach der anderen auf der Drehbank drechseln, denn in der Mitte mussten Nuten eingearbeitet werden. Also nahm ich mir immer nur eine einzige vor.

Ich machte mir Sorgen wegen der Stühle. Die Speichen fühlten sich noch nicht richtig an. Die Proportionen stimmten nicht. Das geschah häufig, wenn man das erste Mal einen neuen Entwurf verwirklichte.

Außerdem hatte ich die Rohteile zu groß geschnitten. Meine sparsame innere Stimme mahnte mich, kein Holz zu verschwenden, doch das ging mit viel Arbeit einher. Kirschholz zu hobeln war nicht einfach, selbst wenn man durch das Drechseln schon die größte Vorarbeit geleistet hatte.

Einen Stuhl hatte ich fast fertig und es war höchste Zeit, mit den nächsten sieben anzufangen. Die genuteten Speichen waren am schwierigsten zu fertigen. Zuerst musste ich die Lehnen mit Hilfe von Wasserdampf biegen und je länger und vorsichtiger ich das Holz bearbeitete, desto fester würde es werden. Während die Lehnen ruhten, konnte ich mich den arbeitsintensiven Speichen widmen und der rautenförmigen Rückenstrebe mit der eingelegten Initiale *H.*

Wie immer klappte nichts so wie geplant. Ich hatte nicht genug Zwingen, um an mehr als zwei Rücklehnen gleichzeitig arbeiten zu können, und der Leim, den ich gekocht hatte, war zu dick geworden.

Während ich so vor mich hinbrummte, galoppierte ein Pferd in den Hof ein. Das war kein gutes Zeichen. Krystal ritt niemals allein, schon lange nicht mehr, und niemand galoppierte überhaupt, es sei denn ein Soldat in höchster Eile. Der letzte Achttag war zwar völlig ereignislos vorübergegangen, doch das konnte sich jeden Augenblick ändern, besonders wenn ich Krystal länger als gewöhnlich bei mir hatte.

Ich rannte hinaus. »Was ist los?«

»Nichts, Ordnungs-Meister … gar nichts.« Weldein lehnte sich im Sattel zurück und schob sich das lange blonde Haar aus der Stirn. Er trug weder seine Kappe noch seinen Kampfhelm. »Anführerin Yelena schickt mich, um dich abzuholen. Die Sub-Kommandantin und der Autarch wünschen dich sofort zu sehen.«

»Ich komme.« Ich rannte zurück in die Werkstatt, säuberte rasch die Sägen, die ich gerade benutzt hatte, und stellte sie zusammen mit den Zwingen an ihren Platz. Ich warf kurz einen Blick auf die Stühle und den Tisch in der Ecke und ging dann in den Waschraum. Zum Rasieren nahm ich mir einige Minuten Zeit, danach fühlte ich mich wohler und meine Erscheinung hatte sich erheblich verbessert. Ein paar Stoppeln standen mir recht gut zu Gesicht, aber mehr davon ließen mein Gesicht schmutzig aussehen und es juckte, wenn ich schwitzte.

Ich zog meine besten Kleider an, die gute braune Hose und die braune Tunika schienen durchaus angemessen für eine Audienz beim Autarchen. Bei der Gelegenheit fragte ich mich, wie es wohl Deirdre und Bostric erging. Nur Erinnerungen und die gute braune Kleidung waren mir von Deirdre, Destrins reizender Tochter, geblieben. Das mit uns beiden wäre nichts geworden … Ich wünschte ihr und Bostric wirklich nur das Beste. Mittlerweile war er bestimmt ein guter Schreiner geworden. Nachdem ich mich umgezogen hatte, ging ich hinaus in den Stall, sattelte Gairloch und führte ihn hinaus in den Hof.

»Ihr Magier und eure Bergpferde … und die Zaumzeuge, die keine sind«, bemerkte Weldein, der noch immer geduldig wartete.

»Wir haben keine Zeit, um solche Riesenpferde wie ihr zu reiten.« Außerdem reagierte Gairloch schon beim geringsten Zug an der Hirtentrense.

Weldein lachte und wir machten uns auf den Weg nach Kyphrien.

»Wo soll ich Krystal treffen?«

»In ihren Gemächern. Dann werdet ihr zum Autarchen gerufen.«

Der Autarch wohnte in keinem richtigen Palast, es war eher eine von Mauern umgebene Residenz, die unmittelbar an die Gebäude der Elitegarde angrenzte. Die Elitegarde war die Kavallerie und zugleich das Herzstück des Heeres des Autarchen. Es gab noch eine viel kleinere Eliteinfanterie, doch diese hatte normalerweise nur die Bewachung des Autarchen zur Aufgabe, wenn sie selbst ihre Truppen einmal in die Schlacht führte. Die meisten Soldaten wurden aus dem Umland rekrutiert, sie wurden vor Ort ausgewählt und in Kasernen in ganz Kyphros untergebracht. Die Tatsache, dass eine große zentrale Streitmacht in Kyphros fehlte, hatte im letzten Krieg mit dem Präfekten von Gallos fast zum Ruin des Autarchen geführt.

Ich lenkte Gairloch hinter Weldein durch die offenen Tore und zum ersten Stall. Der Stallknecht des Gardestalls sah mich regungslos an, er sagte nichts, nickte nur. Ich konnte es ihm nicht verdenken. Nachdem ich Gairloch in die hintere niedrigere Stallbox gebracht hatte, ging ich hinaus. Weldein salutierte vor mir, bevor auch er sein Pferd in den Stall lenkte.

»Guten Tag, Ordnungs-Meister.«

»Guten Tag, Weldein.«

»Ser.« Er tippte mit den Fingerspitzen an die Kappe, die er aufgesetzt hatte, kurz bevor wir die Mauern der Residenz passiert hatten.

Ich ging über den gepflasterten Innenhof und betrat das Hauptgebäude. Bidek wandte seinen Kopf ab, als ich vorbeiging. Herreld, der Wächter vor Krystals Tür, klopfte für mich an, doch er ließ mich nicht hinein. Das tat er nie ohne Krystals ausdrücklichen Befehl und ich hatte es auch nicht von ihm verlangt.

»Ja … gut, dass du da bist.« Sie machte eine Handbewegung und ich durfte an Herreld vorbei.

Als die Tür geschlossen war und ich mich vergewissert hatte, dass niemand sonst in ihrem Konferenzraum war, umarmte ich sie heftig, bis zu ihrem Mund konnte ich jedoch nicht vordringen.

»Ich liebe dich auch, aber wir haben nicht viel Zeit vor dem Treffen mit Kasee.« Sie hatte dunkle Ringe unter den Augen und presste die Lippen aufeinander.

»Worum geht es?«

»Ferrel ist tot. Wir glauben es zumindest.«

»Der Magier des neuen Herzogs?«

»Etwas in der Art. Ich werde dir erzählen, was wir wissen, wenn wir in Kasees Arbeitszimmer sind.«

Die Sache musste ernst sein. Ich war noch nie in das private Arbeitszimmer des Autarchen gerufen worden. Krystal gab schließlich nach und küsste mich zärtlich, wenn auch nur kurz, nachdem sie die grüne Lederweste mit all den Tressen, die sie als Sub-Kommandantin auswiesen, angezogen hatte. Sie hängte ihr Schwert gerade, dasselbe Schwert, das ich ihr in Recluce gekauft hatte, als wir noch in der Ausbildung zu Gefahrenbrigadieren gewesen waren – damals, als ich noch gedacht hatte, sie kicherte zuviel, und als sie sich wahrscheinlich gewünscht hatte, ich würde erwachsen werden. Sie hatte aufgehört zu kichern, die meiste Zeit jedenfalls, doch ich fühlte mich noch immer nicht ganz erwachsen, obwohl mich alle für einen gestandenen Mann mit einem ordentlichen Beruf – oder sogar zweien – hielten.

Wir gingen eine Treppe hinunter und bogen nach rechts ab in den Flügel, in dem sich die Schlafzimmer, Arbeitszimmer, Speisezimmer und sonstigen Räume des Autarchen befanden. Obwohl es kein Palast war, strahlte die Residenz große Bedeutsamkeit aus und man konnte es auch riechen – parfümiertes Lampenöl und Holzwachs, ein Hauch von Zitrone und Weihrauch, und über allem lag der leichte Geruch von poliertem Metall und edlem Leder.

Das ganze Gebäude wirkte jedoch bei weitem nicht so großartig wie zum Beispiel der Palast des Präfekten von Gallos mit seinen Fontänen, Säulen und Teppichen. Doch die Bescheidenheit imponierte mir. Zwei Wächter standen vor der Tür zum Arbeitszimmer, zwei von der ernsten Sorte, die einem ohne mit der Wimper zu zucken den Schädel spalten konnten. Krystal und ich hätten sie vielleicht gemeinsam überwältigen können, obwohl … Krystal hätte das wahrscheinlich allein und mit nur einer Hand erledigt.

Der Autarch, sie bestand übrigens darauf, dass ich sie Kasee nannte, obwohl sie für mich eher ein übergeordnetes Wesen ohne Namen war, saß hinter einem mächtigen Schreibtisch, auf dem sich Pergamente, Schriftrollen und einige Bücher türmten. Sie blieb sitzen, als wir eintraten.

Der Tisch war trotz der vielen Verzierungen nicht von hoher Qualität. Die Maserung des Holzes war nicht auf das Muster der Intarsien ausgerichtet worden und die gedrechselten Spiralen der vorderen Tischfüße waren breiter als die der hinteren und ließen so den Tisch optisch nach vorne geneigt wirken.

Ich verbeugte mich.

»Ordnungs-Meister.« Sie antwortete mir mit einem respektvollen Nicken. »Ich wünschte, ich wäre froh, dich zu treffen, Lerris. Ich werde das Gefühl nicht los, dass ich dich immer nur kurz vor oder kurz nach einem Unglück zu sehen bekomme.« Ihr schwarzes, mit silbergrauen Fäden durchzogenes Haar war nicht ordentlich frisiert wie zu festlichen Anlässen, sondern stand wild vom Kopf ab. Über dem rechten Auge zierte ein schwarzer Tintenfleck die Stirn. Ihre müden grünen Augen suchten für einen kurzen Moment die meinen.

»Ich hoffe doch nicht …« Noch immer fühlte ich mich beim Weglassen des Titels nicht sehr wohl und meine Worte kamen nur schleppend aus meinem Mund.

»Das ist das Los der Magier und Herrscher. Keiner will uns in seiner Nähe haben und an allen Problemen sind wir schuld.« Sie strich sich eine Strähne ihres silbergrauen Haars aus der Stirn, bevor sie fortfuhr. »Hat dir Krystal von Ferrel erzählt?«

»Nur dass Ihr glaubt, sie sei tot. Wir kamen sofort hierher und Krystal konnte mir in der Eile nicht alle Einzelheiten berichten.«

»Sonst ist auch nicht viel zu sagen. Es gibt zwei Überlebende, zwei Nachzügler, die Glücklichen.«

»Wie viele Männer habt Ihr verloren?«

»Zwei Einheiten.« Krystal rieb sich die Stirn. »Gerade jetzt, wo wir unsere Truppenstärke wieder aufbauen konnten. Gute Soldaten kann man nicht über Nacht ausbilden.«

»Wisst Ihr, wie es geschehen ist?«

Krystal und Kasee tauschten besorgte Blicke aus. Dann sprach Krystal. »Nein. Die zwei Überlebenden haben berichtet, dass die hydlenischen Truppen – oder der Magier – eine Art Feuerball verwendeten. Sie hatten Ferrel schon erwartet.«

»Marschierte Ferrel einfach auf der Straße zu den Quellen?«

»Nein. Sie nahmen anscheinend eine Seitenstraße, nicht viel mehr als einen Pfad. Sie waren noch gut zwanzig Meilen von den Quellen entfernt, als sie aus dem Hinterhalt überfallen wurden. Doch ich verstehe nicht, warum. Aus welchem Grund sollte Berfir jetzt damit anfangen? Er hat doch alle Hände voll mit Herzog Colaris zu tun. Colaris will das Ohydetal zurückfordern.«

Kasee atmete tief durch, ich sah sie an.

»Freistadt und Hydlen kämpfen seit ewigen Zeiten um das Tal und die Kontrolle über Renklaar. Hydlen hatte das Tal schon seit der Zeit vor der Zerstörung Fairhavens gehalten«, erklärte der Autarch, »doch niemand scheint zu vergessen. Die Erinnerung reicht lange zurück.«

»Und sie haben lange Messer«, fügte Krystal hinzu.

»Deshalb braucht Berfir die Schwefelquellen. Er will Kanonen gegen Colaris einsetzen«, vermutete ich.

»Das könnte sein, aber das hieße, er verlässt sich darauf, dass Colaris keinen Weißen Magier auftreibt«, grübelte Krystal.

»In Anbetracht von Colaris' Ruf ist da auf gar nichts Verlass. Alle Herzöge von Freistadt waren bisher brutal und sparsam und Colaris ist aus demselben Holz geschnitzt«, erzählte Kasee. »Berfir hingegen ist, nach allem, was uns bekannt ist, sehr praktisch veranlagt. Er könnte an den Quellen festhalten, uns davon abschneiden und sie dann, nachdem er genügend Schwefel gewonnen hat, zurückgeben. Warum sollte er also unbedingt neue Grenzstreitigkeiten heraufbeschwören?«

»Das ergibt keinen Sinn. Nicht nach dem, was wir wissen«, wagte sich Krystal vor.

»Vielleicht treiben die Aaskrähen wieder ihr Unwesen.«

»Hast du Anlass, das anzunehmen?«, fragte Kasee. »Glaubst du, dass ein weiterer Weißer Magier seine Hand mit im Spiel hat?«

»Ich weiß nicht genau, aber Antonin hatte damals einen Weißen Magier auf mich angesetzt. Und erinnert Euch, Antonin war es ziemlich egal gewesen, wer den Krieg zwischen Euch und dem Präfekten gewann. Er wollte nur seine Macht ausweiten, wie alle Weißen Magier.«

»Wie hatte man ihnen jemals Herr werden können?«, fragte Kasee traurig.

»Ich glaube, es waren tausend Jahre und eine unglaubliche Macht notwendig, um Fairhaven zu zerstören«, antwortete ich.

»Wir haben weder so viel Zeit noch so viel Macht.« Krystal presste die Lippen zusammen.

»Hat jemand Justen in letzter Zeit gesehen?«, fragte ich. »Er weiß bestimmt mehr über diese Sache.«

»Ich habe heute Morgen mit Tamra gesprochen«, berichtete Krystal. »Er brach vor zwei Tagen auf.«

»Sehr praktisch«, bemerkte der Autarch.

»Ist sie nicht mit ihm gegangen?«

»Tamra hat erzählt, dass Justen der Meinung sei, sie könne jetzt für eine Weile selbst auf sich aufpassen, er brauche etwas Urlaub. Er ritt Richtung Westen, aber wohin, das sagte er nicht.«

Beide Frauen richteten den Blick auf mich.

Ich seufzte. »Ich glaube, ich mache mich besser auf den Weg.«

»Ich befehle es dir nicht«, begann Kasee. »Man kann einen Ordnungs-Meister höchstens höflich darum ersuchen. Sehr höflich.«

Ich war mir nicht sicher, ob die doch eher zufällig geglückte Zerstörung von nur drei Weißen Magiern einen so großen Unterschied rechtfertigte. Dennoch musste ich lächeln. »Ihr könnt es Euch nicht leisten, eure Sub-Kommandantin zu verlieren.«

»Kommandantin«, warf Kasee ein.

»Und ich auch nicht.«

»Lerris ...« Krystal sah mich sorgenvoll an.

Ich zog nur die Schultern hoch. »Ich werde einige Werkzeuge zusammenpacken und nach Hydlen gehen. Dort kann ich mich als Lehrling auf Arbeitssuche ausgeben. Dafür sehe ich noch jung genug aus.«

»Ich weiß dieses Angebot zu schätzen, Lerris. Aber du musst das nicht auf dich nehmen.«

»Ich habe ein Interesse daran.« Ich sah zu Krystal hinüber. »Ein starkes Interesse.« Dann blickte ich dem Autarchen fest in die Augen. »Dafür werde ich allerdings noch einige Zeit brauchen. Ich werde nicht geradewegs über den Gebirgspass marschieren. Habt Ihr vor, etwas zu unternehmen? Ich meine, in nächster Zeit?«

Kasee sah mich mit dem Anflug eines Lächelns auf ihren Lippen an. »Was könnte ich denn schon tun? Noch mehr Truppen hinausschicken und abschlachten lassen? Wenn Berfir in Kyphros einmarschiert, werde ich früh genug davon erfahren. Es ist einfacher für uns, in den kahlen Hügeln zu kämpfen als in den Bergen. Ein verfrühtes Einschreiten würde uns nur Mensch und Material kosten. Dort gibt es ohnehin nur Jikoya und andere Städte, die weniger wert sind als die Truppen, die wir verlieren könnten. Ich brauche mein Heer und seine Kommandantin für andere, nützlichere Zwecke.«

Krystal nickte.

Hatte ich das richtig verstanden? Truppen waren wichtiger als Städte – darüber hatte ich bis jetzt noch nicht nachgedacht.

»Brauchst du sonst noch etwas, Lerris?«, fragte der Autarch.

Ich bemühte mich um ein Lächeln. »Es würde mir sehr helfen ... wenn ich etwas ... nun ja, einen Zuschuss haben könnte ... für meine Reisekosten.«

»Du bist ein richtiger Söldner geworden«, bemerkte Kasee trocken.

»Das ist immer noch billiger, als Truppen zu verlieren. Man weiß nie, was noch geschieht«, verteidigte ich mich. »Ihr habt es eben selbst gesagt.«

Kasee konnte sich ein Lächeln nicht verkneifen.

»Welche Route willst du nehmen?«, fragte Krystal.

»Den Landweg. Ein armer Lehrling würde nie den einfachen Weg nehmen.«

»Du hast noch nie den einfachen Weg genommen.« Krystal rieb sich abermals die Stirn. Ich schätzte ihre Bedenken, aber meine Aussichten auf Erfolg waren besser als ihre, besonders wenn einem Magie und Feuerbälle nur so um die Ohren flogen.

»Ich danke dir, meine teure Sub-Kommandantin.«

»Wie wäre es mit einer kleinen Eskorte, zumindest auf einem Teil des Weges?«, fragte Kasee. »Das würde den ersten Abschnitt deiner Reise bestimmt beschleunigen, meinst du nicht auch?«

Diese Botschaft war klar und ich beugte mich dem Drang zur Eile. »Ein paar Soldaten könnten nicht schaden, zumindest bis ich die Mittleren Osthörner erreicht habe. Wie Euch Krystal sicher bestätigen kann, bin ich, was Waffen angeht, ein hoffnungsloser Fall.«

Krystal atmete hörbar durch die Nase aus. »Mit seinem Stab kann er nur zwei oder drei Gegner gleichzeitig in Schach halten oder sogar außer Gefecht setzen. Das heißt für ihn ›hoffnungslos‹.«

»Bist du nun auf meiner Seite oder auf Gerlis'?«, fragte ich sie.

Kasee lachte.

»Wann soll ich aufbrechen?« Ich sah von einer Frau zur andern. »Gestern? Das klappt wohl nicht mehr. Wie wäre es mit morgen?«

»Morgen …« Kasee dachte nach. »Morgen könnte ein wenig … überstürzt sein.«

»Übermorgen?« Ich wollte die Sache einfach nur möglichst schnell klären, eine Neigung von mir, die mich völlig überhastet in Schwierigkeiten geraten ließ, aber schließlich hatte Kasee Eile geboten.

»Das wäre besser, für alle Beteiligten.« Der Autarch schenkte Krystal ein breites Lächeln und meiner Gemahlin schoss die Röte ins Gesicht. Wie mir übrigens auch. Der Autarch stand auf und nickte Krystal zu, sie antwortete auf die gleiche Art. Ich machte eine halbe Verbeugung.

Als wir das Arbeitszimmer verließen, fragte ich: »Weißt du, wo Tamra ist?«

»Sie wohnt in dem kleinen Gästezimmer in der Kaserne der Zweiten Einheit. Glaubst du, sie weiß, wo Justen steckt?«

»Vielleicht.«

Krystal schüttelte entschieden den Kopf. »Justen wird nirgends zu finden sein.«

»Wahrscheinlich nicht. Er scheint immer dann zu

verschwinden, wenn ich bis zum Hals in Schwierigkeiten stecke.«

»Glaubst du wirklich?« Krystal runzelte die Stirn.

»Manchmal schon ... denkst du, er wäre so alt geworden, wenn er sich allen Gefahren gestellt hätte?« Ich drückte ihre Schulter und beruhigte sie, indem ich ihr ein wenig Ordnung einflößte.

»Danke.«

Die Residenz des Autarchen war zwar nicht als Festung angelegt, aber gegen Angriffe gerüstet: überall dicke Mauern, kleine Fenster und Schattenplätze sogar zur Mittagszeit. Wir gingen den langen Flur entlang bis zum Wachhaus beim Tor.

Die zwei wachhabenden Soldaten nickten, als wir vorbeigingen, und nach kurzer Zeit hatten wir Krystals Gemächer erreicht. Herreld öffnete uns die Tür. Er lächelte nicht, aber immerhin legte er seine Stirn nicht mehr in Falten, wenn er mich sah.

Sobald die Tür zu war, nahm ich Krystal in die Arme und küsste sie.

Sie wand sich aus der Umarmung. »Gefällt dir das so mit einer Klinge zwischen unseren Unterleibern?«

Ich grinste nur anzüglich.

»Du bist schrecklich.« Ihre Augen blitzten, sie drehte sich um und schob den Riegel vor die Tür. Dann öffnete sie den Waffengürtel und entledigte sich mit zwei dumpfen Schlägen ihrer Stiefel.

Ich grinste, doch ich konnte gar nicht fertig grinsen, denn Krystal hatte schon beide Arme um mich geschlungen. Irgendwie gelang es mir gerade noch, die Stiefel auszuziehen.

Später, als wir eng umschlungen unter der grünen Decke lagen, streichelte ich ihre Stirn. »Heute Nacht wirst du nicht nach Hause kommen, stimmt's?«

»Nein. Ein Treffen mit Murreas und Liessa ist angesetzt. Woher wusstest du das?«

»Ich hab so meine Quellen, meine kleine Kommandantin.« Ich nahm sie fest in die Arme, fühlte ihre warme, seidige Haut auf meiner und ihr kurzes duftendes Haar an meiner Wange. Es blieb uns nichts anderes übrig, als die verbleibende Zeit bestmöglich zu nutzen. Mit Krystals Beförderung und den anstehenden Problemen würde die freie Zeit ohnehin noch weniger werden.

Draußen ertönte die Glocke vier Mal und die schnellen Schritte unter dem Balkon zeugten von der Wachablösung.

Krystal seufzte schließlich, drehte sich um und drückte sich für eine Weile an mich, dann ließ sie los.

»Musst du unbedingt gehen? Was ist das überhaupt für ein Treffen?«

»Es geht um den neuen Kommandanten.«

»Aber das bist du. Kasee hat es gesagt.«

»Kasee will es so. Und Liessa wahrscheinlich auch. Aber Murreas möchte gern ihren Neffen Torrman ...«

»Ist das nicht der, dem du die Hand abgeschlagen hast?« Ich knabberte an ihrem Ohr.

»Wenn ich nicht bald aufstehe, gelingt es mir niemals mehr.« Krystal umarmte und küsste mich noch einmal und schwang sich dann aus dem Bett. »Das war ein Unfall gewesen. Er hatte mir Sand in die Augen gestreut. Ich wollte ihm nur die Waffe aus der Hand schlagen.« Sie zog ihre Uniform an und so griff auch ich, wenn auch sehr zögerlich, zu meinen Kleidern. »Murreas wird Kasee zwingen, dafür zu zahlen.«

»Sie könnte doch Torrman zum Sub-Kommandanten machen?«

»Kasee schuldet ihr einen Gefallen, doch sie wird sich nicht ins eigene Fleisch schneiden, nicht einmal wenn Murreas droht, als Finanzministerin zurückzutreten. Das würde sie allerdings ohnehin nie tun. Sie liebt diese Stellung und auch die Macht, doch sie wird

Kasee das Leben schwer machen – auf eine höfliche Art.«

»Ich mag sie nicht sonderlich.«

»Keiner mag sie, aber sie kann mit Geld umgehen.«

Allerdings. Sie wusste genau, von wem sie Steuern verlangen konnte und wie viel jeder verdiente. Ich trat hinter Krystal, legte meine Arme um sie und küsste ihren Nacken. Sie lehnte sich für einen Augenblick an mich und atmete tief durch. Ich gab ihr einen letzten hauchzarten Kuss auf den Nacken und ließ sie schließlich los.

»Ich muss meine Stiefel finden.« Krystal stand auf und suchte auch im anderen Zimmer.

»Du hast sie im Konferenzraum ausgezogen.«

»Du deine auch«, wies sie mich zurecht.

Was gab es da noch zu sagen? Sie öffnete die Tür jedoch erst, als wir beide wieder hoffähig waren. Herreld schien teilnahmslos wie immer, als wir Hand in Hand den Flur entlang zur Treppe gingen.

Am Fuß der Treppe ließ Krystal meine Hand los. »Morgen Nacht … hoffe ich.«

Das hoffte ich auch.

Tamra konnte ich nicht finden, aber ich hinterließ ihr eine Nachricht. Dann holte ich Gairloch aus dem Stall und machte mich auf den Weg nach Hause zu Heim und Werkstatt.

IV

Westlich von Arastia, Hydlen [Candar]

Ein Mann in schmutziger Lederkleidung, bewaffnet mit einem Kurzschwert über der Schulter und mit einem aufgewickelten Seil in der linken Hand, reitet ungestüm auf das schlammbespritzte weiße Zelt in der Mitte des Lagers zu. Vor dem Zelt weht ein rotes Banner mit einer Krone darauf.

»Gerlis! Gerlis!«

Der Weiße Magier tritt hinter seinem Klapptisch hervor. »Ja, Ser?«

»Was habt Ihr Euch dabei gedacht?« Der große Mann stürmt ins Zelt, seine schweren Stiefel schleudern den Schmutz über den Teppich.

»Wobei?« Gerlis zieht pikiert eine Augenbraue hoch und schenkt dem verteilten Dreck einen herablassenden Blick.

Berfir wirft die Schriftrolle auf den Tisch, genau auf den Teller mit dem fettigen Hammelbraten. »Dabei! Ich versuche verzweifelt, im Norden ein ausreichend großes Heer aufzubauen, um Colaris vom Einmarsch abzuhalten, und Ihr setzt die Raketen gegen die Kyphrer ein und beginnt damit einen neuen Krieg, den ich nicht brauchen kann. Die Raketen sind schon teuer genug ...«

»Der Einsiedler hat Euch dafür herzlich wenig berechnet, so weit ich mich erinnere.«

»Das Wissen zu erlangen war nicht teuer. Die Bezahlung der Schmiede und Alchimisten aber kostete einiges an Geld.«

»Aber diese Waffen haben längst nicht die Wirkung eines Chaos-Feuers.«

»Das nicht, aber ich brauche keinen Magier, um sie einzusetzen. Deshalb habe ich Euch ja hierher geschickt. Ihr hättet eigentlich den Hitzkopf Cennon vor Dummheiten bewahren statt ihn dazu anstiften sollen. Ihr solltet die Quellen besetzen und nicht Cennon in Kyphros einmarschieren lassen. Ich dachte, sämtliche Raketen seien auf dem Weg nach Norden. Dort brauche ich sie nämlich dringend. Der Bastard Colaris kann seine Truppen jederzeit in Richtung Hydolar oder Renklaar in Bewegung setzen. Er zieht seine Soldaten bereits zusammen und kauft Söldner.«

»Ihr habt doch schon eine riesige Anzahl an Raketen erhalten, nur der Transport dauert eine Weile.« Gerlis verbeugt sich, sein glatt rasiertes Gesicht wirkt schmal unter dem dunklen Haar, das sorgfältig über die Geheimratsecken gekämmt ist. »Colaris' Truppen lagern erst kurz hinter Freistadt.«

»Hört mit der Haarspalterei auf! Eure Aufgabe wäre es gewesen, Cennon zurückzuhalten, und nicht ihn zu ermutigen. Und Ihr hättet die Raketen nach Hydlen schicken sollen.« Berfir zieht sein mächtiges Schwert, die kunstvoll bearbeitete Stahlspitze verharrt weniger als eine Spanne vor Gerlis' flachem Bauch. »Wenn Ihr mir nicht helfen wollt, welchen Nutzen habt Ihr dann für mich?«

»Ihr habt mich wegen meines Urteilsvermögens in Eure Dienste gestellt. Nach Cennons Entscheidung dachte ich, dass einige Raketen hier bleiben sollten. Die Hälfte der restlichen Raketen habe ich Euch geschickt.« Gerlis tritt einen Schritt zurück und verbeugt sich abermals. »Vielleicht seid Ihr ihnen auf halbem Weg sogar begegnet.«

»Hört auf, ständig vom Thema abzulenken.« Berfir seufzt und senkt das mächtige Schwert.

»Cennon schien die Attacke für eine gute Idee zu halten, Ser. Ganz in Eurem Interesse, Ihr versteht ...«

»Und Ihr habt ihn nicht aufgehalten? Ihr werdet bald einen Heiler brauchen!« Das Schwert schnellt wieder hinauf, fast an Gerlis' Kinn. »Ihr wisst genau so gut wie ich, dass diese Kyphrer nur auf Erkundung waren. Späher sind keine eindringenden Feinde, sie hatten die Grenze nicht überschritten. Der Autarch ist nicht auf Eroberung aus. Sie wollte noch nicht einmal versuchen, die Quellen zurückzuerobern. Ihr wisst es und ich weiß es auch. Je länger so etwas hinausgezögert wird, desto besser. Warum habt Ihr also zu Cennon gesagt, er solle angreifen?«

»Es war nicht so, wie Ihr glaubt, Ser. Cennon sah in den Kyphrern eine Bedrohung.«

»Warum habt Ihr ihn dann nicht aufgehalten?«

»Ein Magier, der einem Feldkommandanten sagt, was er zu tun hat?« Gerlis schaut Berfir fragend an. »Besonders dem ältesten Sohn von ...«

»Narren!« Berfir sackt in sich zusammen. »Bin ich nur noch von Narren umgeben? Wie kann ich Hydlen zusammenhalten, wenn ich bei Dummköpfen wie diesen in der Schuld stehe? Ich wollte nicht Herzog werden – nicht unbedingt jedenfalls, aber Sterna hätte Colaris alle Felder an der Nordseite des Ohyde überlassen, fast das ganze Ohydetal. Wo wären wir da hingekommen? Colaris stets vor unserer Tür, das beste Weideland auf seiner Seite des Flusses ... wenn ich nicht kämpfe, werden die Bauern behaupten, ich hätte sie betrogen, weil ich ein Yeannota bin. Und jetzt habt Ihr einen Streit vom Zaun gebrochen, den ich nicht wollte und überhaupt nicht brauchen kann.«

»Herzog Sterna, die Engel haben ihn selig, wollte nichts als Frieden.«

»Frieden bekommt man nicht, indem man einem Bastard wie Colaris etwas schenkt. Und die Engel anzurufen ziemt sich für Euch, verehrter Gerlis, wohl kaum.« Berfir lacht höhnisch und steckt das Schwert wieder in die Scheide.

»Vielleicht könnt Ihr einen neuen Feind ganz gut gebrauchen«, schlägt der Weiße Magier vor.

»Einen neuen Feind? Ich brauche einen neuen Feind? Alle Welt denkt, ich sei ein Emporkömmling. Die Tempelpriester sagen, ich stünde mit den Dämonen des Lichts im Bunde, weil Ihr mein Magier seid, und dann wollt Ihr mir erzählen, ein Krieg mit Kyphros könnte nützlich für mich sein? Ich versuche doch gerade, einen mit Freistadt zu vermeiden. Einen, der dennoch in einem Achttag – wenn nicht schon früher – ausbrechen wird.«

»Nun ja …«, grübelt Gerlis. »Wenn Kyphros Euch angreift und Ihr den Autarchen abwehrt, wird jeder die Ursache des Streits vergessen. Man wird Euch vielleicht sogar die Verluste aus dem Kampf gegen Colaris verzeihen.«

»Aber der Autarch wird uns niemals angreifen.«

»Sie hat es nach Cennons Auffassung schon getan. Ihr solltet das Beste daraus machen. Es würde verschiedenen Zwecken dienen.«

Berfir kratzt sich seinen mächtigen schwarzgrauen Bart. »Ich verstehe, was Ihr meint … vielleicht. Aber was soll ich jetzt tun? Ich kann doch gegen die Kyphrer nicht zurückschlagen. Dann hätte Colaris allen Grund, uns anzugreifen. Und wenn ich nicht zurückschlage, muss ich Truppen hierher verlegen. Das wiederum gäbe Colaris die Gelegenheit, diese Truppen auf der Straße von Hydolar in einer Blitzaktion innerhalb von einem Achttag anzugreifen. Bei den Dämonen! Die Lage ist denkbar schlecht! Warum schulde ich nur Cennons Sippe so viel?«

»Cennon hat aber seinen Wert doch schon unter Beweis gestellt und er und seine Truppen haben es sich verdient, den Feind zuerst angreifen zu dürfen.«

»Ich nehme an, Ihr meint eine richtige Attacke. Was ist, wenn der Autarch den Angriff nicht ernst nimmt oder einen noch vorsichtigeren Spähtrupp schickt?« Berfir wirft einen Blick zur geschlossenen Tür des Zeltes, als der Herbstwind in das weiße Tuch fährt.

»Das wird sie wahrscheinlich sogar tun. Aber Cennon und seine Truppen werden tapfer für Hydlen kämpfen und nach einem ausreichend blutigen Kampf, der unentschieden enden wird, werdet Ihr und der Autarch ein gerechtes Abkommen treffen, das Euch als einen heldenhaften Herrscher ausweisen wird ... und dann könnt Ihr, frei von allen anderen Sorgen, den Kampf gegen die wirklichen Angreifer aufnehmen.«

»Und wie soll das gehen, wenn wir die Schwefelquellen des Autarchen noch immer besetzt halten?«

»Wir werden das Land zurückgeben.«

Berfir greift nach seinem Schwert, hält dann aber inne und lässt den Arm sinken. »Was? Wie soll das ...?«

»Ich habe die unterirdischen Quellen zurückverfolgt. Ich könnte sie verlegen, sodass sie weiter flussabwärts entspringen, auf Eurer Seite der Grenze.«

»Warum haben wir dann die Quellen überhaupt besetzt, der Weiße wegen?«

»Anders hätte ich das nicht herausfinden können.« Gerlis senkt seine Stimme. »Unsere wichtigste Aufgabe ist jetzt, aus Cennon einen Helden zu machen – der tapfer kämpft und für Hydlen auf dem Schlachtfeld stirbt. Ihr werdet reichlich Tränen vergießen, wenn Ihr es seinem Vater mitteilt, und seinem kleinen Sohn irgendeinen Titel verleihen. Und jeder zukünftige Cennon wird es sich zwei Mal überlegen, bevor ...«

»Hat man Euch diese Teufeleien irgendwo beigebracht oder entspringen sie einfach der Tiefe der Erde?«

»Ich weiß das Kompliment zu schätzen, Ser.«

Berfir schüttelt nur noch den Kopf, schreitet grußlos über den schlammigen Boden und schwingt sich in den Sattel seines stattlichen Hengstes.

Gerlis lächelt und entblößt dabei große weiße Zähne und dunkelrotes Zahnfleisch. Seine Augen blitzen hinüber zu den merkwürdigen Wagen und dem karminroten Banner von Cennons Streitmacht mit dem goldenen Dolch darauf, dem Banner, das bald auf Cennons Erben übergehen wird.

Dann kehren seine Augen zurück zum herzoglichen Banner und er nickt selbstgefällig.

V

Als ich Hufgeklapper im Hof hörte, legte ich den Beitel nieder und trat hinaus aus der Werkstatt. Der Himmel leuchtete blaugrün, aus dem Norden wehte eine kühle Brise.

Die geschlossene Kutsche, gezogen von zwei gleich großen, braunen Pferden, blieb genau vor der Tür zur Werkstatt stehen. Auf dem Kutschbock saßen der Kutscher und ein Wächter, bewaffnet mit einem Schwert und einer gespannten Armbrust. Beide trugen graue Lederhosen und graue Tuniken.

Der einzige Insasse öffnete die Tür selbst und sprang auf den gestampften Lehmboden.

»Meister Lerris?« Sie ging mir ungefähr bis zur Schulter. Ihre Augen waren steingrau wie ihr Haar und unter der grünen Seidenbluse und der abgetragenen grauen Lederhose und Lederweste schien sie spindeldürr zu sein. Die hohen Stiefel aus grauem Leder passten zu ihrer Aufmachung. Sie schien reich zu sein, doch ich kannte sie nicht. Ein zarter Hauch von Rosenduft umhüllte ihre Gestalt.

»Der bin ich.« Ich verbeugte mich. »Wie kann ich Euch helfen?«

»Führt mich in Eure Werkstatt.«

Ich verbeugte mich erneut und deutete auf die offenstehende Tür. »Es ist mir ein Vergnügen.«

»Nach allem, was ich über Eure Gemahlin gehört habe, ist das Vergnügen wohl nur platonischer Natur.« Sie lachte ungezwungen und betrat die Werkstatt.

»Schönes Muster.« Sie deutete auf Hensils Stuhl. »Wie weit ist dieser Stuhl?«

»Nur die Feinarbeit fehlt noch.«

Sie betrachtete die Werkzeuge, den fast fertigen Tisch in der Ecke und die Speichen, an denen ich gerade gearbeitet hatte. »Habt Ihr auch ein fertiges Möbelstück, das ich mir ansehen kann?«

»Einen Intarsientisch im Haus«, schlug ich vor.

»Dann lasst uns dieses Meisterstück doch einmal ansehen.«

Ich ging voraus; ich fühlte, dass uns der Wächter mit der Armbrust aufmerksam beobachtete, als wir aus der Werkstatt hinaus und ins Haus gingen. Die Armbrust war nicht direkt auf mich gerichtet, doch ich wusste, dass er keinen Augenblick gezögert hätte zu schießen.

Zwischen Küche und Werkstatt gab es keine Verbindungstür, die deutliche Trennung war beabsichtigt. So gelangten auch keine Sägespäne ins Haus.

Als sie den Tisch sah, staunte sie nur noch, sagte nichts. Schließlich nickte sie. »Ihr seid wirklich so gut, wie man sich erzählt. Warum steht dieser Tisch hier?«

»Der Mann, der ihn in Auftrag gegeben hat, fiel von einem Baum, kurz bevor der Tisch fertig war. Er brach sich den Hals und starb. Meine Gemahlin bestand darauf, dass ich den Tisch behielt.«

»Eine weise Frau. Ihr solltet weiter auf sie hören.«

»Ich versuche es.«

Sie sah mich an. »Ich möchte einen Schreibtisch in Auftrag geben.«

Ich wollte Einzelheiten wissen. »Wie soll er aussehen. Welcher Stil? Einen einfachen Schreibtisch oder mit Unterbau? Wünscht Ihr Schubladen?« Ich wartete. »Ich kann Euch einige Zeichnungen von verschiedenen Arten zeigen.«

»Ich weiß bereits, was ich will.«

Ich sah sie an.

»In etwa wie dieser Tisch, nur etwas weniger kunstvoll, mit klaren Linien. Die Tischplatte soll von Intarsien eingefasst und an den Seiten abgerundet sein, der

Unterbau soll rechts und links Schubladen haben – die oberste Schublade soll beidseitig herausziehbar sein.«

»Keine besonderen Schnitzereien oder Muster?«

»Was würdet Ihr vorschlagen?«

»Ich könnte eine einzige Initiale als Intarsie anbringen, an einer Stelle, wo man sie nicht auf den ersten Blick sieht.«

»Warum macht Ihr Euch die Mühe und versteckt sie?« Sie lächelte belustigt, als wüsste sie die Antwort bereits.

»Um auf geschmackvolle Art zu zeigen, dass es sich um ein besonderes Stück handelt.«

Sie nickte wieder. »Wie viel würde so ein Schreibtisch kosten? Ungefähr aus demselben Material und mit derselben Verarbeitung wie dieser Tisch hier?«

»Wollt Ihr einen passenden Stuhl dazu?«

»Ja.«

»Fünfzig Goldstücke. Vierzig für den Schreibtisch und zehn für den Stuhl.«

»Wie viel muss ich anzahlen?«, fragte sie.

»Nichts.«

»Seid Ihr so reich, dass Ihr keine Anzahlung benötigt?«

»Nein, meine Dame.« Ich verbeugte mich leicht. »Aber wenn ich Eure Anzahlung annehme, muss ich das auch mit Euren Ratschlägen tun, da Euch der Tisch dann schon teilweise gehört. Ich arbeite lieber so gut ich kann und wenn Euch das Stück dann nicht gefällt, seid Ihr nicht verpflichtet, es zu kaufen.«

»So idealistisch, Meister Lerris. Und so jung.« Sie lachte, doch es war kein unfreundliches Lachen.

»Ich denke nur praktisch, meine Dame. Auch wenn Ihr eine Anzahlung leisten würdet, könntet Ihr sie doch aufgrund Eures Reichtums zurückverlangen. Und außerdem«, so fügte ich hinzu, »habe ich bisher jedes Stück, das ich geschreinert habe, verkaufen können.«

»Ich mag Euch, Schreiner. Aber bitte nennt mich nicht ›meine Dame‹. Ich heiße Antona.«

»Ich bitte um Nachsicht, gnädige Frau, aber ich bin noch nicht sehr lange in Kyphrien und hatte noch nicht das Vergnügen, von Euch gehört zu haben.«

»Das werdet Ihr früher oder später. Glaubt aber nicht alles, was Ihr hört. Nur die Hälfte davon ist wahr. Ich werde Euch jedoch nicht verraten, welche Hälfte.« Sie tat einen Schritt zur Tür und hielt dann inne. »Wann wird der Tisch fertig sein?«

Ich zögerte. »Gewöhnlich rechne ich für solch einen Auftrag ungefähr einen Winter.« Ich hob abwehrend die Hand. »Es ist nicht nur die Arbeitszeit – wenn das Holz gut gelagert sein und später nicht splittern soll, muss ich die Leimfugen und Schnitzereien eine Weile ruhen lassen. Außerdem hat man mich verpflichtet … einige Zeit anderweitig zu verbringen, es könnte also etwas länger dauern. Ich hoffe, das macht Euch nichts aus.«

»Nein. Wie Ihr schon sagtet, ich habe ja noch nichts bezahlt. Das ist ein gerechter Handel.« Antona trat vom Tisch zurück, wo sie die Intarsien noch einmal genauer betrachtet hatte. »Die Maserung des Holzes passt wirklich sehr gut ins Muster.« Sie hielt inne. »Hättet Ihr etwas dagegen, wenn ich in einigen Achttagen einmal vorbeikomme, um zu sehen, wie Ihr vorankommt.«

»Nein, keineswegs.« Ich hielt ihr die Tür auf und wartete im Hof, während sie in die Kutsche stieg.

Dann ging ich zurück in die Werkstatt und zeichnete einen ersten Entwurf für den Schreibtisch, trug alle Einfälle und Einzelheiten zusammen, die während der Unterhaltung zur Sprache gekommen waren, denn jetzt waren sie noch frisch in meinem Gedächtnis. Ich schrieb auch den Preis auf, er war höher, als ich es normalerweise für notwendig erachtete, aber ich hatte die Erfahrung gemacht, dass meistens alles länger dauerte und mehr kostete, als man ursprünglich gedacht hatte. Ich betrieb die Schreinerwerkstatt nicht nur aus künstlerischen Erwägungen. Ich hatte nämlich in der Zwischenzeit gelernt, dass ich nicht nur Holz kaufen musste, sondern auch Dinge wie Essen, Futter für Gairloch und die alte Stute und auch für die Tiere von Krystals Garde. Mehr als mir manchmal lieb war, obwohl Krystal das Futter für die Pferde und das Essen für die Soldaten größtenteils aus ihrer eigenen Tasche bezahlte. Sie würde vielleicht auch mehr dazugeben, doch mir wäre es unangenehm, sie danach zu fragen.

Den Rohentwurf und die Berechnungen legte ich in die Mappe für Aufträge – noch dünn, aber stetig wachsend – und machte mich wieder an Hensils Stühle.

Den ersten hatte ich soweit fertig, nur die Feinarbeit fehlte noch, und auch die Lehnen der nächsten zwei Stühle waren fertig. Es blieben noch fünf. Ich kämpfte also weiter mit den genuteten Speichen, ärgerte mich über die zu wenigen Zwingen und bastelte an den schwierigen Initialen.

Wie üblich kam ich nicht so weit, wie ich es gern gehabt hätte, denn als ich gerade die vierte Rückenlehne bog, schreckte mich ein leises Geräusch auf.

»Also, was willst du?« Tamra stand in der Tür. »So wichtig kann es nicht gewesen sein, sonst hättest du mich längst gefunden. Ich war nur kurz auf dem Markt.«

»Woher hätte ich das wissen sollen?« Ich legte die Zwingen beiseite, wischte mir die Stirn mit dem Ärmel ab und ärgerte mich ein klein wenig darüber, dass sie sich so angeschlichen hatte, um mich überraschen zu können. Mehr noch ärgerte ich mich allerdings über die Stühle. Die Rückenlehnen benötigten wieder mal mehr Zeit als geplant.

»Du hättest mich mit deinen Ordnungs-Sinnen suchen können.«

»Möchtest du etwas trinken?« Ich zog mir den Lederschurz aus und hängte ihn an den Haken, dann wischte ich die Zwingen mit einem Lappen trocken. Leim auf der Oberfläche der Zwinge raute das Holz auf und machte es unbrauchbar. Gute und saubere Werkzeuge bildeten die Lebensgrundlage eines jeden Schreiners.

»Natürlich.«

Wir gingen an ihrem angebundenen Rotschimmel vorbei ins Haus. Sie setzte sich an den Tisch, während ich den Rotbeerensaft holte. Rissa war mit dem Karren und der schwarzen Stute nach Kyphrien zum Markt gefahren.

»Weißt du, wo Justen ist?« Ich schenkte zwei Becher ein und stellte einen vor Tamra hin. Dann setzte ich mich ihr gegenüber.

»Nein. Krystal hat mich auch schon gefragt. Wolltest du mich deshalb sehen?« Tamra warf ihren grünen Schal über die Schulter.

»Auch. Ich wollte wissen, wo er hingeritten ist und wann er zurückkommt.«

Sie zuckte nur die Schultern und trank die Hälfte des Saftes aus.

»Warum sollte er fortgehen, ohne einem Menschen etwas zu sagen?« Ich stand auf und holte den Krug, füllte Tamras Becher erneut und stellte den Krug in ihre Nähe.

»Lerris, du bist immer noch so … beschränkt!«, fuhr sie mich an.

Ich war zwar nicht derjenige gewesen, der so dämlich war, seinen Körper von einem Weißen Magier übernehmen zu lassen, aber ich war beschränkt. »Also, wo ist er?«

»Er hat es mir nicht gesagt. Weil er für einige Zeit

hier gewesen ist, heißt das noch lange nicht, dass er kein Mann ist. Du mit deinen lüsternen Blicken für Krystal wirst das doch verstehen.«

»Justen?« Der Gedanke an meinen Onkel mit einer Frau brachte mich etwas aus der Fassung. »Justen?«

»Du bist unmöglich! Hast du dir Justen jemals angesehen, ich meine, richtig angesehen? Mit deinen Ordnungs-Sinnen?«

»Nein. Darauf bin ich bis jetzt noch nicht gekommen.«

Tamra seufzte. »Wie hast du nur jemals Antonin besiegen können …«

»Es war dein Glück, dass ich es geschafft habe.«

»Glück. Genau: Es war Glück.« Sie holte tief Luft. »Wenn du ihn einmal mit deinen Ordnungs-Sinnen betrachtest – falls du eines Tages doch darauf kommen solltest –, siehst du ein Lebensband. Es reicht zurück bis in die Ewigkeit.«

»Er ist mit jemandem … verbunden?«

»Das versuche ich dir gerade zu sagen.«

Ich runzelte die Stirn. »Dann verstehe ich auch die Geheimniskrämerei. Vielleicht hat er Feinde …«

»Na endlich.« Tamra schielte zur Speisekammer. »Hast du etwas zu essen im Haus?«

»Im Kühler ist etwas Käse.«

»Ich hole ihn.« Sie wühlte sich durch die Lebensmittel. Kühles Wasser aus dem Bach floss auf beiden Seiten unseres Kühlers herunter; diese Art von Kühlung stammte noch aus Dorrins Zeiten. In Candar gab es so etwas nicht, also ließ ich mir von Ginstal, dem Schmied, einen Kühler anfertigen. »Hast du nur den gelben Käse?«

»Den weißen haben wir neulich Abend aufgegessen und den neuen Laib im Keller habe ich noch nicht angeschnitten.«

Tamra schnitt sich trotzdem zwei kräftige Scheiben

ab und nahm sich ein großes Stück Brot aus dem Brotkasten. Ich trank den Rest meines Rotbeerensaftes, während sie sich hinsetzte und aß.

»Isst du auch etwas, Lerris?«

»Ich habe kurz bevor du kamst ein Stück Käse gegessen.«

»Ein spätes Frühstück?«

»Nein, Mittagessen.«

Sie zuckte zusammen. »… schon am Vormittag …«, murmelte sie mit vollem Mund. »Wann bist du aufgestanden?«

»Früh. Ich stehe immer früh auf, wenn Krystal nicht da ist. Dann kann ich jederzeit mit der Arbeit aufhören, wenn sie nach Hause kommt.«

»Was ist, wenn sie irgendwo unterwegs ist?« Tamra goss sich noch etwas Saft ein.

»Dann arbeite ich viel. In letzter Zeit habe ich viel gearbeitet.«

»Ja, Schreinerarbeit. Aber wie sieht es mit richtiger Arbeit aus?«

Ich sah sie verständnislos an.

»Du bist langsam und faul geworden.« Tamra strich sich eine Strähne ihres roten Haars von der Schulter und blickte auf meinen Oberkörper.

»Nein, das bin ich nicht. Nicht faul, jedenfalls.«

Sie stieß mich in die Magengrube. »Also gut, nicht faul … aber langsam, da wette ich.«

»Du suchst nur einen Grund, dein Können zu zeigen.«

»Na klar.« Sie grinste. »Deine Demut ist unerträglich. Der kleine Schreiner mit der bedeutenden Frau. Deine Demut ist schon fast überheblich, Lerris!«

Die Übung konnte ich gut gebrauchen, und auch eine Pause von diesen verfluchten Stühlen. »Also gut. Nur ein kleiner Kampf, und bitte … ohne Blut.«

»Also los, hol deinen alten Stab.« Tamra leerte ihren Becher und wischte sich den Mund ab.

»Ich habe einen neuen. Der alte ist zerbrochen, erinnerst du dich?«

»Ich erinnere mich nicht, dank der Dunkelheit. Fangen wir an. Ich soll nachher noch mit den Rekruten trainieren.«

»Gefällt es dir, immer geschlagen zu werden?«

»Sie müssen mich erst einmal treffen. Weißt du nicht mehr?«

»Das ist schon eine Weile her und außerdem ist es nur einmal geschehen.« Einmal hatte auch gereicht. Damals in Recluce, als ich das erste Mal gegen Tamra gekämpft hatte, hatte sie mich grün und blau und schließlich bewusstlos geschlagen, und das mit einem gepolsterten Stab. Ich war zwar seit damals wesentlich besser geworden, aber so wild auf einen Kampf mit ihr war ich nun auch wieder nicht.

Die Becher spülte ich noch aus und stellte sie ins Regal, dann gingen wir hinaus und ich holte meinen neuen Stab aus der Werkstatt.

Wir stellten uns in der Mitte des Hofes auf. Der Wind hatte gedreht und eine Brise wehte nun den strengen Geruch von vermoderten Blättern von den Westhörnern herüber.

»Ich hoffe, mit dem neuen Stab kannst du besser umgehen als mit dem alten.«

»Wir werden sehen.«

»Ja, wir werden sehen.« Tamra tänzelte nach links.

Ich tat es ihr gleich und versuchte das Gleichgewicht zu halten. Ich wusste, dass sie schneller war.

Peng! ... Ihr Stab raste durch die Luft, doch ich konnte ihn nach rechts abwehren.

Peng! Keine besondere Finesse ... die schlanke Gestalt verlagerte ihr Gewicht, um ihre ganze Kraft in dem Stab zu bündeln. Meine Finger waren blau von dem Schlag auf den Stab, aber ich richtete mich auf und versuchte sie zu lockern, ohne jedoch den Stab fallen zu lassen.

Peng! Peng!

Mir standen bereits Schweißperlen auf der Stirn, aber Tamra schien völlig unangestrengt, fast gelangweilt. So mussten die Soldaten im alten Westwind ausgesehen haben.

Ich täuschte einen Angriff vor, duckte mich und durchbrach ihre Deckung. Sie parierte, doch zuvor konnte ich ihr noch einen Schlag auf den Oberschenkel versetzen, allerdings keinen festen. Das brachte ich nicht fertig, nicht bei einem Übungskampf.

»Du glaubst wohl, du bist gut?«, raunte sie nur und verwandelte ihren Stab in einen Blitz.

Von diesem Punkt an musste ich mich meinen Ordnungs-Sinnen hingeben und meinen Körper davon leiten lassen.

Unsere Stäbe zuckten nur so durch die Luft. Ich bekam ein paar Hiebe ab und Tamra genauso. Sie traf mich jedoch öfter und sie schlug auch fester zu. Sie hatte keine solchen Hemmungen wie ich und deshalb war sie in Antonins Hände geraten. Aus diesem Grund hatte ich auch größere Mühe, sie mit dem Stab abzuwehren.

»Also gut! Also gut!« Ich war völlig außer Puste und richtete mich auf. Das Wasser lief mir in Bächen über den Körper. »Du machst das jeden Tag. Ich nur gelegentlich.«

Sie ließ den Stab sinken und sah nur wenig erhitzter aus als vor unserem Kampf. Lediglich das rote Haar war etwas zerzaust. »Wann wirst du aufbrechen?«

»Aufbrechen?«

»Mindestens die Hälfte der Elitegarde weiß, dass du einen Auftrag hast. Ferrel ist nicht zurückgekommen, Krystal hat die Garde übernommen und du fragst nach Justen.« Tamra schnaubte. »Man braucht es sich nur zusammenreimen.«

»Bald.« Ich beugte mich dem Unvermeidlichen.

»Aber da du ja so viel weißt ... was kannst du mir sonst noch erzählen?«

Tamra strich sich das Haar aus der Stirn. »Ich kann dir nicht sehr viel sagen. Nur das, was Justen dir auch sagen würde, wenn er hier wäre: Nimm dir *Die Basis der Ordnung* vor. Lies es. Du wirst nicht immer so viel Glück haben wie bisher oder dich auf deine Kampfkünste mit dem Stab verlassen können, auch wenn du schon um einiges besser geworden bist.«

»Danke.« Ich verbeugte mich; meine Rippen schmerzten, erinnerten mich daran, dass ich mit meinen Stabeskünsten allein wohl nicht sehr lange überleben würde. »Du hast dich auch verbessert.«

»Mit der Elitegarde habe ich genügend Übung. Man wird zwangsläufig schneller, wenn man gegen Klingen kämpft. Krystal ist eine gute Lehrerin. Kämpft ihr beiden auch gegeneinander?«

»Nur selten.«

»Das sieht man. Du solltest wirklich mehr üben.«

»Ja, aber wann?«

Tamra schenkte mir ein kurzes Lächeln. »Ich weiß, wie ihr zwei eure Freizeit verbringt.«

»So viel Freizeit haben wir nicht.«

Ihr Lächeln wurde immer breiter, am liebsten hätte ich sie verprügelt, doch stattdessen ging ich über den Hof in die Werkstatt und stellte den Stab in die Halterung an der Innenseite der Werkstatttür.

Danach ritt Tamra, zufrieden mit sich selbst, zurück zur Garde und ich musste wieder zu den Stühlen. Nach der Pause fiel mir die Arbeit leichter. Schon bald hatte ich die fünfte Rückenlehne gebogen und festgeklemmt und machte mich wieder über diese verdammten genuteten Speichen her, von denen ich wünschte, ich hätte sie nie entworfen. Die sorgfältige Ausführung dieser Arbeit, auch wenn der Entwurf sehr gut war, bereitete mir fast körperliche Schmerzen, ich hatte einfach noch nicht die Erfahrung von Onkel Sardit oder Perlot. Das tat weh, denn ich verbrachte mehr Zeit mit manchen Dingen, als klug war.

Klirrendes Pferdegeschirr und entferntes Holpern von Wagenrädern verrieten Rissas Rückkehr.

Sie kam kurz in die Werkstatt herein. »Wie viele zum Abendessen?«

»Ich würde mal sagen – sechs oder sieben. Wir drei und drei oder vier Soldaten.«

»Ihr … Nie weiß ich, wie viele zum Essen kommen.«

»Ich weiß es doch auch nicht und es ist doch zumindest zur Hälfte auch mein Haus.«

»Also Fantesa, sie sagt, sie würde in so einem Haus nie arbeiten wollen. Man weiß nie, kommen drei oder fünfzehn.« Rissa stemmte die Hände in die schmalen Hüften. »Am Morgen denke ich noch, ich koche für drei, und am Abend sitzen zehn hungrige Leute am Tisch. Oder umgekehrt.« Sie zog die Schultern hoch. »Auf dem Markt sehen mir alle nach und lachen über mich. Und Brene gackert wie ihre Hühner. Wir sollten uns auch ein paar zulegen.«

»Was soll ich dazu sagen?« Ich zuckte nur die Schultern und beachtete ihre Bemerkung über die Hühner nicht, denn ich wollte kein Federvieh im Haus haben. »Meine Gemahlin ist eine wichtige Frau.«

»Dieses Haus …« Aber sie sagte es mit einem Lächeln auf den Lippen, bevor sie sich in die Küche zurückzog – oder in ihre kleine Kammer dahinter. Ich wandte mich wieder den Speichen zu und konnte zwei fast fertig stellen, bevor es dunkel wurde.

Nach Sonnenuntergang ging ich mit dem Zündstein in den Hof. Drei missglückte Versuche überzeugten mich davon, dass die große Laterne nicht brennen wollte. Ich nahm sie herunter und überprüfte den Docht. Er war trocken und musste abgeschnitten werden und das hieß, ich musste die Laterne hinüber zum

Schuppen schleppen, wo ich das Lampenöl aufbewahrte, gut fünfzig Ellen vom Stall entfernt. Ich wollte verhindern, dass die Werkstatt oder das Haus mit dem Stall abbrannten, wenn dort der Blitz oder unkontrollierte Chaos-Kräfte einschlugen. Rissa murrte immer, weil der Schuppen so weit weg stand, und ich auch, wenn es kalt war, regnete oder schneite – obwohl das verhältnismäßig selten in Kyphros vorkam –, aber ich musste schließlich meine Polieröle und Firnisse irgendwo aufbewahren. Zum Glück war es in Kyphros meist warm, doch würde ich in Spidlar oder Sligo wohnen, hätte ich wahrscheinlich dasselbe getan.

Ich hatte die Laterne gerade wieder aufgehängt und angezündet, als ich Pferdehufe klappern hörte. Ich wartete draußen im Hof auf Krystal und die Elitegarde. Sie saß müde auf ihrem großen Rappen, doch sie lächelte. Ich reichte ihr die Hand zum Abstieg. Sie nahm sie und da wusste ich, wie müde sie war.

Ich warf einen flüchtigen Blick zu den vier Soldaten, von denen ich keinen kannte, dann wandte ich mich wieder an Krystal. »Ich habe Rissa gesagt, dass wir zu siebt zum Abendessen sind.«

»Gut. Von uns hat noch keiner gegessen.«

»Das habe ich mir schon gedacht.« Ich drückte ihre Hand, als wir das Pferd in den Stall brachten. Die anderen folgten uns. Ich sattelte das Pferd ab und striegelte es, während Krystal den Sattel auf den Sattelbock hievte und das Futter in den Trog schüttete.

Dann gingen wir im Halbdunkel zum Haus. Die ersten Sterne funkelten schon am Himmel. Kurz bevor wir hineingingen, gab mir Krystal eine schwere Lederbörse voller klimpernder Münzen. »Steck das ein.«

»Wofür ist das?«

»Für deine Reise, von Kasee. Bitte geh sparsam damit um. Unsere Finanzlage ist nicht die beste, obwohl Kasee das nie wahrhaben will.«

»Ich werde versuchen, etwas davon zurückzubringen, Kommandantin.« Ich nahm die Börse und verbeugte mich artig.

Krystal versetzte mir einen Hieb auf den Arm, heftig genug, um mich zusammenzucken zu lassen. »Also manchmal … manchmal bist du so … so …«

»Unerträglich?«

»Ja!«

»Hast du dich schon gewaschen?«, fragte ich.

»Nein.«

»Ich auch nicht.« Ich umarmte sie, jedoch nicht lange.

»Du hast Recht. Du bist nicht gewaschen. Und du bist unerträglich.«

Ich wandte mich an Rissa. »Das Abendessen wird noch eine Weile warten müssen. Zumindest bis wir einigermaßen vorzeigbar sind.«

»Zu viel Waschen ist nicht gut für die Haut.«

»Aber zu wenig auch nicht«, erwiderte ich darauf.

Nachdem ich im Schlafzimmer die Börse in den Schrank gelegt hatte, den ich viel zu hastig angefertigt hatte – immer wenn ich ihn sah, wünschte ich, ich hätte mir mehr Zeit dafür genommen –, gingen wir zusammen in den hinteren Waschraum.

Als ich meine Tunika auszog, sah mich Krystal verwundert an. »Was ist mit deinen Rippen passiert?«

»Tamra. Sie kam heute Morgen vorbei und wir kämpften zur Übung gegeneinander. Sie meinte, ich wäre nicht gut genug in Form.«

»Dich grün und blau zu schlagen soll deine Fähigkeiten verbessern?« Krystal lachte leise, als sie ihre Weste und Bluse auszog.

Da vergaß ich das Waschen, nahm sie in die Arme und versuchte, meine schmerzenden Rippen zu vergessen. Sie ließ es sich gefallen, doch nur für ein paar Sekunden.

»Wir sollten uns wirklich waschen, Lerris, die Soldaten sind hungrig.«

»Wo ist Yelena?«

»Sie macht sich fertig für morgen. Hast du das schon wieder vergessen?«

»Nein. Ich wünschte, ich hätte es.«

Nach dem Waschen rasierte ich mich noch schnell, dann trockneten wir uns ab und eilten in die Küche, wo alle Soldaten noch herumstanden und Rissa die großen Kasserollen gerade auf den Tisch stellte.

Es gab Burkha, schärfer als alle Chiligerichte, die die Kyphrer so gern aßen. Ich gab jedem Soldaten einen ordentlichen Schlag auf den Teller. Sie aßen alles, ohne auch nur den Anflug von Schweiß zu zeigen.

Ich schwitzte schon nach dem dritten Bissen, Krystal erging es genau so und wir mussten lachen.

»Perron?« Krystal sprach sanft. »Wir werden kurz nach Sonnenaufgang aufbrechen.«

»Ja, Kommandantin.« Er grinste uns beide an.

»Der Ordnungs-Meister ist mein Gemahl, doch was viel wichtiger für dich ist, er hat schon mehr Soldaten der Elitegarde gerettet als irgendjemand sonst in Kyphros.«

Perron fuhr bei diesen freundlich und ruhig gesprochenen Worten zusammen.

»Ich habe mich nie bei dir bedankt«, meldete sich eine Soldatin am anderen Ende des Tisches.

Ich sah sie an, doch ich kannte sie nicht.

»Ich war einer der zwei Soldaten. Im Tal von Krecia. Ich heiße Haithen.«

»Ich bin froh, dass ich helfen konnte, doch ich hatte auch viel Glück«, bekannte ich.

»Mit Glück hatte das aber nicht viel zu tun«, fügte sie hinzu und richtete ihre Worte an den Anführer. »Er ist derjenige, der den Weißen Magier mit einem Stab besiegt hat … auf einem Bergpferd.«

Jetzt schien Perron anzuerkennen, dass auch ich etwas geleistet hatte.

»Wie war dein Kampf mit Tamra heute?«, fragte Krystal unschuldig, doch ich konnte das Blitzen in ihren Augen sehen.

»Es ging fast unentschieden aus«, murmelte ich mit einem Löffel heißer Burkha im Mund. »Ich kann sie öfter treffen, aber sie schlägt härter zu.« Ich brauchte eine Scheibe Brot, Rotenbeerensaft allein konnte das Brennen in meinem Mund und Rachen nicht lindern.

»Du hast mit der rot… der rothaarigen Magierin gekämpft?«, fragte Perron.

»Ja, heute Mittag. Wir machen das ab und zu, schon seit Jahren.«

»Mutig, mutig.«

Da hatte er allerdings Recht.

Nach dem Essen und weiteren mutmaßenden Gesprächen über den zweifelhaften Hergang der Übergabe des Herzogtums Hydlen an Berfir verabschiedeten sich Krystal und ich.

Ich schloss die Tür, legte den kleinen Riegel vor und küsste sie.

»Wir haben Zeit, Lerris. Und ich möchte dir ganz nah sein, aber ohne meine Stiefel.« Sie setzte sich auf die Bettkante.

Ich folgte ihrem Beispiel, außerdem entledigte ich mich noch einiger weiterer überflüssiger Kleidungsstücke.

Krystal sah mich mit ihren großen schwarzen Augen lange an. Bei diesen Blicken glaubte ich förmlich in ihren Augen zu versinken. »Du weißt, dass du das morgen nicht tun musst?«

Ich sah zu Boden. Was sollte ich sagen? »Ich schulde dir … und Kasee …«

Sie schürzte die Lippen und legte eine Hand auf

mein Bein. »Was ist sonst noch passiert heute?«, fragte sie, als sie ihre Leiderkleidung auszog.

»Das weißt du doch. Wie war denn dein Tag?«, wollte ich wissen und zeigte auf einen hässlichen blauen Fleck.

»Tamra.«

»Donnerwetter, heute hat sie gründliche Arbeit geleistet.«

Wir lachten beide.

Krystal streckte sich auf dem Bett aus und lag dort im Schein der Lampe. Draußen hörte ich das leise Wispern des Abendwindes. »Du hast meine Frage noch immer nicht beantwortet. Was ist sonst noch passiert heute?«

»Nicht viel. Ich habe an diesen verfluchten Stühlen für Hensil gearbeitet. Ein paar Lehnen habe ich schon fertig. Aber es dauert ewig, weil ich nicht genug Zwingen habe. Oh, da fällt mir ein … kennst du eine Frau namens Antona? Sie sagte, sie kenne dich.«

»Antona?« Krystal lachte laut auf. »Sie ist die Besitzerin der Grünen Inseln. Sie besorgt die meisten … Kurtisanen … für die eher etablierteren und reicheren jungen Herren – und auch die gutaussehenden … Begleiter für Witwen und gelangweilte Ehefrauen.« Mit scharfer Stimme fragte sie: »Wo hast du sie getroffen?«

»Sie war heute Morgen hier und hat einen Schreibtisch in Auftrag gegeben.«

»Einen Schreibtisch?«

»Ja, einen sehr geschmackvollen Tisch. Einen sehr teuren mit passendem Stuhl dazu. Ich sagte ihr, er koste fünfzig Goldstücke.«

»Sie kann es sich leisten, aber trotzdem …« Krystal stieß einen bewundernden Pfiff aus.

»Du hast gesagt, ich soll die Preise nicht zu niedrig ansetzen.« Ich sah sie unsicher an. »Jetzt weiß ich auch, warum ich sie nicht ›meine Dame‹ nennen sollte.«

»Hast du das etwa getan, Lerris?«

»Ja. Wie hätte ich es besser wissen sollen? Sie war nicht ungehalten darüber, sie sagte nur, ich solle sie Antona nennen. Also nannte ich sie gnädige Frau.«

»Ein schöneres Kompliment hättest du ihr wahrscheinlich nicht machen können.«

»Sie wollte einen Schreibtisch. Also schreinere ich ihr einen.«

»Welche Art von Schreibtisch?«, fragte Krystal. »Einen reich geschmückten, kunstvoll verzierten?«

»Sie wusste genau, was sie wollte und …«

»Darauf wette ich.«

»… sie verlangte Schwarzeiche, einfach, aber doch vollkommen.«

»Ich frage mich warum. Soviel ich weiß, entspricht das nicht dem Stil der Grünen Inseln.«

Ich lachte. »Weil einfache, vollkommene Dinge viel mehr wert sind.«

»Ich weiß nicht, ob man das so sagen kann.«

»Du bist vollkommen.«

»Oh, Lerris.« Sie öffnete die Arme und ich löschte das Licht. Ich hatte so lange gebraucht, um zu erkennen, was sie zu bieten hatte, nicht nur jede Nacht, nein, Monat für Monat, und wie zerbrechlich jeder Augenblick war. Und wie bald der Morgen da sein würde.

VI

Cigoerne, Afrit [Hamor]

Der schlanke kahlköpfige Mann in der gelbbraunen Uniform steigt vor dem bewachten Tor des Palastes aus der Kutsche. Der Palast gehört Seiner Kaiserlichen Majestät Stesten, Kaiser von Hamor, Herrscher über die Meerespforten und Lehnsherr von Afrit.

»Marshall Dyrsse, Ser, wenn Ihr mir bitte folgen wollt.« Der junge Offizier neigt leicht den Kopf.

Dyrsse nickt barsch als Antwort, aber seine Augen wandern schon vom grünen Marmorpalast hinunter zum ruhigen Wasser des Flusses Swarth. Die Ufer werden von Hügeln begrenzt, die sich von der Hauptstadt mehr als fünfzig Meilen flussabwärts bis zum kaiserlichen Hafen Swartheld erstrecken.

»Ser?«

»Gehen wir«, befiehlt Dyrsse schroff. »Lassen wir den Kaiser nicht warten.«

»Nein, Ser. Lord Chyrsse sagte, der Kaiser sei heute schlechter Laune.«

»Und da will er mich sehen?«

»Ja, Ser.«

Die zwei marschieren durch das Tor an vier gelbbraun gekleideten, mit Gewehren bewaffneten Soldaten vorbei durch die gewölbte Eingangshalle aus hellem Marmor. Ihre Schritte auf dem polierten Steinboden hallen im hohen Raum. Die zwei Männer passieren zwei weiß gekleidete Diener, die einen Wagen mit duftendem gewürztem Fleisch vor sich herschieben.

Ein austranischer Diplomat in schwarzer Wollkleidung wischt sich den Schweiß von der Stirn, als die zwei Offiziere vorbeikommen, und ein Staatsmann aus der Provinz Merowey in fließenden weißen Hosen und einer pfirsichfarbenen Weste mit Goldtressen verneigt sein rasiertes Haupt. Zwei Männer in orangefarbener Uniform und mit braunen Lederkoffern grüßen den Marschall höflich, bevor sie die Empfangshalle verlassen.

»Sagte Chyrsse, warum?«, fragt der Marschall, als sie sich dem nördlichen Vorzimmer nähern.

»Nein, Ser.«

Als sie an einen Bogen mit braunen, golden umsäumten Vorhängen gelangen, kommt ihnen ein großer beleibter Mann entgegen. Er trägt leuchtend blaue Hosen und eine dazu passende blaue Seidentunika, seinen Hals schmückt eine breite Goldkette mit einem Medaillon.

»Marschall Dyrsse, der Kaiser wartet bereits auf Euch.«

»Ich bin unmittelbar nach Erhalt der Nachricht hierher geeilt, aber trotz der neuen Flussdampfer dauert es eine Weile.«

»Der Kaiser hat dafür sicher Verständnis«, antwortet Chyrsse.

»Der Kaiser muss kein Verständnis aufbringen, Chyrsse«, meint Dyrsse darauf. »Er muss nur befehlen.«

»Ihr versteht ... Ich werde Euch melden.« Er wischt sich noch einmal mit einem großen Baumwolltaschentuch über die Stirn und tupft sich die feuchten Wangen trocken, dann verschwindet Lord Chyrsse hinter einer kleinen Tür in der Ecke des Zimmers.

Der junge Offizier blickt hinunter auf die glänzenden achteckigen Bodenfliesen. Dyrsse durchstöbert das leere militärische Wartezimmer mit seinen Blicken und schüttelt anschließend den Kopf. Er legt seine Kopfbedeckung auf den polierten Ständer neben der großen Tür bei den zwei schweigenden Wachposten. Die Schwerter und die alte orange-schwarze Uniform, die sie tragen, stammen noch aus der Zeit der Gründung des Kaiserreiches.

Lord Chyrsse kommt wieder herein. »Seine Exzellenz erwartet Euch!«

Der Marschall schreitet auf die schwere Holztür zu, die die Wachposten ihm lautlos öffnen.

Lord Chyrsse streicht seine Seidentunika glatt und

tritt vor Marschall Dyrsse durch die Doppeltür. »Marschall Dyrsse, auf Befehl Eurer Exzellenz!«

Dyrsse findet diese hochtrabende Ankündigung leicht übertrieben und tritt ein in das Audienzzimmer, wo er auf einem orangefarbenen Teppich schreitet, sich schließlich zum Thron wendet und tief verbeugt. Er wartet.

»Ihr könnt Euch zurückziehen, Lord Chyrsse.« Die Stimme des Kaisers ist tief, überraschend tief, denn er selbst ist von dünner Gestalt mit kurzem, aber kräftigem schwarz-grauen Haar und einer schmalen, spitzen Nase. Stestens Augen sind von einem durchdringenden hellen Grün.

Hinter dem Marschall verbeugt sich Lord Chyrsse und geht rückwärts durch die Tür hinaus, die sich mit einem dumpfen Schlag schließt.

In dem hundert Ellen langen Zimmer sind keine Wachen zu sehen, doch die vielen Schießscharten in der oberen Galerie und die vier in der Wand, die den Thron in einem Halbkreis umschließt, zeugen von ihrer Gegenwart.

»Tretet näher, Marschall Dyrsse.«

Der dünne kahlköpfige Mann in der braunen Uniform nähert sich dem kaiserlichen Thron bis zur untersten von fünf breiten Stufen, wo er sich erneut verbeugt. »Eure Hoheit. Wie kann ich Euch dienen?«

»Indem Ihr das tut, was Ihr am besten könnt.«

»Wie Eure Hoheit befehlen.« Dyrsse verbeugt sich zum dritten Mal.

»Ihr sollt nach Candar gehen, nach Dellash. Wir werden dort eine Sache vollenden, die vor langer Zeit hätte vollendet werden müssen. Vor sehr langer Zeit schon, wodurch Hamor viel Schmach erspart geblieben wäre.«

»Ja, Eure Majestät.«

»Ihr klingt zweifelnd, Marschall.« Die Stimme des Kaisers wird härter.

»Eure Majestät haben bereits zwei Gesandte nach Candar geschickt. Euer Wunsch sei mir Befehl, Majestät, aber was könnte ich dort noch ausrichten?«

»Keiner der beiden verfügte über Euer Wissen über Schiffe, Truppen und Taktik. Und keiner der beiden hat verstanden, dass Candar nur eine Etappe darstellt auf unserem Weg zum endgültigen, viel zu lange aufgeschobenen Ziel.«

Dyrsse breitet hilflos die Arme aus.

»Zweifelt nicht daran! Aber Ihr wäret nicht Dyrsse, tätet Ihr es nicht. Deshalb seid Ihr Marschall und kein Gesandter. Gegenwärtig überwiegt in Candar die Ordnung. Aber ich wage zu behaupten, dass sich das in Kürze ändern wird.« Ein Lachen folgt. »Und zwar durch noch mehr Ordnung. Sogar wir können zur Vermehrung der Ordnung dort beitragen.«

»Wir? Zur Vermehrung der Ordnung?«

»In Candar werden sich die Dinge in kurzer Zeit sehr chaotisch entwickeln, wenn meine Gelehrten Recht behalten, und bisher behielten sie immer Recht. Dann bekommen wir die Gelegenheit, unsere eigene Form von Ordnung einzuführen.«

»Die Grosse Flotte?« Dyrsse wartet, erhält aber keine Antwort. Der Schweiß steht ihm auf der Stirn. »Majestät … Ihr wisst … Wie Ihr wisst, habe ich bereits darauf hingewiesen, dass die nach Candar entsandten Streitkräfte nicht ausreichen werden.«

»Das stimmt, aber zuerst einmal werdet Ihr die Befehle von Rignelgio oder seinem Nachfolger ausführen, so weit Ihr dazu in der Lage seid.«

»So soll es sein, Majestät.«

»So ist es, Dyrsse. Denkt daran, bevor man ein Schlangennest zerstört, muss man die Schlangen beobachten, um herauszufinden, wie weit sie sich schon verbreitet haben. Was gewänne ich dabei, wenn ich die Grosse Flotte schon jetzt aussenden würde?«

»Ganz Candar würde sich unterwerfen. Oder …«

»… oder sie beenden ihre kleinen Streitereien untereinander. Mag sein, obwohl ich bezweifle, dass dort außer dem Autarchen von Kyphros jemand auf den Gedanken käme. Besser, wir verfolgen weiter unsere jetzige Strategie. Candar wird fallen, ein Herzogtum nach dem anderen, und dann … dann werden die Schwarzen Teufel keinen Zufluchtsort mehr haben.«

»Ja, Majestät.«

»Ich weiß, Ihr würdet lieber von Anfang an gleich mit dem schweren Hammer zuschlagen.« Der Kaiser seufzt. »Aber diesen schweren Hammer müssen wir uns für die Schwarzen Teufel aufheben. Wir brauchen die Grosse Flotte nicht, um Candar zu unterwerfen, glaubt mir, Marschall Dyrsse.«

»Wahrscheinlich habt Ihr Recht, aber die zwanzig Kriegsdampfer, die jetzt über das Westmeer fahren, werden nicht ausreichen.«

»Ihr werdet mehr Schiffe für Candar bekommen, aber nicht die Grosse Flotte. Wisst Ihr, dass schon mein Großvater gern so eine Flotte besessen hätte? Er hätte sicher viel dafür gegeben, die Kugeln auf die Schwarze Stadt fliegen zu sehen.«

»Ja, Majestät.«

Ein weiterer, theatralisch lauter Seufzer entfährt dem Kaiser. »Ich sehe, ich muss es aussprechen, sogar für den großen Marschall Dyrsse. Dabei ist es so einfach. Ihr sollt Candar einnehmen. Ser Rignelgio hat bereits mit Hilfe des Herzogs von Freistadt damit angefangen. Ihr sollt ihn dabei unterstützen. Diese Unterstützung erfolgt einerseits, indem Ihr die candarischen Händler vom Handel mit Recluce abschneidet, und andererseits, indem Ihr die Händler von Recluce daran hindert, Waren nach Candar zu schaffen.«

»Die Schwarzen Magier werden ihre Schiffe aussenden.«

»Es ist ein offenes Geheimnis, dass sie nur drei Schiffe besitzen. Vielleicht könnt Ihr eines oder auch zwei davon ausschalten mit Hilfe der Schiffe, die ich Euch geben werde – als Vorwand, um den Angriff auf Candar zu rechtfertigen.«

»Nur drei? Drei Schiffe, und wir haben Recluce so lange gefürchtet?«

»Diese drei haben im Laufe der Jahre Dutzende unserer besten Schiffe versenkt, weil sie so schnell sind und man sie nicht sehen kann. Deshalb haben auch alle geglaubt, es gäbe mehr, aber … wir haben ausgezeichnete Informationsquellen, Marschall. Es sind nur drei Schiffe. Jedes einzelne ist gefährlich, aber … einen ganzen Kontinent können sie nicht abschirmen.«

Dyrsse versucht, seine Besorgnis mit einem Nicken zu überspielen.

»Versteht Ihr nun? Gut. Das Zentrum der Macht von Recluce liegt in der Schwarzen Stadt Nylan. Wenn Nylan fällt, fällt auch Recluce. Und wenn Nylan nur noch aus Schwarzen Ruinen besteht … könnt Ihr mir folgen?«

»Ich weiß, dass Nylan und Recluce fallen müssen, Majestät.«

»Gut. Einstweilen werden Rignelgio und Leithrrse die Angelegenheit in Candar regeln. Ich nehme an, dass sie und die meisten Edelleute in Hamor die wirkliche Gefahr, die uns im fernen Ostmeer bedroht, nicht erkennen. Ihr werdet sie mit all Euren Fähigkeiten unterstützen. Dann werde ich Euch mit den Werkzeugen ausstatten, um Nylan dem Erdboden gleich zu machen und Recluce zu zerstören.«

»Ihr rechnet nicht damit, dass die beiden Euren Plan durchschauen?« Dyrsse fühlt, dass seine Lippen trocken sind, doch er wagt nicht, sie anzufeuchten, solange der Kaiser ihn beobachtet.

»Sie gehören zum hohen Adel in Hamor, aber alle

Edelleute hier haben lange vergessen, dass Hamor zwei große Flotten an den Schwarzen Inselkontinent verloren hat, noch ehe es die Schwarzen Schiffe gab.«

»Majestät ... Ihr befehlt mir, dass ich Eure Gesandten mit all meinen Fähigkeiten unterstützen soll, aber Ihr wollt nicht, dass sie obsiegen.« Dyrsse verbeugt sich. »Ich bin ein Soldat und ich werde meine Pflicht bis zum letzten Atemzug erfüllen, aber dazu muss ich meine Pflicht kennen. Ich kann mich nicht darauf verlassen, Euren Wunsch zu erraten, Ser.«

»Mein Wunsch ist ganz einfach, Dyrsse. Zerstört Recluce. Meine Gesandten sind nur daran interessiert, durch Candar reich zu werden, sie wollen Recluce nicht wirklich zerstören. Früher oder später wird Recluce sie beseitigen und Ihr werdet die Ämter übernehmen. Ämter, die ich Euch zu diesem Zeitpunkt nicht übergeben kann, da die Gefahr noch nicht offensichtlich ist, und sogar ein Kaiser darf das Vertrauen seiner Edelleute nicht missbrauchen.«

»Ser, nun kenne ich meine Pflichten und ich werde mein Bestes tun, um sie zu erfüllen. Doch Ihr habt erwähnt, dass es noch niemandem gelungen ist, die Schwarzen Teufel und ihre unsichtbaren Schiffe – wenn es auch nur drei sind – zu besiegen. Auch die Magier muss man in Betracht ziehen. Wie soll es also mir gelingen?«

»Ihr wurdet mir von höchster Stelle empfohlen. Warum muss ich jede Einzelheit aussprechen?«

»Damit ich mein Bestes für Euch tun kann.«

Eine kurze Pause entsteht. »Wenn die anderen gescheitert sind, werdet Ihr einen besonderen Auftrag von mir erhalten – Ihr werdet alle Kräfte Hamors gegen Recluce aufbieten. Noch nie hat ein Kontinent hunderte von Schiffen besessen, die aus Schwarzem Stahl und Ordnung gebaut wurden. Und auch keine Geschütze, die fünf und zehn Stein schwere Kugeln abfeuern können. Was die Schwarzen Magier betrifft, auch von ihnen gibt es nicht unendlich viele. Es gab niemals mehr als eine Handvoll und dieser Handvoll wird es nicht gelingen, sich gegen die geballte Ordnung der Grossen Flotte durchzusetzen … wenn die Zeit gekommen ist.« Der Kaiser hält inne. »Habt Ihr nun Eure Befehle verstanden? Seid Ihr Euch über Eure Pflichten im Klaren?«

»Ja, Ser.«

»Dann sehe ich dem Erfolg Eurer Bemühungen mit Freuden entgegen. Ihr könnt gehen.«

Dyrsse verbeugt sich. Erst als er das Zimmer verlassen hat, wischt er sich den Schweiß von der Stirn.

VII

Ein grauer Himmel bedeckte Kyphros und ein leichter Wind wehte von Osten her, als Yelena – die Truppenführerin, die mich auch damals auf meinem Weg zum Weißen Magier Antonin eskortiert hatte – und drei andere Soldaten der Elitegarde mich vor dem Stall abholten. Die Luft roch nach baldigem Regen.

Krystal und ihre Soldaten waren schon früher aufgebrochen, viel früher, und ich wusste, dass sie die vorherige Nacht nicht nach Hause gekommen wäre, wenn nicht auch ich heute hätte aufbrechen müssen. Gairlochs Satteltaschen waren prall gefüllt – nicht nur mit Lehrlingswerkzeug, sondern auch mit Brot und hartem Käse. Zusätzlich hatte ich Trockenobst und einen dicken, wasserdichten Umhang eingepackt und auch die Bettrolle, die ich in Howlett erstanden hatte, kurz nachdem ich nach Candar gekommen war. In die Feldflasche hatte ich Rotbeerensaft gefüllt, doch ich wusste, er würde nicht lange reichen. Gairloch war also schwer beladen.

Als ich die Bettrolle sah, die in Recluce hergestellt worden war, fragte ich mich, wie es wohl meinen Eltern ging. Ich hätte einen Brief schreiben und einem Händler mitgeben können, aber ich wurde das Gefühl nicht los, dass sie diejenigen gewesen waren, die mich aus Recluce verjagt und zum Gefahrenbrigadier gemacht hatten. Sogar die Tatsache, dass mein Vater, der große Gunnar, ein Tempelmeister und der Leiter des Instituts für Ordnung war, hatten sie mir verschwiegen.

Sollte ich schreiben? Ich konnte mich nicht entscheiden, selbst als ich schon im Hof stand.

»Guten Morgen, Ordnungs-Meister.«

Yelenas Gruß riss mich aus meinen Gedanken.

»Guten Morgen, Anführerin Yelena.« Ich schwang mich auf Gairloch und schnalzte mit der Zunge. Diese Aufforderung hätte er gar nicht gebraucht; er trottete bereits in Richtung Hauptstraße.

Gairloch wieherte.

»Ja, ich weiß. Du dachtest, diese Zeiten wären vorbei.« Ich gab ihm einen Klaps auf den Hals und er schnaubte heftig.

»Ein Ordnungs-Meister wird immer ein Ordnungs-Meister sein.« Yelena ritt neben mir her und ich musste zu ihr hinaufsehen. Ihr Pferd war gut vier Handbreit größer als Gairloch.

»So wie ein Mitglied der Elitegarde immer eines bleiben wird?«

»Du wirst ohnehin mit den Stiefeln an den Füssen sterben.«

»Oh, schon so fröhlich heute Morgen.« Ich verabreichte Gairloch einen etwas festeren Klaps, doch er schnaubte nur wieder.

Weldein versuchte, ein Grinsen zu unterdrücken. Freyda und ein weiterer Soldat – Jylla war ihr Name, wenn ich mich recht erinnerte – ritten schweigend hinter uns.

Meine Finger suchten den neuen Stab im umgebauten Lanzenköcher. Er bestand aus massivem Lorkenholz und war mit Stahl eingefasst, besaß jedoch keine zusätzliche Ordnung wie mein alter Stab. Natürlich hatte ich ihm damals diese zusätzliche Ordnung eingeflößt, ohne es zu wissen. Wie Justen mir erklärt hatte, war das eines der großen Probleme gewesen. Recluce – und auch mein Vater – hatten mir nicht genug beigebracht und immer noch wusste ich nicht warum.

»Das hier ist mir lieber als der Wachdienst in der Zitadelle.«

»Das sagst du«, meinte Jylla.

»Frauen«, murmelte Weldein.

Da die Frauen in der Überzahl waren, wagte ich dazu nichts zu sagen. Ich verlagerte schweigend mein Gewicht im Sattel und hoffte, dass der Tag kühl bleiben würde.

Ich zog den Stab aus dem Köcher und machte meine Übungen zu Pferd, da ich sonst keine Zeit dazu hatte und meine unregelmäßigen Übungskämpfe meist auf dem Boden stattgefunden hatten.

Nach einer Weile steckte ich den Stab wieder ein. Freyda hatte mich beobachtet. Ich hob die Augenbrauen.

»Nur die Rothaarige ist besser.«

Ich versuchte, ernsthaft zu bleiben. »Die Rothaarige?«

»Der Lehrling des Grauen Magiers. Auf Befehl der Sub-Kommandantin mussten wir gegen sie kämpfen. Meine Rippen tun mir heute noch weh, obwohl es schon drei Tage her ist.«

»Du hast gestern mit ihr gekämpft, nicht wahr, Ordnungs-Meister?«, fragte Yelena. Die Frage war eigentlich eher eine Feststellung.

»Ich glaube, ich konnte ihr ein Unentschieden abringen.«

»Sie hatte einige neue blaue Flecken am Körper.«

Tamra? Hatte ich sie wirklich so hart getroffen? Ich schüttelte den Kopf.

Yelena lächelte mich nachdenklich an, Freyda und Jylla tauschten Blicke aus. Ich berührte den Stab und konzentrierte mich aufs Reiten. Wir mussten Kyphrien durchqueren, um auf die Oststraße zu gelangen. Die Gerüche von gebratenem Lamm, Ziege und Zwiebeln und anderen weniger erwähnenswerten Dingen stiegen mir in die Nase, lange bevor wir die Straße erreichten. Das Stimmengewirr war das gleiche wie immer.

»... Mytara, ich habe dir doch schon einmal gesagt, dass Eier ...«

»... beste Bronze in Candar ...«

»Man sollte meinen, dass sie einen zuverlässigen Versorger vorziehen würde, aber nein, sie besteht auf einem Schönling, einem, der nichts arbeiten will. Was wird sie tun, wenn sie drei Kinder hat und Geld braucht für ein Mädchen? Hat sie daran schon einmal gedacht ...«

»... du hättest durch den See gehen können, ohne dass deine Stiefel nass werden ...«

»Lass dir von Hyrella die Zukunft vorhersagen! Kostet nur einen Kupferling. Willst du nicht einmal einen Kupferling für deine Zukunft ausgeben?«

»... besten Kuchen in Kyphros ...«

»Ein Dieb! Ein Dieb! Haltet den Dieb!«

Meine Augen erfassten die kleine, dünne Gestalt, die das Kopfsteinpflaster hinunter rannte, zwischen zwei Frauen hindurch huschte und in eine schmale Gasse einbog, die hinunter zum Fluss führte.

Der dicke Händler kam schwer schnaufend zum Stehen und starrte Yelena an. »Ihr dient dem Autarchen und lasst ihn laufen! Warum habt ihr ihn nicht aufgehalten?«

Yelena stieg ab, ich tat es ihr gleich. Einige Leute blieben stehen.

»Warum habt ihr ihn nicht aufgehalten?« Der große Schnauzbart des Mannes wogte auf und ab bei dieser Frage.

»Ich hätte über Menschen reiten müssen«, antwortete Yelena.

»Das ist keine Antwort. Ihr habt einen Dieb entkommen lassen! Ich werde dafür sorgen, dass der Autarch von diesem … schändlichen …«

»… da seht … Fuston …«

»… zu fett, um einen Dieb zu verfolgen, und ein zu großer Betrüger, als dass ihm jemand helfen würde …«

Fuston drehte sich um. »Ich habe es gehört. Ihr Lügner!«

»… zu fett …«

»… zu selbstsüchtig …«

Yelena hatte Mühe, nicht loszulachen, als Fuston seinen breiten Rücken herumhievte, um mich anzusehen. »Du. Sag diesen Soldaten, sie sollen den Dieb verfolgen.«

»Ich?« Ich schüttelte heftig den Kopf. »Er ist doch schon über alle Berge. Was hat er gestohlen?«

»Oliven aus meinem Fass, er hat sie in die Tasche gesteckt und ist damit davongerannt.« Der dicke Mann watschelte auf mich zu.

»… Kind kann die Oliven besser gebrauchen als Fuston …«

»Du bist doch der berühmte Ordnungs-Meister! Warum sorgst du nicht dafür, dass Ordnung herrscht in Kyphrien?« Fustons übel riechender Atem traf mich härter als seine Worte, als er sich nach vorn lehnte, sein Gesicht keine drei Handbreit von meinem entfernt. Wie kam es, dass mich Menschen wie Fuston kannten und einige Mitglieder der Elitegarde nicht? Wahrscheinlich weil Fuston sich solche Paraden ansah, wie sie Kasee bei meiner Rückkehr nach Kyphros veranstaltet hatte, während die Soldaten arbeiten oder Wache halten mussten.

»Ich nehme an, er war hungrig«, sagte ich ruhig und ließ Gairloch ein paar Schritte zurückgehen.

»Aha, er war also hungrig! Er stiehlt meine Oliven und ihr wollt nichts dagegen unternehmen.« Fuston machte einen weiteren Schritt nach vorn, um den Abstand zwischen uns wieder zu verkleinern.

Yelena griff nach ihrem Schwert, Freyda und Jylla beobachteten uns mit unbewegtem Gesicht.

»Habe ich das richtig verstanden ...«, versuchte ich Zeit zu gewinnen. »Dieser kleine Dieb war so hungrig, dass er die Oliven direkt vor deinen Augen aus dem Fass gestohlen hat?«

»Natürlich. Wie hätte ich ihn sonst dabei beobachten können?«

»Fällt dir denn nichts auf? Entweder war der Dieb fürchterlich anmaßend, entsetzlich dumm oder schrecklich hungrig. Wenn er anmaßend oder dumm war, wird er es wieder versuchen und früher oder später wird ihn jemand dabei fassen.« Ich räusperte mich. »Wenn er nur hungrig war, wird er leider auch wieder stehlen und man wird ihn eines Tages auch erwischen.« Ich wollte mir meine nächsten Worte genau überlegen, als der Händler mir mit seinem fetten Finger drohte.

»Du willst also nichts unternehmen? Ein feiner Magier bist du!«

Ich blickte ihm wütend in die Augen. »Du bist reich. Du hast genug zu essen und die Möglichkeit, dich selbst zu schützen. Du bist ärgerlich, weil ein kleiner Junge einen Narren aus dir gemacht hat, und willst nun die Schuld anderen zuschieben. Der Dieb ist längst verschwunden. Ich bin kein Weißer Magier, dem nach Blut dürstet. Auch kein Weißer Magier, der Menschen zu einem Häuflein Asche verbrennt. Was willst du also?«

»Ich will Gerechtigkeit!«

Ich grinste. »Aber du hast deine Gerechtigkeit. Ein hungriger Junge hat zu essen und du hast alle vor dem Dieb gewarnt. Ist das keine Gerechtigkeit? Oder würdest du es als gerecht erachten, wenn ein Weißer Magier den hungrigen Dieb mit einem Feuerstoß verbrennen würde?«

»Pah ... der Autarch wird davon erfahren ... verlasst euch darauf ... ihr werdet ja sehen ...« Fuston sah mich ein letztes Mal wütend an und watschelte davon.

»... keine schlechte Antwort für einen so jungen Magier ...«

»... nicht so gut ...«

»... er hat Recht. Fuston ist zu fett, um seine junge Frau ins Bett zu kriegen ... vergesst den Dieb ...«

Wir ritten weiter auf der gepflasterten Straße, die uns zur Oststraße führte.

»Das war keine schlechte Predigt«, sagte Yelena. »Bringt man euch das in der Magierschule bei?«

»Es gibt keine Magierschule. Mein Vater und Justen haben mir beigebracht, vor dem Sprechen zu denken. Menschen wie dieser Händler geben einem aber keine Zeit zum Nachdenken.« Meine Finger berührten den glatten Stab, das Holz spendete mir Trost. Ich musste jedoch Acht geben, dem Stab nicht noch mehr Ordnung einzuflößen. Dadurch könnte meine Seele gespalten werden. Mit einigen Magiern war das tatsächlich schon geschehen, ohne dass sie es bemerkt hätten. Beinahe wäre es auch mir passiert, doch ich hatte es gerade noch verhindern können, hauptsächlich durch Justens Rat, *Die Basis der Ordnung* wieder zu lesen.

»Diebstahl ist etwas Böses.« Ich hustete. Das viele

Sprechen war ich nicht gewohnt. Schreinern ohne einen Lehrling war eine stille Arbeit. »Aber Diebe zu schlagen oder zu töten, die so hungrig sind, dass sie bei Tageslicht Oliven stehlen müssen, ist genau so böse.«

»Du hast Recht.« Weldein blickte auf die östlichen Tore, die keine zweihundert Ellen mehr entfernt waren.

Jylla und Freyda nickten.

Ich gab Gairloch erneut einen Klaps und blickte zurück auf die Residenz des Autarchen, die nun schon nicht mehr zu sehen war, und dann voraus auf die Straße.

VIII

Der große Mann mit dem sandfarbenen Haar und den kräftigen Unterarmen ging an der Pier entlang auf das Schiff zu, das am letzten Anlegeplatz lag. Die Brise trug die Küchendüfte des Hafenviertels von Nylan bis zur Pier und mischte sie mit dem Geruch von Seetang und Fisch. Das Stahlschiff mit dem Namensschild *Shrezsan* hatte die Flagge Hamors am Göschstock über dem Heck gehisst. Als er das Namensschild bemerkte, huschte ein Lächeln über seine Lippen.

Kleine Dampfwolken stiegen aus den zwei Schornsteinen auf. Aus den glatten Seiten des Rumpfes ragten keine Schaufelräder heraus, aber die Enden der zwei großen Schiffsschrauben waren im grauen Wasser des Hafenbeckens von Nylan zu sehen. Der stattliche Mann stand neben einem Poller, der etwa halb so groß war wie er, und schloss die Augen, konzentrierte sich auf das Schiff. Er stand für eine Weile still, da donnerte ein dampfgetriebener Traktor heran und blieb stehen.

»Seid Ihr das, Magister Gunnar?«

Gunnar öffnete die Augen und wandte sich der dunkelhaarigen Frau im schwarzen Overall zu. Er senkte den Kopf.

»Caron. Aus Sigil. Ich war in Eurem Kurs ›Ethik der Ordnung‹ im Tempel in Wandernicht.«

»Es tut mir Leid, ich habe dich nicht erkannt.« Er zeigte auf das Schiff. »Ich hörte von den neuen hamorischen Dampfern und kam her, um sie mir anzusehen.«

»Sie sind schön. Und auch schnell.«

»*Shrezsan* – das ist kein hamorischer Name. Ich frage mich …«

Caron lachte. »Das Schiff gehört Leithrrse. Er stammt aus Enstronn und ist als Gefahrenbrigadier nach Hamor gegangen, aber nie zurückgekehrt. Nun lebt er als wohlhabender Händler in Hamor, manchmal fungiert er sogar als Gesandter des Kaisers – natürlich nicht hier.«

»Nein … natürlich nicht.« Gunnar hielt inne. »Der Stahl scheint eine so hohe Festigkeit wie Schwarzes Eisen zu besitzen und die Schiffsschrauben sind glatt poliert.«

Caron nickte. »Ein Maat hat mir erzählt, dass sie Kriegsschiffe gebaut haben, die noch schneller sind, viele davon, einige sind auch auf dem Weg hierher. Ich sollte es aber keinesfalls weitersagen, Ihr versteht …«

»Wenn sie dazu in der Lage sind, würde es mich nicht wundern, wenn sie die Schiffe auch mit Kanonen bestücken würden.«

Caron blickte sich auf der Pier um. »Das haben sie bereits getan. Mit hunderten von Kanonen. Einer der Matrosen hat es im *Weißen Hirsch* erzählt.«

Gunnar zupfte an seinem Kinn. »Dazu braucht man große Mengen an Eisen.«

»Hamor hat viel davon.«

»Das nehme ich an.« Gunnar sah hinaus auf den Golf in Richtung Candar.

Eine Dampfpfeife ertönte und Caron lächelte Gunnar

an. »Das gilt mir. Das nächste Schiff wird beladen. Es war schön, Euch zu treffen, Magister Gunnar.«

»Ganz meinerseits, Caron.« Gunnar wandte sich wieder der *Shrezsan* zu, stellte sich neben den Poller und schloss erneut die Augen.

Die Dampfpfeife ertönte zwei weitere Male, zwei Möwen segelten über dem Steven des Dampfers herab.

An der nächsten Pier bewegte sich das Wasser, Kielwasser schien sich zu bilden. Die Pier war zwar leer, aber doch bewacht; plätschernde Wellen deuteten auf ein auslaufendes Schiff hin.

Gunnar öffnete die Augen und folgte dem unsichtbaren Schiff eine Weile. Schließlich schüttelte er den Kopf und ging zurück zu den Geschäften nahe der Pier.

IX

Hinter Kyphrien hielten wir uns in südöstlicher Richtung. Die gestampfte Lehmstraße war breit genug für drei Pferde oder für einen Wagen mit Pferd. Wir ritten durch rote Lehmhügel, die mit feinem Sand bestäubt waren. Kleine Grasflecken und gepflegte Olivenhaine lockerten die Landschaft auf, die Blätter glänzten grau im hellen Licht des nahenden Winters. Zwischen den Hainen lagen kleine Dörfer, so klein, dass noch nicht einmal ein Wegweiser dastand, es gab auch keine Dorfplätze, nur weiß gestrichene Häuser mit roten Ziegeldächern und ein paar Kinder – einige saßen auf Mauern, andere hüteten Schafe oder trieben Ochsen mit langen Stöcken vor sich her.

Am Vormittag löste sich die hohe graue Bewölkung auf, der leichte Wind blieb uns erhalten, hatte allerdings die Richtung gewechselt und blies nun kälter aus dem Norden.

Ich fragte mich, wie viele der Olivenhaine wohl Hensil gehörten, dem Händler, der die Stühle bestellt hatte. Irgendwie mochte ich Antona lieber als Hensil, ihr Beruf gefiel mir allerdings nicht sonderlich. Beide stillten den menschlichen Appetit, doch die Vorstellung, dass Handel mit Menschen betrieben wurde, behagte mir nicht. War Hensil, nur weil er reicher war, ein besserer Mensch als Fuston, der wollte, dass ich einen hungrigen Jungen bestrafe? Lebensmittelhändler hielten ihre Ware für die zurück, die Geld hatten, und Frauenhändler belieferten auch nur die Kunden, die zahlen konnten. Der Unterschied war wohl, dass Frauen einen Verstand besaßen und Oliven vermutlich nicht.

»Du wirkst besorgt, Ordnungs-Meister«, bemerkte Yelena.

»Ich vergleiche gerade Oliven mit Frauen«, murmelte ich.

Jylla und Freyda grinsten sich an.

Weldein strich sich sein langes blondes Haar zurück und fragte belustigt: »Darüber musst du nachdenken?«

Da konnte auch ich ein Lachen nicht unterdrücken.

Die Olivenhaine wurden langsam weniger, nur noch vereinzelt wuchsen Bäume zwischen den immer kahler werdenden Hügeln, auf denen bald nur noch niedrige, knorrige Zedern standen. Dörfer gab es kaum noch, andere Reisende waren nur spärlich anzutreffen. Die Mittagszeit verbrachten wir an einem kleinen Bach zwischen zwei Hügeln, um die Pferde zu tränken. Etwas weiter flussabwärts verwandelte gerade eine kleine Schafherde den Grasflecken um eine feuchte Stelle in einen langen braunen Streifen.

»Gut, dass sie flussabwärts grasen.« Yelena war offensichtlich erleichtert.

Gerade wollte ich das Wasser aus der hohlen Hand

trinken, da hielt ich inne und beschloss, dass es nicht schaden könnte, dem Wasser ein wenig Ordnung einzuflößen. Yelena trank aus ihrer Feldflasche. Weldein auch. Aber ich wollte mir meinen Rotbeerensaft aufheben. Während ich meine Ordnungs-Kräfte aussendete, fühlte ich, wie Spannung und Chaos aus dem Wasser entfleuchten.

»Kann man es trinken?«, fragte Jylla. »Wird man davon nicht krank?«

»Sei vorsichtig«, riet ich ihr. »Wenn du nicht unbedingt musst, trink es nicht.«

»Aber du trinkst es doch auch.«

»Ich habe dem Wasser etwas Ordnung eingeflößt.«

Freyda und Jylla sahen sich kopfschüttelnd an. Dann ging ich zu Gairloch und holte Käse und trockenes Brot aus der Satteltasche.

»Wollt ihr etwas davon?« Ich bot ihnen eine schmale Scheibe weißen Käse an. Die Elitegarde wurde normalerweise nicht gerade üppig versorgt.

»Danke«, Weldein und Yelena nahmen mein Angebot an.

Auch Freyda und Jylla nickten dankbar.

»Wie lange werden wir nach Lythga brauchen?« Krystal meinte, bis Jikoya müssten wir vier stramme Tage reiten, dann noch zwei bis Lythga und zu den Mittleren Osthörnern.

»Etwas mehr als sechs Tage«, antwortete Yelena, nachdem sie die Hälfte des Käses mit einem Bissen verschlungen hatte. »Dein Weg nach Hydlen ist dann noch fast einen Achttag länger.«

»Aber ich möchte auf keinen Fall den direkten Weg nach Arastia nehmen. Da könnte ich meine Ankunft gleich mit Trompeten ankündigen und rufen: ›Hallo, Gerlis, hier bin ich.‹ Das wäre reiner Selbstmord.«

Yelena runzelte die Stirn. »Gegen Antonin hast du auch allein gekämpft.«

»Damals war ich jünger und unerfahrener. Und er war eigentlich schon mein zweiter Magier. Bei Antonin lagerte auch kein Heer in der Nähe. Beim ersten Magier schon, ich musste um mein Leben rennen, was mir glücklicherweise auch gelang.« Ich erwähnte nicht, dass mir mein Schutzschild sehr geholfen hatte, wodurch ich für die Soldaten unsichtbar war; und trotzdem hätten sie mich mit ihren blind abgeschossenen Pfeilen beinahe getroffen. Den Schutzschild konnte ich nur gegen die Soldaten einsetzen, nicht gegen den Magier, und auch gegen Gerlis würde er mir nicht helfen. »Das Ziel dieser Mission ist außerdem auch, nach Kyphrien zurückzukehren, um den Autarchen über die Vorgänge zu unterrichten.«

Jylla entfuhr ein Schnauben und ich sah hinüber zu ihr; sie stand blass neben ihrem Pferd.

»Wir verstehen dich gut, Lerris«, bemerkte Yelena trocken.

»Wirklich?« Ich wollte mich nicht ärgern, aber ein wenig aufgebracht war ich schon.

Sie schüttelte den Kopf.

»Ich bin schon froh, wenn ich aus dieser Sache heil wieder herauskomme.«

»Ich habe großes Vertrauen in dich, Ordnungs-Meister.«

Wenigstens eine, die das hatte.

Ich packte den Käse ein, flößte dem Wasser noch einmal etwas Ordnung ein und wusch mir damit das Gesicht. Die Schafe verstreuten sich nun und entfernten sich langsam von der Straße.

»Es tut mir Leid«, sagte ich leise zu Yelena, als wir weiterritten.

»Du brauchst dich für nichts zu entschuldigen.« Sie hielt inne. »Weißt du, was dich gefährlich macht, Lerris?«

»Mich? Gefährlich?«

»Ja, dich«, versicherte sie mir und warf einen Blick auf die drei Soldaten, die uns mit etwas Abstand folgten. Sie senkte die Stimme: »Du tust einfach, was getan werden muss. Und du tust es mit aller Kraft.«

»Ich denke nur praktisch. Ich mache alles, so gut ich kann. Wenn ich etwas tun muss, dann tue ich es. Und wenn nicht, dann lass ich es.« Verlegen starrte ich auf die Straße vor mir, suchte nach Schafen, Wegweisern, irgendetwas.

Auf der Straße nach Dasir wurden die Hügel flacher, die Sonne schien wärmer und der leichte Wind legte sich.

Haaa … tschii! Ich rieb mir die Nase und versuchte das zweite Niesen zu unterdrücken.

Jyllas Niesen stand meinem in nichts nach.

Die gestampfte Lehmstraße wurde trockener und damit röter und staubiger.

»Dein Niesen ist wirklich gewaltig«, schmeichelte mir Yelena.

»Danke.« Meine Nase lief und war ganz rot von dem Staub, der überall hineinzukriechen schien.

»Es war ein trockenes Jahr in diesem Landstrich Kyphriens«, fuhr sie fort. »Deswegen der Staub. Aber immer noch besser als Schlamm.«

Ich dachte darüber nach, während ich so vor mich hin hustete und nieste, doch ich konnte Yelenas Ansicht nichts abgewinnen. Ein Ordnungs-Meister konnte Fliegen und Insekten vertreiben, aber gegen Staub war er machtlos. Ich kratzte mich bald überall und fragte mich, ob wohl in der *Basis der Ordnung* auch die Krätze behandelt wurde. Genau das war nämlich das Problem. Wenn man etwas erst dann lernte, wenn man es brauchte, war es zu spät, oft viel zu spät. Ich seufzte und beschloss, am Abend das Buch zur Hand zu nehmen.

Mit jedem Schritt wurde mehr Staub aufgewirbelt.

Die Beine des armen Gairlochs sahen aus, als trüge er Stiefel aus rotem Staub. Und ich trug einen Umhang aus demselben Material.

Haaa … tschii! Über uns hatte der Himmel eine helle blaugrüne Farbe angenommen, der Wind hatte sich gelegt, wodurch es so warm wurde, dass mir am Nachmittag rote Schweißbäche über das Gesicht liefen.

Als die Sonne sich auf die niedrigen Hügel hinter uns senkte, hatte ich mich bereits wund gesessen. Kyphrien schien schon unerreichbar weit hinter uns zu liegen. Ich nieste immer noch und aus meiner Nase rann ein rotes Rinnsal. Meine Augen brannten und am liebsten hätte ich Gerlis über die Straße galoppieren lassen, nur damit diese Tortur bald vorüber war.

»Dort werden wir übernachten.« Yelena deutete auf einen steinernen Wegweiser auf der linken Seite der Straße mit der Aufschrift MATISIR.

Weiter vorn sah ich eine Gruppe von Häusern, die zwischen zwei niedrigen Hügeln eingeklemmt schien.

»Die Kaserne befindet sich direkt am Dorfplatz.«

Jylla seufzte. Weldein schnalzte mit den Zügeln.

Matisir bestand vielleicht aus zehn Gebäuden. Eines davon war die Kaserne für die Außenposten und nur vorübergehende Mitglieder der Elitegarde und ein anderes bildete den langen Stall. Beide Gebäude waren aus Lehmziegeln gemauert und mit einer dünnen Schicht weißer Tünche überzogen, die der rote Staub und der Regen in ein schmutziges Pink verwandelt hatten. Rote Dachziegel bedeckten die Häuser.

Gegenüber an der flachen graslosen Fläche, die durch eine große Gedächtnis-Steinplatte zum Dorfplatz erkoren worden war, stand ein zweistöckiges Haus. Seine Mauern waren aus Lehmziegeln, es war aber nicht getüncht. Auf dem Schild an der Frontseite des Hauses – die Farbe darauf blätterte bereits ab – war mit ungeschickter Hand ein offener Kamin gemalt.

»Das ist der *Alte Ofen*«, erklärte Yelena. »Die Dorfhirten gehen dorthin. Und auch neue Rekruten ... einmal zumindest.«

Wir ritten geradewegs aufs hintere Ende des Stalles zu. Ich nahm die kleinste Box und sattelte Gairloch ab.

Haaa ... tschii!

»Na, du niest ja immer noch, Ordnungs-Meister«, stellte Yelena fest.

»Verfluchter Staub ...« Ich striegelte Gairloch so lange, bis er sauber aussah und bis auf mir selbst eine zweite Schicht Staub lag. Dann holte ich ihm etwas Futter und einen Eimer Wasser. Eine Glocke ertönte. Die anderen – bis auf Yelena – hatten den Stall bereits verlassen.

»Unsere Zimmer sind dort«, erläuterte sie. »Du hast dir eine Offizierskammer verdient.«

Das Kammer war klein, weniger als fünf Ellen breit und nur ungefähr zehn lang, und besaß ein Fenster mit Fensterläden. Keine Glasscheiben, kein Ofen. Ich stellte mein Gepäck auf den Boden. Es gab keinen Tisch, nur ein schmales Feldbett. Wenn das die Offizierskammer war, taten mir Weldein, Jylla und Freyda Leid.

»Das Abendessen findet kurz nach dem zweiten Läuten statt.« Yelena ging hinaus, sie trug eine Bettrolle und ihren Tornister bei sich.

Als Erstes klopfte ich mir draußen vor dem Zimmer den Staub aus den Kleidern.

»Morgen wirst du wieder genau so staubig werden«, rief mir Weldein von gut zehn Ellen weiter oben zu.

»Das ist morgen.«

Ich fand den Waschraum und eine Pumpe; fast zwei Eimer Wasser – kaltes Wasser – brauchte ich, um mir den Staub und Schmutz abzuwaschen. Ich schnäuzte roten Staub aus meiner Nase, bürstete rote Dreckklümpchen aus meinen Haaren und spülte den roten Staub zwischen meinen Zehen heraus, der in die Stiefel gerieselt war. Schließlich war ich so sauber, dass ich der Welt wieder ohne ein Knirschen gegenübertreten konnte. Dann rasierte ich mich. Beim Abtrocknen ertönte die zweite Glocke und ich musste zusehen, wieder in meine Kleider zu kommen.

Die drei Schragentische waren fast bis auf den letzten Platz besetzt. Die meisten Soldaten schienen Außenposten zu sein, man erkannte sie an ihrer hellgrünen Lederuniform und ihren Reden.

»... Gyster ... er sagt er hätte es dringend nötig, in den *Alten Ofen* zu gehen ...«

»... kann es jemand so dringend nötig haben?«

»... schwingt sein Schwert wie ein Fleischer ...«

»... etwas über den neuen Magier in Hydlen?«

»Berfir ist ein größenwahnsinniger Hirte mit einem zu groß geratenen Schwert ...«

»... welches?«

»... Brot, zum Teufel noch mal ...«

Yelena winkte mir zu und ich fand einen Platz am Ende der langen Bank, wo ein Außenposten mit einer goldbesetzten Weste auf einem Stuhl saß.

»Das ist der Anführer der hiesigen Einheit, Ustrello. Ordnungs-Meister Lerris.«

»Ich danke für deine Gastfreundschaft.« Ich verneigte mich.

»Du bist derjenige, der den Weißen Magier besiegt und die Magierstraßen gefunden hat, stimmt's? Die Straßen, auf denen sonst niemand reiten kann?« Klein und gedrungen war Ustrello, er hatte einen weißen Schnurrbart und Schultern, die jedem Ochsen zur Ehre gereicht hätten.

»Ich hatte das Glück.« Es war mir peinlich, dass ich Yelena von den Magierstraßen erzählt hatte, denn wenig später hatte sich nämlich herausgestellt, dass sie keiner außer mir finden konnte. Das war auch noch eine unvollendete Geschichte, doch nachdem ich Antonin getötet hatte, war es nicht mehr so dringend gewesen.

Yelena lächelte.

Ustrello neigte sich der Frau zu, die zwischen uns saß. Sie hatte blonde und silberne Haare, die sie in einem langen Zopf am Hinterkopf festgesteckt trug. »Meine Gemahlin – Tasyel.«

»Ist das der berühmte Magier, der all diese wunderbaren Dinge vollbracht hat… der mit dem stärksten Bergpferd der Welt?« Sie blickte von Ustrello zu mir.

»Gairloch wird sich freuen zu hören, dass er das stärkste Bergpferd der Welt ist, und ich freue mich, deine Bekanntschaft zu machen, Tasyel.«

»Stimmt es, dass du einen unsichtbaren Sack hast, der niemals leer wird?«

Ich stöhnte und schüttelte heftig den Kopf. »War Shervan hier?«

»Shervan?« Ustrello und Tasyel sahen sich fragend an. Yelena unterdrückte ein Grinsen.

»Als ich das erste Mal nach Kyphros kam, machte ich in Tellura Rast. Ich hatte … einen Zauber über einige meiner Sachen gewoben … sodass ich ein weniger verführerisches Ziel für Diebe und Banditen abgab. Als ich etwas aus der verzauberten Satteltasche herausnahm, glaubte einer der Außenposten – sein Name war Shervan –, ich hätte einen unsichtbaren Sack.« Ich zuckte mit den Schultern. »Ich versuchte, es ihm zu erklären, doch er erzählte überall von meinem wunderbaren Sack.«

Ustrello lachte. »Shervan ist nicht bis zu uns durchgedrungen, aber seine Geschichte. Alle Außenposten kennen sie. Ich finde es fast schade, nun die Wahrheit zu erfahren.«

»Es gibt sicherlich noch viel mehr, was der Magier uns nicht erzählt, sonst wäre er kein Magier.« Die Frau des Anführers zwinkerte mir zu.

»Tja … die Wahrheit ist manchmal enttäuschend.«

»Ja … aber du hast noch nichts gegessen und wir lassen keinen hungrig zu Bett gehen, besonders einen berühmten Magier nicht.« Sie nahm die riesige Schöpfkelle und schob sie mir herüber. Dem Geruch nach gab es einen mit viel Curry gewürzten Ziegeneintopf.

»Danke.« Ganz gleich ob Curry, Pfeffer, Ziege oder etwas anderes, ich hatte Hunger und nahm mir einen ordentlichen Schlag, fast so viel wie die Außenposten.

Yelena reichte mir einen langen Korb und ich brach mir einen gehörigen Ranken vom noch dampfenden warmen Brot ab.

»Die Oliven sind auch etwas ganz Besonderes.« Tasyel presste mir eine kleine Schüssel voll Oliven an die Brust.

Geistesabwesend nahm ich mir eine Handvoll davon; ich dachte gerade an den kleinen Dieb, den ich nach Fustons Meinung hätte fangen und bestrafen sollen. »Sie sehen auch ganz besonders aus.« Ich tunkte das Brot in den Eintopf – er war noch schärfer als Rissas Burkha. Der Schweiß stand mir schon nach dem ersten Bissen auf der Stirn. Ich bemerkte, dass Yelena sich eine viel kleinere Portion als ich genommen hatte und davon nur winzige Bissen in den Mund schob. Ihre Augen funkelten.

»Wir sind berühmt für unseren Ziegeneintopf!« Ustrello musste fast schreien, um die Stimmen um uns herum zu übertönen. »Nirgendwo in Candar wird er so scharf gegessen! Und Tasyel kocht den besten.«

Tasyel strahlte und ich schluckte schwer. Hastig griff ich nach dem Krug, der vor Yelena auf dem Tisch stand. Ich aß Brot und trank von dem fruchtigen, schäumenden Teekla. Das half. Ich fühlte mich, als hätte ich den Feuerstoß eines Weißen Magiers verschluckt.

»Schmeckt es dir?«

»So etwas habe ich noch nie gegessen.«

Ustrello strahlte über das ganze Gesicht. Yelena hielt sich die Hand vor den Mund. Ich aß noch etwas Brot, bevor ich mir den nächsten, kleineren Bissen in den Mund schob. Die Schweißperlen vom ersten Bissen standen mir noch auf der Stirn.

»Der Magier isst ganz ordentlich, mehr als ihr heiklen Soldaten.« Ustrello stieß Yelena in die Seite.

»Er ist ein Magier. Ich nicht«, konterte Yelena und biss in das gute Brot – ohne Ziegeneintopf. »Er ist an den Umgang mit Feuer gewöhnt.«

Ich war hungrig. Zum Frühstück hatte ich nicht viel gegessen, es war noch so früh gewesen, als ich Krystal verabschiedet hatte, und zu Mittag hatte es nur ein wenig Käse und ein paar trockene Kekse gegeben. Also aß ich mit Appetit, doch ein weiteres großes Stück Brot brauchte ich allemal.

»Er hat alles aufgegessen.« Tasyel griff nach der leeren Kasserolle und zeigte sie herum.

Ich hatte mir eine zweite, etwas kleinere Portion genommen – und noch etwas Brot.

»Er ist schließlich ein Magier.« Yelena rollte mit den Augen.

»Was hast du vor?«, fragte Ustrello.

Mit vollem Mund antwortete ich: »Ich muss ein paar Magierdinge erledigen.«

»Wie man es von einem Magier erwartet.« Tasyel war hingerissen. »Magier müssen die Dinge tun, die wir gewöhnlichen Menschen nicht tun können, deshalb sind sie Magier.«

Irgendwie hatte sie Recht. Ustrello stimmte der Weisheit seiner Frau nickend zu und ich bemühte mich, keine Miene zu verziehen. Ich wollte nicht, dass alle Welt von meinem wahren Vorhaben erfuhr.

»Was machen Magier, wenn sie nicht gerade zaubern?«, fragte Ustrello, nachdem ich meine zweite Portion aufgegessen hatte.

»Ich bin Schreiner.«

»Schnitzt du auch?«

»Ich stelle hauptsächlich Möbel her, Stühle, Tische, Schreibtische, Schränke …«

»Erstaunlich, ein Magier, der sich auch mit nützlichen Dingen beschäftigt.«

Ich versuchte ernst zu bleiben und nickte, dann nahm ich einen Schluck von dem prickelnden Teekla.

Schließlich konnte ich mich aus dem lebhaften Treiben bei Tisch befreien und schlenderte durch die Abenddämmerung zu meinem kleinen Zimmer. Ich dachte an Krystal. Wo sie jetzt wohl war?

Aus meinem Tornister holte ich eine Kerze, gähnte ausgiebig und zündete sie mit meinem Zündstein an. Dann blätterte ich durch *Die Basis der Ordnung*. Über Staub stand vermutlich nichts drin, es gab allerdings einen Absatz über Juckreiz. Der half mir aber nicht weiter, denn dort stand nur, dass Juckreiz sich durch ›unordentliche‹ Gedanken noch verschlimmerte. Großartig! Juckreiz brachte die Gedanken in Unordnung, wodurch dann der Juckreiz noch schlimmer wurde. Ein Heilmittel dagegen wurde in dem Buch allerdings nicht erwähnt, zumindest fand ich beim Überfliegen der Seiten nichts Derartiges.

Da keine schnellen Ergebnisse zu erwarten waren, blätterte ich zurück an den Anfang des Buches, zu den Seiten, die mich derart gelangweilt hatten, dass ich sie nie richtig verstanden hatte. Die Einleitung fand ich immer noch langweilig, doch beim Weiterlesen stieß ich auf etwas Interessantes.

»Die reine Ordnung kann das Leben nicht erhalten, denn das Leben hängt vom Wachstum ab und das Wachstum ist ein beständiger Kampf, aus dem Chaos Ordnung zu erzeugen.« Ich wusste nicht, ob das etwas mit Gerlis zu tun hatte, aber mit Langeweile hatte es sicherlich etwas zu tun. Ich hatte Ordnung immer als langweilig empfun-

den, aber was wäre, wenn ich die reine Ordnung in meiner Gleichung ersetzen würde? Ich konnte den Zusammenhang noch nicht herstellen, doch ich wollte darüber nachdenken.

Sehr viel weiter kam ich nicht, ich hörte bei einem Absatz auf, der folgendes besagte:

»... Ordnung enthält gezwungenermaßen auch Chaos, und Chaos Ordnung.«

Das war zu geheimnisvoll für mich, im Grunde eine langweilige Binsenweisheit. Ich blies die Kerze aus, rollte mich in meine Decke ein und beachtete die Stimmen draußen einfach nicht weiter.

»... das ist keine Entschuldigung für ein Pferd ...«

»... nicht so x-beinig wie deines ...«

»... will der Magier tun? Weißt du's, Sergel?«

Zum Glück war es ruhig, als ich aufwachte, ruhig und grau. Feiner Nieselregen fiel aus den tief hängenden Wolken.

Beim Frühstück ging es nicht ganz so laut zu wie beim Abendessen, aber ich war froh, als wir wieder auf der ruhigen Straße ritten.

Als wir Matisir hinter uns ließen, fragte mich Yelena: »Wie geht es deinem Magen?«

Ich dachte nach. »Gut. Und deinem?«

»Zu viel scharfen Eintopf gegessen.«

»So viel hattest du doch gar nicht auf deinem Teller.«

»Nein, aber du musst so was ja auch nicht dauernd in allen möglichen Abwandlungen in jeder kyphrischen Außenpostenkaserne essen«, entgegnete sie sarkastisch.

Der Nebel drückte den Staub auf den Boden. Gairloch war nur bis eine halbe Elle über den Hufen mit Staub bedeckt, doch der Staub haftete stärker an ihm, denn er war haariger als die Pferde der Elitegarde.

Lange Ritte über weite Strecken und nur wenig Abwechslung durch andere Reisende waren bezeichnend für unsere Reise. Und Stille, unterbrochen von nur wenigen Worten.

Yelena führte uns am nächsten Tag spät nachts nach Dasir, wo wir wieder in einer Kaserne schliefen, in der es genau so viele gesprächige Außenposten gab wie in der vorherigen. Dasir war im Gegensatz zu Matisir eine richtige Stadt und wie alle kyphrischen Städte, die ich bisher gesehen hatte, gab es auch hier die gepflasterten Straßen, die mit rotem Staub bedeckt waren, der an allem haftete, und das auch im frühen Winter, der heißer als der Sommer in Recluce war. Der Nebel hatte sich schnell verzogen; der Staub wirbelte wieder durch die Luft. Die weiß getünchten Häuser mit roten Dachziegeln hatten meist fast quadratische Umrisse und besaßen nur wenige Fenster, dafür gab es Innenhöfe mit Gärten. Auch in Dasir hatte sich das Weiß infolge des Staubes in Pink verwandelt.

Hinter der Stadt wurden die Straßen gerader, noch menschenleerer und das Land noch unfruchtbarer. Ein paar Ziegen zogen durch die kargen Wiesen, sie gehörten zu denen, die als milde Gabe des Herrschers betrachtet wurden. Jeder durfte sie zu Eintopf verarbeiten, vorausgesetzt er war in der Lage, sie zu fangen. An diesem Abend kümmerte sich Yelena um das Essen – getrocknetes Fleisch, Käse und Tee aus einem Metallkessel, was dem Tee auch den Geschmack verlieh – in einer Schutzhütte mitten im Niemandsland. Ich teilte meine getrockneten Pfirsiche mit den anderen.

»Schön, mal wieder getrocknete Früchte zu essen«, murmelte Weldein.

»Es hat auch Vorteile, mit einem Handwerksmeister zu reisen«, stellte Yelena fest.

Ich musste dem Wasser gleich zwei Mal Ordnung einflößen, so brackig war es.

Am nächsten Tag zeigte Weldein auf den nächsten Wegweiser – Jikoya.

»Wart's nur ab«, war alles, was er sagte.

Eine kleinere und ärmlichere Abwandlung von Dasir – das war Jikoya. Die weiße Farbe der Häuser ging schon ins Graue über und viele der Dachziegel waren gebrochen oder fehlten ganz. Die Kinder gingen barfuss und nur in Lumpen gekleidet. Bei dem Anblick fühlte ich mich in meinem warmen Umhang nicht mehr wohl. Ziegen rannten frei herum.

»Was ist mit den Ziegen?«, fragte ich. Ich erinnerte mich, dass frei herumlaufende Ziegen verzehrt werden durften; dabei handelte es sich um ein Gesetz des Autarchen.

»Den Menschen hier sind die Gesetze egal. Sie sind zu arm und der Autarch ist weit weg«, erklärte Freyda, die nun fast neben mir ritt.

Wir nächtigten in einer schäbigen Kaserne. Ich schlief auf meiner Bettrolle am Boden, anstatt mich der ungezieferverseuchten Strohmatte anzuvertrauen. Doch trotz der Abwehrstäbe, die ich aufgestellt hatte, fand ich am nächsten Morgen unzählige rote Stiche an meinem Körper. Jetzt konnte ich auch den Autarchen verstehen, der Jikoya opfern wollte, um ausgebildete Truppen zu retten.

Zum Frühstück gab es heißen Haferbrei, er war heiß, sonst nichts, von Geschmack konnte keine Rede sein. Für Gairloch besorgte ich Getreide, auf dem er vergnügt herumkaute.

Von Jikoya führte eine sehr, sehr alte Straße gen Süden nach Lythga; für diese Strecke brauchten wir zwei Tage. Zwischen den trostlosen Hügeln blies zwar der Wind aus den nahe gelegenen Bergen, doch schlief ich besser als in der Kaserne von Jikoya. Viel kälter war es auch nicht, obwohl Weldein und Jylla am nächsten Morgen zitternd und stampfend im Lager standen.

»Kalt?«

»Euch Magiern ist wohl nie kalt?«, fragte der junge Mann.

»Manchmal schon, aber da, wo ich herkomme, wird es noch viel kälter und im Norden in Spidlar oder Sligo bestimmt auch.«

»Von mir aus können sie die Kälte dort oben behalten«, schimpfte Jylla und kauerte sich noch näher an das kleine Feuer.

Ich zuckte mit den Achseln. Ich hätte mich gern gewaschen, aber seit Jikoya hatte es kein Wasser gegeben, abgesehen von einem einzigen Wasserloch auf einer Ebene. Ich hatte noch etwas von meinem Rotbeerensaft in der Feldflasche und teilte ihn mit den anderen.

»Sieh an ... Magier halten wirklich manchmal Überraschungen bereit!«, sprach Weldein mit einem Bissen Käse im Mund, von dem ein paar Krümel mit seinen Worten herausgeflogen kamen.

»Dieser Magier ...«, wunderte sich Jylla.

Gairloch war nicht sehr glücklich über den Wassermangel, doch würde er noch im Laufe des Vormittags am nächsten Wasserloch zu trinken bekommen, stellte Yelena in Aussicht.

Am späten Nachmittag tauchte am südlichen Horizont eine unregelmäßige Baumlinie auf.

»Das ist der Fluss Sturbal. Es ist eigentlich nur ein Bach, der sich südwestlich um die Große Wüste herumschlängelt. Wenn nicht der Fluss und die alten Minen wären, gäbe es Lythga nicht«, erzählte Weldein.

Eine gute Meile vor Lythga traf unsere enge Straße auf eine größere, die im Osten zur Stadt führte und im Südwesten entlang des Sturbals.

Yelena zeigte nach Osten. Kein Wegweiser kündigte das nahe Lythga an. Die Straße war zerfurcht von alten Wagenspuren, sogar neben der Straße zogen sich tiefe, mit rotem Staub und Sand gefüllte Furchen hin. Ich sah auf die Furchen und dann zu Yelena.

»Früher war dies die direkte Verbindungsstraße zu den Minen. Sie bauten Kupfer, Silber und auch ein wenig Gold ab, aber die Minen sind ausgebeutet. Schon seit hunderten von Jahren.«

Die Furchen wirkten alt und ich untersuchte sie mit meinen Ordnungs-Sinnen. Ich konnte nichts Besonderes feststellen, nur dass sie schon sehr alt waren.

Nachdem wir einen kleinen Hügel überwunden hatten, schnaubte Gairloch, er war durstig. Am Hang, der hinunter zum Sturbal führte, in der Nähe der Steinbrücke, standen zwei alte Blockhütten, die Dächer waren eingefallen. Aus der Tür der einen Hütte wuchs eine Zeder. Hinter der Brücke stand ein weiteres, noch kleineres Gebäude.

»Das alte Mauthaus«, erklärte Yelena. »Die Leute mussten für die Benutzung der Brücke bezahlen.«

Auf der anderen Seite des ›Flusses‹, es war wirklich nur ein Bach, der in einem riesigen Flussbett verlief, standen noch mehr verfallene Häuser; dürres Gestrüpp und Zedern wuchsen überall.

Die Straße führte nach Nordosten, sie folgte der Biegung des Wasserlaufs, und fast eine Meile lang sah ich nichts als eine Ruine nach der anderen. Wir kamen an einen Platz mit einem Sockel, auf dem offensichtlich einmal eine Statue gestanden hatte, und drei Häusern auf der Nordostseite. An dem ersten Haus hing ein Schild, darauf war ein Beil mit einem Schwert gekreuzt. Das zweite Haus schmückten gekreuzte Kerzen und das dritte war vernagelt.

Yelena hielt vor dem zerfallenen Stall hinter dem Haus mit Beil und Schwert.

Lythga ließ das arme Jikoya so prachtvoll wie Kyphrien erscheinen.

»Wart ihr schon einmal hier?«, fragte ich die anderen.

Die drei Kavalleristen schüttelten die Köpfe.

»Ja, vor fünf Jahren«, sagte Yelena. »Ich hoffe, es ist das letzte Mal.«

Ich auch. Besonders nach dem Abendessen – es gab gekochten Bären, dagegen wäre kalter Käse ein Königsmahl gewesen. Weldein und ich teilten uns eine Kammer, deren Fußboden sich mehr durchbog als die Hängematte eines Matrosen. Aber ich schlief trotzdem gut – nachdem ich gegen das Ungeziefer einige Abwehrstäbe aufgestellt hatte.

Weldein beobachtete mich kopfschüttelnd dabei, wie ich leise murmelnd meinen magischen Schutz aufbaute.

Der nächste Morgen brachte wieder nur graue Wolken und Nieselregen, der eigentlich gar kein Regen war und somit auch den Staub nicht auf der Erde halten konnte. Mein Körper war steif, doch diese Starrheit hatte bis zum Mittag nachgelassen. Wir ritten ostwärts mit kurzen Aufenthalten, um die Pferde zu tränken. Yelena suchte eine Stelle auf einer kleinen Sandbank im Fluss aus, wo wir essen und unsere Pferde trinken und grasen lassen konnten. Gairloch hatte eine Vorliebe für die Blätter einer bestimmten Art von Gestrüpp, sie wirkten harmlos, also ließ ich ihn fressen.

Ich gab Jylla das letzte Stück weißen Käse.

»Danke. Für einen Magier bist du gar nicht so übel. Ich verstehe jetzt sogar, was die Kommandantin an dir findet.«

Das hoffte ich doch.

Wie üblich war ich der Letzte, der für den Ritt zu den Mittleren Osthörnern aufstieg, die nun rötlichbraun zum Greifen nahe schienen. Der Nachmittag war bereits angebrochen, als Yelena anhielt – ungefähr eine halbe Meile vor dem Anfang der kleinen Passstraße. Ein paar Sonnenstrahlen drangen durch die dünne Wolkendecke über den Ebenen im Westen und Süden hinter uns, den Ebenen, die nach Süden hin anstiegen und dort die Große Wüste im Südosten von Kyphros bildeten.

»Ich hoffe, deine Aufgabe ist diesmal einfacher als das letzte Mal, als wir uns trennten.« Yelena neigte den Kopf.

»Das hoffe ich auch, Anführerin Yelena.«

Weldein salutierte, als die Truppe kehrtmachte, und ich und Gairloch machten uns auf den Weg über die kleine Passstraße. Ich blickte noch einmal zurück, aber ich sah nur noch kleine schwarze Punkte auf der Straße.

Am Anfang des Passes war die Straße sehr schmal, nicht viel breiter als zehn Ellen, dann führte sie hinunter zum kleinen Fluss, der so wenig Wasser hatte, dass ich hätte hinüberspringen können. Das Flussbett befand sich gut vier Ellen unter der Straße und die glattgeschliffenen Felsen und Steine im Bett deuteten darauf hin, dass der Fluss oft reißend und tief war. Die Straße selbst wies Hufabdrücke auf, sogar Spuren eines Ochsenkarrens und frischen Mist.

Gairloch arbeitete sich langsam durch die natürlichen Felsentore. Die steilen Felswände wichen nach etwa zehn Ruten von der Straße zurück und der Weg wurde steiler.

Gairloch wieherte.

»Ich weiß. Ich weiß. Es ist nicht sonderlich angenehm, all diese schweren Werkzeuge zu tragen, und Gesellschaft hast du auch keine mehr.« Ich tätschelte seinen Hals.

Als wir auf ein gerades Stück Straße kamen, wo mich niemand beobachten konnte, übte ich, einen Schutzschild aufzubauen, einen, der das Licht um mich herum reflektierte. Zwar konnte keiner Gairloch oder mich sehen, aber ich konnte auch niemanden sehen, weshalb ich meine tiefsten elementaren Sinne vorausschicken musste, um den Weg zu fühlen.

Gairloch sah nichts und verkürzte deshalb seine Schritte. Ich tätschelte ihn erneut und verstärkte die Ordnung in seinem Körper, doch ich wollte, dass er sich wieder an den Schild gewöhnte, bevor wir im Ernstfall darauf zurückgreifen mussten. Der Schild ließ uns nur unsichtbar werden, was bedeutete, dass sein Wiehern zu hören war. Auch die Hufabdrücke waren sichtbar. Magie löste also nicht alle Probleme. Es wäre schön, wenn es so wäre, aber es war eben nicht so.

Nach einer Weile ging Gairloch wieder normal und scheute nicht mehr. Ich löste den Schild auf und nahm einen tiefen Atemzug. Wir hatten nicht einmal eine Meile zurückgelegt. So kamen wir nicht gerade schnell voran.

»Guter Junge.«

Wir stiegen noch höher und als die Sonne sich senkte, wurde es ziemlich kalt. Am späten Nachmittag bildete unser Atem bereits Dampfwolken. Weiter oben auf den niedrigeren Bergen entdeckte ich Schneeflecken. Ich hielt an und zog meinen dicken Umhang an, knöpfte ihn jedoch noch nicht zu.

Nach etwa zehn Meilen verlief die Straße nicht mehr so steil, sondern ging über in ein langes flaches Tal. Eine Mischung aus braunem Gras, kurzen Zedern, Felsen und Schneehaufen breitete sich vor mir aus. Die Straße war von nassem Lehm bedeckt, die meisten Spuren waren mit der ersten Schneeschmelze verschwunden. Das Gras schien abgeweidet zu sein, aber in der Dämmerung konnte ich keine Schafe oder Ziegen erkennen.

Yelena hatte behauptet, dass es hier eine alte Schutzhütte gab und tatsächlich fand ich sie. Die Tür war aus den schweren alten Eisenscharnieren herausgefallen und durch das Grasdach regnete es hinein – zumindest nahm ich an, dass die feuchten Stellen und Eindrücke im Lehmboden von natürlicher Nässe herrührten.

Es war mir egal, dass es keine Tür gab, mir war ohnehin nicht kalt. Dieses Problem konnte man mit ein wenig Ordnungs-Magie lösen, aber dann war da noch das kalte Essen. Brot und Käse konnte man gut kalt essen, doch nach fast einem Achttag vermisste ich Rissas Küche. Manchmal sogar das, was ich mir selbst zu kochen pflegte.

Ich lies Gairloch ein wenig grasen, dann gab ich ihm eine Handvoll Getreide und führte ihn zur Quelle hinter der Schutzhütte. Ich verfolgte die Straße nach Osten, wo sie weiter in die Mittleren Osthörner anstieg. Schließlich führte ich Gairloch zurück zur Hütte; dort breitete ich in einer trockenen Ecke meine Bettrolle aus. Ich schlief traumlos.

X

Westlich von Arastia, Hydlen [Candar]

Gerlis holt das kleine glatte Spähglas hervor und legt es sorgfältig in die Mitte des cremefarbenen Leinentuchs, das auf dem Klapptisch ausgebreitet liegt. Dann geht er zum Zelteingang und schlägt die Stoffbahn zurück.

»Orort, ich möchte nicht gestört werden – außer durch Seine hochwohlgeborene und eigenwillige Hoheit, den Herzog.«

»Ja, Ser.« Der Wachposten verneigt den Kopf und als er ihn wieder hebt, ist der Eingang schon wieder geschlossen. Er schluckt.

Drinnen sitzt Gerlis auf dem glatten Stuhl aus weißer Eiche und starrt in das Spähglas. Den Schweiß, der sich auf seiner Stirn bildet, und die steigende Hitze im Zelt bemerkt er nicht.

Zuerst zeigt sich nur weißer Nebel im Glas, doch dann ein verschwommenes Bild. Gerlis sieht fünf staubige Reiter auf einer schmalen Straße. Der erste Reiter ist ein kyphrischer Offizier, begleitet wird er von einer Gestalt auf einem kleineren Pferd.

Das Bild flackert und verschwindet, Gerlis blickt nachdenklich in das Glas. »Droht Gefahr von ein paar Kyphrern?« Er wischt sich über die Stirn. Nach einer Weile steht er auf und geht in die gegenüberliegende Ecke des Zeltes, wo er eine Flasche Wein an die Lippen führt und einen tiefen Schluck daraus nimmt.

»Wandelt sich bereits ... Fluch der Macht ...« Er nimmt einen weiteren Schluck, bevor er die Flasche wieder auf den geschlossenen Schrankkoffer stellt, der auch als Nachttisch neben dem schmalen Feldbett dient. Dann geht er zurück zum Tisch und setzt sich.

Wieder konzentriert er sich und wird mit Nebel und einem zweiten Bild belohnt – einem Bild von einem schlanken, kahlköpfigen Mann in gelbbrauner Uniform mit einer aufgehenden Sonne auf der Anstecknadel an seinem Kragen.

Gerlis runzelt die Stirn. »Die Sonnenteufel ... bedeutet Unglück ... aber vorerst noch nicht.« Er macht eine Handbewegung und das Bild im Spähglas verblasst. »Nicht bevor Berfir uneingeschränkter Herrscher über Hydlen ist.«

Zum dritten Mal richtet er seine Augen aufs Glas und ruft ein Bild hervor – einen dünnen Mann in den Farben Hydlens, der ein langes Messer schleift und über seine Schulter in die untergehende Sonne sieht.

Gerlis nickt schließlich.

»... Freund Cennon ... sein Mörder ...«, flüstert er nur.

Er hebt seine linke Hand und starrt darauf. »Die linke Hand des Herzogs, viele werden sie verwünschen.« Weißrotes Feuer züngelt aus seinen Fingerspitzen und er lacht. Tief unter dem Wiesenboden rumort die Erde und für einige Sekunden bewegt sich an dem windstillen Nachmittag das Gras zwischen den Zelten.

XI

Ein kalter Wind blies durch die Türöffnung und vereinzelte Schneeflocken tanzten in die Hütte herein. Ein dünner Schneeteppich bedeckte die Türschwelle.

Ich schälte mich aus meiner Decke und fühlte mich steif, aber ich versuchte trotzdem mit ein paar Stückchen Holz und einigen Zweigen, die ich von den umliegenden Büschen gesammelt hatte, ein Feuer zu machen. Schon nach kurzer Zeit flackerten kleine Flammen auf und ich kochte Wasser in meinem einzigen, schon etwas verbeulten Topf. Ich musste unbedingt einen heißen Tee trinken.

Gairloch hatte schon geschnaubt und gewiehert, als ich das Holz und die Zweige draußen gesammelt hatte, also ging ich hinaus und band ihn los.

»Ich hätte dich zuerst losbinden sollen. Ist es das?« An der Quelle ließ ich ihn grasen, während ich mir einen viel zu starken Tee bereitete, der gut zu dem steinharten Brot passte, an das ich meinen Beitel hätte ansetzen können. Ich tunkte das Steinbrot in den Tee und versuchte, über den rauchigen Geschmack hinwegzusehen. Dazu aß ich einige Rosinen und die letzten Oliven. Oliven eigneten sich nicht sehr gut als Reiseproviant, außer sie waren in Salzlake eingelegt, aber Salzlake war schwer.

Das Waschen fiel dürftig aus, wie auch das Rasieren, da ich bei dem eiskalten Wind aus den hohen Bergen und dem vereinzelten Schneefall keine Schweißausbrüche erwartete. Dadurch wurde ich daran erinnert, dass es bereits fast Winter war. Es hieß, der Pass sei immer passierbar. Und wenn es doch einmal zu viel Schnee gab, dann nicht für lange, weil der Pass sehr weit im Süden lag. Ich betrachtete die Wolken, bevor ich wieder in die Hütte ging und mich an dem kleinen Feuer wärmte. Zwar bewahrte mich meine innere Ordnung davor, zu sehr zu frieren, aber ein Feuer trug doch äußerst angenehm zur Erwärmung bei.

Ein kleines Stück trockenes Zedernholz, eingekeilt in den fast leeren Holzkorb, erregte meine Aufmerksamkeit und ich holte es heraus. Es war nicht sehr lang, nur ein Drittel einer Elle und vielleicht drei Spannen breit, doch man hatte es an beiden Enden abgesägt, wodurch es als Feuerholz nicht mehr geeignet war, vermutete ich. Die Maserung des Holzes schien sehr gleichmäßig und während ich mich am langsam ausgehenden Feuer wärmte, nahm ich mein Messer und probierte daran herum. Schnitzen war nicht gerade meine Stärke, ich konnte also etwas Übung gebrauchen.

In diesem Holzstück lag eindeutig ein Gesicht verborgen, doch welches es war, musste sich erst noch herausstellen. In der kurzen Zeit, in der das Feuer noch brannte, bevor es Zeit wurde, nach Hydlen aufzubrechen, fand ich es nicht heraus. Ich legte mir den Umhang um die Schultern und packte das Zedernholzstück in Gairlochs Satteltaschen.

Er wieherte. Sein Atem bildete Dampfwolken, in denen die Schneeflocken tanzten.

»Lass uns aufbrechen, alter Junge.«

Die Straße stieg allmählich stärker an und der Schneefall verdichtete sich. Ich fühlte, dass es nicht sehr stark schneien würde, aber ich machte mir trotzdem Sorgen, denn der Schnee blieb schon auf der Straße und auf dem ohnehin spärlich wachsenden Gras und den Bäumen liegen.

Gairloch setzte stur einen Huf vor den anderen,

während ich mir Gedanken machte. Wir ritten nach Osten, bis wir die Passhöhe erreicht hatten. Die Rast ließen wir aus, nicht nur wegen des Schnees, sondern auch weil sich laut Yelena der Abstieg länger hinzog und die Straße enger und kurvenreicher wurde. Außerdem wollte ich nicht zu hoch in den Bergen stehen, falls sich meine Sinne in Bezug auf den Schnee getäuscht hatten.

Eine Zeit lang schneite es heftig, doch der Wind hatte nachgelassen und die Flocken fielen fast senkrecht zur Erde herab. Eine dünne weiße Decke hatte sich über allem ausgebreitet, auch über Gairlochs Mähne, bis ich sie abschüttelte.

Dann hörte es auf zu schneien, Windstille. Die einzigen Geräusche waren Gairlochs und mein Atem und das regelmäßige Klappern der Hufe meines guten Bergpferdes.

Die weiße Schneedecke bekam Flecken, Felsen ragten heraus und die weiße Umhüllung der Bäume, hauptsächlich Zedern in dieser höheren Region, rutschte von den gebeugten Ästen. Der Weg kreuzte ein Gewässer, nur ein kleines Rinnsal, doch langsam, je tiefer wir abstiegen, entwickelte es sich zu einem Bächlein und schließlich zu einem Bach.

Gairloch wieherte.

»Ist ja gut. Du bist durstig. Wir werden gleich anhalten, aber erst weiter unten, dort ist das Ufer weniger steil.«

Ich führte Gairloch zu einer flachen Stelle am Bach, wo nur noch wenig Schnee lag. Der Rest war bereits weggeschmolzen, obwohl dichte graue Wolken die Sonne verdeckten.

Über rußige Zweige hatte jemand Erde gestreut, Tier- und Menschenspuren verrieten, dass andere hier gelagert hatten, wenn auch schon vor einiger Zeit. Ich brachte Gairloch ans sandige Ufer und er trank gierig.

»Langsam … langsam … Das Wasser ist kalt.« Ich fühlte es mit einem Finger und die Kälte fuhr mir sofort in alle Knochen, da half auch keine Ordnungs-Magie mehr. Es war kalt, doch schien es sauber zu sein, und es roch ein wenig nach Nadelbaumharz. Nachdem Gairloch seinen Durst gestillt hatte, gab ich ihm ein wenig Getreide, dann ritten wir auf der Straße weiter Richtung Faklaar.

Der Bewuchs veränderte sich, je weiter wir nach Osten gelangten. Auf der anderen Seite der Mittleren Osthörner wuchsen Zedern, kleine, knorrige Bäume, die sich zwischen Felsen und Steinen, kleinen Grasflecken und Gestrüpp dicht an den roten Sandboden schmiegten.

Jetzt entdeckte ich Eichen, schwarze und weiße, und Nadelhölzer, gelegentlich auch einen Lorkenbaum dazwischen – gesunde Stämme, ein üppiges Angebot für einen Schreiner. Die nicht sehr großen Stämme wuchsen gerade und einige waren sehr alt – bestimmt älter als die eindrucksvollen Bäume in den Wäldern südlich von Landende in Recluce, obwohl einige davon den Erzählungen nach immerhin zu Lebzeiten von Creslin und Megaera, den Gründern, oder von den alten Ordnungs-Meistern gepflanzt worden sein sollten. Das ließ schließlich jeden Baum zu einer Besonderheit werden.

Ich ritt weiter, am Nachmittag riss die Wolkendecke sogar ein oder zwei Mal auf, sodass einige Sonnenstrahlen die Erde erwärmten.

XII

Östlich von Lavah, Sligo [Candar]

Der braun gekleidete Mann lächelt, als er den Vorhang vor dem niedrigen Bücherregal an der Wand seines kleinen Steinhauses zurückzieht. Seine Augen tasten jedes einzelne Buch gründlich ab, als wolle er Wörter und Wissen daraus aufsaugen.

»Was ihr alles erzählen könntet ...« Er lacht. »Was ihr schon preisgegeben habt und noch preisgeben werdet!« Er schüttelt den Kopf. »So lange, lange Zeit wart ihr versteckt gewesen.«

Hufgeklapper dringt von der harten Erde draußen durch das halb offene Fenster neben der grobgezimmerten Tür. Sammel zieht den Vorhang wieder zu, wodurch nur ein nicht sehr tiefer, mit Stoff behangener Tisch übrig zu bleiben scheint.

Er geht zur Tür und öffnet sie. Von den groben Steinplatten vor seiner Tür blickt er nach Westen in das kleine Flusstal, in dem die Stadt liegt. Lavah ist jedoch mehr ein Dörfchen als eine Stadt.

Draußen wartet er auf die zwei Gestalten, die ihre Pferde an dem dafür vorgesehenen groben Balken anbinden. Die hohen dünnen Wolken verwandeln das goldweiße Licht in helles Grauweiß.

»Seid gegrüßt.«

»Seid gegrüßt, Meister Sammel.« Der dünne Händler folgt ihm ins Haus.

Sammel geht zum Tisch und nimmt eine Schriftrolle in die Hand.

»Welchen Wert kann eine Schriftrolle für mich haben?«

»Diese hier enthält ein Rezept, mit dem man natürliche Wachse und Fette voneinander trennen kann. Damit kannst du bessere Kerzen herstellen.« Sammel übergibt dem Händler die Rolle.

»Bessere Kerzen? Wo es hervorragende Gaslampen in Recluce und gute Öllampen in Freistadt und Hydolar gibt?«

»Wie viele Kerzen werden pro Jahr verkauft? Wie viele Menschen kaufen Lampen und wie viele kaufen Kerzen?« Sammel schüttelt den Kopf. »Die Leute werden für bessere Kerzen auch mehr bezahlen.«

Der dünne Händler nickt. »Also … wenn Ihr das sagt, dann wird mir Theryck das Rezept bestimmt abkaufen. Er ist der Kerzenmacher in Tyrhavven.« Er stellt einen kleinen Sack voller Geld auf den Tisch und tritt zurück.

Sammel lässt den Beutel liegen.

»Magiermeister Sammel, entschuldigt, Ser, aber vielleicht habt Ihr einen Vorschlag, was wir gegen die hohen Steuern des Herzogs unternehmen könnten?« Der kleinere der beiden Händler blickt nervös zwischen dem Mann in Braun und der Tür des kleinen Hauses hin und her.

Das kalte Licht, das durch das Fenster fällt, glänzt weiß.

Der Händler wischt sich über die Stirn und zupft an seinem grauen Bart.

»Ich bezweifle, dass Herzog Colaris noch sehr viel Zeit dazu haben wird, in Sligo Steuern einzutreiben«, führt Sammel mit tiefer, sonorer Stimme aus. Dabei lächelt er höflich.

»Was bedeutet das?« Der Blick des kleineren Händlers ist nun nur noch auf den fast kahlköpfigen Magier gerichtet.

»Weigert euch, die Steuern zu zahlen. Er hat keinen berechtigten Anspruch auf Sligo.«

»Das vielleicht nicht, aber er hat ein Heer und wir keines.« Der dünne Händler heftet seinen Blick auf die weiße Lichtsäule, die durch das Fenster in den Raum dringt, er schneidet sie mit dem Arm durch. Weißer Staub tanzt im Sonnenlicht, die Strahlen bringen genug Licht, um leichte Schatten an die dunklen Wände zu werfen.

»Dann wartet ab«, rät Sammel. »Lasst euch Entschuldigungen für die Steuereintreiber einfallen. In Kürze wird in Freistadt ein Chaos ausbrechen, das sie und den Herzog anderweitig beschäftigen wird.«

»Wollt Ihr damit sagen, dass Herzog Berfir dem alten Colaris das Fell über die Ohren ziehen wird? Ich weiß nicht, wie das gehen soll, Colaris hat ein fast doppelt so großes Heer.«

»Warum fragst du mich dann, wenn du es ohnehin besser weißt?« Sammels Stimme bleibt gelassen, ja fast warm. Er lächelt freundlich in die Ferne, an einen Punkt gerichtet, den die anderen nicht sehen.

Der dünne Händler schaut den kleineren an, der an der Tür steht.

Dieser senkt den Blick. »Ich bitte um Verzeihung, Ser. Das wollte ich nicht. Ihr wisst natürlich mehr. Wir wissen nicht einmal genug, um zu wissen, was wir nicht wissen.«

»Das hast du schön gesagt, Händler.« Sammel lacht in sich hinein, er wirkt nicht unfreundlich dabei und blickt in den Kamin, wo die Flammen nun höher zu züngeln scheinen. »Herzog Berfir hat einen mächtigen Magier an seiner Seite, vielleicht nicht mächtig genug, um mit allem mühelos fertig zu werden, aber doch stark genug, um den Autarchen in Schach zu halten. Auch Herzog Berfir besitzt Waffen, die Feuer spucken. Es sind gefährliche Waffen und Herzog Colaris wird ihnen im offenen Kampf nicht viel entgegenzusetzen haben.«

»Was sollte Herzog Colaris davon abhalten, sich auch solche Waffen zu besorgen?«

»Nichts – nur besitzt er nicht die Kenntnisse, um sie bauen zu können. Wissen bedeutet Macht, besonders für einen Herrscher. Diese alte Weisheit wird leider oft vergessen.«

Der kleine Händler sieht Sammel an. »Warum erzählt Ihr uns das? Was habt Ihr für einen Nutzen davon?«

»Ich? Keinen. Nennt es die Liebe zum Wissen. Das Wissen ist ein Freund, der viel zu früh und für zu lange Zeit beerdigt war.«

Der kleine Händler verdreht die Augen.

»Ihr glaubt, ich bin verrückt, nicht wahr? Seht her!« Sammel lässt seinen ausgestreckten Zeigefinger zu dem Wasserglas vorschnellen, das auf dem Tisch steht. Aus dem Wasser steigt eine Flamme auf und verwandelt sich in eine Blüte. Dann verschwindet sie. »Alles vergeht, nur Wissen nicht.«

Die zwei Männer schütteln die Köpfe.

Sammel durchbohrt sie mit seinen tiefliegenden glänzenden Augen. »Ihr denkt, ich bin nur ein verrückter Magier?«

Die zwei treten unwillkürlich einen Schritt zurück.

»Was ist das Wissen um den Preis eines Gewürzes wert? Das Wissen um den Wert einer Fracht? Ihr handelt mit Wissen, kennt aber den Wert nicht? Ihr kauft Wissen und erkennt seine Macht nicht?

Das Wissen ist mein Freund, mein Verbündeter, und es ist mächtiger als jeder Herzog, viel mächtiger als selbst der Kaiser von Hamor.«

»Verzeiht, Magier … wir haben nie das Gegenteil behauptet.«

»Dann möchte ich dich bitten, werter Händler, die Augen nicht zu verdrehen.«

»Nein, Ser. Nein, Ser.«

Sammel sieht den beiden hinterher, als sie das Steinhaus verlassen.

Als das Klappern der Hufe in der Ferne verschwindet, lacht er.

XIII

Bei meinem Ritt durch die Berge Hydlens auf der Straße neben dem Fluss, von dem ich später erfuhr, dass er Fakla hieß, wurde ich wieder einmal daran erinnert, dass alles länger als geplant dauerte – ganz gleich ob ich einen Schreibtisch anfertigte oder eine Reise unternahm.

Die Straße blieb trotz des gelegentlichen Schneeregens und gefrierenden Nieselregens passierbar. Gairloch mit seinem dicken Fell trottete unentwegt weiter. Ich schüttelte das Eis von Kapuze und Umhang, schniefte durch die Kälte und versuchte, die Feuchtigkeit von meinem Körper fern zu halten.

Die anfangs vereinzelt stehenden Bäume gruppierten sich nun langsam zu Wäldern. Die freien Flächen dienten als Weide- und Ackerland, waren jedoch jetzt im frühen Winter nur von Stoppeln bedeckt. Die Hütten darum herum wirkten gemütlich, Rauch stieg aus steinernen Kaminen, die mit Lehm abgedichtet waren, doch schienen sie sehr klein.

Der Geruch von verbranntem Holz vermischte sich mit dem der verrottenden Blätter, ab und zu gesellte sich auch der Duft von Nadelbaumharz hinzu. Ich ritt an einem schweigenden Mann vorbei, der einen Karren zog, und nickte. Seine Augen bewegten sich nicht von der Straße weg, er trottete mit völlig ausdruckslosem Gesicht an mir vorbei; sein Bart war dick und verfilzt, seine Stiefel wateten stur durch den vom Regen aufgeweichten Lehm. Auf dem Karren lagen zwei schief gewachsene Kürbisse, aus einem war bereits ein Keil herausgeschnitten.

Ich gab Gairloch einen Klaps und freute mich, dass ich reiten konnte und nicht zu Fuß gehen musste.

Faklaar lag in der ersten weit geschwungenen Flussbiegung, dort wo die Berge und Wälder aufhörten und sich die hoch gelegenen Ebenen erstreckten. Im winterlichen Nieselregen des späten Nachmittags erinnerten mich die paar Häuser, das Geschäft und die Herberge an Howlett, wo ich Justen das erste Mal getroffen hatte. Die Herberge in Faklaar stand in einem Sumpf von aufgewühlter, nasser Erde, schmutzige Bretter führten von der Eingangstür zum Geschäft nebenan und zu den Ställen dahinter.

Ich war nicht gerade begeistert von der Ortschaft, doch wenn ich mich nur in den Bergen herumtrieb, würde ich nie mehr in Erfahrung bringen. Und außerdem wurden Menschen, die andere mieden, voller Misstrauen betrachtet. Also lenkte ich Gairloch an dem neu bemalten Schild vorbei, worauf ein Teller mit einer braunen, dampfenden Masse dargestellt wurde, hin zu den Ställen.

Die Stallmagd sah mich von oben bis unten an. »Bergpferde kosten genau so viel wie richtige Pferde. Zwei Kupferlinge, drei, wenn du Hafer dazu haben willst.« Ihre struppigen Haare verdeckten kaum die Ohren und die knochigen Knie ragten aus den Löchern ihrer viel zu großen Hose heraus, die einfach über den Holzschuhen abgerissen worden war.

»Gut.«

»Zahlen musst du gleich.«

»Kann ich dir trauen?«

Sie zuckte die Achseln. »Wenn ich Jassid bestehle, schlägt er mich. Für drei Kupferlinge lasse ich mich nicht schlagen.«

Ich stieg ab und versuchte dabei die tiefsten Schlammlöcher zu vermeiden. Aus meiner Börse nahm ich vier Kupferlinge, die ich ihr reichte.

Sie sah mich an.

»Letzte Box?«, fragte ich.

»Nein. Du kannst die da in der Ecke nehmen. Klein genug, damit Jassid nicht noch ein Pferd hineinstellt.«

»Ich heiße Lerris.«

»Daria. Ich hole den Hafer. Der ist gut.«

Während sie sich an einem großen Fass zu schaffen machte, führte ich Gairloch in den Eckstall unter der tiefer hängenden Decke. Daria hatte Recht. Die Box war gerade breit genug für Gairloch, trocken und verhältnismäßig sauber. Ich nahm ihm den Sattel ab und striegelte ihn, die Satteltaschen und den Stab hatte ich in die Ecke gelegt.

Daria kehrte mit einem großen Eimer Hafer zurück.

»Beißt er?«

»Hat er noch nie gemacht.« Ich hielt inne. »Außer ein Mal. Er hat einen Zunftmeister gebissen und nach ihm ausgeschlagen, als der ihn mit einer Peitsche schlug. Das war allerdings bevor ich ihn kaufte.«

»Ich mag keine Peitschen.« Sie zitterte, als sie den Hafer in den Trog füllte.

Gairloch schnaubte und fing sofort an zu fressen.

»Stalljunge! Wo ist der Stalljunge?«

Daria schlurfte in den Hof hinaus.

Nachdem ich Gairloch fertig gestriegelt hatte, rief ich mir Justens und meinen Aufenthalt in Howlett in Erinnerung. Ich überprüfte den Heuboden. Er schien trocken und einigermaßen sauber zu sein.

»Was machst du?«, fragte Daria, als ich vom Heuboden wieder hinunter in den Stall sprang.

»Ich sehr mir den Heuboden an.«

»Aha, du weißt Bescheid.«

»Ein wenig.«

»Besser als die Herberge«, sagte sie.

»Schläfst du dort oben?«

Ihre Augen verengten sich zu kleinen Schlitzen. »Ich schlafe mit niemandem.«

Ich schüttelte den Kopf. »Das meine ich nicht.«

»Nein. Ich wohne draußen am Stadtrand. Mama kocht für Ystral. Der Eintopf schmeckt besser als die Koteletts.« Sie war schon draußen, noch bevor sie den Satz fertig gesprochen hatte.

Ich webte einen Schutzschild um meinen Stab und die Taschen. Was niemand sah, wurde auch nicht so leicht gestohlen. Dann ging ich über die schmutzigen

Bretter zum Schankraum. Die Eingangstür bestand aus Kiefernholz, nicht sauber gehobelt und ohne Firnis. Ich putzte den Lehm von meinen Stiefeln, wozu ich eine Schuhbürste benutzte, was hierzulande sonst nicht üblich war.

Ein breit gebauter Mann mit kurzem grauen Bart und einer fleckigen Lederschürze sah aus, als gehörte ihm das Haus.

»Bist du der Wirt?«

»Und kein Geringerer. Ystral. Was kann ich für dich tun? Du suchst Arbeit, Junge, stimmt's?«

»Nein. Ich möchte gern etwas essen und einen Platz zum Schlafen.«

Er lächelte das Wirtelächeln.

»Ein Bett kostet einen halben Silberling, das Essen ist einfach, aber reichlich. Vier Kupferlinge für den Eintopf, fünf für die Koteletts, und die sind heute wirklich gut.«

»Was ist mit dem Stall?«

»Drei für das Pferd.«

Ich lachte. »Was kostet es, wenn ich auch im Stall schlafe?«

»Drei, wenn dir das gefällt.«

Ich gab ihm drei Kupferlinge. »Mein Pferd fühlt sich sonst einsam.«

»Wie du willst.« Er nahm die Münzen, immer noch lachend, und ging hinüber zu zwei Soldaten, die graue Uniformen mit karminrotem Stoffbesatz trugen.

Ich sah mich um. Der Schankraum in der Herberge *Zum überquellenden Teller* war nicht allzu groß, weniger als zwanzig Ellen Seitenlänge, und es stank nach Fett, Rauch, Pferde- und Schafmist, der mit dem Lehm an den Stiefeln der Gäste hereingetragen wurde.

An der Wand stand ein kleiner Tisch, von wo aus ich die Tür beobachten konnte. Ich nahm Platz. Der Tisch aus Kiefernholz war über die Jahre hinweg mit dem

Fett der Speisen imprägniert worden, er wackelte und am Stuhl hatte jemand eine Strebe abgebrochen.

»Bier oder Beerensaft?« Die Frau wischte sich die nassen Hände an ihrem fettbefleckten grauen Hemd ab.

»Beerensaft. Eintopf. Wie viel?«

»Zwei für den Saft. Der Eintopf kostet vier Kupferlinge und du bekommst einen halben Laib Brot dazu.«

»Eintopf.« Ich zeigte ihr einen Silberling, gab ihn ihr jedoch noch nicht.

»Zahl, wenn der Saft kommt.«

»Gut.«

Sie verschwand wieder in der Küche und ich besah mir die anderen Gäste im Schankraum, wobei ich versuchte, so viel wie möglich von den Gesprächen mitzuhören.

»... Rindfleischpastete ... besser als Geflügel ...«

»... Berfir wird niemals wirklich über Hydlen herrschen ... nur ein größenwahnsinniger Hirte mit einem langen Schwert aus Asula ...«

»... sag ihm, ich will richtige Koteletts ... herkommen und dann werde ich ihn über seinem eigenen Herdfeuer rösten ...«

»... hübsches Gesicht und wackelt mit ihren von Spitzen umhüllten Brüsten, und die glauben dann, sie ist eine Dame ...«

Ich versuchte, nicht rot zu werden oder zu heftig auf das zu reagieren, was ich mit anhörte, doch das meiste interessierte mich ohnehin nicht.

»Hier ist dein Saft.«

Mit einem Schlag landete der Becher auf der schmierigen Tischplatte und ich gab der Schankmaid den Silberling. Vier Kupferlinge bekam ich zurück.

»Den Eintopf bringe ich, wenn ich das nächste Mal vorbeikomme.«

Während ich trank, kamen zwei Soldaten herein und

setzten sich drei Tische weiter. Ich hatte eigentlich vor, ihr Gespräch zu belauschen, doch die Schankmaid kam schon zurück.

»Hier, dein Eintopf und das Brot, junger Mann!« Sie wartete, kratzte sich am Bauch.

Ich rang mir ein Lächeln ab und gab ihr einen Kupferling, wofür ich ein Lächeln zurückbekam.

»Du gefällst mir.«

Daria hatte Recht gehabt. Der Eintopf schmeckte gut, auch das Brot war genießbar. Den Rotbeerensaft hatte der Wirt allerdings kräftig mit Wasser gestreckt. Ich flößte dem Saft etwas Ordnung ein, dadurch schmeckte er zwar noch milder, aber ich konnte ihn ohne Reue trinken.

Ich konzentrierte mich wieder auf die Gespräche um mich herum, schickte meine Sinne zu den beiden Soldaten hinüber.

»... nimm bloß nicht die Koteletts ... Hundefleisch, nach dem, was man so hört ...«

»... besser als die Ziegen, die diese Kyphrer essen ...«

»... sagen, Berfirs Magier sei so gut wie die großen alten ...«

»... Colaris konnte sich nicht einmal selbst aus einem Tempel befreien ... will das Tal immer noch ...«

»... bekommt den Ohyde nur über unsere Leichen ...«

Ich runzelte die Stirn und nahm einen weiteren Löffel von dem Eintopf. Die Leute redeten einfach, wie immer, viel konnte ich damit nicht anfangen. Ich horchte aber weiter zu und aß langsam.

»... Stenafta ... Tochter wäre was, ich wette, unter den schmutzigen Stallkleidern ...«

War Daria Stenaftas Tochter? Ich trank einen Schluck vom Rotbeerensaft und hörte den Soldaten angestrengt zu, doch sie aßen schweigend.

»... das sind keine Lammkoteletts! In Scheiben geschnittener Hammel ist das!« Der muskulöse Mann in einer fleckigen blauen Tunika stand auf und schleuderte den Teller auf die Schankmaid, die daraufhin über und über mit Fett und Hammelfleisch besudelt war.

Sie krümmte sich zusammen, doch der Muskelmann drehte sich um, ohne sie eines weiteren Blickes zu würdigen. Ystral kam in den Schankraum gelaufen.

»He du, Wirt! Wenn ich Lammkoteletts bestelle, dann will ich auch welche! Und keine Hammelscheiben!« Der Gast in der blauen Tunika baute sich vor Ystral auf, der einen halben Kopf kleiner war.

»Du hast die besten bekommen, die wir haben«, wollte ihn Ystral beschwichtigen.

»Aber das Geld für Koteletts verlangen! Das ist Diebstahl! Diebstahl!« Er packte den Wirt und schüttelte ihn. Taumelnd griff er nach Ystrals Hals.

Doch so weit kam es nicht. Plötzlich wedelte der große Mann nur noch hilflos mit den Armen und öffnete gurgelnd seinen Mund. Dann sank er zu Boden, Blut sickerte durch seine blaue Tunika.

Ystral ließ von seinem Opfer ab und säuberte sein Messer an der Tunika des Toten.

Dann wandte er sich an die immer noch zusammengekrümmte Schankmaid. »Es ist deine Schuld. Mach sauber. Schaff dieses Aas hier raus.«

Keiner der beiden Soldaten sagte ein Wort. Der grauhaarige hob den Humpen an seine Lippen und schüttelte den Kopf. Der jüngere kaute auf einem Stück Brot herum.

Ystral ging zur Vordertür hinaus und das Stimmengewirr im Raum gewann an Lautstärke. Die Schankmaid zerrte den Körper des Mannes hinaus, der es gewagt hatte, sich über die Koteletts zu beschweren.

Der Hunger war mir vergangen, doch ich zwang mich, Bissen für Bissen langsam zu kauen.

»… leg dich nicht mit Ystral an … bringt dich einfach um …«

»… und ich schlug ihr vor, nach Sunta zu fahren, um die neuen Kleider dort beim Schneider nähen zu lassen … aber nein, es musste Worrak oder Hydolar sein …«

»… er war früher ein Kavallerist …«

Nachdem ich den Eintopf aufgegessen hatte, schlenderte ich langsam zurück zum Stall. Den Gesprächen konnte ich nichts Interessantes mehr entnehmen. Ich machte mir Gedanken darüber, warum die Soldaten nur zugesehen und nichts unternommen hatten. Und darüber, dass Ystral mit völlig unbeteiligter Miene jemanden umgebracht hatte.

Es war noch nicht ganz dunkel, als ich meine Bettrolle und *Die Basis der Ordnung* mit hinauf in den Heuboden nahm. Ich hörte draußen den Regen aufs Dach klopfen, wieder einmal. In der Nacht musste ich meine Bettrolle mehrmals verlagern, um dem Regen, der von dem großen Dachsparren heruntertropfte, aus dem Weg zu gehen.

Ich zündete die Kerze an und versuchte, einige Seiten zu lesen.

»… die Welt dient als Puffer zwischen Ordnung und Chaos. Nur selten wird es vorkommen, dass pure Ordnungs-Kräfte auf reine Chaos-Energien treffen. Dieser Puffer bildet die Grundlage für alles Leben. Als die Engel und die Dämonen des Lichts gegeneinander kämpften, waren ihre Speere rein, das Firmament bebte und zeigte an vielen Stellen Risse. So wird es immer sein, wenn pure, reine, sich gegenseitig abstoßende Kräfte aufeinander treffen …«

Ich fand das nicht gerade fesselnd, also schloss ich das Buch, nahm das Zedernholzstück zur Hand und schnitzte eine Weile. Ich kam nicht recht voran beim Schnitzen, das Gesicht, das sich im Holz verbarg, wollte sich noch nicht zeigen.

Doch nach kurzer Zeit wurden meine Augenlider

immer schwerer und ich legte schließlich Messer und Holz beiseite, blies die Kerze aus und verstaute alles in meinem Tornister. Die Müdigkeit überkam mich und ich konnte gerade noch einige Abwehrstäbe aufstellen, bevor ich, mit einem ständigen Niesreiz vom Heu in der Nase, vom leisen Prasseln des Regens in den Schlaf begleitet wurde.

Ich träumte wirr und wild, dass ich auf einer unbekannten Straße ritt; eine silberhaarige Frau an meiner Seite gab mir Ratschläge, die ich nicht verstand und auch nicht verstehen wollte.

Ich schreckte aus dem Schlaf, die Abwehrstäbe schienen auf meinen Schädel einzuschlagen, meine Finger umklammerten den Stab.

Der Himmel wurde langsam grau.

»Ich bin es nur!« Daria blieb stehen.

»Hast du mich erschreckt.« Ich legte den Stab wieder hin und versuchte mich zu entspannen.

»Wollte dich nicht erschrecken.« Daria setzte sich mit gekreuzten Beinen auf den Heuboden.

»Was machst du hier?«

»Ich komme immer so früh. Mama muss früh anfangen und Jassid zahlt mir einen halben Kupferling mehr für einen Achttag, wenn ich vor dem Frühstück hier bin.«

Ich wand mich aus meiner Bettrolle und setzte mich neben den Stab. Nachdem ich Hosen und Stiefeln angezogen hatte, schüttelte ich meinen Umhang aus und warf ihn mir über die Schultern. Mein Atem bildete Dampfwolken, doch ich fror nicht, nicht richtig jedenfalls.

»Du schläfst ohne Kleider. Ist das nicht gefährlich?«

»Wahrscheinlich schon. Aber es ist bequemer und meine Stiefel halten länger, wenn sie und meine Füße ab und zu atmen können.«

»Füße atmen nicht.«

»Der ganze Körper atmet.«

»Bist du ein Lehrer? Du gebrauchst den Stab, wie es angeblich die Schwarzen tun.«

»Nein.« Mein Magen drehte sich bei dieser Bemerkung fast um und ich musste nachdenken. Ich war kein Lehrer, aber meine wahre Identität wollte ich nicht preisgeben. Da ich den Schwarzen Ordnungs-Stab aus Recluce trug, galt ich als Schwarzstabträger, schon als ich Recluce verließ. Als Gefahrenbrigadier konnte ich theoretisch nach Recluce zurückkehren, aber erst wenn die Bruderschaft mit meinen Leistungen zufrieden war. Ich hatte nicht vor, jemals zurückzukehren, doch in Candar erfreuten sich Schwarzstabträger nicht gerade großer Beliebtheit. »Ich bin Schreiner. Ich habe auch schon Lehrlinge unterrichtet.« Das stimmte sogar.

»Kommst du aus Kyphros?«

»Ich komme von dort, aber geboren wurde ich weit, weit davon entfernt.« Meine innere Stimme gab sich mit dieser ausweichenden Antwort zufrieden. »Warum willst du das wissen?«

»Mama sagt, dass Kyphros von Frauen regiert wird. Stimmt das?«

»Der Autarch ...«

»Was ist ein Autarch?«

»Das ist die Frau, die über Kyphros herrscht. Der Anführer des ... Heers ist auch eine Frau. Wie auch die meisten Offiziere.« Ich packte meine Bettrolle zusammen.

»Ja, die Schwarze Klinge. So nannte Jassid eine von ihnen. Er war Kavallerist für den alten Herzog an der Küste. Er erzählte, sie hätte fast hundert Männer auf einmal niedergemetzelt. Ich wünschte, ich könnte das auch.«

»Warum?«

Sie senkte den Blick.

»Jassid ... oder jemand anders?«

»… den Bastard … umbringen, aber Mama hat kein Geld. Khali würde verhungern. Papa starb vor langer Zeit. Ist bei einem Kampf ertrunken.«

»War er Soldat?«

»… hat uns immer Geschichten erzählt, das war bevor die Ernten so schlecht ausfielen. Dann ging er zum Heer – der rebellierende Herzog an der Küste. Das war vor dem neuen Herzog in Hydolar. Ein Herzog folgt auf den nächsten, aber nichts ändert sich.«

»Jassid …«, murmelte ich.

»Sag nichts. Er wird mich schlagen. Mama kann nichts dagegen tun.«

Ich dachte nach, als ich meine Rolle zusammenschnürte. »Ich verspreche es. Ich werde nichts sagen.« Aber bis jetzt gab es auch gar nichts zu verraten.

»Hätte nichts sagen sollen.«

Ich berührte kurz ihre Schulter, dabei bemerkte ich, dass sie älter war, als sie aussah, und flößte ihr etwas Ordnung und Ruhe ein.

»Du bist ein Lehrer. Ich weiß es.«

»Ich verrate dein Geheimnis nicht und du behältst meines auch für dich. Abgemacht?«

Sie nickte und schon war sie durch die Luke in den Stall hinuntergesprungen.

Ich trug meine Sachen hinunter, rasierte mich schnell an der Wasserpumpe, schnell genug, um mich zu schneiden, und schaute bei Gairloch in der Box nach dem Rechten. Da erschien ein dünner, schwarzhaariger Mann mit Verbrennungsnarben auf der linken Gesichtshälfte im Stall. »Bist du derjenige, der hier geschlafen hat?«

»Ja.«

»Ich habe dich nicht gesehen letzte Nacht. Ich heiße Jassid. Dieser Stall hier gehört mir.«

»Ich habe bei Ystral bezahlt, ich war wirklich hier. Hier ist meine Bettrolle.« Ich lächelte ihn an und streckte meine Sinne nach ihm aus. Von dem gebündelten Chaos in seinem Inneren wurde ich fast zurückgeworfen. Doch ich tastete mich noch weiter vor und zog meine Sinne dann zurück. Er war so durchdrungen von Chaos, dass jeder Versuch, ihm Ordnung einzuflößen, fehl geschlagen hätte … wenn es ihn nicht sogar umgebracht hätte.

Er stand nur da, fast so, als erwartete er etwas.

Ich nickte, ging zu Gairloch und legte ihm Decke und Sattel auf. Ich zog den Sattelgurt fest und sah auf, da war Jassid schon gegangen.

Ich wollte den *Überquellenden Teller* nicht noch einmal betreten, also fütterte ich Gairloch und wir ritten hinaus in den Nieselregen, ließen Faklaar hinter uns.

Hätte ich Jassid umbringen sollen, indem ich das Chaos aus seinem Körper entfernte? Hätte ich es tun können? Ich überlegte. Und hätte ich es getan – wäre der nächste Stallmeister besser gewesen?

Hatte ich das Recht, einen Menschen zu töten, nur weil ich vermutete, dass eine Stallmagd missbraucht wurde? Hatte ich das Recht, nichts zu unternehmen?

Ich wischte mir den Regen aus dem Gesicht und lenkte Gairloch auf den schlammigen Weg nach Norden in Richtung Sunta. Kein Wind regte sich und der Geruch nach faulenden Blättern verstärkte sich, je länger der Nieselregen anhielt.

Gairloch warf den Kopf zurück, ich tätschelte seinen Hals.

Es quälte mich, dass ich nichts für Daria getan hatte. Sie hatte mich nicht darum gebeten, aber dennoch … Der Gedanke, dass ich wie ein Engel aus alter Zeit gehandelt hatte, quälte mich. Wer weiß, vielleicht war der Engel meiner Gedanken der Dämon des Lichts eines anderen?

Ich starrte auf die Straße, während Gairloch stur vor sich hin trottete, und dachte weiter über Daria, Jassid und Ystral nach. Warum hatten manche Menschen Spaß daran, anderen wehzutun? Ich fand darauf keine Antwort. Eines hatte ich schon herausgefunden: Ordnung und Chaos hatten nichts mit Moral zu tun, sondern mit dem Mechanismus der Welt.

Gairloch wieherte und ich beruhigte ihn. Sein Wiehern konnte jedoch meine Fragen auch nicht beantworten.

XIV

Westlich von Arastia, Hydlen [Candar]

Die Erde bebt, ein kleiner Erdhügel bewegt sich ostwärts durch das Tal, die Zelte wackeln, die wenigen Grasbüschel und Gestrüppzweige im Osten des engen Tals erzittern.

Das Spähglas auf dem Tisch vibriert und summt leise.

Gerlis reibt sich die Stirn und grübelt, wirft einen Blick zurück über seine Schulter nach Nordosten. Als das Rumoren nachlässt, späht er wieder ins Glas. Die Nebel lichten sich und es kommt eine Gestalt zum Vorschein, fast kahlköpfig, die wenigen Haare braun; ein Mann in einer braunen Kutte steht dort, als Gürtel trägt er eine Schnur, gebunden zu einem komplizierten Knoten. Die Luft um ihn herum scheint zu knistern, obwohl der Mann in der Mitte eines fast leeren Zimmers steht: Die Möblierung des Raumes besteht nur aus einem niedrigen, mit Stoff behängten Bücherregal, einem Lager aus Stroh, einem Stuhl und einem Tisch mit einer Lampe darauf. Die Augen des Mannes sind geschlossen.

Der Weiße Magier betrachtet das Bild für einen Augenblick, dann wischt er es mit einer Handbewegung weg. Die Abschrift einer Schriftrolle fällt ihm ins Auge, die Berfir von dem Einsiedler-Magier erstanden hatte. Die Formel für das Raketenpulver ist darauf niedergeschrieben.

»Größenwahnsinniger Hirte ...«, murmelt Gerlis. »Glaubt, dass eine Adelskrone und eine Klinge schon einen Herzog aus ihm machen – und dass diese neuen Waffen gegen das Chaos bestehen könnten.«

Das Rumpeln eines Wagens, schwer beladen mit getrocknetem Schwefel, der auf dem Weg nach Telsen ist, dröhnt durch das Tal, doch es sind nicht die Räder, die die Erde beben lassen.

Gerlis konzentriert sich wieder aufs Spähglas, worin sich der Nebel teilt und das Bild eines jungen Mannes zum Vorschein kommt. Er trägt eine braune Tunika und braune Lederhosen und reitet auf einem Bergpferd; ein dunkler Stab steckt anstelle einer Lanze im Köcher.

Gerlis schüttelt den Kopf, fast traurig, so scheint es. »Arme Narren ... alle miteinander. Keiner kann sich dem Chaos der Erde widersetzen ... nicht einmal diejenigen, die das Chaos verbreiten.«

Seine Augen blitzen hinüber auf den Schrankkoffer am Kopfende des Bettes, dort liegt ein Dolch mit verkohltem Griff. Ein Lächeln huscht über seine Lippen. Das Lächeln verschwindet und er atmet tief ein. Der Weiße Magier zieht die Augenbrauen zusammen und konzentriert sich aufs Neue. Diesmal taucht das Bild einer brodelnden Quelle auf, gelber Dampf steigt aus den Blasen auf.

Ein weiterer Ruck geht durch den Boden unter dem Teppich in der Mitte des Zeltes und wieder summt das Spähglas.

Gerlis lächelt, bevor er noch einmal mit all seiner Kraft die Erde beben lässt. Im Glas brodeln die Quellen noch heftiger, der Boden wird umhüllt von gelbem Nebel.

Der Boden des Gebirgseinschnitts ächzt.

XV

Irgendwann am Vormittag trug mich Gairloch durch die schlammigen Pfützen auf eine festere Straße, die hauptsächlich aus kleinen Steinen und Kies bestand. Der Lehmboden darunter war festgestampft. Der Regen zog sich zurück in die niedrigen grauen Wolken. Die Bäume wiegten sich im aufkommenden Wind und die Luft roch noch immer nach moderigem Herbst.

Hütten und kleine Steinkaten wechselten sich mit Stoppelfeldern ab, die von Lattenzäunen eingegrenzt wurden; dazwischen immer wieder Bäume und Hügel … Kurz gesagt, die Landschaft strahlte Ordnung aus, was Gairloch dazu veranlasste, seinen Schritt zu beschleunigen. Statt des moderigen Herbstgeruchs erfüllte nun der angenehme Duft von verbranntem Holz die Luft.

Die Mittagspause verbrachten wir in der Nähe eines weiteren namenlosen Dorfes auf einem Hügel, ein Bach, von dem ich bisher nicht einmal gewusst hatte, dass es ihn gab, floss daran vorbei. Gairloch fand sogar einen Flecken grünes Gras und ich aß hartes Brot und noch härteren Käse und zum Schluss die letzten getrockneten Pfirsiche. Hätte ich nur mehr von den Trockenfrüchten mitgenommen, und getrocknetes Fleisch, das zwar ziemlich zäh sein konnte, aber gut schmeckte. Stattdessen waren die Satteltaschen gefüllt mit altem Käse und harten Keksen – davon hatte ich noch genug.

Wir ritten weiter, der Wind blies nun kälter und trockener.

Ein brauner Dunstschleier über einem Hügel zeugte von einer größeren Ortschaft; der zweite Hinweis darauf war eine Baumlinie, die am Ufer eines Flusses stand; der dritte war ein erhöhter Fußweg, der auf einer Steinbrücke über den Fluss führte. Der mit Steinen gepflasterte Fußweg – breit genug für zwei Fuhrwagen nebeneinander – wand sich durch tiefer liegende, schlammige Stoppelfelder.

Ich lenkte Gairloch auf die rechte Seite, als ein von zwei Ochsen gezogener leerer Bauernkarren von der Brücke fuhr.

»Hoo ... hoo ...« Der Fahrer hatte einen Stachelstock bei sich, gebrauchte ihn jedoch nicht. Die Ochsen schienen auf seine Stimme zu reagieren, was man von manchen Pferden nicht gerade behaupten konnte. Gairloch tänzelte um zwei Frauen herum, die sich Körbe mit Tragetüchern an den Leib gebunden hatten.

»Gutaussehender Bursche ...«

»... du bekommst nie genug, Nirda. Clersek ist doch auch recht hübsch.«

»Von mir aus kannst du ihn haben.«

»Nur zu gern.«

Vom höchsten Punkt der Brücke aus blinzelte ich gegen die Sonne, die jetzt genau über der Stadt stand. Von dort aus konnte ich die Mauern von Sunta sehen. So eindrucksvoll wie jene in Jellico oder Fenard waren sie nicht, aber sie schienen aus soliden grauen Steinen gebaut zu sein. Der Weg führte vom Fluss weiter über schlammigen Untergrund bis fast zu den Stadtmauern.

Die südlichen Stadttore von Sunta wurden zwar bewacht, doch die Scharniere wirkten so verrostet, dass ich bezweifelte, dass sie in den letzten Jahren überhaupt bewegt worden waren. Am äußeren Tor winkte mich einer der Wachposten, ein dünner Mann in brauner Lederkleidung mit karminroter Schärpe, zu sich. »Was ist da drin, Junge?« Er zeigte auf die Satteltaschen.

»Mein Werkzeug, Ser.«

»Werkzeug?« Er zog die Augenbrauen hoch.

»Beitel, Hobel, eine Säge, ein Beil und Ähnliches. Ich bin Schreiner.«

»Lass mich hineinsehen.«

Da er kein Chaos ausstrahlte, sondern nur gelangweilt schien, beschloss ich, keinen Schutzschild aufzubauen. Dadurch wäre die ganze Stadt auf mich aufmerksam geworden, ähnlich wie damals in Jellico. Ich konnte später immer noch verschwinden, es sei denn, man legte mich in Ketten.

Ich stieg ab und schnürte mein Bündel auf.

»Das reicht«, meinte der Posten, als der glatte Holzgriff der Säge zum Vorschein kam. »Was willst du in Sunta?«

»Ich suche eine Stelle als Schreinergeselle.«

»Du bist ziemlich jung für einen Gesellen.«

»Irgendwann muss ich damit anfangen und in meinem Dorf gibt es keinen Platz für mich.« Ich zuckte mit den Schultern und lächelte verlegen.

»Na dann, viel Glück.« Er winkte mich weiter. »Das Handwerksviertel liegt rechter Hand vom Hauptplatz, gleich hinter dem Tempel.«

»Danke.«

Ich stieg auf und sah mir Sunta an, als hätte ich nie zuvor eine größere Stadt gesehen. Innerhalb der Mauern waren die Straßen mehr schlecht als recht gepflastert. Flache Steine in allen Formen lagen aneinandergereiht, sie waren nur grob behauen, was die Straße sehr holprig werden ließ. Ein paar Gassenjungen kamen mir entgegen.

»... zeige Euch die beste Herberge in Sunta ... nur ein Kupferling, Ser ...«

»... wenn Ihr mehr als ein leeres Bett braucht, Ser, kann ich Euch weiterhelfen ...«

»... das sind alles kyphrische Ziegen, Ser«, eröffnete mir ein etwas älterer Junge mit einer Narbe über der Augenbraue und einem Messer am Gürtel. »Versucht es mit der *Schwarzen Bratpfanne.*«

Ich hielt inne. Der ältere Junge drängelte und rempelte nicht. Ich zügelte Gairloch mit einem leichten Ziehen an der Hirtentrense. »Kyphrische Ziegen? Wie unterscheidet sich eine kyphrische Ziege von anderen?«

»Ihr seid ein Fremder, Ser?«

Ich nickte. Mein Akzent verriet mich. »Aus Montgren.«

»Gibt es dort Ziegen?«

»Fast nur Schafe. Berühmte Schafe.« Ich hatte meine Arbeit mit den Schafen von Montgren und auch die Herzogin Merella nicht vergessen. Ich grinste. »Stinkende Schafe.«

Der Junge grinste zurück, das Lächeln verschwand jedoch sofort wieder und er setzte eine geschäftstüchtige Miene auf. »Schafe oder Ziegen, sie sind alle gleich. Jene, die frei herumlaufen, sind die schlauen. Die Tiere, die eingepfercht sind oder geschlachtet werden, sind die kyphrischen Ziegen.«

»Das verstehe ich nicht.« Ich verstand es wohl, aber ich stellte mich besser dumm. Ich hätte genauso gut aus Worrak oder aus Faklaar kommen können.

»Der kyphrische Herrscher sagt, jede Ziege, die frei herumläuft, kann geschlachtet und damit als milde Gabe des Herrschers betrachtet werden«, erklärte mir der Junge bereitwillig, als er neben mir herging. Die anderen hatten sich abgewendet und warteten bereits auf den nächsten Neuankömmling.

Ich erkannte, dass dieser Junge kein richtiger Herumstreuner war, also dehnte ich meine Sinne aus und fand einen Hauch von Chaos und ein leichtes Kettenhemd unter seiner schmutzigen Tunika und dem zerlumpten Hirtenumhang.

»*Zur Schwarzen Bratpfanne* sagst du?«

»Das ist die beste, Ser. Und sagt dort, dass Hempel Euch geschickt hat.«

Ich zog weiter und dachte nach. Das Gesetz des Autarchen über frei herumlaufende Ziegen hatte also dazu geführt, dass ›kyphrisch‹ in Hydlen zu einem Schimpfwort geworden war. Auch wurden die Stadttore bewacht, wenn auch nicht sehr gründlich. Mit all dem hatte ich irgendwie gerechnet und trotzdem machte ich mir Gedanken darüber.

Im Gegensatz zu Kyphros besaßen die Häuser am Stadtrand von Sunta Strohdächer, die Mauern bestanden aus einem korbförmigen Holzrahmen, der mit Lehm verputzt war. Die Wände wiesen viele Risse und ausgebesserte Stellen auf.

»... aus dem Weg ... aus dem Weg ...«

Ich lenkte Gairloch zur Seite, als zwei Reiter an uns in Richtung Stadttor vorbeistürmten. Der beißende Geruch von schlecht gegerbtem Leder hing in der Luft und vermischte sich mit Rauch und anderen weniger appetitlichen Düften, von denen einige aus der Kloake auf der anderen Straßenseite stammten.

Gairloch suchte sich seinen Weg zum Hauptplatz, wo eine Handvoll Karren um einen braunen Grasflecken und um einige Bäume im Winterkleid herumstanden. In der Mitte des Platzes stand ein Sockel, aber keine Statue darauf. War das Abbild eines früheren Herzogs einmal darauf gestanden? Oder ließ man den Sockel einfach nur aus Nachlässigkeit leer stehen?

In einer Seitenstraße des Platzes entdeckte ich zwei Herbergen: *Zur Schwarzen Bratpfanne* und *Zur Goldenen Schüssel*.

Zusätzlich zur schwarzen Pfanne auf dem Schild waren die Außenwände des Gebäudes schwarz gestrichen, was dem Haus, das ohnehin keine Ordnung ausströmte, eine noch düsterere Stimmung verlieh. Im Hinterhof des Gebäudes war die Erde aufgewühlt und schlammig und ein rauchiger Nebel umgab die Herberge.

Ich ritt daran vorbei und auf die *Goldene Schüssel* zu, die hundert Ellen weiter an derselben Straße stand und etwas höher lag. Hoch genug jedenfalls, damit der gestampfte Lehmboden im Hof etwas trocknen konnte. Der Rauch schien aus dem Kamin zu kommen und nicht aus Fenstern und Türen, der Lehmverputz wirkte schmutzig-beige.

Ich ritt zur Rückseite des Hauses und fand den Stall. Zwei Männer schoben gerade eine leere Kutsche durch die große Tür.

»Wo finde ich den Stallburschen?«

Einer der beiden Männer zeigte auf eine Gestalt im Schatten. Mit mürrischem Gesicht trat ein Junge aus dem Schatten, ein blauer Fleck zierte eine Wange. »Zwei Kupferlinge für eine Doppelbox, drei für eine Einzelbox.«

Ich gab ihm drei und bekam dafür eine Eckbox unter den Stützstreben, wo sich ein größeres Pferd den Kopf gestoßen hätte. Gairloch schnaubte zufrieden, als ich ihm den Sattel abnahm und mich ans Striegeln machte.

Ich webte einen Schutzschild um meine Habe und schlenderte im Abendlicht hinüber zum Schankraum. Die *Goldene Schüssel* schien zumindest eine Spur trockener und sauberer zu sein und war außerdem nicht von einem Verkaufsgehilfen – oder was Hempel auch immer sein mochte – empfohlen worden.

Im Schankraum roch es nach Essen und nicht nur nach Fett. Ein Tisch stand an der Wand; seit meiner Ankunft in Candar hatte ich eine Vorliebe für Wandtische entwickelt.

»Du bist neu hier, nicht wahr?« Die Stimme klang

warm, fast süß, und die junge Frau – ein Mädchen, nicht viel älter als ich – hatte rotes Haar und Sommersprossen. Sie lächelte mich nett an in ihrer weiten Lederschürze. Um das Handgelenk trug sie ein glattes schmuckloses Bronzearmband.

»Ich bin das erste Mal in Sunta. Was kannst du mir zu trinken anbieten?«

»Helles und dunkles Bier, Rotbeerensaft, Grünbeerensaft und Weißen Donner.«

»Weißer Donner?«

»Wenn du es nicht kennst, wirst du es auch nicht mögen«, amüsierte sie sich über mich.

»Dann bring mir Rotbeerensaft. Welches Gericht kannst du mir empfehlen?«

»Fast alle. Die Kisha ist heute besonders gut und nicht teuer.«

»Wenn du das sagst, dann bring mir davon.«

»Gute Wahl.« Sie wischte den Tisch mit einem einigermaßen sauberen Lappen ab und kehrte zurück in die Küche.

Ich sah mich um. In einer Ecke beugten sich drei ältere Männer über ein Mancala-Spiel. Eine zweite Schankmaid, ebenso rothaarig wie die erste, aber etwas älter und mit hartem Gesichtsausdruck, füllte die Humpen der Männer mit hellem Bier. Auch sie trug ein Bronzearmband.

Ein Mann, der Justen sehr ähnlich sah, also weder alt noch jung wirkte, saß in der anderen Ecke. Eine Frau mit rot geschminkten Lippen lehnte unentwegt an seiner Schulter, sogar als beide aßen.

Das jüngere Mädchen stellte zwei Steingutteller auf den Nachbartisch. »Das macht sechs Kupferlinge.«

»Sechs … nicht teuer, wahrscheinlich ist es Hundefleisch«, machte sich der dünne Mann lustig.

»Nein, Ser. Kein Hund und auch kein Pferd. Teilsyr erstand für wenig Geld einen guten Ochsen.« Die

Schankmaid drehte sich zu mir. »Hier ist dein Rotbeerensaft.« Sie stellte den Becher sanft auf den Tisch und lächelte mich an. »Drei Kupferlinge bitte. Ich heiße Alasia.«

Ich zählte die Münzen auf den Tisch.

»Du kommst von weit her?«

»Montgren«, log ich.

»Gehst du bald dorthin zurück?«

»Kommt darauf an«, antwortete ich.

Ein wehmütiger Ausdruck überschattete ihr hübsches Gesicht. »Irgendwann will ich auch einmal an so einen Ort. Fahrende Händler erzählen, es sei friedlich dort.«

»Das stimmt. Es gibt fast nur Schafe. Schafe und noch einmal Schafe.«

Ein Lächeln huschte über ihr Gesicht und weg war sie. Der Mann mit der anhänglichen Frau hatte ihr zugewinkt.

Ich trank von dem Saft und wartete gespannt auf die Kisha. Was das wohl sein mochte? Währenddessen bemühte ich mich, ein paar Gesprächsfetzen aufzufangen.

»... ist es schöner als bei Teilsyr ...«

»... wenn man es sich leisten kann ...«

»Versuch die Burkha, wenn du gerne scharf isst, oder das kyphrische Chilischaf ...«

»Echte Kyphrer essen kein Schaf; sie essen Ziegen und Bohnen.«

»... glaubst du, der Junge da drüben ist ein Soldat?«

»... könnte sein. Er versucht, nicht so auszusehen. Kurzes Haar, kein nennenswerter Bart ...«

Unbewusst strich ich mir mit dem Finger über das Kinn, fühlte die Narbe, die ich mir beim Rasieren in Faklaar zugefügt hatte.

»... jeder kann alles sein heutzutage ... Herzog ist nicht mehr als ein Hirte mit einer tödlichen Klinge ... Weißer Teufel an seiner Seite ...«

Die Menschen hielten offenbar nicht viel von dem neuen Herzog.

»Hier, deine Kisha.« Ich bekam den Teller und den kleinen Laib Brot mit einem Lächeln serviert. »Das macht noch einmal drei Kupferlinge.«

Ich gab ihr fünf und lächelte zurück, sie drehte sich jedoch um und ging. Ob ich sie wohl je wiedersehen würde, jetzt da sie mein Geld hatte? Ich ließ von dem Gedanken ab und beschäftigte mich mit der Kisha, lange Fleischstreifen mit einer leicht bitteren Minzsoße über flachen grünen Nudeln. Nicht so gut wie eine Burkha, aber besser als der Eintopf, den ich in Faklaar gegessen hatte. Auch während ich aß, versuchte ich so viel wie möglich zu erlauschen.

»... Stulpa wieder einmal gesehen?«

»... nur seinen Lehrling ... sagte, er wäre mit Herzog Berfirs Truppe gegangen ... Freistadt von der Besetzung des Tales abhalten ...«

»... brauchst du einen Apotheker?«

»... das Zeug, das mir der Lehrling gegeben hat, taugt nichts ...«

»... Frauen ... nobler Herzog Colaris ... schütze seine Seele ...«

Das Klirren im Schankraum und der Ausdruck auf Alasias Gesicht versetzten mich in Alarmbereitschaft. Drei Männer platzten herein und ich baute sofort einen Schutzschild auf. Damit konnten sie mich zwar nicht sehen, doch ich sah auch nichts, als ich aufstand und mich in den Gang zur Küche schob.

»Wir suchen einen jungen Mann. Muss hier drin sein. Braune Haare und braune Kleidung. Er ist ein Spion. Wo ist er?«

Sie waren richtig informiert und ihre Vorgehensweise unmissverständlich.

Ich schlich mich weiter Richtung Küche, schickte meine Sinne voraus, damit ich niemanden berührte.

Peng.

Ein Becher fiel um, vermutlich hatte ich ihn gestreift.

»Warum tust du das, Hyld?«

»Ich hab gar nichts getan! Ungeschickter Tölpel!«

Ich ging weiter.

»Er saß da drüben«, antwortete Alasia. »Er ist vor einer Weile gegangen.«

Der eher dünne Bretterboden vibrierte, als die drei Männer an meinen Tisch stapften.

»Bist du sicher, Kleine? Die Kisha ist noch warm, er hat sie nicht aufgegessen und sein Becher ist halb voll. Überprüft das Rückgebäude!«

Einer der Männer rannte in meine Richtung, ich presste mich an die Wand, als er vorbeistürmte. Gern hätte ich ihm ein Bein gestellt, doch ich ließ es sein, schwang mich stattdessen herum und folgte ihm in die Küche.

»He, du! Hast du hier jemanden vorbeilaufen sehen?«

Ich fühlte das kalte Eisen seines Schwertes, das er dem Koch und dem Küchenmädchen entgegenstreckte.

»Nein, Ser. Niemand außer Alasia und Rirla.«

»Nein, Ser …«

»… wer würde es auch in dieser mörderischen Hitze aushalten?«

Wie vorhersehbar marschierte er durch die Hintertür in den Hof und ich hintendrein.

Was ich jedoch nicht vorhersehen konnte: Er drehte sich plötzlich um und wir prallten gegeneinander.

»Uufff …«

Seine Klinge flitzte über die Stelle, auf der ich gestanden hatte. Halb sitzend und halb rollend krabbelte ich weg, wie ein Feuerstrahl traf mich seine Klinge am Arm. Mit zusammengepressten Lippen rollte ich mich zur Seite und baute den Schild wieder auf.

»Verdammt! Dieser Hurensohn muss hier irgendwo

sein. Ich habe ihn gestreift. Ich weiß es ganz bestimmt. Er ist ein verdammter Magier! Aber meiner kalten Klinge wird er nicht entkommen, der Bastard!«

Es konnte noch nicht sehr dunkel gewesen sein im Hof. Ich hatte mein Gegenüber gesehen, als ich den Schild für einen Augenblick fallen gelassen hatte. Da ich jedoch nichts sah, wenn der Schutzschild aufgebaut war, und ich den Weg zum Stall in meiner ganz persönlichen Dunkelheit suchen musste, war ich nicht in der Lage, dies festzustellen. Es brannte wie Feuer in meinem Arm, aber ich wollte den Schild nicht fallen lassen, um herauszufinden, wie dunkel es schon war oder warum der Mann so aufgebracht war.

So leise wie möglich schlich ich auf Zehenspitzen an der Stallmauer entlang. Ich versuchte, den wilden Schwüngen auszuweichen, die der Soldat mit seinem Schwert in die Luft hieb. Er rannte zur Vorderseite der Herberge. Wer würde sich schließlich im geschlossenen Stall verstecken wollen?

Ich tastete mich weiter vor, bis ich Gairloch erreichte. Meine Sinne sagten mir, dass sonst niemand im Stall war, also ließ ich den Schild fallen. Es war dunkel, doch ich konnte noch genug sehen. Die Verletzung an meinem Arm schien mehr als nur eine Schramme zu sein, wenn auch nicht sehr tief, doch ich war über und über mit Blut verschmiert. Ich suchte in meinem Tornister und fand ein Kleidungsstück, ein Arbeitshemd, wie ich vermutete, das ich gegen die Wunde presste.

»Durchsucht den Stall.«

»Er muss hier irgendwo sein.«

Ich holte tief Luft und versteckte mich hinter dem Futtertrog. Mit dem Schild wartete ich noch, bis ich Schritte hörte. Den Schutzschild aufrechtzuerhalten bedeutete harte Arbeit und ich musste mit meinen Kräften haushalten. Gairloch schnaubte, trat aber nicht auf mich, obwohl die Box sehr eng war.

»Überprüft die Boxen!«

Ich schluckte und baute den Schild um mich herum auf, hoffte, dass ich ihn nicht lange halten musste. Ich presste die Lippen weiter aufeinander, verlor nicht einmal ein Wort, als ich versuchte, meinem Arm etwas Ordnung einzuflößen. Er schmerzte sehr.

»Er ist nicht hier ...«

»Was ist mit der Box dort hinten?«

Ich fühlte, dass jemand Gairlochs Stall beäugte.

Gairloch wieherte den Störenfried an und machte einen Satz rückwärts, womit er mich gänzlich hinter sich versteckte.

»Hier nicht. Vielleicht oben im Heuboden.«

Sie scharrten und kratzten überall herum und ich musste mir die Nase zuhalten, um nicht loszuniesen, als der Staub durch die Ritzen zwischen den Planken herunterrieselte.

Gairloch wieherte erneut.

»Gib Ruhe! Oder du landest im Kochtopf!«, drohte der Soldat. Seine Stimme klang so nah, als stünde er neben mir.

Gairloch schnaubte nur noch. Ich hätte ihn am liebsten umarmt.

»Seid ihr sicher, dass er nicht hier ist?«

»Er ist verwundet. Würdest du hier bleiben? Kann kein so guter Magier sein, wenn er wegläuft.«

»Wo ist er dann hin?«

»Vielleicht durch die Vordertür abgehauen, während du herumgebrüllt hast, Dosca.«

»Liegt hier im Stall auch kein Gepäck mehr herum?«

»Nein. Rudur hat schon nachgesehen.«

»Um das Pferd kümmern wir uns morgen früh. Es wird nicht weglaufen über Nacht.«

Die Stimmen entfernten sich und ich ließ den Schutzschild fallen. Das Hemd gegen den Arm gedrückt, ruhte ich mich erst einmal eine Weile aus. Die Stalljungen gingen mindestens zwei Mal vorbei, doch keiner würdigte Gairlochs Box auch nur eines Blickes.

Ich dachte über Alasia nach, die Schankmaid, die für mich gelogen hatte. Ich hoffte, man hatte sie nicht dafür bestraft.

Später, als es im Stall ruhig und dunkel wurde, befühlte ich den Arm noch einmal mit meinen Sinnen, versuchte mit letzter Kraft, die Spuren von Chaos daraus zu verbannen. Dann riss ich ein Stück von der Rückseite des Hemdes heraus und verband damit die klaffende Wunde.

»Solltest keinen solchen Lärm machen.«

Ich sah auf. Alasia lächelte mich von der Stalltür aus an.

»Du hast Recht. Hat man dich bestraft, weil du für mich gelogen hast?«

»Nein. Nicht sehr.«

Sie log, ich sah die Schrammen in ihrem Gesicht und fühlte jene an ihren Armen, wenngleich sie sich in einen Wollschal gehüllt hatte.

»Es tut mir Leid«, versicherte ich ihr. »Du hättest nicht für mich lügen müssen.«

Obwohl ich nicht viel Ordnung übrig hatte, hob ich den unverletzten Arm und berührte ihr Gesicht, ließ ein wenig Ordnung in ihre Schrammen fließen.

»Sie sagen, du seiest ein Magier.«

Sie wirkte blass, trotz der Ordnung, die ich für sie erübrigt hatte. Gehörte sie zu denen, die vor jeder Art von Magie Angst hatten?

»Ich weiß nur so viel, wie ich brauche, um mich ständig in Schwierigkeiten zu bringen«, gab ich zu. »In der übrigen Zeit arbeite ich als Schreiner.«

»Gehst du zurück nach Montgren?« Sie flüsterte und blickte andauernd hinter sich auf die flimmernden Lichter der *Goldenen Schüssel.*

»Nein. Das habe ich nicht vor.«

»Nimm mich mit, wohin du auch gehst! Bitte!« Sie sah sich wieder um und versuchte, nicht zu zittern.

Ich schickte meine Sinne aus, um ihren Körper zu untersuchen, mit dem nötigen Anstand natürlich. Ich stellte fest, dass sie sehr weiblich war ohne auch nur den kleinsten Hinweis auf Chaos. Der Mangel an Chaos bedeutete nicht unbedingt, dass sie gut war; das hieß nur, dass die Wahrscheinlichkeit, dass sie durch und durch böse war, sehr gering einzuschätzen war.

»Sollst du zu den Kerlen gehen?«

Sie nickte.

»Dann geh zu ihnen und komm hierher zurück.«

Sie schlich sich zu dem kleinen Gebäude am Ende des Stalles.

Im Stall war ich nicht länger sicher. Sie dachten zwar, dass ich geflohen wäre, und würden bestimmt nicht zurückkommen. Aber mit Sicherheit würden sie Gairloch holen und ihn zusammen mit meiner ganzen Habe verkaufen, vielleicht schon beim ersten Tageslicht. Ich fragte mich allerdings, warum sie das nicht gleich getan hatten, doch das kleine Quäntchen Glück, das ich hatte, sollte ich besser nicht gleich wieder in Frage stellen. Schnell sattelte ich Gairloch und entfernte den Schutzschild von meinem Stab, dem Tornister und den Satteltaschen. Mit meinem gesunden Arm packte ich alles auf Gairloch.

Als ich gerade die Bettrolle festmachte, schlüpfte Alasia wieder herein. »Du kannst nicht einfach hinausreiten. Draußen stehen Wachen.«

Ich sah sie an. »Warum willst du hier weg?«

»Du Narr!« Sie hob die linke Hand und zeigte auf das Bronzearmband. »Weißt du nicht, was das bedeutet? Ich gehöre Teilsyr. Wenn er mit mir schlafen will, kann er das jederzeit tun. Wenn er will, dass ich mit anderen schlafe, muss ich auch das tun.«

»Das ist Sklaverei …«

»Sie nennen es Leibeigenschaft. Die Herzöge dulden das.« Sie blickte wieder zur Herberge. »Bitte ...«

»Bist du bereit zu gehen?«, fragte ich sie.

»Was wirst du tun?«

»Du wirst einschlafen. Mach dir keine Sorgen.« Ich konzentrierte mich, versuchte mir in Erinnerung zu rufen, wie ich die Offiziere des Präfekten von Gallos zum Schlafen gebracht hatte. Dieses Mal war es etwas einfacher, doch nicht sehr, denn ich fühlte mich unendlich müde.

»Nein ...« Alasia sank in sich zusammen.

Mit einem Ruck hob ich ihren Körper auf. Es war mir nicht unangenehm, obwohl ich mir keine Illusionen machte über ihre Gefühle mir gegenüber. Ich legte sie quer über Gairlochs Sattel. Dann öffnete ich leise die Stalltür und führte Gairloch hinaus.

Wieder wob ich einen Schutzschild um uns drei. Wir durchquerten langsam den Hof und näherten uns den zwei Wachposten, die an dem Haus links neben der Herberge lehnten.

»Hörst du nichts?«, fragte einer der Wächter.

»Außer Teilsyr und seinen Peitschen nichts.«

»Wo bekommt er sie her?«

»Geras der Sattler macht sie.«

»Ich meine die Mädchen.«

»Er kauft sie. Was sonst?«

Ich ging weiter, tätschelte Gairloch sanft und versuchte, ihn zu beruhigen, als wir uns zur Straße schlichen. Kein Wunder, dass sie weg wollte! Peitschen!

»Hörst du das denn nicht?«

»Aber man sieht doch nichts«

Gairlochs Hufe klapperten auf der Straße.

»Dort. Auf dem Platz. Wenn es dunkel ist, hört man besser.«

»Bist du sicher?«

Als wir auf die andere Seite des Platzes kamen, ließ

ich den Schutzschild fallen. Alasias schlaffen Körper rückte ich nach vorn, sodass ich in den Sattel steigen konnte.

Ich lenkte Gairloch aufs nördliche Ende der Stadt zu und hoffte, dass die Tore dort ebenso verrostet waren wie die im Süden.

Ich hatte Glück, nur ein einziger Wachsoldat, der auch noch mit einem Auge schlief, saß am Nordtor. Noch einmal webte ich einen Schild um uns, während wir den erleuchteten Durchgang passierten. Gairloch schien seine Hufe ganz sanft aufzusetzen, doch vielleicht bildete ich es mir auch nur ein.

Wir hatten die Stadtmauern noch keine Meile im Süden hinter uns gelassen, da ließ ich den Schutzschild endgültig fallen. Ich schwitzte zwar in der kalten Luft nach der anstrengenden, fast ununterbrochenen Ordnungs-Magie, doch innerlich war ich völlig erschöpft und zitterte vor Kälte. Ich zog den Umhang fester um mich und ritt weiter. Gairloch durfte sein eigenes Tempo gehen, schließlich musste er die doppelte Last tragen.

Wir brauchten sehr lange für die kurze Wegstrecke bis zum nächsten Waldstück – oder war es nur eine Baumgruppe? Ich war zu erschöpft, um dies festzustellen. Das Waldstück befand sich vielleicht drei oder vier Meilen vom Stadttor entfernt und es war das erste, das nicht nahe einer Hütte oder einem Haus stand.

Umständlich hob ich Alasia vom Pferd herunter. Ich fasste sie dabei vielleicht ein bisschen intimer an, als es sich geziemt hätte, doch glücklicherweise sahen Krystal und Tamra nicht zu. Dann wickelte ich Alasia in eine Decke ein und bettete sie auf einen Haufen Tannennadeln. Ich holte etwas Käse aus meinem Gepäck und trank die letzten Tropfen Rotbeerensaft. Er schmeckte schon leicht süßlich vergärt, doch schien er noch gut zu sein.

Schon nach kurzer Zeit hörte das Zittern auf, doch ich fühlte mich unendlich müde und jeder Knochen tat mir weh. Der Duft der Tannennadeln wirkte wohltuend auf mich.

»Oh … wer …« Alasia richtete sich mit einem Ruck auf. »Was hast du getan?«

»Ich habe dich einschlafen lassen, damit wir die Wachen passieren konnten. Dir fehlt nichts. Ich habe nichts getan, außer dich aus Sunta hinauszuschmuggeln.«

»Aber ich schlafe doch nicht einfach so ein. Und in Ohnmacht bin ich auch nicht gefallen. Sogar in der schlechten Zeit des Monats falle ich nie in Ohnmacht. Was hast du getan?«

»Das habe ich dir doch gesagt. Ich habe dir geholfen einzuschlafen. Das ist alles.« Ich versuchte freundlich zu bleiben, aber in meinem Arm pochte es und mein Kopf schmerzte. Wahrscheinlich weil ich den Schild aufrechterhalten hatte, obwohl ich schon völlig erschöpft gewesen war.

»Wo sind wir?«

»Ungefähr vier Meilen nördlich von Sunta.«

Sie zitterte und hüllte sich fester in die Decke. »Meine Kleider taugen nicht für eine Reise.«

»Du sagtest, du wolltest weg, und warten konnten wir nicht mehr«, wies ich sie zurecht. Sie lachte nur nervös.

»Wie bist du an den Wachen vorbeigekommen?«, fragte sie.

»Ich ging einfach vorbei.« Mein Magen drehte sich um bei dieser Halbwahrheit. »Ich versuchte, an ihnen vorbeizukommen, ohne dass sie uns sahen. Einer hörte mich, doch der andere meinte, dass sein Kumpan sich das nur einbildete. Sie redeten über Teilsyr und seine Peitschen.«

»Ich musste weg … Rirla hat schon am ganzen Körper Narben.« Sie schüttelte den Kopf.

»Es tut mir Leid.« Am Boden sitzend, verlagerte ich mein Gewicht von einer Seite auf die andere und fuhr zusammen, als ich meinen verletzten Arm belastete. »Warum hat keiner die Box durchsucht?«, fragte ich und wollte damit das Thema wechseln.

»Das haben sie – gleich nachdem du hineingegangen warst. Aber sie fanden nichts; nichts außer deinem Sattel. Also vermuteten sie, dass du dein Geld bei dir trägst. Teilsyrs Männer kamen in den Schankraum zurück. Sie behaupteten, du seiest ein Spion aus Kyphros, aber keiner der Gäste kümmerte sich darum.« Sie zuckte die Schultern. »Du schienst mir zu nett für einen Spion. Und auch zu jung. Ich wusste nicht, dass du ein Magier bist. Bist du wirklich so jung, wie du aussiehst?«

Da war etwas, was sie nicht aussprach. Doch ich fühlte mich zu müde, um es herauszufinden, vielleicht war es das Misstrauen gegenüber einem Magier.

»Ja, ich bin so jung wie ich aussehe. Deswegen haben mich diese Banditen auch aufgeschlitzt.« Ich gähnte.

»Du bist in Wirklichkeit kein faltiger alter Greis?«

»Nein. Ich bin ein müder, verwundeter, junger Schreiner, der nur so viel von Magie versteht, dass er damit in jedes Fettnäpfchen tritt, und ich tue mein Bestes, um dir zu helfen.« Ich unterdrückte das nächste Gähnen. »Geht es dir gut?«

»Ich habe keine Reisekleidung.«

»Ich glaube, ich habe noch eine Tunika für dich. Ich suche sie morgen früh. Wickel dich einfach in die Decke ein«, riet ich ihr. »Ich muss jetzt schlafen.«

»Bist du sicher, dass wir weit genug von Sunta entfernt sind?«

»Nein, nicht weit genug, aber ich muss ein wenig schlafen, und du auch.« Wieder gähnte ich. In meinem Arm pochte es noch immer.

»Ich weiß nicht.«

»Also gut. Ich bin zu erschöpft, um mich noch länger darüber zu unterhalten. Du bleibst wach und passt auf, ob uns Teilsyrs Leute verfolgen.« Ich hatte bereits fast aus Gewohnheit Abwehrstäbe um unser Lager und um mich herum aufgestellt. So murmelte ich nur noch: »Gute Nacht.«

»Gute Nacht.«

Der Schlaf übermannte mich binnen Sekunden. Fast sofort träumte ich wieder von der silberhaarigen Frau, die mir diesmal irgendetwas über die Erde erzählen wollte. Sie war eine Druidin, zumindest in meinem Traum.

Whiiiiiaaaaah … iiaaaah!!!

Gairlochs Wiehern ließ mich aus Schlaf und Träumen aufschrecken, doch für einen Augenblick war ich so müde, dass ich liegen blieb.

Whiiiiiaaaaah … iiaaaah!!!

»Ruhig …«, zischte eine Stimme. »Ruhig, du Biest …«

Whiiiiiaaaaah … iiaaaah!!!

Ich rappelte mich auf, gerade als Alasia am Waldrand auf Gairloch stieg. Ich war noch keine zwei Schritte gelaufen, da bäumte sich Gairloch auf, dass ich es nicht geglaubt hätte, hätte ich ihn nicht schon einmal so gesehen bei dem Stallknecht in Freistadt, wo ich ihn gekauft hatte. Alasia konnte sich nicht länger als bis zum zweiten Aufbäumen halten, dann landete sie stöhnend auf dem Boden.

Gairloch beruhigte sich, ich tätschelte seine Schulter.

Alasia versuchte, sich aufzusetzen, doch ihre Schulter gab in einer Weise nach, die auf mehr als nur blaue Flecken hindeutete. Sie trug meinen wasserdichten Umhang, das einzige Kleidungsstück, das nicht innerhalb der Abwehrstäbe gelegen hatte.

»Bleib liegen,« fuhr ich sie an, »wenn du diesen Arm jemals wieder gebrauchen willst.« Ihre Augen blitzten hart und kalt wie die weißen Sterne über uns. Das konnte ich sogar im Dunkeln feststellen, da ich wie die meisten Ordnungs-Meister bei Nacht gut sehen konnte. Fast den ganzen Reiseproviant hatte sie auf Gairloch gepackt, alles, was außerhalb meiner Abwehrstäbe gelegen hatte.

Ich beugte mich vor und schnell wieder zurück, als ich ein Messer in ihrer unverletzten Hand blitzen sah. »Willst du, dass ich deine Schulter heile, oder das Messer behalten?«

»Ich behalte das Messer«, zischte sie.

»Wie du willst.« Ich schickte mich an, Gairloch wegzuführen.

Sie hob den Arm, als wollte sie das Messer nach mir werfen, doch ein Schauer durchfuhr sie und sie sackte zusammen. Das Messer fiel auf den harten Boden.

Ich ließ die Zügel fallen und rannte zu ihr. Mit meinen Sinnen und Fingern stellte ich einen Oberarm- und Schlüsselbeinbruch fest. Dass sie sich noch bewegen konnte, grenzte an ein Wunder.

Ich brauchte eine Weile, bis ich die passenden Äste gefunden hatte, und schnitt diese dann zurecht. Ich benutzte meine gute Säge nicht gern für das harzige Nadelholz, doch irgendetwas musste ich unternehmen. Schnell hatte ich eine Schiene zurechtgeschnitzt, die ich mit einer Schlinge zusammenbastelte, um damit die Knochen ruhig zu stellen. Ich flößte ihr ein wenig Ordnung zur Heilung ein, doch viel hatte ich nicht übrig nach so wenig Schlaf und all den nächtlichen Vorkommnissen. Die Grenze meiner Wohltätigkeit war außerdem erreicht, nachdem sie versucht hatte, mich auszurauben und Gairloch zu stehlen. Auch wenn sie Männern und Magiern grundsätzlich misstraute, hatte ich schließlich versucht, ihr zu helfen.

Der Morgen graute bereits, als ich ihr aus dem Umhang und in das alte, zerlumpte, mit Blutflecken verschmierte Arbeitshemd half. An ihr konnte es fast als Arbeitskittel durchgehen. Dann legte ich ihr die selbst gebastelte Schiene an. Sie stöhnte nur noch, verlor schon halb das Bewusstsein. Das Bronzearmband hatte ihr jemand direkt an den Arm geschmiedet und derjenige, der es getan hatte, war nicht sehr feinfühlig dabei vorgegangen, denn weiße Narben unter dem Armband am Handgelenk stachen mir ins Auge. Da fühlte ich mich noch schlechter.

Mein Magen knurrte. Ich gönnte mir eine Scheibe harten Käse und etwas Wasser aus meiner Feldflasche, dem ich zusätzliche Ordnung eingeflößt hatte.

Dann packte ich zusammen und hob Alasia in den Sattel. Ich war kaum mehr in der Lage dazu, doch irgendwann saß ich selbst hinter Alasias schlaffer Gestalt im Sattel.

Gairloch scharrte unwillig mit den Hufen.

»Ich weiß. Sie war nicht sehr nett zu uns, aber ich glaube, zu ihr waren die Menschen auch nicht immer nett.« Wie dem auch sei, wenn ich sie hier in der Nähe von Sunta zurückließ, würde man glauben, ich hätte sie entführt, und dann würden mich nicht mehr nur Teilsyrs angeheuerte Wachen verfolgen.

Gairloch trottete los; Alasia stöhnte und ich klammerte mich an die Zügel.

Als die Sonne den Horizont erhellte, trabte Gairloch stetig nach Nordwesten Richtung Arastia, das ungefähr acht oder zehn Meilen von Sunta entfernt lag. Die Straße verlief an einer Hügelkette. An der Hangseite näherten sich die Bäume immer mehr der Straße, während sie unter uns gefällt worden waren, um den Blick hinunter und auf die Straße freizugeben.

Der Himmel füllte sich mit hohen weißen Wolken, die von den Osthörnern herüberzogen. Der Wind blies eiskalt. Alasia hatte eine Gänsehaut am Hals.

»Lass mich runter! Lass mich los.«

Wie lange sie wohl schon wach sein mochte? Doch ich fragte sie nicht. Ich lockerte den Griff nur ein wenig, sodass sie nicht vom Pferd fiel.

»Oh ...« Sie krallte ihre Finger in Gairlochs Mähne und er, das stets gehorsame Bergpferd, blieb stehen. »Ooooooh ... du Bastard!«

Ich konnte ihre Schmerzen fühlen, doch meine Geduld hatte ein Ende. »Ich bin kein Bastard. Du vertraust weder Männern noch Magiern und du glaubst, ich sei beides. Du musst mir nicht vertrauen – aber du darfst auch nicht mein ganzes Hab und Gut stehlen.«

»Du bist genau wie all die andern.«

»Ich hätte dich auch unter den Bäumen liegen lassen können. Aber stattdessen habe ich deinen Bruch geschient und versucht, deinen Arm zu heilen, und ich habe dich mitgenommen.« Ich holte tief Luft. »Willst du von hier aus zu Fuß gehen?«

»Wo sind wir?«

»Noch viel näher an Sunta, als wir wären, wenn du nicht versucht hättest, mich zu bestehlen.«

»Das habe ich nicht. Ich habe nichts angerührt, was du am Körper trugst.«

Ich lachte.

»Es stimmt«, betonte sie mit leiser Stimme. »Ich wollte nur ein Pferd und etwas zu essen, um vor Teilsyr zu fliehen.«

»Ich hätte dir gern geholfen. Du hättest mich nicht bestehlen müssen.«

»Und was hättest du dafür von mir verlangt? Sieh, was du getan hast.«

»Ich habe überhaupt nichts getan im Gegensatz zu dir. Du hast dir den Arm und das Schlüsselbein gebrochen, als du versuchtest, mit meinem Pferd zu türmen.« Wieder holte ich tief Luft und sprang vom Pferd. Ich führte Gairloch nun am Zügel. »Ich schulde dir etwas dafür, dass du versucht hast, mir zu helfen, aber du machst es mir sehr schwer. Jetzt … müssen wir weiter, Gairloch hat schon lange genug zwei getragen. Bleib du sitzen.«

Alasia schwankte, als Gairloch lostrabte. Um sich im Sattel halten zu können, griff sie nach meinem Stab, den sie jedoch sofort wieder losließ. Ich ging neben Gairloch her, die Sonne wärmte uns den Rücken.

»Du verstehst mich nicht«, sagte sie nach einer Weile.

»Ich verstehe dich sehr wohl. Du gehörst Teilsyr. Er missbraucht dich oder droht, es zu tun. Du willst fliehen. Ich erkläre mich einverstanden, dir zu helfen, obwohl das für mich sehr gefährlich werden kann, denn auf Diebstahl steht Tod durch Hängen. Sobald du herausfindest, dass ich vielleicht ein Magier bin, versuchst du, mein Pferd und meine Vorräte zu stehlen. Dann, als ich mich bemühe, deine gebrochene Schulter zu schienen, wirfst du auch noch mit einem Messer nach mir.«

»Du machst mich schlecht.«

»Ich mache dich keineswegs schlecht. Du machst mir das Leben schwer.« Ich hielt inne. »Kannst du absteigen? Du bist nun mit Laufen dran, zumindest für eine Weile.«

Sie ließ mich ihr beim Absteigen helfen. Ihr schmerzverzerrtes Gesicht konnte sie nicht vor mir verbergen. »Mir ist kalt.«

Ich nahm den Umhang aus der Bettrolle und legte ihn ihr um die Schultern. Regungslos stand sie da, wehrte sich nicht, sondern starrte mich nur an, als ich auf Gairloch stieg. Wir mussten langsam reiten, denn sie konnte nicht schnell gehen, doch auch ich musste mich ein wenig ausruhen.

Nach ungefähr einer Meile wechselten wir wieder. Hufgeklapper und das Holpern von Wagenrädern kamen näher. Der Wagen war beladen mit Kohlköpfen und Kartoffeln. Der bärtige Fahrer blickte nicht einmal in unsere Richtung, als wir daran vorbeiritten.

»Freundlicher Zeitgenosse.«

»Die Menschen hier sind alle so. Hast du erwartet, dass er lächelt und winkt?«, fragte der Rotschopf.

Das hatte ich wirklich.

Wir wechselten uns weiter ab, nur dass ich länger zu Fuß ging als sie, viel länger. Außerdem musste ich die Zügel halten, wenn Alasia auf dem Pferd saß. Nicht, um sie vom Ausreißen abzuhalten, sondern um sie davor zu bewahren, von Gairloch abgeworfen zu werden.

Noch am Vormittag erreichten wir einen Bach im Wald. Wir rasteten auf einer mit Gras bewachsenen Lichtung, wo noch die Reste eines Lagerfeuers zu sehen waren. Alasia saß auf einem Baumstumpf und beobachtete mich. Ich holte etwas Käse und ein paar trockene Kekse für uns heraus und ließ Gairloch trinken und grasen.

Ich fragte Alasia nicht, sondern legte einfach zwei Keile Käse und einige Kekse vor sie hin. Blitzschnell hatte sie alles aufgegessen, kein Krümel blieb übrig, und auch ich aß zwei Stück Käse.

»Willst du mehr?«, fragte ich.

»Ja.«

Ich reichte ihr noch zwei weitere Scheiben, doch Alasia vermied es, mir in die Augen zu sehen.

»Was wirst du tun?«, fragte sie schließlich.

»Mit dir? Ich wollte dir helfen – sonst nichts. Ich werde dich bis zur Abzweigung nach Telsen bringen, dann kannst du allein nach Hause gehen oder wo immer du auch hin willst.« Ich seufzte. Das konnte ich doch nicht machen. »Und ich werde dir ein paar Silberlinge für den Anfang geben, aber ich selbst gehe nicht mit dir.«

»Du verstehst immer noch nicht.«

»Vielleicht nicht.« Ich schnitt mir noch eine dünne Scheibe Käse ab und gab auch Alasia eine.

»Was hast du mit meinem Messer gemacht?« Sie verschlang den Käse in zwei Bissen.

»Ich habe es dort liegen gelassen, wo du es hingeworfen hast.«

»Du Narr. Es gehört Teilsyr. Es war wertvoll. Wie soll ich mich jetzt verteidigen?«

»Es ist besser, du hast es nicht bei dir. Dann können sie dich nicht wegen Diebstahl hängen, wenn sie dich erwischen.«

»Ich wäre froh, wenn sie mich hängen würden. Teilsyr wird nicht so gnädig sein. Ich habe gesehen, was er Rirla angetan hat.«

»Ich sagte doch, es tut mir Leid. Ich wollte dir nicht wehtun.« Ich fühlte mich immer noch schuldig. Obwohl ich Teilsyr nicht ausstehen konnte und ich Alasias Wunsch zu fliehen gut verstand, hatte ich bisher noch nichts für sie getan – außer sie in Schlaf zu versetzen. Ich hatte sie zwar vorher gewarnt, doch ich fühlte mich schuldig, weil sie verletzt worden war.

Ich wischte mir einige wenige Krümel von den Fingern und sah in die Sonne. Dann fiel mein Blick auf die Mittleren Osthörner, doch ich sah nur Bäume und Hügel. »Hol Wasser zum Trinken. Wasch dich. Tu etwas. Wir müssen in Bewegung bleiben.«

»Du verstehst nicht«, wiederholte sie.

Ich verstand nie etwas. Ich verstand nur, dass den meisten Männern und Magiern nicht zu trauen war.

Ich hoffte, dass das nicht stimmte, doch ich ärgerte mich darüber, auch noch später, als ich ihr nachsah, wie sie die Straße nach Telsen einschlug. Ich rief ihr »Viel Glück« nach, doch sie drehte sich nicht einmal mehr um.

Ich hatte ihr nicht nur das Hemd überlassen, sondern auch den Umhang und ein paar Kekse und Käse, zwei Silberstücke und einige Kupferlinge obendrein.

Langsam ging sie die Straße entlang, sie blickte nicht

ein Mal zurück. Ich schnalzte schließlich mit der Zunge und lenkte Gairloch in Richtung Arastia.

Was hätte ich noch tun können? Ich hatte sie aus Teilsyrs Händen befreit und sie schien das als selbstverständlich anzusehen, ja geradezu als meine Pflicht. Alasia war nicht mit Chaos behaftet. Doch auch wenn sie missbraucht worden war, hatte sie nicht das Recht, mir alles zu stehlen. Ich war kein Teilsyr, nicht einmal annähernd.

Arm und Kopf schmerzten noch immer. Wie war ich nur auf diese dumme Idee gekommen, so weit zu reisen, nur um etwas über Gerlis und sein magisches Feuer herauszufinden? Bis jetzt hatte ich nur in Erfahrung bringen können, dass Schwertwunden nicht sonderlich schnell heilten – nicht einmal mit Hilfe der Ordnungs-Magie – und dass Herzog Berfir nicht bei all seinen Untertanen beliebt war. Noch weniger beliebt waren allerdings Kyphros und die Kyphrer – und vor allen Dingen die Magier. Musste ich wirklich eine Reise von einem Achttag unternehmen, nur um das herauszufinden?

XVI

Nylan, Recluce

»Gerlis ist in den Mittleren Osthörnern mit seinen Chaos-Kräften am Werk. Man kann es von hier aus fühlen.« Heldra geht zum Fenster und betrachtet von dort die Anlagen der Bruderschaft, die grünen Hügel und die mit Bedacht gepflanzten Bäume. Ihre Finger streifen sanft über das Heft des Schwarzen Schwertes an ihrem Gürtel. Ihre Augen bleiben schließlich am Hafen von Nylan haften, konzentrieren sich auf die

Schwarze Pier und die Hitzeschlieren, die die meisten Betrachter in der Nachmittagswärme nur als einen leeren Anlegeplatz wahrnehmen würden.

»Er ist ohne Zweifel stärker als Antonin.« Maris' Finger fahren über die Landkarte von Hydlen, die vor ihm auf dem Tisch liegt. »Wie ist er nur an die Raketen gekommen?«

»Ganz einfach. Jemand hat das Wissen gestohlen und es an Berfir verkauft«, erklärt Heldra.

»Und wer hat das Wissen gestohlen? Wer könnte das gewesen sein?«, fragt Maris.

»Sammel.« Heldra errötet. »Sammel. Er hat die Fähigkeit, sie selbst zu schmieden, aber er hat keine Schmiede errichtet. Es könnte sein, dass er nicht mehr im Stande ist, Ordnung anzuwenden. Aber ich kann es nicht beweisen. Die Wägen stammen aus Candar, die Raketen jedoch sind nach unseren Entwürfen gebaut. Berfirs Raketen werden allerdings statt aus Schwarzem Eisen aus hydlenischem Stahl gefertigt.«

»Gut zu wissen, dass sich auch die unfehlbare Heldra einmal irren kann. Wenn auch nur ein Mal.« Maris spricht langsam, ja fast träge.

»Vielleicht hat Berfir jemanden gefunden, der sie baut.« Talryn setzt sein Kelchglas mit einem Knall auf den Tisch und richtet sich auf. »Wenn man sich im Besitz der Formel befindet, sind sie im Gegensatz zu den Präzisionskanonen nicht mehr schwer herzustellen. Deshalb haben wir bisher versucht, Formeln wie diese geheim zu halten.«

»So wie auch den Tod des Schmiedes in Südhafen?« Maris zieht fragend die Augenbrauen hoch.

»Er maß Gewehren und Patronen nicht den richtigen Stellenwert bei. Jorol hatte dies angeordnet, bevor ich dem Rat beitrat. Und doch war es wahrscheinlich notwendig gewesen.«

»Ich würde wieder so handeln«, gibt Heldra zu.

»Könnt Ihr Euch ein Candar vorstellen mit Feuerraketen, Präzisionsgewehren und Weißen Magiern? Dieser Krieg zwischen Colaris und Berfir entwickelt sich zu einem lichtgesteuerten Verhängnis. Sogar Dorrin hatte Bedenken gegen zu viel Maschinerie überall auf der Welt.«

»Seine Anhänger behaupten das«, gibt Talryn zu bedenken. »Ich habe jedoch nie etwas von ihm gelesen, das das bestätigen würde, und er hat viel geschrieben.«

»Das ergibt einen gewissen Sinn. Wofür sind wir denn hier? Um zu allem einfach ja zu sagen und die Welt im Chaos untergehen zu lassen?« Heldra blinzelt ins Sonnenlicht, dann dreht sie sich zu den beiden Männern um, bleibt jedoch am Fenster stehen.

»Das wird ohnehin geschehen, wenn Cassius Recht hat. Er nennt es Entropie.«

»Wieder eines dieser neuen Wörter aus seiner Welt. Es bedeutet nichts weiter, als die Welt im Chaos versinken zu lassen, und das kann Recluce nicht zulassen.« Heldra geht zurück an den nierenförmigen Tisch.

»Ich wünschte, ich könnte so sicher sein wie Ihr.«

»Ihr müsst nur das Gleichgewicht fühlen«, bricht es aus Heldra hervor. »Es ist wirklich und es ist unsere Aufgabe, es aufrechtzuerhalten.« Sie sieht Maris an. »Und nicht nur für Sicherheit auf den Meeren für den Handel zu sorgen.«

»Ich nehme an, Ihr wollt deshalb sofort ein Kommando losschicken, um Gerlis zu töten.« Maris streicht über seinen dichten Bart. »Und Sammel?«

»Gerlis jetzt schon zu töten würde unserem Zweck nicht dienlich sein. Zu viele Menschen wissen von der Formel. Aber die Herstellung der Raketen ist kostspielig. Wenn der Krieg erst einmal vorüber ist, werden wir die notwendigen Schritte einleiten.« Heldra lächelt.

»Ihr vertraut darauf, dass Gerlis nicht lange überlebt?« Maris lehnt sich zurück.

»So ist es. Je mehr Macht er erlangt, desto kürzer wird sein Leben sein.«

»Und desto größer das Unheil in Candar«, schnaubt Talryn verächtlich.

»Es sei denn, Lerris tötet ihn, um seine Frau zu retten.« Heldra blickt triumphierend in die Runde.

»Krystal? Das wäre eine Möglichkeit«, erkennt Talryn Heldras Worte an. »Sie wird vielleicht die Truppen anführen, die bald gegen Berfir und Gerlis kämpfen. Doch was ist mit Sammel?«

»Sammel? Den werde ich mir vornehmen.«

»Das ist es, was Ihr wollt, nicht wahr?«, stellt Maris fest. »Sammel wird beseitigt. Lerris tötet Gerlis. Der Autarch übernimmt die Herrschaft über die Mittleren Osthörner. Berfir und Colaris vernichten sich gegenseitig und dann schicken wir eine Schwarze Garde, die jeden beseitigt, der von den Raketen weiß.«

»Kein schlechter Plan.« Heldra sieht wieder zum Fenster hinüber. »Kein Einziger wird sich danach mehr an die Feuerraketen erinnern.«

»Damit bleibt jedoch immer noch Lerris und eine noch größere Gefahr der Chaos-Bündelung in Candar«, bemerkt Talryn.

»Und Sammel?«, fragt Maris. »Was hat er mit der ganzen Geschichte zu tun?«

»Er stahl die Bücher, als er Recluce als Gefahrenbrigadier verließ. Wir hätten nicht gedacht, dass er dazu im Stande wäre.« Heldra seufzt. »Ich hätte nie geglaubt, dass er so wenig Ehre im Leib hat.«

Maris und Talryn tauschen Blicke aus.

Dann hustet Maris. »Was ist, wenn die Formel bereits bis nach Hamor gelangt ist? Gunnar kam neulich bei mir vorbei. Er berichtete, die Hamoraner hätten ihren Stahl so weit entwickelt, dass er fast so hochwertig wie Schwarzes Eisen sei. Dann ist da noch das Problem mit den hamorischen Händlern. Ihre Schiffe werden ständig größer und schneller. Außerdem bauen sie sehr viele Stahlkriegsschiffe – ausgestattet mit diesen neuartigen Kanonen. Sie bauen viel mehr, als sie auf ihrem Teil der Welt jemals brauchen können.«

»Gunnar versucht, seinen Sohn zu schützen.«

»Er hat die hamorischen Dampfer nicht erfunden, Heldra«, setzt Talryn ihr entgegen.

»Und wir haben Berichte über ihre neuartige Kanone. Man sollte über den Stahl nachdenken.« Seine Finger zupfen am Kinn. »Die Händler … wir könnten mit den Händlern ins Geschäft kommen.«

»Candar ist weit weg von Hamor«, gibt Heldra zu bedenken.

»Nicht mit so schnellen Schiffen.«

XVII

Nachdem ich mich von dem Mädchen getrennt hatte, verlief die Straße nach Arastia fast direkt nach Westen, genau in die Richtung der Schwefelquellen und nach Kyphros. Schwere Wagen hatten tiefe Furchen hinterlassen, so tief, dass sie auch noch nach Tagen sichtbar waren.

Nicht ganz zwei Meilen hinter der Abzweigung nach Telsen hielt ich Gairloch an, da zwei hydlenische Kuriere mit fliegenden karminroten Westen an uns vorbeistürmten. Sie ritten nach Osten, wahrscheinlich nach Telsen oder Hydolar. Sie würdigten mich keines Blickes, nur einer der beiden griff bei meinem Anblick ans Heft seines Schwertes.

Die Bauernkaten standen nur noch spärlich an den Hängen, dafür wurde der Baumbestand dazwischen immer dichter. Auf den Feldern waren entweder nur noch Stoppeln zu sehen oder sie waren für den Winter umgepflügt.

Die Straße führte mich zu einem Feld, das mit Baumstümpfen übersät war. In der Mitte hatte jemand einen großen Erdhügel errichtet, aus dem Rauch aufstieg, daneben stand eine Hütte. Ein Mann saß vor der Hütte auf einem Schemel und schnitzte, während die Wärme in den Erdhügeln die gefällten Bäume in Holzkohle für die Schmiede in Hydlen umwandelte.

Ich griff in eine Satteltasche und tastete nach dem Zedernholzstück, das ich zu bearbeiten angefangen und fast schon wieder vergessen hatte; den Schmerz in meinem Arm vergaß ich einfach. Als ich mir das Holzstück näher besah, sagten mir meine Sinne, dass immer noch ein Gesicht unter der Oberfläche und meinen ersten Schnitzversuchen verborgen lag, aber nicht wessen Gesicht es war. Ich steckte das Stück wieder in die Tasche – die Köhlerwiese hatten wir mittlerweile hinter uns gelassen.

Gelegentlich grasten auf den Wiesen zwischen den Bäumen und Stoppelfeldern einige Schafe, doch menschliche Behausungen wurden immer seltener, hier einmal eine kleine Hütte, dort ein Viehstall und ab und an ein Schuppen.

Ich legte noch etwa fünf Meilen zurück, bevor die Sonne hinter den Bäumen verschwand. In meinem Arm pochte es immer noch, mein Kopf schmerzte und mein Magen knurrte erbärmlich. Gairloch setzte stur einen Fuß vor den anderen, nur ab und zu warf er den Kopf zurück. Schatten hatte die Straße bereits eingehüllt, als ich einen Bach und einen kleinen Wald fand, der niemandem zu gehören schien – oder zumindest niemandem hier in der Nähe.

Ich machte mir nicht die Mühe, ein Feuer zu entfachen. Nach ein paar Stückchen Käse und steinharten Keksen vergingen die Kopfschmerzen und auch mein

Magen beruhigte sich. Dann nahm ich Gairloch den Sattel ab und striegelte ihn, wenngleich nicht so gründlich wie ich eigentlich sollte, und gab ihm eine Handvoll Getreide.

Er wieherte und warf den Kopf zurück, als wollte er mich darauf hinweisen, dass es Zeit wäre.

»Ich weiß, alter Knabe.«

Er machte sich ans Grasen und probierte verschiedene Blätter, während ich mich im Dunkeln auf einen Stein am Ufer des Baches setzte und mit meinem Messer an dem Zedernholz schnitzte. Das war jedoch kein sehr kluger Einfall gewesen. Ich hörte sofort wieder auf, als mir das Messer abrutschte und ich mir damit fast einen Finger abgeschnitten hätte; außerdem verstärkte sich das Ziehen in meinem verletzten Arm zu einem wilden Pochen. Ich legte also das Holz beiseite, pflegte meine Wunde mit etwas Ordnung, stellte Abwehrstäbe auf, sah noch einmal nach Gairloch und machte es mir mit meiner Bettrolle bequem.

Ich erinnerte mich zwar daran, dass ich noch die teilweise von Wolken verhangenen Sterne betrachtet und mich gefragt hatte, wo die Engel wohl herstammten und was mit ihnen passiert war, doch ans Einschlafen erinnerte ich mich nicht mehr. Auch träumte ich nicht oder ich erinnerte mich nicht daran. Im Morgengrauen wachte ich auf, als eine steife Brise aus Westen in den Blättern raschelte und die Baumwipfel bog. Ein Zwitschern drang an mein Ohr.

Eine Zeit lang blieb ich noch liegen und bewegte mich nicht.

Twirrppp ... twirrppp ...

Ich erkannte den Vogel nicht, der da so auffallend fröhlich trällerte, nur einen gelb-schwarz gestreiften Flügel sah ich. Ich sperrte die Augen auf. Gairloch mampfte Blätter von einem Busch und niedergetrampeltes Gras am Bachufer. Dann trank er.

Der gelbschwarze Vogel hockte auf einem Busch auf der anderen Seite des Baches; den Kopf zur Seite geneigt, sah er mich keck an. Dieser Vogel erinnerte mich an Menschen wie Tamra, die schon früh am Morgen ständig quasselten und sangen. Ich stand zwar gern früh auf, aber mir war überhaupt nicht nach Singen zu Mute, besonders nachdem ich gestern einem Mordanschlag nur knapp entronnen war, einen Diebstahl abgewehrt hatte und grobe Undankbarkeit einstecken musste.

»Halt die Klappe!«

Twirrppp … twirrppp …

Da stand ich wenigstens gern auf und wankte zum Bach. Das kalte Wasser tat ein Übriges. Nachdem ich etwas getrunken und gegessen hatte und einigermaßen aus den Augen sehen konnte, war der Vogel verschwunden.

Ich wusch und rasierte mich am Bach und schnitt mich auch nur ein Mal, obwohl ich keinen Spiegel zur Hand hatte und das kalte Wasser mich erbärmlich zittern ließ. Nebel stieg zwischen den Bäumen auf, als die Morgensonne sie streifte.

Ich wusch meine Unterwäsche und hing sie über einen Busch zum Trocknen. Das hätte ich besser schon am vorherigen Abend machen sollen, aber ich konnte sie über den Satteltaschen ausbreiten, wenn es wärmer wurde; auch dann würde sie nicht sehr lang zum Trocknen brauchen. Nachdem ich mich angezogen hatte, nahm ich die Bürste heraus und striegelte Gairloch, was er zu genießen schien.

»Du hast ja Recht. Du verdienst eine bessere Behandlung.« Mit einem Klaps beendete ich das Striegeln und sattelte ihn. Ich aß noch ein paar Kekse, saß aber dennoch schon im Sattel, bevor die Sonne sämtliche Bäume und die Straße erfasst hatte.

Die Wälder waren menschenleer wie auch die ersten

kleinen Ansiedlungen, auf die wir trafen. Nur ein Hirte, der seine Schafe auf eine Wiese trieb, begegnete uns. Nebel stieg aus dem Gras auf, wie fast von überall, wo die Sonne nun hinschien.

Die wintergrauen Blätter glänzten silbern im Morgenlicht. Ein Hase saß hastig knabbernd am schattigen Rand einer Lichtung, seine Schnurrhaare zuckten und der Kopf fuhr hoch und nieder bei jedem Bissen. Gairlochs Hufe knirschten auf einem Stein und mit einem Satz war der Hase verschwunden.

In der Luft lag der Geruch von verbranntem Holz und Schafmist, als Gairloch mich weiter nach Westen trug.

Am Vormittag trafen wir auf zwei Männer in zerlumpten braunen Mänteln, die auf einem leeren, wackeligen alten Wagen fuhren. Ein klappriges, betagtes Pferd zog den Wagen. Der Kutscher hielt die Peitsche nur in der Hand, als wir vorüberritten, aber hinter mir hörte ich es knallen.

Ich fühlte die entgegenkommenden Streitkräfte, noch bevor ich sie hören konnte, und lenkte Gairloch in den Wald hinein, tief genug, damit wir nicht entdeckt werden konnten, aber auch nah genug an der Straße, damit ich sie im Schutz eines dichten grauen Busches beobachten konnte. Meine Stiefel zermahlten die Eicheln von den großen Bäumen, die mich umgaben. Die fast trockene Unterwäsche stopfte ich schnell noch in den Tornister.

Zuerst stürmten drei Späher den kleinen Anstieg herauf; danach kam eine Truppe Lanzenkämpfer, die hinter einem roten Banner mit goldener Krone darauf herritten. Die Lanzenkämpfer redeten so leise miteinander, dass ich nicht hören konnte, was sie sagten. Einer von ihnen machte eine Handbewegung und die zwei neben ihm lachten laut. Da zog die Kämpferin auf dem Pferd hinter ihnen das Schwert aus der Scheide und fügte damit dem Pferd vor ihr eine tiefe Schramme zu. Der Reiter schimpfte zurück, aber alle lachten.

Fast eine halbe Meile trennte die Lanzenkämpfer von den Zugpferden dahinter, die zweirädrige Wagen zogen, die aussahen wie seltsame Kanonenwagen mit zwei fast eckigen Geschützrohren nebeneinander. Ich sah mir die Kanonenwagen von meinem Versteck aus sehr gründlich an. Sie schienen aus Eichenholz gefertigt zu sein und neben den Geschützrohren waren lange schmale Behälter angebracht. Auf den folgenden Wagen stapelten sich noch mehr dieser langen Kästen.

Ich musste mich zusammennehmen, um mich nicht am Kopf zu kratzen, und auch Gairloch brauchte ständig ein beruhigendes Klopfen auf den Hals. Gleichzeitig schickte ich meine Sinne zu den Wagen. Die Geschützrohre waren nicht nur eckig, sondern auch an beiden Seiten offen.

Ich untersuchte die Behälter genauer und meine Sinne berührten kaltes Eisen. Ein regelrechter Schauer durchfuhr mich und fast hätte ich etwas gesagt, doch in fünfzig Ellen Entfernung hätte man mich ohnehin nicht gehört.

Beim nächsten Versuch stellte ich fest, dass das kalte Eisen zu Zylindern geformt war, die an einem Ende spitz zuliefen und am anderen Ende gerade abgeschnitten waren. Gefüllt hatte man sie mit etwas, das sich wie Chaos anfühlte – oder Feuer. Doch es war kein Chaos. An dem geraden Ende der Zylinder befand sich keine Eisenabdeckung.

Ich überlegte. Kaltes Eisen und Chaos? Warum benutzte ein Chaos-Magier kaltes Eisen? Gerlis konnte es wahrscheinlich nicht einmal anfassen, sicher nicht für längere Zeit.

Die Wagen ächzten und die Räder zogen tiefe Furchen in die Straße, was zeigte, wie schwer sie waren.

Um was auch immer es sich hierbei handeln mochte, die tiefen Radspuren, die ich schon einmal irgendwo gesehen hatte, mussten von etwas Ähnlichem stammen.

Twirrppp ... twirrppp ...

Plötzlich hörte ich den gelb-schwarzen Vogel wieder trällern.

Ein Offizier, der neben den Wagen her ritt, bemerkte ihn auch und sah in meine Richtung, dann lenkte er sein Pferd auf mich zu.

Murmelnd errichtete ich den Schutzschild um Gairloch und mich.

Der Vogelruf verstummte und ich wartete in der Dunkelheit. Meine Sinne hatte ich ausgeschickt, um zu erfahren, was der hydlenische Offizier vorhatte.

Jemand rief nach ihm, als er näher kam. Er ritt bis zu den Bäumen, keine dreißig Ellen von meinem Busch entfernt.

Wieder rief jemand.

»... hörte einen Verrätervogel, aber er ist weg. Dachte, hier wäre jemand ...«

Er stocherte mit seinem Schwert durch die erste Reihe Gestrüpp, als er daran entlangritt, drehte dann jedoch zur Straße ab.

Ich atmete erleichtert aus und ließ den Schild fallen.

Twirrppp ... twirrppp ...

Ein Verrätervogel, wie der Name schon sagte. Ich wob den Schild erneut und der Vogel verstummte.

Der Offizier erreichte die Straße.

Ich wartete mit gewobenem Schild, bis alle Karren vorbeigefahren, waren und dachte mir währenddessen die gemeinsten Strafen für den so treffend benannten Vogel aus.

Als ich den Schild fallen ließ, war der letzte der schweren Wagen bereits vorbeigedonnert, aber mit einem Abstand von etwa einer Meile folgten die Fußsoldaten und als Nachhut wieder eine Truppe Lanzenkämpfer; einer von ihnen trug das karminrote Banner mit der Krone darauf.

Twirrppp … twirrppp …

Bevor die Hydler zu nah kamen, hob ich einen Pinienzapfen auf, einen von der schweren, noch grünen Sorte, die nie reif wurden, und schleuderte ihn auf den Verrätervogel.

Twirrppp … twirrppp … twirrppp … twirrppp …

Ich erkannte, dass Gewalt meine Lage nur verschlimmerte. Mit einem Seufzen errichtete ich den Schild erneut. Die Hydler zogen an mir vorbei und warfen nicht einmal einen Blick in den Wald.

Als ich den Schild endgültig fallen ließ, horchte ich wieder in den Wald, doch offenbar hatte der Verrätervogel seine Pflicht für diesen Tag erledigt – oder er wusste genau, dass ich ihm den Hals umdrehte, würde er noch einen Ton von sich geben.

Ich kletterte wieder in den Sattel und wir setzten unseren Weg nach Arastia fort. Warum fuhren die seltsamen Wagen und die Streitkräfte nicht Richtung Kyphros, sondern in die entgegengesetzte Richtung? Wenn Herzog Berfir vorhatte, kyphrisches Gebiet zu erobern, warum waren die Soldaten in die falsche Richtung unterwegs? Oder hatte ich mich etwa verirrt?

Ich suchte die Sonne, dann die Hügel. War das eine Erhebung dort vorne, die Mittleren Osthörner? Wieder einmal passte alles nicht zusammen. Zuerst diese seltsamen Kanonen … ich meinte mich zu erinnern, sie schon einmal irgendwo gesehen zu haben, doch ich kam nicht darauf, wo. Es hatte irgendetwas mit dem Chaos und dem Eisen zu tun, das darin war … von dem ich schon irgendwo einmal gelesen hatte … aber ich konnte mich nicht erinnern.

Ich tätschelte Gairlochs Hals, da durchfuhr ein stechender Schmerz meinen Arm. Wieder auf der Straße angekommen, breitete ich die noch leicht feuchte Wäsche über den Satteltaschen aus.

Kurz vor Mittag entdeckte ich einen grauen Wegweiser, der ankündigte, dass Arastia noch drei Meilen entfernt lag, und bestätigte, dass ich die richtige Richtung eingeschlagen hatte. Nach einem leichten Anstieg erreichten wir Arastia. Die Häuser und Gebäude bestanden aus gebeizten Balken und Planken und nicht aus Ziegel und Mörtel.

Auf dem Hauptplatz befand sich ein Stoffhändler, ein Sattler, das, was man einen Krämer nennen würde, und eine Herberge, auf deren Schild ein riesiger weißer Bulle dargestellt war, aus dessen Nüstern weißes Feuer züngelte.

Ich beschloss, nicht im *Weißen Bullen* zu essen, da meine bisherigen Erfahrungen mit Herbergen alles andere als gut zu bezeichnen waren, und band Gairloch vor dem Krämerladen an.

Hinter der rot gestrichenen Doppeltür fand man alles, was man für eine Reise zu Pferd brauchte. Ich schlenderte daran vorbei, weidete meine Augen an dem vielfältigen Warensortiment links und rechts vom Ladentisch. Eine Frau mit braunem Haar, das sie auf dem Kopf zusammengebunden trug, stand hinter dem Ladentisch. Ein kleines Mädchen schloss gerade die Tür des Eisenofens, der in der Mitte des Laden stand. Der Ofen strahlte eine angenehme Wärme aus. Die Wärme erinnerte mich daran, dass der Tag eher frisch gewesen war, doch Wind und Kälte hatten mir nichts ausgemacht.

»Reiseverpflegung?«, fragte ich.

»Fremd hier?«

Ich nickte.

»Das dachte ich mir. Kenne die meisten hier. Wo kommst du her?«

»Aus Montgren.«

Sie runzelte die Stirn. »Gab es keine Probleme auf dem Weg hierher?«

»Ich habe nicht den direkten Weg genommen, aber etliche Lanzenkämpfer und Wagen sind mir entgegengekommen. Ich hörte aber, dass die Gegend unsicher ist.« Ich ging hinüber zu einem Tisch, auf dem Käse in Wachshaut und getrocknetes Fleisch aufgeschichtet waren. Das Fleisch schien zäher als Leder zu sein, sodass man es vermutlich in Wasser kochen musste, um sich nicht die Zähne daran auszubeißen. Daneben stand ein Fass mit getrockneten Apfelschnitzen. Ich hätte beinahe in das Fass hineingesabbert. Ich hatte meine von zu Hause mitgebrachten getrockneten Früchte viel zu schnell aufgegessen und überhaupt zu wenig mitgenommen.

»Ja, ja, der neue Herzog hat es nicht leicht.« Sie lachte. »Ob alt oder neu, alle haben sie was zu kämpfen.«

»Warum jetzt?«, fragte ich neugierig.

»Manche sagen, dass Herzog Colaris seine Stärke beweisen und die Minen in den Hügeln südlich der verfluchten alten Stadt erobern muss. Andere behaupten, dass Herzog Berfir den Blutdurst jener löschen muss, die ihm zur Krone verholfen haben.« Sie schnaubte verächtlich und deutete auf das Mädchen. »Für uns macht es keinen Unterschied. Unsere Männer und jungen Mädchen, die mit Waffen umzugehen verstehen – sie sterben, ganz gleich welche Geschichte stimmt.«

»Ich habe noch nicht viele Herzöge im Kampf sterben gesehen.«

»Ja, und das wirst du auch nie.«

Das braunhaarige Mädchen setzte sich in die Ecke zu einem alten Hund, der ihr das Gesicht leckte.

Ich lächelte sie und den Hund an, doch sie bemerkte es nicht. Ich nahm mir einen Käse. »Wie viel?«

»Zwei Kupferlinge.«

»Und die getrockneten Äpfel?«

»Ein Pfennig für eine Kelle, ein fertiger Beutel kostet auch einen Pfennig.«

Ich nahm drei Kellen von den Äpfeln, so viel wie eine der Satteltaschen fassen konnte, eine Packung Trockenkekse, den Käse und vier große Getreidekuchen für Gairloch und legte alles auf den Ladentisch.

»Hast du Rotbeerensaft oder etwas Ähnliches?«

»Das hier ist keine Schenke, junger Freund.«

»Ich dachte nur.«

Sie fasste unter den Tisch und holte einen Krug und einen Becher hervor. »Das Wasser ist gut und es kostet nichts – zumindest nicht für meine Kunden.«

Ich lachte. »Ich danke dir.« Das Wasser war kühl und gut, ich trank den Krug aus. »Wie viel für das alles?«

»Das macht neun Kupferlinge.«

Nachdem ich meine Börse durchwühlt hatte, reichte ich ihr ein Silberstück. Die Goldstücke trug ich versteckt in den kleinen Innentaschen meines Gürtels. Es war zu gefährlich, eine schwere, klimpernde Börse mit sich herumzutragen.

Sie nahm die Münze und ließ sie in ihre eigene Börse gleiten, als Rückgeld bekam ich einen einzigen Kupferling. »Du bist weit gereist, nicht wahr?«

»Länger als mir lieb ist«, gab ich zu.

»Die Reise wird noch länger, wenn du nach Kyphros willst.«

»Gibt es dort Schwierigkeiten?«

»Und ob. Sie haben die Straße zu den Schwefelquellen geschlossen. Ich habe Varsi früher immer dort gebadet, als sie noch ein Kind war. Sie war ein kleines kränkliches Ding, aber die Schwefelquellen haben sie geheilt. Auch die Tempelschwestern haben ihr geholfen.« Sie zog die Schultern hoch. »Ich vermute, sie sind alle fortgegangen oder tot. Ich hoffe nur, Varsi braucht kein Bad in diesem Winter.«

Ich sah in die Ecke, aber der Hund und das Mädchen waren verschwunden.

»Je älter ich werde, desto merkwürdiger wird die Welt.« Sie dachte nach. »Der neue Herzog hat seine Männer – die auch unsere Männer sind – im Norden und hier im Westen aufgestellt. Aber hier im Westen brauchen wir kein Heer. Diese Frau in Kyphros – sie hat noch nie einen Krieg angefangen, aber es gibt einen neuen Präfekten in Fenard, wie man hört, weil der alte den Krieg verlor, den er mit dieser Frau angefangen hatte. Und unser feiner neuer Herzog Berfir wird nun gegen sie und den Kerl in Freistadt gleichzeitig kämpfen. Ergibt das einen Sinn?«

»Wenn du mich so fragst, kann ich dir keine Antwort geben. Herzöge und Menschen wie diese denken anders als wir.« Ich zuckte nur die Schultern und lächelte, nahm meine Einkäufe und drehte mich zur Tür.

»Sie überlegen nicht.« Die Frau hielt inne. »Pass auf dich auf, Junge.«

»Das werde ich tun.« Sorgsam schloss ich die rote Tür hinter mir. Nachdem ich die trockenen, aber inzwischen staubigen Kleidungsstücke zusammengelegt und verstaut hatte, packte ich auch die neuen Vorräte in die Satteltaschen, nur einen Getreidekuchen und eine Handvoll Apfelschnitze behielt ich. Gairloch bekam den Getreidekuchen und ich aß die Apfelstücke noch an Ort und Stelle. Dann holte ich zwei von den älteren Keksen heraus, knabberte an einem davon und steckte den anderen ein. Schließlich stieg ich auf.

Auf dem Weg aus Arastia hinaus ließ ich Gairloch an einer Viehtränke trinken. Dort traf ich Varsi, die mit dem Hund spielte, der nun nicht mehr ganz so alt wirkte. Ich beobachtete sie eine Weile, während Gairloch trank. Dann machten wir uns auf den Weg nach Westen.

Dass Gerlis und der Herzog die Straße zu den Quellen geschlossen hatten, überraschte mich nicht. Ich musste nur die Wachen irgendwie umgehen.

Doch auf den nächsten fünf Meilen traf ich nicht einen einzigen Soldaten oder Wachposten. Ich kam an Gehöften vorbei, traf ein paar Frauen auf dem Weg nach Arastia, einen Jungen, der ein Pferd mitsamt Karren führte – aber keine Truppen.

Als das Tal sich verengte, kam ich an eine Abzweigung, die nach Süden führte. Wahrscheinlich handelte es sich hierbei um die andere, schwierigere Route nach Kyphros, die Ferrel genommen hatte.

In der Mitte des nächsten Anstiegs endete dann meine Glückssträhne. Drei Lanzenkämpfer standen unter einem Baum. Ein weiterer saß auf einem Pferd nahe der Straße.

»Du kannst hier nicht weiter. Die Straße ist gesperrt.«

»Wie soll ich dann nach Kyphros kommen?«, fragte ich.

Der Lanzenkämpfer lachte herablassend. »Eins ist sicher: nicht auf diesem Weg.«

Auch die drei unter dem Baum lachten mich aus.

»Also sei ein braver Junge und dreh um.«

Ich erwiderte kein Wort, stattdessen lenkte ich Gairloch zurück den Hügel hinunter. Hinter der nächsten Kurve war ich bereits außer Sichtweite. Dann schlugen wir uns in die Wälder und suchten uns unseren eigenen Weg den Hügel hinauf und um das Dickicht herum. Wir ritten sogar an einigen ärmlichen Bauernkaten vorbei, natürlich in ausreichender Entfernung, doch kein Mensch trat heraus, obwohl überall die Kamine rauchten.

Wir brauchten zwar drei Mal so lang für die Strecke, aber schließlich erreichten wir die Straße wieder und hatten den Wachposten weit hinter uns gelassen. Auf meiner Schulter brachte ich Harz mit aus dem Wald und auf meiner Wange einen breiten Kratzer. Ich bürstete die Blätter und Kletten aus Gairlochs Mähne, die ich vom Sattel aus erreichen konnte, während er mich die Straße hinauf zu den Quellen trug.

Meine Ohren und Sinne waren in höchster Alarmbereitschaft. Mit Sicherheit gab es noch weitere Wachposten, die ich meiden musste, denn noch einmal konnte ich wohl kaum den Dummen spielen. So glimpflich wie das erste Mal würde ich nicht mehr davonkommen.

Da wurde mir klar, dass ich nun wirklich ein Spion war und wie ein feindlicher Soldat behandelt werden würde – oder gar noch schlimmer. Als Schreiner oder auch als Ordnungs-Meister war ich nicht auf diesen Gedanken gekommen. Ich hätte es tun sollen, doch ich wollte auf keinen Fall, dass Krystal das gleiche Schicksal wie Ferrel wiederfuhr, und bisher war ich mit den Weißen Magiern immer fertig geworden.

Aber dieses Mal verhielt es sich anders. Ich hatte den Auftrag, etwas herauszufinden, und musste nicht nur vor den hydlenischen Truppen flüchten oder sie umgehen. Das, was ich herauszufinden hatte, bestimmte über das Schicksal vieler Menschen. Ich wünschte, Justen wäre hier. Doch ich konnte nur tief durchatmen und Gairloch am Hals tätscheln. Er schnaubte, was mich allerdings auch nicht sehr beruhigte.

Spät nachmittags erreichte ich das Tal, in dem sich die Quelle befand. Der Schwefelgeruch aus dem Gelben Fluss stach bei dem windstillen Wetter besonders in die Nase.

Die Straße stieg nun steil an und hielt sich auf der rechten Seite des Tales, das sich nun öffnete und den Blick auf die Quellen freigab. Ich wartete nicht, bis ich den Soldaten, die das Tal bewachten, zu nahe kam. Gairloch und ich verbargen uns im Wald zur linken Seite der Straße. Meine Sinne sagten mir, dass der Anstieg nicht zu steil werden würde und das Dickicht nicht zu dicht.

Die Sonne verschwand schon hinter den Bergen, als ich durch die letzten niedrigen Eichen am Ende des Tales spähte.

Unter dem steinigen Erdboden am westlichen Ende des Tales, dort wo die Straßen von Kyphros und Jikoya in das Tal mündeten, befanden sich die Quellen. Neben den Quellen standen zwei Steingebäude. Eines davon hatte vermutlich die Tempelschwestern beherbergt. Ich fühlte Zelte und Körper dort, doch nicht sehr deutlich, zumal ein weiterer Hügel vor mir die saftige Wiese vom anderen Ende des Tales verdeckte. Niedrige Zedern, nicht mehr als drei Ellen hoch, bedeckten den steinigen Boden.

Nachdem ich mich umgesehen hatte, beschloss ich, auf die Dämmerung zu warten. Ich band Gairloch an einen Baum und holte einige Apfelschnitze, Trockenkekse, Käse und meine Feldflasche heraus. Die Feldflasche enthielt nur mit Ordnung behandeltes Wasser, leider. Ich setzte mich auf einen Stein und aß. Gairloch bekam auch ein paar Apfelstücke. Gierig leckte er sie aus meiner Hand.

Als es fast dunkel geworden war, eine weiche, fast purpurne Dunkelheit, in der Insekten umherschwirrten, Blätter raschelten und über allem der Geruch von Schwefel lag, band ich Gairloch los. Ich baute den Schutzschild um uns auf, damit wir ungesehen die Wiese überqueren konnten. Doch ich ließ ihn fallen, als wir die Zedern erreicht hatten. Der Weiße Magier sollte meine Ordnung nicht spüren, besonders nachdem wir die Anhöhe der kleinen Erhebung erreicht hatten.

Auf der westlichen Seite des steinigen Hügels hielt ich an, als wir die halbe Wegstrecke abwärts zurückgelegt hatten, und führte Gairloch hinter eine mächtige Zeder. Fast eine Meile östlich von den Quellen entfernt breitete sich eine ebene Fläche aus, auf der Zelte aufgeschlagen worden waren. In der Mitte des Platzes befand sich ein größeres Pavillonzelt, das Chaos ausstrahlte und eine böse Weiße, die ich zwar fühlen, aber nicht sehen konnte, obwohl das Zelt fast in der Dunkelheit glühte.

Ein dumpfer Donner rollte durch das Tal, die Zelte wackelten und der Boden unter Gairloch bebte. Ich klammerte mich an den Sattel und Gairloch schnaubte leise.

Der Donner strahlte starke Chaos-Kräfte aus. Was genau machte Gerlis hier?

Trotz der Kälte des voranschreitenden Abends musste ich mir den Schweiß von der Stirn wischen. Ich fühlte die Macht, die von dem Weißen Zelt ausging, obwohl ich mehr als eine Meile davon entfernt stand. Diese Macht war gewaltig, ich bezweifelte, dass Gerlis mich überhaupt wahrnehmen konnte, denn meine Kräfte gingen in dieser riesigen Chaos-Welle völlig unter. Ich schluckte.

Was konnte ich gegen solch eine Macht unternehmen? Antonin hatte mich zuerst nur wie eine Fliege zur Seite gewischt. Auch im direkten Kampf hatte ich seine Furcht einflößende Macht nicht am eigenen Leibe gespürt, ich hatte ihn nur von seinen Chaos-Quellen abgeschnitten und dies so lange durchgehalten, bis er starb. Sephya war auf etwa die gleiche Weise vernichtet worden.

Gerlis besaß genug Macht, um mich mit einem Schlag zu erledigen, selbst wenn es mir gelänge, ihn hinter Ordnungs-Schranken zu verweisen. Was konnte ich also tun?

Ich dachte angestrengt nach, doch auch als der Abend schon in die Nacht überging, hatte ich noch keine Antwort gefunden. Über mir verzogen sich die Wolken und stellenweise blitzten ein paar Sterne am Himmel. Kalt und weit entfernt boten auch sie mir keine Lösung an; es schien, als scherten sie sich überhaupt nicht um mich oder Gerlis.

Mein Blick fiel wieder aufs Lager und ich betrachtete es nun genauer. Noch immer standen fast ein Dutzend der viereckigen Kanonenrohre mit den seltsamen schmalen, röhrenartigen Behältern auf dem Platz. Neben dem Steinhaus, weit ab von allem anderen, entdeckte ich lange flache Pfannen auf dem Boden, die teilweise mit Schwefelwasser gefüllt waren.

Außerdem fühlte ich noch einen großen Haufen Holzkohle und eine andere Substanz. All das bestätigte, dass Gerlis oder der Herzog den Schwefel dazu nutzten, um Schießpulver herzustellen. Doch wozu wurde das Schießpulver benötigt?

Ich schickte meine Sinne aus und spürte das Pulver auf. Es wurde vermischt, dann mit einer anderen Substanz befeuchtet, zermahlen und schließlich in die dünnen Stahlbehälter gefüllt.

»Oh ...« Ich schlug mir vor die Stirn. Diese Behälter waren Raketen. Solche Raketen waren schon vor hunderten von Jahren eingesetzt worden, um die Weißen Flotten zu zerstören. Oder zumindest waren sie diesen sehr ähnlich. Warum besaß Recluce keine mächtigen Flotten mehr? Auch das war eine Frage, die mein Vater oder die Bruderschaft nie beantwortet hatten.

Verfügte die Bruderschaft noch über Raketen? Warum tauchten sie jetzt in Hydlen auf?

Feuerbälle? Nein ... Ferrel war durch eine Rakete getötet worden. Ich konnte keinen Beweis erbringen, doch schien es mir sehr wahrscheinlich. Raketen wirkten auf einem eingegrenzten Gebiet, wie zum Beispiel einer Bergstraße oder einem Pass, beinahe immer tödlich. Die Hydler mussten noch nicht einmal sehr genau zielen, wenn sie nur genug von den Raketen besaßen.

Während ich über die Raketen nachdachte, rumorte der Boden erneut, eine weitere bebende Welle rollte durch die Erde.

Ich hatte keine andere Wahl, ich musste meine Sinne

unter die Erde schicken. Es gelang mir nicht sehr gut, doch es reichte, um ein Netz aus Chaos festzustellen, das die Quellen und den Gelben Fluss zu umgeben schien.

Mit dem Wissen um das, was Gerlis mit seinen Chaos-Energien womöglich unter der Erde anstellte, und der Vorstellung von Dutzenden von Raketen hier im Tal wäre ich am liebsten losgerannt, geflüchtet, als verfolgten mich die Dämonen des Lichts persönlich, doch damit wäre niemandem gedient.

Ich versuchte erneut, mit meinen Sinnen zu ertasten, was der Weiße Magier vorhatte, doch ich fühlte nur Felsen und Wärme in Bewegung und immer mehr Chaos, natürliches Chaos.

Nach einer Weile rieb ich mir die Stirn, denn in meinem Kopf pochte es genauso wie in meinem Arm. Sanft lenkte ich Gairloch den Weg zurück, den wir gekommen waren, über die Wiese und den nächsten bewaldeten Hügel, die Straße hinunter nach Arastia und vorbei an den Lanzenkämpfern in der Nähe der Kreuzung, die ihren Dienst nicht sehr ernst nahmen, denn alle schliefen, als wir uns etwa um Mitternacht an ihnen vorbeischlichen.

Dann nahm ich die Abzweigung, den Weg, den Ferrel wahrscheinlich gekommen war. Dort fühlte ich mich sicherer. Die Ursache für ihren Tod blieb nicht länger ein Rätsel. Es war schrecklich. Doch so lange der Magier sich in diesem Tal aufhielt und mich die Dunkelheit umgab, fürchtete ich die Raketen nicht.

Noch immer verstand ich nicht, warum der Herzog von Hydlen seine Truppen von der Grenze zu Kyphros abzog oder was Gerlis hier im Schwefeltal zu suchen hatte. Doch nur durch Herumstehen konnte ich diese Fragen auch nicht beantworten, dadurch wurde Gerlis höchstens auf mich aufmerksam.

Also ritt ich langsam und ruhig durch die Hügel,

versuchte Abstand zwischen mich und Gerlis zu bringen. Die kalten Sterne über uns, die so gleichgültig leuchteten, verschwanden wieder hinter der Wolkendecke.

XVIII

Östlich von Lavah, Sligo [Candar]

»Verehrter Magier.« Der größere der beiden Männer in Grün verbeugt sich und hätte wohl am liebsten auch noch die Hacken zusammengeschlagen. Er sieht sich um in dem bescheidenen Zimmer, schaut sich den Tisch an, auf dem eine Öllampe steht und ein Stapel Papier von einem glatten Stein beschwert wird, das Bücherregal mit dem Vorhang, das Strohbett und den Stuhl. »Ich sehe keine … Maschine …«

»Das wirst du auch nicht. Ich biete nur Wissen feil.« Sammel nickt. »Was benötigt dein Meister?«

»Der Vicomte von Certis benötigt nichts«, meinte der kleinere Mann.

»Ich bitte um Verzeihung. Was wünscht der große Vicomte von seinem Untertan, der über das Wissen verfügt und es verbreitet?«

»Man sagt, dass Ihr Mittel und Wege kennt, Feuerwaffen verlässlicher zu machen. Damit könnte der Vicomte sein Volk besser verteidigen.«

»Ihr besitzt ein derartiges Rezept, nicht wahr?«, fragt der kleinere Mann.

»So könnte man sagen«, antwortet Sammel. »So könnte man wohl sagen.«

»Was habt Ihr anzubieten?«

»Das hängt von den Bedürfnissen des Vicomte und einer bescheidenen Entlohnung ab.«

»Der Vicomte zahlt nichts. Ihr habt ihm zu dienen.«

»In Sligo? Ich wusste gar nicht, dass der Vicomte in Sligo regiert.« Sammel räuspert sich.

»Das wird er, bald.«

Der Größere zeigt auf den Kleinen. »Hendro meint, dass der Vicomte bald gezwungen sein könnte, gegen Herzog Colaris zu kämpfen, um die Sicherheit seines Volkes zu gewährleisten.«

»Sicherlich. Aber bestimmt würde er einem armen Wahrheitssucher eine Handvoll Gold oder auch zwei nicht vorenthalten, wenn ihm das hülfe, sein Ziel zu erreichen.« Sammel macht einen Schritt nach vorn auf Hendro zu. »Zeig mir dein Messer. Das kleine da.«

Hendro sieht seinen größeren Freund an, der nickt, und streckt Sammel das Messer entgegen.

Sammel nimmt das Messer vorsichtig am Ledergriff und hält es mit zwei Fingern. Er schließt die Augen und ein weißer Schatten bildet sich um die Klinge, die zu glühen beginnt, erst orange, dann kirschrot und schließlich weiß, bis sie Funken sprüht. Sammel öffnet die Augen, beugt sich nach vorn und wirft die brennende Klinge auf die kalten Holzscheite im Kamin. Das Holz geht sofort in Flammen auf, sogar Eisenschmelze tropft durch den Rost auf die Steine.

Hendro weicht zurück.

»Dies ist eine Art, mit Wissen umzugehen.« Sammel lächelt höflich.

»Ich glaube, wir haben Euch verstanden, Ser Sammel«, meint der größere Besucher. »Ich kenne keinen anderen Magier, der kaltes Eisen zu schmelzen vermag.« Er sieht Hendro an. »Ich glaube nicht, dass der Vicomte Euch eine bescheidene Entlohnung missgönnen wird.«

»Wie könnte Euer … Wissen dazu beitragen, Certis vor Herzog Colaris zu schützen?«

Sammel dreht sich um und nimmt zwei Schriftrollen

vom Tisch. Beide sind sorgsam mit einer Schnur zusammengebunden. »Hierin wird beschrieben, wie man Lebensmittel haltbar macht.«

»Lebensmittel! Was hat das mit Feuerwaffen zu tun? Dieser Magier mag wohl mächtig sein, doch was nützt er uns, Julk?«

»Wie viel Zeit verbringt eure Truppe damit, sich auf irgendeine Weise Nahrung zu besorgen?«, fragt Sammel. »Es wäre doch viel einfacher, wenn sie nur einen Behälter auf einem Wagen öffnen müssten, in dem Lebensmittel von der letzten Herbsternte – bis zum Hochsommer – aufbewahrt werden können.«

»Wie viel Eisen braucht man dafür?« Julk streicht sich nachdenklich über den Schnurrbart.

»Glas eignet sich besser. Die Art der Herstellung steht hier geschrieben.«

»Aber Ihr habt Feuerwaffen erwähnt«, beharrt Hendro.

»Das habe ich. Diese Formeln sind nicht so wertvoll, doch wenn ihr darauf besteht …« Sammel nimmt eine dritte Rolle vom Stapel. »Diese Schrift hier enthält eine Formel, mit der man Chaos von Feuerwaffen fern halten kann, sodass diese Waffen in allen Kämpfen verwendet werden können. Außerdem wird ein Weg beschrieben, um Kanonen und Handfeuerwaffen schneller nachzuladen.« Er streckt die Rolle Hendro entgegen.

Hendro betrachtet sie eingehend, öffnet sie jedoch nicht.

»Ihr könnt alle drei mitnehmen. Wenn das Ergebnis euren Vorstellungen entspricht, könnt ihr mich entsprechend entlohnen. Wenn nicht …« Sammel zuckt die Achseln, »… werde ich mein Wissen nur noch an jene weitergeben, die es zu schätzen wissen.«

»Ich denke, das ist ein fairer Handel, Ser Magier.« Julk verbeugt sich, richtet sich wieder auf und nimmt die dritte Rolle von Hendro entgegen, der ihm zuzwinkert. »Ich bin sicher, der Vicomte wird Euch seinen Dank in einer Weise zukommen lassen, die Euch auch in Zukunft dazu veranlassen wird … Euer Wissen mit uns zu teilen.« Julk verbeugt sich noch einmal, Hendro tut es ihm gleich.

»Was die Lebensmittel betrifft …«, fügt Sammel hinzu.

Die zwei Männer richten sich auf.

»Es könnte sich als nützlich erweisen, Vorräte für einen kalten Winter zu horten.«

»Eine Belagerung?«, fragt Julk.

»Es wird keine langen Belagerungen geben.«

Die zwei Boten aus Certis tauschen verwunderte Blicke aus und verbeugen sich ein letztes Mal.

Sammel sieht sie an, ein trauriges Lächeln umspielt seine Lippen.

XIX

Mit all dem – oder mit dem wenigen –, was ich entdeckt hatte, ritt ich weiter durch die Nacht, bis ich kaum noch im Sattel sitzen konnte. Gairloch war genau so müde. Wir bauten unser Lager zwischen Gestrüpp und Zedernbäumen auf der höher gelegenen Seite der Straße auf. Ich nahm Gairloch den Sattel ab, das Striegeln war mir jedoch zu dieser späten Stunde zu mühsam. Ich gebrauchte den falschen Arm, um den Sattel herunterzuheben, wie mir der Schmerz sofort mitteilte.

Ich konnte mir nicht vorstellen, dass auf der Straße noch viel Verkehr herrschen würde, mit Ausnahme von Einheimischen vielleicht, die nach Arastia fuhren, doch mitten in der Nacht würde das kaum jemand tun. Dennoch war Vorsicht geboten und ich suchte eine Stelle aus, die von der Straße aus nicht einzusehen war.

Im Morgengrauen wachte ich auf, steif wie ein Besenstiel. Mein Kopf schmerzte, in meinem Arm pochte und juckte es gleichzeitig. Gairloch war schon beim Frühstück und kaute die grünlichen Blätter des Busches, die er so liebte. Er sah ähnlich wie ein Grünbeerenstrauch aus.

Gairloch war sicher durstig, genau wie ich. Doch ich konnte aus meiner Feldflasche trinken, er nicht, zumindest nicht so viel, wie er brauchte. Ich sattelte ihn, packte alles zusammen und ritt weiter, bis ich nach etwa einer Meile einen Bach fand. Während Gairloch trank, flößte ich dem Wasser etwas Ordnung ein, um die Feldflasche damit zu füllen. Dann wusch ich mich und untersuchte meinen Arm. Kein Anzeichen von Chaos, doch um die klaffende Wunde herum leuchtete die Haut grün und blau. Ich stärkte die Ordnung in der Wunde und wickelte das Hemd wieder darum. Das Jucken wurde stärker, was einerseits bedeutete, dass die Wunde heilte, aber auch, dass ich ständig kratzen wollte.

Der bewölkte Himmel, der auffrischende Wind und die feuchte Luft ließen auf baldigen Regen schließen. Noch bevor Gairloch mich weitere fünf Meilen getragen hatte, fielen auch schon die ersten Tropfen aus den grauen Wolken. Nach einer weiteren Meile hatte sich das Nieseln in Regen verwandelt. Ich suchte nach dem wasserdichten Umhang, doch dann erinnerte ich mich, dass ich ihn Alasia gegeben hatte. Ich würde nass werden … hatte der Rotschopf daran überhaupt gedacht? Ich konnte immer noch nicht verstehen, wie sie in der Lage gewesen war, Gairloch zu stehlen, ohne einen Funken Chaos in ihrem Körper zu haben. Ich fühlte mich auch immer noch schlecht, weil ich für das Stallmädchen in Faklaar nichts getan hatte, obwohl sie um nichts weiter als Verständnis gebeten hatte.

Die ganze Zeit schon wand sich die Straße bergauf

und in westliche Richtung, obwohl die Straße jede Elle nach Westen mit einer halben Elle nach Osten ausglich. Die Luft roch nach feuchten Zedern und Regen.

Mittlerweile goss es in Strömen und wir trotteten stetig voran. Es gab keinen Grund, nicht weiterzureiten. Ein Unterstand war nicht in Sicht und unter einer Zeder, die den Regen nur bedingt abhielt, würden wir genau so nass werden, als wenn wir weiterritten. Einen Vorteil hatte der Regen: Wenn Gerlis uns mit Chaos-Magie verfolgen wollte, gelänge ihm das nicht, so lange es regnete. Weiße Magie scheiterte an fließendem Wasser, aber auch ein durchnässter Schreiner und ein eingeweichtes Bergpferd waren bei dem Wetter zu nicht mehr viel im Stande.

Das Wasser rann an meinem Hals hinunter, durch die Tunika, über die Knie und in die Stiefel. Von Gairlochs Hufen spritzte das Wasser herauf und jedes Mal, wenn er seinen Kopf zurückwarf, landete eine Ladung Wasser in meinem Gesicht.

Ich überlegte, ob es zurückschauend vielleicht besser gewesen wäre, auf dem Hin- und Rückweg die kürzere Route zu nehmen, kam jedoch zu keinem Schluss. Durch das Zusammentreffen mit Menschen hatte ich viel erfahren, gespürt wie die Menschen reagierten, obwohl ich bestimmt erklären musste, was diese Reaktionen bedeuteten und warum. Die Krämerfrau in Arastia hatte mir von den Truppenbewegungen erzählt; der Autarch besaß jedoch selbst Mittel und Wege, um an derartige Informationen zu kommen.

Ich wischte das Wasser von meiner Stirn und aus den Augen. Eines wusste ich sicher: Eine schnelle Rückkehr war das Sicherste und dadurch würde ich auch Krystal eher wiedersehen. Es war auch klar abzusehen, dass ich nicht lange in meiner Schreinerei arbeiten würde. Dieser neue Weiße Magier brachte mir in dieser Hinsicht nur Verluste ein. Und auf welche Weise Krystal davon betroffen sein würde, daran wagte ich nicht einmal zu denken.

Der Regen hörte nicht auf – es regnete am Morgen, den ganzen Tag über bis zum Nachmittag. Gairloch trug mich immer höher und tiefer hinein in die Mittleren Osthörner. Der Bach neben der Straße wurde durch die Regenfälle immer reißender und breiter. Glücklicherweise verlief die Straße mindestens drei Ellen über dem Bachbett. An einigen Stellen trennten den Bach und die Straße Abhänge von fast zehn Ellen.

Die Raketen schienen das geringste Problem zu sein, dem ich derzeit gegenüberstand. Wie konnte ich jedoch mit so viel Chaos fertig werden? Und was machte Gerlis mit dem Tal? Warum wurde dort die Erde aufgeworfen?

Vielleicht hatte ich noch nicht genug herausgefunden, aber meine vordringlichste Sorge war jetzt, nicht aufgespürt zu werden und mit meinen Entdeckungen nach Kyphros zurückzukehren. Während ich darüber nachdachte, wurde ich nasser und nasser und der Regen fiel unbeirrt weiter vom Himmel.

Unweit der Straße unter einem Berg mit zwei Gipfeln fand ich eine Schutzhütte. Auch hier gab es keine Tür und das Dach hing bedenklich durch, genau wie in der Hütte auf meinem Weg nach Hydlen.

Doch diese Hütte stellte eindeutig eine Verbesserung gegenüber einem Lager unter freiem Himmel dar. Ich nahm eine trockene Ecke und Gairloch die andere.

Es gab Holz und ich machte ein Feuer und kochte Tee. Der Kamin zog nicht sehr gut, sodass der Rauch sich im Raum ausbreitete. Doch er wurde nicht zu dick, da durch die offene Tür frische, feuchte Luft hereinwehte.

Ich teilte einige Apfelschnitze mit Gairloch und gab ihm einen Getreidekuchen. Dann führte ich ihn zum Bach hinunter, wobei wir noch nasser wurden. Danach musste ich erst einmal meine Kleider ausziehen und auswringen, ich breitete sie in der Hütte aus in der Hoffnung, die Wärme und das Feuer würden sie trocknen. Tunika, Hose und Unterhose waren völlig durchnässt, genau wie meine Stiefel. Mein Arm schmerzte und die Wunde juckte.

Nach dem Essen breitete ich meine Bettrolle in der windstillen Ecke aus und zündete die Kerze an. Ich schlug *Die Basis der Ordnung* auf und wickelte mich in meine Decken. Der Stab lag offen an meiner Seite, denn um Stallbesitzer musste ich mir an diesem Abend keine Gedanken machen. Lange suchte ich nach einer Stelle im Buch, die mir weiterhelfen würde, wenn es zu einem direkten Zusammentreffen mit Gerlis käme.

Ich entdeckte einige Hinweise, wie zum Beispiel: *»... es gibt die Macht und die Kontrolle über die Macht. Unkontrolliertes Chaos kann denjenigen, der es anwendet, zu Grunde richten. Unkontrollierte Ordnung vermag das Gleiche zu tun. Ein Ordnungs-Meister muss jedoch diese Macht in bestimmte Kanäle lenken ...«*

Das hatte ich bei Antonin auch schon gewusst. Doch zu wissen, dass sich bestimmte Dinge so verhielten, half nicht unbedingt weiter. Genau deshalb kam ich mit dem Buch, mit Justen und mit meinem Vater nicht zurecht. Alle waren immer bereit, einem die Probleme und manchmal sogar die Lösung derselben aufzuzeigen – meist haarklein und tödlich langweilig. Aber *wie* man die Probleme löste, erfuhr ich nie. Es war genau dieselbe Geschichte wie in dem alten Märchen vom Fluss, den man mit Hilfe eines Seiles überqueren konnte. Man musste nur ein Seil über den Fluss spannen. Doch niemand wusste, *wie* man das Seil über den Fluss schaffen konnte.

Großartig. Ich musste die Macht in andere Kanäle lenken. Doch wie kontrollierte und lenkte man Macht? Ich legte mich schlafen, um das herauszufinden.

Am nächsten Morgen regnete es nur noch leicht und der Bach war zurückgegangen. Meine Tunika schien trocken zu sein, doch die anderen Kleidungsstücke trieften noch vor Nässe. Ich besaß noch eine Ersatzunterhose, die ich unterwegs getrocknet hatte, nur ein kleiner Fleck vom Leder der Packtaschen zierte das Hinterteil. Aber wer achtete schon auf Unterhosen? Mit Unterhosen verhielt es sich wie mit Arbeitshandschuhen – sie waren notwendig, aber langweilig.

Gairloch bekam zwei Getreidekuchen, während ich mich anzog und alles zusammenpackte. Ich striegelte ihn noch schnell vor dem Satteln und führte ihn hinaus zum Bach. Er trank sehr viel, wie ich selbst auch.

Ich stieg auf. Er schnaubte.

Die Straße bog und schlängelte sich dahin, wurde enger, unwegsamer und holpriger. Das Bachbett verengte sich.

Die Zedern an der Straße wurden immer seltener und kleiner, niemand außer uns schien auf dieser Straße zu reisen.

Der Nieselregen verwandelte sich in Winternebel und der eisige, feuchte Wind blies um uns und durch uns hindurch. Die Straße schlängelte sich wild durch die Berge, stieg an und fiel ab. Als es schließlich zu dunkel wurde, hielten wir an und bauten unser Lager auf.

Am nächsten Morgen war es dasselbe Spiel. Ich aß und gab Gairloch zu fressen, wusch mich, striegelte ihn und packte zusammen.

Ich stieg auf. Er schnaubte.

Die holprige Straße schlängelte sich weiter durch die Berge, teilweise waren ellenlange Abschnitte in den Bach gerutscht, der noch schmaler wurde.

Immer kleinere Zedern standen immer weiter auseinander, sodass man sie eher für zusammengekauerte Wachsoldaten hielt als für Bäume.

Durch den Winternebel fielen nun vereinzelt Schneeflocken auf die Erde, der Eiswind ließ nicht nach. Die Straße verlief wild durch die Berge, stieg an und fiel ab und der Bach wurde von den Felsen noch mehr eingeengt.

Nach einiger Zeit schien jeder neue Abschnitt des Gebirgspfades dem vorherigen auf entsetzlich langweilige Art zu gleichen – bis wir in das Tal des Todes gelangten.

Sogar der Nebel, der über diesem Tal hing, schien mit Chaos behaftet zu sein, nichts bewegte sich. Die einzigen Geräusche waren der Wind, der über die Felsen strich, Gairlochs klappernde Hufe und mein Atmen. Das Tal erinnerte mich an Frven, doch hier war es noch schlimmer.

Asche hatte sich zu beiden Seiten der Straße angehäuft, wurde vom Wind zu bizarren Figuren geformt. Das Bächlein bahnte sich seinen Weg durch die Asche, die alles bedeckte und jedes plätschernde Geräusch des Wassers im felsigen Bachbett dämpfte. Die rötlichen Felsen im Tal wiesen Risse auf, als hätte man sie bei großer Hitze im Ofen gebacken. Doch schlimmer, an den Wänden des engen Tales, das eher einer Schlucht glich, befanden sich riesige, glänzende schwarze Flecken, es sah aus, als hätten hier Feuer gebrannt.

Gairlochs Wiehern hallte kläglich von den nackten Felswänden wider.

»Ganz ruhig …« Auch ich wollte so schnell wie möglich von dort weg. In diesem Tal existierte kein Leben mehr. Kein Baum, kein Vogel, nicht einmal ein Grashalm. Nur Asche und Felsen, festgebrannte Erde und ein toter Bach. Der Nebel sollte die Landschaft eigentlich etwas sanfter erscheinen lassen, doch es gelang ihm nicht, die unsichtbaren Flammen des Chaos züngelten nur noch düsterer durch die Gegend.

Ich versuchte das Schaudern zu verbergen und führte Gairloch durch Asche und Chaos. Beim Anblick der öligen schwarzen Stellen auf dem Felswänden glaubte ich Schreie zu hören.

Ich schluckte, meine Augen brannten. Ich hatte Ferrels Grab gefunden – und ihre Asche.

Ich tätschelte Gairloch, auch als ich meinen Sinnen erlaubte, das Ausmaß der Verwüstung zu erfassen. Ferrel und ihre Truppen waren mit Raketen angegriffen worden. Jene, die das überlebt hatten, wenn es überhaupt Überlebende gegeben hatte, waren wahrscheinlich von Schwertern niedergemetzelt worden. Anschließend hatte Gerlis noch seine tödlichen Feuerbälle durch das Tal geschickt.

Als wir durch die verwüstete Landschaft weiterritten, dachte ich nach. Warum wurde hier eine derart große Macht angewendet? Wie konnte ich – oder auch jemand anderer – diese Macht jemals aufhalten?

Ich beruhigte Gairloch weiter, sagte jedoch nichts, bis wir dieses Tal des Todes hinter uns gelassen hatten. Die Straße bog nach Nordwesten ab. Durch angestrengtes Nachdenken versuchte ich, den Geruch von Asche und Tod aus meiner Nase und meinem Gehirn zu vertreiben.

An einer Quelle hielten wir schließlich an. Sie schien der Ursprung des kleinen Baches zu sein. Schneeflocken tanzten um mich herum und ein dünner weißer Teppich bedeckte den Boden. Ich wusch mir Gesicht und Augen und spülte den Mund aus. Es half, doch ich schmeckte immer noch Asche in meinem Mund. Dann sah ich nach meinem Arm. Die Wunde juckte, doch von Chaos war keine Spur; die Flecken um die Wunde leuchteten nun grün und gelb.

Gairloch trank am Bach, während ich nach Südosten zurückblickte.

Ich gab ihm den letzten Getreidekuchen und aß

selbst ein wenig Käse und ein paar Kekse. Als Nachtisch gab es Apfelschnitze.

Wie konnte man Chaos kontrollieren? Mit Eisen oder Schwarzem Eisen. Ich besaß kein Schwarzes Eisen und es gab meines Wissens keinen Schmied außerhalb von Recluce, der es zu schmieden wusste. Vielleicht konnte man aus Waffenstahl etwas davon herstellen, indem man Ordnung darin konzentrierte, doch würde man trotz des hohen Aufwandes nur eine sehr geringe Menge an Schwarzem Eisen dabei gewinnen.

Andererseits sollte Recluce angeblich deshalb von Ordnung geprägt sein, weil dort das Eisen unter der Erde lagerte. Wie konnte die Erde Chaos enthalten? In Form von Eisenerz? Warum kamen Schwefel- und Feuerquellen nur an bestimmten Orten vor?

Ich aß, ohne zu schmecken, was ich mir in den Mund schob. Wieder wurde mir bewusst, wie wenig ich doch von den Eigenheiten der Erde wusste.

Ich ging zur Quelle und betrachtete sie, versuchte das zu wiederholen, was Gerlis getan hatte: die Wurzeln im Felsen aufspüren. Der Fels schien mich abzuwehren, doch das Wasser spürte ich deutlich, ich fühlte Wasseradern und eine Fließbewegung. Bestimmt würde ich auch den Ursprung finden können, wenn ich nur wüsste wie. Die *Basis der Ordnung* erwähnte davon nichts, zumindest erinnerte ich mich nicht daran.

Als ich aufwachte aus meinen Tagträumen, schwirrten die Schneeflocken um mich herum und eine dünne Schneeschicht bedeckte den Sattel. Geistesabwesend wischte ich sie beiseite.

Chaos-Linien konnte ich nicht zurückverfolgen, aber Wasser. Besaß Wasser mehr Ordnung?

Gairloch schnaubte.

»Entschuldige, alter Junge. Es schneit, wir befinden uns mitten im Gebirge und ich stehe einfach nur so herum. Nicht sehr klug von mir.« Ich stieg auf.

Der Pfad, den ich verfolgt hatte, traf keine zwei Meilen weiter auf die Hauptstraße nach Kyphros.

Wir hielten uns nach Westen und ritten einen Berg hinunter. Der Schneefall hörte auf, doch ein Wind setzte ein, weshalb ich am späten Nachmittag erbärmlich fror.

In dieser Nacht, die wir in einer Schutzhütte mit Tür verbrachten, las ich wieder in der *Basis der Ordnung.* Ich versuchte auch, zwischen den Zeilen, ja sogar unter den Zeilen zu lesen, versteckte Botschaften in den Wörtern und Sätzen zu finden. Manchmal dachte ich, ich hätte etwas gefunden, doch sicher war ich mir nicht.

»... Eisen besitzt ein Kristallgitter und in diesem Gitter kann Ordnung gespeichert werden wie in einem Lagerhaus, in Werkzeugen wie auch tief in der Erde ...«

»... die Gewinnung von Ordnung aus Chaos kommt dem Schmieden zweier edler Klingen gleich, die nach dem Tod eines Herrschers seinen Zwillingssöhnen übergeben werden ...«

Zwei Klingen? Was hatte das mit der Frage zu tun, wie man Chaos eindämmen konnte?

Der letzte Absatz, den ich las, schien den Schimmer einer Lösung zu offenbaren.

»... Ordnung und Chaos fallen auf den zurück, der zu viel davon verbreitet, wie Papier in einem Schmiedefeuer wird er verbrennen ...«

Wie konnte ich dazu beitragen, dass Gerlis über zu viel Chaos verfügte? Was würde geschehen, wenn ich ihm dazu verhalf und er es dann gegen mich einsetzte? Eine gefährliche Sache, dämonisch gefährlich.

Ich blies schließlich den Kerzenstummel aus und versuchte einzuschlafen, doch der Wind heulte um die Hütte und mein Gehirn arbeitete unablässig. Ich erinnerte mich an Ferrel und den Glanz in ihren Augen, als sie mir mein Messer zurückgegeben hatte.

XX

Dellash, Delapra [Candar]

Dyrsse verlässt den sonnenbeschienenen Hof, überquert die schattige Veranda und geht auf den Tisch in der Ecke zu, um einen Luftzug entweder von der Bucht unter ihm oder aus den niedrigen bewaldeten Hügeln im Westen zu erhaschen. Er blickt hinunter auf Dellash und die schwarzen Schiffe, die in der Bucht ankern. Nur aus einem Schornstein steigt ein dünner Rauchfaden auf.

Ein dunkelhäutiger Mann erhebt sich aus seinem Stuhl, Dyrsse wendet sich ihm zu und verbeugt sich. »Marschall Dyrsse zu Euren Diensten, Ser Rignelgio.«

»Man hat Euch aufgrund Eurer militärischen Fähigkeiten hierher geschickt, Marschall Dyrsse.« Der schwarzhaarige Rignelgio lächelt höflich, doch seine Augen bleiben eiskalt. »Bitte, nehmt Platz.« Seine kräftige, fast derbe Hand zeigt achtlos auf einen hölzernen Lehnstuhl.

Dyrsse lässt sich hineinfallen, der Stuhl knarrt. »Meine Aufgabe ist es, dem Kaiser und Euch zu dienen.«

»Interessant, wie Ihr es ausdrückt«, bemerkt der Gesandte scharfsinnig. Das aufgesetzte Lächeln erstarrt auf seinem glatt rasierten Gesicht, als er wieder Platz nimmt.

»Ich setze den Kaiser immer an die erste Stelle.« Dyrsse lacht. »Das ist nicht nur angebrachter, sondern auch sicherer.«

»Die Worte eines kaisertreuen Marschalls, der offensichtlich sehr eng mit dem Thron zusammenarbeitet.« Rignelgio hebt einen Krug. »Delaprischer Wein. Er schmeckt nicht schlecht. Delapra gehört zu den wenigen Orten in Candar, in denen sich ein einigermaßen trinkbarer Wein findet. Darf ich Euch davon einschenken?«

»Nur ein halbes Glas.«

Rignelgio füllt das Glas genau halb voll. »Hier bitte. Man muss versuchen, sich den Anschein von Zivilisation zu bewahren, besonders hier in Candar, das in der Tat sehr weit entfernt von Cigoerne liegt.«

»Nicht so weit entfernt wie früher, Ser Rignelgio, und auch noch nicht so nah, wie es bald sein wird, sowohl in Bezug auf die Entfernung als auch auf die Kultur.« Dyrsse nimmt einen Schluck aus dem Kelchglas. »Der Wein ist wirklich nicht schlecht, wenngleich ich kein besonderer Weinkenner bin.«

»Auf eine seltsam fruchtige Art finde ich ihn sogar gut, so wie noch einige andere Dinge in Candar.«

Rignelgio nimmt einen weiteren Schluck, seine Lippen berühren jedoch kaum den Rand des Kristalls. »Ihr wollt sagen, dass die Große Flotte zusammengerufen und hierher geschickt wird? Glaubt Ihr das wirklich? Ich bezweifle, dass der Kaiser einen so großen Teil seiner Streitkräfte so weit weg von Hamor einsetzen wird.«

»Ich weiß nichts von der Großen Flotte, aber mir ist bekannt, dass weitere zwanzig Eisenschiffe innerhalb eines Achttags hier eintreffen werden. Deswegen müsst Ihr die Delaprer dazu bewegen, noch mehr Kohle zu liefern.«

»Ja, ja, die Delaprer. Sie scheinen immer weniger zur Zusammenarbeit bereit und es könnte schwierig werden, sie zu überzeugen.« Rignelgio lächelt wieder.

»Ihr seid der Gesandte und ein Meister der Überzeugungskunst. Ich werde mich Eurem Wissen und Eurer Sachkenntnis beugen. Ihr seid das Sprachrohr des Kaisers und ich bin nur hier, um Euch zu Diensten zu sein.

Das ist meine Pflicht. Seine Majestät hat sich unmissverständlich ausgedrückt.« Dyrsse nimmt einen zweiten Schluck Wein. »Der Wein scheint gut zu sein, doch auch auf diesem Gebiet werde ich mich Eurer Sachkenntnis beugen.«

»Ich schätze Eure Ehrerbietung, Marschall Dyrsse.« Rignelgio steht auf. »Ich glaube, ich sollte Euch einigen anderen Hamoranern vorstellen, besonders Leithrrse. Er wurde in Recluce geboren, wie Ihr wisst.«

»Aus Recluce stammen noch einige andere wichtige Bürger des Kaiserreichs.«

»Der Großvater des Kaisers eingeschlossen, wodurch auch die Sorge des Kaisers um Candar und die Schwarze Insel begründet liegt – wie auch Eure Aufopferung für diese Aufgabe, nicht wahr?« Rignelgio lächelt.

»Sagen wir doch, der Kaiser hat über die … Ansichten … seines Großvaters nachgedacht.« Dyrsse hebt das Glas an die Lippen, trinkt jedoch nicht, sondern atmet das Aroma des Weines tief ein.

»Leithrrse ist sehr fähig. Er ist bereits einer der erfolgreichsten Händler in Hamor und der Kaiser hat ihn ersucht, mir hier als Gesandter zur Seite zu stehen.« Rignelgio steht auf.

»Ich werde ihm genau so zu Diensten sein wie Euch.« Dyrsse stellt das Glas beiseite und erhebt sich gleichfalls.

»Auf eine gute Zusammenarbeit.«

Die zwei Männer gehen die breite Treppe aus braunen Fliesen hinunter. Eine leichter Wind weht über die Veranda, der Geruch von Asche liegt in der Luft

XXI

Gairloch und ich ritten langsam zurück nach Kyphros; wir benötigten fünf Tage, bis wir Kyphrien von einem Olivenbaumhügel aus erblickten. Fünf Tage lang nichts als Feuchtigkeit, scharfer Ziegeneintopf in Außenpostenkasernen und fünf Nächte mit der *Basis der Ordnung*. Ich hatte alle drei Dinge satt.

Fünf Tage lang hatte ich auch auf das Zedernholzstück gestarrt, das ein Gesicht in sich verbarg, mein Verstand war jedoch zu träge, um herauszufinden welches. Und mein Arm war noch zu wund, sodass ich nur die groben Umrisse schnitzen konnte.

Am Ende ritten Gairloch und ich durch Kyphrien. Sollte ich bei der Kaserne der Elitegarde anhalten, um Krystal zu suchen? Ich wollte sie sehen.

Also blieb ich stehen, ließ Gairloch beim Stallknecht zurück, der kein Wort sagte, und marschierte hinauf zu ihrer Tür.

Herreld zeigte sich nicht sehr hilfreich.

»Sie hat nicht gesagt, wo sie hingehen wollte, Ser.«

Ich sah ihn eindringlich an.

Er wich einen Schritt zurück. »Sie hat wirklich nichts gesagt, Ser.«

Als Nächstes ging ich hinunter in die Kaserne, wo sich die Gerüche von Öl, Metall und Leder zu militärischem Weihrauch zusammenfügten, und suchte Yelena.

»Yelena hat frei, Ser. Sie sagte, sie müsse zum Markt.«

Tamra? Auch sie traf ich nicht an.

»Die Rot … äh … der Lehrling? Sie ist gegangen, Ser … nicht dass hier jemand unglücklich darüber wäre, Ser …«

Aha, Tamra war auch hier nicht gerade der Liebling der Truppe gewesen.

Unverrichteter Dinge ritt ich nach Hause. Ich erreichte den Hof, wo die große Laterne brannte. Die Flammen flackerten, da der Wind durch das undichte Glasgehäuse blies.

Krystal kam herausgerannt und hob mich fast vom Pferd, als sie mich umarmte. Ich hatte vergessen, wie stark sie war.

»Du bist zurück.«

»Gib Acht auf meinen Arm. Er ist noch sehr empfindlich.«

Statt mich zu umarmen, küsste sie mich, was mich die fehlende Umarmung vergessen ließ.

»… haben sich nicht sehr vermisst … eigentlich überhaupt nicht …«

Ich ignorierte Haithens trockene Bemerkung Perron gegenüber, der Yelena als Anführer von Krystals persönlicher Garde weitgehend abgelöst hatte.

Schließlich ließen wir doch voneinander ab und ich lud mein Gepäck ab. Haithen bot an, Gairloch in den Stall zu bringen, was ich ihr gern gestattete. Auch Gairloch schien damit einverstanden zu sein.

»Du kannst etwas zu essen vertragen«, stellte meine Gemahlin fest.

»Ich könnte auch etwas Wasser vertragen.«

Krystal rümpfte scherzhaft die Nase. »Das denke ich auch.«

»Das Abendessen kann noch eine Weile warten. Auf die paar Minuten kommt es nun auch nicht mehr an«, schaltete sich Rissa ein. »Ich koche und weiß nie, für wie viele Leute. Ich koche und weiß nie, wann die Leute zum Essen kommen …«

Krystal und ich grinsten uns an. Wir gingen gemeinsam in den Waschraum, wo ich meine fast widerlich schmutzigen Kleider auszog.

Als ich mich wusch, sah sich Krystal meinen Arm an. »Wie ist das passiert?«

»Wildgewordene Stallknechte eines Herbergenbesitzers, sie suchten einen Gast zum Ausrauben. Ich konnte nicht rasch genug zur Seite springen.«

»Was ist mit deinem Stab?«

»Ich hatte ihn nicht bei mir. Die Menschen sehen es nicht gern, wenn man einen fünf Ellen langen Holzstab bei sich trägt. Sie fühlen sich dadurch bedroht. Wer jedoch ein Schwert trägt, ist gesellschaftlich anerkannt.«

Krystal überlegte. »Vielleicht solltest du einen Schlagstock tragen.«

»Das ist kein schlechter Vorschlag.« Bisher hatte ich noch nicht darüber nachgedacht, doch die Vorstellung gefiel mir. »Um die Quellen herum sind schätzungsweise zweihundert Soldaten platziert und sie besitzen Raketen.«

»Raketen? Wie sie Recluce in den alten Tagen gegen Fairhaven eingesetzt hat?«

»Ja, fast. Berfirs Raketen bestehen aus einem Stahlgehäuse, es könnte auch dünnes Eisen sein.« Ich rasierte mir die Bartstoppeln aus dem Gesicht, die ich noch weniger mochte als das Rasieren selbst.

»Du willst dich vor dem Abendessen rasieren?«

»Soll ich es etwa hinterher tun?«

»Du bist unmöglich.«

»Nur manchmal.« Ich wechselte mit der Klinge zur anderen Wange. »Dieser Magier – Gerlis –, er ist viel mächtiger, als Antonin es war.«

»Lass uns später darüber sprechen.« Sie strich mit dem Finger über die blasser werdenden grünen und gelben Flecken der Wunde. »Wann ist das passiert?«

»In Sunta. Warte mal – vor fast einem Achttag.«

»Die Wunde sieht aber älter aus.« Sie runzelte die Stirn.

»Ordnungs-Magie hat durchaus auch Vorteile.«

»Lass dich davon nicht blenden. Einige Wunden wirst du damit auch nicht heilen können.«

Da hatte sie Recht. Ich rasierte und wusch mich so schnell ich konnte. Mein Magen knurrte entsetzlich, als ich eine saubere Tunika überzog.

»Einige Dinge haben sich nicht verändert.« Krystal schüttelte den Kopf.

»Vieles hat sich nicht verändert.«

Wir gingen über die hintere Veranda, auf der ich seit dem Sommer nicht mehr gesessen war, in die Küche. Kaum waren wir drinnen, stellte Rissa Töpfe und Schüsseln auf hölzernen Untersetzern um mich herum auf den Tisch.

»Verteilt das Essen, bevor es noch kälter wird«, befahl die Köchin.

Perron und Haithen grinsten sich an.

Aus allen Töpfen dampfte es, fast hätte ich mir die linke Hand verbrannt, doch ich verlor kein Wort darüber. Rissa hatte eines ihrer Leibgerichte zubereitet, Huhn mit Klößen, grünen Nudeln, Minzeblättern und einer Pfeffersoße, die fast so scharf wie Burkha im Mund brannte.

»Wie war die Reise?«, fragte Haithen.

Ich sah Krystal an und lächelte. »Ich werde euch berichten, nachdem ich mich mit der Kommandantin darüber unterhalten habe.«

»Der Olivenbauer – Hensil, sagte er, wäre sein Name – kam im letzten Achttag hier vorbei«, durchbrach Rissa das Schweigen. »Er wollte sich beschweren, aber ich sagte ihm – wie Ihr es mir aufgetragen habt –, dass Ihr geschäftlich für den Autarchen unterwegs seid. Er sagte, das wäre gut und schön, aber der Autarch würde keine Stühle schreinern, und Ihr solltet besser bei Euren Stühlen bleiben, anstatt Euch ins Regieren einzumischen.«

Ich musste erst einen halben, viel zu heißen Kloß

hinunterschlucken, bevor ich sprechen konnte. »Was hast du darauf gesagt?«

Rissa zuckte mit den Schultern. »Ich sagte ihm, er hätte völlig Recht. Wir alle wären glücklicher, wenn wir nur das tun brauchten, was wir wollten, und nicht was andere verlangten.«

»Natürlich«, bemerkte Haithen mit vollem Mund, »möchte er, dass ein Schreinermeister seine Stühle fertigt.«

Schweigend aß ich weiter. Ich wusste, dass ich keine Chance gegen die beiden hatte.

Nach dem Essen verscheuchte uns Rissa aus der Küche und wir protestierten auch nicht dagegen, keinen Augenblick lang.

Krystal schloss die Schlafzimmertür. »Arbeit oder Vergnügen?« Sie lächelte.

»Zuerst die Arbeit. Dann können wir zum wichtigeren Teil des Abends übergehen.«

Doch wir wussten beide, dass uns die Arbeit immer verfolgen würde, ganz gleich was wir dagegen auch unternähmen.

Ich erzählte ihr alles, sogar von den zwei Mädchen und meinen Gefühlen für das Stallmädchen.

Sie schüttelte den Kopf. »Du musst aber auch immer bedenken, warum du dort warst.«

Sie hatte Recht. Wäre ich gefangen genommen worden oder hätte Aufmerksamkeit auf meine Eigenschaft als Magier gelenkt, wäre damit keinem geholfen gewesen. Auch hatte ich keine Ahnung, was ich gegen Jassid hätte unternehmen können, außer ihn umzubringen auf die eine oder andere Weise.

»Machst du dir Sorgen wegen Gerlis?« Krystal saß auf dem Bettrand neben mir, so nah, dass ich sie mit all meinen Sinnen spüren konnte, ohne dass ich mich auch nur im Geringsten anstrengen musste.

»Ja.«

»Kannst du heute Nacht etwas dagegen tun?«

»Nein«, musste ich zugeben.

In dieser Nacht hielten wir uns fast die meiste Zeit einfach nur umschlungen. Das gegenseitige Halten war sehr wichtig für uns. Ich erinnerte mich, dass es auch so begonnen hatte, damals in Recluce. Noch bevor ich wusste, dass ich Krystal liebte, kurz bevor wir uns unserer Aufgabe als Gefahrenbrigadiere stellen mussten, hatte sie mich gebeten, sie zu halten, und ich hatte es getan.

XXII

Gunnar ging die steingepflasterte Gasse hinauf zu dem schwarzen Steingebäude, das sich über den gesamten Kamm eines niedrigen Hügels erstreckte. Ab und an zwitscherte ein Vogel aus dem lichten Blätterwerk der Kirsch- und Apfelbäume zu beiden Seiten der Gasse.

Er drehte sich um und blickte ostwärts in Richtung Wandernicht, da bemerkte er einen einzelnen Reiter auf der Straße von der Stadt zum Institut für Ordnung. Er wanderte weiter, der Herbstwind wühlte raschelnd in den trockenen Blättern am Boden und streifte den massiven Bogen aus schwarzen Quadern, der den Eingang zum Tempel des Instituts bildete. Über ihm hörte er die Flügel einer Schar Vögel schlagen, die sich auf den Stoppelfeldern unter den Bäumen niederließ.

Als er das Klappern von Hufen auf der Straße vernahm, wandte er sich um.

Die Reiterin trug keine Kopfbedeckung – eine große, schlanke Frau mit silbernen Strähnen im sandfarbenen Haar. Als sie mit dem hochgewachsenen Magier auf gleicher Höhe war, hielt sie an und stieg vom Pferd.

»Elisabet! Ich hatte dich nicht hier erwartet.« Gunnar umarmte seine Schwester.

Das Pferd wieherte empört.

Doch ein einziger Blick von Elisabet beruhigte den Hengst.

»Das hättest du aber. Sogar ich fühle die Gefahr.« Der Wind zerzauste ihr kurzes Haar. »Doch immer muss ich dich aufsuchen.«

»Von wegen, sogar du kannst die Gefahr fühlen?« Gunnar lachte. »Du bist doch die Erste, die sie wahrnimmt!«

»Nicht immer.« Mit drei schnellen Handgriffen hatte sie die Zügel um den Eisenring am Balken gebunden. »Und es wird die Zeit kommen, da musst du andere auserwählen.«

»Vielleicht hast du Recht.« Gunnar wandte sich dem jungen Mann und der jungen Frau zu, die ihnen auf dem Weg zum kleineren Lesesaal entgegenkamen.

»Magister Gunnar«, fragte die rothaarige Frau, »habt Ihr den Aufsatz gelesen?«

Gunnar nickte. »Ich werde später mit dir darüber sprechen. Noch immer verwechselst du Ordnung mit der Vorstellung von ›gut‹. Ordnung ist nicht zwangsläufig gut. Auch ist Chaos nicht unbedingt böse. Daran musst du noch arbeiten ...«

»Aber das habe ich, Ser.«

Gunnar atmete tief ein. »Wir unterhalten uns später.«

»Ja, Ser.«

Der junge Mann blickte Gunnar streng an. Gunnar fing seinen Blick auf und der junge Mann wurde blass und drehte sich weg. Zügig gingen die zwei zurück zum Hörsaal.

»Du machst deine Arbeit sehr gut, Gunnar. Aber damit schreckst du alle ab.« Elisabet beendete den Satz mit einem wohlwollenden Lachen.

»So gut kann meine Arbeit nicht sein. Die Hälfte meiner Schüler hasst mich und mein eigener Sohn wahrscheinlich auch. Ganz abgesehen von der Bruderschaft. Talryn glaubt, ich hätte das Institut errichtet, um gegen die Bruderschaft zu arbeiten – als hätte ich je die Absicht gehabt, mich in ihre Politik einzumischen.« Er zeigte auf den steingepflasterten Weg zu seiner Rechten. »Lass uns zum Garten hinuntergehen. Dort sind wir ungestört.«

»Ich glaube nicht, dass Lerris dich hasst. Nicht mehr. Du warst hart zu ihm, doch es war besser so. Auch Sardit fasste ihn nicht mit Samthandschuhen an. Ich glaube, es fiel ihm nicht leicht, so streng mit seinem Schreinerlehrling zu sein. Aber Verständnis und Erklärungen helfen oft nicht weiter. Manchmal müssen Kinder die harten Folgen ihres Handelns am eigenen Leib spüren. Immerhin hast du bei Martan versucht, alles zu erklären.«

»Und du hattest nie Kinder.«

»Ich hatte dich und Justen.«

»Kleine Schwester … das wolltest du immer sein, Elisabet, und irgendwie glaube ich, dass es das Beste für dich war. Wie geht es Sardit?«

»Gut. Er ist glücklich mit der Ordnung des Holzes. Wie geht es Donara?«

»Gut. Sie ist immer noch glücklich damit, mit ihrer Töpferei Ordnung herzustellen.«

Beide lachten, als sie auf die schwarze Steinbank zugingen, von der aus sie die hüfthohe Hecke des Irrgartens überschauen konnten, deren äußere Umrisse dem Kontinent Candar nachempfunden waren. Ein etwa hundert Ellen breiter Streifen kurzgeschnittenen Rasens trennte den Irrgarten von dem Hang, an dem Obstgärten angelegt waren. Hinter der Bank stieg der Hang sanft an bis zu den breiten Fenstern an der Südseite des Hauptgebäudes des Instituts.

Elisabet ließ sich am östlichen Ende der Bank nieder, wobei sie sich auf ihr abgewinkeltes Bein setzte.

»Ich habe nie verstanden, warum du das tust«, meinte Gunnar.

»Es ist am einfachsten so.« Sie setzte sich aufrecht hin. »Du hast viel zu tun und ich möchte nicht so viel von deiner Zeit in Anspruch nehmen. Außerdem würdest du von dir aus nie zu mir kommen.« Sie lächelte ihren älteren Bruder an und räusperte sich. »Keiner von euch beiden, weder du noch Justen, hat das jemals getan. Also komme ich zu dir ... Überall tauchen neue Chaos-Quellen auf. Eine nennenswerte Vermehrung der Ordnung kann ich jedoch nicht feststellen. Ist das Gleichgewicht nicht mehr intakt? Ich hielt das bisher für unmöglich.«

»Es ist noch intakt.« Gunnar setzte sich an das andere Ende der Bank und betrachtete den Irrgarten. »Ich weiß nicht, wo sich die zusätzliche Ordnung befindet, doch sie ist irgendwo. Ich fühle keine Störung des Gleichgewichts. Auch du fühlst das.«

Elisabet nickte. »Ich mache mir Sorgen um Lerris und Justen. Der größte Teil des Chaos scheint in Candar zu wirken.«

»Auch ich mache mir Sorgen.« Gunnar richtete seinen Blick zum Himmel, wo die Wolken im Westen über die Hügel zogen.

»Was können wir tun?«

»Unsere Pflicht erfüllen.« Der große Magier zögerte. »Nur unsere Pflicht erfüllen.«

»Die Zeiten ändern sich, nicht wahr?«

»So ist es, besonders in Hamor; nichts wird mehr so sein wie früher. Der Rat scheint das aber nicht zu begreifen.« Gunnar erhob sich, als drei schwarz gekleidete Gestalten auf sie zukamen. »Der Rat und die Bruderschaft werden darauf aus sein, die Schuld dem Institut, mir oder Lerris zuzuschieben.«

»Hast du bereits mit ihnen gesprochen?«

»Zu meinem Bedauern, ja. Sie denken immer noch, ich würde gern einer von ihnen sein. Als hätte ich nicht schon vor Jahren die Gelegenheit gehabt, dem Rat anzugehören.« Er schnaubte verächtlich.

»Wenn du von Lerris oder Justen hörst ...«

»Werde ich es dich wissen lassen. Ganz sicher.«

Elisabet stand auf und umarmte ihren Bruder kurz. »Deine Schüler haben dich schließlich doch gefunden.«

»Es gelingt ihnen fast immer.«

Die Geschwister gingen den dreien entgegen, die nach Gunnar gesucht hatten.

Hinter ihnen wisperte leise der Wind im Irrgarten, der die Umrisse Candars darstellte.

XXIII

Am nächsten Morgen fanden Krystal und ich uns im privaten Arbeitszimmer des Autarchen ein, wo wir Kasee erneut mit dunklen Ringen unter den Augen und ungekämmten Haaren antrafen. Die Stapel von Papier und Schriftrollen auf ihrem Schreibtisch waren noch höher geworden. Ruß schwärzte das Glas der Lampen.

»Was hast du herausgefunden?«

»Ferrel ist tot. Ich habe den Unglücksort gefunden ...« Ich berichtete vom Tal des Todes und über das Gebiet um die Quellen, wo die Hydler ihre Truppen aufgestellt hatten. Ich konnte es jedoch nicht annähernd in Worte fassen, wie beängstigend mir dieses Tal erschienen war oder welche Macht Gerlis wirklich besaß.

Krystal hatte bereits alles gehört und sagte nichts dazu.

»So ... das sind ja vergleichsweise nur wenige Truppen, die die Schwefelquellen bewachen.«

»Für Berfir mögen zwei- bis dreihundert Soldaten vergleichsweise wenig sein. Aber das sind immerhin fünfzehn Einheiten.«

»Vorher waren noch mehr dort«, sagte Kasee.

Krystal runzelte die Stirn. »Hat der Herzog Truppen abgezogen?«

»Einige wohl schon, doch ich konnte nicht in Erfahrung bringen, wie viele sich ursprünglich dort aufhielten. Fünfzehn Einheiten befinden sich noch im Tal, weitere zwei Einheiten bewachen die Straßen. Doch darin sehe ich kein Problem.« Ich räusperte mich, fast glaubte ich, ich müsste gleichzeitig eine Erkältung und eine Chaos-Infektion abwehren.

»Was ist mit Feuerbällen? War es Chaos-Feuer?«

»Nein ... die Hydler haben eine Waffe aus alten Tagen entdeckt – Raketen. Man kann sie mit selbstgetriebenen Kanonenkugeln vergleichen, das Schießpulver wird von Eisen umhüllt. Wenn sie ihr Ziel treffen, explodieren sie. Doch der Magier hatte zusätzlich seine Feuerbälle eingesetzt.«

»Raketen ...« Kasee grübelte. »Sie werden in den alten Geschichten erwähnt. Recluce hatte sie vor Fairhavens Fall eingesetzt. Die Formel war einfach, doch die Herstellung erwies sich als kniffelig.« Sie strich sich eine silberschwarze Strähne aus der Stirn.

Ich hatte als Kind und auch später nur am Rande einmal etwas von den Raketen mitbekommen. Doch ich bezweifelte, dass die Bruderschaft diesen Kniff wirklich nicht mehr beherrschte, nicht nachdem ich die drei Schwarzen Schiffe im Hafen von Nylan gesehen hatte.

»Die Menschen verwenden Schießpulver nicht gern, weil ein Magier es durch seine bloße Berührung explodieren lassen kann«, gab Krystal zu bedenken. »Doch sehr viele Weiße Magier gibt es nicht. Es ist zwar ein Risiko, aber kein sehr großes.«

»Würdest du es noch einmal tun?«, fragte Kasee.

Verdutzt sah ich die zwei Frauen an.

Krystal sah mich an und lächelte. »Nicht, wenn ich eine Wahl hätte.«

Ich fühlte mich geschmeichelt, ohne zu wissen warum, dennoch fuhr ich fort. »Das Pulver befindet sich in Stahlgehäusen. Dieser Stahl ist dem kalten Eisen sehr ähnlich, der Magier muss also sehr stark sein, um das Pulver aus einiger Entfernung explodieren zu lassen.«

»Es gibt nicht mehr sehr viele Chaos-Magier.«

Ich runzelte die Stirn, betrachtete den überladenen Schreibtisch. »Da ist noch etwas, das mich beunruhigt.« Ich erzählte von den Truppen und Raketen, die auf dem Weg in den Norden Hydlens waren.

Kasee strich sich über das Kinn, nickte nachdenklich. Ihr Haar wirkte zerzaust, als hätte sie sich kurz zuvor die Haare gerauft. »Das lässt sich mit einfachen Worten erklären. Wir können uns einen großen Angriff auf Hydlen nicht leisten. Berfir weiß das vermutlich. Entweder kann eine kleine Truppe die Grenze halten oder nicht. Wir werden jedoch auf keinen Fall im südlichen Hydlen einmarschieren.«

»Aber warum hält Berfir die Quellen überhaupt besetzt?«

»Wegen des Schwefels für das Schießpulver, um damit Raketen zu bauen, die er gegen Herzog Colaris einsetzen kann«, antwortete Krystal. »Colaris hebt schon seit über einem Jahr Truppen aus. Viele Soldaten haben nach Antonins Tod Gallos verlassen, auch gibt es Berichte über einen neuen Präfekten dort.«

»Ich habe davon in Arastia gehört«, bestätigte ich.

»Wir wissen nicht, ob es wahr ist. Aber Herzog Berfirs größtes Problem ist Colaris und nicht Kyphros.«

Eines verstand ich jedoch noch immer nicht, was ich auch aussprach. »Ich begreife nicht, warum Berfir oder der Magier die Raketen auf Ferrel abgeschossen haben.«

»Vielleicht war es ein Irrtum«, meinte der Autarch. »Es gibt immer wieder Hitzköpfe, die die Befehle nicht befolgen.« Sie und Krystal tauschten wissende Blicke aus.

Ich fragte mich, ob wir die Quellen vielleicht derzeit einfach außer Acht lassen sollten.

»Nein.« Krystal beantwortete meine unausgesprochene Frage. »Wenn wir etwas unternehmen wollen, sollten wir es jetzt tun.«

»Da stimme ich zu«, sagte Kasee. »Wie begründest du deinen Vorschlag?«

»Berfir ist nicht in der Lage, mehr Truppen gegen uns aufzufahren. Wenn er gegen Colaris verliert, brauchen wir uns weiter keine Sorgen mehr zu machen. Wenn er jedoch mit den Raketen im Norden Erfolg hat, wird er sie auch im Süden einsetzen. Sollte es uns gelingen, die Quellen zurückzuerobern und das Gebiet darum herum zu befestigen, ist es sehr unwahrscheinlich, dass die Raketen gegen die Verteidigungsanlagen etwas ausrichten können – wenn dann überhaupt noch welche davon übrig sind. Denn einfach herzustellen sind sie nicht.«

Ich verstand die Logik … einigermaßen wenigstens. »Aber wie werden wir mit Gerlis fertig?«

»Wir nicht. Aber du, wenn du kannst. Und wenn du willst.« Kasee hielt inne. »Ich kann es dir nicht befehlen, doch versuchen müssen wir es, egal wie.«

Ich wurde das Gefühl nicht los, dass man mich soeben wieder einberufen hatte. Doch wenn Kasee Krystal in den Krieg gegen Gerlis schickte, welche Wahl hatte ich dann? »Und wenn es mir nicht gelingt? Er ist mächtiger als Antonin.«

»Wir werden ihm aus dem Weg gehen. Das Feuer eines Magiers ist gegen Steine machtlos. Am besten kann er es auf dem offenen Feld einsetzen, doch die Gelegenheit werden wir ihm nicht geben. Seine Raketen werden ihm nichts nützen gegen Späher und Truppen, die dafür ausgebildet sind, sich im unwegsamen Gelände getarnt fortzubewegen.«

Die Gefahr durch Raketen und Feuerbälle würde dadurch entschärft, doch wie konnte man Truppen lenken, die über alle Berge verteilt waren? Auch die Sache mit Gerlis war nicht so einfach. Sie hatten seine Macht nicht in dem Maß wie ich gespürt und die Aussage, dass er mächtiger als Antonin war, drückte mein ungutes Gefühl, das ich bei dieser Macht verspürte, nur unzureichend aus.

»Die Taktik ist ganz einfach«, führte Krystal aus. »Wenn wir uns in die Verteidigungsanlagen zurückziehen, vielleicht Steinbunker oder Steinzäune ...«

»Oder Höhlen?«

»Nein«, riefen Krystal und ich gleichzeitig. Ich schlug mir jedoch sofort die flache Hand vor den Mund.

Kasee lächelte ein etwas säuerliches Lächeln. »Wenn ihr beide mir so über den Mund fahrt, muss ich wirklich einen groben Fehler begangen haben.«

»Schießpulver und Geschosssplitter richten beim Einschlag in eingegrenzten Zielbereichen großen Schaden an. Wenn es diesem Magier gelingen sollte, eine Rakete in eine Höhle zu lenken, würde das kein einziger Soldat überleben, auch wenn die Höhle sehr tief und groß sein sollte. Dann nützen diese Truppen uns nichts mehr«, erklärte Krystal.

Ich nickte nur.

»Wir brauchen eine flache Absperrung, die die Raketen nicht durchdringen können.«

»Wie wäre es, wenn Lerris noch einmal hinreiten

würde, diesmal mit schnellen Truppen an seiner Seite?« Krystal sah mich an. »Würdest du sie auf dem umständlicheren und schwierigeren Weg dorthin führen?«

»Nicht, wenn du die Haupteinheiten anführst.« Ich zwang mich zu einem Lächeln.

Krystal versuchte dasselbe.

Kasee sah mich an, dann Krystal. »Ihr seid nicht sonderlich glücklich darüber.«

»Ich muss tun, was getan werden muss. Ist es da nicht unerheblich, ob ich glücklich darüber bin oder nicht?«

»Du hast Recht«, antwortete der Autarch. »Wir müssen etwas unternehmen. Das letzte Mal, als die Grenze überfallen wurde, sahen wir tatenlos zu. Das haben wir jetzt davon.«

Krystal sah mich an. Sie zuckte die Schultern. Ich hatte an ihrem Plan nichts auszusetzen, doch mittlerweile fragte ich mich, ob nicht mehr hinter Berfir und seinem Weißen Magier steckte, als ich bisher wusste oder wissen wollte. Doch ich fand keine Antwort … keine, die ich gutheißen konnte.

»Wie sollen wir deiner Meinung nach die Quellen einnehmen?«, fragte Kasee.

»Wenn, dann sollten wir sie von Westen angreifen. Yelena könnte eine Truppe anführen und mit Lerris von Osten attackieren. Berfir verfügt dort nur über wenige Truppen. Ich glaube nicht, dass er sich an zwei Fronten halten kann, ganz gleich ob ihm der Weiße Magier beisteht oder nicht.«

»Du bezweifelst, ob es weise ist, die Quellen zurückzuerobern?«

Krystal zuckte die Achseln. »Darauf gibt es keine einfache Antwort. Wenn wir Berfir die Quellen überlassen und er setzt sich gegen Colaris durch, kann er den Schwefel gegen uns verwenden. Wenn Colaris ihn vernichtet, dann haben wir entweder viele Soldaten verloren oder gar nichts.«

»Was wäre, wenn wir warteten?«, fragte der Autarch.

»Wenn wir nicht sehr bald und aus sicherer Quelle erfahren, was in Freistadt geschieht, hat Berfir die Möglichkeit, seine Truppen an den Quellen schneller zu verstärken, als wir dorthin kommen und angreifen könnten.«

Wenn man es so betrachtete, war auch ich nicht mehr sicher, ob wir wirklich angreifen sollten.

»Wir werden die Elitetruppe und die betroffenen Außenposten so gut wie möglich schützen müssen. Doch dadurch können wir Berfir von Lerris und Yelena ablenken. Die Haupteinheiten werden auf der direkten Straße anrücken, verstärkt durch eine Vorhut. Damit bezwecke ich zweierlei Dinge. Berfir und sein Magier werden sich mit den Haupttruppen beschäftigen müssen. Lerris und die anderen nehmen die längere Route – nicht die ganz lange, die er auf seinem Weg nach Hydlen eingeschlagen hatte – und werden von hinten angreifen.«

»Was ist, wenn es zu viele sind?«

»Das müssen Yelena und Lerris zuerst herausfinden. Wenn es zu viele sind, werden sie nicht angreifen. Lerris kann auch mit seinen Sinnen ein wenig sehen«, deutete Krystal an.

»Nur ein wenig«, bestätigte ich.

»Wir werden nahe genug herankommen, um den Angriff zu beobachten. Wenn sie abgelenkt sind, vergrößert das nur unsere Chancen. Wir werden viele Bogenschützen brauchen, so viele wie wir nur auftreiben können.«

Von da an hörte ich wieder zu.

»Lerris …«

»Huch?« Ich setzte mich auf. Ich musste eingedöst sein.

Kasee zwinkerte mir zu. »Bring ihn nach Hause, Krystal. Ein weiterer Tag Aufschub wird unsere Pläne nicht zunichte machen, außerdem braucht er die Ruhepause.«

»Mir geht es gut.«

Beide sahen mich eindringlich an.

Krystal nahm mich am Arm und brachte mich an den Wachen vorbei. »Du brauchst Ruhe. Du siehst aus wie ein Schreckgespenst. Es tut mir Leid, das ich dich heute hierher geschleppt habe.«

»Mir geht es wirklich gut.«

»Ja, bald.« Krystal schüttelte besorgt den Kopf. »Hast du überhaupt bemerkt, wie weit deine Hose geworden ist?«

»Nach Tamras Meinung bin ich doch ohnehin zu dick.«

»Seit wann hörst du auf das, was Tamra sagt?«

Ich wusste es nicht. Ich brauchte dringend etwas Ruhe.

Als wir zu den Ställen gingen, drückte Krystal meine Hand. »Ich bin froh, dass du wieder zu Hause bist.«

Und ich erst. Ich wünschte nur, wir hätten mehr Zeit bis zum nächsten Aufbruch.

XXIV

Die vier Druiden und die Ehrwürdige trafen sich unter den zeitlosen Bäumen im Großen Wald und sahen zu, wie die Dunkelheit und das Licht über der Sandkarte von Candar zusammenschmolzen.

Von den silberhaarigen Druiden richtete nur die jüngste – sie schien fast noch wie ein Mädchen – ihre Augen auf einen winzigen Punkt im schwarzen Sand, der sich von der übrigen Dunkelheit abhob, die die Umrisse der Sandkarte des Kontinents bedeckte. Zwei Flammen Weißen Sandes loderten auf dem östlichen Teil der Karte auf.

»Die Dunkelheit dieser Ordnung besitzt keine Seele«, stellte die Ehrwürdige fest, »es ist nur das kalte, geordnete Eisen jener, die sich den Dämonen des Lichts untergeordnet haben. Sogar der Große Wald fürchtet diese Ordnung.«

»Kein Lied erklingt daraus«, bemerkte der zerbrechlich wirkende, silberhaarige Sänger.

»Du sprichst immer nur von Liedern, Werlynn.«

»Und du, Syodra, vergisst die Lieder.«

»Einige von uns müssen diese Lieder leben«, sagte die jüngste Druidin. »Und der Preis dafür ist hoch.« Sie sah von der Karte auf.

»Das haben die Freuden des Lebens so an sich, Dayala«, meinte Syodra.

»So ist es«, stimmte Dayala zu. Ihre grünen Augen wurden dunkel, als sie auf den einzigen kleinen schwarzen Punkt auf der Karte starrten. »Die Freude endet sehr schnell – und sehr schmerzhaft.«

»Für alles muss ein Preis bezahlt werden«, übernahm die Ehrwürdige das Wort. »Doch diesmal wird der Preis hoch sein, sehr hoch sogar, denn Ordnung ohne Seele zieht furchtbare Folgen nach sich.«

»Sie haben weder den Liedern«, fügte der einzige männliche Druide hinzu, »noch der Wahrheit der Noten Beachtung geschenkt.«

»Überlasst es dem Gleichgewicht«, schlug die Druidin vor, die bisher geschwiegen hatte.

»Dem Gleichgewicht überlassen? Ja, Frysa, du würdest das tun. Wir und Generationen vor uns haben für die letzte Entscheidung, die dem Gleichgewicht überlassen wurde, bitter bezahlt.« Dayala atmete hörbar ein. »Das Gleichgewicht besteht, aber es ist weit davon entfernt, gütig zu sein. Auch ist es nicht immer barmherzig oder gerecht.«

»Aber haben wir nicht auch teuer bezahlt für das, was jene taten, die wir nicht dem Gleichgewicht überlassen haben?«, fragte die Ehrwürdige.

Dayalas Blick fiel wieder auf den Sand und auf die sich ausbreitende Dunkelheit.

XXV

Nachdem Krystal dafür gesorgt hatte, dass ich zur Ruhe kam, obwohl man das, was wir getan hatten, nicht immer unbedingt als ausruhen bezeichnen konnte, ging ich am nächsten Morgen in meine Werkstatt. Krystal war bereits wieder in Kyphrien und arbeitete hart.

Krystal, der Autarch und die neue Sub-Kommandantin, eine Frau namens Subrella, die bisher als Bezirkskommandantin für Ruzor verantwortlich gewesen war, feilten an einem detaillierten Plan für die Zurückeroberung der Schwefelquellen und ich arbeitete weiter an den Stühlen für Hensil.

Vor meiner Abreise hatte ich alle Speichen für die acht Rückenlehnen bis auf die Feinarbeit fertiggestellt. Nun war es an der Zeit, die Sitzflächen und Beine zu fertigen. Das Muster der Stuhlbeine bestand nur aus zeitaufwendigen Drechselarbeiten, doch zumindest musste nichts mithilfe von Dampf gebogen werden. Ich nahm das erste Stuhlbein als Schablone für die anderen. Zwischendrin, gewissermaßen als Pause, wenn man dies wirklich als Pause bezeichnen konnte, arbeitete ich vorsichtig immer wieder an den Intarsien in der rautenförmigen Rückenstrebe.

Natürlich riss auch noch der Riemen für den Fußantrieb der Drechselmaschine, was ich zuerst reparieren musste. Nachdem ich diesen Schaden behoben hatte, musste ich die Beitel schärfen. Ich war einige Zeit weg gewesen und nun schienen alle Werkzeugschneiden stumpf zu sein.

Ich fragte mich, wann ich überhaupt mit dem Schreibtisch für Antona anfangen konnte. Ich hatte noch nicht einmal ausgerechnet, wie viel Holz ich brauchen würde. Ich atmete tief durch und wischte mir den Schweiß von der Stirn. Draußen mochte es kalt sein, doch beim Bau der Werkstatt hatte ich dafür gesorgt, dass es drinnen warm und gemütlich war, wozu auch der Ofen beitrug. Er heizte nicht nur, ich bereitete darauf auch den Leim zu und erzeugte den Wasserdampf. Durch die Wärme hatte das Holz zudem immer die richtige Temperatur.

Rissa hämmerte an die Tür. »Meister Lerris?«

Sie kam herein mit einem Stuhl, bei dem das Bein abgebrochen war.

»Kann das nicht warten?«

»Er wartet schon seit dem Tag, an dem Ihr losgezogen seid, drei Achttage, und ich brauche ihn, um an die hohen Regale zu kommen. Ich habe Euch gesagt, dass diese Regale nur für Riesen gemacht sind.«

Ich versuchte ruhig zu atmen. »Stell ihn da hin.«

»Danke, Ser.«

Das Stuhlbein war leicht anzufertigen. Ich fand ein Stück Eichenholz, das ich geschwind drechselte. Das Muster war schnell gemacht, dann musste ich nur noch ein wenig hobeln und schleifen und mit Leim zusammenkleben.

Das bereitete keine Schwierigkeiten, doch wenn ich es nicht gleich gemacht hätte, so hätte ich mehr Zeit mit Rissas Nörgeleien verbracht als für die Reparatur des Stuhls.

Dann drechselte und hobelte ich weiter Stuhlbeine. Mein Blick fiel auf die angefangene Holzschnitzerei, doch die musste warten. Schnitzereien brachten kein Geld, um Holz, Werkzeuge oder Essen zu kaufen.

Schließlich musste ich wieder an meine Eltern denken und an den Brief, den ich noch immer nicht geschrieben hatte. Ich seufzte.

Am Vormittag klopfte Rissa erneut an die Tür.

»Ser, wir haben fast kein Ofenholz mehr. Ich kann das Holz hacken, aber …«

»Du kannst es nicht sägen«, beendete ich den Satz.

Auch zum Sägen hatte ich keine Zeit, außerdem bräuchte ich dazu jemanden, der das andere Ende der großen Säge hielt. Mit einem weiteren Seufzer öffnete ich den Lagerraum und wühlte in einem versteckten Schrank nach Silberstücken. Ich gab Rissa vier Silberstücke. »Sieh zu, dass du Gelet und Hurbo dazu überreden kannst, den zweiten Holzstoß hinter dem Stall zu sägen. Oder jemand anderen.« Ich hielt inne. »Nimm auch den Stuhl wieder mit. Der Leim muss aber noch bis morgen trocknen.«

Rissa sah mich einen Augenblick lang an. Ich erwiderte ihren Blick. »Wenn ich säge, kann ich keine Stühle fertig machen. Wenn ich sie aber nicht fertig mache, werde ich nicht bezahlt. Und wenn ich nicht bezahlt werde, können wir uns das Essen nicht leisten, das du so gerne kochst.«

Sie nahm die Münzen, rollte verständnislos die Augen und ich machte mich wieder ans Drechseln. Wenn mein Fuß müde wurde, nahm ich den kleinen Beitel und arbeitete an den Intarsien der nächsten Rückenstrebe.

Rissa steckte den Kopf wieder zur Tür herein.

»Ich nehme die Stute, um Gelet zu suchen, Meister Lerris.«

Ohne den Blick vom Beitel zu wenden, nickte ich.

»Ich sagte, ich nehme die Stute …«

Sie zwang mich geradezu, die Arbeit zu unterbrechen. »Ja, Rissa. Nimm die Stute.«

»Ich hoffe, ich finde bald jemanden, der das Holz sägt.«

Das hoffte ich auch, sonst würde sie mir wieder tagelang damit in den Ohren liegen. Ich wollte wirklich die Stühle so weit fertig stellen, wie ich nur konnte. Wie lange die Sache mit den Quellen auch dauerte, in dieser Zeit konnte ich nicht schreinern und damit auch kein Geld verdienen. Ich hatte noch einige Münzen aus Kasees Börse übrig, die ich noch nicht zurückgegeben hatte, ehrlich gesagt mehr als nur einige, doch ich hätte kein gutes Gefühl dabei, wenn ich sie behielte.

Auch darüber musste ich mit Krystal noch sprechen, wenn wir einmal mehr Zeit hatten. Manchmal waren wir abends einfach zu müde zum Reden. Oft hielten wir uns einfach nur fest, was sehr gut war. Doch wir hatten noch nicht über den Weißen Magier und sein Vorhaben gesprochen und das war weniger gut.

Erleichtert atmete ich auf, als ich hörte, wie Rissa mit der Stute den Hof verließ. Ich stellte den Fußantrieb neu ein, bevor ich mich wieder ans Drechseln machte. Sogar mit scharfen Schneiden an den Beiteln kam ich nur langsam, sehr langsam voran. Das Kirschholz war hart. Deshalb war es auch ein gutes Möbelholz.

Mit der *Basis der Ordnung* verhielt es sich ähnlich. Das Buch las sich schwierig und die Hälfte davon verstand ich nicht einmal. Und doch lohnte es sich, das Buch zu lesen, denn so viel hatte ich verstanden: Es *könnte* einen Weg der Ordnung geben, um Chaos gegen Gerlis einzusetzen … wenn ich den Sinn der Worte richtig erfasste … wenn ich herausfände, wie es ging … wenn es mir gelänge, so nahe an Gerlis heranzukommen …

Heftig trat ich das Fußpedal für die Drechselmaschine. Kirschholz drechseln – so mühsam es sich auch gestaltete – war um vieles einfacher, als mit Ordnung und Chaos fertig zu werden.

XXVI

Die acht Stühle standen fast fertig in einer Reihe in der Werkstatt. Noch ein wenig Polieren und Schleifen – zwar langweilig, aber notwendig – und Hensel konnte die Stühle bald abholen. Ein gewissenhafter Lehrling könnte sie allein fertig stellen. Natürlich hatte ich weder einen Lehrling noch die geringste Aussicht darauf. Doch daran war ich selbst schuld, denn ich hatte mich noch nicht einmal umgesehen. Außerdem war es schwer, einen guten Lehrling zu finden, wie es sich auch in meinem Fall gezeigt hatte – bei Justen und Onkel Sardit hatte ich versagt.

Dennoch betrachtete ich die Stühle mit einer gewissen Zufriedenheit. Sogar in nicht ganz fertigem Zustand erkannte man die hohe Qualität auf den ersten Blick. Kasees Schrank war noch nicht fertig, obwohl er schon so aussah, und auch die zwei Schreibtische musste ich noch schreinern. Der Tisch für Werfel sollte nur ein einfacher Schreibtisch mit einem Unterbau aus Roteiche werden, mehr als einen Achttag brauchte ich nicht mehr dafür. Mit Antonas Schreibtisch hatte ich noch nicht einmal angefangen, auch das Holz dafür hatte ich noch immer nicht ausgesucht.

Ein kurzer Winterschauer prasselte gegen die Scheiben. Meine Sinne sagten mir, dass Pferde hierher unterwegs waren. Ich fing also keine Arbeit mehr an, sondern ging hinaus in den Hof und wartete. Der Geruch des leicht feuchten Lehms wurde von einem schwachen kalten Wind fortgetragen, der auch die Regenwolken nach Osten trieb. Der Himmel in Richtung der Westhörner war klar.

Nach kurzer Zeit kamen Krystal und ihre Garde in den Hof geritten.

Perron hatte nun die Aufgabe von Yelena übernommen, Krystals Leibgarde zu führen, denn Yelena bereitete sich auf andere Führungsaufgaben vor, insbesondere auf den Angriff auf Hydlen. Nachdem ihn Krystal sanft zurechtgewiesen hatte, gab er sich mir gegenüber noch ehrerbietiger als Yelena. Er nickte mir vom Sattel aus zu. »Guten Abend, Meister Lerris.«

»Guten Abend, Perron.«

Ich streckte Krystal die Hand entgegen, doch sie blickte geistesabwesend daran vorbei. Ich nahm die Zügel und führte den Rappen in den Stall, wo wir ihn gemeinsam absattelten und abwechselnd striegelten.

Ich berührte Krystal ein oder zwei Mal an der Schulter, doch sie wollte nicht sprechen. Wahrscheinlich dachte sie über ihre und meine bevorstehende Aufgabe nach.

Wir verließen den Stall und gingen über den Hof vorbei an dem Gebäude, das als Unterkunft für die Garde diente, da sah mich Krystal an. »Lass uns auf den Hügel gehen.«

Hinter dem Gebäude stieg das Gelände zu einem kleinen bewaldeten Hügel an. Zwischen Haus und Hügel lag eine flache Wiese, die als Schafweide gedient hatte, bevor mir Kasee das Land übereignet hatte – es war in ihren Besitz übergegangen, nachdem dem vorherigen Besitzer etwas Eigenartiges zugestoßen war. Das Land war Teil der Belohnung gewesen, die ich für Antonins Vernichtung erhalten hatte.

Eines Tages würde ich an dem kleinen Bach mein eigenes Mühlrad bauen und dann mein eigenes Holz schneiden und lagern. Hier wuchsen alle drei Eichensorten und oben auf dem Hügel sogar einige Lorkenbäume.

Krystals Augen wirkten düster und ernst, dunkle Ringe zeichneten sich darum ab, ihr Haar war von Silberfäden durchzogen. Sie trug noch ihre goldbesetzte Weste und ich hatte Sägespäne an meinen Ärmeln.

Ich klopfte mir die Späne von der Kleidung und nahm ihre Hand, als wir den Pfad hinauf zum Hügel gingen. Der Pfad führte an einem abgedeckten Kanal entlang, der das Haus mit Wasser aus dem Teich versorgte, den ich oben auf dem Hügel angelegt hatte. Die braunen Blätter der Eichen raschelten im kalten Winterwind. Der Himmel hatte eine sanfte blaue Farbe, über den Hügeln im Westen schimmerte ein breites rosafarbenes Band. Die feuchte Luft auf dem Hügel roch nach Winter.

Keiner von uns sagte ein Wort, als wir durch die Bäume schlenderten. Auf dem Hügel gab es eine kahle Stelle; von dort aus blickten wir hinunter zum Haus, auf die daneben liegende Werkstatt, auf den Stall und den Schuppen. Rauch quoll aus dem Küchenkamin und ich konnte das verbrannte Holz riechen. Das frisch gesägte Holz war am Schuppen zu einem Stoß aufgeschichtet, ein kleiner Haufen Holzscheite lag neben der Hintertür griffbereit. Ich grinste, als ich an Rissa und ihre Bemühungen dachte, mich dazu zu bringen, das Holz zu sägen.

Krystal drückte meine Hand.

»Lerris ... du musst das nicht tun.«

»Was?«

»Das weißt du. Du stellst dich immer begriffsstutzig, wenn es schwierig für dich wird. Ich meine die Aufgabe, Yelenas Einheiten zum Weißen Magier zu führen.«

Ich erwiderte den Händedruck, wandte aber meinen Blick nicht vom Haus ab. Ich hatte es nicht so gesehen, dass *ich* Yelenas Einheiten anführte. »Du wirst doch dicht hinter mir sein.«

»Das ist keine Antwort auf die Frage. Immer noch willst du nicht zugeben, wenn du besorgt bist oder Hilfe brauchst. Sag mir, wie du darüber denkst. Lass mich nicht im Unklaren über deine Gefühle. Nicht jetzt.«

»Krystal.« Ich hielt inne. »Wir haben keine Wahl. Du bist die Kommandantin und als Kommandantin kannst du die Truppe in Hydlen nicht von Kyphrien aus kommandieren. Das bedeutet, dass die Hydler mit Raketen auf dich schießen werden – wenn sie nicht jemand davon abhält oder ablenkt.«

»Yelena kann auch ohne dich gehen«, sagte sie ruhig.

»Das könnte sie und viele Soldaten könnten dabei getötet werden.«

»Es werden ohnehin viele sterben.«

»Du riskierst dein Leben und ich soll weiterhin Möbel schreinern.«

»Nein. Ich riskiere mein Leben nicht. Nicht mehr seit ich dich kenne.«

Sie lächelte und ich drückte ihre Hand. Zusammen blickten wir in den violetten Himmel, der langsam schwarz wurde, und auf die Sterne, die wie kleine Lämpchen leuchteten.

»Lerris …«

Krystal war ruhig, aber bestimmt, und auch deshalb liebte ich sie. Sie wollte klare Aussagen, ausweichende Antworten ließ sie nicht gelten. Doch das Ausweichen war oft leichter für mich und das wusste sie.

»Ich bin nicht dafür, dass Yelena allein geht. Gerlis ist stärker als Antonin. Er hat die Raketen und er ist gerissener.«

»Weil er sich mit einem Heer umgibt?«

Ich nickte. »Er ist nicht so überheblich wie Antonin und er hat die Formel für die Raketen irgendwo ausgegraben. Oder Herzog Berfir hat es getan. Es würde mich nicht wundern, wenn sie noch mit anderen Überraschungen aufwarteten.«

Krystal legte einen Arm um meine Hüfte, ich legte einen Arm um ihre Schultern und gemeinsam blickten wir in Richtung Kyphrien.

»Zu Kasee hast du nicht viel gesagt …«

»Was hätte ich sagen sollen? Wenn du mit dem Heer gegen die Raketen ins Feld ziehst und ich sitze hier, weil ich kein Soldat bin, wie, glaubst du, werde ich mich fühlen, wenn dir etwas zustößt?«

Schweigen.

»Wie werde ich mich fühlen, wenn du stirbst, während du meine Aufgabe erledigst?«, fragte sie.

»Was ich zu tun habe, ist nicht deine Aufgabe. Jeder muss das tun, was er am besten kann«, sagte ich langsam. »Kasee hatte Recht. Wir können es nicht einfach so mit uns geschehen lassen. Dadurch wird alles nur noch schlimmer. Dass ich nicht bei dir sein werde, bereitet mir jedoch die größten Sorgen.«

»Mir auch. Sehr sogar.«

Es beunruhigte mich tatsächlich. Meine Einstellung zur Trennung hatte sich seltsam entwickelt. Einst war ich durch ganz Candar ohne sie gewandert, ich wusste nicht einmal, dass ich sie vermisste, und jetzt bereitete mir jede kurze Trennung größte Schmerzen.

»Ich sagte, ich mache mir Sorgen, und es stimmt. Auch ich würde am liebsten nicht gehen. Der Plan, den ihr ausgearbeitet habt, ist unsere einzige Rettung, aber ich muss ihn nicht gut finden, oder?«

»Danke.« Ihre Stimme klang sanft, sie schlang beide Arme um mich und wir hielten einander.

XXVII

Östlich von Lavah, Sligo [Candar]

Der Mann mit der blauen Schärpe betrachtet die Zeichnungen auf dem Papier. »Wie soll uns das gegen den roten Dämon helfen? Oder unser rechtmäßiges Erbe im Ohydetal wiederzuerlangen?«

»Wissen ist immer hilfreich, Ser Begnula.« Der Mann in der braunen Kutte lächelt sanft und seine Augen wandern zum Fenster, wo die ersten Schneeflocken auf dem Weg zur Erde langsam vorbeischweben. »Ich biete Wissen an. Ihr und Euer Meister könnt dieses Wissen erwerben oder auch nicht.«

»Wem werdet Ihr es geben, wenn wir es nicht nehmen? Dem roten Dämon?«

»Wie jedermann muss auch ich essen und Wissen ist mein Geschäft.« Sammel zuckt nur die Schultern und wendet seinen Blick vom Fenster ab.

»Ein Chaos-Magier wie der, der dem roten Dämon dient, könnte das gesamte Pulver mit einem Feuerstoß in die Luft jagen.« Begnula leckt sich nervös die Lippen. »Und dafür wollt Ihr Gold haben?«

»Wenn man das Pulver in den Eisenmagazinen belässt und die Gewehre direkt aus den Magazinen lädt, kann nichts passieren. Auf diese Weise hatte das Schwarze Volk mit dem Pulver jahrhundertelang Erfolg.«

»Seid Ihr sicher?«

»Wie sonst hätte Recluce die Meere beherrschen können?« Der Mann in Braun nickt.

»Aber der Herzog kann es sich nicht leisten …«, zögert Begnula.

»Ich schlage vor, Euer Meister spricht mit dem Gesandten von Hamor, wenn er das nicht schon längst getan hat. Der Kaiser wird im Hinblick auf seine weiteren Vorhaben an der Entwicklung von neuen Waffen sehr interessiert sein.«

»Und daran, dass sie weit ab von Hamor ausprobiert werden.«

»Das müsst Ihr in Kauf nehmen. Ihr habt eine Waffe verlangt, mit der Ihr Euch dem Chaos-Magier entgegenstellen könnt. Hier ist sie. Ihr könnt sogar hohle Kugeln gießen, diese mit Pulver füllen und sie dann als Geschosse verwenden. Oder kleine Kugeln mit kleinen Bleikügelchen.«

»Das sind die Waffen der Dämonen.«

»Das mag sein, aber Ihr kämpft gegen einen Dämon, wie Ihr selbst sagtet.«

»Ihr dient dem Chaos und der Ordnung gleichzeitig. Wie kann das sein?«, fragt Begnula plötzlich.

»Das Wissen dient keinem. Das Wissen beherrscht die Ordnung und das Chaos.« Sammel lächelt. »Wer die Kontrolle über das Wissen hat, beherrscht Ordnung und Chaos. Ich biete Eurem Meister nur Wissen an. Er kann es anwenden, wie es ihm gefällt.«

Begnula rollt die Papiere zusammen und steckt sie in seine Ledertasche, dann nimmt er drei Goldstücke aus seiner Börse. Er legt die Münzen sorgfältig auf die Tischkante. »Ich vertraue Euch …«

»Was es Euch wert ist, Ser Begnula.«

Begnula sieht Sammel an und fügt noch ein Goldstück hinzu.

»Danke. Gern werde ich Euch wieder mit Wissen beliefern.«

Der Gesandte des Herzogs verbeugt sich. »Guten Tag, Ser Magier.«

»Guten Tag.«

Sammel geht quer durch das Zimmer und öffnet die Tür.

Begnula verbeugt sich noch einmal, als er das Haus verlässt.

Der Magier lächelt, als der andere auf seinen grauen Wallach steigt und sich den Schweiß von der Stirn wischt, bevor er davonreitet. Dann schließt er die Tür.

Sammel tritt an den Kamin, wo er ein weiteres Holzscheit auf die Kohlen legt, und dann noch eines. Er richtet sich auf und runzelt die Stirn, seine Augen werden glasig, als belausche er unerlaubterweise ein Gespräch.

Er nimmt das Glas, das auf dem Tisch steht, und durchquert damit das Zimmer, dann setzt er es auf den Fußboden in der Ecke. Er schürzt die Lippen und starrt auf das Glas. Eine Fontäne unsichtbaren Chaos schießt aus dem Glas, fließt heraus, verebbt …

Sammel konzentriert sich ein weiteres Mal, das Glas verschwindet, nur ein wabernder Nebelvorhang bleibt in der Ecke zurück.

Selbstgefällig lächelnd kehrt Sammel an den Kamin zurück. Dort steht er und wartet, wischt sich die feuchte Stirn. Plötzlich verschwindet auch er, das Haus scheint leer zu sein, nur die Flammen im Kamin bewegen sich noch.

Ein leises Scharren an der geschlossenen Vordertür.

Die Tür springt auf, doch keiner tritt ein.

Eine Zeit lang schlägt der Wind die Tür hin und her und die Kohlen im Kamin flammen auf durch den Luftzug, der ins Zimmer weht.

Whhhst! Whhhst! Zwei kleine Raketen explodieren in der Ecke, Stichflammen schnellen empor.

Hhhhst! Hsssttt! Die unsichtbare Gestalt, die an den Steinen am Kamin steht, schickt einen Feuerball aus und zwei verkohlte Körper fallen durch die Tür.

Die Flammen in der Ecke züngeln höher, werden jedoch kleiner und ersticken schließlich inmitten der Glasscherben des zerbrochenen Fensters.

Der Wind pfeift durch die offene Tür, die abwechselnd gegen die Wand und einen der beiden Leichname geworfen wird.

Sammel erscheint wieder vor dem Kamin und wischt sich erneut die Stirn mit dem Ärmel ab. Er geht durch das Zimmer und betrachtet die zwei schwarz gekleideten Leichen. Beide umklammern noch ihre stummelartigen Waffen, die aussehen, als hätte man einfach Rohre auf einen Gewehrschaft gesteckt. Eher gewöhnliche Schwerter liegen zwischen verbrannten Beinen.

Der Magier hebt eine der röhrenartigen Waffen an ihrem hölzernen Schaft auf und legt sie auf den Tisch. Dann konzentriert er sich wieder und die Körper verwandeln sich in weiße Asche, wie auch die Schwerter und die zweite Röhrenwaffe. Nun wendet sich Sammel der Zimmerecke zu. Das Holz ist verbrannt und der raue Lehmverputz blättert ab, die Wand darunter scheint jedoch unversehrt zu sein. Sammel blickt auf die geschwärzten Fußbodenplanken und eine dünne Ascheschicht bildet sich über dem plötzlich wieder unverbrannten Holz.

Mit einem tiefen Seufzer schließt der Weiße Magier die Vordertür und fegt mit einem Weidenbesen die Asche zum Kamin.

»Bloßes Schwarzes Eisen kann gegen Wissen nichts ausrichten …« Er schüttelt den Kopf, dann betrachtet er noch einmal die Waffe auf dem Tisch. Sein Blick wandert nachdenklich Richtung Osten und er runzelt die Stirn.

Nach dem Fegen stellt er den Besen beiseite und zieht den Vorhang zurück, der das Bücherregal verdeckt. Er schaut sich die Bücher darin lange an. Dann streckt er die Hand aus, um eines davon zu berühren, doch schnell zieht er sie wieder zurück. »Jede Berührung verkürzt nur euer Leben, liebe Bücher …«

XXVIII

»Wenn jemand nach mir fragt, Rissa, sag ihm, dass ich mindestens drei Achttage ausbleiben werde. Ich bin auf Befehl des Autarchen unterwegs.« Ich schnallte meine Bettrolle und den neuen wasserdichten Umhang hinter den Sattel. Die Satteltaschen enthielten viel mehr getrocknete Früchte als auf meiner letzten Reise – überhaupt viel mehr Proviant und kein Werkzeug.

»Ihr seid doch gerade erst zurückgekommen, Meister Lerris, und jetzt reitet Ihr schon wieder fort. So kann ein Schreiner doch nicht arbeiten.« Rissa hielt die Lampe in einer Hand, die andere stemmte sie in die Hüfte. »Was soll ich anfangen, wenn Ihr nicht zurückkommt und die Kommandantin auch nicht?«

»Dann kannst du tun und lassen was du willst.« Die Bettrolle war festgeschnallt, nur noch der Stab musste in den Lanzenköcher.

»Immer macht Ihr Witze über so ernste Dinge, Meister Lerris.«

»Was bleibt mir anderes übrig?« Ich atmete tief ein. »Ich bin weder freiwillig Soldat noch Magier geworden.«

Rissa schüttelte verständnislos den Kopf. Sie hatte Recht. Ich hatte mich doch freiwillig gemeldet. War ich ein Narr? Doch wenn ich nicht half, konnte das für Krystal den Tod bedeuten. Oder hatte man mich in die Irre geführt? Krystal war die Soldatin und nicht ich und es schien wahrscheinlicher, dass ich derjenige sein würde, der starb. Ein schauriger Gedanke.

Wir machten uns beide Sorgen um den anderen. War das Liebe? Scherten sich Ordnung oder Chaos etwa um Liebe? Ich kannte die Antwort auf diese Frage, doch ich mochte sie nicht.

Mein Magen krümmte sich zusammen, als ich verstand, dass ich soeben – wahrscheinlich – eine meiner eigenen Fragen an meinen Vater beantwortet hatte. Wenn die Ordnung keine Rücksicht auf die Liebe nahm, hatte er dann eine Wahl gehabt? Dieser Gedanke beschäftigte mich. Hatte ich das Recht, das zu tun, was ich für richtig empfand, ganz gleich ob es im Sinne der Ordnung war oder nicht?

Ich fand keine befriedigenden Antworten darauf und führte Gairloch aus dem Stall in den Hof. Die Morgendämmerung hatte noch nicht eingesetzt, es war dunkel. Ein kalter starker Wind wehte aus Westen und brachte die eisige Kälte aus den Westhörnern mit, zerzauste mein Haar. Ich tastete in meinem Gürtel nach der Strickmütze. Ich trug sie nicht gern, doch meine Ohren wollte ich mir auch nicht abfrieren. Zum Glück brauchte ich sie noch nicht.

Ich tätschelte Gairloch und stieg in den Sattel.

»Magier ...«, murmelte Rissa.

Ich sah zu ihr hinunter und bemerkte, dass sie nur mit Mühe die Tränen zurückhalten konnte.

»Wir kommen zurück, Rissa. Sorg dafür, dass alles in gutem Zustand ist, wenn wir wiederkommen.« Umständlich beugte ich mich zu ihr hinunter und berührte ihre Schulter, um ihr etwas Ordnung einzuflößen.

Sie begann zu schluchzen und ich erkannte wieder einmal, wie viel ich doch nicht verstand. Ich tätschelte ihre Schulter, doch sie schluchzte nur noch lauter. »Geht nur ... Meister ... Lerris ... ich kümmere ... mich schon um alles ...«

Schließlich ritten wir auf der Straße in Richtung Kyphrien und zur Kaserne der Elitegarde, wo ich Yelena treffen sollte. Krystal hatte am Morgen sogar schon vor mir aufbrechen müssen, doch keiner von uns hätte die letzte gemeinsame Nacht missen wollen.

Am Himmel jagten einige hohe dicke Wolken ostwärts, das bedeutete einen strahlenden, aber kalten Tag.

Die Straße nach Kyphrien war menschenleer. Auch in der Stadt selbst schien kurz vor Sonnenaufgang alles wie ausgestorben, sogar der Marktplatz war bis auf zwei Frauen, die ihre Wassereimer über die steingepflasterte Hauptstraße schleppten, leer. Ein paar Lampen flackerten hinter den Fenstern auf und Rauch von verbranntem Holz stieg aus den Kaminen.

Weldein erwartete mich bereits am Kasernentor.

»Die anderen warten in der Außenpostenkaserne am Osttor, Ordnungs-Meister.«

»Bin ich zu spät?«

»Nein, Ser. Die Truppenführerin ist nur schon zu den Außenposten geritten, um sicherzustellen, dass diese auch rechtzeitig fertig werden.«

Ich ritt schweigend durch die östlichen Stadtteile von Kyphrien und die untere Hauptstraße entlang. Ich wäre gern mit Krystal geritten, doch ritten alle Streitkräfte gemeinsam durch Orte wie Dasir oder Jikoya, würde das die jeweiligen Einrichtungen dort zu stark beanspruchen. Also brachen Krystal und die Haupttruppen erst einen Tag nach uns auf.

Ich beeilte mich, um die erst kürzlich zur Truppenführerin beförderte Yelena zu treffen, die nun drei Einheiten der Elitegarde und zwei der Außenposten – eine aus Tellura, die andere aus Meltosia – anführte.

Die Sonne war gerade am Horizont aufgegangen, als ich Gairloch im Hof der Außenpostenkaserne anhielt. Einige der Außenposten waren noch damit beschäftigt, Tornister und Satteltaschen auf die Pferde zu schnallen.

Yelena saß bereits im Sattel und redete mit den Anführern der Einheiten, die sich auf ihren Pferden um sie versammelt hatten.

»Da ist er! Seht ... das ist der Magier ... der mit den unsichtbaren Satteltaschen.«

Die Stimme kam mir bekannt vor. Ich lenkte Gairloch zu den Männern aus Tellura. Shervan – der erste Außenposten, den ich in Kyphros getroffen hatte, derjenige, der überall von meiner ›verzauberten Satteltasche‹ herumerzählte – winkte mir aus der dritten Reihe zu. Der Anführer der Einheit sah mich abschätzig an.

Ich machte wohl keinen sehr magischen Eindruck, nicht in meinen braunen Kleidern und nur mit einem Stab bewaffnet.

»Sei gegrüßt, Shervan.« Ich nickte dem Soldaten neben ihm zu. »Schön dich zu sehen, Pendril.«

Der Anführer schob sich mit seinem Pferd langsam von Yelena weg in meine Richtung. Seine Augen wanderten zwischen Yelena und mir hin und her. Aus irgendeinem Grund lächelte Yelena.

»Das wird ein Abenteuer werden mit dem Magier als Anführer. Hab ich dir die Geschichte nicht erzählt, Pendril?«

Pendril gab einen missmutigen Laut von sich, dem ich nur zustimmen konnte.

»Warte nur, wenn ich das Barrabra erzähle ...«

»Shervan«, holte ich ihn auf den Boden der Tatsachen zurück, »wir müssen erst einmal unser Ziel erreichen und wieder zurückkommen. Du kannst keinem etwas erzählen, ehe du nicht wieder da bist. Höre besser auf die Anweisungen deines Anführers, dann sind deine Chancen zurückzukehren größer. Er ist ein Soldat. Ich bin nur ein Magier.« Ich salutierte und lenkte Gairloch zu Yelena und Weldein. Dem Anführer nickte ich zu, als mich Gairloch an ihm vorbeitrug.

»... siehst du. Ich habe dir gesagt, er ist ein Magier, und was für einer ...«

»Shervan, sei endlich still«, befahl Pendril mit müder Stimme. »Oder ich erzähle Barrabra etwas, das die Worte des Magiers wie Liebesgeplänkel klingen lässt.«

Ich grinste, aber ich konnte es mir erlauben, weil mein Gesicht auf Yelena gerichtet war.

»Herhören«, rief der Anführer der Einheit aus Tellura, ein stämmiger Mann mit breitem Schnurrbart.

Ich blieb neben Yelena stehen.

»Nicht schlecht. Wie fallen dir nur immer so gescheite Worte ein?«, fragte Yelena.

»Ich weiß nicht. Ich wollte nur verhindern, dass Shervan auf dem ganzen Weg nach Hydlen darüber plappert, wie er mich kennen gelernt hat. Das hilft weder ihm noch seinem Anführer weiter.«

»Aus dir könnte ein guter Offizier werden.«

Das bezweifelte ich. Ich ließ Gairloch einfach Schritt halten mit Yelena und ihrer Truppe, als wir in der Morgendämmerung auf die Oststraße ritten, die nach Dasir und Jikoya und leider auch nach Hydlen und zum Weißen Magier führte.

XXIX

Hinter mir hörte ich das Klappern der Hufe, das Klirren der Pferdegeschirre und gelegentlich das Schlagen von Metall gegen Metall. Ich hatte das Gefühl, jemand beobachtete mich, aber meine Sinne spürten nichts Chaos-Ähnliches und auch Aaskrähen hatte ich bisher nicht gesehen. Ich drehte mich im Sattel und betrachtete die Felswände, die verkümmerten Zedern und den schmalen Bach, der sich an der rechten Seite der Straße entlangschlängelte. Nichts.

Am Himmel über mir hing nun Nebel, tiefe graue Wolken hüllten die Mittleren Osthörner ein. Kein Vogel zog seine Kreise am dunklen Regenhimmel, nicht einmal eine Aaskrähe.

Mein behandschuhten Hände strichen über den Holzstab, doch der bestand weiterhin nur aus Holz, eingefasst in Metall. Ich wischte mir die niederfallende Feuchtigkeit von der Stirn.

Weniger als einen Tag hinter uns, doch zu weit weg für mich, um sie zu fühlen oder zu hören, folgten Krystal und die Haupttruppe. Ich hoffte, sie blieben in ausreichendem Abstand zu uns – weit genug entfernt, damit sich der Magier nur mit uns beschäftigte –, obwohl dies keineswegs Krystals und Kasees Plan entsprach.

»Wie weit ist es noch bis zur Abzweigung?«, fragte ich.

Yelena drehte sich zu mir um. »Wir werden hier Rast machen. Lasst sie die Pferde tränken.«

»Achtung! Anhalten ...«

»Pferde einheitsweise tränken ...«

»... flussaufwärts sollen die Männer trinken ...«

Die ruhigen Befehle hallten durch die feuchte Luft und den grauen Nebel. Fast gefrierender Nebel war manchmal schlimmer als Schnee. Mir wurde nie richtig warm, doch durch die Ordnung, die mich steuerte, wagte ich es nicht, mich zu beklagen, nicht einmal insgeheim.

Mitten im Nebel, der langsam in Nieselregen überging, breitete Yelena auf einem Felsblock die grobe Karte aus. »Wir befinden uns jetzt hier. Der Eingang zur Khersis-Schlucht liegt etwa zehn Meilen hinter uns. Wenn wir dem Fluss folgen, kommen wir zu diesem Pass und von dort sind es nur noch ein paar Tage bis hinunter zu den Schwefelquellen. Wir könnten Zeit sparen, wenn wir die Abkürzung unterhalb des Passes nähmen.«

»Ist das ein guter Vorschlag?«, fragte ich.

»Wir kommen näher an den Quellen herunter.«

»Und auch näher an Gerlis, der mit Sicherheit bereits

auf eine Reaktion der Kyphrer wartet. Schließlich hat er ihre Kommandantin umgebracht. Wenn ich er wäre, würde ich das tun. Vor Grenzen hat er bisher wenig Respekt gezeigt.«

»Aber …« Weldein begann zu sprechen, hielt aber sofort inne, als Yelena und ich ihn ansahen.

Da wir unsere Ankunft praktisch mit Fanfarenklängen ankündigen würden, wenn wir über die Hauptroute in das Schwefeltal ritten, suchten wir die Seitenstraße, die ich auf meinem Weg zurück nach Kyphros genommen hatte, wenngleich sie etwas beschwerlicher war.

Ich studierte die Karte, um diesen Pfad zu finden. Sehr weit schien der Weg von unserem Standort auf der Straße durch die Schlucht nicht mehr entfernt zu sein. »Wir nehmen den Pfad zu diesem Pass hier unter den …«

»Die Zwei Diebe werden sie genannt«, unterbrach mich Yelena.

»… und dann die Straße nach …«

»Das sind fast achtzig Meilen und wir kommen in Hydlen südlich von Arastia heraus. Es sind knapp als zehn Meilen mehr, als wenn wir die Route unter dem Pass nähmen.«

»Das ist zu nah an den Quellen.« Ich wartete, aber alle sahen mich verständnislos an. Für mich war die Sache jedoch klar.

»Aus welcher Richtung würde Gerlis keinen Angriff oder Spähtrupp erwarten?«

»Aus Hydlen selbst. Ganz einfach,« antwortete Yelena. »Aber glaubst du, seine Truppen lassen uns einfach tatenlos durch Hydlen reiten?«

»Wahrscheinlich nicht.« Ich zwang mich zu einem Lächeln. »Wollt ihr dem Magier hier auf dieser Straße begegnen?« Mein Finger fuhr die Straße entlang, auf der wir uns gerade befanden. »Oder doch lieber nur einigen hydlenischen Soldaten auf diesem Pfad? Patrouilliert die Elitegarde alle kleinen Pfade in Kyphros?«

»Natürlich nicht. Nur die Außenposten kümmern sich darum, aber auch nicht um alle Pfade.«

»Eine Einheit, oder wie viel die Hydler auch immer als Außenposten einsetzen, ist kein ernst zu nehmender Gegner für eine fünf Einheiten starke Truppe.«

Jetzt grinste Freyda Yelena an. Die Truppenführerin – im Grunde eine fragwürdige Beförderung unter diesen Umständen – schüttelte den Kopf. »Wir können froh sein, überhaupt heil herauszukommen.«

»Ich weiß. Und auf diesem Pfad hier könnten wir es schaffen.« Ich sah mich um. »Wann werden wir den Pfad erreichen?«

»Er sollte nicht weiter als einige Meilen entfernt sein.«

»Auf der südlichen Seite«, warf Freyda ein.

Ich musste ihrem Urteilsvermögen trauen, da ich kein Späher war und den Weg nur von einer einzigen Reise kannte; dabei hatte ich mich zudem nicht gerade in der besten Verfassung befunden, weder körperlich noch geistig.

Keiner fügte etwas hinzu, also faltete Yelena die Karte und steckte sie zurück in die Hülle. »Aufsitzen!«

»... aufsitzen ...«

»... fertig machen ...«

»... nicht im Wasser, du Idiot!«

Ich stieg auf und lenkte Gairloch tiefer in die Schlucht hinein, immer in Richtung Osten.

Das Klirren von Metall und das Klappern der Hufe hallte durch die Schlucht, untermalt von dem leisen Gemurmel der tropfnassen Soldaten. Ich blickte zurück, um Shervan oder Pendril zu erspähen, aber im Nieselregen glich ein Soldat dem anderen.

Gairloch schien weit mehr als nur zwei oder drei

Meilen zurückgelegt zu haben, bevor ich nach links deutete. »Ist das die Abzweigung?«

»Sieht so aus«, gab Yelena zu. »Geht in Richtung Zwei Diebe.«

Es handelte sich um den richtigen Pfad – wirklich nur ein Pfad, doch wo er an der Straße abzweigte, war er breit genug, damit zwei Pferde nebeneinander reiten konnten.

»Wird nicht so einfach werden«, murmelte Weldein.

Und das war es auch nicht. Zuerst einmal verwandelte sich das Nieseln in richtigen Regen und dann in leichten Pulverschnee. Außerdem war der Pfad seit langer Zeit nicht mehr gepflegt worden, wenn überhaupt, und mit Gräben durchzogen und Löchern übersät. Auf meiner vorherigen Reise hatte ich das zwar bemerkt, aber mit einem ganzen Heer wirkte es sich schlimmer aus. Gairloch kam gut zurecht und keiner sagte ein Wort, als Freydas Pferd lahmte, nachdem es in eine Pfütze getreten war, die sich als tiefer Graben erwies. Das Pferd hatte sich mehr als nur eine Verstauchung zugezogen, mir gelang es jedoch, ihm ein wenig Ordnung einzuflößen. Freyda musste auf eines der wenigen Ersatzpferde umsatteln und ihr Pferd für den Rest des Tages führen.

Dann kamen wir in das Tal des Todes, feuchte Asche überall, der Geruch von Feuer und Tod lag in der Luft. Ich fühlte Tod und Düsternis.

»Verdammt …«, murmelte Weldein.

»… Hölle der Dämonen des Lichts …«

Yelena sah mich an und kam näher. »Davon hast du mir nichts erzählt«, warf sie mir mit leiser Stimme vor.

»Ich habe es nur der Kommandantin und dem Autarchen erzählt.« Ich schluckte. »Tut mir Leid.«

Sie hatte mich ertappt. Traurig schüttelte sie den Kopf. »War es hier, wo … Ferrel …«

»Ja, doch es gibt keinerlei Beweise dafür.«

»Du hast dies gesehen und bringst uns hierher?«, fragte Freyda.

»Es ist der beste Weg.«

»... der beste Weg in die Hölle der Dämonen ...«, murmelte Jylla ein klein wenig blasser als sonst.

Die Gespräche verstummten, als die Außenposten uns in das enge Tal folgten. Ich versuchte, nicht an die dahinterstehende Macht zu denken, doch es gelang mir nicht, als die Überreste der Chaos-Kräfte aus den Felsen krochen.

Gairloch setzte einen Fuß vor den anderen und ich hielt mich an ihm fest.

Als ich den ersten Grasfleck am anderen Ende des Tales entdeckte, atmete ich erleichtert auf. Weldein tat das erst, als er die erste grüne Zeder auf der linken Seite des Pfades erspähte.

Immer noch dachte ich darüber nach, wie ich mit Hilfe der Ordnung das Chaos verstärken konnte, um damit Gerlis zu besiegen, doch es erschien mir fast irrsinnig. Vielleicht war es das auch. Vielleicht war der ganze Widerstreit zwischen Ordnung und Chaos irrsinnig. Ich wusste es nicht. Ich wusste nur, dass Gerlis mich im Tal der Schwefelquellen erwartete.

Nicht weit hinter den Aschefeldern fing es an in Strömen zu regnen, nur so lange bis alle vollends durchnässt waren. Dann erhellte sich der Himmel und der kalte Wind frischte auf.

Am Abend schlugen wir unser Lager in einem engen Tal auf. Dort gab es Wasser und Gras und es war kalt, nicht so eiskalt zwar wie in Kyphros, doch wir empfanden es fast als Winterkälte, obwohl wir uns im südlichen Teil der Osthörner befanden, wo die Berge nicht höher als Hügel waren, wahrscheinlich nicht einmal höher als die Kleinen Osthörner, die Kyphros von Gallos trennten.

»Kein Feuer?«, fragte ich.

»Kein Feuer«, bestätigte Yelena.

Die Mitglieder der Elitegarde versuchten, sich mit ihren dicken Reitumhängen zu wärmen, die Außenposten wickelten sich in die mitgebrachten Decken. Ich trug meinen wasserdichten Umhang und die Mütze, aber kauerte mich nicht so zusammen wie die meisten anderen.

Weldein sah mich an. »Frierst du nicht, Ordnungs-Meister?«

»Nein.« Mir war nicht kalt, zumindest nicht so elend kalt wie den meisten. Einen Vorteil hatte der Nebel: Der Chaos-Magier würde uns nicht so leicht finden. Doch es blieb noch immer dieses seltsame, ungute Gefühl der letzten Tage. Beobachtete uns Gerlis doch auf irgendeine Weise?

XXX

Westlich von Arastia, Hydlen [Candar]

Gerlis schreckt bei dem Geräusch von schweren Schritten auf. Für einen Augenblick fällt sein Blick auf den Dolch mit dem verkohlten Griff, der auf dem verschlossenen Schrankkoffer liegt.

»Es ist mir egal, was er sagt! Ich bin der Truppenführer und ich will zu Meister Gerlis! Und zwar sofort.«

»Meister Magier«, kündigt der Wächter vor dem Pavillonzelt an, »Truppenführer Cennon will Euch sprechen.«

Der weiß gekleidete Magier runzelt die Stirn, der weiße Nebel im Glas auf dem Tisch verschwindet. »Bitte ihn herein, Orort.« Gerlis steht auf und geht zum Zelteingang.

»Ihr bittet mich herein?« Cennon, sein ungebärdiges

schwarzes Haar mit einem Silberband zusammengebunden, marschiert ins Zelt. »Ihr bittet mich herein?«

Gerlis sieht Cennon einen Augenblick lang an, dann dreht er sich um, geht zum Koffer und nimmt, mit dem Rücken zu Cennon, den Dolch und ein kleines Holztablett an sich, bevor er sich dem Truppenführer wieder zuwendet. »Ja, warum? Ich bitte Euch in aller Höflichkeit herein.«

»Ihr und Euer Getue.«

»Hättet Ihr es lieber, ich redete über Macht?« Gerlis tritt an den Tisch und legt den Dolch neben das leere Spähglas, das Holztablett balanciert er in der Hand. Ein Feuerball schnellt aus dem Zeigefinger seiner freien Hand.

»Scharlatan! Das ist eine Täuschung, im Gegensatz zu den Raketen. Die sind echt.«

»Ihr glaubt, was Ihr glauben müsst, Truppenführer Cennon.« Gerlis wirft das Tablett in die Luft und schleudert einen Feuerball hinterher.

Hsssttt! Weiße Asche fällt auf den Boden, der Geruch von verbranntem Holz und Fett breitet sich im Zelt aus.

»Hätte ich Euch mit einem richtigen Feuerball getroffen, wäret Ihr nur noch ein Fettfleck … oder noch weniger.« Gerlis deutet auf den Teppich, der die Erde bedeckt. »Aber ich wollte meinen Teppich nicht beschmutzen.« Er nimmt den langen Dolch, den er neben das Glas gelegt hat. Vorsichtig hält er ihn am verbrannten Ledergriff, um die Klinge aus kaltem Eisen nicht zu berühren. »Ich glaube, der hier gehörte einem Eurer Männer.«

»Wohl kaum. Meine Männer hätten das Messer nicht verloren.« Cennon fasst den verkohlten Griff nicht an.

»Ich bewundere Eure Sicherheit, Truppenführer Cennon.« Ein Lächeln gibt den Blick auf die großen weißen Zähne frei, als der Magier den Dolch zur Seite legt. »Hattet Ihr ein Anliegen?«

»Warum warten wir noch? Die Kyphrer reiten schon durch die Mittleren Osthörner.« Cennon wischt mit einer Handbewegung die herumfliegende Asche beiseite. »Wir sollten sie angreifen, bevor sie damit rechnen.«

»Ich bezweifle, dass Ihr sie erneut überraschen könnt. Ihr habt vielleicht bemerkt, dass sie eine große Anzahl Späher vorausschicken und diese Späher sind sehr vorsichtig. Der Autarch hat dazugelernt.«

»Es ist uns schon einmal gelungen, sie zu überraschen.«

»In ihrem eigenen Land und ohne Vorwarnung«, weist Gerlis Cennon zurecht. »Vielleicht habt Ihr auch bemerkt, dass die meisten Raketenwagen nun an der Grenze zu Freistadt stehen, da Herzog Colaris eine ärgere Bedrohung für uns darstellt.«

»Ich könnte die Kyphrer auch ohne Eure dämonische Zauberei vernichten.«

»Herzog Berfir ist der gleichen Meinung. Er findet auch, wie er Euch bereits mitgeteilt hat, dass eine solche Zerstörung nahe der Grenze seines Landes stattfinden sollte.«

»Ich muss also eine Erlaubnis einholen ... davon werde ich meinen Vater unterrichten ... sehr bald sogar!«

»Ich nehme an, Euer Bote wird ihn in kürzester Zeit unterrichtet haben. Ich nehme aber auch an, dass er Herzog Berfirs Überlegungen verstehen wird.« Gerlis grinst über das ganze Gesicht.

»Eines Tages ...«

»Ganz bestimmt.«

Cennon sieht den Weißen Magier lange Zeit an, seine Finger klammern sich um das Heft seines Schwertes, dessen Klinge aus kaltem Stahl geschmiedet ist. Dann dreht er sich um und marschiert hinaus in den windigen Morgen. Zerrissene Wolken aus den Hohen

Osthörnern fliegen nach Süden, als wollten sie dem nördlichen Winter entfliehen.

»Narr ... siehst deine eigenen Grenzen nicht ...« Gerlis wendet sich wieder dem Spähglas zu und nimmt am Tisch Platz. Nach kurzer Konzentration erscheint vor Gerlis ein Bild im Spähglas, er sieht wieder die fünf kyphrischen Einheiten und den jungen, braun gekleideten Mann, der sie begleitet.

Der Weiße Magier lächelt über das ganze Gesicht und das Bild mitsamt dem Nebel verschwindet. »Ja, Cennon, du wirst deine Grenzen bald kennen lernen, armer Held. Und du auch, kleiner Schwarzer Magier.« Sein Blick wandert zu dem Banner in der Ecke, dem Banner mit der Krone darauf. Er schüttelt den Kopf.

Dann blickt er erneut ins Glas, ein kahlköpfiger Mann in gelbbrauner Uniform erscheint, er wandert nervös auf dem Deck eines Kriegsschiffes umher. Gerlis schürzt die Lippen und konzentriert sich ein weiteres Mal. Erneut beginnt es im Talboden zu rumoren.

XXXI

Ich saß auf der Kante eines Felsblocks und blickte nach Osten, wo die ersten Sonnenstrahlen kaum die Bäume erreichten. Der Pfad, der weiter vorgab, eine Straße zu sein, schlängelte sich nun durch leicht abschüssiges Gelände. Mit jeder Hügelkette nahm die Höhe des Gebirgszuges ein wenig ab, die Straße mündete im Norden in einen braunen Grasfleck, der von kleinen Hügeln umgeben war.

»Das ist Arastia.« Ich zeigte darauf, dann versuchte ich, mein Gewicht zu verlagern, doch die abbröckelnde Kante des Steines gab unter meiner linken Hand nach und ich landete mit dem Hinterteil auf derselben Felskante, die meine Hosen soeben zerrissen hatte. »Uuhfff.« Am liebsten hätte ich die wunde Stelle gerieben, doch ich verkniff es mir.

»Das sollte es sein«, bestätigte Yelena.

»Das ist es.«

Ich schickte meine Sinne aus, konnte jedoch außer einigen Ziegen nichts feststellen. Der Pfad führte nach Nordnordost. Wenn ich mich recht an den Weg erinnerte, würde er die Straße von Arastia zu den Schwefelquellen innerhalb der nächsten fünf oder sechs Meilen kreuzen. Durch die Höhe trogen die Entfernungen jedoch manchmal und nach nur einer einzigen Reise konnte ich mich nicht sehr gut an die Entfernungen erinnern. Damals war es außerdem dunkel gewesen und meine Gedanken mussten sich mit etwas ganz anderem beschäftigen.

»Ich würde sagen, noch sechs Meilen auf dem Weg der Aaskrähen ...«

»Hast du schon welche gesehen?«

»Nein.« Ich erwähnte das ungute Gefühl nicht, das mich gelegentlich überkam. Wie hätte sich das angehört? Aber ich versuchte, jeden Anflug von Chaos sofort aufzuspüren.

»Gut«, murmelte Weldein.

»Je eher das hier vorbei ist, desto besser ...«

»... was macht der Wunder-Zauberer jetzt ... er ist wirklich ein Wunder-Zauberer ...«

Ich erhob mich von dem Felsblock und wünschte, Shervans Stimme wäre weniger durchdringend und seine Bewunderung für mich weniger wortreich. Ich klopfte Sand und Staub von meiner Hose und massierte die Stelle, die bald zu einem blauen Fleck werden würde.

Gairloch schnaubte, als ich den Sattel überprüfte und ihm auf die Schulter klopfte. Die Bäume, die den Ausblick eingrenzten, waren nichts im Vergleich zu dem dichten Bewuchs im Süden von Arastia. Hier gab es nur eine Mischung aus Gestrüpp, verkümmerten Eichen und einigen größeren, aber gekrümmten Zedern – gerade genug, um sich einzubilden, geschützt zu sein. Ich sah zurück auf die Straße, wo mehr als fünf Einheiten warteten.

»Wir brechen besser auf.« Ich stieg auf und versuchte, nicht aufzuschreien, als mein Hosenboden den Sattel zu spüren bekam.

»Du bist der Magier.« Yelena lächelte nicht und ich wusste, dass sie sich Sorgen machte. So wie ich auch. Wer wäre nicht besorgt um fünf Einheiten kyphrischer Soldaten im Land der Hydler, auf die in jedem Fall ein mächtiger Weißer Magier wartete, selbst wenn sie den Rundweg zurück nach Kyphros einschlagen würden?

Wieder täuschten die Entfernungen, wir kamen langsamer auf der Straße voran, als ich gehofft hatte. Am späten Vormittag erreichten wir schließlich die festgestampfte Lehmstraße, die sich durch das Tal schlängelte, das immer enger wurde, je mehr es sich der westlichen Grenze von Hydlen näherte – und den Schwefelquellen, unserem Ziel.

»Ich glaube, wir sind richtig.« Meine Nase nahm den unangenehmen Geruch des Schwefels widerwillig wahr. Unter uns auf der anderen Seite der Straße floss ein kleiner Fluss. Kaum wahrnehmbar stieg Dampf aus dem Gewässer auf, den man nur im Schatten der Hügel richtig erkennen konnte.

»Die offizielle Grenze liegt, sagen wir, zehn Meilen vor uns?« Ich wandte mich der schmallippigen Truppenführerin zu. Um Grenzen hatte ich mich auf meiner ersten Reise hierher nicht geschert. Auch jetzt waren sie mir eher gleichgültig.

»Wenn die Hügel dort die sind, für die ich sie halte,

bilden sie die Grenze zu Kyphros. Es sind weniger als zehn Meilen bis dorthin.«

»Also noch etwa fünfzehn Meilen bis zum Ziel.«

Yelena nickte.

Vor uns verengte sich das Tal zu einer Schlucht, die vom Gelben Fluss geformt wurde. Die Straße in der Schlucht stieg drei Meilen lang an, danach öffnete sich die Schlucht wieder zu einem kleinen, runden Tal. Am westlichen Ende des Tales – Kyphros am nächsten – befanden sich die Schwefelquellen. Am östlichen Ende erhob sich das Gelände zu einem kleinen grasbewachsenen Hügel mit Zedernbäumen. Der Gelbe Fluss wand sich durch den nördlichen Teil des Tales. Unser Plan beinhaltete, die Straße noch vor dem Erreichen des Tales zu verlassen und den dichten Wald im Süden zu durchqueren. Der kleine Hügel im Osten sollte der Truppe als Deckung dienen – wenn wir überhaupt so weit kamen. Meine Bedenken wuchsen von Minute zu Minute.

Wieder fühlte ich mich beobachtet und ich durchsuchte das Gebiet um uns herum nach Aaskrähen, Spähern und Ähnlichem. Dann schickte ich meine Sinne aus, die nun eine Reichweite von etwa einer Meile erfassten. Doch ich konnte nichts feststellen, zumindest nichts, was mit starker Ordnung oder übermäßigem Chaos zu tun hatte, nur Tiere und Bäume.

Ich holte tief Luft, bevor ich mich in mich selbst zurückzog. Ich musste mich an Gairlochs Mähne festklammern, um das Gleichgewicht nicht zu verlieren, während sich meine Augen nur langsam wieder erholten. Sobald ich die Blätter an den Bäumen neben der Straße wieder erkennen konnte, entspannte ich mich und klopfte Gairloch dankbar auf die Schulter.

»Geht es dir gut, Ordnungs-Meister?« Yelena lenkte ihr Pferd näher an meines.

»Ja. Ich habe nur gerade ... gesucht.«

»Hast du etwas gefunden?«

Ich schüttelte den Kopf.

Yelena machte ein Zeichen und wir ritten bergab auf die Hauptstraße zu, die an der flachen Seite des Gelben Flusses verlief. Die südliche Seite gleich hinter der Straße war dicht bewaldet, zumeist waren es Nadelhölzer – es gab nur wenige Eichen oder anderes gutes Holz für einen Schreiner. Hier lag das Problem – gutes Möbelholz brannte auch gut und die meisten Bauern hatten kein Interesse daran, das gute Holz für die Holzhandwerker aufzuheben. Sie kümmerten sich nur um Dinge wie eine warme Stube und den Sonntagsbraten – beziehungsweise um die Münzen, mit denen man all dies bezahlen konnte.

Ich beobachtete weiter aufmerksam meine Umgebung und schickte meine Sinne aus, doch es dauerte eine Weile, bis ich die Wachen in der Nähe der Kreuzung ausmachen konnte, denn sie befanden sich noch fast eine Meile von uns entfernt, was auch sinnvoll war. In der Enge oben auf dem Hügel konnten sie Angriffe von zwei Seiten nicht abwehren, an der Straßenkreuzung hingegen schon. Auch lag die Kreuzung in eher offenem Gelände, nicht ein Baum stand im Umkreis von mehreren hundert Ellen. So gab es keine Möglichkeit, sich irgendwo zu verbergen.

»Die Wachen stehen nicht direkt an der Kreuzung«, sagte ich.

Freyda, die nun fast neben mir ritt, hob die Augenbrauen.

»Ich habe es bemerkt«, meinte sie. »Glaubst du, sie haben sich zurückgezogen?«

»Sie stehen weiter vorn an der Straße. Wir können bis zur Kreuzung vorstoßen, ohne gesehen zu werden, vielleicht auch noch weiter, denn die Straße macht eine Biegung.«

»Bist du sicher?«

Ich nickte.
»Du bist der Magier.«
Ich lachte. »Und du die Truppenführerin.«
»Denk daran.«
Langsam ritten wir bergab. Meine Augen und Sinne waren weiterhin auf die Wachposten gerichtet. Eine halbe Meile hinter der Kreuzung hielten wir schließlich an.
»Hinter der nächsten Kurve steht eine Patrouille. Sie sind zu dritt, glaube ich. Weiter können wir nicht, ohne gesehen zu werden.«
Yelena blickte mich fragend an. Ich sah zu Weldein. Er war der Verschwiegenste der ganzen Truppe.
»Weldein, vertraust du deinem Ordnungs-Meister?«
Er schluckte, als ich ihm meinen Plan erklärte. »Ich werde ein unsichtbares Pferd mit Reiter – das bist du – bis zu dieser Patrouille führen. Dort versuche ich dann, die Wachposten vom Pferd zu holen oder anderweitig bewegungsunfähig zu machen. Deine und meine Aufgabe ist es, sie davon abzuhalten, loszureiten und die Truppen des Weißen Magiers zu warnen. Während wir versuchen, sie aufzuhalten, werden Anführerin Yelena und einige der schnellsten Reiter uns zu Hilfe kommen.«
»Der Plan ist dumm«, eröffnete Freyda. »Was ist, wenn sie euch einfach abschlachten?«
»Er ist sogar sehr dumm«, gab ich zu. »Aber hast du einen besseren? Willst du anstelle von Weldein mitkommen?«
Sie überging meine Frage.
Also fuhr ich fort. »Die drei Wachposten sind nicht sonderlich aufmerksam. Einer sitzt auf einem Baumstamm, die anderen beiden im Sattel. Für Pfeile ist es ein bisschen zu weit, auch haben wir nicht genügend Bogenschützen.«
»Es ist immer noch dumm.«

»Hat jemand einen besseren Vorschlag?«, fragte ich erneut. »Wenn wir versuchen, durch Wald und Dickicht zu schleichen, werden sie uns bemerken, noch bevor wir nah genug an sie herangekommen sind.«

Trotz meiner Erklärungen hatte ich keine wirkliche Antwort auf Freydas Frage. Wenn die drei gute Schwertkämpfer waren, würde ich in Schwierigkeiten geraten, unternähme ich aber nichts, geriet Krystal in Schwierigkeiten. Also wartete ich ab. Keiner schlug etwas Besseres vor.

»Wie soll das gehen?«, fragte Yelena.

»Ich werde einen Schutzschild um Weldein und sein Pferd legen. Den Wachen erzähle ich dann, dass ich ein unsichtbares Pferd nach Kyphros führe, um es zu verkaufen. Ich hoffe, sie werden mich für verrückt halten und uns nahe genug heranlassen, damit wir sie davon abhalten können, den Weißen Magier zu warnen. Sollte es ihnen gelingen zu fliehen, werden unsere schnellsten Reiter versuchen, sie abzufangen.«

»Ich weiß nicht«, zögerte Yelena.

»Wenn sie Späher sind, müssen sie schnelle Pferde haben«, erklärte ich weiter. »Was würdest du tun, wenn plötzlich fünf Einheiten fremder Reiter auftauchten?«

»Davonrennen, als wären die Dämonen des Lichts hinter mir her«, schlug Jylla vor.

Yelena starrte sie an.

Ich wandte mich an Weldein. »Gut. Du wirst nichts sehen können. Das ist normal. Auch ich kann hinter dem Schutzschild nichts sehen. Deshalb werde ich dein Pferd führen.« Ich konzentrierte mich.

»Er ist weg …«

Alle hielten die Luft an.

»… schon ein toller Kerl, dieser Magier …«

»… nicht so laut, du Narr … willst du, dass er mit dir dasselbe macht?«

»Weldein, unternimm nichts, bevor du nicht wieder sehen kannst, aber zieh dein Schwert aus der Scheide und sei bereit.«

»Wie soll das gehen?«, jammerte er. »Ich sehe rein gar nichts.«

»Bald wirst du wieder sehen.« Ich schluckte und tastete am Pferd herum, bis ich die Zügel gefunden hatte. »Also los.«

Als wir loszogen, brachte Yelena die Elitegarde vorsichtig so nahe wie möglich an die Wachposten heran, ohne in ihre Sichtweite zu geraten.

»Ganz ruhig, Weldein.«

»Ich bin hier. Ich weiß nur nicht, wo das ist.«

Sein Pferd wieherte, doch das störte nicht weiter, denn die Wachen würden nicht bemerken, dass das Geräusch nicht von Gairloch kam, so lange wir nicht direkt in ihrer Nähe waren.

Ich ritt an den letzten Bäumen vorbei, die mich von der Patrouille trennten. Die zwei Reiter beobachteten mich, als ich unauffällig pfeifend auf sie zuritt. Wahrscheinlich pfiff ich völlig falsch.

»Was hast du vor?«, fragte mich der eine, der auf mich zu ritt. Es war ein dürrer kleiner Soldat mit einem buschigen Bart und hinterhältig zusammengekniffenen Augen. »Wie bist du an den Wachen in Arastia vorbeigekommen?«

»Ich führe nur mein unsichtbares Pferd neben mir her. Ich habe es auf dem Markt in Sunta gewonnen und werde es nach Kyphros bringen, um es dort zu verkaufen.«

»Unsichtbares Pferd? Nimm dein unsichtbares Pferd und reite damit zurück nach Sunta.« Er legte die Hand an das Heft seines Säbels.

»Aber so komme ich nie nach Kyphros«, widersprach ich und ließ die zu sehr unsichtbaren Zügel fallen. Ich drängte Gairloch vorwärts, ich musste näher an den anderen Reiter herankommen.

»Du kannst hier nicht weiter.« Der Soldat bestand darauf.

»Das ist doch die Straße nach Kyphros, oder? Bin ich auf dem richtigen Weg?« Ich legte einen gewinnenden Ton in meine Stimme, als ich Gairloch auf die andere Straßenseite lenkte und damit den Soldaten zwang, mir zu folgen.

Er zog den Säbel. »Du drehst dich jetzt sofort um.«

»Aber ich kann mein unsichtbares Pferd nicht verkaufen, wenn ich nicht nach Kyphros komme.«

Die zwei anderen Soldaten grinsten.

»Du wirst das Pferd nirgends verkaufen!« Der Soldat spurtete hinter mir her und zog den Säbel. Ich hielt mit Gairloch auf die anderen zwei zu, die in schallendes Gelächter ausgebrochen waren über mich armen Narren.

Dann zog ich den Stab heraus und es gelang mir, ihn nicht fallen zu lassen, als ich dem anderen berittenen Soldaten damit gegen den Brustkorb schlug. Sie fiel zu Boden wie ein nasser Sack, danach ließ ich den Schutzschild um Weldein fallen.

Der erste Soldat nahm Weldein gar nicht wahr, so beschäftigt war er mit mir. Seine Klinge schnellte durch die Luft. Ich wehrte den Schlag mit dem Stab ab, doch ein Keil aus dem harten Holz wurde herausgeschlagen und streifte meinen Arm. Gairloch wich ohne mein Zutun zurück.

Der nächste Schlag folgte, diesmal hielt ich jedoch dagegen, anstatt den Hieb einzustecken. In meinen Fingern kribbelte es noch vom ersten Schlag, doch brachte ich den Stab wieder in Stellung, um den nächsten Angriff zu kontern.

»Ich krieg dich … krieg dich schon …«, presste der Soldat hervor, als er einen um den anderen Hieb einstecken musste.

Der letzte kräftige Schlag brachte ihn schließlich aus

dem Gleichgewicht und ich setzte mit einem weiteren Stoß genau ins Gesicht nach, als er versuchte, seinen Säbel noch einmal zu erheben. Ein klirrendes Geräusch begleitete den dumpfen Schlag, denn der Eisenring des Stabes traf seine Kappe, die mit Eisenbeschlägen besetzt war.

Er sackte im Sattel zusammen, sein Säbel fiel auf die Erde und eine Weiße Welle traf mich fast so hart wie seine Schläge. Ich wusste, er war tot.

Sein Pferd stand bewegungslos da und ich versuchte, das Tier mit Ordnung ein wenig aufzurichten. Tot? Hatte ich sein Herz durchbohrt?

Weldein erwischte den dritten Soldaten gerade noch, bevor dieser aufsteigen konnte. Der Mann am Boden sah von mir zu Weldein, dann auf seinen Säbel und zurück zu mir, doch er sagte nichts.

Die Soldatin rappelte sich auf und hielt sich den Arm. Ich konnte ihre Schmerzen fühlen.

»Geht es dir gut?«, fragte ich dumm.

»Bastard! Los, bring mich um … na los … Verfluchtes unsichtbares Pferd …«

Ich erwartete eigentlich Tränen, doch sie blieb hart und hielt sich mühsam im Dreck der Straße auf den Beinen. Ihr Pferd war bis zur nächsten Biegung der Straße am Fluss gelaufen.

Die zwei verbleibenden Soldaten beobachteten die nun nahenden kyphrischen Truppen mit ausdruckslosen Augen.

»… sie bezahlen müssen, Murros …«, murmelte die Frau dem unverletzten Hydler zu.

»… Weißer Magier wird sie alle erledigen …«

»… vielleicht … vielleicht willst du ihm auch noch erzählen, was passiert ist?«

Yelena betrachtete das Blutbad und schüttelte den Kopf. »Hast du wirklich Hilfe gebraucht?«

Wenn ich mehr Menschen hinter einem Schutzschild

hätte verstecken können, wäre vielleicht niemand zu Tode gekommen. Doch dazu war ich nicht in der Lage. Langsam steckte ich den Stab wieder in den Lanzenköcher und wischte mir über die Stirn. Erst da bemerkte ich, dass ich schwitzte.

»Fesselt sie«, befahl die Truppenführerin.

»Wartet«, hörte ich mich selbst sagen, als zwei Soldaten abstiegen und auf die verletzte Frau zugingen. Ich kletterte von Gairloch hinunter und übergab die Zügel Jylla. Sie riss sie an sich.

»Verdammter Hurensohn ...«, presste die verletzte hydlenische Soldatin hervor, als ich auf sie zuging.

Ich konnte den verschobenen Knochen schon spüren, noch bevor ich mich ihr näherte.

»Wenn du nichts dagegen hast, Soldatin«, sagte ich, »würde ich gern den Knochen einrenken, damit er richtig zusammenheilt.«

»Warum? Du bist daran schuld, du Bastard.«

»Nenn es Glück im Unglück.« Ich nickte den zwei Soldaten zu. »Haltet sie fest. Es wird weh tun.«

Sie bespuckte mich, aber weinte nicht, obwohl ich fühlen konnte, wie sehr es schmerzte. Sie sank in sich zusammen, war beinahe bewusstlos, als ich einen dünnen Ordnungs-Verband anbrachte und ihren Arm ruhigstellte. Ich hoffte, das Reiten würde den Knochen nicht wieder verschieben, denn viel mehr konnte ich nicht tun.

Ich überprüfte den Bruch noch einmal, als ein paar kyphrische Soldaten sie in den Sattel gehievt hatten, aber die Einrenkung und der Ordnungs-Verband hielten. Sie starrte mich nur an, ich konnte es ihr nicht verdenken.

Zwei andere Soldaten hatten inzwischen nahe am Fluss einen flachen Graben ausgehoben und ein Rekrut schichtete Steine über den Leichnam, um ein kleines Grabmal zu errichten.

Ich schluckte. Für einen Augenblick konnte ich nichts sehen. Es war schrecklich, doch noch mehr Menschen würden sterben, wäre der Weiße Magier gewarnt worden.

»Aufsitzen«, befahl Yelena nach einer Weile.

Schweigend ritt ich an der Spitze der Kolonne, Yelena an meiner Seite. Gut drei Pferdelängen Abstand trennten uns von den anderen. Die Straße führte immer noch bergauf, doch so sanft, dass man es nur feststellte, wenn man zurückblickte.

Die Straße aus festgestampftem Lehm passte sich an die Biegungen des Gelben Flusses an, sie schlängelte sich vorbei an wintergrauen Laubbäumen und wenigen Nadelbäumen. Auch hier konnte man die Spuren der schweren Wagen erkennen, die bis nach Hydlen führten. Raketenwagen?

»Du bist Furcht erregend, weißt du das?«, begann Yelena plötzlich nach zwei weiteren Meilen – auf denen wir keine weiteren Wachposten mehr getroffen hatten.

»Ja. Ich bin ein fürchterlicher Kämpfer.« Und nicht nur das. Hätte ich mehr reden und die Hydler hinhalten sollen, bis wir sie umzingelt hatten? Ich wünschte, ich wäre ein mächtigerer Magier und könnte eine ganze Einheit hinter einem Schutzschild verbergen. Dann wäre niemand verletzt oder gar getötet worden.

»Du kämpfst ziemlich gut, aber nur wenn dich jemand angreift. Das ist schlecht für dich.« Yelena hielt inne. »Und für die anderen.«

Waffenmeister Gilberto hatte Recht gehabt. Mein Körper wusste, wann er angreifen musste, doch ich fühlte mich fast von ihm betrogen. Hatte ich denn eine Wahl gehabt? Wenn die Menschen gegeneinander kämpften, starben auch welche dabei. Ferrel war nur ausgezogen, um Erkundigungen einzuziehen, und nun war sie tot. Ich verstand noch immer nicht warum, niemand konnte es verstehen, außer vielleicht der Weiße Magier.

»Ich sagte, du bist Furcht erregend«, fuhr Yelena fort. »Ich meinte es auch so. Es ist erschreckend, einen liebenswürdigen Menschen dabei zu beobachten, wie er einen anderen umbringt. Es ist erschreckend, einem ehrlichen Menschen dabei zuzusehen, wie er andere täuscht.«

Furcht erregend? Diesen Ausdruck hätte ich nicht gebraucht. Erbärmlich, unglücklich, bedauerlich und dumm, ja. Furcht erregend? Nein.

Wir ritten weiter. Wieder fühlte ich mich beobachtet, doch weit und breit waren weder Aaskrähen noch Wachposten zu sehen, nur die Blätter raschelten im Wind, das Wasser rauschte leise, Hufe klapperten gedämpft auf der feuchten Lehmstraße und leise Stimmen unterhielten sich über das Glück im Unglück.

XXXII

Irgendwann nach einem schnellen mittäglichen Tränken der Pferde und einem noch hastigeren Hinunterschlingen des spärlichen Mittagessens passierten wir den Grenzstein, den die Hydler offensichtlich grob missachteten – KYPHROS stand darauf. Jemand hatte Pferdemist auf den grauen Stein geworfen.

Niemand sagte etwas, aber Jylla betrachtete den verunzierten Stein lange, als wir vorbeiritten.

Die Straße stieg steiler an und führte etwas nach rechts, als sie sich dem Tal näherte, in dem die Quellen entsprangen. Der Wind trug den schwachen Geruch von Schwefel und Staub durch die Lüfte, was andeutete, dass es seit einiger Zeit in Hydlen nicht mehr geregnet hatte, vielleicht sogar seit meiner letzten hastigen Abreise nicht mehr.

Yelena hob die Hand. Die Kolonne hielt an.

»... sind schon da ...«

»... im Kreis geritten, es sieht fast so aus ...«

»Ruhe!« Yelenas gedämpfter Befehl hallte von den Felswänden wider, als sie mich ansah. »Es gibt bestimmt noch mehr Wachposten.«

»Beim letzten Mal befanden sie sich direkt im Tal.« Ich nickte und schickte meine Sinne aus, um zu sehen, was sich hinter der nächsten Anhöhe verbarg. Wenn ich Hydler wäre, hätte ich Wachen auf dem Gipfel der Anhöhe postiert, damit sie im Umkreis von einer Meile alles überblicken konnten. Dort hatten sich die Wachposten auch bei meiner letzten Reise befunden und tatsächlich waren sie immer noch dort.

Als sich meine Augen wieder angepasst hatten, sah ich Yelena an. »Die Wachen stehen auf dem Hügel hinter der nächsten Kurve. Es ist eigentlich gar keine richtige Kurve, es sieht nur so aus, weil die Bäume dort näher an der Straße stehen.«

»Machst du wieder mit beim unsichtbaren Pferd, Weldein?«, fragte Freyda spöttisch.

Jylla lachte.

»Das wird diesmal nicht gehen«, sagte ich. »Wir haben es mit mehr als einer halben Einheit zu tun und bis zum Lager der Hydler sind es nur noch zwei Meilen.«

»Siehst du, wie viele Soldaten sich dort versammelt haben?«, fragte Yelena.

»Nicht von hier aus. Das Lager scheint sich jedoch nicht verändert zu haben. Zwei- bis dreihundert Mann, mehr nicht.«

»Das Zwei- bis Dreifache mehr, als wir haben. Genug, um die Sache interessant zu machen«, überlegte Freyda.

»Können wir uns wie geplant durch die Wälder schleichen?«, fragte die Truppenführerin, nachdem sie Freyda einen scharfen Blick zugeworfen hatte, den diese jedoch einfach nicht beachtete.

»Das müsste gehen, aber lass mich erst nachsehen.« Ich lenkte Gairloch von der Straße hinunter nach links – auf die Südseite der Straße – in den Zedernwald. Der scharfe Geruch des Winterlaubes und der Zedernzweige, die von einem hydlenischen Feuerholzsuchtrupp achtlos neben die Straße geworfen worden waren, stieg in meine Nase.

Genau wie in meiner Erinnerung stieg der Hang nur leicht an und die Bäume standen weit genug auseinander für Pferd mit Reiter, auch wenn ihre Pferde größer waren als meines, um leicht durchzukommen. Ohne mich sonderlich anstrengen zu müssen, fühlte ich die Gegenwart des Weißen Magiers ganz deutlich, das unsichtbare Chaos quoll förmlich aus dem Tal heraus.

Wollte ich wirklich versuchen, einen Weißen Magier, mächtiger als Antonin, hinter Ordnungs-Schranken einzusperren? Und mit Hilfe der Ordnung das Chaos gegen ihn wenden? Hatte ich überhaupt die geringste Aussicht auf Erfolg?

Als ich zurückkam, sah mich Yelena fragend an.

»Es müsste gehen. Am Fuß des Hügels sind keine Wachen aufgestellt und die südliche Seite der Wiese unten ist von der Straße, auf der sich die Wachen befinden, nicht einsehbar. Die Bäume reichen fast hinunter bis zur Ebene, auf der die Zelte stehen.«

Yelena starrte mich weiter an. »Sind die Haupttruppen der Kommandantin nahe genug, um uns zu sehen?«

»Das kann ich von hier aus nicht sagen. Wir müssen erst durch die Bäume auf die Spitze des Hügels, bevor ich das feststellen kann.« Ich schürzte die Lippen. »Es tut mir Leid, aber so weit reichen meine Sinne nicht.«

»… entschuldigt sich, weil er nicht weiter als eine Meile über die Bäume sehen kann … Zum Glück ist er auf unserer Seite …«

Ich hoffte, dass der unbekannte Soldat später auch noch so denken würde.

»Wir werden enttarnt sein.«

Das wusste ich, doch ich konnte nichts dagegen tun. Ich ritt also als Erster durch die Bäume. Yelena musste das Zeichen zum Aufbruch gegeben haben, denn ich hörte Hufgetrampel hinter mir. Wir ritten immer weiter südwärts, bis wir schließlich die Ecke des Tales erreichten, die im Süden von Felswänden begrenzt wurde. Eine leichte Staubwolke erhob sich hinter uns, ich hoffte nur, dass niemand zufällig in unsere Richtung sah, obwohl man den Staub vom Hauptlager eigentlich nicht sehen sollte. Ich rieb mir die Nase, damit ich nicht niesen musste, als ich meine Sinne erneut ausschickte.

Auf der Wiese und zwischen den Bäumen auf dem Hügel dahinter schien niemand zu sein und ich kreuzte auf Gairloch hinüber.

Yelena holte mich ein. »Du musst den Angriff nicht anführen.« Sie sagte es mit scherzhaftem Unterton in der Stimme.

»Ich glaube, die Soldaten müssen ihren Magier sehen, wenn er seinen dürren Hals nach vorn streckt.« Ich zuckte die Schultern, versuchte, die Verkrampfung in meinem Nacken zu lösen. Auch mein Magen zog sich bereits zusammen.

»Ist es dir lieber, wenn meine Einheiten den Angriff auf die Hydler anführen?«

»Ja. Ich muss den Weißen Magier finden.«

Wir ritten den Abhang auf der anderen Seite des Hügels hinunter und blieben auf halber Strecke stehen, dort wo die Bäume und Schatten der Nachmittagssonne noch dicht genug waren, um uns Deckung zu gewähren. Rauch von Kochfeuern oder Ähnlichem kam uns entgegen und vermischte sich mit dem Schwefelgeruch.

»Jetzt?«, fragte Yelena.

»Warte noch einen Augenblick.« Nachdem ich Gairloch neben einer Zeder angehalten hatte, vielleicht genau die, bei der ich einen Achttag früher auch schon gestanden hatte, schickte ich meine Sinne aus, nicht zu den Hydlern, sondern zur Straße hinter dem Lager; ich versuchte herauszufinden, wo Krystal und die Haupttruppe angelangt waren.

Ich glaubte, einige kyphrische Späher zu fühlen, doch ich war mir nicht sicher. Ganz sicher wusste ich jedoch, dass eine gut fünf Einheiten starke Lanzenkämpfertruppe in loser Formation am westlichen Talausgang Aufstellung genommen hatte, genau dort wo die Schwefelquellen entsprangen und die niedrigen Steinhäuser standen. Nur etwa ein Dutzend Raketenwagen standen am westlichen Ende des Lagerplatzes aufgereiht und zeigten Richtung Kyphros und auf die Stelle, wo Krystals Truppen herauskommen mussten, wenn sie den Schutz der Schlucht verließen und die Straße erreichten.

Darin hatte Krystal Recht gehabt und es würde Zeit kosten, die Raketen umzudrehen und auf uns zu richten, wenn sie überhaupt so schnell bewegt werden konnten.

Dann war da noch ein anderes Problem. Wenn ich Gerlis nicht mit meinen Ordnungs-Schilden abwehren konnte, würde ich dann dazu in der Lage sein, mit Hilfe der Ordnung Chaos-Energien gezielt auf ihn zu richten? Ich schickte meine Sinne hinunter ins Tal und benutzte dazu das fließende Wasser und keine Steine, ich suchte nach der weißen und brodelnden Röte des natürlichen Chaos.

Schweißperlen standen mir auf der Stirn. Natürliches Chaos gab es hier reichlich, wahrscheinlich mehr als

Gerlis je in sich vereinigen könnte. Wollte ich es versuchen? Hatte ich überhaupt eine Wahl?

»Geht es dir gut?«, fragte Weldein.

Ich nickte und atmete tief ein. Ich log, was jedoch das flaue Gefühl in der Magengegend nicht gerade linderte.

Yelena hatte die Elitegarde und die Außenposten hinter mir in einer Reihe Aufstellung nehmen lassen. Westlich unter uns befand sich die flache Ebene, wo die Zelte der hydlenischen Streitmacht aufgestellt worden waren. Vor mir befand sich das letzte Stück des Abhangs, der auf weniger als einer halben Meile gut fünfzig Ellen abfiel.

»Nun?«, fragte die Truppenführerin leise.

»Ich *glaube,* dass dort draußen ein paar Späher herumschwirren. Die Hydler haben am Taleingang ungefähr fünf Einheiten aufgestellt, sie scheinen auf etwas zu warten.«

Yelena drehte sich im Sattel und beobachtete die Ebene unter dem Hügel. »Dann bleiben noch zehn Einheiten übrig, die sich in dem Gebiet um die Zelte aufhalten.«

Ich wartete.

Schließlich lächelte sie mich grimmig an. »Kannst du uns den Magier vom Hals halten?«

»Ich kann es nur versuchen«, gab ich zu. »Und dazu muss ich viel näher an ihn heran.«

»Die Gelegenheit ist günstig.« Sie sah mich wieder an. »Wo stehen diese Maschinen?«

»An der Westseite des Lagers. Nur wenige Hydler halten sich dort im Augenblick auf.«

Yelena wandte sich an Weldein und Jylla. »Ihr zwei bewacht den Ordnungs-Meister. Versucht, ihn vor dem Gröbsten zu bewahren. Er muss den Weißen Magier finden.«

Weldein brummte.

»Du bist zu großzügig, dass du sogar einen so aussichtsreichen Zweikampf mit mir teilst, Weldein«, murmelte Jylla leise.

Yelena blickte den Hügel hinunter. »Wir werden uns zuerst die bereits postierten Truppen vornehmen, die Außenposten werden derweil im Lager die anderen Truppen davon abhalten, zu Hilfe zu kommen.«

Sie ritt zu einem kleinen, dünnen Unteroffizier und erklärte ihr etwas, dann zu einem anderen Unteroffizier und noch einem anderen, bis alle Anführer der Einheiten ihre Befehle erhalten hatten.

Die erste und dritte Einheit formierten sich ruhig auf der linken Seite, während die zwei Einheiten der Außenposten sich zu meiner Rechten aufstellten. Eine Einheit der Elitegarde – die zweite – blieb in der Mitte hinter den anderen vier Einheiten.

Yelena ritt an meine Seite. »Bist du bereit?«

Ich war es nicht. Meine Eingeweide protestierten und mein Herz pochte wie wild. Bei meinem Kampf mit dem ersten Weißen Magier musste ich nur reagieren, was viel, viel einfacher war, als den Entschluss zu fassen, in ein bewachtes Lager hineinzureiten, zu einem Weißen Magier, der mächtig genug war, um mich wie eine Fliege zu erschlagen.

Ich fühlte mich wie das dritte Rad an einem zweirädrigen Karren, wollte lieber einfach zusehen; aber nur wenn ich wirklich alles versuchte, konnte ich etwas bewegen. Und ich musste alles versuchen.

»Erste und dritte. Jetzt!« Yelena hob die Hand und gab das Zeichen zum Angriff.

Die ersten vier Einheiten ritten los – doch es war kein richtiger Angriff. Es gab keine Trompetenfanfaren, kein Gebrüll, nur Pferde, die den Hügel durch die vereinzelten Zedernbäume hinuntertrabten und hinaus auf die Ebene.

Yelenas Truppen ritten schnell, waren den anderen

um einiges voraus. Eine feine Staubwolke hüllte uns ein. Ich hustete mehr als einmal, als ich mit Weldein und Jylla Schritt zu halten versuchte; sie ritten nun vor mir und die Außenposten tauchten zu meiner Linken auf. Ihre langbeinigen Tiere zogen Gairloch und mir davon. Das war gut so, denn ich musste Gerlis aufspüren, ohne ihn zu alarmieren. Es war nicht schwer, ihn zu finden. Ein Turm unsichtbarer Weiße umgab sein Pavillonzelt am anderen Ende des Feldlagers. Staub hüllte mich ein und ich versuchte, nicht zu husten.

Die Zügel hielt ich mit einer Hand umklammert, den Stab in der anderen. Ob mir dieser Stab jedoch helfen konnte, war eine andere Frage. Meine Handflächen waren feucht und mein Herz pochte schneller, als ich es je für möglich gehalten hätte.

Als sie das braune Gras erreicht hatten, setzten sich Yelenas Einheiten in Richtung Straße ab, noch immer ruhig und locker trabend.

Dann ertönte eine Trompete, drei schnelle Stöße. Das Signal wurde mehrmals wiederholt.

Mehr als die Hälfte der Hydler, die sich in der Nähe der Straße aufhielten, hatten sich noch nicht einmal ganz umgedreht, da wurden sie schon von Yelenas Einheiten niedergemetzelt. Die Außenposten und ich hatten derweil die Zelte und die überraschten Hydler dort schon fast erreicht.

Immer mehr Staub wirbelte in mein Gesicht. Vor meinen brennenden Augen verschwamm alles, denn ich versuchte, halb mit den Augen und halb mit meinen Sinnen zu sehen – zwei verschiedene Bilder liefen vor mir ab.

Irgendwie gelang es mir, den Stab nach einem bestimmten Muster zu schwingen. Ich glaubte, nur wild um mich zu schlagen, bis ich eine Frau sah, die vom Pferd fiel, ehe ihre Klinge mich erreichen konnte. Ich klammerte mich an Gairloch fest, um nicht hinunterzufallen, dann jagten wir zwischen den niedrigen Zelten der hydlenischen Truppen hindurch auf das Pavillonzelt des Magiers zu.

Im Hintergrund ertönten Trompeten und ein ohrenbetäubender Trommelwirbel, Kampfgebrüll, klirrendes Metall, Flüche und die Schreie der sterbenden Soldaten und Pferde.

Hssttt! Hssstt!!!

Zwei Feuerbälle zischten an mir vorbei, so nah, dass ich die Hitze spüren konnte, so nah, dass mir der Geruch von versengtem Haar und verbranntem Fleisch in die Nase stieg.

»Aaaahhh …«

»… oh …«

Ein weiterer fauchte über mich hinweg, ich duckte mich. »Ganz ruhig, alter Junge.« Gairloch wieherte verschreckt und galoppierte los.

»Folgt dem Magier … folgt dem Magier …«

Warum befahl Shervan den Außenposten, mir zu folgen? Das hatte keinen Sinn, doch Gairloch galoppierte weiter. Ich konnte das Zelt des Magiers nicht mehr nur fühlen, sondern auch sehen.

»Folgt dem Magier …«

Die Trompeten hörte ich nur noch in der Ferne von den Hügeln hallen, der nächste Feuerball loderte schon um meinen Schild, den ich aufgebaut hatte, ohne es zu merken – es war kein Lichtschild, sondern eine Art Ordnungs-Schranke, wie ich sie auch gegen Antonin eingesetzt hatte.

»Zu den Raketen! Schnell, die Raketen!«

Bei diesem Aufschrei wendete ich den Blick vom Zelt des Magiers ab.

Eine Handvoll Männer hielten Fackeln in der Hand, der Geruch von andersartigem Feuer wehte über die Zelte zu mir herüber.

Mit einem Pfeifen und Zischen schlug eine Rakete auf dem Hügel hinter Yelenas Truppen ein, ein kreisrunder brauner Grasfleck fing Feuer.

Noch mehr Raketen wurden in Richtung Westen abgefeuert, dorthin wo die Straße nach Kyphros führte.

Die Hitze und das Sirren eines magischen Feuerballs zwangen meine Augen, sich wieder dem weißen Zelt zuzuwenden.

Die nächste Feuerkugel traf meinen Stab so heiß und hart, dass ich ihn beinahe fallen gelassen hätte. Zwei Männer in roten Tuniken tauchten auf der rechten Seite auf, weitere zehn Mann stürmten von links heran.

Zwei der Außenposten kamen mir mit ihren Pferden zu Hilfe, um mich von rechts zu schützen, einer von ihnen fiel unter dem brutalen Hieb des führenden hydlenischen Lanzenkämpfers vom Pferd. Ein Blutschwall ergoss sich über meinen Arm. Mein Magen verkrampfte sich und ich presste meine Absätze in Gairlochs Seite, obwohl mein Vorhaben, mit nur einem Stab bewaffnet anzugreifen, mehr als fragwürdig war. Ich erinnerte mich, dass ich es schon einmal getan hatte, und das ohne großen Erfolg gegen Pfeile und Ähnliches.

Noch mehr berittene Hydler tauchten auf, alle hielten scheinbar auf mich zu, doch Gerlis' Zelt schien noch Meilen entfernt zu sein. Es war, als kämen Gairloch und ich kaum vorwärts, als bewegten wir uns im Wasser, immer langsamer.

Whhhsttt … Whhhsttt. Die Feuerlinien, die die Raketen in den Himmel zeichneten, waren so hell, dass meine Augen sie für einen kurzen Augenblick verfolgen mussten; mit offenem Mund blieb ich stehen. Die Raketen zischten mitten durch die hydlenischen Truppen, eine explodierte nahe dem karminroten Banner mit dem goldenen Dolch darauf.

Dann versuchte ich einen weiteren hydlenischen Kavalleristen vom Pferd zu zwingen. Staub und Lärm schwirrten um meinen Kopf.

Ich duckte mich und lenkte erneut einen Feuerball ab.

»Zweite!«, brüllte eine entfernte Stimme und die Trompeten ertönten noch einmal.

Weldein traf neben mir einen Soldaten tödlich, den ich bis dahin nicht einmal bemerkt hatte, und der Weg zu Gerlis' Zelt, weniger als fünfzig Ellen entfernt, schien frei zu sein.

Durch den freien Gang schleuderte Gerlis einen weiteren Feuerblitz wie einen Speer auf mich zu; er verfehlte mich, aber der Außenposten zu meiner Linken stand in Flammen. Es ging so schnell, dass er oder sie nicht einmal schreien konnte.

Ich ließ noch einen zischenden Feuerball sein Ziel verfehlen und durch eine Lücke in der dichten Staub- und Rauchwolke glaubte ich die grünen Lederuniformen der Elitegarde zu entdecken – viele davon –, die von Westen her angriffen.

Gerlis drehte sich um und weitere zwei Feuerkugeln flogen durch die Luft, nicht in meine Richtung, sondern auf die Elitegarde – und Krystal – zu.

Ich preschte mit Gairloch sofort auf den Magier zu und ließ einen Strahl purer Ordnung auf ihn niedergehen.

Das Zelt stand keine zwanzig Ellen mehr von mir entfernt, als sich die Weiße Gestalt umdrehte.

»Oh, der kleine Schwarze Magier!« Gerlis schien zehn Ellen groß zu sein und er lächelte, als er seine Hand nach mir ausstreckte.

HHHHHHHHHHSSSSSSTTTTT!

Eine Weiße Feuerlinie schlug mir entgegen und züngelte um meinen Schild, drückte ihn fast ein und zwang Gairloch auf der Stelle zu treten.

»Du törichter kleiner Schwarzer Magier …«

Mir war nicht nach einem Gespräch mit Gerlis zu Mute. Ich klammerte mich mit zitternden Knien an Gairloch fest, hielt den Stab in meinen feuchten Händen und versuchte Gairloch von der Stelle zu bewegen.

Wieder schnellte ein massiver Feuerball auf uns zu, fast wie eine Wand aus Flammen.

Der Stoß ließ Gairloch taumeln und mein Stab fiel zu Boden.

Ich versuchte, das Chaos tief in der Erde unter dem Tal zu erreichen und gebrauchte meinen eigenen Schild, um es zu Gerlis zu leiten, der auf der anderen Seite einer tiefen Kluft stand, die mindestens eine Meile breit zu sein schien, obwohl sie nur in meinen Gedanken existierte.

»… solltest du nicht tun, kleiner Magier …«

Vielleicht hätte ich es wirklich nicht tun sollen, denn nun schien er sein Zelt zu überragen, die weiße Leinwand brannte und er stand regungslos daneben. Die Luft um ihn herum flimmerte, da erhob er seine Hand.

»Rette den Magier!«

Ich schleuderte eine Klinge – eine Klinge aus kaltem Eisen – auf Gerlis, die Klinge wirbelte durch die Luft und es schien, als drehte sie sich immer langsamer, je mehr sie sich Gerlis näherte.

Seine Augen schnellten von mir zur Klinge und plötzlich traf ein Flammenblitz das fliegende Messer.

Mit einem Fauchen verschwand es und ich wurde am ganzen Körper durchgeschüttelt, als hätte mich ein Windstoß gepackt und gegen eine Wand geschleudert. Ich öffnete vorsichtig meine brennenden Augen. Mein Körper war noch einigermaßen heil, ich atmete zwar nur flach, stand aber immer noch Gerlis gegenüber.

Verzweifelt versuchte ich, noch mehr von diesem furchtbaren Chaos zu ihm zu leiten, ohne mich selbst damit zu vergiften …

... er saugte es auf, gierig nach der darin enthaltenen Macht.

Wieder zischte ein Feuerball an mir vorbei auf einen Außenposten zu.

»Aaaaahhh ... rettet ...«

Die Weiße des Todes wütete um mich herum, ein weiterer Soldat schrie und ich drückte meine Knie noch fester in Gairlochs Seiten, der mich vorwärts trug, ohne auch nur mit seinen Wimpern zu zucken. Ich wollte ihn gleichzeitig umarmen und mich auf ihm verstecken, als ich meine letzten Ordnungs-Kräfte zusammennahm, um den Weg für das Chaos zu Gerlis zu ebnen.

Ich hatte die Säbel der Wächter des Magiers nie richtig wahrgenommen, im Gegensatz zu Weldein, der sie parierte und ripostierte oder wie auch immer man das nannte. Wieder stürzte ein Körper in den Staub.

Um mich herum fühlte ich den wirren Rhythmus von klirrenden tödlichen Klingen, Stöhnen, Gebrüll und Flüchen, doch sie schienen weit entfernt zu sein, denn ich konzentrierte mich ausschließlich auf Ordnung und Chaos.

Noch immer flammte Raketenfeuer im Westen auf, doch die meisten Raketen erreichten die Elitetruppe glücklicherweise nicht.

Ich warf den letzten meiner Ordnungs-Blitze auf Gerlis, in der Hoffnung, er würde auf diese schreckliche Macht ansprechen, doch er grinste nur sein ekelhaftes Grinsen, saugte die Macht auf und stand mit drohender Gebärde da, als hätte er die Macht über alles Chaos tief in der Erde.

HHHSSTTTTT ... KRRRRRUUUMPPTTTT!

Das ganze Tal bebte und die Erde brach auf. Ich flog aus dem Sattel und eine Wand aus Flammen stürzte auf mich ein. Ich versuchte einen Schutzschild aufzubauen, vielleicht dachte ich auch nur, dass ich es tat. Ich konnte es nicht verhindern, dass sich die Erde auftat. Ich lag da, Weißes Feuer brannte in meinem Bein.

Unter mir hob und senkte sich der Grund, die Pfosten der Zelte wackelten, die Zeltwände gingen in Flammen auf. Schwefelrauch zog in Schwaden über den Himmel und es begann Schwefel zu regnen.

Irgendwo wieherte Gairloch und scharrte mit den Hufen.

Das gesamte Tal schien zu schwanken und sich zu drehen, im Rhythmus der entfernten Trompetenklänge drehte es sich wie die Eisenklinge, die mir das Leben gerettet hatte, und ich glaubte eine leise Stimme sagen zu hören: »So viel zum Gleichgewicht.«

Die Schwärze kam wie ein plötzlicher Einbruch der Nacht über das Tal, wie eine Lawine von Schlaf, die in jedem meiner Knochen brannte. Ich versuchte zu schreien, doch die Worte gefroren mir im Kopf und im Hals … und ich fühlte, wie ich in einen tiefen Abgrund fiel, den Abgrund des Chaos.

XXXIII

Mit einem Knall fuhr ein Blitz durch meine Ohren.

Grollend schien sich die Erde unter mir zu bewegen, der Regen prasselte auf mich nieder, doch ich konnte mich nicht bewegen.

Mein linkes Bein fühlte sich gebrochen an, auch den linken Arm konnte ich nicht bewegen. Ich roch versengtes Haar und Fleisch und ich fürchtete, dass es sich dabei um mein eigenes handelte. Ich konnte nur schwer atmen und jeder Atemzug brannte wie Feuer in meinen Lungen.

Für einen Moment öffnete ich die Augen und wollte

schreien ... das Weiße Chaos-Feuer hatte sie verbrannt und die schreckliche Weiße Dunkelheit kroch aus der Erde und packte mich, wollte mich hinunterreißen in die Tiefe, wo die Erde brodelte und kochte.

Später beugte sich jemand in grüner Lederkleidung über mich und sah mich lange an, zumindest bildete ich mir das ein. Es war nicht Krystal. Meine Augen brannten, noch immer konnte ich nichts sehen. Die Luft um mich herum war feucht und ich konnte den Regen hören.

Danach erinnerte ich mich an nichts mehr. Ich wachte auf einem fahrenden Karren auf, jedes Schaukeln und Holpern der Räder schmerzte.

Ich hörte den Regen über mir prasseln, ein paar Tropfen davon sickerten durch die Plane des Wagens und kühlten mein Gesicht. Die Plane flatterte laut wie eine Peitsche im Wind, was meine Trommelfelle fast platzen ließ.

»Bist du wach?«, fragte jemand.

Ich versuchte, meine Augen zu öffnen, doch diese blendende Weiße drohte über mich hereinzubrechen. Dann versuchte ich zu sprechen, doch mehr als ein Krächzen brachte ich nicht heraus. Ich versuchte es erneut. »Ja.«

»Sag der Kommandantin, dass er aufgewacht ist.«

Für einen Augenblick musste ich wohl wieder eingedöst sein.

»Lerris ... Lerris ...«

»Mmmmm ...« Ich versuchte zu schlucken. »Wasser ...«

Man flößte mir nur einen Tropfen Grünbeerensaft ein, doch das reichte schon.

»Kannst du mich hören?«

Krystals Stimme hallte in meinem Kopf wider und schien durch mehrere Schichten dringen zu müssen, doch sie war da.

»Ja.« Ich nickte, doch damit hatte ich mich schon überanstrengt und ich fiel zurück in die Weiße Dunkelheit.

Als ich das nächste Mal auftauchte, lag ich immer noch auf dem verdammten Karren, doch der Regen hatte aufgehört und nun kühlte der Wind mein Gesicht. Ich glaubte, innerlich zu verbrennen, und ich wusste, ich sollte etwas mit Ordnung nachhelfen, um mich selbst zu heilen, doch es gelang mir nicht. Ich öffnete die Augen, doch sie brannten nur.

Krystal war an meiner Seite. Sie ritt neben dem Karren her.

»Tut mir Leid ...«, murmelte ich.

»Oh, Lerris ... es tut dir Leid?« Sie beugte sich herab und strich mir mit den Fingerspitzen sanft über die Stirn. Sie fühlte sich kühl und gut an.

»Was ... was ist passiert?«

»Yelena hat die Hälfte der hydlenischen Lanzenkämpfer außer Gefecht gesetzt. Der Rest wurde von den eigenen Raketen getroffen. Du ... der Weiße Magier ... viel ist nicht übrig geblieben. Höchstens vierzig Mann von den Hydlern überlebten.«

»Shervan ... hat mich gerettet«, stammelte ich. »Schleuderte sein Schwert ...«

Der Karren fuhr über einen Stein und tausend Messer stachen auf mich gleichzeitig ein.

»... für etwas gut sein«, murmelte Jylla hinter Krystal. Den Arm hatten sie ihr an den Körper gebunden, rote Striemen und Flecken verunstalteten ihr Gesicht. Die obere Spitze des Ohres fehlte.

Freyda konnte ich nicht entdecken.

»... die Quellen ...« Noch immer fiel mir das Sprechen und Sehen schwer.

»Sag nichts. Bitte, sag einfach nichts. Ich bin hier bei dir.«

Das fand ich lustig und wollte lachen. Die Kommandantin ritt neben dem verwundeten Magier her. Die Kommandantin hatte schließlich das Sagen.

»... Quellen ...«, stieß ich nur hervor.

»Wir haben sie zurückerobert. Es gibt mehr Schwefel als je zuvor und ein Teil davon brodelt noch immer bis in den Himmel hinauf ...«

Ich musste wieder eingeschlafen sein, denn ich hörte nichts mehr.

Danach wachte ich von Zeit zu Zeit auf, war jedoch nicht in der Lage zu sprechen.

Krystal ritt neben mir her und weinte; noch nie hatte ich sie bisher weinen sehen. Trösten konnte ich sie jedoch nicht, denn schon jeder Atemzug schmerzte höllisch.

Als ich das nächste Mal aufwachte, lag ich in einem Bett, das in einem großen Raum stand, überall grelles Licht, mein ganzer Körper brannte.

Justen beugte sich über mich.

»... wie ...?«, krächzte ich.

»Wenn du etwas anfängst, reißt du ein Loch in das Ordnungs-Chaos-Gefüge, dass die ganze Welt schrillt wie eine Alarmglocke. Ich war schon auf dem Weg zurück. Jetzt ... lass mich arbeiten.«

»... ist los ...« Noch immer schmerzte das Reden und Atmen, doch schon nicht mehr so stark.

»Außer einem doppelten Bruch in deinem Bein, einer Chaos-Infektion, Zerrungen in jedem Muskel deines Körpers und einer gebrochenen Rippe, die fast deine Lunge durchbohrt hätte, fehlt dir nicht viel.«

Er schien zu altern, je länger er mich behandelte.

»Dämonisch lange Zeit gebraucht, um das Ordnungs-Chaos-Gleichgewicht herzustellen ... dämlicher Neffe ...«

Ich wollte ihm danken, doch selbst meine Dankesworte hätten ihn bestimmt verärgert. Wo war er gewesen, als ich Gerlis gegenüberstand? Ich brachte nichts heraus, sondern wurde ohnmächtig oder schlief ein oder beides.

Als ich schließlich wieder zu mir kam, saß Rissa neben mir, tiefe dunkle Ringe hatten sich um ihre Augen eingegraben.

»Rissa …«, brachte ich heiser heraus.

»Es ist an der Zeit, Meister Lerris.« Sie beugte sich mit einer Tasse in der Hand zu mir herunter, ihre Worte drangen aus meilenweiter Entfernung an mein Ohr. »Der alte Magier sagt, dass Ihr dieses Zeug trinken müsst, wenn Ihr überleben wollt.« Ich trank. Was auch immer das für ein Gebräu war, es schmeckte widerlich und roch noch schlimmer. Doch ich trank es. Eine Zeit lang lag ich wach, doch das Trinken hatte mich so erschöpft, dass ich bald wieder einschlief.

Beim nächsten Aufwachen saß Krystal an meinem Bett. Sie sah aus, als wäre sie dem leibhaftigen Dämon des Lichts begegnet.

»… liebe … dich …« Mehr kam mir nicht über die Lippen, ich wollte die Worte nicht verschwenden, wer wusste, wie viele mir noch blieben.

Sie hielt mein Gesicht sanft mit beiden Händen und küsste mich auf Stirn. »Ich weiß und ich liebe dich auch.« Dann hielt sie mir die verfluchte Tasse unter die Nase. »Du musst so viel davon trinken wie du nur kannst.«

Das tat ich und schlief danach nicht gleich ein. Ich sah sie nur an. Sie trug die grüne Bluse und Lederhosen, jedoch keine Weste. Die Bluse war völlig verknittert und ihre Augen sehr müde.

Sie sah mich an und lächelte schließlich. »Willst du noch mehr zu trinken?«

»Nein. Muss … wohl …«

Sie hielt die Tasse mit einer Hand fest, meine heile Hand umklammerte zusammen mit ihrer Hand die andere Seite der Tasse und ich trank und fühlte, wie es mir half. Dann setzte sie sich neben mich und hielt meine Hand, bis ich wieder einschlief.

XXXIV

Weder Dunkelheit noch Licht soll den Sieg davontragen, denn das eine muss der Ausgleich des anderen sein. Aber viele Anhänger des Lichts suchen die Dunkelheit zu verbannen, und viele werden versuchen, das Licht zu dämpfen. Aber das Gleichgewicht wird jeden zerstören, der versucht, der Dunkelheit oder dem Licht zum endgültigen Sieg zu verhelfen.

Dann soll eine Frau über die versengten Felder und die trockenen Wälder des neuen Kyphros, über das Hochland von Analeria und die verzauberten Hügel herrschen und viele Wunder werden geschehen …

Zu gegebener Zeit werden Ordnung und Chaos sich vermehren. Jene, die nach Ordnung suchen, werden dem Chaos folgen, und jene, die dem Chaos folgen, werden nach Ordnung suchen, und keiner wird wissen, welchen Pfad er einschlägt.

Das Schwert namens Wissen wird aus der Scheide gezogen werden und Gelehrte und Soldaten werden seine Tugend verkünden und laut hinausposaunen, wie aus Mangel Wohlstand wird und aus Dürre Überfluss. Doch die Schwerter des Wissens werden das Land bluten und die Feuer bis in den Himmel brennen lassen und viele werden sich von dem Gräuel abwenden und sich auf ihre eigenen Waffen besinnen.

Doch auch diese Waffen werden furchtbar sein – die erste wird den Schwertern der Sterne gleichen, die Sonnen sind, die zweite den Speeren des Winters und die dritte den Spiegeltürmen, erbaut von den Dämonen des Lichts.

Dunkle Schiffe werden über die Wasser rasen und vom Himmel wird eine Zerstörung fallen, die die größte aller Mauern zertrümmern wird, und selbst die Schwächsten unter denen, die Waffen tragen, werden mit der Kraft der Feuerblitze kämpfen …

Das Buch Ryba
Lied DL [Das Ende], Originalfassung

II

Begegnung mit dem Wissen

XXXV

Schwarze Residenz, Landende [Recluce]

»Spürt Ihr, was in Hydlen geschieht?« Heldra tritt auf die alte Terrasse.

»Ja, und es gefällt mir gar nicht.« Talryn schlendert an der Mauer entlang, die die Terrasse umgibt.

»Es geschieht Schlimmes dort, aber das ist in Candar nichts Neues.« Heldras Blick wandert von den schwarzen Steinen, die schon vor Jahrhunderten behauen wurden, zur Eiche, deren Blätterwerk der Terrasse Schatten spendet, und dann zu Talryn, der ihr nickend zustimmt.

»Warum sind wir hier?«, fragt Maris.

»Weil dies hier der Schrein der Gründer ist und weil die Regeln des Rates besagen, dass wir einmal in jeder Jahreszeit hier zusammenkommen sollen.«

»Fast ein wenig unheimlich ... als blickte mir Creslin über die Schulter.« Maris sieht sich das ehrwürdige Haus an, dessen Mauerwerk über die Jahrhunderte hinweg keinen Schaden genommen zu haben scheint.

»Genau so soll es sein. Unser Tun soll ihre Ideale widerspiegeln.«

»Aber sie haben vor tausend Jahren gelebt. Wir leben im Jetzt«, gibt Maris zu bedenken.

»Wie Heldra schon sagte«, antwortet Talryn darauf, »manches ändert sich nicht. In Candar herrscht noch immer Unordnung. Große Mengen an Chaos fließen ungehindert durch das Land. Lerris hat etwas mit Gerlis gemacht, sodass von diesem nun keine Chaos-Bündelung mehr ausgeht. In all der Zeit hatten wir es immer wieder mit Ordnungs- und Chaos-Bündelungen zu tun und doch verfügen wir über kein geeignetes Mittel, um damit fertig zu werden.«

»Ein schöner Platz. Jetzt verstehe ich, warum Megaera ihn mochte.« Heldra sieht aufs Ostmeer hinaus. »Lerris tat weit mehr als irgendetwas. Der Nachhall seines Tuns ist immer noch zu spüren.«

»Wie wird es weitergehen?« Maris betrachtet die Fenster und wirft einen Blick hinein in das alte Ratszimmer. Er zittert.

Talryn zuckt mit den Schultern. »Ich nehme an, Berfir wird die Quellen und das Land darum herum dem Autarchen überlassen. Irgendwann in der Zukunft, wenn er Colaris mit seinen Raketen endgültig vernichtet hat, wird er das Abkommen brechen und versuchen, die Quellen zurückzuerobern.«

»Wird der Autarch das zulassen? Und was ist, wenn auch Colaris neue Waffen auffährt? Er will das Ohydetal unbedingt zurückhaben.« Maris späht noch immer durch das Fenster in das alte Ratszimmer. »Gehörte diese Klinge Creslin?«

»Ja. Ihr seid das erste Mal hier?«

Maris nickt.

»Man sagt, er hätte diese Klinge nicht mehr getragen, nachdem er die große Weiße Flotte zerstört hatte. Aber wahrscheinlich ist das nur eine weitere Legende.« Heldra hält inne. »Ich hatte diese Klinge schon in der Hand. Sie strahlt etwas aus ...«

»Ihr und Eure Klingen.« Maris streicht sich über den Bart. »Vielleicht habt Ihr Recht. Die Wahrheit ist manchmal schwerer zu glauben als Lügen. Was ist mit Cassius? Wer glaubt einem Mann aus einem anderen – wie nennt er es? – einem anderen Universum ... der durch einen Defekt im Ordnungs-Chaos-Gefüge hierher gelangt ist? Aber er ist nun einmal hier. Was ist, wenn Lerris wieder einen derartigen Defekt hervorgerufen hat? Was ist, wenn uns der nächste Besucher nicht mehr so freundlich gesonnen ist?«

»So etwas geschieht nicht oft.« Talryn schmunzelt.

»Dann gibt es noch Sammel. Antonin, Gerlis, Sammel und Lerris, Justen und Tamra noch nicht mit eingeschlossen.«

»Sammel?« Heldra öffnet die Tür und bleibt stehen. »Was machen wir mit ihm? Sein Problem ist, dass er das Wissen mehr liebt als die Ordnung. Das ist nicht das Gleiche wie bei Antonin oder Gerlis, die Chaos schufen, um ihre eigene Macht zu vergrößern.«

»Er baut sich etwas auf, wir wissen nur nicht was.« Talryn folgt Heldra hinein in die Schwarze Residenz. »Habt Ihr etwas von der Schwarzen Garde gehört?«

»Nein. Das beunruhigt mich ein wenig.«

»Ein wenig?«, fragt Maris. »Wie viele habt Ihr ausgesandt?«

»Nur zwei, sie sind mit Raketengewehren bewaffnet. Sie müssen also nicht nahe an ihr Ziel heran.«

Talryn runzelt nachdenklich die Stirn. »Ich spüre Sammel noch immer. Es kann sein, dass wir mit ihm ein weiteres Problem haben.«

»Er könnte ein noch größeres Problem darstellen als Lerris, ein viel größeres sogar«, vermutet Maris. »Was wird geschehen, wenn sich dieser Krieg zwischen Berfir und Colaris weiter hinzieht? Und was ist, wenn Sammel und Lerris, Justen und Tamra mit hineingezogen werden? Was machen wir dann?«

»Candar – immer nur Schwierigkeiten. Was ist dort geschehen seit dem Fall von Frven? Justen vernichtete das alte Weiße Reich, schmolz es förmlich ein, und wir blieben verschont. Auch jetzt werden wir sicherlich einen Weg finden. Wir lassen es Colaris und Berfir austragen und ich werde mich zusammen mit der Schwarzen Garde persönlich um Sammel kümmern.« Heldra schließt die Außentür und führt die anderen durch die schwarze Eichentür ins alte Ratszimmer. »Mehr Sorgen bereiten mir die Maschinen, die überall gebaut werden, und die neuen Schiffe aus Hamor ... und dieser Stahl, der unserem Schwarzen Eisen fast gleichkommt.«

»Ihr wollt nur nicht zugeben, dass Ihr mit Sammel nicht Recht gehabt habt«, sagt Maris.

Heldras Hand umfasst langsam das Heft ihres Schwertes.

»War nur ein Scherz«, fügt Maris schnell hinzu.

XXXVI

Nordwestlich von Renklaar, Hydlen [Candar]

Die erste Rakete fliegt auf die vorrückenden Truppen aus Freistadt zu, die unter blauweißem Banner kämpfen. Als sie über die Männer hinwegfliegt, blicken einige Soldaten zu ihr auf, doch die meisten marschieren einfach weiter den sanften Hügel hinauf zu den nicht sehr tiefen Schützengräben der Hydler.

Ein ganzes Geschwader Raketen wird nun auf die Haupttruppen Freistadts abgefeuert. Eine davon schlägt weniger als zehn Ellen links von den Angreifern ein. Vereinzelt züngeln Flammen zwischen den Truppen auf, zwei Männer fallen. Ein Soldat geht in Flammen auf. Andere rollen sich auf der Erde, um die Flammen zu ersticken, die sie zu verschlingen drohen.

Noch mehr Raketen schießen aus den Geschützstellungen der Hydler und explodieren inmitten der Hauptangriffstruppe. Blau gekleidete Soldaten fallen auf dem Hügel, überall brennen Körper, Büsche und

Gras. Schwarze, weiße und graue Rauchfahnen steigen gen Himmel.

Die nächste Raketensalve wird abgefeuert, Trompeten ertönen und die Angreifer beginnen mit dem Rückzug, zuerst nur langsam, dann im Laufschritt, doch der nächste Schwarm Raketen folgt ihnen bereits. Mit einem ohrenbetäubenden Pfeifen und Zischen suchen sie ihr Ziel.

»Bogenschützen!«, befiehlt Berfir.

Eine Welle von Pfeilen saust den Hügel hinunter, die schweren, mit Widerhaken versehenen Pfeilspitzen durchbohren Kettenhemden, Haut und Fleisch.

Die schwarzen, grauen und weißen Rauchschwaden, die am Fuß des Hügels aufsteigen, werden dicker.

Eine andere Trompete ertönt und dieses Mal stürzen sich gut zweihundert Kavalleristen in den goldenen und roten Farben Yeannotas den Hügel hinunter.

»Feuer! Feuer!«, befiehlt Berfir, doch der Raketenoffizier hat die Wagen mit den karminroten Streifen bereits herumgedreht und auf die Lanzenkämpfer gerichtet.

Die nächste Salve Raketen schlägt inmitten des flüchtenden Heers ein, gefolgt von einem letzten Geschwader von fliegenden Pfeilen.

Mindestens zweihundert Leichen liegen vor den Schützengräben der Hydler verstreut.

Berfir wartet, bis das Söldnerpferd aus Freistadt den flacheren Hang zu seiner Linken erreicht. Dann nickt er.

Zwei größere Raketen fliegen in hohem Bogen die kurze Strecke bis zu dem Pferd.

Krummmptt!!! Krummptt!!

Eisenscheiben fräsen sich durch die Lanzenkämpfer und die Schreie von Mensch und Tier übertönen den Lärm der nächsten scheibenförmigen Raketen.

Die schweren Pfeilspitzen treffen eine Handvoll Lanzenkämpfer am Hügel, weniger als zehn Nachzügler und Überlebende suchen den Weg zurück hinter die Linien der Freistädter.

Berfir macht eine Handbewegung zu seinem Raketenoffizier und die Raketenabfeuerungsrohre werden in einem steileren Winkel nach oben gestellt.

Die nächste Raketensalve trifft die Truppen auf der anderen Hügelseite, weitere folgen. Innerhalb kürzester Zeit steigt Rauch aus den Geschützstellungen der Freistädter auf und gesellt sich zu den Wolken, die bereits die Sonne verdunkeln.

Berfir lächelt triumphierend, als sich das blauweiße Banner zurückzieht.

»Haben sie ganz schön erwischt diesmal, Ser«, krächzt der Raketenoffizier.

Das Lächeln verschwindet vom Gesicht des Herzogs und er sieht nur noch müde aus. »Dieses Mal, Nual, dieses Mal. Das haben wir den Raketen zu verdanken.«

»Glaubt Ihr, dass auch die Freistädter bald Raketen besitzen werden?«

Berfir blickt nach Nordosten in Richtung Freistadt. Das Ende der Großen Nordbucht, wo sich auch der Hafen befindet, liegt allerdings mehr als hundert Meilen entfernt. »Colaris wird uns noch mit irgendetwas überraschen. Das war schon immer seine Art.«

»Gemein wie er ist.«

»Jeder ist das in Zeiten wie diesen.« Der Herzog richtet sich auf. »Lade die Raketenwagen neu auf.«

XXXVII

Die Wintersonne, die durch die Fenster in den Gästegemächern des Autarchen schien, wärmte den Raum nicht besonders gut, sodass ich froh war um die schwere Steppdecke, die jedoch ein wenig auf mein linkes Bein drückte. Ob mit oder ohne Ordnungs-Magie, ich fror entsetzlich, wenn ich verletzt war, doch durch mein Zittern schmerzte das Bein und je stärker ich zitterte, desto mehr schmerzte es.

Das große Bett war sehr bequem und das dunkel gebeizte Kopfende aus Kirschholz keine schlechte Arbeit. Der Schrank, das Nachttischchen, auf dem die Lampe stand, und der kleine Stuhl, alles war aus dunklem gebeizten Kirschholz gefertigt und stammte aus der Hand desselben Handwerkers, den Stil erkannte ich jedoch nicht. Onkel Sardit mit seiner langen Erfahrung wüsste es sicherlich.

Da ich nichts Besseres zu tun hatte – und auch nicht konnte –, hatte ich Krystal dazu überredet, mir *Die Basis der Ordnung* mitzubringen. Manchmal allerdings brannten meine Augen noch entsetzlich, wenn ich zu lesen versuchte, und Teile des Buches waren nach wie vor unerträglich langweilig, besonders die leeren Phrasen am Anfang. Bestimmt hatte man diesen Teil dem Buch erst später hinzugefügt. Die anderen Abschnitte über das Was und Wie und Warum klangen ganz anders.

»Ordnung ist die Grundlage jeder Gemeinschaft.« Warum wurde das überhaupt erwähnt? Alles was aus mehr als einem Teil bestand, bedurfte der Ordnung, um zu bestehen; jede Gruppe, egal welcher Tierart, lebte nach einem bestimmten Ordnungs-Muster zusammen. Die Ameisen taten es. Die Schafe. Sogar Gänse – manchmal. Warum sollte es sich mit den Menschen anders verhalten?

Die Tür ging auf und herein kam Justen.

»Lass uns doch mal sehen, wie schnell du dich erholst.«

Ich verfügte nicht mehr über sehr viel überschüssige Energie, doch ich setzte alles, was ich hatte, ein, um jede Spur einer Chaos-Infektion abzuwehren und den Heilungsprozess zu unterstützen. Mehr als Unterstützung war laut Justen und der *Basis der Ordnung* nicht gut. Ich legte das Buch auf den Tisch.

Justen zog die Decke zurück und begann mit dem Arm.

»Hmmmmm … nicht schlecht. Das wird nicht mehr lange dauern.«

Was wird nicht mehr lange dauern? fragte ich mich. Seine Stimme schien lauter zu werden und verstummte plötzlich, aber vielleicht lag es an meinen Ohren.

»… fast verstümmelt, dieser …«

Er meinte mein Bein, das mit Holz und Leder bandagiert war. Es fiel mir nicht leicht stillzuhalten, als Justen mich untersuchte, mein Körper war übersät mit gelben und grünen Flecken und Prellungen, einen Arm und ein Bein konnte ich fast gar nicht bewegen. Seine Finger tasteten mich vorsichtig ab, trotzdem schmerzte es.

»Du wirst es überleben.«

»Ist das alles, was du zu sagen hast?«

»Lerris, wenn man den Zustand bedenkt, in dem du hier ankamst, ist das schon sehr viel. Quetschungen, Verbrennungen, Knochenbrüche …«

»Verbrennungen?«

Justen schüttelte den Kopf. »Du hast eine einfache Schwefelquelle in ein brodelndes Inferno verwandelt und wärst dabei fast selbst verbrannt.«

»Ich wusste gar nicht, dass ich das getan hatte.«

Der Graue Magier atmete tief und langsam ein. »Du hast elementares Chaos tief unter der Erde angezapft und es direkt an die Erdoberfläche geführt. Elementares Chaos ist heißer als ein Schmiedefeuer. Was hast du gedacht, was geschehen würde?«

»Alles aus dem Buch.« Ich deutete auf die *Basis der Ordnung*. »Ich habe herausgelesen, dass ich Gerlis zerstören könnte, wenn ich ihn mit genügend Chaos überhäufte und er damit an die Grenzen seiner Fähigkeiten stieße.«

»Das ist dir gelungen.« Justen schüttelte den Kopf. »Aber dadurch hast du das Tal in eine Hölle der Dämonen verwandelt und fast alle hydlenischen Truppen vernichtet. Meines Erachtens hast du eine Art Schild aufgebaut, der dich und die Kyphrer gerettet hat.« Er schnaufte. »Du hattest Glück, das muss man dir lassen. Die anderen kyphrischen Truppen einschließlich Krystal hielten sich in sicherer Entfernung auf und wurden deshalb nicht von der ersten Feuerwelle erfasst.«

Ich zuckte die Schultern und es tat nicht einmal sehr weh. »Was hätte ich tun sollen? Hätte ich zulassen sollen, dass Gerlis alle verbrennt, mich eingeschlossen?« Manchmal war Justen eine Plage. Genau wie Talryn und mein Vater auch, immer nur hielten sie mir vor Augen, was ich falsch gemacht hatte. Wo war er überhaupt gewesen? Irgendwo bei einer Frau … und jetzt beschwerte er sich – wieder einmal – darüber, dass ich alles verpfuscht hätte. Sämtliche Magister waren so. Talryn, Lennett – sie sagten nur ständig, dass man für jeden Fehler, den man beging, bezahlen müsste. Allerdings verrieten sie einem immer erst, dass es ein Fehler war, wenn man ihn bereits begangen hatte.

Ich runzelte die Stirn und erinnerte mich an Tamra, die etwas von einem Lebensband erwähnt hatte. Ich konzentrierte mich auf Justen und versuchte, ihn mit meinen Sinnen zu betrachten, und obwohl die Anstrengung mir wie tausend kleine Nadeln in den Augen brannte, ließ ich nicht locker.

Er kam mir anders vor – als wäre sein gesamter Körper aus kleinen Chaos-Bausteinen zusammengesetzt, die mit Ordnung überzogen waren. Tamra hatte Recht. Ich fühlte ein Lebensband, das weit weg führte. Vielleicht … war er verheiratet. Justen mit einer Frau – auf

Dauer? Ich fragte mich, was ich noch alles nicht wusste oder nicht gesehen hatte.

»Du hättest ihn in Ruhe lassen können. Chaos-Magier leben ohnehin nicht sehr lange. Das Chaos hätte sich irgendwann verflüchtigt.«

»Wann? Nachdem Berfir mit seinen Raketen nach Süden gekommen wäre und Kyphros erobert hätte?«

»Das wäre nicht geschehen.«

Justen hatte auf alles eine Antwort. Es war ermüdend und vorhersehbar und man brauchte eine gehörige Portion Geduld dafür, was an einem kriegerischen Ort wie Candar nicht immer allen von uns gegeben war, die wir keine Grauen Magier mit ewigem Leben waren. Da kam mir ein Gedanke, bei dem sich mein Magen zusammenzog. Wenn ich mit Hilfe der Ordnung über Chaos verfügen konnte, würde dann aus mir irgendwann ein Grauer Magier werden?

Justens Augen ruhten auf mir. »Wir müssen miteinander sprechen, wenn du dich besser fühlst und dein Selbstmitleid etwas abgeklungen ist – und wenn ich etwas mehr Geduld habe und nicht mehr so müde bin.«

Warum war er müde? Er hatte nicht in der Schlacht gegen das Chaos gekämpft. Meine Augen schmerzten, seine Stimme wurde lauter und verstummte plötzlich, trotzdem hörte ich ihn.

»Ich bin müde, weil ich versuche, alle verwundeten und halb verbrannten Soldaten zu retten. Du bist nicht der einzige Verletzte. Du bist nur der Einzige, der in so einem bequemen Krankenzimmer liegt.«

»Es tut mir Leid.« Ich fühlte mich winzig klein und elend.

Wieder schüttelte er den Kopf. »Ich darf nicht zu hart mit dir sein. Du hast dein Bestes gegeben. Wir sollten ein andermal miteinander reden.«

Sein Haar war wieder mit Silbersträhnen durchzogen. Das zeigte, dass er zu erschöpft war, um sich jung zu halten, aber sonst konnte ich keine Veränderung wahrnehmen. Vielleicht hatte er Recht. Vielleicht hatte ich zu viel Selbstmitleid und war zu gelangweilt.

»Kann ich nach Hause?«

Justen sah mich nachdenklich an. »Wenn du jemanden findest, der dir eine Kutsche leiht. In einem Wagen würdest du zu sehr durchgeschüttelt und ein Pferd, auch ein sanftes wie Gairloch, kommt nicht in Frage.« Er hustete, bevor er fortfuhr. »Es wäre vielleicht besser. Ich kann für dich nichts mehr tun, was du nicht auch selbst tun könntest.«

Ohne zu fragen, warum es vielleicht besser wäre, nickte ich einfach nur.

»Wir werden noch miteinander sprechen.« Er drehte sich um und ging.

Ich sah in das kalte Licht, das durch das Fenster hereinfiel, und dann auf dem Umschlag der *Basis der Ordnung*. Wie viele Menschen mussten sterben? Hatte wirklich ich sie umgebracht? War es notwendig gewesen?

Vorsichtig rieb ich mir die Stirn, fühlte die sich schuppende Haut und das stoppelige Haar, das nun, nachdem die Verbrennungen heilten, wieder nachwuchs. Ich dachte vorher, man hätte es einfach abgeschnitten, während ich bewusstlos gewesen war, um mich dort zu nähen oder so etwas. Aber verbrannt?

Krystal war die nächste Besucherin, sie trug ihr Trainingsgewand, fleckige graue Bluse, abgetragene Lederhosen und das Schwert. Sie schwitzte trotz der Kälte im Zimmer.

»Du arbeitest?«

»Wir haben immer noch nicht genug Ausbilder. Tamra hilft ihnen, mit den Stäben vertraut zu werden, aber gute Schwertkämpfer, die etwas von ihrem Handwerk verstehen, sind schwer zu finden.« Sie beugte sich zu mir herunter und küsste mich. Ich erwiderte den Kuss.

»Du siehst besser aus.«

»Justen sagte mir, dass ich es überleben werde.«

»Eine Zeit lang sah es nicht so aus.« Sie zog den einzigen Stuhl neben das Bett und setzte sich.

»Ich halte mehr aus als das.«

»Du bist ein Held, nicht weil du den Weißen Magier besiegt hast, sondern weil du die Verletzungen überlebt hast.« Krystal lachte leise. »Viele der Elitegarde haben dich auf dem Karren liegen sehen. Nicht einer von Hundert überlebt solche Verwundungen. Du bist nicht nur ein Ordnungs-Meister, du bist der zäheste Ordnungs-Meister, den die Welt jemals gesehen hat, und du bist ihr Ordnungs-Meister. Du hast einen Magier und die Schwerter bezwungen.«

»Ich fühle mich nicht gerade wie ein Held. Justen war gerade hier.«

»Das Gefühl hinterlässt er bei jedem.« Krystal lachte, doch ihr Lachen klang bitter. »Er fragte, ob das alles wirklich notwendig gewesen war.«

»Ich hätte noch ein paar ähnliche Fragen. Wie viele wurden getötet?«

Krystals Gesicht nahm einen düsteren Ausdruck an, sie sagte nichts.

»So schlimm?«

»Bei den Außenposten sieht es verheerend aus. Nur die halbe Einheit, die bei dir war, kam durch, und ein verwundeter Hydler. Er ist verrückt geworden – er weint immer nur. Er nennt dich den furchtbaren Magier und dann weint er.«

Ich? Ein furchtbarer Magier? »Was ist mit Weldein? Er hat mir mehrere Male das Leben gerettet.«

»Er hatte schwere Verletzungen, aber Justen hat ihn durchgebracht.«

»Freyda wurde getötet.«

Krystal nickte.

»Jylla?«

»Ihr Arm und die Schulter wurden zerschmettert, aber zumindest trug sie keine Stichwunden davon. Sie wird zwar nicht mehr kämpfen können, aber der Arm bleibt ihr zumindest erhalten.«

»Yelena?«

»Ihr geht es gut. Ich habe sie nach Ruzor geschickt, um Subrellas Aufgabe zu übernehmen. Kyldesee war der Aufgabe nicht gewachsen. Ich habe es gleich gewusst, doch wir mussten es mit ihr versuchen. Sie ist mit Murreas befreundet.«

Politik!

»Was ist mit Shervan? Er ist tot, nicht wahr? Und Pendril auch.«

Krystal nickte.

Nicht gerade gute Neuigkeiten. Von dem halben Dutzend Männern und Frauen aus der Truppe, die ich gekannt hatte, waren drei tot, eine verkrüppelt und einer verwundet. Mein Hals schwoll an und meine Augen brannten. Ich hatte unseren Plan für gut gehalten. Wie wäre es uns dann mit einem schlechten ergangen?

»Das passiert im Kampf, Lerris.«

Der Kampf mit Antonin war mir so einfach erschienen, so sauber. Puff … Feuer, Handgemenge, Weiße Asche. Waren Magier deshalb so gefährlich? Weil sie nie die Schwerter und Leichen sahen? Nie die Menschen kannten, die starben?

Ich schluckte. »Wie sieht es bei den Hydlern aus?«

»Noch schlimmer. Nur noch etwa eine Einheit schickten wir zurück, die meisten davon waren verwundet.«

Mir schauderte. »Ich glaube, es ist an der Zeit heimzugehen.«

»Behagt dir die Gastfreundschaft des Autarchen nicht?«

»Sie ist mehr als großzügig.« Das hatte sie auch anderweitig gezeigt. Jeden Tag hatte sie mich hier besucht, manchmal sogar zwei Mal, und darauf bestanden, dass ich einen Beutel mit Münzen annahm. Sie hatte behauptet, es wäre ohnehin nur eine armselige Belohnung. Ich wusste ja nicht, wann ich wieder arbeiten konnte, also hatte ich ihn angenommen. Der Beutel lag noch immer unter der Matratze.

Ich sah wieder zum Fenster, wo das kalte Licht hereinströmte.

»Was hat Justen gesagt?« Krystals Stimme wurde leiser.

»Wenn ich eine Kutsche auftreiben kann, wäre es wahrscheinlich besser, ich würde nach Hause fahren. Warum, hat er nicht gesagt.«

Krystal strich mir zärtlich über die kurzen Haare und küsste mich auf die Wange. »Weil das Holz dir helfen wird, gesund zu werden. Die ersten Kämpfe sind hart.«

»War es für dich auch hart?«

Sie drückte meine gesunde Hand. »Sehr hart, aber ich bin etwas älter. Und ich habe schon viel mehr Gewalt in meinem Leben gesehen als du.«

»Gewöhnt man sich daran?«

»Ich hoffe nicht.«

Ich sah in ihr Gesicht, feine Linien gingen von ihren Augen aus und Silberfäden durchzogen ihr dunkles Haar. In ihren dunklen Augen entdeckte ich eine neue Art von Dunkelheit, eine Dunkelheit, die ich zum ersten Mal sah. Wie Justen wirkte auch sie müde.

Langsam umfasste ich ihre Hand mit beiden Händen, den Schmerz in meinem rechten Arm beachtete ich einfach nicht. Sie blieb noch lange bei mir, sagte jedoch kein Wort, was auch nicht notwendig war. Auch ich sagte nichts und irgendwann schlief ich ein.

XXXVIII

Ich lag in meinem eigenen Bett, gestützt auf viele Kissen lehnte ich aufrecht am Kopfende und las. Ich versuchte, mich von der Kutschfahrt am Tag zuvor zu erholen. Justen hatte zwar dem Transport zugestimmt, doch nun schmerzte wieder alles und ich war müde. Sogar meine Augen brannten wieder; deswegen schlief ich die meiste Zeit.

Dann marschierte Tamra herein. »Na, wie geht es unserem Krüppel? Tust du dir sehr Leid?« Der blaue Schal, den sie trug, passte sehr gut zu ihren Augen. Sie ließ sich in den hölzernen Armstuhl fallen, den Rücken zum Fenster gerichtet.

Draußen leuchtete der blaue Himmel und die Bäume wogen sich im Wind. Sogar die Wolken hatten es eilig. »Nein. Mir tut nur alles weh.« Ich legte *Die Basis der Ordnung* beiseite, nahm einen halbwegs tiefen Atemzug und schloss für einen Augenblick die Augen. Das half. Meine Rippen schmerzten noch immer, wenn ich tief einatmete.

»Glaubst du, dass du bald aufstehen kannst?«

»Ich weiß nicht. Justen sagt, die Rippen sind fast wieder zusammengewachsen und der Arm wird auch bald wieder gesund sein. Nur das Bein hinkt hinterher.« Meine brennenden Augen und das aussetzende Hörvermögen erwähnte ich nicht. Ich nahm an, auch das würde mit der Zeit besser werden.

»Justen ist dein Onkel. Er ist zu gut zu dir.« Tamra lachte hell und schlug die Beine übereinander.

»Auch zu dir war er gut, als du ihn gebraucht hast.«

»Ich denke, Grau wird dir gut stehen«, sagte Tamra so beiläufig, als redete sie über das Wetter. »Falls du jemals dieses Bett wieder verlassen wirst.«

»Grau? Ich habe noch nie Grau getragen und werde es auch nie tun.« Schon in dem Augenblick, in dem die Worte meinen Mund verließen, hätte ich sie am liebsten ungesagt sein lassen. ›Nie‹ war ein gefährliches Wort, besonders für mich. Also wechselte ich das Thema. »Was bist du nur für eine Magierin?«, fuhr ich sie an. »Du kritisierst nur immer. Was kannst du denn schon?«

Ihre blauen Augen wurden plötzlich schiefergrau und das ganze Zimmer verdunkelte sich. Draußen schlugen die Fensterläden gegen die Wand und ein kalter Winterwind peitschte über mich hinweg und zerrte an der Decke.

Ich schluckte. Tamra hatte wirklich *etwas* von Justen gelernt. »Na gut. Du hast die Winde in deiner Gewalt. Was willst du?«

»Erstens verlange ich etwas Respekt. Du und alle anderen Männer, ihr glaubt nicht an meine Macht, wenn ich sie nicht dauernd zur Schau stelle. Zweitens möchte ich, dass du deine wirkliche Stärke zeigst. Willst du alles wegwerfen, was du gelernt hast, nur weil du so stur bist? Willst du in diesem Bett liegen bleiben, bis dich jemand auf Knien anfleht aufzustehen? Ist der arme kleine Ordnungs-Meister so geschlagen worden …?«

Ich setzte mich auf, trotz der Schmerzen im Bein und im Arm schwang ich mein gesundes Bein über die Bettkante und schleifte das andere hinterher. Für eine Sekunde musste ich mich am Kopfende festhalten.

»Nicht schlecht. Justen dachte nicht, dass du dazu stark genug wärst. Aber er ist ein Weichling.« Tamra grinste, was mich an Gerlis erinnerte.

»Du bist wirklich ein Miststück.« Die Worte gingen einher mit Weißem Schmerz.

»Wenn du diese Übung öfter wiederholst, wirst du viel früher als vorgesehen aufstehen können.« Sie sah mich an. »Es hat dich ja wirklich schlimm erwischt, was, armer Lerris?«

Ich musste mich wieder in die Kissen legen. »Antonin hat dich damals wirklich in Schwierigkeiten gebracht, nicht wahr, starke Tamra?«

»Also gut!«, fuhr Tamra sachlich fort. »Kasee muss Berfirs Gesandtem mehr als nur einen Schrecken einjagen. In einem Achttag wird er hier eintreffen und du solltest bis dahin wieder gehen können. Solche Menschen müssen ständig erinnert werden. Deshalb wirst auch du bei dieser Audienz Grau tragen.«

»Ich trage keine graue Kleidung. Ich trage Braun.«

»Willst du Krystal enttäuschen? Oder all die Soldaten, die umgekommen sind? Willst du, dass der Gesandte Kasee übertrumpft?«

»Keiner übertrumpft den Autarchen so einfach.«

»Ich meine, sie verfügt über kein großes Heer und jeder Gesandte, der hierher kommt, wird das sofort bemerken. Was hat sie schon? Sie hat mich und dich und Krystal und eine kleine, aber feine Truppe Söldner. Du musst zu diesem Treffen und Eindruck machen, was dir aber mit brauner Kleidung nicht gelingen wird.«

»Und wie soll ich in die Hose hineinkommen?«

»Rissa sagt, dass du anstatt der Nähte am rechten Hosenbein Knöpfe brauchst, doch das dürfte die geringste Schwierigkeit sein. Das wäre sowieso notwendig gewesen.«

»Gut. Ich werde zu diesem Treffen oder der Audienz oder wie auch immer gehen. Ich werde aber meine braunen Sachen tragen. Und jemand kann mich auf einem Karren dort hineinschieben. Ich werde wirklich eindrucksvoll aussehen.«

»Einen neuen Stab besorge ich dir. Du wirst hineinhumpeln, bevor der Gesandte eintrifft. Mit dem neuen Stab und in den grauen Kleidern wirst du alle beeindrucken.«

»Ich werde erst Grau tragen, wenn auch Justen zu diesem Treffen kommt.«

»Gut. Er kommt. Drei Magier werden ausreichen. Ich habe graues Leder und den passenden Stoff dazu mitgebracht. Rissa sagte, sie könne Hose und Tunika nähen, und du wirst sie dafür bezahlen.«

»Ich bezahle sie sowieso.«

»Dann zahl ihr mehr. Du hast doch Gold von Kasee bekommen.«

»Ha! In der nächsten Zeit werde ich keinesfalls arbeiten können, wir müssen ohnehin alle verhungern.« Das stimmte zwar nicht ganz, noch nicht, aber Tamra hatte mich in Rage gebracht.

»Dann solltest du daran arbeiten, dich selbst zu heilen.« Tamra stand auf. »Ich werde Rissa sagen, sie soll gleich mit dem Nähen anfangen. Sie wird deine Maße nehmen müssen, jag ihr also keinen Schrecken ein.«

Sie schenkte mir ein letztes Lächeln und weg war sie.

Ich starrte auf *Die Basis der Ordnung*. Schließlich nahm ich das Buch in die Hand und fing an zu lesen, doch den Sinn der Worte begriff ich immer noch nicht.

»*... die Ordnung der Erde ist die Ordnung der Ordnung innerhalb und außerhalb des Chaos; der, der die Ordnung der Erde beherrscht, beherrscht die Welt, würde er denn die Last des Leids tragen, das er hervorruft ...*«

Leid? Jede Art von Ordnung schien für irgendjemanden in Leid zu enden. Wie kam es, dass es kein Buch für Chaos-Meister gab, in dem über Leid geschrieben wurde? Weil sie sich sowieso nicht darum scherten? Scherten sich denn etwa alle Ordnungs-Meister darum?

Viel zu viele Fragen ... ich legte das Buch schließlich beiseite und döste ein.

Es war schon spät, als Krystal heimkam, schon lange war es dunkel. Trotzdem trug sie noch Weste und Schwert, als sie ins Schlafzimmer trat.

»Wie geht es dir?«

Ich setzte mich auf und es gelang mir erneut, meine Beine, das gesunde wie das verletzte, von der Bettkante hinunter zu lassen; das geschiente linke Bein baumelte natürlich nicht, sondern stand nur einfach waagerecht in der Luft und schmerzte. »Es wird besser.«

»Das ist gut.« Sie berührte meine Wange und küsste mich.

»Wie geht es dir?«

»Es könnte schlechter sein. Yelena hat uns einige Rekruten aus Ruzor geschickt. Ein paar von ihnen machen wirklich einen guten Eindruck. Sie stammen aus Südwind. Dort werden noch die alten militärischen Traditionen gepflegt – zwar nicht ganz so intensiv wie in Westwind, aber immerhin. Wir können solche Soldaten gut gebrauchen.«

»Ein paar? Reicht das?«

Krystal zog ihren Stuhl näher ans Bett und setzte sich mit einem tiefen Seufzer. »Wir können einen Nutzen daraus ziehen und das ist gut. Ich habe erfahren, dass eine ganze Einheit aus Spidlar kommen wird. Die Händler haben sie entlassen.« Sie seufzte erneut. »Diese Narren. Haben sie aus Dorrins Zeit nichts gelernt? Natürlich nicht. Sie denken nur ans Geld.«

»Tamra war heute bei mir.«

»Sie sagte, sie hätte dich schon lange nicht mehr gesehen.«

»Hat sie dir erzählt, was sie vorhat, um Berfirs Gesandten einzuschüchtern?«

»Sie ist noch immer ziemlich schroff, nicht wahr?« Krystals Lachen klang etwas traurig.

»Sie wird es wohl auch immer sein.«

»Wie denkst du darüber?«, fragte meine Gemahlin.

»Ihre Idee ist vielleicht gar nicht so schlecht.« Ich zuckte mit den Schultern – vorsichtig. »Kasee verfügt über kein großes Heer und jemand wie Berfir lässt sich nur mit einer Streitmacht – egal welcher – beeindrucken.«

»Das denke ich auch. Wirst du dazu in der Lage sein?«

»Ich werde es müssen, oder?«

»Du machst schon Fortschritte.«

»Hattest du einen langen Tag?« Ein leichter Schwindel überkam mich.

»Sehr lang.«

Von meiner höheren Sitzposition im Bett aus streckte ich den Arm zu ihr hinunter. Ich strich ihr über die Wange und massierte ihre verspannten Schultermuskeln. Nach einer kleinen Weile musste ich zur linken Hand wechseln. Der rechte Arm schmerzte zu sehr.

Krystal ließ den Kopf nach vorn fallen und genoss die Berührung, genau wie ich.

XXXIX

Am nächsten Morgen, während Krystal ihre Uniform anzog, humpelte ich im Dunkeln in die Küche. Nach Tamras Besuch am vorigen Tag verstand ich, dass ich wohl nicht mehr viel Zeit zum Herumliegen hatte. Außerdem ging es mir schon so gut, dass ich nicht mehr im Bett bleiben wollte, nachdem Krystal aufgestanden war, ganz gleich wie früh es auch sein mochte.

Ich machte mir Sorgen, denn sie würde wahrscheinlich nicht zu Hause schlafen, wenn ich nicht krank wäre, und das späte Nachhausekommen und frühe Aufstehen raubte ihr den notwendigen Schlaf. Doch ich mochte es, wenn sie neben mir lag.

Rissa stellte eine Tasse Kräutertee vor mich hin. »Ihr seht aus, als bräuchtet Ihr das.«

Ganz gleich, ob ich es benötigte oder nicht, ich hatte das zu trinken. Es schmeckte nach nicht sehr viel, ganz im Gegensatz zu dem widerlichen Zeug, das sie in mich hineingeschüttet hatten, um mich zu heilen.

Dann brachte Rissa das Brot. Krystal kam herein, ihr kurzes Haar war frisiert, sie trug bereits die Weste und das Schwert.

Ich tätschelte ihr Bein und bekam ein Lächeln dafür, als sie nach ihrer Teetasse griff.

Aus der Dunkelheit im Hof drangen die Geräusche von Pferden herein, die gerade gesattelt und fertig gemacht wurden. Rissa stellte eine Schüssel mit getrockneten Pfirsichen und Birnäpfeln zwischen uns.

»Nimm du dir zuerst. Ich muss ja nirgends hin.« Ich nickte Krystal zu und sie lächelte wieder.

»Es wird nicht lange dauern, dann musst auch du wieder fort.«

Perron kam herein und Krystal winkte ihn an den Tisch. »Hol die anderen zum Frühstück herein.«

»Ja, Ser.«

Als er wieder draußen war, fügte Krystal hinzu: »Sie können es sowieso kaum erwarten, dich zu sehen.«

»Mich?«

Sie schnaubte.

»Sei gegrüßt, Ordnungs-Meister«, sagte Perron.

Haithen, eine weitere Frau und ein Mann kamen herein und setzten sich an den Tisch. Rissa brachte zwei weitere Schüsseln mit getrockneten Früchten und noch zwei Laibe Schwarzbrot.

»Kräutertee?«, fragte die Soldatin, die ich nicht kannte, eine Brünette mit spitzer Nase, als sie sich einen Ranken Brot abbrach.

»Er schmeckt nach nichts, aber er soll angeblich helfen.« Ich nahm mir etwas Brot und eine Handvoll getrockneter Früchte. »Ist noch Käse da?«

»Nur noch von dem gelben, Meister Lerris.«

»Besser als nichts«, murmelte ich. »Bring ihn her.«

Rissa stellte den Käselaib auf den Tisch und ich schnitt mir etwas unbeholfen mit der linken Hand zwei Scheiben davon ab, dann reichte ich ihn Krystal.

Obwohl der Laib groß gewesen war, blieb nicht sehr viel davon übrig, nachdem sich Krystals Soldaten bedient hatten. Das erinnerte mich wieder daran, dass es ein sehr kostspieliges Vergnügen sein konnte, der Gemahl einer Kommandantin zu sein.

»Wie kommt es, dass du dich nicht selbst heilen kannst?«, fragte Haithen.

Die anderen sahen mich an, als hätte ihnen allen diese Frage auf der Zunge gebrannt.

»Ich könnte es ... doch das wäre nicht gut. Wenn ich dann irgendwann einmal müde würde, zerfiele ich in meine Bestandteile.« Ich versuchte es zu erklären. »Ordnungs-Zauber verlangt Stärke und Geschick – genau wie der Schwertkampf. Haithen, warum trägst du kein Zweihandschwert?«

»Es ist zu schwer, besonders beim Reiten. Ich würde das Gleichgewicht verlieren.«

»Dasselbe gilt für die Zauberei. Als ich gegen den ersten Weißen Magier kämpfte, musste ich ihn nur mit meinem Stab berühren, nachdem ich ihn von seiner Macht abgeschnitten hatte. Als er keinen Zugang mehr zu seiner Macht hatte, starb er. Wenn ich pure Ordnung gebrauchen würde, um mich selbst zu heilen, und meine Macht oder Stärke jemals verlöre, zerfiele ich in tausend Stücke.« Ich streckte meine gesunde Hand aus, um die Einwände abzuwehren. »Nur ein anderer Magier kann ein wenig helfen; das ist es, was die Heiler tun. Ich kann Ordnung einsetzen, um das Chaos von meinem Körper fernzuhalten und um das Zusammenwachsen meiner Knochen zu beschleunigen. Ich werde schneller gesund und die Knochen wachsen gerade zusammen.«

»Können deshalb die Heiler nicht sehr vielen Verwundeten gleichzeitig helfen?«, fragte Haithen.

Ich nickte. »Jedes Mal, wenn du jemanden heilst, wird Energie verbraucht. Ein Heiler kann so viel Ordnung einsetzen, dass es ihn selbst umbringt und den Kranken rettet.«

»Trägst du deshalb einen Stab?«, fragte Perron.

»So einfach ist das nicht. Man kann niemanden mit der Ordnung umbringen oder verletzen – nicht unmittelbar. Man sagt, dass ein Sturm-Magier mit Hilfe der Ordnung einen Sturm schaffen kann, und dieser Sturm wiederum kann Menschen töten. Doch dazu braucht es Zeit, diese Art von Magie ist deshalb für einen Kampf ungeeignet.«

»Aber du hast den Weißen Magier umgebracht.«

»Nein. Ich half ihm nur dabei, sich selbst zu töten.« Ich zwang mich zu einem Lachen. »Ihr habt doch alle gesehen, welches Durcheinander dadurch ausgelöst wurde.«

»... verstehe immer noch nicht ...«, murmelte die fremde Soldatin. »Du hast ein ganzes Tal zerstört, aber du brauchst einen Stab, um dich selbst zu schützen?«

»Was soll ich tun, wenn ein Soldat mit einem Schwert auf mich zukommt? Ich kann kein Chaos auf ihn schleudern.« Ich sah die Frau an. »Oder auf sie. Und ich weiß auch nicht, wie man Stürme herbeizaubert.«

»Aber du hast es getan. Es hat tagelang geregnet.«

Ich musste grinsen. »Was hat mir das eingebracht?«

Zumindest Haithen lachte.

»Das ist ja alles hoch interessant«, warf Krystal ein, »aber der Autarch erwartet mich gleich nach dem Morgenappell.«

Sie schlangen hinunter, was sie gerade im Mund hatten, als wäre es ihr letztes Mahl. Dann stürmten sie hinaus in den Hof, nachdem sie sich vor Rissa verbeugt hatten.

»Danke, Rissa.« Perron verbeugte sich am tiefsten.

»Danke.« Rissa – eine ernsthafte Rissa – wurde rot.

Perron grinste und drehte sich um.

Als Krystal aufstand, versuchte ich dasselbe, ich musste mich allerdings vom Tisch hochstemmen und mich auf einen Stock stützen.

»Nicht ...«

»Ich kann nicht ewig nur herumliegen.« Ich umarmte sie.

»Ich möchte nicht, dass du für den Rest deines Lebens hinkst, nur weil du jetzt etwas beweisen willst. Zu Hause musst du nicht den Helden spielen.« Sie küsste mich trotzdem.

Ich stand in der Tür, als sie sich in den Sattel schwang und in den grauen Morgen hinausritt, zurück nach Kyphrien und zu Trainingsstunden, Logistik, Planung, Politik, Disziplin – und all den anderen Aufgaben, die sie neben dem Kämpfen noch bewältigen musste.

Danach humpelte ich zurück an den Tisch und sank auf den Stuhl. Rissa räumte den Tisch ab.

»Ich backe heute Brot, Meister Lerris. Welches habt Ihr besonders gern?«

»Ich habe eine Schwäche für das Dunkle.«

»Ich weiß. Kommandantin Krystal.«

»Das ist nicht ...«

»Ihr seid zu ernsthaft für einen jungen Mann.« Sie lachte.

Ich lächelte.

»Und Ihr müsst noch etwas Käse und Brot essen.«

»Ja, Mutter Rissa.«

Sie rümpfte die Nase, doch sie tat es mit einem Lächeln.

Nachdem ich mir noch eine dicke Scheibe Brot und einen Keil Käse abgeschnitten hatte, saß ich eine Weile kauend und schweigend am Tisch. Meine Finger wanderten über das Holz. Die Rundungen mit den Schnörkeln waren am schwierigsten zu schreinern gewesen und ich hatte mir geschworen, niemals mehr so ein kompliziertes Muster anzufertigen. Ich betrachtete den Tisch von der Seite, die Schnörkel wirkten fast chaotisch.

Holzbearbeitung konnte nicht chaotisch sein, niemals, doch die ineinander verschlungenen Linien erinnerten mich an die Verflechtung von Ordnung und Chaos. Ich hatte meine Sinne unter die Schwefelquellen geschickt. Waren Ordnung und Chaos wirklich so eng miteinander verflochten?

Mir fielen die Worte ein, die Justen gesprochen hatte, als er anfing, mich zu heilen – etwas über eine dämonisch lange Zeit, um das Gleichgewicht zwischen Ordnung und Chaos herzustellen. Ich konzentrierte meine Sinne auf den Arm. Er war noch immer empfindlich und in schweres Leder gebunden, doch der Knochenbruch war nicht so kompliziert wie in meinem Bein. Teile des Arms wiesen eine seltsame Struktur auf, fast als wären die winzigen chaotischen Teilchen, die in jedem Menschen existierten, eingebettet in größere Ordnungs-Stücke.

Ich schluckte. Justens ganzer Körper war mir so erschienen, als ich ihn mit meinen Sinnen erfühlt hatte.

»Rissa?«

»Ja, Meister Lerris?«

»Würdest du bitte herkommen?«

Rissa zog die Augenbrauen hoch und trat näher an den Tisch.

»Leg deinen Arm neben meinen.«

»Ist das alles?«

»Ja, das ist alles.« Ich verglich die zwei Arme. Teile meines Arms schienen andersartig zu sein, so andersartig wie bei Justen.

»Seid Ihr fertig? Ich muss noch Brot backen.«

»Oh … ja. Natürlich. Danke.«

»Magier …« Rissa warf das kurze Haar zurück und ging hinaus. Konnte ich die Ordnung um den Knochen in meinem Arm auf die gleiche Weise wieder herstellen? Ich konzentrierte mich und ein winziger Teil schien sich zu verändern. Meine Finger zitterten und die Augen brannten. Ich musste aufhören und meinen Kopf auf den Tisch legen.

»Meister Lerris! Meister Lerris!«

»Mir geht es gut. Ich bin nur müde.«

»Ich müsst zurück ins Bett. Ihr seid fast gestorben und jetzt wollt Ihr vorgeben, gesund zu sein.« Rissa kam an meine Seite. »Niemand schaut zu und der Elitegarde müsst Ihr auch nicht zeigen, dass Ihr der stärkste Magier aller Zeiten seid. Stützt Euch auf mich, ich bringe Euch zurück ins Bett.«

So geschah es auch und es war eine Wohltat, wieder zu liegen. Ich nickte sogar ein. Vielleicht musste ich doch noch ein Weilchen einfach herumliegen.

XL

Nordwestlich von Renklaar, Hydlen [Candar]

Der Kern der hydlenischen Streitmacht kommt nahe der Hügelspitze zum Stillstand und Berfir reitet hinauf zur Spitze der Haupttruppe, eine Hand berührt den Griff des Kurzschwertes, das er an einem Schulterriemen trägt. Er blickt den Hang auf der anderen Seite hinunter und bemerkt die drei Pferde am Boden, eines davon wiehert jämmerlich. Ein Reiter liegt mit dem Gesicht nach unten, er bewegt sich nicht.

Das Wasser der sumpfigen Wiesen hat die Hauptstraße und die Grasstreifen auf beiden Seiten zwanzig Ellen breit überflutet.

Eine weitere Lanzenkämpferin verlässt mit ihrem Pferd die Straße, aber das Pferd geht nur noch wenige Schritte, bevor es wiehert und seine Reiterin abwerfen will. Die Lanzenkämpferin sitzt noch im Sattel, als sich das Pferd wieder beruhigt. Sie springt hinunter auf den trockenen Boden und hält dabei die Zügel fest.

Als sie sich bückt, um die Hufe des Pferdes zu begutachten, schießt vor den Augen Berfirs ein Schwarm von Pfeilen vom Hang, förmlich aus dem Nichts. Noch mehr Lanzenkämpfer fallen, die anderen stehen zuerst unentschlossen herum und jagen dann ihre Pferde wieder den Hügel hinunter, um den Pfeilen zu entkommen. Auf das verletzte Pferd gehen noch mehr Pfeile nieder und es bricht aus, galoppiert durch das Wasser und bricht schließlich mit einem kläglichen Wiehern zusammen.

Die Lanzenkämpferin geht zu Boden.

Berfir verfolgt die Flugbahn der Pfeile zurück und entdeckt die Bogenschützen, sie verbergen sich an der Seite des Hügels hinter niedrigem Buschwerk. Nach dem letzten Pfeilhagel klettern sie den gegenüberliegenden Hügel hinauf und sind damit außer Sichtweite.

Der Herzog reitet hinunter zu den sich zurückziehenden Lanzenkämpfern. Die Pferde samt Reiter springen aus dem Weg, als Berfir sein Schwert aus der Scheide zieht. Er hält es ruhig in der Hand.

»Was ist geschehen?«, schnauzt er den Unteroffizier an.

»Fußangeln … hunderte davon.«

»Auf der Straße? Konntest du sie nicht sehen?«

Der Lanzenkämpfer deutet auf das Wasser und Berfirs Blick fällt auf das Ende des sumpfigen Gebietes am Fuße des Hügels. Die Böschung, die so natürlich aussah, entpuppt sich als ein von Menschenhand errichteter Damm.

Kurz danach bringt ein anderer Lanzenkämpfer dem Herzog eine verrostete Fußangel zur Ansicht.

»Verrostet? Eisen verrostet nicht so schnell.« Dann nickt er. »Sie haben es absichtlich vorher verrosten lassen.«

»Das würde ich auch sagen, Ser.«

»Dafür wirst du büßen, Colaris.« Berfir erhebt die Klinge und richtet sie gen Nordosten. »Wir wollten diesen ... Krieg ... nicht und du wirst dafür bezahlen.«

Die Lanzenkämpfer weichen vor der gefährlichen Klinge zurück, Berfir lässt sie sinken und steckt das Schwert wieder in die Scheide. »Macht euch an die Arbeit! Helft den Verwundeten und vergrabt die Toten!«

Der Herzog reitet den Hügel hinunter und entlang des sumpfigen Wassers.

Die Lanzenkämpfer folgen ihm. Nach kurzer Zeit haben zwei von ihnen schon ein Loch in der Böschung ausgehoben und das Wasser fließt von der Straße. Hunderte von spitzen braunen Fußangeln liegen auf den schlammigen Steinen.

Berfir schnaubt entrüstet.

Schon bald danach liegen die verrosteten Fußangeln auf einem Karren, der zuvor am hinteren Ende des Heeres mitfuhr. Die hydlenischen Truppen strömen den niedrigen Hügel auf der anderen Seite des Tales hinauf, weiter auf ihrem langsamen Marsch nach Freistadt.

XLI

Wenigstens hatte Kasee eine geschlossene Kutsche für mich geschickt – oder Tamra hatte es im Namen des Autarchen getan. Tamra hatte auch – wie versprochen – den eisenbeschlagenen Stab besorgt. Ich fuhr also in großem Stil durch den heftigen Winterregen. Die Kyphrer beschwerten sich oft über den Regen, doch verglichen mit Recluce oder mit den Regenfällen, die ich andernorts in Candar erlebt hatte, waren diese geradezu harmlos.

Ich trug einen braunen Umhang über den grauen Kleidern und hatte den neuen Stab bei mir, auf dem ich mich abstützte, als ich in die Kutsche kletterte. Der Stab passte kaum hinein und ich musste wegen der Schiene an meinem Bein seitwärts in der Kutsche sitzen.

Außer den kurzen Begrüßungsworten sprachen weder der Wachsoldat noch der Kutscher ein Wort mit mir, was ich an ihrer Stelle ebenso getan hätte in Anbetracht der Tatsache, dass sie völlig durchnässt wurden und ich nicht.

Die Kutsche war zwar gefedert, aber trotzdem schmerzte jede Bodenwelle und ich fragte mich, wann ich wohl wieder auf dem armen Gairloch reiten konnte. Auch er hatte Verbrennungen erlitten, doch ich hatte an diesem Tag schon nach ihm gesehen und er schien sich gut zu erholen.

Der Kutscher hielt vor dem Haupttor der Residenz des Autarchen. Jylla nahm mich in Empfang, ihre Schulter war noch immer geschient und bandagiert.

»Sei gegrüßt, Ordnungs-Meister.«

»Sei gegrüßt.« Ich blickte auf ihre Schulter. »Es tut mir Leid.«

Sie führte mich in den langen Flur, bevor sie antwortete. Ein Wachposten in grüner Uniform schloss die Tür hinter uns.

»Das muss es nicht. Ich hatte ja gewissermaßen noch Glück. Ich werde ein ganzes Jahresgehalt zusätzlich bekommen und weiterleben. Der Graue Magier sagt, ich werde den Arm wieder bewegen können, nur schwere Lasten kann ich damit nicht mehr tragen.« Ihre Augen musterten mich. »Du hast genauso viel einstecken müssen. Auf dem Karren sahst du aus wie tot.«

Ich musste grinsen. »So fühlte ich mich auch.«

»Du schienst besser durchgebraten zu sein als einige der Koteletts, die ich in meinem Leben gegessen habe.« Sie hielt inne. »Der Gesandte wird erst später eintreffen, aber die Kommandantin sagte, du könntest dich in die Ecke des Audienzsaales setzen, bis alle hier sind.«

»Wunderbar.« Ich konnte nur langsam zum Audienzsaal schlurfen und der Stab musste mir dabei helfen. Es war schon mein dritter Stab, seit ich in Candar eingetroffen war. Den meisten Menschen reichte ein Stab für ein ganzes Leben, aber ich war bereits bei Nummer drei angelangt, und das innerhalb weniger Jahre. »Wo kann ich meinen Umhang ablegen?«

»Dort in der Nische neben dem Saal sind einige Haken.«

»Du gehst auch nicht sehr viel schneller als ich. Wir würden ein gutes Paar abgeben.«

»Du liebst sie, nicht wahr?«

Die Frage traf mich unvorbereitet. »Was?«

»Die Kommandantin. Du liebst sie. Ich habe dir zugehört, als du auf dem Karren lagst. Du hast immer nur davon gefaselt, dass du die Raketen und den Magier aufhalten musst.« Jylla blieb stehen und deutete auf die dunkle Nische im Flur. »Sie liebt dich auch. Sie ritt auf dem ganzen Rückweg nach Kyphrien neben dem Karren her. Sie gab alle Befehle von dort aus.«

Ich nahm den Umhang ab und wollte gerade in die Nische treten.

»Ich nehme ihn.«

Dagegen hatte ich nichts einzuwenden.

»Deshalb«, fuhr Jylla fort, als sie zurückkehrte, »sind alle bereit, für sie zu sterben.«

»Weil sie mich liebt?« Das verstand ich nicht.

Jylla schüttelte den Kopf. »Nein, weil ihr euch so

sehr liebt und weil ihr beide auf eure eigene Art kämpft. Ihr hattet mehr zu verlieren als jeder andere hier. Und ihr kommt von weit her. Wie kann da jemand wiederstehen?«

Ich konnte nur den Kopf schütteln. Einerseits glaubte ich es, doch andererseits fand ich es verrückt. Vielleicht waren wir wirklich verrückt. Verrückte, die auch noch ineinander verliebt waren, sollten keine Truppen anführen. Ich fühlte mich ohnehin nicht als Anführer. Krystal schien dazu geboren, doch ich nicht. Vielleicht hatte auch Tamra das Zeug dazu.

»Ich bin kein Mensch, der andere führen kann.«

»Doch, das bist du. Du wirst es lernen. Wer hat den letzten Angriff angeführt?«

Das bestätigte nur, dass ich wirklich verrückt war.

Ich ging auf die Doppeltür zu. Jylla öffnete sie und ich versuchte, nicht zu sehr zu humpeln. Im Audienzsaal brannten Öllampen an der Wand. Die Regenwolken ließen es draußen nicht recht hell werden, sodass nur wenig Licht durch die hohen, schmalen Fenster drang, die hinter den Säulen an den Außenmauern angebracht waren. Wir waren die ersten in dem großen Raum; der Abstand von der Tür bis zum Stuhl des Autarchen betrug mindestens sechzig Ellen.

Die Innenwände waren mit dunklem Holz vertäfelt. Am Ende des Saales erhob sich ein etwa zwei Ellen hohes Podium über den glatten grünen Marmorfliesen. Ein langer grüner Teppich bedeckte den Gang von der Mitte der Halle bis zu den vier Stufen, die zum Podium hinaufführten. Das Podium war ebenfalls mit grünen Teppichen ausgelegt. Der Stuhl des Autarchen war das einzige Möbelstück auf dem Podium – helles Holz, vielleicht Weißeiche oder junge Kirsche, grün gebeizt. Die Arm- und Rückenlehnen des Stuhls zierten zu viele Schnitzereien, als dass man ihn als einfachen Stuhl hätte bezeichnen können, aber er wirkte auch nicht groß und eindrucksvoll genug, um der Bezeichnung Thron gerecht zu werden. Das Einfachste an dem Stuhl schien das flache grüne Kissen zu sein.

Ich setzte mich hinter den Säulen auf eine Bank und streckte mein geschientes Bein aus. »Wann geht es los?«

»Wer weiß?« Jylla zuckte die Achseln und fuhr dabei vor Schmerz zusammen.

Ich kannte dieses Gefühl.

Die Tür öffnete sich und ich spähte hinter der Säule hervor; zwei graue Gestalten traten ein. Justen und Tamra durchquerten den Raum. Justens Mundwinkel zeigten nach unten und seine Augen wirkten ausdruckslos.

»Wie geht es dir?«, fragte er. »Du brauchst nicht aufzustehen.«

»Es wird schon gehen.« Ich stand nicht auf.

»Du hättest wirklich nicht kommen sollen.« Er funkelte seinen Lehrling an.

Tamra lächelte. »Lerris ist stärker als Ihr denkt.«

»Hmmmmm.« Er betrachtete mich nachdenklich. »Wir müssen bald miteinander reden. Wenn du dich völlig erholt hast.«

Die Türen öffneten sich erneut und eine ganze Einheit der Elitegarde marschierte herein, angeführt von dem dünnen Unteroffizier, der auch die erste Einheit von Yelenas Truppe befehligt hatte.

Nachdem er sie zu beiden Seiten des Podiums hatte Aufstellung nehmen lassen, durften sie sich rühren und er steuerte geradewegs auf mich zu. Justen und Tamra erhielten nur ein Nicken.

»Seid gegrüßt, Ordnungs-Meister.«

»Seid gegrüßt.« Ich stand mit Hilfe des Stabes auf, sodass es halbwegs würdevoll aussah.

»Ich bin Nusert, Ser. Ich wollte Euch sagen, dass wir alle in Eurer Schuld stehen, Ser.«

In meiner Schuld? Ich versuchte verzweifelt, meine

Zunge nicht zu verschlucken. »Ich schätze Eure Worte, Nusert.« Was sollte ich sagen? »Aber ... Ihr und Eure Truppen tatet, was getan werden musste. Und ich freue mich, dass ich dabei helfen konnte.«

»Ihr seid sehr freundlich, Ser.« Er verbeugte sich. »Ich muss gehen.«

Er ging zurück und stellte sich vor die Reihe, die der Tür am nächsten stand.

Eine Glocke erklang und die Türen öffneten sich ein weiteres Mal.

Einige Dutzend Diplomaten und Funktionäre strömten in den Raum und blieben im hinteren Teil stehen. Die Elitegarde hielt den Platz zwischen dem Podium und den Zuschauern frei. Einige der Ankommenden erkannte ich, so zum Beispiel Liessa, Schwester des Autarchen und Thronfolgerin, Murreas und den Minister für öffentliche Arbeiten, Zeiber. Die meisten anderen waren mir unbekannt.

»Es wird Zeit für uns.« Tamra machte eine Handbewegung.

Ich stützte mich auf den Stab und ging langsam und steif hinter Tamra und Justen her. Die vier Stufen waren nur schwer zu bewältigen, doch der Stab half mir und wir stellten uns links hinter Kasees Stuhl.

»Du stehst neben dem Autarchen«, zischte Tamra.

Widerspruchslos befolgte ich ihren Befehl.

Eine kleine Tür neben dem Podium, die ich bisher noch nicht bemerkt hatte, öffnete sich, Krystal und Kasee traten heraus. Der Autarch trug grüne Seide und eine einfache, aber glänzende kleine Krone. Krystal war bis auf die mit Goldtressen verzierte Weste in düsteres Grün gekleidet. Sie trug ihr Kampfschwert, wie immer.

Ich versuchte, bequem zu stehen, und sah zu Krystal hinüber. Sie schenkte mir ein kurzes Lächeln, von Kasee bekam ich ein noch kürzeres. Die Glocke ertönte erneut und beide richteten ihren Blick streng geradeaus auf die Tür. Kasee saß aufrecht in ihrem Stuhl und Krystal hatte die Hand ans Heft ihres Schwertes gelegt.

»Achtung!«, rief Nusert. Die Elitegarde nahm Haltung an.

Eine einzige dumpfe Trompete erklang und die Türen des Audienzsaales öffneten sich.

»Der ehrenwerte Thurna, Gesandter des Herzogs Berfir von Hydlen.«

Thurna, ein breitschultriger, bulliger Mann mit struppigem blondem Haar, marschierte über den grünen Teppich. Die mitgebrachte Schriftrolle hielt er wie ein Schwert in der Hand. Drei Soldaten in karminroten Uniformen folgten ihm.

Die hydlenischen Soldaten blieben bei Nusert stehen, Thurna hingegen trat vor bis an den Sockel des Podiums. Dort verbeugte er sich tief vor dem Autarchen, so tief, dass es schon fast komisch wirkte. »Euer Diener, hochverehrter Autarch.«

»Ihr zeigt zuviel Demut, Ser«, bemerkte Kasee trocken.

»Ganz wie es Euch gebührt.« Thurna richtete sich auf. Seine Augen wanderten zu Krystal.

Krystals Gesicht blieb ausdruckslos. Sie stand einen halben Schritt rechts vom Autarchen, so bewegungslos und gefährlich wie ein Schwert.

Schließlich sah Thurna in unsere Richtung, wie auch die drei Soldaten, die auf der Höhe Nuserts standen.

Thurnas tiefliegende Augen musterten Justen, Tamra und mich – dann richtete er sie wieder auf Kasee.

»Eure ehrenwerten Berater?«, fragte er höflich.

»In der Tat, das sind sie.« Kasees Augen funkelten. »Darf ich vorstellen, der Graue Magier Justen, Magierin Tamra und Lerris. Lerris ist der Jüngste, wie Ihr vielleicht bemerkt habt, aber er hat bei den Schwefelquellen gezeigt, dass seine Fähigkeiten seinem Alter weit voraus sind.«

Einer der Soldaten sah mich an und ich erwiderte fest seinen Blick. Es war ein Schrank von einem Mann, gut einen halben Kopf größer als ich und Thurna. Doch ich hielt seinem Blick stand. Dazu fühlte ich mich trotz meines verletzten Beines noch im Stande. Sein Blick fiel schließlich auf den Stab und er wurde blass, seine Beine gaben nach. Er kippte nach vorne wie eine Statue und das Metall seiner Uniform klirrte, als er auf dem Teppich aufschlug. Ich zuckte zusammen. Der Marmor unter dem dünnen Teppich war hart.

»Autarch … ich protestiere …«, stammelte der hydlenische Gesandte.

»Eurem Soldaten ist nichts geschehen«, sagte Justen. »Ich glaube, er hat den jungen Lerris hier nicht erwartet.«

Gesandter Thurna betrachtete den Soldaten eingehend. Offenbar wollte er feststellen, ob er noch atmete, dann lächelte er höflich. »So etwas kommt vor.«

»Das stimmt«, antwortete Kasee darauf. »Wie viele junge Magier neigt auch Lerris zur Übertreibung.«

Gern überließ ich die Sache Kasee. Sie war erfahren im Umgang mit Diplomaten.

»Seine Hoheit, Herzog Berfir, möchte Euch gegenüber zum Ausdruck bringen, dass es ihn nach Ruhe und Frieden entlang der Grenzen verlangt.«

»Ja … so lange, wie er mit Herzog Colaris beschäftigt ist?«, meinte Kasee.

»Eure Hoheit missdeuten den Wunsch des Herzogs.« Thurna verbeugte sich erneut.

»Mir liegt es natürlich fern, seinen Wunsch zu missdeuten. Aber könnt Ihr diesen nicht näher erläutern?«

Thurna hielt die Schriftrolle empor. Krystal ging die Stufen hinunter und nahm sie entgegen, öffnete sie und übergab sie Kasee. Dann nahm sie ihren Platz wieder ein.

Alle warteten gespannt, während Kasee das Dokument las.

»Seine Hoheit der Herzog ist äußerst großzügig mit seiner Wiedergutmachung. Ich bedauere, dass er es nicht versteht, den Grund für Wiedergutmachungen zu vermeiden.« Kasee richtete ihren Blick auf mich, bevor sie Thurna wieder ansah.

»Seid versichert, dass er dies in Zukunft tun wird, Eure Hoheit.«

»Mit Freude blicken wir dem zukünftigen Einverständnis entgegen, Ser, und nehmen das Angebot des Herzogs an. Seid versichert, dass Euer weiterer Aufenthalt in Kyphros angenehm und anregend verlaufen wird.« Kasee lächelte und erhob sich.

Thurna verbeugte sich und ging rückwärts, ohne sich umzudrehen.

Der gestürzte Soldat vermied es, in meine Richtung zu sehen, als Thurna rückwärts den Saal verließ. Seine Begleiter folgten ihm, doch es erschien seltsam: Thurna durfte dem Autarchen nicht den Rücken zuwenden, seine Wachen hingegen schon? Galten sie als Menschen von minderem Wert?

Die Trompete erklang erneut.

»Die öffentliche Audienz ist beendet«, verkündete Nusert.

Die Besucher verließen der Reihe nach den Saal, auch die Elitegarde marschierte hinaus. Nur Liessa verblieb im Saal. Nachdem die Türen geschlossen wurden, lächelte Kasee über das ganze Gesicht. Sie drehte sich zu mir und Tamra um. »Ich musste mir das Lachen verkneifen, besonders als dieser Soldat Lerris ansah. Unseren netten Lerris – und er dachte, er sähe einen leibhaftigen Lichtdämon.«

Justen wandte sich an Kasee. »Er sah nicht den Lerris, den wir sehen. Er sah einen Verrückten mit einem Stab, der ein friedliches Tal in eine Schwefel spuckende Hölle verwandelt hatte.«

Hinter Kasee stand Krystal und nickte zustimmend;

trotzdem ließ sie mir ein kleines Lächeln zukommen.

»Nun …« Kasee wandte sich an Tamra. »Du hattest Recht. Thurnas größter Wunsch ist es, uns in Ruhe zu lassen – im Augenblick jedenfalls.«

»Im Augenblick«, bemerkte Krystal. »Über einen längeren Zeitraum gesehen, wird er Berfir dazu ermutigen, uns zu vernichten, und er wird die Geschichte verbreiten, dass Ihr drei tödliche Magier an Eurer Seite habt. Wahrscheinlich werden sie behaupten, dass Lerris den Soldaten mit einem einzigen Blick getötet hat. Solche Geschichten geraten leicht außer Kontrolle.« Sie sah mich an. »Versuche, sie nicht zu glauben, wenn sie dir zu Ohren kommen.« Das Lachen in ihrer Stimme hatte einen leicht bitteren Unterton, ich fragte mich, warum wohl.

»Ich weiß.« Kasee nickte zustimmend. »Aber wir stehen nicht so schlecht da. Wir haben schließlich Zeit gewonnen.«

»Ich hoffe, der Preis wird nicht zu hoch sein«, sagte Justen.

»Das hoffe ich auch«, fügte Liessa, die jüngere Ausführung ihrer Schwester, hinzu; sie hatte dieselben hohen Wangenknochen und das dunkle Haar ihrer Schwester, nur die Silberfäden im Haar fehlten.

Auch ich hoffte das. Ich verspürte das dringende Bedürfnis, mich zu setzen, und stützte mich dazu auf meinen Stab, um die Bank an der Wand zu erreichen. Ich ließ mich darauf fallen und streckte das noch immer geschiente linke Bein aus.

»Wie geht es dem Bein?«, fragte Justen.

Tamra erzählte Krystal irgendetwas über den Vicomte von Certis und Kasee hörte zu, mein Hörvermögen ließ jedoch zeitweise nach und so entging mir einiges.

»Es sticht und juckt … unangenehm.«

»Das ist gut.«

»Ich weiß. Es heilt.«

»Es heilt. Du hast es herausgefunden?«

»Das Ordnungs-Chaos-Gleichgewicht? Ja. Ich hatte genügend Zeit zum Nachdenken.«

»In einem Achttag wirst du ganz gesund sein, aber nimm nicht zu viel Ordnung zu Hilfe. Die Knochen werden besser zusammenhalten, wenn du Ordnung nur dazu gebrauchst, um das Knochenwachstum anzuregen. Nicht mehr.«

Auch das hatte ich selbst schon herausgefunden. Ich könnte die Knochen mit Ordnung zusammenhalten, aber bei Ermüdung würden sie unter geringer Belastung wieder brechen.

»Warum bist du hierher gekommen?«

»Tamra.« Justen lachte. »Sie hat mit mir gewettet. Ich behauptete nämlich, dass sie dich nie dazu bringen würde, graue Sachen anzuziehen.«

Ich lachte. Es gab auch eine Magie, die nichts mit Ordnung oder Chaos zu tun hatte.

XLII

Östlich von Lavah, Sligo [Candar]

Die zwei Männer stehen in dem kleinen Zimmer, das von einem Feuer aus fast weiß glühenden Holzscheiten erwärmt wird.

»Der Herzog hatte keine Zeit, um die Maschinen einzusetzen, deren Herstellungsformel Ihr uns in der letzten Jahreszeit verkauft habt, Magier.« Begnula neigt den Kopf höflich.

Sammel deutet auf die Schriftrollen auf dem Tisch.

»Wissen ist der Schlüssel zu seiner Zukunft.« Er lächelt. »Unser aller Zukunft.«

»Wollt Ihr damit andeuten, dass Ihr dieses Wissen dem roten Dämon weitergeben wollt? Ihr maßt Euch zuviel an, Magier.« Begnula macht einen Schritt nach vorn und legt die Hand an sein Schwert.

Sammel streckt seinen Zeigefinger aus und schleudert einen Feuerball auf Begnula. »Maße ich mir zu viel an? Was soll ich mir denn anmaßen?« Sein Blick fällt auf die Ecke, in der das Holz, der Verputz und die Bodenbretter eine etwas hellere Farbe hatten.

Begnula tritt zurück. »Ser Magier ...«

»Erzählt mir nicht, dass Wissen unwichtig ist, Ser Begnula. Oder unnütz. Ich will dieses Wissen besitzen« – Sammel deutet wieder auf die Schriftrollen – »und in Candar verbreiten, um es dort auch anzuwenden. Die Menschen hier waren zu lange unwissend.« Er lächelt freundlich und lässt die Hand sinken. »Auch jetzt würden die Schwarzen Magier das Wissen noch unter Verschluss halten. Es ist so wertvoll, dass Recluce es geheim hält – und Ihr glaubt, es sei wertlos.« Sammel zeigt auf die Waffe, die auf dem Tisch liegt. »Wisst Ihr, was das ist, Ser Begnula?«

»Äh ... nein.« Begnula weicht weiter zurück, atmet tief durch und wischt sich den Schweiß von der Stirn.

»Ein Jammer. Wirklich ein Jammer. Das ist eines der Werkzeuge, mit dessen Hilfe Recluce Candar lange Zeit im Dunkeln ließ.« Sammel richtet seinen Blick wieder auf den Gesandten.

»Wie seid Ihr ...?«

»Man könnte sagen, dass es mir sozusagen überbracht wurde. Natürlich sollte es der Überbringer ursprünglich wieder mitnehmen. Auch das ist ein Jammer, aber solche Dinge geschehen, wenn jemand den Wert des Wissens verleugnet – oder versucht, es zu verheimlichen.«

Wieder wischt sich Begnula über die Stirn. »Äh ... ja ...«

Sammel geht zum Kamin, bückt sich und legt ein weiteres Holzscheit ins Feuer. Fast sofort lodern die Flammen auf. Dann richtet er sich wieder auf und lächelt, er wartet.

»Welches ... welches Wissen könnt Ihr dem Herzog noch anbieten?«, fragt Begnula nach einer langen Pause.

»Etwas, um den Standort des Feindes aus der Ferne ausfindig zu machen.«

»Eine Maschine?«

»Sie besteht aus zwei Teilen und ist sehr einfach aufgebaut, nur ein Rohr und zwei speziell geschliffene klare Glasstücke. Dann braucht man noch ein Stück Seide oder einen anderen fein gewebten Stoff und Wachs. Sie ist einfacher anzuwenden als die Kanonen. Aber dadurch kann die Wirkung der Kanonen verstärkt werden.«

»Wenn diese Maschine so einfach ist, warum wurde sie dann nicht schon früher eingesetzt?«

Sammel lächelt. »Wer sagt, dass das nicht geschehen ist?«

Begnula sieht zu Boden.

Sammels Augen funkeln in Richtung Tür, werden glasig, seine Sinne wandern an einen völlig anderen Ort. Hinter ihm schimmert das Licht auf dem glatten Stahl des Raketengewehrs.

XLIII

Als ich mit meinem geschienten Bein wieder recht gut herumhumpeln konnte, war auch mein Arm so weit geheilt, dass ich ans Schreinern denken durfte. Ich brachte die letzte dünne Firnisschicht auf den Schrank des Autarchen auf. Das hätte ich schon vor meiner ersten Mission in die Mittleren Osthörner tun sollen. Meine immer noch nicht zusammengeheilten Knochen erinnerten mich daran, dass ich die Münzen derzeit so notwendig wie noch nie zuvor benötigte, und ich ließ dem Autarchen eine Nachricht zukommen, bevor Krystal zu ihrer Inspektionsreise nach Ruzor aufbrach.

Und siehe da, ein großer Wagen und ein Beutel mit zwanzig Goldstücken erreichten mich und der Schrank verschwand in Richtung Kyphrien. Danach fühlte ich mich einerseits etwas besser, weil ich das Geld in Händen hielt, hatte aber andererseits auch ein schlechtes Gewissen. So machte ich mich daran, Hensils Stühle fertig zu stellen, was nicht mehr sehr schwierig war. Ich brauchte nur ein wenig länger, doch es war zu kalt, um auf der Veranda zu sitzen und dem Regen zuzusehen, außerdem wäre das auch zu langweilig gewesen. Dass ich nur langsam arbeiten konnte, langweilte mich zwar auch, aber ich hatte wenigstens etwas zu tun.

Nach einer Weile konnte ich den Fußantrieb nicht mehr bedienen, um die Speichen und Streben zu drechseln. Meinem rechten Bein fehlte zwar nichts, aber ich konnte den gesunden Fuß nicht aufs Pedal stellen, ohne das gebrochene Bein zu beugen, und die Schiene verhinderte das auf die Dauer. Ohne die Schiene konnte ich das Bein aber nicht bewegen, ohne es erneut zu verletzen. Ich hätte den Fußantrieb umbauen können, doch diesen Gedanken verwarf ich schnell wieder und konzentrierte mich darauf, das Bein zu heilen und die Arbeiten zu erledigen, die kein Drechseln erforderten. Davon gab es genug.

Eines Tages, als es mich nach Abwechslung verlangte, zeichnete ich die Skizzen und Pläne für Antonas Schreibtisch. Dann holte ich den Wagen aus dem Schuppen und fuhr zu Faslik, um das Holz auszusuchen, doch Fasliks Schwester war gestorben und die Sägemühle leider geschlossen.

Mein Bein schmerzte oft bei der Arbeit, doch würde ich auch nicht schneller gesund werden, säße ich untätig herum. Wenn die Schmerzen wirklich schlimm wurden, schnitzte ich an dem Zedernholzstück, das ich auf meiner ersten Reise nach Hydlen gefunden hatte. Noch immer kam kein Gesicht zum Vorschein, also arbeitete ich am Umhang der Figur – er oder sie trug nämlich einen Umhang. Das wusste ich sicher.

Eines Nachmittags, als es meinem Bein besser ging, hobelte ich den zweiten Stuhl für Hensil glatt – so lange bis meine Hüfte sich verkrampfte, weil ich das Bein unbequem ausstrecken musste. Dann humpelte ich hinüber zu dem Schreibtisch, den ich für Werfel angefangen und immer wieder aufgeschoben hatte. Ich arbeitete an den Führungen für die zweiten und dritten Schubladen.

Mit dem Holzschraubstock, den großen Zwingen und der kleinen scharfen Säge ging dies schnell vonstatten. Nur ein kleines Stück an der hinteren Kante des zweiten Schubers passte sich nicht so ein, wie ich es gern gehabt hätte. Doch Werfel würde es nicht bemerken, und was noch wichtiger war, eine derart vollkommene Arbeit war im Preis nicht enthalten. Doch es ließ mir keine Ruhe und ich nahm einen letzten Anlauf. Ich konnte die Lade zwar nicht neu anfertigen, aber eine Seite abschneiden, sodass ich eine saubere Kante erhielt und ein passendes Stück anfügen konnte. Die Stabilität litt nicht darunter und es sah besser aus. Mit diesem Kompromiss konnte ich mich zwar nur schwer anfreunden, aber ich sagte mir, dass es nur die hintere Ecke an der Innenseite war, die niemand je zu Gesicht bekäme.

Ich stellte mir Onkel Sardit vor, wie er mich belehren würde. Doch ich konnte ihn nun besser verstehen. Ich seufzte und fragte mich, ob ich wohl immer die Weisheit anderer Leute über mich ergehen lassen musste – wie von Justen, meinem Vater oder Onkel Sardit und Tante Elisabet.

Hufgeklapper drang von draußen durch die geschlossene Werkstatttür. Ich klemmte noch den hinteren Teil der zweiten Schublade zusammen, zwang mich jedoch, nicht zu sehr zu hetzen und die Zwingen nicht zu fest anzuziehen. Dann ging ich hinaus in den kalten Nieselregen. Justen und Tamra führten gerade ihre Pferde in den Stall.

»Hast du einen Wasserkessel auf dem Herd?«, fragte ich Rissa, die unter der schmalen Überdachung über der Tür zur Küche stand.

»Bei diesem Wetter immer. Sogar Magier brauchen ab und zu heißen Tee oder Apfelwein. Und Ihr ganz besonders, wenn Ihr noch länger in der Kälte herumsteht.«

»Sehr gut. Warmes Brot und etwas Käse wären auch nicht schlecht.« Ich ging über den Hof zum Stall.

Justen stellte Rosenfuß in die Box zu Gairloch. Gairloch schnaubte vergnügt und Rosenfuß grüßte freudig zurück. Die zwei hatten sich schon immer gut verstanden und mehr als einmal eine Box miteinander geteilt.

»Rissa hat einen Kessel heißes Wasser auf dem Herd.«

»Das hat Rissa doch bestimmt immer«, meinte Tamra. »Und ich bin froh darüber.«

»Meine alten Knochen könnten etwas Warmes vertragen.« Justen lächelte schief.

»Armer alter Onkel Justen ...«

»Sei nett zu deinen älteren Mitmenschen, Lerris. Sie sind es auch zu dir.«

Sogar Tamra lachte schallend. Justen grinste schelmisch.

Obwohl Justen auf verschiedene Weise freundlich zu

mir gewesen war, hatte er mich doch auch oft im Stich gelassen. Freundlichkeit war wie ein Gewürz – sie machte das Leben viel schmackhafter –, aber sie ging nicht sehr weit, besonders da ich derjenige gewesen war, der dem Weißen Magier Gerlis hatte gegenübertreten müssen.

»Das bin ich doch. Ich habe Rissa gerade gebeten, warmes Brot und Käse aufzutragen.«

»Gut. Ich bin hungrig.« Der Rotschopf brachte sein Pferd in eine der Boxen, die normalerweise für Krystals Wachen reserviert waren. Aber da Krystal derzeit die Befestigungsanlagen im Hafen von Ruzor begutachtete und nicht vor einem Achttag zurück sein würde, konnte Tamra die Box ruhig nehmen.

Als wir den Hof zum Haus überquerten, deutete Justen auf die Werkstatt. »Hast du etwas dagegen, wenn ich einen Blick hineinwerfe? Ich möchte gern sehen, wie du vorwärts kommst.«

Er schüttelte den Kopf, als er die Werkstatt sah. »... diese Jugend ... so extravagant ...«

Hart zu arbeiten, um sich seinen Lebensunterhalt zu verdienen, galt als extravagant?

»Bevor wir deine Gastfreundschaft in Anspruch nehmen, will ich einen letzten Blick auf dein Bein werfen«, meinte Justen. »Wir sind nämlich auf dem Weg nach Vergren.«

»Hier?«

»Warum nicht? Setz dich auf den Hocker.«

Widerspruchslos setzte ich mich. »Ich glaube, der Knochen ist fast zusammengewachsen, nur die Muskeln sind noch schwach. Wirst du wieder Schafe heilen?« Ich rutschte unruhig auf dem Hocker herum. »Aber zum Abendessen kannst du doch noch bleiben, oder?«

»Ich habe nicht gesagt, dass wir durch Candar hetzen werden. Das überlasse ich den Jüngeren.«

Tamra besah sich die Stühle. Die helle Beize hatte ihnen die endgültige Farbe gegeben. »Die sind eigentlich ganz passabel, Lerris.«

»Sie sind besser als ganz passabel. Nicht ausgezeichnet, aber besser als passabel.« Tamra ging mir auf die Nerven, immer noch versuchte sie alles schlecht zu machen, was ich auch tat. Oder sie stellte meine Arbeit als völlig unwichtig hin.

»Diese Stühle sind wirklich besser als passabel, Lerris.«

»Danke. Deine Kampftechnik mit dem Stab ist auch ganz passabel.«

»Aber nicht gegen alle«, murmelte Justen, als seine Finger über mein Bein strichen.

War Tamra eben rot geworden?

»Hilfst du immer noch, die Rekruten zu trainieren?«, fragte ich sie.

»Ja.«

Justen grinste, dann runzelte er die Stirn, als seine Finger über dem unteren Bruch verharrten. Ich fühlte den Ordnungs-Fluss. Ich verfolgte nicht, was er tat, sondern konzentrierte mich ganz auf ihn. Ich wollte herausfinden, wie er sich selbst wieder Ordnung einflößte.

Er zog eine Augenbraue hoch. »Das birgt gewisse Gefahren in sich, musst du wissen.«

»Was birgt Gefahren?«, unterbrach ihn Tamra.

»Selbstheilung«, antwortete ich. »Ich war vorsichtig. Ich habe keine Ordnung darauf verwendet, die Knochen zusammenzuhalten.«

»Das habe ich bemerkt. Aber bemüh dich, verhaltener vorzugehen. Brutale Gewalt – auch Ordnungs-Gewalt – kann nicht heilen oder Dinge zusammenhalten. Wir alle brauchen etwas Chaos in unserem System. Man muss nur das Chaos so zurechtbiegen, dass seine Kraft mithilft, die Ordnung zu stärken.«

Nun war ich dran mit Stirnrunzeln.

»Eines Tages möchte ich auch so einen Schreibtisch haben – wenn ich jemals einen Platz haben sollte, wo ich ihn hinstellen kann. Baust du mir dann einen?« Tamras Augen blieben auf Werfels Schreibtisch haften.

»Wenn es so weit ist, wird es mir eine Freude sein.« Das war das Netteste, was Tamra jemals zu mir gesagt hatte. »Ich spiele mit dem Gedanken, die Schiene abzunehmen. Was hältst du davon?«, fragte ich Justen.

Er schürzte die Lippen und dachte nach. »Wenn es mein Bein wäre, würde ich noch einen Achttag warten, aber du bist jünger. Lass sie noch einige Tage dran und unternimm ein paar längere Spaziergänge, dann wirst du sehen, wie es sich anfühlt.«

»Das erscheint mir sinnvoll.«

Justen stand auf. »Du erwähntest einen heißen Wasserkessel?«

»Kommt mit.« Ich schloss die Werkstatttür hinter mir, nachdem ich noch einen Holzscheit aufs Feuer gelegt und nach dem Wassertopf gesehen hatte. Es waren nicht Kälte oder Hitze, die dem Holz zu schaffen machten, sondern vielmehr die Temperatursprünge und die Veränderung der Luftfeuchtigkeit.

Tamra und Justen wuschen sich und auch ich hatte es nötig.

Rissa hatte schon drei Becher dampfenden Apfelwein auf den Tisch gestellt, als wir hereinkamen, ein Korb mit einem kleinen, aber warmen Laib Brot folgte.

»Danke, Rissa. Dein Brot duftet immer so gut.« Ich hob den Becher Apfelwein an die Lippen und ließ den Apfel-Zimt-Duft in meine Nase steigen.

»Brot sollte auch gut riechen. Das Abendessen wird noch eine Weile dauern, aber es ist gut für Euch, Gesellschaft zu haben.«

»Kommt Krystal nicht nach Hause?«, fragte Tamra.

»Nein. Sie besichtigt die Befestigungsanlagen im

Hafen von Ruzor, außerdem wird dort ein Empfang für den Gesandten aus Südwind gegeben.«

»Warum findet der nicht hier statt?«

»Es geht wohl um den Handel und Ruzor ist der Haupthafen.«

»Ha! Der Gesandte aus Südwind hat sicher keine Lust, bloß wegen eines offiziellen Abendessens eine Reise von noch mal einem Achttag auf sich zu nehmen.«

»Mag sein.« Ich zuckte die Achseln und sah Rissa an. »Was gibt es zum Abendessen?«

»Die gute Geflügelsuppe mit Lauch und Linsen und sogar ein paar Quilla-Wurzeln sind drin.«

»Quilla?«

»Es gab welche auf dem Markt und sie waren billig. Also habe ich sie gekauft. Ihr mögt vielleicht ein Held sein, Meister Lerris, aber der Winter dauert lang. Gegen die Kälte hilft nichts besser als eine Geflügelsuppe – sie hält Leib und Seele und auch die Knochen zusammen ...«

Die Quilla war eine harte Wurzel, die nach öligen Sägespänen schmeckte. Früher, vor der großen Veränderung, war sie auch in Recluce vorgekommen und sogar die Gründer hatten sie oft gegessen. Wahrscheinlich waren sie deshalb bessere Menschen gewesen als ich.

»Eine Suppe tut immer gut«, bemerkte Justen.

»Quilla-Wurzeln schmecken nach Sägespänen.«

»Nichts von dem, was ich koche, schmeckt nach Sägespänen. Ihr glaubt wohl, das Kochen ist so einfach jetzt im Winter, wenn das Gemüse verwelkt ist und das Fleisch zäh ...«

»Du kochst wunderbar«, erwiderte ich und fragte mich, wie das ganze Gemüse schon wieder verwelkt sein konnte, das ich erst neulich vom Karren abgeladen hatte.

»Sägespäne, Ihr habt gesagt ...«

»Ich sagte, Quilla-Wurzeln schmecken nach Sägespänen, aber damit meine ich nicht deine Kochkünste.«

»Wenn ich koche, schmeckt nichts nach Sägespänen, Meister Lerris.« Empört wendete sich Rissa wieder dem Topf auf dem Herd zu.

Tamra, die mit dem Rücken zu Rissa saß, grinste. »Derselbe alte taktvolle Lerris.«

»Du gehst nach Vergren?« Ein Themawechsel erschien mir am angebrachtesten.

Justen nippte an seinem Apfelwein, bevor er den Becher absetzte. »Wie ich dir schon einmal gesagt habe, Lerris, müssen sogar Graue Magier von irgendetwas leben. Ich kann nicht so gut mit Holz umgehen wie du, also ...«

Tamra brach sich einen anständigen Ranken von dem dampfenden Brot ab und biss herzhaft hinein.

»Du willst also sicherstellen, dass die Lämmer im nächsten Frühjahr gesund sind?«

»Unter anderem. Danach werden wir wahrscheinlich nach Certis ziehen – Rapssamen, du erinnerst dich vielleicht.«

»Bis zum Saatgut bin ich nie gekommen. Da funkte mir die unvorhergesehene Heilung dazwischen – falls du dich erinnerst.«

»Planung war noch nie deine besondere Stärke«, fügte Tamra hinzu, nachdem sie das Brot hinuntergeschlungen und mit einem Schluck heißem Apfelwein nachgespült hatte.

»Und du hast alles gut geplant, ja?«

»Ich habe ein paar gute Einfälle.« Tamra wurde rot.

»Die hatte ich auch.«

»Kinder ...«, sagte Justen krampfhaft spöttisch. »Kinder ...«

Wir starrten ihn beide an. Dann lachte Tamra und ich stimmte ein.

»Das Abendessen ... es ist fast fertig«, verkündete Rissa.

Das Abendessen bereitete Rissa nicht sehr viel Mühe – eine große irdene Schüssel mit Suppe auf den Tisch gestellt und noch einen Laib Brot in den Korb. Fertig.

Mit dem ersten Löffel kostete ich von dem Geflügel und den Kartoffelscheiben und biss auch gleich auf eine harte Quilla-Wurzel. Meine Erinnerung trog mich nicht. Sogar in einer Suppe aus Lauch und Zwiebeln blieb die Quilla hart und ölig, der Sägespangeschmack wurde jedoch von den Zwiebeln und dem anderen Gemüse überdeckt. Dennoch schmeckte die Suppe gut.

»Seht Ihr? Mein Essen schmeckt nicht nach Sägespänen.«

»Es tut mir Leid, dass ich diesen Gedanken jemals ausgesprochen habe, Rissa. Die Suppe schmeckt sehr gut.« Die vergleichsweise dünne Suppe stellte eine willkommene Abwechslung dar zu den dicken Eintöpfen, die ich in letzter Zeit so oft essen musste.

»Sehr gut«, murmelte Tamra mit vollem Mund.

Justen aß nur wenig, für ihn war Essen nichts als eine Notwendigkeit.

»Diese Suppe schmeckt fast so gut wie die meiner Mutter.« Rissa strahlte.

»War sie eine gute Köchin?«, fragte Tamra.

»Eine gute Köchin? Sie war eine wunderbare Köchin. Wie hätte ich sonst so kochen gelernt.«

Was hatte ich von meinen Eltern gelernt? Das Schreinern hatte mir Onkel Sardit beigebracht, alles andere Lehrer wie Magister Kerwin.

»Sie muss wirklich sehr gut gewesen sein«, sagte Tamra.

»Gut – das ist gar kein Ausdruck. Sogar aus Steinen kochte sie eine wunderbare Suppe und aus ein paar Knochen einen fabelhaften Eintopf, gut genug für jedes

Festessen. Eine Köchin wie meine Mutter hatte die Welt noch nicht gesehen.«

»Das hört sich geradezu nach Zauberei an«, bemerkte Justen trocken.

»Und Eure Mutter, Magierin?«, fragte Rissa.

»Ich weiß nicht. Sie hat uns verlassen, als ich noch klein war«, erzählte Tamra.

»Wer hat Euch dann das Kochen beigebracht?«

»Niemand. Ich kann nicht kochen – nicht sehr gut jedenfalls.«

»Oh, das ist ja schrecklich. Es ist schon nicht gut, wenn ein Mann nicht kochen kann, aber eine Frau … Für was hat man denn Eltern? Sie müssen ihr Wissen weitergeben.« Rissa schniefte. »Es ist schlimm genug, wenn man seine eigenen Kinder überlebt und nicht weitergeben kann … was man weiß …«

»Du kannst doch noch gar nicht so alt sein«, stellte Justen fest.

»Vielleicht kann mir Eure Zauberei helfen, wieder einen Mann zu finden?« Rissa zog die Augenbrauen hoch. »Was ist mit Euch, Meister Magier? Würdet Ihr nicht jemanden wollen …?«

Justen fühlte sich sichtlich unwohl bei der Frage, doch ich sah den Schalk in Rissas Augen.

»Meine Dame ist zwar weit weg, aber ich bezweifle, dass sie damit einverstanden wäre …«

»Ach, ihr Magier seid so humorlos.« Rissa lachte laut. »Eines Tages wird mich Kilbon schon fragen. Aber es ist schade, dass Ihr, Magierin, Eure Mutter nicht kennt. Und auch, dass sie nicht weiß, dass Ihr nun erwachsen und mächtig seid.«

Ich wusste nicht einmal, wer Kilbon war und ich fragte mich auch, ob Tamras Mutter wie Tamra gewesen war – nicht bereit, sich an einen Mann zu binden, so lange sie nicht die Oberhand hatte. Am meisten würde mich jedoch interessieren, wo sich Justens Dame befand.

»Ich weiß nicht, ob sie das überhaupt kümmern würde«, sagte Tamra langsam. »Oder ob sie noch am Leben ist. Manchen Eltern ist es wohl einfach egal.«

»Das ist schrecklich.«

Hatten sich meine Eltern sehr um mich gekümmert?

»Hast du deine Eltern je wissen lassen, dass es dir gut geht?«, fragte mich Justen. Wieder hatte er meine Gedanken gelesen.

»Ich bin sicher, dass sie es wissen.«

Justen nickte.

»Das ist nicht das Gleiche«, wendete Tamra ein. »Du hast Eltern. Es gibt Schiffe, die von Ruzor nach Nylan fahren, eines Tages vielleicht sogar nach Landende. Wie lange ist es nun her – mehr als drei Jahre?«

Ich nickte.

»Diese Entscheidung musst du fällen.« Justen lachte, eine Spur Bitterkeit klang jedoch darin mit. »Ich kann es dir nur vorschlagen.«

Für eine Weile war es still in der Küche, nur das Klappern der Löffel und das leise Pfeifen des Windes, der den Nieselregen vertrieben hatte, waren zu hören.

Nach dem Abendessen saßen Tamra, Justen und ich noch am Tisch. Rissa machte den Abwasch und schlüpfte dann nach nebenan, sie murmelte etwas wie: »... will gar nicht zu viel wissen über das ›Magiergeschäft‹.« Natürlich saß sie dort und strickte und versuchte, jedes Wort durch die offene Tür zu erhaschen.

»Lerris?«, fragte Tamra. »Hast du jemals herausgefunden, wie dieser Magier an die Formel für die Raketen kam?«

»Gerlis? Nein.« Ich strich über mein Kinn. »Ich weiß nicht genau, aber ich glaube, er hatte mit den Raketen nichts zu tun. Er schien zu sehr mit dem Chaos beschäftigt und nur das setzte er auch ein – und keine Raketen. Die hydlenischen Truppen schossen damit.«

»Raketen, die von normalen Truppen verwendet

werden – das ist nicht gut«, überlegte Justen. »Seit dem Fall von Fairhaven ist das nicht mehr geschehen.«

»Fairhaven?« Tamra zog die Augenbrauen hoch.

»Frven«, erklärte ich.

»Was sind schon Namen?« Sie schnaubte. »Die alten Chaos-Meister sind tot – Fairhaven oder Frven.«

»Warum nicht?«, fragte ich Justen. »Sie scheinen einfach zu bedienen zu sein. Guter Stahl hält das Chaos von ihnen fern.«

»Jetzt … doch Chaos und Ordnung waren früher viel stärker.«

»Wenn sie viel stärker waren, warum wurden Raketen dann damals eingesetzt und nicht jetzt? Es sollte doch eigentlich andersherum sein.«

»Zu der Zeit konnten nur die Schwarzen Magier – die Ingenieure – Schwarzes Eisen schmieden und daraus Raketen herstellen, und nur sie konnten sie auch handhaben. Niemand sonst besaß dieses Wissen. Als Ordnung und Chaos durch den Fall von Fairhaven geschwächt wurden, war auch das Schwarze Eisen nicht mehr so leicht zu schmieden und die Gesamtheit der Ordnung wurde derart dezimiert, dass sie nicht mehr in großem Stil eingesetzt werden konnte.« Justen nahm seinen Becher und trank einen Schluck Apfelwein. »Nun erscheint es sonderbar.«

»Sonderbar?«

»Tamra, warum gehst du nicht hinaus und machst die Pferde fertig? Ich muss mit Lerris sprechen.«

Sie hob die linke Augenbraue, ein Kunststück, dass ich bisher noch nicht fertig gebracht hatte. »Rosenfuß auch?«

Ich schluckte. Justen würde bestimmt nicht mehr sagen. Warum, war eine andere Frage; doch ich nahm an, er wusste viel mehr, als er sagte, und das störte mich.

»Wenn ich noch hier bin, wenn du mit deinem Pferd fertig bist, dann ja.« Justen nickte seinem Lehrling zu.

Tamra stampfte hinaus. Offensichtlich war sie gehörig verärgert. Ich versuchte, mir das Grinsen zu verbeißen. Wieder wollte Justen das Wissen nur auf jene beschränken, von denen er glaubte, sie könnten es einsetzen und gebrauchen. War dies eine Angewohnheit aller alten Magier? Ich wollte zwar nicht, dass Tamra alles über mich wusste, doch fand ich auch, dass Justen ungerecht handelte.

»Hör zu, Lerris«, fing Justen an.

Ich versuchte, mir bei seinem Tonfall nichts anmerken zu lassen, aus dem das väterliche »Lass dir etwas von deinem alten Onkel sagen« förmlich herausschrie. Wenn Tamra hier wäre – was ich mir in diesem Fall beinahe wünschte –, würde sie selbstgefällig grinsen.

»Ja.«

Er sah mich eindringlich an und atmete tief durch. »Das wird so nicht gehen. Es ging bei meinem Vater nicht und bei mir auch nicht.«

Ich wartete.

»Es war einmal ein junger Soldat. Seine Geschichte wird heute nicht mehr oft erzählt. Er war weder der Erbe des Familientitels noch der der Güter der Familie und er verließ seine Familie, um einer vereinbarten Heirat zu entgehen, durch die ihm ein sorgenfreies Leben beschieden worden wäre. Er erlebte zahlreiche Abenteuer, die sein Leben und seine Zeit prägten, für uns sind sie jedoch jetzt nicht wichtig. Dann musste er eine Entscheidung fällen. Sollte er eine große Aufgabe übernehmen – eine Aufgabe, von der er glaubte, sie könne die Welt retten? Er fragte seine Umgebung nach Rat, alle rieten ihm, vorsichtig zu sein. Doch am Ende schlug er ihre guten Ratschläge aus und meisterte seine Aufgabe erfolgreich. Er rettete die Welt, aber tausende und abertausende verloren ihr Leben in den Kämpfen, Stürmen und Bränden. Man hielt ihn für einen großen Mann.«

»Das kommt mir bekannt vor.«

»Es gibt noch zwei Geschichten. Lass mich weitererzählen, ja?«

Ich hörte zu.

»Ein anderer junger Mann beschloss, sich seinen Herzenswunsch zu erfüllen. Er war Schmied und jene, die erfuhren, was er bauen wollte, vertrieben ihn. Er wurde verbannt in ein fernes Land und dort schuf er schließlich das, was er schon so lange hatte schaffen wollen. Ein Herrscher eroberte ein ganzes Land, nur um das zu bekommen, was der junge Schmied gebaut hatte. Aber der Schmied nahm diesen Gegenstand und besiegte damit seine Feinde und triumphierte über jene, die ihn verbannt hatten. Und wieder starben tausende und abertausende durch das, was er geschaffen hatte, und das Leben in der Welt wurde abermals verändert.«

Justen lächelte, als wollte er mich zum Sprechen auffordern. Doch ich nickte nur und wartete auf die dritte Geschichte.

»Der dritte junge Mann wusste nicht, was er wollte.«

Ich musste die Stirn gerunzelt haben, denn Justen lachte. »Nicht alle jungen Männer wissen, was sie wollen, oder, wie in deinem Fall, was sie nicht wollen. Dieser junge Mann wurde gezwungen, im Krieg zu kämpfen, aber er war wie der vorige ein Schmied und baute furchtbare Maschinen. Er und sein Bruder töteten in einer Schlacht fast zwei Drittel des feindlichen Heers – doch die Feinde setzten sich am Ende durch und er musste in die heißeste und trockenste Wüste der Welt fliehen. Als er gerettet wurde, erfuhr er etwas, was für ihn als die Wahrheit der Welt galt, und er beschloss, diese Wahrheit auch seinen Feinden zu überbringen. Es gelang ihm – und er war so erfolgreich, dass sein Name von denen, die wissen, was er tat, niemals ausgesprochen wird. Er war so erfolgreich, dass er das damals mächtigste Reich völlig vernichtete und damit auch die mächtige Stadt, in der seine eigenen Leute lebten.«

Ich wartete.

»Das ist alles, Lerris. Nur drei Geschichten.«

»Die erste ist die Geschichte der Gründer.«

»Creslin, um genau zu sein.«

»Und die zweite handelt von Dorrin, würde ich sagen. Ich wusste nicht, dass er eine derartige Zerstörung verursachte.«

»Er tat es, aber es war keine sofortige oder unmittelbare Zerstörung. Er veränderte die Welt nur durch seine Dampf-Chaos-Maschinen. Die Menschen leiden in den Zeiten der Veränderung immer am meisten.«

»Willst du damit sagen, dass Menschen, die versuchen, große Taten zu vollbringen, meist auch großes Unglück verursachen?«

»Ich habe festgestellt, dass beides oft einhergeht.«

»Der Dritte musst du selbst sein.«

»Namen sind nicht wichtig.« Justen zuckte die Achseln. »Wichtig ist, dass die ganze Welt leiden muss, wenn große Taten vollbracht werden – ganz gleich ob gewollt oder ungewollt. Ich habe eine gewisse Abneigung gegen große Taten.« Er lächelte grimmig.

»Auch ich mag sie nicht sonderlich.«

»Nein – aber du gehörst zu der gefährlichsten Sorte Mensch. Aus Liebe würdest du alles tun und du liebst Krystal. Die Engel mögen uns retten.« Er stand auf. »Vergiss das nicht.«

»Du kannst hier übernachten«, bot ich an.

»Nein. Wir müssen packen.« Justen grinste. »Besonders Tamra.«

Ich ging mit ihm hinaus in den Stall. Tamra warf mir einen fast wütenden Blick zu. Der Blick, der Justen traf, entbehrte das ›fast‹.

Er achtete nicht darauf und sah Tamra unverhohlen an. »Es wird Zeit für uns aufzubrechen.«

Ich sah ihnen lange nach, als sie in den Abend hinausritten.

Ich lag im kalten Bett und wünschte, Krystal wäre hier, da kam mir Justens – und Tamras – Bemerkung über meine Eltern in den Sinn. Ein Brief tat mir nicht weh. Ich konnte ewigen Zorn gegen sie hegen und doch würden sie immer meine Eltern bleiben. Sie hatten das getan, was sie für das Beste hielten.

Recluce – und die Bruderschaft –, das war ein anderes Kapitel.

XLIV

Nylan, Recluce

Der Mann in der gelbbraunen Uniform verbeugt sich und bleibt vor dem nierenförmigen schwarzen Holztisch stehen. An seinem breiten braunen Ledergürtel trägt er nur einen kurzen Dolch auf der linken Seite, einen kleinen Beutel und eine helle Lederschlaufe auf der rechten Seite, wo gewöhnlich eine Scheide für ein Linkshänderschwert hängen würde.

Die zwei Soldaten mit dem orangefarbenen Sonnenbanner auf der rechten Schulter, die mit ihm gekommen sind, bleiben regungslos neben der Tür stehen.

»Willkommen, Ser Rignelgio.« Der silberhaarige Talryn zeigt auf den Stuhl. »Wollt Ihr Euch setzen?«

»So lange werde ich nicht bleiben.« Rignelgio lächelt missbilligend.

»Ihr wolltet uns sehen?«, fragt Heldra.

»Das ist korrekt, Ser Heldra.« Der Gesandte wendet sich nun allen drei Ratsmitgliedern zu.

Das Rauschen der Wellen dringt durch das offene Fenster herein.

»Der Kaiser ist immer häufiger beunruhigt über die fehlende Stabilität in Candar in der letzten …«

»So wie wir«, unterbricht ihn Talryn.

»Aber nicht aus demselben Grund, wie wir annehmen.«

»Ah ja?« Heldra streckt den Kopf nach vorne.

»Es gibt Grund zur Annahme für den Kaiser, dass Recluce die Unordnung pflegt, um damit die eigene Ordnung zu stärken. Der Kaiser würde gern die Nachricht erhalten, dass diese Beschuldigung jeglicher Grundlage entbehrt. Er würde ebenso gern sehen, dass Recluce seine Aufmerksamkeit nur auf das eigene Land richtet und dass das Chaos, das sich in Candar verbreitet, dies ohne das Zutun und die Gutheißung von Recluce tut.« Rignelgio hebt entschuldigend die Hand. »Ihr versteht, ich bin nur der Bote, der dieses Ansinnen überbringt.«

»Wir erkennen Eure Position als Überbringer an, Ser Rignelgio«, antwortet Talryn ruhig.

Unter dem Tisch reibt Maris Daumen und Zeigefinger aneinander. Seine andere Hand streicht über den Bart, sein Blick wandert zu den zwei Soldaten in ihren zweckmäßigen gelbbraunen Baumwolluniformen.

»Dann versteht Ihr auch, warum es mich beunruhigen würde, nicht verstanden zu werden.«

Heldra und Talryn nicken.

»Das gegenseitige Verstehen ist oft der erste Schritt.« Talryns Stimme klingt noch tiefer als sonst. »Sogar wenn zwei Parteien verstehen, um was es geht, können sie sich vielleicht nicht darauf einigen, was dieses Verstehen bedeutet.«

»Das ist richtig. Vielleicht stellt dies aber nicht immer eine so hohe Hürde dar. Manchmal kann man sich auf Maßnahmen einigen, ohne der gleichen Meinung zu sein oder denselben Grund dafür zu haben. Der Kaiser wäre erfreut zu sehen, dass das verkehrte Chaos in Candar abnimmt.« Rignelgio lächelt höflich.

»Verkehrtes Chaos – ein interessanter Ausdruck«, bemerkt Maris. »Gibt es auch so etwas wie ein ›richtiges Chaos‹?«

»Wahrscheinlich nicht, deshalb sollten wir uns auch einigen.«

»Worauf sollen wir uns einigen?« Heldra spricht mit zaghafter, fast unbeteiligter Stimme.

»Ihr seid die Magier der Schwarzen Insel und ich muss es Euch überlassen, welche Maßnahmen ergriffen werden. Ich kann nur sagen, dass der Kaiser, wie Ihr auch, höchst daran interessiert ist, die Ordnung in der ganzen Welt zu verstärken, besonders in Candar. Er ist aufs Äußerste beunruhigt und er wünscht, dass auch Ihr davon Kenntnis habt.« Rignelgio lächelt wieder und steht auf. »Ich sagte bereits, ich bleibe nicht lange.«

»Noch einen Augenblick, Ser Rignelgio«, ruft Heldra. »Ihr habt die Beunruhigung des Kaisers zum Ausdruck gebracht, aber versäumt vorzubringen, was seine Beunruhigung mildern könnte.«

»Hamor hat sich schon immer für freien und offenen Handel eingesetzt. Unordnung verhindert solchen Handel.« Der Gesandte verbeugt sich. »Wie ich schon sagte, möchte ich mir nicht anmaßen, Euch spezielle Maßnahmen vorzuschlagen.«

»Ich würde es mir an Eurer Stelle durchaus anmaßen«, sagt Maris kalt und handelt sich dafür einen Seitenblick von Talryn ein. »Ihr macht Andeutungen und verbeugt Euch und sprecht von offenem Handel. Nach meiner Erfahrung bedeutet Euer ›offener Handel‹ nur offen für Hamor und Einschränkungen für Recluce und Austra. Hat Hamor etwa vor, Candar zu einer Handelskolonie zu machen, und wir sollen tatenlos zusehen?«

Das Lächeln weicht aus Rignelgios Gesicht und er

antwortet kalt: »Wie bereits erwähnt, will der Kaiser nur seine Besorgnis ausgedrückt wissen und ich würde meine Kompetenz überschreiten, sagte ich mehr dazu.« Er verbeugt sich steif.

»Wir schätzen die Einhaltung Eurer Kompetenz und Eure Diplomatie«, bestätigt Talryn und steht ebenfalls auf. Maris und Heldra folgen seinem Beispiel.

»Und ich die Eure.« Rignelgios Stimme bleibt kalt.

Die Soldaten nehmen Haltung an, als sich der Gesandte umdreht.

Nachdem Rignelgio den Raum verlassen hat, setzt sich Heldra wieder und sieht Maris an. »War das nötig?«

Der Händler geht zum Fenster und blickt hinunter auf Nylan. »Ja. Ich mag diese Wortspielereien nicht.«

»Nun ... das Gespräch war sehr aufschlussreich«, sinniert Talryn. »Ich vermute, dass mehr als das Übliche dahinter steckt. Rignelgio hat absichtlich kein Ultimatum gestellt, obwohl es jemand von ihm verlangte.«

»Der Kaiser?«, fragte Heldra.

»Er fordert uns auf, doch bitte unsere Einmischung in Candar zu unterlassen?« Maris ist aufgebracht. »Wir sollen zulassen, dass Hamor den gesamten Handel kontrolliert.«

»Es hat nicht nach einer Bitte geklungen«, brummt Talryn. »Wir sollten genau beobachten, wie der Kaiser dies erreichen will. Rignelgio fühlt sich keineswegs wohl in seiner Position und das könnte zu Schwierigkeiten führen.«

»Wir dürfen uns ihm nicht unterwerfen«, sagt Heldra. »Ich will es auch nicht.«

»Eure Haltung, Euer Schwert und auch Eure Marineeinheiten können die Veränderungen in der Welt nicht aufhalten.« Talryn spricht ganz ruhig. »Und auch die hamorische Flotte nicht.«

»Die alten Werte sind wichtig«, antwortet Heldra

darauf. »Wären sie das nicht, müssten wir nicht hier sitzen. Wir sind nicht nur dazu da, den Handel zu vereinfachen und zu fördern.«

»Spottet nicht darüber, Heldra«, erwidert Maris. »Der Handel zahlt für alles.«

»Ihr beide habt einen guten Grund, aufgebracht zu sein«, wirft Talryn ein. »Wir müssen jedoch daran denken, dass die Bruderschaft nicht gerade über das weltgrößte stehende Heer verfügt. Auch wenn wir unsere bewaffneten Handelsschiffe hinzuzählen, ist uns die hamorische Flotte haushoch überlegen.«

»Doch die meisten Schiffe davon befinden sich auf der anderen Seite der Erdkugel.«

»Sie werden nicht immer so weit weg sein.« Maris reibt Daumen und Zeigefinger aneinander.

Talryn nickt. »Mit Sicherheit nicht.«

»Händler …«, flüstert Heldra.

Maris und Talryn tauschen Blicke aus.

XLV

Drei Morgen nachdem Justen und Tamra gegangen waren, nahm ich die Schiene ab. Das Bein schmerzte zwar nicht mehr, aber die Muskeln waren sehr schwach; nur Zeit und Übung konnten dagegen helfen. Dann machte ich mich wieder an Werfels Schreibtisch. Natürlich war der Leim im Topf inzwischen hart geworden. Das hieß, ich musste die Überreste aus dem Topf kratzen und im Mörser zerstoßen, um die Grundlage für frischen Leim zu erhalten.

Als ich den Topf in die Küche trug – ich versuchte nicht zu humpeln –, schnitt Rissa gerade verschiedene Gemüse.

»Schon wieder dieser widerlich stinkende Leim, Meister Lerris?«

»Ja, schon wieder dieser widerlich stinkende Leim, Rissa.«

»Das Essen … ich will nicht, dass es nach Tierhufen riecht.«

»Ich brauche den Leim für den Schreibtisch, an dem ich gerade arbeite.«

»Ihr habt doch selbst einen Kamin in der Werkstatt.« Rissa schnaubte.

»Man kann die Hitze des offenen Feuer so schlecht kontrollieren. Auf dem Herd geht das besser.« Ich wechselte das Thema. »Was gibt es zum Abendessen?«

»Scharfen Hammeleintopf.«

Ich nahm es zur Kenntnis. Rissas scharfe Eintöpfe waren so scharf, dass man den Hammel darin getrost vergessen konnte, aber sie hatte noch nicht ausgeredet.

»Ich habe auf dem Markt mit Verillya gesprochen, sie kocht für Hunsis. Das ist der mit dem großen Fuhrunternehmen – sie wohnen an der großen westlichen Straße, kurz vor der Abzweigung zur Sägemühle. Ihr solltet mit Hunsis sprechen, Meister Lerris. Seine Frau – sie heißt Freka und für sie arbeitet Verillya eigentlich wirklich – sie, ich meine Freka, legt Wert auf feine Möbel und Hunsis verdient mit Sicherheit genug, um sie zu bezahlen. Seine Wagen fahren bis nach Sarronnyn, jetzt da die alte direkte Straße dank Euch wieder von allen benutzt werden kann …«

Während sie sprach, schnitt sie weiter Gemüse und Kartoffeln und warf alles in einen großen Topf. Ihre Finger schienen ähnlich schnell und geschickt wie die von Krystal zu sein – fast.

»Das ist eine gute Idee, Rissa. Nur habe ich jetzt schon Probleme, meine gegenwärtigen Aufträge zu erledigen.«

»Natürlich ist das eine gute Idee. Aber Ihr solltet eine

Hilfe haben – einen Lehrling. Und wenn Ihr nicht mehr so viel durch und über die Berge zieht, habt Ihr vielleicht auch mehr Zeit ...«

»Vielleicht sollte ich auch keine Frau haben und nichts mehr für den Autarchen tun. Aber einen Lehrling könnte ich wirklich gebrauchen.«

»Genau. Ich werde mit Freka das nächste Mal über einen Lehrling für Euch sprechen.« Sie hielt inne. »Und Ihr solltet nicht den Helden spielen. Wenn Ihr beide Helden seid ...« Rissa hörte auf zu schneiden. »Ich rede die ganze Zeit und halte Euch von Eurer Schreinerarbeit ab.«

»Danke.« Ich ließ den Topf in einer Ecke des Herdes stehen. Wenn Rissa die Sache mit dem Lehrling in die Hand nahm, würden die Jungen ohne Zweifel bald hier Schlange stehen. Mehr Gedanken machte ich mir über die Anspielung auf den Helden. Hatte ich ein Mal auf der Stirn, das besagte, ich spielte den Helden? Helden wurden irgendwann getötet. Ich hoffte, dass auch Krystal kein Held sein wollte.

Zurück in der Werkstatt begann ich damit, die Vorderseiten der Schubladen glatt zu hobeln; ich zwang mich, nicht zu hetzen. Ich legte ein Holzscheit auf die Kohlen im Kamin, um damit die Temperatur gleichmäßig zu halten, und goss etwas Wasser in den alten Eisentopf, der an einem Haken über dem Feuer hing. Auch das hatte mir Onkel Sardit beigebracht. Das Holz ließ sich besser bearbeiten, wenn die Luft feucht war.

Durch Tagträumereien würde aber kein Schreibtisch oder Stuhl fertig werden, also nahm ich den Hobel und glättete damit die Vorderseite der oberen Schublade, vorsichtig, damit ich keine Kerben in die Kanten schnitt, wo die Maserung leicht splitterte. Ich hatte gerade die zweite Schublade vor mir liegen, als Rissa an die Tür klopfte.

»Meister Lerris, der Leim kocht fast über und ich will nicht, dass das Essen danach schmeckt.«

Ich legte den Hobel beiseite und holte den Leim aus der Küche. Ich hängte den Topf an den zweiten Haken beim Feuer, er war jedoch weit genug davon entfernt, sodass das Feuer den Leim nicht mehr zum Kochen brachte. Dann pinselte ich den Leim auf die Holzstifte und schob die Tischplatte in die richtige Stellung.

Der Leim musste erst einmal fest werden und ich wollte ohnehin ausprobieren, ob ich mit meinem Bein schon reiten konnte. Ich striegelte Gairloch, der sowieso Bewegung brauchte, und gab Rissa Bescheid, dass ich ausreiten würde, zu Brene – sie wohnte keine drei Meilen entfernt –, um Eier zu holen.

»Aber, Meister Lerris ... nicht mehr als ein Kupferling für die Eier. Brene hat mehr Eier, als sie selbst brauchen kann, was gut für uns ist, da wir ja keine eigenen Hühner haben.« Rissa sah hinaus in Richtung Stall. »Wenn wir Hühner hätten ...«

»Nein. Keine Hühner.«

»Brene wird sich freuen, Euch zu sehen. Dann wird sie so tun, als wäre sie arm, doch Eure Kupferlinge auf keinen Fall annehmen wollen, so lange bis Ihr sie dazu zwingt. Auf die Art bekommt sie immer mehr Münzen.«

Ich nickte nur, als ich meine Jacke anzog und hinaus in den Hof stapfte, wo Gairlochs Atem in der Kälte dampfte.

»Nicht mehr als einen Kupferling, Meister Lerris ... denkt daran.«

»Ja, Rissa.«

Gairlochs Kommentar dazu lautete: *Brrrhhh!*

Die kühle Luft wirkte erfrischend und ich ließ Gairloch sein eigenes Tempo gehen. Trotz der Kälte liefen überall Hühner herum, als wir in die schmale Zufahrtsstraße einbogen, die zu dem kleinen Anwesen führte. Scharen von Hühnern saßen auf dem Lattenzaun, der den Schweinepferch abgrenzte. Obwohl der Zaun schon mehr als kaputt war, hielten sich die Schweine noch darin auf. Oder waren schon einige entkommen? Die Schlauen unter ihnen?

Eine weitere Hühnerschar flüchtete vor Gairloch, als ich ihn vor dem verwitterten, mit Holz verkleideten Haus zum Stehen brachte.

Er wieherte leise.

»Ich weiß. Ich mag sie auch nicht, außer im Kochtopf.«

Die Tür öffnete sich und Brene watschelte heraus. »Meister Lerris! Was für eine Überraschung. Ich wette, Ihr wollt ein paar Eier holen für Rissa. Sehr freundlich von Euch, dass Ihr die Eier für die Köchin holt; das sind doch noch die echten Freuden. Ohne solche Freundlichkeit wäre die Welt ein bedauernswerter Ort.« Sie hob einen leeren Korb auf. »Ich komme gleich wieder. Möchte Euch auf keinen Fall ohne die frischesten Eier wieder wegschicken ...«

Sie watschelte in den niedrigen Hühnerstall, die Lücken in dem rohen Bretterverschlag waren ausgefüllt mit einer Mischung aus Moos und Erde. Die Bretter stammten vermutlich aus dem Abfallkorb einer Sägemühle, aber Hühnern war das mit Sicherheit einerlei.

Ich stieg von Gairloch und band ihn an einen schrägen Pfosten, der eine Ecke des durchhängenden Verandadaches stützte.

»... lasst Mutter Brene nur ... brauche all die Eier sowieso nicht ... mehr als genug Hühner hier ...«

... gaaack ... gack ...

Ich grinste und war froh darüber, dass Brene die Hühner hielt und nicht ich.

Es dauerte nicht lange und die beleibte Gestalt in den unförmigen, mit Federn übersäten Leder- und

Wollkleidern wackelte wieder heraus aus dem Stall und überreichte mir einen Korb, gefüllt mit Eiern.

»Danke.« Ich nahm den Korb und stellte ihn auf die Veranda neben dem Balken, an dem ich Gairloch angebunden hatte. »Sie sind sehr groß.«

»Ich habe die besten Hühner im ganzen Gebiet westlich der Stadt. Man muss mit ihnen sprechen, dann legen sie bessere und größere Eier …«

Ich hielt ihr einen Kupferling hin.

»Was? Nein … lasst nur, ich wäre eine schlechte Nachbarin, würde ich Eure Münzen annehmen, nach all dem, was Ihr für uns getan habt, Meister Lerris.«

Ich musste ein Lachen unterdrücken. »Wenn du kein Geld hast, um Futter für die Hühner zu kaufen, dann kannst du auch keine Eier mit anderen teilen. Es ist nicht viel, aber du würdest mir eine Freude bereiten, wenn du den Kupferling nehmen würdest – tu es für die Hühner.« Das meinte ich ehrlich. So lange sie die Hühner hielt, brauchte ich mir keine zulegen.

»Nein … ich bin doch Eure Nachbarin, das geht nicht.«

Ich schüttelte den Kopf. »Als dein Nachbar muss ich darauf bestehen. Für so gute Eier ist es ohnehin viel zu wenig.«

»Ja … das stimmt wohl, gut sind die Eier.«

»So ist es.« Ich drückte ihr den Kupferling einfach in die Hand und umschloss ihn mit ihren Finger. »Hast du etwas von Kertis gehört?«

»Er ist ein guter Bursche. Er arbeitet hart in einem Lagerhaus in Ruzor. Bursa kam vor einem Achttag zurück und hat es mir erzählt. Bursa fährt die Strecke nach Ruzor für Rinstel. Kertis hat Bursa ein Umhängetuch mitgegeben, ein schönes warmes, schwarzes Umhängetuch.« Brene lächelte. »Bursa sagt, dass Kertis bald mit ihm fahren wird, vielleicht nach Vergren zum

Wollmarkt … dort ist die Wolle fast so gut wie die von der Schwarzen Insel … sagt Kertis …«

»Ich freue mich, dass es ihm gut geht.«

»Ja, das tue ich auch. Wollte nie Bauer werden, der Junge, hat schon immer die Stadt lieber gemocht und das Meer, wie sein Vater.«

Ich band Gairloch los und hob den Korb auf. »Was ist mit dem Korb?«

»Bringt ihn einfach das nächste Mal wieder mit – oder Rissa soll ihn zurückbringen.«

»Du wirst ihn bestimmt wieder bekommen.« Natürlich mussten ich oder Rissa ihn mitsamt neuem Inhalt zurückbringen – mit einem Laib Brot oder etwas Ähnlichem.

»Seid vorsichtig, Meister Lerris. Richtet Rissa aus, dass Kertis ihr Schwarzbrot vermisst. In Ruzor gibt es so etwas nicht. Vergesst nicht, es ihr zu sagen.«

»Das werde ich nicht.« Mit meinem Bein und dem Korb musste ich vorsichtig aufsteigen.

Brene stand noch auf der schiefen Veranda, als Gairloch nach Norden in die Hauptstraße einbog. Auf dem Heimweg war es nicht mehr so kalt oder zumindest schien es so, denn der Wind kam nun von hinten.

Als ich vor unserem Stall anhielt, musste ich noch ein wenig im Sattel sitzen bleiben, bevor ich abstieg. Meinem Bein ging es nicht schlecht, aber die Oberschenkelmuskeln waren noch nicht wieder stark genug für einen so langen Ritt, obwohl Gairloch und ich uns Zeit gelassen hatten. Außerdem wollte ich die Eier im Korb heil nach Hause bringen – was uns auch gelang.

Den Korb stellte ich auf die Boxenwand, dann sattelte ich Gairloch ab.

Er wieherte.

»Nicht genug Bewegung?«

Ich gab ihm einen Getreidekuchen, auf dem er lustlos herumkaute. Er beschwerte sich jedoch nicht, als ich mit dem Korb hinausging, den ich in der Küche ablieferte. »Hier sind die Eier.«

»Danke, Meister Lerris. Würdet Ihr sie bitte auf den Tisch stellen …« Rissa wandte sich nicht von ihren Mehlschüsseln ab.

»Ich habe Brene, wie befohlen, nur einen Kupferling gegeben. Kertis hat durch Bursa eine Nachricht geschickt. Brene sagte, dass Kertis dein Schwarzbrot vermisst. In Ruzor gibt es kein so gutes Brot.«

»In ganz Kyphrien oder Dasir oder Felsa gibt es kein Schwarzbrot wie meines, die ganze Welt weiß das …«

In der Küche roch es gut und ich begnügte mich mit einem halben Becher Rotbeerensaft, denn unsere Vorräte mussten bis in den späten Sommer hinein reichen.

»Brene auch. Sie erwartet sicher, dass ich ihr das nächste Mal, wenn ich Eier bei ihr hole, einen frischen Laib Brot in den Korb lege.«

»Den Eindruck hatte ich auch.«

»Sie ist gerissen, diese Brene, aber trotzdem ist sie eine gute Frau.« Rissa räusperte sich.

Ich zog mich aus der Küche zurück und ging in die Werkstatt, wo ich Hensils Stühle ein letztes Mal abschliff, bevor ich sie in den Wagen lud. Jeden einzelnen polsterte ich mit Säcken und Lumpen und über alles legte ich eine gewachste Plane, nur für den Fall, dass es regnen sollte.

Danach musste ich erst wieder zu Atem kommen. Ich saß nicht lange, da roch ich das heiße Metall des leeren Wassertopfes. Ich stand also auf und füllte ihn mit Wasser. Dann zog ich meine Jacke wieder an und ging hinaus in den Stall. Ich legte der Stute das Geschirr an und führte sie mitsamt dem Wagen hinaus in den Hof. Meine Muskeln wurden schon müde, ich humpelte. Am Anfang hatte ich nur einen kleinen Karren besessen, aber dann hatte mir Rissa erzählt, dass

Hunsis einen großen Wagen übrig hatte. Nun standen also ein Karren und ein Wagen in meinem Stall. Irgendwie kam ein Teil zum anderen.

Gairloch wieherte beleidigt, als ich die Stute hinausführte.

»Du hast den Wagen noch nie gern gezogen, also beschwer dich nicht.«

Er wieherte noch einmal und ich fühlte mich ein wenig schuldig, als hätte ich einen Freund im Stich gelassen.

»Wo fahrt Ihr hin?« Rissa steckte neugierig den Kopf aus der Küchentür.

»Ich fahre die Stühle zu Hensil.«

»Ihr habt dieses Ding schon von Eurem Bein genommen? Geht es Euch auch gut?«

»Gut genug, um zu Hensil zu fahren und das Geld zu kassieren.«

»Männer ...« Sie verschwand wieder in der Küche.

Ich legte meinen Stab so auf die Ladefläche, dass ich ihn jederzeit erreichen konnte. Ich glaubte zwar nicht, dass jemand eine Ladung Stühle stehlen wollte – wenn es auch teure Stühle waren –, aber in Zeiten wie diesen musste man mit allem rechnen.

Ich löste die Bremse und zog an den Zügeln, doch nichts geschah. Ich zog ein wenig fester und der Wagen machte einen Satz nach vorn. Ich war froh, dass ich die Stühle festgebunden und gepolstert hatte. Am Ende der Zufahrt schleuderte der Wagen wild auf die Hauptstraße, die nach Kyphrien führte; ich war eine zu enge Kurve gefahren. Warum stellte ich mich mit allem immer so dumm an?

Krystal war noch immer in Ruzor oder auf dem Rückweg und Justen und Tamra befanden sich irgendwo auf dem Weg nach Vergren. Obwohl es noch mehrere Achttage bis zum Frühlingsanfang waren, musste Justen dort sein, bevor die Mutterschafe trächtig wurden. In Candar schienen die Uhren anders zu gehen, denn in Recluce wurden die Mutterschafe früher trächtig. Das überstieg meinen Verstand. Waren die Schafe in Montgren anders?

Es gab noch viel in Candar, das ich nicht verstand – zum Beispiel warum Kyphrien die Hauptstadt von Kyphros war, wo es doch so weit vom Meer entfernt lag. Von allen Ländern Candars, die einen Zugang zum Meer besaßen, hatten nur Kyphros und Sarronnyn Hauptstädte, die nicht am Meer lagen oder Zugang zu einem großen Fluss in der Nähe hatten, der von hochseetüchtigen Schiffen befahren werden konnte. War es Zufall, dass beide Länder von Frauen regiert wurden?

Der Wind blies kräftig von den Westhörnern, kalt wie das Eis, das er auf seiner Reise vom Dach der Welt ans Meer mit durch das Land getragen hatte.

Ich zog sanft an den Zügeln, einerseits wollte ich verhindern, dass das Pferd in einen Trab verfiel, der den Stühlen nicht gut täte – und mir übrigens auch nicht –, und andererseits etwas schneller vorwärtskommen.

Trotz der Kälte und des Regens war die Straße nach Kyphrien hinein ziemlich eben. Ich winkte, als ich an Jahunt vorbeikam, dem alten, einäugigen Hausierer, der Scheren und Nadeln für Ginstal verhökerte.

»Guten Tag, Ser Lerris. Passt auf, es wird bald regnen.«

»Guten Tag, Jahunt. Die Wolken sind zu hoch heute.«

»Nicht hoch genug, junger Freund. Nicht hoch genug.«

»Wir werden sehen.«

Ich versuchte, mit meinen Sinnen das Wetter aufzuspüren, doch es gelang mir nicht. Noch nie hatte ich Erfolg bei den hohen Winden gehabt. Deshalb war ich ja so überrascht gewesen über meine Fähigkeit, die Energieflüsse unter der Erde fühlen zu können. Hatte man schon jemals von einem Erd-Magier gehört? Welchen Nutzen hätte ein Erd-Magier, der zugleich ein Ordnungs-Magier war, außer dass er Metalle finden konnte? Vielleicht war das meine Bestimmung: Meister der völlig unnützen Ordnungs-Magie.

Nahe der Stadt kamen mir zwei Soldaten auf einem riesigen Wagen entgegen, der zwar nur halb beladen, aber mit einer Plane bedeckt war. Beide trugen blaue Übermäntel und leichte Kettenhemden darunter – was gegen gewöhnliche Banditen ausreichte; einer guten Klinge oder auch einem Stab würden sie jedoch nicht standhalten.

Der Ältere der beiden starrte mich an und ich starrte zurück, aber er ließ sein Schwert in der Scheide und sie ritten schweigend vorbei. Ich schickte meine Sinne aus, um festzustellen, was auf dem Wagen Wertvolles geladen war. Ich fühlte nur stoffähnliche Rohre. Dann fiel es mir ein – Teppiche, es waren Teppiche aus Sarronnyn. Das erklärte die blauen Übermäntel und die Soldaten. Die gemusterten sarronnesischen Teppiche zählten zu den besten der Welt, wenn es nicht sogar die besten waren.

Das Westtor – welches eigentlich das Südwesttor war, aber von jedem nur Westtor genannt wurde – war unbewacht wie alle Tore nach Kyphrien. Warum auch? Jeder Feind musste tagelang reiten, um dorthin zu gelangen.

Trotz der Kälte war der Marktplatz überfüllt und ich hörte den Tumult schon drei Straßenzüge vorher – weiter weg konnte ich mich nicht daran vorbeidrücken. Die einzige Ringstraße befand sich innerhalb der Stadtmauern Kyphriens, aus militärischen Gründen, wie ich vermutete.

»Frische Hühner!!!! Holt euch die frischen …«

»… Gewürze … Gewürze direkt aus dem Hafen von Ruzor …«

»... Getreidemehl ...«

Zwei Jungen starrten auf meinen Wagen und dann auf mich. Einer runzelte die Stirn und winkte dann dem anderen. Gemeinsam verschwanden sie in einer Gasse. Ich war froh, dass ich den Stab mitgenommen hatte.

Dann bogen wir in die Südstraße ein und ich schaute mich noch einmal um nach den kleinen Dieben, konnte sie jedoch nirgends entdecken.

Ich verließ Kyphrien durch das Südtor und das Stimmengewirr ließ schlagartig nach, die Straße blieb jedoch gleich schlecht, besonders nachdem ich den Wagen über die Steinbrücke der Straße nach Ruzor gelenkt hatte; die Lehmfurchen auf der Südstraße waren zu kleinen Hindernissen gefroren. Mit jedem Schlagloch fuhr ein stechender Schmerz durch mein Bein und ich wünschte, ich könnte auf Gairloch reiten.

Die Furchen wurden ebener, als ich in die Hügel kam, auf denen die Olivenbäume mit ihren nun graugrünen Blättern wuchsen. Hensils Haus thronte auf einem der Hügel inmitten der Olivenplantagen – es war ein niedriges weißes Gebäude, das ebenso viel Platz einzunehmen schien wie ein kleiner Olivenhain.

Die rumpelige Fahrt hatte ein Ende, als ich zwischen den zwei Pfosten hindurch fuhr, die den Beginn der Auffahrt zu seinem Haus markierten. Der Weg war gekiest und glatt gerecht. Ich ärgerte mich, ich hätte mehr für die Stühle verlangen sollen.

Zwei Wachen hielten mich gut hundert Ellen vom Haus entfernt auf. Einer richtete seine Armbrust auf mich. Der andere schwang ein Schwert, das ich ihm mit einem Stabschwung aus der Hand hätte schlagen können.

»Was wollt Ihr?«

»Ich bin Lerris, der Schreiner. Ich bringe die Stühle, die Meister Hensil in Auftrag gegeben hat.« Ich zeigte auf die Wagenladung.

Er hob einige Lumpen und Säcke hoch, bevor er auf den Hof deutete.

Es war nicht sehr einfach, dorthin zu gelangen, denn ein halbes Dutzend Wachen trieb sich herum und alle wollten sehen, ob es sich bei der Ladung wirklich um Stühle handelte. Betrieb Hensil außer dem Olivenhandel noch ein anderes Geschäft?

Die kunstvoll geschnitzten Doppeltüren mit den Glasfenstern verstärkten meinen Verdacht noch, wie auch der lange Stall und die Kutsche aus Goldeiche, die von drei Stallburschen poliert wurde. Natürlich konnte auch das Olivengeschäft solch einen Gewinn abwerfen.

Hensil trat aus dem Haus, noch bevor der letzte Wachposten seine Inspektion der Ladung beenden konnte. Er trug eine leuchtend blaue Tunika und eine dazu passende Hose. Sein Bauch quoll über die Silberschnalle des breiten Gürtels, der seine Hosen kaum zusammenzuhalten vermochte.

Er verbeugte sich mit einer übertriebenen Geste, die keinerlei Respekt bezeugte. »Ah, Meister Lerris.«

»Seid gegrüßt.« Ich neigte den Kopf. »Ich bringe Euch die Stühle.«

»So früh hatte ich sie nicht erwartet.« Hensil starrte auf den Wagen.

Seine Gemahlin, eine allmählich grau werdende Frau, so schlank, wie er fett war, stand auf der Veranda und sagte kein Wort. Ein schwerer grüner Wollumhang umhüllte ihre Schultern.

»Die Aufträge eines so ehrenhaften Mannes, wie Ihr es seid, sollten so bald wie nur möglich ausgeführt werden.«

»Ich höre, Ihr wurdet verletzt.«

Wieder neigte ich den Kopf. »Das stimmt, aber die Beinverletzung bescherte mir mehr Zeit, um an den Feinheiten zu arbeiten, die Ihr in Auftrag gegeben hattet.«

Er nickte. »Nun, lasst mich sehen, ob sie …«

Ich biss mir auf die Zunge und kletterte vom Wagen. Langsam zog ich die Plane zurück und lud dann die Stühle ab. Einen nach dem anderen trug ich sie die drei Stufen hinauf bis zur überdachten Veranda.

Hensil sah mir dabei zu und bemühte sich, eine unbeteiligte Miene zu machen. Aber ich entdeckte, dass seine Augen glänzten, besonders als sein Blick auf die Intarsien der Rückenlehnen fielen. Seine Frau sah sich jeden Stuhl genau an und blickte anschließend zu ihrem Mann.

Als ich den achten und letzten abgeladen hatte, stellte sie sich neben ihn und er beugte sich zu ihr hinunter. Ich spitzte die Ohren, um zu verstehen, was sie sagte.

»… wunderschön … aber der Tisch wird armselig dagegen wirken.«

»Leg ein Tischtuch darauf«, murmelte er und richtete sich wieder auf.

Dann begutachtete er jeden Winkel und jede Kante. Es fiel ihm aber offenbar gar nicht auf, wie die Maserung des Holzes zueinander passte. Das tat mir weh, denn es war der schwierigste Part des Ganzen gewesen. Jedes Teil sollte aussehen, als fließe es in das andere.

»Sie scheinen ganz passabel zu sein«, bemerkte der Bauer.

»Ich denke, sie sind mehr als passabel, Ser Hensil.« Ich verbeugte mich übertrieben tief vor ihm, so wie er es zuvor getan hatte.

Sein Gesichtsausdruck verfinsterte sich zuerst, dann lächelte er. Er sah aus wie eine hungrige Felsenkatze, doch das kümmerte mich nicht. Ich wusste, dass die Stühle gut geworden waren.

»Wir hatten uns auf fünfzehn geeinigt«, sagte er schließlich vergnügt.

»Das hatten wir.« Ich lächelte zurück und fügte hinzu: »Das ist ein guter Preis für Euch, Meister Hensil.«

»... hochnäsiger Handwerker ...«, murmelte einer der Wächter.

»... Narr ...«, zischte ein anderer. »Er ist ein Schwarzer Magier.«

Ich hörte ein Schlucken, aber Hensil schien es nicht zu bemerken.

»Einen Augenblick, Meister Lerris.« Der Olivenbauer ging ins Haus.

Seine Gemahlin betrachtete abwechselnd die Stühle und mich und lächelte schüchtern. Sie sagte noch immer nichts zu mir, ihre Augen huschten nur ständig zu den Wachen.

Wenn ich die Wachen richtig einschätzte, würde ich wahrscheinlich jeden von ihnen mit meinen bescheidenen Stabkünsten bezwingen können, jedoch nicht das ganze Dutzend auf einmal – Tamra und ich zusammen hätten das fertig gebracht.

Hensil kam mit einer Lederbörse zurück. »Hier, nehmt dies.«

Als ich die Börse an mich nahm, fühlte ich das Gold, es waren sechzehn Goldstücke. »Danke.«

»Ihr habt sie nicht gezählt.«

»Ich danke Euch für das zusätzliche Goldstück, Ser Hensil.«

Der Wächter, der den Stufen zur Veranda am nächsten stand, schluckte.

Hensil lachte. »Ich mag Euch, Meister Lerris.« Er machte eine Handbewegung. »Gebt dem Schreiner ein kleines Fass mit schwarzen Oliven mit auf den Heimweg. Er hat sich die besten verdient. Für uns hat er schließlich auch sein Bestes gegeben.«

Stil hatte er, das musste man ihm lassen. Ich lachte und schüttelte den Kopf.

Sogar seine Frau lächelte.

Das kleine Olivenfass hatte etwa die Größe eines Mehlfasses und war wahrscheinlich allein schon zwei Goldstücke wert. Hensil und seine Gemahlin verschwanden mitsamt den Stühlen in der Eingangstür, noch bevor ich mit den Oliven vom Hof fuhr und den Weg zurück nach Kyphrien einschlug.

Als das Gut weit genug hinter mir lag, zählte ich die Münzen nach, und tatsächlich lagen sechzehn echte Goldmünzen in dem Beutel. Ich warf einen Blick auf den Stab. Nun hatte ich Grund, mich zu bewaffnen, aber die Oliven schreckten die Diebe vielleicht ab. Wer gerade ein so großes Fass Oliven gekauft hatte, konnte wohl keine Münzen mehr bei sich haben.

Jahunt hatte natürlich Recht behalten. Als ich in die Ruzorstraße Richtung Kyphrien einbog, setzte der Nieselregen ein, die eisige Luft fror meine Lungen ein und verursachte einen stechenden Schmerz in meinem Bein.

Der Regen und meine völlig durchnässte Gestalt würden jeden Dieb abschrecken. Als ich zu Hause ankam, war meine Jacke vollgesogen und Eisflocken bedeckten mein Haar; die Ohren hatten sich bereits vollständig in Eisklumpen verwandelt. Viel Ordnungs-Kraft hatte ich nicht mehr übrig.

Rissa kam natürlich herausgelaufen.

»Meister Lerris.« Sie schüttelte den Kopf. »Für einen Handwerker habt Ihr nicht viel Verstand im Kopf. Hier draußen im Regen herumzufahren, wo doch das Bein noch nicht wieder gesund ist. Es wird nicht heilen, auch wenn Ihr alt und grau seid, wenn Ihr so weiter macht.«

»Als ich aufbrach, war der Himmel klar und heiter.« Ich starrte sie an. »Und wenn ich meine Arbeit nicht ausliefere, werde ich nicht bezahlt und dann können wir nichts zu essen kaufen. Ich esse lieber, als zu hungern.« Mit einer Handbewegung zeigte ich ihr das Olivenfass. »Als Zugabe hat mir Hensil ein Fass mit schwarzen Oliven mitgegeben, die guten, wie er sagt.«

»Oliven sind gut, wir können sie gebrauchen, aber Geld ist besser.«

»Auch ein zusätzliches Goldstück haben wir bekommen.«

Für einen Augenblick – aber wirklich nur für einen Augenblick – war sie sprachlos; ein Goldstück entsprach dem Lohn für eine halbe Jahreszeit und ich zahlte besser als die meisten anderen. »Am besten Ihr bringt das arme Pferd in den Stall und kommt dann in die Küche. Ich mache Euch warmen Apfelwein. Ein Laib Schwarzbrot ist gerade fertig und muss aus dem Ofen.«

Ich nahm an, das bedeutete, dass sie die reichliche Entlohnung guthieß.

Nach dem Essen beschloss ich, nicht sofort wieder an die Arbeit zu gehen, zumindest nicht an Werfels Schreibtisch. Der konnte warten. Stattdessen holte ich einen Federkiel heraus. Ich schrieb nur ungern Briefe, aber meine Eltern hatten es verdient.

»Sehr gut«, bestätigte mich Rissa. »Ihr arbeitet ohnehin zuviel.«

Einerseits hatte sie Recht und die Wärme in der Küche tat meinem wunden Bein und den schwachen Muskeln gut. Andererseits bereitete es aber nicht gerade Vergnügen, diesen lange aufgeschobenen Brief zu schreiben.

Rissa arbeitete weiter an dem Brotteig, während ich schrieb. Manchmal hielt ich inne, um den Duft der Hefe und der frischen feuchten Teigrollen zu genießen.

Ich nahm mir etwas von dem noch warmen Brot. Am Ende hatte ich einen ganzen Laib allein aufgegessen.

Später las ich noch einmal den fertigen Brief. Schon die Entscheidung, dass ich schrieb, war nicht leicht gewesen, auch die Worte brachte ich nicht so einfach aufs Papier, aber meine Eltern sollten wissen, dass es mir gut ging – zumindest verhältnismäßig gut. Ich überflog noch einmal den Text.

… bedauere, dass ich so lange nicht geschrieben habe … hoffe, euch geht es gut … eine Zeit als Lehrling bei deinem Bruder Justen … Onkel Sardit wird sich freuen zu hören, dass ich wieder schreinere … ein Jahr als Geselle in Fenard … habe jetzt eine kleine Werkstatt in Kyphrien … suche einen Lehrling … da wird Onkel Sardit lachen …

… mit Krystal aus Extina … fange langsam an, die Liebe zu verstehen … sie ist Kommandantin der Truppe des Autarchen … teilen uns ein Zuhause, wenn sie nicht gerade Feldzüge plant oder ausführt … sogar gelernt, ein Bergpferd namens Gairloch zu reiten …

… hatte einige Abenteuer mit verschiedenen Weißen Magiern zu bestehen … erhole mich gerade von den Verletzungen … und konzentriere mich jetzt wieder auf die Schreinerarbeit …

… glaube nun nicht mehr, dass Ordnung immer langweilig sein muss … aber dass es viel gefährlicher ist, den jungen Menschen nicht zu erklären, was Ordnung ist und was sie bedeutet … ihnen zu sagen, dass Ordnung wichtig ist, erscheint mir sinnlos, wenn nicht erklärt wird, warum – und in Recluce herrscht so viel Ordnung, dass die Gefahren nicht offensichtlich sind …

Ich wusste nicht, ob alles stimmte, was ich über Ordnung geschrieben hatte, aber der Grundgedanke war ohne Zweifel richtig. ›Weil das eben so ist‹ war keine Antwort, die ein junger Mensch einfach akzeptieren konnte. Menschen wie mein Vater oder Justen, die über einen großen Erfahrungsschatz verfügten, sahen manches in der Welt, was wir Übrigen nicht sehen konnten.

»Gibt bald Abendessen, Meister Lerris.«

Ich beherzte den Hinweis und faltete den Brief. Dann ging ich in die Werkstatt, brachte mein Siegel darauf an und legte den Brief in die Mappe zu den anderen Papieren. Wer hätte gedacht, dass ein Schreiner Stapel von Papier horten musste?

Ich überlegte. Am kommenden Tag würde ich nach Kyphrien reiten und mich um die Versendung des Briefes nach Recluce kümmern. Vielleicht konnte einer der Wollhändler – zum Beispiel Clayda – ihn mitnehmen.

Ich sah nach dem Wassertopf und legte noch ein Holzscheit aufs Werkstattfeuer, bevor ich in den Waschraum ging.

XLVI

Wie üblich brauchte ich auch für Werfels Schreibtisch länger als geplant. Dieses Mal war es wieder der Leim, den ich vernachlässigt hatte und neu anrühren musste. Das Problem mit dem Leim lag darin, dass er zu schnell hart wurde, meistens schon bevor ich die Zutaten fertig hatte. Ich zerstieß und zerkleinerte gerade die Leimklumpen im heißen Wasserbad, als es an die Werkstatttür klopfte.

Drei Menschen standen draußen – Rissa, eine fremde Frau und ein schwarzhaariger Junge; vermutlich handelte es sich hier um die erste Reaktion auf Rissas Bemühungen, ganz Kyphros darüber zu informieren, dass ich einen Lehrling suchte.

Mein Bein schmerzte zwar nicht mehr, wenn ich durch die Werkstatt lief, doch es zitterte, wenn ich es zu lange belastete; der Knochen schien jedoch mittlerweile komplett zusammengewachsen zu sein.

»Das ist Meister Lerris«, sagte Rissa. »Wendre glaubt, dass Callos ein guter Schreiner werden könnte.«

Ich verbeugte meinen Kopf vor Wendre, einer stämmigen kleinen Frau mit langen braunen Haaren, die sie zu einem Haarknoten zusammengebunden hatte. »Die Schreinerarbeit ist nicht immer ganz einfach.«

Der Junge sah zu mir auf. Er war nicht so groß wie ich, doch das war kaum ein Kyphrer. »Ihr seid ein Magier, nicht wahr?«

»Manchmal, aber mehr Zeit verbringe ich mit dem Schreinern.«

Rissa zog Wendre am Ärmel. »Ich habe frisches Brot gebacken. Lass Meister Lerris mit Callos reden.«

Wendre ließ sich widerstandslos in die Küche zerren.

»Komm mit.« Ich ging hinüber zu der Holzkiste, in die ich die unbrauchbaren Hölzer hineinwarf – manche waren zu groß, um sie im Kamin zu verbrennen, andere zu klein und nur für Kistchen, Brotbrettchen, Intarsien oder sonstiges schmückendes Beiwerk zu gebrauchen. Bis auf die Intarsien handelte es sich dabei um Arbeiten, die ein Lehrling anfertigen könnte, den ich nicht hatte. Ich fischte ein Stück Kirschholz heraus und drückte es Callos in die Hand. »Was kannst du darüber sagen?« Er nahm das Holz, aber er sah mich an, als wäre ich vollkommen verrückt. »Das ist Holz. Ein Stück Holz. Sonst nichts.«

»Was würdest du damit anfangen?«

»Etwas daraus herstellen, denke ich. Dafür braucht Ihr doch einen Lehrling, oder?«

»Wie fühlt es sich an?«

Er zuckte die Schultern. Seine schwarzen Augen blickten mich verwirrt an. »Es fühlt sich nach Holz an.«

»Ist es glatt oder rau? Wie riecht es?«

»Glatt, würde ich sagen. Es riecht nach Holz.« Er gab mir das Holzstück zurück.

Ich unterdrückte einen Seufzer. »Warum bist du hergekommen?«

»Meine Mutter sagte, ich solle mir eine Arbeit suchen und Ihr seid nicht nur ein Handwerker – Ihr seid ein Magier. Ich möchte auch Magier werden.«

»Ich musste zuerst das Schreinern lernen.« Wie

konnte ich ihm beibringen, dass es keineswegs einfach war, ein Magier zu werden?

»Ich denke nicht, dass mir das gefällt.«

»Vielleicht solltest du noch einmal darüber nachdenken.« Ich legte das Kirschholz zurück in die Abfallkiste und führte ihn durch den Nieselregen in die Küche.

Rissas Freundin sah erst mich an und dann ihren Sohn. Rissa tat das Gleiche. Keine von beiden sagte ein Wort.

Ich schluckte. »Ich glaube, Callos ist nicht sehr geeignet für den Schreinerberuf.«

Wendre starrte ihren Sohn fast wütend an.

»So etwas kann man nicht erzwingen«, fügte ich hinzu. »Manche Menschen können gut mit Steinen umgehen, andere mit Schwertern ...«

Wendres Gesichtsausdruck entschärfte sich etwas, aber Callos stand noch immer ängstlich neben der Tür.

»Danke.« Ich schlüpfte schnell zur Tür hinaus und zurück in die Werkstatt. War ich auch so gleichgültig gewesen? Das glaubte ich nicht. Schlampig? Ja, schlampig war ich schon gewesen und auch nachlässig. Ich erinnerte mich ganz deutlich, wie ärgerlich und enttäuscht Sardit manchmal gewesen war, aber das Holz hatte sich in meinen Händen immer gut angefühlt. Verlangte ich zu viel? Wahrscheinlich, aber Bostric hatte auch das Gefühl für Holz besessen und sogar Brettel, der Sägemüller, hatte diese Fähigkeit bei Bostric erkannt, diesem schüchternen Lehrling, den ich für Destrin ausgebildet hatte und der dann Deirdre geheiratet hatte.

Ich fragte mich, wie es Deirdre und Bostric wohl ging, ob sie Kinder hatten und ob Deirdres Vater noch lebte. Destrin war kein so guter Schreiner wie sein Vater gewesen, aber auch er hatte das Gefühl für Holz.

Mit einem tiefen Seufzer machte ich mich wieder an die Arbeit, die Beine für Werfels Schreibtischstuhl mussten noch gedrechselt werden. Beim zweiten Stuhlbein entglitt mir der Beitel; wieder hielt ich ein Stück Feuerholz oder ein Bein für einen einfachen Stuhl in Händen. Ich ärgerte mich über mich selbst, weil ich das Holz so verschwendete und mich nicht richtig konzentrierte.

Rissa kam herein und stellte sich neben mich.

»Ja? Sind sie gegangen?«, fragte ich.

»Ich habe Wendre gleich gesagt, dass Callos kein guter Schreiner werden würde.«

»Warum hast du sie dann kommen lassen?«

»Auf mich hört sie ja nicht. Ich bin kein Schreiner.« Rissa schüttelte den Kopf. »Ich habe gesehen, wie Ihr das Holz anschaut, für Euch ist es nicht nur Holz. Ihr berührt es so zärtlich wie ein Liebhaber. Callos würde mit dem Hammer darauf einschlagen, um zu sehen, ob er es nicht zerstören kann.«

Ich atmete tief durch. »Gibt es überhaupt junge Menschen, die Holz mögen – vielleicht auch Frauen? Nicht nur Männer können Schreiner werden.«

»Das weiß ich nicht. Aber ich kann mich umhören. Dann werden wir sehen, ob es junge Männer oder Frauen gibt, die ein Gefühl für Holz haben. Ich werde ihnen ausdrücklich sagen, dass es dieses Gefühl ist, wonach Ihr sucht. Aber wenn ich das tue, werden alle denken, Rissa ist verrückt geworden, obwohl – Magier und Handwerkermeister sind ohnehin alle verrückt. Niemand wird sich also etwas dabei denken.«

»Hast du deshalb Callos herbestellt … dass alle wissen, dass ich unmöglich bin?«

Rissa lachte nicht, aber ihre Augen blitzten. »Callos redete schon davon, wie Ihr ihn das Holz habt fühlen und riechen lassen. Bald werden es alle wissen.«

»Wunderbar. Ganz Kyphros wird denken, ich hätte den Verstand verloren.«

»Nein, Meister Lerris. Niemand wird sich erdreisten, den Verstand eines Magiers zu beurteilen. Wer kann also feststellen, ob Ihr ihn verloren habt oder nicht?«

Ich war also ein unmöglicher, unergründlicher Magier – aber immer noch besser als für verrückt oder chaosbehaftet gehalten zu werden. Jetzt wusste ich wenigstens, was die Leute über mich dachten. Da fiel mir mein Vater ein und ich fragte mich, was er wohl darüber gedacht hätte. Wahrscheinlich hätte er eine lange moralische Rede gehalten. Onkel Sardit verstünde es bestimmt. Aber ich galt lieber als exzentrischer Handwerker, als dass mich die Leute für einen unergründlichen Magier hielten.

»Gut, dieser Handwerker wird sich jetzt anschicken, den Schreibtisch fertig zu stellen, der schon lange hätte fertig sein müssen.«

»Niemals … niemals hört Ihr auf zu arbeiten, erst wenn Ihr verletzt seid oder die Kommandantin oder der Autarch es anordnen.«

»Gibt es bessere Menschen, deren Befehle ich befolgen könnte?«

»Männer …«, schnaubte Rissa beim Hinausgehen.

So hatte ich also noch immer keinen Lehrling. Auch wusste ich nicht, wann Krystal zurückkehren würde, ich machte mir schon Sorgen. Ferrel war auch nur auf einer Routinereise gewesen und nie zurückgekehrt.

Ich machte mich wieder daran, den hart gewordenen Leim mit Wasser zu verdünnen.

XLVII

Südlich von Hrisbarg, Freistadt [Candar]

Berfir lugt über den Schutzwall, der oben auf dem Hügel aufgeschüttet ist, und entdeckt das runde Ding, das über dem gegenüberliegenden Hügel am Himmel hängt. Dort drüben verschanzen sich Colaris' Truppen in tiefen Schützengräben. Zwei schwarze Linien führen vom Korb, der unter dem länglichen Ball befestigt ist, zum Boden.

Eine graue Rauchwolke quillt aus den Schützengräben der Freistädter. Berfir versucht, nicht bei jeder Kanonenkugel zusammenzuzucken, die dumpf in den Hang unter ihm einschlägt und Gras und Erde in die Luft schleudert.

Der Herzog beobachtet das flache Tal, wo das karminrote Banner Hydlens schlaff an einem Fahnenmast herabhängt. Dunkle Klumpen liegen im Staub des flachen Landes verteilt, das im letzten Sommer noch als Getreidefeld diente. Nur ein paar braune Halme stehen noch nach der Ernte. Hinter dem Feld erhebt sich ein weiterer, nicht sehr steiler Hang. Links stehen einige Bäume, ein kleines Waldstück. Auf der rechten Seite erstreckt sich ein weites Feld, das zu weiteren Hügeln führt.

Auf den Feldern liegen viel zu viele dunkle Klumpen und viel zu viele davon tragen die rotgoldenen Umhänge Yeannotas.

Eine weitere Kugel trifft den Hang und zerlegt eine Pinie in Feuerholz, keine zwölf Ellen vom linken Ende der Schützengräben der hydlenischen Streitkräfte entfernt.

Herzog Berfirs Blick wandert immer wieder hinauf zu dem Ballon, der dort am Himmel hängt, und auf die Spiegel, die am Korb darunter blitzen. »... schon befehlen, wo die Kanoniere hinzielen sollen«, murmelt er in seinen Bart.

»Verzeiht, Ser.«

»Lasst mich in Ruhe. Jetzt nicht.«

... iiiih ... iiiih ... rumps! Eine Kanonenkugel schlägt unmittelbar unter dem Herzog in den Boden, gräbt ein tiefes Loch in den Schutzwall, den seine Truppen errichtet haben.

»Wir müssen sehen, ob wir die Raketen nicht auf ihre Geschützstellungen richten können.« Berfir dreht sich um und überquert den Hang, wobei er sich nicht immer im Schutz des Walles aufhält.

»Ser ...«

Die Kanonenkugeln zischen nur so durch die Luft, doch der Herzog bahnt sich seinen Weg bis zu den Raketengeschützen.

Der Raketenoffizier sieht zum Herzog auf.

»Ser?«

»Richte die Geschützrohre steil nach oben, Nual.«

»Was?«

»Stell sie so weit nach oben«, Berfirs Hand beschreibt einen Bogen, »dass die Raketen direkt in den Reihen der Freistädter einschlagen.«

»Damit verschwenden wir unsere Raketen.«

»Nein, wir verschwenden sie mit dem, was wir jetzt tun. Wenn wir ihre Kanonen nicht vernichten, werden sie uns wie nichts aus Freistadt hinausschießen und es wird nicht lange dauern, dann haben sie das Ohydetal eingenommen, und über kurz oder lang klopfen sie an die Türen von Hydolar und Renklaar.«

»Ja, Ser.«

Berfir überwacht die Raketenmannschaft, als sie die Geschützrohre in einer höheren Position festklemmen, als jemals vorgesehen war. Die feindlichen Kanonenkugeln kommen immer näher heran.

XLVIII

Die schweren Wolken, die den ganzen Nachmittag über gegrollt hatten, färbten auch die Nacht sehr dunkel, pechschwarz. Ich zündete die Laterne draußen vor der Werkstatt an und ging wieder hinein, um am zweiten Teil von Werfels Auftrag zu arbeiten – dem Stuhl –, der sehr solide geschreinert sein musste, um Werfels Gewicht auszuhalten. Wie kam es, dass die meisten Kunden, die sich gute Holzarbeit leisten konnten, auch schwere Stühle brauchten?

Nachdem ich die Beine in die dafür vorgesehenen Vorrichtungen geleimt hatte, säuberte ich den Leimtopf und goss etwas Wasser hinein, bevor ich ihn wieder in den Dreifuß über dem Feuer hängte. Draußen grollte in der Ferne der Donner, Regen klatschte an Wände und Fenster.

Immer wieder schickte ich meine Sinne aus. Krystal hätte schon seit Tagen zurück sein müssen und ich hatte nichts von ihr gehört. Ich fühlte jedoch, dass sie sich näherte, und schließlich hörte ich die Pferde, lange bevor sie den Hof erreichten. Ich rannte hinaus in den kalten Regen, um Krystal und ihre Garde vor dem Stall in Empfang zu nehmen.

Perron öffnete die Stalltür und Haithen stand im Schlamm und hielt die Zügel seines Pferdes. Die anderen zwei Soldaten stiegen gerade ab.

Ich hielt Krystal die Hand hin, aber sie brauchte sie nicht, um aus dem Sattel zu springen. Wenn ich sie allerdings nicht gehalten hätte, wäre sie im Schlamm ausgerutscht.

»Du solltest dich nicht hier draußen herumtreiben.« Trotz des besorgten Tones schenkte sie mir ein Lächeln und dafür nahm ich die Kälte gern in Kauf.

»Mir geht es schon viel besser, ich habe dich vermisst und mir Sorgen um euch gemacht, deshalb stehe ich hier«, gab ich zu, als ich sie umarmte; den Schwertknauf, der sich in mein gesundes Bein bohrte, bemerkte ich nicht.

»Ich bin froh.«

Dann redeten wir erst einmal nichts mehr.

»Wie kannst du mich aushalten? Ich rieche wie ein ganzer Stall.«

»Das ist mir noch gar nicht aufgefallen.«

»Nicht nur dein Bein muss geheilt werden, wie mir scheint.«

»Du kannst dabei helfen«, bot ich ihr an.

Perron grinste wahrscheinlich, obwohl ich das in der Dunkelheit und bei dem Regen nicht genau erkennen konnte. Die Nacht war so dunkel und der Regen so dicht, dass auch die große Laterne nichts mehr ausrichten konnte.

»Ich bin völlig durchnässt und vom Herumstehen wird es auch nicht besser.«

Sie hatte Recht. Ich schnappte mir die Zügel ihres Pferdes und folgte Haithen in den Stall. Ich war froh, dass ich den Lehmboden im Stall erhöht hatte, und zündete die Stalllaterne an.

»Lerris, dein Stall ist trockener als so manche Schenke.« Haithens kurzes Haar klebte nass an ihrem Kopf.

»Ich tue, was ich kann, um die Kommandantin und ihre Truppe zum Bleiben zu ermuntern.«

»Ich glaube nicht, dass sie eine Ermunterung braucht.« Dieser Kommentar kam von Perron.

Krystal wurde rot. Ich hustete.

Wir striegelten Krystals Rappen und wischten den Sattel trocken. Als wir wieder ins Haus gingen, fielen große nasse Schneeflocken vom Himmel, gemischt mit Regen, der nun zu Eis gefroren zu sein schien.

»Der echte Winter ist im Anzug.«

»Sieht so aus.« Ich drückte ihre Hand und hielt die Tür für sie auf.

Rissa stand mit fleckiger Schürze in der Küche, die Hände in die Hüften gestemmt, und machte ein böses Gesicht. »Ihr werdet Euch mit Lammeintopf zufrieden geben müssen. Glücklicherweise habe ich heute gebacken, weil es den ganzen Tag so dunkel war. Wenn ich nur immer wissen würde, wann Ihr zurückkommt, Kommandantin ...«

»Lammeintopf ist prima, Rissa. Viel besser als die Verpflegung unterwegs oder die Kost in den Schenken, besonders um diese Jahreszeit.« Krystal lachte und streckte sich. »Es ist schön, wieder zu Hause zu sein.«

»Und Eure Soldaten, wo sind die?«

»Hängen ihre Pferdegeschirre im Stall zum Trocknen auf. Seit Felsa sind wir nur im Regen geritten.«

Rissa sah uns an. »Wie ertrunkene Ratten seht Ihr aus – und die sind noch trockener.«

Wir betrachteten uns gegenseitig. Sie hatte eindeutig Recht.

Im Schlafzimmer zog ich mir dann mein völlig durchweichtes Arbeitshemd aus, Krystal streifte ihre Tunika ab. Ich ließ mein nasses Hemd fallen und umarmte sie. Ihre feuchte Haut war kalt, aber sie fühlte sich gut an.

Sie küsste mich und wir hielten einander für ein paar Augenblicke fest – bis ihr Magen knurrte.

»Seit dem Frühstück habe ich nichts mehr gegessen ...«

Ich holte ihr ein altes dickes Arbeitshemd von mir und für mich ein noch älteres. Dann gingen wir in die Küche, wo die Leibgarde noch herumstand.

»Setzt euch.« Krystal deutete auf die Stühle.

Rissa stellte den Topf auf ein Holzbrett in der Mitte des Tisches und einen Korb mit drei Laiben warmen Brotes daneben.

»... besser als in den Kasernen ...«

»... das beste Essen überhaupt ...«

»Man spricht nicht mit vollem Mund, Jinsa«, mahnte Perron.

Rissa brachte Becher. »Es gibt Kräutertee oder dunkles Bier.«

»Bier für mich.« Krystal musste nicht lange überlegen. »Es war ein langer Achttag.«

Haithen und ich tranken Tee; die anderen wollten Bier.

Als ich gerade einen halben Becher Tee getrunken und mich einigermaßen aufgewärmt hatte, waren Krystal und ihre Garde schon bei der zweiten Portion Eintopf und Rissa musste zwei weitere Brote in die Körbe legen.

Ich war bereits mehr als satt nach der ersten Portion, aber schließlich hatte ich am Mittag Brot und Käse gegessen und war nicht durch den eisigen Regen geritten.

»Hast du die Verteidigungsanlagen im Hafen besichtigt?«, fragte ich, nachdem ich den letzten Bissen Eintopf hinuntergeschluckt hatte.

»Ja, aber in Ruzor existieren praktisch keine Verteidigungsanlagen.«

»Keine? Was ist mit all den Mauern?«

Krystal schob sich einen Löffel Eintopf in den Mund und schwieg. Perron starrte auf seinen Teller.

»Kann ich noch etwas Brot haben?«, fragte Haithen.

Ich sah in den Korb und konnte nicht glauben, dass er schon wieder leer war.

Die zwei anderen Soldaten sahen sich an und dann wieder auf ihre Teller.

»Esst so viel Brot, wie ihr wollt«, forderte Rissa uns auf. »Brot haben wir genug.«

»Ich verstehe«, bemerkte ich. »Berfirs Raketen werden die Mauern wohl nicht standhalten?«

»Und auch nicht den langen hamorischen Kanonen.« Krystal hielt inne und nahm einen kräftigen Schluck von dem dunklen Bier. »Die alte Festung steht auf dem Wellenbrecher, dort ist es zu ungeschützt.«

»Hast du von dem Gesandten aus Südwind etwas erfahren?«

Krystal holte tief Luft. »Im Hafen von Dellash liegt

ein Geschwader von etwa einem Dutzend hamorischer Stahlschiffe und noch mehr sind unterwegs dorthin.«

»Dellash? Wo ist das?«

»Eine kleine Insel in der Bucht von Sommerhafen.«

»Das ist in Delapra, aber Delapra gehört fast zu Südwind.«

»Nicht mehr. Es gibt eine große hamorische Handelsstation in Sommerhafen und die hamorischen Händler laufen den Hafen nun das ganze Jahr über an.«

Jetzt begriff ich. Hamor benutzte Dellash als Flottenstützpunkt, um seinen Handel mit Candar zu ›schützen‹.

»Ist deshalb der Gesandte aus Südwind nach Ruzor gekommen und nicht nach Kyphrien?«, fragte ich.

»Sie ist keine Gesandte.« Krystals Stimme nahm einen sarkastischen Ton an. »Sie unternahm nur eine Vergnügungsreise.«

»Eine Vergnügungsreise? Mit einer Gefolgschaft von zehn Mann?«, fragte Perron.

»Ich bin nur eine einfache Reisende, Kommandantin Krystal ...«, äffte Krystal nach, dann leerte sie ihren Becher. »Kann ich noch etwas davon haben?«

Rissa nickte und holte den Krug.

Krystal füllte den Becher bis zum Rand, sie musste schnell einen Schluck von dem Schaum nehmen, damit der Becher nicht überlief.

»Sie hat viel von den hamorischen Schiffen erzählt, sprach von Konstruktion, Geschützen, Leistung, Panzerung, Marinetruppen und deren Nähe zu Sommerhafen.« Meine Gemahlin nahm noch einen kräftigen Schluck aus dem gut gefüllten Becher. »Dellash war früher einmal ein kleines verschlafenes Fischerdörfchen. Jetzt besitzt es einen riesigen Wellenbrecher aus Stein und drei Piere, ganz zu schweigen von dem Kohlenberg, der aus dem Nichts aufgetaucht zu sein schien.«

Während Krystal sprach, wurde es mir immer flauer im Magen; die Soldaten starrten nur auf den Tisch und blickten uns nicht an.

»Warum hat noch niemand davon gehört?«

»Offenbar hat der Kaiser dies verhindert. Bis jetzt jedenfalls.«

Auch das war nicht gerade eine gute Nachricht.

»Weiß Kas ... der Autarch davon?«

»Noch nicht. Heute Nacht kann auch sie nichts mehr unternehmen.«

Ich starrte zum Fenster hinaus, die schweren Schneeflocken schwebten noch immer daran vorbei.

»Sie kann ohnehin nicht viel dagegen tun«, bemerkte Perron.

Krystal seufzte und trank einen Schluck Bier. Auch Perron schenkte sich nach.

»Wie geht es Yelena?«, fragte ich schließlich.

»Sie wird von allen respektiert«, erzählte Krystal mit einem leisen Lachen, »besonders nachdem sie am ersten Tag entdeckte, dass Kyldesee Gelder in ihre eigene Tasche hatte fließen lassen.«

»Vieles davon tauchte plötzlich in der Waffenkammer und in den Lagerräumen wieder auf«, fügte Haithen hinzu. »Besonders nachdem bekannt wurde, dass Yelena dich gut kennt, Meister Lerris.«

»Ich glaube nicht, dass mein Name damit etwas zu tun hat. Yelena ist so tüchtig, sie braucht sich nicht auf einen drittklassigen Magier zu verlassen.«

»Man beachte, dass er es endlich aufgegeben hat zu leugnen, dass er ein Magier ist.« Haithen zwinkerte Perron zu.

»Jetzt kann es selbst Lerris nicht mehr leugnen«, fügte Krystal hinzu. »Er ist nun überall bekannt als Held und als Magier.«

»Du solltest dich eigentlich auf meine Seite stellen«, protestierte ich.

»In Staatsangelegenheiten gehört meine Loyalität ganz dem Autarchen.« Es gelang ihr sogar, dies mit einer ernsthaften Miene zu sagen. Doch dann entglitt ihr ein Grinsen.

Wir unterhielten uns noch eine Weile, doch nicht mehr sehr lange, denn alle gähnten bereits, ich eingeschlossen.

Haithen stand als Erste auf und spähte in den Hof. »Es liegt schon eine dämonenverdammte Spanne Schnee auf der Erde. Schnee? So früh in Kyphrien?«

»Du hast doch deine Stiefel an. Oder brauchst du jemanden, der sie dir auszieht?« Perron grinste sie anzüglich an.

»Du hast schon genug Schwierigkeiten mit deinen eigenen Stiefeln.«

Der andere Soldat schüttelte den Kopf. Jinsa lachte.

Krystal und ich standen auf und überließen die Truppe sich selbst.

Später, als die Schlafzimmertür geschlossen war, fragte ich: »Warum war diese reisende Gesandte in Ruzor und hat dir das alles über Hamor erzählt?«

»Lerris ... denk doch einmal nach. Wenn Südwind so besorgt ist, dass sie nicht einmal einen offiziellen Gesandten nach Kyphrien schicken, sondern nur eine inoffizielle Reisende nach Ruzor, was sagt dir das?«

»Sie können sich nicht das Geringste gegen den Kaiser herausnehmen. Sie befürchten, dass Hamor den kleinsten Vorfall zum Anlass nimmt, um Delapra und Südwind zu besetzen.«

»Hamor kontrolliert Delapra praktisch doch schon. Im Spätherbst, als wir mit Hydlen beschäftigt waren, schickten die Hamoraner ein Schiff – ein einziges Schiff – über den Wellenbrecher nach Sommerhafen. Dieses Schiff hat den Leuchtturm mit drei Kugeln aus den neuen langen Kanonen in Schutt und Asche gelegt.«

Krystal hängte ihre Weste auf einen der Haken im Schrank und setzte sich dann auf den Bettrand.

Ich zog ihr die Stiefel aus und erlaubte mir, ihre wohlgeformten Waden zu massieren.

»Ich brauche eine Dusche.«

»Bei dem Wetter?«

»Ich fühle mich so schmutzig.«

»Mich stört das nicht.«

»Lerris ...«

»Es ist kalt.«

»Ich brauche jetzt eine Dusche, du darfst mich hinterher wärmen.« Sie lächelte und mir blieb nichts anderes übrig, als zurückzulächeln.

XLIX

Krystal brach am nächsten Morgen schon früh wieder auf, musste durch den Schneematsch reiten, der die Straßen bedeckte, noch bevor die Sonne aufging. Der Hof war eine einzige gefrierende Schlammmasse.

Ich drückte mich an der Hauswand entlang durch den unberührten Schnee, um zum Stall zu gelangen. Dort striegelte und fütterte ich Gairloch und das Wagenpferd.

Gairloch tänzelte in seiner Box herum.

»Du willst vielleicht ausreiten, aber ich werde nirgendwo hingehen, solange der Matsch nicht gefroren oder getrocknet ist.«

... iiii ... iiii ...

»Nein.« Ich schüttete noch etwas mehr Hafer in seinen Trog.

Brrrhhh ... Was auch immer das heißen mochte.

Während Gairloch fraß, mistete ich den Stall aus,

wiederholte die Futterprozedur mit dem Wagenpferd und in Krystals Box.

Ich warf einen Blick in die Boxen der Garde. Auch sie konnten einen Besenstrich vertragen. Ich überlegte eine Weile und nahm dann die Schaufel zur Hand. Zumindest erhielten wir so eine Menge Dünger für unseren Garten und Rissa hatte sicherlich nichts dagegen.

Nach dem Saubermachen musste ich mich dann in eiskaltem Wasser waschen, bevor ich das helle und feingemaserte Holz wieder anfassen konnte – Dung und Schmutz hinterließen nämlich, entgegen der weit verbreiteten Meinung, Fingerabdrücke. Ich zitterte und davon schmerzte mein Bein; ich musste mich erst eine Weile am Feuer in der Werkstatt aufwärmen.

Da sah ich, das der Wassertopf leer war, auch der Leim verlangte nach Wasser. Bei der Gelegenheit konnte ich gleich Feuerholz für den Kamin holen, wobei ich Schlamm und Dreck mit den Stiefeln in die Werkstatt trug, was bedeutete, dass ich den Boden fegen musste.

So manchen Morgen verbrachte ich auf diese Weise und die Sonne stand schon weit über dem Horizont, bevor ich mich an die wirkliche Arbeit machen konnte. Draußen tropfte Eis und Schnee von der Traufe.

Ich nahm die Arbeit an Werfels Stuhl wieder auf, da verfing sich der Hobel im Holz, was hieß, dass ich ihn schleifen musste. Und da ich gerade beim Schleifen war, kamen auch gleich der Beitel dran und die Messer. Der Vormittag ging vorbei und ich war noch nicht weiter als am Vortag, aber die Werkstatt glänzte und die Werkzeuge waren geschliffen, nur die Sägen konnte ich nicht selber schärfen, das überließ ich Ginstal. Unfachmännisches Schleifen konnte eine gute Säge schneller als alles andere ruinieren, dazu waren mir meine Sägen zu wertvoll und ich hatte kein großes Vertrauen in meine Fähigkeiten.

Als ich dann endlich mit Werfels Stuhl angefangen hatte, klopfte es an die Tür.

Rissa stand draußen mit einem jungen Mann. Der Matsch klebte an seinen abgetragenen Stiefeln.

»Das ist Turon …«

Ich seufzte. »Er soll seine Stiefel abputzen.«

Rissa schüttelte den Kopf und drückte dem Jungen die Schuhbürste in die Hand. Er betrachtete die Bürste und wusste offensichtlich nicht, was er damit anfangen sollte. Rissa führte ihm eine bürstende Handbewegung vor.

»Ah … die Stiefel putzen.« Turon grinste breit und nahm die Bürste.

Ich musste mich zusammenreißen, als er damit den Schlamm fast in der ganzen Werkstatt verteilte. Ich zuckte nicht einmal zusammen, als ein Klacks auf meiner guten Firnisbürste landete. Behutsam legte ich den Hobel nieder und ging zu ihm hinüber.

Rissa lächelte, sie ging hinaus und schloss die Tür hinter sich, ließ mich mit dem Jungen allein. Turon war groß gewachsen für einen kyphrischen Burschen, fast so groß wie ich.

»Du willst Schreiner werden?«

»Ja, Meister.« Er grinste, es war ein breites, williges Grinsen … und ein leeres.

»Woher weiß du, dass du mit Holz arbeiten willst?«

»Ich mag Holz. Es riecht so gut, wenn es geschnitten wird, und so glattes Holz wie das da ist weich wie Mädchenhaut.« Er zeigte auf den Schreibtisch.

Ich gab ihm das Kirschholzstück und seine Finger strichen darüber. »Was ist das?«

»Gutes Holz, hartes Holz, man kann viele Dinge daraus machen?«

»Es ist zu klein, um viele Dinge daraus machen zu können.«

»Man könnte eine Flöte daraus bauen. Ich habe eine

geschnitzt. Seht her.« Er holte eine grobe, hölzerne Flöte heraus und wedelte damit herum.

»Gewöhnlich fertige ich größere Sachen an.«

»Ja, ich sehe die Stühle.« Seine schmutzigen Finger berührten sanft die Rundungen von Werfels Stuhl und ich versuchte, nicht zusammenzufahren. »Der ist schön. Stasel hat keine solchen Stühle.«

»Die meisten Menschen besitzen keine solchen Stühle. Sie sind nicht ganz einfach herzustellen.«

Turons Blick verweilte auf dem Stuhl. Dann legte er die Flöte beiseite und seine Augen wanderten über den Holzboden. »»Sogar der Boden ist sauber.«

»Eine Schreinerei sollte immer sauber sein.«

Er lächelte traurig. »Es tut mir Leid.«

Auch mir tat es Leid. Turon hatte zwar das Gefühl für Holz, aber nicht den nötigen Verstand. Wie konnte ich nur einen Lehrling finden, der Gefühl *und* Verstand besaß?

Nachdem Turon wieder hinausgestapft war, holte ich den großen Besen heraus und fegte den ganzen Dreck hinaus in den Hof. Dann fegte ich auch noch die Holzplanken, die zur Werkstatt führten. Ich hasste Schmutz im Haus oder in der Werkstatt – auch das hatte ich aus Recluce mitgebracht.

Rissa kam zu mir herein, als ich mit dem Fegen fertig war. »Er ist ein guter Junge.«

»Das ist er ohne Zweifel. Und er kann bestimmt hart arbeiten. Aber …« Ich hielt inne. »Er könnte nie alles lernen, was er wissen müsste.«

»Es ist wohl nicht so einfach, Schreiner zu werden.«

»Nein.« Es ist niemals leicht, einen Beruf zu erlernen, geschweige denn gut darin zu sein. Ich leistete gute Schreinerarbeit. Nicht so gut natürlich wie Onkel Sardit und auch nicht immer so gut wie Perlot in Fenard, aber gut genug, dass es sich bereits herumgesprochen hatte. Gab es in der Welt so wenige Handwerker, die gute Arbeit leisteten und auch bereit waren, hart zu arbeiten, um vernünftige Ware herzustellen?

»Es ist schon traurig«, sagte Rissa langsam. »Die Guten besitzen keinen Verstand und die Schlauen wollen nicht arbeiten.«

»Manchmal erkennen die Schlauen erst später, dass sie arbeiten müssen.«

»Bestimmt nur die wenigsten.«

»Ich wollte früher auch nicht arbeiten.«

»Das glaube ich Euch nicht, Meister Lerris.« Sie runzelte die Stirn. »Armer Turon … es ist traurig.«

Mir tat der Junge auch Leid, aber all mein Mitleid würde ihm nicht helfen, den Verstand zu erlangen, den er für diese Arbeit brauchte. Er hätte grobe Bänke bei Destrin herstellen können, aber ich fertigte so etwas nicht an.

Und dennoch fühlte ich mich nicht wohl dabei, auch später noch. Nachdem ich mir eine Scheibe weißen Käse abgeschnitten und zusammen mit einem harten Stück Brot vertilgt hatte, ging ich nachdenklich zurück in die Werkstatt. Meine Haare wurden nass vom schmelzenden Schnee, der vom Dach tropfte.

Den ganzen Nachmittag verbrachte ich damit, auf Werfels Schreibtisch und Stuhl eine Firnisschicht aufzubringen. Da legte ich Lappen und Öle gern beiseite, als Krystal nach Hause kam.

»Du riechst gut«, stellte sie fest.

Ich hatte mir eine Umarmung verkniffen, weil meine öligen Hände dauerhafte Flecken auf ihrer grünen Lederuniform hinterlassen hätten. »Firnisse gerade Werfels Tisch.«

»Trotzdem riechst du gut.«

Ich grinste.

»Perron und die anderen werden gleich essen.«

»Willst du ein Abendessen zu zweit?«

»Wir müssen einige Dinge besprechen.«

»Was habe ich getan?«

»O Lerris.« Ihr Lachen klang ein wenig traurig. »Du hast gar nichts getan. Nur manchmal habe ich Angst, dass du wieder ausziehst und als Held zurückkommst. Manchmal möchte ich mit dir einfach nur allein sein und ein andermal … hätte ich gern, dass die anderen nicht alles wissen.« Sie setzte sich auf den Hocker. »Mach doch weiter mit dem, was du gerade getan hast.«

»Ich bin fast fertig.« Ich breitete die Lappen zum Trocknen aus – auf einem großen Stein, der weit genug vom Feuer entfernt lag. Viele Schreiner hatten ihre Werkstatt durch ein Lumpenfeuer verloren, ich wollte nicht dazugehören.

Perron stand auf, als wir in die Küche kamen. »Wir sind fast fertig, Kommandantin.«

Krystal nickte nur und ging weiter zum Waschraum. Sie wusch sich, ließ aber ihre Uniform dabei an. Ich war so schmutzig, dass ich mir auch eine saubere braune Tunika überziehen musste.

Als ich in die Küche kam, hatte Rissa schon die braunen Teller auf den Tisch gestellt. Es gab ein halbes gebratenes Hühnchen für jeden von uns, garniert mit den guten schwarzen Oliven.

»Hühnchen?«

»Das könnten wir öfter essen, wenn wir unsere eigenen Hühner hätten.« Rissa versuchte es immer wieder.

»Hühner kommen mir nicht ins Haus.«

Rissa zuckte die Schultern. »Dann gibt es eben nicht so oft Brathuhn zum Essen.«

Krystal schenkte sich von dem dunklen Bier ein, das ich von Hensils Geld gekauft hatte – oder vom Geld des Autarchen, je nachdem, wie man es nahm –, und lachte. »Ihr zwei …«

Ich goss etwas Rotbeerensaft in meinen Becher und zerlegte mein Huhn, noch bevor Rissa die Schüssel mit

Butterbohnen zwischen uns stellte. Dann brachte sie den Brotkorb und zwei Gläser – eines mit Grünbeerenmarmelade und ein anderes mit Apfelbutter. Endlich verließ sie die Küche und schloss die Tür hinter sich.

»Berfir hat auf allen Straßen, die nach Hydlen führen, Kontrollpunkte eingerichtet.« Krystal nahm einen kräftigen Schluck aus dem Becher und griff zum Messer, um das Hühnchen zu zerteilen, so sorgfältig und blitzschnell, wie ich es nie fertig brachte. Meine Hühnerhälfte sah aus, als hätte sie gerade die Attacke einer Felsenkatze hinter sich. »Aber er hat noch niemanden aufgehalten – bis jetzt.«

Ich nickte und trank einen Schluck Rotbeerensaft. Dann massierte ich mein linkes Bein. Es wurde noch immer zu schnell müde. »Wie steht es im Kampf mit Colaris?«

»Berfirs Truppen haben die Hügel nördlich von Renklaar überquert und sind durch die fruchtbaren Täler nach Freistadt gezogen. Dort steht auch Colaris und nichts scheint mehr vorwärts zu gehen, es zeichnet sich kein Gewinner der zahlreichen Schlachten ab. Ich habe heute gehört, dass Berfir neue Truppen aus Telsen angefordert hat.«

»Aber die Straße nach Frven wird er nicht nehmen, oder? Sie gehört doch zu Montgren.«

»Die Herzogin hat nicht die geeigneten Mittel, um sich gegen Colaris zur Wehr zu setzen.«

»Will Berfir etwa das ganze östliche Candar erobern? Ist es das, was er will?«

»Wenn er es kann, ja. Hydlen und Freistadt haben sich noch nie vertragen. Sogar als Freistadt noch Lydiar hieß, war das schon so. Und nun hat Colaris den Krieg angezettelt.« Sie zuckte die Achseln. »Die Oliven schmecken sehr gut.«

»Die besten aus Hensils Lagerhaus. Eine kleine Zugabe.«

»Ach Lerris. Irgendwie bekommst du von allem immer etwas mehr.«

Ich beschloss, das Thema zu wechseln. »Was hält Berfir noch auf?«

»Wir glauben, dass Hamor Berfir Gold geschickt hat und Colaris wird von einem Magier beraten.«

»Das sind ja gute Nachrichten ...«

»Es ist unser Freund Sammel.«

»Sammel? Aus Recluce? Er schien nicht das Zeug zu einem Chaos-Magier zu haben. Nie hätte ich das gedacht – mich erinnerte er eher an einen Einsiedler oder Pilger.« Ich rief mir Sammel ins Gedächtnis, mit Sandalen und brauner Kutte. Seine Stimme hatte immer sehr sanft geklungen. Er war älter als wir anderen gewesen, fast vierzig, und irgendwie hatte er immer einen leichten Befehlston an sich gehabt.

»Wie hat Tamra am Anfang über Antonin gedacht, als er sich um die Armen kümmerte?«, fragte Krystal.

Ich atmete tief durch. »Das beunruhigt mich. Warum hat er sich dem Chaos zugewendet?«

Krystal nahm einen Schluck Bier und brach ein Stück Brot ab. »Das wissen wir nicht. Wir haben nur erfahren, dass er bestimmte Schriftrollen verteilt – nicht nur an Colaris, sondern auch an den Vicomte und sogar an Berfir. Kasee glaubt, dass einige sogar bis nach Hamor gelangt sind.«

»Das klingt nach Chaos – oder nach den Anfängen davon.«

»Vielleicht verkauft er das Wissen, um davon zu leben. Justen tut das doch auch.« Sie sah mich amüsiert an.

»Bei Justen ist es etwas anderes.« Ich schmierte Grünbeerenmarmelade auf eine Scheibe Schwarzbrot.

»Wahrscheinlich ist es das.« Krystal blickte angewidert auf das Brot. »Wie kannst du nur so etwas essen ...«

»Manchmal schmecken mir süße Sachen einfach.«

»Ich wünschte, du würdest es nicht so direkt sagen.«

Ich verschluckte mich und musste husten.

»Der Vicomte von Certis hat der Herzogin seine Unterstützung zugesichert«, fuhr Krystal munter fort. »Er will im Frühjahr Truppen ausheben.«

»Verdammt ...«, mehr brachte ich mit einem Hühnerbein im Mund nicht heraus. Je mehr ich erfuhr, desto weniger gefielen mir die Neuigkeiten. Und ich dachte, der Krieg zwischen Gallos und Kyphros wäre schon schlimm gewesen.

»Kasee möchte, dass du zu einer Audienz kommst, die in etwa einem Achttag stattfindet.«

»Ich. Ein kleiner Schreiner?«

»Sie will, dass du wieder Grau trägst.« Krystal schnaubte. »Du bist schon seit Jahren nicht mehr nur ein kleiner Schreiner und jeder in Kyphros weiß das seit Jahreszeiten.« Sorgfältig schnitt sie ein weiteres Stück vom Hühnchen ab und füllte ihren Becher erneut.

»Und warum schufte ich mich dann mit Banalitäten wie Werfels Tisch ab?«

»Weil man mit Zauberei nicht so viel verdient wie mit guter Schreinerarbeit.«

»Ich weiß nicht, ob man mit Zauberei überhaupt etwas verdienen kann.«

»Kasee hat dich bezahlt.« Krystal hielt inne. »Ich wünschte fast, sie hätte es nicht getan.«

»Warum?«

»Weil ...« Sie zuckte mit den Schultern. »Du willst es immer allen recht machen und ich habe Angst, dass du eines Tages umkommst, nur um mich oder sie zufrieden zu stellen.«

»Sie nicht.«

»Nun ... mich darfst du natürlich anderweitig zufrieden stellen ...«

Ich stöhnte. »Warum möchte sie, dass ich an der Audienz teilnehme?«

»Ein Gesandter aus Hamor wird kommen. Ein echter diesmal. Deshalb bittet sie dich, Grau zu tragen.«

Am liebsten hätte ich nun laut gestöhnt, aber ich hatte meinen Unmut schon zur Genüge geäußert. Das war das Problem, wenn man sich zu oft beschwerte. Wenn es wirklich einen Grund gab, wurde man nicht mehr ernst genommen. »Muss ich wirklich wieder diese grauen Sachen anziehen?«

»Ja.«

»Was ist mit Tamra und Justen?«

Krystal zuckte die Achseln und ich wusste, was das bedeutete. Sie waren irgendwo in Montgren oder Certis unterwegs, doch niemand wusste, wo genau.

»Dann muss ich also den Hofmagier spielen?«

»Musst du den denn spielen?«

Sie hatte Recht.

Ich schaute ihr zu, als sie einen weiten Schluck Bier nahm.

»Du trinkst eine Menge Bier.«

»Ich weiß.« Sie lächelte mich an. »... dachte, es könnte helfen ...«

Ich fragte nicht, wobei es helfen sollte, aber ich erfuhr es trotzdem – später.

L

Tamra hielt ihr Pferd am Waldrand an und wartete auf Justen. Der Mann in Grau kam mit seinem Bergpferd neben ihr zum Stehen, als ungefähr zwei Einheiten Kavalleristen die Straße hinunterritten und hinter der nächsten Kurve verschwanden. Das Klappern der Hufe auf den alten Steinen war noch lange zu hören.

Hinter der berittenen Vorhut folgte eine Kolonne von Soldaten. Sie trugen graublaue Uniformen und marschierten auf der alten Straße Richtung Süden. Ein einziges blaues Banner – worauf eine Falkenkralle eine Getreidegarbe umklammerte – flatterte in der leichten, aber kalten Brise.

Die Gipfel westlich der Straße waren schneebedeckt.

Der dunkelhaarige ältere Mann tätschelte Rosenfuß am Hals, als er und Tamra die vorbeimarschierenden Soldaten beobachteten.

»… hatte ein Mädchen und sie war mein …
… hatte ein Feuer und ein Bett …
… hatte ein Pferd und das war fein …
… bleibt mir nur mein Schwert, das ist nicht n

»Ziehen Colaris' Streitmächte aus, um vo
her nach Hydlen einzumarschieren?«, fragte Ta

»Wahrscheinlich.« Justen nickte. »Aber sie
die Straße nach Hydolar nehmen müssen und d
durch Certis. Der Vicomte könnte etwas d
haben.«

Die Soldaten in der Kolonne trugen längliche Gegenstände auf den Schultern, die aussahen wie dicke Stäbe.

Tamra kniff die Augen zusammen und schien etwas in der Ferne auszumachen. Da durchfuhr sie ein Schauer und sie sah Justen erschrocken an. »Gewehre? Sie tragen doch keine Gewehre, oder? Es fühlt sich so an, all das Eisen … aber Berfir wird doch von dem Weißen Magier beraten.«

»Es sind Gewehre«, bestätigte Justen mit einem Seufzer.

»Wie?«

Justen antwortete erst nach einer Weile mit tiefer Stimme. »Versuch zu fühlen, was sie in ihren Gürteln tragen.«

»Wollt Ihr Türen oder Schubladen?« Ich blickte ihn an. »Oder beides?«

Er zeigte auf die Zeichnung. »Vielleicht könnte man oben links und rechts kleine Schubfächer einbauen? Darin könnte ich die am seltensten gefragten Gewürze aufbewahren, von denen man nur wenig braucht. Und zwei Reihen kleine Schubfächer hier ...«

In dieser Anordnung sah ich allerdings ein Problem, denn viele kleine Schubläden wogen mehr als eine kleine Anzahl größerer Schubläden; die ganze Kommode könnte aus dem Gleichgewicht geraten. »Wir müssen das Gewicht besser aufteilen. Viele Schubläden im oberen Teil lassen die Kommode kopflastig werden, wenn ich den unteren Teil nicht breiter mache.«

»Das gefällt mir nicht«, verneinte Durrik. »Gibt es nicht eine andere Möglichkeit?«

»Doch, mehrere sogar. Doch alle haben Vor- und Nachteile ...« Ich zeichnete ihm mehrere Entwürfe auf. Der erste beinhaltete eine gerade Kommode mit großen Schubläden an den Seiten und kleineren Schubladen in der Mitte, oben befand sich ein offenes Regalfach für Bücher und Ähnliches.

Während Durrik sich den Entwurf ansah, füllte ich Wasser in den Leimtopf und wischte eine dünne Schicht Sägemehl von Werfels Schreibtischstuhl.

»Ich hätte nicht gedacht, dass es so schwierig ist, eine Kommode in Auftrag zu geben.«

»Bei einfachen Kommoden ist das auch nicht der Fall. Aber Ihr wollt eine Kommode mit gleich großen Schubladen und Ihr könnt sie auch bekommen – aber Ihr verschwendet damit Platz und eine besondere Kommode wird es dadurch auch nicht.«

»Ich brauche kein Kunstwerk, Meister Lerris, nur eine Kommode.«

»Gut.« Ich skizzierte eine einfache Kommode mit zwölf Schubladen aufs Papier. »Wie wäre es damit?«

»Das ist zu gedrungen.«

Ich zeichnete eine schmalere und höhere Kommode mit fünfzehn Schubladen.

»Ich weiß nicht …«

Ich musste lachen. »Ihr sagtet, Ihr wolltet eine einfache Kommode, aber wenn ich eine einfache Kommode zeichne, gefällt sie Euch nicht.«

»Ich kann mir kein so kunstvolles Möbel leisten, junger Meister.«

»Ein Teil der Kosten wird durch das Holz verursacht. Es wird billiger, wenn ich weicheres Holz nehme und dafür härteren Firnis verwende. Natürlich ist weicheres Holz nicht so robust.«

»Versucht Ihr, mir die teuerste Kommode zu verkaufen?«

Ich schüttelte den Kopf. »Ihr habt mich missverstanden. Ein etwas teureres Stück, von einem guten Handwerker gemacht, ist natürlich besser. Ihr wisst das. Ihr wollt das Beste, was Ihr kriegen könnt, aber Ihr fürchtet die Kosten.«

Er nickte. »Das stimmt.«

Ich atmete tief durch. »Also gut. Sagt mir, was Ihr wirklich wollt, und dann werde ich Euch ungefähr sagen können, was es kostet …«

»Ungefähr?«

»Ich kann Euch erst einen festen Preis nennen, wenn wir herausgefunden haben, was Ihr wollt. Drechselarbeiten und Schnitzereien können die Kosten für eine Kommode erheblich steigern. Metallbeschläge oder andere Verzierungen ebenso.«

»Also dann fangen wir an.«

Ich brauchte fast zehn Blatt Papier, die ich für mehr als ein paar Kupferlinge eingekauft hatte, bevor wir uns auf einen Entwurf geeinigt hatten. Es war eine Abwandlung der allerersten Zeichnung, nur mit größeren Schubfächern an den beiden Seiten; ein offenes Fach im oberen Teil fügte ich hinzu, um das Gleichgewicht herzustellen.

Am Ende einigten wir uns doch noch.

»Acht Goldstücke … Goldeiche und mindestens drei harte Firnisschichten, und genau so soll sie aussehen. Und nur abgelagertes Holz, wohlgemerkt.«

»Nur abgelagertes Holz – und wenn sie Euch nicht gefällt, müsst Ihr sie nicht nehmen«, fügte ich hinzu.

»Sagt Ihr das zu jedem Kunden?«

»Ja.«

Durrik schüttelte den Kopf. »Ihr jungen Leute habt vielleicht Vertrauen …«

Ich wusste nicht, ob es sich hierbei nur um Vertrauen handelte. Ich hielt meine Arbeit für gut genug, um sie zu verkaufen – wenn sie dem Kunden jedoch nicht gefiel, zwang ich ihn nicht zum Kauf. Der Käufer würde sich nicht gut dabei fühlen und ich auch nicht. »Ich zwinge niemanden zum Kauf …«

»Ich hoffe, diese Einstellung bleibt Euch auch in Zukunft erhalten.« Er lächelte, fast ein wenig traurig, wie ich fand, bevor er fragte: »Wann wird die Kommode fertig sein?«

Ich musste einen kurzen Augenblick nachdenken. »Vier Achttage bis eine Jahreszeit kann es schon dauern. Ich habe nicht genügend Eichenholz auf Lager und das bedeutet, ich muss es erst ablagern, damit es sich später nicht spaltet.«

»Aber es dauert hoffentlich nicht länger als eine Jahreszeit.« Er zog seinen Umhang fester um sich und drehte sich zur Tür.

»Das glaube ich nicht«, antwortete ich mit heiserer Stimme.

»Guten Tag, Meister Lerris.«

»Guten Tag.«

Dann hatte ich endlich Zeit, die Pläne für Antonas Schreibtisch herauszuholen, um den Unterbau genauer zu entwerfen. Im Gegensatz zu Onkel Sardit musste ich mir so manches vorher aufzeichnen. Vielleicht hatte auch er das in jüngeren Jahren getan.

Kilbon traf kurz vor Mittag auf einer knochigen braunen Stute hier ein. Das Geräusch von fremden Hufen erregte meine Aufmerksamkeit und ich lugte aus der Werkstatttür hinaus. Kaum stand seine Stute im Hof, streckte auch Rissa den Kopf aus der Küchentür heraus.

Kilbon war ebenso dürr wie sein Pferd, aber er lachte übers ganze Gesicht, als er Rissa sah. Mich begrüßte er mit einem Kopfnicken. »Meister Lerris?«

»Kilbon. Danke, dass du mir hilfst. Ich suche zwar einen Lehrling, aber so lange ich keinen habe …« Ich zuckte die Achseln.

»Eine gute Hilfe ist nicht so leicht zu finden.«

»Besonders wenn der Meister sich nur mit einem Burschen zufrieden gibt, der schlau ist und ein Gefühl für Holz hat und keine zwei linken Hände«, fügte Rissa hinzu.

»Ah, Rissa, mein Schatz, wenn ich Meister Lerris wäre, würde ich das auch verlangen. Ich könnte auch keinen Lehrling gebrauchen, der die Binsen beim Binden abbricht.«

Rissa blickte von Kilbon zu mir und wieder zurück.

Kilbon sah zwar schmächtig aus, aber in ihm steckten ungeahnte Kräfte. Im Nu hatten wir den Schreibtisch und den Stuhl auf den Wagen gehievt. Fürs Polstern und Abdecken brauchte ich doppelt so lange. Und ich vergaß auch meinen Stab nicht.

Ich bot Kilbon zwei Kupferlinge an, aber er schüttelte den Kopf.

»Nein, nein. Vielleicht kann ich Eure Hilfe auch einmal gebrauchen …«

Ich lächelte. »Aber Gerechtigkeit muss sein.«

»… vielleicht hat ja mein Schatz ein warmes Essen

für mich auf dem Herd stehen.« Er zwinkerte mir zu und lächelte Rissa liebevoll an. Dann legte er den Arm um ihre Schulter.

Rissa strahlte den Korbmacher an.

»Und Ihr seid sicher, dass ich nicht mitfahren soll?«

»Genieß lieber das warme Essen von deinem Schatz«, schlug ich ihm vor.

»Meister Lerris ...« Rissas Gesicht lief rot an.

Ich zog an den Zügeln und die schwarze Stute trabte murrend los. Noch immer blies der kalte Wind aus Nordwesten, ich wähnte mich fast in den Westhörnern, so kalt war es, als ich den Wagen nach Kyphrien lenkte.

Ein Wächter vor der Residenz des Autarchen winkte mir zu, als ich vorbeifuhr. Ich winkte zurück, obwohl ich ihn nicht kannte. Die Zahl der mir unbekannten Menschen, die mich auf der Straße grüßten, überstieg allmählich die Zahl der bekannten.

Werfels Haus und Fuhrunternehmen befand sich nordwestlich von Kyphrien an der Straße nach Meltosia. Als ich meinen kleinen Wagen die festgestampfte Auffahrt hinauflenkte, kam mir ein blauer Wagen entgegen, der mindestens zwei Mal so groß war wie meiner. Der Fahrer grüßte. Die seitliche blaue Holzumrandung des Wagens zeigte ein Bild mit Pferd und Wagen – eigentlich nur die schwarzen Umrisse davon – und der Name WERFEL stand darunter.

Auf einer kleinen Anhöhe erreichte ich das Anwesen, die weiß gestrichenen Gebäude formten ein Viereck um einen Hof in der Mitte. Zwei Seiten des Vierecks dienten als Wohnhäuser, die anderen zwei als Ställe und Scheunen. Die Türen der Wohnhäuser führten zum Hof, die der Ställe und Scheunen hingegen hinaus auf die Straße.

Es gab keine Wachen weit und breit. Hier herrschten andere Zustände als bei Hensil: Nur ein breitschultriger Kutscher, der aussah, als könnte er Hensils Wachen alle miteinander zum Frühstück vertilgen, ohne mit der Wimper zu zucken, zeigte mir den Weg.

»Sucht Ihr Meister Werfel? Er ist in seinem Arbeitszimmer dort um die Ecke.«

Ich zog sachte an den Zügeln, um zu verhindern, dass der Wagen einen Satz machte, und lenkte das Pferd um die Südseite des Gebäudes. Als ich die Bremse gezogen hatte und abgesprungen war, stand Werfel auch schon in der schweren, mit Eisenbeschlägen verstärkten Tür.

»Meister Lerris ... Ihr beliefert einen Fuhrunternehmer?«

»Warum nicht? Ich hätte sowieso herfahren müssen, um Euch mitzuteilen, dass Tisch und Stuhl fertig sind.«

Werfel lachte und wandte sich an den großen Kutscher, der mir gefolgt war. »Das ist ein guter Geschäftsmann, er verschwendet keine Zeit.«

Dann winkte er und der große Kutscher und ein weiterer Arbeiter gingen ins Haus hinein. Heraus kamen sie mit einem einfachen Tisch, den sie neben der Tür abstellten. Sie hoben den neuen Schreibtisch mit einer Leichtigkeit vom Wagen, als wöge er nicht schwerer als eine Säge oder ein Korb Kartoffeln. Wozu hatte ich ihn aus schwerer Eiche gefertigt?

Sie trugen den Schreibtisch ins Arbeitszimmer und stellten ihn mitten hinein vor eine eisenvergitterte Tür. Werfel folgte ihnen mit dem Stuhl und stellte ihn dazu.

Die Kutscher nickten mir zu und verließen das Zimmer. Es war ein weiß gestrichener Raum, vielleicht zehn Ellen breit und fünfzehn lang. Das einzige Fenster darin war ebenfalls mit schweren Eisengittern von draußen geschützt, es maß mindestens zwei Ellen in der Breite und drei in der Höhe. Der Schreibtisch beherrschte den Raum, was Werfel sicherlich beabsichtigt hatte. Er selbst war von einer Statur, die ohnehin jeden Raum beherrschte. Er überragte mich um einen ganzen

Kopf und sein Körper bestand nur aus drahtigen Muskeln.

Werfel sagte nichts, betrachtete jedoch den Schreibtisch mit einem Stirnrunzeln. Er strich mit den Fingern über die abgeschrägte Vorderkante. Dann kniete er sich hin und begutachtete die Holzarbeit von unten.

Er machte jede der drei Schubladen mehrmals auf und zu. Dann zog er jede einzelne heraus und prüfte die Hinter- und Innenseite. Danach setzte er sich auf den Stuhl, lehnte sich vor und zurück und rutschte vor bis zur Kante. Schließlich richtete er sich auf. »Da ist nur ein Problem ...«

Ich versuchte, ruhig zu bleiben. Wagte er es, etwas daran auszusetzen?

»Ihr habt vergessen, den Namen des Herstellers anzubringen.«

Daran hatte ich noch gar nicht gedacht. Sardit versah nur seine besten Stücke mit dem Namen, Destrin verzichtete ganz darauf. Wen hätte es auch interessiert, wer die billigen Holzbänke herstellte?

»Daran habe ich gar nicht gedacht. Jedes Stück, das ich herstelle, ist einzigartig.«

Werfel lachte. »Macht Euch deswegen keine Sorgen. Ich wollte Euch nur ärgern. Mir ist es egal. Aber Ihr solltet wirklich darüber nachdenken.«

Er öffnete die vergitterte Tür hinter dem Schreibtisch und verschwand darin. Zurück kam er mit einer Lederbörse in der Hand.

»Ich glaube, Ihr habt ein gutes Stück Arbeit abgeliefert, Meister Lerris. Denkt Ihr nicht auch so?«

Ich lächelte. »Ich glaube schon, aber mich solltet Ihr vielleicht nicht fragen.«

»Wen sollte ich sonst fragen?«

Da hatte er Recht. Gute Handwerker und Händler dachten kritischer über sich selbst als andere.

Er zählte die Goldstücke heraus – zehn im Ganzen –

und legte zwei Silberlinge dazu. »Hier. Zwei Silberlinge entlohnen euch nicht reichlich genug, aber die Zeiten sind nicht so gut, wie ich gehofft hatte. Ich werde Euch auf alle Fälle weiterempfehlen.« Er sah mich freundlich an. »Obwohl ich glaube, der Schreibtisch spricht für sich selbst.«

»Schlechte Zeiten?«, fragte ich. So viel Lob war mir unangenehm, also versuchte ich, das Thema zu wechseln. Meine Arbeiten waren schließlich nicht so gut wie die Sardits. »Hamorische Händler?«

»Nein. Noch nicht. Schlechte Ernte. Fahre viel Kohl, Obst, Kartoffeln und Oliven, vor allem Oliven.«

»Ihr sagtet ›noch nicht‹. Das hört sich an, als erwartet Ihr Probleme mit den hamorischen Händlern.«

»Nicht mit den Händlern an sich, Lerris, sondern was darauf folgt. Sie verkaufen billigen Stoff, den sie mit diesen neuen Webmaschinen herstellen, und sehr bald werden sie das ganze Tuchgeschäft beherrschen. Danach werden ihre billigeren Werkzeuge und Glas- und Töpferwaren bei uns auf den Markt kommen. Und bald darauf gründen sie ihre eigenen Fuhrunternehmen und bauen ihre eigenen Mühlen und so weiter.« Er seufzte. »Genau das geschah auch in Austra und im südlichen Nordla. Und jetzt passiert es in Delapra.«

»Was würden die Hamoraner tun, wenn der Herzog, oder wer auch immer, das nicht zuließe?«

»Zölle und Steuern würden sie einführen.« Er schnaubte. »Sie werden immer einen Weg finden.«

Ich konnte nur nicken.

»Am Ende schleusen sie dann ihre Truppen und Schiffe hier ein. Nehme an, das passiert gerade in Freistadt. Colaris kann sich gegen Hydlen und den Vicomte nicht behaupten. Hamor wird ihn nur unterstützen, wenn er ihre Ware ins Land lässt. Dann dauert es nicht mehr lange und er gehört ihnen.« Werfel lächelte grimmig. »Fuhrunternehmer und Handwerker können dagegen wenig unternehmen, aber Eurer Gemahlin könnten bald schwere Zeiten ins Haus stehen.«

»Da könnt Ihr Recht haben.« Alles endete zur Zeit damit, dass Krystal – oder ich – oder wir beide in gefährliche Situationen gerieten.

»Ich möchte nicht in ihrer Haut stecken.« Er sah auf die Tür.

Ich beherzte den Hinweis und verbeugte mich. »Ich danke Euch.«

»Ich habe zu danken. Ein großartiger Schreibtisch. Wollte schon immer so einen. Sollte mich darüber freuen, so lange ich es noch kann.«

Er setzte und freute sich, während ich hinausging und auf den Wagen kletterte. Ich sah nach, ob der Stab auch griffbereit war. Und tatsächlich lag er noch genau da, wo ich ihn hingesteckt hatte und jederzeit erreichen konnte.

Ich brauchte den Stab auf dem Heimweg zwar nicht, doch ich befürchtete, dass er seinen nächsten Einsatz früher als erwünscht haben würde.

LII

Am nächsten Morgen, nachdem Krystal nach Kyphrien geritten war, stapfte ich hinaus in den Stall. Sobald ich Gairloch und die Wagenstute gefüttert und gestriegelt hatte, hängte ich einen Sandsack an ein langes Seil, das ich um den Dachsparren geschlungen hatte, und übte mit dem Stab. Ich versuchte, den Sack zu treffen, während er hin und her schwang.

Schon bald keuchte ich schwer, aber ich übte weiter, bis ich mich schließlich heillos übernahm. Der Stab traf die Stallmauer und wurde zurückgeschleudert auf mein verletztes Bein. Ich fiel ins Stroh und hatte Mühe, nicht laut aufzuschreien. Als ich wieder klar sehen konnte, betastete ich das Bein mit meinen Sinnen; glücklicherweise war nichts gebrochen. Ich würde mit einem großen blauen Fleck davonkommen.

Brrrhhh ... brrrhhh ... Das war Gairlochs Kommentar, als ich aus dem Stall hinaushumpelte und die Tür zumachte. Er wäre gern ausgeritten, doch dazu fühlte ich mich nun wirklich nicht mehr in der Lage.

Ich hinkte zur Werkstatt hinüber. Rissa fegte den Eingang zur Küche und entdeckte mich natürlich gleich. »Ihr geht in den Stall hinein und kommt humpelnd heraus. Ihr wollt zu viel zu früh. Ihr und auch die Kommandantin werdet Euren dreißigsten Sommer nicht erleben und keine Kinder werden je zu Euch aufschauen, wenn Ihr in dem Tempo weitermacht.«

»Wenn ich nicht in dem Tempo weitermache, Rissa, werde ich den nächsten Herbst nicht einmal mehr erleben.«

»Was? Ihr müsst in den Stall hineinrennen und heraushumpeln – und das soll Euer Leben verlängern?«

Wenn man es so betrachtete, hatte sie natürlich Recht. Ich grinste nur.

»Ihr ... Ihr arbeitet so viel und baut so wunderbare Sachen, aber werden diese Holzstücke Euch lieben?«

»Rissa ...«

Sie fegte ein letztes Mal über den Boden und knallte dann die Küchentür zu. Sie sagte nichts mehr und hatte dadurch doch wieder das letzte Wort.

Der Wassertopf musste aufgefüllt werden und die Säge zurück an ihren Platz, dann holte ich die Zeichnungen für Durriks Gewürzkommode hervor. Ich brauchte eine Weile, um die Skizzen in einen Arbeitsplan zu übertragen. Rahmen und Unterbau mussten entworfen werden. Wie konnte ich beides aus demselben Holz fertigen? Wenn ich es irgendwie vermeiden konnte, wollte ich kein leichteres oder billigeres Holz für die Kommode verwenden, auch nicht an Stellen, die ohnehin niemand sehen würde. Manche Handwerker entwarfen solche Einzelheiten im Kopf, doch das beherrschte ich nicht – nicht bei einem völlig neuen Stück. Ich arbeitete noch nicht lange genug im Schreinerberuf, als dass ich schon alle Arten von Möbelstücken gesehen hätte.

Als ich den Plan fast fertig hatte und das Pochen in meinem Oberschenkel in einen leichteren Schmerz übergegangen war, sattelte ich Gairloch. Ich musste mit Faslik reden wegen dem Holz, das ich für Durriks Kommode und Antonas Schreibtisch brauchte. Durch meine Verletzung und den Tod von Fasliks Schwester war dieser Schreibtisch völlig ins Hintertreffen geraten.

Wenn Faslik nicht das richtige Holz vorrätig hatte oder wenn es zu teuer war, würde ich die Pläne für die beiden Aufträge noch einmal überarbeiten müssen.

Ein Zaunkönig trällerte mir zu, als ich in die Lehmstraße einbog, die zu Fasliks Mühle hinaufführte.

Ich band Gairloch an den Pfosten nahe beim Mühlgraben und ging hinunter zur Mühle, wo das Wasser in den engen Steintrog floss und von da zum unterschlächtigen Mühlrad.

Die moosbedeckten Steine über der Wasserlinie zeugten von der langen Zeit, die sich die Mühle schon in Fasliks Familie befand. Das Ächzen der Steinwände in der Mühle wies darauf hin, dass auch die Sägemühle lief und der Müller dort sein musste.

Ich fand Faslik an der Säge, wo ein junger Mann, mit breiteren Schultern als Talryn sie hatte, die Baumstämme zur Säge führte. Ich störte ihn lieber nicht und ging statt dessen zu den Holzstößen. Bretter und Balken lagen dort aufgestapelt. Ich betrachtete die Holzvorräte. Rote und weiße Eiche, Pinie und Fichte gab es genügend, doch ich sah nur wenig Lorkenholz, noch weniger Kirschholz und gar kein Nussbaumholz.

Ein zweiter breitschultriger Bursche mit kurzem, braunem Haar humpelte auf den Stoß trockener Eiche zu; die meisten Stücke darin waren klein, kaum ein Dutzend Spannen breit. Der Größe nach zu urteilen taugten sie eher für Bauholz als für Möbel. Mein eigener Oberschenkel schmerzte noch immer nach dem morgendlichen Missgeschick mit dem Stab, daher nickte ich dem Burschen verständnisvoll zu, als er sich auf sein gesundes Bein stellte und die Baumstämme auf einen Handkarren hievte.

Als die Säge anhielt, hinkte ich zu Faslik hinüber. Der junge Mann säuberte die Säge von Sägespänen und zwei andere richteten die Bretter auf. Faslik kam gerade wieder durch die Tür herein, wahrscheinlich hat er gerade das Wasser gestoppt.

Bei all den Sägespänen, die durch die Luft wirbelten, musste ich unweigerlich niesen.

Der Sägemüller hob die Hand zum Gruß. »Lerris, was kann ich für dich tun?«

»Ich brauche Gold- oder Weißeiche und Kirschholz. Für eine Eichenkommode und einen Schreibtisch aus Kirschholz.«

»Hast du dir die Stapel schon angesehen?«

Ich nickte.

»Sag mir, was du brauchst, und wir werden sehen, was wir tun können.«

Wir wanderten zwischen den Holzstapeln umher.

»Von den breiten Kirschholzbrettern. Acht von denen und fünf von den schmalen Balken hier.« Dann gingen wir hinüber zum Eichenholz. »Sechs Bohlen und sechs Balken.«

Faslik runzelte die Stirn und schwieg einen Moment. Dann sagte er: »Das Kirschholz kostet drei Goldstücke ...«

»Das ist sehr viel für junges Kirschholz.«

»Junge Kirsche?«

»Sieh dir doch die Maserung an …«

Faslik hielt inne und spuckte auf den Lehmboden. »Also, für einen so jungen Burschen …«

»Kenne ich mich gut aus.«

»Aber zweieinhalb muss ich verlangen.«

»Also gut. Zweieinhalb.« Als Fremder wollte ich den Preis nicht zu sehr drücken und Kirschholz war schließlich knapp. »Und für das Eichenholz?«

»Was würdest du als gerechten Preis nennen?« Faslik grinste mich an.

Ich hasste es, mit dem Feilschen beginnen zu müssen. Ich runzelte die Stirn. »Die Weißeiche hier ist von guter Qualität, aber du hast sehr viel davon und große Mengen wirst du im Frühjahr, wenn das Geld knapp ist, nicht verkaufen können. Sagen wir acht Silberlinge.« Ich peilte ein Goldstück an.

»Nicht einen Kupferling weniger als ein Goldstück und drei Silberlinge.«

Ich ließ mich nicht unterkriegen. »Neun Silberlinge.«

»Ein Goldstück und zwei Silberlinge, aber dann muss meine Familie ab heute Maisbrot essen.«

»Ein Goldstück, aber dann muss mein Bergpferd am Straßenrand grasen, weil ich nicht mehr genug Geld für Heu und Getreide habe.«

»Ein Goldstück und einen Silberling, aber nur, weil ich dir auch weiterhin etwas verkaufen will und du ein ehrlicher Bursche bist.«

Ich seufzte übertrieben. »Also gut, ein Goldstück und ein Silberling.«

Faslik gab mir die Hand. »Abgemacht.«

»Ich werde es später abholen, ist dir das recht? Ich habe den Wagen nicht dabei.«

Er nickte.

»Mei … Mei … Meister …?«, rief eine Stimme.

Neben mir stand der Bursche mit dem Klumpfuß.

»Ja?« Ich versuchte, freundlich zu klingen.

»Belästige den Schreinermeister nicht, Wegel …«, sagte Faslik freundlich zu dem Jungen.

»Er belästigt mich nicht.« Ich sah dem Jungen, der mehr wie ein übergroßes Kind wirkte, ins Gesicht. »Frag nur.«

»I-i-ihr … s-s-s-seid doch … Sch-sch-schreiner … Ser.« Er sah zu Boden und holte eine Schnitzerei unter seiner Tunika hervor, eine kleine Engelsfigur mit weiblichem Gesicht und langem, fließendem Haar. »G-g-g-glaubt … I-ihr …« Dann schwieg er plötzlich und hielt mir die Schnitzerei unter die Nase.

»Er ist immer so, Meister Lerris, ein guter Junge, aber er bringt nicht das heraus, was er sagen will. Er ist ein guter Junge.«

Ich nahm die Figur und betrachtete sie eingehend, sie war besser als alles, was ich je hätte schnitzen können. Jede Linie passte sich der Maserung des Holzes an. Meine Augen fingen an zu brennen und ich konnte nur den Kopf schütteln.

»Hast du das geschnitzt?«, fragte ich.

Wegel nickte.

»Er ist ein guter Junge«, sagte Faslik. »Ein guter Junge.«

Noch immer war ich beinahe sprachlos. »Nein … weißt du, das ist viel besser als alles, was ich jemals gesehen habe.«

Faslik und Wegel glotzten mich mit offenem Mund an.

»Ich baue Möbel und ich weiß, dass ich das einigermaßen beherrsche, aber … ein Kunstwerk wie dieses …« Ich sah Wegel an. »Wenn du bereit bist, hart zu arbeiten, werde ich dir beibringen, was ich über Holz und das Schreinern weiß. Es ist nicht immer leicht und du musst dir Mühe geben. Schlampiges Arbeiten kann ich nicht ausstehen. Auch wirst du oft schmutzig werden. Aber die Werkstatt muss sauber gehalten werden und wir müssen viel putzen, um den Staub am Boden zu halten. Wirst du damit zurecht kommen?« Ich sah ihm geradewegs ins Gesicht.

»J-j-jaa ... S-sss-äge ... s-sauber.«

Er blickte zu seinem Vater auf.

Auch ich sah ihn an. »Wenn der Vater seinen Segen dazu gibt ...«

»Das musst du nicht tun, Lerris.« Der Sägemüller sah beschämt zu Boden.

»Muss ich nicht?« Ich lachte. »Zusammen können wir Dinge tun, von denen ich bisher nur träumen konnte. Ich habe in ganz Kyphrien nach einem Lehrling suchen lassen, aber an den, der ganz in meiner Nähe wohnt und gut mit Holz umgehen kann, habe ich nicht gedacht.« Ich schluckte. »Aber ... wird nicht ... ich meine ... die Sägemühle?«

»Brü ... Brüder ...«, stammelte Wegel.

»Seine Brüder ...«

Fasliks Augen verengten sich zu Schlitzen. »Wie hoch ist das Lehrgeld?«

Ich schüttelte heftig den Kopf. »Nein ... es reicht völlig aus, wenn du ihm ein paar Werkzeuge kaufst. Ich habe nicht genug für zwei Schreiner.«

»Alle sagen, du bist ein guter Mann, und das, obwohl du ein Fremder und ein Magier bist.« Die Worte kamen nur langsam über Fasliks Lippen.

»Ich werde meinen Lehrling schon nicht fressen und es wird auch Zeiten geben, in denen er auf die Werkstatt allein aufpassen muss, wenn ich nicht da bin.« Da war noch etwas. »Du wirst erst einmal bei den Leibwächtern der Kommandantin schlafen müssen, bis wir dir ein eigenes Zimmer bauen können. Sie sind nicht immer da, aber ...«

»Bist du sicher, dass du das tun willst, Meister Lerris?«, fragte der Vater. »Denk an seinen Fuß ...«

»Ja, ich bin ganz sicher. Wenn er mit seinem kaputten Fuß die Balken herumtragen kann, kann er auch Schreiner werden. Er braucht nur einen gesunden Fuß für die Drechselmaschine.«

»Bist du wirklich sicher ...«

»Wenn du mir nicht glaubst, dann geh zu Rissa und frag sie.« Ich gab Wegel die Figur zurück. »Heb das gut auf, Wegel.«

Wegel starrte mich mit großen Augen an.

»Wann kannst du anfangen?«

Er zuckte mit den Schultern und sah seinen Vater fragend an.

»Wird ein wenig dauern, bis wir das notwendige Werkzeug aufgetrieben haben ... sagen wir in einem Achttag?«

»Abgemacht.« Ich lachte den Jungen an. »Wir sehen uns in einem Achttag.«

»D-d-danke ...«

»Ich bin froh, dass ich dich gefunden habe.«

Pfeifend ging ich zurück zu Gairloch. Ich hätte wetten können, dass Faslik fassungslos und kopfschüttelnd hinter mir stand. Vielleicht lernte ich richtig schnitzen, wenn ich Wegel mit Augen und Sinnen dabei beobachtete. Und wenn nicht, konnte er schnitzen und die Kunsttischlerei erlernen. Eines Tages würde er darin sicher besser sein als ich.

Gairloch schnaubte mich an, er mochte es nicht, wenn ich ihn anpfiff – oder er wollte mich vielleicht auch nur auf den Boden der Tatsachen zurückholen.

Rissa war nicht da, als ich heimkam. Vielleicht holte sie Eier bei Brene oder Mehl aus Hirsts Mühle oder besorgte irgendetwas anderes, von dem ich nicht im Entferntesten ahnte, dass wir es brauchten.

Ich führte Gairloch in den Stall und wartete, bis Rissa mit einem Korb voller Eier zurückkam.

»Warum habt Ihr mir nicht gesagt, dass Ihr den Wagen braucht?«

»Ich wusste vorher noch nicht, ob Faslik das richtige Holz auf Lager hat.«

»Wird die Kommandantin zum Abendessen da sein?«

»Heute früh hat sie das noch behauptet. Und bis jetzt habe ich nichts Gegenteiliges vernommen.«

»Man hat es nicht leicht, wenn man in diesem Haus kochen muss …« Kopfschüttelnd ging sie in die Küche.

Ich stieg auf den Wagen und fuhr los.

An der Sägemühle angekommen, lud Wegel jedes Holzstückchen so vorsichtig in den Wagen, als wäre es aus Gold. Ich hätte sein Gesicht am liebsten in einer Schnitzerei festgehalten, das hätte mich zu einem unsterblichen Künstler gemacht, aber ich konnte es nicht und tat es folglich auch nicht.

Ich sagte zu ihm: »Ich hoffe, du arbeitest gern bei mir. Es wird nicht immer einfach sein.«

Er senkte seinen Blick. Schließlich drückte er mir die geschnitzte Figur in die Hand. Ich konnte nicht widerstehen, also beschloss ich, sie für ihn aufzuheben.

Ich sah die Tränen, die ihm übers Gesicht liefen, als ich davonfuhr, und auch ich spürte, wie meine Augen brannten. Wie sehr er sich doch freute, dass jemand seine Fähigkeiten so wertschätzte.

Als ich nach Hause kam, stellte ich die Figur auf den Tisch im Schlafzimmer. Krystal sollte sie zuerst sehen. Dann lud ich das Holz ab.

Perron und Krystal betraten den Stall, während ich noch dabei war, die Stute zu striegeln.

»Gibst du denn nie Ruhe?«

Sie lächelte und ich umarmte sie.

»Wo warst du?«

»Habe Holz geholt für meine nächsten Aufträge …«

»Für den Schreibtisch der ehrenwerten Dame?«

»Und für die Kommode des Gewürzhändlers«, fügte ich hinzu, legte den Striegel beiseite und schloss die Stalltür.

Wir striegelten ihren Rappen zusammen und wuschen uns anschließend, während Rissa das Abendessen richtete. Ich musste zuerst die Laterne im Hof anzünden und ging dann zum Waschen. Krystal stand schon fertig neben mir und beobachtete mich beim Rasieren.

Perron und die drei anderen Soldaten hatten auf uns gewartet und gemeinsam setzten wir uns an den Tisch.

»Gab es etwas Besonderes heute?«, fragte Krystal.

»Ja … ich habe einen Lehrling gefunden …«

Rissa würdigte mich mit einem abschätzigen Blick, als sie den großen Topf auf ein Holzbrett in der Mitte des Tisches stellte. »Wo habt Ihr denn den Wunderknaben gefunden?«

Perron hatte nur Augen für den Brotkorb, den Rissa neben dem Ofen stehen gelassen hatte. Jinsa grinste zu Dercas hinüber.

»Bei Faslik, dem Sägemüller … Wegel – Fasliks Jüngsten.«

»Ah … der Schnitzer …«, murmelte Rissa.

»Du kennst ihn?«

»Er schnitzt. Wie konnte ich wissen, dass Ihr einen Schnitzer wollt, einen Künstler?« Sie zuckte die Achseln und wollte damit sagen, dass es wieder einmal mein Fehler war, dass ich ihr das nicht gesagt hatte.

»Rissa …«, fing ich an.

Jinsa lachte leise. Krystal schüttelte den Kopf und ich gab es auf. Egal was ich sagen würde, Rissa änderte ihre Meinung doch nicht.

»Gegen sie kannst du nicht gewinnen«, flüsterte mir Perron zu.

»Er wird in einem Achttag anfangen.«

»Freut er sich über die Plackerei, die ihn in der Schreinerei erwartet?«, fragte Krystal.

»Ich weiß nicht, aber er hat bisher in der Sägemühle seines Vaters gearbeitet. Bei mir werden seine Schnitzereien zumindest die Möbel zieren, die wir herstellen und die die Menschen auch benutzen.« Ich räusperte mich und nahm einen Schluck von dem kalten Wasser. Der Rotbeerensaft war zu Ende gegangen und bei den Preisen, die am Ende des Winters dafür verlangt wurden, konnte ich keine neuen Vorräte kaufen.

»Ich bin froh, dass du nun eine Hilfe hast. Aber nimm ihn bitte nicht als Vorwand, um wieder auszuziehen und magische Heldentaten zu vollbringen.«

»Ich? Ich bleibe lieber daheim und zaubere hier.« Ich häufte große Portionen von dem wieder sehr scharfen Ziegeneintopf auf Krystals und meinen Teller, dann gab ich die Schöpfkelle weiter an Jinsa, die sich noch mehr nahm. Ich sah Krystal an und hoffte auf einen Themawechsel. »Hast du etwas von den Olivenbauern gehört?« Die Olivenbauern fielen mir ein, weil ich vor kurzem die Stühle an Hensil ausgeliefert hatte.

»Die Olivenbauern sind wegen der Piraten beunruhigt. Die Wollhändler auch. Sie befürchten, dass der Autarch ihre Schiffsladungen nach Biehl, Jera oder gar Nordla nicht schützen kann.«

»Der Autarch ist nicht für die Meere verantwortlich. Hat sie denn überhaupt eine Flotte?«

»Das ist es ja gerade«, sagte meine Gemahlin, nachdem sie einen Mundvoll Ziegeneintopf geschluckt und das Feuer mit einem großen Schluck Bier gelöscht hatte.

»Glaubst du, dass nun jeder Herrscher den Handel seines Landes überall auf der Welt schützen muss?«

Krystal nickte mit wiederum vollem Mund.

»Dann werden als Nächstes die Kupferminenbesitzer

auf den Autarchen zukommen. Oder die Winzer aus dem Süden.«

»Die Winzer waren bereits im letzten Achttag bei ihr«, berichtete Perron.

Ich starrte Krystal an. Sie nickte.

Ich beschloss, erst einmal etwas zu essen, und griff nach dem Brot.

Nach dem Abendessen folgte ich Krystal ins Schlafzimmer. Ich zündete die Lampe mit dem Zündstein an und betrachtete den geschnitzten ehrwürdigen Engel, auf den nun das Licht fiel.

»Lerris ... wo ...? Das ist wunderschön ...«

»Er gehört nicht uns, ich hebe ihn nur für Wegel auf.«

»Wegel?«

»Er gab ihn mir, weil ich ihn als Lehrling einstellte. Aber er ist zu schön, um ihn zu behalten.«

Krystal sah mich an und Tränen liefen ihr aus den Augenwinkeln. »Ich liebe dich.«

»Warum?«

»Einfach weil ... weil du erkennst und nicht wegsiehst.« Dann umarmte sie mich und ich hielt sie fest. Schließlich löste sie sich von mir.

»Ich muss aus dieser Uniform raus.« Noch während sie sprach, setzte sie sich hin und zog die Stiefel aus, warf sie in die Ecke. Dann streifte sie sich die Uniform ab und hüllte sich mit einer geschmeidigen, schnellen Bewegung in einen Bademantel, bevor sie sich aufs Bett fallen ließ.

Ich stand noch immer in Hosen da.

»Was gibt es sonst für Neuigkeiten?«, gelang es mir zu fragen.

»Nicht viel. Berfir und Colaris kämpfen immer noch gegeneinander und irgendetwas ist in Certis zugange.«

»Woher weißt du das?«

»Kasee hat eine Schriftrolle erhalten – ohne Absender, wahrscheinlich stammt sie von Justen.«

»Justen?« Ich setzte mich auf die Bettkante und zog mir die Stiefel aus. Mein Oberschenkel schmerzte noch immer. Wann würde ich je klüger werden?

»Er und Tamra sind auf dem Weg nach Montgren. Die Schriftrolle besagt, dass der Vicomte etwas im Schilde führt, und wir sollen die Grenzen im Auge behalten.«

»Sehr hilfreich«, murmelte ich. »Typisch Justen.«

Krystal zog eine Augenbraue hoch. Wenn sie so auf dem Bett lag, sah sie begehrenswert und gleichzeitig distanziert aus, wirkte sie warm und auch irgendwie kühl, stark und doch verletzlich.

Ich hörte auf zu reden und sah sie an. Dann legte ich mich neben sie und küsste sie.

Ihre Lippen fühlten sich warm an, dann löste sie sich aus der Umarmung und fragte mich: »Ist dir aufgefallen, dass Justen immer dann verschwindet, wenn sich etwas Gefährliches zusammenbraut?«

»Ich glaube nicht, dass er das aus Furcht tut.«

Krystal überlegte und ich berührte ihre Lippen mit meinen.

»Du bist unmöglich.« Sie lachte und erwiderte meinen Kuss leidenschaftlich. Dann drehte sie den Docht der Lampe herunter.

»Du bist die Unmögliche hier, meine Liebe.«

»Was ich von dir will, ist sehr wohl möglich.«

Ich hatte nichts dagegen einzuwenden.

LIII

Rauchschwaden zogen über das kleine Tal, der schwere Geruch von Schwefel und Salpeter lag in der Luft und die Schüsse der Gewehre hallten von den Hängen wider, auf denen die zwei Reiter standen.

Justen betrachtete nachdenklich das vom Rauch eingehüllte Land. Am östlichen Hang flatterten blaue Banner an den Fahnenstangen, die in den Erdwällen vor den Schützengräben steckten, und wachten über die Straße von Montgren nach Certis. Im zertrampelten Gras, das einst als Schafweide gedient hatte, lagen regungslose dunkle Gestalten mit grünen Uniformen und Schärpen.

»Die Truppen des Vicomte werden abgeschlachtet. Diese Narren«, stieß Tamra verächtlich aus.

»Ich glaube nicht, dass sie eine Wahl hatten«, überlegte Justen.

»Sie hätten einfach Colaris' Truppen nach Hydlen marschieren lassen sollen.«

»Der Stolz besiegt oft die Vernunft«, bemerkte Justen trocken.

Die grünen Banner wurden durch die Luft geschwungen und eine weitere Welle von Speeren flog den Hang hinauf. Der Lärm der Gewehre übertönte die Schreie der Soldaten, die reihenweise ins blutige Gras fielen. Nur noch ein Banner flatterte im Wind. Die Speere waren gebrochen, hunderte von Toten lagen über den Hügel verstreut.

»Stolz«, schnaubte Tamra. »Sie versuchen nicht einmal, sich mit Magie gegen die Gewehre zu schützen. Sie könnten es zumindest versuchen.«

»Diese Gewehrpatronen bestehen aus Stahl und keiner außer einem starken Chaos-Magier kann sie entzünden, aber kein Magier würde je für den Vicomte arbeiten wollen.«

»Glaubt Ihr, Colaris wird Certis und Hydlen einnehmen?«

»Im Augenblick hat er einen Vorteil.« Justen schüttelte den Kopf. »Über kurz oder lang werden alle Länder Gewehre mit Stahlpatronen besitzen – wenn Hamor das will.«

»Und wenn nicht?«

»Der Kaiser wird möglicherweise seine eigenen Truppen schicken und dagegen ist dieser Kampf hier nur ein Sonntagsausflug.«

»Seid Ihr sicher?« Tamras Stimme klang verächtlich. »Vielleicht ziehen sich aber auch nur alle in ihre Schützengräben zurück und nichts geschieht?«

»Wohl kaum. So wie es aussieht, werden wir bald große Kanonen durch das Land ziehen sehen.« Er ruckte an den Zügeln und Rosenfuß trabte in Richtung Westen los. »Und erfahrungsgemäß wird es noch schlimmer werden.«

Nach einem langen Stirnrunzeln und einem letzten Blick auf das rauchbedeckte Tal setzte auch Tamra ihr Pferd in Bewegung und folgte Justen. Eine Brise umwehte sie, was sie für einen Augenblick ablenkte.

LIV

An dem Tag, an dem die Audienz für den hamorischen Gesandten stattfinden sollte, brachen Krystal und ihre Garde schon früh auf. Die Audienz war für den Nachmittag angesetzt und ich blickte diesem Ereignis keineswegs erfreut entgegen.

Ich striegelte und fütterte Gairloch und ging anschließend in die Werkstatt. Wenn Wegel genug Platz zum Arbeiten haben sollte, musste ich die Werkbänke umstellen und das Holz, das ich bei Faslik für Antonas Schreibtisch und Durriks Kommode geholt hatte, woanders lagern. Es dauerte eine Weile, bis alles an die richtige Stelle gerückt war. Dabei stieß ich auf so allerhand, ich fand einen Beitel, den ich schon lange gesucht hatte, und Holzstücke, die hinter die Werkbänke gerutscht waren. Als schließlich alles so stand, wie ich es haben wollte, war es auch schon an der Zeit, sich für die Audienz vorzubereiten. Wieder verstrich ein Tag, an dem ich nichts Richtiges gearbeitet hatte.

Als ich in die Küche kam, blickte Rissa auf. »Ihr seht gut aus. Ein bisschen jung für einen Magier, aber Magier können schließlich aussehen wie sie wollen.«

»Ich bin froh, dass du mit meiner Erscheinung zufrieden bist. Ich sehe nämlich keine Möglichkeit, sie zu verändern, außer mir einen Bart wachsen zu lassen. Und ich hasse Bärte.«

»Ein Bart ließe Euch älter wirken und auch vornehmer.«

»Kein Bart.« Ich brach mir eine Ecke vom fast altbackenen Brot ab und kaute eifrig darauf herum. Wer wusste schon, wann ich wieder etwas zu essen bekäme? Staatsangelegenheiten hatten meist Vorrang vor dem Essen.

»Passt auf, dass Ihr die neuen grauen Sachen nicht voller Krümel macht.«

»Man kann sie abbürsten.«

»Meister Lerris ...«

Ich aß das Brot und klopfte mir die Krümel von den Kleidern. Dann sattelte ich Gairloch.

Er freute sich.

»Ja, wir reiten aus. Nicht weit, nur nach Kyphrien.«

Die Sonne versuchte gerade durch die hohe Bewölkung zu dringen, als ich aufstieg. Unter dem braunen Umhang trug ich die grauen Sachen. Einen grauen Umhang besaß ich noch nicht, aber der Gesandte würde den Umhang ohnehin nicht zu Gesicht bekommen. Ich hatte Rissa gebeten, das Hosenbein wieder zuzunähen und die Knöpfe zu entfernen, sodass ich mich nicht mehr ganz so gebrechlich fühlte.

Obwohl der Tag ziemlich kalt war, spürte ich den Frühling schon, der sich noch im braunen Boden versteckte. Ich wartete schon sehnsüchtig darauf, hatte kalten Regen und Eis mehr als satt. Schnee hatte es ohnehin fast nur gegeben, als ich mich gerade von meiner unsanften Begegnung mit Gerlis erholt hatte.

Ich hielt mich vom Marktplatz fern und ritt stattdessen die Straße der Kunsthandwerker entlang. Ich wünschte, ich könnte mir die Juwelen leisten, die dort hinter den vergitterten Fenstern der Goldschmiede blinkten. Krystal würde sie zwar nicht zur Uniform tragen können, aber ich würde ihr gern etwas schenken können, was sie nicht unbedingt brauchte.

Ich ritt weiter zur Residenz des Autarchen. Die Juwelen gingen mir nicht aus dem Kopf, obwohl ich nicht einmal wusste, ob sie ihr gefielen oder sie sie überhaupt tragen würde.

Haithen wartete mit ihrem Pferd vor dem Tor. »Du hast jetzt eine eigene Box im Stall der Elitegarde.«

»Seit wann?«

»Seitdem wir beschlossen haben, dass du Gairloch nicht länger zu den Pferden der Sekretäre und Diplomaten stellen musst. Du bist ein Kämpfer und kein Höfling.« Sie grinste mich an. »Ich wusste es von Anfang an. Die anderen brauchten länger, um das herauszufinden.«

Ich folgte ihr zu den rückwärtigen Ställen. Der Weg zu Krystals Gemächern war von dort aus zwar länger, aber ich musste mich zumindest nicht mehr mit dem hochnäsigen Stallburschen der vorderen Ställe herumschlagen.

»Hätten wir schon lange tun sollen«, meinte die Frau mit dem Stiernacken, die für den Stall der Elitegarde verantwortlich war. »Starke Magier können wir immer gebrauchen.«

Verglichen mit ihr fühlte ich mich zwar klein und schmächtig, aber ich stimmte ihr zu. »Ich bin wirklich dankbar. Gairloch wird sich hier sicher mehr zu Hause fühlen. Und ich auch.«

»Das habe ich mir schon gedacht.«

Haithen stieg wieder auf und salutierte, dann ritt sie fort. Ich schlenderte über die frisch gefegten Steine, die die Ställe mit dem Hauptgebäude verbanden.

Mehrere Soldaten nickten mir zu. Einige von ihnen, Jinsa zum Beispiel, kannte ich. Andere nicht. Weldein begrüßte mich freudig, als wir uns im Flur begegneten. An seinem Hals glänzte eine Silbernadel, die ihn als Anführer einer Einheit auswies. »Na, endlich wieder gesund, Meister Lerris?«

»Das nächste Mal lasse ich dich den Angriff führen. Oder ich mache Tamra zu deiner ständigen Trainingspartnerin.«

Er grinste, nachdem die Überraschung aus seinem Gesicht gewichen war. Ich nickte und ging weiter bis zu Krystals Tür, die Herreld aufs Schärfste bewachte. Einiges hatte sich nicht verändert und ich war sogar froh darüber, dass er den Zugang zu ihren Gemächern so gut beschützte.

»Ist sie zu sprechen, Herreld?«

»Ich sehe nach, Ordnungs-Meister.«

»Danke, Herreld.«

Nach kurzer Zeit kam er zurück. »Sie bittet Euch, einen Augenblick zu warten. Kyldesee und Finanzministerin Murreas sind gerade bei ihr.«

»Unter diesen Umständen warte ich lieber hier draußen.«

Herreld brachte sogar ein zaghaftes Lächeln zu Stande.

Nach kurzer Zeit erschien die kantige Murreas in der Tür, ihr eckig geschnittenes, weißes Haar bewegte sich nicht. Ihr folgte eine jüngere braunhaarige Frau, die den gleichen eckigen Haarschnitt und die grüne Uniform der Elitegarde trug.

Ich grüßte höflich. »Guten Tag, Minister Murreas.«

Mit einem knappen Knicken erwiderte die Ministerin meinen Gruß, dann waren die beiden auch schon verschwunden.

Herreld deutete ein Kopfschütteln an und Krystal winkte mich in ihr Arbeitszimmer.

Erst als die Tür ins Schloss gefallen war, wagte sie, ihren Unmut zu äußern. »Ich hasse es …«

»Setzt dich Murreas unter Druck?« Ich küsste Krystal auf die Wange.

»Sie hat ihre Befürchtung zum Ausdruck gebracht, dass die Elitegarde Kyldesees Talente nicht richtig einsetzt.« Krystal schnitt eine Grimasse. »Kyldesee kann ziemlich gut mit dem Schwert umgehen, sie taugt als Anführerin einer Einheit und sie ist eine erstklassige Diebin. Yelena hat noch immer nicht herausgefunden, wo das Geld hingewandert ist, während Kyldesee für den Bezirk Ruzor verantwortlich war.«

Auf Krystals Schreibtisch stapelten sich die Schriftrollen und auch auf ihrem Bett im Schlafzimmer türmten sich die Papiere. Ein Lampenschirm war voller Ruß, ein Zeichen dafür, dass die Lampe zu lange brannte und nicht geputzt wurde.

»Aber das kannst du Murreas nicht ins Gesicht sagen, nehme ich an.«

»Bei den Lichtdämonen, nein! Wir können nicht einmal beweisen, dass Kyldesee es getan hat. Wäre Murreas nicht ihre Tante, müssten wir das auch nicht.«

»Murreas ist natürlich eine wichtige Person.«

»Das ist sie in der Tat, wenn wir diesen Krieg führen wollen, den wir wahrscheinlich führen müssen.«

»Krieg? Welchen Krieg? Berfir? Der Vicomte? Hamor?«

»Sie alle werden wahrscheinlich beteiligt sein. Licht! Recluce hat Candar zu Grunde gerichtet. Und außer uns scheint das niemand zu bemerken oder sich darum zu kümmern.« Sie strich ihre goldbesetzte Weste glatt. »Kasee will mit uns vor der Audienz mit dem hamorischen Gesandten sprechen, eigentlich hauptsächlich mit dir.«

»Mit mir?«

»Wie schon gesagt, du bist der einzige Graue Magier, der ihr noch geblieben ist. Und der Einzige, dem sie wirklich vertraut.« Sie streckte sich nach vorn und küsste mich. »Wir müssen gehen.«

»Justen vertraut sie nicht?«

»Es ist nicht so, dass sie ihm nicht vertrauen würde ... aber du lebst hier und es gehört nicht zu deinen Gewohnheiten, plötzlich zu verschwinden. Auch wenn du heimlich den Wunsch hegst, ein Held zu sein.«

»Ich will kein Held sein. Das ist mir zu gefährlich.«

Sie zog eine Augenbraue hoch und öffnete die Tür. »Herreld ... die Audienz beim Autarchen wird einige Zeit dauern. Sollte es ein Problem geben, schick nach Weldein. Wenn er nicht in der Lage ist, es zu lösen, dann soll er jemanden finden, der es kann.«

»Weldein. Sehr wohl, Kommandantin.«

Krystal schritt schon den Flur entlang, noch bevor Herreld die Bestätigung ihrer Anweisungen ganz ausgesprochen hatte. Die langen Beine marschierten stramm bis zur schmalen Treppe. Ich musste mich ganz schön beeilen, um mit ihr Schritt halten zu können.

Vier zusätzliche Wachen nahmen Haltung an, als wir vor dem Arbeitszimmer des Autarchen ankamen. Hohe Fenster und Gobelins an den Wänden schmückten den Eingang.

Ein Soldat öffnete die Tür zum Arbeitszimmer und schloss sie sofort wieder, nachdem wir eingetreten waren.

»Seid gegrüßt. Wir haben nur wenig Zeit, ich muss mich noch herausputzen für unseren hochverehrten Gast.« Kasee steckte den Federkiel in den Halter und beugte sich über den mit Verzierungen überladenen

Schreibtisch. Eines Tages würde ich meinen ganzen Mut zusammennehmen und ihr vorschlagen, einen angemessenen Schreibtisch für sie zu schreinern. Doch der Tag war noch nicht gekommen und da sie erst vor kurzem den Schrank bekommen und bezahlt hatte, wollte ich nichts überstürzen.

Wie üblich, wenn uns Kasee in ihren Privatgemächern empfing, waren auch diesmal ihre schwarzsilbernen Haare ungekämmt und ein Tinten- oder Holzkohlefleck zierte die linke Seite ihrer Stirn. Ich vermutete, ihre Hofdamen und Kammerdienerinnen waren oft der Verzweiflung nahe, wenn sie sie für offizielle Anlässe herrichten mussten.

»Ich bat dich herzukommen, Lerris, weil du den Ereignissen in Hydlen am nächsten standest und weil …«, sie zuckte die Schultern, »ich glaube, dass du der Einzige bist, der wirklich helfen kann. Also, wir wissen nicht viel über diesen Gesandten. Es geht das Gerücht um, dass er ein Verbannter aus Recluce ist. Das könnte sogar stimmen, denn er ist nicht der einzige Gesandte, den der Kaiser nach Candar geschickt hat.«

»Ist es nicht komisch, dass zwei Gesandte um den halben Globus reisen?«, fragte Krystal.

»Candar ist groß«, erklärte Kasee.

Das stimmte wohl, aber ich befürchtete, dass sehr bald noch sehr viel mehr Menschen hereindrängten.

»Dann ist da noch die Sache mit Freistadt …«, fügte Krystal hinzu.

»Ich hatte eigentlich gedacht, dass Berfir mit seinen Raketen Colaris einfach überrollen würde«, gab Kasee zu, »besonders nachdem er auch noch Truppen aus dem Süden heranziehen konnte. Wahrscheinlich wäre es ihm auch gelungen, wenn nicht diese Langstreckenkanonen plötzlich ins Geschehen eingegriffen hätten, und dieses Ding, das einen Beobachtungskorb in der Luft schweben lässt, der die Kanonenkugeln zu lenken scheint.« Sie nahm die Schreibfeder und kaute darauf herum.

»Die Beschreibung klingt nach einem Ballon. Solch ein Ballon wurde in den alten Büchern erwähnt.« Ich sah zu, wie ein Tropfen Tinte auf der Kladde landete, und wunderte mich, dass die grüne Seide des Autarchen verschont blieb.

»Die Truppen von Colaris schießen nun auch mit Gewehren«, fügte der Autarch hinzu.

»Gewehre? Aber kann nicht jeder drittklassige Magier das Pulver entzünden?«

»Sie verwenden Stahlpatronen. Es braucht schon einen erstklassigen Magier, um sie explodieren zu lassen, und da jede einzeln in Stahl verpackt ist …«

Jetzt verstand ich. Es handelte sich praktisch um Miniaturraketen. Ein Kampf mit Schwertern gestaltete sich schwierig, wenn man gegen Truppen kämpfte, die aus der Entfernung angreifen konnten. »Was ist mit Bogenschützen?«

»Ein guter Bogenschütze ist genau so viel wert wie ein Soldat mit Gewehr und vielleicht sogar der bessere Schütze. Aber es dauert länger, viel länger, um einen Bogenschützen auszubilden«, erklärte Krystal. »Außerdem kann ein Einzelner viel mehr Patronen als Pfeile mit sich führen.«

»Kommen die Gewehre aus Hamor?«

»Von wo sonst? Sie stellen die Patronen mit Hilfe von dampfbetriebenen Maschinen her.« Kasees Blick fiel auf eine Schriftrolle, die auf dem Schreibtisch lag. »Das habe ich von den Händlern erfahren.«

»Woher stammt der Ballon?«

»Von dem neuen Magier aus Sligo. Dieser Sammel wohnt nicht weit von Freistadt und Montgren entfernt – auch nach Certis ist der Weg nur kurz. Alle möglichen neuen Formeln sind ans Tageslicht gekommen, alles ist sauber und ordentlich mit Tinte niedergeschrieben. Viel Gold ist in seine Taschen geflossen und wir wissen, dass einige dieser Formeln sogar bis nach Hamor gelangt sind – unter anderem auch die Formel für die Verbesserung der Kanonen. Die Patronen hat Hamor selbst entwickelt.«

Krystal sah mich an. »Wie kann so etwas geschehen? Warum zerreißt das Chaos sie nicht in tausend Stücke?«

Ich konnte nur ahnungslos die Achseln zucken. »Ich weiß es nicht. Wenn man geordnetes Material klein genug zerstückelt, kann das Chaos es nicht so leicht sprengen. Bei den Patronen haben die Hamoraner sich dieses Prinzip zunutze gemacht. Vielleicht kann auch gute Bearbeitung, wie zum Beispiel solide Schreinerarbeit, das Chaos abhalten. In der Theorie mag das zutreffen. Aber ich kann es nicht mit Bestimmtheit sagen.« Kopfschmerzen kündigten sich an. Gerlis – ein Weißer Magier, der für einen zweitklassigen Herzog arbeitete – war schon schlimm genug gewesen, doch das, was sich nun zusammenbraute, überstieg meine Vorstellungskraft. Sammel hatte die Lehren von Ordnung und Chaos studiert.

»Kann man diesen Sammel mit Gerlis vergleichen?«

»Als ich ihn in Recluce kennen lernte, hätte ich nicht im Entferntesten daran geglaubt, dass er in einen Chaos-Strudel hineingeraten könnte. Für mich war er immer ein Einsiedler mit nachdenklicher Stimme. Auch er war nicht dafür geeignet, mit spitzen Waffen umzugehen.« Ich konnte es immer noch nicht glauben, dass sich Sammel dem Chaos zugewendet haben sollte. »Aber vielleicht hat er die Grundlagen der Lehre besser begriffen.«

»Sammel erweckte immer den Eindruck, als glaubte er wirklich an das, was er gerade tat«, fügte Krystal hinzu. Sie spreizte die Finger.

»Wird es schlimmer als in Hydlen, was meint ihr?«, fragte der Autarch.

Krystal und ich nickten gleichzeitig.

»Das habe ich mir gedacht.« Kasee stand auf. »Ich muss mich jetzt fertig machen für die Audienz. Krystal, warum gehst du nicht mit Lerris schon in den Audienzsaal? Nehmt die Seitentür, ich werde dort zu euch stoßen.«

Krystal führte mich durch die geheimen Flure, von denen ich nicht einmal gewusst hatte, dass sie existierten. Meine gute Nachtsichtigkeit verhinderte, dass ich stolperte, als ich hinter Krystal herlief, die zielsicher durch die düsteren und gleichzeitig sauberen Gänge schritt.

Im Audienzsaal angekommen, setzten wir uns hinter eine Säule.

»Weißt du, was sie von dir verlangt?«, fragte Krystal und starrte auf das Podium und den leeren gepolsterten Stuhl.

»Ich muss nur dastehen, interessiert dreinblicken und herausfinden, was Hamor vorhat.«

»Versuch nicht, während der Audienz irgendetwas herauszufinden. Schick nur deine Sinne aus. Alles andere machen wir später. Ich glaube, deine Gefühle sind am wichtigsten.«

»Schön.« Ich grinste und drückte ihr Knie. »Ich freue mich, dass du so denkst.«

Sie wurde rot. »Das meinte ich nicht, Lerris.«

»Oh?«

»Na ja, manchmal schon …«

»Gut!«

Da ging plötzlich die Tür auf, früher als ich erwartet hatte, und Kasee kam herein. Ihr Haar war ordentlich frisiert und die Flecken abgewaschen.

Wir erklommen gemeinsam das Podium, Krystal stellte sich rechts und ich mich links neben Kasee. Der Autarch setzte sich und wartete stumm.

Die Glocke erklang und Kasee richtete sich auf. Sie

warf einen Blick zu Krystal und dann zu mir. »Es geht los.«

Die Doppeltür ging auf und eine Stimme verkündete laut: »Der höchst ehrenwerte D'ressn Leithrrse, Gesandter Seiner Kaiserlichen Majestät Stesten von Hamor.«

Leithrrse verbeugte sich, als er zur Tür hereintrat, ging weiter und verbeugte sich abermals bei den Stufen, die zum Podium hinaufführten. Der hamorische Gesandte hatte eine hellere Haut als die meisten Kyphrer und hätte somit aus den Ebenen des Feyn stammen können. Vielleicht irrte ich auch und er war wirklich ein Hamoraner, aber Hamor galt schließlich als Zuflucht für viele ehrgeizige Verbannte aus der ganzen Welt. Die wenigen Hamoraner, die ich bis jetzt zu Gesicht bekommen hatte, waren dunkel wie die Kyphrer gewesen, doch ich ging davon aus, dass in den verschiedenen Ländern Hamors auch Menschen mit unterschiedlichem Aussehen lebten.

Er trug keine Juwelen, nur eine einfache gelbbraune Tunika mit einer silbernen Pfeilspitze am Kragen. Seine gelbbraune Hose wurde von einem silberbeschlagenen Gürtel zusammengehalten, an dem ein Kurzschwert und eine Pistole hingen. Die Pistole beunruhigte mich, weil sie wie der Gesandte selbst klein und nüchtern wirkte. Doch Leithrrse würde kaum Gelegenheit zum Schießen haben, nicht solange die zwei Bogenschützen hinter den Schlitzen in den Wänden neben dem Podium lauerten und Krystal dort stand.

»Ihr überbringt eine Nachricht des Kaisers?«, fragte Kasee.

»Das tue ich, verehrter Autarch.«

»Bitte, fangt an.«

»Der Kaiser hoffte, dass wir Euch bei guter Gesundheit und in Wohlstand lebend antreffen. Er wird erfreut sein, zu erfahren, dass Ihr in der Tat wohlauf seid und dass Euer Volk gut genährt und wohlhabend ist in einer Zeit, in der Unruhe und Unordnung in Candar herrschen. Er übersendet Euch Grüße und seine Empfehlungen.«

Mich beschlich das Gefühl, dass Leithrrse seine derzeitige Stellung durch ölige Reden erlangt hatte. Sicher hatte er seinen falschen Charme schon auf den Teppichen sämtlicher Herrenhäuser versprüht. Er gehörte zu der Sorte Mensch, die ich nur ansehen musste, um eine Abneigung zu entwickeln.

»Wir arbeiten hart und sind in der glücklichen Lage, dass unsere Arbeit auch mit Wohlstand entlohnt wird. Die Engel wissen, dass das nicht immer der Fall ist.« Kasee lächelte.

»Wohlstand herrscht aber meist dort, wo rechtschaffene und hart arbeitende Menschen leben«, erwiderte der Hamoraner.

»Gelegentlich schon. Beizeiten geht Wohlstand mit florierendem Handel einher und blühender Handel oft mit schnellen Schwertern; man sagt, dass die hamorischen Schwerter schnell sind.«

»Der Kaiser glaubt an den Frieden und an die Macht des Handels, an friedlichen Handel. Wie auch die Insel Recluce ist der Kaiser höchst interessiert daran, den Außenhandel friedvoll auszuweiten …«

Ich konnte Krystals Gesicht nicht sehen, aber Kasee nickte und ich wartete auf die Spitzen, die nun folgen würden.

»Der Kaiser ist der Meinung, dass der Handel zwischen den Ländern allen Menschen zugute kommen soll. Hohe Zölle jedoch bringen den Handel zum Stillstand, was zu Streitigkeiten zwischen Ländern führt, die sonst in Frieden miteinander leben. Der Handel wird eingestellt oder wird nicht länger friedlich vollzogen. Und alle haben darunter zu leiden.« Der Gesandte hielt inne.

»Ich lese in Euren Worten eine versteckte Bitte um eine Senkung der Zölle, die den hamorischen Erzeugern von uns auferlegt werden.« Kasee lächelte. »Aber was ist dann mit den hamorischen Zöllen auf kyphrische Früchte und Oliven und auf unser Leinen? Beabsichtigt der Kaiser auch eine Senkung seiner Zölle?«

»Ihr habt mich missverstanden, verehrter Autarch. Der Kaiser möchte nur seine Vorschläge zum Ausdruck gebracht wissen, wie der Handel verbessert werden könnte. Hamor bittet Kyphros um nichts. Der Kaiser würde sich niemals anmaßen, sich in die Regierungsgeschäfte eines ebenbürtigen Herrschers einzumischen.« Leithrrse deutete eine Verbeugung an.

»Wie denkst du darüber, Lerris?«

Ich beugte den Kopf und versuchte, weise auszusehen, obwohl jemand, der so jung war wie ich, niemals weise auf seine Umgebung wirken konnte. Dennoch … ich musste etwas sagen und schon allein die Tatsache, dass Kasee mir das Wort erteilte, war Hinweis genug, dass sie nur ihre Aussage bestätigt haben wollte.

»Anmaßung tritt in vielen verschiedenen Formen auf, verehrter Leithrrse.« Ich hielt inne und untersuchte ihn mit meinen Ordnungs-Sinnen. Beides, Ordnung und Unordnung, traten zu Tage, waren so ineinander verschlungen, dass ihm in Recluce nur die Wahl zwischen Verbannung oder Gefahrenbrigade geblieben wäre. »Eine Aussage, die, von einem Händler kundgetan, arglos wirkt, mag mehr beinhalten, wenn sie vom Gesandten eines mächtigen Herrschers ausgesprochen wird. Eine allgemeine Warnung zur Vorsicht könnte also eine Drohung beinhalten.«

Leithrrse neigte den Kopf fast unmerklich, als wollte er meine Worte von vornherein abtun, dann fuhr er fort: »Jene aus Recluce finden immer schöne Worte und sie besitzen auch hervorragende Schiffe, besonders für den Handel mit Candar.« Er lächelte Kasee charmant an. »Aber ist es nicht seltsam, dass Recluce seine besten Untertanen des Landes verweist, so wie den großen Dorrin und den Grauen Magier Justen?«

Bei diesen Worten und dem, was ich von Kasee über ihn erfahren hatte, sowie der versteckten Bitterkeit in seiner Aussage wusste ich plötzlich, dass es sich bei Leithrrse um Leith handeln musste; diesen Namen hatte eine junge Frau erwähnt, die ich auf meiner Reise nach Nylan vor einigen Jahren getroffen hatte.

»Seltsam?«, überlegte Kasee. »Da bin ich anderer Meinung. Ein Birnapfel gedeiht nicht gut auf einem Olivenbaum.«

»Und ein Birnapfelbaum gedeiht nicht gut inmitten von Olivenbäumen.« Leithrrse verbeugte sich sehr tief. »Der Kaiser wünscht Euch nur das Beste für die Oliven, damit sie auch die nächsten Generationen ernähren mögen.«

Er verbeugte sich abermals und wollte damit offenbar andeuten, dass er alles gesagt hatte, was zu sagen war.

Aber ich wollte meinen Teil noch beitragen. »Übrigens, Leith, Shrezsan wünscht Euch alles Gute.«

Für einen Augenblick erstarrte er, bevor er Kasee, und nicht mir, antwortete. »Und der Kaiser wünscht Euch alles Gute für die Wahl des richtigen Gärtners für Eure Olivenhaine.«

Kasee unterdrückte ein Lachen und antwortete ernst: »Auch wir wünschen dem Kaiser alles Gute und übersenden ihm ein Fass von den Oliven, die er so sehr schätzt.«

»Ich bin sicher, dass er sich noch viele Jahre an diesen Oliven erfreuen wird.« Leithrrse verbeugte sich zwei Mal tief. »Und ich werde ihm die Wünsche und Oliven in Eurem Sinne überbringen.«

Kasee stand auf. »Das hoffe ich.« Dann wartete sie,

bis Leithrrse die Tür erreicht hatte und sich ein letztes Mal verbeugte, um dann den Saal zu verlassen.

»Folgt mir in mein Arbeitszimmer«, befahl Kasee.

Dort angekommen erwarteten uns, o Wunder, salzige Kekse, Käse und getrocknete Früchte auf einer Platte.

»Bitte, greift zu. Es war ein langer Tag.«

Ich zögerte nicht lange und schob mir Käse und Kekse in den Mund. Kasee sah mich mit hochgezogenen Augenbrauen fragend an.

»Was hast du mit dieser Bemerkung über Shrezsan beabsichtigt, Lerris? Er hätte dich am liebsten umgebracht. Ein Chaos-Magier hätte dich in so einem Fall mit Feuerbällen bombardiert.« Kasee schüttelte den Kopf.

»Ich glaube, ich habe vor vielen Jahren, als ich auf dem Weg nach Nylan zur Gefahrenbrigade war, eine frühere Liebe von ihm getroffen. Sie bat mich, ihm das auszurichten, falls ich ihn je treffen sollte.«

»Aber wie konntest du wissen, dass er der Richtige war?«, fragte Krystal.

Ich sah den Autarchen an. »Ihr sagtet, dass er ein Verbannter aus Recluce ist, und davon gibt es nicht sehr viele. Die meisten von ihnen sind ziemlich gescheit und da der Name auch noch passte …«

»Ich verstehe immer noch nicht …«

»Ich fühlte es«, antwortete ich mit einem Schulterzucken. »Ihr und Krystal sagtet, dass ich meinen Gefühlen folgen sollte.«

Kasee lachte. »Geschadet hat es nicht. An seiner Botschaft änderte es ohnehin nichts. Vielleicht wird der Kaiser aber dadurch vorsichtiger.«

»Das bezweifle ich.« Krystal schüttelte den Kopf.

Auch ich hatte meine Zweifel.

LV

Nylan, Recluce

Maris verbeugt sich tief, sein Bart berührt fast den Ratstisch, dann übergibt er Heldra den Aktenkoffer. »Meine Ratskollegen, ich bringe wichtige Neuigkeiten.«

Heldra stellt den Koffer auf den Tisch, ohne die darin enthaltene Schriftrolle herauszuholen. »Solch große Ehrerbietung ... so höflich ... so heuchlerisch ...«

»Also gut. Ich werde es anders versuchen. Was gedenkt Ihr zu tun? Der Preis für unsere Wolle in Sommerhafen fällt immer weiter«, bringt Maris vor. »Das Gleiche passiert in Südhafen und Biehl.«

»Wolle? Ist das Euer einziges Anliegen? Sonst nichts?« Heldras Antwort bringt Hohn und Ärger zum Ausdruck. »Ich dachte, wir treffen uns hier wegen der Probleme mit Hamor.«

»Wolle? Sonst nichts? Sonst nichts?« Maris schlägt wütend mit der flachen Hand auf den Tisch.

Heldra steht auf, ihre Hand ruht am Heft ihres Schwertes. »Ihr vergesst Euch, Maris.«

»Ich glaube, Ihr habt Maris' Punkt getroffen«, brummt Talryn, als er Maris von Heldra und dem Tisch wegdirigiert.

»Welchen Punkt? Der Rat wurde doch nicht ins Leben gerufen, um sich nur mit dem Handel zu beschäftigen?«

»Mit Wolle und Schafzucht, mit Eisen und Dampf und mit Vorsicht und Unvorsichtigkeit.« Talryn hält inne. »Maris ist bereit zu riskieren, von Eurer Klinge aufgespießt zu werden, Heldra, weil Wolle so wichtig für ihn ist und auch für Recluce. Ihr glaubt, die Wolle spielt eine geringere Bedeutung als Hamor, aber beide sprecht Ihr von dem gleichen Problem.«

Heldra und Maris schweigen.

»Der Kaiser hat ein zweites Geschwader von diesen Seeungeheuern mit Eisenrümpfen nach Dellash gesandt.«

»Ein zweites Geschwader?« Maris zieht die Augenbrauen hoch. »Was hat das mit dem Wollpreis zu tun?«

»Ein Geschwader liegt schon länger dort vor Anker. Das ist einer der Gründe, warum der Preis für Eure Wolle ständig fällt. Die Delaprer kaufen hamorisches Tuch, das ist billiger.«

»Natürlich ist es billiger. Sie halten sich Sklaven, die die Baumwolle in den heißen Flusstälern pflücken, und dann kam auch noch dieser Erfinder mit einer Krempelmaschine daher ...«

»Und seit sie Dampfmaschinen als Antrieb für ihre Webstühle benutzen«, fährt Talryn fort, »und Dampf für die Handelsschiffe, ist unsere Wolle teurer als ihre.«

»Unsere ergibt jedoch besseres Tuch.« Maris reibt seinen Daumen gegen den Zeigefinger.

»Das kümmert den kleinen Bauern oder Arbeiter wenig. Baumwolle kratzt nicht so wie Wolle und ist billiger, und jemand, der ohnehin nicht viel Geld hat ...«, stellt Talryn mit einem Schulterzucken fest.

»Und die Kriegsschiffe sind bloß ein Zeichen des guten Willens?«, fährt Heldra dazwischen. »Oder nur dazu da, um den Preis für unsere Wolle zu drücken?«

Talryn lacht, ein kurzes, tiefes Bellen. »Sie haben den alten Leuchtturm von Sommerhafen mit nur drei Kugeln aus ihren neuen Kanonen dem Erdboden gleichgemacht.«

»So gesehen erscheint Rignelgios Besuch in einem ganz anderen Licht«, bemerkt Heldra. »Es geht um mehr als nur um Wolle und Handel.«

»Natürlich, teuerste Heldra«, murmelt Maris.

»Er war wahrscheinlich überrascht, dass wir nichts wussten, oder er hielt uns für unerträglich arrogant«, fügt Talryn schnell hinzu.

»Gunnar scheint Recht gehabt zu haben«, wagt Maris zu äußern.

»Wolle … und Gunnar … Gunnar.« Heldra geht zum Fenster, sie blickt auf das Ostmeer, welches blaugrün leuchtet und den Frühling ankündigt. »Werden wir uns niemals aus seiner mächtigen Hand befreien können?«

»Mich beunruhigt Hamors mächtige Hand im Augenblick mehr.« Talryn lehnt sich nach vorn und legt beide Hände auf die Rückenlehne des schweren, schwarzen Holzstuhles. »Wir werden Jahre brauchen, um all dem Kriegsgerät gewachsen zu sein, das der Kaiser nach Candar sandte.«

»Ich glaube trotzdem, dass unser Trio mit den beiden Geschwadern fertig werden kann«, behauptet Heldra.

»Wollt Ihr Krieg?« Maris' Stimme klingt schrill, er kreischt fast. »Wisst Ihr, was das für Recluce bedeutet?«

»Für die wichtigen Händler, meint Ihr?«, fragt Heldra.

»Nein«, kontert Talryn, »aber glaubt Ihr, dass wir eine Wahl haben? Ich finde, es ist an der Zeit, dass die Bruderschaft etwas unternimmt.«

»Woran denkt Ihr?« Maris streicht über seinen Bart.

»Lasst uns Heldras Vorschlag annehmen. Das Trio soll sich der hamorischen Kriegsschiffe annehmen, die Dellash verlassen wollen. Wenn sie gezwungen sind, dort zu bleiben, verlieren sie ihre Wirkung.«

»Was soll mit den Händlern geschehen?«

»Lasst sie in Ruhe … fürs Erste.«

»Und Sammel?«, fragt Heldra. »Ich hatte vor, mit …«

»Sammel ist das geringste aller Übel. Und außerdem, wollt Ihr ein Schiff aus dem Trio für ganze drei Achttage außer Gefecht setzen, nur weil es Euch und Eure Schwarze Garde zu ihm bringen soll? Wir brauchen die Schiffe jetzt vor Delapra. Sollten wirklich Chaos- oder Ordnungs-Bündelungen auftreten, wird Lerris das sicher für uns erledigen.« Talryn richtet sich auf und nimmt die Hände von der Stuhllehne.

»Ich weiß nicht ...«, grübelt Heldra.

»Ich glaube, es ist das Beste, Ihr begebt Euch jetzt nicht nach Sligo. Außer dem Trio steht Euch keine Möglichkeit zur Verfügung, nach Candar zu fahren. Oder wollt Ihr warten, bis Candar von Hamor regiert wird und Dutzende von diesen Dampfschiffen dort verkehren?«

»Ich verstehe das nicht«, protestiert Maris. »Wie können sie all diese Maschinen bauen? Ich dachte, Ordnung ist nur begrenzt vorhanden auf der Welt.«

Talryn lacht. »Sie benutzen die andere Seite des Gleichgewichts. Wenn die Ordnung begrenzt ist, ist es auch das Chaos. Cassius deutete schon an, das etwas Derartiges geschehen könne. Ihre Maschinen bestehen aus Stahl und sie haben so viele davon hergestellt, dass sich auch die zerstörerischen Chaos-Kräfte vermehren. Wenn Cassius Recht hat, wird es eines Tages einen Rückschlag geben. Doch dieser wird noch nicht sehr bald erfolgen und es wird uns kaum helfen, wenn Hamor Candar schon in seiner Gewalt hat, bevor es passiert.«

»Aber wie konnte das geschehen?«

»Wie geschehen denn die Dinge? Die Menschen tun es und wir lassen es zu.«

Das Ostmeer glitzert blau und grün, als die drei sich nach Osten wenden, in Richtung Hamor.

LVI

Seitdem sich Krystal in Dasir aufhielt – personelle Veränderungen bei den Außenposten und Zwischenfälle in der Region hatten sie gezwungen, dorthin zu reisen –, stand ich früh auf. Ich fütterte und striegelte Gairloch und die Stute und kämpfte danach so lange mit dem Stab gegen den Sandsack, bis ich völlig erschöpft war. Doch dann beschlich mich schon ein schlechtes Gewissen, weil ich mir so viel Zeit nahm. Immerzu hetzte ich von einer Beschäftigung zur anderen.

Bis ich endlich zu meiner eigentlichen Arbeit kam, war meine Tunika feucht, nicht nur vom Schweiß, sondern vom vielen Hinundherrennen durch den Regen; ich musste die Ställe sauber machen, Gairloch und die Stute füttern und dauernd brauchte ich irgendetwas aus dem Schuppen.

Draußen schleuderte der Regen die Tropfen mit aller Gewalt gegen das Werkstattfenster. Aber zumindest war es nicht mehr so kalt und in Kyphros beschwerte sich niemand über den Regen im späten Winter und frühen Frühling, weil es danach nur noch selten regnete, erst im nächsten Winter wieder.

Die kleinen Unterbrechungen stahlen mir bei jeder Gelegenheit die Zeit. Wenn ich nicht gerade Firnis- oder Lampenöl holen musste, verlangte der Fußboden nach einem Besen oder der Wassertopf nach mehr Wasser; oder die Beitel mussten geschliffen und die Sägen zu Ginstal gebracht werden; der Leim war eingetrocknet oder Rissa brachte einen kaputten Stuhl. Die Zeit, die ich für meine Genesung brauchte – fast eine ganze Jahreszeit übrigens – und für die Verbesserung meiner Stabkünste, war da noch gar nicht eingerechnet. Nachdem ich schließlich die Hausarbeit erledigt hatte, griff ich zu Antonas Schreibtisch und murmelte unzufrieden in meinen nicht vorhandenen Bart, weil sich der Unterbau aus der Zeichnung nicht verwirklichen ließ. Wie vieles andere auch sah der Plan vielversprechend aus, aber scharfe Kanten konnte ich unmöglich durchgehen lassen, denn sie splitterten und konnten dadurch Verletzungen verursachen. Besser war es, die Ecken abzurunden, doch dadurch musste jedes Teil zwei Mal auf Gehrung zugerichtet werden. Manche Schreiner schnitten einfach einen Fünfundvierzig-Grad-Winkel und schrägten diesen dann ab. Doch als ich das ausprobierte, sah jede Kante anders aus, und ich konnte nicht fünfzig Goldstücke verlangen für einen Schreibtisch, bei dem keine Ecke der anderen glich. Mit einem speziellen Hobel rundete ich also jedes Teil ab – über eine Länge von mehr als zwei Ellen. Keine sehr schwere Arbeit, aber zeitraubend. Kirschholz ist hart und schon der geringste Anflug von Ungeduld konnte die Klinge übers Holz springen lassen und es damit ruinieren

Ich hätte es ahnen können – Antonas Schreibtisch verlangte mehr Zeit als geplant. Und das, obwohl ich den Preis schon großzügig bemessen hatte.

»Meister Lerris, da fährt jemand in den Hof«, rief Rissa durch die Werkstatttür herein.

»Ich komme.« Ich legte den Messstock beiseite und trat hinaus unter das Vordach. Ein gepflegter, zweirädriger Einspänner mit polierten Messingbeschlägen fuhr in den Hof. Der Kutscher trug einen wasserdichten Umhang und eine Livree. Jeder, der eine zweirädrige Kutsche besaß, verfügte auch über eine große Kutsche und jeder, der sich das leisten konnte, musste unweigerlich reich sein.

Bei dem dünnen, weißhaarigen Mann, der aus der Kutsche stieg und auf die enge Veranda trat, die durch den Dachvorsprung und die breiten Stufen entstanden war, handelte es sich um den Minister für öffentliche Arbeiten, Zeiber. Ich hatte ihn das erste Mal an jenem Abend getroffen, an dem ich auch den Autarchen kennen lernte. Minister Zeiber hatte mir damals vorgeworfen, dass meine Pläne, an Antonin heranzukommen, zu theoretisch klangen.

Ich mochte ihn immer noch nicht, trotzdem öffnete ich die Tür zur Werkstatt und bat ihn herein. »Bitte, tretet ein, Minister Zeiber.«

Rissa ging zurück in die Küche.

Ich folgte ihm in die Werkstatt und schloss die Tür.

»Du sollst ein guter Schreiner sein.« Zeiber sah mich mit seinen tief liegenden Augen nicht an, sondern ließ seinen Blick über die Werkstatt schweifen. Für eine Minute ruhten seine Augen auf dem teilweise fertiggestellten Rahmen des Schreibtischunterbaus. »Was ist das?«

»Das wird ein Schreibtisch mit beidseitigem Unterbau.«

»Hmm …« Er räusperte sich und blickte mir in die Augen.

Unordnung strahlte er zwar nicht aus, aber ich fühlte mich in seiner Gegenwart nicht gerade wohl. Gab es so etwas wie ordentliche Unehrlichkeit? Oder Unehrlichkeit, die kein Chaos beinhaltete?

»Ich möchte ein einfaches Bücherregal in Auftrag geben.«

»Habt Ihr schon eine Vorstellung, wie es genau aussehen soll? Größe, Anzahl der Fächer, Höhe der Fächer? Welches Holz?«

»Es muss nicht groß sein …« Wieder schweiften seine Augen durch die Werkstatt und blieben am Wassertopf haften. »Was ist in dem Topf da?«

»Wasser. Das Holz spaltet sich nicht so leicht, wenn die Luftfeuchtigkeit höher ist. Im Sommer brauche ich den Topf nicht, da hänge ich feuchte Tücher auf.«

Zeiber nickte. »Du besitzt gründliche Kenntnisse über das Schreinerhandwerk. Sicherlich könntest du deine … anderen Fähigkeiten …«

Ich lachte – nicht zu laut, wie ich hoffte. »Das wäre zu anstrengend. Es zählt nur, wie das Stück bei Euch zu Hause wirkt, und nicht, wie es hier aussieht.«

Er wartete.

»Soll ich Euch einmal ein Regal aufzeichnen?«

»Oh, nein. Ich möchte ein einfaches Regal mit vier Fächern. Jedes soll eine dreiviertel Elle hoch sein. Der unterste Boden sollte sich eine halbe Elle über dem Fußboden befinden und die Beine stark genug sein, um Bücher mit einem Gewicht von vier Stein zu tragen. Das Holz sollte sehr belastbar sein.«

»Für ein Bücherregal würde ich rote oder schwarze Eiche vorschlagen. Lorkenholz ist zu spröde und Kirsche nicht fest genug. Nussbaumhölzer sind sehr teuer.«

»Das Regal sollte dunkel sein.«

»Schwarze Eiche?«

»Wie viel würde das kosten?«

»Lasst mich zuerst aufzeichnen, was Ihr mir beschrieben habt.«

Der Minister runzelte die Stirn, aber ich zeichnete, bis ich das Möbelstück auf dem Papier festgehalten hatte. »Entspricht das in etwa Euren Vorstellungen?«

»Sind die Beine auch dick genug?«

»Deswegen wollte ich sie bogenförmig ausrichten. Das Gewicht wird auf die tragende Oberfläche verlagert.« Ich nahm die Feder, um ihm zu zeigen, was ich meinte. »Hier liegt das ganze Gewicht auf dem Kopfstück des Beines. Was man nicht sehen wird, ist ein weiteres Stück Eiche hier an der Innenseite, um die Beine zu verstärken. Auf diese Weise wird Anmut mit Stärke verbunden.«

»Du willst Eiche nehmen, wo es keiner sehen kann?«

»Minister Zeiber, Ihr wollt doch ein stabiles Bücherregal, oder nicht?«

»Wie viel?«

»Acht Goldstücke.« Das war der Preis. »Wenn Ihr mit dem fertigen Möbelstück nicht zufrieden seid, müsst Ihr es nicht nehmen.«

»Und ich verliere die Anzahlung, nehme ich an?«

»Nein. Ihr müsst keine Anzahlung leisten.«

»Wie verdienst du dann dein Geld, Junge?«

»Frei heraus gesagt, wenn Ihr das Regel nicht wollt, kann ich es vielleicht sogar für mehr Geld an jemand anderen verkaufen.«

»Aha ...« Zeiber schien angenehm überrascht zu sein und schwieg für einen Augenblick. »Gibst du mir Bescheid, wenn es fertig ist?«

»Ich liefere es Euch sogar – wenn Ihr damit einverstanden seid?«

»Ja, natürlich.« Er nickte. »Du betreibst dein Geschäft in der Tat auf eine etwas ungewöhnliche Weise, Schreiner, aber jedem das Seine. Guten Tag.«

Ich musste mich beeilen, um ihm noch die Tür aufhalten zu können, und sah seiner Kutsche nach, die den Hof hinausfuhr zurück nach Kyphrien.

Warum war Minister Zeiber zu mir gekommen? Er war doch eigentlich für öffentliche Arbeiten zuständig, hauptsächlich für die Straßen und Brücken – meist Schotterstraßen. Ich hatte ihm einen wirklich niedrigen Preis für das Bücherregal genannt, weil ich fühlte, dass Zeiber mir nicht aufgrund meiner Fähigkeiten den Auftrag erteilte, sondern wegen meiner Gemahlin. Ich wollte auf keinen Fall, dass darin eine indirekte Bestechung gesehen wurde. Er war überrascht gewesen über den Preis, der niedriger als üblich war. Ich machte mir Sorgen. Hätte ich den Auftrag nicht angenommen, hätte er geglaubt, ich wäre mir zu gut dafür, und das brächte mir keine weiteren Aufträge ein. Außerdem war Krystal so bedeutend, dass ich mir nur durch gute Arbeit selbst einen Namen machen konnte. Das hieß, dass ich gute Arbeit leisten musste, und selbst dann konnte ich nicht sicher sein, ob ich den Auftrag aufgrund meiner Fähigkeiten oder meiner Beziehungen bekam.

Dennoch kam mir der Auftrag sehr gelegen und so lange, wie ich über die Beweggründe des Kunden nachdachte, konnte ich mit dem Regal nicht anfangen.

Gerade hatte ich die Zeichnung mit den letzten Einzelheiten des Regals fertig, als ich schon wieder ein Pferd hörte. Ich legte die Feder beiseite und ging zur Tür. Der Regen hatte zwar aufgehört, doch der Hof war noch immer schlammig.

Der kleinwüchsige Mann auf dem Pferd trug eine spitze, grüne Kappe und eine helle, karierte Wolltunika, darüber hatte er einen braunen Umhang gezogen. Er schwang sich mit einer Anmut aus dem Stall, die mich an Krystal erinnerte, und band das Pferd mit drei schnellen Handbewegungen an den Pfosten. Dann kam er in meine Richtung.

»Meister Lerris?«

»Der bin ich. Wie kann ich Euch helfen?« Ich hielt die Tür auf und ließ ihn herein.

»Danke. Danke. Ich bin Preltar. Wollhändler – der Mann, der mit den analerianischen Hirten verhandelt.«

Das erklärte seine Reitkünste. Im Geschichtsunterricht bei Lortren und der Bruderschaft hatte ich gelernt, dass die Hochebenen zwischen Gallos und Kyphros früher, als alles noch von Fenard aus regiert wurde, Analeria genannt wurden. Dann erschuf Jeslek, der Erzmagier von Fairhaven, die Kleinen Osthörner und vertrieb damit die Hirtennomaden – diejenigen, die überhaupt überlebten – ins hochgelegene Grasland im Südwesten von Kyphros. Die Analerianer lebten auf dem Pferderücken und misstrauten jedem, der anders lebte oder nicht reiten konnten.

»Ich nehme an, Ihr wollt ein Möbelstück in Arbeit geben?« Ich schloss die Tür.

»Richtig.« Er öffnete seinen Umhang und rieb sich die Hände, dann nahm er die Wollkappe vom Kopf. Mit seinem kahlen, glänzenden Kopf und den buschigen, weißen Augenbrauen sah er aus wie ein Falke. »Eine Truhe für die Aussteuer. Ja, eine Aussteuertruhe.«

Ich trat an die Werkbank, auf der mein provisorisches Zeichenbrett stand. »Habt Ihr schon genaue Vorstellungen?«

Preltar sah sich den Rahmen von Antonas Schreibtisch an. »Das da? Was mag das sein?«

»Das wird einmal der linke Unterbau eines Schreibtischs mit beidseitigem Unterbau.«

»Ich verstehe. Aber Ihr nehmt Kirschholz für den Rahmen?«

Ich nickte. »Gute Arbeit fängt schon innen an.«

»Gute Arbeit fängt innen an! Ha! Das gefällt mir. Das gefällt mir sehr gut. Gute Arbeit fängt innen an.«

Ich wartete.

»Ach ja, eine Aussteuertruhe. Es muss eine erstklassige Truhe werden und sie muss natürlich aus Zedernholz sein. Darin sollen Wolle und Leinen aufbewahrt werden, Ihr versteht, und die Scharniere müssen wunderschön und aus Messing sein. Messing rostet nicht und wenn es lackiert ist … Ihr versteht mich schon. Hylera wird heiraten – wir sind sehr altmodisch, wisst Ihr, die Zeremonie wird im Tempel stattfinden. Die meisten Menschen glauben, dass all diese Zeremonien nicht notwendig sind, aber das Blut verlangt es, Ihr versteht …«

Das Blut verlangte es vielleicht sogar wirklich, aber das wollte ich lieber nicht genauer untersuchen.

»Nun … Blut ist Blut und Jisrek – das ist Kilerts Vater – ist meist im südöstlichen Grasland am Rande der

Großen Wüste unterwegs. Die Wolle ist dort dicker, aber wer braucht schon Kleider, die stark wie Tauwerk sind? Kilert verbringt die meiste Zeit des Jahres in Ruzor und da er und Hylera nach Ruzor ziehen werden, muss sie eine erstklassige Aussteuertruhe haben. Hensil ... nein, eigentlich war es Verin, die es Mura erzählte, und Mura, nun ja, sie meinte, nur Ihr könntet eine angemessene Aussteuertruhe schreinern. Ha!«

Schon vom Zuhören wurde mir schwindelig. »Hylera ist Eure Tochter und Ihr wollt eine Aussteuertruhe für sie. Die Truhe soll ausschließlich aus Zedernholz bestehen und für die innere Auskleidung vorzugsweise das aromatischste Holz genommen werden. Die Scharniere sollen gleichzeitig stabil und schön sein und aus Messing?«

»Exakt! Genau so. Genau so. Verin sagte, dass Ihr genau gewusst hättet, was ihr gefiel, und dabei hat sie noch nicht einmal selbst mit Euch gesprochen.«

»Und die Größe der Truhe?«

»Wie groß? Wie groß ... Hylera ... sie hat nichts darüber gesagt, aber sie wird viel Leinen und Wolle bekommen und die Dunkelheit weiß, was noch alles. Wie groß sollte sie Eurer Meinung nach sein, Meister?«

»Wenn es eine dekorative Truhe werden soll, dann nicht zu groß – nicht breiter als drei oder dreieinhalb Ellen und höchstens eine Elle oder eineinhalb Ellen hoch.« Ich bückte mich und zeigte ihm mit meiner Hand, wie groß das in etwa sein würde.

Preltar runzelte die Stirn.

»Ich kann sie auch größer machen, aber je größer sie ist, desto schwerer wird sie auch.«

»Schwerer ... ja ... aber sie wird viel Aussteuer bekommen.«

War es nun seine Truhe oder ihre? »Wie wäre es mit dieser Größe?« Ich umriss mit der Hand eine Truhe in der Luft, etwa ein Drittel größer als die erste.

»Viel besser. Viel besser.«

Ich ging zum Zeichenbrett und tauchte den Federhalter in die Tinte, dann entwarf ich eine einfache Truhe. »Wie wäre es mit einem Muster hier?«

»Hylera sagte etwas von einer Stoßleiste ... eine Stoßleiste ...«

»Ja. Eine verzierte Leiste wird an den oberen und unteren Kanten angebracht.« Ich zeichnete sie ein.

»Schon besser. Und was ist mit den Scharnieren?«

Ich zeichnete verschiedene Scharniere in eine freie Ecke des Blattes: Scharnierbänder, Innenscharniere und große dekorative Schmetterlingsscharniere.

»Ja, diese da. Das sind sie.« Er zeigte auf die Schmetterlingsscharniere. »Diese sollten ihrem Stand und ihrer Wohnung in Ruzor angemessen sein. Ja ... sehr gut ...«

Ich würde einen Kupferschmied mit den aufwendigen Schmetterlingsscharnieren beauftragen müssen. Das könnte schwierig werden, weil ich keinen der Kupferschmiede näher kannte. Bis jetzt waren Ginstals Eisenbeschläge immer gut genug gewesen.

Borlo konnte man sicherlich als einen guten Kupferschmied bezeichnen, doch mehr als drei Worte hatte ich bisher noch nicht mit ihm gewechselt. Dann gab es noch eine Frau – Merrin –, sie stammte aus Südwind. Ein Seufzer entfuhr mir. Es würde mir nichts anderes übrig bleiben, als mit beiden zu sprechen, wenn es denn diese Scharniere sein sollten.

»Ist das zu viel für Euch, Schreinermeister? Zu viel? Ihr habt geseufzt.«

»Ja, das habe ich, aber nicht wegen der Truhe.« Meine Eingeweide krümmten sich zusammen bei dieser Lüge und im Kopf pochte es. »Ich dachte darüber nach, was ich alles nicht in der Hand habe und nicht kontrollieren kann. Entschuldigung. Habt Ihr sonst noch Wünsche? Oder Eure Tochter bezüglich der Innenausstattung der Truhe?«

»Zwei Fächer soll sie haben – eines für Leinen und das andere für Wolle. Das hätte ich Euch schon eher sagen sollen. Aber eine Truhe einräumen, das mache ich nicht sehr oft, obwohl … vielleicht nächstes Jahr, wenn Gresta an der Reihe ist, und zwei Jahre darauf … Ihr seht, Schreinermeister, viel Arbeit wartet auf Euch.« Preltar strahlte. »Könnt Ihr mir diese Truhe für fünf Goldstücke machen?«

Die Scharniere allein kosteten mich wahrscheinlich schon fast ein Goldstück. Wenn der Deckel sehr schwer war, musste ich ihn mit Innenscharnieren verstärken; ich hoffte jedoch, dies vermeiden zu können. Und Zedernholz war auch nicht gerade billig.

»Nein, leider. Das Rohmaterial allein wird schon so viel kosten.« Das war übertrieben und wieder protestierten meine Eingeweide. Ich hasste diesen Teil des Geschäfts, Grundlage des Feilschens war die Täuschung des Gegenübers und das fiel mir sehr schwer.

»Ich verstehe. Und Euer Gesichtsausdruck sagt mir, dass das die Wahrheit sein muss. Tja, also gut. Überall wird erzählt, dass Ihr ehrlich seid, ehrlicher als die meisten. Also nennt mir einen fairen Preis.«

»Eine letzte Frage, Meister Preltar. Ihr wollt zwei Fächer. Soll ich innen zwei getrennte Deckel einbauen?«

»Oh, ja. Natürlich. Dann kommt man nicht durcheinander mit dem Leinen und der Wolle. Ja, bitte, zwei getrennte Deckel.«

»Elf Goldstücke. Und ich liefere überall im näheren Umkreis von Kyphrien.« Er hatte vorhin Ruzor erwähnt, bis dorthin wollte ich nicht liefern müssen.

Er spitzte die Lippen. »Mehr als ich dachte, ja, in der Tat, aber Hermiel sagte schon, dass solch eine Truhe mindestens fünfzehn Goldstücke kosten würde und keinen Kupferling weniger.« Er lächelte. »In Gelddingen kennt sie sich einfach besser aus als ich. Abgemacht. Elf Goldstücke. Und ich hoffe, sie ist noch vor der Ernte fertig.«

»Das hoffe ich auch.«

»Es ist eine Freude, mit Euch Geschäfte zu machen, Meister Lerris. Wirklich eine Freude. Solltet Ihr jemals die feinste und weichste Wolle von ganz Kyphros brauchen, fragt Preltar. Ja, Preltar wird sie Euch liefern.«

Nachdem er vom Hof geritten war, musste ich erst einmal einen kräftigen Schluck kalten Wassers zu mir nehmen. Ich hatte Angst, dass meine Zunge sich verheddern würde nach diesem Wortschwall.

Ich stellte die Zeichnung für Preltars Truhe fertig und beschäftigte mich dann noch einmal mit dem Plan für Minister Zeibers Bücherregal. Dann schirrte ich das Pferd an und fuhr mit dem Karren zu Faslik. Wegel war nicht da, aber ein anderer Sohn Fasliks half mir. Das Holz für beide Aufträge kostete allein schon fast sieben Goldstücke. Davon würde jedoch bestimmt etwas übrig bleiben und die Reste reichten oft für kleinere Möbel. Zumindest war das der Fall gewesen, als ich noch in Destrins Werkstatt gearbeitet hatte, und auch Onkel Sardit hatte mir versichert, dass das oft vorkam.

Am Abend, nachdem ich das Holz abgeladen und verstaut hatte, aßen Rissa und ich die Reste des Eintopfes vom Vortag mit frischem Brot. Krystal war nicht da und ich ging früh ins Bett, um mein Bein zu entlasten.

Ich konnte nicht gleich einschlafen, der Auftrag von Minister Zeiber bereitete mir Kopfzerbrechen. Warum hatte er das getan? Versuchte er, Murreas zu umgehen und durch mich an Krystal heranzukommen? Der geschwätzige Preltar war beinahe eine Wohltat dagegen gewesen und durch seine geschickte Taktik bekam er seine Truhe nun auch noch zu einem billigeren Preis als üblich. Das nächste Mal, wenn es ein nächstes Mal geben sollte, würde ich anders handeln. Bis jetzt war mir noch kein Preltar begegnet und aus der Erfahrung lernte man am meisten, wie ich leider immer wieder entdecken musste. Unglücklicherweise verstand ich manche Menschen nicht gleich; das hatten auch Justen und mein Vater und Onkel Sardit – so wie ich – erfahren müssen.

Der Regen hatte aufgehört, doch dafür pfiff nun der Wind ums Haus und die Balken knarrten. Beim Abendessen hatte ich das Geräusch nicht wahrgenommen, doch nun in der Dunkelheit war es allgegenwärtig.

Das Knarren kam mir vertraut vor – vertraut über das eigentliche Geräusch hinaus. Bei starkem Wind knarrten die Balken immer, aber diesmal, als ich so im Bett lag und mir wünschte, Krystal würde neben mir liegen, erinnerten mich die Geräusche an etwas anderes.

Mein Vater wollte immer, dass ich den Winden folgte, doch die Winde klangen damals anders. Ich lag in der Dunkelheit und versuchte zu ergründen, wo dieses Geräusch herkam. Das Haus hatte schon oft geächzt bei starkem Wind, doch dieses Gefühl hatte ich noch nie zuvor dabei empfunden. Warum nicht? Was war geschehen?

Gerlis! Das Rumoren in der Erde unter den Schwefelquellen! Das Brodeln von heißem, geschmolzenem Stein und Feuer ...

Ich schickte meine Sinne hinunter durch Lehm und Fels, ganz zwanglos folgten sie dem breiten Pfad der Ordnung. Fast mühelos gelangte ich tief in die kyphrische Erde und fühlte das Gemisch aus Eisen und Chaos, Chaos und Eisen. Das Eisen hielt das Chaos umklammert, so sehr sich das Chaos auch dagegen wehrte.

Unter der Erde schienen Ordnung und Chaos enger miteinander verflochten zu sein. Warum war das Gleichgewicht über der Erde leichter zu halten als darunter? Oder war unter der Erde überhaupt alles komplizierter?

Ich schickte meine Sinne durch das Gemisch aus geordnetem Eisen und weißrotem Chaos, das mir wie die pure, brennende Zerstörung vorkam. Ein Durcheinander aus Ordnung und Chaos und ineinander verflochtene Muster packten meine Sinne und sogen sie hinunter. Da – eine Welle purer Schwärze, gleichzeitig grell und weißrot, schlang sich um eine weiße Fontäne, die daraufhin eine rote Färbung annahm, und dahinter pulsierten rhythmisch kleine Ordnungs-Schläge gegen ein viereckiges, fast ebenes Chaos. Doch wie konnte Chaos eine Form oder Ordnung besitzen? Wie konnte Chaos einer Ebene gleichen?

Waren Ordnung und Chaos schon immer derart ineinander verflochten gewesen? Ich versuchte, die Ordnungs-Linien weiter zu verfolgen, entlang der Kräfte, die Gerlis' und Antonins Macht winzig erscheinen ließen. Vor mir tauchte eine kleine, schwarze Fontäne auf, sie schien aus der Tiefe der schmelzenden Felsen zu sprudeln. Als meine Sinne sich näherten, veränderte sich die Fontäne und ein Schwall kochender Weiße hüllte die Schwärze ein, rotes Chaos strahlte aus und bedeckte alles.

Eine schwarze Linie schien mir zuzuwinken und einen Augenblick lang glaubte ich, die verflochtenen Muster so zu verstehen wie die Maserung des Holzes in der fehlerlosen Einlegearbeit eines Lorkentisches.

Ein Strahl aus heißem Chaos, rot und weiß, peitschte aus dem Nichts auf mich ein und Nadeln, so groß wie Messer, drangen in mich. Ein weiteres, dickeres Band der Weiße schlang sich um meine Sinne und zog sie noch tiefer hinab. Mir war klar, dass ich in der Tiefe eingeschlossen werden konnte, so wie es einst Justen mit den Magiern von Frven gemacht hatte. Ich versuchte mich aus der Umklammerung herauszuwinden, da peitschte ein neues dünneres, weißes Band auf mich ein und zog mich tiefer.

Dann zerrte plötzlich ein schwarzes, geordnetes Band an mir, gleichzeitig umschlang mich jedoch das weiße Band – meine Seele und mein Gesicht brannten. Ich kämpfte in der Tiefe unter Kyphros und endlich – fast schon zu spät – fielen mir Justens Warnungen und seine Lektionen ein.

Ich zwang mich und meine Sinne, sich zusammenzuballen.

Ich bin ich! Lerris … Lerris … LERRIS!!!

Chaos und Ordnung peitschten weiter auf mich ein, doch ich fühlte, wie deren Macht immer mehr schwand. Ich verstärkte mein Ich, versuchte mich selbst zu beherrschen, bevor Chaos und Ordnung es taten.

Ich bin ich! Ich … ich … ICH!!!

Eine Gestalt erschien – ich wusste, dass sie nicht wirklich sein konnte, und doch erschien sie.

Ein grüner Soldat tauchte aus der Tiefe und erhob sein Schwert. Ich bemühte mich, das Gesicht zu erkennen, doch die Schatten gaben es nicht frei. Der Soldat trug keinen Schild, nur das kurze Schwert der Kavallerie. Dann drangen zwei vertraute Augen durch die Schatten und durchbohrten mich.

Ich bin für dich gestorben und Tod bedeutet Chaos. Du, der große Magier, hast mich in der Tiefe zurückgelassen, ich folgte dir und rettete dich. Du hast den Tod vervielfacht durch Feuer und Schwefel; niemals werde ich Barrabra wiedersehen.

Ich konnte mich nicht bewegen, meine Sinne hatten sich von meinem Körper losgelöst, trotzdem schauderte es mich. Ich wollte die Gestalt mit meinem Ordnungs-Sinn durchdringen, aber ein winziger Energiefluss schien durch die Gestalt zu strömen, die nun ihr Schwert erhob, welches plötzlich zu einem Stab wurde – ein Stab, aus dem das Feuer des Chaos loderte.

Nimm ihn … es ist deiner … großer Chaos-Meister …

Chaos-Meister? Niemals! Ich stieß den Stab beiseite.

… nimm ihn …

Shervan schleuderte den Stab auf mich und ein dumpfer Schmerz durchfuhr meine Brust.

… es ist deiner, großer Magier, großer Chaos-Meister …

Das Bild des Soldaten verschwand, doch ein neues erschien. Das Bild einer dunkelhaarigen, weiß gekleideten Frau. Sie lächelte und winkte mir zu, aber eine hässliche Brandwunde klaffte an ihrem Hals und sah aus wie ein zweiter Mund, der sich öffnete und mich anstarrte …

… oh, Lerris, du hast mich geliebt, meinen Körper geliebt, und du hast mich getötet … du liebtest mich … und ich litt unter deiner Liebe … ich gab mein Leben, damit deine Liebe weiterbestehen konnte, und du hast sie weggeworfen …

Nein! Ich habe dich nicht geliebt. Niemals!

… du hast es getan und du hast sie gehasst … du hast sie gerettet und mich getötet …

Du hast dich selbst umgebracht. Du hast genommen, was dir niemals gehörte!

Die weißen Arme griffen nach mir und ich baute so schnell wie möglich meinen Schild auf, doch ein Finger, ein unglaublich langer Finger, durchbrach ihn und packte meinen linken Arm. Aus den Nägeln sprühte Feuer, ich fühlte, wie mein Fleisch verschmorte, ich roch den Gestank von verbranntem Fleisch.

… du hast sie geliebt und deine Liebe hat mich umgebracht … und wird auch sie töten …

Kaum war Sephyas Bild verschwunden, da stieg auch schon das nächste aus den endlosen, kyphrischen Tiefen: eine Frau mit sandfarbenem Haar in grüner Lederkleidung und mit einer tiefen Narbe über der Wange lenkte ihr Pferd auf mich zu und blieb stehen. Sie hielt mir ihr Kurzschwert an die Brust.

… großer Magier, großer Krieger … der größte in ganz Candar …

Großer Krieger? Ich nicht! Großer Magier?

... der größte ... wer sonst hat sich in die Tiefe gewagt und das Feuer des Chaos überlebt? Wer ... sag mir, dass ich nicht für einen Schwächling gestorben bin. Sag mir, dass ich nicht für nichts gestorben bin ...

Trotz des Brennens und der Schmerzen fühlte ich die Tränen. War Freyda für nichts gestorben? Hatte Justen Recht gehabt? Nein. Ich weigerte mich, mich damit abzufinden, und wischte auch Freydas Bild beiseite. Doch noch bevor sie verschwand, stieß sie mir entrüstet die stumpfe Seite der Klinge in den rechten Arm. Es schmerzte höllisch, obwohl es nicht die scharfe Seite gewesen war.

... komm ... großer Überbringer der Zerstörung ... schließ dich uns an ... komm zu uns ...

Noch eine Gestalt stieg aus dem Nebel aus Ordnung und Chaos – ein Mann mit weißem Umhang, er lächelte und sein Lächeln bestand aus funkelndem Staub, wie auch sein Körper und seine Kleidung.

Hinter ihm standen hunderte von Toten, karminrot und grün gekleidete Soldaten, die weiß verhüllten Gestalten der Chaos-Magier.

... komm zu uns ...

Rotweiße Asche rieselte von einem Arm ... den anderen zeichneten vier schwarze Flecken, die durch den weißen Umhang, Haut und Fleisch gebrannt waren, Schmerz wurde mit Schmerz verbrannt.

... komm zu uns ...

Teilnahmslos starrte ich den Magier an. Was konnte ich nicht sehen? Warum erschien mit jeder Gestalt, die ich wegstieß, eine weitere, und noch mehr Schmerz und noch mehr Blut?

... komm zu uns ... großer Magier ... komm zu uns, denn du täuschst dich selbst, so wie du glaubtest, dass wir dich täuschten ... er glaubt nur an die Ordnung, glaubt an eine Täuschung ... Täuschung ...

Ein Feuerstoß verbrannte meine Brust. Rauch stieg auf, ich roch versengtes Haar – mein eigenes.

... komm zu uns ... du kannst nicht entkommen ... du bist ein Held ... und Helden entkommen niemals ... immer müssen sie andere retten ... bis sie verloren sind ... du bist dem Heldentum verfallen, großer Magier ... komm zu uns ...

... nicht entkommen ... nicht entkommen – der Gedanke hämmerte in meinem Kopf. Kann nicht entkommen ... wem oder was kann ich nicht entkommen? Ein Held zu sein?

Ich schluckte und vergaß Verbrennungen, Rauch und Schmerz, dann reichte ich den furchtbaren Gestalten die Hand, lud sie ein, denn sie waren ich und ich war sie.

Ein dumpfes Klagen erhob sich irgendwo in der Tiefe ... und die Tiefe grollte.

Ich ließ den ohnehin schwachen Schild fallen und wartete.

Die Erde rumorte.

Ordnung und Chaos wirbelten um mich herum und ich wusste, dass sie nicht getrennt werden konnten, sie gehörten zusammen wie die zwei Seiten einer Münze. Ich verstand, dass man weder gegen Chaos noch gegen Ordnung kämpfen konnte, sondern nur gegen jene, die eine Seite der Münze missbrauchten. Mir wurde klar, dass dem Bösen, das von Recluce geschürt wurde, ein ebenbürtiges Übel entgegentreten würde. Ein Schauder durchfuhr meinen Körper.

Auch die Erde schauderte.

Chaos und Ordnung fuhren durch mich hindurch, brannten, aber beide gehörten zu mir und zu niemand anderem.

Schließlich wachte ich schweißgebadet auf. Lange lag ich regungslos da, bevor ich schließlich auffuhr und die Lampe anzündete. Ich traute meinen Augen nicht, als ich die versengten Stellen und Verbrennungen sah, die auf dem Laken und auf der Zudecke den Umriss meines Körpers formten.

Ich torkelte zu dem kleinen Spiegel. Mein Körper war übersät mit Verbrennungen, Blasen überzogen mein rotes Gesicht. In meinem Kopf hämmerte es, als hätte man ihn in einen Holzschraubstock gezwängt. Kleine, scharfe Messer stachen in meinen Augen.

Ich wagte nicht einmal, den Kopf zu schütteln, denn ich befürchtete, er fiele ab.

Langsam schlurfte ich in die Küche und zündete die Lampe dort an. Ich pumpte etwas Wasser aus dem Hahn und kühlte mein Gesicht und die Wunden auf meinem Körper. Der blutunterlaufene Striemen auf meinem rechten Arm wurde langsam grün und blau, der zweite über meiner Brust ebenso. Fünf böse Brandwunden zeichneten meinen linken Unterarm.

Mit meinen letzten Ordnungs-Kräften hielt ich das Chaos aus den Wunden fern, während ich den Gestank von Schwefel im Lampenlicht abwusch. Ich badete die schlimmsten Wunden so lange in kaltem Wasser, bis das Brennen nachließ.

»Meister Lerris …«

Ich bemerkte nicht einmal, dass ich nackt war, als ich mich umdrehte.

»Ohhhh …«

Rissa ging zu Boden wie ein Mehlsack. Sah ich so schlimm aus? Mein nackter Körper konnte sie doch nicht so erschreckt haben. Mit Sicherheit hatte Rissa schon vor mir nackte Männerkörper gesehen. Ich sah an mir hinunter.

Der Anblick war nicht gerade gefällig mit all den Striemen, Brandwunden, blauen Flecken und Schnittwunden – und das alles kam nur vom Daliegen und von der Suche nach Ordnung in der Tiefe?

Kein Wunder, dass viele Magier nicht sehr alt wurden.

Ich zog ein altes Hemd an, das weit und lang genug war, bevor ich Rissas Gesicht mit Wasser beträufelte.

Schließlich setzte sie sich auf, zitternd.

»Es tut mir Leid, Rissa. Ich wollte dich nicht stören.«

»Was ... was habt Ihr getan?«

Ihre Worte tanzten in meinen Ohren, doch ich verstand und antwortete. »Ich habe eine Magierlektion erhalten – eine sehr schwere. Aber anders geht es anscheinend nicht in meinen Kopf hinein.«

»Oh ... Meister Lerris ... wann werdet Ihr lernen, Euch nicht über alles lustig zu machen?« Sie richtete sich auf und kam auf die Füße.

»Wahrscheinlich nie.«

»Die Dunkelheit möge jene um Euch herum schützen ... möge uns alle schützen ...« Sie schluckte. »Wie die Kommandantin schon sagte, Ihr seid zum Helden geboren und das ist eine schwere Bürde.«

»Mir geht es gut.« Ich seufzte. »Heute Nacht kannst du nichts mehr für mich tun.«

»Bei der Dunkelheit ... koche für einen Magier ... und er verbrennt sich selbst ... schreckliche Welt, in der wir da leben ... schrecklich ...« Sie wankte in ihr Zimmer im hinteren Teil des Hauses. Ich hing den feuchten Lappen auf und ging ins Schlafzimmer.

Ich legte mich wieder ins Bett – auf Krystals Seite, dort wo nichts verbrannt und versengt war. Morgen würde Rissa neue Laken kaufen müssen.

Zuerst konnte ich nicht einschlafen, alles schmerzte, auch quälten mich endlose Fragen. Warum war es leichter, in der Erde nach Ordnung und Chaos zu suchen? Normalerweise müsste es doch schwerer sein ... Erde, Lehm und Felsen waren doch viel schwerer als Luft.

Ich versuchte, mit geringstmöglicher Anstrengung die Winde und Wolken über mir zu spüren, doch mein Kopf fing sofort an zu pochen. Es gelang mir und es fiel mir auch eine Spur leichter als damals, als mein

Vater es von mir verlangt hatte. Das, was unter mir lag, war jedoch für mich viel, viel einfacher zu erfühlen.

War ich nun wirklich ein Erd-Magier geworden? Wobei es so etwas doch überhaupt nicht gab. Aber warum nicht? Ich fand keine Antwort und die Suche nach der Ordnung hatte mir nur Wunden und blaue Flecken eingebracht ... außerdem war ich müde.

Schließlich schlief ich ein und die Balken ächzten weiter.

LVII

Justen stöhnte im Schlaf, dann fuhr er auf, seine Decke fiel zur Seite. Tamra schrie.

Ein unendlich weit entferntes Rumoren in der Erde hallte in ihren Ohren wider.

»Justen!«

»Dunkelheit ... Dunkelheit ...«, murmelte der Graue Magier.

»Was ...?«, keuchte Tamra.

»Lerris, dieser Narr.« Justen schälte sich aus seiner Bettrolle und legte ein Holzscheit zu den Kohlen. Er rieb sich die Stirn.

Auch Tamra rieb sich die Stirn. »Mein Kopf tut weh. Es ist schlimmer als nach einem Sturm.«

»Meiner auch.« Justen bot ihr seine Wasserflasche an.

Sie starrte ins Feuer, während sie trank, dann in den Himmel und schließlich nach Nordwesten in Richtung Jellico.

Wieder dieses leichte Beben.

Beide zuckten sie zusammen.

»Was ist mit Lerris?« Tamra gab dem Grauen Magier die Wasserflasche zurück.

»Ich wusste nicht, dass er schon ... schon so weit ist ... er hat mir nichts davon gesagt.«

Tamra sah Justen an. »Das kommt daher, weil Ihr ihm auch nichts erzählt und viel zu viel verheimlicht. Ihr habt kein volles Vertrauen zu Lerris und mir vertraut Ihr noch weniger. Ihr schleicht in einem Schatten herum, der von Eurer eigenen Vergangenheit auf Euch geworfen wird.« Sie massierte ihre Stirn weiter. »Bei der Dunkelheit, mein Kopf schmerzt vielleicht.« Sie starrte Justen an. »Sogar der Versuch, in der Dunkelheit etwas zu spüren, tut schon weh. Im Augenblick möchte ich nicht einmal das Wetter fühlen.«

»Unter uns gibt es kein Wetter.«

Das Holz auf den Kohlen fing Feuer.

»Hört endlich auf, Euch so unklar auszudrücken. Auch das ist eine Form des Misstrauens.«

»Das nehme ich an.«

»Ich weiß es«, fauchte der Rotschopf zurück. »Nur weil Ihr nicht darüber redet, bleiben die Dinge nicht im Verborgenen. Also erzählt mir, was Lerris tut und warum in ganz Candar Ordnung und Chaos auseinander gerissen werden. Es liegt nicht in der Luft, das würde ich merken.«

»Er fordert das Gleichgewicht heraus, tief unten in der Erde. Ich hatte keine Ahnung, dass er ein Erd-Magier ist.«

»Ein Erd-Magier? Es gibt Erd-Magier?«

»Bis jetzt noch nicht, keine richtigen, jedenfalls habe ich noch von keinem gehört«, gab Justen zu. »Aber er ist einer.«

»Ihr seid kein Erd-Magier?«

»Ich kann ein wenig in der Erde zaubern, so wie Lerris ein wenig mit den Winden zaubern kann, aber mit Bäumen und lebenden Wesen und mit Metall kann ich am besten umgehen.«

»Ihr kennt Euch mit Metallen aus und seid kein Erd-Magier?«

»Früher war ich Schmied, doch Metalle sind über der

Erde leichter zu handhaben. Mit einer gewissen ... Hilfe ... kann ich auch ... unter der Erde etwas bewirken.«

»Ihr verschweigt mir wieder etwas.« Tamra rieb ihre Stirn noch immer. »All Eure Reden werfen immer noch mehr Fragen auf.«

Erneut ging ein Grollen durch den Boden.

Justen schürzte die Lippen bei diesem drohenden Rumoren.

»Bin ich dann ein Luft-Magier? Oder kann ich die Luft nur fühlen so wie Ihr die Erde?« Tamra trat vom Feuer zurück.

»Du bist eindeutig eine Luft-Magierin, aber wie stark du bist? – Ich habe keine Ahnung.« Justen zog traurig die Schultern hoch. »Keiner kann es feststellen. Erst wenn so etwas wie heute geschieht, tritt es ans Tageslicht. Einige Magier finden es nie heraus.«

»Wieder tut Ihr so geheimnisvoll. Ich hasse es.«

»Jeder Magier muss seine eigene, persönliche Prüfung bestehen – wenn er ein vollwertiger Ordnungs-Magier werden will. Auch dir steht das bevor – wahrscheinlich dauert es bei dir aber noch eine Weile. Doch Lerris steht mittendrin.«

»Was geschieht mit ihm?«

»Wenn er es überlebt, ist er auf dem besten Wege, seine Fähigkeiten bald völlig unter Kontrolle zu haben, aber wahrscheinlich wird er nicht ohne Blessuren davonkommen.«

»Blessuren? Er wäre schon einmal fast gestorben. Was erwartet Ihr von ihm? Was erwartet Ihr von mir?« Wieder starrte sie Justen eine Weile an, dann senkte sie den Blick und hielt sich den Kopf. »Männer! Narren!«

»Ich erwarte gar nichts«, knurrte Justen. »Du glaubst wohl, nur weil du die Stürme sehen, eine Brise hervorrufen und ein oder zwei Wolken herumschieben kannst, bist du schon ein fertiger Magier. Aber so einfach ist das nicht.«

»Wie ist es dann? Was hat das alles mit dem Gleichgewicht zu tun? Sagt es mir und tut nicht so lichtdämonenverdammt geheimnisvoll.«

»Jede Zauberei basiert auf dem Gleichgewicht.« Justen wandte seinen Blick nicht vom Feuer ab.

»Und?«

»Wenn ein Magier mehr Chaos gebraucht als Ordnung oder umgekehrt, bringt er damit das Gleichgewicht durcheinander. Wenn das passiert, muss er es ausgleichen, vor allem in seinem Innern. Wenn nicht ...« Justen schüttelte den Kopf.

»Warum wird es noch eine Weile dauern, bis mir diese ... Prüfung ... bevorsteht? Ich bin älter als Lerris.«

»Du bist eine Luft-Magierin und musst sie vielleicht nie ablegen. Mein Bruder Gunnar tat es auch nie. Creslin verlor sein Augenlicht dabei, aber er war schon älter, glaube ich.«

»Ihr glaubt es. Wisst Ihr es nicht?«

Justen starrte wieder ins Feuer.

»Wisst Ihr es nicht?« Tamra hielt sich den schmerzenden Kopf.

»Nein. Ich bin so eine Art Feld-Wald-und-Wiesen-Magier. Ich bin kein Luft-Magier.«

Angeleuchtet vom Rot des flackernden Feuers und vom kalten Licht der Sterne, vermieden es beide Magier, sich anzusehen, doch tief unter Candar rumorte die Erde ... und rumorte ...

LVIII

Östlich von Lavah, Sligo [Candar]

Der Mann in der gelbbraunen Uniform betritt das kleine Steinhaus und faltet sorgfältig seinen schweren, braunen Umhang, den er sich anschließend über den

Arm legt; er deutet eine Verbeugung an. »Verehrter Magier, darf ich mich vorstellen?«

»Bitte.« Feuer züngelt aus Sammels Fingerkuppen.

»D'ressn Leithrrse, Gesandter der Kaiserlichen Majestät Stesten von Hamor.« Leithrrse verbeugt sich ein zweites Mal.

»Oh, welch eindrucksvolle Reihe von Titeln.« Sammel antwortet darauf mit einer übertrieben tiefen Verbeugung. »Wie kann ein kleiner Wissenssucher wie ich einer so bedeutenden Persönlichkeit dienlich sein?«

»Ihr habt dem Kaiser bereits Eure Dienste erwiesen, zumindest indirekt.«

»Ihr meint Herzog Colaris ... Das überrascht mich nicht.« Wieder glüht das Feuer in Sammels Fingerkuppen. »Und ich bin eitel genug, um die Anerkennung anzunehmen, die man mir für die Bereitstellung der Macht des Wissens zollt.«

»Der Kaiser erkennt die Macht des Wissens an. Wissen kann die Welt verändern und zweifellos ist es das, worauf Ihr hofft oder was Ihr erwartet.« Der Gesandte legt den ordentlich gefalteten Umhang über die Lehne eines groben Holzstuhles. »Man könnte sogar behaupten, Ihr habt es erst möglich gemacht.«

»Es war mir von Anfang an klar, dass Begnula von Euch bezahlt wird. Das Wissen, das ich zur Verfügung stelle, ist in anderer Form in Hamor schon aufgetaucht, noch bevor es in Freistadt zum Einsatz kam. Das Wissen hat also das Meer überquert.«

»Ich bin nur ein Gesandter des Kaisers, wie bereits gesagt«, gab Leithrrse vor zu protestieren.

»Der in Recluce geboren wurde und einen hamorischen Namen angenommen hat.«

»Und doch bleibe ich der Gesandte des Kaisers.«

»Dann wollt Ihr mir vielleicht einen Gefallen erweisen.« Sammel dreht Leithrrse den Rücken zu. »Nehmt eine dieser Metallpatronen und legt sie auf den Kamin – aber nicht ins Feuer.«

»Wie Ihr wünscht.« Der kleine, schlanke Mann löst eine Patrone aus seinem Gürtel und legt sie auf den Stein, dann tritt er wieder zurück hinter den Stuhl, auf dem sein Umhang liegt.

Sammel zieht die Augenbrauen hoch und eine grelle Weiße hüllt die Patrone ein.

Wwhhhhsssttt!!! Flammen schießen aus dem Metallzylinder, weißer Rauch steigt auf. Von der Patrone bleibt keine Spur zurück, nur ein kleiner schwarzer Fleck auf dem Stein.

Leithrrse steht der Schweiß in dicken Perlen auf der Stirn, doch er wagt es nicht, das Leinentaschentuch herauszuholen, das gefaltet in seiner Tunika steckt.

Sammel lächelt. »Nun könnt Ihr fortfahren.«

»Ich besitzt so viel Macht und nun auch Reichtümer« – Leithrrse lässt seinen Arm umherschweifen – »und doch lebt Ihr in einer einfachen Kate und nur eine Handvoll Menschen weiß um Euer Können.«

»Öffentliche Bekanntheit ist kaum erstrebenswert für einen Magier«, erwidert Sammel darauf trocken. »Insgeheime Anerkennung und Entlohnung, ja, aber keine öffentliche Würdigung meines Tuns.«

Der Gesandte runzelt die Stirn, bevor er zu lachen anfängt. »Ihr überrascht mich. Ich hatte lauten Protest erwartet. Ich rechnete damit, dass Ihr mir weismachen wolltet, Ihr tätet das alles nur aus Liebe zum Wissen.«

»Liebe zum Wissen und der Wunsch nach Entlohnung schließen einander nicht aus.« Sammel tritt vor den Kamin und blickt nachdenklich ins Feuer. Der schwarze Fleck auf dem Stein löst sich in nichts auf. »Besonders wenn man älter wird.«

»Ich verstehe Euch.« Leithrrse hebt die Hand. »Aber Recluce tut das nicht. Lasst uns offen reden, da wir offenbar einer Meinung sind. Wenn Ihr hier bleibt, wird

Recluce Euch bald finden. Wie oft wurde in der Vergangenheit Wissen entdeckt und dann von der Schwarzen Insel zunichte gemacht?«

»Mehr als ein Mal.« Sammels Stimme klingt noch immer trocken. Seine Augen wandern zum Raketengewehr, das an der Wand hängt.

»Es scheint«, fährt Leithrrse fort, als er Sammels Augen folgt, »dass die Schwarzen Magier mir schon zuvorgekommen sind.« Er räuspert sich und spricht weiter, da Sammel noch immer schweigt. »So mächtig Ihr auch sein mögt, allein seid Ihr verwundbar. Ihr müsst auch einmal schlafen. Nun … der Kaiser ist ein großer Anhänger des Wissens und schätzt Euer Können.«

»Zumindest so lange, wie mein Wissen seinen Eroberungsplänen dient.«

»Ihr seid zynisch.« Leithrrse neigt den Kopf.

»Nicht mehr als Ihr. Recluce hat uns allen eine gewisse Vorsicht eingeimpft.«

»Euer Wunsch ist es, das Wissen allen zugänglich zu machen, und Ihr wollt eine gewisse Anerkennung und gleichzeitig eine angemessene Belohnung dafür. Warum nicht alles auf einmal erreichen? Werdet der Leiter der großen Bibliothek in Luba.«

Regungslos bleibt Sammel am Fenster stehen und betrachtet die Landschaft. Die Schneedecke gibt schon einige Flecken braunen Grases frei. »Wenn die andere Stimme des Kaisers – der andere Gesandte – mit diesem Vorschlag einverstanden ist, werde ich es … vielleicht in Erwägung ziehen.«

»Ich muss das natürlich erst noch mit ihm besprechen.«

»Tut das.«

»Das werde ich auch, verehrter Magier. In der Zwischenzeit solltet Ihr bedenken, dass sich die Bibliothek keinen neuen Leiter leisten kann, wenn die Eroberung

Candars unerschwinglich teuer wird.« Leithrrse verbeugt sich und streckt Sammel einen Lederbeutel entgegen. »Ein kleines Zeichen der Wertschätzung und Anerkennung. Nur eine kleine Gabe.«

»Ich fühle mich geehrt.«

»Der Kaiser hofft, dass Ihr ihm die Ehre erweist.« Der Gesandte greift nach seinem Umhang.

»Eure Worte klingen vielversprechend, Leithrrse, wie auch Eure Münzen.« Sammel lacht leise.

»Wissen ist immer wertvoll, nur ein Narr verkennt den Wert. Der Kaiser hat große Achtung vor dem Wissen und ist mit Sicherheit kein Narr.« Der Gesandte lächelt. »Schließlich bin ich nur deswegen hierher gekommen, um Euch seine Anerkennung mitzuteilen.« Leithrrse dreht sich auf der Schwelle noch einmal um und verbeugt sich ein letztes Mal.

»Ich schätze Euer Interesse, verehrter Gesandter«, Sammel deutet eine Verbeugung an, »und sehe Eurer Rückkehr mit Freuden entgegen.«

»Gut.«

Als Leithrrse zu den Soldaten und Pferden schreitet, die auf ihn gewartet haben, nickt Sammel noch einmal und spricht leise mit sich selbst. »Oberster Bibliothekar … der Titel klingt nicht schlecht … Talryn, hast du etwa geglaubt, dass du das Wissen einfach vergraben kannst?« Er schließt die Tür und lacht. »Oder dass sich jeder Magier Recluce beugen muss, wenn er nicht verhungern will?«

LIX

Fast war ich erleichtert, dass Krystal für eine Weile in Dasir bleiben musste, denn ich sah aus, als hätte mich eine Aaskrähe zerfetzt. Die Striemen, Schnitte, Verbrennungen und blauen Flecken waren eigentlich nicht so schlimm – besonders nicht im Vergleich zu den Verletzungen, die ich in Hydlen erlitten hatte –, doch trotz der Ordnungs-Zauberei und dem Selbstmitleid tat mir alles weh, was meinen Tatendrang erheblich einengte. Manchmal musste ich die Augen schließen, um den stechenden Schmerz zu verdrängen, doch dieser Zauber half nicht lange. Meine morgendlichen Stabübungen musste ich für einige Tage ausfallen lassen, was mir gar nicht recht war, denn gerade hatten sich die ersten Fortschritte bemerkbar gemacht.

Ich arbeitete an Durriks Gewürzkommode, denn die Goldeiche verzieh Fehler, wozu Antonas Schreibtisch oder die dunkle Eiche für Minister Zeibers Regal nicht bereit waren. Außerdem hatte Durrik seinen Auftrag vor Zeiber erteilt.

Für Preltars Truhe hatte ich mehr als genug Zeit, vorausgesetzt, es kam nicht noch etwas dazwischen, was zweifellos der Fall sein konnte. Das Leben zeigte sich immer mehr von der unvorhergesehenen Seite. Vielleicht hatte es das schon immer und ich hatte es nur nicht bemerkt.

Zwei Tage nach meinem Zusammenstoß mit dem Gleichgewicht – ein besserer Ausdruck dafür fiel mir nicht ein – hatte ich gerade mal den inneren Rahmen für Durriks Kommode fertiggestellt und die Zwingen angebracht, damit er trocknen konnte.

Damit war auch der Leim zu Ende und ich musste neuen zusammenbrauen.

Dazu trug ich den Topf in die Küche, was Rissa wenig begeisterte.

»Meine Küche ist eigentlich zum Essenkochen da und nicht für diesen stinkenden Leim.«

»Dieser stinkende Leim trägt dazu bei, dass du das Essen in dieser Küche kochen kannst.«

»Dann nehme ich jetzt den Wagen und hole ein paar

Eier bei Brene. Wir haben keine Hühner und keine Eier. Wenn wir Hühner hätten, müsste ich nicht durch Regen und Schlamm fahren.«

»Hühner kommen mir nicht ins Haus.«

»Wenn wir Hühner hätten, könnte ich Hühnersuppe kochen, das wäre gut für Eure Wunden und Entzündungen.« Sie schüttelte wild den Kopf. »Magier. Wie kann ein Mann, der allein in seinem eigenen Bett liegt, fast getötet werden? Und ich dachte, die Kommandantin lebt ein gefährliches Leben. Gut, dass Ihr zwei Euch gefunden habt; wer sonst würde es wagen, mit einem von Euch zu leben?«

»Stimmt. Es wäre schwierig, jemanden zu finden.« Ich legte ein paar Holzscheite im Ofen nach.

»Schwierig? Schlimmer kann es nur kommen, wenn sich zwei Magier zusammentun. Dann hätten wir kein Haus, nichts zu essen ...«

Ich rührte in der Leimmischung.

»Die Luft in meiner Küche ist schon wieder verpestet.«

»Wenn wir Hühner hätten, wäre sie dauernd verpestet.«

Rissa sah mich gespielt vorwurfsvoll an, als sie sich ihren Umhang um die Schultern warf. »Magier!« Sie stapfte zum Stall hinüber. Sie war stark genug und wusste, wie man das Pferd vor den Wagen spannte. Ich musste ihr also nicht dabei helfen, wofür ich im Augenblick dankbar war.

Ich brach mir ein Stück altbackenes Brot ab und kaute darauf herum, während ich im Topf herumrührte. Als der Nachmittag langsam verstrich und der Topf sich erwärmte, starrte ich in die Flüssigkeit, die sich im Topf drehte, und meine Gedanken drangen in die Tiefe darunter. Die Tiefe drehte sich fast genau so schnell wie der Leim im Topf. Glich der Mittelpunkt der Erde einem riesigen Chaos-Feuer?

Ein kalter Schauer lief mir über den Rücken. Die Vorstellung, dass die Welt aus einem mit Ordnung umhüllten Chaos-Feuer bestand, jagte mir Angst ein. Wenn dem so war, musste das Gleichgewicht natürlich stets genau gehalten werden. Wenn die Ordnung triumphierte, würde die Welt erfrieren; wenn das Chaos die Oberhand gewänne, explodierte die Welt.

Als der Leim fast fertig war, trug ich ihn in die Werkstatt. Ich begann mit dem Ausmessen von Antonas Schreibtisch und schnitt schon die ersten Teile für das Gestell zurecht. Ständig rief ich mir Sardits Ermahnung ins Gedächtnis: »*Zweimal messen, einmal schneiden.*«

Die exakte Länge beim ersten Ansetzen der Säge zu treffen war wichtig, denn der Versuch, das Holz auf den Bruchteil einer Spanne genau zurechtzustutzen, endete meist damit, dass es splitterte oder anderweitig unbrauchbar wurde. Und das konnte ich mir bei dem teuren Holz nun wirklich nicht leisten. Der Nachmittag verging wie im Flug. Als Rissa zurückkam, ging ich nicht einmal hinaus, ich konzentrierte mich nur auf meine Arbeit.

Mit all meinen Verletzungen war ich nicht gerade der Schnellste und ich hatte die Teile noch nicht alle zurechtgeschnitten, als ich erneut die Hufe eines Pferdes hörte.

Ich räumte das Holz auf und ging hinaus in den Hof. Bei dieser Gelegenheit zündete ich auch gleich die Hoflampe an.

Ein Schlammspritzer zierte Krystals Wange. Sie sah wunderbar aus und ich empfing sie mit einem breiten Lächeln.

»Was ist denn mit dir passiert?« Ihre Augen starrten auf meine schon wieder fast abgeheilten Blasen im Gesicht. »Hast du Sägespäne ins Feuer geschüttet?« Sie sprang aus dem Sattel und zuckte zusammen, als sie am Boden landete.

»Ich wünschte, es wäre so einfach gewesen.«

Ich nahm die Zügel und führte ihr Pferd in den Stall. Immer noch hüllte mich ein dumpfer Schmerz ein.

Perron folgte mir auf den Fersen und Haithen war nicht weit hinter uns.

»Nun?«, fragte Krystal sanft, während sie mit den Lippen meine Wange sachte liebkoste; nur zaghaft berührte sie die verbrannte Haut.

»Die Geschichte ist nicht sehr lang, aber« – ich sah mich um – »wahrscheinlich wollen alle sie hören. Warten wir also bis zum Essen damit.«

Krystal zog die Augenbrauen hoch. Ich seufzte, als ich ihr Pferd – einen schwarzen Wallach – im Stall festband. Krystal löste den Sattelgurt, ich griff zum Striegel.

»Also gut«, fing ich an.

»Nein … ich will dich nicht drängen.«

Ich sah ihr ins Gesicht und sie grinste.

»Die einfache Antwort ist, dass ich mich im Netz des Gleichgewichts verfangen habe.« Ich begann mit dem Striegeln.

»Wo warst du?«

»Das ist das Schlimmste dabei. Ich war nirgends.«

»Alle anderen reisen weit, um zu kämpfen. Ich dachte, hier wärst du halbwegs sicher.« Seufzend setzte sie sich auf einen Heuballen.

»Du musst etwas essen. Du siehst erschöpft aus.«

»Ja, ich bin müde.«

Ich sah über die Boxenwand zu Perron hinüber, doch der blickte zur Seite. Das Pferd wurde nur halbherzig gestriegelt und wir verließen bald den Stall.

»Nudeln mit Soße – mehr kann ich nicht kochen, wenn mir nie jemand etwas sagt«, schimpfte Rissa.

»Das ist prima«, riefen Krystal und ich gleichzeitig. Dann sahen wir uns an und lachten.

»Nudeln … das ist gar nicht prima. Wenn wir Hühner hätten …«

»Hühner kommen mir nicht ins Haus.«

»Wenn wir Hühner hätten, könnte ich im Handumdrehen eine richtige Mahlzeit kochen ...«

Wir gingen hinaus in den Waschraum.

Dort angekommen, entledigte sich Krystal schwungvoll ihrer Weste.

»Aber was ist denn mit dir passiert?« Ich untersuchte ihren Körper mit meinen Sinnen, doch ich musste nicht lange suchen, um die Wunde an ihrer linken Schulter zu finden. »Wie ist das geschehen?« Noch während ich sprach, ließ ich etwas Ordnung in die Wunde fließen, in der ein Anflug von Chaos flimmerte. Warum war mir die Wunde nicht schon früher aufgefallen? War ich zu beschäftigt gewesen mit meinen eigenen Wehwehchen?

»Das tut gut.«

»Also, was ist geschehen?«

Krystal schälte sich aus der Bluse und ich versuchte mir nichts anmerken zu lassen, als ich die tiefen Schnitte und Prellungen sah – und die groben Stiche. Stattdessen fuhr ich mit den Fingerspitzen über die Wunde, um einer Chaos-Infektion vorzubeugen.

Anfänglich wehrte sie sich ein wenig dagegen, ließ sich aber dann doch eines Besseren belehren. Ich pumpte kaltes Wasser herauf und wusch die Verletzungen sehr behutsam mit einem Schwamm ab.

»Es gab einen Zwischenfall in Matisir. Eine Sub-Anführerin, sie hieß Frinekl, tötete den Anführer des dortigen Außenpostens aus dem Hinterhalt. Ustrello war, glaube ich, sein Name. Sie behauptete, er hätte versucht, sie zu vergewaltigen, und sie hätte aus Notwehr gehandelt.«

»Widerliche Angelegenheit.« Ich versuchte mir Ustrello ins Gedächtnis zurückzurufen. »Er war schon etwas älter. Ich habe ihn und seine Frau kennen gelernt. Er schien mir nicht die Art von Mann gewesen zu sein, aber man weiß ja nie …« Ich wusch und tupfte Krystal weiter mit dem Schwamm ab.

»Auuuuu …«

»Entschuldige.«

»Ich wollte so schnell wie möglich nach Hause zurück.«

Sie war blass geworden und musste sich setzen. Ich trocknete sie vorsichtig ab und hüllte sie in meinen Bademantel, der an einem Haken an der Tür hing.

»Du musst etwas essen.« Ein wenig Ordnung konnte ich noch entbehren und es half, das Grau aus ihrem Gesicht zu verbannen. Ich brachte sie in die Küche, wo ich ein Stück Brot für sie abbrach.

Rissa sah mich an und dann Krystal, dann sagte sie: »Die Nudeln sind bald fertig, aber hier ist Käse, der gute weiße.«

Krystal aß Brot und Käse und trank das kalte Wasser schlückchenweise, sehr langsam und schweigend. Dann trudelte auch die Garde in der Küche ein und alle setzten sich um den Tisch. Plötzlich legte Krystal die Kruste beiseite. »Das reicht erst mal.«

Ich berührte ihre Hand, sie schien ein wenig Kraft zurückgewonnen zu haben.

»Was ist mit Ustrello passiert?«

»Er starb, noch bevor ihm jemand zu Hilfe eilen konnte.« Krystal atmete ruhig und tief ein. »Diese Frinekl … das macht mich so wütend …«

»Es war so«, begann Perron kleinlaut, »dieses Miststück von Weib verließ sich auf die Gutgläubigkeit und das Wohlwollen der Kommandantin, bis die Kommandantin zufällig die Muskelkraft der Sub-Anführerin entdeckte.«

»Er wäre nie gegen sie angekommen«, sagte Krystal. »Er hätte weglaufen können, doch es waren keine Fußspuren zu sehen. Nichts passte zusammen und als ich sie zur Rede stellen wollte, packte sie Ustrellos

Schwert – um es mir zu demonstrieren, wie sie sagte … dumm, ich war einfach nur dumm.«

Perron schüttelte den Kopf.

»Keiner hätte eine Chance gegen sie gehabt«, fügte Haithen hinzu. »Die Kommandantin musste sie natürlich auf der Stelle töten.«

»Dummes Weib«, murmelte Jinsa.

»Ich hätte es sehen müssen«, wiederholte Krystal nur.

»Es geschieht oft, dass wir etwas nicht sehen, was wir eigentlich sehen müssten.« Unter dem Tisch drückte ich ihren Oberschenkel, einfach um sie zu beruhigen, und außerdem vertrug ihr Arm jetzt keine Tätscheleien. Krystal hatte Frinekls Täuschung nicht bemerkt, weil ihr in Recluce etwas Ähnliches wiederfahren war, was schließlich dazu geführt hatte, dass sie zur Gefahrenbrigade musste.

»Da ist etwas Wahres dran«, stellte Rissa fest, als sie Nudeln und Soße auf den Tisch stellte und dazu das restliche Brot und den Käse. Die Soldaten warteten, bis Krystal und ich uns bedient hatten. Krystal nahm nur wenig.

Wir saßen nicht lange am Tisch, auch die Garde brach bald auf. Alle gähnten ständig – außer Rissa. Trotz der Müdigkeit hatten die vier Gardisten dafür gesorgt, dass die Nudeln wie durch Chaos-Magie plötzlich verschwanden. Dercas und Jinsa erhoben sich zuerst, dann Perron und Haithen.

Ein Seufzer von Rissa war das Zeichen für unseren Aufbruch.

Ich schloss die Schlafzimmertür und zündete die Lampe an, Krystal saß auf dem Bettrand. Ich zog ihr die Stiefel aus, weil das Vorbeugen ihr nur Schmerzen bereitet hätte.

»Neue Betttücher«, bemerkte Krystal.

»Die alten sind ein wenig warm geworden. Aber da

du ja eine sehr skeptische Frau bist ...« Ich holte das versengte Laken und die Zudecke vom Schrank herunter und breitete beides über der neuen Decke aus. Für die neue Zudecke mit dem Muster aus gebrochenen Wagenrädern darauf konnte ich mich nicht richtig erwärmen, aber Rissa hatte nichts anderes auftreiben können.

»Oh ... Lerris.« Sie rang sich ein Lächeln ab. »Was hast du im Bett getan, dass es so heiß wurde?«

»Nichts, was ich gern getan hätte.«

Sie sah sich nur die Decke an.

»Leg deine geschundenen Knochen ins Bett, dann erzähle ich dir alles.«

»Du siehst auch nicht gerade gesund aus, Schreinermeister.«

Wir zogen uns beide mühsam aus, ließen die Kleider einfach fallen und rollten uns in die neuen, kalten Laken.

»Also?«, fragte sie mit einem Gähnen.

»Mir fiel auf, wie die Balken des Hauses im Wind ächzten, es erinnerte mich an das Rumoren tief unter den Schwefelquellen. Ich sandte also meine Ordnungs-Sinne in die Erde und stellte fest, dass ich wahrscheinlich ein Erd-Magier bin. Als Zweites entdeckte ich, dass ich doch noch nicht so viel wusste, wie ich mir eingebildet hatte, und dass unüberlegtes Eindringen ins Gleichgewicht einem Stören des Gleichgewichts gleichkommt.«

»Bist du nicht einmal in deinem eigenen Bett sicher?« Sie schüttelte den Kopf und ich streichelte ihr Haar.

»Jetzt bin ich sicher. Aber für dieses Vorrecht musste ich erst bezahlen.«

»Immer muss man für alles büßen.«

»Und man wird es auch in Zukunft müssen.«

»Ich bin es leid.«

Darauf konnte ich nicht viel erwidern. Sie hatte in

ihrem Leben schon mehr bezahlt als ich, viel mehr. Ich küsste sie zärtlich auf die Wange. Dann legte ich mich neben sie und hielt ihre Hand.

»Tagelang sehe ich dich nicht, und wenn es dann so weit ist, bin ich nur noch müde.« Sie sprach sehr leise.

Ein sanfter Seufzer entfuhr ihr und ich drückte ihre Hand, küsste sie auf die Wange und wachte neben ihr, als sie einschlief.

Das leichte Grollen, das ich hörte, stammte nicht von den Balken, denn es ging kein Wind in dieser ruhigen Nacht. Sollte ich dem Grollen nachgehen – meine Sinne ausdehnen? Ich leckte mir über die Lippen und Krystal rollte sich zu mir herüber, sodass ich den Arm um sie legen konnte.

»Mmmmmmm ...« Sie atmete ruhig.

Hatte es in der Erde schon immer rumort und ich hatte es nur nicht gehört?

Ich konnte jedoch nicht widerstehen und sandte meine Sinne schließlich in die Tiefe, ließ sie um ineinander verschlungene Chaos- und Ordnungs-Kräfte gleiten.

Ich hatte nie erfahren, wo das tiefe Grollen und Beben herrührte. Mit Gewissheit sagen konnte ich nur, dass es irgendwo aus dem Nordosten kommen musste, wahrscheinlich hatte es seinen Ursprung irgendwo zwischen Freistadt und Sligo. Es gab so vieles, was ich nicht wusste. Das fand ich jedoch nicht weiter schlimm, unangenehm war nur, dass ich immer in dem Augenblick, in dem ich etwas Neues lernte, erkennen musste, dass es noch viel mehr gab, was ich nicht wusste.

Ich umarmte Krystal noch einmal, sehr vorsichtig, um ihrem verwundeten Arm nicht weh zu tun, rollte mich dann auf meine gesunde Seite und schlief ein.

LX

Nylan, Recluce

»Man kann die Zunahme des Chaos in Candar förmlich hören ... ich fühle es von hier aus.« Heldra blickt zur halb offen stehenden Tür. »Wo ist Maris?«

»Holt gerade eine Nachricht bei den Händlern ab. Er wird sicher bald zurück sein.« Talryn umklammert den schwarzen Keramikbecher. »Auch ich fühle das Chaos. Ich habe Gunnar befragt. Sogar er ist beunruhigt. Er hat gesagt, es herrsche so viel Chaos wie damals, als Fairhaven fiel. Vielleicht sogar noch mehr. Ich kann das nicht beurteilen. Aber wir sollten bedenken, dass er älter ist als wir.«

»Er behauptet, er habe das Wirken der Ordnung überlebt, aber noch immer ist mir nicht klar, was diese Erklärung bedeutet«, fügt Heldra hinzu.

Als die schwere Außentür dumpf ins Schloss fällt, blicken beide Räte auf. Maris betritt den Ratssaal, er sieht sich um und findet lediglich die anderen zwei Ratsmitglieder vor. Er schließt die Tür hinter sich.

»Hamor ist in Candar einmarschiert. Mehr als vierzig neue Schiffe liegen vor Freistadt. Colaris und seine Garde wurden gefangen genommen und hingerichtet. Und es werden noch mehr Schiffe und Truppen erwartet.«

»Vierzig Schiffe in Freistadt? Seid Ihr Euch dessen gewiss?« Heldras Augen wandern von Talryn zu Maris und der Schriftrolle in seiner Hand. »Alle aus Stahl und mit Dampf betrieben?«

»So lauten die Nachrichten. Der Kaiser hat einen Regenten in Freistadt eingesetzt.« Maris fingert nervös an seinem Bart herum.

»Was wollt Ihr Händler unternehmen?« Heldra wendet dem Bild des Hafens mit dem sonnenbeschienenen, ruhigen blauen Ostmeer, das vom Fenster des Ratssaales gerahmt wird, den Rücken zu und wartet auf die Antwort des Händlers.

»Was können wir schon tun? Freistadt meiden ... aber auch von Delapra und Südwind sind wir abgeschnitten. Freistadt ist der größte Hafen im östlichen Candar ... und wenn dort die hamorischen Kriegsschiffe liegen ...« Maris zuckt hilflos die Schultern und wendet sich an Talryn. »Was hat die Bruderschaft vor? Können wir ein weiteres Trio bauen?«

»Ich bezweifle, dass wir das rechtzeitig schaffen werden.« Talryn nimmt den schweren, schwarzen Keramikbecher und betrachtet ihn eingehend.

»Freistadt meiden? Fällt Euch feigen Händlern nichts Besseres ein?«, schnauzt Heldra Maris an.

»Wir können die Fracht nach Renklaar bringen.«

»Und die Kosten?« Talryns tiefe Stimme klingt beinahe gleichgültig.

»Werden vierzig Prozent höher sein«, antwortet der Händler. »Wir werden die Waren auf dem Fluss bis zur Straße nach Jellico bringen müssen und dann auf dem Landweg weiter nach Hydolar.«

»Ich bezweifle, dass der Handel im Augenblick das vordringlichste Problem ist«, brummt Talryn. »In und um Candar herum liegen nun fast achtzig hamorische Kriegsschiffe. Unser Trio kann vielleicht ein Dutzend davon in Dellash versenken. Falls sie schnell genug nach Freistadt gelangen – in sagen wir, sieben Tagen bei gutem Wetter –, könnten sie anschließend versuchen, die Hamoraner in der Großen Nordbucht einzuschließen. Dann bleiben noch Sommerhafen, Südhafen, Biehl und Jera, auch diese Häfen werden unter hamorischer Kontrolle sein, sobald die nächste Flotte ankommt – und sie wird kommen.«

»Ich verstehe das nicht«, protestiert Heldra. »Wie können sie das tun, ohne das Gleichgewicht zu stören?«

»Sie tun es einfach. Ich habe es Euch schon erklärt. Wie das möglich ist, ist im Augenblick nicht so wichtig. Wir sollten uns jedoch bald überlegen, was wir unternehmen sollen. Unsere Interessen in Candar aufgeben?«

»Euren Ausführungen nach zu urteilen«, folgert Maris, »haben wir keine andere Wahl.«

»Aber wie ist das nur möglich?« Heldra stellt erneut die Frage in den Raum.

»Sie haben die Ordnungs-Kräfte in der Welt durch Mechanik erhöht. Das Gleichgewicht ist mechanisch. Unsere Vorgänger haben das Wachstum der Ordnung eingeschränkt, damit sich auch das Chaos nicht weiter vermehren kann. Hamor hingegen vermehrt skrupellos die Ordnung, um die Chaos-Kräfte zu verstärken. Und«, fügt Talryn mit einem Lächeln hinzu, »nachdem Justen die unglaubliche Macht der Ordnung vorgeführt hatte, war niemand in Recluce mehr dafür, die gleiche Menge an mächtigem Chaos zu schaffen. Sogar sein Bruder hat sich in dieser Hinsicht von ihm abgewendet.«

»Aber ... was wird geschehen? Wenn Hamor so viel Ordnung in die Welt setzt, wird es dann nicht bald eine übermächtige Chaos-Bündelung geben – irgendwo?« Maris legt die Schriftrolle auf den Tisch.

»Doch, natürlich. Wir haben darüber schon gesprochen, bevor du kamst.« Talryn nickt Heldra zu. »Das Chaos kocht unter Candar und hat, wie ich vermute, auch schon auf den Golf übergegriffen. Jeder, der seine Sinne ausschickt, kann das mühelos feststellen. Sogar unterhalb von Recluce braut sich etwas zusammen.«

»Großartig«, murmelt Heldra.

»Ich bin kein Magier«, schimpft Maris. »Wie soll ich das feststellen?«

»Vertraut mir, Maris.«

»Warum schießen dann nicht die Magier und Chaos-Bündelungen wie Pilze aus dem Boden? In Euren Vorträgen berichtet Ihr doch immer darüber, dass das früher in solchen Fällen geschehen ist.«

»Lasst uns mal zusammenrechnen«, fängt Talryn mit ironischem Unterton in seiner Stimme an. »Antonin zerstört beinahe das gesamte mittlere Candar. Der Zusammenstoß von Lerris und Gerlis verwandelt ein Tal in den Osthörnern in eine dämonische Hölle und die ganze Welt hört den Nachhall. Sammel besitzt genug Chaos-Macht, um Wasser zu verbrennen, und ganz Candar bebt, weil das Chaos tief in der Erde rumort. Beantwortet das Eure Frage?«

»Aber was sollen wir nur tun?«, fragt Heldra.

»Die Bruderschaft soll weitere Zerstörerschiffe aus Schwarzem Eisen bauen und Gunnar um Hilfe rufen. Oder Justen.«

»Justen? Wollen wir diese Art von Hilfe denn?«

»Können wir ohne sie auskommen?«

»Und wie sollen wir all das bezahlen?«, protestiert Maris.

Heldra und Talryn sehen ihn schweigend an.

LXI

Krystals Zustand hatte sich am nächsten Morgen schon gebessert. Die Wunde zeigte zumindest keine Anzeichen von Chaos mehr und ich wickelte locker einen Verband darum, bevor sie nach Kyphrien ritt, um Kasee Bericht zu erstatten. Danach arbeitete ich an Durriks Kommode, aber nicht sehr lange.

Wegel trat seinen Dienst an – einen Tag früher als erwartet. Faslik brachte ihn mit dem Wagen und der junge Mann besaß tatsächlich einen kompletten Werkzeugsatz: zwei Sägen, darunter eine gute Stichsäge, einen Schlichthobel und einige Beitel, obwohl der größte davon wirklich zu groß war, eher für einen Schiffszimmermann geeignet als für einen Schreiner. Ich sagte nichts dazu, vielleicht konnte er ihn irgendwann gegen einen kleineren eintauschen.

»Seid Ihr Euch wirklich sicher, Meister Lerris?« Faslik fragte nun schon zum vierten Mal. Er saß auf seinem Wagen und war bereit zum Abfahren. »Er ist ein guter Junge.«

Wegel stand vor der Werkstatttür und sah zu Boden.

»Da bin ich sicher. Er hat ein Quartier, er bekommt zu essen und einen Kupferling jeden Achttag für den Anfang – und die Hälfte der Einnahmen von allem, was er verkauft, die Kosten für das Holz abgezogen.«

»Wie lange wird es dauern, bis er mehr als ein Lehrling ist?«

Ich wusste es nicht. »Das kann man nicht sagen. Zwei, drei Jahre, wenn er gut ist.« Es könnte auch früher sein, doch zu viel wollte ich nicht versprechen. »Nicht nur die Begabung, die er ohne Zweifel besitzt, ist dafür entscheidend.«

Wegel lächelte schüchtern, als ich das sagte.

Faslik nickte. »Er ist ein guter Junge.« Dann zog er an den Zügeln und fuhr davon; sein bärtiges Gesicht drehte sich nach jedem zweiten Schritt des Pferdes zu uns zum, während der Wagen zur Straße hinaus holperte.

Wegel schluckte und ich klopfte ihm auf die Schulter.

»Jetzt zeige ich dir erst einmal alles.« Ich führte ihn in den langen Schlafraum am Ende des Stalles. Ich hatte den Stall und die Räume der Garde schon vermessen und mir überlegt, wie wir für Wegel eine kleine Kammer bauen könnten. Ich würde ihm dabei noch ein wenig helfen, die Hauptarbeit jedoch musste er selbst erledigen. In der Zwischenzeit sollte er mit einem der Etagenbetten vorlieb nehmen. Er hatte es besser als ich damals, als ich bei Destrin anfing. Es gab sechs Betten und Krystal brachte nie mehr als vier Soldaten mit. Wie mit allem hatte ich mir auch hier zu viel Arbeit gemacht – Krystal wies mich immer wieder darauf hin. Ich wusste gar nicht, warum sie sich deswegen aufregte. Schließlich hatte ich mir alle Mühe gegeben, das Material, das sie bezahlt hatte, so gut wie möglich zu verwerten. Und manchmal, wie jetzt mit Wegel, war es auch für etwas gut.

Wegel sah sich den Raum an, in dem ein kleiner Tisch, einige Hocker aus rohem Holz und drei Etagenbetten standen.

»Willst du oben oder unten schlafen? Oben ist es wärmer, was um diese Jahreszeit vielleicht besser wäre. Du wirst deine eigene kleine Kammer haben, bevor es richtig heiß wird.« Mir fiel sein Fuß ein und ich fügte hinzu: »Manche haben Angst, sie könnten aus dem oberen Bett fallen, andere wiederum wollen es kühl zum Schlafen. Du solltest eines der hinteren Betten nehmen – entweder das obere oder das untere. Hier entlang. Wenn die Garde der Kommandantin ...«

»K-k-k-Kom ...«

»Das habe ich dir doch erzählt. Wenn Krystal – sie ist meine Gemahlin ... obwohl, sie ist eigentlich wichtiger als ich, also bin ich ihr Gemahl – zu Hause ist, schläft ihre Leibwache hier. Es sind gute Menschen. Sonst wären sie schließlich nicht in Krystals Leibgarde.«

»I-i-ihr habt d-d-den Ch-ch-chaos-Magier g-g-getötet?«

»Ich habe mehreren Magiern den Garaus gemacht, doch sonderlich heldenhaft war das nicht. Nach dem letzten Mal konnte ich eine halbe Jahreszeit lang nicht laufen und noch immer ist mein Bein nicht wieder ganz gesund.« Ich schnaubte. »Schreinern ist viel einfacher, so hart man auch manchmal arbeiten muss, und meistens viel einträglicher.«

Noch immer blickte er mich fragend an, also fuhr ich fort. »Such dir ein Bett aus und lass deine Sachen hier, bis auf die Werkzeuge. Die werden wir in dein Regal in der Werkstatt legen.«

Wegel stand nur da, sein kurzes, braunes Haar stand widerspenstig über der Stirn.

»Wegel, glaub nicht alles, was du hörst. Meistens arbeite ich lieber mit Holz als mit Magie.« Ich klopfte ihm auf die Schulter, er war fast so groß wie ich und hatte breitere Schultern und einen breiteren Brustkorb. »Wir müssen anfangen. Es gibt viel zu tun.«

Schwungvoll hievte er seine Habseligkeiten auf das obere Bett und folgte mir anschließend über den Hof. Bevor wir jedoch in die Werkstatt gingen, führte ich ihn noch in die Küche, wo Rissa gerade den Boden schrubbte.

»Meister Lerris … ich muss dringend den Boden schrubben, ich habe wirklich keine …«

»Rissa, ich möchte dir Wegel vorstellen. Er wird in der Unterkunft der Garde schlafen, bis seine eigene Kammer im Stallgebäude fertig ist.

Wegel, das ist Rissa. Sie kocht wunderbar, führt die Küche und lässt uns alle wissen, was sie denkt. Mit ihr solltest du dich gut stellen.«

»Meister Lerris … Ihr tut ja gerade so, als wäre ich ein Ungeheuer, das arme Lehrlinge auffrisst.« Sie legte die schwarze Bürste beiseite und wandte sich an Wegel. »Du bist Fasliks Junge, nicht? Der so gut mit dem Messer umgehen kann. Eines Tages, wenn Meister Lerris dich nicht in Grund und Boden arbeiten lässt, hätte ich gern ein Huhn aus Holz. Ich hoffe, du musst nicht so viel arbeiten wie er, vielleicht kannst du mir dann ein Huhn schnitzen.« Sie sah mich an. »Geschnitzte Hühner werden eh die einzigen sein, die je auf diesem Hof zu finden sein werden.«

»Rissa. Keine Hühner.«

»Du siehst hungrig aus, Junge.« Rissa lief durch die Küche und brachte einen halben Laib Brot mit zurück. »Es ist schon kalt, aber sehr gut. Iss nur. Meister Lerris wird nichts dagegen haben.«

Ich nickte. »Wenn du mit dem Essen fertig bist, bring dein Werkzeug in die Werkstatt, dort werden wir einen Platz dafür finden. Dann fangen wir mit der Arbeit an.«

Ich verließ die Küche und ging ans Zeichenbrett in der Werkstatt. Während Wegel sein Brot aß, fertigte ich eine grobe Skizze für ein Kästchen an. Ein Kästchen, wie ich es einst für Onkel Sardit angefertigt hatte. Wie ich sollte auch Wegel alles über Holz und Werkstücke auf Karten schreiben. Und wie Onkel Sardit, wahrscheinlich aber nicht einmal annähernd so gut, würde auch ich ihm alles über Holz beibringen, was ich wusste. Ich holte tief Luft. Onkel Sardit hätte gelacht.

Die zwei neuen Aufträge, die ich gerade erhalten hatte, eigneten sich nicht sehr gut, um einen Lehrling einzuarbeiten. Vielleicht konnte er mir aber bei dem Bücherregal für Minister Zeiber helfen. Irgendwann mussten wir jedoch mit der Aussteuertruhe für Preltars Tochter anfangen. Ich seufzte, gerade hatte ich an die Scharniere gedacht, die ich noch in Auftrag geben musste.

Als ich die Zeichnung für das Kästchen fertig hatte, steckte Wegel den Kopf zur Tür herein.

»Das ist dein Regal. Wenn du dein Werkzeug nicht mehr brauchst, legst du es dorthin zurück. Verstanden?«

Er nickte.

Ich wollte Wegel nicht mit einem Werkstück wie Antonas Schreibtisch anfangen lassen. Nur die Intarsien sollte er anfertigen – das konnte er sicherlich schneller und besser als ich, sogar mit dem dunklen Lorkenholz. Bevor ich eine Ewigkeit dafür brauchte, sollte lieber er es an einem Vormittag oder auch an einem Tag oder zwei fertig stellen.

Als Erstes musste er jedoch sein Karteikästchen schreinern. Wenn ich ihn bei Antonas Schreibtisch zum Halten oder Schieben brauchte, unterbrach ich ihn.

»Das Zusammenbauen und Leimen ist mit Kirschholz schwieriger als mit Eiche. Eiche ist schwerer, aber auf gewisse Weise biegsamer. Kirschholz ist spröder und muss behutsamer bearbeitet werden. Man darf nicht grob damit umgehen und muss unbedingt auf die Maserung achten.« Ich fügte die Teile zusammen, während ich redete.

»Man darf Holz nie mit Gewalt zusammenfügen, eine Schnitzerei gelingt ja auch nicht mit Gewalt.« Ich legte die Zwingen an, die den Rahmen des Unterbaus zusammenhalten sollten, und zog sie sachte an. »Siehst du? Wir brauchen nur so viel Druck, um das Holz gerade so zusammenzuhalten … und ein wenig Leim … das Holz und die Stifte tragen das Gewicht. Der Leim ist nur dazu da, um die Teile in der richtigen Stellung zu halten, sodass die Stützen das Gewicht tragen …« Ich sah Wegel an. »Verstehst du …?«

»J-j-ja …«

Ich schüttelte den Kopf und grinste. »Du musst nichts sagen. Nick einfach nur oder schüttle den Kopf, das verstehe ich schon. Ich möchte nicht, dass du dich unnötig verausgabst. Heb dir deine Kräfte für das Holz auf.«

Wegel nickte und wandte sich ab.

Ich berührte ihn an der Schulter. »Wenn du aber etwas sagen willst … tu das ruhig. Ich wollte dir nur sagen, dass du nicht reden musst, wenn du nicht willst …« Ich wollte seine Gefühle nicht verletzen, aber das Reden bereitete ihm manchmal solche Mühe und er sollte sich nicht mir zuliebe so anstrengen müssen.

Wegel nickte und lächelte schüchtern.

»Kannst du schreiben?«

»Ein w-w-wenig.«

»Gut. Wenn du während des Kästchenbauens eine Pause brauchst, möchte ich, dass du zwei Dinge tust. Ich werde dir Papier geben und du wirst als Erstes niederschreiben, was du über Kirschholz weißt und was du heute sonst noch gelernt hast. Danach werde ich dir zeigen, wie man Brotbrettchen macht. Jeder Lehrling muss damit anfangen. Rissa könnte ein oder zwei davon gebrauchen, die anderen lassen sich bestimmt für ein paar Kupferlinge auf dem Markt verkaufen. Manche Holzreste kann man nur noch dafür verwenden, deshalb musst du für das Holz auch nichts bezahlen. Dann möchte ich, dass du dir in deiner Freizeit ein Muster für ein *A* ausdenkst.«

Wegel zog die Augenbrauen hoch.

»Dieser Schreibtisch hier. Er soll ein kleines geschnitztes *A* hier in der Ecke eingelegt bekommen. Du schnitzt besser als ich. Also kannst du auch das Muster dafür entwerfen. Wenn du mit dem Schnitzen fertig bist, werde ich die Intarsie in den Schreibtisch einpassen.«

»I-i-i-ich?«

»Warum nicht?« Ich grinste. »Irgendjemand muss es ja schnitzen – das ist schon die Hälfte der Arbeit. Und dem Schreibtisch kannst du dabei keinen Schaden zufügen, weil du an einem gesonderten Werkstück arbeitest. Ich werde dir zeigen, wie ich es einfügen will, damit die Holzmaserung in der richtigen Richtung verläuft.«

»M-m-m-maserung?«

Diese Frage führte zu einem längeren Vortrag über Holzmaserung und wie die Maserung in ein Werkstück eingepasst werden musste, wenn man die Maserung selbst nicht als Muster verwendete und so weiter. Ich war ein wenig überrascht, dass Wegel nicht mehr über Holzmaserung und Holz an sich wusste, aber wahrscheinlich war er in der Sägemühle nur für die eher stumpfsinnigen Arbeiten zuständig gewesen.

Immerhin schien er alles zu verstehen.

LXII

Südlich von Hrisbarg, Freistadt [Candar]

Mit Anbruch der Morgendämmerung beobachtet der Herzog den gegenüberliegenden Hügel, aber weder der Ballon noch der Rauch steigen aus dem Lager der Freistädter auf. Nur eine Handvoll blauer Banner hängen schlaff an den Fahnenstangen. Kein Nebel, entstanden aus dem Atem der Soldaten, formiert sich über dem Hügel, von dem aus die feindlichen Kanonen die tödlichen Schüsse am Tag zuvor abgaben.

»Späher!«, verlangt Berfir und treibt sein Pferd auf die Spitze des Hügels, von wo aus er die gesamte feindliche Stellung überblicken kann.

»Ser?«, fragt der stämmige Offizier, der neben ihm reitet.

»Colaris' Streitkräfte haben ihre Stellungen verlassen. So sieht es wenigstens aus.«

»Warum sollten sie das tun?«

Berfirs Augen wandern zu seinen eigenen Schützengräben, auf die Linien der rot gekleideten Soldaten – und die Erdhügel, die auf dem Hang aufgereiht stehen. »Ich weiß nicht. Die Kanonen sind jedenfalls weg.« Er zeigt auf den gegenüberliegenden Hügel. »Es scheint, als hätten sie sogar das Versorgungsmaterial zurückgelassen, und wenn das so ist ...«

»Ich verstehe, Ser.« Der stämmige Mann salutiert.

»Wir könnten Freistadt erreichen.«

»Wenn sie keine dämonenverdammten langen Kanonen haben, Ser ...«

»Und wenn wir sie überraschen und einschließen können«, schlägt der Herzog vor.

»Hätte nichts dagegen, Ser, wenn die Mündungen der Kanonen nicht auf uns gerichtet sind, sondern von uns weg zeigen.«

Berfirs Lachen endet abrupt. Nachdenklich betrachtet er die offenbar verlassenen feindlichen Stellungen. »Warum?«

Der Späheroffizier wartet.

»Schaut nach, ob wir ihre Stellung einnehmen können – und das Versorgungsmaterial. Dann werden wir sehen ... dann werden wir sehen.« Er streicht sich nachdenklich über den schwarzweißen Bart, bevor seine Finger zur Pistole an seinem Gürtel greifen. »Wir werden sehen ...«

LXIII

Krystal war bereits nach Kyphrien geritten, obwohl sie ihren verletzten Arm schonen sollte. Ich fütterte Gairloch und die Stute und ging dann in die Küche.

»Meister Lerris, wie kann ich sauber machen, wenn jeder ...«

Ich blieb an der Tür stehen. »Weißt du, wo Merrin, die Kupferschmiedin, wohnt oder Borlo, ihr Zunftgenosse?«

»Merrin? Diese komische Frau aus Südwind, die Kupfer schmiedet?« Rissa warf mit einer Hand das

Haar aus der feuchten Stirn zurück und stellte mit der anderen den Besen an die Wand.

»Genau die. Ich brauche Scharniere für eine Truhe.« Ich hatte es schon lange genug vor mir hergeschoben und wenn ich mich nicht bald darum kümmerte, würde die Truhe nie fertig werden. Doch ich hasste es, von anderen abhängig zu sein.

»Die meisten anderen Handwerker gehen zu Borlo, er lebt schon lange Zeit in Kyphrien. Sein Geschäft liegt in der Nähe des Marktplatzes am Anfang der Straße der Künstler. Sein Vater, Neltar, war auch Kupferschmied, hat Wasserkessel gemacht. Guysee, die bei Morten als Haushälterin arbeitete, als die Zeiten noch besser waren, zeigte mir einmal so einen Kessel. Morten hatte drei davon und einer konnte sogar eine Melodie pfeifen.« Rissa lächelte und schüttelte den Kopf. »Alles verändert sich, aber dieser Kessel ... niemals wieder habe ich so einen gehört ... was das für ein schöner Kessel war ...«

Ich hob die Hand. »Was weißt du über Merrin?« Von Borlo hatte sie schon genug erzählt. Wenn die Leute den Vater eines Handwerkers lobten, taugte der Sohn meist nichts.

»Die! Sie zieht sich an wie eine Soldatin, vielleicht ist sie auch eine, denn an der Wand hängen bei der überall Schwerter herum und einmal hat sie sogar den Kaufmann Fuston aus ihrem Laden gejagt ...«

Merrin wurde mir immer sympathischer. Fuston hatte ich einmal getroffen und das hatte gereicht.

»... und man sagt, die Erbin Liessa ließe bei ihr arbeiten.«

Ich nickte. »Wo kann ich Merrin finden?«

»Immer, immer sucht Ihr Euch die Schwierigen aus, Meister Lerris ... Borlo ist ein so netter Mann, immer höflich ...«

»Ich will den besten Kupferschmied.«

Rissa seufzte und streckte hilflos beide Hände in die Höhe.

Ich wartete.

»Ihre Werkstatt liegt im südlichen Teil der Stadt, hinter dem Flussufer, die Rückwand ihrer Werkstatt ist Teil der alten Stadtmauer, die vor ewigen Zeiten von Fenardre dem Großen zerstört wurde …«

Die Aussichten waren nicht so schlecht und ich ging zurück in die Werkstatt, wo Wegel an einer zu aufwendigen Schnitzerei für ein Brotbrettchen arbeitete. Wenn ich nicht aufpasste, würde er nur noch schnitzen. Aber er besaß ein wirklich großes Talent dafür. Ich versuchte, einen Seufzer zu unterdrücken.

Stattdessen sah ich mir die Werkstatt an. »Wegel, wenn du fertig bist, muss der Boden gefegt und der Stall ausgemistet werden. Dann kannst du auch gleich noch die Lampen auffüllen.« Ich suchte in meiner Geldbörse nach zwei Silberstücken und drückte sie ihm in die Hand. »Wir brauchen Heu. Rissa wird dir sagen, wo du welches holen kannst, und wenn du es abgeladen hast, verteile es bitte in den Boxen.«

Mein Lehrling sah mich mit diesem unwilligen, aber doch gehorsamen Blick an, den alle Lehrlinge beherrschten, wenn sie einen unangenehmen Auftrag erhielten. Aber er murrte nicht. »J-j-ja, Ser.«

»Ich werde mich in der Zwischenzeit um die Scharniere für Preltars Truhe kümmern. Ich hoffe, es dauert nicht zu lange, aber ich will, dass alles andere erledigt ist, bevor du wieder mit dem Schnitzen anfängst.«

»J-j-ja, Ser.«

Ich pfiff laut vor mich hin, als ich zu Gairloch in den Stall ging, bis ich den Sattel etwas zu energisch vom Bock schwang. Die diversen blauen Flecken und Verbrennungen erinnerten mich daran, dass ich mich von der letzten Begegnung mit dem Chaos noch nicht ganz erholt hatte.

Es war mir schon zur Gewohnheit geworden, den Stab in den Lanzenhalter zu stecken, bevor ich zum Hof hinausritt.

Rissa kam aus der Küche gerannt. »Nehmt Euren Stab bloß mit. In der Südstadt wimmelt es nur so von Raufbolden und Dieben. Geht zu Borlo, dann müsst Ihr Euch um Euer Leben keine Sorgen machen …«

»Es wird mir schon nichts passieren, Rissa.«

»Ja, ja. Mit all den Magiern ist auch nichts passiert und sogar im eigenen Bett passiert nichts …«

Was ich auch sagte, nie würde ich sie überzeugen können. So lächelte ich nur und stieg in den Sattel.

»Haltet den Stab griffbereit.«

»Das mache ich.« Ich versuchte ihr nicht zu zeigen, wie ich mit den Augen rollte.

Gairloch genoss den Ausflug sichtlich und tänzelte auf der Straße Richtung Kyphrien. Ein schlechtes Gewissen beschlich mich, weil ich in letzter Zeit nicht öfter mit ihm ausgeritten war. Armes Pferdchen – entweder ritt ich ihn praktisch zu Tode oder achttagelang gar nicht.

Im alten, südlichen Teil der Stadt, wo die Straßen so eng waren, dass ich mit ausgestreckten Armen die Mauern links und rechts berühren konnte, war ich bisher noch nie gewesen.

Zwei Mal musste ich nach der Richtung fragen, denn die Straßen bildeten ein regelrechtes Knäuel. Doch ich fand mich schließlich zurecht und meine Nase gewöhnte sich an die seltsamen Gerüche in den alten Stadtvierteln. Fenardre der Große hätte der Stadt einen großen Gefallen erwiesen, wenn er damals vor vielen Jahren noch mehr Häuser und Mauern eingerissen hätte.

Ein übergroßer Kupferkessel über einer eisengefassten Tür war der einzige Hinweis auf Merrins Werkstatt und ihr Handwerk. Das schmale Ziegelhaus besaß zwei Stockwerke und ein reparaturbedürftiges Dach; ein einziges breites Fenster zierte die Frontseite.

Ich band Gairloch an dem Eisenring an einem von zwei Steinpfosten fest, die zusammen mit einer breiten Steinstufe den Eingang bildeten. Dann nahm ich meinen Stab und klopfte damit entschlossen an die Tür.

»Ich komme! Komme schon!«

Als die Tür aufging, blitzten mich ein Schwert und eine dunkle Eisenkette an, danach erst sah ich das kurze, graue Haar und das schon etwas faltige Gesicht mit den hohen Wangenknochen. »Wer seid Ihr?«

»Mein Name ist Lerris. Ich bin Schreiner und Liessa meinte, dass Ihr die Messingscharniere schmieden könntet, die ich brauche. Seid Ihr Merrin?« Diese Frage hätte ich zuerst stellen sollen.

»Ich bin Merrin.« Sie musterte mich von oben bis unten und murmelte etwas von Stäben und Bergpferden, dann nahm sie die Kette ab und öffnete die Tür. »Kommt herein.«

Drinnen trat ich auf sauberen Steinboden, ein Schreibtisch und ein geflochtener Teppich füllten den Raum. Das Haus war größer, als es von draußen wirkte, und beherbergte einen Kamin und etwas, das aussah wie ein Ofen, einige Schmelztiegel, Hämmer, kleine Ambosse und andere Werkzeuge, deren Verwendungszweck ich erahnte.

Hohe Seitenfenster ließen mehr Licht als das große Vorderfenster herein. Eine Messing- oder Kupferlampe stand neben einem Kerzenleuchter. Weder die Lampe noch der Leuchter zeigten irgendwelche Verzierungen und doch strahlten beide Stücke etwas ganz Besonderes aus, etwas, das man nicht in Worte fassen konnte. Der Geruch von heißem Metall und Weihrauch kitzelte in meiner Nase.

»Setzt Euch.«

Ich lehnte den Stab an die Wand und ließ mich nieder.

»Ich kann Euch keinen Tee anbieten, ich hatte heute noch keine Zeit, welchen aufzugießen.« Sie legte das Schwert zur Seite. »Also Ihr seid der berühmte Lerris. Der Magier, der das Holz liebt.«

»Berühmt bin ich nicht.« Ich zuckte die Achseln. »Ich bin gekommen, weil ich ein paar schwere Messingscharniere für eine Aussteuertruhe brauche.«

»Warum seid Ihr damit nicht zu Borlo gegangen?«

»Weil« – ich versuchte Rissas Stimme nachzuahmen – »sein Vater, er konnte wunderbare Kessel anfertigen …«

Merrin lachte und ihr runzeliges Gesicht bekam noch einige Fältchen dazu.

Ich breitete ein Blatt Papier aus. »Hier ist eine grobe Zeichnung von den Scharnieren. So sollten sie in etwa aussehen.«

Sie nahm das Papier und runzelte die Stirn. »Sollen sie wirklich als Scharniere dienen, oder übernehmen diese Aufgabe einfache Eisenscharniere an der Innenseite der Truhe?«

»Ich mag diese vorgetäuschten Sachen nicht. Wenn Ihr es für notwendig erachtet, werde ich es so machen; aber lieber wäre es mir, wenn die Messingscharniere ihren Zweck erfüllen würden. Wenn ich sie mir dann noch leisten kann.«

»Ihr Euch mich leisten?« Sie lachte und studierte meine Zeichnung. »Diese hier werde ich nicht anfertigen. Lasst mich meine eigenen entwerfen, dann könnt Ihr sie für fünf Silberstücke haben. Die passenden Schrauben sind schon mit eingerechnet – und die ärgern mich immer am meisten.«

»Gut, aber die Scharniere müssen diese Größe haben. Es ist eine schwere Truhe.«

»Ist das die richtige Größe auf der Zeichnung?«

»Hier könnten sie noch etwas länger sein« – ich zeigte auf das Papier – »und das ist die Stärke des Truhendeckels.«

»Ich würde sie noch größer machen.« Sie nickte. »Wollt Ihr mir vertrauen? Blind?«

Das wollte ich. Ich wusste zwar nicht, warum, aber die Lampe und der Kerzenhalter schienen dazu beizutragen. Oder auch Liessa. Ich stimmte zu.

Draußen fing Gairloch plötzlich an zu wiehern.

Ich packte meinen Stab und rannte zur Tür. Merrin schnappte sich ein Schwert und folgte mir auf den Fersen.

Ein junger Bursche in grauen Lumpen lag an der gegenüberliegenden Hausmauer. Ein zweiter, bekleidet mit einem zerschlissenen, dreckigen Hemd, hatte einen groben Holzstab in der Hand und erhob ihn gegen Gairloch. Einmal hatte er ihn damit schon getroffen.

»... dämonisches Biest ...«

Ehe er sich versah, hatte ich ihn schon überwältigt. Mit einem ungeschickten Schlag versuchte er, meinen Unterleib zu treffen, aber mein Stab zuckte eher durch die Luft und seine völlig ungeeignete Waffe flog in hohem Bogen davon. Dann stieß ich erneut zu und er ging neben seinem Kameraden zu Boden wie ein nasser Sack. Beide stöhnten jämmerlich.

»Yense! Ich habe dich gewarnt.« Merrin trat mit gezogenem Schwert auf den Burschen zu, den Gairloch an die Wand befördert hatte.

Die Straße war menschenleer, nur eine weißhaarige Frau lugte aus einer halb offenen Tür und ein kleiner Junge, bekleidet mit Hose und Tunika aus Sackleinen, beobachtete uns von der gegenüberliegenden Seite der kleinen Gasse; sein Blick huschte immer wieder auf die angelehnte Tür hinter ihm.

»Ich wollte Euch keine Schwierigkeiten machen, Merrin ...«

»Du bist ein Narr, Yense. Ein fast toter Narr noch dazu.« Das Schwert schnellte durch die Luft und schon zierte eine rote Linie Yenses Wange. »Eines verspreche ich dir. Das nächste Mal bist du tot. Steht auf, beide!«

Yense und der Bursche, den ich niedergestreckt hatte, rappelten sich auf. Irgendetwas stimmte nicht, mein Stab zuckte ohne mein Zutun.

Klank! Klank!

Der Namenlose hielt seine gebrochene Hand und das lange Messer, das er aus seinem zerrissenen Hemd gezogen hatte, lag auf den rauen Pflastersteinen.

»Lernt ihr denn nie dazu?«, schnauzte Merrin sie an. »Dieser Mann hier ist Lerris. Sagt euch der Name etwas? Nein, natürlich nicht. Es gibt in dieser Stadt nur einen Mann mit diesem Namen. Er ist Magier und hat Dutzende von Soldaten und etliche Magier mit seinem Stab umgebracht. Er ist der Einzige in der ganzen Stadt, der ein Bergpferd reitet, und ihr zwei habt nichts Besseres zu tun, als es stehlen zu wollen. Eigentlich hättet ihr den Tod verdient. Macht, dass ihr wegkommt!«

Der Hass in ihren Augen verwandelte sich in Angst und sie stolperten die Gasse hinunter, einer hielt sich die blutende Wange, der andere die gebrochene Hand.

Merrin bückte sich und hob das Messer auf. »Keine schlechte Arbeit. Natürlich gestohlen.« Sie sah mich an. »Wollen wir fortfahren?«

Ich tätschelte Gairloch und stärkte die Ordnung in den Striemen auf seiner Flanke. »Ist ja gut, mein Junge …«

Er schnaubte und beruhigte sich langsam.

»Wenn wir die Tür offen lassen«, sagte ich.

»Meinetwegen. Aber niemand hier in der Gegend wird Euch jemals wieder etwas zu Leide tun. Deshalb habe ich ja so übertrieben. Das wirkt besser als töten, meistens jedenfalls.«

Ich wusste plötzlich, dass es vor ihrer Tür schon Tote gegeben hatte.

»Für einen Krieger seht Ihr nicht sehr erfreut aus.« Sie ging zurück in die Werkstatt.

Ich verrückte den Stuhl so, dass ich Gairloch durch die offene Tür sehen konnte. »Ich bin kein Krieger.«

»Wie ich auch, aber manche Menschen respektieren nur Gewalt. Wie dieser Narr in Certis. Oder Hamor. Oder der kleine, dumme Yense.« Sie stellte das Schwert zurück an seinen Platz. »Nun … wie stark sollen nun diese Scharniere sein?«

Während wir redeten und verhandelten, warf ich immer wieder einen Blick hinaus zu Gairloch, doch niemand kam ihm zu nahe.

Drei Silberstücke ließ ich als Anzahlung zurück.

»Sie werden Euch gefallen. Das verspreche ich.« Sie sah mir noch nach, als ich mit Gairloch die Gasse hinaufritt, hinaus aus der Südstadt. Hinter mir schloss sich die schwere Tür mit einem dumpfen Knall.

Gewalt – warum hatten manche Menschen nur vor Gewalt Respekt? Ich schüttelte den Kopf und meine Hand hielt auf dem ganzen Weg zurück durch Kyphrien den Stab umschlossen.

LXIV

Dayala – silberhaarig und nur durch die Dunkelheit hinter ihren Pupillen und durch die kaum sichtbaren feinen Linien um die weisen Augen von einem jungen Mädchen zu unterscheiden – stand vor der Sandtafel im Großen Wald.

»Was geschehen muss, wird geschehen, aber lasst mich den Verlauf des Gleichgewichts betrachten und die Sehkraft des Sandes zu Rate ziehen.« Sie verbeugte sich tief und richtete sich sogleich wieder auf.

Sie schwieg und konzentrierte sich auf den Sand. Langsam erschien eine Karte von Ostcandar. Stechende, grüne Augen starrten auf den Sand, der Schweiß stand ihr in Perlen auf der Stirn, die Arme hingen entspannt an ihrer Seite.

Bald darauf erhob sich ein Sanddorn aus der dünnen, dunklen Linie, die die durch Certis verlaufende Straße von Weevett nach Jellico darstellen sollte. Sie nickte. Hässlicher, roter Sand pulsierte um die Große Nordbucht und an einem Punkt in Sligo nahe der Grenze zu Freistadt.

Lange betrachtete sie die Karte, bevor sie ein zweites Mal tief einatmete und sich wieder konzentrierte. Eine Welle der Dunkelheit breitete sich von Südosten her aus und bewegte sich auf das Chaos zu. Eine zweite Welle erschien an der Ostseite der Großen Nordbucht und kroch westwärts.

Dann spritzte der Sand in Form einer Säule in die Luft, die Kraft einer Explosion war spürbar.

Dayala trat zurück und wendete sich ab. Tränen strömten über ihre Wangen, als sie zurückging in die geordnete Dunkelheit des Waldes.

LXV

Ich skizzierte grob den Plan für Wegels Kammer und besprach ihn mit ihm, danach kam Antonas Schreibtisch wieder an die Reihe. »Ich helfe dir gern, wenn nötig, aber du bist dafür verantwortlich.«

Wegel nickte zufrieden.

»Du wirst die Hauptarbeit leisten.«

»G-g-gut.«

»Dann lass uns weitermachen. Während ich hier alles vorbereite, kannst du das Feuer anmachen und die Sägespäne und Holzstückchen hinausfegen.«

Er beäugte den Boden und dann mich.

»Ich weiß. Es ist sauberer hier als in so mancher Stube, aber ich will es noch sauberer. Außerdem geraten dadurch nicht so viele Sägespäne in den Leim und wir müssen bei weitem nicht so oft niesen. Ich kann es nicht ausstehen, wenn die Werkstatt schmutzig ist.«

Wegel antwortete nur mit einem Achselzucken und humpelte hinüber zu der kleinen Nische, wo der Besen an einem Nagel hing.

Ich überprüfte noch einmal den Plan und stellte dann mit dem Hobel die nächsten Führungen für den linken Unterbau her. Währenddessen hatte ich ständig ein Auge auf Wegel, aber er machte keine Anstalten, sich vor den unangenehmen Arbeiten zu drücken. Und das war ein Lehrling? Kaum zu glauben.

Wegel war gerade am Kamin fertig, als die graue Kutsche, gezogen von zwei Braunen, über den langsam trocknenden Schlamm in den Hof einfuhr und vor dem Zugang zur Werkstatt stehen blieb. Keinerlei Schild prangte auf dem Glasfenster der Tür, aber ich wusste ohnehin, um wen es sich handelte.

Kutscher und Wächter trugen beide schwere, gesteppte Jacken. Der Wächter war noch immer mit einer Armbrust bewaffnet und hielt zusätzlich Schwert und Pistole am Gürtel griffbereit. Ein langer Speer steckte in einem Köcher, den er am Rücken trug. In den letzten Achttagen hatte ich mehr Pistolen gesehen als in meinem ganzen Leben zuvor und ich fürchtete mich vor dem, was sie verhießen. Der vermehrte Gebrauch von Pistolen deutete darauf hin, dass die Technik der Feuerwaffen weiterentwickelt wurde, und das wiederum führte zu mehr Ordnung auf der Welt. Irgendwie, so nahm ich an, hing das mit dem ächzenden Chaos unter Candar zusammen, aber wie konnte ich darüber jemals Gewissheit erlangen?

Antona stieg aus der Kutsche, sie trug nicht den

Pelzmantel, den ich erwartet hatte, sondern einen langen, grünen Steppmantel.

»Meine Dame …« Ich verbeugte mich. Schließlich hatte sie einen Schreibtisch für fünfzig Goldstücke in Auftrag gegeben.

»Meister Lerris.« Sie lachte. »Müsst Ihr mir unbedingt immer so viel unverdiente Ehre erweisen?«

»Jeder Kunde verdient diese Ehrerbietung.«

»Besonders, wenn der Kunde noch nicht beliefert ist, was?«, fragte sie milde, die steingrauen Augen musterten mich.

»Dann ganz besonders.«

Sie ging zur Werkstatt und ich neben ihr her. Ich hätte auch hinter ihr gehen können, doch das erschien mir nicht unbedingt notwendig.

»Ihr humpelt gar nicht mehr.«

»Nur noch wenn ich müde werde.« Ich öffnete die Tür für sie.

Sie warf einen Blick in die Werkstatt und dann auf Wegel, der gerade den Wassertopf auffüllte.

»Ist das nicht Fasliks Junge?«

»Ja. Wegel ist sein Name. Ich habe lange nach einem Lehrling gesucht.«

»Ja, gutes Personal ist schwer zu finden … sogar in meinem Beruf. Vielleicht sollte ich sogar sagen, besonders in meinem Beruf.« Sie knöpfte den Mantel in der warmen Werkstatt auf und ich erhaschte einen Blick auf dieselben Kleidungsstücke – grüne Seidenbluse und abgewetzte, graue Lederhosen und Weste –, die sie schon beim letzten Mal getragen hatte.

»Da ich nicht vertraut bin mit Eurem Beruf …« Ich neigte den Kopf zur Seite, ohne den Satz zu beenden.

»Jedes Handwerk erfordert tatkräftige Hände und Talent.« Sie blickte Wegel an. »Ihr habt sorgfältig ausgewählt.«

Eine seltsame Bemerkung, denn offenbar kannte sie

Wegel und außerdem waren der missgebildete Fuß und sein Humpeln nicht zu übersehen gewesen, als er den Wassereimer zurück in die Ecke trug.

»Ja, das habe ich, meine Dame.«

»Was könnt Ihr mir schon vorzeigen?«

»Nicht so viel, wie ich gehofft hatte, wie Ihr Euch vielleicht denken könnt.« Ich führte sie zu dem Brett auf der Werkbank, auf dem ich meine Pläne und Zeichnungen festgeklemmt hatte. Es dauerte einen Augenblick und ich holte die Skizzen hervor.

»Habt Ihr etwa bisher nur Skizzen gemacht?« Ihre Stimme klang jedoch noch immer freundlich.

»Nein.« Ich lachte. »Ich wollte Euch nur zeigen, wie der Schreibtisch am Ende aussehen soll.«

Ich glättete das Papier. »Kirschholz ist nicht ganz so schwer wie Eiche oder Lorkenholz, aber es ist auch kein leichtes Material und der Aufbau und die Verstrebungen im Inneren des Schreibtisches sind besonders wichtig. Hier sind die vier Hauptstützbalken für den Unterbau, das Prinzip ist auf beiden Seiten das gleiche. Jeder Balken wird auf diese Weise eingekerbt und ...«

»Ich glaube, ich verstehe schon.«

»Gut.« Ich ging zur Werkbank, auf der das Möbelstück langsam Gestalt annahm – zu langsam für meinen Geschmack. »Hier sind die beiden Unterbauten ...«

»Genau wie auf der Zeichnung.«

Das wollte ich doch hoffen.

»Was werdet Ihr als Nächstes machen?«

»Die Schubladen.«

»Warum nicht zuerst die Tischplatte?«

»Die kommt danach. Die Vorderseiten der Schubladen und die Tischplatte werden aus einem Holzstück gefertigt, damit die Holzmaserung in jedem Teil gleich ist.« Ich zeigte auf die Holzregale. »Dort lagert das Holz ...«

»Ist das nicht viel mehr, als Ihr braucht?«

»Ja und auch nein. Ihr zahlt für ein vollkommenes Möbelstück, das zumindest so vollkommen ist, wie es in meiner Macht steht.« Bei dem Ausdruck ›vollkommenes Möbelstück‹ lächelte sie versonnen. Etwas irritiert fuhr ich fort: »Dazu ist viel Holz notwendig, denn die Breite der Maserung soll auf allen sichtbaren Oberflächen die gleiche sein. Oft dauert es eine ganze Weile, bis man das richtige Holz findet. Gute Schreinerarbeit beginnt beim Material.«

Hinter Antona nickte Wegel.

»Alles beginnt beim Material.« Antona lächelte. »Das habe auch ich früh gelernt.«

Da ich nicht wusste, was ich dazu sagen sollte, nickte ich einfach nur.

»Ihr seid weiter, als ich dachte, Lerris, ich habe nämlich die Berichte über Eure Heldentaten gehört. Sind weitere große Taten geplant?« Fragend zog sie die Augenbrauen hoch.

»Ich habe nichts geplant. Auch die vorherigen Reisen musste ich spontan antreten. Ich habe mich den Bedürfnissen des Autarchen zu beugen.«

»Und ohne Zweifel auch denen der Kommandantin.« Antona schmunzelte. »Weiser Mann.«

Wie weise ich wirklich war, stand in den Sternen, aber ich nickte vorsichtshalber und folgte ihr hinaus zur Kutsche.

Nachdem Antona abgefahren war, richtete ich meine Aufmerksamkeit wieder auf die Führungen für die Schubladen und erklärte Wegel genau, was ich tat. Vor dem Mittagessen sollte er noch seine Vorstellungen für das geschnitzte *A* ausarbeiten. Dann machten wir eine Pause. Kilbon leistete uns beim Essen Gesellschaft. Er hatte ein paar Säcke Kartoffeln vorbeigebracht, doch wir alle wussten, dass er nicht nur wegen der Kartoffeln gekommen war. Wegel und ich ließen Rissa und Kilbon nach dem Mahl in der Küche allein.

Am frühen Nachmittag hatte ich die Führungen für den linken Unterbau fertig. Da mich diese Tätigkeit bereits langweilte – das kam immer noch vor –, beschloss ich, zur Abwechslung an Durriks Kommode zu arbeiten.

»Wegel, ich werde jetzt hieran arbeiten.« Ich zeigte auf die Rohlinge, aus denen später die Frontseiten der Schubladen entstünden. »Dabei kannst du mir nicht viel helfen. Fang doch mit deiner Kammer an. Du musst die Türschwellen verlegen ...«

Er sah mich verständnislos an. Ich unterdrückte einen Seufzer und fügte hinzu: »Lass uns hinausgehen zum Stall.«

Nachdem ich ihm seine Arbeit gezeigt hatte, lächelte er wieder. Ich würde öfter nach ihm sehen müssen, aber er sollte von Anfang an für etwas allein verantwortlich sein.

Zurück in der Werkstatt hörte ich ihn draußen sägen und hämmern.

Ab und an stapfte ich über den schon bald trockenen Hof und sah nach Wegel. Eine Türschwelle musste er noch einmal herausreißen, da er offensichtlich die Wasserwaage nicht benutzt hatte – auch hätte er alten Mörtel abschlagen und eine neue Reihe Steine setzen müssen –, aber er verstand, was ich von ihm wollte, und sah nur etwas verlegen drein.

Wir waren beide schon lange müde, bevor ich die große Laterne im Hof anzündete und Krystal endlich nach Hause kam. Aber er arbeitete weiter und ich auch – aber nur, bis ich die Pferde hörte.

Krystal sah ebenfalls erschöpft aus und ich spürte den dumpfen Schmerz in ihrem Arm, als sie abstieg.

»Langer Tag?«

Sie schüttelte den Kopf und ich umarmte sie sanft. Dann entdeckte sie die Spuren im Hof. »Du hattest Besuch?«

Wegel und Rissa standen in der Küchentür und lachten.

Ich grinste. »Antona. Sie wirkte nicht ganz zufrieden über den Fortgang der Arbeit an ihrem Schreibtisch. Trotzdem behauptete sie, sie sei in Anbetracht meiner Heldentaten überrascht über die Fortschritte. Ich bin froh, dass sie nicht schon zwei Achttage früher gekommen ist.«

»Manchmal begünstigt dich die Dunkelheit, Lerris.« Krystal lachte und führte den Rappen in den Stall.

»Manchmal?«, fragte Jinsa und trat aus dem Schatten hervor.

»Willst du auch so begünstigt werden wie Lerris in Hydlen, Jinsa?«, fragte Haithen.

»Ich nehme alles zurück.«

»Das ist auch besser so«, schmunzelte Perron.

Nach dem Striegeln und Waschen war es Zeit fürs Abendessen. Unsere Mägen knurrten schon heftig.

»Wie lange hast du schon nichts gegessen?«, fragte ich Krystal.

»Seit dem Frühstück.« Sie sank in den Stuhl am Ende des Tisches. »Ich muss das hier noch genießen, so lange ich kann. In Freistadt tut sich die Hölle auf.«

»Einen besseren Platz dafür könnte es gar nicht geben.« Rissa stellte eine Platte mit Scheiben von Hammelfleisch auf den Tisch, dazu eine Schüssel mit einem Berg Nudeln und dunkle Bratensoße. »Warum kämpfen und töten diese Herzöge nur so gern?«

Die vier Soldaten brachten sich in Startposition, warteten jedoch noch so lange, bis Krystal und ich uns bedient hatten.

Krystal nahm sich als Erste, danach kam ich an die Reihe. Ich reichte die Platte weiter an Wegel und fragte: »Was ist in Freistadt geschehen?«

»Hamor. Fast sechzig Schiffe und fünftausend Soldaten. Colaris wurde hingerichtet.«

»Hingerichtet?«, fragte ich.

»Schmeckt gut«, murmelte Dercas und griff nach dem Brot.

»Hauptsache, es ist scharf, mehr verlangst du nicht, was, Dercas?«, fragte Jinsa. »Das Essen hier schmeckt wirklich vorzüglich. Du weißt gar nicht, welches Glück du hast.«

»Ich schon«, sagte Haithen und zwinkerte mir zu.

Krystal bemerkte das Zwinkern und lächelte.

Haithen schluckte und lief rot an.

»Ich verstehe«, sagte Krystal nur, aber unter dem Tisch zwickte sie mich in den Oberschenkel.

»Was?«, murmelte Dercas.

»Du kriegst aber auch nichts mit – wie alle Männer.« Jinsa lachte laut heraus.

»Was ist in Freistadt geschehen?«, fragte ich ein zweites Mal.

Krystal begann mit einem Achselzucken. »Wir wissen nicht viel. Hamor nahm Colaris' Truppen die langen Kanonen weg, mit denen dieser gegen Berfir gekämpft hatte. Die meisten Offiziere haben aufgegeben und die Soldaten sind abgehauen. Wer will schon für einen toten Herzog sterben? Die besseren Offiziere und ihre Truppen haben sich den Hamoranern unterworfen. Die anderen sind in alle vier Himmelsrichtungen verstreut. Berfir marschiert noch immer auf Freistadt zu. Er denkt vielleicht, er könnte es noch einnehmen, bevor Hamor es vollständig unter seiner Kontrolle hat.« Sie hielt inne und nahm einen kräftigen Schluck Bier.

»Das bereitet dir Unbehagen.«

»Du weiß gar nicht, welches Unbehagen. Bei so vielen hamorischen Schiffen kann ich keine Truppen aus Ruzor abziehen. Was soll ich tun? Die Truppen im Hafen verstärken und hoffen, dass sie in den Kleinen Osthörnern nicht gebraucht werden?« Krystal stellte den Humpen ab.

»Glaubst du, dass der Präfekt von Gallos eingreifen wird?«

»Nein. Ich wusste, dass Hamor etwas im Schilde führte, aber an eine Invasion habe ich nicht geglaubt. Obwohl das durchaus Sinn ergibt.«

»Wie?«, fragte Perron ruhig.

Krystal nahm einen weiteren Schluck Bier, bevor sie antwortete. »Colaris hatte all seine Truppen nach Süden geschickt, um Berfir aufzuhalten. Weil Hamor die langen Kanonen und den Nachschub bereitstellte, beachtete niemand die ersten hamorischen Schiffe, und als die Freistädter es schließlich bemerkten, war es zu spät.«

»Colaris hatte sowieso nicht viele Anhänger«, fügte Rissa gleichmütig hinzu.

»Das kann ich gar nicht verstehen, nach all dem, was er Herzog Holloric und den Seinen angetan hat«, bemerkte Haithen trocken.

»Gute Soße«, Dercas sprach mit vollem Mund.

»Du denkst nur ans Essen«, fuhr Jinsa ihn an.

»... muss essen.« Dercas schien empört. »Gegen die Invasion und die Schiffe kann ich nicht viel ausrichten. Aber das Essen kann ich genießen.«

Rissa nickte und ich musste zumindest einem Teil seiner Weisheit zustimmen.

»Wird ein ganz schönes Gemetzel geben in Freistadt.« Perron nahm sich noch etwas Brot.

»Ich hoffe, wir müssen da in nächster Zeit nicht hin«, äußerte Haithen ihre Befürchtung.

Krystal aß bedächtig weiter, sagte kein Wort, jeder Schnitt ins Fleisch ging nur langsam vonstatten, was bei ihr ein untrügliches Zeichen für Erschöpfung war.

»Wird Berfir sich zurückziehen, wenn die Hamoraner ihre Stellungen bezogen haben?« Dercas spuckte ein paar Brotkrümel mit seiner Frage aus.

»Dercas!«, schimpfte Jinsa. »Du bist widerlich.«

»Das ist noch zu nett ausgedrückt«, fügte Haithen dem hinzu.

»Der Autarch bezahlt mich nicht fürs Nettsein … bezahlt mich, um zu kämpfen und die Kommandantin zu schützen.«

»Genug jetzt.« Perron schlug mit dem Griff des Messers auf den Tisch.

Wegel schien mit jedem Bissen tiefer unter den Tisch zu sinken, aber das Abendessen dauerte ohnehin nicht mehr lange.

Krystal wankte ins Schlafzimmer und ich folgte ihr.

»Dann wirst du also bald nach Ruzor aufbrechen?« Ich zog ihr die Stiefel aus und stellte sie in die Ecke.

»Ja, über kurz oder lang.«

Ich wusste, was das bedeutete. Außer im Süden wurde Kyphros ausschließlich von Bergen eingegrenzt und die Gegenden um diese Grenzen waren alles andere als einladend. Die Kleinen Osthörner konnten nur schwer verteidigt werden, aber nicht einmal der neue Präfekt von Gallos war verrückt genug, mit Kyphros einen Krieg anzufangen, wenn gleichzeitig das Kaiserreich Hamor an die Tür klopfte.

In Anbetracht der Größe der hamorischen Flotte war Ruzor sicherlich der wunde Punkt und Kasee stand lediglich eine Handvoll Schiffe zur Verfügung – nur einfache, dampfbetriebene und bewaffnete Handelsschiffe.

Ich dachte nach. »Kyphros wird nicht das erste Ziel der Hamoraner sein.«

»Nein. Hamor wird erst die Handelshäfen einnehmen und dann einem Land nach dem anderen die Luft abdrehen.«

»Es wird lange dauern, Kyphros zu besiegen.«

»Genau deshalb ist Kasee auch beunruhigt.«

»Oh.« Ich verstand oder glaubte zumindest zu verstehen. Bis Hamor nach Kyphros kam, würde Kasee keine Verbündeten und keinen Verhandlungsspielraum mehr haben. Und Leithrrse wusste das, Hamor konnte also schon früh Druck ausüben. Weigerte sich Kasee aufzugeben, würde Hamor ein Exempel statuieren, vorausgesetzt der Kaiser hatte das restliche Ostcandar bereits erfolgreich besetzt. Wenn er die Große Nordbucht mit fast sechzig Schiffen blockieren konnte, bestand kein Zweifel daran, dass noch mehr Schiffe und Männer unterwegs waren – und noch viel mehr Kanonen und Munition. »Sie wird nicht verhandeln. Sie kann nicht.«

»Nein. Sie wird auf ein Wunder hoffen müssen.«

Ich ahnte Schlimmes. Besonders weil die Kyphrer, wenn sie auf Wunder hofften, immer in meine Richtung sahen.

»Da ist noch ein Problem, das dich betreffen könnte«, fügte Krystal hinzu.

»Ja. Ich liebe neue Probleme. Sag schon, was ist es.«

»Aus verlässlichen Quellen wird berichtet, dass der hamorische Gesandte Sammel mehrere Besuche abgestattet hat.« Krystal schälte sich aus ihren Lederhosen.

»Das ist interessant.« Was sollte ich dagegen tun? Krystal brauchte doch Hilfe in Ruzor … Auch würde all das Wandern quer durch Candar weder Schreibtische noch Kommoden fertig stellen und damit auch kein Geld einbringen, das wir zum Leben brauchten. Was konnte ich gegen Sammel überhaupt ausrichten? Ihn davon abhalten, Informationen und Schriftrollen zu verteilen? Jetzt wo Hamor Freistadt schon erreicht hatte, war es reichlich spät, sich Sorgen darüber zu machen, dass das einst verborgene Wissen nun in der ganzen Welt verstreut war.

»Ich hatte gehofft, du würdest nicht gar so viel Interesse zeigen.« Sie zog sich ein altes, weiches Nachthemd über und schlug die neue Steppdecke zurück.

»Ich bin schon interessiert«, gab ich zu, »aber ich

weiß beim besten Willen nicht, was ich dagegen unternehmen soll. Bis jetzt wissen wir nur, dass Sammel von Chaos umgeben ist, weitere Hinweise auf andere Weiße Magier gibt es nicht.«

»Viele neue Maschinen scheinen von ihm zu stammen.« Krystal streckte sich auf dem Bett aus.

»Alle seine Maschinen sind bereits in Gebrauch. Ich kann sie nicht wieder verschwinden lassen.«

»Ich weiß nicht, ich weiß nicht.« Krystal seufzte. »Doch eins weiß ich gewiss: Ich kann Kyphros nicht retten, sollte Hamor wirklich all die Truppen und neuen Waffen hierher schaffen. Kasee weiß das ebenso. Ich hoffte, dir würde etwas einfallen, wie wir dagegen ankommen könnten«, fügte sie hinzu.

Einfallen? Ich hatte viele Einfälle, aber alle bezogen sich auf Schreibtische und Kommoden oder auf Wegels neue Kammer. Sammel stellte kein Heer zusammen und zum ersten Mal seit vielen Jahreszeiten wurde Kyphros nicht direkt angegriffen oder bedroht.

»Kann Kasee Gewehre auftreiben?«

»Im Augenblick würde die Ausrüstung allein für die Elitegarde mehr kosten, als das Finanzministerium aufbringen könnte. Alles müsste ins Land geschmuggelt werden. Murreas beschäftigt sich bereits damit.«

»Oh ...« Ich saß nur da und überlegte. Dann löschte ich die Lampe und beugte mich zu Krystal hinüber, ich küsste sie auf die Wange. Sie war sehr erschöpft.

»Halt mich fest. Halt mich nur fest.«

War das meine Gemahlin? Meine tüchtige Gemahlin, die die Macht des Autarchen in Kyphros sicherte und dadurch jeden Tag aufs Neue den Tod riskierte? Die Frau, die schon mehrmals falsches Spiel und gefährliche Duelle überlebt hatte? Ich hielt sie fest.

Als eine Weile vergangen war, wurde sie von einem Schauer geschüttelt und sie schlang ihre Arme um mich. »Manchmal, Lerris, sage ich nicht, was ich fühle.

Wenn ich dich hier so sehe, wirkst du so stark wie die Dunkelheit selbst. Du kümmerst dich um alles, angefangen beim Chaos bis zu den Hühnern und um Menschen wie Wegel und Rissa.« Sie zitterte erneut. »Alles, was du verlangst – du verlangst es nicht einmal, du hoffst nur darauf –, ist meine Liebe. Und ich liebe dich. Manchmal aber ... manchmal habe ich Angst.«

Ich fragte nicht, hielt sie nur.

»Ich fürchte, du hast noch nicht verstanden, dass sich alles von einem Augenblick auf den anderen verändern kann. Ferrel hatte eine Tochter. Eldra ist gerade in die Elitegarde eingetreten. Ich wusste bisher nicht einmal, dass Ferrel eine Tochter hatte. Eines Tages ritt Ferrel aus, doch zurückgekommen ist sie nie. Wir haben keine Kinder, aber ich hoffe, wir werden eines Tages welche bekommen. Nur jetzt noch nicht, nicht jetzt. Kasee braucht mich und es gibt keinen anderen Ort, den wir unser Zuhause nennen könnten.«

»Meine Schreinerei entwickelt sich langsam, es kommen immer mehr Aufträge herein.« Doch noch immer gab es viele unbeantwortete Fragen. Hätte mir Zeiber den Auftrag erteilt, wenn Krystal nicht die Kommandantin wäre? Bei Preltar war ich mir auch nicht sicher, aber ich bezweifelte, dass er wusste, dass Krystal und ich vermählt waren. Antona? Keine Ahnung, ob es da eine Verbindung gab. Und ausgerechnet dann, wenn sich unsere Lage langsam zu verbessern schien, marschierte Hamor in Freistadt ein – konnte es denn niemals ruhig sein?

»Und sobald ein Lichtblick zu sehen ist«, meinte Krystal, »geschieht etwas, so wie jetzt mit Hamor. Wird das denn nie ein Ende haben?«

Ich wusste keine Antwort darauf, keine, die ich aussprechen wollte. So lagen wir eng umschlungen in der Dunkelheit und ich versuchte, nicht an Hamor oder Sammel zu denken. Oder an die Kosten der geschmuggelten Gewehre. Oder an Schießpulver. Oder an die Chaos-Bündelung in Candar.

LXVI

Die Herzogin von Montgren – eine weißhaarige, dünne Frau mit tiefbrauner Haut, gekleidet in makellose hellblaue Lederkleidung – wartete am Zaun des Pferchs, in dem sich eine Schafherde tummelte. Zwei Leibwächter, bewaffnet mit Gewehren und Kurzschwertern, standen hinter ihr.

Justen strich sich das kurze Haar zurück, das von mehr als nur ein paar Silberfäden durchzogen war. Tamra atmete tief durch; erschöpft lehnte sie sich an den Zaun und verjagte eine dicke Fleischfliege, die um ihre Nase kreiste.

Bääääh … bääääh … bääääh …

Hinter den beiden Magiern grasten friedlich die Schafe, der Geruch von Wolle, Staub und Schafdung begleitete das Blöken.

Die rothaarige Magierin nieste und putzte sich gründlich die Nase.

»Ist es so schlimm wie vor drei Jahren?«, fragte Herzogin Merella von Montgren.

Justen wischte sich mit einem Taschentuch über die Stirn. »Schlimmer noch. Oder es liegt an mir, weil ich älter und müder geworden bin.«

Tamra atmete erneut tief durch und ließ ihre Sinne über die Tiere im Pferch wandern. Sie fühlte deutlich das Weiße Chaos.

»Was ist mit Eurem letzten Lehrling geschehen?«, fragte die Herzogin.

»Er hat sich gut entwickelt … wenn man die Vernichtung von drei Weißen Magiern als Erfolg bezeichnen will. Zwei Mal ist er dem Tod nur knapp entronnen. Die meiste Zeit jedoch arbeitet er als Schreiner in Kyphros.« Die Augen des Grauen Magiers wanderten von der Herzogin zu den Schafen. Die zwei Leibwächter hielten sich etwas entfernt von den dreien auf. »Was werdet Ihr gegen Hamor unternehmen?«

»Was kann ich schon tun?« Die Herzogin zuckte hilflos mit den Schultern. »Ich verfüge nur über eine kleine Truppe von etwa zwanzig Zügen. Höchstens tausend Soldaten könnte ich noch zusätzlich anwerben, so wie mir der hamorische Gesandte freundlicherweise geraten hat.«

Sie lächelte bitter. »Meine Tochter und mein Sohn sind beide tot, sie starben kurz nach Herril, ich habe also keinen direkten Nachkommen mehr. Das macht es einfach. Mein Neffe ist nicht sonderlich erfreut, aber er versteht es.«

»Ihr wollt den Thron von Hamor als Euren Erben benennen und Montgren dem Kaiser überlassen?«, fragte Justen.

»Wisst Ihr eine bessere Lösung, Magier?«

Justen schüttelte bedrückt den Kopf.

»Auf diese Weise wird mein Volk nicht wieder so leiden müssen wie damals, als der verrückte Korweil sich Fairhaven widersetzt hatte. Auf dem Hügel, auf dem seine Festung stand, wachsen noch immer nur Disteln und Gras.« Ihre Augen blitzten. »Und was die Magie anbelangt … ich möchte auf keinen Fall, dass es in Vergren einmal so aussieht wie in Frven oder im tödlichen Ödland – wenn sich überhaupt ein williger Magier finden lässt.«

Tamras Augen bekamen einen harten Ausdruck, aber sie sagte nichts, als sich die Herzogin an sie wandte.

»Als Herrscher besitzt man genauso Verpflichtungen

wie als Magier.« Merella nickte kurz und sah Justen an. »Morgen ... die Pferche außerhalb von Vergren?«

Justen deutete ein Nicken an.

Nachdem die Herzogin und ihre Leibwächter gegangen waren, fragte Tamra: »Was hat dieser verrückte Korweil denn gemacht?«

»Korweil war der Herzog, der Creslin und Megaera Zuflucht gewährte – du weißt, die Gründer von Recluce. Er dachte, er könnte die Magier aufhalten. Sie verbrannten sein Weideland, töteten die Herden und machten seine Festung dem Erdboden gleich.«

»Wäre Hamor zu so etwas in der Lage?«

»Der Unterschied zwischen einem Feuerball und einer guten Kanone ist nicht mehr sehr groß und die hamorischen Schiffe und Kanonen schaffen mit Hilfe des Gleichgewichts freie Chaos-Kräfte, viel mehr als ich – oder Recluce – jemals für möglich gehalten hätten.«

»Könnt Ihr denn mit Hilfe der Ordnung keine Kontrolle darüber ausüben?«

»Nein.« Justen lachte höhnisch. »Willst du diejenige sein, die die Kräfte in geordnete Bahnen lenken will? Lerris hat es bereits versucht.«

»Oh ... Wird er es wieder versuchen?«

»Wie ich Lerris einschätze ... vermutlich ja. Aber ich möchte nicht in der Nähe sein, wenn es so weit ist.«

»Haben wir eine Wahl?«, fragte Tamra hartnäckig weiter.

Justen hob die Schultern und ließ sie wieder fallen. »Auf uns warten noch viele Schafe. Du kannst anfangen.«

LXVII

Krystal hielt sich schon seit einem Achttag in Ruzor auf, als Durrik, der Gewürzhändler, eines Morgens in den Hof einfuhr. Wegel fegte noch die Werkstatt und ich hatte nach meinen morgendlichen Stabübungen gerade mit der Arbeit angefangen. Ich wurde immer besser, traf den schwingenden Sack immer öfter hintereinander. Mit einem weichen Tuch wischte ich die dünne Staubschicht ab, die sich bei warmem Wetter in der Werkstatt ansammelte, da hörte ich Hufgeklapper und lief hinaus in den Hof. Der Himmel leuchtete hell und klar und die ersten Grashalme sprossen bereits aus dem Boden.

Ich begleitete Durrik in die Werkstatt, wo seine Kommode langsam Formen annahm. Es war schon erstaunlich, wie viel man doch schaffen konnte, wenn jemand anderer die Hausarbeit erledigte und ich nicht ständig Ausflüge durch ganz Candar unternehmen musste.

»Da steht Eure Kommode.« Ich zeigte auf die helle Eichenkommode, sie war fast fertig, nur der Firnis fehlte noch. Die anderen Werkstücke, Antonas Schreibtisch und Preltars Aussteuertruhe, waren noch nicht so weit.

»Das ist … bemerkenswert …« Durriks Finger strichen über das Holz und ich sah ihm an, dass ihm die Kommode gefiel. Er besah sie sich von allen Seiten und wandte sich schließlich an mich. »Sie ist mehr wert als der Preis, den Ihr mir genannt habt.«

Er hatte Recht, aber junge Handwerker waren für gewöhnlich immer unterbezahlt, genauso wie viele ältere oft überbezahlt waren.

Durrik sah Wegel an, der gerade den Besen aufräumte. »Junge, wenn du nur die Hälfte von dem lernst, was dein Meister kann, wirst du niemals Hunger leiden müssen.«

Wegel lächelte zögerlich. »J-ja, S-ss-ser …«

Wieder strich er über die Kommode. »Ich wünschte, ich könnte Euch mehr bezahlen, aber die Zeiten sind hart und werden noch härter werden.« Der Gewürzhändler wischte sich über die Stirn, obwohl es in der Werkstatt nicht sehr warm war – noch nicht.

»Die hamorischen Händler?«, fragte ich vorsichtig.

»Die … und die Gewürzpreise. Die Gewürze, die über den Seeweg hierher gelangen, sind schwer zu bekommen und die Preise gehen immer mehr nach oben. Wenn ich sie nicht zu dem Preis weiterverkaufe, den sie mich gekostet haben, verliere ich. Verlange ich aber den vollen Preis, können nur die Reichen sich die Gewürze leisten. Sogar die Gewürze aus Sarronnyn werden immer teurer.«

»Aus Sarronnyn?« Ich hatte die Bergstraße dorthin vor drei Jahren wiederentdeckt. »Warum werden die sarronnesischen Gewürze teurer?«

»Die Sarronneser haben das gleiche Problem wie ich. Mit teuren, aus fernen Ländern eingeführten Gewürzen verdient man nicht viel, wenn man die Preise nicht anhebt. Tresselholznadeln sind dieses Jahr doppelt so teuer wie letztes Jahr. Es ist mir zuwider, aber was bleibt mir anderes übrig?«

Und all das nur, weil Hamor fünf Häfen kontrollierte? Aber die Häfen waren nicht das Problem, sondern die Schiffe.

»Es kommt noch schlimmer. Die hamorische Flotte fängt jetzt die Schiffe ab, die nach Recluce wollen.«

»Aber alle können sie doch nicht abfangen«, setzte ich entgegen.

»Das müssen sie auch nicht. Wer will schon ein Risiko eingehen, wenn die Hamoraner auch einen guten Preis zahlen?«

»Ich wundere mich, warum Recluce nichts dagegen unternimmt.« Was war nur los, Recluce war doch auf den Handel angewiesen. Warum schlug die Bruderschaft nicht zurück?

»Sie tun es vielleicht noch«, meinte Durrik resignierend. »Wenn nicht, dann …«

Ich verstand seine Resignation. Wenn sich Recluce nicht sehr bald etwas einfallen ließe, würde es zu spät sein. Doch was sollten sie dagegen unternehmen? Ich wollte es lieber nicht wissen.

»Es freut mich, dass die Kommode schon so weit ist, aber deswegen bin ich nicht hergekommen.« Durrik übergab mir einen flachen Umschlag mit einem schwarzen Wachssiegel darauf. »Das ist ein Brief von Eurer Familie, ich versprach, ihn Euch zu überbringen.«

»Was schulde ich Euch dafür?«

»Nichts. Der Absender hat bereits bezahlt.« Durrik grinste. »Und auch wenn er es nicht getan hätte, ich könnte nichts mehr verlangen, jetzt wo ich die Kommode gesehen habe.«

Er klopfte mir auf die Schulter. »Ich muss jetzt gehen. Wenn Ihr einen Brief zurückschreiben wollt – ich werde schon einen Weg finden, um ihn dorthin zu bringen. Müsste vielleicht einen Umweg in Kauf nehmen – aber möglich wäre es.«

»Danke. Ich werde es Euch wissen lassen.«

Der Gewürzhändler war gefahren und ich wanderte den Hügel hinauf, um allein zu sein, wenn ich den Brief öffnete. Ganz allein war ich jedoch nicht. Eine riesige Pferdebremse umkreiste mich, was ein Vorzeichen sein mochte für einen langen und heißen Sommer.

Ich schlug nach der Bremse, aber sie kreiste frech weiter um meinen Kopf. Mir blieb also nichts anderes übrig, als einige niedrige Abwehrstäbe aufzustellen, worauf die Bremse beleidigt davonflog, um jemand anderen zu ärgern. Das schwarze Wachssiegel brach glatt in der Mitte durch und ich öffnete den Brief.

Lieber Lerris,

dein Brief war uns höchst willkommen und dein Vater und ich sind froh, dass es dir gut geht und dein Geschäft floriert. Ich erzählte Sardit und Elisabeth von deiner Schreinerwerkstatt, aber Sardit lächelte nur. Offenbar ist dein Name in Schreinerkreisen bereits bekannt. Wahrscheinlich hatte er uns deshalb immer einzureden versucht, dass es dir sicher gut gehe. Ich soll dir von ihm ausrichten, dass Perlot einerseits erleichtert, aber andererseits auch traurig ist, dass du Fenard verlassen hast.

Corso und Koldar lassen dich herzlich grüßen. Sie haben eine Tochter bekommen im letzten Herbst, sie heißt Betina. Deine Tante Elisabet hat sich sehr gefreut, glaube ich.

Dein Vater sagt, dass uns schwere Zeiten ins Haus stehen und dass Recluce in die Fänge geraten könnte zwischen dem Chaos aus Candar und der erzwungenen Ordnung aus Hamor …

Ich traute meinen Augen nicht. Das Chaos in Candar war schon immer von Recluce erzeugt worden und wurde es auch jetzt noch. Dass mein Vater das bisher geleugnet hatte, war … Ich fand keine Worte.

… aber keins von beiden wird gut sein für das Gleichgewicht. Ich soll dir schreiben, dass das Gleichgewicht immer in beide Richtungen ausgleicht, unabhängig davon ob Ordnung oder Chaos zuerst da war – ein Gleichgewicht wird es immer geben …

Ich runzelte die Stirn. Die Worte meines Vaters klangen durch die Hand meiner Mutter verdächtig nach Justen. Aber warum auch nicht? Sie waren schließlich Brüder.

... wenn es an der Zeit ist, wirst du vielleicht nach Recluce zurückkehren müssen, doch das musst du entscheiden ...

Natürlich war es meine Entscheidung. Wessen sonst?

Die Bäume brachten eine reiche Ernte letztes Jahr, sogar die Sauerbirnen ...

Wenn ich so darüber nachdachte, hatte ich in Candar bisher weder Sauerbirnen noch Goldsefmolen gesehen. Hatten die alten Ordnungs-Meister sie nur für Recluce erschaffen – noch vor der großen Veränderung?

Der Rest des Briefes enthielt nur die üblichen Floskeln, ich überflog sie, bevor ich den Brief wieder in den Umschlag steckte und in die Werkstatt zurückging. Dort angekommen legte ich ihn in die Mappe zu den anderen Papieren und fragte mich, warum mich die Worte meines Vaters so aufwühlten.

»Wegel ... zeig mir die Zedernholzstücke. Wir fangen mit den inneren Rahmenteilen der Aussteuertruhe an ...«

Er hatte nur ein Stück davon durch zu hastiges Hobeln zerkratzt, etwas, was mir bei Onkel Sardit mehr als einmal passiert war.

Gerade als ich zwei Holzteile zu einer Ecke zusammenfügen wollte, drangen das Knarren von Wagenrädern und Rissas Schimpfen durch das offene Fenster.

»Jetzt bleib stehen und rühr dich nicht mehr von der Stelle, du alte Mähre ...«

Rissa kam schnurstracks in die Werkstatt gelaufen, ohne die Stute vorher in den Stall zu bringen.

»Keine Hühner, Meister Lerris?« Sie hielt mir den Korb voller Eier unter die Nase. »Mehr als ein paar Eier bekomme ich von Brene sowieso im Augenblick nicht.

Keine Hühner. Wenn wir unsere eigenen hätten, würde die Sache schon anders aussehen. Nicht einmal für einen Silberling würde sie mir ein Huhn verkaufen, höchstens drei für ein Goldstück, aber ich kaufe doch keine so teuren Hühner. Ich doch nicht. Nicht ohne Euch vorher zu fragen.«

»Ein Goldstück für drei Hühner?«

»Die Preise steigen. Die Leute haben Angst vor dem Kaiser.«

Das wollte nicht in meinen Kopf hinein. Es würde noch weit über ein Jahr dauern, bis die hamorischen Streitkräfte Kyphros erreichten, selbst wenn Kasee schon vorher tot umfallen würde. Wer wusste schon, was in einem Jahr sein würde?

»Das ist doch verrückt. Im Umkreis von sechshundert Meilen hat sich bisher kein einziger Hamoraner blicken lassen.«

»Das mag schon sein, Meister Lerris, aber die Menschen haben Angst, und Menschen, die Angst haben, denken mit dem Herzen und nicht mit dem Kopf. Manchmal denken sie auch mit den Füßen. Wie Brene. Sie spricht schon davon, ihre Hühner zu verkaufen und zu Tyglit zu gehen …«

»Tyglit?«

»Das ist ihr Ältester. Tyglit wohnt in dem Händlerdorf am Oberen Fluss in der Nähe der Westhörner. Das ist einer der Orte, in dem das Volk des Graslandes vor dem Winter seine Geschäfte betreibt. Jedenfalls lebt Tyglit dort draußen und bestimmt werden die Hamoraner dieses öde Grasland in Ruhe lassen.« Sie riss den Korb wieder an sich. »Aber das ist sowieso egal. Wenn Brene geht, haben wir auch keine Eier mehr.«

Nun war es so weit, ich kapitulierte.

»Wie viele Hühner kannst du kaufen?«

»Wenn ich ein paar Hühner und einen jungen Hahn nehme, gibt sie mir Brene vielleicht für ein Goldstück.«

»Gut. Ich bringe dir die Münzen. Aber halt das Federvieh von der Werkstatt fern.«

»Soll ich jetzt etwa gleich wieder zu Brene fahren, wo ich doch gerade erst dort war?«

»Rissa, seit fast einem Jahr liegst du mir nun in den Ohren wegen der Hühner; als müssten wir ohne Hühner verhungern, so hast du getan, und jetzt …«

»Meister Lerris … Euch werde ich nie verstehen.«

Ich lief ins Schlafzimmer und holte meine Börse heraus. Darin befanden sich noch genug Münzen, sodass ich nicht an die Geldkassette gehen musste, die in der Wand des Lagerraums hinter der Werkstatt versteckt war.

»Hier hast du ein Gold- und zwei Silberstücke. Gib die Silberlinge, wenn möglich, nicht aus.«

»Ich werde es versuchen.«

Sie jagte mit dem Wagen zum Hof hinaus auf die Straße Richtung Südwesten und ich ging hinein, um den Firnis für Durriks Kommode anzurühren.

Wegel legte sein Messer nieder.

»Lass sehen, was du über Kirschholz aufgeschrieben hast, Wegel.«

Er brachte mir sein Kästchen und ich ging die Karten durch. »Kirschholz … hmmm … warum schreibst du nichts darüber, wie spröde es ist?«

»Ssspr-r-röde …?«

Ich sah ihn an. »Hol mir ein Stück Kirschholz aus der Abfallkiste.«

Er sah zu Boden, der dringend ein paar Besenstriche nötig hatte, und stapfte dann zur Abfallkiste.

»Nimm dein Messer. Versuch das Holz durchzuschneiden. Nein, nicht nur ein Stück, säg es in der Mitte durch …«

Er sah mich entsetzt an, was sein gutes Recht war. Ich verlangte praktisch von ihm, die Klinge zu ruinieren.

»Siehst du? Du musst gegen die Maserung sägen. Sie ist zu hart ...« Dann verstand er offensichtlich. »Jetzt schreib das auf die Karte.« Ich gab ihm das Kästchen zurück.

Dann erlöste ich ihn und er durfte hinausgehen in den Stall und die Wandbretter zusammennageln. Der Boden war bereits fertig, nur abgeschliffen musste er noch werden, und die Tür hing auch schon in den Angeln. Später konnte Wegel noch ein Fenster einsetzen, wenn er Lust hatte – für das Glas würde ich schon aufkommen – und er würde sich auch ein eigenes Bett schreinern müssen.

Manchmal pfiff er bei der Arbeit fröhlich vor sich hin und er passte sehr gut auf, wenn ich ihm etwas erklärte.

Nun kam Preltars Truhe wieder an die Reihe – so lange bis Rissa zurückkam. Zeibers Regal wartete auch noch auf mich, doch es würde noch etwas länger warten müssen.

»Meister Lerris ...«, rief Rissa.

Gaack ... gackgack ... gaack ...

»Du hast die Hühner gekauft, ich höre es.«

»Es ist sogar noch Silber übrig. Vier Hennen und einen schneidigen, jungen Hahn habe ich für nur ein Goldstück erstanden.«

Sie gab mir die übrigen Silbermünzen zurück. Eine durfte sie behalten und ich versuchte, mich an das Gackern und Glucksen zu gewöhnen.

»Meister Lerris, wir brauchen einen Hühnerstall. Ich kann die Hühner vorübergehend in den Stall sperren, aber bald werden die Katzen und ...«

»Hab schon verstanden, Rissa.« Niemand hatte bisher einen Hühnerstall erwähnt, aber darauf hätte ich auch selbst kommen können.

Am Abend, nachdem ich an der Aussteuertruhe nicht hatte weiterarbeiten können, weil ich Wegel in der Kammer mit den Eckrahmen helfen musste, nachdem ich einen ersten Plan für den Hühnerstall entworfen hatte, nachdem ich Rissas Lobgesang auf die Hühner über mich ergehen lassen musste und dazu das *gaack … gack* aus dem Stall, nachdem ich schließlich etwas gegessen hatte, das schärfer als Burkha war und schwerer zu verdauen als Eichenholz, wusch ich mich mit kaltem Wasser und setzte mich auf die Verandabank. Ich betrachtete die Sterne über dem Horizont und dachte nach.

Mein Leben nahm eine seltsame Wendung. Ich war zwar älter geworden, aber ich besaß nicht einmal annähernd so viel Geld wie damals, als ich als Geselle bei Destrin gearbeitet hatte. Ich hatte eine Frau gefunden, die ich liebte, doch sah ich sie immer weniger. Langsam sprachen sich meine Schreinerkünste herum und doch musste ich mit jedem neuen Kunden länger und härter um jeden Kupferling feilschen als mit dem vorherigen.

Da ich müde war und mein Bein schmerzte, stand ich auf und ging hinein in das leere Schlafzimmer, wo ich mich langsam auszog.

Ich atmete tief durch, schlug die Decke zurück und stieg ins Bett. Der Platz neben mir war leer. Krystal hielt sich noch immer in Ruzor auf und würde wahrscheinlich auch noch die nächsten Achttage fortbleiben. Auch Kasee war nach Ruzor gereist und mit ihr der größte Teil der Elitegarde, um die Stadt gegen die Hamoraner zu rüsten.

Das Grollen von Ordnung und Chaos drang an mein Ohr, doch ich versuchte nicht darauf zu hören, jetzt noch nicht.

Die ganze Nacht hindurch kämpften unter Candar Chaos und Ordnung gegeneinander und ich warf mich in dem leeren Bett unruhig hin und her.

LXVIII

Nylan, Recluce

Der Händler schreitet mit raumgreifenden Schritten in den Ratssaal.

»Ihr wirkt aufgebracht, Maris.« Heldra gießt sich Grünbeerensaft in den Becher und wischt sich anschließend mit einem weißen Tuch über die Stirn. »Bei der Dunkelheit, dieser Frühling ist ausgesprochen heiß.«

»Ich bin aufgebracht. Wie könnt Ihr Euch in Zeiten wie diesen nur über das Wetter Gedanken machen?«

»Überall ist es heiß, sagt Gunnar. Er behauptet, das Chaos unter uns sei schuld daran.« Talryn umklammert seinen Becher.

Maris stampft zum Fenster. Der Schweiß steht ihm in Perlen auf der Stirn, aber er wischt ihn nicht weg. Schließlich wendet er sich den anderen beiden wieder zu. »Diese hamorischen Kriegsschiffe ... jetzt fangen sie die Handelsschiffe aus Candar ab.«

»Und was machen sie wohl mit den Händlern, fressen sie sie zum Frühstück auf?« Der kleine, stämmige Magier stellt den Becher ab.

»Damit ist nicht zu spaßen.«

»Oh, ich pflichte Euch natürlich bei.« Heldra nimmt einen Schluck von dem kalten Saft.

»Sie zahlen die Hälfte des Preises, die die Ware in Nylan wert wäre – oder werfen sie von Bord.«

»Das ist wirklich ernst.« Talryn lehnt sich zurück.

»Warum wollt Ihr beide nicht verstehen?«, ruft Maris verzweifelt. »Hamor erwirbt die Ware zum halben Preis und die Händler aus Candar finden sich damit ab. Sie sind natürlich nicht zufrieden damit, aber sie werden es nicht wagen, zu schmuggeln oder die Handelssperre zu brechen.«

»Ich nehme Euch ernst, wie ich bereits sagte«, betont Talryn. »Aber einen kleinen Scherz müsst Ihr mir schon zugestehen. Für Humor ist in diesen schweren Zeiten so wenig Platz.«

»Sie haben die *Grestensee* versenkt.«

»Ich nehme an, weil der Kapitän nicht wollte, dass die Ladung im Golf landete, und versuchte, ihnen zu entkommen.« Talryn greift nach dem Saftkrug.

»Sein ganzes Hab und Gut befand sich auf dem Schiff. Findet Ihr das lustig? Ich verstehe Euch beide nicht. Wirklich nicht. Ich habe genug.«

»Aha«, ruft Talryn aus. »Jetzt sollen wir wohl unser mächtiges Trio gegen – wie viele sind es jetzt – hundert bis aufs Messer bewaffnete Kriegsschiffe kämpfen lassen und verkünden: ›Das machen wir nicht länger mit‹?«

»Ihr behauptet also, dass wir ihren Schiffen nicht gewachsen sind?«

»Eine halbe Jahreszeit lang war unser Trio vor Ort und hat nur drei von ihren Schiffen versenken können. Zwanzig weitere Schiffe sind neu hinzugekommen. Da könnt Ihr es Euch ausrechnen«, antwortet Talryn.

»Oder sollen wir vielleicht«, fügt Heldra an, »unsere zweitausend bewaffneten Brüder und Marineinfanteristen gegen fast zehntausend hamorische Soldaten antreten lassen? Sollen sie die Hamoraner mit den guten alten Schwarzen Stahlschwertern angreifen und sich abschlachten lassen von den abscheulichen neuen Gewehren? Auch hier kann man sich das Ergebnis leicht ausrechnen.«

»Aber was werden wir unternehmen?« Maris fordert eine Antwort. »Ihr stellt nur immer absurde Fragen.«

»Ihr wollt unmittelbare Gewalt, wie jeder, der neu zum Rat hinzukommt«, versucht Talryn ruhig zu erklären. »Auch ich habe das getan. Aber wir verfügen für solch einen Einsatz nicht über die notwendigen Mittel. Wir können Hamor ein wenig zurechtstutzen, aber niemals werden wir das Kaiserreich angreifen können, nicht mehr seit dem Fall von Fairhaven.«

»Absurde Fragen sind wichtig.« Heldra lacht. »Sie führen zu den Antworten.«

»Nicht immer«, fügt Talryn hinzu. »Aber wir versuchen es.«

»Was werdet Ihr zwei mir nun als Nächstes auftischen? Will ich es überhaupt wissen?« Maris schlägt mit der flachen Hand auf den Tisch. »Nein. Ich wäre ein Narr, wollte ich es erfahren.«

»Wir werden den Kampf denen überlassen, die ihm gewachsen sind.« Heldra zieht – beinahe unachtsam – ihr Schwert und streicht mit den Finger über die Klinge.

»Die Schwarze Garde?«, fragt Maris. »Ob das klug ist?«

»Wohl kaum, aber wir befinden uns jenseits von klugen Entscheidungen.«

Heldra betrachtet ihr Schwert und steckt es zurück in die Scheide. »Wir wurden ausgewählt, wie du, Maris, um die Ordnung mit einem Mindestmaß an Steuern und Aufwendungen aufrechtzuerhalten und Veränderungen innerhalb unserer Gesellschaft zu verhindern. Jedes Mal wenn wir etwas vorschlagen, fragt Ihr, wie wir das bezahlen sollen. So lange bis es Euch Händler betrifft, dann wollt Ihr, dass wir tätig werden – und zwar sofort. Nun … wir werden das tun, was in unserer Macht steht mit drei Schiffen und einer Handvoll Soldaten.«

»Pflichtet Ihr dem bei?« Maris richtet die Frage an Talryn.

»Rignelgio oder Leithrrse?« Talryn fragt Heldra, seine Stimme schwankt zwischen Ekel und Gleichgültigkeit, seine Augen schenken Maris keinerlei Beachtung.

»Beide, und den Kommandanten der hamorischen Streitkräfte in Freistadt. Und dazu die Flaggschiffe der hamorischen Flotte. Das bedeutet natürlich, dass wir ein Schiff aus dem Trio für fast eine Jahreszeit vom Stützpunkt abziehen müssen. Ihr erinnert Euch« – Heldra wendet sich an Maris –, »das war der Grund dafür, dass wir nicht noch eine Abordnung der Schwarzen Garde zu Sammel geschickt haben. Dadurch wäre ein Schiff aus dem Trio drei Achttage lang nicht in Dellash im Einsatz gewesen. Wir haben zu diesem Zeitpunkt die Zerstörung hamorischer Kriegsschiffe als vorrangig eingestuft. Vielleicht ist die Entscheidung falsch gewesen, aber« – sie zuckt die Schultern – »das kann man hinterher immer leicht sagen.«

»Wovon sprecht Ihr?«, fragt Maris.

»Davon, dass diejenigen, die die Entscheidungen fällen und ausführen lassen, persönlich dafür verantwortlich gemacht werden«, erklärt Heldra.

»Seid Ihr verrückt?«

»Nein«, äußert Talryn bedächtig. »Nicht verrückt. Nur zu spät dran.«

»Könntet Ihr mir das bitte erklären? Ich bin nur ein unwissender Händler, der hier ist, weil die Gilde gern wissen möchte, was passiert, bevor es passiert – zumindest hin und wieder.«

Talryn lehnt sich nach vorne, seine Augen verdunkeln sich. »Eines der großen Probleme im Umgang mit Kaiserreichen und großen Ländern ist, dass jene, die die Entscheidungen fällen, nie selbst von den Folgen betroffen sind. Denen in Candar, die die Lage ungünstig beeinflussten, haben wir eine Heimsuchung geschickt und waren damit so erfolgreich wie zum Beispiel beim früheren Herzog von Freistadt. Euch ist vielleicht aufgefallen, dass Herzog Colaris nicht versuchte, Herzog Hollorics Politik gegenüber uns nachzuahmen. Unglücklicherweise liegt Hamor fast auf der anderen Erdhalbkugel. Nun, da der Kaiser seine ranghöchsten Kommandanten und Gesandten geschickt hat, sollen auch sie dieselbe Behandlung erfahren, die sie anderen zuteil werden ließen.«

»Ihr seid verrückt«, flüstert Maris. Verstört blickt er Heldra an. »Und Ihr werdet die Garde anführen, nehme ich an?«

»Nein«, fährt Talryn dazwischen. »In Kürze werden wir auch hier in Recluce mit einem Angriff rechnen müssen. Räte, die nur auf dem Ostmeer umherkreuzen, nützen uns dann nichts. Auch werden wir unser Vorgehen der Gilde und Bruderschaft gegenüber erklären müssen. Alle verlangen Erklärungen in diesen schweren Zeiten. Als hätten wir sonst nichts zu tun.«

»Ihr seid verrückt.«

Talryn zuckt nur die Achseln. »Nein. Aber wenn wir nichts unternehmen, wird sich Candar spätestens in fünf Jahren ganz in der Hand Hamors befinden. Suchen wir den direkten Kampf, werden wir unterliegen. Also halten wir uns an jene, die die Entscheidungen fällen, und an die, die das Kommando führen.«

»Aber es werden andere da sein, die ihre Plätze einnehmen können.«

»Wie lange?«, fragt Heldra.

LXIX

»Ja, so. Halt es so fest.« Ich hämmerte das Brett in die richtige Position und somit war die Rückwand des Hühnerstalls fertig. Ich holte tief Luft und wischte mir mit dem zerlumpten Hemdsärmel den Schweiß von der Stirn.

Das Gackern der Hühner schien allgegenwärtig, obwohl sie alle irgendwo auf der anderen Seite des Stalls herumspazierten.

»D-d-diese Seite?«, fragte Wegel und verjagte eine dicke Bremse. Die Bremse drehte eine Runde und kehrte dann zu ihm zurück; das hätte sie besser nicht tun sollen, denn Wegel klatschte sie flach an die Wand. Seine Hand wischte er sich anschließend an der Hose ab.

»Das ist egal. Ich bin es leid, immerzu über die Hühner zu stolpern, auch wenn ich die Eier gern esse. Vielleicht haben wir im Herbst genug und können einige davon in den Kochtopf werfen. Ich meine die Hühner, nicht die Eier.«

Wegel grinste.

»Hol noch ein Brett.«

Er hörte nicht auf zu grinsen. Nachdem ich das zweite Brett festgenagelt hatte, hörten wir, dass sich Pferde näherten.

Ich erkannte den kleinen Mann mit der spitzen Kappe und der hellen Wolltunika, schon bevor er in hohem Bogen vom Pferd sprang – einem großen weißen Hengst von der Sorte, die ich niemals reiten wollte. Mit flinken Bewegungen band er das Pferd an den Pfosten.

»Meister Preltar. Wollt Ihr Euch über den Stand der Arbeit an der Aussteuertruhe für Eure Tochter erkundigen?«

»Auch. Auch.« Er rieb sich die Hände und folgte mir in die Werkstatt, wo er seine Kappe abnahm und mit beiden Händen festhielt.

Wegel kam hinter uns hergestapft und sah seine Schnitzerei an. Ich nickte. Er konnte ruhig ein wenig schnitzen, während ich mit dem Wollhändler redete.

Die schweren Bretter für den Hühnerstall konnte er ohnehin nicht allein festnageln.

Wegel wischte sich die Hände an einem Lumpen ab, setzte sich auf den Hocker und betrachtete das Holz in seiner Hand, ohne das Messer zu bewegen.

Ich zeigte auf die unfertige Truhe. »Ich habe die Pläne noch etwas verfeinert und das Holz bereits geschnitten. Hier sind die Teile für den Innenrahmen …«

Preltar nickte eifrig, als ich ihm alles erklärte. »Ihr kommt gut voran, Meister Lerris. Ja, sehr gut. Die Truhe wird ganz hervorragend werden, das muss ich ehrlich sagen, aber ich möchte etwas ganz anderes von Euch heute. Etwas ganz anderes und so bald wie nur möglich. Ich bin auch bereit, mehr dafür zu bezahlen. Einen Zuschlag sozusagen, versteht Ihr.« Er gestikulierte mit der Kappe. Mit den buschigen weißen Augenbrauen und dem unruhigen Blick sah er aus wie ein zerstreuter Falke, wenn es einen solchen Vogel gäbe.

Einen Zuschlag konnte ich gebrauchen. »Was ist es, das Ihr gern möchtet?«

»Eine Reisetruhe, genau genommen zwei Reisetruhen. Zwei, wenn ich Euch darum bitten darf, zweckmäßig und praktisch, leicht, aber stabil.«

»Wie groß?« Ich beugte mich über das Zeichenbrett.

»Für gewöhnlich werden sie auf einem Wagen transportiert – aber auch ein Pferd soll sie im Notfall tragen können.«

»Ich würde vorschlagen, nicht größer als zwei auf eineinhalb Ellen, und eine Elle tief.« Ich umriss mit den Händen die ungefähre Größe.

»Vielleicht eine Spur größer. Könnten sie nicht eine Spur größer sein?«

Ich lachte. »Wie es Euch beliebt, ich dachte nur an das Pferd, das die Truhen schleppen muss. Ich würde Fichtenholz nehmen. Es ist leicht und verhältnismäßig stabil.«

»Fichte?«

»Es ist weicher und bekommt leichter Druckstellen, aber wir würden mehr als ein Stein an Gewicht bei einer Truhe von dieser Größe einsparen. Deshalb werden auch Schiffsmasten für gewöhnlich aus Fichtenholz hergestellt.«

»Ah, Gewicht. Ja, sie müssen leicht sein. Wie die Truhen auch.«

»Also Fichte«, stellte ich fest.

Preltar knetete die Wollkappe zwischen den Händen. Bei einem kurzen Blick auf den Wassertopf fiel mir auf, dass kein Wasser mehr drin war. Lange würde es nicht mehr dauern, dann begann die große Hitze. Das bedeutete, dass das Holz den Sommer über austrocknete, worüber ich nicht gerade begeistert war. Doch dieses Zugeständnis musste man dem hiesigen Klima machen.

»Bis wann werden die Truhen fertig sein?«

Ich überlegte. An Antonas Schreibtisch würde ich noch viele Stunden arbeiten müssen, auch Durriks Kommode brauchte noch ein wenig Zeit, ganz zu schweigen von Zeibers Bücherregal. Die Reisetruhen stellten uns vor keine großen technischen Schwierigkeiten und ich wusste, dass Faslik Fichtenholz in Hülle und Fülle vorrätig hatte. Außerdem war es in einer guten Werkstatt normal, dass an fünf oder sechs Werkstücken gleichzeitig gearbeitet wurde. Natürlich hatte ich dieses Niveau noch lange nicht erreicht. »In drei Achttagen, vielleicht etwas früher.« Die Hälfte der Zeit würde an sich ausreichen, aber ich hatte inzwischen gelernt, mir selbst einen Spielraum zu gewähren.

»Drei Achttage. Das ist ja hervorragend. Einfach hervorragend.« Die buschigen Augenbrauen unter dem kahlen Haupt zogen sich zusammen und der Falke wirkte etwas weniger zerstreut. »Der Preis. Über den Preis haben wir noch nicht gesprochen.«

»Nein, das haben wir nicht.«

»Fichte ist nicht teuer, nein, ist sie nicht, und von Verzierungen war auch nicht die Rede.«

»Richtig. Eine Kiste von dieser Größe aus Eiche oder Zedernholz würde, wie Ihr sicher wisst, ungefähr zehn Goldstücke kosten.«

»Aber meine sollen kleiner sein als Hyleras Truhe, nur etwa ein Drittel so groß, und Fichtenholz kann nicht so viel kosten wie Zeder. Das kann es nicht. Nein, gewiss nicht.«

»Da habt Ihr Recht, Meister Preltar, und ich habe auch nicht gesagt, dass sie so viel kosten würden wie Hyleras Truhe. Ich nehme an, Ihr bevorzugt Messing für die Schlösser und Scharniere und eine ordentliche Verarbeitung.«

»Ah, ja, ordentliche Verarbeitung. Deswegen komme ich zu Euch.«

»Dann fünf Goldstücke pro Kiste.«

Er zuckte nicht einmal, als ich den Preis nannte, das gefiel mir gar nicht.

»Fünf pro Stück, ja, natürlich, das ist ein guter Preis. Sehr guter Preis. Und, Meister Lerris, wenn Ihr wirklich in drei Achttagen oder gar schon früher fertig seid, zahle ich ein zusätzliches Goldstück pro Kiste.« Er strahlte mich an.

Das kam mir sonderbar vor, aber ich verbeugte mich höflich. »Wir werden unser Bestes tun.«

»Und Hyleras Truhe … wann wird die fertig sein?«

»Ich könnte sie vielleicht auch bis dahin fertig haben, aber nur vielleicht.«

»Das wäre ja wunderbar … einfach wunderbar. Das würde alles viel einfacher machen. Viel einfacher. Dann könnte sie … aber ich will Euch nicht mit Einzelheiten langweilen, Meister Lerris. Nein, keine Einzelheiten. Ein zusätzliches Goldstück, wenn die Truhe in weniger als vier Achttagen fertig ist.«

Preltar hatte es eilig, ganz eindeutig.

»Sind die hamorischen Händler schon im Anmarsch?« Ich lächelte höflich.

»Die Hamoraner? Diese Händler … schreckliche Leute, das sag ich Euch. Ihre Baumwolle ist billig, aber bei weitem nicht so hochwertig wie analerianische Wolle, und sie sind so … schwierig … ja so schwierig.« Er setzte seine Kappe auf und verbeugte sich. Dann streckte er mir ein Goldstück entgegen. »Eine kleine Anzahlung, zum Zeichen meines guten Willens, nur eine … ja, symbolische Anzahlung.«

Ich nahm sie an und bedankte mich. »Ich werde sofort mit den Truhen anfangen, Meister Preltar … Ihr braucht sie anscheinend sehr dringend.«

»Dringend. Ja, nun, Meister Lerris, man muss die Schafe scheren, wenn die Wolle dick ist.«

»Die Leute sagen, Hamor könnte über Freistadt und Delapra hinaus weiter ins Land dringen. Wie denkt Ihr darüber?« Ich versuchte, die Frage unauffällig klingen zu lassen.

»Ich? Was ich denke? Ein kleiner Wollhändler wie ich? Ich habe keine Ahnung.« Er zuckte mit den Schultern. »Das Kaiserreich wird weiter wachsen, sagt man … ja, weiter wachsen, und die Hamoraner haben Kriegsschiffe in Südwind und Freistadt, und wer weiß … wer weiß, was sie als Nächstes vorhaben. Ich weiß es nicht. Ganz sicher nicht.«

Wir verbeugten uns noch einmal voreinander und dann brachte ich ihn zur Tür.

»Einen schönen Tag noch, Meister Lerris, einen schönen Tag noch.«

Er ritt zum Hof hinaus und ich rief nach Wegel, »Komm mit. Wir müssen diesen dämonenverdammten Hühnerstall fertig bauen.«

»Meister Lerris, Ser … ich wäre Euch doch sehr dankbar, wenn Ihr damit aufhören würdet, die Weißen

Kräfte auf unsere Hühner herabzubeschwören …« Rissa hatte sich mit dem Besen in der Hand in der Küchentür aufgebaut.

»Entschuldige, Rissa.« Der Schweiß stand mir auf der Stirn. Der Tag war schon heiß, obwohl es noch nicht einmal Mittag war und der Frühling gerade erst angefangen hatte. Und jetzt war der Wollhändler verängstigt, denn er bestellte Reisetruhen und wollte nicht einmal ernsthaft um den Preis feilschen.

Für mich hieß das, dass ich noch einmal zu Merrin reiten und Geld für Messingarbeiten ausgeben musste.

LXX

Im Hafen von Freistadt [Candar]

»Hamor! Hamor!« Die Sprechchöre lassen den Marktplatz erzittern.

Auf die eigens dafür aufgebaute Steinbühne tritt ein dunkelhaariger Mann in gelbbrauner Uniform, er verbeugt sich und winkt der Menge zu. An seinem breiten, braunen Ledergürtel hängt links ein Kurzschwert und ein kleiner Lederbeutel und auf der rechten Seite eine kleine Pistole in einem zum Gürtel passenden ledernen Halfter. Er wird flankiert von zwei Soldaten, die mit hamorischen Patronengewehren bewaffnet sind. Hinter ihm flattert ein hellblaues Banner mit der orangefarbenen Sonne Hamors darauf.

»Hamor! Hamor! …«

Keine zwanzig Ellen entfernt steht ein schlankerer, schönerer Mann, der über seiner hamorischen Uniform einen leichten Reiseumhang trägt. Leithrrse hat zwar Pistole und Kurzschwert, aber im Gegensatz zu dem ranghohen Soldaten auf der Bühne kein Messer bei sich. Er betrachtet die Menge und dann die Bühne. »... stolzier du nur auf der Bühne umher, Rignelgio.«

»Freunde! ... Freunde! Dies ist ein großer Tag für Freistadt: Keine endlosen Kriege mehr zwischen Freistadt und Hydlen, keine Soldaten müssen mehr eingezogen werden! Aber immer noch gibt es einen Verschwörer, der sich selbst Herzog nennt. Von jetzt an werden euch die hamorischen Streitkräfte schützen ...«

Der leichte Meerwind weht von der Großen Nordbucht den Geruch von Salzwasser, Seetang und Abwasser und den Rauch der hamorischen Kriegsschiffe herüber.

Leithrrse schnaubt verächtlich während der Rede. Er beobachtet die Menschen und muss die Augen zusammenkneifen, denn die Menge unter der Marktbühne scheint vor seinen Augen zu verschwimmen. Er wischt sich die Schweißperlen ab, die ihm die heiße Mittagssonne trotz der Brise auf die Stirn treibt.

Er blickt wieder auf die Bühne.

»... Kleidung, die kein Vermögen kostet ... Waren, die sich jede Familie leisten kann ...«

»Hamor! Hamor! ...«

WHHHHSSSTTT!

Eine kleiner Feuerball zischt aus der Menge unter der Bühne und explodiert unmittelbar vor dem kaiserlichen Regenten. Flammen lodern auf, der verkohlte Körper schwankt und stürzt in die Menge, die zurückweicht von der um sich schlagenden, verkohlten Säule.

»Iiiii ... iiii ...«

»Magie!«

»Ausgeburt der Dämonen!«

Leithrrse reißt sich den Umhang vom Leib und rennt die Steinstufen hinauf.

»Feuer! Da!« Er zeigt auf die Hitzeschlieren in der

Luft, die sich schneller zu bewegen scheinen als die flüchtende Menge.

»Ser?«

»JETZT!« Er hält die Pistole in der Hand und richtet die Waffe dorthin, wo er gerade hingezeigt hat. *Peng!*

Peng … peng … peng …

Ein Kugelhagel geht auf die Menge nieder, tote Körper bleiben auf dem Marktplatz in der sengenden Sonne liegen.

Dann, als vor der Steinbühne nur noch die verkohlte Leiche und ein halbes Dutzend anderer toter Körper liegen, nickt Leithrrse seinen Männern zu. Begleitet von drei Soldaten marschiert der Gesandte und neue Regent über den Marktplatz. Über dem toten Körper einer schwarzgekleideten, blonden Frau bleibt er stehen, sie hält noch immer eine kleine, weitschaftige Maschine umklammert, die aussieht wie eine zu klein geratene Kanone – dasselbe Raketengewehr hatte er schon an der Wand in der Kate des Weißen Magiers hängen sehen.

»Dämonenverdammte Bruderschaft … dafür werdet Ihr bezahlen.«

»Was … Ser?«, fragt der Wachserjant.

»Recluce. Die Schwarze Garde – die Schwarze Bruderschaft hat sie geschickt. Aber ihre Zeit wird noch kommen.« Die Wachen werfen sich fragende Blicke zu.

»Sagt Marschall Dyrsse, dass wir einige Veränderungen vornehmen müssen.«

Wieder sehen sich die Soldaten verständnislos an.

LXXI

Trotz der Hausarbeit, des Hühnerstalls und der anderen Schreinerarbeiten konnte Wegel bald seine eigene kleine Kammer beziehen. Gelegenheiten, um seine Fertigkeiten zu verbessern, würde er noch genügend erhalten, denn er besaß praktisch keine Möbel, nur das schöne Einzelbett, das ihm Faslik vorbeigebracht hatte. Ich stellte ihm eine Lampe zur Verfügung und das dazugehörige Öl, was auch zu den Dingen gehörte, die jeden Achttag teurer wurden. Die gestiegenen Preise waren nicht auf echte Knappheit zurückzuführen, sondern auf die Gier und Angst der Menschen. Es würde noch Jahreszeiten dauern, bis Hamor, wenn überhaupt, ganz Candar beherrschte. Die Schwarze Bruderschaft in Recluce hatte bisher herzlich wenig dagegen unternommen, aber ich nahm an, dass diese Untätigkeit bald ein Ende haben würde.

Ich war sogar schon bei Merrin in der Südstadt gewesen und hatte die nächsten Scharniere in Auftrag gegeben – weniger kunstvoll gearbeitete und damit auch billigere. Weder Yense noch sein Komplize hatten sich blicken lassen, aber die Tür hatte ich trotzdem offen gelassen, während ich bei Merrin drinnen saß.

Ich wischte mir den Schweiß vom Gesicht und sah mir die schon wieder schmutzige Werkstatt an. Dann nahm ich einen kräftigen Schluck aus dem Wasserkrug – die trockene kyphrische Hitze entzog meinem Körper das Wasser, sodass ich mich wie ein ofengetrockneter Brotteig fühlte. Ich hielt Wegel den Krug hin, aber er lehnte ab. Anscheinend brauchte er nicht so viel Wasser wie ich, nicht umsonst war er in Kyphros geboren und aufgewachsen.

»Kehr die Späne hinaus und den elenden roten Staub – jetzt …«

»A-aber … M-m-meister Lerris … es wird … wird doch gleich wieder staubig.«

»Ich weiß, aber ich glaube an den Kampf gegen die Unordnung, selbst wenn er vergeblich sein sollte.«

Der braunhaarige junge Mann machte nur ein trauriges Gesicht und holte den Besen. Ich nahm ein weiches Tuch zur Hand und versuchte damit dem roten Staub Herr zu werden. Wenn der Staub feucht wurde, hinterließ er gern Flecken auf hellem Holz. So wie ich schwitzte, ließ es sich nicht immer vermeiden, dass das Holz feuchte Stellen bekam. Daher war es mir schon zur Gewohnheit geworden, jedes Stück, an dem ich arbeiten wollte, abzustauben.

Nachdem sich der durch das Fegen aufgewirbelte Staub gelegt hatte, wollte ich gerade Durriks Kommode mit der letzten Firnisschicht überziehen. Da fiel mir ein, dass das Firnissen eigentlich der letzte Arbeitsgang des Tages sein sollte, wenn kein Staub mehr aufgewirbelt wurde und kein Wind mehr durch die Werkstatt wehte. Wie wäre es, wenn du einmal nachdenken würdest, Lerris?

Also legte ich das Firniswachs beiseite und hobelte stattdessen die inneren Deckel der Aussteuertruhe ab, bis auch diese so weit waren, den Firnis aufzubringen.

Hobeln und Stirn abwischen. Hobeln und abwischen; hobeln und abwischen ... die Bewegungen wiederholten sich ständig und wurden langweilig, aber ich kam voran.

Danach sägten wir die Bretter für weitere Reisetruhen zurecht. Zwar hatten wir noch keine Abnehmer dafür, aber Preltar war so unruhig gewesen, dass sie sich sicher bald finden würden; außerdem waren die Truhen schnell und einfach herzustellen. Wegel konnte sie allein zusammenbauen, während ich mich an die Feinarbeiten an Antonas Schreibtisch und Zeibers Bücherregal machte.

»J-j-jahunt ist da«, sagte Wegel.

»Jahunt?« Ich legte den Hobel auf die Werkbank und ging hinaus. Der einäugige Hausierer stand bereits auf der Veranda. Es wehte zwar ein leichter Wind, aber trotzdem war es sehr heiß, fast so heiß wie im Hochsommer. Auch das Gras auf den Wiesen würde bald braun werden. »Sei gegrüßt.«

»Seid gegrüßt, Meister Lerris.« Der Hausierer blickte verlegen auf die Steine unter seinen Füßen und dann zu mir. »Ich habe mir gedacht … Ihr seid doch Schreinermeister … und … na ja, vielleicht habt Ihr ein paar kleine Sachen, die ich für Euch verkaufen könnte?«

»Kleine Sachen?«

»Brotbrettchen. Schon vor Jahren habe ich solche Brettchen auf Handwerksmärkten gesehen. Oder Serviettenringe, geschnitzte Serviettenringe.«

»M-m-meister Lerris …«, stammelte Wegel.

»Hast du so etwas, Wegel?«

»Ein p-p-paar.«

»Jahunt … Ich stelle fast nur Möbel her. Kleine Sachen haben wir nicht viel. Wegel hat ein paar …«

»Aber … ein Lehrling, entschuldigt, aber …«

»Wegel schnitzt viel besser als ich. Du kannst dich glücklich schätzen, wenn du seine Sachen verkaufen darfst.« Ich räusperte mich, Hitze und Staub trockneten meinen Hals aus. »Warum fragst du uns? Du hast doch früher Scheren für Ginstal verkauft.«

»Ginstal ist nach Hrisbarg gegangen, Ser.«

»Hrisbarg?«

»Jetzt, da der Kaiser Freistadt eingenommen und der Regent die alten Eisenminen wieder aufgemacht hat … Ginstal sagte, dort würden gute Bergmänner gebraucht, die die Eisenerzbergwerke kennen, dort habe er auch sein Handwerk gelernt. Sein Bruder lebt dort, in einem Ort namens Howlett …«

Ich erinnerte mich an Howlett, aber nicht gerade mit Begeisterung.

»… Ginstal hat auch gesagt, dass sie mit den neuen Dampfdruckpumpen viel tiefer graben könnten, außerdem sei er es leid, sich ständig vor dem Kaiser fürchten zu müssen ... oder wer auch immer Kyphros als Nächstes angreifen würde.«

Wie viele Menschen in Candar dachten wohl das Gleiche? Baute der Kaiser gar darauf?

»Verzeiht, Ser ...«, sagte Jahunt.

»Was? Was ist?«

»Ihr saht so abwesend aus, Ser.« Der Hausierer wandte sich an Wegel. »Wenn er so dreinschaut, junger Wegel, möchte ich ihm nicht im Dunkeln begegnen.«

»I-i-ich auch n-n-nicht ...«

Das laute Gegacker aus dem Hühnerstall sagte mir, dass Rissa gerade die Hühner fütterte oder die Eier einsammelte. Das Krähen des jungen Hahnes – er saß bestimmt auf der obersten Zaunstange vor dem Hühnerstall – bestätigte, dass jemand in sein Territorium eingedrungen sein musste.

»Junge Hähne ...«, murmelte ich.

»So alt seid Ihr auch noch nicht, Meister Lerris«, lachte Jahunt.

Vielleicht nicht, aber manches Mal fühlte ich mich uralt.

»Ich glaube, ich würde die Holzsachen, die der junge Wegel schnitzt, gern verkaufen, zumindest so lange, bis die Hamoraner hier ankommen«, bot Jahunt an.

»Das kann lange dauern«, erwiderte ich.

»Nehmt Ihr es also mit ihnen auf? Die Leute sagen, Ihr seid ein mächtiger Magier.«

»Nur so mächtig, dass ich ein paar Mal fast umgebracht worden wäre. Nein ... daran denke ich nicht einmal.«

»Wenn Menschen wie Ihr sie nicht einmal aufhalten könnt, wer kann es dann?«, fragte der Hausierer.

Auch Wegel starrte mich fragend an, aber ich fand keine Antwort.

»Eine gute Frage, aber ich kann sie nicht beantworten.« Zu Wegel sagte ich: »Du kannst mit Jahunt eine

Abmachung treffen, aber dafür musst du in deiner Freizeit arbeiten.«

»D-d-danke.«

Ich lächelte. »Ich weiß nicht, ob du dich dafür bedanken musst. Doppelte Arbeit bedeutet nicht unbedingt Vergnügen.« Während Wegel stotterte und Jahunt schacherte, ging ich zurück in die Werkstatt, wo es bereits heißer als draußen war. Ich hatte keine große Lust zum Weiterarbeiten.

Doch ich raffte mich auf und begann mit den Schwalbenschwanzverbindungen der Reisetruhen. Nach dem, was Jahunt erzählte, würden sich diese bald gut verkaufen lassen, obwohl ich nicht glaubte, dass das hamorische Sonnenbanner in nächster Zeit in Kyphros einmarschieren würde, nicht solange Krystal für Ruzor zuständig war.

Wegel kam bald zurück und lächelte zufrieden, bis ich ihm auftrug, auch eine Reisetruhe – eine einfachere Art – zu schreinern.

Später, kurz vor dem Abendessen, musste er die Werkstatt sauber machen, sodass ich anschließend Durriks Kommode firnissen konnte. Über Nacht sollte sie dann ungestört trocknen.

Zum Abendessen gab es sehr scharf gewürzte Eier, die in Paprikaschoten eingewickelt waren. Sogar Wegel schwitzte, als er zwei davon gegessen hatte, aber wie alle Jungen in seinem Alter aß er schließlich fünf davon. Ich hörte nach dreien auf, aß dafür aber mehr Maisgebäck, als ich vertrug, und trank mehr Wasser als nötig.

Nach dem Essen striegelte ich Gairloch, der sich ungebärdig aufführte. Wahrscheinlich bekam ihm die frühe Sommerhitze nicht gut, die einen hohen Dunstschleier am Himmel schuf, und es störten ihn die vielen hungrigen Fliegen, die überall in der Luft umhersummten.

Diese Hühner ... sie gackerten unaufhörlich und hinterließen nur Dreck und Unrat, aber wir hatten Eier.

Die Nacht war zwar heiß, aber die Luft so trocken, dass mir das Einschlafen nicht schwer fiel, durchzuschlafen dagegen schon viel schwerer.

Wieder schien die Erde zu beben.

Ich setzte mich auf, zitterte vor der geistigen Kraft des Chaos-Nachhalls. Ohne weitere Nachforschungen anstellen zu müssen – meine Sinne konnte ich ohnehin nicht so weit ausdehnen, auch nicht unter der Erde, auch nicht als ein Erd-Magier wider Willen –, wusste ich, dass in den Schwefelquellen gerade das Chaos explodierte, dass Feuer und Dampf den Gelben Fluss entlang nach Hydlen strömten.

Ich kauerte mich aufs Bett, mir war plötzlich kalt trotz der warmen Luft und der Decke.

Wo würde das Chaos als Nächstes zuschlagen? Würde Sammel die Chaos-Kräfte an sich binden? Könnte er es vermeiden, wenn er wollte? Oder viel wichtiger, konnte er eine derartige Macht überhaupt ausschlagen? Und wenn er sie bereits angenommen hatte, warum brach das Chaos dann in Hydlen aus? Und wo kam all das neue Chaos her?

Unweigerlich musste ich an die Worte meines Vaters im Brief denken: »*... dass das Gleichgewicht immer in beide Richtungen ausgleicht, unabhängig davon, ob Ordnung oder Chaos zuerst da war ...*«

Ich wusste, dass Recluce die zusätzliche Ordnung nicht in dem Maße neu erschaffen würde – da müsste sich Recluce schon gewaltig verändert haben –, so lange ich in Candar war; und weder Justen noch Tamra oder ich stärkten die Ordnungs-Energien. Aber wer tat es dann?

Hamor? Musste es dort nicht Ordnung geben, um Stahl oder auch Schwarzen Stahl herzustellen? Nicht, wenn mein Vater Recht hatte. Justen könnte das bestätigen, wenn er nicht ständig auf Reisen wäre, aber ich wusste es auch ohne seine Bestätigung.

Ich zitterte unter der dicken Decke, während hunderte von Meilen entfernt Feuer und Dampf den Gelben Fluss hinunterstürzten.

LXXII

Nordwestlich von Renklaar, Hydlen [Candar]

Berfir wartet hinter dem dicken Schutzwall aus Erde, bis der letzte Kugelhagel aus den hamorischen Kanonen links neben dem Schützengraben niedergegangen ist. Die Kugeln fliegen hoch und fallen aus dem Himmel wie die Donnerschläge der längst verstorbenen Engel – oder wie die Speere der Lichtdämonen.

Die Schreie und Klagen der hydlenischen Soldaten gehen in den ohrenbetäubenden Explosionen der Kanonen völlig unter.

Mit jedem Einschlag fliegt trockene Erde durch die Luft und in der Mittagshitze legt sich auf jeden Krater eine Staubwolke.

Die weißgoldene Sonne brennt im blaugrünen Ofen des Himmels und der Staub wird bald fortgetragen über die rot gekleideten Truppen Richtung Süden, den Geruch von Schweiß, Blut und Bestechung nimmt er mit.

Eine Rakete zeichnet einen Bogen in den Himmel und fliegt auf die westlichste der hamorischen Kanonenstellungen zu, doch sie landet ein Dutzend Ellen zu früh und schlägt nur ein Loch ins Erdreich. Soldaten ducken sich und tauchen wieder auf, unverletzt.

Fast zehn Raketen werden auf die hamorischen Kanonen geschossen, bis eine davon ihr Ziel, die westliche Flanke der hamorischen Stellung, trifft und Flammen und schwarzen Rauch gen Himmel schleudert.

»Nehmt das, ihr Sonnenteufel!« Berfir lächelt schief und seine Hand wandert zum Heft seines mächtigen Schwertes, das noch immer im Schultergurt steckt.

Nun fliegen die Kugeln auf die hydlenischen Raketenwagen und die Hydler ihrerseits versuchen weiter vergeblich, die hamorischen Geschütze zu treffen.

Die Geschosse kommen immer näher an die hydlenischen Raketenwagen heran, bis schließlich eines davon mitten in die Geschützstellung trifft. Erde, stoffpuppengleiche Gestalten, Staub und Rauch fliegen durch die Luft. Dann erschüttern Feuer, Flammen und kleinere Explosionen die linke hydlenische Flanke.

Der Herzog wirft sich ins Gemetzel, ohne auf die noch immer niederhagelnden Kugeln zu achten, mit dem Schwert in der Hand brüllt er seine Befehle heraus. »Rechte Geschützgruppe neu formieren. Rechts neu formieren!«

Soldaten stolpern an ihm vorbei, die Angst steht ihnen ins Gesicht geschrieben.

Berfir verabreicht einem von ihnen – es ist keiner der angriffslustigen Yeannotas, der Dunkelheit sei Dank – einen Schlag mit der stumpfen Seite des Schwertes. »Rechte Geschützgruppe neu formieren! Sofort!«

Der Soldat greift an seine leere Schwertscheide, erst dann bemerkt er, dass er den mächtigen Herzog vor sich hat. »Ah … ja, Ser. Ja, Ser!«

Nur langsam wiederholen die Serjanten den Befehl, dann stapfen die zwei verbliebenen Raketenoffiziere und eine Handvoll Soldaten durch den Graben zur rechten Geschützstellung.

Die hamorischen Kanonen schießen, was das Zeug hält, die Kugeln zischen durch die Luft und hinterlassen ein Zickzackmuster auf den von den Hydlern errichteten Erdwällen. Dann zielen die Hamoraner wieder auf die anderen Raketenstellungen.

Mit jedem Einschlag wird mehr Staub über den hydlenischen Linien aufgewirbelt.

Berfir verlässt die linke Geschützstellung und läuft über aufgeworfenen Boden und verstümmelte Körper zurück hinter den aufgeschütteten Schutzwall, wo eine Handvoll Offiziere ihn erwartet. Er blickt hinunter auf das große Schwert in seiner Hand, hilflos, und steckt es zurück in die Scheide. Dann stellt er sich vor die groben Schießscharten, die ins Erdreich gearbeitet sind.

Die Rauchfahnen vom anderen Hügel ziehen über den aufgewühlten Grund der Felder, über die verlassene Bauernkate und die verstreuten Überreste einer kleinen Scheune.

»Ser?«, krächzt ein Offizier in Rot; seine Uniform ist von oben bis unten staubig. »Die Späher ... sie haben gesehen, dass die Hamoraner eine weitere Geschützgruppe in Stellung bringen.«

»Wann wird sie einsatzbereit sein?«, fragt Berfir müde.

»Wahrscheinlich nicht vor heute Abend, vielleicht auch erst morgen früh.«

»Sollen wir uns jetzt zum Rückzug fertig machen oder warten wir, bis es dunkel ist?« Berfir wischt sich mit dem linken Ärmel Schmutz und Schweiß aus dem Gesicht.

»Ser ... wenn wir noch länger warten ...«

»Ich weiß ... wird kein Soldat mehr übrig bleiben.«

»Ja, Ser.«

»Blast zum Rückzug. Versucht, auf der Flussstraße zu bleiben. Ich möchte, dass noch ein paar Soldaten übrig sind, wenn wir in Hydolar einziehen.«

»Hydolar?«, fragt der Offizier.

»Glaubst du, wir können Renklaar gegen all die Schiffe verteidigen, die nun vor Freistadt liegen?«

»Hydolar?«, wiederholt der Offizier. »Das heißt, wir überlassen ihnen das Ohydetal?«

»Hydolar – oder du findest einen Weg, um ihre Kanonen und Gewehre zu besiegen.« Berfir wirft einen Blick durch die Schießscharten. Die Kugeln setzen ihren Weg fort über den Hang.

LXXIII

Der Frühsommer kehrte in Kyphros wie ein Hammerschlag ein, die Sonne brannte am blaugrünen Himmel und verwandelte die Weiden in verkümmertes Grasland und die Straßen in Staubwolken. Während der größten Hitze und bei trockenem Wind hatte Durrik seine Gewürzkommode abgeholt. Mit den Scharnieren von Merrin konnte ich die Aussteuertruhe und die Reisetruhen für Preltar rechtzeitig fertig stellen und kassierte damit die versprochenen zusätzlichen Goldstücke.

Auch Zeiber war zufrieden mit dem Bücherregal und bot mir sogar ein extra Goldstück an. Ich lehnte es jedoch ab. Niemals könnte ich von Zeiber eine zusätzliche Münze annehmen. Aber er schien sichtlich zufrieden mit dem Regal, hatte es sanft berührt und ungläubig mit dem Kopf geschüttelt.

Wegel und ich hatten vier weitere Reisetruhen hergestellt und auch verkauft. Endlich kam auch mit Antonas Schreibtisch ein Ende in Sicht und Wegel hatte Jahunt einige kleine Schnitzereien mitgegeben. Der Hausierer konnte nur wenige davon verkaufen – so behauptete er uns gegenüber zumindest.

Eines Abends, Wegel fegte gerade die Werkstatt aus, während ich Fichtenholz aussuchte und für die nächste

Reisetruhe abmaß, ritt Krystal in den Hof. Sie hatte eine Staubwolke auf der Straße hinterlassen, die man im Licht der Abenddämmerung pink schimmernd meilenweit sehen konnte.

Gaaaack … gackgack … gaaack … Zwei Hühner pickten Körner vom harten, rissigen Boden um den Hühnerstall.

»Keine Hühner?« Krystal klopfte sich den Straßenstaub von der Lederkleidung, noch bevor sie sich aus dem Sattel schwang.

Ich antwortete mit einem Achselzucken. »Rissa hat mich überzeugt.«

»Ach, nein, Kommandantin. Erst als Brene ihre Hühner verkaufen wollte, weil sie ihren Hausstand zusammenpackte, um zu Tyglit zu fahren, erst dann hat Meister Lerris endlich zugestimmt, dass ich die Hühner kaufen darf. Und jetzt – jetzt haben wir Hühner, die wir noch vor dem Herbst braten können, und Eier, viele Eier.«

Der Hahn tat seine Anwesenheit vom Zaun beim Hühnerstall lauthals kund.

»Und lautes Gekrähe«, fügte ich hinzu.

Krystal lachte und ich sah ich die tiefen Augenringe, die vielen neuen silberfarbenen Haare und wie weit ihr die Uniform geworden war.

»Gibt es dann heute Huhn zum Abendessen?«, fragte Perron.

»Es hätte heute schon Huhn geben können, wenn Meister Lerris sich eher hätte dazu entschließen können, die Hühner zu kaufen.« Rissa stapfte zurück in die Küche.

Gemeinsam führten wir Krystals Pferd in den Stall.

»Du bleibst doch heute hoffentlich hier?«

»Es gibt keinen anderen Platz zum Bleiben. Nur ein Flügel der Kaserne ist geöffnet, die Truppen dort sind zum Schutze Liessas da.«

»Ist die Flagge gehisst?«

Krystal nickte. »Die Erbin bleibt hier, damit keine Unruhen aufkommen. Aber wenn angegriffen wird, dann sicherlich in Ruzor.«

»Ist es wirklich so schlimm?«

Sie nickte, sagte jedoch nichts und ich verstand die Botschaft. Es war sogar so schlimm, dass sie nicht einmal vor ihrer Leibgarde darüber sprechen wollte.

Ich holte den Striegel heraus. »Durrik hat seine Gewürzkommode abgeholt und Preltar seine Aussteuertruhe und er hat noch ein paar andere Stücke bezahlt. Zeiber hat mir eine Belohnung angeboten, aber ich habe sie abgelehnt.«

»Das hört sich ganz nach Erfolg an.« Krystal löste den Sattelgurt und hob den Sattel auf den Bock. »Du hast ganz recht daran getan, von Zeiber nichts anzunehmen.«

»Es ist uns nicht schlecht gegangen in der letzten Zeit. Wegel hat sogar ein paar seiner Schnitzereien über Jahunt verkaufen können.«

»Jahunt?«

»Der Hausierer. Früher hat er für Ginstal hausiert, der nun nach Hrisbarg zurückgegangen ist. Jahunt sagte, Ginstal sei ein gelernter Bergwerksmeister.«

»Die Eisenerzbergwerke waren schon geschlossen, bevor ich geboren wurde«, rief Jinsa von der Mitte des Stalles herüber.

»Sogar bevor ich geboren wurde und das will was heißen«, fügte Dercas hinzu. »Was gibt's zum Abendessen?«

»Essen? Mach erst mal deinen Gaul fertig und wasch dich, bevor du ans Essen denkst«, riet ihm Perron. »Hier gibt es immer etwas Gutes. Und es ist genug für alle da, selbst wenn du dir zuerst nimmst.«

Jinsa kicherte.

»Ein Mann muss wissen, was wichtig ist. Gutes

Essen, gute Pferde … und Barrel ist übrigens kein Gaul.«

»Genug jetzt«, sagte Perron ruhig.

Haithen sattelte ihr Pferd ab, ohne auch nur ein Wort zu sagen. Ich spürte ihr Unwohlsein durch den ganzen Stall, wie auch Krystals. Wie die Frauen damit fertig wurden, wusste ich nicht, und ich war froh, dass ich den Schmerz und das Unbehagen nicht am eigenen Leib spüren musste. Als Außenstehender war es schon unangenehm genug, besonders wenn zwei Frauen in dem gleichen Zustand waren.

Nachdem ich das Pferd fertig gestriegelt hatte, trat ich hinter Krystal und rieb ihr den Rücken, besonders den unteren Teil.

»Das tut gut.«

»Schön.«

Rissa stellte ein scharfes, dampfendes Hammelgericht mit Nudeln und frischem Brot auf den Tisch, gerade als wir vom Waschen kamen.

»Riecht gut.« Dercas leckte sich die Lippen.

Jinsa starrte ihren Kameraden an.

»Bitte, nehmt Platz«, forderte Krystal die Garde auf.

Ich setzte mich und lud uns beiden jeweils eine Portion auf die Teller, dann reichte ich die Nudeln weiter an Wegel. Wegel langte ordentlich zu. Wenn ihm das nur nicht zu viel wurde. Dercas zeigte ebenfalls keine Hemmungen.

»Es wäre nett von euch Männern, wenn ihr uns etwas übrig lassen würdet«, zischte Haithen mit scharfer Stimme.

Ich starrte auf meinen Teller.

»Dich habe ich nicht gemeint damit, Meister Lerris.«

»Das ist auch besser so«, bemerkte Rissa, »ihr sitzt schließlich an seinem Tisch.« Sie legte den zweiten Laib Brot in den Korb.

Alle schwiegen.

»Ich bin lieber hier als in Ruzor.« Jinsa strich sich das kurze Haar aus der Stirn.

»Ist es dort am Meer nicht kühler?«, fragte ich.

»Nicht sehr, und es ist feucht. Man schwitzt ständig, aber nichts trocknet. Die Kleidung riecht moderig, wenn man sie nicht dauernd wäscht, aber die nasse Wäsche trocknet nie richtig.« Sie schüttelte sich.

»Das schöne Ruzor am Meer«, warf Krystal ein. »Die Lebensmittel vor dem Verderben zu schützen ist eines der größten Probleme, mit denen Yelena zu kämpfen hat. Neben der Beschaffung.«

»Wie geht es ihr?« Ich brach mir ein Stück Brot ab und reichte den Korb Wegel, der sich unter Haithens strengem Blick nur eine kleine Scheibe nahm.

»Yelena? Wie wir alle hat sie zu viel zu tun und dafür zu wenig Zeit zur Verfügung. Ich glaube, sie vermisst die Feldzüge. Ihre knappe Freizeit verbringt sie ausschließlich mit Kampftraining.«

»Das sollte ich vielleicht auch tun.« Ich trainierte zwar ein wenig, doch noch immer fühlte ich mich aus der Übung, besonders jetzt, wo Tamra nicht da war, um mich auf Trab zu halten.

»Ihr zwei … alle reden nur von Waffen und Vorbereitung. Viele Jahreszeiten werden vergehen, bis irgendein Kaiserreich Kyphros erobern wird. Denn das steht schon im Buch Ryba: Niemand wird Kyphros einnehmen.« Rissa brach ihre Rede abrupt ab, als Perron ihr einen scharfen Blick zuwarf.

»Prophezeiungen taugen nur so viel wie diejenigen, die sie in die Wirklichkeit umsetzen.« So weit die Meinung des schlaksigen Soldaten hierzu.

»Dabei sind wir ziemlich gut«, bellte Dercas.

»Wenn es ums Essen geht, mit Sicherheit«, fügte Jinsa hinzu.

Weder Krystal noch ich hatten dazu viel zu sagen und so zogen wir uns gleich nach dem Abendessen ins

Schlafzimmer zurück. Dort zog ich ihr die Stiefel aus und massierte ihr den Rücken.

»Hilft das?«

»Das weißt du doch ganz genau. Du willst nur, dass ich es sage.« Ihre Stimme klang gedämpft, weil sie mit dem Gesicht auf dem Kissen lag.

»Wir Männer wollen einfach dauernd gelobt werden.«

Sie rollte sich auf den Rücken und deutete spaßeshalber einen Hieb an, den ich doch so ernst nahm, dass ich mich duckte. Wenn sie ernsthaft zugeschlagen hätte, hätte ich einen blauen Fleck zu bejammern gehabt.

»Vorsicht ... Ich bin nur ein schwacher Mann.«

»Schwach? Ha! So wie dich der Magier durchgebraten hat? Wer das aushält, ist nicht schwach.« Sie grinste, dann blickten ihre Augen in die Weite, auf einen Punkt in tausend Meilen Entfernung.

Nach langem Schweigen fragte ich: »Wie geht es dir? Du scheinst meilenweit entfernt zu sein.«

»Diese Vorbereitungen auf die Ankunft der Hamoraner – sie nehmen kein Ende.«

»Es scheint sich mehr um die Ankunft der Dämonen zu handeln.«

Krystal zog die Augenbrauen hoch und streckte sich ausgiebig auf dem Bett. »Bei der Dunkelheit, das tut gut, fast so gut wie eine Rückenmassage. Was meinst du mit der Ankunft der Dämonen?«

»In ganz Candar braut sich ein Chaos-Sturm zusammen. Preltar ließ sich Reisetruhen bei mir schreinern und hat nicht einmal um den Preis gefeilscht, obwohl er sonst zu denen gehört, die jeden Preis drücken müssen. Brene – Rissa hat von ihr erzählt – alle sind in Aufruhr. Aber so bald wird nichts geschehen.«

Krystal schüttelte den Kopf. »Es ist schon etwas geschehen. Die Bruderschaft hat den ersten Regenten ermordet – Rignelgio, und nicht Leithrrse. Auch haben sie mindestens drei hamorische Schiffe versenkt, Stahlschiffe, und eines davon hatte den hamorischen Flottenkommandanten an Bord. Nun ist Leithrrse an der Macht und er scheint zu wissen, was er tut. Gerade ist Renklaar gefallen und vermutlich hat sich das Wasser im Hafen so rot wie das hydlenische Banner gefärbt. Die Hamoraner sind mit weiteren tausend Soldaten in Freistadt gelandet und marschieren nun nach Hydolar. Montgren hat vor dem kaiserlichen Regenten kapituliert und der Vicomte von Certis seine Streitmacht aufgelöst.«

»Das ist schlimmer als ich dachte.« Ich hatte bisher nur an die Ausbreitung des Chaos gedacht, aber die Gewalt, die das Kaiserreich Candar antat, war von ebenso großem Ausmaß.

»Es wird noch schlimmer kommen.«

»Hat Leithrrse Kasee eine Nachricht zukommen lassen?«

Krystal schüttelte den Kopf.

Ich wartete, dann fügte ich hinzu: »Ich glaube, dass die Schwefelquellen vor zwei oder drei Achttagen explodiert sind. Die Chaos-Welle weckte mich mitten in der Nacht.«

»Es wurde berichtet, dass fast die Hälfte von Arastia durch Feuer und Dampf zerstört wurde. Der Fluss kocht immer noch.«

»Und auch das Rumoren des Chaos ist noch immer zu spüren.«

»Kannst du etwas dagegen tun, Lerris?«

»Ich wüsste nicht, was. Zu viel Chaos bedeutet auch zu viel Ordnung.«

»Zu viel Ordnung? So viel Ordnung kann doch niemals aus Recluce kommen.«

»Sie stammt auch nicht ausschließlich aus Recluce. Meine Eltern schickten mir einen Brief.«

»Wirklich? Ich bin froh, dass du ihnen geschrieben hast.« Sie grinste. »Tamra wäre auch froh. Ich habe weder von Justen noch von Tamra etwas gehört. Und du?« Krystal schüttelte den Kopf. »Ich bin müde, kann gar nicht mehr klar denken. Was haben deine Eltern geschrieben?«

»Meine Mutter hat den Brief verfasst, aber mein Vater sagte, dass das Gleichgewicht immer in beide Richtungen ausgleicht. Zuerst ist es mir komisch vorgekommen.«

»Das ist auch komisch.«

»Aber ich habe nachgedacht. Recluce hat die Menge an Ordnung in Candar und auch in Recluce beschränkt und damit auch die Menge an Chaos. Hamor benutzt Werkzeuge und Maschinen, um Ordnung neu zu schaffen ...«

»Und dadurch entsteht neues Chaos?«

»Ich glaube ja.«

»Dunkelheit steh uns bei.« Ihre Augen wanderten wieder in die Ferne, ich hielt nur ihre Hand und störte ihre Gedankengänge nicht.

Dann, als sie schon halb schlief, half ich ihr beim Ausziehen. Die ganze Nacht hindurch hielt ich meine Kommandantin fest und wurde dadurch vom Aufwall der Chaos-Kräfte unter Candar abgelenkt.

LXXIV

Östlich von Lavah, Sligo [Candar]

Der Mann in der gelbbraunen Uniform klopft drei Mal an die Tür der kleinen Kate. Hinter ihm und um das ganze Häuschen herum warten zwei Pferde mit leeren Satteln und an die fünf Züge berittene Soldaten, die eine Staubwolke aufgewirbelt haben, die bis hinunter nach Lavah reicht.

»Verehrter Magier?«, begrüßt Leithrrse Sammel, als dieser die Tür öffnet.

»Ihr schon wieder? Was wollt Ihr diesmal? Mir die Stellung des Kaisers des Wissens von Hamor anbieten?« Sammel tritt hinaus ins gleißende Sonnenlicht, blinzelt und weicht sofort wieder zurück in den Schatten, den das Katendach spendet. »Kommt herein. Wir sollten das nicht vor aller Welt besprechen. Sie wird es ohnehin früh genug erfahren.«

Leithrrse folgt dem Weißen Magier hinein. Er tupft sich die Stirn mit einem Tuch ab. Am Mittag herrscht trotz der geöffneten Fenster große Hitze in der Kate.

»Ich bin gekommen, um mit Eurer Hilfe das verlorene Wissen zurückzugewinnen.« Leithrrse verbeugt sich.

»Welches verlorene Wissen? Warum stehen so viele Soldaten vor der Tür? Und verbeugt Euch nicht so oft. Das zeugt von falscher Demut, die nicht zu einem hamorischen Gesandten passt. Ich bezweifle, dass die Hamoraner so etwas wie Demut kennen.«

»Da mögt Ihr Recht haben. All das« – Leithrrse zeigt auf die Soldaten – »hängt damit zusammen. Ihr habt vielleicht schon gehört, dass ein Attentäter aus Recluce den Regenten Rignelgio getötet hat. Auch haben die unsichtbaren Kriegsschiffe aus Recluce einige unserer Schiffe versenkt. Dummerweise befand sich Flottenkommandant Kuliorrse an Bord eines dieser Schiffe. Und so bin ich im Augenblick mehr als nur ein bloßer Gesandter, eine Lage, die der Kaiser ohne Zweifel in Kürze ändern wird. Aber jetzt ...«

»Aber jetzt«, wiederholt Sammel vergnügt, »würdet Ihr es lieber sehen, wenn die hamorische Führung in Candar nicht noch weiter dezimiert würde. Seid versichert, dass ich mich noch mehr geehrt fühle als bei Eurem letzten Besuch.« Er verbeugt sich übertrieben tief. »Wobei handelt es sich bei diesem ›Wissen‹ und wie könnte es Eurer Hoheit dienlich sein? Oder gar Seiner Höchsten Majestät, dem mächtigen Kaiser?«

»Der Kaiser ist in der Tat mächtig …«, fängt Leithrrse an, dann schüttelt er abwehrend den Kopf. »Ihr werdet unverschämt, Magier.«

»Und Ihr verzweifelt wohl langsam, verehrter Gesandter. Welches Wissen soll ich wiederfinden?«

»Einst gab es breite Straßen, die Freistadt mit Frven verbanden und von dort aus durch die Osthörner führten. Wir möchten diese Straßen ausfindig machen und wieder in Stand setzen, um sie befahren zu können.«

»Und natürlich sollen Eure Streitkräfte die Ersten sein, die sie nutzen.« Sammel wischt sich die Stirn ab.

»Leider haben wir weder Gelehrte noch Ingenieure zur Verfügung.«

»Und außerdem seid Ihr es leid, Euch mit Recluce auf dem Meer herumschlagen zu müssen … Ihr glaubt wohl, auf dem Land würdet Ihr weniger Verluste erleiden.«

Der Gesandte wartet. Sein Blick fällt auf das Raketengewehr an der Wand und er spitzt die Lippen.

»Was werdet Ihr tun, wenn ich nein sage?«

»Nichts … im Augenblick wenigstens.«

»Das klingt verdächtig nach einer Drohung.«

»Der Kaiser erinnert sich an Freunde.« Leithrrse wendet seinen Blick nicht vom Raketengewehr. »Aber er erinnert sich auch an die anderen.«

Sammel zupft an seinem Kinn. »Nun … die Wiederinstandsetzung der Straßen. Dabei handelt es sich zweifellos um eine Art von Wissen.« Auch sein Blick fällt auf das Raketengewehr und wandert dann zu Leithrrse. »Beim letzten Mal habt Ihr eine Entlohnung erwähnt. An was habt Ihr da gedacht?«

»Ich ließ eine kleine Aufmerksamkeit hier das letzte Mal. Es war nur wenig, aber der Posten des Bibliotheksleiters ist noch frei. Außerdem reist es sich in Begleitung von Soldaten … gesünder … heutzutage.« Leithrrse sieht Sammel unverhohlen an.

»Solange das nur eine kleine Aufmerksamkeit war.« Sammel lacht. »In den Osthörnern ist es wenigstens kühler um diese Jahreszeit.«

»Ich habe mir erlaubt, ein Pferd mitzubringen, ich wusste nicht, ob Ihr eines besitzt.«

Sammel verzieht das Gesicht zu einem Lächeln. »Lasst mich noch ein paar Sachen zusammenpacken, bevor wir mit unserer Suche nach dem Wissen beginnen. Ihr könnt auch gleich die neue Aufmerksamkeit auf den Tisch legen.«

»Natürlich.« Leithrrse nickt eifrig. »Natürlich.«

LXXV

»Was wirst du heute machen?« Ich blickte Krystal ins Gesicht, als ich den Becher mit Rotbeerensaft an die Lippen hob. Frühe Rotbeeren, und teuer waren sie gewesen, aber ich konnte kein Wasser mehr sehen und hatte kurz entschlossen ein Fass Rotbeerensaft gekauft. Und dazu, anständigerweise, ein Fass helles Bier für Krystal, obwohl sie nur wenig davon trank.

Ein Windstoß, heiß und staubig, fuhr durch die offene Küchentür herein. Rissa stieß die Tür mit einem Knall zu. »Immer ist die Tür offen … da bleibt doch von der Kühle der Nacht nichts übrig.«

»Entschuldige.« Da sah ich auf. Warum entschuldigte ich mich? Ich hatte doch die Tür nicht offen gelassen. Einer aus Krystals Garde hatte das beim

Hinausgehen verbrochen. Die Garde sattelte nämlich schon die Pferde und bereitete alles vor für den Ritt nach Kyphrien. Vielleicht war es auch Wegel gewesen. »Was machst du also heute?«, fragte ich erneut.

»Politik, wie immer.« Krystal lächelte säuerlich und stellte ihren Becher ab. Sie wirkte schon etwas erholter als vor zwei Tagen. All zu viel hatte ich von ihr allerdings nicht zu sehen bekommen zwischen Frühstück und Sonnenuntergang. Dennoch verschwanden trotz des vielen Schlafes die feinen Fältchen um ihre Augen nicht. »Mich mit Zeiber beraten und Pater Dorna einen Besuch abstatten, um auch die Menschen zufrieden zu stellen, die nur an einen Gott glauben. Mit Murreas habe ich mich sogar schon zwei Mal getroffen in den letzten Tagen.«

»Ist das nicht eigentlich Kasees Aufgabe?«

»Sie kommt erst heute im Laufe des Tages an, ab morgen wird sie diese Geschäfte wieder übernehmen. Aber so weiß sie morgen bereits, was die Minister und Priester denken, und diese werden sich geschmeichelt fühlen, weil wir beide sie nach ihrer Meinung fragen.«

»Durchschauen sie euer Spiel denn nicht?«

»Natürlich. Was zählt, ist die Form der Schmeichelei. Wir zeigen ihnen dadurch, dass wir sie für so bedeutend halten, dass wir beide uns mit ihnen beraten. Das wird sich herumsprechen und die Kyphrer werden erfahren, dass sich Kasee um Kyphrien und um ihre Untertanen kümmert. Dies ist sehr wichtig, besonders wenn eine Steuererhebung ansteht.«

Glücklicherweise verhielt es sich mit der Zauberei manchmal, wenn nicht sogar stets, weniger kompliziert als mit der Politik.

»Und was wirst du heute tun?« Krystal trank den Rotbeerensaft aus und stellte den Becher auf den Tisch.

»Ich? Ich werde die zwei Reisetruhen fertig stellen

und Antonas Schreibtischstuhl abschleifen. Morgen möchte ich mit der Feinarbeit anfangen.«

»Und danach?«

Ich wusste es nicht. »Viel gibt es danach nicht mehr zu tun. Jeder, der Geld besitzt, ist entweder fortgegangen oder hortet es.«

»So ist es überall.«

»Ich weiß, aber ich verstehe es nicht.«

»Es ist ganz einfach. Die Reichen bestimmen den Wohlstand. Zumindest ist das Murreas' Meinung«, fügte sie erklärend hinzu. »Wenn jemand ein Möbelstück bei dir in Auftrag gibt, kaufst du Holz bei Faslik und Faslik ernährt damit seine Familie und die Arbeiter in der Sägemühle. Diese wiederum kaufen mit ihrem Geld Wolle, Tuch und Essen und was sie sonst noch brauchen. Was passiert also, wenn du keine Aufträge mehr bekommst? Du kaufst kein Holz ...«, Krystal hielt inne.

»Aber ich kaufe immer noch Lebensmittel und Wolle«, protestierte ich.

»Du kaufst nicht mehr so viel. Dann verdienen die Händler auch nicht mehr so viel, was bedeutet, dass sie nicht mehr so viel einkaufen können oder sie müssen die Preise anheben und das wiederum führt dazu, dass wir alle nicht mehr so viel kaufen können wie früher.«

Krystal hatte Recht und ich saß eine Weile einfach nur da und dachte nach. Ich machte mir bereits Gedanken um die zurückgehenden Aufträge.

Eine Hausgrille zirpte. Dem Zirpen wurde jedoch durch Rissas starken Arm und ein zusammengerolltes Geschirrtuch ein jähes Ende bereitet. »Ungeziefer ... die Hitze treibt es ins Haus. Sie suchen Wasser und fressen alles auf.«

Krystal grinste, streckte sich und stand auf. »Ich habe mich heute Morgen schon zu lange aufgehalten.«

»Dann wirst du dich also jetzt dafür bestrafen?« Ich

stand auf und umarmte sie, ließ meine Finger über ihren Rücken streichen und massierte die verspannten Muskeln.

»Das tut gut.«

»Willst du noch immer aufbrechen?«

Ein Pferd wieherte ungeduldig im Hof, noch bevor sie etwas darauf erwidern konnte.

»Ich glaube, das ist die Antwort.«

Nach einer kurzen Schultermassage küsste ich sie und ließ sie los. Sie warf sich die abgetragene, tressenbesetzte Weste über die Schultern und gürtete sich das Schwert um die Hüfte.

»Es wird spät werden heute Abend, zum Essen werde ich nicht da sein. Kasee kommt zurück und wir werden mit Liessa und noch einigen anderen essen.«

»Noch mehr Politik?«

»Was sonst?«

Sie umarmte mich noch einmal, bevor sie ging, und ich beobachtete von der Küchentür aus – nachdem Rissa die Tür hinter mir zugeschlagen hatte –, wie sie und die Garde in die Straße nach Kyphrien einbogen. In letzter Zeit hatte sie kein Wort mehr über mein vermeintliches Heldentum verloren. Aber wenn sie losritt und ihre gefährliche Arbeit tat, war das nicht der Rede wert.

Wegel war gerade mit dem Fegen fertig geworden und arbeitete an einer Leiste für die Reisetruhe, als ich hereinkam.

»I-i-ist das s-s-so r-richtig, M-meister L-l-l-erris?«

»Das ist wunderbar. Mach weiter damit. Ich werde mir ein letztes Mal Antonas Schreibtisch vornehmen.« Meine Finger strichen über die Intarsie. Wegels Schnitzerei und meine Einpassung in das Kirschholz ergänzten sich wunderbar. »Mir gefällt das *A*.«

Wegel drehte den Kopf zu mir und lachte. Ich lachte zurück, froh, dass ich jemanden gefunden hatte, der mich verstand.

Ich holte tief Luft, säuberte den Hobel und prüfte die Werkzeugschneide, ich musste vorsichtig sein … sehr vorsichtig. Noch einmal wischte ich mir über die schweißnasse Stirn und schickte meine Ordnungs-Sinne ins Holz, versuchte jede auch noch so kleine, raue Stelle im Kirschholz zu entdecken.

Viele gab es tatsächlich nicht davon und gegen Mittag war ich fast fertig mit meiner Arbeit, da hörte ich ein leises Murmeln im Hof. Ich legte das Werkzeug beiseite und ging zur Tür. Wegel blickte kurz auf und wendete sich dann wieder der Reisetruhe zu, für die wir keinen Käufer hatten – noch nicht.

Zwei Kinder standen auf den Steinstufen vor der Küchentür und sahen flehend zu Rissa auf. Eine dünne Frau, die sich ein zerrissenes, graues Tuch um den Kopf gebunden hatte, um sich damit vor der Sonne zu schützen, stand auf der anderen Seite des Hofes im Schatten der kleinen Eiche, die ich gepflanzt hatte, nachdem vor drei Jahren die Werkstatt fertig geworden war.

»Bitte … wir sind so hungrig …« Das Flehen des dunkelhaarigen, älteren Mädchens drang kaum an mein Ohr, so leise sprach sie. »Mama hat gesagt, du wirst uns bestimmt was geben.« Sie sah ihre jüngere Schwester an. Beide Kinder wirkten sauber, aber sie waren in Lumpen gekleidet, und die kleinen, sauberen Gesichter schienen viel zu schmal.

Ich drückte mich zurück in den Schatten der Werkstatt, bevor Rissa in meine Richtung sah.

»Nur ein wenig …« Rissa Stimme klang ungehalten, aber noch nicht barsch. »Meister Lerris kann nicht alle durchfüttern.«

»Wir sind nicht alle«, sagte das kleinere Mädchen. »Du kennst uns doch. Ich bin Jydee und sie heißt Myrla und wir sind hungrig.«

»Ich werde mal nachsehen …« Rissas Schritte entfernten sich.

War die Lage bereits so schlimm, dass die Kinder nichts zu essen hatten? Und an meiner Tür bettelten und nicht nur in den ärmeren Vierteln von Kyphrien? Ich musste damit rechnen, dass ich bald überhaupt keine Aufträge mehr erhielt. Bis jetzt hatten noch einige wenige etwas Geld übrig gehabt, doch das würde bald nicht mehr der Fall sein.

»Hier …«

»Danke, Herrin Rissa … danke …«

»Dankt nicht mir. Bedankt euch bei Meister Lerris. Es ist seine Speisekammer.«

Ich stellte mich so an die Tür, dass ich unbemerkt nach draußen sehen konnte. Jedes Mädchen hielt einen halben Laib trockenes Brot und einige Oliven in der Hand. Langsam gingen sie über den Hof zu ihrer Mutter, die nackten Füße wirbelten roten Staub auf.

Jydee, die kleinere von beiden, schob sich blitzschnell eine Olive in den Mund und biss ins Brot.

Die Mutter winkte Rissa zu und die drei gingen die Ausfahrt hinaus.

Nachdenklich ging ich hinüber zu Rissa in die Küche.

»Meister Lerris … Guysee ist eine gute Frau …«

Ich hob beschwichtigend die Hand. »Ich will dich keineswegs tadeln. Man merkt den Kindern an, dass sich jemand um sie kümmert – aber auch, dass sie hungern müssen.« Ich deutete auf den Tisch in der Küche und schloss die Tür hinter uns, um die Hitze und den roten Staub auszusperren.

Ich nahm den Krug aus dem Kühler und goss mir etwas Rotbeerensaft ein. »Wer ist die Frau?«

»Guysee? Ich kenne Guysee schon seit vielen Jahren. Wylbel war ihr Mann. Er arbeitete für den alten Wollhändler Sinckor. Der starb, bevor …«

»War das nicht der, dem dieses Land gehörte?«

Rissa nickte. »Sein Haus und Lagerhaus brannten

nieder und er kam in den Flammen um. Ein schreckliches Feuer war das, die Flammen schlugen bis in den Himmel. Manche sagen, dass Histel – Sinckors einziger Sohn … ein böser Junge, er hat die Mädchen geschlagen, bis sein Vater ihn in die Garde des Autarchen steckte – manche sagen, dass Histel ihn wegen des Goldes umgebracht hat.« Rissa zuckte die Achseln. »Niemand hat Histel oder das Gold je gefunden. Wylbel hatte versucht, Sinckor zu retten, und holte sich fürchterliche Verbrennungen dabei, sodass er nie mehr arbeiten konnte. Vor drei Jahren, als der große Regen kam, starb er. Danach hat Guysee Mortens Haushalt geführt, bis diese schwarzhaarige Frau kam. Dieses Flittchen hat Morten schließlich dazu gebracht, Guysee hinauszuwerfen.«

»Wo lebt sie nun?«

»Wo es gerade geht.«

Ich schluckte und trank etwas von dem Rotbeerensaft. Die extra Silberstücke, die ich für das Fass bezahlt hatte, kamen mir nun wie purer Luxus vor.

»Kommen die drei öfter hierher?«

»Ich sage immer, dass Ihr der Wohltäter seid, denn es sind Eure Lebensmittel.«

»Wieso hast du mir nichts davon erzählt?«

Rissa zuckte nur mit den Achseln. »Sie ist eine gute Frau und es gibt keine Arbeit und ihre ganze restliche Familie ist tot.«

Was sollte ich nur tun? Leichter war es, man verschloss die Augen vor dem Elend der Menschen. Vielleicht … vielleicht … aber ich würde nicht alle Probleme über Nacht lösen können.

»Ab jetzt darfst du ihnen etwas mehr geben. Wir werden sehen, was wir für sie tun können.«

»Ihr seid ein guter Mann.«

Ich schüttelte den Kopf. Mir war elend zu Mute. Ein wenig Brot für eine obdachlose Frau und ihre zwei

Kinder machte mich schon zu einem guten Mann? »Herrschen in ganz Kyphrien solche Zustände?«

»Lebensmittel werden teuer.«

»Warum …« Ich besann mich. »Ich habe es bisher nur nicht bemerkt, weil Krystal die meiste Zeit nicht da war und wir nicht so viele Mäuler stopfen mussten.«

»Das stimmt und wir essen mehr Mais und altes Hammelfleisch und Oliven.« Rissa lächelte selbstzufrieden. »Ich gehe sehr sorgfältig mit Eurem Geld um.«

»Dafür bin ich dir dankbar.« Ich trank den letzten Schluck aus und stand auf. »Ich muss nachdenken und zurück an die Arbeit.«

»Das solltet Ihr. Viele Menschen verlassen sich auf Euch.« Rissa schenkte mir ein freundliches Lächeln.

Ich besaß ein gemütliches Heim, eine wunderbare Gemahlin an meiner Seite, genug zu essen, ein gutes Bergpferd und übte ein Handwerk aus, das mir Spaß machte. Und was hatten Menschen wie Guysee und ihre Töchter?

Zurück in der Werkstatt fragte ich Wegel: »Kennst du Guysee?«

»W-w-wen?« Er errötete.

»Was weißt du über die Frau?«

»N-n-nicht viel …« Stotternd erzählte er mir, dass er und sein Bruder heimlich Lebensmittel für sie gestohlen hatten, bis ihr Vater sie dabei erwischt hatte.

»Beherrscht sie ein Handwerk?«

»S-s-sie näht …« Guysee konnte als Näherin arbeiten.

Mein Entschluss stand fest. »Gut. Du hast mit der Truhe angefangen, also kannst du sie auch fertig machen. Dann wirst du den Hühnerstall zu einer Hütte mit drei Betten umbauen – über einen Kamin werden wir uns später den Kopf zerbrechen. Danach musst du einen neuen Hühnerstall bauen. Ich bezahle das Holz dafür.«

»W-w-wieso?«

»Weil … wenn ich nichts unternehme, wer dann? Ich kann nicht die ganze Menschheit retten, aber vielleicht können wir einer armen Frau helfen. Sag aber Rissa oder Guysee noch nichts davon! Nicht bis die Hütte fertig ist. Morgen werden wir das Bauholz bei deinem Vater holen. Und jetzt … sieh zu, dass du mit der Truhe fertig wirst.«

»J-j-ja, S-s-ser …«

Fühlte ich mich schon gut, nur weil ich eine Hütte bauen ließ? Was sollte dann aus den großen Problemen werden, denen Kasee, Krystal und ganz Kyphros gegenüberstanden? Musste ich wirklich immer den Helden spielen für jemanden?

Die Frage konnte ich nicht beantworten, aber gerade als ich darüber nachdachte, fiel mein Blick auf einen Gegenstand in der Ecke hinter dem Zeichentisch – das alte Stück Zedernholz, an dem ich schon so viele Male zu schnitzen begonnen hatte. Noch immer verbarg sich ein Gesicht in dem Holz, doch es offenbarte sich mir nicht, nicht klar wenigstens.

Ich starrte eine Weile darauf und legte es wieder weg, dann nahm ich den Hobel zur Hand. Ich musste den Schreibtisch so weit fertig machen, dass ich mit dem Firnis anfangen konnte.

Wegel summte vor sich hin, während er an der Reisetruhe arbeitete. Ich glättete das Holz, doch währenddessen schien die unfertige Schnitzerei mir Vorwürfe zu machen, blind wie sie war – ohne Gesicht und Augen.

LXXVI

Hydolar, Hydlen [Candar]

Rauch steigt aus den hamorischen Geschützstellungen auf und der dumpfe Einschlag einer Kanonenkugel in die Mauer neben den Stadttoren folgt.

»Diese Dämonenkanonen. Immer diese Dämonenkanonen!« Berfir richtet seinen Blick auf die Hügel jenseits des Stadtrandes von Hydolar, dann auf die Staubwolken, die aus der niedrigen Mauer steigen.

Rumps! Ein weiterer Teil der Steinmauer etwa dreißig Ellen rechts vom Herzog zerbricht und rutscht mit einem dumpfen Rumpeln in den ausgetrockneten Graben hinab. Der Lärm geht jedoch fast unter im unaufhörlichen Kanonendonner. Staub wirbelt durch die windstille Luft.

»Wo haben sie nur all das Schießpulver her?«

»Ser?«, fragt der breitschultrige Offizier mit den schweren Tressen auf den Schultern seiner roten Weste.

»Ist schon gut!« Der Herzog schreitet auf der Mauer dahin in Richtung Osten, dorthin wo die hamorischen Kanonen ein Loch in die Mauer gerissen haben. Seine Finger umklammern die erbeutete Pistole, bis er sie schließlich mit einem Ruck aus dem Halfter zieht.

Rrrumps!

Noch mehr Steine bröckeln ab und das Loch in der Mauer neben der Straße, die nach Norden über die Hügel nach Jellico führt, wird immer größer.

Der Herzog steigt hinauf zu den niedrigsten Zinnen. Er richtet die Pistole auf die hamorische Stellung, entsichert und schießt.

Er lädt sie erneut und schießt. Und noch einmal.

Die Kanonen feuern unablässig ihre Kugeln. Die Bresche in der Stadtmauer wird immer größer und mit jeder Kugel bröckeln mehr Steine ab, die sich zu einem Haufen am Fuß der äußeren Mauer auftürmen.

Der Herzog hält inne und nimmt die letzte Patrone aus dem Gürtel. Seine Finger zittern, eine Patrone fällt zu Boden. »Dämonenverdammte Waffe. Frauenplunder!«, murmelt er, als er die abtrünnige Patrone wieder in der Hand hält und umständlich in die Pistole steckt. »Nicht Mann gegen Mann … feige wie die Magier. Keine Fertigkeiten … keine Stärken …«, brummt er vor sich hin.

Dann richtet er sich wieder auf und beäugt den aufgeschütteten Schutzwall, den die hamorischen Truppen jenseits der Bogenschussweite errichtet hatten. Keine einzige Uniform der Sonnenteufel ist zu sehen – nur der Rauch der Kanonen und die nackten Erdwälle.

Endlich steckt er die Pistole wieder in den Halfter und stapft entlang der zerschossenen Zinnen der Stadtmauer zurück nach Norden, wo sich die letzten hydlenischen Raketenwagen befinden. Während seines Marsches schießen die Hamoraner plötzlich auf den Nordostturm. Berfir wirft einen Blick zurück und sieht, wie die äußeren Zinnen zu Kiesel zerschossen werden, der dann hinabstürzt in die Tiefe. Seine Hand wandert langsam zum Kurzschwert in der Scheide, aber er zieht sie zurück, als er die Raketenstellung erreicht.

»Nual?«

»Ja, Ser.«

»Schieß alles, was du noch hast, auf die Kanonen. Nur auf die Kanonen.«

»Wir versuchen es schon die ganze Zeit, Ser. Sie sind schwer zu treffen, Ser.«

»Versuch es weiter.«

»Ja, Ser.«

Berfir tritt zurück, eine hydlenische Rakete zischt nordwärts auf die hamorischen Kanonen zu, aber sie explodiert und hinterlässt nur ein Flammenmeer auf dem äußeren Erdwall, der die hamorische Artillerie schützt.

»Höher!«, brüllt der Herzog. »Stellt sie höher.«

»Ja, Ser.« Nual fordert die Raketenmannschaft mit einem Handzeichen dazu auf.

Whhstttt! Whhstttt! Noch mehr Raketen fliegen nordwärts und stürzen auf den gewaltigen Erdwall, nur eine schlägt hinter dem Wall ein, jedoch steigen weder Rauch noch Flammen auf.

Die hamorischen Kanoniere beschießen weiterhin die Überreste der Stadtmauer und Berfir sieht zu, wie der Wehrgang getroffen wird und eine Reihe Bogenschützen in den Graben stürzt.

Dann wird der Angriff auf die Mauern neben den Toren wieder aufgenommen.

Der Rauch steigt aus den Kanonen und Berfir klettert die offenen Steinstufen hinunter. »Derbyna! Derbyna!«

»Ja, Ser.« Der weißhaarige Offizier in der roten Weste steht am Fuß der Treppe bereit.

»Hol die Freischärler und meine Yeannotas.«

»Ser?«

»Wir werden einen Angriff reiten auf die Kanonen. Die Yeannotas sind die einzige Kavallerieeinheit, die noch übrig ist, und sie werden mir folgen.« Berfirs Augen wandern zu den Ställen, dann trocknet er sich die Stirn.

Beim Einschlag einer weiteren Kugel regnet es feinen Sand auf die zwei Männer.

»Aber, Ser … die Gewehre …«

»Die Mauer kann den Gewehren standhalten. Aber den Kanonen nicht.« Berfir schreitet hinüber zu den Ställen, in denen viel zu viele Pferde untergebracht sind. »Yeannotas! Zu mir her!«

Während der Herzog auf sein Pferd steigt und darauf wartet, dass die Wachen die Tore aufstoßen, sitzen fast sechzig Yeannotas und eine Handvoll Freischärler hinter ihm im Sattel ihrer unruhigen Pferde.

»Öffnet die Tore!«

Langsam öffnen sich die knarrenden Tore.

»Nur halb aufmachen. Nicht ganz!«, brüllt Berfir. »Jetzt!« Der große Braune trägt ihn hinaus auf die kraterübersäte Straße und um einen Steinhaufen herum. Hinter ihm folgt die Truppe in einer Reihe, die meisten tragen die roten und goldenen Farben der Yeannotas.

Plötzlich schlägt eine Kanonenkugel unmittelbar neben den Hydlern in die Mauer und Sand und Steine regnen auf die Straße und den ausgetrockneten Graben nieder, der sich langsam mit Steinen und Leichen füllt.

»Vorwärts!«, befiehlt Berfir und bedeutet seinen Männern, ihm zu folgen. Seine Augen sind starr auf den Rauch gerichtet, der aus dem hohen, fast eine Meile entfernten Erdhügel qualmt. »Yeannotas! Mir nach!«

Er hält seinen Braunen zurück, bis die Reiter zu ihm aufgeschlossen haben und sich eine einigermaßen geordnete Linie abzeichnet.

Die ersten hamorischen Gewehrkugeln schlagen zwischen den grünen Weizenhalmen ein und schleudern die Erde durch die Luft.

Da ... eine Kugel prallt von der Steinstraße ab.

Ohne den hamorischen Kugelhagel zu beachten, reißt Berfir die Hand hoch und gibt damit das Zeichen zum Sturm auf die rauchgekrönten Erdwälle. »Auf die Kanonen! Auf die Kanonen!«

»Auf die Kanonen!«, tönt das Echo der Yeannotas, die mit ihren mächtigen Schwertern die Luft durchschneiden.

Die Kugeln pfeifen nur so an den angreifenden Hydlern vorbei. Unmittelbar neben Berfir taumelt ein Pferd und geht zu Boden. Ein Yeannota fällt, dann ein zweiter.

Der Kugelregen verdichtet sich.

»Auf die Kanonen!« Berfir zieht seine Pistole aus dem Halfter und richtet sie auf den näher rückenden Erdwall, hinter dem sich die Sonnenteufel verschanzen. Er schießt ein Mal, zwei Mal, wieder und wieder, während er auf die gegnerische Stellung zujagt.

Drei weitere Reiter fallen, am Ende der hydlenischen Linie bricht ein Freischärler aus und lenkt sein Pferd nach Osten, er duckt sich und flüchtet Richtung Fluss.

Die Pistole gibt nur noch ein Klicken von sich und Berfir trägt einen leeren Patronengürtel um die Schulter. Der Herzog schleudert die nutzlose Pistole von sich, sie wirbelt durch die Luft und landet schließlich im niedergetrampelten Weizenfeld.

Wieder bricht ein Pferd samt Reiter zusammen, fast an der gleichen Stelle, an der die Pistole liegt.

»Kommt her und kämpft!«, brüllt Berfir den hamorischen Soldaten zu und zieht mit drohender Gebärde sein schweres, breites Schwert aus der Scheide.

Weniger als zwanzig Mann reiten noch neben dem Herzog her, Schaum steht dem großen Braunen vor dem Mund, der mit dem Herzog den Kanonen entgegenfliegt.

Hinter den wenigen noch verbliebenen, angreifenden Reitern fällt eine steil fliegende Kanonenkugel nach der anderen auf die Stadtmauern von Hydolar.

»Kommt her und kämpft, Mann gegen Mann!«, schreit Berfir mit der Klinge in der Hand. »Los, zeigt euch, ihr feigen Hunde!«

Die Kugeln zischen dem Herzog um die Ohren, noch mehr Reiter gehen zu Boden.

Das Loch in der Stadtmauer wird mit jeder Kugel größer und größer, Wehrgänge und Galerien liegen frei.

»Los, ihr Teufel! Kommt raus aus eurem Versteck!«

Keine zwei Ellen vom Herzog entfernt zerschellt eine Kugel auf den Steinen der Straße. Eine andere zerreißt seinen Ärmel und hinterlässt eine rote Linie auf dem rechten Arm.

»Feiglinge!« Wieder schwingt Berfir das Schwert über dem Kopf. »Wir sind fast da!«

Der Rauch der Kanonen treibt über den Hügel hinunter auf den Herzog zu, nur noch hundert Ellen liegen zwischen ihm und den Erdwällen der Sonnenteufel, hinter denen sich die tödlichen Kanonen verstecken.

Plötzlich stürzt der Herzog mit dem Gesicht nach unten auf die staubigen, noch grünen Weizenhalme, der Helm fliegt durch die Kraft der Kugel, die seinen Schädel trifft, mitten ins Gras.

Drei herrenlose Pferde irren ziellos im niedergetrampelten Weizenfeld umher; Kanonenkugeln hämmern weiter auf die Stadtmauern ein; Staub umgibt die Mauern wie Nebel. Und die zerschmetterten Steine fallen in den ausgetrockneten Graben unter der äußeren Stadtmauer.

LXXVII

Krystal war erst spät nach Sonnenuntergang nach Hause gekommen und wir saßen noch auf der hinteren Veranda und warteten auf die abendliche Brise, die Haus und Schlafzimmer abkühlen sollte. Wir betrachteten die funkelnden Sterne am Himmel und unterhielten uns.

»Ich weiß auch nicht. Ich bin eigentlich dagegen, den Menschen mit Geld zu helfen«, sagte ich langsam, »aber man kann sich nicht einfach herausreden mit der Behauptung, dass es Pech ist oder ihre eigene Schuld, und ich fühle mich besser, wenn ich ein paar Münzen gebe.«

»So ist das Leben«, meinte Krystal und lehnte sich zurück. »Aber es klingt … irgendwie falsch. Ich meine … manche Menschen fällen falsche Entscheidungen oder haben einfach Pech und sterben oder werden verletzt. Magister wie Lennett oder Talryn sehen es auf diese kalte Weise. Wer einen Fehler macht, muss dafür büßen. Wenn jede Frau für die Dummheiten bezahlen müsste, die sie in ihrem Leben begeht …«

»Genau so ist es. Dadurch wird auch ein Gleichgewicht geschaffen, aber ist es gerecht? Nehmen wir Guysee als Beispiel – ihr Mann wurde verletzt, als er einem anderen half. War es die falsche Entscheidung, dem anderen zu helfen? Talryn würde sagen, ja. Keiner hatte es von ihm verlangt und Guysee und die Kinder müssen nun für diese Entscheidung büßen. Ich hatte Glück. Kasee entlohnte mich dafür, dass ich der Elitegarde half, aber niemand entlohnte Shervan oder Pendril – zumindest bekamen sie nicht mehr als ein Goldstück oder zwei.«

»Zwei Goldstücke«, belehrte mich Krystal. »So hoch ist die Abfindung für die Familie beim Tod eines Soldaten.«

»Zwei Goldstücke.« Ich konnte nur den Kopf schütteln. »Ich verdanke mein Leben wahrscheinlich mehr als einem Dutzend toter Soldaten. Wenn ich ihren Familien diesen Betrag bezahlen müsste, hätten wir kein Dach über dem Kopf.« Mein Magen verkrampfte sich, wenn ich daran dachte. »Nun … zumindest nicht mehr als das Dach einer armseligen Hütte.«

»Aber du sorgst auch für Rissa und Wegel und für mich.«

»Ich sorge ausgesprochen gern für dich, aber eigentlich brauchst du meine Hilfe nicht …«

Sie drückte meine Hand.

»… das Gleichgewicht kümmert sich keinen Deut um die Menschen und darum, ob ihre Kinder verhungern.«

»Damit hat auch Tamra so ihre Schwierigkeiten«, stellte Krystal fest. »Noch immer kann sie sich mit dem Mangel an Gerechtigkeit im Gleichgewicht nicht abfinden. Und du auch nicht, sonst würdest du den Hühnerstall nicht in eine bewohnbare Hütte umbauen.«

»Wegel wird die Arbeit übernehmen.«

»Aber du kaufst das Material und zahlst ihn.«

»Das macht mir auch ein wenig Sorgen.«

»Niemand sagt, dass sich das nicht ändern könnte.« Sie lachte und ich umarmte sie, denn sie hatte Recht. Wir hielten uns in der Stille der Nacht lange fest.

»Auch ich mache mir Sorgen, musst du wissen.« Sie sprach sehr leise, kaum hörbar neben dem anschwellenden Wind. »Du trägst nicht jeden Tag ein Schwert so wie ich.«

Ich schluckte. Hier saß ich und machte mir Gedanken darüber, dass ich vielleicht zu gütig war oder nicht wohltätig genug, und Krystal trug fast zu jeder Tages- und Nachtzeit den geschmiedeten Tod an der Hüfte. »Du machst dir Sorgen?«

»Manchmal. Kasee ist eine gute Herrscherin und meist tun wir mehr Gutes als wir Schaden anrichten.« Sie hielt inne. »Aber ich frage mich: Warum muss alles durch Gewalt entschieden werden? Die Menschen, die nur an einen Gott glauben, sprechen von Güte. Ich habe noch nicht viel Güte gesehen, die ohne die Hilfe von Stahl entstanden ist.«

»Kasee ist bestimmt eine sehr gute Herrscherin im Vergleich zu anderen, aber Hamor wird das nicht kümmern.«

»Die Anführer in Hamor sind sehr klug und scharfsinnig. Sie verfügen über weit mehr Erfahrung als wir. Sie können schon jetzt auf die Unterstützung der Hälfte der Bewohner von Freistadt und Montgren zählen. In Certis wird es nicht mehr lange dauern, bis es so weit ist – die meisten Leute dort hassen den Vicomte fast so wie die Galler ihren Präfekten. Wer kann den Hamoranern mit ihren neuen Waffen das Wasser reichen? Wir waren kaum in der Lage, zwanzig von diesen neuen Gewehren zu kaufen, ganz zu schweigen von den Patronen – und die Hamoraner rüsten jeden Fußsoldaten damit aus, der nach Candar kommt.«

»Die Lage scheint fast ausweglos, nach dem, was du erzählst.«

»Tja, mein lieber Mann, wie hält man ein Kaiserreich auf? Wenn ich diese Frage stelle, bekomme ich Angst. Sie klingt wie eine Aufforderung an dich, hinauszuziehen in die Welt und eine Heldentat zu vollbringen. Das will ich auf keinen Fall.«

»Warum nicht?«

»Weil ... Helden sind meist keine netten Menschen und ich habe Angst davor, du könntest dich verändern.«

»Vielleicht geht Justen deshalb allem aus dem Weg«, überlegte ich. »Er galt damals als Held und wahrscheinlich mehr als nur einmal, aber er möchte es nie wieder sein. Das ist lange her und damals gab es keine Maschinen, wie Hamor sie heute besitzt. Er zerstörte Fairhaven und alles brach zusammen.« Ich lachte. »Wenn die Hamoraner wüssten, was er schon vollbracht hat, würden sie ihn mit Sicherheit nicht einmal in die Nähe ihrer Hauptstadt oder ihres Kaisers lassen. Aber wahrscheinlich würde Justen da gar nicht hin wollen. Und die Maschinen haben ohnehin alles verändert.«

»Das frage ich mich.« Krystal runzelte die Stirn. »Haben sie das wirklich? Du redest dauernd von dem Chaos, das sich unter Candar zusammenbraut. Das klingt für mich, als hätte jemand das Gleichgewicht gestört.«

»So ist es auch. Mein Vater glaubt, dass Hamor daran die Hauptschuld trägt.«

»Müssen Ordnung und Chaos sich nicht gegenseitig ausgleichen? Wird das Gleichgewicht nicht eines Tages zurückschlagen?«

»Wie denn? Hamor liegt beinahe auf der anderen Erdhalbkugel und das Chaos kocht hier in Candar unter der Erde.« Ich runzelte die Stirn. Krystal hatte etwas sehr Klares und Einleuchtendes gesagt, so klar, dass ich nicht wusste, was die Folgerung daraus war.

»Ich weiß nicht. Du bist der Ordnungs-Magier. Ich bin nur Soldatin.«

»Nur? Wohl kaum.« Ich fuhr ihr durch das kurze Haar.

»Du hast mir mein erstes Schwert gekauft.«

»Ja, weil du eines brauchtest.«

»Oh, Lerris ...«

»Wir können heute Nacht nicht alle Probleme dieser Welt lösen. Und morgen musst du schon wieder aufbrechen.«

»Du könntest mitkommen nach Ruzor.«

»Was sollte ich dort tun, außer dir im Weg stehen?«

»Du bist mir nie im Weg. Machst du dir Sorgen um dein Geschäft?«

»Ein wenig – aber viel habe ich ohnehin nicht zu verlieren.« Das stimmte wirklich. Keinen einzigen Auftrag hatte ich mehr erhalten in den letzten Achttagen.

»Was ist mit dem Schreibtisch?«

»Wir sind fast fertig damit.« Ich zuckte die Schultern. »Aber danach ...«

»Komm doch, sobald du fertig bist ... und bring dein Werkzeug mit.«

»Das könnte ich schon tun, aber ...«

»Du klingst nicht sehr begeistert.« Ein trauriger Unterton schwang in Krystals Stimme mit.

»Es ist nicht so, dass ich nicht möchte. Aber ich habe kein gutes Gefühl dabei. Ich weiß nicht warum, aber auch das macht mir Sorgen. Mir ist auch nicht wohl dabei, wenn du gehst.« Ich lachte. »Ich mag es sowieso nicht, wenn du immer so lange weg bist.«

»Du musst deinen Gefühlen folgen«, meinte Krystal traurig. »Aber du könntest mich zumindest besuchen.«

»Vorher muss ich noch den neuen Hühnerstall bauen.«

Sie lachte und ich stimmte ein. Wir verließen die Veranda, den kühlenden Wind und die kalt blinkenden Sterne und tauschten alles gegen das warme Bett ein.

LXXVIII

Die drei Druiden trafen sich im Wald der Ehrwürdigen und betrachteten den Sand, der Candars Wandel und Unruhe verbildlichte.

Die jüngste Druidin presste ihre Lippen aufeinander, sie erinnerte sich an frühere Gelegenheiten, als sie den Sand befragt hatte, damals noch voller Hoffnung. Vor ihr unter der altehrwürdigen Eiche, die älter war als Recluce, älter als die Zitadelle in Jellico, sogar älter als das alte, vergangene Westwind, brodelte der Sand, veränderte seine Farbe von Weiß zu Schwarz, von Schwarz zu Weiß.

»Die Engel werden nicht zurückkehren, nicht um alle Lieder, nicht um alles kalte Eisen der Maschinen«, verkündete der Druide. Sein dünnes Silberhaar und das eingefallene Gesicht rundeten seine zerbrechliche Erscheinung ab, sodass man meinte, er würde sich eher in Luft auflösen, als wahrhaftig aus Fleisch und Knochen zu bestehen.

»Den Preis werden sie bezahlen müssen«, stellte die zweite Frau fest. »Seit Generationen musste dieses Opfer nicht mehr erbracht werden. Die Anmaßung des

Kaisers wird dafür Sorge tragen, dass sein falscher Stolz zerstört werden wird.«

»Nicht nur sein falscher Stolz wird zerstört werden«, rief die jüngste Druidin.

»Oh, Dayala, noch nie war es einfach für dich und Justen.«

Dayala lächelte traurig. »Diesmal werde ich bei ihm sein, Syodra. Ich werde den Großen Wald verlassen.«

»Ich wusste, dass du das tun würdest.«

»Alle Lieder werden noch ein letztes Mal gesungen«, verkündete der alte Sänger. »Ein letztes Mal werden die Worte ihre Kraft und Reinheit erlangen.«

»In nichts weniger als dem Gleichgewicht.« Syodra lachte zwar, aber ihre Tränen flossen, während ihre Finger über die knorrige Rinde der Eiche streichelten.

Dayalas Lippen berührten leicht die Hand des Sängers und ihre Finger drückten die Syodras, bevor sie den Wald verließ und zum Fluss ging, zum Boot, das sie nach Diehl bringen würde und von dort aus weiter hinaus in die Welt.

LXXIX

Nachdem Krystal wieder nach Ruzor aufgebrochen war, wurde es immer heißer. Ständig musste ich kalt duschen, was mir in vielerlei Hinsicht Erleichterung verschaffte, aber die Kühle hielt nie lange vor.

Was jedoch weiter anhielt, war das ständige Rumoren des Chaos im östlichen Candar. Ich glaubte zu spüren, dass es sich näher an Kyphros heranarbeitete, es schien stärker und lauter zu werden, während es in den Tiefen widerhallte. Vielleicht hatte ich aber auch nur mit der Zeit ein besseres Gespür für die Tiefe bekommen.

Eines heißen Morgens, mehr als ein Achttag nach Krystals Aufbruch, schnappte ich mir den Stab und stapfte damit hinaus in den Stall. Eine kleine Staubwolke wirbelte ich dabei auf, was die Hühner zu aufgeregtem Gegacker veranlasste.

Ich fütterte Gairloch und die Stute und begann dann mit meinen Übungen. Ich versuchte meine Schnelligkeit mit dem dämonenverdammten, hin und her schwingenden Sack zu verbessern, wie fast an jedem Morgen. Ein Gutes hatte der Sack: Ich verspürte keine Hemmungen, richtig hart auf ihn einzuschlagen. So bekam ich mehr Übung und konnte an meiner Schlagtechnik und -härte feilen. Irgendwie wusste ich tief in meinem Innern, dass ich das bald gut gebrauchen konnte.

Ich übte, den Sack aufzuhalten, ohne meine Arme zu prellen, was mir auch immer besser gelang. Danach legte ich eine kurze Pause ein, um zu Atem zu kommen und mir den Schweiß abzuwischen. Natürlich zierten das Handtuch hinterher rötliche und braune Flecken, der Staub hatte wieder zugeschlagen.

»Es müssen schlimme Zeiten ins Haus stehen, wenn gute Menschen mit ihren Waffen üben.« Rissa stand in der offenen Stalltür.

Ich wischte mir noch einmal über die Stirn.

Whiiiiaaaa … Das war Gairlochs einziger Kommentar zu dieser Angelegenheit.

Gaaack … Auch die Hühner schienen eine Meinung dazu zu haben.

»Noch schlimmer ist es, wenn gute Menschen nur mäßig mit ihren Waffen umgehen können.«

Rissa schüttelte den Kopf. Plötzlich rannten hinter ihr die zwei Mädchen, Jydee und Myrla, kichernd aus dem Stall. Mein Publikum war also größer gewesen, als ich gedacht hatte, und das war schlecht, aber auch gut. Gut, weil ich ganz vertieft gewesen war in meine

Übungen. Schlecht, weil ich sie nicht bemerkt hatte. Bedeutete das, dass meine Ordnungs-Sinne abstumpften, wenn ich mich körperlich betätigte?

Nicht lange, nachdem ich den Stab beiseite gelegt hatte, stürzte ich mich auf die Pläne für eine große Kleiderkommode, größer und tiefer als Durriks Gewürzkommode. Sie würde mir jedoch nichts einbringen, da ich nicht die leiseste Ahnung hatte, wer sie kaufen sollte.

Bald legte ich jedoch den Federkiel beiseite und betrachtete Antonas Schreibtisch und den Stuhl dazu. Ich hatte bisher noch keinen Versuch unternommen, die Möbel auszuliefern. Erstens wusste ich nicht genau, wo ich sie hinbringen sollte, und zweitens würden die Nachforschungen, die ich über die Grüne Insel anstellen müsste, einige Gerüchte ins Leben rufen, was ich lieber vermeiden wollte. So hatte ich Guysee am Tag zuvor ein paar Kupferlinge gegeben, damit sie eine Nachricht überbrachte.

Auf diese Weise konnte sie sich etwas verdienen und ich musste nicht den armen, stotternden Wegel zu Antonas Etablissement schicken. Wenn er sich ein derartiges Vergnügen gönnen wollte, müsste er den Weg dorthin schon selbst finden.

Meine Finger glitten über das Kirschholz. Ich würde die zwei Möbelstücke vermissen, denn ich – oder wir – hatten gute Arbeit geleistet. Die geschnitzte Intarsienarbeit, das *A*, wäre mir allein nie so gut gelungen.

Nachdem Guysee am Nachmittag zurückgekehrt war, berichtete sie mir feierlich, dass die grüne Lady den Umschlag entgegengenommen und gelacht hatte. »So vorsichtig ist Meister Lerris!«

Vorsichtig? In mancher Hinsicht wohl schon. War ich aber zu vorsichtig?

Mit einem tiefen Seufzer nahm ich den Federkiel wieder zur Hand und tauchte ihn in die Tinte. Ich hatte noch keine vier Linien gezeichnet, als schon wieder Pferde in den Hof einliefen. Antonas Kutsche und ein Wagen, auf den mit schwarzer Farbe zwei Pferde und ein Wagen gemalt waren – eindeutig Werfels Firmenschild –, rollten in den Hof. Nicht Werfel fuhr den Wagen, sondern ein dünner grauhaariger Mann, begleitet von einem jüngeren und stämmigeren Burschen.

Ich wagte mich hinaus in die sommerliche Hitze. »Seid gegrüßt, meine Dame.«

»Ihr seid immer so höflich, Meister Lerris. Lasst uns gleich einen Blick auf das Meisterwerk werfen.«

Ich verneigte den Kopf und hielt ihr die Tür auf.

Sie trat ein und starrte Wegel so lange an, bis er rot anlief.

»Es muss dir nicht peinlich sein, mein Junge, wenn sich eine alte, einschlägig bekannte Frau an deinem Anblick weidet. Dein Meister hat mir zu viele magische Kräfte. Außerdem würde es mich meinen Kopf kosten, wenn ich ihn so ansähe, und den will ich noch eine Weile behalten.«

Ihren Kopf? Da wäre Krystal bestimmt nicht eifersüchtig.

»Ich traue ihm das zu«, sagte Antona. »Ihr vielleicht nicht, aber ich.« Sie näherte sich dem Schreibtisch, der hinter der Tür stand. Zärtlich strich sie über die glatte Holzoberfläche. Ihre Augen blieben an dem geschnitzten *A* haften, dort wo sich das dunklere Lorkenholz dezent vom helleren Kirschholz absetzte.

»Warum habt Ihr für die Intarsie dunkles anstatt helles Holz verwendet?«

»Es sticht nicht so hervor, meine Dame. Ihr wollt doch sicher nicht damit angeben.«

Sie lachte. »Meister Lerris, Ihr seid ein weiser Mann.«

»Nur in mancher Hinsicht.« Ich erinnerte mich noch genau an ihren versteckten Hinweis auf Krystal.

»Aber Ihr wisst um Eure Schwächen und das macht Euch stark.«

»Ihr seid zu freundlich.«

»Ich? Freundlich? Ihr seid der Wohltäter hier.«

»Weil ich das tue, was ich gern tue?« Ich wollte das Thema wechseln.

»Ihr liebt Euer Handwerk. Nur wenige können das von sich behaupten.« Ihre grauen Augen blitzten auf, als sie fragte: »Wollt Ihr mir einen Esstisch und die passenden Stühle dazu schreinern? Stühle wie Ihr sie für Hensil gefertigt habt, und auch so einen Tisch?«

»Jetzt?« Ich konnte meine Überraschung nur schwer verbergen. Niemand erteilte in dieser Zeit auch nur den winzigsten Auftrag in Kyphros, was durchaus verständlich war. Ein gutes Möbelstück konnte Generationen überleben, die Menschen gingen jedoch keine Verbindlichkeiten ein, wenn die Zukunft ungewiss war.

»Tut nicht so überrascht. Mein Geschäft geht in schlechten Zeiten besser, im Gegensatz zu den meisten anderen. Die Leute suchen Trost.«

Das mochte ich wohl glauben. »Das wird teuer und es nimmt sehr viel Zeit in Anspruch.«

»Das macht nichts.« Sie runzelte die Stirn. »Hensil hat für die Stühle sechzehn Goldstücke bezahlt.«

Was wusste diese Frau eigentlich nicht? »Das war ein gutes Geschäft für Hensil.«

»Ich will mich nicht herumstreiten. Sagen wir, dreißig Goldstücke für die Stühle, ich möchte zwölf davon. Und fünfzig für den Tisch, so gut gearbeitet wie der Schreibtisch.«

Ich war baff. Noch nie hatte ich einen auch nur annähernd so großen Auftrag erhalten. Achtzig Goldstücke! »Ich werde eine Anzahlung verlangen müssen, meine Dame, bei einem so großen Auftrag – und wenn es auch nur für das Holz ist. Außerdem werde ich eine

Jahreszeit brauchen, um genügend Kirschholz aufzutreiben und es vor allen Dingen zu lagern.«

»Ehrlich wie immer, Meister Lerris. Das mag ich an Euch. Seid Ihr im Schlafzimmer auch so ehrlich? Nein, antwortet nicht.« Sie lachte. »Das war eine unfeine Frage. Amüsant zwar, aber nicht sehr fein.«

Ich wusste, ich wurde puterrot.

Sie überreichte mir einen Lederbeutel mit beiden Händen. »Da sind achtzig Goldstücke drin. Fünfzig für den Schreibtisch und den Stuhl und die Anzahlung für die Esszimmergarnitur.«

Ich versuchte, die schwere Börse so anmutig wie möglich entgegenzunehmen, doch einen mehr als einen halben Stein schweren Sack mit Anmut zu halten war kaum möglich.

Ich stellte den Sack einstweilen in den leeren Wassertopf, während Antona den Kutscher und seinen Beifahrer hereinrief. Wegel öffnete unterdessen den zweiten Türflügel, den wir nur benutzten, wenn wir Bretter und Balken hineinschleppten oder fertige Stücke hinaustrugen.

»Vorsicht mit dem Tisch. Er ist ein Meisterwerk. Wehe wenn ich auch nur einen Kratzer finde. Werfel wird kein Loch finden, das tief genug ist, um euch darin vor mir zu verstecken«, mahnte Antona ihre Männer streng, aber höflich. Zwar hätte man mit dem schneidenden Ton ein Muster in eine Messingplatte ritzen können, aber sie brüllte oder schrie nicht. Man gewann den Eindruck, dass sie es gewohnt war, dass ihr die Menschen gehorchten.

Die zwei Männer luden den Schreibtisch auf und ich half ihnen, ihn festzubinden und die Kanten zu polstern.

Guysee, Jydee und Myrla beobachteten uns vom anderen Ende des Hofes, dort stand ihre einfache Hütte, die aus dem Hühnerstall entstanden war. Der zweite

Hühnerstall war einfacher ausgefallen, viel einfacher als der erste. Wegel hatte ihn fast ganz allein gebaut und Hennen legten schließlich nicht sehr viel Wert auf gute Verarbeitung. Sie suchten nur Schutz vor herumstreunenden Hunden und Felsenkatzen. Katzenspuren hatte ich jedoch bisher noch nicht viele entdecken können.

Die zwei Mädchen sperrten Mund und Augen auf und Guysee sah Antonas Kutsche traurig nach, als diese nach Kyphrien zurückfuhr.

Ich schickte Wegel in den Schuppen, um Lampenöl zu holen und nachzusehen, wie viel Getreide sich noch im Futterfass befand. Ich brauchte keines von beiden dringend, aber ich wollte die Goldstücke unbeobachtet in die Geldkassette im kleinen Lagerraum hinter der Werkstatt sperren, und zwar so schnell wie möglich.

Da wir sonst keine dringenden Arbeiten zu erledigen hatten, schirrte ich die Stute an und fuhr zusammen mit Wegel zu Faslik, um zu erkunden, ob der Sägemüller wohl genug Kirschholz für Antonas Essgarnitur vorrätig hatte.

Das hatte er nicht und er verlangte, genau wie ich auch, eine Anzahlung. Ich gab ihm fünf Goldstücke und versprach, in einem Achttag weitere fünf zu bezahlen.

Zurück in der Werkstatt, gab ich Wegel einige Blätter Papier. »Du zeichnest einen Entwurf für die Rückenlehnen – einen, den wir auch umsetzen können und der zu dem Schreibtisch und dem Stuhl passt, die gerade abgeholt wurden.«

»I-i-ich?«

»Warum nicht? Das heißt ja nicht, dass wir den Entwurf auch nehmen müssen. Aber das musst du üben. Jeder halbwegs anständige Schreinergeselle kann Holzteile zusammenfügen. Wie gut du wirklich bist, zeigt sich erst darin, was du mit den zusammengefügten Teilen anstellst.«

»A-a-aber …«

Beschwichtigend erhob ich die Hand. »Ich weiß, wie du schnitzt. Du hast Phantasie. Du musst nur noch lernen, wie man den Entwurf für so etwas aufs Papier bringt. Wie sonst willst du das Handwerk lernen? Messer und Beitel allein werden dich nicht ans Ziel führen. Manchmal muss man seine Vorstellungen erst einmal im Kopf zusammenfügen und dann zu Papier bringen, damit auch die anderen sehen, was man denkt.«

Ich war fest überzeugt, dass meine Zeichnungen bei der Hälfte der Kunden für den Zuschlag entscheidend gewesen waren. Ich konnte mich zwar nicht gerade als Künstler bezeichnen, aber vielen Menschen fehlte das nötige Vorstellungsvermögen, um sich das fertige Stück auszumalen, ganz gleich ob es sich um einen Stuhl oder ein Bild handelte.

Wegels Augenbrauen wanderten nach oben, aber er sagte nichts.

Ich zeigte auf das Papier. »Fang an. Es wird dir nicht schaden.«

LXXX

»Ganz ruhig.« Justen lenkte Rosenfuß die schmale Straße entlang, die um die Stadtmauern von Jellico führte. Mit den Augen sah er nichts, also ließ er sich von seinen Sinnen in Richtung Westen führen, fort von Jellico, fort vom Vicomte und dem bevorstehenden Kampf.

Hinter ihm mühte sich Tamra ab, ihre Umgebung zu ertasten, den Schild aufrechtzuerhalten und ihr Pferd davon abzuhalten, sie beide zu verraten.

»Hast du das gehört?«, fragte eine Stimme auf der Mauer.

»Was? Glaubst du, dass die Sonnenteufel schon vor den Toren stehen?«

»Wer weiß … ich wünschte, ich wäre da draußen.«

»Wenn du abhaust, wird der Vicomte deine Eingeweide als Bogensehnen verwenden. Kein Einziger wird hier rauskommen.«

»Sag … die Händler schreien so …«

»Da unten ist etwas.«

»Was denn? Ein streunender Hund? Na los. Verschwende eine Kugel, aber du wirst dir noch wünschen, dass du sie nicht abgeschossen hättest, wenn die Sonnenteufel da sind. Siehst du den Staub dort? Das sind sie. Wird nicht mehr lange dauern, dann donnern hier die Kanonen.«

»Mist.«

»Dein Wort in der Engel Ohren.«

Justen lächelte verkrampft in seinem Kokon der Dunkelheit.

Tamra wischte sich die Stirn ab, kämpfte mit dem Schild und versuchte so nah wie möglich zu Justen und Rosenfuß aufzuschließen.

»Ich schwöre, ich höre etwas …«

»Vergiss es …«

Die zwei Magier bewegten sich in ihrer eigenen Dunkelheit nach Westen fort, während die schweren Staubwolken sich Jellico näherten.

LXXXI

Ich holte das Zedernholzstück hinter der Werkbank hervor und sah hinüber zum Zeichenbrett, wo Wegel über den Entwürfen für Antonas Stühle brütete. Er entdeckte gerade den Unterschied zwischen dem Einfachen und dem Notwendigen.

Ich betrachtete den Rohentwurf der Gestalt. Ein Gesicht steckte irgendwo in der Zeder, aber ich fand es nicht. Also setzte ich mich auf den Hocker und schnitzte ein wenig daran, um das Gesicht zum Vorschein zu bringen.

Grrrrurrr … rrrrr … Ich stand auf und legte das Holz beiseite. Ein Grollen ließ Erde und Steine unter Kyphros erzittern. War das Chaos jetzt auch hier zugange? Chaos-Wellen? Wo kamen sie her?

Das Messer fiel zu Boden und ich musste mich mit einer Hand auf die Werkbank stützen.

»M-m-meister Lerris …«

»Es geht mir gut. Nur die Hitze …« Langsam schlurfte ich zur Werkstatttür und durch die leere Küche hinaus auf die hintere Veranda, wo ich mich erschöpft auf eine Bank fallen ließ.

Ich versuchte, meine Sinne bis zu den Chaos-Wellen auszudehnen, hinein in die Erde, doch hinter Kyphrien verlor ich die Wellen, irgendwo bei den Kleinen Osthörnern.

Irgendwo bei den Kleinen Osthörnern? Nicht schlecht für jemanden, der nicht einmal wusste, was ein paar Meilen weiter in der Luft los war. Aber schließlich kristallisierte es sich immer mehr heraus, dass ich mich zu einem richtigen Erd-Magier entwickelte.

Gaaaack … gackgaaack …

»Ruhe!«

Die Hühner gackerten unbeirrt weiter und scharrten auf dem Boden herum.

Ein Erd-Magier, der nicht einmal ein paar Hühner zum Schweigen bringen konnte, das war ich. Ein Schauer durchfuhr mich, als ich an die Kraft der letzten Chaos-Welle dachte. Das Chaos schien offenbar von den Osthörnern nach Westen zu wandern.

Bestimmt hing das mit Hamor zusammen. Hamor benutzte die mechanische Ordnung und das Gleichgewicht für seine Zwecke. Unlogisch war jedoch, dass so viele Chaos-Kräfte damit verbunden waren. Doch Chaos schien über allem zu schweben, was mit Gewalt und Bezwingung zu tun hatte, und damit war Hamor schließlich gerade beschäftigt. Ich konnte ganz deutlich eine Beteiligung Hamors fühlen. Krystal und der Autarch hatten mir geraten, meinen Gefühlen zu folgen.

Ich schwitzte selbst im Sitzen und blickte nach Westen, wo in weiter Ferne die Westhörner zu erahnen waren. Die rote Sonne des späten Nachmittags hing über der Hügelspitze hinter dem Haus.

Krystal und Kasee hatten einen Verteidigungsplan für Kyphros erarbeitet; sie gingen davon aus, dass Leithrrse mit seiner Flotte zuerst Ruzor angreifen würde. Doch Leithrrse hatte bestimmt schon von diesem Plan erfahren. Wenn er davon wusste, würde er dann nicht sein Vorhaben ändern? Ich täte es.

Ich an Leithrrses Stelle würde die Magierstraßen durch die Kleinen Osthörner nehmen und über Tellura und Meltosia nach Süden reiten. Ob Leithrrse wusste, dass der größte Teil der nördlichen Außenposten in der Schlacht um die Schwefelquellen umgekommen war? Aber ich bezweifelte ohnehin, dass die Außenposten – stünden sie auch in voller Stärke zur Verfügung – die Hamoraner mit ihren Gewehren hätten aufhalten können. Kasee hatte zu wenig Truppen, die zu weit übers Land verteilt waren.

Das Chaos entsprang nicht unmittelbar in den Kleinen Osthörnern, sondern jenseits davon im Osten. Auch bezweifelte ich, dass die Magierstraßen weiter östlich befahrbar waren. Sonst hätte sie Antonin bestimmt benutzt.

Ich schluckte. Wollte jemand – Leithrrse? – mit Hilfe des Chaos all die alten Straßen wiederherstellen, die

die Weißen Magier hatten bauen lassen, um das alte Candar zu beherrschen? Konnten sie über die verwachsenen Abschnitte einfach hinwegmarschieren? Dann wäre Hamor allerdings in der Lage, sein Heer schnell durch die Mitte Candars zu bewegen, so schnell wie auf dem Seeweg.

Über die Magierstraße konnten die hamorischen Truppen Tellura und Meltosia ungehindert erreichen … Aber auch Gallos. Würde Leithrrse nicht Gallos zuerst einnehmen? Aber warum? Er könnte den Hafen von Ruzor dazu benutzen, seine Stellung im eroberten Kyphros zu verstärken, und dann den Präfekten von zwei Seiten angreifen. Certis würde fallen oder war es bereits eingenommen? Es gab so vieles, was ich nicht wusste. Dennoch, wenn die Hamoraner erst einmal Kyphrien erobert hatten, stünde ihnen Ruzor über den Fluss und die Flussstraße offen.

Die Magierstraßen gehörten zu den Werkzeugen, mit deren Hilfe die großen Weißen Magier weite Teile Candars unter ihre Herrschaft gebracht hatten. Insofern hatten die Hamoraner bisher keine Möglichkeit ausgelassen, um ihr Vorhaben zu verwirklichen. Warum sollten sie dann jetzt etwas versäumen?

Hatten Krystal oder Kasee daran schon gedacht? Ich holte tief Luft. Verrannte ich mich etwa in Gefühle, denen ich gar nicht trauen durfte?

Noch einmal hallte ein Chaos-Schauer von den Felsen unter mir wider. Das bildete ich mir bestimmt nicht ein.

Ich hatte die Wahl: Entweder nahm ich Reißaus oder den Weg nach Ruzor in Kauf. Außerdem würde ich Krystal gern noch einmal sehen, bevor ich mich aufmachte zur Chaos-Quelle und deren Verursacher – oder den Verursachern. Auch wollte ich noch länger über meinen Plan nachdenken und mit Krystal darüber sprechen. Waren es nicht vielleicht doch alles Hirngespinste? Wenn es aber stimmte, stand Kyphros vor ernsthaften Schwierigkeiten.

Bei Sonnenaufgang stand ich auf.

»Rissa!«

So lange ich in Kyphrien blieb, konnte ich Krystal nicht helfen, und es würde mindestens noch fünf Achttage dauern, bis Faslik auch nur annähernd ausreichend Kirschholz für Antonas neuen Auftrag auftreiben würde.

»Rissa!«

Ich ging in die Küche, um mit den Vorbereitungen für meine morgige Reise zu beginnen.

LXXXII

Gairloch tänzelte freudig im Stall herum, als ich meine Habseligkeiten festzurrte. Den Stab und einige Werkzeuge, einschließlich einer kleinen Säge, nahm ich mit.

Ich führte Gairloch hinaus in den Hof, Jydee und Myrla saßen auf der Bank, die vor ihrer Hütte stand, Guysee war jedoch nicht zu sehen. Sie hielten ihr neues Zuhause äußerst sauber – auch den Abort, den Wegel willig gebaut hatte, nur über die Stelle, auf der ich bestanden hatte, hatte er gemurrt. Ich wollte nicht, dass er zu nahe am Haus stand, auch wenn das Wasser aus der Quelle vom Hügel gepumpt wurde.

Jydee winkte mir schüchtern zu, als ich Gairloch hinüber zum Haus führte, wo ein Sack mit Vorräten auf den Stufen vor der Küche bereitstand. Wegel beobachtete mich von der Werkstatttür aus, er hielt den Besen in der Hand. Ich musste ihn schon gar nicht mehr dazu auffordern, die Werkstatt zu fegen. Ich hatte ihm die Verantwortung für eine Reisetruhe und den Entwurf für Antonas Esszimmergarnitur übertragen, außerdem sollte er weiterhin für Jahunt schnitzen. Auch über ein Fenster für seine Kammer sollte er nachdenken. Wahrscheinlich hatte er damit nicht genug zu tun, aber ich wollte nicht zu viel herstellen lassen, wenn kein Käufer außer Antona in Sicht war.

»V-v-viel G-g-lück, S-ser.«

»Danke, Wegel. Das kann ich brauchen. Ich werde nicht vor dem nächsten Achttag zurück sein, es kann auch länger dauern – viel länger.« Nachdem ich die Vorräte hinter den Sattel geschnallt hatte, sah ich Rissa an. »Hast du genug Geld, um den Haushalt zu führen?«

»Jetzt wo wir die Hühner und Eier haben, brauche ich nicht mehr als zehn Goldstücke für eine Jahreszeit. Wenn das nicht reicht, könnt Ihr mich hängen, Meister Lerris.« Sie lächelte mich an. »Ein paar Ziegen oder eine Kuh, dann könnte ich auch unseren Käse selber machen.«

Ich zuckte nur mit den Schultern. »Wie viel kosten ein paar Ziegen?«

»Er hat vor etwas Angst, Junge.« Rissa blickte Wegel besorgt an. »Wenn sich ein Handwerker nicht mit Händen und Füßen dagegen wehrt, dass seine Haushälterin sein sauer verdientes Geld ausgibt, dann hat er vor etwas Angst.«

»Du weißt aber auch genau, wann du mich fragen musst.«

»Ich wäre nicht Rissa, wüsste ich das nicht.«

»Also, wie viel?«

»Ziegen sind billig und Ziegenkäse gehört zu der übelriechenden Sorte.«

Ich hatte verstanden und band Gairloch an den Pfosten vor der Werkstatt. Sie hatte mich schließlich so weit gebracht, dass ich ihr zehn Goldstücke gab, damit sie eine Färse kaufen konnte, die zu einer Milchkuh taugte. Da ich Rissa kannte, wusste ich, dass sie dazu in der Lage war. Irgendwie entstand ein immer dichter werdendes Netz auf unserem Anwesen. Die zwei Mädchen kümmerten sich jetzt um die Hühner und sammelten die Eier für Rissa ein; Guysee half im Haus beim Saubermachen und mistete manchmal sogar den Stutenstall aus. Ich hatte sie nie darum gebeten, aber sie wollte es gern tun und dadurch hatte Wegel mehr Zeit, mir zu helfen.

Schließlich saß ich im Sattel.

»Seid vorsichtig, Meister Lerris«, warnte mich Rissa.

»Ich werde es versuchen.« Ich hatte wenig Hoffnung, dass mir das gelingen würde, nicht bei der Lage, die sich in und um Kyphros herum abzeichnete, und auch nicht bei den Plänen, die ich mit Krystal und dem Autarchen besprechen wollte.

»Versucht es«, schnaubte Rissa. »Faras hat das Gleiche gesagt.«

Darauf antwortete ich nicht, denn es war das erste Mal, dass sie den Namen erwähnte. Ich fragte mich, ob Faras ihr Mann gewesen war, den die Banditen ermordet hatten. Stattdessen lächelte ich und winkte, dann bog ich mit Gairloch in die Straße ein.

Wie auf all meinen Reisen durch Kyphros musste ich zuerst Kyphrien durchqueren. Den Marktplatz belebten nur wenige Menschen, der sonst übliche Lärm blieb aus.

»... und ich sagte zu ihr, Hezira, wie konntest du nur glauben, du könntest das große Haus und all die Kleider behalten? Sie besaß nichts weiter als ihr Gesicht, die schlanke Taille und ihre glatte Haut; und all das verschwindet, wenn man zu viel isst und Kinder gebärt. Also sagte ich zu ihr, Hezira, sieh zu, dass er zurückkommt, sonst wirst du bald in der Grünen Insel auf dem Rücken liegen und für Antona arbeiten ...«

»... eine Dame, Antona ist jetzt eine Dame ...«

»... welch eine Dame ... ein Verstand scharf wie eine Klinge ...«

»... bestes Zuckerbrot in ganz Kyphrien ...«

»... sie sieht nur das Lächeln und die blauen Augen ... kann man von einem Mädchen schon erwarten ... wer wird die Kupferlinge fürs Brot nach Hause bringen ... Kupferlinge sind schwer zu verdienen in diesen Tagen ...«

»... Gewürze ... Gewürze aller Art ...«

»... altes Brot, hartes Brot, aber gutes Brot! Ein Laib nur einen Kupferling! Nur einen Kupferling! ...«

»Stahl! Gute Stahlklingen ...«

»... hat gesagt, die Sonnenteufel sind schon in Jellico ... nicht mehr lange dauern, dann werden sie zu uns kommen, egal was der Autarch und ihre Magier machen ...«

»... mächtige Magier sind das ...«

»... gegen Maschinen aus kaltem Stahl?«

Wie ein mächtiger Magier fühlte ich mich nicht gerade und das, was ich auf dem Marktplatz hörte, munterte mich auch nicht auf, genau so wenig wie der Palast des Autarchen dort auf dem Hügel mit den dunklen Fenstern. Wenigstens hatte Liessa die Fensterläden nicht schließen lassen.

Nach Ruzor führte die Flussstraße, die am Südtor anfing. Ein Boot hätte mich schneller dorthin gebracht oder zumindest nach Felsa und zu den dortigen Wasserfällen. Aber der Phroan war nicht tief genug für größere Boote oder Kähne, die Ladungen transportieren konnten – oder Bergpferde. Außerdem, wie sollte ich zurückkommen, ohne ein Vermögen zu bezahlen?

Die Flussstraße war zwar gepflastert, aber sehr eng, nur breit genug für zwei Wagen. Dadurch verschlammten die Straßen in Kyphros nicht so sehr, außer im Winter natürlich.

Mit dem Staub verhielt es sich schon anders. Ich versuchte, Gairloch auf den Steinen zu halten, aber sogar in der Mitte der Straße wurde mit jedem Schritt eine Staubwolke aufgewirbelt und das feine, rote Pulver hing stets in der Luft und klebte in jeder Körperfalte.

Noch bevor wir die erste Brücke erreichten, weniger als zwanzig Meilen hinter Kyphrien, dort wo der Mildr mit dem Phroan zusammenfloss, glich der Stofffetzen, den ich aus einem alten Arbeitshemd herausgeschnitten hatte und als Taschentuch benutzte, bereits mehr einer roten Fahne als dem sauberen grauen Tuch, das ich heute Morgen in meinen Gürtel gesteckt hatte.

Rote Streifen zierten meine Wangen, das Ergebnis des Zusammenwirkens von Staub und Schweiß. Obwohl ich mir Hände und Gesicht und das Taschentuch regelmäßig alle paar Meilen wusch, klebte der schmutzige, rote Schweiß an mir. Zum Glück begegnete mir außer einem Bauernkarren, der nach Kyphrien fuhr, niemand auf der Straße. Allein die grünen Blätter der Olivenbäume schienen der roten Plage zu widerstehen, aber Olivenbäume waren bekanntermaßen zäh.

Gairloch schnaubte und schniefte, trug mich aber klaglos nach Süden.

Die erste Nacht verbrachte ich in einer Schutzhütte hinter einer Stadt mit Namen Hipriver. Viele Reisende schien die Hütte nicht gesehen zu haben in letzter Zeit. Nur vereinzelt fand ich Spuren im Straßenstaub und da es seit mehreren Achttagen nicht mehr geregnet hatte, konnte Nässe den Beweis dafür auch nicht zerstört haben.

Manchmal vermochte die Angst vor der Gewalt tödlicher zu sein als die Gewalt selbst.

Nach einem langen, öden Ritt erreichte ich schließlich am Nachmittag des vierten Tages Felsa. Die Stadt klebte an einem pfeilspitzen Felsen, unter dem der kleine Fluss Sturbal in den Phroan floss. Kurz hinter

Felsa stürzte der Phroan durch die Pfortenschlucht und strömte von dort in die Ebenen des Flussdeltas.

Felsas Stadtmauern waren nicht sonderlich hoch – das mussten sie auch nicht sein, denn Angriffe von der Seeseite hatte die Stadt nicht zu befürchten. Der Felsen musste fast zwanzig Ellen hoch sein und bestand aus reinem, aber bröckeligem Gestein. Vermutlich mussten Teile der Mauer alle paar Jahre verlegt und neu aufgebaut werden. Es ging das Gerücht, dass die Stadtfläche nun fast zweihundert Quadratellen weniger betrug als zu der Zeit, in der Fenard noch über das Gebiet herrschte.

Die Nordmauer, auf die die Straße von Kyphrien zuführte, war höher und dicker, doch sie könnte kein Heer aufhalten. Seit mehr als zehn Jahrhunderten hatte kein Feldheer mehr sein Heer flussabwärts marschieren lassen. Doch diese Tatsache würde Leithrrse kaum von seinem Vorhaben abbringen.

Ein einziger Wachposten nickte mir zu, als ich mit Gairloch durch die Tore ritt, deren Scharniere bereits verrostet zu sein schienen.

Kaum mehr Menschen als in Kyphrien bevölkerten den hiesigen Marktplatz. Im Gegensatz zu Kyphrien fehlte hier das Geschnatter, nur ein Murmeln hier und da war zu vernehmen. Im Schatten der Bäume, die den Springbrunnen umgaben, blieb ich stehen und wusch mir das Gesicht, dann führte ich Gairloch zum Wassertrog. Nach kurzer Rast stieg ich wieder auf und ritt durch das Osttor über die Brücke.

Von Felsa aus führten zwei Straßen nach Ruzor: die Bergstraße, die sich an der Nordseite der Schlucht und dann an den hohen Klippen entlang wand, und die Wasserstraße, die um die Schlucht herumführte und dann den Windungen des Flusses in der Ebene folgte. Ein Streifen, bepflanzt mit Obstgärten, trennte den Fluss vom Grasland, das nach Süden und Westen anstieg und mit jeder Meile, die es sich vom Fluss entfernte, trockener wurde.

Ich beschloss, den allgemeinen Grundsätzen zu folgen, obwohl ich auf keiner der beiden Straßen jemals zuvor geritten war. Da es Sommer war, nahm ich die Straße durch die Berge, ein schmaler Steinstreifen, breit genug für einen Wagen und an ein paar Ausweichstellen auch breiter.

Trotz des blauen Himmels stieg ein grauer Schleier aus der Schlucht auf, in der der Fluss von den Felsen gepeinigt wurde, fast wie Nebel sah es aus. Teile der Straße wurden davon eingehüllt, was eine willkommene Abwechslung zu der Hitze darstellte, die mich seit Kyphrien begleitet hatte. In Kyphrien herrschte kühleres Klima als in Felsa oder im Grasland, hatte ich gehört. Diesen Unterschied in Wirklichkeit zu erleben konnte man nur als zweifelhaftes Vergnügen bezeichnen.

Die Schlucht ließ ich hinter mir und der Nebel verschwand. Wieder brannte die Sonne auf die Straße und Staub hüllte mich ein. Die Luft war so trocken, dass die Feuchtigkeit aus meinen Kleidern wich, noch bevor der Staub sie erreichen konnte.

Die Große Wüste begann unweit der Felsen östlich des Flusses unterhalb der Pfortenschlucht, dadurch wurde es heißer und heißer; nach kürzester Zeit hatte ich meine zwei Wasserflaschen leer getrunken. Den ganzen Nachmittag über kam ich nur an einer Schutzhütte vorbei. Zum Wasserschöpfen musste ich einen Eimer fast fünfzig Ellen in den Brunnen hinablassen und das zwei Mal, einmal für mich und einmal für Gairloch. Auch musste ich beide Male dem Wasser Ordnung einflößen.

In der zweiten Schutzhütte schlug ich schließlich kurz vor Sonnenuntergang mein Lager auf. Die Beine taten mir weh und Gairloch schleppte sich nur noch dahin. Er trank zwei Eimer Wasser, wobei ich aufpassen musste, dass er sie nicht auf einmal hinunterstürzte.

Am nächsten Nachmittag erreichten wir den Stadtrand von Ruzor.

Ruzor lag an der Ostseite des Flusses an die Felsen gepresst, die die Große Wüste begrenzten, sodass Sand und trockene Steinhügel nicht ins Südliche Meer stürzten. Die Straße führte hinab auf ein niedriger gelegenes Plateau, das durch neu ausgebesserte und erhöhte Steinmauern befestigt war. Ein kleiner Teil der Stadt reichte fast bis hinab in die Bucht.

Die oberen Tore wurden von zwei Soldaten bewacht, die mir lediglich freundlich zunickten. Welchen Schaden konnte ein einziger staubiger Reisender auf einem Bergpferd schon anrichten? Ich erreichte schließlich den Hauptplatz und fragte einen Soldaten, der gerade dienstfrei hatte, wo die Elitegarde untergebracht war.

»Die Elitegarde?«

Ich nickte.

»Die grünen Teufel? Ah, du willst zu den grünen Teufeln und ihrer Kommandantin. Die Dämonen stehen dir bei, mein Freund. Aber jeder soll sich schließlich aussuchen dürfen, wie er sterben will. Ja, denn sterben werden sie alle, wenn die Sonnenteufel mit ihren Eisenschiffen und Todeskanonen in der Bucht ankommen und ihre Donnerkugeln auf Ruzor feuern.«

»Die Elitegarde?« Ich ließ nicht locker.

»Die Oststraße, vorbei an Haras' Schenke *Zur Goldenen Tasse* und immer weiter bis zur Seemauer, dann siehst du schon die Eisentore und die Frauen mit den verhärmten Gesichtern und stahlharten Klingen. Ja, harte Gesichter … Wenn du noch ein wenig wartest, werde ich gleich mit dir kommen, so wenig mir das auch gefällt, denn ich bin genau so ein Narr wie du.« Er lachte laut heraus. »Denn ich bin genau so ein Narr wie du.«

»Ich danke dir.«

»Danke mir nicht, mein Freund.« Er verbeugte sich mit einer übertriebenen Geste und zwinkerte mir zu, bevor er sich wieder aufrichtete.

Ich lenkte Gairloch auf das Schild der *Goldenen Tasse* zu und dachte über die Worte des Soldaten nach. War Ruzor wirklich zu solch einem Schicksal verdammt, wie der Soldat es geschildert hatte?

Ich ließ meine Sinne durch die Stadt wandern, fand aber weder Chaos noch Zerrissenheit – eher eine Form von Ruhe und Frieden, die umhüllt wurde von der Ordnung der verstärkten Mauern und der Disziplin der Elitegarde.

Als ich die Straße entlangritt bis zur Seemauer, fiel mir auf, dass wenig gelacht und geschwatzt wurde, ganz untypisch für Kyphros.

»... macht Platz für den Wagen ...«

»... Meersalz, feines Meersalz ...«

»... macht Platz für den Wagen ...«

Weder die Eisentore noch die dicke, graue Steinmauer konnte man verfehlen und auch das Banner des Autarchen, das auf dem Gebäude über den Kasernen wehte, war nicht zu übersehen.

Am Tor stand ein einziger dunkelhaariger Wachsoldat mit breitem Gesicht. Ich stieg vom Pferd und führte Gairloch auf ihn zu. Er würdigte mich keines Blickes. Ich kannte ihn nicht und er schaute einfach durch mich hindurch, als wäre ich unsichtbar. Ich mochte wohl staubig sein, war aber trotzdem ein Mensch.

»Mein Name ist Lerris, ich möchte gern zur Kommandantin.«

»Keiner wird zur Kommandantin vorgelassen ohne Passierschein.«

Ich nickte. »Wer gibt die Passierscheine aus?«

»Die Kommandantin oder die Bezirkskommandantin.«

»Ich vermute, die Bezirkskommandantin ist Yelena.«

»Anführerin Yelena, für dich.«

Ich hatte mich entschieden zu wenig in Geduld geübt, denn am liebsten hätte ich ihm eins mit meinem Stab übergezogen. Ich beherrschte mich jedoch und fragte stattdessen höflich – zumindest versuchte ich es: »Und wo kann ich Anführerin Yelena finden?«

»Dazu brauchst du eine Erlaubnis von Sub-Offizier Thrilek.«

Ich atmete tief durch. Warum passierten solche Dinge immer nur mir? »Und wo finde ich Sub-Offizier Thrilek?«

»Serjant Hissek könnte es wissen.«

»Also gut. Wo ist der?«

»Er ist in der Haupthalle.«

Ich machte Anstalten hineinzugehen.

»Du kannst da nicht hinein ohne Passierschein.«

»Hör mir zu. Die Kommandantin ist zufällig meine Gemahlin und ich habe in mehr Schlachten gekämpft, als du in deiner Karriere je sehen wirst. Ich wäre dir sehr dankbar, wenn ich mit jemandem wie Yelena sprechen könnte.«

»Ich kenne dich nicht und du gehst da nicht hinein.«

»Kannst du denn nicht jemanden rufen?«

»Das geht nicht. Da müsste ich meinen Posten verlassen.«

»Um jemanden zu rufen?«

»Ich brüll nicht durch die Gegend, nur weil du das von mir verlangst. Du bist ohnehin nur ein kleiner Lieferant.«

»Also gut.« Ich trat zurück und zog den Stab aus dem Lanzenköcher. »Weißt du, was das ist?«

»Das ist ein langes Stück Holz.«

Ich schüttelte den Kopf. »Das ist ein Stab. Es ist bereits mein dritter. Der erste zerbrach im Kampf gegen einen Weißen Magier. Der zweite verbrannte zu Asche in einer Schlacht gegen den nächsten Weißen Magier.« Ich bemühte mich zu lächeln. »Ich bin kein Lieferant. Mein Name ist Lerris und ich bin der Gemahl der Kommandantin.«

»Es ist mir egal, was das ist oder wer du behauptest zu sein. Ohne einen Passierschein lasse ich dich nicht rein.«

Ich trat einen Schritt vor und er zog sein Schwert.

Da sah ich rot – oder weiß – und schon schnellte der Stab auf sein Handgelenk, so hart, dass der Soldat sein Schwert fallen ließ. Er war auch noch so dumm, nach seinem Messer zu greifen – auch das flog in hohem Bogen durch die Luft.

»Hilfe! Mord!«

Der Mann brüllte und plötzlich standen mehrere junge Soldaten mit Schwertern vor mir. Sie fragten nicht einmal mehr nach meinem Anliegen und ich hatte keine Zeit, es ihnen zu erklären, während ich mich verteidigte. Wenn einer zu Boden ging, sprangen zwei andere auf und fielen mich an. Schließlich stand ich mit dem Rücken zur Wand und balgte mich mit Soldaten, die ich gar nicht kannte.

»HALT!«

Diese Stimme kannte ich und die Soldaten scheinbar auch bis auf einen, der mir noch schnell einen Hieb versetzen wollte, weil er glaubte, damit vollbrächte er eine besondere Heldentat. Da hatte er aber wenig Glück, denn ich war vorsichtiger geworden und dennoch hatte ich es nicht erwartet. Deshalb traf ich ihn auch härter und man hörte einen Knochen brechen.

»Halt!«, schrie Yelena noch einmal. Zwei andere Offiziere standen bei ihr, doch ich kannte keinen von beiden.

»Ser!«, schrie der Soldat heiser, mit dem alles angefangen hatte. »Dieser Mann hier hat mich angegriffen.«

»Sei still, Soldat!« Yelena sah mich an. »Wie bist du da hineingeraten, Lerris?«

Ich ließ den Stab sinken und zuckte die Achseln. »Nun ja ... ich war müde und wollte Krystal finden – oder dich –, doch offenbar braucht man einen Passierschein, um zu euch vorzudringen, und dieser Bursche hier wollte niemanden holen, der mir einen solchen Schein hätte ausstellen können. Er weigerte sich auch, jemand anderen zu Hilfe zu holen. Ich bin nun seit fast sechs Tagen unterwegs und ein wenig müde, ich habe versucht, einfach hineinzugehen. Da zog er sein Schwert und ging auf mich los. Ich habe versucht, niemanden umzubringen, was nicht leicht war.«

Yelena lächelte. Es war kein sehr erfreutes Lächeln, aber ich erwiderte es. Mit strengem Blick wandte sie sich an die Soldaten, ein Dutzend an der Zahl. »Was seid ihr doch alle für Narren. Ihr habt Glück, dass ihr überhaupt noch lebt. Es ist mir eine Ehre, euch Meister Lerris vorzustellen. Er ist nicht nur der wahrscheinlich beste Schreiner in ganz Kyphros, sondern auch der Graue Magier, der den hydlenischen Weißen Magier besiegte und allein an die hundert hydlenische Soldaten tötete.« Sie nickte anerkennend. »Allein!«

»Aber er hatte keinen Passierschein«, protestierte der Wachsoldat. Die anderen sahen ihn an, als hielten sie ihn für verrückt.

»Hat er dir gesagt, wer er ist?«

»Er sagte, er sei Lerris, der Gemahl der Kommandantin.«

Yelena schüttelte theatralisch den Kopf und wandte sich an den Sub-Offizier neben ihr. »Thrilek, gehört der zu deiner Truppe?«

»Ja, Ser.« Thrilek stand der Angstschweiß auf der Stirn.

»Gut. Ihr kommt in mein Büro, wenn ich Meister Lerris zur Kommandantin gebracht habe. Habe ich schon erwähnt, dass sie seine Gemahlin ist?« Sie hielt inne. »Übrigens, Lerris hat euch alle in Schach gehalten. Denkt ihr denn nicht nach? Wenn ein Mann, nur mit einem Stab bewaffnet, so viele auf einmal abwehren kann, kann er euch auch allesamt umbringen.«

Verwunderte Blicke wurden unter den Männern ausgetauscht.

Gairloch wieherte.

Ein Grinsen huschte über Yelenas Gesicht. »Du!« Ihr Finger zeigte auf einen dunklen Soldaten. »Du bringst Meister Lerris' Pferd in den Stall, und zwar in die Box neben dem Pferd der Kommandantin, ganz egal wessen Pferd gerade darin steht.« Sie nahm sich Thrilek noch einmal vor. »Warte mit deinem Soldaten vor meinem Büro. Weicht nicht vom Fleck, egal wie lange ich auch ausbleibe.«

Beide zitterten förmlich vor Angst.

Ich schnallte die Packtaschen und den Tornister vom Pferd und warf mir beides über die Schulter, den Stab gab ich jedoch nicht aus der Hand.

Yelena drehte sich zu mir und sprach mit gesenkter Stimme. »Weißt du, Lerris … du hast da so ein Talent …«

»In jedes Fettnäpfchen zu treten?«

»Es wird interessant, immer wenn du da bist.«

Ich sah mir meine Gegner noch einmal an. »War ich schuld an diesem Durcheinander oder sind sie wirklich so dumm wie sie aussehen?«

»Deine Handlungsweise kann man dir nicht verdenken. Ich hätte genau so gehandelt an deiner Stelle. Und leider hast du unsere Truppe richtig eingeschätzt.« Yelena schwitzte. »Die Kommandantin wird sich freuen, dich zu sehen.«

Nach meinem ersten Auftritt hier konnte ich mir dessen nicht mehr so sicher sein.

Natürlich war Krystal gerade beim Autarchen irgendwo im oberen Gebäude, also brachte mich Yelena zu Krystals Gemächern, die – noch immer – vom guten alten Herreld bewacht wurden. Er füllte den engen Flur vollkommen aus. Nur eine kleine Lampe gegenüber der Tür spendete einen schwachen Lichtschein, eine zweite Lampe in einem Messinghalter neben der Tür war bereits erloschen.

»Sei gegrüßt, Herreld.«

»Seid gegrüßt, Meister Lerris. Sie ist nicht da.«

»Dann werde ich warten.«

»Sie hat sicher nichts dagegen, wenn Ihr drinnen wartet, Meister Lerris.« Herreld öffnete die Tür, ich glaubte es kaum.

»Danke.« Ich versuchte, den Mund wieder zuzumachen, und Yelena grinste, als sie sich zum Gehen anschickte.

»Man sagt, dass Ihr den hiesigen Soldaten eine Lektion erteilt habt, Ser.«

»Davon weiß ich nichts. Ich habe einem Burschen das Handgelenk gebrochen, aber er hat mir praktisch keine Wahl gelassen.«

»Das war bestimmt Unsel – mit der Klinge hat er nicht viel Übung.« Herreld stand in der Tür und lächelte verlegen.

»Lerris?«, fragte Yelena.

»Ja?«

»Wenn du dich ausgeruht hast, in ein oder zwei Tagen, würdest du dann mit uns trainieren wie die Rot … die Magierin?«

»Gern, Yelena.« Tamra würde immer das rote Miststück bleiben und wenn ich Yelena damit helfen konnte … auch wenn ich lange nicht so gut mit dem Stab umgehen konnte wie Tamra, war ich es ihr schuldig.

Sie verbeugte sich und ging.

»Dort steht genügend Wasser zum Waschen, Meister Lerris, ich werde noch welches holen lassen für die

Kommandantin.« Herreld nickte und ließ mich allein im Eckturmzimmer.

Krystal stand in Ruzor nur ein einziger runder Raum zur Verfügung. Der Durchmesser betrug nicht mehr als zwanzig Ellen, aber darin Platz fanden ein Bett, ein Waschtisch, ein Schreibtisch, ein Tisch mit sechs hölzernen Stühlen ohne Armlehnen, ein Schrank und ein kleines Tischchen neben dem Bett, auf dem eine Öllampe mit einem geschwärzten Reflektor stand, der helleres Licht zum Lesen spendete.

Die Papierstapel auf dem alten, angeschlagenen Schreibtisch und der kleine viereckige Tisch unter dem schmalen Fenster waren mir vertraut, wie auch die abgetragene Trainingsuniform, die nachlässig auf das ungemachte Bett geworfen worden war.

Nachdem ich mein Gepäck abgestellt hatte, hängte ich Krystals Kleider an die Wandhaken oder faltete sie und legte sie in die Fächer im Schrank. Dann machte ich das Bett und räumte ein wenig auf – nur die Papierstapel rührte ich nicht an. So viel Staub wie in Kyphrien wirbelte in Ruzor nicht durch die Luft und der wenige vorhandene Staub wirkte eher gräulich.

Ich packte meine saubere braune Hose und die braune Tunika aus und hängte beides in den Schrank in der Hoffnung, dass dadurch ein paar Knitterfalten verschwinden würden. Dann zog ich mich bis auf die Unterhosen aus und schüttelte meine Kleider aus, bevor ich mich wusch. Das Wasser nahm zwar während des Waschens und Rasierens eine seltsam dunkle Färbung an, aber hinterher fühlte ich mich wesentlich besser, obwohl mir natürlich eine Dusche lieber gewesen wäre.

Später, ich saß auf dem Bett und las in der *Basis der Ordnung* – noch immer hoffte ich, einen Hinweis zu finden, wie ich den neuen Chaos-Kräfte Herr werden konnte –, klopfte es an der Tür.

»Ja?«

»Frisches Wasser, Ser.«

»Herein.« Ich hatte den Riegel nicht vorgeschoben.

Eine ältere Frau trat ein, öffnete das Fenster und leerte die Waschschüssel zum Fenster hinaus. Dann füllte sie die Waschschüssel und den Krug mit frischem Wasser aus einem großen Eimer. Sie nickte kurz und ging wieder hinaus.

Ich steckte meine Nase wieder in *Die Basis der Ordnung,* meine Gedanken schweiften jedoch ab und ich fragte mich, wann ich wohl Krystal zu Gesicht bekommen würde.

Ich las zum wiederholten Male die Einleitung und brütete über einem weiteren unverständlichen Absatz.

> *... Ordnung und Chaos können zusammengefügt werden und sich dann in immer kleinere Teile zersetzen; so ist der Sand an den Stränden das Ergebnis des stetigen Aufeinanderprallens von Chaos und Ordnung. Selbst der Größte und Mächtigste wird an dem Versuch verzweifeln, pure Ordnung oder reines Chaos aus diesem Sand zu gewinnen ...*

Konnte man Justens Technik noch verbessern und Ordnung und Chaos in kleinste Teilchen zerlegen? Was würde dann geschehen? Würde überhaupt etwas geschehen?

Die Tür ging auf und Krystal marschierte herein. Mit einem Knall war die Tür wieder zu. Sie schüttelte den Kopf. »Du liest?«

Wir umarmten und küssten uns, dann machte sich Krystal von mir los. »Du triffst wirklich immer den richtigen Zeitpunkt. Yelena hat erzählt, du hättest eine gelungene Eröffnungsvorstellung gegeben.«

»Wie gewöhnlich bin ich nicht eben nachsichtig gewesen.«

»Wie man mir erzählt hat, ist die Wache auch nicht gerade hilfsbereit gewesen.«

»Nein, aber auch ich habe kopflos gehandelt und schon bin ich gezwungen gewesen, mich zu verteidigen.« Ich umarmte sie noch einmal.

»Wie war die Reise?«

»Staubig.« Ich hielt inne. »Überall sind die Menschen voller Sorge. Sie kaufen meine Schreinerarbeiten nicht mehr. Die Preise steigen und immer mehr Menschen müssen hungern. Ich mache mir Sorgen. Nun ist auch im Norden Chaos zu spüren ...«

»Deshalb ist auch der Zeitpunkt deiner Ankunft günstig. Kasee möchte, dass wir mit ihr zu Abend essen.« Krystal lächelte. »Ich bin froh, dass du nach Ruzor gekommen bist.«

Wieder lagen wir uns in den Armen und küssten uns, doch plötzlich befreite sich Krystal und trat einen Schritt zurück. »Du hast ja aufgeräumt.«

Ich lächelte verlegen und hob die Schultern. Vielleicht hatte ich zu viel Ordnung hineingebracht.

»Ich muss mich umziehen, aber weit werde ich nicht kommen, wenn du mich nicht lässt.«

»Wer sagt denn, dass ich das will?«

Weiter als bis zum Ausziehen kam sie nicht und glücklicherweise hatte ich das Bett gemacht. Krystal schien es auch ganz recht zu sein.

»Du bist unmöglich!«

Ich küsste sie und dann redeten wir lange Zeit nichts.

Später, als der Abend dämmerte, rollte sie sich zu mir herüber und rüttelte mich wach. »Jetzt müssen wir uns aber wirklich anziehen.«

Sie zog sich viel schneller an als ich, ich beeilte mich und sprang in die braunen Kleider und zog meine Stiefel an.

Herreld verzog keine Miene, als wir hinausgingen, kein Zwinkern, nichts.

»Werden nur wir mit Kasee essen?«, fragte ich, als ich Krystal die engen Stufen hinunter folgte und wir über den Hof zu dem großen Gebäude hinter den Soldatenunterkünften hasteten.

»Ich glaube schon. Sie wirkte erleichtert, als sie von deiner Ankunft hörte.«

Sollte ich darüber glücklich sein?

Krystal musste nicht einmal anklopfen. Die Wachen öffneten unaufgefordert die schmale, eisenbeschlagene Tür und wir betraten einen Raum, der nicht größer als Krystals Zimmer war. Allerdings standen hier dunkle, hölzerne Bücherregale, eines neben dem anderen und bis zum Bersten gefüllt. Ich hatte nicht mehr so viele Bücher gesehen seit der Bibliothek der Bruderschaft in Nylan. Vier Öllampen reichten nicht aus, um den Raum vollständig zu erhellen.

»Eindrucksvoll, nicht war? Leider sind die meisten Bücher zu alt, um noch von Nutzen zu sein – um noch gelesen zu werden.« Kasee stand auf der anderen Seite des runden Tisches und nickte, als sich die Tür hinter uns schloss. »Schön, dich zu sehen.«

»Entschuldigt, die Verspätung …« Krystal errötete.

Wie ich auch.

Kasee lachte. »Ich hatte schon damit gerechnet. Es wäre ein Unding, würde ich euch in diesen schweren und unsicheren Zeiten nicht ein paar Stunden der Zweisamkeit gönnen.«

Auch das half nichts. Wir liefen nur noch röter an.

»Lasst uns essen.« Kasee griff nach der Messingglocke und läutete.

Zwei Dienerinnen brachten zwei Tabletts herein, einen Korb, zwei Krüge und drei Becher. Lautlos verließen sie den Raum und wir blieben zurück im düsteren Licht der Bibliothek.

Das Essen bestand aus einfachen Zutaten: Hammelfleischscheiben, braune, scharfe Soße, Brot und gebratene Quillascheiben. Nie hätte ich gedacht, dass beim Autarchen Quilla-Wurzeln auf dem Tisch stünden, auch wenn es sich um einen Besprechungstisch in einer alten Festung handelte.

Krystal schenkte Kasee und sich selbst Bier ein und ich füllte meinen Becher aus dem Krug mit Rotbeerensaft, den ich ganz für mich allein hatte.

»Auf deine sichere Ankunft, Lerris.« Wir erhoben unsere Becher und tranken.

Der Rotbeerensaft schmeckte gut, angenehm säuerlich, und ich seufzte.

»Ich hoffe, er schmeckt dir«, sagte der Autarch und legte sich zwei Scheiben von dem dampfenden Hammelfleisch auf ihren Teller, dann reichte sie die Fleischplatte an Krystal weiter.

»Ja, sehr gut.«

Kasee schnitt ihr Fleisch in Stücke und nahm ein paar Bissen davon, bevor sie weitersprach. »Einerseits ist die Lage nicht so übel; Hamor hat noch keinen Schritt in Richtung Kyphros getan. Andererseits stehen die Dinge schlecht und verschlechtern sich zusehends. Beinahe der ganze Seehandel ist zum Erliegen gekommen, unsere Oliven, getrockneten Früchte und die Wolle können nur noch über Sarronnyn verkauft werden. Das heißt, dass unsere Einnahmen sinken, während Sarronnyn dadurch Gewinne macht.«

Der Autarch nahm einen kleinen Schluck Bier und ich kaute auf dem Schwarzbrot herum, um die Schärfe der braunen Soße zu mildern.

»Hamor kontrolliert die wichtigsten Teile des nördlichen Hydlen. Die Explosion bei den Schwefelquellen und dem Gelben Fluss haben Arastia und Sunta völlig zerstört. Nur Faklaar und Worrak sind bisher von den hamorischen Streitkräften verschont geblieben. Montgren hat kapituliert, die Händler aus Sligo auch.

Der Vicomte von Certis kämpft einen aussichtslosen

Kampf und Jellico wird sich wahrscheinlich nicht mehr lange halten können – wenn es nicht schon gefallen ist.« Kasee zuckte hilflos mit den Achseln.

Krystal sah mich an und ich schluckte, musste jedoch husten, als ein zu großes Fleischstück meinen Hals hinunterkratzte.

»Ist es so schlimm?«

»Nein, nur der Bissen war zu groß.« Ich spülte ihn mit Rotbeerensaft hinunter. »Viel kann ich dem nicht hinzufügen. Ich befürchte nur, dass Hamor mit Hilfe eines Chaos-Magiers – vielleicht ist es Sammel – die alten Magierstraßen durch die Osthörner wieder eröffnen will, um damit einen schnellen Weg nach Gallos und Kyphros zu erhalten. So könnten sie innerhalb kürzester Zeit …«

»… hinunter nach Tellura und dann in Kyphros einmarschieren«, beendete Krystal den Satz.

Ich nickte.

»Woher weißt du das?«, fragte Kasee.

»Ich *weiß* es nicht. Ich *fühle* es.«

»Bei jedem anderen würde ich so eine Aussage in Frage stellen. Kannst du mir mehr darüber erzählen?«

Ich kaute schnell das Stück Fleisch zu Ende und würgte es hinunter. »Chaos strömt aus den Osthörnern. Irgendwie ist es wohl mit Hamor verbunden, doch ich kann nicht genau erklären, wie. Es wächst und bewegt sich weiter nach Westen.«

»Glaubst du, wir sollten statt Ruzor eher Kyphrien für den Kampf vorbereiten?«, fragte Krystal.

»Nein.« Ich schluckte. »Mein Vorschlag ist, dass ich nach Norden reite und die Magierstraße finde.«

Krystal erblasste.

Kasee schüttelte den Kopf.

»Warum?«, fragte Krystal schließlich.

»Ihr könnt nicht gegen Hamor und das Chaos gleichzeitig kämpfen. Wenn ich herausfinde, wie man die

Hamoraner von den Magierstraßen fern halten kann, müssen sie entweder über Ruzor oder Gallos angreifen. Zumindest aber werden wir dadurch Zeit gewinnen. Wenn wir Ruzor verlieren ...« Ich hielt inne. »Ich weiß nicht genau, ob mein Plan überhaupt durchführbar ist, aber ich habe ein gutes Gefühl dabei.«

Krystal schürzte nachdenklich die Lippen.

Der Autarch nippte an ihrem Becher. In der Bibliothek herrschte eine Zeit lang Stille.

»Willst du damit sagen, dass du das hamorische Heer aufhalten kannst?«, fragte Kasee schließlich.

»Nein. Ich sage nur, dass ich sie *vielleicht* davon abhalten kann, die Magierstraßen zu benutzen, zumindest die, die noch verborgen sind.«

»Wie viele Soldaten sollen ihn begleiten?«, fragte Kasee.

»Eine Einheit?«, schlug Krystal vor.

»Nein. Das letzte Mal, als ich eine ganze Einheit bei mir hatte, kamen die meisten von ihnen nicht zurück. Wenn mir mein Vorhaben mit einer Handvoll Soldaten nicht gelingt, dann lasse ich es. Mehr als vier brauche ich in Kyphros nicht, auch zwei Einheiten können mich nicht schützen, wenn wir auf ein ganzes Heer treffen. Aber drei oder vier kann ich hinter einem Schutzschild verbergen.« Ich überlegte. »Gebt mir drei. Für mehr kann ich nicht garantieren.«

»Es scheint besiegelt zu sein«, bemerkte Kasee fast traurig. »Lerris wird mit seinen besonderen Fähigkeiten versuchen, die Hamoraner zuerst durch Gallos zu leiten, und wir hoffen, dass er dabei Erfolg hat.«

Ich sah Kasee an. »Ist es wirklich so schlimm?«

»Schlimmer. Soeben sind wieder fünftausend hamorische Soldaten in Candar gelandet. Sie haben genügend Gewehre dabei, um damit die candarischen Verbündeten auszustatten. Wir könnten im Höchstfall achttausend Mann auftreiben und müssten dann gegen eine drei Mal stärkere Streitmacht kämpfen. Außerdem stehen uns nur Schwerter und Pfeile zur Verfügung. Es gibt in ganz Kyphros nicht einen Schmied, der Kanonen oder Gewehre herstellen könnte, die denen der Hamoraner auch nur im Geringsten ähneln. Doch immerhin konnten wir sechzig Gewehre und fast tausend Patronen von Schmugglern kaufen.« Der Autarch nahm einen kräftigen Schluck aus dem Becher.

»Aber die Geographie ist auf unserer Seite«, fügte Krystal hinzu. »Der Hauptkanal nach Ruzor ist lang und eng. Das heißt, dass sie nicht viele Schiffe gleichzeitig in Reichweite der Stadtmauern manövrieren können, zumindest nicht mehr als zehn, und Gewehre können bei dicken Steinmauern nicht viel ausrichten. Ruzor hat gegenüber Renklaar und Worrak einen Vorteil, das tiefe Wasser reicht nicht bis an die Ufer.«

Es blieb nur zu hoffen, dass Krystal und Kasee Ruzor halten konnten, zumindest eine gewisse Zeit. Und die Hamoraner würden in Gallos Schwierigkeiten bekommen, vorausgesetzt ein Lerris konnte die Magierstraßen geschlossen halten.

»Wirst du es schaffen?«, fragte Kasee.

»Wenn ich es nicht versuche, werde ich das nie erfahren. Und ich kann es nicht versuchen, wenn ich nicht bald aufbreche.«

»Aber nicht heute Nacht.«

»Kaum.«

Darüber waren wir uns zumindest einig. Kasee verabschiedete uns mit einem Lächeln aus der Bibliothek.

Auf dem Weg zurück zu Krystals Gemach, im schwachen Licht der Öllampen, redeten wir nichts, nicht einmal darüber, dass wir nicht über die Zukunft sprechen sollten.

Doch kaum war die Tür hinter uns geschlossen und verriegelt, flossen Tränen und folgten Umarmungen und Worte, die niemandem verständlich sein konnten außer Liebenden, denen aussichtslose und getrennte Kämpfe bevorstanden. Und wie erwartet flehte mich Krystal auch diesmal wieder an, nicht den Helden zu spielen.

Am Ende fanden wir doch noch Schlaf, aber wir ruhten weder lang noch gut.

LXXXIII

Schwarze Residenz, Landende [Recluce]

»Jellico ist gefallen.« Talryn schreitet in das Ratszimmer der Schwarzen Residenz. Er trocknet sich den Schweiß auf der Stirn. »Hydolar auch.«

»So schnell?« Maris kommt von der nach Osten gerichteten Terrasse, aus der Sommerbrise, herein. »Wie habt Ihr das herausgefunden?«

»Nordlanische Händler.« Der breitschultrige Magister hebt den Krug auf, der vor Heldra steht, riecht daran und rümpft die Nase. »So etwas dauert nicht lange, wenn man Kanonen besitzt, die fünf Stein schwere, explosive Kugeln durch die Gegend schleudern können, und wenn die Gegner mit Schwertern und Pfeilen gegen die neuen Gewehre zu kämpfen versuchen. Berfir ist tot und Hydlen zerstört. Genau wie Certis auch.«

»Der kalte Stahl scheint seine Stärke verloren zu haben.« Heldra betrachtet ihren leeren Becher. »An das Zeitalter der neuen Ordnung.« Sie gießt sich Bier aus dem Krug ein.

»Ihr habt getrunken.« Maris starrt sie an.

»Habt Ihr einen besseren Vorschlag? So weit weg von Nylan?«

»Wir haben noch nicht verloren«, fährt Talryn fort. »Das Trio ist noch einsatzfähig und die *Llyse* wieder auf ihrem Posten. Bis jetzt hat das Trio ein Dutzend hamorische Schiffe versenkt und die Bruderschaft arbeitet an einem neuen Kriegsschiff, das bald zur Verfügung stehen wird.«

»So glorreich ... so ruhmreich ...« Heldra leidet unter Schluckauf. »Sechzig Kriegsschiffe ... und wir haben gerade mal zehn davon zerstört.«

»Zwölf«, korrigiert Talryn sie. »Und der Präfekt von Certis hat Jellico verloren ...«

»... und sein Leben.«

»... Hamor hat es fast fünftausend Tote gekostet. Hydlen ist es nicht so gut ergangen. Hamor hat dort mehr Kanonen eingesetzt.«

»Weder Kyphros noch Gallos können einen solchen Widerstand leisten.« Maris schreitet vor dem Tisch auf und ab. »Der letzte Krieg hat beide Länder ausgeblutet.«

»Die Früchte unseres Erfolges!« Heldra setzt den Becher unsanft auf dem alten Tisch auf. »Die Früchte unseres Erfolges ...«

»Seid still, Heldra.«

»Verbietet mir nicht den Mund.« Ihre Hand greift nach dem Schwert. »Bin noch nicht so betrunken, dass ich Euch nicht zu Hundefutter verarbeiten könnte.«

Maris tritt einen Schritt zurück. »Wie einfach. Zerhackt mich doch. Das wird Hamor auch nicht aufhalten.«

»Wagt ja nicht, mir noch einmal den Mund zu verbieten.«

»Hamor ist unser Problem«, erinnert Talryn die beiden.

»Schon gut«, Heldra ist sichtlich betrunken. »Dann macht sich der Händler wenigstens nicht in die Hosen.«

»Hel-dra …«, Talryn zieht ihren Namen auseinander, sodass es sich wie eine Drohung anhört.

»Schon gut, hab ich gesagt.«

»Warum bitten wir nicht Gunnar um Hilfe?« Maris stapft sichtlich aufgebracht zum Fenster und wieder zurück.

»Gunnar und sein engstirniges Institut? Welche Hilfe werden sie uns leisten können? Er war derjenige, der die Arbeit mit den Maschinen zum Erliegen brachte. Wir fragen besser die Gründer.« Heldra zeigt auf die alte Klinge an der Wand. »Es ist fast so heiß wie damals, als sie hierher kamen.«

»Gunnar ist immer noch ein großer Sturm-Magier …« Talryn überlegt.

»Der seit Generationen jedoch keinen einzigen Sturm mehr zu Stande gebracht hat«, antwortet Heldra und hebt den Becher an die Lippen.

»Er könnte es jetzt tun«, meint Maris.

»Könnte er das?« Heldra erhebt den Becher. »Dann auf den großen Sturm-Magier …. auf den großen Sturm-Magier.«

LXXXIV

Krystal oder vielleicht auch Kasee hatten für süße Brötchen und heißen Apfelwein gesorgt, die auf Krystals Zimmer gebracht wurden und die wir uns Seite an Seite an dem kleinen Tisch schmecken ließen. Das gleißende Licht des heißen Morgens strömte durch das kleine Fenster.

Draußen herrschte völlige Windstille, nicht ein Hauch von einer Brise vom Meer oder von der Bucht her war zu spüren und die Hitze drang langsam in den Raum. Das Licht spiegelte sich im Sand des Verputzes wider.

Krystal hielt meine Hand und sagte nichts.

Musste ich wirklich gehen? Diese Frage stellte sich nicht, das wussten wir. Natürlich konnten wir warten, bis sich alles weiter verschlimmerte, bis das hamorische Heer vor Kyphros stand und mir dann die Hände gebunden waren.

Ein Schauer lief mir über den Rücken.

»Was ist?«

»Ich hoffe, dass ich nicht schon zu lange gewartet habe. Vielleicht hätte ich gleich zu den Magierstraßen reiten sollen und nicht hierher.«

»Aber du kanntest den neuesten Stand der Dinge nicht.«

»Den kenne ich immer noch nicht.«

»Mach dir um den Zeitpunkt keine Sorgen, Lerris. Jellico ist noch nicht gefallen ... wir haben jedenfalls noch nichts dergleichen gehört und ein ganzes Heer kann nicht über Nacht seine Stellung wechseln.«

»Ich auch nicht.«

Sie zog die Augenbrauen hoch und ich errötete.

Nach einer Weile sprach Krystal mit leiser Stimme. »Lerris. Ich weiß, was getan werden muss, aber ich muss das Notwendige nicht mögen. Zuerst war da dieser Antonin und du kamst zurück, übersät mit Wunden. Dann hast du dich mit Gerlis angelegt und sie mussten dich auf einer Bahre heim tragen, die Verbrennungen und gebrochenen Knochen hätten dich beinahe umgebracht und tagelang hast du niemanden erkannt. Jetzt geht es dir wieder gut und schon taucht ein neuer Chaos-Magier auf, der noch stärker ist als die anderen und der Berge versetzt, um es einem Heer zu ermöglichen, Kyphros zu überrollen. Niemand weiß genau – nicht einmal du selbst –, ob du ihn aufhalten kannst. Und wenn es dir nicht gelingt ... Wir haben nicht die Macht und die Soldaten dazu.« Krystals Augen wanderten über die verblasste und gespaltene Intarsienarbeit auf dem Tisch. »Eines Tages wirst du nicht mehr zurückkommen.«

Auch ich starrte auf den Tisch. Was sollte ich tun?

Hamor war in der Lage, Ordnung über Candar zu verhängen, Ordnung, die der Kontinent dringend brauchte, doch diese Ordnung würde die Menschen wie eine Stahlfessel umklammern und das Chaos unter den Felsen würde aufflammen – und damit jedem neuen Chaos-Magier noch mehr Macht und Stärke verleihen, was wiederum noch mehr Ordnung heraufbeschwören würde – und noch mehr Druck von Hamors Seite.

Nach Recluce konnten wir nicht zurückkehren. Die Bruderschaft würde uns beide ablehnen – eine Schwertkämpferin wie Krystal und einen Grauen Erd-Magier wie mich. Wir konnten uns auch Hamor nicht stellen, nicht ohne ins Gefängnis geworfen zu werden oder am Galgen zu enden, wobei das Gefängnis die unwahrscheinlichere Möglichkeit war. Herrscher vertrauten nicht unbedingt darauf, dass Magier ihnen ergeben waren.

Aber was war, wenn wir kämpften ... wie viele würden wieder sterben? Wie viele Shervans und Pendrils würde es noch geben? Das war ein Grund, warum ich nur wenige Soldaten mitnehmen wollte.

»Ich werde zurückkommen.«

»Lerris ... bitte, du musst nicht den Helden spielen, du weißt, was ich meine.«

Ich nickte und umfasste Krystals Hände. »Ich muss mich jetzt fertig machen.«

Sie nickte und wir standen auf und umarmten uns noch einmal.

Draußen überboten sich Sonnenlicht und Hitze gegenseitig, die Luft flimmerte über Ruzor und versprach noch stärkere Hitze in den langen, vor uns liegenden Tagen.

LXXXV

Die Reise nach Felsa hinauf schien nicht so lange zu dauern wie von Felsa nach Süden, aber ob das daran lag, dass mich nun drei Soldaten eskortieren, oder daran, dass ich mich aus freien Stücken in die Höhle des Löwen begab, vermochte ich nicht zu sagen. Je älter ich wurde, desto mehr solcher Fragen tauchten auf.

Die Sonne brannte auf uns hernieder und der Straßenstaub haftete an allem und jedem. Gairloch trottete vor sich hin und hielt mühelos Schritt mit den großen Pferden, die Weldein, Berli und Fregin gehörten.

Zu unserer Linken, hinter der niedrigen Mauer, die die Straße säumte, fielen die Felsen ab, hinunter zum silbernen Band des Phroan. Vor mir sah ich den bereits bekannten Nebel aus der Pfortenschlucht aufsteigen. Ein Gutes hatte der heiße Sommer in Kyphros: Fliegen und Mücken schwirrten, außer in der Nähe von Flüssen und Seen, so gut wie keine durch die Luft.

Weldein ritt neben mir und hatte bis jetzt noch nicht viel gesagt. Sein einst langes, blondes Haar hatte er abschneiden lassen, er trug es nun kurz, beinahe militärisch kurz. Überhaupt schien Weldein ernster und strenger geworden zu sein. Die schweren Zeiten hinterließen bei jedem von uns ihre Spuren.

Er sah mich an und dann die Straße.

»Ich weiß. Ich muss ein Narr sein, dass ich das hier tue.« Ich brachte ein Grinsen zu Stande. »Aber es ist eine Gelegenheit, um aus Ruzor rauszukommen und dem Ungeziefer zu entfliehen.«

Nach einer Weile grinste Weldein zurück. »Dir fällt immer etwas ein, um uns aufzuheitern, Meister Lerris.«

»Ja, ich und mein treuer Stab.« Ich zog ihn aus dem Lanzenköcher und wirbelte ihn ein Mal durch die Luft. Dann steckte ich ihn wieder in den Köcher und warf einen Blick zurück. Berli und Fregin hatten näher zu uns aufgeschlossen, sie wollten an unserem Gespräch teilhaben.

Gairloch wieherte.

»Ich weiß, es ist heiß«, sprach ich leise zu ihm, »und es wird noch heißer werden, bevor wir die Schlucht erreichen.«

»Ich hatte vergessen, dass du mit deinem Bergpferd redest.«

»Warum auch nicht? Er widerspricht mir nicht, zumindest nicht oft, und er trägt mich überall hin.«

»Das Bergpferd brachte ihn schon zu – wie viel? – drei Weißen Magiern.« Weldein wandte sich nach hinten an Berli und Fregin.

Haaa … tschii! »Dämonischer Staub«, murmelte Fregin.

»Eigentlich waren es nur zwei.« Ich rieb mir die Nase, um ein Niesen zu verhindern. »Bei Antonin ließ ich ihn vor dem Schloss stehen.«

»Du bist in das Schloss eines Magiers zu Fuß hineingegangen?«, fragte Berli.

»Jetzt bin ich auch klüger.« Ich zuckte die Achseln.

»War das damals, als du die … rothaarige Magierin gerettet hast?« Weldeins Augen glänzten.

»Ja. Ich wusste zwar nicht genau, ob sie sich dort aufhielt, aber ich konnte Antonin auf keinen Fall gewähren lassen.« Ich wischte mir den Schweiß von der Stirn. Trotz der Trockenheit schwitzte ich immer noch.

»Wie war das, als du Haithen gerettet hast? Bist du da nicht in eine ganze Einheit Galler hineingeritten?«

»Ja, aber es ging ganz gut.« Ich erwähnte nicht, dass ich eigentlich nicht vorgehabt hatte, dem Weißen Magier gegenüberzutreten. Der Narr hatte mir jedoch keine andere Wahl gelassen.

Haaa … tschii … Wieder musste Fregin niesen. »Wünschte, du könntest diesem verdammten Staub Herr werden.«

Berli lachte und sprach mit süßlicher Stimme: »Ich nehme an, Weldein, du willst uns schonend beibringen, dass Meister Lerris gefährlicher ist als er aussieht?«

»Gefährlich bin ich nicht. Aber wer sich in meinem Umfeld aufhält, lebt oft gefährlich.«

»Ich war bei den Schwefelquellen dabei«, erzählte Berli.

»Welche Schwefelquellen?«, fragte Fregin.

Berli schüttelte den Kopf.

Fregin nieste noch einmal. »… verdammter Staub …«

Ich wischte noch einmal mein Gesicht ab und hoffte, dass es nicht mehr allzu weit war bis zur Pfortenschlucht. Auch die kürzeste Wegstrecke in Nebel und Kühle wäre mir willkommen.

An die bevorstehenden Tage wagte ich nicht einmal zu denken.

LXXXVI

Trotz der niedrig hängenden Wolken blies ein schwacher, aber heißer Wind aus Süden. Schweiß lief unter Justens Hemd über seine Haut und der Kragen färbte sich dunkel von der Feuchtigkeit. Er tätschelte Rosenfußes Hals.

Mit geringem Abstand folgte Tamra, sie ritt schweigend und mit glasigen Augen hinter ihm, ihre Gedanken und Sinne schweiften ziellos umher.

Das Echo einer nicht allzu weit entfernten Explosion hallte durch die Hügel, eine weitere folgte, aber die zwei Magier ritten unbeirrt weiter nach Südwesten, fort aus Jellico.

Justen hielt hinter den Trümmern einer Bergweide an. Der Baum war vom schweren Hauptast einer Eiche zu Boden gedrückt worden. Dort wo der Stamm der Weide auseinander gebrochen war, lagen große Mengen an Splitterholz herum.

Justen sah hinauf in den Wipfel und betrachtete das weiße Eichenholz an der Bruchstelle, seine Augen blicken weit darüber hinaus.

»Was ist damit?«, fragte Tamra.

»Kanonenkugel.«

Ihr Blick wanderte vom Baum zu Justen und zurück zum Baum.

Rrrrummpppps! Keine vierhundert Ellen unter ihnen flogen Grassoden und Gestrüppzweige durch die Luft.

Im südöstlichen Tal stiegen nun dicke Rauchschwaden auf, dicht wie Nebel, und zogen über die niedrigen Hügel und das Weideland. Am Ostende des Tales, hinter den Sonnenbannern, züngelten noch immer die Flammen aus den Kanonen.

Dreck und Gras wurden in den Himmel geschleudert, die Kanonenkugel hatte genau vor der certischen Stellung eingeschlagen. Die Soldaten des Vicomte verschanzten sich hinter hastig aufgeschütteten Erddämmen, die kaum einen Schutz vor den Explosionen boten. Die grünen Banner hatte jemand umgeworfen, kein einziges sollte den hamorischen Kanonen als Zielscheibe dienen.

Justen deutete nach Westen und auf die Rückseite des Hügelkamms. »Wir werden um diesen Bergrücken herumreiten und den Pfad auf der Rückseite nehmen müssen. Das wird mehr Zeit in Anspruch nehmen als der direkte Weg.«

»Werden wir da nicht auf Truppen treffen?« Tamra ließ ihren Blick von den weit entfernten hamorischen

Kanonen zu den toten Soldaten unter ihr schweifen. »Sie scheinen überall zu sein.«

»Die Hamoraner gehen anders vor. Sie nehmen die Straßen, Städte und wichtigsten Handelspunkte und warten dann. Irgendwann geben die Menschen auf. Diese Truppen kontrollieren keine der großen Hauptstraßen. Das macht mir Sorgen.«

»Warum?«

»Ich fürchte, die Hamoraner setzen die alten, verborgenen Straßen von Fairhaven wieder instand und räumen sie frei. Wie hätten sonst all diese Truppen so schnell und unbemerkt nach Certis marschieren können?«

Justen ritt schweigend weiter, erst nach einer Weile fuhr er fort. »Das stellt uns vor die nächsten zwei Probleme. Weißt du, welche das sind?«

»Die Hamoraner werden mit Hilfe dieser Straßen das Zentrum Candars einnehmen und die Häfen auf dem Seeweg«, folgerte der Rotschopf.

»Das ist das erste«, bestätigte Justen. »Und mit den Häfen und Straßen in ihrer Hand bleibt von Candar nicht mehr viel übrig.«

»Ich glaube nicht, dass der Autarch so schnell aufgeben wird. Und Lerris auch nicht.«

»Das wird das zweite Problem, wenn wir ihm nicht schnellstmöglich zu Hilfe kommen.« Justen lenkte Rosenfuß weg von Tamra und den Hügel hinunter, fort von den Truppen und Kanonenkugeln. »Ein großes Problem. Verstehst du, warum?«

Tamra warf noch einen letzten Blick auf das Schlachtfeld, dann folgte sie dem Grauen Magier. »Wie kann Lerris ein Heer aufhalten?«

Justen antwortete nicht. Auch als Tamra neben seinem Pferd ritt, blieb sein Gesicht grimmig und verschlossen.

»Warum sagt Ihr nichts? Ihr verschweigt mir wieder etwas.«

»Wie, glaubst du, kann Hamor die Straßen so schnell befahrbar machen? Hast du das Rumoren tief in der Erde nicht gehört?«

»Chaos? Und Lerris will es aufhalten? Wie in Hydlen? Bei der Dunkelheit ...«

Sie trieben ihre Pferde an.

LXXXVII

Mit jedem Schritt verwandelte sich Gairloch zunehmend in einen Rotschimmel und wir anderen zu staubbedeckten Statuen – die hin und wieder niesten.

Was ich auch dagegen unternahm, das Niesen hörte nicht auf, auch bei Weldein und Fregin nützte nichts. Fregins Nase leuchtete schon ganz rot, nur Berli war es irgendwie gelungen, während des gesamten Rittes nicht ein einziges Mal zu niesen.

Mein Hinterteil schmerzte und ich hatte schon fast vergessen, wie gut es sich anfühlte, im eigenen Bett zu schlafen. Eine Nacht verbrachten wir bei mir zu Hause. Ich schlief zwar im eigenen Bett, aber ich vermisste Krystal. Das Gackern der Hühner hingegen hatte mir bisher noch nicht gefehlt.

Wegel wirkte so traurig, als er stotternd aufzählte, was die kleinen Mädchen dringend brauchten, dass ich ihm erlaubte, mit den Holzresten und sonstigen unbrauchbaren Brettern Tisch und Stühle für die Hütte zu schreinern. Ich schlug ihm auch vor, Holzabfälle bei seinem Vater zu holen. Es war eigentlich seine Idee gewesen, eine gute Idee, wie ich fand, aber er fragte mich vorher anständigkeitshalber.

Rissa stand nur kopfschüttelnd in der Küchentür, als wir wieder fortritten, und die beiden Mädchen sahen uns mit großen Augen nach. Wegel winkte mit dem Besen und ich hätte ihm gern gesagt, dass diese Mission keinen großen Ruhm versprach, dass es kein Vergnügen werden würde, zwischen Ordnung und Chaos zu geraten, und dass es möglicherweise sogar tödlich ausgehen konnte, wenn wir kein Glück hatten oder unvorsichtig handelten. Am meisten störte mich jedoch, dass unser Vorhaben auch dann tödlich ausgehen konnte, auch wenn wir Glück hatten und Vorsicht walten ließen.

Während des Rittes nach Norden umgab uns eine Ruhe, die fast unheimlich wirkte; der Marktplatz in Kyphrien war nur noch ein stummer Schatten seiner selbst, die Straßen menschenleer und der Staub darauf dick und oft ohne Spuren.

Haaa … tschii! Ich fuhr herum.

»Du hast geniest! Du hast wirklich geniest!«

Berli sah verlegen drein. Dann zuckte sie mit den Schultern.

»… man glaubt es kaum …«, brummte Fregin. »Der verdammte Staub hat sie doch noch erwischt.«

Ich klopfte Gairloch anerkennend auf den Hals und wünschte sofort, ich hätte es nicht getan. Zwei Mal hintereinander musste ich niesen.

»Seht nur«, sagte Berli plötzlich.

Der Wegweiser auf der rechten Seite der Straße verkündete, dass Meltosia nur noch drei Meilen entfernt lag.

Wir aßen dort bei Mama Parlaan zu Mittag. Sie setzte uns eine Burkha vor, die scharf wie eh und je war. Alle behandelten uns sehr freundlich, waren aber nicht gerade gesprächig. Langsam fürchtete ich mich vor der Ankunft in Tellura.

Eine Staubkruste bildete sich auf jedem von uns während der Weiterreise nach Nordwesten. Unser Ziel war die kleine Stadt Tellura und der dortige Außenposten. Dort hatte ich vor ein paar Jahren meine ersten Erfahrungen mit Kyphrern gemacht. Manchmal kamen einem drei Jahre länger als ein ganzes Leben vor.

Ich näherte mich Tellura mit gemischten Gefühlen, schließlich waren durch meine Schuld Soldaten verletzt und getötet worden. Besonders elend wurde mir zu Mute, wenn ich an Shervans Schwester Barrabra dachte. Aber hier bot sich die letzte Gelegenheit, unsere Vorräte aufzufüllen, bevor wir die Magierstraße erreichten. Auch sagte mir mein Gefühl, dass es falsch wäre, Tellura zu meiden, so hart es auch werden würde.

Das Gebäude des Außenpostens hatte sich nicht verändert – weiß getünchte Mauern, Dächer aus roten Ziegeln und alles umgeben von rotem Staub und noch mehr rotem Staub.

Vor dem überdachten Säulengang banden wir unsere Pferde fest.

Wie wir alle versuchte Gairloch den Staub auszuatmen.

»Die Elitegarde! Die Elitegarde!« Ein kleines Mädchen kam aus dem Gebäude gerannt.

Ich stieg ab und übergab die Zügel an Weldein.

»Aber …«

»Ich muss etwas erledigen.«

Barrabras üppige Frauengestalt zeichnete sich unter dem Bogengang im Schatten der Nachmittagssonne ab. Als ich die drei Stufen hinaufstieg, sah ich die weißen Strähnen in ihrem blonden Haar und die feinen Linien in ihrem Gesicht.

»Meister Magier …« Sie verneigte den Kopf und als sie wieder aufblickte, entdeckte ich die Dunkelheit in den einst so fröhlichen kyphrischen Augen.

»Barrabra … es tut mir Leid.« Ich verneigte mich vor ihr. »Worte können deinen Schmerz nicht lindern. Aber ich möchte, dass du weißt, dass ich Shervan und den anderen mein Leben verdanke.«

Lange sah sie mich eindringlich an, dann fragte sie: »Warum bist du gekommen?«

»Ich muss versuchen, die Hamoraner aufzuhalten. Sie sind dabei, die alten Magierstraßen freizuräumen, auf denen sie schnell nach Kyphros gelangen könnten.«

»Aha ... wenn es der Präfekt von Gallos nicht versucht, dann der Kaiser von Hamor ... Warum lassen sie uns nicht in Ruhe?«

»Ich weiß es nicht. Die Leute reden von Ordnung und Chaos, doch das sind nur Begriffe ohne Bedeutung, wenn ein geliebter Mensch stirbt.«

»Du bist älter geworden.«

»Vielleicht.«

»Du wirst noch mehr altern.«

»Wahrscheinlich.«

»Erzähl ... Wie hat Shervan dein Leben gerettet?«

»Viel gibt es da nicht zu erzählen. Wir griffen einen Chaos-Magier an und Shervan stürzte sich mit dem Schwert auf den Magier. Der Magier musste sich wehren und so konnte ich tun, was ich tun musste.«

»Ich verstehe.«

»Nein ... Barrabra ... du verstehst nicht.« Weldein stand hinter mir. »Lerris führte die Truppe auf seinem Bergpferd an. Er trug nur einen Stab bei sich. Der Chaos-Magier brach Lerris' Arme und Beine. Obendrein wäre er noch fast verbrannt. Shervan und Lerris retteten hunderte von Soldaten. Auch ich verdanke ihnen mein Leben. Lerris musste auf einem Wagen zurück nach Kyphros transportiert werden, keiner glaubte, dass er überleben würde. Und jetzt wird er es allein – nur wir drei helfen ihm dabei – mit einem ganzen Heer aufnehmen.«

Barrabra blickte zu Weldein. Weldein hielt ihrem Blick stand.

Schließlich sah sie zu Boden. Als sie den Kopf wieder hob, schenkte sie mir ein mattes Lächeln. »Ich wusste, du bist nicht wie die anderen, aber wir haben gehofft, es würde nicht so viele Tote geben.«

»Das war auch meine Hoffnung, glaub mir.«

»Pendril ist tot. Niklos auch.«

Keines meiner Worte konnte daran etwas ändern. Für eine Weile standen wir schweigend da. Dann zuckte Barrabra mit den Schultern, resignierend und traurig, und rief: »Cirla!«

Die junge blonde Frau – fast noch ein Mädchen, das dieselbe kastanienbraune Kleidung trug wie bei meinem ersten Besuch – rannte aus der Tür.

»Du erinnerst dich an den Magier?«

Cirla senkte ihren Blick auf die Fliesen, mit denen der Verandaboden ausgelegt war.

»Zeigst du ihnen die Boxen für die Pferde? Sie müssen sich ausruhen, bevor sie in den Kampf ziehen.«

Cirla sah auf. Ihre grünen Augen trafen meine, sie schienen ohne Groll, und ich folgte ihr mit Gairloch in den Stall.

Ich dachte, ich würde nie mit dem Striegeln fertig werden, so staubig war Gairloch. Und als er endlich einigermaßen glänzte, fühlte ich mich noch staubiger als vorher. Draußen klopfte ich erst einmal den gröbsten Dreck aus meiner Kleidung.

»Warum musste Pendril sterben?«

Ich hatte nicht bemerkt, dass Cirla die ganze Zeit vor der Box gewartet hatte.

Ich schluckte. Schließlich fand ich eine Antwort. »Es hätte jeden treffen können; Pendril hat es einfach erwischt. Wenn Schlachten ausgefochten und Kriege geführt werden, sterben Soldaten.«

»Der blonde Gardist« – sie warf einen kurzen Blick in die Ecke zu Weldein, der seinen Sattel putzte – »hat gesagt, dass du selbst dabei fast gestorben wärst. Stimmt das?«

»Gestorben? Ja, das hat man mir erzählt. Ich erinnere

mich kaum an die drei Achttage nach dem Kampf. Es dauerte ewig, bis ich wieder aufstehen konnte. Lange Zeit konnte ich ohne Stock überhaupt nicht laufen.«

»Warum zogst du in den Kampf?« Sie blickte mir geradewegs in die Augen und verlangte eine Antwort.

»Ich hatte Angst, dass meine Gemahlin … ich fürchtete, sie könnte getötet werden, wenn ich nicht kämpfte.«

»Wie ist ihr Name?«

»Krystal.«

»Die Kommandantin hätte getötet werden können?«

»Die Kommandanten des Autarchen kämpfen selbst. Die vorherige musste auch im Kampf ihr Leben lassen.«

»Aber der Kaiser von Hamor kämpft nicht selbst und der Präfekt auch nicht.«

»Die Kommandantin kann nicht von Außenposten wie Shervan und Pendril verlangen, in den Kampf zu ziehen und dabei vielleicht zu sterben, während sie selbst im sicheren Kyphrien zurückbleibt.« Ich wusste, dass Krystal mir zugestimmt hätte.

»Denkst du auch so?«

»Nein. Er ist noch schlimmer«, mischte sich Berli ein, die gerade den Sattel auf den Bock hievte. »Er ist hart und zäh, unser Magier, aber bevor er uns in den Kampf schickt, kämpft er selbst bis zum Umfallen.«

Cirlas Blick wanderte von der dunkelhaarigen Frau zu mir, dann schüttelte sie den Kopf. »Niemand hat uns das bisher erzählt.«

»Ich wünschte, ich hätte es früher schon getan«, gab ich zu. »Ich meine, wie mutig Shervan und Pendril waren.«

»Ich fand Shervan nie besonders mutig. Er redete zu viel.«

»Sei versichert, er war mutig.« Ich verriegelte die Boxentür. »Er blickte immer nur nach vorn, beschwerte sich nie.« Wahrscheinlich war er zu tapfer gewesen. »Es stimmt, er redete tatsächlich viel. Aber als ich erfuhr, dass er getötet wurde, fehlte mir sein Gerede.«

Eine Glocke erklang.

»Essen ist fertig«, verkündete das Mädchen und machte sich auf den Weg in den Gebäudeflügel, der den großen Speisesaal beherbergte.

Berli, Fregin und Weldein folgten mir in den länglichen Raum. Mir wurde der gleiche Platz am Ende des Tisches zugeteilt, auf dem ich schon vor Jahren gesessen war. Langsam ließ ich mich nieder und Barrabra nahm zu meiner Linken Platz. Sie saß auf demselben Platz wie damals, als ich Shervan kennen gelernt hatte.

»Würdest du …?«, wandte sich Barrabra an mich.

Dieses Mal hatte ich wirklich etwas zu sagen.

»Als ich das letzte Mal hier saß, betete ich, dass es den Menschen mit der rechten Gesinnung gelingen möge, das Chaos zu besiegen und Ordnung walten zu lassen, und um diesen Tisch waren viele rechtschaffene Menschen versammelt, die genau das taten. Sie brachten uns Ordnung und bezahlten dafür mit ihrem Leben. Nun steht uns abermals das Chaos bevor. Das Chaos wird immer eine Bedrohung für uns bleiben und die Ordnung fordert oft alles, was wir zu geben haben. Mögen wir uns stets an die Opfer und Hoffnungen all jener erinnern, die unsere Leben gerettet und unsere Welt zu einem geordneteren Platz gemacht haben.« Ich schluckte und senkte den Blick.

»Nun spricht er wie ein Magier«, krächzte die alte Frau. Wenn ich mich recht erinnerte, hatte sie bei meinem ersten Besuch in Tellura behauptet, dass ich nicht wie ein Magier klang.

Cirla trug diesmal die Kasserolle herein und der würzige Duft erfüllte den Raum – Chili und andere kyphrische Küchengeheimnisse.

»Riecht gut«, flüsterte Fregin.

Barrabra hob den Brotkorb hoch und reichte ihn mir. Ich brach mir ein Stück ab und hielt dann den Korb für sie.

»Danke.«

Ich gab den Korb weiter an Berli und wartete, bis ich an der Reihe war, um mich aus dem Topf zu bedienen. Weldein häufte Eintopf auf seinen Teller, der junge Außenposten neben ihm tat es ihm gleich, dann wanderte der Löffel zu mir. Eigentlich verspürte ich keinen sehr großen Hunger, aber das Lamm und die Gewürze verleiteten mich dazu, eine große Portion herauszuschöpfen, bevor ich die Kelle an Barrabra weiterreichte. Sie nahm sich nur einen Bissen.

Ich versuchte das scharfe Lammgericht. Ich kannte es von früher, doch schien es jetzt auch nicht nur annähernd so scharf zu sein wie damals und mein Hunger entpuppte sich als größer als vorher angenommen.

Langsam, nur sehr langsam … entwickelte sich eine Unterhaltung am anderen Ende des Tisches.

»Der Hausierer hat erzählt … grausige Dinge spielten sich in Freistadt ab … der Regent ging in Flammen auf und ein hamorisches Kriegsschiff verbrannte fast unmittelbar an der Pier …«

»Die Schwarzen Teufel mit ihren unsichtbaren Schiffen, die waren es.«

»Die mächtige *Drakka*. All ihre Panzer konnten die Schwarzen Teufel nicht aufhalten.«

»Schreckliche Zeiten sind das«, bemerkte die ältere Frau in Gelb und berührte Stirn, Brust und Schultern – das Zeichen derer, die nur an einen Gott glauben. »Wie am Ende der Legende, wenn das Chaos stirbt …«

»Wie kann das Chaos sterben?« Cirla sah mich an.

Schnell schluckte ich den Bissen hinunter, bevor ich antwortete. »Meines Wissens kann das nur geschehen, wenn auch die Ordnung stirbt. Das Gleichgewicht sollte jedoch mächtig genug sein, um das zu verhindern.«

»Kann Ordnung vergehen?«

Konnte das geschehen? Wie konnte Ordnung vergehen – oder Chaos? »Ich vermute, beides ist möglich, aber im Augenblick gibt es wohl keine Macht, die beide Kräfte zerstören könnte.« Ich konnte nur unwissend die Achseln zucken.

Cirla schürzte nachdenklich die Lippen.

»Man sagt, dass der Magier drei Chaos-Meister tötete.« Die verhaltene Bemerkung kam vom anderen Ende des langen Tisches.

»Glaubst du das?«

»Warum nicht? Es ist eine spannende Geschichte.«

»Sie stimmt auch«, fügte Berli hinzu.

»Hast du es gesehen? Mit deinen eigenen Augen?«

»Ich war Zeugin, als der dritte Magier umkam, und eine Freundin wurde gerettet, als Lerris den ersten Weißen Magier zerstörte.« Berli hob die Schultern. »Beim zweiten … den gibt es auch nicht mehr … da war ich nicht dabei.«

»Was weißt du über den Magier?« Der junge Außenposten richtete die Frage an Fregin.

»Weiß nichts von Magiern«, murmelte Fregin, während er einen Bissen Lamm kaute. »Hab gesehen, wie er die Hand eines jungen Soldaten mit einem Stab gebrochen hat. Gleichzeitig hat er etliche Männer mit einem Stück Holz in Schach gehalten. Der meist gefürchtete Offizier der Elitegarde hat sich tiefer vor ihm verbeugt als der Autarch. Das reicht mir.«

»Der Magier ist einfach ein Magier, fertig«, stellte Barrabra fest. »Schluss mit diesem Gerede.«

Sogar Fregin hörte für einen kurzen Augenblick damit auf, Eintopf in sich hineinzuschaufeln, aber wirklich nur kurz.

»Was machen die Olivenbäume?«, fragte ich.

»Es ist zu trocken. Wir haben Glück, dass der Winter so nass war, denn der Sommer wird heiß und lang werden und der Herbst wahrscheinlich auch, sagt unsere altehrwürdige Großmutter.«

»So alt bin ich noch lange nicht«, schnauzte die ältere Frau in Gelb Barrabra an. »Man muss schon ein rechter Dummkopf sein, wenn man nicht weiß, dass auf einen langen Winterregen immer ein trockener Sommer und ein noch trockener Herbst folgen. Die Wolken können nicht mehr Regen tragen.« Sie wandte sich an mich. »Hab ich nicht Recht, Meister Magier?«

»Jede Wolke kann nur eine bestimmte Menge an Wasser aufnehmen, aber die Winde und Ozeane bestimmen, wie viele Wolken entstehen.« Ich wollte ihr nicht widersprechen, aber die Wolken allein konnten die Antwort nicht liefern.

»Die Winde, sie kommen aus dem trockenen Norden und nicht aus dem feuchten Süden. Also gibt es keinen Regen.« Rechthaberisch nickte die Alte in die Runde.

Nach dem Essen saß ich allein im dunklen Säulengang.

»Meister Magier?« Barrabra stand unter einem Bogen hinter mir.

Ich deutete auf die Bank mir gegenüber. »Bitte, setz dich doch.«

»Ich störe nur ungern ...«

»Bitte, setz dich.«

Ein Vogelruf hallte durch die Nacht, ich lauschte, doch der Vogel verstummte.

»Du bist traurig?« Sie strich sich das Haar zurück und ich bemerkte, dass sie die grünen Kämme nicht mehr trug. »Die Kämme – Niklos hatte sie mir geschenkt.«

Nach einer Pause antwortete ich. »Es tut weh, hierher zurückzukommen. Als ich das letzte Mal hier war, sangen die Menschen und lachten. Und jetzt ... Du bist unglücklich und ich habe nicht unwesentlich zu dieser Traurigkeit beigetragen.«

»Aber du bist gekommen.«

»Ich hätte schon früher kommen sollen.«

»Du bist so früh wie möglich gekommen, mehr können wir von einem großen Magier nicht erwarten.« Erneut strich sie sich das lange Haar aus dem Gesicht und ich dachte an die grünen Kämme von Niklos; ich wusste, sie würde sie nie wieder tragen.

»Ich bin kein großer Magier. Ich bin nur ein Mensch – noch nicht einmal sehr alt –, der das Richtige tun will. Das ist schwierig, weil niemand mir sagen kann, was richtig ist. Wenn wir ehrlich sind, stellt jeder seine eigene Vorstellung von Richtig und Falsch ständig in Frage.« Ich schnaubte. »Doch ich muss handeln und damit beginnt der Schmerz für die anderen.«

»Du bist älter, als du denkst. Das, was du tust, wird dich noch vor deiner Zeit älter und weiser machen. Niklos und ich hatten Zeit, jung zu sein. Ich fürchte, diese Zeit wirst du nie haben.« Sie seufzte. »Ich war wütend auf dich, doch dann sah ich dich und die Gesichter derer, die mit dir gekommen sind. Jetzt ist meine Wut verflogen und ich bin froh, dass ich so lebte und liebte, wie ich es getan habe, und ich bin sogar froh, dass Shervan bei dir war.« Sie stand auf und strich sich die Bluse glatt. »Und Pendril. Und auch Niklos. Sie mussten nicht die Last tragen, die du zu tragen hast.« Sie lachte sanft und leise. »Ich hoffe, du weißt noch, was es bedeutet, jung und verliebt zu sein. Die Jahre sind kurz und für die Mächtigen noch kürzer.« Sie machte einen Schritt nach vorn und fügte hinzu: »Schlaf, so lange du noch Zeit dazu hast, großer Magier.«

Lange saß ich noch in der Dunkelheit und dachte über ihre Worte nach. Ich – ein großer Magier? Barabra verhielt sich, als lastete das Schicksal Candars auf meinen Schultern. Ich musste aber doch nur die Magierstraßen versperren, um Kasee und Krystal Zeit zu verschaffen, damit sie einen neuen Plan ersinnen konnten, um die Eroberung Candars zu verhindern. Mehr nicht.

Als ich mich auf der schmalen Pritsche in der kleinen Kammer niederlegte, spürte ich wieder das Rumoren des unterirdischen Chaos und den näher rückenden Chaos-Magier. Sogar die Berge schienen sich in der Dunkelheit zu bewegen. Bald fiel ich in einen traumlosen Schlaf; keine silberhaarige Druidin bot mir Rat an, das Chaos verschonte mich und darüber war ich froh.

LXXXVIII

Östlich von Yryna, Gallos [Candar]

Das leise Gemurmel und Waffengeklirr der wartenden Soldaten hallt gedämpft durch die tiefe Schlucht. Riesige Felsen, herabgestürzt von der Steinwand links neben der Straße, blockieren die Schlucht. Die alte Pflasterstraße verschwindet unter dem Steinhaufen.

Hinter den Truppen erstreckt sich über etwa fünfzig Meilen die Schlucht, durch die die große Osthorn-Straße verläuft. Behauene Steine pflastern den Weg zwischen den Fundamentsteinen, die die jeweiligen Straßenabschnitte markieren. Jeder Abschnitt zieht sich gerade wie ein Pfeil hin und viele Abschnitte fügen sich zusammen zu einer Straße, die einst Fairhaven und Sarronnyn verband; eine Straße, die die Weißen Magier von Freistadt – das damals noch Lydiar hieß – durch die Westhörner und Sarronnyn bis nach Südwind ausbauen wollten.

Nun versperren viele solche herabgestürzten Felsen die Durchfahrt und die hamorischen Truppen warten nicht das erste Mal. Zedern und kleine Eichbäume tummeln sich auf dem Steinberg, der die Hamoraner vom westlichen Ende der Straße trennt. Hinter den aufgetürmten Felsen führt die Schlucht in Richtung Westen weiter.

Eine braun gekleidete Gestalt – braune Sandalen, braune Tunika und braune Hosen – steht in einigem Abstand zu den hamorischen Truppen vor den Felsen. Der Wasserlauf neben der Straße führt nur wenig Wasser; die herabgestürzten Felsen und die dünne Erdschicht, die sich mit den Jahren darauf abgelagert hat, behindern das Wasser auf seinem Weg hinab in die Ebenen von Gallos.

Schließlich wendet sich der Magier an den Mann, der neben ihm steht, er trägt die gelbbraune Uniform Hamors und eine schwere Pistole am breiten Ledergürtel. »Ich werde es versuchen, aber es ist noch gefährlicher als bei den bisherigen Hindernissen. Ihr werdet die Truppen gut eine Meile zurückmarschieren lassen müssen.«

»Wo werdet Ihr sein?«

»Fast genauso weit weg«, antwortet Sammel mit einem Lächeln. »Es ist mehr als genug Chaos vorhanden, mit dem ich arbeiten kann.«

Leithrrse durchfährt ein Schauder.

»Schaudert nicht. Ihr habt es erschaffen mit all Euren geordneten Schiffen und Waffen.« Sammels Stimme klingt sachlich und nüchtern, ohne jeden Vorwurf.

Der hamorische Gesandte wendet sich an den Offizier mit den Goldtressen auf der Weste. »Du hast gehört, was der Magier gesagt hat. Führ sie zurück.«

Die Truppen marschieren zurück über die Pflasterstraße, die erst kurz zuvor durch Chaos-Flammen freigelegt worden ist.

Sie warten in sicherer Entfernung und tuscheln leise.

»... größer als alle anderen vor ihm ...«

»... sieht so freundlich aus ...«

»... freundlich ... wenn du auch meinst, dass eine hungrige Felsenkatze freundlich aussieht ...«

Ein Blitz, heller als die Mittagssonne und gefährlicher als ein Feuer in nächster Nähe, lodert über den Steinhügel.

RRRRurrrrr ... rurrrr ...

Der Boden hebt und senkt sich und die Felsen bewegen sich, bewegen sich ... und eine Lücke tut sich auf, wo vorher der kleine Bach herausgeflossen ist. Dampf entweicht in die Luft, es riecht nach Schwefel.

Felsen und Steine, mehr als hundert Ellen hoch, zerbersten, zerspringen und schieben sich nordwärts in den Rachen des Chaos.

Dann legen sich die Flammen und die Hitze entfleucht. Der Magier schlurft hinüber zu dem alten Meilenstein. Er setzt sich und legt den Kopf in die Hände, die Buchstaben, die in den Stein eingraviert sind, bemerkt er gar nicht: YRYNA 75 M.

»Wann können wir weitermarschieren?«, fragt Leithrrse.

»Lasst uns noch warten, bis der Stein abgekühlt ist.« Sammel blickt nicht auf.

Dort wo sich noch vor wenigen Minuten ein Berg aus Felsen türmte, fließt nun geschmolzener Stein.

Die Soldaten murmeln erstaunt und schütteln die Köpfe.

Leithrrse nimmt einen Schluck aus seiner Wasserflasche und trocknet seine Stirn.

Tief unter den Felsen rumort noch immer das Chaos, der Boden bebt.

LXXXIX

Dayala stand lange Zeit an der einzigen Pier in Diehl, nur ein Schritt entfernte sie von der Laufplanke, die auf die *Eidolon* führte. Rauch stieg aus dem schwarzgrünen Schornstein des nordlanischen Dampfsegelschiffes, die Schaufelräder standen still.

Die silberhaarige, sehr jugendlich aussehende Frau drehte sich ein letztes Mal um und verabschiedete sich vom Großen Wald in Naclos. Sie holte tief Luft, hob ihren Tornister auf und setzte den Fuß auf die Laufplanke. Der Maat – kurzer, blonder Bart und muskulöse Arme – wartete bereits auf sie.

»Ich heiße Dayala.«

»Ja. Ihr seid die Druidin. Kapitän Heroulk hat angeordnet, dass Ihr in der zweiten Kabine untergebracht werdet, meine Dame.« Er verbeugte sich.

Sie wartete, wusste nicht, wo sich diese Kabine befand.

Der Maat lächelte, dann winkte er einem Matrosen zu. »Jelker, zeig der Dame, wo ihre Kabine ist.«

Ein blonder, schlanker Jüngling, der die Taue aufrollte, hielt inne und trat mit einer Verbeugung vor die Druidin.

»Danke.« Dayala nickte dem Maat zu.

»Das Vergnügen ist ganz auf unserer Seite, werte Dame. Druiden bringen Glück, zumindest wenden sie das Unglück ab, aber das läuft für uns Matrosen auf das Gleiche hinaus.«

»Kessel Volldampf! Leinen los!«, befahl der Maat.

Dayala folgte Jelker den Niedergang hinunter in die kleine Kabine, wo sie ihren Tornister auf die untere Koje legte. Der Boden unter ihren Füßen vibrierte und sie unterdrückte ein Schaudern.

»Seid Ihr wirklich eine Druidin?«

»Ja, das bin ich.«

Das Schiff schwankte und ein dumpfes Hämmern hallte durch den Rumpf.

»Ich meine ... sprecht Ihr auch zu den Bäumen?«

Sie schüttelte den Kopf. »Bäume können nicht hören. Aber manchmal hören wir auf die Bäume oder auf anderes Leben ...«

»Sprecht Ihr nur ... ich meine ... sprecht Ihr ... nur mit den Bäumen?«

Lachend antwortete sie. »Nein, ich habe einen Mann. Ein Magier, der auch Druide ist.«

»Oh ...«

»Du musst nicht enttäuscht sein, wenn eine alte Frau wie ich ...«

»Alt? Ihr seid nie und nimmer älter als achtzehn.«

»Wenn du wüsstest, wie alt ich wirklich bin ...« Sie deutete auf die Kabinentür. »Ich möchte wieder an Deck.«

Unverhohlen starrte der Matrose die Druidin an.

Dayala seufzte und wandte sich noch einmal zu dem Matrosen um, sie fühlte, wie die Dunkelheit aus ihr strömte und wie Alter und Kraft des Großen Waldes die Kabine erfüllten.

Der Junge erblasste. »Es tut mir sehr Leid, werte Dame.«

Sie berührte seine Schulter. »Ich habe dich gewarnt. Lass uns gehen.«

Jelker hastete zum Niedergang und kletterte schnell hinauf. Dayala ließ er zurück, sie musste sich den Weg nach oben allein suchen. Sie schüttelte den Kopf und ließ sich Zeit.

Später stand sie an der Reling. Das Schiff entfernte sich langsam vom Ufer und sie konnte ihre Augen nicht vom Großen Wald jenseits von Diehl abwenden.

Als die *Eidolon* das Hafenbecken verlassen hatte,

hörte das dumpfe Hämmern auf. Nun segelte sie in voller Fahrt vor dem Wind.

Dayala klammerte sich an der Reling des Achterdecks fest, als die *Eidolon* eine niedrige Welle querte; weiße Gischt spritzte um den Bug. Doch im sanften Licht des späten Nachmittags segelte das Schiff bald ruhiger als je zuvor.

Die Schaufelräder standen still, die große, alte Dampfmaschine kühlte ab. Wenn der Wind nicht abflaute, und das würde er nicht tun, brauchte der Kapitän keine Kohle verfeuern.

»Wenn man aus Diehl hinausfährt, bekommt man immer guten Wind«, bemerkte der zweite Maat mit zerzaustem kurzen Haar, der neben Dayala stehen blieb. »Meistens jedenfalls.« Er warf einen flüchtigen Blick auf Dayalas braune Kleidung und dann auf ihre nackten Füße. »Eine Druidin auf Reisen? Das kommt selten vor.«

»Nur, wenn es notwendig ist. Wirklich notwendig.«

»Und jetzt ist es notwendig?« Ein Lächeln umspielte seine Lippen.

»Wenn wir nicht wollen, dass Hamor die ganze Welt als sein Eigentum betrachtet und sich auf jedem Hügel das Chaos niederlässt.« Sie sprach mit leiser Stimme.

Kurz trafen sich die Augen der beiden. Dann senkte der Matrose seinen Blick. »Dann ist es vermutlich wirklich ernst. Druiden lügen nicht.«

»Manchmal wäre es einfacher.«

Ein Schauder durchfuhr ihn und er verbeugte sich. »Ich muss weitermachen, meine Dame.«

Mit einem bitteren Lächeln richtete sie ihren Blick nach Nordosten in Richtung Kyphros und Ruzor. Dort würde sie Justen treffen.

XC

Ich ließ Gairloch in gemächlichem Schritt gehen, als die Straße durch ein weiteres trockenes Tal der Kleinen Osthörner führte. Wir waren umgeben von Felsen und Bäumen. Die meisten Steine in den Kleinen Osthörnern schimmerten rötlich und schwarz und waren schroff, im Gegensatz zu den größeren und eher grauen Felsen in den Ost- und Westhörnern.

Als ich das flache Tal vor mir sah, wünschte ich, ich besäße ein besseres Erinnerungsvermögen.

»Ist das die richtige Straße?«, fragte Weldein schon zum dritten Mal. Dabei fuhr er sich wieder und wieder mit der Hand durch das kurze, blonde Haar.

»Ich bin mir nicht sicher. Ich war nur ein Mal hier und das war vor drei Jahren.« Es schienen mir seitdem allerdings weit mehr als drei Jahre vergangen zu sein.

Haaa … tschii … »Verdammter Staub …«, murmelte Fregin.

»Das wissen wir bereits«, schnauzte Berli ihn an.

Ich hielt inne und suchte mit meinen Sinnen nach Chaos. Zu meiner Linken schien sich ein dichter, üppiger Wacholderbusch zu befinden und rechts ein großer, grauweißer Felsblock, der die Sicht nach Norden versperrte.

Langsam lenkte ich Gairloch auf den Felsblock zu, während ich gleichzeitig meine Sinne ausdehnte. Ich nickte. »Hier sind wir richtig.«

»Nur ein Haufen Felsen«, murrte Fregin und blieb hinter Weldein stehen.

Berli war abgestiegen und wirbelte damit rötliche Staubwolken in die Luft.

»Hör auf, den Staub so aufzuwirbeln.« Fregin nieste.

Ich konzentrierte mich auf das Trugbild, doch es verschwamm vor meinen Augen, ich verfolgte die Linien zurück, die es zusammenhielten. Selbst Antonin hatte erstaunlicherweise Ordnung benutzen müssen, um dem Chaos zu dienen. Durch diese Ordnung blieb jedoch das Bild erhalten.

Ich verfolgte die verschlungenen Linien zurück und entflocht sie, zerbrach das Chaos in der Ordnung in immer kleinere Stücke, fast auf die gleiche Weise, wie ich auch mich selbst neu geordnet hatte, um in das Muster zu passen, das ich bei Justen entdeckt hatte, nur dass ich diesmal in die entgegengesetzte Richtung arbeitete.

»Bei den Dämonen! Wo kommt diese Straße her?«, rief Fregin.

»Sie ist schon immer da gewesen«, antwortete Berli und richtete sich auf. »Seht. Hier sind die Umrisse der Pflastersteine.«

Weldein schüttelte ungläubig den Kopf. »Mindestens ein Dutzend Mal bin ich schon auf dieser Straße geritten, aber das habe ich noch nie gesehen.«

»Das solltest du auch nicht. Das Trugbild ist stark genug, um alle bis auf die Magier täuschen zu können. Kry ... die Kommandantin sandte schon früher einige Soldaten aus, um die Straße zu finden, aber es gelang ihnen nicht. Ich selbst fand nie die Zeit, die Straße zu suchen, irgendetwas hielt mich immer davon ab.«

»Stellt euch das mal vor«, staunte Berli.

»Aber nun wird sie bleiben wie sie ist.«

»Wirklich?«, fragte Weldein. »Du sagtest, die Hamoraner wollen sie benutzen.«

»Sie kommen von der anderen Seite. Wenn sie es bis hierher schaffen ...« Ich zuckte mit den Achseln.

»Ich verstehe, was du meinst.«

Bevor wir weiterritten, betrachtete ich den ausgetrockneten Graben neben der Straße. Die Stelle musste eine Art Kreuzung gewesen sein, weil unter der Nord-

Süd-Straße, die die Kyphrer schon jahrelang benutzten, ein unterirdischer Entwässerungsgraben verlief. Die Decke des Entwässerungsgrabens war Teil beider Straßen – der Straße von Gallos nach Kyphros und der Straße, auf der wir gerade von Tellura hergeritten waren.

Ich fragte mich, warum die Magierstraße nicht häufiger benutzt worden war, bevor Antonin sie versteckte. Vielleicht, weil sie zu keinem nahe gelegenen Ziel führte. Doch das ergab keinen Sinn, denn die Weißen Magier hatten die Straße gebaut, um damit auf kürzestem Wege Candar von Osten nach Westen durchqueren zu können.

Berli stieg wieder in den Sattel und ich bog mit Gairloch nach Osten ab. Flache Furchen markierten den Weg, den Antonins Kutsche befahren hatte. Am Grund der Furchen konnte man die unversehrten Pflastersteine erkennen.

Ganz gleich was sie auch sonst getan hatten, die Weißen Magier hatten gute Straßen gebaut, was auch auf die noch befahrbare Straße vom Nordwesten Kyphros' nach Sarronnyn zutraf.

Wir ritten weitere zehn Meilen, dann wussten wir, warum die Straße nicht mehr benutzt worden war. Das makellose Steinwerk der alten Straße verschwand unter roten und schwarzen Felsbrocken, die sich mindestens vierzig Ellen hoch darüber auftürmten. Die Steine mussten sich aus den Felswänden über der Straße gelöst und diese – seit Jahrhunderten – unter sich begraben haben.

Warum hatte niemand vor Antonin versucht, die Straße freizulegen? Ich runzelte die Stirn, dann fiel es mir ein. Es handelte sich hier um eine Militärstraße. Der Handelsverkehr zwischen Gallos und Kyphros hätte dadurch nichts gewonnen. Mit Hilfe der Dampfschiffe ließ sich der Handel leichter über Flüsse und

Meer abwickeln; auch wären hunderte von Arbeitern mindestens eine Jahreszeit lang damit beschäftigt gewesen, allein diesen einen Steinhügel, der sich vor mir erhob, zu beseitigen.

Selbst Antonin hatte mit Hilfe der Steinschmelze nur einen engen Durchgang durch den Steinhaufen schaffen können. Ein schleichendes Gefühl von Chaos umgab den engen Durchgang.

Gairloch wieherte.

»Ich weiß. Dir gefällt es auch nicht.« Ich tätschelte sanft seinen Hals.

Haaa … tschii! »Jetzt ist der verdammte Staub weiß«, brummte Fregin.

»Hat der Chaos-Meister das gemacht?« Weldein schloss zu mir auf und wir ritten Schulter an Schulter nebeneinander. Ich brauchte nur den Arm ausstrecken, um die geschmolzene Steinmauer zu berühren. Für Antonins Kutsche musste die Durchfahrt sehr eng gewesen sein.

»Der zweite – Antonin. Das Chaos löst sich langsam auf, doch noch immer ist es deutlich zu spüren.«

»Er konnte Steine zum Schmelzen bringen und du hast ihn besiegt?«, fragte Berli, die dicht hinter uns ritt. Ihre Worte hallten von den geschmolzenen Felsen wider.

»Manchmal können Glück und Ordnung über rohe Gewalt siegen.«

»Ich persönlich ziehe die Gewalt vor«, murmelte Fregin. »Aufs Glück kann man sich nicht immer verlassen.«

Ich fand Gefallen an dieser Einstellung, besonders weil das stärker werdende Rumoren des Chaos in der Tiefe östlich von uns darauf hinwies, dass der Chaos-Magier vor uns über mehr Gewalt verfügte als Antonin und Gerlis zusammen. Wie konnte Sammel solche Kräfte in sich vereinen? Kam es von seinem Wissen um die Basis der Ordnung? Das würde vieles erklären.

»Bekomme langsam Durst«, meinte Fregin zu Berli.

»Wer nicht?«

»Hunger auch.«

»Du bist doch immer hungrig.«

Nach zwei Meilen rasteten wir im Schatten einer Felswand. Ich bot meinen Begleitern weißen Käse und Brot an, das mir Barrabra am vorigen Morgen aufgedrängt hatte, bevor wir Tellura verlassen hatten.

Das Essen war nicht das Problem, an Wasser mangelte es. Der Sommer hatte so wenig Regen gebracht, dass kein Wasser im Graben neben der Straße floss, und während des ganzen Tages kamen wir an nur einer einzigen Quelle vorbei.

Ich wischte mir den Schweiß von der Stirn … dann fiel mir etwas ein. Ich galt doch als Erd-Magier, warum sollte ich dann keine Wasserquelle ausfindig machen können?

Im Schatten sitzend, schickte ich meine Sinne auf Wassersuche. Eisen hatte ich schon gesucht und gefunden, tief unter der Erde. Wasser sollte leichter zu finden sein.

Es wäre auch leichter gewesen, wenn es Quellen gegeben hätte, das hieß, Quellen, die man auch ohne eine Mannschaft von Bergmännern erreicht hätte. Meine Gedanken schweiften ab, ich dachte über Ginstal nach und fragte mich, wie es ihm wohl erging beim Wiederaufbau der Eisenerzbergwerke. Nicht zu gut, hoffte ich, das würde Hamors Stellung in Candar nur stärken.

Ich kaute Brot und Käse und befeuchtete meinen Mund mit ein ganz klein wenig Wasser aus der Wasserflasche. Sie enthielt nur noch ein Viertel von dem mitgebrachten Wasser und Gairloch hatte seit dem Morgen nichts getrunken. Sogar im Schatten schwitzte und keuchte er. Nachdem ich Brot und Käse wieder in der linken Satteltasche verstaut hatte, holte ich tief Luft und konzentrierte mich auf die Wassersuche.

»Vielleicht«, sagte ich zu Weldein, »gibt es eine Quelle etwa eine Meile entfernt von hier, nicht weit von der Straße.«

Gelassen nickte er und stieg auf, als hätte er nichts anderes erwartet.

Leider lag ich mit meiner Vermutung weit daneben. Wir mussten fast drei Meilen reiten, doch wir hätten das Wasser nicht verfehlen können. Ein richtiger Wasserstrahl floss im Graben neben der Straße und verschwand unter den Steinen, die den Entwässerungskanal bedeckten.

Dennoch bekamen alle genug zu trinken, auch Gairloch, den ich allerdings zum langsamen Trinken anhalten musste, und wir füllten unsere Flaschen auf, bevor wir uns wieder auf den Weg machten.

»Es hat schon seine Vorteile, mit einem Magier zu reisen«, räumte Fregin ein.

»Erinnere uns daran, wenn uns das Chaos-Feuer um die Ohren fliegt«, meinte Weldein trocken.

Am Abend mussten wir keine neue Quelle suchen. Wir übernachteten in einer schon lange verlassenen Schutzhütte mit einem Brunnen vor der Tür. Das Dach hatte sich vor ewigen Zeiten aufgelöst, doch vor Regen oder Kälte brauchten wir uns ohnehin nicht zu fürchten.

Ich schlief sehr unruhig, das Chaos wurde stärker und mächtiger mit jeder Meile, die wir gen Osten ritten. Aber was hätte es für einen Sinn, den anderen davon zu erzählen, wenn sie es weder fühlen noch hören konnten?

Der nächste Tag verlief nicht viel anders als der vorherige.

Wir fanden einen weiteren, kleineren Steinhaufen, durch den Antonin eine Durchfahrt gebrannt hatte, und die Spuren der Kutsche zeigten nach Osten. Die längste Strecke der Magierstraße befand sich in erstaunlich gutem Zustand, und aus den Spuren, dem vertrockneten Pferdemist und dem schleichenden Chaos konnte man klar ersehen, dass Antonin die Straße tatsächlich oft befahren hatte.

Spät am zweiten Tag auf der Magierstraße kamen wir an eine Stelle mit Wacholderbüschen; sie wuchsen quer über die Straße.

»Wo kommen die denn her?«, wollte Fregin wissen.

»Vielleicht waren sie schon immer da«, antwortete Berli.

Ich schüttelte den Kopf. Die Büsche strahlten etwas Falsches aus, aber ich fühlte mich erschöpft und brauchte eine Zeit lang, bis ich herausfand, dass es sich um ein weiteres Trugbild handelte. Ich betastete die Pflanzen mit meinen Sinnen und löste auch diese Täuschung auf.

Wieder standen wir an einer Kreuzung und ein verwitterter Wegweiser verriet uns: YRYNA – 10 M. Von Yryna hatte ich noch nie etwas gehört, doch die Lage des Steines an der nördlichen Seite der Kreuzung schien darauf hinzuweisen, dass sich die Stadt irgendwo in Gallos befand, und bestimmt hätte ich den Ort gekannt, läge er in Kyphros.

»Yryna?«, fragte Fregin.

Wir anderen zogen nur ratlos die Schultern hoch.

Als wir die Magierstraße weiter ostwärts ritten, entdeckte ich zwei Dinge. Erstens wuchsen die Felswände entlang der Straße an und zweitens fanden wir keine Spuren der Kutsche mehr.

»Irgendwo vor uns muss die Straße blockiert sein.«

»Keine Spuren«, bemerkte Weldein.

»Das ist ein gutes und auch ein schlechtes Zeichen. Es bedeutet einerseits, dass die Hamoraner die Straßen bisher noch nicht freilegen konnten, und andererseits, dass es womöglich auch für uns kein Durchkommen gibt.«

»Was wirst du unternehmen, Meister Lerris?«

Ich konnte nur wieder mit den Achseln zucken. »Weiterreiten.«

Aus meinen Erfahrungen im Ödland schloss ich, dass der Straßenzustand schlechter werden würde und die Straße Richtung Frven nicht mehr benutzt worden war – auch nicht von Antonin. Warum hätte er sonst die schlammigen und sumpfigen Straßen über Howlett genommen?

Die meisten Pflastersteine lagen noch in der richtigen Anordnung, doch eine dünne Erdschicht bedeckte viele Stellen und dort überwucherten auch niedrige Büsche und Gestrüpp die Straße, mehr als auf der bisherigen Strecke.

Wir lagerten in einer weiteren verlassenen Schutzhütte in dieser Nacht. Wieder gab es eine Quelle, die im Boden zu versickern schien.

Die Steine und Felswände neben der Straße hatten ihre Farbe gewechselt und schimmerten nun in einem dunklen Grau. Die scharfkantigen roten und schwarzen Felsblöcke waren verschwunden, seit wir die letzte Kreuzung fünf oder sechs Meilen hinter uns gelassen hatten.

Wir aßen Barrabras Brot und den weißen Käse auf. Jetzt blieben uns nur noch Trockenkekse, getrocknetes Hammelfleisch und gelber Käse, hart wie Backstein.

Wieder schlief ich sehr unruhig, zwei Mal wachte ich schweißgebadet auf. Mir war, als ginge Chaos – in Gestalt einer Eisenschlange – wie ein Gespenst um. Die Abwehrstäbe konnten nichts ausrichten gegen Alpträume und meine eigenen Ängste.

Nachdem ich das zweite Mal aus dem Schlaf gefahren war, ging ich hinaus zur Quelle; die Felsenratten huschten zurück in ihre Löcher. Über mir blinkten die Sterne blauweiß und kalt, sogar mein Atem schien Dampfwolken zu bilden. Ich spritzte mir kaltes Wasser ins Gesicht, das half, doch schon vor dem Morgengrauen erwachte ich wieder.

Am nächsten Tag drangen wir noch tiefer in die Osthörner vor, die Felswände ragten noch höher auf und spendeten zumeist – außer am Mittag – kühlen Schatten. Am Morgen war es so kalt gewesen, dass Weldein und die anderen zwei Gardisten die Umhänge übergezogen hatten.

Der Boden unter unseren Füssen schien zu zittern, doch ich sagte nichts. Gairloch setzte vorsichtig einen Fuß vor den anderen. Das Chaos kam immer näher. Gegen den unbändigen Durst nahm ich einen Schluck zu mir, den Blick auf den trockenen Entwässerungskanal neben der Straße gerichtet.

Am frühen Nachmittag entdeckte ich in der Ferne ein neues Felshindernis, noch größer als das erste, es verwandelte die Schlucht in eine Sackgasse. Wir ritten bis zu den herabgestürzten Steinen, die sich anscheinend aus den über eine Meile hohen Felswänden gelöst hatten.

»Sieht nicht so aus, als könnten wir den Berg bezwingen.« Weldein zog sich den Umhang aus.

Ich griff nach meinem Stab.

Ich spürte das Chaos ganz in meiner Nähe und ein leises Geräusch, das Truppen vor uns vermuten ließ – viele Soldaten.

Whhhssss … Eine Mücke summte an mir vorbei, vermutlich weiter zu Weldein, der ein verlockenderes Ziel bot.

Ich betrachtete die Steine, die sich über den alten Pflastersteinen der Straße auftürmten. Einige waren weiter westwärts herabgestürzt, wodurch ein richtiger Damm entstanden war, der den von Steinen eingefassten Entwässerungskanal zu einem halb stehenden Gewässer anschwellen ließ. Die vertrockneten Algen verrieten, dass das Wasser tiefer stand, viel tiefer als gewöhnlich. Das war vermutlich auch der Grund dafür, dass nur eine Mücke durch den heißen Schatten schwirrte und nicht ein ganzer Schwarm.

Ich war froh, dass auch den Mücken die Hitze zu schaffen machte.

Der Boden erzitterte erneut unter meinen Füßen und Weldein warf mir einen besorgten Blick zu.

»Wartet hier«, befahl ich, als ich abstieg.

»Was hast du vor?«

»Ich werde hinaufsteigen. Sodass ich sie sehen kann.«

»Wen?«, wollte Fregin wissen.

»Die Hamoraner auf der anderen Seite des Hügels.«

»Wird ihr Magier dich nicht entdecken?«

»Nicht, wenn er mit so viel Chaos beschäftigt ist.« Zumindest hegte ich diese Hoffnung. Ich kletterte hinauf, vorsichtig, langsam, jede weitere Elle trieb mir den Schweiß aus den Poren. Ich versuchte, ruhig zu atmen, während ich meinen Stab umklammerte. Sollte ich ihn wirklich brauchen, wollte ich nicht erst hinunter und dann wieder hinaufklettern müssen.

Beinahe gelacht hätte ich, als ich oben ankam und nach Osten spähte.

Hinter dem gewaltigen Steinhügel, auf dem ich stand, erstreckte sich ein etwa zweihundert Ellen langes flaches Stück, auf dem die Straße unversehrt schien. Dann kam ein weiterer Felshaufen, ähnlich dem, auf dem ich hockte.

Mit einem Blick nach oben stellte ich fest, was geschehen sein musste. Eine vollständige Felswand war zusammengebrochen und hinuntergestürzt, über einen kleinen Felsvorsprung hinweg, der die Steinlawine zweigeteilt hatte, sodass der Straßenabschnitt unberührt geblieben war.

Dann konzentrierte ich mich und schickte meine Sinne auf die Suche nach dem Chaos.

Wieder bebte die Erde und einige kleinere Steine stürzten hinunter, weit ab von Weldein und den anderen, der Dunkelheit sei Dank.

Jenseits des zweiten Felsenturms arbeitete deutlich spürbar das Chaos.

Staub wirbelte durch die Luft und der Haufen begann sich zu bewegen, er schien zu schrumpfen. Felsen, größer als eine Hütte oder Scheune, rollten hinunter, nordwärts in einen gewaltigen Kessel, der scheinbar geschmolzenes Chaos enthielt, einen kochenden Feuersee.

Die Hitze ließ einen kyphrischen Mittag geradezu kühl erscheinen.

Weiße Chaos-Linien peitschten über den Felstrümmerhaufen. Die wenigen kleinen Zedern und Wacholderbüsche, die darauf wuchsen, verwandelten sich zu Asche, die in den Himmel flog, zusammen mit dem Rauch und dem Weißen Staub.

»Was ist das?«, rief Weldein, seine Stimme konnte das Donnern und den pfeifenden Wind kaum durchdringen.

»Noch mehr von dem verdammten Staub!«, schrie Fregin.

»Ist das der Chaos-Magier?«, brüllte Weldein.

Ich gab ihm ein bejahendes Zeichen und winkte ihn dann weg von dem ersten Steinhügel, bevor ich mich auf den Weg machte zum zweiten, bereits schrumpfenden Felsenberg.

Noch mehr Steine rollten unter meinen Füßen weg.

Ich warf einen Blick hinauf auf die Felswand zu meiner Rechten, graues und verwittertes Gestein, das nicht sehr fest zu sein schien. Vor meinen Augen brachen einige Felsen aus der Wand und stürzten hinab.

Die fallenden Steine lösten sich in weißes Pulver auf, das wie feiner Steinnebel auf die Erde niederschwebte.

Der blaugrüne Himmel verschwand hinter einem

Schleier aus Steinstaub, Chaos-Feuer und Asche. Ich wischte mir den Schweiß vom Gesicht, wobei sich der ganze Schmutz auf meinem Handrücken sammelte.

Was konnte ich tun?

Ich kletterte das flachere Stück hinunter zur alten Straße.

Sammel sollte ruhig erst einmal Zeit und Energie mit dem ersten Steinhügel verschwenden. Ich rechnete mir bessere Chancen aus, wenn er bereits erschöpft war. Schon musste ich mich wieder an einen Felsblock klammern, als der Boden bebte. Die Steine um mich herum bewegten sich bedrohlich.

Die Sonnenstrahlen drangen nicht mehr bis zur Erde, es schien, als dämmerte der Abend bereits, als ich mich nach unten vorarbeitete, immer auf der Hut vor bedrohlichen Felsspalten.

Ich kletterte über Felsen hinunter. Unaufhörlich rumorte es in der Erde. Die Steine des vorher so mächtigen und hohen Hügels schmolzen oder gingen in Flammen auf.

Als ich unten ankam und nach vorn blickte, schmolzen soeben die letzten Steinbrocken weg. Ich holte tief Luft und packte meinen Stab, dann marschierte ich auf dem glatten Stück Straße weiter.

Durch Nebel, Staub und feine Weiße Asche sah ich in einiger Entfernung vor mir das Sonnenbanner und fühlte mehrere Tausend Soldaten.

Vor ihnen stand eine Weiße Säule – Sammel. Jetzt erkannte ich ihn.

Kurz vor den brennend heißen Steinen blieb ich stehen.

Sammel stand auf der anderen Seite des geschmolzenen Felsenberges. Er trug noch immer seine braune Robe und glich eher dem freundlichen Einsiedler, den ich in ihm einst gesehen hatte. Obgleich ich sein Gesicht durch den Chaos-Nebel nicht genau erkennen konnte, erahnte ich die traurigen Augen und den kahlen Schädel.

Sogar aus einer Entfernung von fast zweihundert Ellen fühlte ich die übermächtige Chaos-Kraft, die den Mann umgab. Er loderte förmlich vor Kraft und Stärke und sein ganzer Körper strahlte das Weiß des Chaos aus, sodass er selbst rot und weiß glühte.

Was sollte ich nur tun? Selbst wenn die Ordnungs-Umzingelungstechnik funktionierte – wenn es mir sogar gelänge, ihn von den Chaos-Kräften abzuschneiden –, besaß er noch immer genug Stärke, um mich wie ein Stück Schinkenspeck zu braten oder aus mir die menschliche Entsprechung dazu zu machen.

Doch ich hatte schon erfolgreich mit dem Gleichgewicht gerungen und überlebt. Nur wie konnte ich jetzt meine daraus gewonnenen Erfahrungen gegen Sammel einsetzen?

»Du willst also die Macht des Wissens herausfordern!« Seine Stimme dröhnte laut wie eine Trompete.

Die Macht des Wissens herausfordern? Aus dieser Sicht hatte ich es noch nicht betrachtet. Noch immer hielt ich den Stab mit meinen feuchten Händen umklammert. Ich legte ihn auf die Straße, denn ich wusste, er konnte mir jetzt nicht mehr helfen.

»Komm! Schließ dich mir an! Lass uns das Wissen in der darbenden Welt verbreiten.«

Warum wollten alle Chaos-Magier, dass ich mich ihnen anschloss? Hielten sie mich für so dumm? Keiner, der vom Chaos besessen ist, vermag zu teilen. Ich wartete und baute ganz ruhig einen Schutzschild auf.

»Erkennst du denn nicht, junger Lerris, dass Recluce versucht hat, Candar zu zerstören, indem es den Menschen dort das Wissen vorenthielt?«

Das hatte ich erkannt, natürlich. Darüber hatte auch ich mich schon beklagt. Mein Vater und die Bruderschaft enthielten uns alles Wissen vor. Ich merkte, wie ich nickte.

»Und erkennst du nicht, dass Recluce durch nichts zu verändern ist? Recluce wird weder Candar noch dein geliebtes Kyphros retten.«

Woher wusste er, dass ich nun Kyphros meine Heimat nannte? Hatte es ihm sein Verbündeter – Leithrrse – erzählt?

»Die Schwarze Bruderschaft predigt immerzu Ordnung, aber um die Ordnung in Recluce zu erhalten, schaffen sie Unordnung in Candar und verweisen jeden des Landes, der sie – die Bruderschaft – in Frage stellt.«

Sammel sprach die Wahrheit, aber ich ließ mich davon nicht beeindrucken.

»Nur durch Wissen entwickelt sich der Mensch weiter. Allein Hamor ist bereit, das Wissen freizugeben, um damit allen Menschen zu helfen.«

»So wie deine Raketen den Menschen geholfen haben? Oder deine Gewehre? Oder deine ...« Ich konnte den Satz nicht beenden, weil ich nicht wusste, was er den Hamoranern noch enthüllt hatte.

»Zu schade, dass du nichts verstehst.«

Ich schickte meine Sinne zu Sammel und der gelbbraunen Gestalt hinüber.

»Bin fertig mit ihm ... er ist nur ein junger Magier und nicht sehr mächtig ...«

»Ich bleibe bei meiner Entscheidung.«

Langes Schweigen folgte, während ich mit mir selbst rang. Ich wollte auf keinen Fall dem Chaos freien Lauf lassen, auch sollte Sammel die Straße nicht freimachen und damit den bis auf die Zähne bewaffneten und gut ausgebildeten Soldaten Hamors den Weg durch Candar ebnen.

Während ich noch krampfhaft überlegte, schnellte ein Feuerball an mir vorbei und zerstörte einen schulterhohen Felsblock neben mir. Der Stein brannte und sank in sich zusammen wie eine Kerze neben dem Ofen.

Der nächste Feuerstrahl zischte auf mich zu und obwohl mein Schild ihn ablenkte, taumelte ich unter der geballten Kraft, die darin steckte – und das nachdem Sammel schon einen halben Berg zerschmolzen hatte.

Zwei neue Feuerbälle prallten an meinem Schild ab.

Ich machte zwei Schritte zurück und schickte meine Sinne in die Erde, hinunter in die Tiefe und suchte nach Eisen. Eisen war der Schlüssel – oder Kupfer – oder Felsen – alles was Chaos enthalten mochte.

Whhhsssttt! Whsssttt!

Ich sprang zur Seite, um einen neuen Angriff der endlos erscheinenden Feuerbälle abzuwehren. Schwitzend versuchte ich einen Ordnungs-Kanal in der Tiefe aufzutun. Beim ersten Versuch prallten meine Gedanken zurück, als wären sie auf ein Metallschild getroffen, und meine Sinne wurden taub, wie mein Arm, wenn mir Tamra mit dem Stab einen Hieb versetzte.

Für einen Augenblick stand ich auf der alten Straße und starrte ins Leere. Schweiß lief mir übers Gesicht.

Ein Feuerstrahl rüttelte mich auf und ich dehnte meine Sinne erneut in die Tiefe aus, seitlich, um damit noch tiefere Ebenen als in Hydlen und in der Nacht, in der ich mit dem Gleichgewicht gekämpft hatte, zu erreichen.

»Rein mechanisch angewandte Ordnung kann sich nicht gegen Wissen durchsetzen!«, trompetete Sammel. Er verstärkte die Wirkung seiner blumigen Worte mit zusätzlichen Chaos-Flammen.

Noch mehr Steine um mich herum verwandelten sich zu Nachbildungen geschmolzener Kerzen und ich fühlte die steigende Hitze, als Steinstaub und Chaos-Nebel eine dichte Hülle um mich bildeten.

Steine zerbarsten, Steinsplitter flogen durch die Lüfte wie die Kugeln der neuen hamorischen Gewehre.

Ein weiterer Feuerball zerschmetterte noch mehr Steine und ich duckte mich unwillkürlich, obwohl ich wusste, dass das nichts helfen würde – nur die Kontrolle über Ordnung und Chaos würde mich aus dieser misslichen Lage retten.

Wieder taumelte ich, als Chaos und Steine auf mich einstürmten. Ein Schwindelgefühl überkam mich, als ich verbranntes Leder, brennenden Stoff und versengte Haare roch – alles an mir.

Schließlich gelang es mir, während ich einen Feuerstrahl nach dem anderen abwehrte und mich in tausend Stücke zerrissen fühlte, mit meinen Sinnen eine Masse von fast geschmolzenem Eisen zu umschließen; ein Speicher der Ordnung, der das Gleichgewicht aufrechterhielt und Chaos in Candar erst ermöglichte. Ich versuchte dieses Eisen durch die Kanäle heraufzubefördern, die auch Sammel benutzte.

Der nächste Feuerball zischte über meinen Kopf hinweg, langsamer als der letzte, und ich rang weiter, um das alte Eisen aus seinen Fesseln zu befreien.

Durch den Rauchnebel, den Steinstaubschleier und die flackernde Ordnungs- und Chaos-Energie fühlte ich, dass die hamorischen Truppen sich zurückzogen, aber ich wusste, dass sie die Richtung im Falle meines Versagens sehr schnell ändern würden.

Der nächste Feuerball wirkte kleiner und noch langsamer; Sammel wurde also müde. Ich auch, aber ich kämpfte weiter, um die Kanäle zu öffnen, ja gewaltsam aufzustemmen und damit der geschmolzenen Ordnung, durchdrungen von Chaos-Feuer, zur Erdoberfläche zu verhelfen.

Den nächsten schwachen Chaos-Angriff wehrte ich mühelos ab.

Die Straße bebte in der Stille, während Sammel hinter dem Schleier aus Rauch und Steinstaub, der uns trennte, sein Gesicht abwischte. Ich versuchte das Chaos, das ich aus seinen Eisenfesseln befreit hatte, zu ordnen, zu führen, da bebte die Erde erneut ... ich musste mich an einem Stein festhalten, als der Boden erzitterte. Dieses Mal hatte ich das Beben verursacht.

Erneut traf ein Feuerstrahl meinen Schild und ich sprang zur Seite, meine Sinne ließen jedoch nicht von der aufsteigenden Säule ab – Eisen, von Ordnung umhüllt, geschmolzen im Chaos-Feuer. Es gelang mir immer mehr Chaos in diese Säule zu leiten.

Die alten Straßensteine knirschten und einer zerbarst mit einem Knall. Das Beben wurde stärker und die ganze Straße wackelte bedrohlich.

Ohne auch nur noch einen einzigen Feuerball auf mich zu schleudern, drehte sich Sammel plötzlich um und lief zurück zu den hamorischen Truppen.

Der Boden hob und senkte sich, schien aufzubrechen, als eine Fontäne aus geschmolzenem Eisen aus der Erde emporschoss, fast unmittelbar unter Sammel. Doch noch bevor die Eisenschmelze ihn erreichte, bildete sich ein Netz aus Chaos und Ordnung um ihn herum, das ihn gegen Hitze und Chaos abschirmte.

Die Eisenlava durchdrang den Nachmittagsschatten und tauchte die Schlucht in einen grellroten Lichtschein. Der Gestank von Schwefel war unerträglich.

Sammel blieb unversehrt in seinem Netz aus Ordnung und Chaos.

Ich richtete den Eisenstrahl auf ihn, ließ ihn einkreisen, aber sein Schild hielt den Kräften Stand. So schrecklich der Gedanke auch war, ich musste ihn vernichten, oder innerhalb weniger Tage wäre die Straße nach Kyphros frei. Und ich sah die Leichen, die über Kyphros verstreut liegen würden, Menschen wie Shervan und Pendril – und Krystal. Hitze und Schmerzen machten mir schwer zu schaffen, aber ich beförderte noch mehr Eisen gen Himmel, so lange bis Hitze und geschmolzener Stein auf Sammel und seine hamorischen Freunde niederregneten.

Ich sah, dass die Sonnenteufel Hals über Kopf Richtung Osten davonstürmten, außer Reichweite des gefährlichen Eisens. Nicht alle kamen so weit – das sagte mir eine Weiße Welle, die zu mir zurückwogte und von Leiden und Tod sprach.

Trotz der steigenden Hitze und der bereits wieder erkaltenden Eisenlava lebte Sammel noch immer und sein Schild hielt das Chaos und die Hitze von ihm ab.

Also musste ich meine Sinne in die Bergwände ausdehnen, die die alten Weißen Magier glatt geschliffen hatten. Irgendwie gelang es mir, die Verbindungen zu lösen, die die Felswände der Schlucht zusammenhielten. Ich musste nur wie bei einem großen Küchenschrank die Holzstifte herausziehen.

Mit einem Flüstern, das zu einem erderschütternden Gebrüll anschwoll, bröckelte der graue Stein und stürzte in die Schlucht. Ich musste schnellstens mit all meiner verbliebenen Energie einen neuen Schild aufbauen, um mich vor dem Steingewitter zu schützen.

Trotz des Schildes prasselten Steine auf mich hernieder und ich fühlte, wie ich gegen die Felswand geworfen und hin- und hergeschleudert wurde zwischen den grauen Steinplatten, die die Straße begrenzten. Ich stolperte und fiel zu Boden, setzte mich auf, Chaos regnete auf mich herab. Ich hielt so lange an meinem Schild fest, bis meine Kräfte nachließen und die Dunkelheit mich umschloss.

Ich wachte auf, als Regentropfen mein Gesicht kühlten. Ich blickte nach Osten und fühlte, wie sich tausend kleine, scharfe Messer in meine Augen bohrten, aber ich sah nur Dampf, der aus dem heißen Stein zischte. Ich hörte das Zischen nicht, mich umgab völlige Stille. Mein Gesicht fühlte sich nass und kalt an. Der Regen prasselte in die Pfützen. Ich wollte mich bewegen und wurde dadurch daran erinnert, dass ich gegen etwas Hartes geschleudert worden war.

»Uhhhmmm ...« Ich rollte mich auf den Bauch und rappelte mich auf in eine halbwegs sitzende Position.

Regen fiel aus grauen Wolken, die hoch genug am Himmel hingen, dass ich das obere Ende der Schlucht erkennen konnte. Der Regen ließ nach, weil, wie ich vermutete, sich nicht genügend Wasser in der Luft befand – vorausgesetzt die Erklärungen in der *Basis der Ordnung* stimmten.

Beine und Rücken fühlten sich steif an.

Bevor ich aufzustehen versuchte, blickte ich noch einmal nach Osten und schauderte. Eine dampfende Masse aus schwarzen und grauen Felsen blockierte die Schlucht, sie reichte fast hinauf bis zu dem Felsvorsprung, der die erste Steinlawine geteilt hatte. Das dunklere Grau der südlichen Wand verriet, wo ich die Felsen aus der Wand gelöst hatte.

Dampfwolken stiegen noch immer aus der grauschwarzen Masse auf – ich fühlte die Hitze, was mich nicht überraschte, denn ich befand mich nicht einmal zweihundert Ellen vom heißen Gestein entfernt.

Kleinere Felsblöcke lagen auf dem alten Straßenabschnitt verstreut, auf dem ich saß. Ich hielt mich an einem davon fest, um mich auf die Füße zu stemmen. Dann suchte ich meinen Stab. Ich glaubte, ohne ihn keinen einzigen Schritt machen zu können – wie ein Greis.

Es dauerte eine Weile, aber ich fand ihn schließlich unter Staub und kleinen Steinen begraben. Dann stand ich da und bemühte mich, das Durcheinander zu überblicken, das ich angerichtet hatte. Immer wieder musste ich die Augen schließen, denn sie schmerzten entsetzlich.

Ich hatte keine Kraft mehr, um meine Sinne auszuschicken, doch eines wusste ich mit Sicherheit: Sammel hatte nicht überlebt. Den Hamoranern waren also die Magierstraßen auch weiterhin versperrt. Neue und alte, größere und kleinere Trümmerhaufen stellten sich ihnen in den Weg.

Aber noch wichtiger, sie wussten nicht, wie viele Blockaden noch bestanden oder ob meine Kräfte reichten, um mit einem weiteren Steinschlag ein ganzes Heer zu vernichten.

Die Regentropfen fielen weiterhin zischend auf den heißen Stein, der Regen ließ langsam nach und die Wolken gaben kleine blaue Himmelsstücke frei.

Ich wandte mich um und humpelte zum Felsberg hinter mir. Langsam und vorsichtig kletterte ich hinauf. Auf halbem Wege nach oben sah ich eine völlig durchnässte Gestalt in Grün wild winken.

Weldein eilte mir entgegen und rief mir etwas zu, doch ich verstand ihn nicht.

»Weldein?«

Er antwortete, aber ich konnte seine Worte nicht hören.

»Mach dir keine Sorgen. Gleich bin ich bei dir.«

Ich hatte mich geirrt. Ich brauchte eine Ewigkeit, um bis zur Spitze des Felsberges zu gelangen. Als wir schließlich auf der anderen Seite unten ankamen, brach bereits die Nacht herein.

Berli saß vor einem kleinen Feuer und Fregin lag mit einem verdrehten Bein daneben.

»Es schmerzt …«

»… Felsblock … hat ihn erwischt«, erklärte Berli. »Kannst … heilen?« Ihre Worte drangen aus weiter Ferne an mein Ohr, ich musste von ihren Lippen ablesen, um den Sinn zu erfassen. Dadurch schmerzten natürlich meine Augen noch mehr.

Ich sah sie durch die Dunkelheit an. »Nicht jetzt. Wir müssen sein Bein ruhig stellen. Er wird nicht daran sterben und wenn ich etwas Kraft zurückerlangt habe, werden wir den Knochen einrichten und ihn so weit heilen, dass sich der Bruch nicht mit Chaos füllt.«

Weldein sagte etwas darüber, was ich getan hatte, vermutete ich.

»Wie viel hast du gesehen?«, fragte ich und sah ihm ins Gesicht.

Er zuckte die Achseln und ich entdeckte die Schnitte und Kratzer und das zerfetzte Leder an seinem linken Arm.

»Lass sehen.«

»Es ist nicht schlimm.«

Weldein hatte keine bösen Verletzungen davongetragen, keine sehr tiefen Schnitte und nur einige blaue Flecken. Ich fühlte, dass ihm diese Flecken, besonders der große dunkle über Arm und Schulter, höllische Schmerzen bereiteten.

Wieder rumorte es in der Erde.

Ich schwankte bei den Nachwehen des Chaos-Ordnungs-Bebens.

Berli streckte einen Arm aus. Auf sie und den Stab gestützt, humpelte ich zu den Steinen, die die Straße begrenzten, und ließ mich darauf fallen.

Weldein betrachtete mich lange, dann schüttelte er den Kopf und murmelte ein paar Worte.

»Was?« Ich konzentrierte mich auf seine Lippen.

»Du siehst älter aus.«

»Ich fühle mich auch alt. Wie ein Greis fühle ich mich. Alles tut mir weh.«

Fregin sagte etwas und Berli antwortete darauf.

Ich drehte mich zu Fregin, um die Antwort aufzuschnappen, da bemerkte ich, dass er zu mir sprach.

»... Bein ... Feuer ... wie du ... etwas tun?«

Weldein starrte ihn an. »Er weiß ... letzter Kampf ... Magier ... Knochen gebrochen ... verbrannt ... Körper ... gestorben ... dich heilen ...« Wieder drang nur die Hälfte der Wörter bis zu mir durch und die anderen musste ich erraten, doch das Beobachten und Konzentrieren verursachte höllische Qualen.

»… tut weh …«

Der Boden erzitterte, sanft diesmal.

Fregin schloss die Augen und stöhnte.

Berli schüttelte den Kopf und schmunzelte. Ich grinste und wusste nicht einmal, warum. Auch Weldein schüttelte den Kopf und konnte ein Grinsen nicht unterdrücken.

Ich saß auf meinem Stein und kaute bedächtig Käse und Trockenkekse. Das Wasser schmeckte so gut wie lange nicht mehr.

»Was ist passiert?« Berli fragte noch mehr, aber die Frage ging an mir vorüber. Weldein erklärte etwas wort- und gestenreich. Er erzählte wohl, dass ich einen Berg auf Sammel hatte stürzen lassen, aber es konnte sich genauso gut um etwas anderes handeln.

»… nie … dir … Weg stellen«, sagte Berli.

»So war es nicht«, protestierte ich. »Ich fand nur heraus, wie ich sein Chaos gegen ihn verwenden und mehr Ordnung und Chaos aus der Erde heraufholen konnte. Aber das alles reichte nicht und ich fürchtete, er würde entkommen und die Straßen doch noch passierbar machen.« Ich zog die Schultern hoch und wünschte, ich hätte es nicht getan. »Dann gelang es mir, ein paar der Steine aus der Wand zu lösen. Es war bei weitem kein ganzer Berghang.«

»Es sah aber so aus.« Weldein nippte an seiner Wasserflasche. »… Fels und … Berg … riesiger Hügel …« Er gestikulierte wild und sah dabei Berli an; ich hatte keine Ahnung, was er sagte.

Ich versuchte, meine Ordnungs-Sinne zu sammeln, doch es gelang mir nicht. »Heute Nacht bin ich zu nichts mehr fähig.« Meine Augen zeigten mir Trugbilder, Berli schien sehr nah zu sein und dann wieder in weite Ferne zu rücken. Ich kippte zur Seite.

Jemand fing mich auf und legte mich auf meine Bettrolle. Nach zwei Sekunden war ich eingeschlafen.

XCI

»Wie konntet Ihr drei dieses Unheil nur zulassen?« Der große schwarzhäutige Mann geht unruhig am Ende des Tisches auf und ab. »Wisst Ihr, was letzte Nacht in Candar passiert ist? Irgendeine Vorstellung davon?«

»Ungefähr«, gibt Talryn zu.

Maris hebt die Hand. »Könnte mich jemand aufklären?«

»Spielt nicht den ›armen, unwissenden Händler‹«, murrt Heldra.

Cassius' Augen scheinen rot aufzuleuchten, als sie die zwei Männer und die Frau mustern. »Einen Augenblick länger und es hätte sich ein Ordnungs-Chaos-Portal aufgetan – und niemand weiß, was dann geschehen wäre. Welche Kreaturen dadurch in unsere Welt hätten gelangen können.«

»Ordnungs-Chaos-Portal?« Maris spricht die Worte sehr vorsichtig aus.

»Was glaubt Ihr, wo ich herkomme? Wo, glaubt Ihr, kommen die Engel her? Hat außer mir noch jemand wirklich schwarze Haut? Hat Euch Talryn denn nie etwas darüber erzählt?«

»Ich vergaß.« Maris sieht zu Boden.

»›Ich vergaß‹?«, schnaubt Cassius und sieht Heldra an. »Habt Ihr es auch vergessen, Rätin?«

»Wir hofften, Lerris und Sammel würden sich gegenseitig ausschalten. Sammel hat bereits die zwei Schwarzen Gardisten getötet.«

Cassius schüttelt den Kopf. »Wisst Ihr, was passiert ist?«

»Nicht genau, Cassius.« Talryn zuckt die Schultern. »Wir wissen, dass Lerris und Sammel aneinander geraten sind. Lerris hat sich durchgesetzt, aber wir wissen nicht, ob er überlebt hat. Sammel ist tot. Er strahlt keine Chaos-Zeichen mehr aus.«

»Sie kämpften gegeneinander ... und verrenkten Chaos und Ordnung in alle Richtungen Candars und Ihr wisst nicht, was passiert ist?«

Heldra stiert ausdruckslos aus dem Fenster auf die schweren Morgenwolken, die über das Ostmeer ziehen. Maris starrt auf den blank polierten Tisch.

»Es hätte schlimmer kommen können.« Talryn wischt sich den Schweiß von der Stirn. »Es gab letztendlich keine Verschiebung im Ordnungs-Chaos-Gleichgewicht. Lerris gebrauchte wohl die Kräfte, die hinter dem Gleichgewicht stecken. Wenn Ihr so wollt, hat er von beiden Seiten Energien abgezogen und sie gegeneinander ausgespielt.«

»Mutter der ...« Cassius hält inne und wartet.

»Weil es keine große Veränderung gab, blieb ein Großteil der hamorischen Armee unversehrt. Ich vermute, dass Lerris einen Weg gefunden hat, um sie aufzuhalten. Es gibt Berichte, nach denen Sammel seine Macht dazu gebrauchte, die alten Magierstraßen wieder zu eröffnen, um Hamor den Zugriff auf Gallos zu ermöglichen.«

»Ich fühle Tod. Die Weiße war stark genug, viele Soldaten mussten sterben.« Cassius schüttelt abermals den Kopf. »Lerris hat sie abgewehrt und einen Teil des Heeres vernichtet und wahrscheinlich die Straße blockiert, die sie benutzen wollten. Ihr habt einige ihrer Schiffe angegriffen und versenkt. Habt Ihr eine Vorstellung, welchen Schluss der Kaiser von Hamor daraus ziehen wird?«

»Es tut mir Leid. Zwei weitere Schiffe hätten längst fertig gestellt sein sollen.«

»Zwei Schiffe!« Cassius lacht. »Die werden noch viel ausrichten. Ich schlage vor, Ihr flickt Eure Zäune mit Lerris, seinem Vater und Justen.«

»Aber …«, protestiert Heldra.

»Aber?«

»Lerris und Justen sind so Grau wie Magier nur sein können.«

»So? Wollt Ihr makellos Schwarz bleiben und sterben?« Cassius schüttelt den Kopf über solche Verbohrtheit.

Hilflos wendet sich Heldra an Talryn. Talryn tröstet sie mit einem schiefen Lächeln. Maris hebt seinen Blick nicht vom glatt polierten Tisch.

XCII

Am nächsten Morgen fühlte ich mich etwas besser. Doch noch immer tat mir alles weh, blaue Flecken bedeckten meinen Körper und ich roch nach verbranntem Stoff und versengtem Haar. Meine Augen brannten nun, anstatt zu stechen – und ich konnte meine Ordnungs-Sinne wieder gebrauchen … zumindest halbwegs. In gewisser Weise hatte Krystal Recht. Ein Held zu sein – oder auch ein zweitklassiger Magier mit Rosinen im Kopf – brachte gewisse Nachteile mit sich.

Nach dem Frühstück wusch ich mich in einem Becken mit klarem Regenwasser und wechselte das Hemd. Dann halfen wir zu dritt zusammen, um Fregins Bein einzurichten, sodass ich es anschließend schienen konnte. Mit meinen letzten Ordnungs-Kräften vertrieb ich das ärgste Chaos aus seinen Knochen. Danach musste ich mich eine Weile ausruhen. Später hievten Weldein und ich Fregin in den Sattel, wo er dann mit verdrießlicher Miene saß.

»Kopf hoch«, tröstete ihn Weldein. »Das ganze hamorische Heer haben wir aufgehalten und du bist mit einem gebrochenen Bein davongekommen. Du bist ein Held und wir werden keinem erzählen, dass dich ein Felsklotz so zugerichtet hat.«

Seine Worte, eigentlich die Worte aller, drangen noch immer nicht richtig zu mir durch, ich musste mich aufs Äußerste konzentrieren.

»Danke. Das kann man leicht sagen, wenn man selbst nicht betroffen ist.«

»Der Regen hat den Staub vertrieben«, munterte Berli ihn auf. »Zumindest wirst du jetzt nicht mehr so oft niesen müssen.«

»Wie kannst du nur ständig so verdammt fröhlich sein, Berli?«

»Wie du schon sagtest, Fregin, wenn man selbst nicht betroffen ist …«

Weldein sah mich strafend an, als der Boden unter uns erzitterte.

»Das wird noch eine Weile andauern, fürchte ich.« Ich rieb mir die Stirn und bemerkte, wie steif meine Schultern waren. »So viel Chaos hat noch nie unter Candar gebrodelt.«

»Noch immer? Nach dem Feuerwerk gestern?«

»Sammel und ich haben nur um die Kontrolle über das Chaos gekämpft. Doch an der Menge haben wir nichts geändert. Auch die Hamoraner haben keine großen Verluste verzeichnen müssen, nur einige wenige Gewehre sind zerstört worden; selbst wenn es einige Hundert wären, würde das bei den Zehntausenden, die sie gebaut haben, keinen großen Unterschied machen.«

»Die Gewehre sind Ausgeburten des Chaos? Ich wusste es«, brummte Fregin.

»Nein.« Ich seufzte. »Hamor hat durch die Gewehre auf mechanischem Weg Ordnung hergestellt. Wird mehr Ordnung geschaffen, entsteht mehr Chaos. Deshalb hat sich Recluce jahrhundertelang jeglichen Maschinen widersetzt.«

»Mist. Dann sitzen wir ganz schön in der Patsche, bei all den Maschinen, die Hamor baut.« Seine Worte klangen noch immer weit, weit weg.

»Das trifft den Nagel auf den Kopf.« Ich stimmte mit Fregins Schluss überein. Ich fühlte mich miserabel, viel hatte ich nicht erreicht, lediglich verschieben konnte ich den wahrscheinlich unabwendbaren Einmarsch Hamors. Leithrrse würde einen anderen Weg finden; welcher das sein würde, stand in den Sternen, die ich jetzt nicht befragen wollte.

Weldein und Berli sahen mich an.

»Oh ... zurück nach Ruzor. Die Hamoraner werden einige Achttage für den Rückzug brauchen und auch, um nach Gallos zu gelangen – noch länger, wenn sie sich auf dem direkten Weg durch die Osthörner plagen wollen.« Ich bezweifelte stark, dass Leithrrse sein Heer durch die Osthörner führen würde, in denen es keine richtigen Straßen gab. All die anderen Straßen nach Kyphros führten entweder durch Gallos oder Hydlen.

Ich zog an den Zügeln und Gairloch trabte gemächlich los. Stiche durchbohrten meinen Rücken.

Kurz vor der Kreuzung nach Yryna kamen zwei berittene Gestalten auf uns zu – eine saß auf einem Bergpferd, die andere hatte rotes Haar.

»Das sind Justen und Tamra.« Ich wischte den Schweiß aus meinem Gesicht. Der Regenschauer am Abend zuvor konnte gegen die Mittagshitze nichts mehr ausrichten.

»Diesmal hast du es geschafft, Lerris«, schalt mich Justen schon von weitem.

»Was?« Ich hielt Gairloch an und versuchte, das Stechen und Brennen in meinen Augen auszuhalten, ohne die Miene zu verziehen.

Er musterte mich. Dann schüttelte er schweigend den Kopf.

»Oh, Dunkelheit ...« Tränen strömten über Tamras Gesicht.

Ich verstand nicht. »Mir geht es gut.«

»Nein ... dir geht es nicht gut«, sprach Tamra mit erstickter Stimme. »Du ... sieh dich doch an.«

Weldeins Blick wanderte von mir zu Tamra und zurück. Er versuchte, sich nichts anmerken zu lassen, doch ich fühlte seine Verstörtheit, konnte mir jedoch nicht erklären warum.

Schließlich sah ich Justen an.

Er suchte in seinen Packtaschen herum und holte schließlich einen Spiegel heraus. »Da, wirf einen Blick hinein, Lerris.«

Die Gestalt im Spiegel trug dieselbe braune Kleidung wie ich, doch das Gesicht des Mannes wirkte irgendwie voller; hier blickte zweifellos ein Mann aus dem Spiegel. Ein Hauch von Grau färbte seine Schläfen und seine Schultern waren breit. Die Gestalt sah mir ähnlich, musste aber mindestens zehn Jahre älter sein als ich. Ich bewegte meine Schultern und das Bild äffte mich nach. Der Stoff beengte meine Schultern, wo doch die Tunika, die mir Deirdre genäht hatte, sehr weit geschnitten war, und auch nach meiner Genesung vom Kampf mit Gerlis hatte ich nicht zugenommen.

»Das bin nicht ich. Das muss eine Art Magie sein.« Doch ich wusste es besser, ich brauchte nur Justen anzusehen.

»Jeder außer dir wäre an Altersschwäche gestorben«, sagte er. »Aber auch du kannst die Ordnung nicht einfach benutzen, um das Chaos in bestimmte Bahnen zu lenken, ohne dafür einen Preis zu zahlen.«

Der Boden bewegte sich wieder, doch bei weitem

nicht mehr so stark wie zuvor; das Chaos-Beben würde sich bald gelegt haben.

»Mit halben Sachen gibst du dich nicht ab, stimmt's?«, fragte Justen. »Noch immer wird die Erde von Chaos-Wellen erschüttert.«

»Man hat mir keine Wahl gelassen.«

Justen bezweifelte das, seiner Miene nach zu urteilen, aber er zeigte nur auf die schon entfernten Steinhaufen und Trümmer. »Ich nehme an, du hast die Straße versperrt?«

Ich nickte. »Ich glaube nicht, dass sie in nächster Zeit wieder befahrbar gemacht werden kann.«

»Niemand wird sie je wieder befahren können«, fügte Fregin hinzu.

Alle sahen den Soldaten an.

»Wie soll das gehen? Er hat den Ort mit dem Feuer der Dämonenhölle für immer versiegelt.«

Justen zog die Augenbrauen hoch. »Wie viel Chaos hast du benutzt?«

»Viel«, gab ich zu. »Ich habe es mit Hilfe der Ordnung gebündelt.«

Justen schüttelte abermals den Kopf. »Vielleicht bist der größte Graue Magier, der je gelebt hat, aber wenn du so weitermachst, wirst du die nächste Jahreszeit nicht überleben.«

Da saß ich nun, war sprachlos; die nüchterne Aussage meines Onkels hatte mich tief getroffen. Er hatte Fairhaven zerstört und wollte mir erzählen, dass ich vielleicht der größte Graue Magier war, der je gelebt hatte?

»Verstehst du denn nicht?«, fragte Tamra. »Selbst unter dem Aufgebot all deiner Kräfte kannst du dich nicht vor dem Zugriff des Chaos schützen.«

»Den Eindruck habe ich auch.« Das stimmte wirklich, aber niemand außer mir unternahm etwas, um Hamor aufzuhalten. Was immer ich auch versuchte, drängte mich noch stärker in die Graue Ecke, und das hieß, dass ich in Candar bleiben musste, was wiederum zum vermehrten Umgang mit Ordnung und Chaos führte, was bedeutete … Hilflos zuckte ich die Schultern. Mein Kopf schmerzte schlimmer als zuvor. Ich, ein großer Grauer Magier? Auch das half nicht gegen die Schmerzen in Rücken und Augen und gegen das verlorene Hörvermögen.

»Du weißt, dass dieser künstliche Berg Hamor nicht aufhalten wird«, fuhr Tamra fort.

»Ich weiß. Wahrscheinlich werden sie nun als Nächstes Gallos angreifen.«

»Wie kommst du darauf?«, fragte Justen, dessen Gesicht von einem bitteren Lächeln überzogen wurde.

»Das ist der einzige noch verbliebene Weg nach Kyphros.«

»Welches Interesse sollten sie an Kyphros haben … zumindest im Augenblick?«

Ich zog die Achseln hoch. »Ist das nicht offensichtlich?«

»Ich glaube nicht.« Justen tupfte sich den Schweiß aus dem Gesicht. Die Sonne brannte erbarmungslos auf uns hernieder. »Wir können unterwegs weiterreden.« Er lenkte Rosenfuß herum. »Du willst zurück nach Ruzor?«

»Ja. Hier kann ich nicht mehr viel tun. Jetzt nicht.«

»Nein, das stimmt.« Er lachte, doch mit einem abfälligen Unterton.

Tamra und Weldein ritten hinter uns, Seite an Seite, dicht hinter uns, als wollten sie alles mithören, was wir sprachen. Mir war zum Lachen zu Mute, denn auch ich musste mich anstrengen, um alles zu hören.

»Dämonenverdammte Hitze«, schimpfte Fregin aus der letzten Reihe.

»Hör endlich auf zu jammern. Du bist jetzt ein Held«, mahnte ihn Berli. »Also benimm dich auch so.«

Justen schwieg fast eine Meile lang, auch wenn sich das Chaos aus der Tiefe ab und an durch ein leises Zittern bemerkbar machte.

Schließlich fragte ich ihn etwas, da er ohne Aufforderung offenbar nicht sprechen wollte. »Warum glaubst du, dass die Hamoraner Gallos nicht angreifen werden?«

»Weil es dumm wäre und die Hamoraner sind nicht dumm. Gierig, ja, und kriegerisch. Aber nicht dumm.«

»Also gut. Und warum wäre eine Angriff auf Gallos dumm?« Hitzeschlieren tanzten über der Abzweigung nach Yryna. »Seid ihr an der Kreuzung dort vorbeigekommen?«

Justen drehte sich im Sattel um. »Ja. Du hast das Trugbild erfolgreich entfernt, aber du hast nicht verborgen, dass du es getan hast.«

»Es war ziemlich offensichtlich«, fügte Tamra hinzu.

»Für euch ist immer alles offensichtlich, aber keiner von euch ist da, wenn es brenzlig wird.«

»Nein ... wir heilten Schafe und mussten herausfinden, was geschah, um den Vicomte warnen zu können«, erwiderte Tamra. »Dann betrittst du den Schauplatz und bringst einfach den nächsten Weißen Magier um. Ohne auch nur das Geringste dazuzulernen, veranstaltest du jedes Mal ein noch größeres Durcheinander.«

Da hatte sie zugegebenermaßen Recht. Die Erde bebte noch immer und ich hatte Hamor nicht wirklich aufgehalten – den Angriff nur verzögert und Leithrrse in Rage gebracht; aber ich war dickköpfig genug, um es nicht zugeben zu wollen – noch nicht. Ich schloss nur für eine Weile die Augen, was mir ein wenig half.

Schweigend passierten wir die Kreuzung und ritten weiter.

Doch ich konnte mir die Frage nicht verkneifen.

»Es mag offensichtlich sein, aber warum würde ein Angriff ...«

Justen seufzte. »Denk doch mal nach. Wenn die Hamoraner die alte Magierstraße öffnen können, sind sie in der Lage, nach Kyphros einzumarschieren, ohne Gallos anzugreifen. Sie können die Flotte nach Ruzor schicken und damit den Autarchen zwingen, die Truppen zu teilen. Wenn sie Worrak einnehmen, können sie genauso gut über die Pässe der Mittleren Osthörner reiten. Ohne die alten Straßen ...«

»Das hieße, gegen ein anderes Herzogtum zu kämpfen«, sagte ich. »Aber Hamor will ohnehin ganz Candar einnehmen.«

»Vielleicht hast du bemerkt«, meinte Justen, »dass sie immer nur ein Ziel angreifen. Kyphros blieb bisher verschont.«

»Dann gibt es da noch das Problem mit Recluce ...«, fügte Tamra hinzu, doch der Rest ihres Satzes ging an mir vorbei.

Justen runzelte die Stirn, sagte jedoch nichts.

»Welches?«, fragte ich und wandte mich ihr zu, um jedes Wort zu verstehen.

»Lerris ...« Tamra schien aufgebracht zu sein. »Die Hamoraner haben Schiffe an Recluce verloren. Du hast gerade ein Heer zum Umkehren gezwungen und wahrscheinlich mindestens ein paar Hundert Soldaten getötet. Sie wissen, dass du aus Recluce stammst. Sie werden denken, dass Recluce hinter all dem steckt.«

Ich nickte. »Oh, habt ihr gewusst, dass die Bruderschaft den hamorischen Regenten getötet hat?« Ich fragte lieber, als es Tamra und Justen einfach zu erzählen. Schließlich gab Justen auch nie freiwillig wichtige Informationen weiter, er kritisierte mich nur immer.

»Wirklich?«, war seine Antwort. »Das macht alles nur noch schlimmer. Diese Dummköpfe.«

»Sie haben auch hamorische Schiffe versenkt – gepanzerte Eisenkriegsschiffe.«

»Das weiß ich bereits.« Justen sah mir ins Gesicht. »Tamra hat Recht. Sie wissen, dass ihr beide aus Recluce stammt.«

»Dann werden sie vermuten, dass Recluce wieder einmal das alte Versteckspiel mit ihnen treibt«, stellte ich fest.

»Wenn du die Geschichtsbücher studiert hast, wirst du wissen, dass die Weißen Magier Hamor durch eine List dazu überredet haben, Creslin anzugreifen – zwei Mal. Sie haben es schwer bereut und ich bezweifle, dass sie es vergessen haben.« Seine Worte tanzten vor meinen Ohren, aber ich verstand ihn.

»Du willst damit sagen, dass Hamor beide Kontinente, Recluce und Candar, erobern will?« Meine Stimme versagte. »Und dass ihnen dazu jedes Mittel recht ist?«

»Sehr gut«, rief Tamra.

»Danke«, sagte ich. »Hamor mag sich Gedanken um Recluce machen, aber sie wussten doch bestimmt, dass Sammel auch aus Recluce stammte, und er stand auf ihrer Seite«, erklärte ich.

»Was ist mit all den Maschinen, mit denen Hamor und die Herzöge auffahren? Ist das nicht Sammels Werk?«, fragte Tamra.

»Mal ehrlich, was haben Sammels Maschinen den Hamoranern wirklich eingebracht?«, wollte Justen wissen. »Diese Maschinen wühlten Chaos auf und gestalteten die Eroberung Hydlens viel schwerer und blutiger, als es ohne sie der Fall gewesen wäre. Freistadt und Montgren hätte Hamor auch ohne die Hilfe von Maschinen mühelos einnehmen können.«

»Ohne Sammels Wissen?«, fragte Tamra. »Warum war er dann bei ihnen? Und warum wollte er ihnen helfen?«

»Hamor hat seine Fahne schon immer nach dem Wind gedreht. Würdest du einen gefährlichen Magier nicht auch lieber als Verbündeten an deiner Seite sehen als gegen dich aufgebracht auf der anderen Seite?« Justen rieb sich das Kinn und rutschte im Sattel umher.

»Das erklärt die Beweggründe Hamors«, stellte Tamra fest. »Aber was ist mit Sammel?«

Justen sah mich an.

»*Ich* weiß es *nicht*«, wehrte ich ab, »aber Sammel hielt eine kleine Rede, in der er auch mich aufforderte, ihm zu helfen, Recluce das Wissen zu entreißen. Er sagte, er wolle das Wissen der ›darbenden Welt‹ zur Verfügung stellen oder etwas Ähnliches. Als ich sein großzügiges Angebot nicht annehmen wollte, schleuderte er Feuerbälle auf mich.«

»Wissen kann die Menschheit auch nicht satt machen«, schnaubte Tamra. »Nahrung schon.«

»Das war nur ein Vorwand«, fuhr ich fort. »Er schien wütend, weil …« Ich vervollständigte den Satz nicht. Sammel war aus dem gleichen Grund wütend gewesen wie ich: weil Recluce darauf bestand, dass wir unsere eigenen Antworten fanden, anstatt die ihren zu übernehmen. Auch ich spürte noch immer diese Wut in mir, doch sie war nicht stark genug, um mich dem Chaos zuzuführen.

»Weil?«, wollte Tamra wissen.

»Er glaubte, Recluce habe kein Recht, das Wissen zu verbergen.« Ich tätschelte Gairlochs Hals und er schnaubte.

»Es gibt Gründe für diese Verfahrensweise«, fügte Justen dem hinzu. »Die Hamoraner brauchten einige Jahrhunderte, bevor sie in der Lage waren, diese Schiffe zu bauen.«

Das verstand ich, aber warum wollte niemand erklären, warum? Da kam mir die Erleuchtung. Natürlich, die Erklärung hätte jedem Gefahrenbrigadier der letzten Jahrhunderte die Existenz des Wissens verraten, was Recluce erst recht zur Zielscheibe gemacht hätte.

»Ihr habt meine Frage nach den magischen Maschinen noch nicht beantwortet«, beharrte Tamra. »Recluce hat die Formeln sicherlich nicht preisgegeben.«

Justen sah mich an und ich sah ihn an. Dann nickte ich ihm zu. Er wusste mehr als ich und er konnte es erklären.

Wir ritten weiter und es wurde immer heißer.

»Verdammte Hitze«, murmelte Fregin. »Kein verdammter Magier … Bein schmerzt so.«

»Reite einfach weiter, du Held«, sagte Berli.

Ich sah hinüber zu Justen. »Maschinen? Recluce? Hast du sie dir ausgedacht, vor vielen Jahren?«

»Nein. Recluce hat nicht eine einzige davon hergestellt, nur die Raketen.« Er lachte traurig. »Einige hat Hamor selbst entwickelt und die anderen basieren auf Formeln, die Sammel aus der verborgenen Bibliothek der Bruderschaft gestohlen hat. Vielleicht stammen Hamors Formeln auch von der Bruderschaft, wurden auch gestohlen. Wäre möglich.«

Tamra lief rot an. »Verborgene Bibliothek? Diese … diese Heuchler.«

Justen fuhr fort. »Ich vermute, du hast dir schon so etwas gedacht, Lerris, aber wusstest du, dass es ein ganzes Regal gibt mit Erfindungen und Formeln, die Dorrin entwickelt hat?«

Darauf wäre ich nie gekommen, aber zugeben wollte ich es nicht. Also nickte ich.

»Dorrin?« Tamras Augen blitzten von mir zu Justen.

»Der Gründer Nylans – der magische Ingenieur.«

»Und Ihr?« Tamra krächzte. »Hat Lerris Recht?«

»Ich? In gewisser Hinsicht schon, obgleich die meisten Formeln schon erfunden waren, bevor ich geboren wurde. Ich kann nicht sagen, dass ich mich viel anständiger verhalten hätte, aber zumindest schrieb ich mein

Wissen nicht nieder, um es dann in Bibliotheken zu verstecken.« Schweiß lief Justen übers Gesicht. »Mir gelang es jedoch, ein Verfahren zu entwickeln, um Ordnung zu bündeln.«

»Und so hast du auch Frven zerstört?«, fragte ich.

Justen nickte und fügte hinzu: »Und ich zerstörte damit die Hälfte der gesamten Ordnungs- und Chaos-Energien der Welt. Deshalb lehnte die Bruderschaft von da an jede Maschine ab. Sie konzentrierten sich seit jenem Zeitpunkt nur noch auf die Ordnung und versuchten, sie zu vermehren, denn früher ließ das Gleichgewicht mehr Chaos zu.«

Hinter mir schluckte Weldein hörbar. Berli und Fregin ritten so weit hinter uns, dass ich nicht mehr feststellen konnte, wie sie auf das Gesagte reagierten – oder ob sie überhaupt zuhörten.

»Ihr wart ein Ingenieur?«, fragte Tamra.

»Ja.«

»Was hast du außerdem erfunden?«, fragte ich neugierig. »Außer dem Verfahren zur Bündelung der Ordnung, das Fairhaven zerstörte.«

»Nicht viel ... Reicht das denn nicht? Vielleicht sollte ich noch hinzufügen, wo ich gerade beim Beichten bin, dass ich auch einen Dampfwagen baute, mit dem man Candar schneller als auf jedem Pferd durchqueren konnte. Ich verwandte dazu die gleiche Turbine, die die Mächtigen Zehn antrieb, nur kleiner natürlich. Das war die einzige derartige Maschine, die je gebaut wurde, und Lerris' Vater half mir dabei.«

Das musste ja kommen. Mein Vater war wahrscheinlich der Einzige gewesen, dem Justen vertrauen konnte.

»Und Ihr habt der Bruderschaft geholfen, all das zu verbergen?«, bohrte Tamra weiter. »Warum?«

»Es handelte sich um unschätzbares Wissen. Vieles davon hätte das Leben der Menschen erleichtern können. Doch so einfach war es nicht. Wird es auch nie sein.« Justen spreizte die Hände. »Was taten wir also? Wir verbargen das Wissen. Recluce tat es, weil die Ratsmitglieder tatsächlich glaubten, dass eine Beschränkung des auf Ordnung basierenden Wissens auch das Chaos begrenzen würde. Und ich? Nun ja, ich versuchte, Candar dabei zu helfen, das ausufernde Chaos aufzuhalten … und eine Zeit lang gelang mir das auch.«

»Bis in Hamor jemand herausfand, dass das Gleichgewicht in beide Richtungen nachzieht?«, hakte ich nach.

Justen nickte. »Nun wird sich all das ändern müssen und keiner wird über das Ergebnis froh sein.« Er zeigte auf mich. »Sieh dich an, Lerris. Kann ein Sieg über Hamor zehn oder fünfzehn verlorene Jahre deines Lebens aufwiegen? Vielleicht sind es noch mehr. Wie viel Ordnungs-Kraft brauchst du, um dein Aussehen jung zu erhalten?«

Ich dachte nach. Hatte ich Ordnung gebraucht? Nachdem ich mich selbst im Spiegel gesehen hatte, ja. Ich öffnete die Augen. »Keine.«

»Das ist gut. Aber was wird nach dem nächsten Kampf sein?«

Darauf wusste ich keine Antwort, aber zumindest musste sich jetzt Krystal keine Gedanken mehr darüber machen, dass sie älter aussah als ihr Gemahl. Sicher würde sie mir jedoch wieder vorhalten, ich hätte den Helden gespielt. Ich wusste, dass Krystal nicht gerade begeistert sein und sich aufregen würde. Ich atmete tief durch. Alles wurde immer komplizierter.

Tamra strich sich das Haar aus der Stirn. Weldein sah Tamra an und wendete dann seinen Blick traurig ab. Fregin brummte unverständliches Zeug vor sich hin, als wir weiter westwärts ritten zur Kreuzung nach Tellura. Ich schloss die Augen und vertraute ganz auf

Gairloch, denn in meinen Augen brannte das Weiße Feuer von der Anstrengung, jedes Wort zu verstehen oder von den Lippen abzulesen.

Unter uns zitterte der Boden, wenn auch nur leicht, und erinnerte uns daran, dass Ordnung und Chaos sich keineswegs im Gleichgewicht befanden.

XCIII

Auf dem Weg durch die Pfortenschlucht Richtung Ruzor wurde Justen immer schweigsamer. Ich konnte nicht anders und musste ihn immerzu ansehen, aber Tamra bedeutete mir mit ihren funkelnden Blicken, dass ich ihn in Ruhe lassen sollte, was ich denn auch tat. So ritten wir still durch die morgendliche Hitze und die fast unerträgliche Schwüle des Nachmittags bis nach Ruzor. Nur kurz hielten wir an, um zu essen und unsere Feldflaschen zu füllen.

In der Dämmerung, eingehüllt in Staub und bleischweres Schweigen, bis eine Meeresbrise uns kühlende Erleichterung verschaffte, erreichten wir die Osttore von Ruzor.

Krystal erwartete uns schon weit vor den Toren der Stadt. Ihr Leibwächter stand mit seinem Pferd gut hundert Ellen hinter ihr, begleitet wurde er von einer silberhaarigen Frau, die aus der Entfernung jünger als Krystal wirkte. Die Frau glich jener aus meinen Träumen, die mir Ratschläge erteilt hatte, die ich zwar nicht verstand, mich aber beunruhigten.

Da wir schnell geritten waren, bestimmt ebenso schnell wie jeder Bote – wir hatten allerdings keinen vorausgeschickt –, vermutete ich, dass die silberhaarige Frau etwas mit Krystals Auftauchen zu tun hatte.

Meine Gemahlin ritt langsam auf mich zu, bis unsere Pferde nebeneinander standen und sich unsere Beine berührten. Zuerst sahen wir uns nur in die Augen. Dann streckte sie ihre Hand aus. Ihre Finger streichelten mein Gesicht. Tränen liefen ihr über die Wangen und sie schluckte, sagte jedoch nichts.

»Von Norden her wird Hamor in der nächsten Zeit nicht angreifen.«

»Ich habe es gehört ...« Sie schüttelte den Kopf und schluckte noch einmal, drückte meine Hand. Danach wandte sich Krystal an Justen. »Ihr habt Besuch. Ich wette, Ihr wisst bereits, wer es ist.«

Justen nickte steif.

»Das scheint Euch nicht sehr zu erfreuen«, bemerkte Tamra.

»Dayala hat Naclos noch niemals zuvor verlassen. Sie ist eine Druidin.« Er hob den Kopf und ritt auf die silberhaarige Frau zu.

»Wie Ihr auch«, stieß Tamra hervor, aber Justen schwieg nur und sah sie nicht einmal an.

Meine Augen schnellten zwischen Justen und Dayala hin und her, während meine Sinne die unsichtbaren Ordnungs-Linien suchten, die Justen mit seiner Druidin verbanden. Das war das erste Mal, dass ich einen Namen eines Druiden hörte, was mir einen Schauder durch den Körper jagte. Ihr Name klang wie das Vorzeichen eines Ereignisses, das noch mehr Unheil bringen sollte als das mächtige Hamor.

»Eine richtige Druidin ... Silberhaar und alles ...« Fregin schien fassungslos.

Justen und Dayala berührten sich nicht ein einziges Mal, aber das Lebensband zwischen ihnen strahlte eine unglaubliche Energie aus. Ich sah Tamra an. Außer mir konnte nur sie es erkennen und sie nickte mir als Bestätigung zu.

Ich schluckte und fürchtete mich noch mehr vor der

Macht dieser Verbindung als zuvor, als ich Dayalas Namen zum ersten Mal hörte. Sie besaß eine schier endlose Macht und war gekommen, um ihn auszuwählen.

»Geht es dir gut?«, fragte Krystal besorgt und berührte meine Hand.

»Ja.« Ich atmete tief ein.

Sie sah mich an.

»Ich bin müde, lass uns später darüber sprechen. Ich hasse es, den starken Mann zu spielen. Es schmerzt.«

Dafür erhielt ich ein Nicken und ein schwaches Lächeln.

Schweigend ritten wir zur Kaserne. Ich hatte gar nicht bemerkt, wie müde ich war, bis ich Krystal Gairloch absatteln und striegeln lassen musste.

»Das solltest du nicht tun. Du bist schließlich die Kommandantin.«

»Und die vielen Male, die du das Gleiche für mich getan hast, zählen nicht?«

Ich beugte mich zu ihr hinüber und hauchte ihr einen Kuss auf die Wange.

»Irgendwann lernst du vielleicht, dass man auch nehmen kann und nicht nur geben.« Krystal wandte sich an die anderen. »Es gibt Abendessen für alle im kleinen Speisesaal des Autarchen. Jeder, der sich vorher noch waschen will … möge sich bitte beeilen.«

»Ja, essen … Ich hab einen Bärenhunger«, verkündete Fregin lauthals. Er lehnte an einem Balken, während ein Stallknecht sein Pferd absattelte.

»Das ist ja ganz was Neues«, stellte Berli fest, die bereits mit Striegeln fertig war.

Ich beeilte mich also, wusch nur den ärgsten Staub und Schmutz ab. Dann gingen wir alle miteinander in den kleinen Speisesaal, wo Kasee schon auf uns wartete, allein, abgesehen von den Dienstboten.

»Oh … verdammt …« Fregins Flüstern durchschnitt die Stille.

»Das hoffe ich doch nicht«, meinte der Autarch freundlich.

Ich versuchte nicht zu grinsen, als ich den Kopf verneigte.

»Setzt euch.« Der Autarch klang ein wenig ungehalten. »Es tut mir Leid, wenn ich euch beim Abendessen störe, aber unglücklicherweise hängen meine Regierungsgeschäfte von dem ab, was ihr gerade vollbracht habt und was ihr mir darüber berichten könnt.« Sie hielt inne. »Aber zuerst ... esst.«

Auf den Platten, die am Tisch herumgereicht wurden, lagen dicke Hammelfleischscheiben, mit brauner Soße übergossen. In den Schüsseln häuften sich weiße Bänder aus mir unbekannten Zutaten, bestreut mit Käse; verschiedene Brotsorten rundeten das Mahl ab. Rotbeerensaft und dunkles Bier stillten den Durst. Ich trank Rotbeerensaft und Krystal labte sich am Bier.

An der gegenüberliegenden Tischseite füllte Weldein Tamras Becher mit Rotbeerensaft, was zu einem verwirrten Gesichtsausdruck ihrerseits führte. Weldein lächelte sie zärtlich an und nickte, dann füllte er seinen eigenen Becher. Tamra hielt Weldein die Fleischplatte und er legte ihnen beiden vor.

Als ich an die Reihe kam, bediente ich zuerst Krystal und dann mich selbst. Krystal zwinkerte mir zu und drückte mein Bein unterm Tisch. Eine Dienerin brachte einen Teller für Dayala. Nüsse, Käse und Brot befanden sich darauf – ausschließlich pflanzliche oder aus Milch hergestellte Nahrungsmittel. Jemand hatte daran gedacht. Krystal? Ich sah meine Gemahlin an und unsere Augen trafen sich.

»Du musst essen.«

Das ließ ich mir nicht zwei Mal sagen. Ich gewann zwar dadurch meine Jugend nicht zurück, doch den Wunden und steifen Gliedern tat das Essen und die Ruhepause gut. Das Fleischschneiden erforderte ein gewisses Maß an Krafteinsatz. Der Hammel war zäh, ziemlich zäh sogar, die schmackhafte, scharfe Soße ließ das allerdings vergessen. Bei den weißen Bändern handelte es sich um geschnitzelten Seetang mit Gewürzen und Ziegenkäse. Das warme Brot schmeckte lecker, wie immer.

Ich kaute auf meinem Hammel herum und schluckte. Wenn am Tisch des Autarchen schon zähes Fleisch serviert wurde, was aß dann das ärmere Volk? Ich sah Krystal an.

»Nahrungsmittel sind schwer aufzutreiben. Hauptsächlich, weil die Menschen hamstern, aber Kasee will den Einsatz von Soldaten noch hinauszögern.« Sie goss sich erneut Bier in ihren Becher; ich hatte gar nicht bemerkt, dass sie bereits ausgetrunken hatte.

Ich wusste, wohin das führen würde. Wenn der Autarch immer höhere Preise bezahlte, um die Truppen satt zu bekommen, mussten bald die Steuern erhöht werden, und um diese einzutreiben, brauchte man Soldaten.

Nachdem alle halbwegs satt waren, neigte Kasee den Kopf in Richtung Justen. »Wen, glaubt Ihr, wird Hamor als Nächstes angreifen, Magier?«

Justen nahm einen Schluck von dem dunklen Bier. »Das Bier schmeckt gut, Eure Durchlaucht. Wären nur meine Vermutungen auch so gut – oder sicher.«

Tamra runzelte die Stirn und ich überlegte. Vor wenigen Stunden auf der Straße hatte Justen noch verlauten lassen, dass Hamor Recluce angreifen würde. Warum erzählte er dem Autarchen jetzt etwas anderes?

Neben Justen saß Dayala, die an ihrem Wasser nippte.

Der Autarch wartete und Justen räusperte sich.

»Ich bin mir nicht sicher. Zuerst dachte ich, das nächste Ziel Hamors würde Recluce sein, aber Dayala hegt eine andere Vermutung. Sie glaubt, dass Hamor Kyphros erneut angreifen will, aber erst nachdem die Sonnenteufel Hydlen ganz erobert haben.« Justen zuckte mit den Schultern.

Der Autarch wandte sich an Dayala. »Ehrwürdige Druidin, wollt Ihr uns aufklären?«

»Der Sand gibt nicht alles preis«, Dayalas Stimme besaß den Klang heiserer Silberglocken, »aber das Netz aus Ordnung und Chaos bleibt in Candar bestehen. Die Schiffe werden zuerst Hydlen angreifen, dann kommen sie nach Ruzor. Die Heere der Sonne werden zur gleichen Zeit die Mittleren Osthörner überqueren.«

»Woher wisst Ihr das?«, fragte Kasee im Plauderton, doch eine gewisse Härte konnte sie nicht verbergen.

»Ich weiß, was ich weiß«, antwortete Dayala entschuldigend.

»Die Logik gibt ihr Recht«, fügte Krystal dem hinzu. »Hamor hat im Augenblick nicht sehr viele Schiffe in Candar und schon einmal zwei Flotten an Recluce verloren. Warum sollte der Kaiser einen neuen Krieg anfangen, bevor er den alten zu Ende geführt hat?«

Für mich kamen beide Theorien, Justens erste und Dayalas, in Frage.

Kasee wandte sich an mich. »Lerris? Du schweigst?«

»Ich weiß nicht. Beides erscheint mir plausibel und mein Gefühl sagt mir, dass Angriffe auf beide Ziele erfolgen werden, bevor alles vorüber ist. Aber ich kann nicht sagen, wer zuerst an die Reihe kommen wird. Ich glaube, wir sollten uns in jedem Fall auf einen Angriff vorbereiten. Vielleicht klärt sich in der Zwischenzeit noch einiges auf.« Darauf hoffte ich inständig, doch verlassen wollte ich mich nicht darauf.

»Du klingst nicht sehr überzeugt von deiner eigenen Weisheit.«

»Ich bin überzeugt, dass ein Angriff auf Kyphros erfolgen wird. Ich bin jedoch nicht sicher, ob die Lage dadurch überschaubarer wird. Nach meinen Erfahrungen werden die Dinge immer komplizierter anstatt einfacher.«

»Meistens ist das so…«, unterbrach Fregin das Schweigen.

»Da hast du Recht«, pflichtete der Autarch mit einem krampfhaften Lachen bei.

Am anderen Ende des Tisches füllte Weldein Tamras Becher erneut und sie fragte: »Welchen Umständen verdanke ich diese Aufmerksamkeit?«

Er wurde rot und antwortete: »Weil du Tamra bist.«

»Und was bin ich für Elitegarde, Ser?«

Er lächelte sie an und fragte: »Willst du das wirklich wissen?«

Ihr Augen verwandelten sich zu Eisblitzen.

»Das rote Miststück«, gab Weldein höflich zur Antwort.

Justen verschluckte sich und Kasee hielt sich die Serviette vor den Mund.

»Er ist mutig«, flüsterte mir Krystal ins Ohr.

Mut hatte er, doch war er auch klug?

Tamra lachte und alle atmeten erleichtert aus. Dann meinte sie: »Du bist der einzig Ehrliche in diesem Haufen, du und Lerris.«

»Ehrlichkeit heißt nicht immer, dass man auch überlebt«, bemerkte Weldein.

Tamra nahm ihren Becher, hielt jedoch inne, bevor sie trank, als bedeutete diese Aussage etwas völlig Neues für sie. Dann sagte sie zu Justen: »Das ist es.«

»Was?«, fragte mein Onkel.

»Das Sein – Leben – Ehrlichkeit, Ordnung…«

»Natürlich«, sagte Justen nur.

Diese Worte trafen mich wie ein Blitzschlag – sie ließen die Sache so offensichtlich erscheinen, dass ich sie wahrscheinlich nie ausgesprochen hätte. Ohne Ehrlichkeit konnte man der Ordnung nicht Herr werden.

Der Ordnungs-Meister muss ehrlich zu sich selbst sein, um sich nicht zu verausgaben und der Vernichtung zu entgehen – oder der vorschnellen Alterung. Das Gleiche galt in gewisser Weise auch für das Chaos, nur dass dem Chaos immense zerstörerische Kräfte innewohnten, die den Vorgang beschleunigten.

Ich runzelte die Stirn. Im Grunde bedeutete das, dass ein Ordnungs-Meister mehr Macht ausüben konnte als ein Chaos-Meister. Warum gewann dann für gewöhnlich erst das Chaos und nur am Ende der Konflikte siegte die Ordnung? Überleben? Es passte auf seltsame Weise ins Bild. Große Macht auszuüben führte zu hohen Einbußen und jeder Ordnungs-Magier wusste das. Und kein Ordnungs-Meister, wenn er ehrlich war, wollte sich selbst opfern, wenn nicht unbedingt notwendig. Chaos-Magier täuschten sich zuweilen über die Folgen ihres Tuns, wodurch ihre Werke gewaltiger erschienen.

Ich schüttelte den Kopf. In der Erklärung fehlten noch kleine Stücke, doch der Grundgedanke stimmte.

»Lerris?«, fragte Krystal sanft. »Geht es dir gut?«

»Oh ... ja. Ich dachte gerade über Ehrlichkeit nach.«

Sie sah mich besorgt an und nahm einen Schluck aus ihrem Humpen.

»Kommandantin?«, meinte Kasee. »Was glaubst du, wo und gegen wen der nächste Angriff erfolgen wird?«

»Gegen uns, aber ich habe keine Erklärung dafür, ich denke es einfach nur. Wir sind die Schwächeren und die hamorische Flotte scheint entschlossen, den ganzen Außenhandel zum Erliegen zu bringen.« Krystal zuckte die Achseln.

»Wir werden es erfahren.« Kasee lächelte verkrampft. »Doch in der Zwischenzeit wollen wir die schönen Seiten des Lebens genießen. Esst!« Sie hob ihren Becher. »Auf eure Rückkehr.«

Wir tranken und danach fielen wir über die Krapfen her.

Nach dem Abendessen ging ich mit Krystal durch die engen Steinflure die Stufen hinauf in ihr Gemach, wo Herreld treu ergeben wartete.

»Guten Abend, Kommandantin.«

»Guten Abend, Herreld.«

»Habe gehört, was geschehen ist, Magier. Wir sind alle froh, dass Ihr heil zurückgekommen seid.«

»Danke.« Ich nickte ihm zu und wir betraten das Gemach. Krystal verriegelte die Tür, obwohl sicher nichts und niemand Herreld je umgehen konnte.

Die Bettdecke lag glatt gestrichen auf dem Bett und die Papiere stapelten sich ordentlich auf dem Tisch. Krystal schnallte sich das Schwert ab, ließ jedoch die Stiefel noch an.

Meine Füße schmerzten, ich musste unbedingt die Stiefel loswerden und setzte mich auf den Bettrand. Durch das kleine Fenster sah ich hinaus in die Dunkelheit und auf die wenigen Lampen in der Stadt.

Krystal ließ sich neben mir nieder, doch sie wirkte verkrampft.

»Du bist betrübt?«, fragte ich.

»Wie hast du das erraten? Du ziehst aus, um den nächsten Magier aufzuhalten, und kommst um mehr als ein Jahrzehnt gealtert zurück – und ich soll mich nicht aufregen?« Ihre Stimme schwoll an. »Wie kann ich dabei gelassen bleiben?«

»Ich habe mein Bestes getan.«

»Ich wollte keinen Helden zum Mann. Ich wollte, dass du gesund zurückkommst.«

»Aber ich bin gesund. Nur älter.«

»Älter!«, schnaubte sie. »Was ist mit …?« Doch sie hielt inne und seufzte. »Ist schon gut. Es ist egal.«

Was sollte ich dazu sagen? Ich hatte ja nicht absichtlich altern wollen. »Nein, es ist nicht egal«, antwortete ich, »aber ich bin nicht absichtlich gealtert. Ich wollte nur die Hamoraner von Kyphros fernhalten und sie hatten mehr ...« Ich holte tief Luft. Keines meiner Worte konnte etwas an der Sache ändern und Krystals Ärger würde dadurch nicht verfliegen. »Auf alle Fälle habe ich das nicht gewollt.«

Eine Weile saßen wir schweigend nebeneinander, dann seufzte Krystal und fuhr mir durchs Haar. »Es sind ja nur ein paar graue Strähnen.«

»Ja. Ich glaube, ich werde wie Justen, aber im Augenblick verfüge ich nicht über genügend Ordnungs-Kraft, um meine Jugend wiederherzustellen.«

»Warum nicht?« Sie küsste sanft meinen Hals, nicht fordernd, sondern ganz sanft.

»Wie vieles andere auch ... wäre es jetzt nicht richtig, ich fühle es.«

»Wie ist es geschehen?«

Ich lachte und mein Lachen klang schroffer als beabsichtigt. »Das weiß ich nicht. Feuer, Steine und Chaos-Energie hagelten so auf mich ein, dass ich den Alterungsprozess nicht bemerkte.«

»Das verstehe ich nicht. Justen ist ein Grauer Magier und er überlebte Jahrhunderte. Du vollbringst eine Sache und schon bist du älter.«

»Ich glaube, es hat mit der Art zu tun, wie ich die Dinge angehe, nicht mit dem, was ich tue. Wenn ich Justen recht verstanden habe, nimmt er die Ordnung, um noch mehr Ordnung zu bündeln, und richtet diese konzentrierten Ordnungs-Strahlen dann auf das Chaos. Damit schwächt er Chaos- und Ordnungs-Kräfte gleichzeitig. Ich nahm die Ordnung, um damit gebündeltes Chaos auf Sammel zu schleudern. Aber dadurch wird weder das Chaos noch die Ordnung weniger. Deshalb bebt auch die Erde noch immer. Das Chaos unter Candar hat keinen Deut abgenommen.«

»Das ist nicht gerecht.«

»Nein. Aber das Gleichgewicht schert sich nicht um Gerechtigkeit. Ein Leben, in purer Ordnung gelebt, dauert länger an. Mein Vater sieht jünger aus als Justen und dabei ist er älter, nicht viel zwar, aber älter, und Justen braucht mehr Ordnung als mein Vater, um sich selbst jung zu halten. Deshalb meidet Justen vermutlich auch jegliches Chaos.«

»Zu viel davon würde ihn umbringen?«

»Du siehst, was mit mir geschehen ist, und ich habe das Chaos mit Hilfe der Ordnung ans Tageslicht befördert.« Meine Hörstörungen und die Schmerzen in den Augen erwähnte ich lieber nicht, nicht jetzt, wo wir uns langsam wieder näherkamen.

»Oh, Lerris.«

Wir fielen uns in die Arme. In diesem Augenblick wäre jedes Wort überflüssig gewesen. Alles was wir brauchten, war Nähe.

XCIV

Worrak, Hydlen [Candar]

An der Fahnenstange auf dem Wellenbrecher weht das karminrote Banner der Hydler, zerlumpt und zerrissen von den Steinsplittern und Kanonenkugeln, die die Luft durchschneiden. Eine gedrungene Steinfestung erhebt sich in der Mitte des Wellenbrechers.

In dem ruhigen blauen Wasser des Golfs von Candar kreuzen die Stahlschiffe, Rauchfahnen aus den Schornsteinen enttarnen sie als Dampfschiffe, die goldene Sonne auf den hellblauen Bannern kündigt die Hamoraner an.

Eine weitere Kugel fliegt über das Meer und schlägt

in die Festung ein, die den Hafeneingang bewacht. Lose Steine stürzen aus dem Loch in der Mauer, rollen ins ölige Hafenwasser. Das karminrote Banner Hydlens, nun noch mehr zerfleddert, flattert unbeirrt weiter in der Meeresbrise.

Mit der Regelmäßigkeit eines Pendels verlassen die Kugeln die Kanonen des hamorischen Geschwaders und mit fast der gleichen Regelmäßigkeit schlagen sie in den Befestigungsanlagen ein, die die Invasoren vom Hafen Worraks noch fernhalten.

Auf der Brücke der *Frentensee* steht Leithrrse und freut sich über die fortschreitende Zerstörung der Hindernisse.

»Wird nicht mehr lange dauern, Ser«, meint der Kapitän. »Bald können wir in den Hafen einlaufen.«

»Sehr gut. Erteilt diesen Hydlern eine Lektion. Die Schwarzen Teufel sollen sich nur auf ihrer Insel verstecken.«

Der Kapitän wirft einen Blick auf das offene Meer und runzelt die Stirn. »Da draußen ist etwas. Vielleicht haben sie sich doch aus ihren Verstecken gewagt.«

»Da draußen?«

»Recluce beunruhigt mich mehr als Hydlen, Ser.«

»Die unsichtbaren Schiffe?« Leithrrse lacht.

»Sie mögen unsichtbar sein, aber diese Schiffe haben schon fast ein Dutzend unserer Dampfer versenkt.« Der Kapitän kneift die Augen zusammen. »Dort … das ist Kielwasser. Kaum zu erkennen … es kommt auf uns zu.«

»Kanonen!«, brüllt der Gesandte und amtierende Regent und gestikuliert wild auf das Kielwasser.

»Wie sollen wir ein Schiff treffen, das man nicht sieht?«, ruft der Geschützoffizier.

»Da … das Kielwasser. Ziel darauf«, schreit der Kapitän. »Ziel genau auf das Kielwasser. Mit genügend Kugeln werden wir das Schiff schon erwischen.«

»Haben sie denn keinen magischen Panzer?«

»Dämonenverdammt! Keine Magie wird eine fünf Stein schwere Kanonenkugel aufhalten! Hör auf zu jammern, setz dich in Bewegung. Kanonen um einhundertachtzig Grad drehen.«

»Ja, Ser.«

Der Geschützoffizier verlässt die Brücke und der Kapitän wischt sich über die Stirn.

Leithrrse lächelt zufrieden, als der Geschützoffizier seine Befehle hinausbrüllt und die Geschütze sich drehen.

Ein Wassergeysir nach dem anderen steigt aus dem küstennahen Wasser nahe dem dünnen, weißen Strich, der die Spur des unsichtbaren Angreifers markiert.

Eine Rakete kracht in den dicken Schiffsrumpf über der Wasserlinie der *Frentensee,* Flammen schlagen aus der Seite des hamorischen Schiffes.

Noch mehr Kanonen werden auf die unsichtbaren Angreifer gerichtet und noch mehr Wasser spritzt aus den flachen, seichten Wellen des Golfs, die das für die Hamoraner unsichtbare Schiff umgeben.

Rauchschleier kriechen am Himmel entlang und treiben Richtung Küste, wo sie auf die Gischt an den Wellenbrechern treffen, die die angeschlagene Hafenfestung umhüllt.

Die *Frentensee* erzittert, als ihr Bug in Flammen aufgeht.

»Feuert weiter!«, schreit Leithrrse.

Wassersäulen steigen in den Himmel und fallen in sich zusammen, Gischt verschleiert das bis dahin fast regungslose Wasser im unteren Golf von Candar.

Zwei Raketen treffen das kleinere Eisenschiff neben der *Frentensee,* Flammen schlagen über dem vorderen Deck und den Geschütztürmen zusammen. Das Feuer greift auf den Aufbau über.

KkkkkkkRRRuMMMMMMPPPTTT! Eisenteile und Holz

fliegen durch die Luft, das kleinere eisengepanzerte Schiff explodiert.

Leithrrse duckt sich hinter der Eisenwand auf der Brücke der *Frentensee,* doch die Einzelteile des kleineren hamorischen Schiffes treffen nur den Rumpf und das Flaggschiff fährt unbeirrt am Ölteppich vorbei, der Holz, Eisen und einige gegen das Ertrinken kämpfende Matrosen überzieht. Flammen nagen an den öligsten Partien des Teppichs und arbeiten sich auf die noch lebenden Seemänner vor.

Die Kanonen der *Frentensee* verfolgen noch immer das schlingernde Kielwasser des unsichtbaren Schwarzen Schiffes.

»Ser! Da ist das Nächste!« Der Beobachtungsposten zeigt nach achtern, wo Kielwasser, fast weiß vor Schaum, auf den hamorischen Kreuzer zuschießt.

»Kanonen! Weiter außenbords feuern!«, brüllt Leithrrse. »Feuert!«

Ein riesiger Feuerball erblüht mitten auf dem scheinbar leeren Meer, dann erscheint eine niedrige Schwarze Konstruktion und bricht vor Leithrrses Augen auseinander. Die Flammen wüten über dem Wasser, als die Wrackteile versinken.

»Jetzt ... das andere ...«

WHHHHHSTTTTT! KRUMPPTTTT!

Sein Satz endet abrupt, denn die *Frentensee* explodiert, nur ein Flammeninferno, geborstenes Metall und Körperteile, einst Matrosen, bleiben übrig.

XCV

Dunkle Schiffe werden über die Wasser rasen und vom Himmel wird eine Zerstörung fallen, die die größte aller Mauern zertrümmern wird, und selbst die Schwächsten unter denen, die Waffen tragen, werden mit der Kraft der Feuerblitze kämpfen …

Für jeden Schild wird es ein noch größeres Schwert geben und jedes Schwert wird in einem noch flinkeren Kampf niedergerungen werden. Gegen jeden Feuerball wird sich eine noch höhere Eiswand stellen und für jede Eiswand wird es eine Feuerleiter geben, sie zu erklimmen.

Auf jeden Propheten wird ein weiterer folgen, der das Gegenteil behauptet, und demjenigen, dessen Worte die Letzten sind, werden die Menschen folgen; und sie werden einen Weg einschlagen und dann die Richtung wechseln, denn kein Pfad gewährt Sicherheit, Frieden und Ruhe. Und keine Menschenseele wird mehr ruhig schlafen.

Männer und Frauen sollen Fragen stellen und so auch die Engel. Doch mit jeder Antwort werden sich zwanzig neue Fragen ergeben und auf jede Frage werden zwanzig weitere Antworten folgen, so lange bis Worte und Verstand an Grenzen stoßen, deren Bedeutung selbst den Höchsten verborgen bleibt.

Dunkle Schiffe werden die Meere bevölkern, so dicht wie der Sand die Strände, und sie werden vom Ende der Welt zur Stadt aus Schwarzem Stein fahren, nördlich der Sonne und östlich des Chaos.

Jene aus der Schwarzen Stadt werden ihre Gesichter bedecken und lautes Wehklagen erheben, sie hätten sich seit jeher gegen das Chaos gestellt; doch die dunklen Schiffe der Sonne werden dem weder Beachtung schenken noch ihren Kurs ändern.

Und an den Ufern der Wahrheit werde jene stehen, die weder der Ordnung noch dem Chaos dienen, und doch beiden, ohne

Trompeten und ohne Feuerbälle werden sie Verwirrung auf den Wassern säen.

Vor dieser Verwirrung werden die dunklen Schiffe der Sonne flüchten, doch weder Berg noch Meer werden Zuflucht gewähren. Berge werden zu Staub werden und Meere versiegen, Asche wird alles bedecken und das Chaos wird sterben …

Das Buch Ryba
Lied DL [Das Ende], Originalfassung

III

Begegnung mit dem Gleichgewicht

XCVI

»Was führt dich nach Mattra, Gunnar? Gewöhnlich bin ich doch diejenige, die dich aufsuchen muss.« Elisabet öffnete die Tür und trat zur Seite.

»Dies hier.« Der Mann mit dem sandfarbenen Haar hielt eine Schriftrolle hoch. »Darf ich hereinkommen?«

»Natürlich. Ich hole uns etwas Rotbeerensaft. Es muss schon etwas Wichtiges passiert sein, dass du Wandernicht verlässt. Das erste Mal, dass ich dir nicht hinterher rennen muss«, freute sich Elisabet und ging in die Küche.

Gunnar schürzte unschlüssig die Lippen, folgte ihr aber dennoch. Elisabet stellte einen Krug und zwei Becher auf den Tisch, goss Saft ein und setzte sich neben ihren Bruder.

»Dem Rat wurde zugetragen, dass der Kaiser seine Flotte nach Kyphros schicken wird«, sagte Gunnar nüchtern und nahm einen Schluck Rotbeerensaft. »Schmeckt gut.«

»Danke. Er ist ganz frisch.« Elisabet antwortete mit einem Lächeln, das jedoch schnell wieder erstarb. »Warum greifen sie nicht uns zuerst an? Schließlich hat Recluce dafür gesorgt, dass Candar schwach und zerrissen bleibt. Durch die Ablehnung jeglicher Veränderung auf der Insel hat der Rat verhindert, dass Recluce an Stärke gewinnt, und das bedeutet, dass wir vergleichsweise schwach sind. Weshalb stürzt sich Hamor nun auf Kyphros?«

»Lerris und seine Gemahlin Krystal haben die Pläne der Hamoraner zur Eroberung Candars durchkreuzt.«

»Leider gerät dein Sohn mehr nach Justen als nach dir,

Gunnar.« Elisabet lachte. »Aber ich verstehe nicht ganz. Hat das Trio nicht fast ein Drittel der hamorischen Flotte versenkt, bevor die *Llyse* zerschossen wurde?«

»Du weißt Bescheid über die *Llyse?*«

»Gunnar, auch ich höre auf die Winde.«

Der blonde Magier schüttelte den Kopf. »Sie fühlen sich nicht stark genug, um Recluce anzugreifen, weil ihnen die notwendigen Schiffe fehlen. Sie hatten ohnehin nicht die größte Flotte geschickt, verglichen mit der Flottenstärke, über die sie in Hamor verfügen oder die sie noch bauen werden.«

»Die Schiffe müssen schon existieren«, stellte die Frau fest, die das gleiche sandfarbene Haar wie ihr Bruder hatte. »Es muss so sein, nach all dem Chaos zu urteilen, das auf der Welt herrscht. Bedeutet das, dass der Rat Kyphros als Puffer für uns benutzen will?«

»Die Lage ist noch komplizierter. Ich glaube, der Kaiser weiß, dass Recluce nie über mehr als eine Handvoll mächtiger Magier verfügte, und die Hälfte davon lebt nun in Kyphros. Das hamorische Königshaus hegte schon einen Groll gegen uns, noch bevor der Großvater des jetzigen Kaisers aus Recluce verbannt wurde.«

»Jetzt, da die Austrier sich jeder seiner Launen beugen, will der Kaiser wohl auch unseren Teil der Welt beherrschen.« Elisabet zog sich nachdenklich am Kinn. »Und er plant, uns zu schwächen, bevor er uns angreift.«

»Genau. Und der Rat unternimmt nichts dagegen. Sie sind nicht unglücklich darüber, dass Kyphros und der Rest Candars als Erstes den Felsenkatzen zum Fraß vorgeworfen werden. Ich bin dagegen und habe mich entschlossen, nach Kyphros zu gehen.«

»Das willst du wirklich tun?«

Er nickte.

»Justen sprach schon einmal davon, dass Candar am Ende einmal der Schutzschild für Recluce sein wird.«

Die blonde Frau sah auf, als aus der Werkstatt Säge- und Schleifgeräusche in die Küche drangen. »Vielleicht hatte Justen Recht damit.«

»Du warst schon immer auf Justens Seite.«

»Gunnar, du bist zu alt für Selbstmitleid und dieses ›Elisabet-mag-Justen-lieber‹-Gejammer. Du wirst dich an den Gedanken gewöhnen müssen, dass Justen es vorhergesehen hat.«

»Oh?«

»Wir haben von seinem Wissen profitiert, war es nicht so? Sonst hätte man uns schon lange zusammen mit den Hohen Magiern von Fairhaven – Entschuldigung, Frven, natürlich – begraben.« Sie lächelte traurig. »Die Handlung eines Menschen zeigt, in welche Richtung sein Herz schlägt.« Sie goss noch etwas kalten Rotbeerensaft in Gunnars Becher.

»Der Rat ist beunruhigt.«

»Was du nicht sagst. Sie wollen, dass ihr – du, Justen und Lerris – sie aus der misslichen Lage befreit. Tust du es deshalb?«

»Wenn ich nicht gehe, wird Justen irgendwo untertauchen und Lerris wird Ruzor allein retten müssen.«

»Deine Vernarrtheit in den Jungen macht dich weich, wie ich sehe.« Elisabet lächelte ihren Bruder an. Er lächelte zurück. »Ein wenig.« Das Lächeln verschwand. »Lerris ist auf dem besten Wege herauszufinden, wie er uns alle vernichten kann. Er und Justen, die beiden zusammen könnten …« Er senkte den Blick.

»Du wusstest, dass es früher oder später geschehen würde. Wie lange, glaubtest du, hätte Justen seine Entdeckung verbergen können?«

Gunnar lachte. »Nicht so lange, wie er es im Endeffekt geschafft hat. Der Rat war klüger …«

»Unbarmherziger«, unterbrach ihn seine Schwester, »und Hamor will eine blutige Abrechnung.«

»Vermutlich hatte Dorrin Recht.«

»Das hilft uns jetzt auch nicht weiter. Wenn du Hilfe brauchst, gehe ich mit dir.«

»Nicht jetzt. Später vielleicht.«

Sie lächelte. »Wenn es ein Später gibt.«

»Bestimmt.« Er sah sie an. »Bestimmt.«

»Ja. Diese Abrechnung hat lange auf sich warten lassen, stimmt's?«

»Seit Dorrin warten wir darauf.« Er nickte. »Vielleicht schon seit Creslin und Megaera. Oder seit den Engeln.«

XCVII

Worrak, Hydlen [Candar]

»Ihr wolltet mich sprechen, Ser?« Der schlanke Offizier in Gelbbraun betritt den Raum. Sein Pistolenhalfter ist leer. Hinter ihm bleiben zwei Soldaten vor der offenen Tür stehen. Einer hält das Schwert des Offiziers.

»So ist es, Truppenführer Speyra.« Dyrsse deutet auf den Tisch in der Mitte des geräumigen Zimmers und auf die Karte darauf. »Bitte, setzt Euch.«

Die Tür fällt mit einem dumpfen Schlag ins Schloss.

Speyra schürzt die Lippen und setzt sich auf die vordere Kante des geschnitzten Stuhles. Das Fenster hinter seinem Rücken rahmt das ruhige Wasser des Hafenbeckens – und den zerstörten Wellenbrecher mitsamt dem Trümmerhaufen, der einst eine Festung darstellte. Schwarzrumpfige Schiffe liegen im Hafen, aus einigen Schornsteinen steigen Rauchfahnen auf.

»Seht Ihr den Fakla hier?« Der Marschall fährt mit dem Finger über den Fluss, der westlich von Worrak verläuft.

»Ja, Ser.« Speyra nickt und streckt den Rücken durch.

»Ihr werdet das zweite Heer diese Straße hinaufführen, durch das Tal dort und dann nach Kyphros. Nehmt die Straße nördlich von Lythga und reitet dann nach Westen bis nach Kyphrien hinein.«

»Den ganzen Weg bis nach Kyphrien?«

»Den ganzen Weg bis nach Kyphrien. Es ist notwendig. Wir, der Kaiser und ich, verlassen uns auf Euch, Truppenführer Speyra.«

»Ihr begleitet uns nicht, Ser?«, fragt der Offizier.

»Ihr besitzt alle Fähigkeiten für einen derartigen Auftrag, Truppenführer Speyra, und Ihr werdet mit mehr als genug Patronen und sogar mit Geschützwagen ausgestattet.« Der Marschall lächelt. »Einer muss auf das Schlangennest aufpassen und für Euren Nachschub sorgen.«

»Aber bis zum heutigen Tage ist es noch niemandem gelungen, Kyphros einzunehmen.«

»Doch, Fenardre der Große hat es geschafft und auch wir werden es tun. Für den Kaiser. Der Autarch verfügt im Höchstfall über achttausend Mann; Außenposten, Elitegarde und sonstige Truppen zusammengenommen.« Dyrsse wischt sich mit einem feinen weißen Baumwolltaschentuch den Schweiß vom kahlen Kopf.

»Wie ich gehört habe, brauchten sie nur einen einzigen Magier und eine Handvoll Soldaten, um die große Osthornstraße zu verriegeln.«

»Wir haben nicht einmal ein Drittel unserer Truppen dabei verloren. Auch wir zählen auf die Hilfe eines Magiers und haben die alte Straße nach Certis wieder befahrbar gemacht. Dadurch können unsere Truppen zumindest bis zu den Osthörnern ungehindert vordringen.« Dyrsse lächelt selbstbewusst, nur kurz, und studiert dann wieder die Karte vor sich.

»Aber … Ser … haben wir nicht eine Reihe von Kommandanten … und den Magier verloren?« Der Truppenführer presst die Lippen aufeinander und verlagert unruhig das Gewicht von einem Fuß auf den anderen.

»Das stimmt. Gute Kommandanten und zwei Regenten. Wenn sie bereit waren, ihr Leben für den Kaiser zu riskieren … sollen wir dann kneifen?«

»Ja, Ser. Ich meine, auch wir sollten unser Leben riskieren.«

»Gut. Ich gebe Euch viertausend Soldaten. Auf Eurem Weg nach Kyphrien werdet Ihr nicht einmal auf ein Zehntel dieser Zahl an kyphrischen Soldaten treffen. Die gesamte Streitmacht des Autarchen befindet sich in Ruzor. Euer Ziel wird Kyphrien sein. Ihr verfügt über mehr als genug Truppen, um diese Mission erfolgreich zu erfüllen.«

»Ja, Ser. Und dann?«

»Das Übliche. Ihr übernehmt die Stadt im Namen des Kaisers und folgt den bestehenden Richtlinien. In der Zwischenzeit wird die Flotte Ruzor dem Erdboden gleichmachen und dann den Phroan hinaufziehen. Der Großteil der kyphrischen Truppen hält sich in Ruzor auf, deshalb werdet Ihr in den Osthörnern nicht allzu viele davon zu Gesicht bekommen, das versichere ich Euch.«

»Und wenn doch?« Kleine, glänzende Schweißperlen bedecken die Stirn des Truppenführers. »Wenn doch?«

»Das wird nicht geschehen. Doch solltet Ihr wirklich Verstärkung brauchen, werdet Ihr sie erhalten. Darüber müsst Ihr Euch nicht die geringsten Gedanken machen.« Dyrsse strahlt ihn ermutigend an.

XCVIII

Mehr als zwei Achttage waren vergangen seit unserer Rückkehr nach Ruzor. Die Steifheit in meinen Knochen hatte ich überwunden und auch mein Hörvermögen fast wiedererlangt. Nur manchmal erreichten die Wörter mein Ohr nicht und hin und wieder schmerzten meine Augen. Die Sonne schien weiterhin jeden Tag unerbittlich vom Himmel und der Staub bedeckte stur alles, was sich ihm in den Weg stellte. Krystal wurde nicht müde, die Truppe zu trainieren und Pläne zu schmieden, und Kasee hörte nicht auf, jeden Tag aufs Neue die Moral der Truppe zu stärken und für Nachschub zu sorgen.

Nur wenige Schiffe drangen durch bis nach Ruzor und was sie mitbrachten, wurde mehr als teuer verkauft. Selbst die Schmuggler sahen sich nicht mehr in der Lage, auch nur ein einziges weiteres, noch so teures hamorisches Gewehr oder gar Patronen aufzutreiben.

Ich hatte angefangen, am Morgentraining der Elitetruppe teilzunehmen, denn Schreinerarbeit gab es, außer ein paar kleinen Reparaturen, keine für mich. Manchmal wünschte ich, ich hätte wenigstens das Zedernholzstück mitgenommen, um daran schnitzen zu können.

Eines Morgens, nachdem ich meine Schultern gelockert hatte, nahm ich den Stab zur Hand. Selbst ohne Anstrengung lief mir in der Vormittagssonne der Schweiß über den Rücken. Krystal trat vor, das hölzerne Übungsschwert auf mich gerichtet. Ihr Trainingshemd zeigt ebenfalls schon feuchte Stellen. Ich verbeugte mich, sie tat es mir gleich.

»Er ist zwar ein Magier, aber jetzt wird er Schwierigkeiten bekommen …«, murmelte jemand im Schatten des Innenhofes.

»… weiß nicht. Sein Stab ist ziemlich lang.«

Krystals Holzschwert schnellte nach vorn und ich parierte … und hielt dagegen … und wehrte ab. So lange, bis meine Abwehr so sicher stand, dass sie mich nicht mehr treffen konnte. Beim Angriff hingegen haperte es bei mir noch. Ich fasste mir ein Herz und wagte mich doch nach vorn.

Wir gingen aufeinander los, bis wir beide unsere

Hemden völlig durchgeschwitzt und ich einige blaue Flecken zu beklagen hatte. Krystal bekam zwar auch ein paar Hiebe ab, doch nur leichtere. Bei ihr konnte ich einfach nicht so hart zuschlagen.

»Genug ...« Ich keuchte. »Du hast mehr Übung. Du machst das jeden Tag.«

»Na ... gut ...« Krystal lechzte genauso wie ich nach Luft.

Wir ruhten uns im Schatten ein wenig aus und sahen den anderen zu. Weldein kämpfte gegen Tamra und hielt sich nicht schlecht.

»Kämpft Weldein oft gegen Tamra?«, fragte ich.

»Kein anderer vermag ihr mit einem Schwert so gefährlich zu werden wie er.«

»Außer du und Yelena?«

»Und Weldein ... jetzt«, fügte Krystal hinzu. »Er hat sich gut entwickelt.«

»Mutiger Bursche.« In mehr als einer Hinsicht, dachte ich insgeheim.

Ich beobachtete ihn weiter. »Er ist nicht so gut wie du.«

»Aber beinahe«, wiegelte Krystal ab.

Über mehr Kraft als Krystal verfügte er mit Sicherheit, an Schnelligkeit und Gewandtheit vermochte er sie indessen bestimmt nicht zu überbieten. So hätte ich auch den Unterschied im Stabkampf zwischen Tamra und mir beschrieben, obgleich ich schon wesentlich schneller geworden war als am Anfang, als Tamra mich regelmäßig grün und blau geschlagen hatte.

»Du bist genauso gut wie sie«, sagte Krystal. »Du pflegst einen anderen Stil, bist ihr aber durchaus ebenbürtig.«

Ich glaubte ihr zwar nicht, genoss aber das Lob.

Haithen nickte, als wir vorbeigingen, Berli auch, sie ruhte sich gerade von den Dehnungsübungen aus.

»Kommandantin ...?«

Subrella stand im Bogengang, eine Schriftrolle in der Hand und tiefe Ringe unter den Augen; dunkler als Krystals Augenringe waren sie jedoch auch nicht.

»Wir sehen uns später«, sagte ich.

Krystal schenkte mir ein kurzes Lächeln, bevor ich ins Waschhaus ging. Nach dem Waschen trug ich den Stab und mein nasses Hemd hinauf in Krystals Gemach.

Herreld öffnete mir die Tür.

»Habt Ihr es ihnen richtig gezeigt, Meister Lerris?«

»Die Kommandantin hat das übernommen. Ich bin heilfroh, dass an mir noch alles dran ist.«

»Das können nicht alle von sich behaupten in diesen Zeiten.«

Ich breitete das Hemd auf dem Fensterbrett aus, wo es lange vor dem Nachmittag trocken sein würde. Dann setzte ich mich, mit nacktem Oberkörper, auf einen der Stühle und las in der *Basis der Ordnung*.

Krystal stieß später zu mir, viel später, und brachte zwei Krüge, Brot und Käse zum Mittagessen mit.

»Schöner Anblick.«

»Man tut, was man kann.« Mein Körper hatte sich jedoch beim Lesen abgekühlt und ich zog mir ein Hemd über, bevor ich mich zu ihr an den Tisch setzte.

Schweigend aßen wir zu Mittag, denn beide hatten wir einen Bärenhunger.

»Neue Probleme«, begann Krystal schließlich. »Banditen treiben sich auf der südlichen Flussstraße herum, keine zehn Meilen von Ruzor entfernt. Ich habe Weldein und seine Einheit geschickt, zusammen mit ein paar anderen. Außerdem hat ein nordlanisches Schiff Nachricht gegeben, dass sie die Fracht nicht abladen werden, wenn wir keinen Wachtrupp schicken. Die Menschen betteln an allen Piers um eine Schiffspassage.«

»Wir wissen doch gar nicht, ob Hamor überhaupt angreifen wird.«

»Meinst du, sie werden es lassen?«

»Nein«, gab ich zu. »Sie werden angreifen. Das Böse wird uns nicht erspart bleiben.«

»Sind sie wirklich böse oder nur gierig?«

»Wo liegt da der Unterschied?« Ich tat mich an dem Rotbeerensaft gütlich. »Mit Sammel verhielt es sich doch ebenso. Er gierte nach Wissen … und er konnte nicht aufhören, es anzuwenden, auch dann nicht, als er wusste, dass es Schlimmes anrichtete.« Ich erklärte es nicht nur Krystal, sondern auch mir selbst.

»Warum wurde Sammel zum Bösewicht?« Krystal trank von ihrem hellem Bier. »Du sagtest, dass er in erster Linie versuchte, das Wissen zu verbreiten. Warum sollte das böse sein?«

»Er behandelte das Wissen so, als sei es Ordnung – oder gar Chaos.«

Krystal setzte diesen verwirrten Gesichtsausdruck auf, der mir zu verstehen gab, dass meine Erklärung fehlgeschlagen hatte. Sie stellte den Humpen auf den Tisch.

Ich versuchte es erneut. »Einer der großen Unterschiede zwischen Ordnung und Chaos ist der, dass es nahezu unmöglich ist, pure Ordnung zu erschaffen. Man kann *Dinge* ordnen, ein Chaos-Meister dagegen kann konkretes Chaos-Feuer auf Menschen richten – und das kommt reinem Chaos gleich. Nun … Sammel stellte allen möglichen Leuten pures Wissen zur Verfügung – zumindest glaubte er das – und pures Wissen ähnelt reinem Chaos auf verblüffende Weise. Eine unglaubliche Menge an Wissen wird für böse Zwecke eingesetzt.«

»Bist du sicher? Mir erscheint Wissen weder gut noch böse. Es ist wie mit einem Schwert, man kann damit jemanden schützen oder auch töten.«

Ich lachte. »Deine Erklärung klingt besser als meine.«

»Warum?« Krystal nahm ein Stück Käse.

»Weil …« Ich zog das Wort in die Länge. »Wenn du

dein Schwert erhebst, wird immer jemand verletzt – ganz gleich ob du schützen willst oder töten. Mit dem Wissen verhält es sich ähnlich.«

»Ooooh ... Das erklärt vieles.« Sie runzelte die Stirn. »Wenn durch Wissen jemand verletzt wird, entsteht dadurch Chaos und das bedeutet, dass Recluce neues Wissen dagegensetzen muss, stimmt's?«

»Dagegensetzen oder verbergen?«

»Das ist das Gleiche«, stellte Krystal fest.

»Doch es gibt noch ein Problem mit dem Wissen. Wenn man ein Verfahren aufschreibt, die Verwendung des Schießpulvers zum Beispiel, wie es Sammel für Berfir getan hat, weiß man nie, was die Menschen daraus machen werden.«

»Es kann Gutes wie auch Schlechtes dabei herauskommen«, setzte Krystal dagegen.

»Das Ergebnis kann gut oder schlecht sein.« Ich nickte zustimmend, fügte jedoch hinzu: »Aber der Grundgedanke ist schlecht, wie Chaos. Denn wenn du jemandem niedergeschriebenes Wissen aushändigst – Worte oder Zeichnungen auf einer Schriftrolle –, trennst du damit das Wissen von seiner Wirkung auf die Menschen.«

»Worin liegt dann der Unterschied zu einem Schwert?« Krystal sah zum Fenster hinaus. »Noch immer nicht das geringste Anzeichen von Regen.«

»Wird es wohl in der nächsten Zeit auch nicht geben«, sagte ich und fuhr mit meinen Erklärungen fort. »Wenn du ein Schwert zur Hand nimmst, weiß du von Anfang an, dass du jemanden verletzt, sobald du es gebrauchst.«

»Man kann aber auch nur drohen mit dem Schwert.«

»Deshalb erscheint es ja auf den ersten Blick wirksamer als Wissen. Wie kann man jemanden mit Wissen bedrohen? Gar nicht, ohne es anzuwenden.«

»Oh. Und wenn einer es anwendet, können es alle: Das Verfahren, Schießpulver in Schwarzen Stahl zu pressen, wurde erst für Raketen, dann für Kanonenkugeln und schließlich für Gewehre verwendet.«

Ich runzelte die Stirn. »Fast.«

Es klopfte an die Tür. Krystal öffnete den Riegel, der Autarch stand draußen mit einer Schriftrolle in der Hand. Krystal trat zurück, Kasee kam herein und schlug dem überraschten Herreld die Tür vor der Nase zu. Dann ließ sie sich in den leeren Stuhl neben Krystal fallen.

»Gibt es Neuigkeiten?« Krystal holte einen dritten Becher, schenkte etwas Bier ein und reichte es dem Autarchen. »Ihr seht aus, als könntet Ihr das brauchen.«

Kasee richtete sich auf. »Danke.« Sie nahm einen kräftigen Schluck. »Ich muss mit euch beiden reden.«

Gespannt saßen wir da. Kasee nahm einen weiteren Schluck.

»Hamor hat Worrak eingenommen und die Truppen sammeln sich bereits, um den Fakla hinaufzumarschieren.« Sie sah sich im Zimmer um. »Ich wollte nur mit euch beiden darüber sprechen. Hätte ich euch holen lassen, hätte es in kürzester Zeit die ganze Kaserne gewusst.«

Ich verstand. Alle beobachteten den Autarchen mit Argusaugen.

»Scheinbar hat Recluce wieder angegriffen und einige hamorische Schiffe zerstört, auch das Flaggschiff, die *Frentensee.* Leithrrse befand sich an Bord und mir wurde nichts von Überlebenden berichtet. Man hört, dass Marschall Dyrsse das Kommando übernommen hat. Er gilt als blutgieriger, aber sehr erfolgreicher Kommandant. Die Überbleibsel der hamorischen Flotte sammeln sich nun und werden innerhalb des nächsten Achttages nach Ruzor aufbrechen.«

»Sie wollen noch vor der Ernte zuschlagen.« Krystal schien beinahe fassungslos.

»Dyrsse hat bereits neue Schiffe und Truppen angefordert und wird unerbittlich fortfahren.« Kasee sah mich an. »Es klärt sich auf.«

Ich zuckte die Achseln. »Ich werde mich wohl wieder einmal zu den Mittleren Osthörnern begeben müssen.«

Krystal erblasste, sagte jedoch nichts.

»Du musst dich nicht noch heute Nachmittag entscheiden.« Kasees Blick wanderte von Krystal zu mir und zurück. »Ich möchte, dass ihr euch zuerst die beste Vorgehensweise überlegt.«

»Lange können wir nicht warten.« Ich hatte keine Ahnung, warum ich das sagte, den ich freute mich keineswegs darauf, erneut am Rande des Chaos-Abgrunds zu wandeln und ein weiteres Heer und vielleicht auch mich selbst zu vernichten. Vielleicht rührte es daher, dass ich wusste, ich könnte gegen eine Flotte nichts ausrichten; ich musste jedoch etwas unternehmen.

»Lasst mich morgen wissen, wie ihr darüber denkt.« Kasee stand auf und verließ mitsamt der Schriftrolle das Zimmer.

»Kannst du das mit Justen und Tamra besprechen?«, fragte Krystal.

Wenn er es nicht wieder vorzog zu verschwinden, dachte ich. »Du solltest auch dabei sein.«

»Und Dayala.«

Krystal schickte den armen Herreld los, um alle zu versammeln. Wir räumten inzwischen auf und stellten zwei weitere Becher bereit, holten Nachschub an Rotbeerensaft und Bier.

Tamra erschien als Erste. »Worum geht es?«

»Hamor.«

Dann kamen Justen und Dayala, beide mit zerzaustem Haar. Ich musste ein Grinsen unterdrücken. Und das in seinem fortgeschrittenen Alter ... Eigentlich waren beide nicht mehr die Jüngsten, wenn man es recht bedachte.

»Ihr habt uns hierher gebeten?«, fragte Justen.

»Hamor hält nun ganz Hydlen besetzt. Die Schiffe und Truppen des neuen Regenten werden in ein bis zwei Achttagen hier eintreffen. Ein zweites Heer wird den Fakla hinaufmarschieren und durch die Mittleren Osthörner ziehen. Wir verfügen weder über die erforderlichen Truppenstärken, um Soldaten nach Lythga zu entsenden, noch um Ruzor zu halten.« Krystal setzte sich in den Stuhl in der Ecke.

Einen Augenblick lang herrschte Schweigen.

»Vermutlich wird Lerris wieder losziehen wollen, um Kyphros zu retten.« Tamra lehnte sich mit ihrem Stuhl weit zurück, sodass dieser nur noch auf zwei Beinen stand.

»Er hat so etwas erwähnt«, meinte Krystal dazu. »Von Zeit zu Zeit fühlt er sich wohl dazu genötigt.«

»Willst du unbedingt sterben, Lerris?«, fragte Justen aufgebracht.

Ich starrte Justen und Tamra an. »Ihr zwei macht mich ganz krank. Von euch höre ich immer nur: Tu dies nicht, tu das nicht. Gut. Soll der Autarch, eurer Meinung nach, Kyphros kampflos an Hamor übergeben? Zumindest gäbe es dann nicht so viele Opfer zu beklagen – Soldatenopfer –, die anderen kümmern ohnehin niemanden.«

»In Montgren gab es kein einziges Todesopfer«, war alles, was Justen dazu zu sagen hatte.

»Montgren besaß ja auch kein Heer und hatte keine Magier zur Verfügung«, hielt Krystal dagegen. »Die Herzogin sah sich ohnehin vor keine Wahl gestellt. Aber wir.«

»Die Maschinen dürfen nicht gewinnen«, flüsterte Dayala.

Justen sah sie an, verwundert, dass sie gesprochen hatte.

»Ordnung darf nicht in kaltes Eisen gegossen werden. Das ist gegen das Leben und gegen die Legende.«

»Damit wäre diese Frage geklärt«, sagte Tamra. Ihr Blick wanderte von Justen zu mir.

Die Art, wie Dayala die Worte ausgesprochen hatte … ich stimmte ihr zu. Ich sah Krystal an und auch sie nickte.

»Wir werden also nicht zulassen, dass Ordnung in Eisen gegossen wird«, begann ich, »das Problem ist jedoch, dass reines Chaos hergestellt und gebündelt werden kann, ohne mit einem anderen Stoff in Verbindung gebracht zu werden.« Das erschien mir eindeutig.

»Natürlich.« Justen klang aufgebracht. »Auf diesem Prinzip beruht die Welt. Die Ordnung vermag nur Dinge zu *ordnen.* Pure Ordnung wird es niemals geben, denn Ordnung bedeutet die gezielte Anordnung von etwas. Chaos ist gleichzusetzen mit Unordnung.«

»Aber Chaos kann doch auch etwas aus der Ordnung bringen«, forderte Tamra.

»Selbst das Chaos ist auf bestimmte Weise geordnet, wenn die Weißen Magier es heraufbeschwören.« Ich wusste, dass ich mich auf dem richtigen Weg befand. »Wenn sie mit Feuerkugeln um sich werfen, was tun sie da?«

Dayala nickte.

»Feuerbälle schleudern, die mit einer Spur von Ordnung versehen sind«, antwortete Tamra. »Aber das ändert nichts daran, dass du in Deckung gehen musst, wenn du nicht gebraten werden willst. Solange du nicht mit einem besseren und auch durchführbaren Gegenmittel aufwarten kannst.«

Ich wusste, dass ich diesmal Recht behalten würde. »Als ich Gerlis vernichtete, lenkte ich Chaos in geordnetes Gestein, das viele kleine Stücke Eisen enthielt …«

»Eisenerz. Damit funktioniert es«, stimmte Justen zu. »Wenn man nur tief genug sucht, wird man es fast überall finden.« Er schenkte sich den Rest des ersten Kruges ein und trank alles auf einmal aus. Dann bediente er sich am zweiten Krug. »Warm, aber gut.«

»Aber …«, erwiderte ich. »Bei dem geschmolzenen

Gestein handelt es sich noch immer um Gestein. Das bedeutet, dass …«

»Das stimmt.« Justen nickte, als hätte er es schon immer gewusst. Dafür hätte ich ihm am liebsten eins mit dem Stab übergezogen. »Pures Chaos ist nicht steuerbar. Ich nehme an, du könntest es kreieren, aber du musst es an etwas Gegenständliches binden, um es zu steuern.«

»Das wissen wir doch alles«, wandte Tamra ein. »Deshalb war ja auch Sammel so gefährlich. Er wusste Bescheid über die Grundlagen der Ordnung. Was willst du uns eigentlich sagen, Lerris?« Sie grinste; auch sie verdiente sich damit eins auf den Kopf.

»Ein Schwert arbeitet auf einfachste Weise.« Krystal hielt inne und lächelte. »In den richtigen Händen kann es sehr schnell tödlich wirken.«

»Wie gehst du gegen das Chaos vor?« Ich besaß zwar schon eine gewisse Vorstellung darüber, aber ich wollte von Justen etwas darüber hören.

»Ich leite gebündelte Ordnung durch ein Feuerauge. Beinahe das gesamte Licht der Sonne ist dazu notwendig. Diese enorme Menge an Ordnung, konzentriert auf eine Linse, ergibt einen Ordnungs-Strahl, der alles zertrümmert, was sich ihm in den Weg stellt.«

»Wurde so auch Fairhaven zerstört?«, wollte Krystal wissen.

Justen nickte. »Größtenteils.«

»Können wir dieses Verfahren nicht auch gegen die Hamoraner einsetzen?«, fragte ich.

»Nein. Ich brauchte ein Jahr, um diese Linse zu bauen, außerdem ist dafür eine große Menge an freier Ordnung notwendig, die es im Augenblick nicht gibt. Selbst wenn sie existierte oder du sie freisetzen könntest – was mich nicht wundern würde –, haben wir nicht die Zeit.«

»Was sollen wir dann tun?«

»Ich weiß es nicht.« Justen zog resignierend die Schultern hoch.

Wir redeten noch weiter bis zum Abendessen, doch die einzig brauchbare Lösung lief darauf hinaus, dass wir vier zu den Mittleren Osthörnern gehen und dort etwas unternehmen sollten. Doch keiner wagte auszusprechen, was das sein würde. Wir alle fürchteten, dass der einzige Weg darin bestand, mit Hilfe von Ordnung Chaos zu kreieren, um damit die in den Maschinen gebundene Ordnung zu zerstören. Und das würde zweifellos in einem Furcht erregenden Licht- und Feuergewitter enden.

Später, als die anderen bereits gegangen waren, kam es noch schlimmer.

Krystal verriegelte die Tür und setzte sich an den Tisch. Sie würdigte mich keines Blickes und ich wusste, dass sie wütend war.

»Was ist los?«, fragte ich.

Sie antwortete nicht, sah nur aus dem Fenster. Ich legte das Hemd zusammen, das ich dort zum Trocknen ausgebreitet hatte, und räumte es in den Schrank.

»Soll ich etwa nicht gehen?«

Noch immer keine Antwort.

Ich richtete einen Stapel Papier in der Ecke gerade und warf dann wieder einen Blick auf Krystal. Sie saß regungslos da.

Ich wartete noch eine Weile, sah aus dem Fenster und auf die Sterne über dem Meer. Trotz der warmen Nacht wirkten sie kalt und unerreichbar. Dann berührte ich ihre Schulter, doch sie stieß meine Hand zurück.

»Rühr mich nicht an.«

»Man kann nicht reparieren, wenn man nicht weiß, was kaputt ist.«

»Reparieren? Du willst etwas reparieren! Du bist der überheblichste, ichbezogenste … Manchmal hasse ich dich!«

»Du hasst mich? Was habe ich getan?«

Krystal sprang auf, knisterte förmlich vor Kraft und

Wut und ich wich zurück, als sie an mir vorbei zum Fenster ging.

»Muss ich wirklich alles Buchstabe für Buchstabe aussprechen? Du kannst dir denken, dass ich über deine ... Heldentat mit Sammel nicht gerade glücklich war, aber ich glaubte, du hättest zumindest meine Sorge verstanden. Hast du aber nicht. Soviel ist sicher.«

»Aber ...«

Krystal hörte sich nicht einmal an, was ich zu meiner Verteidigung zu sagen hatte, und redete einfach weiter. »Du bist losgezogen und hast einen Weißen Magier getötet und Tamra gerettet. Das war keine schlechte Vorstellung. Dann hast du Haus und Werkstatt gebaut und dich dazu herabgelassen, dich um das Haus und die Unterkünfte für meine Wache zu kümmern und die Soldaten auch durchzufüttern. Dann hält es dich nicht länger und du greifst Gerlis an, was dich beinahe das Leben kostet. Gerade vom Krankenbett aufgestanden, kannst du es kaum erwarten, wieder zu kämpfen, und du alterst um mehr als zehn Jahre! Ich dachte, das würde dir eine Lehre sein, aber nein, hier wartet schon das nächste Abenteuer. Lerris, der Held, zieht hinaus, um Kyphros und Krystal ein weiteres Mal zu retten!«

»Ich verstehe dich nicht.« Ich verstand sie wirklich nicht. Für mich schien die Sache sehr einfach. Krystal verfügte nicht über genügend Soldaten, um Ruzor zu verteidigen und gleichzeitig die Sonnenteufel aufzuhalten, die über die Mittleren Osthörner kommen würden. Candar brodelte vor Chaos und in den Gebirgen gab es noch immer viel Fels und Gestein. Magier und Druidin mussten doch zumindest den Versuch unternehmen, das hamorische Heer aufzuhalten.

»Lerris, dein Körper mag um zehn Jahre gealtert sein, aber dein Verstand muss noch viel aufholen.« Sie drehte sich um und sah mich an, ihr Gesicht wirkte eiskalt im Licht der einzigen Wandlampe.

»Vielleicht kannst du mir einen kleinen Anhaltspunkt geben, warum du dich so aufregst.« Ich bückte mich und strich die Tagesdecke auf dem Bett glatt.

»Vielleicht kannst du einmal versuchen zu verstehen, anstatt ... Es hat keinen Sinn.«

»Was denn verstehen? Dass du nicht alles allein schaffen kannst? Dass ich nicht mit ansehen will, wie du von irgendwelchen Magiern überrannt und getötet wirst ...«

»Du gibst mir doch gar keine Gelegenheit! Droht eine Gefahr, lasst Lerris vor, er wird sie beseitigen. Gibt es ein Problem, Lerris wird es lösen. Als Schwertkämpferin lebt man gefährlich. Du musst mich nicht vor allem beschützen und ich kann deinen schuldbewussten Hundeblick nicht mehr ertragen, wenn du glaubst, du konntest nichts für mich tun. Dunkelheit! Den ganzen Weg zurück von Hydlen hast du nur davon gefaselt, wie Leid es dir täte. Der Tod ist Teil des Lebens, Lerris. Menschen sterben. Ich werde auch sterben. Hör auf damit, dir alle Last der Welt aufzubürden. Hör auf damit, immer und überall durchs Feuer zu gehen – manchmal für Menschen, denen es völlig egal ist. Wen wird es in hundert Jahren kümmern, dass du in den Mittleren Osthörnern zu Staub zermahlen wurdest?«

»Mich kümmert es jetzt. Du hast nicht genügend Truppen zur Verfügung, um auf zwei Schlachtfeldern gleichzeitig zu kämpfen. In Ruzor kann ich dir nicht helfen, denn alles, was ich in der Nähe einer Stadt unternehme, könnte die Stadt zerstören und all ihre Einwohner töten – und dich auch.«

»Warum sagst du es dann nicht auch so ... anstatt hier den Guten und Edlen zu spielen?«

»Ich spiele überhaupt niemanden.«

»Oh, Lerris.«

Wir fielen uns zwar nicht in die Arme, aber zumindest stritten wir uns nicht mehr und im Zimmer herrschte nicht länger eine Kälte wie auf dem Dach der Welt im

Winter. Schlafen konnte ich jedoch nicht richtig und Krystal wahrscheinlich auch nicht.

XCIX

»Wann reden wir mit Kasee?«, fragte ich Krystal.

Selbst kurz nach Sonnenaufgang, mit dem Herbst vor der Tür, herrschte am Morgen schon eine Hitze, dass mir der Schweiß ausbrach, wenn ich nur aus dem Bett stieg.

»Dayala riet ihr, noch zu warten.« Krystals Stimme klang noch immer unterkühlt – zwar nicht mehr so eisig wie noch vor zwei Tagen, aber immer noch kühl.

»Gut.« Wir warteten schon seit zwei Tagen. Ich strich das Hemd glatt und sah aus dem Fenster auf das ruhige Wasser im Hafen. Ein Schiff hatte an der Hauptpier festgemacht, das erste seit Tagen, es fuhr unter nordlanischer Flagge. »Da liegt ein Schiff im Hafen.«

»Vielleicht bringt es eine Ladung Mehl.«

»Wollen wir es hoffen.«

»Mehr als hoffen können wir nicht.«

Ich zuckte zusammen.

Krystal band sich ihren Gürtel um und schickte sich an zu gehen. In den letzten Tagen hatte ich sie nicht oft gesehen, sie mied mich zwar nicht völlig, doch ging sie mir meist aus dem Weg.

Da klopfte es an die Tür. Krystal öffnete und traf auf Herreld und Fregin. Fregin stützte sich auf seinen Stock, mit dem er seit seiner Beinverletzung durch die Gegend humpelte.

»Meister Lerris«, stammelte Fregin, »entschuldigt, aber ein Magier ist gekommen, ich meine, er trägt Schwarz und hat nach Euch gefragt. Er ist mit dem nordlanischen Dampfer angekommen.«

»Ein Magier?« Welcher Magier mich wohl sprechen wollte? Noch dazu einer aus Recluce. Also nahm ich meinen Stab und sagte zu Krystal: »Ich möchte gern, dass du mitkommst.«

Sie sah mich einen kurzen Augenblick an. »Also gut.« Glaubte sie jetzt wieder, ich ließe mich zu etwas herab?

»Wo ist er?«

»Im Speisesaal, Ser. Beim Essen.«

Wir ließen Fregin einfach stehen und liefen durch den engen Flur und die gewundene Treppe hinunter. Sogar am Morgen war die Luft in den Fluren zum Schneiden dick. Im Speisesaal saß eine schwarz gekleidete Gestalt am Ende des langen Schragentisches. Ein halber Laib Brot, Käse und ein Becher standen vor ihm.

Als wir eintraten, unterbrach er sogleich sein Frühstück. »Sei gegrüßt, Lerris.« Mein Vater stand auf und verbeugte sich. Schon eine beeindruckende Erscheinung, mein Vater: Die harte Dunkelheit der Ordnung breitete sich über das ineinander verwobene Muster aus Chaos und Ordnung, das auch Justen – und mich nun ebenso – kennzeichnete. Er wirkte blass und müde.

»Sei gegrüßt.« Ich verbeugte mich leicht und stellte ihm mit einer Handbewegung Krystal vor. »Das ist Krystal. Sie ist die Kommandantin der Elitegarde. Krystal, das ist mein Vater.«

»Ich freue mich, dich kennen zu lernen, Krystal.« Er verbeugte sich vor ihr. Ich wünschte, ich hätte seinen Charme geerbt.

»Das Vergnügen ist ganz auf meiner Seite. Ich habe viel über Euch gehört, von Lerris und auch von Justen.« Sie erwiderte seinen Gruß mit einer Verbeugung, ebenso tief und formell wie seine.

Mein Vater runzelte die Stirn und wandte sich dann an Krystal: »Ich fürchte, ich bringe schlechte Nachrichten. Womöglich wisst ihr ohnehin schon davon.«

»Wir wissen, dass Hamor einen Angriff plant.«

»Eine Flotte von etwa vierzig Schiffen sammelt sich vor Worrak und sie werden«, fügte er mit einem düsteren Gesichtsausdruck hinzu, »noch in diesem Achttag aufbrechen.«

»Wisst Ihr, ob sie auch über die Osthörner angreifen wollen?«

Mein Vater überlegte. »Sie ziehen zwar ein Heer zusammen, doch mehr weiß ich nicht, meine Sehkraft reicht nicht über das Wasser hinaus.«

Krystal nickte. »Ich werde den Autarchen darüber unterrichten. Bestimmt willst du mit deinem Vater unter vier Augen reden, Lerris.«

Mit einem kurzen Lächeln verabschiedete sie sich von uns.

»Sie wirkt sehr tüchtig«, bemerkte mein Vater.

»Setzen wir uns.« Ich legte den Stab auf den Boden und ließ mich auf der Bank nieder. »Sie ist mehr als tüchtig.«

»Sie scheint mir … eine Spur … zu steif.«

»Im Moment ist sie … sehr angespannt.« Ich wollte nicht gleich damit herausplatzen, dass meine Gemahlin noch immer wütend auf mich war, nicht gleich nach seiner Ankunft.

Er nickte und nahm sich einen Kanten Brot.

»Was führt dich hierher?«, fragte ich.

»Du bist mein Sohn, Lerris. Hamor will Kyphros zerstören und damit auch euch beide.«

Ich schluckte. Was ging hier vor? Mein Vater hatte mich weggeschickt, ohne mir auch nur die einfachsten Fragen zu beantworten, und jetzt kam er nach Ruzor. Ich verstand ihn noch weniger als Krystal. »Ich verstehe noch immer nicht.«

Er nahm einen Schluck Wasser und räusperte sich. »Du weißt nun Bescheid über das Gleichgewicht, nehme ich an. Du kennst sicher auch die Gründe, warum

Recluce die Verbreitung des Wissens, auch des Wissens über Maschinen, seit Dorrins Zeiten unterbunden hat.«

»Weil mehr Ordnung zu mehr Chaos führt. Und je mehr von beidem existiert, desto größer die Gefahr von noch größerer Zerstörung.«

»Das war der Grundgedanke. Ich dachte bis vor kurzem genauso, wie auch Justen. Er galt als einer der besten Schwarzen Ingenieure, musst du wissen, und selbst er glaubte, dass geordnete Maschinen nicht ohne Schwarzes Eisen hergestellt werden könnten. Wir irrten. Bessere Metallbearbeitungstechniken führten zu einer Veränderung, sodass Hamor neue Ordnung und neues Chaos schaffen konnte. Recluce hat über Generationen hinweg ausgesiebt. Zu Chaos tendierende Magier und das Chaos selbst hatten es bei uns schwer – milde ausgedrückt –, Chaos-Brennpunkte zu schaffen. Nur in Recluce und Candar gab es schon immer Magier; der Rest der Welt blieb davon verschont, wahrscheinlich weil die meisten Magier von Dämonen oder Engeln abstammen und leicht zu erkennen sind durch die ... Form der Ordnung, die sie ausstrahlen.« Er nippte an seinem Wasser. »Es ist trocken hier.«

»Von Dämonen oder Engeln abstammen?« Davon hatte ich noch nie gehört.

»Das wissen nicht viele. Es gibt keine Aufzeichnungen über flammend rotes oder silberfarbenes Haar aus der Zeit vor dem Sturz der Engel und dem Beginn der Legende. All das liegt vergraben im Archiv der Bruderschaft.«

»Warum bist du hier?«

»In Nordla hätte ich dich kaum gefunden und in Swartheld hättest du keine Woche überlebt – dorthin gehen Gefahrenbrigadiere für gewöhnlich, wenn sie sich für Hamor entscheiden.«

»Warte einen Augenblick.« Mich überkam die Wut. »Du hast mich in die Gefahrenbrigade gesteckt, bevor ich überhaupt wusste, wie mir geschah, und dafür gesorgt, dass ich nach Candar kam?« Wieder hatte er über mich bestimmt, mein Leben in sein Muster gepresst, ohne mir zu sagen, was auf dem Spiel stand.

»Nicht ganz. Elisabet und ich fürchteten, dass du zornig reagieren und wild um dich schlagen würdest, sobald du deine Fähigkeiten entdecken und dann Recluce verlassen würdest. Ich hoffte darauf, dass Justen dich unter seine Fittiche nehmen würde. Für gewöhnlich findet er Gefahrenbrigadiere mit deinen Fähigkeiten.« Er lachte bitter. »Ich verstehe deinen Zorn. Ich wäre an deiner Stelle genauso wütend.«

Ich saß nur noch da, den Mund weit geöffnet. Sagen konnte ich nichts mehr.

»Du hattest einen Bruder – vor etwa hundertfünfzig Jahren. Er starb in Hamor – drei Tage, nachdem das Schiff dort angekommen war. Danach versuchte ich, die Bruderschaft davon abzuhalten, Schwarzstabträger nach Hamor zu schicken, und gewöhnlich tun sie das auch nicht mehr. Hamor ist nur etwas für Abenteurer, für Menschen wie ... den Händler ... Leith-Irgendwie. Ich brachte Martan – wir hatten ihn nach jemandem genannt, der mir einst das Leben gerettet hatte –, ich brachte Martan all das bei, das du selbst herausfinden musstest, und er war so zornig, dass er sich nie selbst auf die Suche nach den Antworten machte.«

Endlich blickte ich meinen Vater an. Er sah wirklich müde aus und irgendwie älter. »Willst du noch etwas zu essen?«

»Nein.«

»Du hast mir noch immer nicht gesagt, warum du gekommen bist.«

Er zuckte mit den Schultern. »Niemand kann die Welt allein retten. Justen konnte es auch nicht. Ich selbst war nicht einmal in der Lage, Recluce zu schützen. Und du allein kannst Kyphros nicht vor den Hamoranern bewahren – wobei wir erst am Anfang stehen.«

Wieder verlor ich den Faden, gerade als ich gedacht hatte, ich würde langsam verstehen. »Was meinst du?«

Er lächelte, ein trauriges Lächeln allerdings. »Der Kampf zwischen Ordnung und Chaos wird nie enden. Der Unterschied zwischen Recluce und der Legende ist nicht sehr groß. Recluce kämpft, gewinnt jedoch nie. Die Druiden in Naclos arbeiten unermüdlich daran, das Gleichgewicht zu erhalten, auf ihre eigene ruhige Art, aber auch ihre Arbeit wird nie ein Ende finden. Nichts wird jemals enden.«

»Das klingt sehr verschwommen.«

»Glaubst du, dass Hamor sich mit seinen fünfhundert Eisenkriegsschiffen erst einmal zurücklehnen wird, wenn wir die paar Schiffe und die wenigen Soldaten vernichten, die sie hergeschickt haben?«

»Sollen wir deiner Meinung nach aufgeben?«

Mein Vater schüttelte entschlossen den Kopf. »Dann wird der Zufall entscheiden.«

Ich musste nachdenken. Eigentlich sollte mir das klar sein, aber die Wut blockierte mein Denken. Ich hatte zwei Schicksalsschläge in fast genauso viel Tagen erlebt. »Wie geht es Mutter?«

»Es geht ihr gut. Ich soll dich von ihr grüßen. Auch von Elisabet und Sardit. Er lässt ausrichten, dass du all deine Möbelstücke mit deinem Namen versehen sollst, damit sich die Sammler einmal nicht darüber streiten müssen, ob es sich um einen echten Lerris handelt oder nicht.« Er schmunzelte. »Dein Handwerk wird vielleicht all deine anderen Taten überdauern. Das sage ich auch immer zu deiner Mutter über die Töpferei. Ich habe nichts dergleichen.«

Mein Vater beneidete uns um unser Handwerk?

Als ich darüber einigermaßen hinweggekommen war, hörte ich Schritte. Mein Vater sah auf und erblickte Justen, der zusammen mit Tamra den Speisesaal betrat. »Justen!«

»Seht nur, was uns das Licht gebracht hat.« Justen grinste.

Sie umarmten sich und man merkte der Umarmung nicht an, dass sie sich viele lange Jahre nicht gesehen hatten.

Tamra beobachtete die beiden und ihre Augen füllten sich mit Tränen. Sie wandte sich ab. Ich trat neben sie.

»Ist schon gut.«

Mit abgewendetem Gesicht schüttelte sie den Kopf. »Du hast eine Familie ...«

Ich berührte ihre Schulter. »Ich bin froh, dass du mich zum Schreiben angehalten hast.«

»Lerris ... wann wirst du es endlich lernen?«

Lernen? Was denn? Ich seufzte.

»Nicht alle Tränen sind Tränen der Traurigkeit.« Sie wischte sich über die Wange. »Ich freue mich, dass sie wieder zusammen sind.«

Um dem Ganzen noch die Krone aufzusetzen, kam Krystal zurück. Alle drehten sich um und warteten gespannt.

»Der Autarch bespricht sich gerade mit den Ministern. Sie möchte sich gern mit euch allen nach dem Mittagessen im kleinen Speisesaal treffen.« Krystal stellte sich zu uns vieren. »Ich muss vorher noch zu Subrella.«

»Gunnar sieht aus, als würde er sich gern etwas erfrischen«, stellte Justen fest. »Dann werde ich ihn ein wenig herumführen, wenn du nichts dagegen hast, Lerris? Ich habe ihn viel länger nicht gesehen als du.«

»Nein.« Ich zwang mich zu einem Lächeln. »Tu das nur.« Ich sah den beiden Männern nach.

Krystal und Tamra bedachten mich mit mitleidigen Blicken.

»Macht einen verwirrten Eindruck, würdest du nicht auch sagen?«, spottete Tamra.

»Das geschieht ihm recht.« Krystal nickte und sagte im Gehen: »Wir sehen uns im kleinen Speisesaal.«

»Ich habe Weldein versprochen, mit ihm zu kämpfen.« Damit entschwand auch Tamra und ich stand allein im leeren Speisesaal.

Mein Gefühl ließ sich irgendwo zwischen Einsamkeit und Nutzlosigkeit einordnen. Ich schlenderte hinaus in den Hof, zog das Hemd aus und trainierte mit den anderen. Ich kämpfte mit Haithen, Berli und mit Dercas, den Jinsa praktisch zum Kampf nötigte. Sie zog ihn so lange damit auf, dass er nicht die Nerven besäße, mit einem Übungsschwert gegen einen Stab anzutreten, bis er schließlich nicht mehr anders konnte.

Ob mit oder ohne Nerven, er schlug sich wacker. Nicht umsonst gehörten nur die Besten zu Krystals Garde.

Nach dem Waschen verleibte ich mir eine Scheibe Brot und würzigen Käse als Mittagsmahlzeit ein.

Krystal und der Autarch fehlten noch im kleinen Speisesaal, als ich dort eintraf; Justen, mein Vater und Tamra hatten bereits Platz genommen. Auch Dayala war gekommen, sie saß zwischen Tamra und Justen. Krüge und Becher standen auf dem Tisch. Ich goss mir Rotbeerensaft ein und ließ mich auf einem Stuhl nieder.

Ich wurde das Gefühl nicht los, dass mich alle behandelten, als wüsste ich von gar nichts – oder als wäre das, was ich wusste, das Unbedeutendste überhaupt.

»Eine hochkarätige Versammlung«, bemerkte Justen und hob den Humpen an die Lippen. Nur er trank Bier, Krystal vielleicht auch, wenn sie später dazukam.

»Trinkst du immer noch diese Brühe?«, fragte mein Vater schmunzelnd.

»Das Gleiche könnte ich dich fragen«, rief Justen lachend. »Das ist gutes Bier. Es schmeckt hervorragend. Warum sollte ich etwas anderes trinken?«

Die Tür ging auf und Krystal trat hinter dem Autarchen ein, ohne Wachen. Ich bemerkte allerdings einige Wachposten vor der Tür, bevor Krystal diese hinter sich zuschlug. Der Autarch setzte sich ans Tischende, Krystal nahm neben ihr Platz, saß somit genau mir gegenüber.

Der Raum verfügte nur über zwei hohe Fenster und es wurde langsam warm.

»Ich höre, Ihr seid ein Wetter-Magier?« Der Autarch sah meinen Vater an.

»Ja.«

»Ihr wollt uns helfen. Warum?«

»Aus zwei Gründen.« Er lächelte. »Lerris ist mein Sohn und das hier ist sein Land. Zweitens hoffe ich, dass ich damit auch Recluce retten kann.«

Kasee nickte. »Ich kündigte bereits vor einigen Tagen eine Entscheidung an, auf Anraten der Druidin verschob ich diese jedoch. Dayala wollte mich davon überzeugen, dass die Entscheidung verfrüht wäre, und nun erkenne ich, dass sie Recht hatte.« Sie hielt inne. »Doch eine Entscheidung muss gefällt werden.«

Ich versuchte, nicht unruhig auf dem Stuhl zu zappeln, so hart sich das Holz auch anfühlte.

»Wie lange beträgt unsere Schonfrist noch, Magier?«, fragte Kasee meinen Vater.

»Zwei Tage, vielleicht auch etwas länger. Die hamorischen Dampfsegelschiffe können die Entfernung zwischen Worrak und Ruzor in etwas mehr als achtundvierzig Stunden zurücklegen, ruhige See vorausgesetzt. Das heißt aber nicht, dass sie sofort nach ihrer Ankunft angreifen werden.«

»Ich verstehe.« Der Autarch wandte sich an mich. »Wie lange brauchst du, um die Mittleren Osthörner zu erreichen?«

»Ich kenne nicht die ganze Strecke, aber wenn die Karten und Berichte stimmen, dürften fünf bis sechs Tage ausreichen.«

»Kannst du das Heer so schnell bewegen, Kommandantin?«

»Möglicherweise«, antwortete Krystal.

»Auch schneller?«

»Nein.«

»Es scheint, die Entscheidung ist gefallen. Wir können nicht riskieren, dass sich der Großteil unserer Streitmacht zehn Tage von Ruzor entfernt aufhält. Morgen früh werden die Magier mit einer kleinen Eskorte und einigen Boten in die Mittleren Osthörner aufbrechen …«

»Entschuldigt, Eure Durchlaucht«, unterbrach mein Vater höflich.

»Ja, Magier Gunnar?«

»Ich vermag Justens und Lerris' Fähigkeiten nichts hinzuzusetzen, nicht in einem Gefecht so fern vom Meer. Auch Tamra kann ihnen nicht wesentlich helfen, doch sie verfügt über beträchtliche Wetter-Kräfte. Als Wetter-Magier könnten wir vielleicht zumindest einige hamorische Kriegsschiffe aufhalten, möglicherweise sogar versenken. Die Eisendampfer sind jedoch viel schwerer zu beschädigen als Segelschiffe. Deshalb würde ich vorschlagen, dass wir beide zur Verteidigung Ruzors hier bleiben. Sicherlich können wir nicht alle hamorischen Truppen an der Landung hindern, aber vielleicht gelingt es uns, die Anzahl zu verringern.«

Kasee sah Krystal an. Krystal zuckte ratlos mit den Schultern.

»Wenn das so ist, sollen die Magier Gunnar und Tamra in Ruzor bleiben. Ansonsten wird der Plan unverändert ausgeführt.«

Damit ritten also Justen, Dayala und ich nach Nordosten, während mein Vater und Tamra Krystal bei der Verteidigung Ruzors unter die Arme griffen.

Dann, so plötzlich wie sie gekommen waren, standen Krystal und Kasee auf und stürmten hinaus.

Noch bevor ich ein Wort sagen konnte, schlüpfte die silberhaarige Dayala auf den Stuhl neben meinem. Wüsste ich es nicht besser, hätte ich Dayala jünger als Tamra geschätzt. Doch die Dunkelheit hinter ihren Augen und ihre gewaltige Ausstrahlung verrieten, dass sie mehr Jahre als jeder andere in diesem Raum zählte. Wer vermochte zu sagen, wie viele?

»Machst du dir Sorgen, weil dein Vater bleibt?«

»Ja. Er kann bleiben und Krystal beschützen und ich gehe und kann nichts für sie tun. Krystal ist bestimmt nicht böse darüber, dass er ihr mit seiner Luft-Magie hilft.«

»Da wäre ich mir nicht so sicher.« Dayala schenkte mir ein Lächeln, wie es nur eine Druidin konnte.

Hinter mir hörte ich Tamra fragen: »Bin ich wirklich hier von größerem Nutzen?«

»Lerris und Dayala sind bei mir. Du bist eine Luft-Magierin und musst Gunnar zur Seite stehen. Beobachte ihn und lerne, wie er arbeitet und was er mit seinen Kräften bewirkt. Kein anderer könnte es dir besser beibringen.«

Mit einer gewissen Genugtuung hörte ich, dass es Tamra genauso wie mir ergehen sollte.

»Ihr beide müsst noch viel lernen und die Zeit drängt«, erklärte mir Dayala.

»Zeit drängt?«

»Bevor sich alles verändert.« Sie hielt inne. »Du musst lernen. Auch von mir.« Sie stand auf.

»Jetzt?«

»Irgendwann musst du damit anfangen.« Sie nickte zu Justen hinüber und er schenkte ihr ein Lächeln.

Ich folgte ihr in den kleinen Garten hinter den Kasernen. Dort kniete sie neben einer Reihe von Pflanzen nieder, die ich nicht kannte. Das hatte jedoch nichts zu sagen, denn die meisten Pflanzen konnte ich nicht benennen; mit Bäumen verhielt es sich wiederum anders. Dayala trug keine Schuhe.

»Ihr geht immer barfuß?«

»Wie sonst könnte ich ständig mit der Erde in Berührung sein?«

»Und wenn es schneit?«

»Bei Eis und Schnee könnte ich Stiefel tragen, doch sie engen mich ein.« Sie sah mich an. »Gib mir deine Hand.«

Ich hasste es zu knien, doch ich tat es.

Sie hielt meine Finger so, dass sie die Blätter streiften. »Jetzt … fühle …«

Ich schüttelte den Kopf.

»Fühle …«

Ich versuchte es. Nichts geschah. Doch dann … ich spürte den Ordnungs- und Chaos-Fluss in der Pflanze, genau so, wie ich es auch in der Erde spürte, nur dass dort die Ströme schneller flossen, dichter ineinander verwoben …

Das Gefühl verschwand und ich sah hinunter. Dayala hatte ihre Hand zurückgezogen.

»Versuch es allein.«

Es dauerte eine Weile, aber nach geraumer Zeit fühlte ich es bei jedem Versuch. Schweiß rann mir übers Gesicht und die Sonne stand schon tief am westlichen Himmel.

»Ist das alles?«

»Das ist sehr viel, junger Lerris. Nur wenige lernen es, nur Druiden.«

»Warum soll ich es lernen?«

»Weil es bald nur noch wenige Druiden geben wird.« Sie lächelte traurig und während ich noch meine Gedanken sammelte, war sie schon wieder verschwunden, hatte sich aufgelöst wie der Morgennebel über den Wäldern.

Wie im Rausch taumelte ich zurück in den Speisesaal. Schweigend saß ich am Ende des Schragentisches und kaute zähes Lammfleisch. Krystal sah ich nicht, doch ich war noch so durcheinander, dass ich wahrscheinlich niemanden erkannte.

Dann schloss ich mich in Krystals Gemach ein und las in der *Basis der Ordnung*. Über die Verflechtung von Ordnung und Chaos fand ich allerdings nichts Passendes.

Im Schein der einzigen Lampe las ich immer noch, als Krystal zurückkam.

»So spät noch auf?«

»Ich habe auf dich gewartet.«

»Hast du schon gepackt?«

»Ja.« Ich zeigte auf meinen Tornister und den Stab in der Ecke. »Da ist alles drin, was ich brauche, bis auf den Proviant.«

»Gut. Morgen wird es heiß werden.«

»Es ist seit ich weiß nicht wie vielen Achttagen schon heiß.« Ich klappte das Buch zu, unterdrückte ein Gähnen und setzte mich auf die Bettkante. Der verhältnismäßig kalte Stein kühlte angenehm meine Fußsohlen.

»Nun weiß ich, warum du immer nicht verstehst«, verkündete Krystal, zog die Weste aus und warf sie unachtsam auf den Tisch.

»Warum?« Ich biss die Zähne zusammen und ließ die Weste dort, wo sie gelandet war.

»Wenn du jemals zugegeben hättest, etwas zu verstehen, hätte dein Vater dich nach seinen Denkweisen denken lassen.« Krystal setzte sich in den Stuhl am Fenster und zog sich die Stiefel aus. »Wie kommt deine Mutter nur mit ihm aus?«

»Sie ist Töpferin. Sie kümmert sich um ihr Steingut – das übrigens als das beste in Recluce gilt – und spricht niemals über Ordnung, Chaos, den Rat oder sonstige Themen, die meinen Vater angehen. Deshalb habe ich wohl auch nie erfahren, wie mächtig er wirklich ist.«

»Du wolltest es nicht.«

Ich konnte nicht anders als nicken, denn wahrscheinlich hatte sie Recht.

»Komm her. Stell dich neben mich.« Sie stand barfuß am Fenster, noch immer in Hemd und Hose.

Ich trat neben sie und blickte hinaus auf das schwarze Südliche Meer. In Ruzor selbst brannten nur wenige

Lichter. Lampenöl wurde wie alles andere auch teuer gehandelt.

»Ich verstehe dich jetzt zwar, Lerris, aber ich bin immer noch wütend auf dich. Es ist nicht fair, aber ich kann nichts dagegen tun.« Sie hob eine Hand im Dunkeln. »Das heißt nicht, dass ich dich nicht liebe. Ich liebe dich, doch die Liebe kann die Wut nicht immer aufwiegen und im Augenblick ist es eben so.«

»Es tut mir Leid.« Mehr fiel mir nicht ein.

»Das weiß ich, aber du willst mich noch immer nicht verstehen. Vielleicht ist es wirklich besser, du gehst mit Justen und Dayala. Sprich mit der Druidin.«

Sie drückte meine Hand. »Wir sollten ein wenig schlafen. Du musst früh aufstehen und es wird nicht mehr lange dauern, bis die hamorischen Schiffe hier eintreffen – nach dem, was dein Vater sagt.«

Wir gingen zu Bett, schliefen aber erst nach einer Weile ein, und das mehr schlecht als recht.

C

Worrak, Hydlen [Candar]

Der Mann in der braunen Uniform schreitet über die Holzplanken, die das Eisendeck verkleiden, und rückt sich den Gefechtshut auf dem kahlen Kopf zurecht. Er bleibt neben den Geschützen stehen und betrachtet die Eisenrohre, die aus dem Eisenpanzer ragen. Dann dreht er sich unvermittelt um und klettert die Eisenleiter hinauf zur Brücke.

»Marschall Dyrsse.«

»Kommandant Gurtel.« Dyrsse verbeugt sich. »Ich komme, um Euch alles Gute zu wünschen, und bringe den Segen des Kaisers.«

»Danke. Ich habe Eure Befehle erhalten und bedauere, dass Ihr nicht mit uns kommt. Wollt Ihr es Euch nicht noch überlegen, Ser?«, fragt der Flottenkommandant.

»Nein, leider, ich kann nicht. Die Regierungsangelegenheiten, Ihr versteht. Truppenführer Speyra und Sub-Marschall Hi'errse sind die geeignetsten Anführer für die Landtruppen und ich habe Euren Fähigkeiten als Flottenkommandant und Taktiker nichts hinzuzusetzen.« Dyrsse setzt einen bedauernden Gesichtsausdruck auf. »Meine Aufgabe ist es sicherzustellen, dass unser Stützpunkt hier in Worrak wächst und die Flotte mit Nachschub und Unterstützung versorgen kann. Keine Ruhm bringende Aufgabe, aber notwendig. Äußerst notwendig.«

»Wir alle sind Euch dankbar für Eure Anstrengungen, Marschall Dyrsse, besonders in so einer …« Der weißhaarige Kommandant zuckt mit den Schultern. »Ihr wisst, was ich meine.«

»In unserer misslichen Lage mit all den toten Regenten und dem unerwarteten Aufgebot an Schwarzen Magiern?«, fragt Dyrsse mit einem souveränen Lächeln.

»Ja, damit muss man erst einmal fertig werden, doch ich hoffe, Ihr könnt Euch nun den wahren Problemen zuwenden.« Der Kommandant richtet seinen Blick nach Nordosten.

»Wir alle befolgen nur die Befehle des Kaisers.«

»Ja, das tun wir.«

»Ich will Euch nicht die Zeit stehlen. Möge der Kaiser mit Euch sein.« Dyrsse verneigt den Kopf.

»Mit Euch ebenso, Marschall.«

Dyrsse nimmt die militärische Ehrenbezeigung entgegen und steigt dann über die Leiter wieder hinunter aufs Hauptdeck. Dieses überquert er zum Achterdeck, erwidert den Gruß der Schiffswache und schreitet die Laufplanke hinunter auf die Steinpier.

Rauchschwaden von mehr als vierzig Schiffen, die

unter dem Sonnenbanner fahren, verdunkeln den Himmel.

Die Augen des Marschalls wandern über das Meer und die Schiffe hinaus in die Richtung der Schwarzen Insel am nordöstlichen Horizont. Dann fällt sein Blick auf die Kriegsschiffe und er schüttelt den Kopf. »Arme Kreaturen.«

CI

Im Morgengrauen stand ich schon bei Gairloch im Stall und schnallte die Satteltaschen fest. Meinen Tornister packte ich dazwischen und den Stab steckte ich in den Köcher. Justen und Dayala saßen bereits auf ihren Pferden. Die Druidin trug keine Stiefel und ritt ohne Sattel, nur die Zügel des Halfters hatte sie über der Mähne des Pferdes lose zusammengeknotet. Zu den zehn Kavalleriesoldaten gehörten auch Weldein und Berli. Die anderen kannte ich gar nicht oder nur vom Sehen.

Der Tag versprach klar – und natürlich heiß – zu werden. Daran würde sich auch so schnell nichts ändern.

Mein Vater umarmte mich kurz, aber fest. »Lass Justen auch seinen Teil dazu beitragen.« Er warf seinem Bruder einen nicht ganz ernsten Blick zu.

»So lange du hier deinen Anteil dazu beiträgst und auf meinen Lehrling aufpasst«, erwiderte Justen scharf, lockerte die Stimmung aber sogleich mit einem Grinsen auf.

Krystal umarmte mich und ich hielt sie fest an mich gedrückt. Sie flüsterte in mein Ohr. »Justen soll das erledigen. Mach nicht immer alles selbst, du Dickkopf. Ich will dich zurückhaben, und zwar nicht als Greis.«

»Ich werde es versuchen.«

»Gib dir gefälligst Mühe«, zischte sie.

»Gut.«

Sie küsste mich, zärtlich und leidenschaftlich, und zeigte mir damit deutlich, dass sie es ernst meinte. Sie trat schließlich zurück und ich stieg in Gairlochs Sattel.

Mein Vater nickte mir zu und ich erwiderte seinen Gruß.

»So wenige … und die sollen gegen ein ganzes Heer antreten?« Die Worte drangen an mein Ohr, doch ich wusste nicht, von welchem Elitegardisten sie stammten.

»Zäher Kerl, dieser Lerris … er wird sie aufhalten, und wenn er sich selbst dafür in Stücke reißen muss.« Fregins Kommentar konnte ich jedoch mühelos heraushören.

Krystal runzelte die Stirn, suchte meinen Blick und formte die Worte »Tu das nicht« mit ihren Lippen.

Wir tauschten noch ein letztes Lächeln, anschließend drückte ich Gairloch die Fersen in die Flanken. Justen ritt auf Rosenfuß neben mir. Nur wenige Einwohner waren schon auf, als wir durch die alten, steingepflasterten Seitenstraßen ritten und die steile Straße hinauf zur Pfortenschlucht. Die wenigen Frauen, die wir trafen, schleppten sich langsam unter der Last ihrer Bündel dahin, die sie meist auf dem Kopf trugen, ihre Augen in die unsichere Zukunft gerichtet. So wirkte es zumindest auf mich.

»Ruhig ist es«, murmelte Berli Weldein zu.

»Viel zu ruhig, wenn du mich fragst.«

Justen sah zu mir herüber. »Zu viel Furcht. Angst hat noch niemandem gut getan.« Er lachte in sich hinein. »Ich werde alt. Alle Menschen fürchten sich, aber man darf sich nicht von der Furcht leiten lassen. Entscheidungen, in Angst gefällt, sind meist keine guten Entscheidungen.«

»Jede von außen beeinflusste Entscheidung taugt nicht viel«, antwortete ich, aber meine Gedanken weilten immer noch bei Krystal, bei ihren Worten und dem

Wunsch, dass ich zurückkehren sollte. Ein Schaudern durchfuhr mich. Ich hoffte nur, dass mit Tamras und meines Vaters Hilfe Ruzor erfolgreich verteidigt werden konnte. Was aber vermochten die Stürme gegen die schwer bewaffneten Stahlschiffe auszurichten?

Die gleiche Frage hätte ich über uns drei auch stellen können: Wie sollten Erd-Magier und Druiden einem Heer von tausenden von Soldaten Einhalt gebieten? Zumindest wussten wir, welchen Weg die Hamoraner nehmen würden, viele Möglichkeiten blieben ihnen nicht. Die direkte Route von Hydlen – über Sunta und Arastia – versperrten die dampfenden Seen des Gelben Flusses, die nach dem Chaos-Ausbruch in den Schwefelquellen entstanden waren. Der einzige gangbare Weg führte über den Pass bei Faklaar.

Um dorthin zu gelangen, mussten wir einen halbmondförmigen Umweg in Kauf nehmen: die Flussstraße hinauf durch die Pfortenschlucht, dann am Sturbal entlang bis nach Lythga und über den Pass nach Faklaar.

Staubwolken trieben nach Osten hin zur Großen Wüste. Hals und Nase trockneten immer mehr aus und die ersten Risse auf den Lippen zeigten sich schon kurz nach Ruzor, lange bevor wir die Flussstraße erreichten. Nebel bedeckte den Straßenabschnitt durch die Schlucht, wie immer, doch der Dunstschleier schien nicht so hoch zu steigen wie sonst, wodurch die oberen Felswände der Schlucht rot und trocken im Sonnenlicht leuchteten.

»Trocken dieses Jahr«, brach Weldein das Schweigen. »Der Wasserpegel des Flusses steht so niedrig wie lange nicht mehr.«

Sah das nicht ohnehin jeder?

»Wird sich auf die Ernte auswirken«, fügte Justen hinzu.

»Den Obstbäumen wird es nicht schaden, den Oliven sowieso nicht«, sagte Berli.

Da ich über Landwirtschaft so gut wie nichts wusste, schwieg ich, doch insgesamt fragte ich mich, wie sich wohl das trockene Wetter auf die Hühner auswirken würde.

Wir erreichten Felsa in der Abenddämmerung und übernachteten dort in einer fast leeren Kaserne. Das Abendessen bestand aus kaltem Hammel und noch kälteren Nudeln, dazu Wasser. Justen wurde ein Krug Bier gereicht – besser, so sagte er, als alles andere auf dem Tisch. Vielleicht hatte er damit sogar Recht, doch auch wenn ich nun als Grauer Magier galt, schmeckte mir das Bier nicht besonders. Dayala aß nur Nudeln und einige getrocknete Früchte, die sie offenbar mitgebracht hatte. Sogar Gairlochs Getreidekuchen wirkte appetitlicher als kaltes Hammelfleisch. Also hielt ich mich an die Nudeln.

Der Morgen graute zu früh, doch wir hatten die Stadtmauern von Felsa bereits hinter uns gelassen, bevor die Sonne die runden Hänge auf der anderen Seite des Sturbal ins rosige Morgenlicht tauchte, die den Rand der Großen Wüste markierten.

»Hier wird noch Getreide angebaut«, bemerkte ich, »und auf der anderen Seite des Flusses beginnt schon die Große Wüste. Was doch ein paar Meilen ausmachen.«

»Manchmal, manchmal.« Justen schien nicht zum Reden aufgelegt, Dayala auch nicht. Oft ging die Druidin neben ihrem Pferd her, barfuß, und sprach mit dem Tier.

Nach dieser knappen Antwort klopfte ich Gairloch lieber aufmunternd auf den Hals, anstatt die Unterhaltung krampfhaft aufrechtzuerhalten. Ich beobachtete die beiden Druiden, vielleicht unterhielten sich die zwei schweigend und ich hatte sie unterbrochen.

Justen könnte jedoch ruhig etwas gesprächiger sein. Ich tätschelte Gairloch noch einmal und wenigstens er antwortete mir mit einem freundlichen Schnauben.

Die Straße hinter Felsa wurde breiter. Sie stammte noch aus der Zeit, als die Wagen aus den Kupferminen ihre Ladung über Felsa nach Ruzor transportierten, die dann dort verschifft wurde. Der Straßenbelag zeigte sich jedoch ungewöhnlich rau. Staub und Lehm füllten die tiefen Furchen, die sich in die Kalksteine eingefräst hatten, und die Randstreifen der Straße waren gefährlich uneben oder fehlten ganz. Nachdem wir den langen Morgen über das holprige Gelände geritten waren, spürte ich bereits mein Hinterteil. Gairloch durfte seinen eigenen Weg wählen, was ihm sicher besser gelang als mir.

»Unebene Straße«, sagte ich schließlich zu Justen.

»Das passiert, wenn Ordnung über die Natur verhängt und dann plötzlich zurückgezogen wird.«

»Wieder ein tiefgründiges Problem mehr.« Allmählich wurde ich der neuen Fragen überdrüssig. »Die Natur folgt ihrer eigenen Ordnung.«

»Die Natur zieht nichts zurück«, bemerkte Dayala mit der Spur eines Lächelns im Gesicht. »Der Mensch schon.«

Während ich mich noch fragte, ob diese Mehrdeutigkeit beabsichtigt war, fuhr sie bereits fort. »Die Natur besteht nicht nur aus dem Zusammenspiel von Ordnung und Chaos. Der Ergebnis erscheint geordnet, deshalb führt die Einmischung des Menschen oft zu verheerenden Folgen.« Dayala lächelte, fast entschuldigend.

»Weil die Menschen immer entweder Chaos oder Ordnung zerstören oder schaffen, was zur Folge hat, dass eine Kraft die Oberhand gewinnt und damit das Gleichgewicht gestört wird?«, fragte ich.

»Ja. Die Vorgänge gestalten sich zwar im Einzelnen etwas komplizierter, doch im Grunde ist es genau das, was geschieht. Deshalb fällt es den Menschen so schwer, in Harmonie mit der Natur zu leben.«

Das sah ich ein. Manche Menschen neigten zur Übertreibung – zu viel Ordnung, zu viel Chaos – und verstanden gar nicht, was sie damit anrichteten. »Und die Druiden können das?«

»Druiden ja. Aber nicht alle, die in Naclos zur Welt kommen, werden Druiden, und andere, die irgendwo außerhalb des Großen Waldes das Licht der Welt erblicken, schon.« Sie schmunzelte in Justens Richtung, der Gesichtsausdruck ließ sie wie ein junges Mädchen wirken.

»Was geschieht mit ihnen – denjenigen, die nicht verstehen? Werden sie hinausgeworfen, wie in Recluce?«

»Einige gehen. Andere sterben.«

»Es gibt eine Prüfung«, erklärte Justen weiter. »Niemand wird gezwungen, sich ihr zu unterziehen, aber diejenigen, die es nicht tun, werden tatsächlich ... ausgestoßen ... aus der Gemeinschaft in Naclos. Manche gehen lieber, als sich der Prüfung zu unterziehen. Andere stellen sich ihr und überleben sie nicht.«

Ich schüttelte angewidert den Kopf. Die Druiden schienen auch nicht besser zu sein als die Schwarzen in Recluce.

»Das gefällt dir nicht?«, wollte Dayala wissen.

»Nein.« Nicht nur das, ich war sogar verärgert darüber, obwohl ich meinen Ärger gar nicht begründen konnte.

»Sind alle Geschöpfe vollkommen?«, fragte sie.

»Nein. Natürlich nicht. Nicht einmal die Engel aus der Legende.«

Gairloch wieherte, er hatte offenbar Durst.

Ich tätschelte ihn. »Bald ... bald.«

»Und wenn ein Geschöpf andere verletzt, oder die Natur verletzt, was sollten diese anderen dann tun?«

»Ich weiß nicht.« Wenn ich jemandem Ordnung aufzwang – und ich sah mich tatsächlich in der Lage dazu, obgleich ich es bislang natürlich noch nicht ausprobiert hatte –, dann handelte ich gewaltsam gegen den Willen des Betreffenden. Wenn ich es nicht tat, und dieser stahl oder verletzte andere, würde Unbescholtenen Gewalt angetan. Aber deshalb gleich jemanden verbannen oder umbringen, weil er vielleicht gewalttätig werden könnte, erschien mir nicht richtig. Warten, bis derjenige etwas anstellte, half jedoch auch nicht. Doch Verbannung oder Tod zur Verhinderung von Unrecht konnte sicher nicht die Lösung sein.

»Lass es mich erklären«, sagte Dayala. »Die Prüfung in Naclos ist dazu da, um die Prüflinge zu einem Einvernehmen mit dem Gleichgewicht zu führen. Auch du hast dich dieser Prüfung unterzogen, möglicherweise unbewusst. Dass du es getan hast, ist unschwer zu erkennen. Manche Menschen müssen sterben, weil sie das Gleichgewicht nicht akzeptieren oder nicht begreifen. Andere fürchten die Prüfung und wir schicken sie ins Leere Land, wo sie weiterleben können.«

»Ihr vertreibt sie aus Naclos?«

»Nein. Einige gehen, aber wir vertreiben sie nicht. Wir ziehen ihr Verbleiben in Naclos vor, zu ihrer Sicherheit und zur Sicherheit der anderen. Wenn sie gehen, riskieren sie viel, denn sie müssen im Leeren Land mit ihresgleichen leben. Alle entscheiden sich jedoch entweder bewusst dazu oder aus Schwäche.« Sie sprang vom Pferd und führte ihr Ross neben Rosenfuß her. Sie ging schnell, dennoch mühelos.

Ich wusste genau, was mir daran nicht gefiel: Der Einzelne spielte keine Rolle. Nur die Gemeinschaft zählte. Genau wie in Recluce, entweder passte man sich an oder musste gehen.

»Jemand, der anders ist … wird hinausgeworfen?«

»Nein.« Dayala lachte und schnaubte halb. »Viele sind anders. Mein Vater zum Beispiel, er war völlig anders. Er arbeitete als Schmied, du wirst dir denken können, dass dieser Beruf für Druiden etwas völlig Fremdes ist. Er verbrachte sein ganzes Leben im Großen Wald. Justen hat ihn auch kennen gelernt.«

»Er war ein guter Schmied, konnte ausgezeichnet mit Werkzeugen umgehen«, erzählte Justen geistesabwesend.

»Wie du auch.«

Wieder wurde ich das Gefühl nicht los, dass ich etwas verpasst hatte, aber ich bohrte einfach weiter. »Wenn ihr die Unterschiede akzeptiert, warum ...«

»Warum verbannen oder töten wir dann? Das sind die Maßnahmen gegen jene, die den Unterschied nicht akzeptieren wollen.«

Darüber dachte ich eine Weile nach. Dayala hielt mit den Pferden mühelos mit, sie geriet nicht einmal außer Atem.

Akzeptieren? War das der Schlüssel? Recluce akzeptierte keine Unterschiede. Naclos hatte jedoch auch Justen angenommen und bei ihm handelte es sich bestimmt nicht um einen gewöhnlichen Druiden.

»Warum riskierst du dein Leben für den Autarchen?«

»Weil Kyphros mich akzeptiert, nehme ich an.«

Sie zog die Schultern hoch, als wollte sie noch etwas sagen, wartete jedoch. Mehr Antworten konnte ich aber nicht anbieten. Meist wurden meine Antworten ohnehin als unrichtig oder unwichtig abgetan. Für mich klang es falsch, Menschen abzulehnen, nur weil sie anders waren. Auf der anderen Seite gab es keine Gesellschaft, die Menschen aufnahm, die töteten oder die Gemeinschaft störten ... Ich schüttelte den Kopf.

»Dayala, du hast den armen Lerris jetzt genug verwirrt.« Justens Stimme klang wohlwollend.

»Auch du warst einst verwirrt. Aber nicht lange.«

»In mir wütet noch immer die Verwirrung, Dayala. Lerris hadert mit der Vorstellung, dass es einfach keine Antworten gibt, die niemanden verletzen.«

Am liebsten hätte ich den Stab genommen und Justen eins übergebraten. Nur ... nur ... wurde mir immer klarer, dass er Recht hatte, und vielleicht war es das, was mir am meisten Schwierigkeiten bereitete.

Dayala hielt mir die Zügel hin und ich nahm sie, sprachlos. Sie streckte und dehnte ihre Beine und rannte los. Ausgelassen wie ein Fohlen lief sie die Straße entlang.

»Sie kann schneller als ein Pferd laufen, wusstest du das?«, fragte Justen.

»Ich wusste es nicht, aber ich sehe es jetzt.«

»Ich brauchte lange Zeit, um sie richtig schätzen zu lernen.« Er schüttelte den Kopf, fast traurig, er verschwieg etwas.

Ich schluckte. Justen wirkte nicht so verschlossen wie sonst. Seine Augen suchten jede Elle des Weidelandes westlich der Straße ab, schweiften durch die Bäume an den Windungen des Sturbal. Doch viel sagte er nicht, eigentlich noch viel weniger als auf unseren früheren Reisen.

Hinter uns tuschelten Weldein und Berli miteinander.

»… du spielst mit dem Feuer …«

»… ich weiß … aber …«

»Glaubst du, sie hat es bemerkt?«

»Wahrscheinlich«, sagte Weldein. »Wie sollte ihr das entgehen?«

»Ich weiß nicht, manchmal gibt es so etwas.«

Wir ritten den ganzen Tag, immer am Fluss entlang in Richtung Lythga. Jede Meile brachte mich dem weißroten Chaos näher, das in und unter den Osthörnern lauerte.

CII

Vier Tage brauchten wir von Felsa bis zum Pass durch die Mittleren Osthörner. Mit jedem Schritt nach Osten näherte sich das unterirdische Chaos, doch scheinbar fühlte nur ich es. Ich spürte das Grollen in den Felsschichten, manchmal so laut, dass ich meinte, die Erde müsste beben, was sie aber nicht tat. Immer wenn ich dieses Gefühl verspürte, sah ich Justen an, doch sein Gesicht zeigte keine Regung.

Dayala ging noch immer mehr als die Hälfte der Wegstrecke zu Fuß, ich bewunderte ihre Ausdauer.

»Werdet Ihr denn niemals müde?«, wagte ich schließlich zu fragen.

»Selten«, meinte Justen nur dazu.

»Der Körper ist für Bewegung geschaffen – wir sind Tiere und brauchen die körperliche Betätigung.«

Die beiden grinsten sich an und wieder wirkten sie jünger, viel jünger, als sie wirklich waren, und ich beneidete sie. Warum herrschte zwischen Krystal und mir niemals solches Einverständnis?

Gairloch setzte stur einen Fuß vor den anderen, Rosenfuß ebenso. Die Straße wurde ebener und mündete in ein langes, flaches Tal, in dem hohe Gräser und niedrige Zedern wuchsen; Felsbrocken bedeckten das Gras. Die Lehmstraße konnte sich nicht entschließen, ob sie nun trocknen oder feucht bleiben sollte, und zeigte uns nur wenige Spuren.

An manchen Stellen sah das Gras geschnitten aus, aber anders als auf meiner ersten Reise konnte ich keine Anzeichen von Schafen oder Ziegen finden, selbst an der zerfallenen Schutzhütte nicht, in der ich den Sturm damals abgewartet hatte.

»Hinter der Schutzhütte entspringt eine Quelle.«

»Ich weiß noch, wie das Dach damals frisch mit Stroh eingedeckt wurde«, erinnerte sich Justen. »Es scheint noch nicht so lange her zu sein.«

»Stroh? Sieht eher wie Gras aus.«

»Ist es auch«, sagte Dayala. »Vor wie vielen Jahren war das, Justen?«

»Vielleicht ist es auch eine andere Schutzhütte gewesen«, brummte er. »Ich habe einige davon gesehen. Mehr als einige.«

Dayala grinste mich an und ich erwiderte ihre freundliche Geste.

Ich stieg ab und führte Gairloch an die Quelle. Weldein und die anderen folgten mir und einer der jungen Soldaten – Pentryl – stellte sein Ross neben meines.

Gairloch und die anderen Pferde tranken aus dem Tümpel, der sich am Boden gebildet hatte. Ich holte meine Wasserflasche aus dem Gepäck.

»Was wirst du tun, wenn der Feind auftaucht?«

»Das kommt darauf an.« In Wirklichkeit hatte ich nicht die leiseste Ahnung und sah Justen an.

Er zog unwissend die Achseln hoch.

»Wirst du sie in geschmolzenes Gestein gießen, so wie das letzte Mal? Berli hat davon erzählt.«

»Diesen Sieg musste ich teuer erkaufen.«

»Aber es sind unsere Feinde. Sie werden uns töten, sobald sie uns entdecken.«

»Mit hoher Wahrscheinlichkeit.« Ich sah dem Burschen ins Gesicht und stellte fest, dass er nicht viel älter war als ich damals, als ich Recluce verlassen musste. Nur wenige Jahre waren seitdem vergangen, doch ich fühlte mich viel, viel älter als er, um Jahrzehnte älter. Nicht weiser, wohlgemerkt, nur älter. Ich bückte mich und füllte die Flasche auf.

»Wenn du sie nicht tötest, werden sie keine Ruhe geben, bis wir tot sind«, redete der Junge beharrlich auf mich ein.

»Das stimmt. Und wenn wir sie töten, werden ihre Verwandten und alle anderen Hamoraner uns erst recht vernichten wollen.«

»So ist das im Krieg«, half mir Justen. »Deshalb scheren sich Eroberer keinen Deut darum, ob die Bewohner des eroberten Landes überleben oder nicht.«

»Aus diesem Grund flüchteten auch die Engel.« Dayala tauchte ihre Flasche ins Wasser, als ich meine schon wieder verschloss. »Sie wollten keinen Krieg, der beide Seiten vernichten würde.«

»Wirklich, ehrwürdige Druidin?«, fragte Pentryl.

»Das besagt die Legende.«

»Lass dir noch etwas sagen«, fügte Justen hinzu. »Wenn du kämpfst, wirst du vielleicht am Schluss verlieren. Wenn nicht, verlierst du sofort.«

Pentryls Augen wanderten von Justen zu Dayala und schließlich zu mir. »Aber …?«

»Der Magier will damit sagen«, versuchte ich zu erklären, »dass der Krieg ein notwendiges Übel darstellt, welches vermieden werden muss, wenn nur irgend möglich, und so schnell und effektiv gewonnen werden muss, wenn er nicht vermieden werden kann.«

»Pentryl! Dein Gaul hat jetzt aber wirklich genug. Wir müssen unsere Pferde auch noch tränken.«

»Lass mich in Frieden, Huber«, entgegnete Pentryl scharf, aber er führte sein Pferd zur Seite.

Mit schlechtem Gewissen eiste auch ich Gairloch vom Wasserloch los und ging mit ihm unter eine Pinie, die uns Schatten spendete. Justen folgte uns.

»Keine schlechte Antwort, Lerris. Allerdings weiß ich nicht, ob ich damit einverstanden sein kann.«

»Warum nicht?«

»Weil er nicht will, dass du aufhörst, Fragen zu stellen«, antwortete Dayala. »Es gibt keine dauerhaften Antworten.«

»Musst du mich immer wieder daran erinnern?«, meinte Justen und nahm ihre Hand.

Sie legte den Kopf zurück und küsste ihn zärtlich. Deutlich spürte ich die gewaltigen Gefühle, die von diesem Kuss ausgingen, und ich hoffte, dass Krystal und ich vielleicht in zehn Jahren auch so füreinander empfinden würden.

Irgendwo in den Eisenadern unter den Osthörnern polterte das Chaos; ich schluckte.

Ich sah mich um und vergewisserte mich, dass die Elitegarde sich noch an der Quelle oder außer Hörweite aufhielt, dann fragte ich: »Was werden wir mit den Hamoranern machen?«

»Willst du das wirklich wissen?«

»Eigentlich nicht, aber ich sollte.«

»Wir müssen das Gleichgewicht stören, Ordnung und Chaos heraufbeschwören und die Ströme teilen. Dort wo die Hamoraner stehen, werden wir sie wieder zusammenführen.« Justen schnaubte. »Das setzt voraus, dass wir das Gleichgewicht erreichen, dass genug Chaos-Energie vorhanden ist, dass sich die Hamoraner nicht zu sehr verteilen und dass sie dumm genug sind, uns anzugreifen, und sich nicht zurückziehen.«

»Es gibt mehr als genug Chaos hier und es ist stärker als anderswo.«

Justen starrte mich an und schüttelte den Kopf, er wirkte traurig. Ich hätte ihn gern gefragt, warum, doch ich wagte es nicht. Dann kam Weldein zu uns.

»Die Pferde sind getränkt. Sollen wir aufbrechen?«

Justen nickte. Ich stieg auf und blickte noch einmal zur Schutzhütte, in der ich das Zedernholzstück gefunden hatte. Mit der Schnitzerei kam ich nicht voran, weil ich das Gesicht unter der Maserung noch nicht erkannte. Warum fiel mir gerade jetzt das Holzstück ein? Handelte es sich um Justens Gesicht? Oder Krystals? Oder quälte mich nur das schlechte Gewissen, weil ich mein Werk nicht zu Ende geführt hatte?

Ratlos schüttelte ich den Kopf und blickte über das grasbewachsene Dach der Hütte zu den Schneeflecken in den Bergen. Gairloch trug mich die Straße hinauf und ich drehte mich noch einmal um; die alte Tür fiel bereits aus den verrosteten Angeln. Jetzt im Spätsommer leuchtete das noch intakte Grasdach nicht nur grün, sondern auch weiße und blaue Blumentupfer blitzten heraus.

Die Sonne berührte bereits die felsigen Gipfel hinter

uns, als Dayala nickte und Justen seine Hand hob. Ich hielt Gairloch an und Weldein gab den anderen ein Zeichen.

Unter uns verfolgte die Straße einen großen Halbkreis und am Ende des Kreises befand sich die Schlucht, in der die Straße auf den Fakla traf. Für einige Meilen würde die Straße, wenn ich mich recht erinnerte, an der Südseite des Baches entlang führen, der nach vielen Meilen zu einem richtigen Fluss anschwoll.

»... wird auch Zeit. Will nicht schon wieder im Dunkeln mein Lager aufbauen ...«

»... hör auf zu schimpfen, Nytri ...«

»... in Ruzor würden dir jetzt die Kanonenkugeln um die Ohren fliegen ...«

Weldein gab erneut ein Zeichen und die Soldaten verstummten. Die blutjungen Gesichter von Pentryl und Huber starrten auf Justen. Was würde er als Nächstes tun?

»Lerris, wo ist das tiefe Chaos besser zu erreichen? Hier oder weiter unten? Oder ist es egal?« Justen runzelte leicht die Stirn.

Ich drehte mich im Sattel um und zuckte mit den Schultern. »Ich weiß nicht. Lasst es mich versuchen.«

Alle Gardisten – und sogar Justen und Dayala – schienen den Atem anzuhalten, als ich meine Sinne in den Boden sandte. Ich wusste nicht, wie lange ich gebraucht hatte, ich sah nur, dass die Sonne schon halb hinter den Bergen verschwunden war, als ich die Augen aufschlug und antwortete. »Der Unterschied ist nicht sehr groß, vielleicht ist es aber eine Meile weiter unten einfacher.«

»Das ist nicht weit. Wir werden hier in der Nähe unser Lager aufschlagen. Die Hamoraner befinden sich noch einen halben Tagesmarsch entfernt und auch sie haben bereits das Nachtlager errichtet.«

»Wie ...?«

»Dayala ... sie spürt die Bäume und das Lebensnetz

deutlicher als ich.« Er sah Weldein an. »Irgendwo hier. Aber macht nur kleine Feuer.«

Weldein wandte sich an seine Einheit. »Dort drüben, auf der geraden Fläche über dem Bach.«

Er hatte sich einen Platz ausgesucht, von dem aus man Zugang zum Wasser hatte und einen guten Überblick über die Straße. Im Falle eines Angriffs kam uns das zugute.

Justen, Dayala und ich teilten uns ein kleines Feuer und ich erhitzte in meinem einzigen Topf Wasser für den Kräutertee. Ein Topf reichte für drei kleine Tassen und ich trank langsam, damit er länger vorhielt.

»Gut«, musste Justen zugeben.

»Sehr gut«, meinte auch Dayala.

»Lerris«, setzte Justen an. »Lerris, geh morgen bitte behutsam vor. Behutsamkeit bedeutet, die Aufgabe mit geringstmöglichen Kräften – Ordnung oder Chaos – zu erledigen.« Seine Augen blitzen mich an. »Begreifst du, warum es sinnvoll ist, nur geringe Mengen an Ordnung, auch beim Umgang mit Chaos, einzusetzen?«

»Wäre ich weniger gealtert, hätte ich damals weniger genommen?«

»Vermutlich. Ich war nicht dabei, deshalb vermag ich es nicht mit Bestimmtheit zu sagen, aber für gewöhnlich ist es der Fall.«

»Was werden wir also tun?«, fragte ich.

Justen seufzte. »Ein ganzes Heer von zumeist unschuldigen Soldaten töten. Aus keinem anderen Grund als dem, dass sie uns töten werden, wenn wir ihnen nicht zuvorkommen.«

»Ich sage es nur ungern«, meinte ich unsicher. »Aber könnten wir ihnen nicht einfach Kyphros überlassen? Dann würden weniger Menschen sterben …«

»Nein.« Erwiderte Justen darauf knapp. »Darum geht es hier nicht. Auch ergäbe es keinen Sinn. Wenn wir aufgeben, wird Kyphros fallen und der Autarch, die Elitegarde und die Außenposten würden getötet werden, nur weil sie sich Hamor widersetzt haben. Dann kämen nur noch mehr Truppen und Schiffe und Gallos würde erobert. Dann Spidlar. Suthya und Sarronnyn. Danach Recluce und Naclos. Ich glaube aber nicht, dass dieser Invasion der Erfolg bestimmt ist.«

»Was?«

»Kaiser Stesten kann nicht verlieren. Er hat höchstens zehntausend Soldaten und etwa dreißig Schiffe ins Ostmeer geschickt. Das hört sich nach viel an, aber Hamor verfügt über eine Flotte von fast fünfhundert Stahlkriegsschiffen und über beinahe hunderttausend ausgebildete Soldaten, vielleicht auch mehr. Diese Ausstattung verleiht seinem Anspruch auf den Titel des Herrschers über die Meerespforten gewissen Nachdruck.«

Zehntausend Soldaten hörte sich für mich allerdings immer noch gefährlich an.

»Wenn Marschall Dyrsse für Kaiser Stesten gewinnt, dann verfügt dieser über eine noch viel stärkere Position. Wenn nicht, wird der Kaiser sich dazu genötigt sehen, Recluce zu zerstören – denn nur die Magier können Hamor eine Niederlage bescheren.«

»Ich verstehe nicht. Was hat Recluce Hamor getan?«

»Außer dass sie Hamor das Handelsmonopol im Ostmeer vereitelten? Außer dass sie den Großvater des Kaisers aus Recluce verbannten? Außer dass sie beinahe zwanzig Kriegsschiffe zerstörten? Außer der Beseitigung von zwei Regenten und eines Flottenkommandanten? Außer dass sie Hamor fast eintausend Jahre lang gedemütigt haben?« Justen hielt inne, um einen Schluck Tee zu trinken. »Sicherlich fallen mir noch mehr Gründe ein, wenn du darauf bestehst.«

»Aber warum braucht er dazu eine Niederlage? Damit wirft er doch Truppen und Schiffe einfach weg.«

Justen sah mich an und seine Augen glühten beinahe.

»Tut er das? Es gibt niemanden auf Recluce, der es mit Gunnar oder mir aufnehmen könnte, vielleicht Elisabet, aber wir sind alt. Dann bleiben nur noch Tamra und du. Aber wir sind alle hier in Candar. Wie viele Kämpfe, wie den in den Bergen, wirst du noch bestreiten können, Lerris?«

Ich schluckte. »Ihr meint, all das hier wird nur inszeniert, um uns zu zermürben?«

»Ganz so krass würde ich es nicht ausdrücken, aber ihr Plan ist gut durchdacht. Wie viele Fürstentümer Candars stehen bereits unter Hamors Regentschaft?«

»Freistadt, Sligo, Montgren, Certis, Hydlen – praktisch der ganze Osten –, Delapra und die Hälfte Südwinds.«

»Also ... mit weniger als zehn Prozent seiner Streitkräfte kontrolliert der Kaiser bereits über ein Drittel Candars?«

»Nehme ich an.« So hatte ich es bisher noch nicht gesehen.

»Recluce hat zwei von drei unsichtbaren Schiffen verloren und nur eines ersetzen können. Die Insel ist vom Handel abgeschnitten ...« Justen wurde nicht müde zu beschreiben, wie schlecht die Dinge standen, und ich musste ihm glauben. Gleichzeitig fragte ich mich allerdings, wie es Recluce so weit kommen lassen konnte. All das nur, weil die Insel sich von den Maschinen abwendete? Oder hatte sich die Natur des Gleichgewichts verändert? Oder hatte Hamor es verändert? Und wenn, was bedeutete das? Ich zitterte.

»... die meisten wissen nicht, dass in Recluce viele Menschen leben, die Ordnung bis zu einem gewissen Grad lenken können, aber nur eine Handvoll kann sie bündeln. Womöglich gibt es weitere zehn Männer oder Frauen auf Recluce, die deine Fähigkeiten besitzen, doch die Hälfte von ihnen weiß nichts von diesen Fähigkeiten. Die Bruderschaft beließ es dabei, denn dadurch wird die Regierungsarbeit wesentlich erleichtert. Nun muss der Rat für diese Bequemlichkeit büßen.«

»Warum?« Noch immer begriff ich nicht.

»Sieh dir doch nur an, welche Veränderungen ihr, du, Tamra und Krystal, bewirkt habt. Solche Veränderungen sind nicht sehr beliebt, besonders nicht bei den Reichen und Mächtigen. Veränderungen stellen eine Bedrohung für sie dar und Ordnungs-Magie führt üblicherweise zu Veränderungen.«

Ich dachte über seine Worte nach.

»Genau das machte den Reiz Hamors aus – oder Fairhavens. Alles ist vorhersehbar. Die Menschen mögen das. Hamor verabscheut Veränderungen, es sei denn, sie gehen von dort aus. Und vor allen Dingen hassen es Herrscher, wenn man ihre Pläne durchkreuzt.« Er hielt inne. »Begreifst du nun?«, fragte er schließlich.

Ich nickte.

»Dann ist es gut. Denn ich verstehe es nicht. Kaiser Stesten handelt dumm und töricht, doch all das geschieht ohne unser Zutun.« Er schüttelte den Kopf. »Koch doch noch etwas Tee, Lerris.«

Ich stand auf und ging zum Bach hinunter.

Da trat eine Gestalt aus dem Schatten – Berli.

»Guten Abend, Meister Lerris.«

»Guten Abend, Berli.«

»Was wird morgen geschehen?«, fragte sie.

»Viele Sonnenteufel werden sterben – oder wir«, antwortete ich. »Oder beide.«

Ein Schaudern durchfuhr sie. »Keine guten Aussichten.«

»Tut mir Leid. Ich möchte auch lieber nicht sterben, wenn dir das hilft.«

»Früh?«, wollte sie wissen.

»Nicht vor Mittag, würde ich sagen, vielleicht erst am frühen Nachmittag.«

»Dann wird es ein langer Tag.«

»Ja.« Und zuvor eine lange Nacht, dachte ich insgeheim, als ich wieder hinaufging und den Tee bereitete.

Die Nacht verkürzte sich jedoch wider Erwarten, denn ich schlief müde und erschöpft ein und stritt nicht mit Krystal im Traum über Heldentum oder kaute nicht noch einmal die Worte durch, die ich sagen sollte; und das grollende Chaos weckte mich nur zwei Mal.

Zum Frühstück gab es Kräutertee, Käse und Trockenkekse. Dayala teilte mit uns getrocknete Früchte, die ich noch nie gesehen hatte.

Dann wanderten Justen, Weldein, Dayala und ich die Straße hinunter. Justen blieb nach jedem zweiten Schritt stehen und studierte jeden Grashalm eingehend. Wir gingen fast drei Meilen hinunter und wieder zurück.

Alle hundert Ellen ließ Justen mich Tiefe und Stärke des Chaos überprüfen. Danach sah ich mich nicht mehr in der Lage zu unterscheiden, was anstrengender für mich war – das Fühlen oder der Marsch. Als wir schließlich unseren Lagerplatz wieder erreichten, ließ ich mich erschöpft ins Gras fallen.

Dayala sank neben mir nieder. Noch immer konnte ich kaum glauben, dass sie nur barfuß ging und es ihr nichts ausmachte.

»Krystal riet mir, mit Euch zu reden.«

Sie lächelte und ließ mir Zeit, so wie ich es von einer Druidin erwartet hatte.

»Sie glaubt, ich verfange mich zu sehr in dem Wunsch nach Heldentum; aber ich möchte gar kein Held sein. Zumindest glaube ich das.«

Nach langem Schweigen sprach Dayala schließlich.

»Oft begreife ich die Menschen nicht, Lerris. Das mag daher rühren, dass ich das Lebensgefüge sehe, und das kann nicht lügen. Die Menschen täuschen sich lieber selbst, als dem Schmerz ins Gesicht zu sehen, und diese Täuschung führt zu Gewalt. Gewalt führt zu Schmerz und Schmerz wiederum zu noch mehr Täuschung und

Gewalt.« Dayala erhob sich, noch bevor ich etwas sagen konnte. »Ich muss nachdenken und das solltest du auch tun. Deine Fragen werden erst mit Sinn erfüllt, wenn wir Erfolg haben.«

Während ich noch über Dayalas Worte grübelte, rief mich Justen. »Lerris? Kannst du einen niedrigen Damm dort errichten?« Justen zeigte hinunter auf die Verengung der Schlucht.

»Vielleicht. Wie hoch?«

»Nur so hoch, dass es ohne Chaos machbar ist – auch nicht durch Ordnungs-Kanäle heraufbefördert.«

Ich runzelte die Stirn. Das gestaltete die Sache schon schwieriger. »Ich werde sehen, was ich tun kann.«

Das bedeutete, ich musste das Ordnungs-Gefüge in den Felsen an die richtige Stelle verlagern. Dennoch, wenn ich eine Kraft verstärkte, veränderte das die andere ...

Ich ließ meine Sinne durch Gestein und unterirdische Pfade wandern, versuchte, ein Gefühl für die Bodenbeschaffenheit zu bekommen. Schließlich entdeckte ich einige Wasseradern und unterirdische Höhlen. Ich beherzte Justens Rat, behutsam vorzugehen, und stupste nur hier und dort ein wenig an, zwang mich zu geringen Bewegungen. Es dauerte eine Weile, doch dann glitten die Steine in die Schlucht. Größere Felsen folgten, dann Lehm und noch mehr Gestein.

Schließlich sammelte ich meine Sinne wieder und setzte mich auf einen Stein, schwitzend.

»Hier.« Dayala reichte mir eine Wasserflasche und einige Kekse. »Es ist fast Mittag.«

Ich fragte nicht, woher sie das wusste. Ich trank einfach und aß.

»Du bist sehr sanft vorgegangen«, sagte sie. »Justen ist sehr zufrieden. Das Wasser steigt bereits und noch bevor sie kommen, wird sich dort unten ein kleiner See gebildet haben.«

»Aber es ist nicht genug Wasser, um sie zu ertränken.«

Ein düsterer Schleier legte sich über ihr Gesicht. »Derartige Freundlichkeiten können wir uns nicht leisten.« Sie schauderte.

Auch mir lief ein kalter Schauder über den Rücken. Dann aß ich ein großes Stück Käse und unternahm einen kurzen Spaziergang in den Wald.

Justen wartete bereits auf mich, als ich zurückkam.

»Vielleicht kannst du feststellen, wann sie diese Kurve dort erreichen werden.«

Ich setzte mich wieder auf den Felsbrocken und dehnte meine Sinne aus. Viele tausend Schritte hallten durch den Boden bis zu den Hufen ihrer Späher, die das Heer anführten. Wie viele Züge? Mehrere hundert, so schien es, denn die Truppen marschierten auf einer Strecke von zwei Meilen auf der verschlungenen Straße vorwärts.

Justen sah mich erwartungsvoll an, als ich die Augen aufschlug.

»Am frühen Nachmittag. Die Truppen reihen sich auf einer Länge von zwei Meilen aneinander.«

»Das dachte ich mir.«

»Wirst du den See in kochendes Wasser verwandeln?«

»Etwas in der Art«, gab Justen zu, »vielleicht noch schlimmer.« Er hielt inne. »Lerris, lass mich das erledigen. Sieh mir zu – mit deinen Sinnen –, aber unternimm nichts. Greif erst ein, wenn ich versagen sollte.«

»Woher weiß ich das?«

»Ich werde tot sein; selbst du wirst das erkennen.«

Ich erwiderte nichts darauf, ich erkannte, dass die Bitterkeit der Worte seiner eigenen Angst entsprang.

»Wäre es nicht einfacher für dich, wenn ich dir helfen würde?«

Justen starrte mich mit kalten Augen an. »Man wird uns beide später noch brauchen und deine Technik ist immer noch zu rüde. Der Damm ist dir gut gelungen, aber dazu hattest du Zeit, die du mit den Sonnenteufeln nicht haben wirst. Also sieh mir zu und lerne. Hier handelt es sich um eine Sache, die du nicht üben kannst. Aber das weißt du bereits, vermute ich.«

Das stimmte und ich klappte meinen weit offen stehenden Mund zu. Ich fühlte mich zwar nicht gut dabei, aber schließlich war ich derjenige gewesen, der sich über Justen beschwert hatte, als ich meinen Kopf hatte hinhalten müssen und er in der Welt herumgereist war. Wie konnte ich mich also beklagen, wenn er mich zur Zurückhaltung aufforderte, besonders wenn ich es in meinem tiefsten Inneren auch als richtig empfand?

Dayala berührte meinen Arm und ich fühlte die beruhigende Wärme – aber auch eine Spur Angst.

»Ich könnte ihm helfen«, flüsterte ich ihr zu.

»Nicht jetzt. Er hat Recht. Wie soll er es Gunnar erklären, wenn dir etwas zustößt? Wenn wir dich brauchen, wirst du bereit stehen.«

Ich sah sie an und Dunkelheit strahlte aus ihren Augen. Sie richtete sich auf und folgte Justen zu einer Pinie, unter der die Nadeln ein weiches Kissen bildeten. Dort lagen sie, vollständig bekleidet, Dayala barfüßig, und hielten einander fest.

Grrrrrr … Das Chaos polterte in der Erde, stark genug, um kleine Wellen über meinen behelfsmäßigen See kriechen zu lassen.

Ich beobachtete die Straße und die Staubwolken, die immer näher kamen. Weldein überprüfte noch einmal, ob seine Soldaten sich versteckt hielten und alle Feuer gelöscht hatten.

Das Gestampfe rückte näher, das Chaos rumorte unter uns und die Erde bebte. Berli stolperte.

Dampf stieg aus dem Wasser, erst zaghaft, dann stärker, Staubfahnen zogen über die Straße.

Ich dehnte meine Sinne aus und versuchte, Justens Tun zu verfolgen. Er öffnete und strukturierte Dutzende von engen Pfaden aus dem Chaos-Eisen-Gemisch herauf zu Bach und See.

Der Lärm des Hufschlags von tausend Pferden dröhnte in unseren Ohren, schwere Fußtritte verstärkten das Getöse und dahinter folgten knarrende Versorgungswagen. Sogar aus zwei Meilen Entfernung hörte ich die Sonnenteufel, sie bemühten sich nicht einmal, leise zu sein.

... hatte ein Mädchen und sie war mein ...
Hatte ein Mädchen und sie war fein.
Sie sollte die Frau eines Händlers sein,
ihr strammer Junge aber ist mein ...
... drei, vier ... hinaus zur Tür ...

Justen stand nun unter der Pinie auf einem Felsblock, weit genug weg vom Rand der Schlucht, sodass man ihn von der Straße aus nicht sehen konnte. Neben ihm stand Dayala. Mit angespannten Sinnen verfolgte ich die beiden.

Die engen Ordnungs-Gänge blähten sich auf und Wärme, Dampf und kochendes Wasser flossen hindurch, Stränge aus geschmolzenem Eisen drängten zur Oberfläche. Justen näherte sich jedoch nicht so weit, um das Geflecht aus Chaos und Ordnung zu berühren. Stattdessen schien er ein Netz aus Pfaden aufzubauen, denen diese feurigen Elemente folgen sollten, er ebnete ihnen den einfachsten Weg – seine Wege.

Nun bebte die Erde um uns herum und ich griff nach einem Pinienast, um mich auf den Beinen halten zu können. An meinen Händen klebte Harz, aber ich lockerte meinen Griff nicht, hielt mich aufrecht durch Harz und Muskelkraft, selbst als das Beben unter uns stärker wurde.

Die Pferde wieherten, jedoch vermochte ich nicht zu sagen, ob es sich um unsere oder die der Hamoraner handelte.

Die orangerote Kolonne wurde langsamer, befand sich noch eine Meile vor meinem Damm. Auf dem See wogten Wellen vor und zurück und Dampf stieg nun wie Nebel aus dem Wasser.

Meine Finger umklammerten den Ast und verbogen ihn bedrohlich, als ich mit dem Boden schwankte; er splitterte. Ich taumelte und schlug hart am Boden auf, halb auf felsigem Untergrund und halb im Zederngebüsch, das sich durch Hosen und Haut bohrte. Nachdem ich mich aus den Fängen der brutalen Zeder befreit hatte, setzte ich mich auf einen flachen Felsblock hinter einer niedrigen Pinie, sodass ich durch die Zweige auf die Straße spähen konnte.

Justen und Dayala fuhren unbeirrt fort, ihr Ordnungs-Netz zu weben. Das gefährliche Ordnungs-Chaos-Geflecht, das ich tief unter Candar schon einmal gefühlt und bekämpft hatte, kam immer näher.

Ich versuchte, meine Augen stets auf den Ort des Geschehens zu richten, was sich nicht so einfach gestaltete, denn der Boden bewegte sich und polterte nun ununterbrochen. Dayala errichtete einen Schild auf der Hangseite des Sees und Justen fing an, die Ordnungs-Rohre zu verschließen. Verschließen?

Der Boden wölbte sich nun gewaltig.

Die Hamoraner drängten immer weiter und das erste Sonnenbanner und einige Späher konnte ich bereits mit bloßem Auge erkennen. Ein schwerer Schleier legte sich vor die Sonne, sodass sie durch die Nebelschicht flimmerte, ohne Hitze zu schicken.

Der See dampfte nun so stark, dass die Oberfläche nicht mehr zu sehen war, nur noch Dunstwolken und Wasserdampf. Ich schwitzte und wischte mir den Schweiß von der Stirn.

Noch außer Sichtweite sammelten sich die Hamoraner, schließlich ritten zwei Späher um die Kurve und den Berg herauf. Sie bewegten sich nur im Schritttempo.

Sie schienen alles genau erkunden zu wollen. Der eine zeigte genau auf mich, so glaubte ich, obwohl ich hinter dem Baum versteckt stand. Doch sein Wink galt dem siedenden Wasser. Der andere deutete auf den Dampf, der aus dem Bach stieg.

Sie ritten nur so weit, dass sie den See sehen konnten. Beide wischten sich über die Stirn und drehten sich um. Ich dehnte meine Sinne aus, um zu erfahren, was geschehen würde.

Das Beben verstärkte sich und ein Sonnenspäher musste sich an der Mähne festkrallen, um nicht vom Pferd zu fallen. Das andere Ross bäumte sich auf, doch taumelte es auf halbem Weg nach oben und fiel wieder auf alle vier Beine.

Wolken aus Dampf und Hitze hüllten den See ein, das Wasser kochte nun sprudelnd. Ich spürte ein großflächiges Becken unter dem Wasser, gefüllt mit Chaos und Ordnung. Es strömte eine Hitze aus, sodass ich glaubte, meine Stirn wäre voller Brandblasen.

Der Boden hob und senkte sich und Dunst und Nebel verdichteten sich so stark, dass die Sonne nicht mehr hindurchdrang.

Alle Pferde wieherten aufgebracht, bäumten sich auf und schlugen um sich.

Eine hohe Pinie über der Straße brach und stürzte langsam in den kochenden See.

Das Chaos und die Hitze unter dem See wurden stärker und dann ... Justen gab seine Ordnungs-Rohre frei.

Die Erde unter der Straße wölbte sich, gefährliche Risse zogen sich durch den Lehm und Dampf zischte heraus.

Dayala hielt mit aller Kraft den Schild zwischen uns und dem See aufrecht.

Mit ohrenbetäubendem Getöse, lauter als ein berstender Berg, schossen Dampf, brodelnder Schlamm, rotglühendes Gestein, heiße Lavaströme und kochendes

Wasser aus dem Erdinnern. Ein Teil davon kam uns und Dayalas Schild gefährlich nahe, doch dann strömte alles den Berg hinab.

Bäume wurden entwurzelt, Felsblöcke wurden wie aus Steinschleudern in die Schlucht hinabgeworfen. Lose Äste und zersplitterte Baumstämme rissen Pflanzen, Steine, Soldaten, Tiere und Wagen mit sich.

Die Explosion von Hitze und Dampf, Fels und Eisenschmelze ließ keine Zeit für Schreie, die mit dem Poltern und Grollen der gnadenlosen Zerstörung wetteifern konnten.

Eine grelle Weiße flackerte aus dem Inferno, eine Weiße des Todes.

Ich saß auf dem Felsblock und hielt meine Augen geschlossen. Dann rappelte ich mich auf. Ich öffnete die Augen und tausend Messer stachen darauf ein, obwohl diesmal nicht ich derjenige gewesen war, der Ordnung und Chaos gelenkt hatte.

Im Boden rumorte es weiter und wo vorher der See sich ausgebreitet hatte, tat sich nun ein tiefes Loch auf. Lava strömte noch immer den Berg herab, Dampf stieg aus dem Loch und der Bach rann in den riesigen Abgrund.

Ich trat zurück, damit die Hitze mein Gesicht nicht verbrannte, und versuchte das Ausmaß der Zerstörung festzustellen. Auf einer Strecke von zwei Meilen existierte keine Straße mehr, nur kochender Schlamm, Steine und Holztrümmer bedeckten den Boden. Der Bach kochte, oder was davon noch übrig war, und das Wasser würde sich vermutlich auch auf längere Sicht nicht abkühlen. Oben auf den Hügeln hatte die Hitze die Blätter an den Ästen versengt und die Rinde der Baumstämme, zurück blieben nur bleiche Knochen, die aus dem Schlamm und dem durchweichten Boden wuchsen.

Damit hatten wir die zweite Hauptroute nach Kyphros blockiert; lediglich in den Mittleren Osthörnern gab es noch eine gangbare Strecke. Nur ... das hamorische Heer würde sich von diesem Schlag nicht so schnell erholen.

Meine Sinne sagten mir, dass auch nicht einem einzigen Hamoraner die Flucht vor Justens und Dayalas Zerstörungswelle gelungen war. So weit ich feststellen konnte, hatte jedoch keiner der beiden Druiden das Chaos wirklich berührt.

Ich schluckte und ging zu ihnen.

Justen wirkte erschöpft und ausgezehrt, er schwankte, als er aufstand. Dayala neben ihm taumelte ebenso.

Die Weiße der hinabströmenden Lehmmassen und des brodelnden Wassers erschütterten meinen Körper wie ein Hammer den stählernen Amboss und in meinem Kopf dröhnte es dementsprechend. Messer quälten meine Augen, aber ich marschierte zu ihnen hinüber. Keiner der beiden nahm mich richtig wahr, also ging ich weiter, um nachzusehen, ob Gairloch keinen Schaden genommen hatte.

Weldein starrte mich wortlos an, als ich an ihm vorbeimarschierte.

Ich zählte nur sieben Pferde, neun sollten es sein. Gairloch und Rosenfuß standen da und ich klopfte Gairloch erleichtert auf den Hals. »Guter Junge ...« Dann packte ich die Wasserflasche und die Vorratstaschen und ging damit zurück zu den anderen.

Weldein lief neben mir her. »Hersik und Nytri sind weg.« Sein Gesicht glänzte rot, einige Blasen hatten sich darauf gebildet.

»Wenn sie den Hang hinuntergestürzt sind, gibt es keine Hoffnung mehr. Wenn nicht, geht es ihnen wahrscheinlich gut.« Ich ging weiter und er mit mir.

Als wir an Berli vorbeigingen, hörten wir sie zu Huber sagen: »Begreifst du nun, dass du dich niemals mit einem von ihnen anlegen darfst?«

Huber schluckte schwer. Hinter ihr starrte Pentryl auf

die kochende und dampfende Masse, die durch die Schlucht kroch und schäumte.

Ich ging zu Justen. »Setzt euch und trinkt.«

»Was ist das?« Er ließ sich auf das Piniennadelbett fallen. Dayala plumpste neben ihn.

»Nur Wasser.«

»Besser als nichts«, krächzte er. Die Anstrengung hatte tiefe Furchen in sein Gesicht gemeißelt, sein Hals war alt und faltig.

Nachdem er getrunken hatte, gab ich ihm weißen Käse aus meiner Satteltasche.

»Besser.«

Er sah jedoch kaum besser aus. Sein Haar blieb grau, fast silbern, wenngleich einige der Falten aus seinem Gesicht verschwanden.

Dayala erging es nicht besser, auch ihr gab ich Wasser und Käse. Ihr jugendliches Gesicht war ebenfalls von Falten durchzogen, während ihr Haar silbern blieb. Es wirkte jedoch stumpfer, als wäre das Leben daraus gewichen.

Ich ging hinauf zu Rosenfuß und wühlte in Justens Satteltaschen. Dort fand ich die getrockneten Früchte. Ich ging zurück und warf sie ihr praktisch vor die Füße.

Dafür hätte ich mich am liebsten selbst geohrfeigt. Ich berührte ihren Arm und bot ihr etwas Ordnung an. Sie wehrte sich nicht dagegen und ein wenig Glanz kehrte in die grünen Augen zurück.

Justen ließ ich die gleichen Wohltaten zuteil werden. Dann setzte ich mich neben sie.

Lange Zeit schwiegen wir.

»Verstehst du, was ich mit Technik gemeint habe?«, fragte Justen. Die Greisenhaut verschwand langsam von seinem Hals, doch tiefe Furchen entstellten noch immer sein Gesicht und das Haar blieb silbern.

»Du bist nicht einmal in die Nähe des Chaos gekommen.«

»Eine Verbindung besteht immer. Du musst versuchen, dich so fern wie möglich davon zu halten, doch sie ist immer da.«

Der Boden bebte erneut.

»Wir müssen aufbrechen. Dieser Ort ist nicht mehr sicher, nicht mehr lange«, murmelte er, als er mühsam aufstand.

Ich bot ihm meine Hand und er nahm sie erstaunlicherweise an.

»Das Chaos wird hier noch lange wüten«, beteuerte Dayala. Auch ihr Gesicht blieb mit Falten übersät, doch der Glanz war in ihr Haar zurückgekehrt. Wir gingen zu den Pferden und stiegen auf. Sogar Dayala zog es vor zu reiten. Wir quälten uns den Hügel hinauf, die tiefen Spalten in der Straße mieden wir, wie auch die gelegentlichen Dampfschwaden.

Pentryl musste sich immer wieder umdrehen. Huber stierte nur auf die Straße. Die zwei, die ich nicht kannte, ritten langsam vor sich hin, Weldein und Berli bildeten den Schluss.

Weldein hielt Ausschau nach den beiden vermissten Soldaten, doch auf der Straße zeigten sich keine neuen Hufspuren.

Justen und Dayala ritten Seite an Seite, verloren in ihrer ganz eigenen Welt.

Ich sah sie an, die plötzlich Gealterten, und fühlte mich sehr jung. Mit mulmigem Gefühl ritt ich weiter.

CIII

Ein zarter Schleier trübte die Hügel hinter Ruzor, aber der Himmel über dem Hafen blieb klar und blaugrün. Ein leichter Windstoß zauberte weißen Schaum auf die Wellen hinter dem Wellenbrecher.

Gunnar und Tamra standen auf dem nordöstlichen Eckturm der alten Festung, die einst zum Schutze Ruzors erbaut und dazu auch als ausreichend erachtet worden war. Dreißig Ellen unter ihnen plätscherte das Wasser sanft an die Grundmauern des Turms.

Hinter ihnen stand nur eine Handvoll Soldaten. Krystal hatte den Rest der Truppen hinauf zum Steilufer abkommandiert, von wo aus sie bei Bedarf schnell angreifen konnten. Gunnar hätte seine Stürme auch von den Klippen dirigieren können, doch die Festung bot einen besseren Aussichtspunkt. Sollte die hamorische Flotte entdecken, von wo aus Gunnar und Tamra die Winde lenkten, würden auf diese Weise Truppen nicht gefährdet, die sich hinter soliden, mit Grassoden getarnten Erdwällen verbargen. Es gab ohnehin nicht genug kyphrische Truppen.

Keiner der beiden Magier sprach ein Wort. Die Sinne nach Süden ausgedehnt, fühlten sie die Winde und Luftströme, versuchten, die Anzahl der Stahlschiffe auszumachen, die mit voller Kraft auf Ruzor zuhielten.

»Sie sind noch gut fünf Meilen entfernt«, sagte Tamra und musste ihre Augen erst wieder an das normale Sehen gewöhnen. »Sie richten die Breitseiten noch nicht auf den Hafen. Wie weit reichen ihre Kanonen?«

»Fünf Meilen, vielleicht auch weiter.«

»Oh ...«

Gunnars Augen wurden abermals glasig. Tamra wartete zuerst, dann folgte sie Gunnar mit ihren Sinnen.

Nach einer Weile berührte Gunnar ihre Schulter. »Jetzt drehen sie bei.«

»Wie lange wird es noch dauern bis zum Angriff?«

»So lange bis sie sicher sind, dass die Kugeln treffen.« Gunnar lächelte schief. »Es wird Zeit.«

»Für was?«

»Die großen Winde zu rufen, sozusagen.« Gunnar streckte seine Schultern.

»Wie unterscheiden sie sich von den normalen Winden?«, fragte Tamra und versuchte, einen Blick von Gunnar zu erhaschen.

»Folge mir einfach. Ich kann es nicht mit Worten erklären. Das konnte ich noch nie. Nicht einmal bei Lerris und Martan.«

Tamra runzelte die Stirn, nickte jedoch.

»Wir müssen die Stürme erheben, noch bevor die Schiffe uns zu nahe kommen. Ich möchte nicht mitten im Kanonenfeuer stehen.« Gunnar fuhr sich mit der Hand durch das blonde Haar, der leichte Wind brachte es jedoch sofort wieder in Unordnung.

»Könnt Ihr einen Sturm auf sie lenken, bevor sie nahe genug herangekommen sind, um zu schießen?«, fragte Tamra.

»Nein. Ein solcher Sturm besäße nicht die Gewalt, um das zu tun, was nötig ist. Die Bucht wird ihr Gefängnis sein. Sieh mir nur zu und gebrauche deine Sinne. Auch du wirst das eines Tages tun müssen.«

Der Luft-Magier lehnte sich nach vorn, sodass seine verschränkten Arme auf der uralten Steinbrüstung ruhten, und schickte seine Sinne hinaus aufs Meer und gen Himmel.

Tamra stützte sich gleichermaßen auf die Mauer und folgte dem älteren Magier. Selbst die niedrigeren Winde schienen gegen ihre Gedanken anzukämpfen, wollten sie niederdrücken auf die Schaumkronen.

Mit aller Kraft gelang es ihr, Gunnar bis hinauf in die Kälte hoch über dem Hafen zu folgen, weit über die warmen Lüfte Kyphros' hinaus. Die Kälte des Himmels drang in sie ein wie eine Eisklinge und ihr Körper zuckte zwei Mal; einmal, als sie die eiskalte Macht der Winde spürte, und das zweite Mal, als Gunnar seine Sinne um diese Windkräfte schlang.

Ihre Gedanken drohten über ihr zusammenzuschlagen, als sie versuchte, diese kalte Macht damit zu umfassen. Ihr Verstand fühlte sich taub an, so taub wie ein Arm, der von einem Stab getroffen wurde. Immer wieder zwang sie sich hinauf und langsam gelang es ihr, ihre Macht in die frostigen Luftströme einzuschleusen.

Unter Gunnars Einfluss tauchten die Winde ab, bäumten sich noch einmal gen Himmel auf, und fielen schließlich hinunter aufs Meer. Tamra brachte die eigenen Winde zusammen mit Gunnars Stürmen zur Erde.

Die ersten kühlen Windstöße kräuselten das Wasser des inneren Hafens, die ersten Schaumkronen entstanden. Das leichte Plätschern schwoll an zu ellenhohen Wellen, die gegen den Wellenbrecher tosten. Salziger Nebel umgab die schweigenden Gestalten auf dem Turm. Keiner bewegte sich, keiner sprach und die Winde wurden stärker und stärker.

Hinter dem Wellenbrecher türmten die Stürme die niedrigen Wellen zu vier Ellen hohen Ungetümen auf. Die Gischt sprühte über den Wellenbrecher auf den Hafen und die wartenden Truppen.

Der erste hamorische Kreuzer stampfte durch die schweren Wellen der äußeren Bucht auf den Wellenbrecher zu, noch immer einige Meilen entfernt. Ein Geschützrohr hob sich und eine Rauchwolke folgte. Ein zweiter Dampfer folgte dem Beispiel, dann ein dritter.

Die erste Kugel landete eine halbe Meile vor der Festung, die auf der Hafenseite des Wellenbrechers stand. Die zweite verfehlte sie ebenso, die dritte auch und die Winde trugen die Gischt bis hinauf zu den zwei wartenden Magiern im Turm.

Mit einem grimmigen Lächeln berührte Gunnar die Winde erneut und peitschte sie nach Süden auf die hamorischen Schiffe. In den seichteren Gewässern der äußeren Bucht mussten sich die ersten Schiffe gegen die nun sechs Ellen hohen Wellen ins Zeug legen. Dicker Rauch quoll aus ihren Kanonenrohren.

Die Kugeln ließen knapp vor den grauen Festungsmauern drei Wassersäulen aus dem Meer schießen. Noch mehr Gischt spritzte über die Festung, vermischte sich mit den schaumbedeckten Wellen.

Eine Kugel aus der dritten Salve traf zehn Ellen über dem Wasser in die Festungsmauer. Staub und Steine stürzten ins Meer und wurden von den weißen Wellen verschlungen.

Die Luft ächzte und stöhnte und der Himmel verdunkelte sich, Wolken jagten von Süden herauf und bedeckten die Sonne.

Noch mehr Steine bröckelten aus der Mauer der Festung, der Himmel färbte sich fast schwarz.

Eine weitere Kugel spritzte Wasser auf die klaffende Wunde im Hauptmauerwerk der alten Festung.

Das Ächzen des Windes schwoll zu einem Heulen an und die Wellen im Hafen türmten sich auf zu mannshohen, weißen Ungeheuern und schlugen mit der Kraft von Hämmern auf Ufer und Piere.

In der äußeren Bucht prügelten weiß gekrönte Wasserhämmer auf die Rümpfe der hamorischen Schiffe ein, doch die Schiffe stampften unbeirrt weiter nach Norden, sie hatten ihre eigenen Hämmer in Form von Kanonen an Bord.

Unter der Wucht der einschlagenden Kanonenkugeln schwankte der Südturm im Wind, dann stürzte ein Teil unter lautem Getöse ein. Steine, Staub und Mörtel fielen in die Fluten, die sich an den Grundmauern der Festung brachen.

Ein Kugelhagel ging auf der ganzen Küstenlinie der Bucht nieder. Erde und Rasen des Steilufers wurden in die Luft gesprengt und dunkle Punkte, die einmal Soldaten gewesen waren, stürzten leblos in die Brandung. Ihre Schreie verloren sich im Heulen des Windes und dem Donner der Kanonen. Der Fluss führte nur noch braune Brühe bis zur Mündung und überließ sie dann den weißen Wellen.

»Das reicht noch nicht!«, brüllte Gunnar, sein Gesicht stemmte er gegen den Wind. Gischt benebelte seinen Blick.

Tamras Augen wanderten vom Magier zur äußeren Bucht, wo es nur so wimmelte vor Stahlschiffen, die sich ihren Weg durch die Wellen nach Ruzor erkämpften. Die Kanonen feuerten ohne Unterlass und die Kugeln gingen erbarmungslos auf Ruzor nieder.

Das Ende der langen Pier explodierte, Holzbalken hagelten hernieder und die Wellen zerrissen das angeschlagene Bauwerk. Die Werft hinter der Pier lag in Trümmern.

Gunnars Augen glänzten glasig, die Winde, die an ihm zerrten, waren ihm gleichgültig, denn seine Sinne griffen noch über die hohen Winde hinaus zu den großen Winden, den Winden vom Dach der Welt; den Winden, die über Regen und Dürre entschieden, über Leben und Tod; die Winde, die niemand gerufen hatte, seit Creslin die große Veränderung damit ausgelöst hatte.

Wie Eisflüsse beherrschten diese Ströme den hohen Himmel. Die großen Winde strahlten eine Kälte aus, die die Wahrnehmung und Sinne verlangsamte und die Gedanken taub werden ließ. Gunnar jagte seine Sinne mitten in diesen eiskalten Strom.

Nach einem Augenblick des Zögerns folgte ihm Tamra, zitternd, doch sie schickte ihre Wahrnehmung Gunnar hinterher, konnte ihm jedoch nur tatenlos zusehen.

Als die hamorischen Kugeln die innere Bucht erreichten, zerrte und zog Gunnar an den großen Winden, nur um zurückgestoßen zu werden. Er zitterte am ganzen Leib, löste sich von der Brüstung. Er sprang vorwärts, umschlang die Steine mit den Armen und wartete, bis sich die Winde beruhigten.

Mindestens fünf weitere hamorische Schiffe eröffneten das Feuer und noch mehr Kugeln trafen das Hafenviertel und sprengten die Holzstapel von Aflac, dem Holzhändler, in die Luft, sodass die Splitter sich wie Speere in die Hafenstraßen bohrten. Eine rote Flamme flackerte aus der Hafenschenke und wuchs trotz des Regens und der Winde schnell empor.

Gunnar schickte seine Sinne wiederum in die hohen Winde und Tamra zuckte unter der bebenden Macht zusammen, mit der und gegen die Gunnar kämpfte. Als sie ihre Hand ausstreckte, schlug der ältere Magier ihre Hand und Sinne zurück.

»Nein!«

Der Südturm wurde erneut getroffen und stürzte vollends ein. Außer ein paar wasserumspülten Felsen, Wasserwirbeln und Schaum auf den Felsen, die nun das Hafenbecken füllten, blieb nichts davon übrig.

Der Himmel verdunkelte sich vollends, als Gunnar die kalten Winde vom Dach der Welt herablenkte, herunter auf die äußere Bucht. Hinter dem Wellenbrecher lauerten die zwei Türme der Dunkelheit, beide gedrungen, beide mit einer Urgewalt, und wirbelten auf die Stahlschiffe zu.

Gunnar konzentrierte sein Bewusstsein auf das Dutzend Schiffe direkt hinter dem Wellenbrecher, ließ auch nicht locker, als er mit voller Wucht Wind und Meer auf sie schleuderte, um dadurch die Stahlrümpfe auf dem steinernen Wellenbrecher zerschellen zu lassen, auf Steinen, die sich hart wie Schwarzes Eisen gegen den Ansturm der Kreuzer stemmen würden.

Die Hamoraner richteten ihre Kanonen nun auf die Stadt und auf das Steilufer, doch der Kugelhagel lichtete sich und viele Geschosse wirbelten nur Wasser und Schaum auf.

Tamra griff nach den hamorischen Kriegsschiffen, wurde beinahe zurückgestoßen von der toten Stahlordnung innerhalb der dunklen Rümpfe und vom Chaos, das in die vielen Stahlkugeln gepresst worden war. Sie schmetterte die hohen Winde auf die Schiffe, nicht so gewaltig wie die großen Winde, doch mächtig genug, um die Kraft zu verstärken, die Gunnar bereits freilegte.

Das Kreischen des Metalls verschmolz mit dem Geheul der Winde, als die Stahlrümpfe auf dem harten Gestein entlang schrammten. Die Schiffe in der äußeren Bucht gaben jedoch nicht auf und schossen ihre Kugeln auf den Hafen und das Hafenviertel, sie trafen das alte Tuchlager und entfachten einen neuen Brand, dann kamen die Getreidespeicher an die Reihe.

Gunnar nahm alle Kraft zusammen und packte seine Winde noch fester, zerrte ihre eiskalte Macht hernieder aufs Meer, wo die Wellen über den Schiffsbrücken zusammenschlugen, wieder und wieder.

Dennoch, die Kanonenkugeln prasselten weiter auf die Hafenstadt und Staubfahnen stemmten sich gegen Regen und Gischt.

Gunnar schleuderte die hohen Winde auf die zweite Staffel Schiffe, doch die Kanonen, wenngleich nun weniger, zielten ohne Unterlass auf die Stadt.

Wieder brach ein Abschnitt des Steilufers in sich zusammen und noch mehr Erde stürzte in den Phroan. Auf der gegenüberliegenden Seite des Flusses neigten sich die roten Steinsäulen des herrschaftlichen Wohnhauses, das Wollhändler Kilert erst vor kurzem gebaut hatte, gefährlich zur Seite und stürzten schließlich ein. Rote Dachziegel krachten auf den Steinhaufen.

In der Bucht wütete das weißschäumende Wasser, Tamra klammerte sich an einen morschen, alten Stützbalken, als das Wasser über sie und Gunnar hereinstürzte. Der alte Magier umfasste die Winde und schickte sie in die Bucht. Hinter ihnen bekamen die drei Soldaten keine Gelegenheit zum Schreien, eine Woge schäumenden Wassers schwappte über sie hinweg.

Der Kanonenhagel hörte nicht auf.

Am Ende der kurzen Pier verschwanden das Gebäude des Hafenmeisters und der kurze Fahnenmast in einer Explosion aus Staub und Rauch. Weiße Qualen und sterbende Seelen heulten mit dem Wind.

Mit einem Ruck packte Gunnar den nächsten Sturm und krümmte ihn so lange, bis dieser die Stahlkreuzer erfasste, die die Ufer mit Kugeln drangsalierten. Blitze zuckten aus der Dunkelheit und zerschmetterten den Schiffsstahl unter Funkenregen. Noch mehr unerhörte Schreie und Weiße Todesschleier durchzogen die Schlucht.

Tamra ließ den Balken nicht los, als eine weitere riesige Welle gegen den Turm hämmerte, und musste tatenlos mit ansehen, wie eine Sturmflut die Hafenpier und die Gebäude dahinter zerschmetterte. Dann bekam sie die hohen Winde wieder in ihre Gewalt und leitete sie gegen die hamorischen Kreuzer, die bereits den Wellenbrecher erreicht hatten, presste sie damit gegen die harten Steine.

Wieder schnellten Blitze aus den urgewaltigen Stürmen, trieben die Stahlrümpfe aus der Bucht hinaus, doch die Kanonen hörten nicht auf zu schießen.

Der kleine Schusterladen schwankte und stürzte in sich zusammen, die wogende See spülte die zerborstenen Dachbalken sofort weg, die zertrümmerten Dachziegel gruben sich in den Sand und Schlamm des Ufers.

Ein blau gekleideter Soldat wurde zwischen zwei Fässern im Wasser hin und her gestoßen. Ein zweiter toter Körper, er trug die gelbbraune hamorische Uniform, gesellte sich zum ersten, beide führten zusammen einen schaurigen Tanz auf.

Eine weitere Kugelsalve ging auf die Trümmer hinter der zerstörten Pier nieder.

Gunnar umklammerte die Steine fester, als eine Welle über den Turm schwappte. Er presste die Kiefer aufeinander, worauf eine weitere Runde Blitze auf die auseinandergetriebenen Schiffe niederging. Eines davon explodierte mit ohrenbetäubendem Lärm und ging in Flammen auf, ein zweites folgte.

Die unglaublich hohen Wellen stürzten sich auf die Überreste der hamorischen Flotte, hämmerten auf sie ein, als wäre es Stahlblech auf den Ambossen der Engel. Ein weiterer Kreuzer zerbarst in zwei Hälften – beide Teile sanken sofort.

Der Himmel erhellte sich ein wenig, das Kanonenfeuer wurde eingestellt und das Wasser im Hafen verfärbte sich dunkel vom Schlamm des abgebrochenen Steilufers.

Tamra beobachtete die hamorischen Schiffe – nur noch eine Handvoll war übrig gebliebenen –, wie sie sich durch die Wellen kämpften, die sie immer weiter auf die offene See drängten. Die dunklen Wolken verzogen sich langsam aus der äußeren Bucht.

»Ohhhh …«

Der weißhaarige Mann sackte zusammen und fiel ins knöcheltiefe Wasser auf die Steine, hinter ihm die Zinnen der Hafenfestung und die Brüstung des einzigen noch stehenden Turmes.

»Nein …« Die Rothaarige beugte sich entsetzt über den Magier und sah die Blässe und die Falten, die sein Gesicht zeichneten.

Die Winde peitschten den Regen so stark gegen die Mauern, dass der Einschlag der Tropfen sich wie Hagel anhörte, so stark, dass jeder Tropfen einen roten Striemen auf den Gesichtern der kyphrischen Soldaten hinterließ.

An der Mauer des Wellenbrechers trieben ein Dutzend zerstörte Stahlschiffe. Zerschellte und gestrandete Stahlkreuzer lagen auf den Sandbänken der Flussmündung fest.

Die Brandung warf tote Körper auf die Sandstrände

der südlichen Bucht, spuckte sie aus dem Wasser und holte sie zurück, warf sie wieder hinaus und zerrte sie erneut zurück, spie sie aus und fing sie wieder ein.

Unter den schaumgekrönten Wellen der äußeren Bucht schlingerten dunkle Kolosse, dunkle Ungetüme aus toter Ordnung, die noch immer stahlumhülltes Chaos enthielten.

Tamra und der einzig überlebende Soldat hoben Gunnar mit aller Kraft hoch, um ihn zu einem Heiler zu bringen, schleiften ihn durch die knietiefen Wasserwirbel, die über den inneren Wellenbrecher spülten, durch den abflauenden Sturm.

Weit draußen auf dem Südlichen Meer lehnten sich sechs Schiffe gegen den Wind, kämpften gegen den Schaum auf den Wellen und mühten sich ostwärts.

CIV

Ich wusste nicht, was ich erwartet hatte, aber die blauen und weißen Blüten rankten noch immer auf dem Grasdach der Schutzhütte; im Dämmerlicht wirkten sie jedoch eher grau und farblos. Das Wasser floss weiterhin aus der Quelle und auch die Schutzhütte selbst, mit all den Löchern im Dach und dem türlosen Eingang, hatte sich nicht verändert.

So fest die Mauern auch waren, die Schutzhütte wirkte einsturzgefährdet.

Ich ließ meine Augen durch das Tal wandern, vom westlichen Rand, wo noch das Abendrot schimmerte, bis zu der engen Straße, die wir in beide Richtungen geritten waren. Hinter dem dunklen östlichen Horizont spürte ich Wolken und Chaos.

Langsam stieg ich vom Pferd. Gairloch wieherte nicht

einmal mehr und ich umarmte ihn dafür, dass er einfach bei mir war und ich mich immer auf ihn verlassen konnte.

»Er mag dich auch«, sagte Dayala in der Dunkelheit neben mir.

Wahrscheinlich wurde ich rot und antwortete: »Er ist ein gutes Pferd, stark und zuverlässig.«

»Fast immer sorgst du dich um ihn mehr als um dich selbst«, fuhr sie fort.

»Es ist mein Pferd. Er hat es sich nicht aussuchen können.«

»Doch, das kann er. Er könnte dich abwerfen, ausreißen oder das Futter verweigern.«

Auf die Idee wäre ich selbst nicht gekommen, dass Bergpferde durchaus eine Wahl hatten; nicht umsonst war Dayala eine Druidin. »Oh!«

»Er denkt nicht darüber nach. Bergpferde denken nicht so wie wir. Er würde es einfach tun«, klärte sie mich auf.

Das leuchtete mir ein. Ich hob den Sattel herunter, langsam, denn ich war müde.

Dayala sah mich an in der düsteren Abenddämmerung, wahrscheinlich fühlte sie eine viel größere Müdigkeit als ich. »Krystal ist kein Bergpferd.«

»Was?« Hatte ich recht verstanden? Was, bitte, hatte Krystal mit einem Bergpferd zu tun?

»Du kannst sie nicht vor allem bewahren. Wenn du sie zu sehr beschützt, hinderst du sie daran, dir nahe zu sein.« Sie nickte und führte ihr Pferd hinüber zu Justen, der Rosenfuß striegelte.

Geistesabwesend bürstete ich Gairloch und dachte über das Gesagte nach, doch Dayalas Worte fielen immer wieder durch die Gitter meines Verstandes. Sicher wusste ich nur, dass Krystal kein Bergpferd war.

CV

Worrak, Hydlen [Candar]

»Marschall«, beharrt der weißhaarige Offizier, »keine Flotte hätte einem derartigen Sturm standgehalten.« Der Flottenkommandant sucht mit seinem Blick die Veranda ab, dann die Hügel im Westen. Er vermeidet es, die sechs angeschlagenen Schiffe zu betrachten, die im Hafen liegen.

»Ihre Macht ist nur begrenzt, Kommandant Gurtel. Aus zuverlässigen Quellen habe ich erfahren, dass der Sturm von dem einzigen wirklich mächtigen Sturm-Magier ausgelöst wurde, den Recluce vorzuweisen hat. Und dieser kleine Sturm ließ ihn um Jahrzehnte altern.« Dyrsse versucht ein Lächeln, an dem seine Augen sich nicht beteiligen, seine Arme verschränkt er auf dem Tisch. »Es wird Jahre dauern, bis Ruzor wieder aufgebaut ist. Der Sturm hat der Stadt genauso zugesetzt wie der Flotte.«

»Aber nicht den Truppen des Autarchen, Ser.«

»Der Autarch ist nicht unser ärgster Feind. Das war sie noch nie. Unser Feind ist die Schwarze Insel.« Dyrsse nippt an seinem Wein. »Ich habe Befehl vom Kaiser, die Schwarze Stadt endgültig zu zerstören. Wir beginnen mit der Vernichtung dieser lästigen Magier, die sich immer und überall einmischen müssen.«

»Das mag ja alles sein, Ser. Aber was ist mit unserem Heer? Kein einziger Mann blieb übrig. Kein einziger. Dreitausend Soldaten und ein hervorragender Truppenführer, verloren in den Mittleren Osthörnern. Tausende von Soldaten auf den Schiffen getötet. Wollt Ihr das einfach so hinnehmen?« Gurtels Stimme erhebt sich, zaghaft jedoch nur. Seine Finger verirren sich zum Kelchglas, das er bisher noch nicht angerührt hat, halten jedoch vor dem Kristallstiel inne.

»Es gilt das Gleiche. Auch dort waren die einzigen mächtigen Magier aus Recluce zugange. Der eine ging als junger Bursche hinein und kam als Mann mittleren Alters wieder heraus. Der andere ist wie der Sturm-Magier um Jahrzehnte gealtert.« Dyrsse hebt sein Kelchglas und nippt erneut daran. »Kein schlechter Wein, aber nicht so gut wie der delaprische.«

»Ihr habt den Sturm nicht miterlebt, Ser.« Gurtel starrt auf den Wein, seine Nasenflügel beben, er schaudert kaum wahrnehmbar.

»Nein, das habe ich nicht. Doch der Sturm tobte nur in einer Bucht und nicht auf dem offenen Meer und der Magier zerstörte sich, wie gesagt, fast selbst, als er etwa fünfzehn Schiffe versenkte.«

»Mindestens dreißig Schiffe hat er versenkt, Ser, dreißig, und die, die zurückkehrten, sind angeschlagen.«

»Die Große Flotte verfügt über sechshundert Kriegsschiffe und wird diesen Torheiten ein Ende setzen.« Dyrsses Stimme bleibt ruhig, er klingt beinahe gleichgültig.

»Auf der Insel wimmelt es nur so von Magiern, Ser.«

»Unsinn. Recluce hat noch nie über mehr als fünf echte Magier verfügt und nun sind es noch weniger. Besäßen sie so viele Magier, wie Ihr behauptet, so hätten sie ihre unsichtbaren Schiffe nicht gebraucht – die wir versenkt haben, wie Ihr Euch vielleicht erinnert.«

»Wir haben eines versenkt, Ser. Vielleicht zwei, doch vom zweiten fanden wir nicht eine Spur.«

»Sie besaßen drei, damit bleibt ihnen nur noch ein Schiff. Ganz gleich wie mächtig sie auch sein mögen, ein unsichtbares Schiff und fünf müde Magier werden die Ausdehnung des Imperiums nicht aufhalten.« Dyrsse nimmt noch einen Schluck vom Wein. »Bis jetzt haben sie die wahre Macht des Kaiserreichs noch gar nicht zu spüren bekommen. Der mächtige Stesten hat uns mit dieser Aufgabe betraut und es ist unsere Pflicht, sie zu erfüllen.«

Gurtel atmet langsam aus und seine Augen wandern wieder nach Westen.

»Nun ist es an der Zeit, das Schlangennest zu zerstören. So schwach wie jetzt war Recluce noch nie.«

Gurtel schaudert vor diesem Vorhaben.

»Jetzt haben wir die Gelegenheit, die Welt von dieser Geißel zu befreien, und wir werden es tun. Auf Befehl des Kaisers.« Dyrsse lächelt sein kaltes Lächeln. »Wir brechen im Morgengrauen nach Dellash auf. Dort wird sich die Große Flotte sammeln.«

»Ja, Ser.«

CVI

Nylan, Recluce

»Seine Hoheit Stesten, Kaiser von Hamor und Herrscher über die Meerespforten, scheint nicht gerade erfreut darüber zu sein, dass mehr als dreißig seiner Schiffe zerstört wurden.« Heldras Finger fährt am Rand der Karte entlang, die auf dem alten Tisch aus Schwarzeiche ausgebreitet liegt. »Und auch nicht über den Verlust von mehr als sechstausend Soldaten.«

»Man kann es auch anders sehen.« Maris hustet. »Er war so erfreut, dass er gleich vierhundert Stahlkriegsschiffe und über fünfzehntausend Soldaten zusammenzog. Die Kanonen noch nicht mitgerechnet.«

»Das sind alles nur Ausflüchte«, schnaubt Talryn. »Diese Schiffe standen bereit, lange bevor er von seinen Verlusten erfuhr.«

»Wie will er sie ernähren?«, fragt Maris.

»Der Händler immer …«, seufzt Heldra.

»Das ist wichtig«, entgegnet Maris.

»Sammel hat sich darum gekümmert«, antwortet Talryn. »Er lehrte sie die Konservierung mit Hilfe von Ordnung, wie man mit Chaos-Dampf Vorräte haltbar machen kann.«

»Dieser Verräter …« Heldra ist empört.

»Zumindest hat er ihnen nicht verraten, wie man Magier fabriziert, der Dunkelheit sei Dank«, spottet Maris. »Glücklicherweise stehen ihnen nicht viele Magier zur Seite.«

»Wie auch?«, fragt Heldra. »Keiner der Ehrwürdigen ging jemals nach Hamor.«

»Die Konservierungsformel ist schon schlimm genug. Sie können all ihre Soldaten auf den Schiffen transportieren, nur weil Sammel ihnen beibrachte, wie man mit kochendem Wasser und Metall- oder Glasbehältern Nahrung haltbar macht. Er verriet die Methode an Colaris …« Talryn rollt die Karte zusammen und durchquert den Raum zur Vitrine, die er öffnet. Er lässt die Karte in das vorgesehene Fach gleiten und schließt die Vitrine wieder.

»Und Colaris gab sie weiter an Hamor als Gegenleistung für Truppen und Waffen, besonders für diese Kanonen.«

Talryn nickt bedächtig.

»Ihr wisst, Justen hat bereits bewiesen, dass zu viel Ordnung zu Chaos führt.« Maris betrachtet nervös die kleinen Vertiefungen im glatten Steinboden.

»Was meint Ihr damit?«, fragt Heldra.

»Vielleicht … Vielleicht hat der Rat zu viel Ordnung nach Candar geschickt … mit Lerris, Tamra und Sammel …«

»Ihr gebraucht nicht das Wort ›wir‹, Maris, warum?«

»Ich gehörte zu der Zeit noch nicht zum Rat. Hundril vertrat damals die Händler.«

»Nun, er starb an Altersschwäche und Ihr seid nun der Vertreter der Händler. Was hätten wir tun sollen?«

Maris sah wieder zu Boden.

»Klagen werden unsere Probleme nicht lösen.«

»Wollt Ihr eine Lösung?«

»Hört auf damit, nur Fragen zu stellen. Wie wäre es stattdessen mit einigen konstruktiven Vorschlägen?«, fährt ihn Heldra an.

»Ihr müsst zugeben«, erwidert Maris scharf, »dass die Lösungen manchmal schlimmer als die Probleme selbst sind. Wir vergessen das, weil wir nicht oft vor so große Probleme gestellt werden. Vor fast zweihundert Jahren löste Justen das Problem mit Fairhaven. Gut. Und ganz am Anfang kümmerte sich Creslin um die Schwierigkeiten in Recluce. Wir alle wissen, wie der große Dorrin es geschafft hat, Recluce mächtig und unabhängig zu machen. Doch das ist lange her und wir haben vergessen, dass jede Lösung ihren Preis hatte.«

»Dann wäre es Euch lieber, wir würden nicht existieren?«, überlegt Talryn laut. »Wenn auch nur eine dieser ›Lösungen‹ fehlgeschlagen hätte … wir wären heute nicht hier.«

»Das stimmt, aber diese Lösungen trafen die Menschen damals hart. Justen zerstörte halb Nylan und über zweitausend Menschen mussten sterben, um Frven zu Fall zu bringen, dazu kommen unzählige Tote außerhalb von Frven. Die Toten, die Creslin auf dem Gewissen hat, weil er sich in das Wettergefüge einmischte, wurden niemals beziffert, und Dorrin sorgte für große Veränderungen – noch heute büßen wir für seine Entdeckungen. Die hamorische Flotte wäre ohne seine Erfindungen niemals möglich gewesen.«

»Das hilft uns nicht weiter, Maris. Wahrscheinlich wären alle Bewohner Nylans gestorben, wenn Justen Fairhaven nicht vernichtet hätte.«

»Gut.« Maris lächelt. »Sorgt dafür, dass Gunnar und

Lerris, Justen, Tamra und Krystal von der hamorischen Flotte erfahren.«

»Warum sollte uns das weiterhelfen?«

»Ich weiß es nicht genau.« Maris zuckt die Schultern. »Aber ich wette, sie werden uns nicht im Stich lassen. Ich glaube aber auch, dass eine Zeit kommen wird, in der Ihr Euch wünschen werdet, sie hätten es getan.«

»Hört auf, so verdammt geheimnisvoll zu tun! Warum?«

»Ich weiß es nicht. Aber wenn man Lerris' Jugend und Kühnheit mit Justens und Gunnars Wissen und dem Urteilsvermögen der beiden Frauen verbindet, möchte ich nicht in der Haut der Hamoraner stecken. Wenn es soweit ist, in unserer jedoch auch nicht.«

Heldra und Talryn tauschen verwunderte Blicke.

»Haben wir denn eine Wahl?«

»Wahrscheinlich nicht. Dafür ist es bereits zu spät.«

»Wie werden wir es sie wissen lassen?«

»Schreibt Gunnar nach Ruzor und schickt den Brief mit dem letzten Schiff des Trios. Das wird auch die Dringlichkeit deutlich machen. Und besorgt ein Schiff, um sie nach Recluce zurückzubringen.«

Heldra und Talryn können erneut nicht umhin, sich fragend anzusehen.

»Falls sie nicht mit der *Dylyss* zurückfahren sollen.« Maris zieht die Augenbrauen hoch. »Wenn Ihr jedoch bessere Vorschläge habt ...«

Heldra sieht Maris an. »Die Schwarze Garde hat mehr als nur eine Aufgabe.«

»Seid nicht töricht, Heldra«, ruft Talryn empört. »Wenn Ihr versucht, falsches Spiel mit ihnen zu treiben, wird man mit Euren Überresten nicht einmal mehr die Fische füttern können. Und wenn die Magier es nicht tun, werde ich das erledigen.«

»Starke Worte ...« Doch Heldra hält Talryns Blick nicht stand.

Maris schluckt und fragt vorsichtig: »Soll ich den Brief schreiben?«

Talryn nickt, ohne den Blick von Heldra abzuwenden.

CVII

Als wir die um die letzte Kurve der Bergstraße bogen und Ruzor sich unseren Blicken darbot, verschlug es allen den Atem.

Die Hafenfestung lag in Trümmern – sie war nur noch ein Steinhaufen auf dem nördlichen Ende des Wellenbrechers, aus dem ein einziger Turm herausragte. Nur eine Steinpier hatten sie übrig gelassen. Selbst oben in den Bergen hörten wir schon die Sägen und Äxte und den Lärm derer, die die Trümmer und Überreste der eingestürzten Gebäude und Piere wegräumten. Dutzende von Häusern waren zerstört worden, nur Trümmerhaufen übriggeblieben, nichts, was näher als zweihundert Ellen am Wasser gestanden hatte, war heil geblieben.

Am südlichen Steilufer war ein Keil herausgebrochen und selbst in den Mauern der Residenz des Autarchen gähnten Löcher.

Die Flagge des Autarchen wehte noch am Mast und mit ein wenig mehr Konzentration sah ich einige Schiffsrümpfe, die offenbar am Wellenbrecher zerschellt oder am Südende der Bucht gestrandet waren. Es musste sich um riesige Schiffe handeln, wenn ich sie schon aus dieser Entfernung erkennen konnte, und doch lagen sie verstreut wie kleine Spielzeuge.

»Ich spüre, dass Gunnar die Schweigsamkeit, die von der Kraftanstrengung herrührt, überwunden hat«, bemerkte Justen trocken.

Ich sah mich nur um, entdeckte den enormen Schaden, den die hamorischen Kanonen und die Stürme meines Vaters der Stadt zugefügt hatten. Obwohl es heiß war und ich schwitzte, zitterte ich bei dem Gedanken an die Macht, die er ausüben konnte. Nie hätte ich ihm zugetraut, bei all seiner Logik und seinem Vertrauen in die Macht der Worte, dass er zu solcher Gewalt griff.

Wie konnte er auch zu Gewalt greifen, wenn er wusste, was er damit anrichten würde? Warum sollte Justen Gewalt einsetzen, wenn er eine andere Möglichkeit sah?

»Du siehst nachdenklich aus«, richtete Weldein das Wort an mich.

»Das bin ich auch.« Ich deutete auf die Trümmer, die einmal Ruzor gewesen waren. »Sieh dir das an.« Ich hielt inne. »Ich hoffe nur, es geht allen gut.« Doch da musste ich unweigerlich lachen. Wie hätten *alle* eine derartige Zerstörung überleben können?

Er schwieg einige Augenblicke lang und fragte dann: »Glaubst du, dass solche Zerstörung zeigt, was passiert, wenn Maschinen und Magie zusammenprallen?«

So würde ich es nicht ausdrücken, eher als Konflikt zwischen verschiedenen Menschen, die sich im Grunde sehr ähnlich waren und etwas auf ihre Weise erreichen wollten. »Ich glaube, Magie und Maschinen sind nur die Werkzeuge, die die Menschen benutzen, um ihren Willen auszudrücken. Mich beunruhigt jedoch die unbedingte Bereitschaft, diese Werkzeuge einzusetzen.«

»Beides sind Furcht einflößende Werkzeuge«, antwortete er.

»Ja.« Furcht einflößende Werkzeuge, in der Tat, aber wenn jemand mich oder die, die ich liebte, versklaven wollte, sah ich keine andere Möglichkeit. Das Schlimmste daran war jedoch für mich, dass es immer so weitergehen würde. Hätten wir Erfolg, würde Hamor noch verbissener und entschlossener kämpfen und die Werkzeuge würden verbessert und die Zerstörung noch verheerender werden. Das Ergebnis lag direkt vor meinen Augen. Aber wie konnte dieser Wahnsinn aufgehalten werden, ohne Hamor zu vernichten?

Trotz der Ruinen trugen viele Kyphrer ein Lächeln im Gesicht, als sie die Steine beiseite räumten, die hunderte von Ellen durch die Luft geschleudert worden waren. Beinahe fröhliche Gesichter, einige zumindest.

Mir war das Lachen vergangen. An manchen Häusern hingen schwarze und weiße Schleifen an den Türen und das Gefühl von Trauer und Tränen drängte sich einem auf. Dann gab es noch die Häuser, die gar nicht mehr existierten; Stein und Mauerwerk hatten alles unter sich begraben.

Wir ritten die kurvenreiche Straße vom oberen Tor herunter und erreichten schließlich die Kaserne, machten einen Umweg um einen Trümmerhaufen genau vor den Kasernenmauern.

Mein Vater wartete im Innenhof. Krystal, Tamra und der Autarch standen bei ihm.

Ich sah Krystal an und sie schenkte mir ein kurzes Lächeln, das zu schnell wieder verschwand. Ich atmete tief ein und wartete, tätschelte Gairloch dankbar den Hals.

Kasee sah Justen an und dann mich. Justen warf mir einen kurzen Blick zu.

»Es gibt kein hamorisches Heer mehr. Kein einziger Mann ist übrig geblieben.«

»Diejenigen, die uns zerstören wollten, sind selbst zerstört worden«, verkündete der Autarch langsam. Ihre Augen wichen nicht von Justen und Dayala.

»So wie es sein soll und sein muss«, fügte die Druidin hinzu.

»Ich fühlte es«, sagte mein Vater. Er sah älter aus, sein Gesicht war übersät mit Falten, sein Haar nun silberfarben, genau wie Justen und Dayala.

»Und deine Verluste, Lerris?«, fragte Kasee.

Tamra nickte nur und ihre Augen wanderten von Weldein zu mir.

»Wir haben zwei Gardisten verloren. Sie sonderten sich im größten Chaos-Beben ab und rannten vermutlich in die falsche Richtung. Wir fanden nicht die geringste Spur von ihnen.«

»Das Chaos hat sie verschluckt.« Dayala durchfuhr ein Schaudern.

»Wieder einmal habt ihr einen hohen Preis bezahlt«, stellte der Autarch mit tiefer, trauriger Stimme fest. »Wir danken euch.«

Ich wischte mir mit dem Handrücken über die Stirn und stieg steif und umständlich vom Pferd. Meine Beine schmerzten. Die Elitegarde mochte daran gewöhnt sein, endlose Tage im Sattel zu verbringen, aber ich nicht, mein Körper war schließlich nicht mehr der Jüngste, unglücklicherweise. Ich konnte mich nicht mehr riechen und wollte mich waschen, hatte ein Verlangen nach frischen Kleidern.

Ich musste Gairloch noch absatteln und striegeln. Justen, Gunnar, Krystal und Kasee standen beisammen und redeten, doch niemand bat mich hinzu. Also führte ich Gairloch in den Stall, striegelte ihn und gab ihm Wasser und Hafer. Noch einmal klopfte ich ihm auf den Hals. »Wieder einmal schulde ich dir Dank, alter Junge.« Manchmal wurde ich das Gefühl nicht los, dass er der Einzige war, dem ich nicht gleichgültig zu sein schien. Wahrscheinlich war es dumm, aber so fühlte ich.

Als ich wieder in den Hof trat, wartete Krystal bereits auf mich. Der Autarch und Tamra waren verschwunden. Mein Vater, Justen und Dayala suchten den Schatten am Rand des Innenhofs. Sie schlurften zwar nicht gerade müde dahin, doch konnte man auch nicht von sprühender Lebendigkeit in ihrem Gang sprechen oder von Freude in ihrem Verhalten – keine besonders fröhliche Siegesfeier.

Krystal folgte mir, als ich meine Habseligkeiten zum Waschraum trug.

»Wie ging es bei dir?«, fragte ich sie, als ich mein dreckiges Hemd auszog, um Straßenschmutz und Schweiß von meinem Körper zu waschen.

»Nicht schlecht. Dein Vater bestand darauf, dass wir die Truppen aus der Hafenfestung abzogen. Nur er und Tamra und eine Handvoll Soldaten blieben. Und es war richtig so. Die Kanonen zerstörten fast die ganze Festung. Sie ertranken beinahe, als sie die Festung verließen, und Tamra musste deinen Vater stützen, weil er kaum noch bei Bewusstsein war.«

»Sieht so aus, als hätte er einen ziemlichen Sturm heraufbeschworen.«

»Keiner der Bewohner hat je einen derartigen Sturm miterlebt. Wir werden das Metall und die Ausrüstung der Schiffe bergen. Es wird allerdings eine Weile dauern.« Sie lachte. »Ein Metallhändler aus Spidlar hat schon ein Gebot abgegeben für eines der gestrandeten Schiffe. Noch immer werden Leichen an Land gespült.«

Ich wusch mich weiter. »Was ist mit der Elitegarde?«

»Wir haben vielleicht vierzig Mann verloren. Als die Kanonen jedoch auf die Steilküste zielten, starben mindestens tausend Außenposten.«

Ich zuckte zusammen. Noch mehr Pendrils und Shervans.

»Dann kamen die Wellen und der Sturm, der Regen peitschte auf uns herab und wahrscheinlich werden noch Dutzende am Bauchfluss sterben. Wenn wir Glück haben.«

Ich warf mein Hemd in den Waschtrog und wusch es schnell aus. Das Wasser färbte sich sofort dunkel und ich musste mit frischem Wasser aus der Pumpe nachspülen.

»Wie geht es dem Autarchen?«

»Sie ist müde. Wir alle sind müde und sie macht sich Sorgen über Dinge, die sie nicht aussprechen will.«

Schweigend gingen wir hinauf in Krystals Gemach. Ich trug nur meine Hosen, weil das Hemd noch nass war von meiner völlig übereilten Waschmaßnahme.

Herreld hielt uns die Tür auf und Krystal verriegelte sie, während ich das Hemd auf dem steinernen Fensterbrett ausbreitete. Dann holte ich das letzte saubere Hemd aus dem Schrank und packte meinen Tornister aus.

»Wie geht es dir?«, fragte sie schließlich. »Wie ist es dir ergangen?«

»Ich habe die Aufgabe des Spähers übernommen, für Justen das Chaos aufgespürt und ihm zugesehen.«

»Hast du Justen den schwierigen Teil überlassen?«

»Ich habe getan, was er mir sagte, ich habe ihm zugesehen und ein wenig geholfen, aber er und Dayala haben die Hauptarbeit geleistet. Und sie haben hart gearbeitet.«

Krystal wartete.

»Zwei Soldaten sind im größten Durcheinander davongelaufen. Wir versuchten, sie zu finden, doch es gelang uns nicht.«

»Das hat Dayala bereits erwähnt.«

»Entschuldige. Ich bin müde und kann gar nicht mehr richtig denken.« Ich sah aus dem Fenster ins heiße Sonnenlicht. »Was ist in Ruzor geschehen?«

»Du hast es gesehen. Die Kanonen haben um die tausend Soldaten getötet, wie das nun mal so ist. Fast zwei Mal so viele Stadtbewohner mussten sterben. Das ganze Hafenviertel ist bis auf die alte Steinpier zerstört. Wir wissen noch nicht, wie viele Wohnhäuser und andere Gebäude vernichtet wurden, aber ich nehme an, mindestens einige hundert. Ein paar hamorischen Matrosen gelang es, sich ans Ufer zu retten. Doch als wir hinunterkamen, konnten wir nichts mehr für sie tun.«

»Der Sturm?«

»Nein. Die Stadtbewohner.«

»Oh.« Noch mehr Hass und Mord, doch wer konnte es ihnen verdenken?

Krystal setzte sich an den Tisch. Tiefe Ringe hatten sich um ihre Augen eingegraben.

»Du bist müde.«

»Ja, unendlich müde, Lerris. Es hört nicht auf. Jedes Mal, wenn wir einen Kampf überstanden haben, steht schon der nächste noch größere vor der Tür und noch mehr Menschen sterben. Diesmal haben wir gewonnen, denke ich. Aber die Stadt ist nahezu vollständig zerstört; tausende wurden verletzt oder getötet … wofür?«

Ich verstand sie und wollte ihr das sagen, aber es würde noch schlimmer kommen. »Es ist noch nicht vorbei«, musste ich schließlich sagen.

»Nein? Musst du einen neuen Grund finden, um den Helden zu spielen?«

Ich schüttelte entschieden den Kopf. »Sieh dir Justen, meinen Vater und Dayala an. Sehen sie so erfreut aus, als wäre alles vorbei? Erinnerst du dich, was Justen über Hamor gesagt hat? Dass sie es in Wirklichkeit auf Recluce abgesehen haben?«

»Dann wirst du also doch noch der große Held werden?« Krystal stand auf und ging zum Fenster.

»Hör auf damit. Das meine ich doch überhaupt nicht. Du hast selbst gesagt, dass es nicht so aussieht, als würde es jemals enden. Mir geht es genauso und ich weiß nicht, was ich tun soll.«

»Das genau ist es doch. Was *du* tun sollst! Immer nur du, du, du! Du und dein Vater, Tamra und Justen! Hättet ihr nicht Candar in Ruhe lassen können?«

»Du stammst doch auch aus Recluce.«

»Aber ich fühle nicht so. Ich erhebe mein Schwert und es erscheint mir völlig sinnlos. Du zerstörst Heere und dein Vater ganze Flotten. Meine Soldaten sterben und sterben und sterben und nichts, was ich tue, ändert irgendetwas.«

»Du hast Kyphros schon unterstützt, lange bevor ich

überhaupt hergekommen bin. Du hast gegen die Hydler gekämpft, während ich längst auf der Bahre lag.«

»Und was war in den letzten Tagen?«

Ich starrte sie an und versuchte, die Dunkelheit in ihren Augen zu durchdringen. »Wie du mir schon immer gesagt hast: Wie oft kann ich solch große Taten noch vollbringen? Deine Arbeit ist nicht auf solche Weise eingeschränkt.«

»Ich weiß nicht, ob ich das glauben soll.«

Ich seufzte.

»Ich verstehe dich nicht«, sagte Krystal schließlich. »Du bist ein begnadeter Schreiner und du kümmerst dich um Hühner und Menschen, die kein Zuhause haben. Gleichzeitig aber bringst du es fertig, tausende von Menschen zu töten. Und alles, was du dazu zu sagen hast, ist, dass es noch schlimmer kommen wird.«

»Du benutzt auch dein Schwert.«

»Und ich habe Menschen getötet. Das gebe ich zu. Aber ich habe sie nicht abgeschlachtet, wie man Vieh abschlachtet, zu hunderten und tausenden. Es waren immer noch Menschen für mich.«

»Auch für mich sind es Menschen. Es tut mir weh, wenn Menschen sterben. Es tut mir weh, wenn ich an Steinhaufen vorbeireite, wo vorher Häuser standen.«

»Aber es scheint dich nicht abzuhalten.«

»Leichen haben dich bisher auch nicht abgehalten«, schnauzte ich sie an.

Sie blickte mich mit kalten Augen an und wendete sich dann ab. »Ich muss mit Subrella und Kasee sprechen.« Damit verließ sie den Raum.

Ich trat ans Fenster und starrte hinaus aufs blaue Wasser, auf die bereits rostenden Kolosse. Ich begriff es einfach nicht. Warum war sie derart wütend auf mich? Tot war schließlich tot. Warum bedeutete es ihr so viel, wie jemand starb?

Aber noch wichtiger, was sollte ich dagegen tun?

CVIII

Es zeigte sich, dass ich gar nichts dagegen tun konnte. Jedes Gespräch mit Krystal endete im Streit, so lange bis ich Angst hatte, meinen Mund in ihrer Gegenwart überhaupt aufzumachen. Ich sah sie kaum noch, nur nachts lagen wir nebeneinander mit einer ellenhohen Mauer zwischen uns. Ich fühlte mich, als hätte mir jemand mit einem Eisenstab auf den Kopf geschlagen.

Ich beschloss, mit Tamra zu reden, als wir eines Morgens gegeneinander kämpften. Sie schien nicht zorniger oder wütender auf mich zu sein als sonst und ihre Versuche, mich zu zerstückeln oder zu verstümmeln, fielen andererseits nicht sanfter aus als früher.

Wir beendeten den Kampf und Weldein trat aus dem Schatten. »Du bist besser geworden.«

»Ich?«

»Ja, du«, sagte Tamra. »Du kämpfst mit einer Wut im Bauch. Ich musste richtig arbeiten. Mit ein wenig mehr Anstrengung könntest du mir wirklich gefährlich werden.«

»Ich möchte ihm nicht mehr zu nahe kommen«, meinte Weldein lachend.

»Ich muss mit dir sprechen«, sagte ich zu Tamra.

»Also gut.« Sie sah Weldein an, er lächelte und ging auf die andere Seite des Innenhofes. »Worum geht es?«

»Krystal.«

»Das ist offensichtlich. Euch beide umgibt ein kälteres Klima als das Dach der Welt.«

»Und mit jedem Gespräch wird es schlimmer.«

»Das Problem ist ganz einfach.« Tamra zog die Achseln hoch. »Aber ich habe nicht die leistete Ahnung, wie ich euch helfen könnte.«

»Mir erscheint es nicht so einfach.«

Wir schlenderten in eine schattige Ecke des Hofes. Hinter uns traten Weldein und Yelena mit ihren Holzschwertern gegeneinander an. Das dumpfe Geräusch von aufeinanderprallendem Holz hallte von den Wänden wider.

»Ist es aber. Du hast dich in Krystal verliebt, als sie bereits erwachsen war, du aber noch lange nicht.«

»Was?«

»Du bist zwar ein Held, Lerris, einer von der unschuldigen Was-hab-ich-getan-Art, aber du bist immer noch nicht erwachsen.« Sie hob eine Hand. »Du versuchst es. Du arbeitest hart daran«, fügte sie mit einem Lachen hinzu. »Das muss man dir lassen. Aber Krystal wusste nicht, dass du noch nicht erwachsen warst. Sie ist die Kommandantin des Autarchen und du hast wahrscheinlich bei drei Gelegenheiten schon mehr für Kyphros getan als sie in der gesamten Zeit, die sie hier ist. Nicht nur das, du bist außerdem noch ein Schreinermeister, den alle hoch schätzen und der viel Geld verdient. Jetzt entwickelst du dich auch noch zu einem ziemlich guten Krieger und strebst immer noch derart nach Vollkommenheit, dass du es gar nicht bemerkst. Und wie alle jungen Männer willst du – und verdienst du wahrscheinlich auch – Anerkennung.«

»Aber ich könnte nie das tun, was Krystal Tag für Tag leistet.«

»Sicher würde sie sich sehr darüber freuen zu erfahren, dass sie ein so viel besseres Arbeitstier ist, als du jemals sein könntest.«

»Das meine ich nicht«, protestierte ich.

»Das hast du gesagt und das meinst du auch wirklich. Abgesehen davon stimmt es nicht. Manchmal besteht auch dein Handwerk nur aus stumpfsinniger, langweiliger, fader Plackerei und damit übertriffst du sie wieder.« Tamra grinste breit. »Du siehst also … warum auch ich dir keine Antwort geben kann?«

»Du bist mir keine große Hilfe.« Ich wollte, ich könnte sie verprügeln, so richtig.

»Ich kann dir nicht helfen. Du musst dir selbst helfen.« Sie hielt inne. »Die Einzige, die dir helfen könnte, ist Dayala. Nur sie hat genug Geduld.« Und damit verschwand Tamra.

Eine Zeit lang stand ich einfach nur da.

Dann stapfte ich einsam über den Hof und in den Waschraum, um mich zu waschen und anschließend Dayala zu suchen. Erst am späten Nachmittag fand ich sie, nachdem Justen mich mitgenommen hatte zu einer Audienz beim Autarchen. Kasee verlangte einen ausführlichen Bericht über die Zerstörung des hamorischen Heeres. Krystal traf ich dort nicht an, was mich verwunderte. Doch Justen erklärte es mir später.

»Du ordnest dich Krystal oft unter, ob bewusst oder unbewusst. Der Autarch möchte eine ehrlichere und vollständigere Geschichte hören.«

Nachdem der Autarch gegangen war, fragte ich mich ernsthaft, ob ich wohl weniger ehrlich geworden war? Wie konnte das möglich sein? Ich ließ mich doch noch immer von der Ordnung leiten. Oder bekamen andere nur den Eindruck, dass ich weniger ehrlich war, weil ich die Dinge von allen Seiten betrachtete, die Vielschichtigkeit sah, auf die Justen angespielt hatte?

Das beunruhigte mich und ich folgte Justen, um Dayala zu finden, doch beide schienen wie vom Erdboden verschluckt zu sein. Also holte ich mir etwas zu essen und ging zurück aufs Zimmer, um mich in die *Basis der Ordnung* zu vertiefen. Dann beschloss ich, meine Werkzeuge aus dem Stall zu holen. Bestimmt konnte ich mich beim Wiederaufbau Ruzors nützlich machen.

So wurde es Spätnachmittag, bis ich an Dayalas Tür klopfte.

»Komm herein, Lerris.«

Ein Flechtwerk aus Falten überzog noch immer ihr

Gesicht, aber sie sah bei weitem nicht mehr so alt aus wie kurz nach dem Beben.

»Ihr seht besser aus.«

»Danke. Ich bin froh, dass ich den Würmern noch einmal entkommen bin.«

Ich wurde rot.

Sie lächelte. »Wie kann ich dir helfen?«

»Tamra sagte, Ihr wärt die Einzige, die das könnte.«

»Ich fühle mich geschmeichelt.«

»Ihr und Justen versteht einander«, platzte es aus mir heraus. Ich fühlte, wenn ich es jetzt nicht ausspuckte, würde es nie herauskommen. »Ich habe den Eindruck, dass Krystal und ich uns nur noch streiten, weil sie meine Gefühle nicht versteht und mir nicht glaubt, dass ich verstehe, was sie fühlt. Und es wird immer schlimmer anstatt besser.«

»Du glaubst, dass ich da helfen kann.«

»Ihr versteht es vielleicht.«

»Du hast Recluce verlassen, weil du den Worten anderer nicht vertraut hast.« Sie runzelte die Stirn. »Würdest du dann meinen Worten Glauben schenken? Oder hoffst du, ich werde dir bestätigen, was du ohnehin schon weißt?«

Ich wünschte fast, ich wäre nicht gekommen, doch ich hörte ihr weiter zu.

Sie seufzte. »Setz dich und sprich.«

Ich ließ mich auf einem der zwei Hocker nieder und sie setzte sich mit überkreuzten Beinen auf den Steinboden. Ich würde diese Haltung als unbequem empfinden, doch ihr schien es nichts auszumachen.

»Du glaubst, sie versteht dich nicht.«

»Wenn sie es täte, würde sie wissen, dass ich sie liebe.«

Dayala lachte. »Liebe beruht nicht auf Verständnis, sondern auf der Bereitschaft, sich gegenseitig anzunehmen.«

Ich wirkte bestimmt verwirrt, doch Dayala sah mich nur an. Ich musste versuchen, allein hinter die Bedeutung ihrer Worte zu kommen.

»Justen weiß vermutlich mehr von diesen Dingen als ich, aber auf ihn würdest du nicht hören«, fügte sie hinzu.

Schließlich brachte ich hervor: »Ihr meint, Krystal versteht mich zwar, aber sie ist nicht mit dem einverstanden, was ich tue?«

»Das müsstest du sie fragen. Vielleicht. Verständnis ist nützlich, wenn es zum Annehmen des anderen führt. Wenn nicht, führt es zu Chaos.«

»Wie können wir uns gegenseitig annehmen? Wir können doch nicht einmal mehr miteinander reden.«

Dayala überlegte. »Ich muss mit Justen sprechen. Warte hier.« Barfuß schlüpfte sie zur Tür hinaus und ließ mich allein zurück.

Draußen trällerte ein Vogel.

Dayala kehrte kurz darauf zurück. »Ich dachte, ich läge falsch, aber … Justen glaubt das nicht.«

Sie sah mich an und mir war, als sähe ich in die Tiefe der Dämonenhölle. Ich fühlte so viel … Schmerz, Leiden, Ewigkeiten von Geburt und Tod …

Ich versuchte krampfhaft, meine Augen offen zu halten, doch dazu musste ich aufstehen.

»Justen hatte Recht.« Sie holte tief Luft. »Du kannst dich wieder setzen.«

Ich setzte mich wieder und wusste, dass ich nicht mögen würde, was jetzt kam.

»Lerris, Justen sagt, es ist alles sehr einfach. Du kannst jünger sterben als nötig, trotz all deiner Talente, und geachtet und geliebt werden. Oder du kannst der größte Magier aller Zeiten werden und die Welt in einem viel schlimmeren Zustand als jetzt zurücklassen. Wir sagen dir dies, weil wir hoffen, damit dir und der Welt große Qualen zu ersparen.«

»Mir?«

»Wenn du ein großer Magier werden willst, musst du nur Kyphros und Recluce den Rücken zuwenden. Mehr nicht. Alles Weitere wird sich einfach ergeben.«

»Was ist, wenn ich beides nicht will? Warum kann ich nicht ein großer Magier sein und trotzdem geachtet werden?«

»Das lässt das Gleichgewicht nicht zu – nicht mehr.«

Ich stand wieder auf. War außer mir. »Das ist alles Unsinn. Ihr seid nicht besser als mein Vater oder Justen, Ihr wollt doch nur, dass ich das tue, was Ihr wollt.«

Sie stand auf und Schwärze wuchs aus ihr heraus, stark wie ein Sturm. Chaos machte sich breit.

Ich schritt entschlossen zur Tür und drehte mich noch einmal um. Sie stand nur da, die Ordnung allerdings schien in der Erde verwurzelt zu sein, und mir fiel ein, dass sie eine Druidin war, und eine Druidin konnte nicht lügen.

Dennoch stand ich ihr eine ganze Weile gegenüber. Sie wandte den Blick nicht von mir ab und mich überkam das Gefühl, dass der Raum, ja die ganze Welt, auf des Messers Schneide stand. Dann atmete ich tief durch, ging zurück ins Zimmer und setzte mich auf den Hocker.

Draußen trällerte noch einmal der Vogel und ich glaubte, von einem tiefen Abgrund zurückgetreten zu sein.

»Dein Herz ist groß und du willst, dass Krystal dir das auch sagt. Immer und immer wieder. Du gibst nicht nur, weil du gern gibst, sondern weil du von allen hören willst, wie gut du bist.«

Ein Schauer lief mir über den Rücken.

»Güte heißt nicht, für Lob zu geben. Güte heißt geben, auch wenn du unglücklich bist oder wenn deine Kinder nicht verstehen, warum, und es auch nie verstehen werden. Güte bedeutet zu schweigen, wenn du Lob bekommen könntest, denn du weißt, dass das Gute, das du tust, vom Lob zerstört werden könnte. Je mächtiger du wirst, desto schwerer wird es für dich werden, ehrlich zu dir selbst zu sein; und je mehr du mit dem Chaos ringst, desto schwerer wird die Ehrlichkeit zu erlangen sein. Doch du wirst auch weiterhin mit dem Chaos kämpfen müssen und jeder Tag mag den bisherigen Kämpfen gleichen.«

Ich zitterte.

»Das ist der Preis, den die Macht dich kostet. Du bist mächtig, diese Last kann dir niemand abnehmen. Ohne Ehrlichkeit wirst du verlieren. So wie Antonin, so wie der einst so demütige Sammel.«

»Wie kann ich die Ehrlichkeit festhalten?«

»Bist du willig, die gänzliche Ehrlichkeit und die Überprüfung derselben durch andere anzunehmen, einer Überprüfung, der du niemals entkommen wirst? Willst du den Preis zahlen?«

Ich schluckte. »Euren?«

Sie schüttelte den Kopf. »Ich habe die meiste Zeit meines Lebens mit solcher Beurteilung zugebracht. Justen auch.«

Das Band zwischen ihnen. »Ihr wollt uns auf die gleiche Weise verbinden, wie Ihr mit Justen verbunden seid?«

»Ich will gar nichts. Du bist zu stark, um auf jemanden zu hören, auf den du nicht gezwungen bist zu hören.«

»Würde mich das Band zum Zuhören zwingen?«

Sie lächelte und die Dunkelheit stieg wieder aus der Erde.

Ich wartete.

»Wenn ich sterbe, stirbt auch Justen. Wenn er stirbt, sterbe ich. Er kann sich meinen Gefühlen nicht mehr entziehen und ich mich nicht den seinen.«

Ich dachte mit Schaudern daran.

»Ja.« Dayala sah mich an und wartete. Dann fragte sie mich: »Bist du bereit, mit so einer Ehrlichkeit zu leben?«

Ich überlegte, ob ich sie fragen sollte, wie so ein Band zur vollkommenen Ehrlichkeit führen könnte. Doch ich kam selbst darauf. Wäre Krystal an mich gebunden und ich an sie, würde jedes falsche Gefühl dem anderen offenbart, jede Selbsttäuschung offensichtlich. Wieder lief mir ein Schauder über den Rücken. Die Frage der Selbsttäuschung tauchte wieder auf. Konnte ich mich wirklich selbst täuschen? Justen hatte angedeutet, dass eben dies möglich war.

»Wenn du dich entschieden hast, falls du überhaupt entscheiden willst, werde ich mit Krystal sprechen. Sie wird vielleicht nicht damit einverstanden sein. Doch sollte so ein Band nicht ohne die Zustimmung beider zu Stande kommen.«

»Wäre das denn möglich?«

»Ja. Es gab bereits eine derartige Verbindung zwischen Creslin und Megaera. Diese Verbindung schuf das größtmögliche Gute und auch größtmögliche Böse, das Candar je erlebte, und du und ich und Justen, wir büßen noch immer dafür. Das Gute kann man nicht erzwingen. Nur das Böse.«

Ich wusste keine Antwort. »Ich weiß nicht.«

»Du bist ehrlich. Das ist ein guter Anfang.«

Ich verließ ihr Zimmer und ging hinunter zum Hafen. Als die Sonne die Ebenen im Westen berührte, trugen mich meine Beine zu dem Steinhaufen, der einst die Festung gewesen war. Ich stand am Fuße des einzig verbliebenen Eckturmes und starrte auf das ruhige Meer. Während die Sonne langsam unterging, färbte es sich von Blau zu Schwarz.

Keine meiner Wahlmöglichkeiten hielt ich für ideal. Ich war nahe genug mit Antonin, Sephya, Gerlis und Sammel in Berührung gekommen, um zu wissen, dass ich nicht wie sie werden wollte. Ich wusste doch kaum, wer ich war, und nun verlangte Dayala, dass ich mich selbst aufgab, um ehrlich zu bleiben, denn die Macht, über die ich verfügen könnte, würde mich infolge von Selbsttäuschung zerstören. Und Krystal, würde sie es mir übel nehmen, die Kontrolle über mich auszuüben? Würde sie mich eines Tages dafür hassen? Immer wenn ich etwas unternehmen wollte, dachte sie anscheinend, ich versuchte sie weniger wichtig dastehen zu lassen. Spürte sie nicht, dass sie damit meine Versuche zurückwies, ehrlich zu sein? Warum konnte sie nicht begreifen, dass ich auf lange Sicht nicht mehr tun konnte, nicht, wenn ich leben wollte?

Ich musste nur meinen Vater und Justen ansehen. Glaubte sie wirklich, ich wäre zu dumm, um zu verstehen?

Ich stand da und hörte den Wellen zu, die über die Steine plätscherten, die in die Tiefen und Untiefen geworfen worden waren.

CIX

Dellash, Delapra [Candar]

Dyrsse lehnt sich in dem hölzernen Stuhl zurück und beobachtet den großen und breit gebauten Offizier in der gelbbraunen Uniform. Der jüngere Mann tritt aus dem grellen Sonnenlicht des Innenhofes in den Schatten der Veranda und sieht sich um, studiert die Bucht unter ihm und die langen Reihen der schwarzen Schiffe, die dort vor Anker liegen. Aus Unmengen von Schornsteinen steigen dünne Rauchfahnen auf.

Ein kleines Lächeln erheitert sein Gesicht, als sich der Flottenoffizier umdreht und seinen Blick kurz über die niedrigen bewaldeten Hügel im Westen schweifen lässt, bevor er dann die überdachte Veranda bis zum Ecktisch durchschreitet, an dem Dyrsse wartet.

Der dunkle Offizier bleibt stehen und deutet nur kurz ein Nicken an. »Flottenkommandant Stupelltry zu Euren Diensten, Marschall Dyrsse.«

»Ihr und Eure Flotte seid höchst willkommen, Flottenkommandant.« Dyrsse lächelt höflich. »Bitte, setzt Euch.« Seine beinahe zarten Finger deuten auf den anderen Lehnstuhl.

Stupelltry nimmt Platz. »Ich bin hier, um dem Kaiser und Euch zu dienen, wie Seine Majestät befahl.«

»Das stimmt. Ihr seid hier, weil Kaiser Stesten beschloss, Recluce zu beseitigen, und wir sind seine Werkzeuge. Es ist unsere Pflicht, dieses Ziel zu erreichen.«

»Ihr arbeitet eng mit dem Thron zusammen, Marschall, und der Kaiser ist sich Eurer Hingabe durchaus bewusst – wie auch Eurer Fähigkeiten, mit Hilfe derer Ihr mehr als ein Drittel Candars mit verhältnismäßig wenig Verlusten eingenommen habt.«

»Ja, mit verhältnismäßig wenig.« Dyrsse zeigt auf den Krug. »Delaprischer Wein. Angeblich ist er nicht schlecht. Möchtet Ihr kosten?«

»Nein, danke.«

Dyrsse blickt hinaus auf die Bucht und auf die Schiffe. »Ein Mann der Entscheidung, der die Sache hinter sich bringen will.« Er lächelt. »Was wollt Ihr hinter Euch bringen, Flottenkommandant Stupelltry?«

»Ich wäre nicht ganz aufrichtig, würde ich behaupten, ich wäre erfreut darüber, den Großteil der kaiserlichen Flotte so weit weg von Afrit zu sehen. Ich wünsche die Unterjochung von Recluce und Candar so schnell wie möglich zu vollenden und nach Hamor zurückzukehren.« Stupelltrys Stimme klingt ruhig und selbstsicher und seine Augen halten Dyrsses Blick mühelos stand.

Dyrsse lacht laut auf. »Candar ist in der Tat weit weg

von Afrit. Ich teile Euren Wunsch nach der Unterjochung Candars und der Zerstörung der Macht der Schwarzen Insel. Seid Ihr dazu bereit, die ganze Flotte darauf zu verpflichten? Ich werde mich nicht mit weniger zufrieden geben.«

»Sicherlich das Drittel der Flotte, das bereits angekommen ist ...«

Dyrsse lacht wieder. »Nehmt Eure Schiffe mit nach Hause. Schickt ein Kurierboot hinaus zu den anderen Schiffen, sie sollen nach Hamor zurückkehren.«

Stupelltry errötet.

»Vergesst Candar. Recluce hat sich dem Kaiser in den Weg gestellt. Wenn die Macht der Schwarzen zerstört ist, reichen vierzig Schiffe völlig aus, um Candar zu erobern und zu halten. Vor der Zerstörung der Insel wird keine Flotte, egal welcher Stärke, Candar einnehmen können.«

»Ihr maßt Euch ...«

»Zuviel an? Ich maße mir gar nichts an.« Dyrsse richtet sich auf. »Wir werden all Eure Schiffe brauchen, um die wenigen Schwarzen Schiffe und die Stadt Nylan zerstören zu können. Aber wenn das erledigt ist ...«

»Und mit welcher Taktik werden wir solch eine *schwierige* Großtat angehen?« Stupelltry hält für einen kurzen Augenblick inne, bevor er Dyrsse weiter bedrängt. »Ihr seid so verbissen ...«

Dyrsse ignoriert die Ironie, die in den Worten mitschwebte, und beugt sich vor. »Seine Majestät Stesten ist der Lehnsherr von Afrit, Herrscher über die Meerespforten und Kaiser von Hamor, dem mächtigsten Kaiserreich in der Weltgeschichte. Und trotz dieser Macht wurden wir zwei Mal in Candar und zuvor in Recluce gedemütigt. Unsere Händler müssen sich noch immer Handelsgesetzen unterwerfen, die Recluce sich ausgedacht hat. Diese unsichtbaren Schwarzen Schiffe haben über die Jahre hinweg zahllose Handelsschiffe versenkt, die nur geringfügig gegen Gesetze verstießen, welche von einer winzigen Insel erlassen wurden. Zu wessen Vorteil wurden diese Gesetze wohl ausgelegt? Zum Vorteil der Schwarzen Insel natürlich.

Candar ist voller Streit, Weißer Chaos-Magie und Gewalt. Die Menschen leben in panischer Angst vor ihren Herrschern. Vergleicht das mit Afrit, wo niemand Krieg oder Invasion fürchten muss. Und wer schürt diese Angst? Kein Geringerer als die Schwarze Insel.«

Dyrsse hält inne. »Seid Ihr sicher, dass Ihr keinen Wein mögt?«

»Nein, danke.«

»Wie Ihr wollt.« Der Marschall beugt sich wieder vor. »Ihr fragt nach Taktiken. Auch die raffinierteste würde hier nichts nützen. Das einzig wirksame Mittel sind tausende von Eisengeschossen, die gleichzeitig auf Nylan niedergehen. So einfach ist das … oder so kompliziert. Seht Ihr Euch dazu in der Lage, Flottenkommandant Stupelltry? Könnt Ihr Eure Schiffe nach Nylan bringen, durch die schwersten Stürme, die Ihr je erlebt habt, und die Stadt mit Kanonenkugeln in Grund und Boden stampfen, zu Stein und Kiesel zertrümmern?« Dyrsse holt Luft. »Das ist es, was der Kaiser braucht. Das ist unsere Pflicht, die Pflicht, die mir Seine Majestät, Kaiser Stesten, persönlich auferlegt hat – Nylan zu schwarzem Kies zu zermalmen.«

»Ich bin Flottenkommandant und kein Steinbrecher.«

»Nein … Ihr und ich, wir sind die Steinbrecher des Kaisers … und wenn wir versagen, werden wir zermalmt werden.«

CX

Ich kehrte noch am selben späten Nachmittag zu Dayala zurück. Wieder saß ich auf dem Hocker und sah die Druidin an, die es sich im Schneidersitz auf dem Fußboden bequem gemacht hatte und mir ihr offenes Gesicht zuwandte.

»Ich habe keine Wahl.« Bei all dem Gerede um Ehrlichkeit war mir bewusst geworden, dass ich ohnehin nicht lügen konnte. Ich hatte wirklich keine Wahl, wenn ich mit mir selbst leben wollte.

Sie blickte mich mit ihren tiefgründigen Augen an und meine Zunge schien anzuschwellen.

»Na schön, sogar Bergpferde haben eine Wahl. Aber ich will nicht enden wie Sammel, er hatte es sich nicht mehr aussuchen können.«

Dayala wendete ihren Blick nicht ab von mir und schwieg.

»Was soll ich denn tun? Ich habe gesehen, was eine derartige Macht anrichten kann. Ich weiß, dass ich die Fähigkeit besitze, eine große Macht anzuzapfen. Soll ich Euch, Krystal und Justen auf Knien anflehen und anbetteln? *›Bitte rettet mich. Rettet mich vor mir selbst.‹* Ich wette, Justen bettelte nicht.«

Ich fühlte eine tiefe Traurigkeit in der Druidin, aber ich wartete.

»Nein. Er und Creslin wurden gezwungen. Sie hatten keine Wahl.«

»Und Ihr? Habt Ihr Justen gezwungen? So wie Ihr jetzt mich zwingen wollt?«

»Ich konnte wählen. Justen musste ein Lebensband knüpfen. Ich wollte diejenige Druidin sein.«

»Sie hat mir auch das Leben gerettet«, fügte Justen hinzu, der gerade das Zimmer betrat. »Mehr als ein Mal. Und sie musste viel Schmerz erleiden, weil ich nicht verstehen wollte.« Er lachte. »Wie du, Lerris. Es muss in der Familie liegen. So wie der eigennützige Stolz.«

Er sah mich an und ich musste meinen Blick abwenden.

»Du redest dir ein, dass du so handelst, weil du gut bist, Lerris. Du hast ein gutes Herz, aber du tust es auch, um dafür gelobt zu werden, was Gunnar nie getan hat, weil du nicht vollkommen warst. Gunnar konnte dich nicht loben, weil er selbst nie vollkommen war, und ich habe ebenfalls Schwierigkeiten damit, weil ich es auch nicht bin. All das bezeichnet man als Selbsttäuschung. Warum kannst du Krystal nicht sagen, dass du das Lob brauchst?«

Ich sah ihn einfach nur an. Wieder trafen seine Augen die meinen.

Das konnte ich nicht. Das konnte ich einfach nicht. Wenn ich um Lob bitten musste, dann war die Sache nichts mehr wert, doch das konnte ich auch nicht sagen.

Ich blickte Dayala an und dann wieder Justen. Sie sagten nichts.

»Wenn dieses Lebensband so wunderbar ist, warum sind dann nicht mehr Menschen miteinander verbunden?«

»Weil es beide töten kann«, eröffnete Justen mir ohne Umschweife. »Wenn einer aus dem Bund stirbt, stirbt auch der andere.«

»Habe ich das richtig verstanden? Wenn wir miteinander verbunden werden, so wie du und Dayala verbunden seid, könnte uns das beide töten? Und das soll die Lösung sein?«

Dayala stand auf. »Ich bin gleich zurück.«

Justen nickte ihr zu, doch ich wusste, dass sie mehr als nur die gesprochenen Worte ausgetauscht hatten. Justen ließ sich auf dem zweiten Hocker nieder.

»Onkel Justen, nenn mir einen guten Grund.«

»Das kann ich nicht. Es wäre nicht dein Grund. Du weißt, wer du bist. Du weißt, wer Krystal ist. Du weißt, was du bist. Wenn ich dir einen Grund nenne, Lerris, dann wirst du diesen Grund dazu hernehmen, um entweder die Verbindung abzulehnen oder die Verantwortung auf uns abzuwälzen. Nur du weißt, wer du selbst bist. Du weißt nun, was diese Verbindung bedeutet und wie weit sie führen kann. Du solltest wissen, dass sie aus zwei Menschen einen macht und dass sie die Verbundenen vernichtet, wenn sie sich im tiefsten Innern nicht ausstehen können. Du weißt auch, dass eine solche Nähe keine Täuschung zulässt, und die meisten Menschen können ohne Selbsttäuschung nicht leben. Viele Menschen können sich selbst nicht ins Gesicht sehen. Diese Entscheidung werden wir nicht für dich fällen. Das musst du allein tun, sonst wirst du mir oder Dayala eines Tages die Schuld für die Folgen geben, so wie du auch Recluce die Schuld gegeben hast … und Krystal.« Er sah mich an und wartete.

Ich trat vor das kleine Fenster. Von dort aus konnte ich die zerstörten Mauern der Hafenfestung sehen, die sich gefährlich neigenden Gebäude im Hafenviertel – und die langen Schatten.

Ich wollte doch nur, dass … was eigentlich? Krystal nahe sein? Warum hatte ich sie dann weggestoßen? Oder hatte sie mich weggestoßen? Vermochte ich ihre Ehrlichkeit anzunehmen oder sollte ich für sie ehrlich sein?

Meine Augen brannten und ich schüttelte den Kopf. Es war nicht gerecht. Nicht fair. Ich konnte fortgehen, doch noch während ich das dachte, wusste ich, dass ich keine zweite Chance bekommen würde, denn Krystal blieb mit Sicherheit in Ruzor … und Justen und Dayala müssten sterben, wenn sie die Stadt allein retteten. Und auch das konnte man nicht gerecht nennen.

Ich musste nicht fair sein. Wer hatte sich mir gegenüber schon fair verhalten? Man hatte mich getäuscht und mich in etwas hineinmanövriert, mich gezwungen, die Wahl zu treffen: entweder riskierte ich mein Leben oder verlor Krystal. Warum sollte also ich fair sein? Ich schuldete niemandem etwas.

Es wäre so einfach … fortgehen und der große Lerris werden. Vielleicht geschah das irgendwann. Wer wusste das schon? Wer?

Ich vernahm ein leises Murmeln vom Hof, so leise, dass ich die Worte nicht verstand.

Wer wusste, ob ich Ruzor und Kyphros nicht eines Tages wirklich verlassen würde?

Ich wusste es. Ich erinnerte mich an die Gesichter in der Tiefe und nun hatten sie alle mein Gesicht – sogar Shervan. Es war nicht gerecht, dass er hatte sterben müssen, aber er war trotzdem gestorben.

Fair? Ich wollte lachen, aber mein Mund fühlte sich zu trocken an, auch Schlucken half nichts.

Das Wasser im Hafen bewegte sich nicht, nicht die leisesten Anzeichen von Schaumkronen, die Rümpfe der gestrandeten Schiffe wirkten eher wie haushohe Felsblöcke, versunkene Überreste der Vergangenheit, die nie sterben würden.

Obwohl Sephya bei ihm gewesen war, war Antonin allein gestorben. Gerlis und Sammel war es ebenso ergangen … denn niemand hatte sich auch nur einen Deut um sie geschert.

Wollte ich das? Ich hatte es gehasst, wenn ich mich in Recluce allein gelassen gefühlt hatte. Aber warum konnte Krystal nicht verstehen? Warum wollte sie nicht verstehen?

Ich erinnerte mich an Dayalas Worte: gegenseitiges Annehmen.

Ein Hauch warmer Luft streichelte mein Gesicht, ein beißender Geruch schwebte jedoch darin mit, der Geruch des Todes, tote Stadtbewohner und noch mehr verwesende Matrosen.

Ich drehte mich um. Justen saß noch immer schweigend da.

Der Hafen wirkte tot, die Wellen leblos.

Annehmen … was annehmen?

Ich atmete tief ein.

Draußen bewegte sich kein Lufthauch, nur dieser Geruch, der zwischen Leben und Tod schwebte.

Ich wandte mich Justen zu und nickte.

»Es gehören zwei dazu«, sagte er. »Dayala spricht gerade mit Krystal.«

Ich saß da und wartete, sah hinaus aufs Meer, fragte mich, was Krystal wohl fühlte, wie es so weit kommen konnte, fragte mich, warum die Liebe so schwierig war, warum man so hart dafür arbeiten musste und warum sie so weh tat.

CXI

Die zwei Frauen saßen jeweils an den Enden des Bettes, die heiße Brise strich durchs Zimmer.

»Ich habe Lerris klar gemacht, dass er sich in großer Gefahr befand, denn als er mächtiger wurde, stand er der ständigen Versuchung gegenüber, weniger ehrlich zu sich selbst zu sein.« Dayala sah die Kommandantin an.

»Das weiß ich bereits. Deshalb haben wir ja auch diese Schwierigkeiten.« Krystal blickte die Druidin nicht an, sondern sah zum offenen Fenster hinaus, hinunter auf den zerstörten Hafen und die Stadt.

»Aber du bist auch nicht ehrlich«, sagte Dayala, »was ebenso Teil eures Problems ist.«

Krystal studierte weiter das Bild, das der Hafen bot. »Ein Teil davon vielleicht, aber nicht der Grund dafür.«

»Du willst Liebe und Zuneigung von Lerris – bedingungslose Liebe. Er ist erwachsener geworden und kritischer, aber er liebt dich.«

»Mit Vorbehalten und Fragen kann man nicht lieben.« Krystals Stimme klang hart.

»Nein. Das sollte man nicht«, stimmte Dayala ihr zu. »Liebe gedeiht, wenn man das annimmt, was ist, und nicht nur das, was man sich wünscht. Lerris wünscht sich Lob und Anerkennung, besonders dein Lob, und er würde fast alles dafür tun. Du hast Angst davor, dass Lerris, jetzt wo er erwachsen wird, dich so sieht, wie du wirklich bist, und nicht als die vollkommene Frau, so wie früher.«

»Ich möchte nur, dass er mich annimmt.«

»Das tut er, aber er glaubt, dass du ihn nicht annimmst. Tust du das?«

»Ich liebe ihn, aber er muss doch nicht andauernd die Welt retten.« Krystal faltete die Hände und ihr Blick fiel auf die Klinge am Gürtel.

»Würdest du ihn so sehr lieben, wenn er nicht nur Gutes tun wollte?«

»Er muss nicht ständig den Helden spielen.«

»Niemand muss das, aber wenn es keiner tut ...« Die Druidin beendete den Satz nicht.

»Das ist nicht gerecht. Es muss doch nicht immer er sein.«

Die Blicke der beiden Frauen trafen sich, der Geruch von Fäulnis strömte mit der heißen Luft ins Zimmer.

»Doch. Wenn er die Welt nicht rettet, wird er sie zerstören.«

»Und da fragt Ihr mich, ob ich mich an ihn ketten will, um die Welt zu retten? Das ist keine Wahl – das ist Zwang, genau so, wie ein Schwert Zwang darstellt.«

»Ich sage, dass der Mann, den du liebst, die Welt, die du liebst, zerstören wird, wenn du ihn nicht annehmen kannst und er dich nicht. Wenn du das Zwang nennen willst, dann ist es auch Zwang.« Dayala hielt inne. »So ist es und nicht anders. Deshalb fällt dir auch die Wahl so schwer. Du musst deine Vorbehalte und deinen Ärger beiseite schieben. Sie werden die Welt nicht verändern. Du musst Lerris so annehmen, wie er ist, und du darfst ihn für diesen Schritt nicht hassen, sonst wirst du am Ende nicht nur dich selbst zerstören, sondern die ganze Welt.«

»Aber ich nehme ihn doch bereits an.«

Dayala starrte der Kommandantin offen ins Gesicht.

Krystals Blick fiel schließlich auf die Bettdecke. Ihre Finger fuhren das Sternenmuster nach. »Warum muss er die Welt retten? Warum er?«

Dayala antwortete nicht, sondern wartete.

»Warum muss er ein Held sein?«

Die Druidin sagte noch immer nichts und blickte die Frau in Leder mit ihren wissenden Augen an.

»Warum ...?« Krystal sprang auf. »Das Warum ist unwichtig, habe ich Recht?«

»Ja.« Dayala lächelte traurig.

Zusammen verließen sie das Turmzimmer.

CXII

Die Tür ging auf und draußen stand Krystal mit Dayala. Ihre Augen wirkten düster wie Felsen in der Brandung. Meine sahen wahrscheinlich nicht besser aus.

»Hallo«, sagte ich. Ich krächzte eigentlich nur.

»Hallo.« Krystals Stimme zitterte.

Die Stimme meiner fähigen Kommandantin zitterte.

Danach konnte ich sie nicht mehr erkennen, weil meine Augen brannten, oder vielleicht auch weil die Erde bebte, nur mühevoll stieß ich ihren Namen hervor. Außer ihrer verschwommenen Gestalt nahm ich nichts wahr, nur dass auch sie zitterte. Ich ging einen Schritt auf sie zu. Sie musste das Gleiche getan haben, denn wir lagen uns plötzlich in den Armen. Zu mehr waren wir nicht fähig.

»Einander festhalten ist einfacher, als einander zu finden. Ich glaube, das begreift ihr jetzt langsam«, sagte Justen nach geraumer Zeit.

Das Zittern hörte auf und Krystal schlang ihre Finger um meine; ich hielt ihre fest.

»Ich nehme an, ihr zwei seid einverstanden?«

Ich nickte, vermochte nicht zu sprechen. Auch Krystal nickte nur.

»Setzt euch auf diese zwei Hocker hier nebeneinander.«

Wir sahen uns an und setzten uns.

Die rein körperliche Prozedur verhieß nichts sonderlich Mystisches oder Kraftvolles – ein kleiner Schnitt und zwei Blutstropfen wurden vermischt –, aber Dayala kettete unser Blut durch etwas aneinander, das ich nur als Ordnungs-Chaos-Schloss bezeichnen konnte. Mit meinen Sinnen fühlte ich sofort eine dünne Ordnungs-Linie zwischen uns.

Keine Gedanken, keine Gefühle, nur Ordnung.

»Wie alles Lebende braucht auch dieses Band Zeit zum Wachsen, wofür ihr dankbar sein solltet.« Justens Stimme klang rau, beinahe schroff. »Seid gut zueinander.«

Seid gut zueinander. Nur ein einfacher Satz, dennoch ließ er alles andere zweitrangig werden.

»Denkt daran«, sagte Dayala sanft und es klang wie ein Flüstern aus dem Großen Wald, aus dem sie kam und den wir vermutlich nie zu Gesicht bekommen würden, »ihr habt euch zwei Mal füreinander entschieden.«

»Nun geht und lasst uns Alten in Frieden«, schloss Justen.

Krystal und ich gingen langsam hinaus und blieben im engen Flur stehen. Wir sahen uns an. Krystal hatte sich nicht verändert: dieselben schwarzen Augen, dasselbe kurze, silbern durchzogene schwarze Haar. Auch ich fühlte mich nicht anders.

»Lass uns spazieren gehen«, schlug ich vor.

»Wohin?«

»Hinunter zur alten Festung.«

»Das wäre schön.«

Noch immer hielt ich ihre Hand und ich wollte sie auch nicht loslassen, selbst wenn unsere Hände aneinander klebten.

»Lerris ...?«

»Ja?«

»Können wir die Hände tauschen? Ich lauf auch nicht weg.«

Ich ließ sie los, trat auf die andere Seite und nahm ihre rechte Hand in meine linke. Wir schwitzten beide, als wir am Wellenbrecher ankamen, und bestimmt gaben wir ein Bild der Dämonenhölle ab, doch das kümmerte mich nicht.

Nur ein Turm der Feste stand noch. Der Rest bestand aus Trümmern und Steinen, kleine graue Steine, große graue Steine, Ziegelbruch und grauer Staub.

Ich erspähte einen flachen Stein im Schatten des Turmes. »Wir können uns dort setzen.« Meine Füße schmerzten. Eigentlich tat mir alles weh. »Tut dir auch alles weh?«, fragte ich.

»Nicht alles. Mein Haar schmerzt nicht.«

Wir lachten und umarmten uns, dann ließen wir uns nieder.

Vom Hafen drangen die Geräusche des Wiederaufbaus herüber: hämmern, sägen und die klirrenden Werkzeuge der Steinmetzen – und natürlich die lauten Stimmen. Nichts ging in Kyphros leise oder ohne Geschwätz vonstatten.

Ein warmer Windhauch wehte an uns vorüber, Tod und Zerfall schwebten darin mit. Das Wasser plätscherte gegen die Steine wie ein Murmeln aus einem fernen Korridor.

»Warum haben wir das getan?«, fragte sie.

Ich drückte ihre Hand. »Weil wir verzweifelt sind. Weil wir das nicht verlieren wollen, was wir sonst zu verlieren glauben, und weil wir bereit sind, unser Leben zu riskieren, um es zu behalten.«

Sie sah hinaus aufs flache Wasser.

»Willst du Kinder?«

Ich schluckte. Darüber hatte ich noch nicht nachgedacht.

»Ich habe noch nicht ernsthaft darüber nachgedacht, aber ich ging davon aus, dass wir eines Tages welche haben würden.«

»Wann wird eines Tages sein?«

Wann wird eines Tages sein? Nur eine einfache Frage. Ich nahm Krystal in die Arme und wir weinten, weil … weil eines Tages vielleicht nie sein würde und wir beide das wussten.

Das Wasser murmelte weiter vor sich hin, die Werkzeuge hämmerten unaufhörlich und wir hielten einander fest.

Am nächsten Morgen erwachten wir durch eine kühle Brise, die durch das offene Fenster hereinwehte, und ich wollte uns zudecken.

Mühsam griff ich nach der Decke, denn eigentlich hatte ich keinen Arm frei.

»Nicht … wir verlieren uns sonst wieder … nicht …« Krystals flehende Worte drangen an mein Ohr. Aber sie zitterte, also breitete ich die Decke mit nur einer Hand über uns aus.

Später standen wir auf, doch ich konnte nicht davon ablassen, sie zu berühren, vielleicht ein wenig zu oft.

»Ich gehe schon nicht fort«, murrte sie mich an. Wahrscheinlich weil ich sie beim Waschen erschreckt hatte und sie sich Wasser über die Hose schüttete. Ich hielt mich also zurück, während sie sich anzog. In der Zwischenzeit räumte ich das Zimmer auf.

»Gute Arbeit.«

»Danke.«

»Aber nicht, dass dir das Lob wieder zu Kopf steigt.« Sie lächelte, ein warmes Lächeln, und ich erwiderte es.

Als wir hinuntergingen zum Frühstück, stand Herreld vor der Tür.

»Guten Morgen«, sagte er.

Krystal nickte ihm zu.

»Gebt auf Euch Acht«, meinte Herreld. »Alle beide.« Er sah zu Boden, noch bevor wir antworten konnten.

Krystal drückte meine Hand und ich die ihre, doch wir sagten nichts, bis wir die Stufen hinunter und um die Ecke gelaufen waren. »Herreld verweichlicht langsam.«

»In seinem tiefsten Innern war er schon immer weich. Er hat es nur nicht zeigen wollen.«

So wie viele andere auch, glaubte ich, sogar Tamra.

CXIII

Die nächsten Tage geschah nichts Ungewöhnliches, der Dunkelheit sei Dank, außer dass Krystal und ich viel miteinander redeten, wenn sie nicht gerade zu Besprechungen eilte oder über Taktiken brütete. Ich nahm wieder an den Übungskämpfen der Garde teil. Auf diese Weise sah ich sie wenigstens auch tagsüber gelegentlich. Manchmal trafen sich unsere Blicke und wir verkniffen uns das Lachen.

Am Morgen, drei Tage nach unserer ›Wiederentdeckung‹, stand ich am Fenster, die Sonne war gerade aufgegangen. Krystal schlief noch, eingerollt auf meiner Seite des Bettes. Ich hatte es im Bett nicht mehr ausgehalten, weil meine Gliedmaßen zu steif waren von den vielen Übungskämpfen oder vom Alter, das ich gar nicht gewollt hatte. Ich war aufgestanden, wollte jedoch Krystal nicht wecken. Sie schien so müde und ich ließ sie schlafen.

Die Kühle hatte nicht angehalten, doch der Morgen schien nicht mehr ganz so warm wie die vorhergehenden. Ein Zeichen, dass der Herbst vor der Tür stand. Draußen in der Bucht trieben einige kleine Fischerboote, keine großen Schiffe, mit Sicherheit keine Kriegsschiffe oder Händler.

Ich drehte mich um und betrachtete Krystals Gesicht. Sie lächelte im Schlaf, als fühlte sie meinen Blick und meine Zuneigung. Am liebsten hätte ich sie gestreichelt, aber ich tat es nicht; stattdessen drehte ich mich wieder zum Fenster.

Ich war mir zwar nicht ganz sicher, aber das Chaos, das Candar unterwanderte, schien zu wachsen. Genau konnte ich es allerdings nicht fühlen bei dem ständigen Rumoren und Poltern, das ich die ganze Zeit über spürte.

Die Fischerboote verschwanden hinter den Hügeln, die das südwestliche Ende der Bucht bildeten, und die Sonne vertrieb die Schatten der östlichen Hügel vom Wasser. Krystal schlief noch immer.

Wie lange ich aus dem Fenster gestarrt hatte, vermochte ich nicht zu sagen.

»Du hättest mich aufwecken sollen.« Krystal schreckte auf. »Ich komme zu spät.«

»Du brauchst den Schlaf und ich konnte nicht mehr liegen.«

»Das ist seltsam. Ich träumte nämlich, dass mir der Rücken wehtat.«

»Ich frage mich …«

»… ob wir schon anfangen zu fühlen, was …«

»Wahrscheinlich«, sagte ich. »Dann müssen wir wenigstens nicht mehr raten.« Ich beugte mich hinunter und umarmte sie.

»Jetzt muss ich mich aber wirklich anziehen.«

Wir kleideten uns schnell an und liefen hinunter in den Speisesaal – nicht einmal mehr das Bett machte ich – und schlangen Brot, Käse und Wasser hinunter.

Nachdem ich ein paar Stunden mit der Garde gekämpft hatte, während Krystal sich mit Yelena und Subrella traf, sammelte ich meine Werkzeuge ein, besorgte mir genügend Nägel und ritt hinunter ins Hafenviertel zum Haus des Schiffsausrüsters, wo ich Gairloch festband.

Die Dachbalken waren bereits angebracht und sie nagelten nun die Querlatten fest, oder wie auch immer man die Bretter nannte, auf die die Dachziegel gelegt wurden. Diese Latten wurden zurechtgeschnitten aus dem Abfallholz, das zusammengetragen wurde aus Pierplanken, zersplitterten Türen und anderen Holzstücken. Ein Schiff mit Bauholz war bereits eingetroffen, doch sie wollten die Ladung zum dreifachen Preis verkaufen. Der Autarch hatte die ganze Ladung aufgekauft und nur den normalen Preis bezahlt.

»Kann ich helfen?«

»Kann dich nicht bezahlen«, gab der Krauskopf auf dem Dach zur Antwort.

»Der Autarch hat mich heruntergeschickt.« Ich betrachtete die schweren Balken. »Ich bin Handwerker. Ich könnte die Fenster zusammenbauen. Du wirst noch einen Glaser brauchen, aber die Rahmen kann ich übernehmen.«

»Der Autarch hat dich geschickt? Also gut.«

Ich krempelte die Ärmel hoch. »Ich verlange nichts. Ich will gar nichts. Sie bezahlt meinen Lohn und gibt mir zu essen. Ich will euch nur helfen, das Hafenviertel wieder aufzubauen.«

»Warum?«, fragte ein kahler Bursche, noch jung an Jahren.

»Sie sagte mir – nun ja, nicht sie selbst, aber eine Frau mit Namen Krystal sagte mir –, je eher der Hafen wieder aufgebaut ist, desto eher wird der Handel wieder florieren und sie wieder Zölle erheben können. Aber ich bin kein Steinmetz oder Zimmermann.«

Die zwei Männer sahen sich an. Der Ältere der beiden zuckte mit den Schultern. »Also gut. Wie willst du den wieder richten?« Er zeigte auf den zerbrochenen Rahmen, der halb aus der Mauer gerissen war.

Ich studierte den Schaden. »Die Holzteile sind noch brauchbar, nur die untere Leiste nicht und die Mittelstrebe. Ich könnte ein Stück aus den kurzen Holzstücken dort herausschneiden, sie mit diesen stützen ... Aber es wäre vermutlich besser, ich nähme das Fenster zum Reparieren ganz heraus.«

»Wo?«

»Gleich hier?«

»Dann fang an.«

Das tat ich auch. Ich konnte die Holzteile zwar nicht so genau auf Gehrung zurichten wie in meiner Werkstatt, aber das Pinien- und Kiefernholz ließ sich leicht sägen. Der erste Rahmen war schnell fertig. Der zweite stellte mich schon vor größere Schwierigkeiten, weil die seitlichen Rahmenteile zerbrochen waren, was ich erst später bemerkte. Ich ersetzte die Holzstücke also und musste zusätzlich die Nut für den Glaser ausmeißeln. Auch musste ich meist Nägel verwenden, denn alle Teile mittels Schwalbenschwanzverbindungen zusammenzufügen hätte eine Ewigkeit gedauert.

»Saubere Arbeit, mein Freund.« Ein weißbärtiger Mann blieb neben mir stehen. Er hatte die Vorderfront des Schiffsausrüsters gemauert. »Kenne dich gar nicht.«

»Ich komme aus Kyphrien«, verriet ich ihm.

»Hilfst du mir als Nächstes?«

»Gern. Ich kann aber immer nur eine Sache machen und außerdem könnte man mich jederzeit in die Kaserne zurückrufen.«

»Also ... wenn es geht ...«

Ich nickte nur, denn ich musste mich auf die Nut konzentrieren.

Der weißhaarige Mann rieb sich die Stirn. »Fürchterliches Durcheinander. Nichts bleibt uns erspart ... auch gar nichts ... aber immer noch besser, als die Sonnenteufel hier zu haben.«

»Manchmal wundert man sich.« Ich war mit der ersten Nut fertig und begann mit der zweiten, sodass die Nuten des Ersatzrahmens, den ich durch eine Schwalbenschwanzverbindung mit dem Rest des Rahmens verbunden hatte, sich genau an die Nuten des alten Rahmens fügten. Das Holz passte nicht zueinander, denn ich arbeitete an einem alten Stück Zedernholz und der ursprüngliche Rahmen bestand aus Pinie, aber es würde ohnehin gestrichen werden.

»Mich wundert überhaupt nichts mehr. Mein Großvater ist vom Schiff gesprungen, so wie jeder vom Schiff springen würde, von einem kaiserlichen Schiff, einfach über die Reling ins Meer. Andernfalls schicken sie dir die Wachen nach und sperren dich noch auf der Pier ein. Er behauptete, er könne nicht schwimmen, und sie ließen ihn. Er hätte es beinahe nicht geschafft, doch nur beinahe, sonst wäre ich nicht hier.« Er schüttelte den Kopf. »Keine Stelle des Meeres eignet sich zum Hineinspringen ... Aber ich möchte auch nicht dort leben und ich möchte mir auch nicht sagen lassen, wie ich leben soll. Muss zurück an die Arbeit. Die Ziegel gehen nicht allein zurück an ihren Platz. Ich habe deinen Namen nicht verstanden, Junge.«

»Lerris.« Ich hatte bereits mit dem dritten Rahmen angefangen, da ich Hilfe brauchen würde, um die ersten beiden mit Hilfe von Keilen wieder einzusetzen.

»Lerris? Das ist kein kyphrischer Name.«

»Nein«, gab ich zu.

»Bist du ein Zimmermann?«

»Nein, eigentlich nicht. Ich bin Schreiner. Ich stelle Dinge wie Tische, Stühle und Schreibtische her ... aber wo ich schon einmal hier bin, dachte ich, ich könnte beim Wiederaufbau helfen.«

»Du hast gesagt ...«

Die zwei Männer auf dem Dach hörten uns nun zu.

»Das war nur die halbe Wahrheit. Ehrlich gesagt bin ich der Gemahl der Kommandantin und Schreiner.«

Der Weißhaarige starrte mich an. »Du bist nicht zufällig der Magier, oder?«

»So sagt man, aber eigentlich bin ich Schreiner.«

»Goodsa, hör endlich auf, ihn von der Arbeit abzuhalten«, rief der Mann mit dem lockigen Haar vom Dach herunter. »Es ist mir völlig egal, wo er herkommt. Er hat schon zwei Fensterrahmen zusammengebaut, dafür hätte ich den ganzen Tag gebraucht.«

Mit einem Schulterzucken begab sich Goodsa zurück zu seinem Mörtel, doch immer wieder starrte er zu mir herüber.

Nach einer Weile, es ging auf die Mittagszeit zu, kletterte der Dunklere der beiden vom Dach, um etwas Wasser zu trinken.

»Stimmt das wirklich, bist du ein Magier?«

»Ja. Ordnungs-Magier.« Der Schweiß lief mir herunter und ich arbeitete gerade am letzten Fensterrahmen der Vorderseite des Hauses.

»Warum nimmst du nicht deine Magie, um die Teile zusammenzusetzen?«

Ich lachte. »Das ginge gar nicht. Wenn ein Sturm diese Fenster zerfetzt, wütet dabei Chaos. Der beste Schutz gegen Chaos ist noch immer gute Handwerksarbeit. Außerdem beherrsche ich diese Art von Magie nicht und selbst wenn ich es könnte, würdest du es nicht wollen, denn stieße mir etwas zu, würden die Rahmen auseinanderfallen. Gute Handwerksarbeit bleibt jedoch bestehen.«

Er nickte.

»Licht! Sieh dir das an.« Der krausköpfige Schiffsausrüster zeigte in Richtung Hafen.

Ich drehte mich um. Ein niedriges, schwarzes Schiff

schien aus dem Nichts an der Steinpier aufgetaucht zu sein, ein Schiff aus Schwarzem Stahl, das etwas zerschrammt aussah. Die schweren hamorischen Stahlschiffe wirkten plump und unförmig dagegen.

Ich kannte dieses Schiff, hatte es während meiner Ausbildung zum Gefahrenbrigadier schon einmal gesehen. Damals hatte ich allerdings noch nicht gewusst, für was es stand.

Eine Flagge wurde aufgezogen, der schwarze Ryall auf weißem Grund flatterte im Wind. Ein Dutzend Marineinfanteristen in Schwarz standen aufgereiht an Deck und schienen auf etwas zu warten.

»Die Schwarzen Teufel …«

»… weiß nicht, was schlimmer ist, die oder die Sonnenteufel …«

»… so ein Glück, jetzt stehen wir genau zwischen ihnen.«

Ich fragte den Dunkelhaarigen: »Kannst du mir helfen, die Rahmen einzusetzen? Allein schaffe ich es nicht und ich muss bald aufbrechen.«

Seine Augen wanderten von mir zum Schiff. »Natürlich. Das Schiff verheißt nichts Gutes, nicht wahr?«

Ich nickte. »Aber nicht für Kyphros, jetzt noch nicht.«

»Niemals, hoffe ich.«

»Ich auch.« Aber wissen konnte ich es nicht.

Wir brauchten nicht lange, um die Fenster in die Mauer einzukeilen. Die Fensterbänke herzustellen und einzusetzen dauerte etwas länger. Die Bretter gerieten nicht so passgenau, wie ich es gern gehabt hätte, aber zumindest waren die Fenster wieder an ihrem Platz.

Dann packte ich die Werkzeuge zusammen.

»Gehst du schon?«, fragte der Krauskopf.

»Tut mir Leid. Ich wünschte, ich hätte mehr für euch tun können.«

»Ich hätte Tage mit den Fenstern zugebracht. Willst du wirklich nichts dafür verlangen?«

Ich schüttelte energisch den Kopf. »Wie gesagt, ich hätte gern mehr getan.« Dieses Gefühl hatte ich öfter. Ich schnürte die Satteltaschen zu und band Gairloch los. »Viel Glück.«

»Für einen Magier leistest du gute Arbeit.« Er warf einen Blick hinauf zu dem anderen Handwerker. »Vielleicht sind wir bis heute Abend fertig.«

»Nicht, wenn du nicht bald wieder heraufkommst.«

Ich ließ die beiden reden und ritt im flotten Trab zurück zur Kaserne. Ich sattelte Gairloch ab und striegelte ihn rasch, dann lief ich in den Waschraum.

»Wo warst du?«, fragte Tamra, als sie in den Waschraum stürzte. Ich wusch mir gerade Schmutz und Schweiß vom Körper.

»Unten am Hafen, habe dem Schiffsausrüster geholfen beim Wiederaufbau seines Hauses.« Ich trocknete mir das Gesicht.

»Dein Vater und Krystal warten schon auf dich.«

»Ich komme gleich.« Ich hielt inne. »Wo?«

»Im kleinen Speisesaal. Ich werde ihnen sagen, dass du kommst.«

Dayala, Justen, Tamra und Krystal standen bei meinem Vater, der einen Umschlag in der Hand hielt.

»Es tut mir Leid«, entschuldigte ich mich. »Ich war im Hafen, aber ich bin so schnell wie möglich gekommen, als ich das Schiff sah.«

»Dieser Brief ist an mich adressiert«, begann mein Vater. »Er stammt vom Schwarzen Rat.« Er blickte sich suchend im Speisesaal um. »Hamor versammelt eine große Flotte und scheint sich auf einen Angriff auf Nylan und Recluce vorzubereiten. Der Rat ersucht mich indirekt, jede Hilfe, die ich nur bekommen kann, mit zurück nach Recluce zu nehmen.«

»Viele Soldaten können wir nicht entbehren«, stellte Krystal sogleich klar.

»Ich glaube, der Rat hofft eher darauf, dass Justen

seine Meisterstücke der Vergangenheit wiederholt und dass Tamra und ich noch mehr Stürme erheben und dass Lerris mit Hilfe der Ordnung Chaos entfesselt, um damit Recluce zu verteidigen.«

Tamras Mund klappte auf und sie schloss ihn wieder. Sie wurde blass.

Ich sah meinen Vater an und er reichte mir den Brief. Der Kern der Bitte stand am Ende des Briefes in wenige Wörter gefasst, unter all den blumigen, leeren Floskeln.

> *... Wir können nicht von Euch verlangen, nach Recluce zurückzukehren, um uns bei der Verteidigung der Ordnung zu helfen, aber der Rat würde es hoch zu schätzen wissen, wenn Ihr, und alle anderen, die Ihr vielleicht dafür gewinnen könntet, wie den Magier Justen und Lerris und Tamra, Euch dazu entschließen könntet, die letzte Bastion der Ordnung gegen den Ansturm der dunklen Schiffe aus Hamor zu verteidigen ...*

»Du musst nicht gehen. Auch Tamra nicht«, sagte mein Vater. »Weder Recluce noch ich haben euch gut behandelt.«

Ich betrachtete sein Gesicht, das Alter und die Anspannung darin, und fragte mich, wie ich der Meinung gewesen sein konnte, dass ich ihm gleichgültig wäre.

»Das ist nun nicht mehr wichtig«, antwortete ich schließlich und mir wurde plötzlich klar, dass die Vergangenheit nicht zählte. Trotz der Fehler, die Recluce begangen hatte, trotz der Fehler meines Vaters – ich fragte mich bereits, ob es wirklich Fehler gewesen waren – sah ich mich nicht wirklich vor eine Wahl gestellt. Wenn Recluce Hamor nicht besiegte, würde Kyphros fallen und all das Gute zunichte gemacht werden, das Kasee und Krystal vollbracht hatten.

Recluce hatte sich früher auch in Candar eingemischt, meist, um wirklich böse Herrscher zu stürzen, und Justen hatte getan, was er konnte. Nein … vollkommen richtig hatte Recluce noch nie gehandelt, manchmal noch nicht einmal gut, und dann wieder hatten sie es gar unterlassen, etwas zu unternehmen … doch verglichen mit dem, was ich bereits erlebt hatte … blieb mir keine Wahl.

Ich wandte mich an Krystal. »Wie denkst du darüber?«

»Du hast Recht, ich gehe auch«, sagte Krystal.

»Hältst du es für gut?« Ich wollte sie nicht verletzen, und schon gar nicht verlassen.

»Ich denke genauso wie du – und«, fügte sie sanft hinzu, »von jetzt an werden wir beide leben oder beide sterben.«

Vielleicht bildete ich es mir nur ein, aber ich fühlte ihre innerliche Zerrissenheit genauso stark wie meine und ich ergriff ihre Hand. Da spürte ich es noch stärker. Wir sahen einander nur an.

Im Speisesaal herrschte Stille.

»Wenn wir gewinnen«, beeilte sich Krystal zu sagen, während sich unsere Hände noch immer berührten und ich ihre Leidenschaftlichkeit fühlte, »dann hat Kasee keine ernsthaften Sorgen mehr. Wenn wir verlieren, wird Hamor nichts mehr aufhalten.«

»Gar nichts?«, fragte Tamra, während sie sich Justen zuwendete.

Krystal beugte sich zu mir herüber und flüsterte: »Ich liebe dich. Das Erste, was du für mich getan hast, brachte dich fast ums Leben. Das Zweite ließ dich um mehr als zehn Jahre altern. Ein drittes Mal werde ich dich nicht allein gehen lassen.« Sie hielt für einen Augenblick inne und blickte mir in die Augen. Dann sprach sie in normaler Lautstärke weiter. »Sogar dein Vater hat verstanden. Er wollte mich hier haben.« Sie lächelte. »Du wirst nicht mehr der einzige Held sein.«

Nach einem Augenblick der feierlichen Stille fragte Tamra: »Wie werden wir nach Recluce gelangen?«

Mein Vater räusperte sich und das einsetzende Gemurmel verstummte sogleich wieder. »Ich habe den Kapitän gefragt, ob er uns mitnimmt, aber er schien nicht sehr erpicht darauf zu sein. Er sagte, dass der Rat bereits ein nordlanisches Schiff angeheuert hätte, das hier anlegen und uns nach Recluce bringen würde.«

»Noch immer ängstlich, selbst nach all den Jahren«, schnaubte Justen, »als könnte ich nicht einen genauen Plan der *Dylyss* aus dem Gedächtnis aufzeichnen. Viel hat sich in all der Zeit an den Schwarzen Schiffen nicht geändert.«

Manchmal konnte ich es kaum glauben, dass Justen einmal ein Schwarzer Ingenieur gewesen war, besonders wenn er sich wie ein nörglerischer Onkel aufspielte und nicht wie ein Magier, der Schwarze Kriegsschiffe gebaut hatte. Er hatte schließlich die Maschinen entwickelt, die Fairhaven zerstört hatten, Maschinen, die bis jetzt noch niemand nachbauen konnte, wofür ich sehr dankbar war. Und doch hätte ich nie gedacht, dass solche Fähigkeiten in ihm schlummerten, als ich ihn in der Schenke in Howlett getroffen hatte.

»Wir müssen Kasee aufsuchen«, sagte Krystal nachdenklich.

»Ja … natürlich.« Krystal diente schließlich dem Autarchen als Kommandantin und kein Ersuchen oder keine Einladung von Seiten des Rates aus Recluce konnten daran etwas ändern.

»Sie wird dich gehen lassen«, sagte Tamra. »Sie …«

Justen berührte Tamras Arm und sie verstummte.

»Gibt es noch etwas, das wir dem Autarchen mitteilen sollten?«, fragte Krystal.

»Ich denke, da weißt du mehr als wir«, antwortete mein Vater mit einem Lächeln.

Ich nickte, seine Worte klangen einfach besser als es meine je würden.

Wir verließen den kleinen Speisesaal und gingen durch den Flur auf den Hof. Mein Magen knurrte.

»Lerris ...«

»Entschuldige, aber ich habe seit dem Frühstück nichts gegessen.«

»Wirklich?«

»Ich war so beschäftigt.«

Wir überquerten den Hof.

»Was hast du denn getan? Du warst in der Stadt, nicht wahr?«

»Ich habe mich nützlich gemacht, dem Schiffsausrüster beim Wiederaufbau seines Hauses geholfen. Woher weißt du das?«

»Ich habe es gefühlt. Warum ...« Sie verstummte.

»Dayala hat etwas gesagt über das Vollbringen von guten Taten, ohne dafür Lob zu erwarten ... ganz gelingt es mir noch nicht, aber ich werde es noch hinkriegen.«

»Oh, Lerris.« Doch ihre Worte waren liebevoll – und auch die dahinterliegenden Gefühle.

Kasee hielt sich nach Auskunft des obersten Wachoffiziers im alten Arbeitszimmer auf, also gingen wir den holzgetäfelten Flur entlang zum Warteraum. Lange mussten wir allerdings nicht dort ausharren.

Kasee saß hinter einem alten, runden Tisch, umgeben von alten Bücherregalen und noch älterem Wissen. Ihre Haare schienen ungekämmt und ein Tintenfleck zierte ihre Wange, ihre Tunika wirkte verschlissen; dieses Bild gab keine rechte Herrscherin ab. Sie deutete auf die Stühle auf der gegenüberliegenden Seite des Tisches.

Wir setzten uns und ich geduldete mich, denn das meiste musste zwischen Krystal und dem Autarchen besprochen werden.

»Ich habe gehört, ein Schiff aus Recluce ist in Ruzor eingetroffen«, sagte Kasee.

»Es überbrachte eine Nachricht vom Schwarzen Rat.«

»Offensichtlich nicht für mich.«

»Nein, für Gunnar, sie bitten ihn um jede erdenkliche Hilfe, Justen, Lerris und Tamra eingeschlossen.« Krystal sprach langsam und klar. »Der Schwarze Rat glaubt, dass die Hamoraner gegen Recluce vorgehen werden, bevor sie einen erneuten Eroberungsversuch in Candar starten.«

»In diesem Fall wünsche ich ihnen alles Gute. Ich nehme an, du wirst gehen, Lerris?«

»Ich weiß noch nicht.«

Krystal griff nach meiner Hand und drückte sie. Ich erwiderte den Druck.

Der Autarch rieb sich die Stirn. »Ich vermute, dass diese Geschichte auch mich auf irgendeine Weise betreffen wird?«

»Ja. Lerris muss gehen, das heißt wir gehen beide.«

Für lange Sekunden herrschte Schweigen im Arbeitszimmer. Ich hielt den Atem an und fühlte, dass Krystal dasselbe tat.

»Willst du wirklich alles aufgeben, um Lerris an einen Ort zu begleiten, wo ihr beide den Tod finden könnt?«, fragte Kasee.

»Er war auch bereit, es für mich zu tun – und für Euch«, erwiderte Krystal. »Außerdem müsst Ihr die Hamoraner nicht mehr länger fürchten, wenn wir sie jetzt schlagen.«

»Ich bin mir nicht sicher, ob mir das Wort ›länger‹ gefällt.« Die Stimme des Autarchen klang trocken. Sie strich sich eine Strähne des nun fast silbernen Haares aus der Stirn, wodurch ein weiter Tintenfleck zum Vorschein kam.

»Keine Lösung ist von langer Dauer, ganz gleich, was Magier und Herrscher auch darüber denken«, sprudelte es aus mir heraus.

»Der Tod ist etwas sehr Dauerhaftes, junger Lerris.«

Damit brachte sie mich zum Schweigen und ich neigte den Kopf.

»Glaubst du wirklich, dass du etwas gegen diese hamorische Flotte ausrichten kannst?«, fragte sie mich.

»Ich muss es versuchen.« Ich zuckte die Schultern.

Kasee schürzte die Lippen und wandte sich an Krystal. »Wen soll ich dann zum Kommandanten ernennen?«

»Ihr könntet Subrella nehmen.«

Kasee lächelte. »Sie wird deine Aufgabe übernehmen, bis ihr zurückkommt.«

Kasee wollte damit zeigen, dass sie fest an unsere Wiederkehr glaubte.

»Wenn jemand Wunder vollbringen kann, dann ihr zwei.« Sie runzelte die Stirn. »Nehmt euch Soldaten zu eurem Schutz mit. Ich werde sie bezahlen. Eine vernünftigere Geldanlage gibt es für mich nicht.« Dann fügte sie noch mit einem traurigen Lächeln hinzu: »Versucht, heil zurückzukommen. Ich habe schon genug Kommandanten verloren.«

»Wir werden zurückkommen«, versicherte ich ihr.

»Ich glaube dir, Lerris, aber ich werde erst erleichtert sein, wenn ich euch wiedersehe.« Wir standen auf und verbeugten uns.

Draußen vor der Tür des Arbeitszimmers wandte sich Krystal an mich. »Warum bist du damit herausgeplatzt?«, fragte sie mich mit freundlicher Stimme.

»Mir war einfach danach und jemand, auf den ich große Stücke halte, riet mir einmal, ich sollte meinen Gefühlen vertrauen.«

Sie nahm meinen Arm und wir gingen über den Hof zurück zum Arbeitszimmer. Mein Magen knurrte und diesmal hörte ich dasselbe Geräusch auch aus Krystals Magengegend.

CXIV

Dellash, Delapra [Candar]

»Ihr wisst, Marschall, dass ein Schiff aus Recluce gesichtet wurde, das von Ruzor nach Nylan fuhr?« Stupelltrys Finger streichen fast zärtlich über das leere, blitzende Kristallglas, das auf dem Verandatisch steht.

»Das überrascht mich nicht gerade«, verkündet Dyrsse. »Ich schließe daraus, dass die Schwarzen Teufel ihre Magier zurückholen.«

»Werdet Ihr jetzt Kyphros erneut angreifen? Der Sieg wäre Euch sicher.«

»Warum sollte ich? Der Befehl des Kaisers lautet, die Schlangen in Recluce ein für allemal zu vernichten. Das ist unsere Pflicht. Das war schon immer unsere Pflicht. Wenn wir sie vernichten, wird auch Candar fallen. Wenn wir versagen, wird es uns nie gelingen, Candar einzunehmen. Außerdem können sie die Magier genauso schnell zurückbringen, wie sie sie geholt haben. Ihre Schiffe sind schneller als unsere.«

»Schnelligkeit ist nicht alles«, bemerkt Stupelltry. »Sie verfügen weder über Kanonen noch über Truppen in der Anzahl und so gut ausgebildet wie unsere. Sie verlassen sich vielleicht auf Magie, aber ich ziehe Kanonen vor, gut bearbeiteten Stahl und Gewehre, die töten, noch bevor das Schwert ausholt. Mit einem Gewehr verfügt jeder Soldat über die gleiche Macht wie ein durchschnittlicher Magier und es gibt weit mehr Soldaten als Magier.«

»Das ist wahr.« Dyrsse deutet auf den Krug auf dem Tisch. »Darf ich Euch von dem Wein anbieten? Man hat mir versichert, dass er für einen candarischen Wein sehr gut schmeckt.«

»Nein, danke. Zweifellos kann er mit den Weinen, die der Kaiser bevorzugt, nicht konkurrieren.« Stupelltry lächelt.

»Zweifellos, aber ich würde mich nicht auf das Raten verlegen, wenn es um die Wünsche des Kaisers geht. Meine Pflicht ist es, die Befehle des Kaisers so auszuführen, wie er sie erteilt, nicht wie ich glaube, sie zu verstehen.«

»Ja, seine Befehle ...«, überlegt der Flottenkommandant. »Sie sind unser oberstes Gebot. Wir werden der Schnelligkeit ihrer Schiffe die Anzahl unserer Kanonen entgegensetzen. Jede Kanone reicht weiter als der größte Feuerstrahl dieser Magier.« Er hält inne. »Seid Ihr sicher, dass diese Schiffe wirklich so schnell sind?«

»Sie haben es sehr überzeugend vorgeführt. Auch das ist ein Grund dafür, jetzt zuzuschlagen, bevor sie noch mehr solche Schiffe bauen können und bevor ihre Magier sich von den letzten Taten erholt haben.«

»Wäre es nicht doch einfacher, einen Angriff auf Candar zu starten, um den Kontinent ganz einzunehmen? Das würde uns einen sicheren Ausgangspunkt bescheren.«

»Warum? Wir haben bereits Freistadt, Pyrdya, Renklaar und Worrak im Osten eingenommen, wir kontrollieren Sommerhafen, Südhafen und Biehl im Westen. Reicht das nicht?« Dyrsse deutet nochmals auf das leere Kelchglas. »Seid Ihr sicher, dass Ihr nicht doch etwas Wein wünscht?«

»Ich schätze Eure Gastfreundschaft, aber ich muss ablehnen.« Stupelltry deutet mit dem Kopf auf die Schiffe, die sich im und um den Hafen von Dellash herum versammelt haben. »Da Ihr und der Kaiser fest entschlossen seid, werde ich mich auf den Steinbrechereinsatz vorbereiten und dafür brauche ich einen klaren Kopf.«

CXV

Die *Dylyss* verschwand, nachdem mein Vater den Brief an Bord gebracht hatte, der besagte, dass er mit so viel Hilfe wie möglich zurückkehren würde. Der Kapitän hatte versprochen, dass ein nordlanisches Schiff im Lauf der nächsten paar Tage in Ruzor einlaufen würde.

»Ein paar Tage?«, fragte Tamra beim Frühstück. »Ein paar Tage? Erst wollen sie Hilfe und dann …«

»Eine große Flotte ist nicht so beweglich«, bemerkte mein Vater. »Die meisten der hamorischen Schiffe befinden sich in Dellash, so berichtete der Kapitän, und einige sind noch auf dem Weg von Hamor hierher. Das sind drei Tage von hier und weitere drei bis Recluce. In Freistadt und Renklaar werden sie wahrscheinlich frisches Wasser und Lebensmittel laden.«

»Und doch …«, murmelte Tamra, während sie auf dem harten Brot herumkaute.

Schlichte Tatsache war, dass wir kein Schiff hatten und Recluce nicht wollte, dass wir auf einem der geheimen Schiffe fuhren.

Nachdem wir alle das harte Brot und den noch härteren Käse hinuntergewürgt hatten, gingen Krystal und ich hinaus in den Hof. Wir spazierten durch das nun etwas schwächere Sonnenlicht, der Herbst nahte. Die Wärme tat mir gut, obwohl ich nicht fror.

»Ist dir kalt?«, fragte ich.

»Die Sonne tut gut.«

Fühlte ich, was auch sie fühlte?

»Ja.« Meine Worte wurden von einem Lächeln begleitet.

Ich berührte ihre Finger und das Frösteln und die Sehnsucht nach Sonne verstärkten sich.

»Es ist seltsam.«

»Dir ist warm genug«, sagte sie, »aber mich fröstelt ein wenig.«

Schweigen.

»Hast du mit den Gardisten gesprochen?«, fragte ich schließlich.

»Ich weiß nicht, ob ich Perron mitnehmen soll«, überlegte Krystal. »Er hat einen drei Monate alten Sohn.«

»Weldein würde bestimmt mitkommen«, schlug ich vor.

»Hast du es bemerkt?«

»Ja, sogar *ich* habe das bemerkt.«

»Kasee hätte wahrscheinlich nichts dagegen, aber ich muss in jedem Fall mit ihr darüber sprechen. Was wirst du tun?«

Ich wusste es noch nicht genau. »Vielleicht helfe ich wieder im Hafen.«

»Hmmmm … tja … sie können jede Hilfe gebrauchen.«

Ich fühlte Zweifel. »Hast du etwas dagegen?«

»Ja. Aber ich weiß nicht, warum.«

»Ich werde Gairloch striegeln und darüber nachdenken, während du mit Kasee sprichst.« Ich küsste ihre Wange, sie duftete angenehm.

»Wüstling.«

Das stimmte. Ich konnte es nicht leugnen, aber sie lächelte und ich hoffte, sie würde immer lächeln. Dann verschwand sie in der Residenz des Autarchen.

Ich war gerade mit dem Striegeln fertig, da schlenderte Justen in den Stall, obwohl ein Grauer Magier natürlich nicht schlenderte – er schritt würdig einher. Sein Blick fiel auf das Werkzeug. »Ich sehe, du erwägst, ein weiteres Mal beim Wiederaufbau von Ruzor zu helfen.«

»Ich habe darüber nachgedacht.«

Seine Haut hatte sich wieder geglättet, doch sein Haar blieb grau und er sah insgesamt älter aus. »Hast du schon darüber nachgedacht, wie du es mit der Großen Flotte der Hamoraner aufnehmen kannst?«

»Nein.« Ich wollte erst darüber nachdenken, wenn es soweit war.

Er seufzte und ich wusste sofort, dass ich etwas Falsches gesagt hatte. Ich legte den Striegel beiseite und gab Gairloch einen Klaps auf den Hals.

Er wieherte als Antwort.

»Ich weiß. Onkel Justen hat seinen Neffen daran erinnert, dass er ein weiteres Mal seine Pflichten vernachlässigt hat.« Ich lächelte Justen an. »Wohin sollen wir gehen?«

Er setzte sich auf einen Heuballen. »Hier ist es so gut wie überall.«

Ich setzte mich auf einen anderen Ballen.

Justen sah mich an. Schließlich fragte er: »Du liebst Krystal, nicht wahr?«

Ich nickte.

»Wenn du sie nicht töten willst, warum fängst du dann nicht an nachzudenken?« Er hob abwehrend die Hand. »Ich habe dich beim Schreinern gesehen. Du planst. Du zeichnest. Du prüfst das Holz. Du probierst Firniswachs aus und noch viele andere Dinge, von denen ich nie etwas verstehen werde. Warum verfährst du mit Ordnung und Chaos nicht auf die gleiche Weise?«

Ich überlegte. Worin lag der Unterschied? Es gab keinen. Ich konnte nur den Kopf schütteln.

Er stand auf.

»Warte. Du willst das alles mir auferlegen. Der Rat hat meinen Vater gefragt.«

»Dein Vater tötete sich beinahe selbst, als er dreißig Schiffe in einer kleinen Bucht zerstörte. Ich alterte um viele Jahre, als ich mehrere tausend Soldaten vernichtete, und ich konnte mich auf deine und auf Dayalas Hilfe stützen.«

»Ich bin auch gealtert ...«

»Ja, aus Dummheit und aus Mangel an Planung und Vorbereitung.« Er zuckte mit den Achseln. »Jetzt musst du entscheiden. Ich wollte dich nur darauf aufmerksam machen.«

Er grüßte und ging hinaus. Ich packte die Werkzeuge wieder aus und legte sie zurück in die Kiste, in der ich sie aufbewahrte. Dann ging ich hinunter zur alten Festung. Ich wusste, dort würde ich allein sein.

Der Trümmerhaufen vor der Kaserne war verschwunden, doch das Loch gähnte noch immer in der Mauer. Es gab nicht genügend Steinmetzen für alle Löcher in Ruzor. Zwischen den Steinen glitzerte etwas und ich beugte mich hinunter. Ein Glied von einer Silberhalskette schien zwischen die Ziegel gemauert worden zu sein. Um wessen Kette es sich wohl handeln mochte? Wie lange lag sie schon zwischen den Steinen? Ich betrachtete nachdenklich die Mauer, fühlte das Alter und fragte mich, ob von uns allen nur Kettenglieder oder noch weniger übrig blieb. Ich schluckte und ging weiter.

Die Festung erwies sich als nicht so ruhig wie in meiner Erinnerung. Der Eisenhändler aus Spidlar hatte die heruntergefallenen Steine weggeschafft, um den Wellenbrecher für seine Wagen und Arbeiter zugänglich zu machen. Wie Ameisen krochen sie auf dem hamorischen Schiffsrumpf herum. Klirrende Hammerschläge hallten durch den Hafen.

Ich stieß mit dem Fuß gegen einen zerborstenen Stein und er klatschte ins Wasser. Was konnte ich tun? Ich meinte, was konnte ich wirklich unternehmen? Die Steine häuften sich auf dem Wellenbrecher und veranschaulichten das Leistungsvermögen der hamorischen Kanonen. Hunderte von Schiffen konnten genug Kugeln auf Nylan abfeuern, um die Stadt in einen Kieshaufen zu verwandeln. Draußen in den Osthörnern war ich nicht einmal in der Lage gewesen, einen Felsblock abzulenken, ohne beinahe zermalmt zu werden. Ich konnte es mir nicht vorstellen, Kanonenkugeln aufzuhalten.

Ich stieß einen weiteren Steinsplitter ins Hafenwasser und betrachtete den dunklen Schiffsrumpf, den die Mannschaft des spidlarischen Eisenhändlers auseinander nahm.

Bereits durch die Luft fliegende Kanonenkugeln konnte ich nicht aufhalten, das bedeutete, dass ich die Schiffe davon abhalten musste, die Kugeln abzufeuern. Aber wie?

Wieder ertrank ein Stein im Wasser. Ich schickte meine Sinne zu dem Schiffsrumpf im kalten Wasser. Ich zitterte. Die letzten Tage vor unserem Aufbruch schienen nicht auszureichen für das, was ich noch lernen musste.

CXVI

Wie vom Kapitän der *Dylyss* angekündigt, lief drei Tage später ein nordlanisches Schiff im Hafen von Ruzor ein. Bei der *Königin Feydr* handelte es sich wie bei der *Eidolon,* die uns nach Candar gebracht hatte, um ein älteres Schiff mit Schaufelrädern und blinkenden Messingtafeln.

»Unsere Schiffspassage wird vom Rat bezahlt«, sagte mein Vater, als wir die Pier entlanggingen.

»Sehr großzügig von ihnen«, nörgelte Justen. »Sie haben uns ja schließlich um Hilfe gebeten.«

»Das Schiff bringt uns allerdings nach Landende und nicht nach Nylan.«

»Das ist eine Fünftagesreise von hier, sie warten doch auf uns ...« Tamra ließ sich entrüstet darüber aus, wie dumm es vom Rat wäre, uns nicht einfach auf der *Dylyss* mitfahren zu lassen. Ich konnte die Entscheidung des Rates vollkommen verstehen, hielt sie zwar nicht für sonderlich weise, aber verständlich in Anbetracht ihrer Befürchtungen.

Ich dachte kurz an Gairloch, der im Stall der Kaserne in Ruzor zurückbleiben musste, da die *Königin Feydr* über keine Boxen verfügte und auch sonst über keinerlei Vorrichtungen für die Verschiffung von Pferden. Berli hatte versprochen, sich um Gairloch und Rosenfuß zu kümmern, mehr konnte ich nicht für ihn tun.

Als wir die Laufplanke hinaufgingen, begrüßte der Kapitän jeden Einzelnen von uns, doch die unterhaltsameren Bemerkungen bekam ich von der Mannschaft zu hören.

»... so viele verfluchte Magier habe ich noch nie auf einem Haufen gesehen ...«

»... auf dieser Überfahrt verdienen wir uns eine extra Prämie ...«

»... sie ist eine Druidin ...«

»... eine Druidin? Oh, Mist ...«

»... drei Graue Magier.«

»... schlimmer als Mist, Murek.«

Es gefiel mir nicht sonderlich, schlimmer als Mist eingestuft zu werden, bestenfalls eine sehr zweifelhafte Unterscheidung.

Tamra, Krystal, Haithen und ich teilten uns eine Kabine, während Justen und Dayala die kleinste für sich beanspruchten; Weldein, mein Vater und die zwei anderen Gardisten, Dercas und Jinsa, wurden in der dritten Kabine untergebracht.

Kaum standen wir an Bord, ließ der Kapitän die Leinen losmachen und die Schaufelräder begannen zu arbeiten. Mit tosendem Stampfen der Räder lief die *Königin Feydr* aus.

Seite an Seite standen Krystal und ich an der hölzernen Reling. Ruzor verschwand langsam am Horizont, der leicht beißende Rauch aus dem Schornstein nebelte uns ein.

»Bereust du es noch nicht, dass du mitgekommen bist?«

»Bereuen?«, fragte Krystal. »Doch. Aber wir gehören zusammen. Die Frage, ob ja oder nein, stellt sich nicht. Mir wäre lieber, wir könnten in Ruzor bleiben, aber das geht nicht. Hamor würde uns dort vernichten.«

Jetzt musste ich einen Weg finden, um die Hamoraner und ihre Flotte zu zerstören.

»Ja.« Sie beantwortete meine unausgesprochenen Gedanken, was immer häufiger zwischen uns vorkam.

Mir schwebte schon ein Weg vor, wie ich es angehen könnte. Nur eine Vorstellung. Dazu würde ich jedes auch noch so kleine Stückchen geschmolzenes Eisen unter Recluce und dem Golf brauchen und zusätzlich die größte Sturmenergie, die mein Vater und Tamra freisetzen konnten. Für dieses Vorhaben würden wir mehr Glück brauchen als irgendein Mensch je gehabt hatte – und doch könnte es schiefgehen.

»Wir müssen tun, was getan werden muss«, bestärkte mich Krystal.

Nachdem die *Königin Feydr* die Bucht hinter sich gelassen hatte, setzte starker Seegang ein und Tamra hing über der Reling. Schon auf dem Weg von Recluce nach Candar war sie seekrank gewesen.

Diesmal stand ihr jedoch Weldein zur Seite. Im Gegensatz zu mir damals besaß er genug Feingefühl und schwieg, war einfach da. Der junge Sub-Offizier besaß Mut, so viel schien sicher. Ich hoffte nur, dass ihn seine Gefühle nicht zu sehr blendeten, denn Tamra verhielt sich oft nicht gerade liebenswürdig.

Justen und Dayala standen am Heck des Schiffes, der Wind zerzauste ihre Haare.

»Ich muss mit Dayala sprechen. Hast du etwas dagegen?«, wollte Krystal wissen.

Ich fühlte die Wichtigkeit und ihr Bedürfnis. »Nein. Nicht allzu viel.«

»Es betrifft auch uns, aber ich würde ...« Sie sagte die Wahrheit.

Ich musste lachen. »Geh schon.«

Sie ging an der Reling entlang zum Heck. Ich beobachtete die beiden Frauen, sie lehnten sich über die Reling und genossen die Meeresbrise und die Sonne. Dayala runzelte die Stirn über etwas und Krystal berührte ihren Arm. Schließlich nickte Dayala und lächelte, doch es war ein trauriges Lächeln.

Die Druidin schien etwas zu erklären und ich wandte mich ab. Was immer es auch sein mochte, Dayala konnte es mit Sicherheit besser erklären als ich. Auch viel besser als Justen.

Justen hatte die beiden Frauen allein gelassen und ging nun an der Reling entlang. Neben mir blieb er stehen. »Wie geht es dir?«

»Du meinst wohl, wie ich vorankomme mit meinen Vorbereitungen zu Zerstörung und Unheil?«

»Vielleicht hilft es dir, wenn du es nicht ganz so negativ betrachtest.«

»Das tue ich nicht. Ich werde Unmengen von Eisen und Ordnung brauchen und einen Sturm und wer weiß was noch alles.«

Justen wartete.

»Ich glaube, ich könnte tun, was du getan hast. Nur werde ich Kanäle durch das Wasser ziehen müssen, wenn mein Vater Ordnungs-Stürme entfacht.«

»Für dreihundert Schiffe?«

»Ich dachte, ich verwende das Wasser, über das die Hamoraner segeln werden, als Chaos bindendes Mittel.«

»Über das sie mit Dampfkraft fahren werden«, korrigierte mich Justen, dann legte er die Stirn in Falten. »Es könnte gehen. Aber wir brauchen sehr, sehr viel Ordnung dazu.«

Da musste ich ihm beipflichten, ich mochte mir gar nicht vorstellen, wie viel Ordnung.

»Wenn du schon bald mit der Vorbereitung der Kanäle beginnst, gelingt es vielleicht.«

»Wie bald?«

»Sobald du den Fuß auf Recluce setzt.« Er nickte zu Krystal hinüber. »Deine Gemahlin plant ebenfalls auf lange Sicht.«

»Wir haben ja auch ein großes Problem.« Ihr Lachen klang gezwungen.

»Das haben wir, leider.« Justen drehte sich um und ging.

»Worüber habt ihr gesprochen?«

»Tod, Unheil und Zerstörung und wie man diese schrecklichen Dinge heraufbeschwört.« Ich presste ein Lachen hervor.

»Aber es ist dir zuwider.«

»Nein.« Ich sah sie an. »Es wird schwieriger, nicht wahr?«

»Uns selbst zu täuschen? Ja.«

»Ich mag nicht, was ich plane, und doch fällt mir keine bessere Lösung ein. Justen auch nicht.«

»Das bereitet ihm große Sorgen. Dayala hat es mir gesagt.«

»Dann bereitet es auch uns Sorgen.«

Sie drückte meinen Arm und ich fühlte die Wärme und Zuneigung. Ich schloss die Augen und genoss das Gefühl.

»Das machst du nicht oft.«

»Nicht oft genug.«

Krystal und ich unterhielten uns weiter und beobachteten Tamra und Weldein und die Mannschaft, bis wir zum Essen gerufen wurden.

Als wir die Messe betraten, saß mein Vater bereits am Ende eines hölzernen Tisches, der am Boden festgeschraubt war. »Der Tee ist stark. Das riecht man, aber der Zwieback schmeckt gut. Der Käse wird wahrscheinlich trocken und hart sein.«

»Ausgeruht?«, fragte ich.

»Nachgedacht«, antwortete er lächelnd.

Abgesehen vom Käse mundete alles gut, Zwieback, Tee und auch die getrockneten Früchte – wenngleich sie etwas zäh waren.

Nach dem einfachen und trockenen – aber ausreichenden – Mahl gingen Krystal und ich wieder an Deck.

Der Schaum auf den Wellen, dort wo der Bug das Wasser entzweischnitt, schien fast zu glühen im Abendlicht und der Seegang hatte nachgelassen. Tamra stand vorn am Bug, dort blies der Wind am stärksten.

»Kann man seiner Vergangenheit jemals entkommen?«, fragte ich mich, während ich über meine Rückkehr nach Recluce nachdachte.

»Nein«, warf Justen ein, der sich mit Dayala näherte. »Die Menschen denken, sie könnten es, aber viele wollen den Preis nicht bezahlen.«

»Warum nicht?«, fragte Krystal ruhig. »Ist er so hoch?«

»Hoch genug«, antwortete Dayala. »Wer will schon ehrlich seine Fehler zugeben und nicht anderen die Schuld dafür zuweisen? Wer kann schon akzeptieren, dass die Vergangenheit nicht zu ändern ist, nur die Gegenwart?«

Krystal und mich durchlief ein Schauder und unsere Hände suchten und fanden sich.

CXVII

Als die *Königin Feydr* sich der alten Steinpier in Landende näherte, der Pier, die angeblich die Gründer gebaut hatten, wartete dort jemand in der Spätnachmittagssonne. Kein Wind strich über den Hafen, was ungewöhnlich war für Landende. Ich erkannte das kurze Haar und die schlanke Gestalt. So auch mein Vater, doch er hob nur die Hand.

»Deine Mutter?«, fragte Krystal.

Ich nickte, als sie den Arm zur Begrüßung hob.

»Klar zum Anlegen!« Ein Matrose sprang auf die Pier und schlang das Tau um den ersten Poller, dann raste er zum nächsten.

»Langsam! Langsam!«

Die *Königin Feydr* glitt an die Pier. An der Seite dämpften schwere Hanffender das Schiff, als die Matrosen den alten Dampfer festmachten.

»Es war mir ein Vergnügen, Euch gedient zu haben«, meinte der Kapitän, während er darauf wartete, dass die Laufplanke ausgelegt wurde. »Wir hoffen alle darauf, dass Ihr die Hamoraner besiegen werdet. Wir überlassen ihnen nicht gern auch noch den Handel mit dem Osten Candars.«

»Wir tun, was wir können, Kapitän.« Mein Vater neigte den Kopf.

»... dem möchte ich nicht über den Weg laufen ...«, murmelte ein Matrose auf der Pier.

»... meide sie, wenn du kannst; wenn das nicht geht, sei nett zu ihnen ...«

Justen und die silberhaarige Dayala gingen hinter meinem Vater die Laufplanke hinunter. Dann kamen Tamra, Krystal und ich, hinter uns Weldein und die restlichen Soldaten der Garde.

Mein Vater umarmte meine Mutter lange, länger als jemals zuvor, oder wahrscheinlich nur länger, als ich es je gesehen hatte. Nun verstand ich, leider. Was auch immer geschehen würde, etwas Gutes konnte es nicht sein. Meine Mutter hatte Wandernicht so gut wie niemals verlassen. Ich warf einen Blick auf Dayala, sie hielt Justens Hand. Auch Druiden verließen den Großen Wald von Naclos für gewöhnlich nicht.

Ich drückte Krystals Hand und fühlte auch ihre Traurigkeit, als wir uns alle um meine Mutter und meinen Vater versammelten.

»Donara, das sind Dayala und Justen.« Sogar als er meiner Mutter seinen Bruder vorstellte, hielt er ihre Hand, als wollte er sie nie wieder loslassen.

»Mutter«, sagte ich, »das ist Krystal.«

»Du bist schön, obwohl das neben deinen anderen Fähigkeiten bestimmt nur zweitrangig ist.«

Ihre Augen musterten uns. »Ich glaube nicht, dass ihr euch in Recluce gefunden hättet, und so sollten wir uns freuen.«

Die Soldaten und Tamra hielten sich zurück, aber ich deutete auf sie. »Das sind Tamra und Weldein, Dercas, Jinsa und Haithen.«

»Ihr wirkt alle sehr eindrucksvoll.« Mutter lächelte.

Eindrucksvoll? Vielleicht waren wir das wirklich. Beeindruckend aufgrund unserer Überheblichkeit und weil wir ernsthaft glaubten, dass wir uns hunderten von Eisenschiffen und tausenden von tödlichen Kanonenkugeln widersetzen konnten.

»Sei nicht so zynisch«, flüsterte Krystal, die Worte klangen jedoch warm und freundlich.

»Ich konnte den Rat dazu bewegen, für uns zu bürgen«, erklärte meine Mutter. »Wir können über zwei der Gästehäuser in der alten Herberge verfügen, nur die Mahlzeiten müssen wir selbst bezahlen. Ich habe Pferde besorgt. Ich dachte, das wäre allen lieber als eine Kutsche.« Sie warf erst mir einen Blick zu und dann Justen. »Bergpferde gab es leider keine.«

Ich grinste. Langsam gingen wir die alte Pier entlang, das Wasser plätscherte gegen die Steine und die Mannschaft der *Königin Feydr* bereitete unter lautem Rufen und Gepolter die Abfahrt aus Landende vor.

»Sie laden nicht einmal aus«, bemerkte Dercas. »Das schlägt dem Fass doch fast den Boden aus.«

»Sie wollen so schnell wie möglich weg von Recluce«, antwortete Tamra.

»Würdest du hier bleiben, wenn du die Wahl hättest?«, fragte Haithen.

Vor uns gingen meine Eltern Arm in Arm über die feuchten Steine der Pier, Justen und Dayala taten es ihnen gleich. Die Stadt lag bereits im Schatten der Hügel im Westen, nur die alte Flagge – eine Rose, gekreuzt mit einem Schwert –, die über der alten Festung wehte, fing noch das letzte Sonnenlicht ein.

Wir marschierten an der einstöckigen Hafenmeisterei zwischen der alten und der neuen Pier vorbei – die neue zählte immerhin bereits sechshundert Jahre. Über dem Gebäude wehte die jetzige Flagge von Recluce: der schwarze Ryall auf weißem Grund. Die Fahne flackerte heftig im Windstoß, der von den Hügeln wehte, als wir vorbeiflanierten.

Tamra schüttelte den Kopf und murmelte etwas vor sich hin, das ich nicht verstand. Weldein hustete leise und ich drehte mich um; ich versuchte, die Stirn nicht in Falten zu legen.

»Wo ist diese Herberge?«

»Hier links und dann die Gasse hinauf«, erklärte Krystal. »Das größere Gebäude ist die Herberge, der Stall befindet sich dahinter. Auf dem kleinen Hügel neben dem Stall stehen die Gästehäuser.« Zweifellos kannte sie sich aus in Landende.

Die Gaslampen am *Gasthof der Gründer* flammten auf, als wir ankamen. Die durch Zeit und Fußtritte geglätteten schwarzen Steine der Straße spiegelten das gelbe Licht wider.

Vor der Herberge sprang ein Mädchen in brauner Lederkleidung auf, als sie uns sah. »Die Gästehäuser sind links neben den Ställen und das Abendmahl wird gleich serviert.«

»Danke.« Mein Vater verneigte leicht den Kopf.

»Gibt es denn genug Platz in den Gästehäusern?«, fragte Tamra.

»Jedes Gästehaus besitzt vier Schlafzimmer, jeweils mit fließendem Wasser und Dusche«, erklärte meine Mutter.

»… die waschen sich wohl gern hier …«, brummte Dercas.

»Das wird dir und auch uns nur gut tun«, säuselte Haithen.

Wir blieben vor dem kleineren Gästehaus stehen.

»Wenn ihr nichts dagegen habt«, sagte meine Mutter lächelnd, »werden wir mit der längeren Vergangenheit das kleinere Haus nehmen.«

Wir anderen gingen zum zweiten Haus, wo Weldein uns die Tür aufhielt. Tamra dankte ihm mit einem übertriebenen Nicken.

Krystal und mir wurde das Zimmer im westlichen Teil des Hauses zugeteilt. Eine Sitzecke mit Tisch und zwei Armstühlen vervollkommnete das Schlafzimmer mit dem doppelt breiten Bett, der Frisierkommode und den zwei Schränken. Die Bettdecke zeigte ein einfaches Muster aus silbernen und blauen Kreisen und es gab richtige Laken. Hinter dem großen Schlafzimmer befand sich das Bad mit einer Dusche, jedoch ohne Wanne.

Wir packten unsere Tornister aus, legten das meiste in den Schrank und hängten die Kleider auf. Den Stab lehnte ich an einen Schrank.

»Ich werde jetzt eine Dusche nehmen«, sagte Krystal.

»Du kannst natürlich zuerst duschen.« Ich setzte mich derweil in einen Stuhl und fühlte mich schmutzig. Meine Kopfhaut juckte von der Salzgischt und die Beine schmerzten.

Ich musste eingenickt sein, denn Krystal stand plötzlich vor mir mit nassem Haar und in ein Handtuch gewickelt. »Du kannst jetzt ins Bad.«

Nach einem langen, zärtlichen Kuss nahm ich eine

Dusche. Das Wasser kühlte langsam ab, wahrscheinlich duschten alle und das warme Wasser aus den sonnengewärmten Zisternen auf dem Dach ging zu Ende. Dennoch empfand ich es als Wohltat. Anschließend wusch ich meine schmutzigen Sachen und hängte sie über die Dusche.

Krystal hatte bereits die grüne Uniform angezogen, als ich aus dem Bad kam. »Was wirst du anziehen?«

»Die grauen Sachen.«

»Da wird Tamra lachen.«

»Lass sie doch. Mir ist danach.«

»Gut. Hoffentlich ist dir später auch noch nach etwas anderem.« Für das warme, fast anzügliche Lächeln nahm ich gern das Grau in Kauf.

Ganz in Grau und Grün gekleidet, marschierten wir die enge Gasse hinunter zur Schenke. Das Mädchen von vorhin öffnete uns die Tür. Misstrauisch musterte sie meine graue Kleidung.

Im Schankraum herrschte angenehme Kühle, einige der Bleiglasfenster standen angelehnt. Eine Handvoll Tische war besetzt, meist von Männern, nur ein Pärchen saß in der einen Ecke und zwei Frauen neben der Tür. In der anderen Ecke hatten Weldein, Tamra und die anderen Gardisten an einem großen, runden Tisch Platz genommen. Weldein winkte. »Kommandantin.«

Wir durchquerten den Raum und setzten uns zu ihnen. Einige der Männer starrten von Weldein zu Krystal und zu der tödlichen Klinge, die ein Teil von ihr zu sein schien.

»… grün … kyphrisch … und der Graue?«

»… muss ein Grauer Magier sein … riecht nach Ärger …«

»… draußen steht noch ein Grauer Magier.«

»… das verheißt nichts Gutes …«

»… Söldner, viele Söldner … Kommandantin … kälter als das Dach der Welt …«

Es herrschte wohl die allgemeine Ansicht, dass wir gefährlich aussahen, und ich musste zugeben, das gefiel mir.

»Du bist schrecklich«, murmelte Krystal.

»Nicht so schrecklich wie du.«

Die Tischplatte aus Roteiche hatten Pflege und Alter geglättet, echtes Zinnbesteck und graue Trinkgläser standen darauf. Wir setzten uns, ich hatte Haithen neben mir und Krystal saß neben Tamra.

»Im weißen Krug ist Rotbeerensaft und Bier im grauen«, klärte uns Weldein auf.

»Das Brot schmeckt gut«, murmelte Dercas und fingerte eine Scheibe Brot mit dunkler Kruste aus dem Korb. »Wirklich gut.« Ein weiterer Korb stand zwischen Tamra und Krystal.

»Das werden auch einmal deine letzten Worte sein«, lachte Jinsa.

Die blonde Schankmaid blieb neben Krystal stehen. »Man sagte mir, ich solle auf Euch warten. Heute Abend gibt es Weißfisch mit gebackenen Quilla-Wurzeln oder gegrillte Koteletts, auch mit Quilla als Beilage. Als Nachspeise kann ich Euch Honigmaiskuchen anbieten.« Sie nickte bei jeder Bestellung und ging.

Ich füllte Krystals Glas mit Bier und meines mit Rotbeerensaft. »Kann ich etwas Brot haben?«

»Nervös?« Krystal nippte an ihrem grauen Glas und reichte mir den Korb.

»Ein wenig.« Das warme, knusprige Schwarzbrot duftete nach Trilia.

»Ich auch.«

»Wer wäre das nicht in so einer Lage?«, fragte Tamra.

Zum allerersten Mal gab Tamra etwas zu.

»Es gibt für alles ein erstes Mal«, meinte Krystal leise.

Tamra zog fragend die Augenbrauen hoch, sagte jedoch nichts.

Ich versuchte, den Schauder zu unterdrücken, als ich

ihre Beunruhigung fühlte. Jeder von uns spürte immer deutlicher, was der andere dachte und fühlte. Ich biss in eine Brotscheibe und gab Krystal den Korb zurück.

»Nein, danke.«

»Ihr zwei werdet euch immer ähnlicher«, bemerkte Tamra.

Tamra hatte das Lebensband zwischen Justen und Dayala erkannt, mit Sicherheit konnte sie auch unseres sehen, obwohl es noch sehr schwach war.

Krystal lachte. »Lass sie raten.«

Tamra hob die linke Augenbraue.

Weldein räusperte sich.

»Das Brot ist wirklich gut«, sagte Dercas.

Die Schankmaid kehrte mit dem Fisch zurück, sie servierte zuerst Krystal, dann Tamra und mir. Krystal schnitt mit dem Messer, blitzschnell und geschickt wie immer, ein Stück ab. Mein Magen knurrte – zwei Mal. Wie lange schon hatten wir nichts Anständiges mehr zu essen gehabt, außer Brot, Käse und getrockneten Früchten – oder Hammelfleisch?

Meine Eltern kamen zusammen mit Justen und Dayala in den Schankraum, was wiederum ein Gemurmel entfachte.

»… noch so ein Grauer Bursche … und eine Druidin … muss eine sein … barfuß …«

»… glaube, der Große in Schwarz ist ein Sturm-Magier …«

»… nie so viel Ärger auf einem Haufen gesehen …«

Zwei Männer warfen hastig Münzen auf den Tisch und eilten hinaus.

»Jetzt verstehe ich, warum die Leute Recluce nicht mögen«, sagte Haithen nach einem Schluck Rotbeerensaft.

In meinem Mund befand sich so viel warmer, köstlicher Fisch, dass ich ihn nicht zu öffnen wagte.

»Ach ja?«, fragte Tamra.

»Es ist reich und das Essen schmeckt gut.«

Quilla sollte gut schmecken? Ein kleiner Bissen davon überzeugte mich wieder, dass die Wurzel noch genauso hart war wie in meiner Erinnerung, und noch immer schmeckte sie nach Sägespänen. Doch der Weißfisch mundete köstlich und die goldene Soße verlieh ihm genau die richtige Würze.

Als wir fertig gegessen hatten, räumte die Schankmaid die großen braunen Teller ab und brachte kleinere, hellbraune Schälchen mit je einem großen Stück honiggetränktem Maiskuchen.

»Sehr gut, der Kuchen!«, staunte Dercas.

»Die Reise geht ihm im wahrsten Sinne des Wortes durch den Magen.«

»Keine schlechte Fortbewegungsart.«

Trotz der beträchtlichen Größe der Kuchenstücke hatte keiner von uns Mühe, aufzuessen. Ich hatte schon ganz vergessen, wie gut Carnanüsse mit Honig schmeckten.

Als die Schankmaid vorbeikam, fragte ich sie: »Wie viel?«

Sie schüttelte den Kopf. »Der Schwarze Magier zahlt für alle.« Sie lachte, als mir staunend der Mund offen blieb.

Tamra runzelte die Stirn. »Da stimmt etwas nicht.«

Krystal und ich wandten uns zu ihr.

»Nein«, sagte sie, »das geht nicht. Wirklich nicht.«

»Einen Augenblick.« Ich stand auf und ging zu meinen Eltern, Justen und Dayala. »Das müsst ihr nicht tun.«

»Nachdem ihr so weit gereist seid?« Mein Vater grinste. »Außerdem kann sich das Institut ein paar Mahlzeiten schon leisten. Besonders jetzt.«

Obwohl er wie Tamra einen ganz vergnügten Eindruck machte, beschlich mich ein beunruhigendes Gefühl, ich konnte jedoch nicht sagen, warum. »Danke.

Das war das beste Abendessen seit langem. Seit sehr langer Zeit.«

»Das freut uns«, sagte meine Mutter. »Genießt das Gästehaus. In Wandernicht wird es enger werden.«

»Wir reiten bei Tagesanbruch los«, fügte mein Vater hinzu. »Schlaft gut.«

Seine Worte wirkten zwar fast abweisend, aber sie beinhalteten auch den Hinweis, dass alles Ernsthafte noch ein wenig warten konnte, was mir sehr entgegenkam.

»Er sagte, das Institut kann es sich leisten«, berichtete ich Krystal.

»Wahrscheinlich schon«, bemerkte Tamra. »Und doch ...«

Weldein sah nur verwundert drein.

»Wir sind müde«, erklärte ich, als Krystal aufstand.

Natürlich waren wir noch nicht ganz so müde, aber meine Mutter hatte uns schließlich geraten, die Geräumigkeit des Gästehauses zu genießen.

CXVIII

Als wir den Hügel im Morgenschatten erklommen hatten und die Straße sich verbreiterte zum Anfang der Hohen Straße, die von Landende nach Nylan führte, kamen wir an den vier schwarzen Gebäuden vorbei, die von smaragdgrünem Gras umrankt wurden: die Schwarze Residenz der Gründer, in der hin und wieder auch der Rat zusammentrat.

»Kaum zu glauben, dass hier alles anfing«, sagte ich zu Krystal. Die schwarze Stute machte einen Satz nach vorn, als spürte auch sie die Jahrhunderte der Ordnung, die durch das ehrwürdige Gemäuer sickerten. »Man sagt, dass Creslin sie fast allein mit bloßen Händen erbaute.«

Eine gewaltige, vollkommen ebenmäßig gewachsene Eiche spendete der Residenz Schatten.

»Glaubst du wirklich, dass er den Baum auch gepflanzt hat?«, fragte Tamra leise.

»Natürlich«, behauptete ich felsenfest, um sie zu ärgern. Außerdem hatte er es vielleicht wirklich getan.

Krystal grinste nur.

»Wer war Creslin?«, wollte Weldein wissen.

»Einer der Gründer von Recluce«, belehrte ihn Tamra. »Vermutlich war er der größte Wetter-Magier aller Zeiten. Er verwandelte Recluce von einer Wüsteninsel in einen freundlichen Inselkontinent und zerstörte wer weiß wie viele Flotten, einschließlich zweier hamorischer. Er stammte aus Westwind und hatte dort eine Ausbildung zum Schwert-Meister genossen. Damit kämpfte er sich durch Candar und betörte alle Frauen, die seinen Weg kreuzten, mit seinem Gesang. Später wurde er Steinmetz und er erfand den berühmten grünen Branntwein. In Recluce betrachtet man ihn gemeinhin also so etwas wie einen Engel.« Tamra drehte sich im Sattel um. »Habe ich etwas vergessen, Krystal?«

»Nun ... du hast Megaera vergessen. Sie war eine beinahe genauso gute Magierin und Schwertkämpferin wie er. Als er erblindete, übernahm sie sein Schwert. Sie starb fast im Kindbett, deshalb bekamen sie auch nur ein Kind.«

Krystal sah mich an, uns wurde plötzlich kalt. Tamra warf uns einen verdutzten Blick zu.

»Ist das alles?«, beklagte sich Weldein scherzhaft. »Hat er nicht einmal ein paar Weiße Magier eigenhändig erschlagen?«

»Nein«, musste ihn Tamra enttäuschen. »Nur Justen brachte das fertig – aber erst später.«

Der blonde Soldat zog die Augenbrauen hoch.

»Das stimmt wirklich«, bestätigte Krystal.

»Justen ist ungefähr zweihundert Jahre alt«, fügte ich noch hinzu.

»Hast du etwa noch nicht bemerkt, worauf du dich da eingelassen hast?«, fragte Tamra belustigt.

Weldein rutschte unangenehm berührt im Sattel umher und unterdrückte ein Schlucken.

Vor uns hörte ich meine Mutter sagen: »Die Kirschen sind früh dran dieses Jahr, aber trotzdem groß und saftig, die Birnäpfel und Äpfel reifen auch langsam heran …«

Nicht weit danach erreichten wir einen Wegweiser, der einen Pfeil nach rechts zeigte sowie den Ortsnamen EXTINA.

»Willst du stehen bleiben?«

»Nein. Ich wüsste nicht warum.« Krystals Stimme klang weit entfernt, fast losgelöst von ihrem Körper.

Ich berührte ihren Arm. »Was vergangen ist, ist vergangen, und es sollte auch so bleiben.«

»Das hoffe ich.« Sie richtete ihren Blick voraus auf die glatten Pflastersteine der Hohen Straße, die sich ewig hinzuziehen schien. »Danke.«

»Kein Mensch auf dieser Straße …«, bemerkte Dercas.

»Nicht mehr. Früher war dies der am dichtesten besiedelte Teil von Recluce, aber die Menschen sind nach Süden gezogen in die Gegend des Feyn. Das Land dort ist fruchtbarer. Hier im Norden gibt es nur noch Holzwirtschaft. Holz und Schwarzwollschafe.«

Holz und Schwarzwollschafe … und Legenden, nach deren Grundsätzen man kaum zu leben vermochte und denen man noch weniger gerecht werden konnte.

CXIX

Nach einem anstrengenden viertägigen Ritt erreichten wir Mattra noch vor der Abenddämmerung. In jeder freien Minute hatte ich in der *Basis der Ordnung* gelesen und darüber nachgedacht, wie ich das Wasser des Golfes und das Chaos in der Erde gegen die Stahlschiffe der Hamoraner verwenden konnte – und gegen die Kanonen und Truppen auf diesen Schiffen.

Als wir zu dem Weg gelangten, der zu Onkel Sardits Haus führte, hatte sich die Sonne unter den wenigen aufgeblähten Wolken bereits auf die Apfelbäume gesetzt. Die Hufe meines Pferdes klapperten auf den Steinen und die Grillen zirpten im Gras. Die Apfelbaumblätter raschelten im leichten Wind und die noch nicht ganz reifen Äpfel hingen zum Greifen nah.

»Wenn ihr nichts dagegen habt, mein lieber Sohn und du, Krystal«, begann meine Mutter, »dann werdet ihr zwei zusammen mit Justen und Dayala hier bei Sardit und Elisabet bleiben. Tamra und Weldein und die anderen Soldaten kommen mit zu uns.« Sie sah Krystal an. »Bist du damit einverstanden? Hier mitten in Recluce brauchst du die Leibwache doch wohl nicht, oder?«

Ich sah Krystal an.

»Ich bin einverstanden. Lerris hat mir schon viel von Onkel Sardit erzählt.« Krystal warf einen Blick zu Tamra und Weldein. Beide konnten ihrem belustigten Blick nicht standhalten.

Onkel Sardit und Tante Elisabet hatten bereits auf der Veranda gewartet und empfingen uns nun im Hof vor der Werkstatt. Sardit trug sogar saubere Kleidung. Die Werkstatttür hatte er verriegelt und sogar die Fensterläden waren fest geschlossen. Von einem Lehrling gab es keine Spur.

»Der Schreiner kehrt also zu seinen Anfängen zurück.« Sardit hatte sich nicht verändert: kleiner als seine Frau und drahtig, Salz-und-Pfeffer-Haar und leicht ergrauter Bart; noch immer wirkte seine Erscheinung ein klein wenig ungepflegt. »Ich hoffe, du legst die Zwingen nicht mehr mit so viel Gewalt an.«

Ich wurde rot. Schließlich hatte dieser kleine Fehler

dazu geführt, dass ich bei der Gefahrenbrigade gelandet war.

»Schön, dich zu sehen, Lerris. Das muss Krystal sein«, begrüßte uns Tante Elisabet. Nie hatte ich bemerkt, wie ähnlich sie meinem Vater sah und wie sehr Justen und ich uns glichen, wenngleich ich etwas größer war als mein Onkel.

»Dayala.« Elisabet verbeugte sich vor der Druidin. Begleitet wurde diese Geste von einem warmen und ehrlich gemeinten Lächeln.

Die Druidin errötete ein ganz klein wenig und erwiderte das Lächeln. »Ich habe viel von dir gehört.«

»Da bin ich sicher, ich hoffe, du verübelst es mir nicht mehr nach so vielen Jahren.«

Justen umarmte meine Tante lange und beide hatten sie Tränen in den Augen, als sie sich voneinander lösten.

Elisabet wandte sich an meine Eltern, die noch im Sattel saßen. »Ihr bleibt doch zum Abendessen?«

Mein Vater schüttelte den Kopf. »Wir müssen weiter ...« Dunkelheit strahlte aus seinen Augen. »Du verstehst.«

»Natürlich. Dann sehen wir euch morgen früh.«

Ich sah ihnen nach, als sie den steingepflasterten Weg zurück zur Hohen Straße ritten. Haithen drehte sich noch einmal um. Dercas und Jinsa starrten stur geradeaus.

»Nun ...«, sagte meine Tante. »Lerris, du weißt, wo alles ist. Zeig den anderen, wo sie sich waschen können. Du und Krystal, ihr schlaft im hinteren Gästezimmer, Justen und Dayala im vorderen. Wenn ihr mit dem Waschen fertig seid, kommt zum Essen.«

Die Waschsteine und die Dusche blitzten peinlich sauber wie immer und die Handtücher fühlten sich dick und flauschig an und rochen angenehm. Alle duschten warm, nur ich nicht, ich hatte die anderen vorgelassen und musste nun mit kaltem Wasser vorlieb nehmen.

»Weil du immer so edel sein willst«, hielt mir Krystal zu Recht vor und trocknete sich das feine kurze Haar, das schwarz und silbern glänzte und immer richtig zu fallen schien.

»Das will ich gar nicht.« Ich ließ mein Handtuch fallen. »Ich wollte mich nur von dir aufwärmen lassen.«

Krystal flüsterte meinen Namen, doch mein Mund erstickte die Worte. Wenige Sekunden später rief uns Elisabet zum Essen. Wenn auch noch die Tante eine Magierin war, konnte einen das beinahe aus der Fassung bringen.

»Ihr seid alle müde und wollt bestimmt bald zu Bett gehen.« Tante Elisabets Augen funkelten, als wir uns an den Tisch setzten. »Es gibt nur ein einfaches Mahl, denn ich wusste nicht genau, wann ihr ankommen würdet. Fischeintopf, scharf gewürzt, mit Nudeln.« Sie stellte zwei Schüsseln auf den großen, runden Tisch und ging noch einmal in die Küche, um zwei Körbe mit Brot zu holen. Die Kirschmarmelade, die ich so gern aß, stand bereits auf dem Tisch. »Für dich Dayala, habe ich Salat mit Apfelessig vorbereitet und frische und getrocknete Früchte zum Nachtisch. Du kannst natürlich auch von den Nudeln essen.«

»Sehr freundlich.« Dayala lächelte.

»Wir bekommen hier nicht viele Druiden zu Gesicht, ich wünschte, ich hätte schon früher die Gelegenheit erhalten, dich kennen zu lernen … viel früher. Das Leben kann so kurz sein und …« Sie hielt inne, seufzte und setzte sich.

»Lasst uns anfangen«, schlug Onkel Sardit vor.

»Unbedingt«, sagte Justen.

»Wo seid ihr heute morgen aufgebrochen?« Elisabet reichte Dayala den Brotkorb.

»Alaren.«

»Ein langer Ritt – und morgen wird es ein noch längerer.« Elisabet blickte zu Krystal. »Du bist daran gewöhnt, vermute ich, und hast Erfahrung darin.«

»Jeder Tag auf einem Pferderücken ist lang.«

»Besonders wenn man mit Leuten unterwegs ist, die nicht so gut reiten.« Sie lächelte Krystal an. »Reitet Lerris inzwischen besser? Als Kind hatte er kein rechtes Glück damit.«

»Er reitet mittlerweile ganz gut.«

»So lange ich auf Gairloch reite«, fügte ich hinzu, während ich Nudeln auf Krystals Teller häufte.

»Nein, auch auf anderen Pferden.« Krystal reichte die Nudeln weiter zu Justen und ich schöpfte Eintopf aus der Schüssel. Krystal versuchte, ihre Belustigung nicht zu zeigen und ich verkniff mir ein Lachen.

Tante Elisabets Fischeintopf war so gut zubereitet, dass der Fisch nicht vorschmeckte, trotzdem vertilgte ich anschließend noch drei Scheiben Brot mit Kirschmarmelade. Sogar Krystal aß zwei Brote mit der Marmelade. Eine Zeit lang sprach niemand mehr, alle aßen, so wie immer, wenn wir den ganzen Tag geritten waren.

»Ich habe einen Brief von Perlot erhalten. Er schrieb etwas von geordneten Stühlen, die ziemlichen Wirbel verursacht hätten.« Sardit brach das Schweigen.

»Ja. Das war eine meiner dümmsten Taten.«

»Das bezweifle ich«, sagte Tante Elisabet.

Justen und Dayala nickten zustimmend.

»Doch, gute Schreinerarbeit bedarf keiner zusätzlichen Ordnung.« Ich erklärte so kurz wie möglich, wie diese Einflößung von Ordnung in die Stühle des Subpräfekten Gallos gespalten und mich zum überstürzten Aufbruch gezwungen hatte. Dass ich aufgrund dessen auch Deirdre und Bostric verlassen musste, ließ ich der Einfachheit halber weg. »… zusätzliche Ordnung, wo sie nicht hingehört, führt unweigerlich zu Problemen.« Ich lächelte reuevoll und fügte hinzu: »Das wusste ich damals allerdings noch nicht, erst durch diesen Vorfall erfuhr ich, was man damit anrichten kann.«

»Perlot erwähnte eine Idee von dir – Kindermöbel.«

Sardit hob sein Glas und nahm einen herzhaften Schluck Bier. Jetzt verstand ich auch, warum meine Mutter dachte, dass Justen bei Elisabet und Sardit besser untergebracht war.

»Ich suchte nach einer Aufgabe für Bostric. Da kam ich auf die Idee, dass die reicheren Leute vielleicht Kindermöbel kaufen würden. Zum Glück taten sie es.«

»Perlot schrieb, dass sie noch immer wie verrückt kaufen.«

»Vielleicht sollte ich damit auch in Kyphros anfangen.«

»Es wäre vielleicht angebrachter, als Esszimmergarnituren für Antona zu schreinern.« Mein Gefühl sagte mir, dass es Krystal nicht ernst meinte, nicht ganz ernst.

»Diese Antona ist wohl eine anziehende Frau?« Sogar Tante Elisabet zwinkerte.

»Sie ist eine ältere Dame, die ein ... Vergnügungslokal ... betreibt ... ziemlich erfolgreich sogar. Sie gab zuerst einen Schreibtisch in Auftrag und danach einen Tisch und zwölf Stühle.«

»Bestimmt legt sie Wert auf reich verzierte und überladene Möbel«, lachte Sardit.

»Nein, ganz im Gegenteil, geschmackvoll und anmutig sollen die Stücke sein, der Autarch würde erblassen vor Neid«, sagte Krystal.

»Du meine Güte«, meinte Elisabet. »Es gibt nichts Gefährlicheres als eine Kurtisane, die intelligent ist und zugleich Geschmack hat.«

»Vielleicht kann Kasee sie zu ihrer Finanzministerin erheben«, schlug ich spaßeshalber vor.

»Mit Sicherheit wäre sie umgänglicher als Murreas«, räumte Krystal ein.

»Wäre das nicht jeder?«

»Würdest du mir bitte das Brot reichen?«, bat Justen.

»Und was ist mit der Marmelade?«, fragte Elisabet scherzhaft.

»Die natürlich auch.«

Der Marmeladentopf war mittlerweile fast leer, die Brotkörbe ebenso, je einen ganzen Laib Schwarz- und Weißbrot hatten wir aufgegessen.

»Woran hast du sonst noch gearbeitet?«, fragte Sardit.

»Wir haben einige Reisetruhen gebaut. Gibt es eigentlich ein geeigneteres Holz als Fichte für Kisten, die leicht und gleichzeitig unverwüstlich sein sollen?«

Sardit dachte nach und kratzte sich am Kopf. »Ich glaube nicht. Man hört allerdings ab und zu von einer Fichtenart, die in der Gegend von Brysta wachsen und sich sehr gut eignen soll. Aber die verrottet zu schnell, besonders am Wasser; wenn man also viel zu Wasser reist ...«

»Dann gibt es schon nach kürzester Zeit einen unzufriedenen Kunden mehr.«

Er nickte. »Hast du auch deine Intarsientechnik verbessern können?«

»Nein, nicht richtig. Ich mogle ein wenig ...« Ich erzählte ihm von Wegel und seinen Schnitzereien und irgendwie kamen wir dadurch auf Firniswachse, die uns zu der Frage führten, ob man Messingarbeiten lackieren sollte oder nicht.

Krystal gähnte und Tante Elisabet stand auf. »Ihr zwei könnt ruhig die ganze Nacht weiter fachsimpeln, aber denkt daran, dass wir alle früh aufstehen müssen. Die hamorische Flotte wird nicht warten, bis ihr eure Gespräche beendet habt.«

»Du gehst auch mit?«, fragte ich und noch während ich die Worte aussprach, spürte ich, dass Krystal keineswegs überrascht war.

»Diese Gelegenheit möchte ich auf keinen Fall verpassen. Justen und Gunnar meinten bei ihrem letzten ... Abenteuer, ich wäre noch zu jung dafür, aber dieses werde ich mir nicht entgehen lassen.«

Meine Augen wanderten zu Sardit, der nicht gerade

fröhlich schien. »Jemand muss zusehen, dass sie mit den Füßen auf dem Boden bleibt, und das bin wohl ich.«

Wieder einmal entdeckte ich, dass ich etwas nicht gewusst hatte. Krystal und ich gingen in das hintere Gästezimmer. Das breite Bett mit der Daunenmatratze wartete schon auf uns. Die Matratze lag nur auf einer fest gespannten Leinwand, eine von Sardits Erfindungen, die ich auch übernehmen sollte, falls sich die Gelegenheit einmal bieten sollte.

Das Muster der Steppdecke bestand aus dunkelgrünen Sternen auf hellem silbergrünem Untergrund; ich konnte mich nicht daran erinnern.

»Du machst dir Sorgen, weil deine Tante und dein Onkel mit uns kommen, stimmt's?«, fragte Krystal, als sie Stiefel und Bluse auszog.

»Ja und nein. Tante Elisabet war immer schon mehr gewesen, als die meisten Leute auch nur ahnten. Ich vermute allerdings, dass meine Mutter ebenfalls mitkommen will. Aber weder meine Mutter noch Sardit können etwas dazu beitragen.« Ich stellte die Stiefel in die Ecke und hängte Hose und Tunika an die Haken am Schrank.

Krystal schlug die Decke zurück. »Sie glauben nicht daran, dass wir gewinnen, und sie möchten nicht allein sein.«

CXX

Im Großen Wald, Naclos [Candar]

Die drei Druiden und die Ehrwürdige stehen vor dem Sand, sehen zu, wie die Dunkelheit aus der Sandkarte von Candar brodelt und über den Golf auf die Schwarze Insel zurollt. Eine Weiße umhüllt die Dunkelheit, die über den blauen Sand des Golfes kriecht.

Über den vieren rascheln die Blätter der Eiche, die älter ist als jedes Königreich oder jede Legende eines Königreiches, außer jener der Engel.

»Wieder treten die Heere der Dunkelheit und des Lichts gegeneinander an«, verkündet die Ehrwürdige.

»Aber die Liebenden … sie werden die dämonischen Türme zur Rettung der Ordnung herbeizitieren. Was für ein Lied! Vielleicht wird es einmal gesungen werden«, verheißt der zerbrechlich wirkende silberhaarige Sänger.

»Dayala hat uns verlassen und sie weiß, dass es kein letztes Lied geben wird, Werlynn«, sagt Syodra. »Was würdest du singen? Träumst du gar davon, dass das Erbe deines Sohnes sich durchsetzen wird?«

»Es wird immer Lieder geben. Die Sänger wechseln, aber die Lieder bleiben bestehen.«

»Ich bewundere deinen Glauben, aber diese Dunkelheit besitzt keine Seele und ist von Bestand, die Maschinen sperren die Ordnung ein und singen nicht.«

»Sie werden nicht gewinnen«, erklärt die Ehrwürdige.

»Wird Dayala Chaos gegen sie setzen? Nicht einmal sie würde es tun«, überlegt Frysa.

»Nein. Sie kann sich nicht gegen die Wogen aus Ordnung und Chaos stellen, die die Zeit geschaffen hat, und sie weiß das. Auch wir können es nicht.«

»Was wird geschehen?«, fragt Syodra.

»Die Lieder werden weiter bestehen«, meint Werlynn nur.

»Wie auch das Gleichgewicht«, fügt die Ehrwürdige hinzu, »ganz gleich wie hoch der Preis auch ist und wer ihn bezahlt.«

Die Blätter der alten Eiche rascheln inmitten des Großen Waldes.

CXXI

Der Morgen graute viel zu früh. Wir quälten uns aus dem Bett und nach nur spärlicher Wäsche in die Kleider. Ich konnte kaum glauben, dass uns Tante Elisabet Blätterteigtaschen, Früchte und sogar Eierkuchen vorsetzte – oder dass wir schon kurz nach Sonnenuntergang unterwegs waren, nicht ohne vorher das Haus so fest wie Onkel Sardits Werkstatt zu verriegeln. Auch das bereitete mir Sorgen, so fröhlich sich Tante Elisabet auch gab.

Bald bogen wir von der Hohen Straße ab und folgten der kleineren Straße nach Wandernicht. Die Hufe klapperten laut auf den Steinen, als wir in der Ortsmitte eintrafen. Die Tür zur alten Postmeisterei stand offen und hinter dem Gebäude kräuselte sich eine dünne Rauchfahne aus dem Hauptkamin der Herberge *Das Gebrochene Rad,* einem zweistöckigen Haus aus Stein und Balken und noch immer die einzige Herberge in Wandernicht, wie, so behauptete mein Vater, schon seit Jahrhunderten. Die Besitzer hatten gewechselt, doch die Herberge selbst war unverändert geblieben, oder fast unverändert. Die Fassade und das Schild hatten die Besitzer erst kürzlich streichen lassen, wieder in denselben Creme- und Brauntönen.

Ein Junge saß auf den Stufen des Kupferschmiedhauses und wartete offenbar auf jemanden. Ich grüßte und er winkte zurück. Seine Augen weiteten sich beim Anblick der sechs Reiter so früh am Tag, obwohl das Institut nicht selten Besuch zu Pferd bekam. Zwei schwere Fässer standen vor Leracks Stoff- und Ledergeschäft, sie sahen so schäbig aus, dass man meinen konnte, sie wären die hundert Ellen vom Böttcher dorthin gerollt.

Wir ritten nach Westen und zur Stadt hinaus. Südlich der Straße erhob sich das sanfte Hügelland mit seinen

Obstgärten – Kirschen, Äpfel und Birnäpfel. Eine niedrige Steinmauer trennte die Bäume von der Straße.

Auf einer Hügelspitze inmitten der Obstgärten stand das Institut, ein niedriges, schwarzes Steingebäude. »Da ist es«, sagte ich zu Krystal.

»Ich hätte ihm nie raten sollen, es dort zu bauen«, sagte Justen.

Ich sah meinen Onkel an.

»Dort standen wir – das ist schon sehr lange her, als ich noch jung war und gerade dabei, das Feuerauge und den Dampfwagen zu bauen – und ich fragte ihn, ob er den Rat hierher verlegen würde. Darauf meinte Gunnar, das wäre eine gute Idee. Doch stattdessen gründete er das Institut und entstellte damit diesen schönen Hügel.«

»Den Bäumen gefällt die Aussicht nicht«, bemerkte Sardit.

»Sardit!«, ermahnte ihn meine Tante scharf.

Dayala betrachtete die Bäume und nickte. »Die Bäume sind gesund und kräftig.«

Meine Eltern, Tamra, Weldein und die anderen drei Soldaten warteten auf uns. Sie hatten die Pferde bereits gesattelt und die Taschen festgeschnürt, als wir das Haus meiner Eltern erreichten.

»Du siehst aus, als hättest du gut geruht.« Tamras Augen musterten Krystal.

»Ja, es war sehr schön«, antwortete Krystal und ich fühlte ihre Erheiterung, zusammen mit einer Spur von Traurigkeit, fast Bedauern.

Weldein trug sein gewohnt fröhliches Gesicht zur Schau.

»Hast du gut geschlafen?«, fragte meine Mutter.

»Sehr gut.« Ich beugte mich waghalsig zur Seite, konnte mich gerade so auf dem Pferd halten, und küsste ihre Wange. »Und du?«

»Es ging. Dein Vater macht sich zu viele Sorgen, so wie immer.«

»Du bist wirklich ein guter Reiter geworden«, spottete Krystal, als die anderen aufstiegen.

Wir ritten zurück nach Wandernicht. Der Junge saß immer noch auf den Stufen, seine Augen wurden noch größer, als wir ein zweites Mal vorbeiritten. Vermutlich staunte er wegen der bewaffneten Gardisten oder über die bunt zusammengewürfelte Truppe aus bewaffneten Soldaten und Schwarzen und Grauen Magiern.

Auch die Hohe Straße nach Süden hatte sich nicht verändert: gerade, breit, eben und ein wenig langweilig zog sie sich dahin.

Ich musste lächeln, als ich das Ortsschild von Enstronn sah.

»Was gibt es zu lachen?«, fragte Krystal.

»Hier habe ich Shrezsan getroffen …«

»Shrezsan?«

»Leithrrses alte Liebe, die eine …«

Tamra und Krystal warfen sich fragende Blicke zu.

»Was ist so komisch daran?«, fragte mein Vater. »Das ist ein alter Name, der in Recluce häufig vorkommt. Es gab schon einige Shrezsans. Ich glaube, Justen hatte es auf ihre Urgroßmutter abgesehen – oder auf ein Mädchen noch einige ›Urs‹ davor. Egal. Diese hier musste Leithrrse jedenfalls etwas bedeutet haben, denn er benannte ein Schiff nach ihr.«

»Wirklich?« Krystal sah mich an. »Das hast du nicht erwähnt.«

»Ich wusste es nicht.«

»Tja«, fügte mein Vater belustigt hinzu, »ich wusste bis jetzt auch nicht, dass es nach ihr benannt worden war, aber ich schließe es aus Lerris' Erzählung. Leithrrse war ein Händler und er besaß ein Schiff mit Namen *Shrezsan,* eines von den neuen hamorischen Stahlhandelsschiffen. Ich erinnere mich an den Namen, weil ich das Schiff nach Lerris' Fortgang in Nylan selbst gesehen habe.«

»Dann hast du also doch Recht«, stellte Tamra fest und verlagerte das Gewicht im Sattel ihres Rotschimmels.

»Ich bin dafür bekannt, das ich Recht habe, hin und wieder zumindest«, hänselte ich sie.

»Aber wirklich nur hin und wieder.«

»Ein bisschen öfter schon«, unterstützte mich Krystal.

Nach Enstronn kamen die Wegweiser nach Clarion und Sigil. Schließlich hielten wir an der Schutzhütte, vor der mir der Händler damals meinen Stab abnehmen wollte. Die Hütte sah immer noch gleich aus: Ziegeldach auf vier fensterlosen Wänden, harte, steinerne Bänke.

Nur etwas mehr als drei Jahre – war es wirklich noch nicht länger her? Weniger als vier Jahre waren vergangen, seitdem ich die Hohe Straße entlanggewandert war, nicht sehr erfolgreich mit der Frau namens Shrezsan geflirtet und einen fremden Händler mit dem Stab verprügelt hatte, ohne die Macht des Stabes zu erahnen, ohne zu wissen, dass es Tamra und Krystal überhaupt gab.

Ich atmete tief ein, als ich wieder aufs Pferd stieg.

»Erinnerungen?«, fragte Krystal.

»Es scheint schon eine Ewigkeit her zu sein.«

»Das ist es auch.«

Sie hatte Recht. Man kann nach Hause zurückkehren, aber es ist nicht mehr das Zuhause; wahrscheinlich hatte uns deshalb Tante Elisabet zu sich eingeladen.

Als wir die ersten Blicke auf die schwarzen Linien der Mauern von Nylan erhaschten, berührte die Sonne bereits den Horizont. Weldein ritt näher zu Tamra. »Wo werden wir in Nylan wohnen?«

Ich sah sie zwar nicht an, denn ich hatte meinen Blick auf das Ostmeer gerichtet, doch ich fühlte Krystals Lächeln.

»Ich weiß nicht«, antwortete Tamra.

»In den Gästegemächern des Rates«, sagte meine Mutter, während sie sich zu uns umdrehte.

»Wunderbar«, murmelte Justen.

»Sie sind nur für die Gäste des Rates gedacht, aber ihr alle seid ohne Zweifel Gäste des Rates«, erläuterte meine Mutter. Sie lächelte. »Ich habe mich bereits um alles gekümmert, als ich hier war, um die Bürgschaft zu besorgen.«

»Um Geld zu sparen?«, fragte Justen.

»Geld spielt keine Rolle«, antwortete meine Mutter fröhlich, »vor allem du solltest das wissen. Die Gästegemächer sind viel schöner und außerdem ...«

»... wird der Rat dadurch ständig erinnert, dass er uns eingeladen hat«, beendete mein Vater den Satz.

Die Mauern von Nylan ragten vor uns auf: große, schwarze Steinquader, sechzig Ellen hoch, weder Schießscharten noch Zinnen, noch Gräben. Das einzige Tor, so sagte man, war noch niemals geschlossen worden.

CXXII

Freistadt, Hafen [Candar]

Auf den Pieren, die in die Große Nordbucht hinausragen, reihen sich die uniformierten Truppen, jeder Soldat ist ausgestattet mit einem stählernen Gewehr und einem Patronengürtel.

Marschall Dyrsse beobachtet von der Brücke der *Stolz des Kaisers* die gelbbraunen Abteilungen, die sich unter ihm aufstellen.

»Ich hoffe, Ihr seid mit der Größe der Truppe zufrieden«, sagt der Flottenkommandant Stupelltry. »Mehr als zehntausend Soldaten stehen dort unten. Recluce verfügt nicht einmal über dreitausend und im Vergleich zu unseren sind ihre kaum ausgebildet. Auch haben sie keine Gewehre.«

»Die Truppen werden ausreichen, Flottenkommandant, vorausgesetzt Eure Schiffe und Kanonen leisten das ihre.« Dyrsse lächelt, als sein Blick über die Schiffe in der Bucht schweift, die Reihen scheinen sich meilenweit hinzuziehen. »Ich hoffe, sie sind für Sturm und schwere See ausstaffiert. Sehr schwere See. Wir werden mit widrigen Umständen zu kämpfen haben.«

»Dafür habe ich gesorgt, Marschall. Wir sind bereit, unsere Pflicht zu erfüllen, und harren unseres Schicksals.«

»Sehr gut. Vielleicht wollt Ihr mir später bei einem Glas echten hamorischen Weines Gesellschaft leisten, um die Erfüllung unserer kaiserlichen Pflichten zu feiern, wo Ihr doch die hiesigen Weine als nicht angemessen verschmäht?«

»Ich muss mich um die planmäßige Beladung der Schiffe kümmern.«

»Und anschließend?«

»Stechen wir in See.«

»Aber dann leistet Ihr mir Gesellschaft.«

»Wie Ihr wünscht, Ser.«

»Gut.« Dyrsse nickt und geht zum hinteren Ende der Brücke, seine Hand berührt kurz das glatte Holz der Reling, dann tritt er hinaus ins Sonnenlicht und steigt die Eisenleiter hinab.

Weder Stupelltry noch dem Kapitän noch den Matrosen, die schweigend auf den schweren Eisenplatten des Brückendecks stehen, ist zum Lachen zu Mute.

CXXIII

Krystal und ich verließen unser Gemach bereits, als die anderen sich noch beim Waschen aufhielten. Die Gästegemächer des Rates – zweistöckige Gebäude mit holzgetäfelten Zimmern, ausgestattet mit allen erdenklichen Annehmlichkeiten – befanden sich inmitten der anderen Einrichtungen der Bruderschaft. Als ich das erste Mal nach Nylan gekommen war, um mich auf meine Zeit als Gefahrenbrigadier vorzubereiten, hatte ich nicht lange danach gefragt, wer und was wem gehörte. Das zu erfahren war mir ziemlich unnütz erschienen, denn ich hatte Recluce ohnehin bald verlassen müssen.

Während Krystal Schwert und Scheide an ihrem Gürtel zurechtrückte, ließ ich meine Sinne in die Felsen wandern und den Hafen entlang nach Norden. Ich suchte nach dem Eisen, das angeblich unter Recluce lagerte.

Die Suche war erfolgreich und mich durchlief ein Schauer, wie nach einem Sprung ins kalte Wasser.

»Au …«

»Tut mir Leid. Ich versuche gerade die Ordnungs-Quellen auszukundschaften.«

»Das habe ich deutlich gespürt«, brummte Krystal.

»Ich sagte doch, es tut mir Leid«, bellte ich zurück.

»Ich glaube, du musst etwas essen«, schlug meine Gemahlin vor. Eine gute Idee, denn sie hatte ebenso großen Hunger wie ich.

Schon früh am Morgen bevölkerten Hafenarbeiter und Matrosen die Straßen des unteren Hafens. Ein Pferdewagen quietschte die Straße hinunter zur öffentlichen Pier, wo ein einziges sarronnesisches Handelsschiff vor Anker lag.

»Ich bin hungrig«, gestand ich. »Vielleicht finden wir eine Schenke, die schon geöffnet hat.«

»Das hoffe ich sehr.« Krystals Magen knurrte fast so laut wie meiner. »Warum wolltest du so zeitig aufstehen?«

»Mein Vater sagte, wir werden uns zur Mittagszeit mit dem Rat treffen, und niemand weiß, was danach kommt … Ich wollte ein paar Stunden mit dir hier verbringen.«

Ein Gepäckträger sprang von einem Wagen, der vor

dem Kurzwarenladen stehen geblieben war, und wir mussten in weitem Bogen ausweichen. Ein Schatten fiel auf die Straße, die dafür verantwortliche kleine Wolke verzog sich jedoch schnell wieder. Draußen vor dem Hafen zierten Schaumkronen die niedrigen, kabbeligen Wellen.

Ein äußerst seltsames Gefühl überkam mich. Die Häuser, alle aus hartem schwarzen Stein erbaut, neigten sich plötzlich zur Seite, kippten in meine Richtung und drohten umzufallen. Ich schloss für einen Moment die Augen und versuchte mich diesem Gefühl des Ungleichgewichts entgegenzustemmen. Krystal packte meine Hand und wir sahen uns in die Augen.

»Fühlst du das auch?«, fragte ich.

»Als wäre alles aus dem Gleichgewicht geraten?«

Ich nickte.

»Vielleicht können wir dort etwas essen – und uns setzen.« Krystal zeigte auf ein Schild mit einer schwarzen Wasserhose darauf.

Der Schankraum war noch leer, aber die Schankmaid zeigte freundlich auf einen kleinen Ecktisch. Auf dem Weg dorthin entdeckte ich ein altes Mancalaspiel auf einem ansonsten leeren Tisch. Es gab noch uralte Bretter, wie jenes, das meine Eltern in der Kommode aufbewahrten. Als Kind hatte ich es einige wenige Male mit Tante Elisabet gespielt, dann nie wieder.

Ich winkte der Schankmaid mit der roten Haube und sie huschte zu uns herüber.

»Gibt es vielleicht schon frisches Brot und Marmelade?«, fragte Krystal. »Und heißen Apfelwein?«

»Das lässt sich machen. Und Ihr?«, wandte sie sich an mich.

»Ich hätte gern das Gleiche, aber mit Wurst.«

»Das macht fünf Kupferstücke, Ser.«

Die Schankmaid kehrte bald darauf mit zwei dampfenden Bechern zurück, die sie nacheinander mit dumpfen Schlägen auf den dunklen Holztisch stellte. Krystal nahm den Becher, roch daran und ließ sich den Dampf ins Gesicht steigen, bevor sie daran nippte.

Wir hatten gerade den ersten Schluck Apfelwein getrunken, da brachte die Schankmaid auch schon einen dampfenden Laib helles Brot und die Kirschmarmelade.

»Die Wurst kommt gleich, Ser.«

»Gut.« Zu Krystal sagte ich: »Fang an. Das Brot ist noch warm.«

»Iss doch auch etwas«, forderte sie mich auf.

Das ließ ich mir nicht zwei Mal sagen. Die Wurst und ein zweiter Laib Brot wurden serviert, als wir den ersten schon aufgegessen hatten.

Ich schnitt die Wurst an, die groß und dunkel auf dem Teller lag, sie schmeckte sehr würzig. »Willst du wirklich nichts davon?«, fragte ich kauend.

Krystal schluckte einen Bissen Marmeladenbrot hinunter. »Ein Stück. Aber nur ein kleines.«

Als wir von den leeren Tellern aufsahen, grinste ich Krystal an. »Du warst wohl nicht sehr hungrig?«

Sie lachte.

Ich legte sechs Kupferlinge auf den Tisch und wir verließen die Schenke.

»Wohin gehen wir?«

»Wo wir schon einmal waren.« Ich nahm ihre Hand und sie folgte mir in den Hafen. Ich suchte so lange, bis ich den Laden wiederfand, über dessen Tür ein dreisprachiges Schild hing; in Tempelschrift, Nordlanisch und Hamorisch hatte man es beschriftet. Dann ging ich weiter.

Krystal freute sich deutlich spürbar, als wir uns gegenüber vom Laden an der vierten Pier auf die Hafenmauer setzten. Die Pier war leer. Das letzte Mal, als wir hier gesessen waren, so erinnerte ich mich, hatte eine kleine Schaluppe an der Pier gelegen. Krystal hatte damals noch lange Haare gehabt, die sie mit Silberschnüren hochgebunden hatte, und ich hatte ihr gerade das Schwert gekauft, das sie noch heute trug.

»Wir saßen hier und ich fragte dich, was du tun würdest. Du gabst mir keine Antwort. Dann rannten ein Junge und ein Mädchen an uns vorbei, sie schwenkte ein Modellboot, das offenbar ihm gehörte. Sie gab es ihm schließlich zurück.«

Krystal lächelte. »Du sagtest, sie seien wie wir, aber du wusstest nicht, warum.«

»Und du warst nicht meiner Meinung.«

»Soviel ich weiß, habe ich das aber nicht gesagt. Ich habe gar nichts gesagt. Aus Angst konnte ich dir weder zustimmen noch mit dir darüber streiten.«

»Und jetzt?«, wollte ich wissen.

»Ich glaube, du hattest wirklich Recht. Wir sind noch immer hier und wir wissen immer noch nicht, was geschehen wird.«

»Außer, dass wir in wenigen Stunden den Rat treffen werden.«

»Bist du beunruhigt? Ich fühle zwar nichts …«, grübelte Krystal.

»Nicht wegen des Rates. Sie haben uns gebeten zurückzukehren, also haben wir von ihnen nichts zu befürchten. Hamor … aber das ist eine andere Geschichte.« Ich fühlte einen Kälteschauer, wusste aber nicht, ob es meiner oder Krystals war. Ich blickte ihr in die schwarzen Augen.

»Meiner«, gab sie zu und nahm meine Hand in die ihre. »Ich mache mir Sorgen wegen des Rates. Ich glaube nicht, dass sie ehrlich sind, zumindest nicht zu sich selbst.«

Ich ließ Krystals Worte wirken.

»Sie haben Isolde ausgesandt. Erinnerst du dich an sie?«

Natürlich erinnerte ich mich an Isolde und ihre Klinge und daran, wie sie den Kämpen des Herzogs Holloric mühelos besiegt hatte – und auch daran, dass der Herzog nur kurze Zeit später durch ein Attentat umgekommen war.

»Sie töteten die hamorischen Regenten und zerstörten etliche hamorische Schiffe mit dem unsichtbaren Schwarzen Trio. Auf diesen Schiffen wollten sie uns nicht, haben sogar in Kauf genommen, dass unsere Hilfe womöglich zu spät kommt. Wie lange schon spielen sie dieses Versteckspiel?« Die Finger ihrer rechten Hand umklammerten die Mauerkante, auf der wir saßen.

»Seit der Zerstörung Frvens durch Justen, denke ich. Davor hatte Recluce seine Macht immer offen zur Schau gestellt.«

»Ich kann Heimlichtuer nicht ausstehen.«

Ich stimmte ihr zu. Irgendwie war die einfache und aufrichtige Ehrlichkeit, wie sie Creslin, Dorrin und Justen besaßen, den Menschen abhanden gekommen. Vielleicht hatte es aber schon immer nur wenige aufrichtige Menschen gegeben. Hatte mein Vater deshalb das Institut gegründet?

Ich runzelte die Stirn. Hatte mich der Umgang mit so viel Macht vorsichtiger gemacht? Befand ich mich womöglich schon auf dem Weg zur Unredlichkeit? Verlor ich bereits die mir bisher eigene Geradlinigkeit?

»Nein. Bitte nicht.« Krystal drückte meine Hand.

Eine Zeit lang saßen wir auf der Mauer und beobachteten die vorbeigehenden Menschen, aber weder bekamen wir junge Gefahrenbrigadiere zu Gesicht noch Kinder mit kleinen Modellbooten; der sanfte Wind überbrachte uns allein die Gerüche des Hafens und nicht die der Vergangenheit.

Sogar hier in Recluce spürte ich die Unruhe, das wachsende Chaos, und ich wusste, dass ich nicht umhin konnte, bald meine Rüstung anzulegen.

Krystal presste die Lippen aufeinander und drückte meine Hand noch fester.

Als wir schließlich den Hafen verließen, schien es fast so, als hätten wir einen weiteren Teil unserer Jugend zurückgelassen.

CXXIV

Große Nordbucht, Freistadt [Candar]

Die Schiffe dampfen aus der Großen Nordbucht hinaus. Schräge Rauchsäulen durchschneiden den sonnigen Morgenhimmel, das Weiß des Rauches sticht an dem blaugrünen Himmel über dem Ostmeer deutlich hervor.

Auf jedem Schiff befinden sich jeweils drei Geschütztürme, zwei am Bug, die Rohre nach vorn gerichtet, und einer am Heck. Jeder Geschützturm ist mit einer einzigen Kanone bestückt, die Durchmesser der Geschützrohre indessen belaufen sich auf jeweils zwei Spannen. Weit genug, um damit fünf Stein schwere Kugeln mehr als fünf Meilen weit zu schleudern oder zehn Stein schwere Kugeln über die halbe Strecke.

Unter den Eisendecks türmen sich die polierten Kugeln und warten auf ihren Einsatz. Die Matrosen singen und summen, einige blicken nervös in die Richtung, in der Recluce liegt. Andere sehen ins Wasser, aber die meisten gehen ihrer täglichen Arbeit nach.

Nur kleine Schaumkronen zieren die Wellen, als die Große Flotte sich nach Osten aufmacht.

In der Kabine, die dem Oberbefehlshaber vorbehalten ist, gießt Marschall Dyrsse den bernsteinfarbenen Wein in zwei Kelchgläser und reicht eines davon dem Flottenkommandanten.

»Auf unseren Erfolg.« Stupelltry erhebt das Glas.

»Auf den Erfolg des Kaisers«, antwortet Dyrsse. »Und auf die Pflicht.«

Beide trinken einen Schluck.

»Ihr lehnt eigenen Erfolg wohl ganz und gar ab?«, fragt Stupelltry.

»Ich bin erfolgreich, wenn es der Kaiser ist. Und wir beide haben lange auf diesen Augenblick gewartet, darauf, dass wir die Schwarze Insel endlich auf ihren Platz verweisen können.« Dyrsse nippt noch einmal an dem bernsteinfarbenen Wein. »Die Pflicht ist wichtiger als der Erfolg. Mit ein wenig Glück kann jeder siegen. Aber nicht jeder vermag seine Pflicht zu erfüllen.«

»Mit dem Erfolg erfüllen wir doch unsere Pflicht.« Stupelltry trinkt vom Wein.

Dyrsse runzelt kaum sichtbar die Stirn und hebt das Glas erneut an die Lippen.

Im Westen bilden sich die ersten Wolken, die Tiefen unter Candar und das eherne Rückgrat der Insel Recluce erzittern.

CXXV

Ein letztes Mal bürstete ich die graue Hose und die dazu passende Tunika, Krystal zog sich die tressenbesetzte Weste über.

»Sehen wir auch richtig eindrucksvoll aus?«, fragte ich und warf einen Blick durch den kleinen, eichengetäfelten Raum und auf die zwei Einzelbetten, die wir zusammengeschoben hatten. Von unserem Fenster konnten wir zwar den Hafen nicht sehen, doch ich fühlte, dass zwei Schiffe der Bruderschaft im Hafen eingelaufen waren. Eine unnatürliche Geschäftigkeit lag in der Luft.

»Du siehst gut aus. Und ich?«

»Nur du wirkst wirklich eindrucksvoll.«

»Du bist offenbar verliebt.«

»Das kann ich nicht abstreiten.« Ich umarmte sie sanft,

wollte nichts verknittern. »Ich glaube, ich nehme meinen Stab mit.«

»Das solltest du. Tamra wird ihren sicher auch dabei haben.«

Wir gingen den Flur entlang und die Treppe hinunter in die Eingangshalle. Alle waren da bis auf Justen und Dayala.

»Wie üblich«, raunzte mein Vater. »Für Justen gilt wieder mal ein anderer Zeitplan.«

»Reg dich nicht auf, mein Lieber«, beschwichtigte ihn meine Mutter. »Ich glaube, er kommt gerade die Treppe herunter.«

Justen trug genau wie Tamra und ich Grau und zusätzlich noch einen angewiderten Ausdruck im Gesicht. Dayala zog es weiterhin vor, barfuß zu gehen und ihre üblichen braunen Kleider zu tragen.

»Bevor wir vor den mächtigen Rat treten, sollten wir uns beraten«, schlug Justen vor.

»Wir müssen uns auf einen groben Plan einigen«, pflichtete ihm mein Vater bei, dabei sahen er und Justen mich an.

Meine Pläne gestalteten sich in der Tat noch sehr grob, aber ich offenbarte ihnen, was ich mir überlegt hatte. »Unter dem Golf befindet sich eine große Menge an elementarem oder fast elementarem Chaos. Die Eisenadern verlaufen unterirdisch vom Inland hinaus in den Golf. Das Wasser ist dort verhältnismäßig seicht … soweit ich das feststellen kann.«

»Wenige Meilen vom Ufer entfernt nur ungefähr fünfzig bis sechzig Ellen tief, geht man weiter hinaus, wird es etwa hundert Ellen tief und dann allmählich noch tiefer.«

»Wenn ihr« – ich sah meinen Vater an – »du und Tamra, die Stürme heraufbeschwört und Justen so viel Ordnung wie nur möglich aufbringt, kann ich vermutlich das Chaos in Ordnungs-Kanäle und damit auf die hamorische Flotte lenken, so wie es mir Justen in den Osthörnern vorgemacht hat.«

Tamra sah einen Moment verwirrt drein, doch dann nickte sie.

»Aber wir brauchen einen Ort, von dem aus wir alles beobachten können.«

»Es gibt eine ebene Fläche auf den Klippen in der Nähe des westlichen Endes der Mauer«, wusste Tante Elisabet. »Man kann von dort den Golf und den Hafen überblicken.«

»Ziemlich vage und unbestimmt das Ganze«, bemerkte Justen, »aber große strategische Entscheidungen gibt es ohnehin nicht zu fällen. Noch etwas?«

Weiter fiel mir nichts dazu ein. Jetzt, da ich es ausgesprochen hatte, hoffte ich nur, dass ich das Chaos auch wie geplant heraufholen konnte.

Um in den Ratssaal zu gelangen, mussten wir etwa dreihundert Ellen über den smaragdgrünen Rasen und die gepflasterten Wege wandern, die Krystal, Tamra und ich vor mehr als drei Jahren verlassen hatten.

Einige künftige Gefahrenbrigadiere saßen auf Bänken und Mauern.

»Dunkelheit! Einer der großen Magier, der in Schwarz ...«

»Die in Grau ... sind das Graue Magier?«

»Die Schwertkämpferin ... sie muss eine hohe Offizierin sein ...«

Ich warf einen Blick zu Krystal. »Beeindruckend siehst du aus.«

»Nur für die, die leicht zu beeindrucken sind.«

Ich sah jedoch genau, wie sie mit stolzgeschwellter Brust dahinschritt, genauso wie ich.

Der Warteraum vor dem Ratssaal war mehr als groß genug für uns alle. Ein junger Mann und eine junge Frau in Schwarz standen vor den geschlossenen Doppeltüren.

Mein Vater ging auf sie zu. »Ich bin Gunnar vom Institut, wir sind zu einer Zusammenkunft mit dem Rat geladen.«

»Gestattet mir nachzusehen, ob sie bereit sind.« Der Mann schlüpfte durch die Tür und kehrte sogleich zurück. »Der Rat wünscht Euch zu sehen«, verkündete er mit einem Lächeln und hielt die Tür auf.

Die Frau lächelte Tamra vorsichtig zu.

Meine Mutter, Elisabet, Sardit und die Soldaten blieben im Warteraum zurück. Weldeins Hand verirrte sich an das Heft seines Schwertes. Tamra zog eine Augenbraue hoch und er atmete tief ein.

Ich ließ Justen und meinen Vater vor und hielt wie Tamra den Stab fest in der Hand. Der Raum hatte eine beträchtliche Größe, wirkte jedoch trotz der großen Fenster und der hohen Decke irgendwie beengend. Jeder Gegenstand im Ratssaal schien dunkel zu sein: schwarze Tische, dunkelgrauer Steinboden, makellos sauber, sogar die Rahmen der Bilder, die einen silberhaarigen Mann und eine rothaarige Frau zeigten, hatte jemand schwarz gestrichen.

Die Gründer wirkten trotz ihrer hübschen und klaren Züge traurig. Der Maler hatte die Dunkelheit hinter Creslins Augen eingefangen. Vielleicht waren die Bilder nach Creslins Erblindung gemalt worden, vielleicht auch nicht.

Mein Vater nickte den drei Ratsmitgliedern hinter dem Tisch, die sich bei unserem Eintreten erhoben hatten, nur kurz zu. Sie blieben stehen.

Mein Vater richtete sich auf. »Mich kennt Ihr ja ... das ist Justen, von dem Ihr sicherlich schon viel gehört habt. Dayala, stellvertretend für die Druiden in Naclos. An Tamra, Krystal und meinen Sohn Lerris erinnert Ihr Euch vermutlich noch.«

»Der Rat hat um Eure Hilfe gebeten, Meister Gunnar und Justen, und um Tamras und Lerris'. Ich bin Heldra.«

Die schmalgesichtige Frau deutete zu den anderen beiden hinter dem Tisch. »Das ist Maris, er vertritt die Händler im Rat, und das ist Talryn, der die Bruderschaft repräsentiert.«

Ich kannte Talryn bereits, er war breitschultrig, klein und stämmig wie früher, allerdings trug er nun Schwarz. Als ich ihn das letzte Mal gesehen hatte, war er in Silbergrau gehüllt gewesen. Bei Maris handelte es sich um einen schmalen Mann mit einem dichten Bart, welchen er zupfte, als er uns zunickte.

»Wir begrüßen die Unterstützung des Großen Waldes«, meinte Heldra, ihre Augen auf Dayala gerichtet.

»Danke«, antwortete die Druidin ruhig.

»Lerris wirkt etwas ... wie soll ich sagen ... reifer«, bemerkte Talryn.

»Das Ergebnis meiner Bemühungen, Hamor aufzuhalten«, erwiderte ich.

Talryn runzelte die Stirn und ich fühlte, wie er seine Ordnungs-Sinne nach mir aussandte, doch er forschte sehr vorsichtig, zu schwach. Ich lächelte höflich und Krystal hatte ihren Spaß daran.

»Wie es scheint, habt Ihr außer den ausdrücklich Eingeladenen auch noch einige andere mitgebracht«, fährt Heldra fort.

»So ist es.« Mein Vater lächelte, als er die Worte aussprach.

»Sie sind nicht ... eingeladen ...«

Erst flehen sie um Hilfe und dann wollen sie sich wegen Kleinigkeiten herumstreiten ... Krystal stieß mich sanft in die Seite und ich hielt mich zurück.

»Sers«, begann Justen ganz ruhig. »Mit Ausnahme Gunnars hegt keiner unserer Gruppe den Gedanken, in Recluce zu bleiben, wenn unsere Aufgabe erledigt ist. Kommandantin Krystal wurde nur für diese Sache vom Autarchen freigestellt und Dayala wird sicherlich nicht lange hier bleiben wollen. Die kleine Garde, die Lerris und Krystal und auch Tamra begleitet, wird ebenfalls nicht in Recluce verweilen.«

»Lerris und Krystal?«, fragte Maris, der noch immer seinen Bart zupfte.

»Krystal ist die Kommandantin der Elitegarde. Der Autarch bringt jedoch auch Lerris große Achtung entgegen aufgrund seiner Talente, von denen Ihr bereits wisst. Tamra steht ebenso in der Gunst des Autarchen.«

»Das Problem haben wir damit geklärt«, brummte Talryn ungeduldig, »wir hätten es uns jedoch zweifellos sparen können.« Der scharfe Blick, den er Heldra zuwarf, hätte mühelos jeden alten Firnis von einem Möbelstück gelöst. Hatte ich ihn womöglich falsch eingeschätzt?

»Mir liegt nur an unserem Erbe«, entgegnete Heldra mit ruhiger Stimme.

»Wir werden kein dämonenverdammtes Erbe mehr besitzen, Heldra, wenn sie uns nicht helfen können.« Maris verlor fast die Fassung.

»Das ist nur die eine Seite der Medaille.« Heldra verneigte den Kopf und schickte ein Lächeln zu Maris.

»Auch Eure Zeit wird kommen«, drohte Maris. »Sogar die Gründer segneten das Zeitliche und sie hatten dem Tod wesentlich mehr entgegenzusetzen als Ihr.«

»Unser vordringlichstes Problem, um das wir uns kümmern müssen, ist Hamor«, wechselte Talryn schroff das Thema. »Welche Hilfe könnt Ihr uns anbieten, Gunnar?«

»Das ist nicht nur eine Frage der Hilfe«, sagte mein Vater langsam, »wie wir alle wissen. Wenn wir Hamor nicht aufhalten können, vermag es auch die Bruderschaft nicht, und dann werden sie Nylan zerstören und Recluce wird fallen.«

»Was habt Ihr mit den Truppen der Bruderschaft und mit den Marineinfanteristen vor?«, fragte Justen.

»Sie stehen natürlich bereit, um jeden Angreifer zurückzuschlagen«, bellte Heldra und richtete sich auf, »jede Gefahr für Recluce zu bekämpfen.«

»Wo?«

Talryns jähe Geste schnitt Heldra das Wort ab, noch bevor sie einen Ton sagen konnte. »Welche Zweifel plagen Euch, Justen?«

»Ihr könnt selbstverständlich handeln wie es Euch beliebt. Ihr seid der Rat. Aber ich möchte darauf hinweisen«, fuhr Justen gleichmütig fort, »dass die hamorische Flotte ihre Kanonen auf Nylan richten und nicht von der Stadt ablassen wird, ehe sie zu schwarzem Pulver zermalmt ist. Vielleicht wäre es besser, die Stadt zu räumen und die Truppen an einen Ort zu verlegen, an dem sie kein so leicht zu treffendes Ziel darstellen.« Ergeben neigte er kurz den Kopf.

»Nylan räumen? Das haben wir niemals in Erwägung gezogen.«

»Sollten wir aber«, warf Talryn ein, »doch das ist unsere Sorge und nicht der Grund für dieses Treffen.« Er warf einen lodernden Blick zu Heldra, doch die schmalgesichtige Frau drehte hochmütig den Kopf zur Seite. »Unsere Kundschafter melden, dass die hamorische Flotte am Morgen die Große Nordbucht verlassen hat.«

»Dann können sie schon morgen früh hier sein«, verlieh Maris seiner Befürchtung Ausdruck. »Sie sind schnell.«

»Darf ich nach Euren Plänen fragen?«, säuselte Heldra mit zuckersüßer Stimme. »Justen? Gunnar?«

»Fragen dürft Ihr«, antwortete Gunnar fast genauso freundlich wie Heldra, »doch wir müssen es für uns behalten.«

»Ich habe gehofft ...«

»Sicher habt Ihr das«, fügte mein Vater hinzu. »Aber seid versichert, wir wären nicht aus dem verhältnismäßig sicheren Kyphros nach Recluce gekommen, wenn wir uns nicht Erfolgschancen ausrechnen würden.«

Dieses Erfolges war ich mir allerdings nicht so sicher, doch ich nickte, während meine Sinne die dunklen Verbindungen zur Ordnung unter Recluce aufrecht hielten.

Wieder begann es zu rumoren.

Ich fühlte ein Zerren und Reißen, doch außer mir und Krystal schien es niemand sonst zu spüren. Hatten sie ihre Wahrnehmung auf etwas anderes gerichtet oder wurde ich immer empfindlicher und feinfühliger?

»Von wo aus wollt Ihr Nylan verteidigen?«, Heldra sprach nun mit barscher Stimme, sie klang fast schrill.

»Es gibt nur einen einzigen geeigneten Punkt«, antwortete Justen gelassen. Seine Augen wanderten zu mir.

»Von der Landzunge aus, auf der die westliche Mauer endet«, erklärte ich, »von dort können wir alle Bewegungen der Hamoraner beobachten.«

»Ich verstehe«, bemerkte Heldra.

»Wenn das alles ist«, sagte mein Vater, »so werden wir mit unseren Vorbereitungen beginnen. Sicher habt auch Ihr noch einiges zu tun.« Er sah Talryn an. »Gestattet mir den Vorschlag, dass die verbliebenen Schiffe des Trios dafür eingesetzt werden, die hamorischen Schiffe vom Ufer fernzuhalten, zumindest am Anfang.«

»Wir werden diesen Vorschlag in unsere Überlegungen mit einbeziehen.«

»Gut.«

Mein Vater lächelte und drehte sich um, wir folgten ihm hinaus.

Draußen auf dem steinernen Weg, der uns zurückführte zu den Gästegemächern, schnaubte Tamra: »Viel hat das ja nicht gebracht.«

»Es war immerhin zu etwas nütze«, entgegnete Justen. »Wir wissen nun, dass sie nichts unternehmen können, nicht einmal versuchen werden, uns ins Handwerk zu pfuschen. Nur die Stadt können sie räumen lassen und zwei Schiffe aufs Meer hinausschicken.« Er ging weiter den Hügel hinunter.

»War Recluce schon immer so schwach?«, fragte Weldein und befühlte dabei seine Klinge.

»Nein, es ist es erst seit kurzem«, antwortete Justen.

»In regelmäßigen Abständen«, bemerkte Elisabet fast gleichzeitig.

Sie blickten einander an. Dann verbeugte sich Justen vor seiner Schwester.

»Außer zu Dorrins Zeiten und beim Fall von Fairhaven und der Weißen Magier«, erklärte meine Tante, »hat sich Recluce immer auf die Rettung durch seine großen Magier verlassen können. Auch diesmal werden sie das. Der Preis dafür war stets immens hoch, was jedoch der Außenwelt verborgen blieb. Creslin verlor sein Augenlicht; er und Megaera starben jung und hatten nur ein einziges Kind. Dorrin durchlebte ebenso Zeiten der Blindheit, starb verhältnismäßig jung und unter unklaren Umständen. Als Fairhaven zerstört wurde, fielen auch Nylan und die meisten der Kriegsschiffe aus Recluce den Stürmen zum Opfer.«

Weldein runzelte die Stirn. »Davon habe ich bis jetzt noch nie etwas gehört …«

»Glaubst du, dass Recluce daran interessiert ist, das diese Geschichten nach außen dringen?«, fragte Justen.

»Schon immer hat es diese Heimlichtuerei in Recluce gegeben«, fügte Tamra hinzu, »die ganze Wahrheit liegt hinter Halbwahrheiten verborgen.«

»Das reicht zurück bis auf den Mythos der Gründer«, sagte Justen. »Creslin wird gemeinhin als unfehlbar dargestellt, aber auch er beging viele Fehler. Der von ihm gegründete Rat machte es sich im Lauf der Jahre immer mehr zur Aufgabe, nach außen hin unfehlbar zu wirken, und das wiederum führte zu Heimlichtuerei und Bestechlichkeit.«

Ich fragte mich, ob auch mein Vater durch einen heimlichen Handel gekauft worden war. Die Bruderschaft hatte offensichtlich nichts dagegen einzuwenden, dass er sein Leben mit Hilfe der Ordnung verlängerte, und er ließ im Gegenzug die Bruderschaft in Ruhe, die dafür sorgte, dass Candar gespalten, zerrissen und chaotisch blieb.

Mich überkam immer mehr das Gefühl, dass beide am Ende dafür bezahlen mussten, und vielleicht würde es Krystal und mir einmal genauso ergehen.

Ich berührte die Ordnung, die tief unter Recluce und dem Golf auf mich wartete, versuchte sie näher an die Oberfläche zu ziehen. Justens Blick traf meinen und er deutete ein Nicken an.

Ja, wahrscheinlich würden wir am Ende alle dafür büßen müssen, aber ich arbeitete weiter. Krystal berührte meinen Arm und führte mich zurück zu unseren Gemächern, doch meine Gedanken versuchten weiter, die Ordnungs-Kanäle zu öffnen. Justen hatte mir schließlich geraten, früh damit zu beginnen.

CXXVI

Ich saß auf der alten Steinbank vor unserem Zimmer und blickte hinaus auf das blaue Ostmeer, auf die dicken Wolken über dem Wasser und auf den Dampfer, der an diesem Nachmittag nach Osten Richtung Nordla fuhr.

Mein Magen knurrte und erinnerte mich daran, dass das Frühstück schon einige Zeit zurücklag. »Ich bin hungrig. Willst du in den Sälen der Bruderschaft essen?«

»Möchtest du denn?«, entgegnete Krystal.

»Eigentlich nicht, doch irgendwo müssen wir etwas zu uns nehmen.«

»Ich bin nicht hungrig …«

»Ja, ja. Auch beim Frühstück warst du überhaupt

nicht hungrig … Seitdem haben wir nichts mehr gegessen.«

Schließlich schlenderten wir wieder hinunter in den Hafen und ich war froh, dass ich meinen Stab mitgenommen hatte. Wir kamen an einem Geschäft vorbei, auf dessen Glasfenster jemand die Worte BRAUK – HANDEL gepinselt hatte. Die Tür war verriegelt, doch zwei Männer trugen etliche Gegenstände zu einem Karren, der vor der Seitentür stand.

»Wieder eine Täuschung«, meinte Krystal. »Niemand verliert ein Wort darüber, aber die, die ohnehin versorgt sind, verstehen es auch so.«

»Wir werden sehen.«

Wir spazierten weiter am Hafen entlang, die Läden zu unserer Rechten, der Hafen zur Linken, vorbei an einer Tür, auf der eine Kerze gekreuzt mit einer Rose abgebildet war, doch die Tür war verriegelt und kein Mensch weit und breit zu sehen. Das nächste Geschäft, ein Kupferschmied, hatte geöffnet und ein kleiner, weißhaariger Mann saß darin auf einer Bank. Kein einziger Kunde wollte etwas von ihm wissen.

Neben dem Haus des Kupferschmieds begann eine kleine Gasse. Einige Händler beluden mehrere hintereinander stehende Wagen.

»… können nicht alles mitnehmen, Dergin …«

»… nehmen mit, was wir können … morgen wird nur noch ein Häufchen Staub davon übrig sein …«

»… sei still und arbeite weiter … will meine Haut retten …«

Ärger stieg in uns beiden hoch. Wir tauschten Blicke aus und gingen weiter, vorbei an noch mehr verschlossenen Läden. Daraufhin kehrten wir um und gingen zurück zum Kupferschmied.

In seinem Laden standen zwei Wasserkessel auf einem alten Tisch, beide mit geschwungenen Tüllen und grünen Porzellanhenkeln.

Dann entdeckte ich zwei Scharniere in einem Wandregal. Sie besaßen die Form eines Tieres, das ich noch nie gesehen hatte. Es hatte einen langen Hals, schuppige Haut, zusammengefaltete Flügel, vier Beine mit langen Krallen an den Füßen und einen stacheligen Schwanz.

»Ein grässliches Vieh«, sagte Krystal.

»Das ist ein Drache, verehrte Schwertkämpferin, zumindest behauptete das der Bursche, der die Dinger für mich entwarf.« Der Schmied reichte Krystal kaum bis zur Schulter. »Alle bestaunen sie, aber keiner will sie kaufen.«

»Habt Ihr von der morgigen Schlacht gehört?«, fragte ich vorsichtig.

»Den Unsinn über die Flotte aus Hamor? Ja, davon habe ich gehört.« Der Schmied schüttelte den Kopf.

»Es stimmt wirklich«, sagte Krystal. »Es könnte sein, dass morgen Abend von Nylan nicht mehr viel übrig ist. Die Hamoraner besitzen gewaltige Kanonen.«

»Seit Monaten schon werden diese Geschichten erzählt, gnädige Frau.« Der Kupferschmied lächelte matt. »Und wenn sie diesmal stimmen, dann stimmen sie eben. Ich bin zu alt, um all meine Habseligkeiten hinauf in die Hügel zu schaffen und wieder zurück.« Er hielt inne. »Ich habe ohnehin schon alles verloren. Mein Sohn und meine Tochter, sie sind niemals nach Hause zurückgekehrt. Ellyna ist schon vor Jahren von mir gegangen. Nur den Laden habe ich noch. Und wenn der nicht mehr ist … dann ist es auch egal.«

Ein beklemmendes Gefühl beschlich mich und Krystal.

»Bitte … Ihr müsst nicht traurig sein, Ser Magier.« Seine Augen musterten den Stab.

»Auch ich bin Handwerker – Schreiner«, protestierte ich beinahe. Er konnte leicht verlangen, dass wir nicht traurig sein sollten. Aber wir hatten schließlich beide gesehen, was eine Handvoll Schiffe in Ruzor angerichtet hatten. Und diesmal würden es wahrscheinlich zehn Mal so viele sein, die ihre Kanonen auf Nylan richteten.

»Ich bin froh, dass es noch so freundliche Menschen wie Euch gibt. Viele sind einfach vorübergegangen und haben nichts gesagt.« Er leckte sich die Lippen. »Ich habe schon bemerkt, was um mich herum vorgeht. Die Händler räumen ihre Läden nur, wenn wirklich Gefahr droht. Was könnte ich schon wegbringen? Zwei Wasserkessel, einige Kupfer- und Zinnbarren und ein Paar Drachenscharniere, das die Kunden verschmähen.«

»Ihr solltet Euch trotzdem in Sicherheit bringen.« Krystal betrachtete den Schmied, dessen weißes Haar bereits stark ausgedünnt war.

»Wärt Ihr zwanzig Jahre früher gekommen, schöne Frau, hätte ich es getan.« Er grinste mich an und ich erwiderte sein Grinsen. »Jetzt habe ich mich damit ... abgefunden.«

»Hamor wird die Stadt zerstören«, versuchte ich ihn zu überzeugen.

»Die Zeiten haben sich geändert, vielleicht ist das kein so großer Verlust mehr, Ser.«

Ich fuhr zusammen, auch mir war dieser Gedanke schon durch den Kopf gegangen. Recluce stellte kein Paradies dar und auch der Rat hatte schon bessere Tage gesehen. Aber ... die meisten Menschen zogen dies noch dem vor, was Hamor zu bieten hatte. Und das war vermutlich nicht viel, was mich gleichermaßen beunruhigte. »Ihr könntet morgen einfach einen langen Spaziergang machen«, schlug ich vor.

»Vielleicht mache ich das. Vielleicht.«

Doch ich wusste, dass er es nicht tun würde. Ich betrachtete noch einmal die Drachenscharniere. Krystal nickte.

»Wie viel kosten die Scharniere?«

»Ich schenke sie Euch.«

»Das kann ich nicht annehmen.«

Die alten, tiefgrünen Augen schauten in meine. »Ich schlage Euch ein Geschäft vor. Wenn die Schiffe Nylan nicht zerstören, dann kommt Ihr zurück und gebt mir fünf Silberstücke dafür. Wenn es ihnen doch gelingen sollte, müsst Ihr die Scharniere behalten und sie gut sichtbar für alle auf einer Truhe anbringen. Baut Ihr denn auch Truhen?«

»Einige habe ich schon geschreinert«, antwortete ich.

Er nickte. »Ihr habt sie angesehen und ihren Wert erkannt.«

Ich fasste an meine Börse.

Seine gebrechliche Hand berührte meinen Arm. »Nein. Ich vertraue Euch und ich weiß, dass dieses Vertrauen in den richtigen Menschen gesetzt ist. Es wird Zeit, dass die Drachen fliegen.« Er nahm ein Tuch und ging zum Regal. Vorsichtig wickelte er die Drachen in den weichen, grauen Stoff. Dann übergab er das Bündel Krystal. »Auf Eure Klinge, meine Dame, und auf Euer beider Glück.«

Krystal nahm die weich gepolsterten Drachen an sich, bewegte sich jedoch nicht von der Stelle.

»Nun müsst Ihr gehen.«

Der kleine Schmied warf uns praktisch aus seinem Geschäft und wir ließen es zu. Er sagte noch: »Passt auf meine Drachen auf.« Damit schloss er die Tür.

Regungslos standen wir für einige Sekunden da.

Ich schluckte, mein Magen knurrte.

»Du bist aufgebracht«, sagte Krystal, »und ratlos.«

»Ja. Es scheint, als müssten nur die Unschuldigen und Hilflosen das Leid tragen. Ich konnte ihn nicht dazu überreden zu gehen. Wenn es uns nicht gelingt, Hamor abzuwehren, wird ihm ohnehin nichts bleiben. Die Händler werden davonkommen. Die Bruderschaft auch, auf die eine oder andere Weise.« Ich hielt inne und schickte meine Sinne aus. »Du bist auch wütend.«

»Ja.«

Ich nahm ihre Hand und wieder knurrte mein Magen.

»Und du bist hungrig«, stellte sie fest. »Wie wäre es dort drüben?«

Am Ende der Seitenstraße lag ein kleiner Gasthof, eine dunkle Tür stand offen. Wir gingen hin und ich spähte durch die offene Tür.

»Ihr wollt zu Abend essen?«, fragte ein schlanker, junger Bursche und stellte einen Stuhl auf den Boden. »Es gibt nur Weißfisch und den müsst Ihr schnell essen. Wir packen zwar gerade die Küche zusammen, aber Mama wird Hungrige bestimmt nicht abweisen.« Er lachte und entblößte dabei riesengroße, weit auseinander stehende Zähne. »Oder jemanden, der Geld hat.«

»Wir werden uns beeilen.«

»So schnell nun auch wieder nicht. Ihr solltet es genießen, der Fisch würde ohnehin schlecht werden.« Er führte uns durch den halbleeren Schankraum zu einer Sitzgruppe in der Ecke. Druckstellen im Eichenboden zeugten davon, dass dort einmal mehr Tische gestanden hatten. Die Bänke der Sitzgruppe waren mit dunklem Leder gepolstert. Als wir uns setzten, fügte er hinzu: »Ich bringe gleich zwei Humpen Bier.« Nach einem Blick auf meinen Stab überlegte er es sich jedoch anders. »Wäre Euch Grünbeerensaft recht? Das Rotbeerenfass ist bereits versiegelt.«

»Sehr gut.«

Er flitzte davon und griff sich im Vorbeigehen zwei Stühle.

»Hier wird deutlich sichtbar alles zusammengepackt. Hoffentlich wirkt sich das nicht zu sehr auf das Essen aus.« Krystal unterdrückte ein Gähnen.

»Du bist müde.«

»Du auch.«

»Hier, bitte.« Der Schankbursche kam bereits mit

zwei Bechern und zwei Krügen zurück. Auf dem Rückweg schnappte er sich gleich wieder zwei Stühle.

Ich goss unsere Getränke ein und wir hatten kaum den ersten anständigen Schluck getrunken, als der Junge einen großen, goldenen Laib Brot auftischte. »Marmelade oder einen anderen Aufstrich gibt es nicht, aber das Brot ist ganz frisch.«

Schon hatte er mit dem letzten Paar Stühle die Schenke wieder verlassen. Zurück kam er mit einer Frau, die lächelte, als sie die Tische aufhoben und durch die Doppeltür trugen.

Ich brach mir eine Ecke vom Brot ab. Seine Behauptung stimmte. Das Brot war so frisch, dass es noch dampfte. Wir aßen uns durch den halben Laib und schenkten der weiteren Leerung des Gasthofes keinerlei Beachtung.

»Hier ist der Fisch und es gibt sogar Bohnen dazu. Die hatte ich vorhin ganz vergessen.«

Wir betrachteten die großen Teller, auf denen sich der Weißfisch unter einer Sahnesoße türmte.

»Dunkelheit … ich … so viel …«

»Macht Euch keine Sorgen. Wenn Ihr nicht gekommen wärt, hätten wir alles wegwerfen müssen. Was Ihr nicht essen könnt, bekommt der Hund.« Dann rannte der Bursche wieder hinaus.

Wir lachten laut los und ließen es uns schmecken. Der Fisch mundete hervorragend und die Soße noch köstlicher. Hier aß man sogar noch besser als im *Gasthof der Gründer.*

»Das macht mich so … ich weiß nicht …«

»Weil wieder etwas Gutes zerstört werden wird?«, fragte Krystal.

»Ich glaube, ja.«

»Mich macht es auch traurig.« Krystal stieß den Teller zurück. »Ich bin satt, keinen Bissen bringe ich mehr hinunter.«

Mir ging es ähnlich. Wir konnten den Fisch nur zur Hälfte aufessen. Ich sah mich um und schon kam der Junge wieder herbeigelaufen. Ich winkte ihm zu.

»Wie hat es Euch geschmeckt?«

»Es war wunderbar, vielleicht der beste Fisch, den ich je gegessen habe«, gab ich zu. »Wie viel sind wir schuldig?«

»Ich weiß nicht. Normalerweise kostet dieses Gericht fünf Kupferlinge, aber Ihr habt eine größere Menge bekommen, andererseits gibt es sonst mehr Auswahl ...«

»Hier.« Ich gab ihm zwei Silberstücke. »Dieses Mahl werden wir so schnell nicht vergessen.«

Er hatte nur noch Augen für die Münzen.

»Betrachte es einfach als Geschenk des Drachen«, fügte Krystal schelmisch hinzu.

»Danke. Ich danke Euch.«

»Mach weiter und bewahre diesen Ort für die Nachwelt«, rief ich ihm noch hinterher, doch er schleppte bereits wieder einige große Kessel hinaus zum bereits hoffnungslos überladenen Wagen vor der Tür.

Auf all meinen Reisen hatte ich nur zwei Orte gefunden, wo Gastfreundschaft nicht nur vom Geld bestimmt wurde: Kyphros, dabei dachte ich an Barrabra, und Recluce, wo wir gerade ein wundervolles Mahl bekommen hatten, obwohl die Besitzer dabei waren, ihr Hab und Gut zu retten. Vielleicht sollte das ein Hinweis darauf sein, dass jedes Land, das solche Gastfreundschaft pflegte, es wert war, gerettet zu werden. Ich hoffte es.

Die Sonne sank bereits auf den Golf von Candar nieder, als wir wieder hinaufgingen zu unserer Unterkunft. Ganz im Gegensatz zum nun fast leer stehenden Hafenviertel wurde das Gelände der Bruderschaft von angehenden Gefahrenbrigadieren bevölkert, die sich auf den Bänken und Mauern lümmelten.

»... breche im Morgengrauen auf ...«

»… schlafe in den … kein Problem …«

»… wirst du es Cassius erzählen?«

»Er ist ein richtiger Schwarzer Magier – über und über Schwarz.«

»Da sind sie … sie ist die höchste Offizierin der kyphrischen Streitkräfte … Trehonna sagt, er ist einer der größten Grauen Magier, hat einen Berg erschaffen …«

Ich versuchte die Augen, die uns verfolgten, nicht zu beachten.

»… bescheiden, mein Lieber?«, flüsterte Krystal.

»Was ist mit dir?«

Wir erröteten beide und gingen weiter, bis wir unser Gemach erreichten. Ich stellte den Stab in die Ecke und Krystal legte die Klinge ab.

»Ich habe zu viel gegessen.«

»Aber es hat hervorragend geschmeckt.«

Wir saßen auf der Bettkante und Krystal wickelte die Drachen aus.

»Sie sind wunderschön, wenn auch auf eigenartige Weise.«

Sie waren wirklich wunderschön und ich stellte sie mir an einer dunklen Eichentruhe vor, die außer einem Messingschloss keinerlei Verzierung erhalten würde.

Es klopfte an der Tür.

»Herein«, rief ich. »Es ist offen.«

Tamra trat ein. Weldein folgte ihr und schloss die Tür hinter sich.

»Ich habe Euch gehört. Was ist denn das?« Tamra starrte die Scharniere an.

»Scharniere. In Form von Drachen.«

»Was ist ein Drache?«, fragte Weldein.

»Ich weiß nicht«, gab ich zu. »Aber der Schmied, von dem wir sie bekommen haben, nannte sie Drachen.«

»Drachen?« Tamra runzelte die Stirn und räusperte sich. »Dein Vater denkt, dass die hamorischen Schiffe morgen schon sehr früh hier sein werden. Er meint, wir alle sollten oben am westlichen Ende der Schwarzen Mauer stehen, noch bevor die Sonne aufgeht.«

»Vor Sonnenaufgang. Gut.« Ich hatte nichts dagegen einzuwenden, da ich ohnehin nicht wusste, wie ich schlafen würde. Oder ob überhaupt. »Wo sind die anderen jetzt?«

»Woher soll ich das wissen? Er sagte nur, wir sehen uns morgen früh.« Tamra betrachtete noch einmal die Drachen. »Was wirst du damit machen?«

»Eine Truhe darum herum bauen.«

»Er denkt immer nur an sein Holz.«

»Nicht immer. Manchmal ...« Ich schüttelte den Kopf. Ich verspürte keine Lust, Tamra etwas zu erklären, wollte mit ihr nicht über alte Kupferschmiede oder fleißige Menschen sprechen, die ihr Hab und Gut zusammenpackten, oder Händler, die ihre Nachbarn einfach vergaßen. Tamra hatte ihre Meinung über Recluce ohnehin bereits gefasst, auch ohne meine Erklärungen.

»Nun ...«, sagte Tamra langsam. »Dann werden wir euch wieder allein lassen. Der Morgen kommt früh genug.«

»Viel zu früh«, fügte Weldein hinzu.

Die Tür fiel ins Schloss und Krystal drehte sich zu mir um.

»Sie sieht mehr, als du denkst, Lerris. Sie hat nur Angst, dass es gegen sie verwendet wird.«

Krystal hatte vermutlich Recht. Damals auf dem Schiff nach Freistadt hatte Tamra zugegeben, dass sie Angst hatte. Natürlich hatte sie mir zuerst vorgeworfen, dass ich Angst hätte. Und ich hatte nur auf diese Vorhaltung reagiert und nicht auf ihr Eingeständnis. »Du hast wie immer Recht.« Ich legte meinen Arm um Krystal. »Das ist mit ein Grund, warum ich dich liebe.«

»Das ist auch ein Grund, warum ich dich liebe. Unter der dickköpfigen äußeren Schale steckt doch ein verständnisvoller Kern.«

Draußen raschelten die Blätter und der Abendwind frischte etwas auf.

Einige Augenblicke später meinte Krystal: »Wir haben weder Justen noch Dayala noch deine Eltern gesehen den ganzen Tag. Tamra wohl auch nicht.«

»Das beunruhigt mich etwas.« Ich spürte auch Krystals Unruhe, doch ich würde nun bestimmt nicht an alle Türen pochen und fragen, warum sich den ganzen Nachmittag niemand hatte blicken lassen.

Ich gähnte und grinste. Krystal gähnte ebenso.

»Ich schlage vor, wir versuchen zu schlafen.«

»Einverstanden.«

Langsam streiften wir uns Stiefel und Kleidung ab, dann löschte ich das Licht.

Draußen raschelte der Herbstwind in den Bäumen und vermischte sich mit dem Getuschel junger Stimmen. Waren wir jemals so jung gewesen? Ich schnarchte schon beinahe, worauf mich Krystal mit dem Ellbogen in die Rippen stieß.

Keiner von uns wollte über den morgigen Tag reden, wir taten es auch nicht, doch wir wussten, was uns erwartete. Wir schliefen nicht früh und auch nicht leicht ein, lange hielten wir uns fest.

CXXVII

Kurz vor Sonnenaufgang, nach einem hastigen Frühstück mit kaltem Brot, Käse und Obst, versammelten wir uns in den halb leeren Ställen der Bruderschaft. Der Käse lag mir wie kaltes Eisen im Magen, aber ich wusste, dass ich die Energie später dringend brauchen würde.

Aus unerfindlichen Gründen warfen wir alle –

Krystal, Tamra, und daher auch Weldein, und ich – vor dem Aufsteigen noch einen Blick zu Dayala.

Justen nickte ihr zu und mein Vater verneigte leicht den Kopf.

Wie eine uralte Eiche stand sie da, schlank und von einer tiefen Dunkelheit und Harmonie umgeben, um die ich sie beneidete, obwohl ich einen kurzen Einblick erhalten hatte, welch hohen Preis sie für diese Harmonie bezahlt hatte. Ich wusste nicht, ob ich bereit wäre, soviel dafür zu geben.

»Wir müssen das alte Unrecht rückgängig machen, dann werden wir gewinnen. Ordnung darf nicht in kaltes Eisen eingeschlossen werden.«

Das war alles, doch in unseren Herzen wussten wir bereits, was wir zu tun hatten.

Meine Mutter drückte die Hand meines Vaters und Justen fuhr Dayala durchs Haar. Weldein schaute Tamra an, als er dachte, sie sähe nicht zu ihm, und ich umarmte Krystal.

»Wann werden die Schiffe hier sein?«, fragte Justen.

»Es dauert noch eine Weile. Wir können uns Zeit lassen«, antwortete mein Vater.

Wir ritten die Straße entlang bis hinauf zum Ende der Klippen Nylans – ans westliche Ende, wo das Gesicht aus schwarzem Fels hundert Ellen über dem Strand aus dem Felsen starrte. Wir banden unsere Pferde in sicherer Entfernung zur Klippe fest. Wir hatten das Gepäck mitgenommen, denn es wäre unklug gewesen, es in Nylan zurückzulassen, wenn die hamorischen Schiffe sich genauso furchterregend gebärdeten wie beim letzten Mal. Aber dann dürften wir eigentlich auch die Pferde hier nicht stehen lassen.

»Ist das der richtige Platz?«, fragte Justen.

Mein Vater und ich nickten. Tante Elisabet ebenfalls.

Onkel Sardit ging vor bis zur Steilküste, wo die Mauer am senkrechten Abgrund endete. »Gute Maurerarbeit.« Dann kam er zurück und klopfte meiner Tante auf die Schulter.

Dayala saß im Gras und berührte die Grashalme und die kleinen, blauen Blumen, die ihre zarten Stängel um die Erde schlängelten.

Weldein stand schweigend neben Tamra und die drei anderen Soldaten beobachteten ihn. Haithen schritt wie Sardit zum Abgrund und blickte nach Westen, bevor sie wieder zu den anderen zurückkehrte.

Auch nach Sonnenaufgang kam keine Brandung auf, kein Geräusch, das auf Wellen unten am Sandstrand schließen ließ. Das knietiefe Gras zwischen Straße und dem schmalen, kurz geschnittenen Rasenstreifen, der an der Mauer entlang verlief, hing feucht und schlaff herab.

Eine Möwe schwebte hinunter zum Wasser, sie tauchte jedoch nicht ein und verschwand wieder über der Küste.

»Das Meer ist völlig ruhig«, flüsterte Krystal.

»Du brauchst nicht zu flüstern«, murmelte ich zurück, meine Sinne wanderten jedoch bereits zu Ordnung und Chaos unter Recluce, zum Machtspeicher, der sich am Rückgrat der Insel entlang erstreckte. Ich bemühte mich weiter, die Ordnungs-Bahnen näher zum Grund des Meeres zu führen.

Krystal stieß mich mit dem Ellbogen in die Rippen. Es tat weh, denn ich war nicht darauf vorbereitet gewesen und mit den Gedanken ganz woanders.

»Entschuldige«, sagte sie sanft.

Ich fühlte die ehrliche Reue und stellte fest, dass die Verbindung zwischen uns immer enger wurde. Sie musste den Schmerz gefühlt haben. Ich beugte mich zu ihr hinüber und küsste sie.

Sie drückte meinen Arm und ich fühlte die Wärme in dieser einfachen Geste. Hinter uns ragte drohend die Mauer auf, das Zeichen, das seit mindestens einem halben Jahrtausend für Recluce stand. Die Ecken und Kanten der Steine waren noch immer so scharf wie damals, als Dorrin sie behauen, geordnet und aufeinander gelegt hatte, um mit dem Mauerwerk die Ingenieure von den alten Magiern zu trennen, die darauf beharrt hatten, dass Maschinen nur Chaos bringen würden. Doch am Ende stellte sich wie so oft heraus, dass beide falsch lagen, denn Recluce wurde nun von der kalten Ordnung der Maschinen bedroht, die freies Chaos schufen.

Justen, mein Vater und Tamra wandten sich mir zu. Dayala blieb auf der Erde sitzen und meine Mutter und Tante Elisabet hielten sich einige Schritte im Hintergrund. Sardit stapfte an der Mauer entlang, um sich noch einmal von der guten Steinmetzarbeit zu überzeugen. Kein Stück Holz verbarg sich in der Mauer, das er hätte überprüfen können. Der Legende nach hatte Dorrin darauf bestanden, die Mauer aus solidem, schwarzgeordnetem Stein zu erbauen, und sie wurzelte sichtbar im Land selbst.

»Bist du bereit?«, fragte Justen.

»Ich bin bereit.« Ich hoffte es, meine Sinne trieben sich noch zur Hälfte auf den Klippen herum, die andere Hälfte wühlte tief im Boden. Ich wischte mir den Schweiß von der Stirn, obwohl sich die Luft noch gar nicht richtig erwärmt hatte.

»Du bist bereit«, klang Krystals Echo an mein Ohr und Dayala lächelte.

Die Erde zitterte und das Gesicht meiner Mutter erstarrte für einen Augenblick vor Schreck, bevor das entschlossene Lächeln wieder zurückkehrte.

Weldein führte die Soldaten zurück zur Hohen Straße, ein Dutzend Ellen hinter die Pferde. Dort ging er auf und ab, um uns vor denen zu schützen, die uns von den Feldern her oder von der Straße aus angreifen könnten. Von den Klippen drohte keine Gefahr, kaum vorstellbar, dass jemand von unten heraufkletterte, nicht überraschend zumindest.

Ich versuchte erneut, die Ordnung in der Tiefe zu berühren.

Als die Sonne im Osten höher stieg, loderte sie wie ein weiß-oranger Ball, gegen den blaugrünen Morgenhimmel flammte jedoch das Weiß immer mehr auf. Auch im hellen Licht hing das lange Gras noch immer schlaff herab.

In Nylan regte sich nichts, die Stadt war teilweise noch in Schatten gehüllt und wirkte verlassen. Vielleicht war sie das wirklich, denn nach unserem Treffen hatte die Bruderschaft die Nachricht verbreiten lassen, dass sich alle in die Hügel zurückziehen sollten – vielleicht hatten sie einen Sturm als Grund angegeben, möglicherweise auch feindlichen Beschuss, oder gar keinen Grund. Nach dem Gespräch mit dem Kupferschmied bezweifelte ich, dass alle gegangen waren, aber viele waren bereits geflüchtet und viele andere würden es bestimmt noch tun, wenn wirklich die Kanonenkugeln auf Hafen und Stadt niederhagelten. Aber dann würde es vielleicht schon zu spät sein. Immer gab es Menschen, die glaubten, das Unglück würde sie umgehen. Ich gehörte nie zu denen, mich traf es immer, ganz gleich wie sehr ich mir auch das Gegenteil wünschte.

Ich schloss die Augen und konzentrierte mich auf die Tiefe, um Chaos hervorzubringen, geführt und umhüllt von Ordnung. Für eine Sekunde schwebte das Bild der Messingdrachen vor meinem inneren Auge. Ich atmete tief durch und richtete meine Gedanken wieder auf das Chaos.

Das Beben des Bodens übertrug sich auf meine Stiefel und ich fühlte Krystals Alarmbereitschaft.

Sie drückte meinen Arm. »Du kannst vollbringen, was immer vollbracht werden muss.«

Vielleicht … vielleicht brachte ich aber auch nur ein kolossales Durcheinander zu Stande, doch hatte ich eine Wahl? Welche Wahlmöglichkeiten besaß man, wenn Hamor schon damit angefangen hatte, Ordnung in kalten Stahl zu schmieden?

»Sie befinden sich unmittelbar hinter dem Horizont«, verkündete mein Vater, als er und Mutter sich neben uns stellten, so nahe nebeneinander, dass sich ihre Schultern berührten. Sie lehnte ihren Kopf kurz an seine Wange. Krystal machte Anstalten, sich zu entfernen.

»Nein, du musst bleiben, meine Liebe«, rief meine Mutter. »Ich hoffe, du hast nichts dagegen, dass ich dich so nenne. Ich weiß, du bist Kommandantin und hast eine sehr wichtige Position inne, aber Lerris liebt dich, was für mich Grund genug ist, dich auch zu lieben …«

»Donara …«

»So viel Zeit muss sein, Gunnar, ich will es so, dieses eine Mal.« Meine Mutter sprach wieder mit Krystal. »Aber ich habe dich auch ins Herz geschlossen, weil du ein ganz besonderer Mensch bist. Es ist wichtig, dass du das weißt. Viele Dinge werden nicht ausgesprochen, bis es dann eines Tages zu spät ist. Uns steht ein sehr gefährlicher Kampf bevor, oder wie immer man das auch nennen will, was gleich hier geschehen wird.«

Am liebsten hätte ich ihr gesagt, sie solle aufhören, so zu tun, als würden wir alle sterben. Aber mir kam der Gedanke, dass sie durchaus Recht haben könnte. In der Ferne spürte ich bereits die wachsende kalte Ordnung der Stahlschiffe, der vielen, vielen Stahlschiffe.

Dann schaute meine Mutter mich an und ich entdeckte die Hoffnungslosigkeit, die ihr Lächeln begleitete. »Lerris … wir haben nicht immer getan, was wir hätten tun sollen, aber denke daran, als deine Eltern haben wir unser Bestes für dich gegeben und wir haben dich immer geliebt, auch wenn es manchmal nicht so aussah.« Sie räusperte sich. »Nun … fahre fort mit dem, was du tun musst, ich werde mich entfernen.« Sie beugte sich nach vorne und ihre Lippen streiften meine Wange, eine Geste der Liebe, aber nicht jener Liebe, die man einem erwachsenen Kind aufzwang.

Dann sah mich mein Vater an und ich wusste, er fühlte das Gleiche wie meine Mutter, doch er war nicht im Stande, auf mich zuzugehen. Also umarmte ich ihn. Für einen Augenblick konnte ich nichts sehen, aber das war nicht weiter schlimm, denn Krystal stand bei mir, und die Berührung ihrer Hand half schon.

Der Boden erschauerte.

»Da, dort draußen, der Rauch!«, rief Weldein.

Ich ließ meinen Vater los und wir traten auseinander. Ich wischte mir die Tränen aus den Augen und richtete meine Gedanken wieder auf die Ordnungs-Kanäle. Krystal legte die Hand an die Klinge, zog sie jedoch nicht und ging stattdessen hinüber zu Weldein.

»Wenn es beginnt, werden sie sich alle auf ihre Magie konzentrieren und Schutz brauchen.«

»Ja, Ser.« Weldein nickte und Krystal kam zurück in meine Nähe.

Die Oberfläche des Ostmeeres lag glatt in der Sonne, so gläsern, wie ich es nur wenige Male in meinem Leben gesehen hatte, und wirkte so flach und eben, dass der Hafen von Ruzor in den ruhigen Sommermonaten sich wild dagegen ausnahm.

Im Süden tauchten die ersten Schiffe auf, wie schwarze Punkte marschierten sie über den Golf und auf einen Nebel zu, der über dem Wasser schwelte. Mein Vater legte die Stirn in Falten und der Nebel verdichtete sich. Die Schiffe dampften weiter nach Osten, Rauchfahnen stiegen stolz in den Morgenhimmel, Schaum bildete sich vor den Bugen und weißes Kielwasser umspülte die Hecks.

Mit aller Kraft knüpfte ich immer mehr Ordnungs-Bande zwischen Land und Meeresgrund und der Ordnung, die sich quer durch Recluce zog, von Landende bis hier herunter, wo wir nun standen.

Die Tiefe schien meine Kräfte zu schlucken, sich über mich lustig zu machen. Der Schweiß stand mir auf der Stirn und Krystal berührte meinen Arm, ganz sanft, um mich zu beruhigen. Ich spürte ihre Angst und die Kraft in ihrem Arm, als sie das Heft ihres nun nutzlosen Schwertes umgriff.

Während ich mit meinen Ordnungs-Bahnen die Chaos-Schlösser im tief liegenden Eisen aufstemmte, füllte die hamorische Flotte den gesamten südlichen Horizont aus, ein schwarzer Rumpf neben dem anderen; weißer Rauch stieg aus jedem einzelnen Schornstein, unermessliche Ordnung mechanisch in all dem Stahl eingeschlossen. Stahlkugeln um Stahlkugeln, gefüllt mit Pulver und Chaos, reihten sich in den Laderäumen aneinander. Begleitet wurden sie von fast achtzig Frachtschiffen, die die Truppen mit dem Sonnenbanner beförderten. Mich durchlief ein Schauder, als ich an die vielen tausend Soldaten dachte, die alle doch irgendwie unschuldig waren – und doch würden sie nicht zögern zu töten, sollten sie wirklich auf Recluce landen können.

Ich wünschte, Kaiser Stesten befände sich auf einem der Schiffe. Die Herrscher sollten sich den gleichen Gefahren aussetzen wie die Soldaten und Matrosen.

»Dunkelheit …« Haithen starrte auf den Golf.

Jinsa zog ihr Schwert und prüfte eingehend die Klinge.

»So viele Schiffe habe ich noch nie auf einmal gesehen …«, murmelte Dercas.

Auch ich hatte das nicht, aber das sagte ich nicht.

»Es sind nur Schiffe«, bellte Tamra. Sie trat neben meinen Vater, der sich bereits auf die Stürme konzentrierte, und blieb stehen.

»Das sind wirklich viele«, meinte Jinsa.

Viele Schiffe bedeuteten viele Kanonen und noch mehr Kugeln, und Tod. Ich schluckte. Viele Tote auf beiden Seiten.

Krystal umklammerte ihr Schwert fester, zwang jedoch ihre Hand sich zu entspannen, als die Flotte näher kam.

Hinter uns studierte Sardit noch immer die Mauer.

Mein Vater schloss die Augen. Ordnungs-Linien, unsichtbar, doch trotz des Fehlens einer sichtbaren Substanz wirklich, loderten aus seinen Armen in den klaren, blaugrünen Himmel. Eine Zeit lang stand er regungslos da. Dann atmete er tief ein, entspannte sich jedoch nicht. »Es hat begonnen.«

Ich spürte die gleichen Energie-Linien, die Tamra nun ausstrahlte; ein Lächeln huschte über ihr Gesicht.

Der Nebel, den die hamorische Flotte vor sich hatte, verdichtete sich und das Sonnenlicht schien schwächer zu werden, der Himmel trüber. Hoch oben bildeten sich diesige Wolken.

Ich fühlte tiefer in die Erde und versuchte das Eisen unter Recluce als Hebel zu benutzen, um die tiefliegende Ordnung aus dem Golf heraufzubefördern.

Das Beben verstärkte sich und ein kleiner Felsen brach aus den Klippen unter der Mauer, er stürzte hinunter und fiel mit einem Klatschen ins Wasser.

Das Licht um uns herum wurde schwächer.

»Das Beben in Hydlen war nichts gegen das hier ...«, meinte Dercas zu Jinsa.

»Wenn es so weit ist, lass deine Klinge sprechen«, antwortete diese.

Haithen schüttelte den Kopf, ihre Augen wanderten unaufhörlich von den noch weit entfernten schwarzen Punkten zu den Wolken, die sich nun hinter uns am nördlichen Himmel zusammenballten.

Mein Vater ging zu meiner Mutter und umarmte sie. Tränen rannen ihr übers Gesicht, aber sie sagte nichts, als sie sich lange in den Armen lagen. Dann richtete er sich auf und trat an den Abgrund der Klippen. Die heraufquellenden Nebelschwaden hatten ihn bald vollständig umhüllt. Eine zweite, mit der ersten verbundene Nebelwolke waberte um Tamra.

Elisabet trat vor und Dunkelheit legte sich wie ein Schleier um sie, doch sie regte sich nicht, folgte weder Justen noch meinem Vater – obwohl sie Justen auf vollkommene Weise ergänzte.

»Fertig?« Justen blickte von Weldein und der Abteilung grün gekleideter Soldaten, die uns bewachten, zu meinem Vater und dann zu Krystal und mir. Dayala hielt seine Hand.

Ich weitete die Ordnungs-Kanäle noch mehr, suchte die geeignetsten Plätze dafür im Wasser unter mir.

Ein Krach wie von einem Blitz durchtrennte die Luft, obwohl ich kein Feuer entdecken konnte.

Am Abgrund, dort wo sich Mauer, Klippen, Luft und Meer zu treffen schienen, stand mein Vater zusammen mit Tamra. Ordnungs-Bänder erstreckten sich von seinen Händen wie Schwarzes Eisen hoch hinauf bis zu den hohen Winden, den großen Winden, die ich als Kind erfolglos zu erreichen versucht hatte. Von Tamra gingen ähnliche Linien aus. Und ich … ich hatte damals gedacht, es wäre bloße Faulheit oder Furcht gewesen, als mein Vater behauptet hatte, dass es durchaus Gründe gäbe, diese Winde nicht heraufzubeschwören. Ich erinnerte mich auch an Tamras Wunsch nach Achtung. Sie wollte nicht ständig ihre Macht zur Schau tragen müssen.

Der Himmel verdunkelte sich und dicke, weiße Wolken mit dunklen Kernen stiegen höher in den Himmel und jagten südwärts, zogen einen grauen Vorhang vor die Sonne. Das Weiß verdunkelte sich mit zunehmender Höhe in tödliches Grau, schließlich machte sich Schwärze breit.

Die hamorische Flotte schob sich heran, der Rauch aus den Schiffsschornsteinen formte sich ebenfalls zu Wolken.

Das Echo eines Kanonenschusses übertönte das leise Heulen des Windes.

Eine Wassersäule stieg fast eine Meile seewärts vom Wellenbrecher Nylans entfernt gen Himmel. Eine Meile war nicht sehr viel und ich beeilte mich, meine Ordnungs-Bahnen zu weiten und zu verstärken … um damit den Weg für das Chaos zu ebnen, das wir für unser Vorhaben brauchten und das nicht nur die Hamoraner, sondern auch uns töten konnte, wenn es außer Kontrolle geriet.

War ich überhaupt in der Lage, eine solche Menge an Chaos zu lenken? Selbst wenn mir die Ordnung dabei half?

Neben mir taumelte Krystal, als der Boden sich hob und senkte.

Der nächste ohrenbetäubende Schuss dröhnte durch den Golf und wieder spritzte das Wasser turmhoch auf, diesmal näher am Wellenbrecher.

Die hamorische Flotte dampfte unbeirrt weiter nach Osten, die Schiffe fingen nun an zu stampfen, kämpften gegen die Brandung, die der Wind erzeugte. Die Büge schnitten durch die schaumgekrönten Wellen wie schwere Messer und Rauch stieg in dicken Schwaden aus den Schornsteinen und aus den gedrungenen Geschütztürmen.

Nun schnellten immer mehr Wassersäulen empor, näherten sich bis auf wenige hundert Ellen dem Wellenbrecher.

Verzweifelt zerrte und zog ich abwechselnd an Eisen und Ordnung.

Das Heulen des Windes wurde stärker … und stärker, bis es nichts als das Geräusch des Windes zu geben schien. Meine Trommelfelle drohten zu platzen.

Hinter und über uns wurde der Himmel schwarz, dunkelgrau über Nylan. Starker Regen setzte ein, kalte Tropfen, die auf der Haut brannten, kalte Tropfen, die wenig dazu beitrugen, meine Stirn zu kühlen.

Ich drehte und packte die Ordnung, versuchte mir Justens Künste in Erinnerung zu bringen und mich vom Chaos fernzuhalten, während ich die Ordnung ins vergleichsweise seichte Wasser des Golfes zerrte, worauf die hamorische Flotte zuhielt. Die Ordnung sollte das Chaos führen.

Ich taumelte und spürte das Poltern und Schwanken der Erde, noch bevor es uns erreichte.

Dercas fiel ins Gras, seine Schreie verloren sich im Wind und im Regen und Haithen zog ihn mit einem Ruck wieder auf die Beine. Noch mehr Felsen lösten sich aus den Klippen und stürzten in die Brandung, die nun gegen Strand und Steilküste schlug.

Eine Kugel detonierte auf Nylans Wellenbrecher, dann eine zweite, die Steinbake fiel in sich zusammen.

Ich spähte angestrengt durch den Regen, der zornig auf uns einschlug. Das Meer bestand nur noch aus Schaum, die Wellen schlugen über den hamorischen Schiffen zusammen. Viele Rümpfe waren bereits in der stürmischen See versunken, doch viele andere mehr hielten ihr stand, waren eingerichtet und vorbereitet für und auf die Stürme, hervorgerufen vom größten Wetter-Magier, den Recluce aufzubieten hatte – von meinem Vater, der wie eine hohe, weiße Eiche Regen und schneidenden Winden trotzte, mit Ordnungs-Riemen zwischen Himmel und Erde verankert. Eine kleinere, nur wenig schwächere – rote – Eiche stand neben ihm, ebenso in ein ähnlich starkes Ordnungs-Netz eingebunden.

Die Schiffe kämpften mit der schweren See, doch ihre Kanonen feuerten unbeirrt weiter. Der Großteil der Sonnenflotte fuhr noch immer ostwärts, hielt geradewegs auf Nylan zu.

Schwere Kugeln schlugen nun im Hafen ein, die Gischt aus Staub und Wasser vermischte sich mit dem Regen.

Ich wischte mir Wasser aus Gesicht und Augen, ein kalter Strahl strömte in meinen Kragen und den Rücken hinunter.

Neben mir stand eine warme Säule felsenfest am Boden; ich warf einen Blick auf Krystal, ihre Finger berührten meinen Nacken. »Du schaffst es.«

Auf der anderen Seite wurzelte eine Säule der dunklen Ordnung, Tante Elisabet schien sich vom Muttergestein bis in den Himmel auszudehnen, doch ihre Ordnung reichte nicht so weit nach oben oder zu den Schiffen. Vielmehr ballte sie sich um sie herum und schwoll an zu einer Dunkelheit, die mindestens genauso tief war wie diejenige, die mein Vater herbeirief.

Wieder berührte ich das Eisen, bot alle Kräfte auf, um die Ordnungs-Kanäle zu öffnen und das elementare Eisen, das sich mir noch widersetzte, ans Tageslicht zu befördern.

Justen stellte sich neben meinen Vater, die Winde heulten umso lauter und stärker und dazu setzte nun ein tiefes Ächzen und Stöhnen aus der Erde ein. Gras und Steine unter meinen Füßen wurden heftig geschüttelt … wieder und wieder. Wie von meinem Vater und von Tamra gingen auch von Justen Ordnungs-Linien aus, doch seine senkten sich tief in den Boden hinab, verflochten sich teilweise mit denen, die ich geschaffen hatte.

Ich stolperte, konnte mich jedoch auf den Beinen halten, als ich die Ordnungs-Schläuche, die nun zum Bersten gefüllt waren mit Chaos, auf die hamorischen Schiffe richtete. Das Wasser hob und senkte sich, warme Nebel stiegen aus den Wellen.

Die schweren, tödlichen Kanonenkugeln zischten nun immer dichter wie Blitze durch den Regen und hinab auf den ungeschützten Hafen. Der Himmel war beinahe schwarz, erleuchtet wurde er von den rötlichen Flammen der Schiffskanonen und der detonierenden Kugeln.

Die Schiffe stampften schwer im heftigen Seegang, einige liefen voller Wasser und kenterten, doch die meisten kamen voran und feuerten auf Nylan.

Mit jeder fallenden Kugel wuchs die Weiße, die von Nylans Toten und den ertrunkenen Matrosen der wenigen gesunkenen Schiffe herrührte. Der Messerklinge des Todes zum Trotz zwang ich mich, diese Weiße zu ignorieren und das Chaos durch meine Ordnungs-Kanäle heraufzuholen und unter die Flotte zu leiten.

Der Boden polterte und rumorte, doch nun erzitterte auch das Wasser. Stellenweise wetteiferten die Rauchfahnen mit den sturmgepeitschten Wellen.

Dennoch hämmerten die Kugeln weiter auf Nylan ein, Staub und Steine wirbelten in den dunklen Himmel, orangerote Rauchschwaden hüllten die Straßen der Schwarzen Stadt ein. Staub, Dreck, Stein, Asche, Holz flogen durch die Luft und der Regen und die herabsausenden Kugeln drückten alles wieder zu Boden. Die Weiße des Todes wuchs.

Ich spürte, dass einige weitere Schiffe sanken, doch die Wucht des Sturmes schwand allmählich, lag in den letzten Zügen.

Die silberhaarige Dayala hob die rechte Hand und ein Flüstern durchdrang meine Gedanken; ein leises Blätterrascheln, als würde eine große Felsenkatze durch den Wald schleichen; wie ein Wildbach, der sanft einen Hang hinunterrauschte. Und da erhoben sich die Winde erneut, die Wellen rollten über die grauen Stahlschiffe hinweg.

Wieder setzte das Heulen ein, hoch und schrill brüllte der Sturm und die Erde ächzte, polterte und vibrierte.

Unter größter Anstrengung leitete ich weit mehr als nur Chaos-Bruchteile in den Golf, eine Handvoll Schiffe kippte – oder wurde umgekippt – und verschwand in den Tiefen des Ostmeeres. Ein Schiff wurde von einer mächtigen Welle erfasst und gegen ein anderes geworfen; ineinander verkeilt wurden sie hinabgezogen in den Golf.

Der Boden unter mir bebte und ich machte zwei Schritte nach vorn, um das Gleichgewicht zu halten. Rasch wischte ich mir das Wasser aus den Augen, nur um festzustellen, dass alle verbliebenen hamorischen Schiffe nun Nylan bombardierten. Hunderte von Schiffen richteten ihre Kanonen auf die Schwarze Stadt.

Wie ein Trommelwirbel schlugen die Kugeln im Hafen ein und das Echo der Einschläge hallte durch die Erde.

Rote Feuerlinien flackerten in den regnerischen Himmel und hüllten Nylan ein, es waren so viele, dass man den Anfang der Flammen nicht entdecken konnte. Ein Feuer, das der Regen und der kalte Wind nicht einzudämmen vermochten.

Die gellenden Schreie der sterbenden Matrosen und Kanoniere – und nun auch die der verbrennenden Fischer und Stadtbewohner – durchschnitten den Regen und die Ordnungs-Bande, die ich in der Erde verankert hatte. Die durchdringenden Rufe übertönten fast den Wind, wetteiferten mit dem Poltern des Gesteins.

Doch noch immer hielten sich zwei Drittel der Schiffe dieser dunklen Flotte auf dem Wasser und die Kanonen feuerten unablässig weiter, die Kugeln fielen im ungleichmäßigen Stakkato und zerfetzten den dunklen Tag wie Tod bringende Messer, peitschten auf Nylan ein, zerschmetterten schwarze Steinhäuser zu Trümmerhaufen.

Tamra, Justen, Dayala, Tante Elisabet und mein Vater – sie alle riefen die Kräfte der Ordnung an, doch es reichte nicht. Ich vermochte noch immer nicht die volle Macht des elementaren Chaos zu entfalten, das ich unter dem Golf eingekesselt hatte.

Trotz des heftigen Sturms hielten die Stahlschiffe der Hamoraner stand. Trotz der wütenden Erde dampften die Truppentransporter weiter auf Nylan zu. Trotz der Anstrengungen der Wale und Delphine und aller anderen Geschöpfe der Tiefe, die die Druidin gerufen hatte, kämpften sich die Schiffe durch. Trotz der Blitze aus beinahe purer Ordnung, mit denen Tamra um sich warf, näherten sich die Kriegsschiffe mitsamt den Kanonen der Schwarzen Stadt.

Die Kugeln fielen unaufhörlich weiter, das Feuer breitete sich immer weiter aus, auch als der Wind schwächer wurde, auch als ich fühlte, dass Dayala ins Gras fiel und Justen sich neben sie kniete, gebeugt und ausgezehrt. Mein Vater stand schwankend am Abgrund der Klippen und meine Mutter lief mit forschen, ausgreifenden Schritten auf ihn zu. Als sie ihn erreichte, taumelte sie jedoch.

Elisabet trat neben Justen und Dayala, gewährte ihnen Schutz, ein Schleier der Dunkelheit umgab sie. Die Winde erhoben sich erneut, wenn auch nicht mehr so heftig, und noch einmal krachten die Wellen gegen die Eisenrümpfe. Das gesamte Hafenviertel Nylans und der Golf erzitterten.

Ein paar Schiffe versanken in den Fluten des Golfs, doch die Kanonenkugeln droschen weiter auf die fast schon hingestreckte Stadt ein, brachten den Tod, trotz der Winde und Wellen, trotz der Schwärze, die nun hauptsächlich von Elisabet und Tamra stammte.

Plötzlich sank Tamra auf die Knie und die Winde keuchten schwer, als sie aufzustehen versuchte. Die Schwärze fiel von Elisabet ab und auch sie taumelte und schien zu einem Schatten ihrer selbst zu schrumpfen. Der Wind erstarb und die Wellen beruhigten sich.

Ich schluckte, dachte an die Feuer der Tiefe, nun war ich an der Reihe … ich … um die großen Feuer in der Erde zu entfachen.

Die dunklen Schiffe stampften nun zielstrebig auf den Wellenbrecher zu und die Kugeln prasselten wie Regentropfen herunter, auch als der Regen selbst schon nachgelassen hatte.

Ich zwang mich einzudringen in die Ordnung, die Begrenzungen des Chaos zu sprengen, denn jede bisherige Anstrengung hatte nicht gereicht, um das notwendige Chaos freizusetzen, das die hamorische Flotte aufhalten könnte.

Kälteströme durchflossen mich und mir drehte sich der Magen um, Weiße Nadeln folterten meine Augen.

Die Erde bebte, die Wogen türmten sich auf; da stürzten auch die letzten Ellen der großen schwarzen Mauer von Nylan die Klippen hinunter in den Sand und in die Wasser des Golfes von Candar. Mit einem dumpfen Grollen verloren sich die Steine in der heftigen Brandung.

Dampfwolken stiegen aus dem Meer und hüllten die Rümpfe der hamorischen Kriegsschiffe ein, der Nebel verdichtete sich.

Der Schweiß rann mir in Strömen übers Gesicht, alles um mich herum schien zu Stein zu erstarren: Justen kauerte über Dayala, meine Mutter klammerte sich an die nachgebende Gestalt meines Vaters, Elisabet sank zwischen ihren Brüdern zusammen und Krystal streckte ihre Finger nach mir aus.

Die Kugeln fielen erbarmungslos weiter und Feuer loderte aus Nylan, Schreie und die Weiße des Todes flammten auf, orangeweißes Feuer wütete in den schuttüberhäuften Straßen, haushohe Wellen schlugen über den Häusern zusammen und die Kugeln fielen weiter, zermalmten die Steinmauern zu schwarzem Pulver.

CXXVIII

Golf von Candar

Die Wellen schlagen über dem Bug der *Stolz des Kaisers* zusammen, das Wasser ist so heiß, dass die graue Farbe der ehernen Deckaufbauten abblättert. Der Bug wirft sich in die Wellen des siedenden Wassers, die bis zur Brücke hinaufreichen.

Als sich der Kreuzer in das nächste Wellental senkt, trifft der Blick des Flottenkommandanten den Marschall. Stupelltrys Gesicht ist übersät mit roten Blasen, die ihm die heißen Wassertropfen zugefügt haben. »Eine Handvoll Magier? Verdammt sollt Ihr sein und auch Eure Handvoll Magier!«

»Ich habe meine Pflicht so gut ich konnte erfüllt«, erwidert Dyrsse, er klammert sich an die Reling, die so heiß ist, dass er sich die Hände daran verbrennt. Trotz der Verbrennungen in seinem Gesicht spricht er mit fester Stimme. »Wie Ihr auch.«

»Verdammt sei die Pflicht! Wir werden alle sterben!« Stupelltry steht nun am Ruder, da der Steuermann sich die verbrannten und mit Blasen übersäten Hände hält, mit denen er kein Steuerrad mehr anfassen kann. Das Krähennest wurde von den Wellen von der Brücke gerissen und treibt nun meilenweit vom Flaggschiff entfernt im Wasser. Der Flottenkommandant kämpft mit dem Ruder, versucht verzweifelt den Kreuzer durch die Brandung zu steuern.

»Wäre die Pflicht nicht, gäbe es nichts!« Dyrsse zieht

an der Schnur des Signalhorns, um die Kanoniere dazu anzuhalten, die Bombardierung fortzusetzen, doch er erhält keine Antwort, nicht von der Schnur, nicht von den Kanonieren.

»Dann gibt es nichts mehr!«

Das Schiff vor ihnen, das einzige, das Dyrsse noch sehen kann, explodiert zu einer Flammenwand. Eisenteile fliegen in die sich auftürmenden Wellen. Jeder Schrei wird vom heulenden Wind verschluckt, von den ohrenbetäubenden Explosionen der Kugeln, die sich im Laderaum des Schiffes befinden, und von den auf das Eisen hämmernden Wellen.

Die *Stolz des Kaisers* taucht ihren Bug wieder in das kochende Wasser und der Gestank von verbranntem Fleisch erreicht mit der Gischt die Brücke. Leichen werden an den Geschütztürmen und unter der Brücke vorbeigespült, tote Matrosen vom Kreuzer oder von den anderen zerstörten Schiffen.

»Aaaaaahhhh ...« Der Steuermann kann sich mit seinen verbrannten Händen nirgends festhalten, verliert den Halt und wird vom kochenden Wasserstrudel eingesogen.

»Licht ...«

Mit einer unglaublichen Explosion fliegen die Munitionslager unter dem vorderen Gefechtsturm in die Luft, Chaos, Flammen und Eisenschrott werden weggeschleudert, mit einem Wirbel schließt sich das Wasser über den sinkenden, glühenden Stahlteilen, über den trudelnden Leichen, die das Ostmeer bedecken.

CXXIX

Ich stand auf der Landzunge und wusste, dass die anderen – Tamra, Justen, Dayala, Elisabet und mein Vater – alles gegeben hatten, nur mir war das nicht gelungen. Ich nahm noch einmal all meine Kräfte zusammen, um Ordnung und Chaos zusammenzuschweißen, um beide Energie-Stränge miteinander zu verflechten. Und es gelang mir, ich zerlegte die Ordnung in immer kleinere Bruchteile und steuerte damit das Chaos, ich mischte, verflocht und verband Ordnung und Chaos miteinander und schuf dadurch Wärme. Es entstand ein Feuer, der Sonne gleich, als Ordnung und Chaos unter meinem Hammer und unter meinem Willen miteinander verschmolzen.

Die Erde wehrte sich mit lautem Grollen und die Wasser schienen sich protestierend zurückzuziehen. Ein Nebel hüllte die ausgebrannten, dunklen Schiffe ein. Der Golf explodierte zu heißem Dampf, so heiß, dass die Farbe auf den Stahlrümpfen Blasen warf und hölzerne Geländer und Masten augenblicklich verkohlten.

Ordnung und Chaos verschlangen sich immer mehr ineinander, teilten sich in immer kleinere Stücke und diese Ordnungs- und Chaos-Fragmente explodierten wie kleine Sonnen. Die Weiße der Todesschreie verschleierte den Golf und während noch die Kugeln am Ufer detonierten, setzten die Explosionen auf den Schiffen ein.

Flammen loderten auf dem Wasser. Das gesamte Meer fing an zu brodeln, die Schiffe stampften und schlingerten. Es schien, als wären sie zu heiß geworden, um sich auf dem Ozean zu halten. Die Chaos-Kräfte brachten das Metall zum Schmelzen und die rotglühenden Eisenschiffe verschwanden unter der Wasseroberfläche.

Die Weiße des Todes stieg auf, so wie ich es noch nie gespürt hatte, Schreie quälten mich wie brennende Messer.

Krystals Hand berührte mich und ich fühlte ihre Stärke. »Du musst es tun, Lerris, ganz gleich wie hoch der Preis ist.« Ich spürte ihre Tränen und den Schmerz dieser Weiße des Todes. Ich wusste, dass ich keine Wahl hatte, dass die Schiffe das Land versengen würden – selbst wenn ich alles verbrennen könnte, was auf dem Golf schwamm.

Weitere Chaos-Explosionen erschütterten das Meer, noch mehr Schiffe verbrannten und noch mehr Matrosen und Soldaten starben in ihren Eisensärgen.

Stahlschiff um Stahlschiff zerschmolz oder explodierte zu heißen Eisensplittern, die auf das siedende Wasser herabregneten. Das Wasser teilte sich und Flammen schossen auf in den nachtschwarzen Himmel, sogar Asche stieg aus dem Wasser und Dampf zischte in die erhitzte Luft über dem Golf.

Und doch kamen einige Schiffe durch, ihre Kanonen schossen zwar mit weniger Kraft, aber noch immer versuchten sie, Nylan zu zerstören. Ich taumelte, hielt Ordnung und Chaos mit aller Gewalt fest und verflocht die Energien so ineinander, dass sie niemals wieder getrennt werden könnten. Meine Augen sahen den Ozean nicht mehr, ich kämpfte weiter und schweißte die Kräfte zusammen.

Ich fiel auf die Knie, rutschte durch das feuchte Gras und schleuderte das geordnete Chaos gegen die Schiffe.

Zwei Arme erreichten mich, einer warm, der andere voller Ordnung, und ich rappelte mich auf, die eingeflößte Dunkelheit und Wärme, Ordnung und Stärke gaben mir Kraft. Als ich noch mehr Chaos aus der Erde löste und es mit letzter Kraft auf den Golf schleuderte, antwortete das Eisen unter Recluce mit einem gewaltigen Donnern. Das Grollen schwoll an zu einem unheilvollen, lauten Knirschen, noch größere Wellen, gekrönt von Dampfwolken, die kleinen Bergen glichen, brachen aus dem Golf von Candar.

Als würde jemand auf einen gewaltigen Amboss schlagen … so traf mich das Geräusch des Eisens, das auseinander gestemmt wurde. Ich hielt mir die Ohren zu, als ich fiel, die Erde unter mir ächzte und stöhnte, der Dampf, der heraufzischte aus dem Golf, schrie mir ins Ohr.

Ein weiterer Schlag auf den Eisenamboss der Tiefe erschütterte Land und Meer und das Grollen der Erde warf mich mit Gewalt vornüber ins Gras.

Als ich mich schließlich mühsam aufrichtete und nach Norden blickte, irgendwo in Richtung Feyn, spürte ich, dass die Erde nicht mehr ertragen konnte. Der Rücken von Recluce spaltete sich und ein Strahl aus geschmolzenem Eisen schoss in den Himmel, hell wie eine zweite Sonne, und bildete eine Mauer auf der nördlichen Seite des Abgrunds, der nun Recluce teilte. Das Gold der Getreidefelder verwandelte sich in Schwarz und der Fluss siedete und dampfte. Die ganze Insel bebte, Dächer stürzten ein und die Steine aus Dorrins Mauer regneten auf uns herab.

Ich taumelte erneut, aber Krystal stützte mich. Ich sah meine Tante am Boden fast zu meinen Füßen, Onkel Sardit wiegte sie in seinen Armen. Die Wut verlieh mir die letzte Kraft, die Wut auf die Hamoraner und ihre zielgenauen grauen Schiffe, auf ihre Überheblichkeit, weil sie es wagten, mit Hilfe von Maschinen Ordnung zu erschaffen, womit sie die ganze Welt erobern wollten. Aber weder mich noch Krystal noch Kyphros oder Candar würden sie jemals beherrschen!

Die Wellen, die die Klippen unter mir bearbeitet hatten, strömten nun nach Süden und verwandelten sich zu einer Mauer aus Wasserdampf, die die übrig gebliebenen dunklen Schiffe einschloss.

Eine andere Welle spülte über Nylan hinweg – löschte die Feuer und dämmte die ein, die noch nicht ausgehen wollten. Heißer Dampf stieg aus dem entzweiten und zerstörten Recluce.

Kein Fünkchen Ordnungs-Kraft steckte mehr in mir, ich stand keuchend im Gras und die Mauer hinter uns schwankte, die Wellen fluteten wieder gegen die Klippen und heiße Gischt spritzte die Klippen herauf.

Die Kante der Klippe und die Mauer schwankten bedrohlich und stürzten schließlich unter lautem Getöse in den Golf. Eine noch heißere Gischt ergoss sich über uns.

Krystal hielt mich fest, presste sich an mich, gab mir Wärme und Stärke. Ich konnte nichts mehr tun, als einfach nur dazustehen, keuchend. Heißer Schweiß lief mir übers Gesicht.

Der Boden bebte weiter, die Erde konnte sich nicht beruhigen.

Ich versuchte tief durchzuatmen. Krystal auch.

Sie fragte mich etwas, doch ich konnte sie nicht hören, ich blinzelte sie an.

»Ist es vorbei?«, wiederholte sie und mit Hilfe ihrer Gefühle und Lippen verstand ich.

»Das Schlimmste schon.« Ich versuchte, durch den Nebel nach Süden zu spähen. Keine Kanonen, keine Explosionen, nur ein Zischen und Blubbern, das Geräusch der heißen Wellen, die gegen die Klippen schlugen – und der Geruch von verbranntem Seetang und zerkochtem Fisch und anderen noch weniger appetitlichen Dingen. Normalerweise hätte es mich gewürgt, aber selbst dazu fehlte mir die Kraft.

Der Golf kam einer verbrannten Wüste gleich, die Weiße des Todes von tausenden und abertausenden von Leichen legte sich wie ein Schleier darüber.

Noch immer schwer keuchend sah ich mich um und hinauf in den bewölkten Himmel. Blitze der Dunkelheit trübten zeitweise meinen Blick.

Elisabet lehnte halb aufrecht in Sardits Schoß, ihr Gesicht schien müde und faltig und schrumpfte zusehends weiter. Justen war ein Greis geworden und sein Haar wurde silbern und fiel aus, als er sich über Dayala beugte und sie küsste. Sie verwelkte in seinen Armen. Meine Eltern lagen auf einem Felsen, der völlig zermahlen worden war, regten sich nicht, schrumpften zusammen zu etwas, das jenseits des Todes liegen musste.

Für einen Augenblick stand ich wie angewurzelt da. Dann rannte ich los, stolperte mehr, denn meine Sehkraft setzte immer öfter aus.

Als ich meine Eltern erreichte, war nur noch Staub von ihnen übrig, nicht viel mehr als ein Häufchen Asche im zertrampelten Gras. Die letzte Ordnung, die sie aufrecht erhalten hatte, wurde nun in alle Winde zerstreut.

Krystal hielt meinen Arm, als ich auf den Boden starrte.

Die See warf wabernden Nebel zu uns herauf, Gesicht und Augen brannten.

Die Worte meiner Mutter gingen mir noch einmal durch den Kopf – ›Wir haben unser Bestes für dich gegeben und wir haben dich immer geliebt, auch wenn es manchmal nicht so aussah …‹ Und jetzt hatten sie ihr langes und glückliches Leben geopfert, für uns, für wen sonst? Mein Vater hatte das gesamte Ostmeer durchquert, um uns in Kyphros zu helfen … und ich hatte nichts begriffen …

»Aber du verstehst jetzt«, sagte Krystal, die an meiner Seite stand. Wieder musste ich sie ansehen und ihre Gefühle erspüren, um ihre Worte zu verstehen.

»Ich habe es ihnen nie gesagt.« Ich betrachtete ihr Gesicht, schielte durch die Dunkelheit, die kam und ging.

Ihr Haar war nun fast silbern und ihr Gesicht hatte Falten, die es vorher nicht gehabt hatte. Wenn ich sehen konnte, brannten meine Augen, als würden Feuerpfeile sie durchbohren.

»Sie wissen es. Ganz bestimmt.«

Ich sah mich um, von Justen oder Dayala entdeckte ich keine Spur. Nur Tamra kauerte im Gras, schluchzend, ihr Haar leuchtete schneeweiß. Weldein saß hinter ihr, auch sein Haar war fast weiß und er starrte sein Schwert wie eine heilige Reliquie an.

Mein Blick kehrte zurück zu dem schwindenden Staub am Boden. »Zumindest habe ich ihn noch einmal umarmt. Wenigstens das habe ich getan.«

Ich hatte nie gewusst, über welche Kräfte mein Vater wirklich verfügt hatte – oder auch Justen –, und nun waren sie fort. Ich war zu beschäftigt damit gewesen, mich gegen alles aufzulehnen, und nun war es zu spät.

Meine Mutter, Tante Elisabet, Onkel Sardit – alle fort, weil … weil … Warum nur? Spielte der Grund überhaupt eine Rolle?

Meine Augen brannten und Krystal stand neben mir, wir weinten, weinten weshalb? Wieder einmal hatten wir, oder ich, zu spät begriffen.

Unter uns krachte und schlug das Wasser gegen die Felsen, der heiße Dampf wurde zu uns heraufgeschleudert.

Ich setzte mich ins Gras und blickte um mich, wie betäubt, und irgendwie erwartete ich, dass meine Eltern, meine Tante und mein Onkel, Justen und Dayala den Hügel zurückkommen würden. Aber es geschah nicht.

Die heiße Brandung lärmte und kochte, der Boden unter uns rumorte, die Erde schüttelte sich und ich weinte, alle waren von uns gegangen … tot.

Ich hätte nie gedacht, dass sie sterben könnten. Nicht mein Vater und Justen.

Ein Schauder lief mir über den Rücken.

Die heiße Brandung und der Nebel brachten den Geruch des Todes mit sich, den Gestank von verbranntem Fisch und versengten Leichen.

Warum hatte ich nicht bemerkt, dass sie keine Engel waren, dass sie eines Tages sterben müssten? Meine Mutter hatte es mir praktisch gesagt, Dayala und Sardit auch – allein indem sie mitgekommen waren. Wie konnte ich nur so blind gewesen sein?

Ich blickte hinab auf das zertrampelte Gras, der Staub war bereits verweht.

»Lerris!« Krystal griff nach meinem Arm und drehte mich herum, als ich nicht auf ihre Warnung reagierte.

Ich blieb wie angewurzelt stehen, bestimmt fünfzig schwarz gekleidete Gestalten stürmten auf uns zu. Einige trugen kurze gewehrartige Maschinen bei sich, andere Schwerter und Stäbe.

Flammen loderten aus den kleinen Raketen, die an Dorrins Schwarzer Mauer explodierten.

Ich sah, dass die Schwarzen Marineinfanteristen etwas schrien; ich meinte von ihren Lippen so etwas wie ›Kampf dem Chaos!‹ ablesen zu können.

Mein Mund stand offen. Was hatten wir getan?

Krystal wirbelte herum.

Als ich mich duckte und auf die Angreifer zulief, griff ich noch schnell zu meinem Stab. Tamra tat das Gleiche, doch sie schien ihn nicht zu finden, obwohl sie im Gras herumtastete. Die vier Gardisten hatten einen Keil um sie gebildet und ihre Klingen verschwammen im heißen Regen, der nicht aufhören wollte.

Dercas sprang mit einem Satz nach vorn, seine Klinge blitzte auf und durchbohrte eine Schulter, dann einen Arm, parierte zwei Schwerter und näherte sich der Frau mit dem Raketengewehr, die auf ihn zielte und schoss.

Noch als die Rakete Dercas in Flammen aufgehen ließ, erhob er das Schwert und stach damit auf die schmalgesichtige Frau ein, die die Schwarze Garde anführte und die Rakete abgefeuert hatte.

Ihre letzte Rakete feuerte Heldra in den Himmel, dann riss sie den Mund auf. Ihr letzter Blick galt dem breiten Schwert in ihrer Brust, dann sank sie zu Boden.

Jinsa und Haithen bahnten sich ihren Weg auf den Mann zu, der das andere Raketengewehr in der Hand hielt. Ich versuchte, einen Schutzschild um sie zu errichten. Tamra bemühte sich ebenfalls. Die Raketen zischten daran vorbei und krachten gegen die geordneten Schwarzen Steine der Mauer.

In der zischelnden Stille, die mich umgab, gepeinigt von den Schüben der Dunkelheit und den Schmerzen in meinen Augen, versuchte ich den Stab in Bewegung zu halten. Meine Arme schmerzten und ich musste mich größtenteils auf mein Gefühl verlassen. Ausnahmsweise war es mir egal, sollte ich jemanden verletzen. Wenn ich zuschlug, dann hart, und einige der Getroffenen standen nicht mehr auf. Tief in mir freute ich mich darüber.

Neben mir schnellte Krystals Schwert noch tödlicher als mein Stab durch die Luft, mehr als ein halbes Dutzend Schwarze Gestalten hatte sie schon niedergestreckt.

Da rannten noch mehr auf uns zu.

Die Wut feuerte nun meine Arme und den Stab an, ich musste mich nicht einmal mehr zu jeder Bewegung zwingen. Ich kämpfte mich vorwärts, stimmte mich wortlos mit Krystal ab, folgte ihren Bewegungen. Wir arbeiteten zusammen, ohne nachzudenken. Hieb parieren, Angriff, Hieb parieren, ANGRIFF!

Die Erde bebte weiter und wir hielten mitten im Kampf inne, die drei letzten Mitglieder der Bruderschaft waren laut schreiend zur Hohen Straße geflüchtet. Einer stolperte und stürzte ins Gras, stand nicht mehr auf.

Meine Arme wurden plötzlich zu Blei – vielleicht waren es auch Krystals Arme oder unsere vier Arme.

Ich lehnte den Stab an die Mauer und meine freie Hand berührte Krystal. Ich fühlte mich alt, sie auch.

Tamra stand keine zehn Schritte von uns entfernt, zitternd und schluchzend, aber Weldein schlang seine Arme um sie und sie hielten sich aneinander fest.

Jinsa und Haithen stützten sich gegenseitig, keuchten und schluchzten, graue Strähnen durchzogen auch ihre kurzen Haare.

Im Norden wurde die Erde immer noch erschüttert. Ohne hinzusehen wusste ich, dass Dampf aus der Kluft stieg, die einst das Feyntal gewesen war. Diese Kluft war nun eine Meerenge, die Recluce in zwei Inseln teilte.

Die Felder, jene, die das ellenhohe, viel zu heiße Wasser nicht überflutet hatte, waren verbrannt und schwarz wie Nylan.

Draußen im Golf schob sich zischend und dampfend ein schwarzer Felskeil aus dem Wasser, die noch immer hohen Wellen schlugen darauf ein. Der Fels arbeitete sich weiter und weiter heraus. Diese Insel würde eines Tages ohne Zweifel einen Namen erhalten, der auf den Ursprung des Eilandes – auf die große Schlacht – hinwies.

Ich zwinkerte, versuchte den Schmerz in meinen Augen zu vertreiben und für einen kurzen Moment schob sich wieder die schwarze Wand vor meine Augen, doch ich kämpfte dagegen an und der Schmerz kehrte zurück.

Ich atmete tief ein. Eine große Schlacht, in der Tat. Kampf dem Chaos, in der Tat, aber nicht so, wie Heldra es sich vorgestellt hatte. So viele Tote, so viele tausend Opfer … würden sie alle in diesem kleinen schwarzen Felsklotz verewigt bleiben?

Das Beben ließ nach, doch ein weiterer Teil der Klippen stürzte hinunter, polterte hinab und bildete unten auf dem Sandstrand ein schwarzes Steinmal.

Die Wellen spülten ein glattes verbranntes Stück Holz gegen die dunklen Steine, es schlug dagegen, zerbarst und zwei Teile kehrten zurück in den Golf. Ein weißes Stoffstück, vielleicht eine Matrosenmütze, trieb im dampfenden Wasser.

Ich versuchte das Würgen zu unterdrücken, als mir die Galle hochkam. Ich sah Krystal an.

Sie hatte ihr Schwert in die Scheide zurückgesteckt und wir blickten in unser Inneres, in die Dunkelheit in unseren Augen. Ihr Haar glänzte nun silbern und ich wusste, dass auch ich meine ursprüngliche Haarfarbe eingebüßt hatte.

»Ich konnte nicht einmal auf Wiedersehen sagen …« Nicht zu meinem Vater, nicht zu meiner Mutter, Justen oder Dayala. Nicht zu meiner Tante und nicht zu Onkel Sardit, der mich schließlich zum Schreiner ausgebildet hatte. Meine Mutter hatte es gewusst, alle hatten es gewusst, selbst Tamra. Nur ich nicht. Nur ich hatte es nicht begriffen.

»Ist schon gut«, beruhigte mich Krystal. Das war es nicht, nur sie war mir geblieben. Sie legte ihre Arme um mich und ich schluchzte, viel zu viel hatte ich zu spät begriffen.

Lange Zeit sah ich nichts und Krystal wahrscheinlich auch nicht, aber ich brauchte sie und sie war für mich da.

Die ganze Welt hatte sich innerhalb eines Tages verändert. Wie konnten wir damit jemals fertig werden? Keinem von uns gelang es, wir bewegten uns wie benommen.

Wie ich schon vermutet hatte, war Tamra ordnungsblind geworden.

»Blind? Ich will nicht blind sein. Kann Lerris sehen?«, fragte sie.

Ich blinzelte und zuckte zusammen, als ich unter Schmerzen die Worte von ihren Lippen ablesen wollte.

Schließlich antwortete Krystal für mich.

»Er kann nicht hören und manchmal kann er nichts sehen. Wenn er sieht, schmerzt es – sehr sogar.«

»Oh, Krystal ...«

Das hatte ich verstanden.

Später im warmen Nieselregen, der auf die kalten Schauer folgte, die Tamra und mein Vater herbeigerufen hatten, oder wir alle zusammen, hob ich meinen Stab auf.

Obwohl uns noch einige Pferde geblieben waren, würde es eine lange Reise werden bis nach Landende. Doch dahin mussten wir nun gehen. Nylan war noch immer die Schwarze Stadt, schwarz vor Asche, schwarz vor Tod, zerbombt zu schwarzgrauer Asche und zu feinem Kiesel. Nur die zwei Drachenscharniere waren mir von Nylan geblieben.

Von Recluce blieben mir nur Erinnerungen – und zwei Drachenscharniere.

»Du hast dein Handwerk«, meinte Krystal. »Das haben dir Sardit und deine Eltern mitgegeben, diese Gabe kann dir keiner nehmen.«

Ich verstand fast alles. Das half, und auch ihre Gedanken trugen dazu bei. Es half, wenn es auch nur ein Tropfen auf den heißen Stein sein konnte.

Tamra sagte etwas und schauderte. Ich sah Krystal an und sie wiederholte die Worte. »Ist das das Ende des Chaos?«

Etwas dümmlich blickte ich hinunter auf die Trümmer von Nylan. Hatten sich die Mühen gelohnt, Ordnung und Chaos heraufzubeschwören, um die in Maschinen verbannte Ordnung niederzuschlagen?

»Das Ende des Chaos?«, fragte Weldein genauso dumm, wie ich mich fühlte.

Krystal berührte meinen Arm.

Ich seufzte. »In gewisser Hinsicht, ja. Viel ist nicht mehr übrig von den freien Ordnungs- und Chaoskräften.« Ich wollte jedoch gar nicht darüber sprechen.

Stattdessen warf ich einen Blick auf den schmalen Grasstreifen und ging langsam durch den warmen Nieselregen bis zu den Resten der Mauer, die noch den Golf überblickte. Kein einziges Zeichen wies auf einen Kampf hin – keine Stofffetzen, keine Asche, keine Leichen, keine Knochen. Ich musste zwei Mal hinsehen. Ich entdeckte nichts und wusste, ich würde es auch in Zukunft nicht, aber ich konnte nicht anders, obwohl die Schmerzpfeile sich wieder in meine Augen bohrten. Würde ich wie Creslin enden? Würde jeder Blick mich mit Schmerzen erfüllen? Wie lange mochte dieser Zustand wohl anhalten?

Ich öffnete die Augen und ertrug stumm die Stiche in meinem Schädel, am liebsten hätte ich mich jedoch vor Schmerzen gekrümmt.

Ihnen allen schuldete ich mein Leben, jedem auf andere Weise, und nun waren sie fort und hatten alles gegeben, um mir zu helfen … und Krystal, und selbst sie hatte dafür ihre Jugend gegeben.

Für was? Für das Ende des Chaos?

Ich stand wie angewurzelt und hörte zu – und erinnerte mich – und Krystal stand bei mir … und mir wurde bewusst, dass auch sie den Schmerz jeden Blicks fühlte.

Ich schloss die Augen, nicht nur zu meiner eigenen Erleichterung.

CXXX

Wir ritten Richtung Norden an der Mauer vorbei nach Wandernicht, wo wir uns ausruhen konnten, bevor wir weiter mussten. Der Regen hörte nicht auf. Meine Beine und Arme schmerzten. Ich fühlte, dass es Krystal ebenso erging. Wir wussten es beide und ritten weiter. Das war immer noch besser, als zu Fuß zu gehen. Ich wollte nicht darüber nachdenken, wie wir über die neue Meerenge am Feyn gelangen sollten oder wie auch immer man sie eines Tages nennen würde. Sicherlich würden wir einen Weg finden.

»Wann wird es jemals aufhören?«, fragte Krystal, sie drehte sich im Sattel zu mir und sprach langsam, sodass ich von ihren Lippen ablesen konnte.

Nach zwei Wiederholungen antwortete ich: »Niemals.«

Sie zuckte zusammen, als ich mich anstrengte, um von ihren Lippen zu lesen, denn wenn ich mich konzentrieren musste, schmerzte es uns beide. Bei der Dunkelheit! Jeder Schmerz wurde schon auf sie übertragen. Ich schloss die Augen. Als ich sie öffnete, sprach Weldein.

»Du … hast den Kaiser … besiegt … wird keine Flotte mehr schicken.« Weldein ritt rechts von Krystal, sodass ich sie beide sehen konnte. Neben ihm ritt Tamra.

Ich schüttelte den Kopf. »Die nächsten Jahre wohl nicht, aber so lange sich in Recluce und Candar nichts ändert, wird er es wieder versuchen.«

Krystal nickte überraschenderweise und Tamra hielt ihr Pferd an.

»Warte einen Augenblick. Erklär mir das«, verlangte Tamra. »All das soll für nichts gewesen sein? Für nichts und wieder nichts?« Wieder musste Krystal die Frage für mich wiederholen, da Tamra noch immer nichts sehen konnte und daher ihr Gesicht nicht in meine Richtung drehte.

Meine Augen schmerzten unsäglich unter der Anstrengung und ich fühlte Krystals Unbehagen. Also blieb ich stehen und schloss die Augen. Es tat gut, dass nicht jeder Anblick schmerzte, und es war erholsam, mich für einen Augenblick nicht zu bewegen. Das Pferd schnaubte und ich tätschelte seinen Hals. Ich wischte mir den Regen aus dem Gesicht. Krystal berührte meinen Arm und ich spürte, dass ich erklären sollte.

Ich öffnete die Augen und versuchte es. »So etwas wird nicht wieder geschehen. Nicht für lange Zeit. Ich musste alle Ordnung im Eisen unter Recluce und dem Ostmeer freisetzen, vielleicht bin ich sogar bis nach Candar und Nordla vorgedrungen – ich weiß es nicht. Es gab so viel Ordnung, dass jedes Stückchen Chaos …« Ich schüttelte den Kopf, auch das schmerzte. »Das stimmt nicht ganz. Wir, das heißt ich habe Ordnung und Chaos in kleinste Stücke zerteilt und diese winzigen Fragmente dann miteinander verschmolzen, wodurch die Wärme entstanden ist. Ordnung und Chaos sind nun in der Materie miteinander verbunden, die reinen Energien können nicht mehr aufeinander treffen. Es wird kein freies Chaos und auch keine Chaos-Meister mehr geben – für lange, lange Zeit. Aber auch keine Ordnungs-Meister.«

Tamras Mund stand offen. »Justen … dein Vater … sie wussten, dass das Ende des Chaos auch das Ende der Ordnung bedeutete …?« Sie sagte noch mehr, aber mein Hörvermögen setzte aus.

Ich schluckte schwer und nickte. Das Sprechen wurde immer schwieriger.

»… und Dayala?«

»Für sie war es einfacher, denke ich. Sie hatte die Trennung der beiden Kräfte nie befürwortet.« Ein Kloß bildete sich in meinem Hals und ich wollte nicht mehr sprechen.

Tamra senkte den Kopf, als starrte sie auf die kalten, harten Steine der Hohen Straße.

Weldein lenkte sein Pferd neben ihres und berührte ihre Schulter. Sie schluchzte.

In diesem Augenblick wünschte ich, ich könnte auch

weinen, aber ich hatte bereits alle Tränen vergossen und meine Eingeweide hatten sich in mir verkrampft. Krystal nahm meine Hand.

»Warum?«, fragte ich hilflos. Ich wusste die Antwort bereits, doch irgendetwas musste ich sagen.

Auch Krystal kannte die Antwort, aber ich musste die Worte aussprechen. Das tat ich auch. »Justen und mein Vater hatten das Chaos derart geschwächt, dass die Stahlbearbeitung stark vereinfacht wurde. Das Chaos konnte Maschinen nicht mehr zerstören. Dorrin hatte dieses Phänomen schon vor langer Zeit erkannt, aber er musste auch geahnt haben, dass die Grenzen der Maschinen durch Chaos abgesteckt wurden – und das stimmte. Als Justen und mein Vater die Macht des Chaos schwächten, ermöglichten sie damit die Weiterentwicklung der Maschinen, nicht der Maschinen, die auf geordnetem Schwarzen Eisen basierten, so wie Dorrins, sondern jener, die so einfach hergestellt werden konnten, wie ein Schreiner einen Tisch oder einen Stuhl baut.«

»… niemals wieder … Ordnungs-Magie oder Chaos-Magie …?« Wenn Krystal während des Sprechens meine Haut berührte, wurde mir das Verstehen erleichtert und ihr die Schmerzen erspart, denn ich musste mich nicht mehr so anstrengen, ihre Lippen zu beobachten.

Ich musste lachen, aber es war ein bitteres Lachen. »Wenigstens für lange Zeit nicht. Aber Chaos strebt danach, sich zu befreien, und die Ordnung muss bewahrt werden. Die zusätzliche Ordnung in der Welt wird sich langsam zerstreuen und das Chaos wird wachsen und sich abspalten und all die Knoten und Verflechtungen werden sich lösen mit der Zeit …«

»… dorthin zurück, wo Creslin angefangen hatte …«, fragte Krystal.

»Es wird noch lange dauern … vielleicht werden unsere Ur-Ur-Ur-Urenkel es wieder erleben müssen – oder auch erst die Generationen danach.«

Krystal drückte meine Schulter.

Ich zuckte mit den Achseln. »Die Bruderschaft begriff es zu spät – der Kaiser auch. Aber erst die Bündelung der freien Ordnung und des freien Chaos in Candar und Recluce ermöglichte es Hamor, diese Schiffe und Maschinen zu bauen. Ordnungs- und Chaos-Magie befanden sich seit dem Fall von Fairhaven ohnehin auf der Verliererseite.«

»… ein großes Rad … dreht sich … manchmal funktioniert die Magie … manchmal nicht?«

Ich verstand genug von der Frage, um sie zu beantworten. »So ungefähr, aber es muss sich irgendwie die Waage halten. Candar und Recluce, oder das, was davon übrig geblieben ist, müssen sich verändern und ihre eigenen Schiffe und Maschinen bauen, bevor Hamor seine Stärke zurückgewinnt.«

»Das ist nicht alles.«

»Nein. Die kleineren Fürstentümer in Candar werden sich zusammentun müssen, sonst wird Hamor sie weiterhin bedrohen.«

»Noch mehr Kriege.« Krystal sprach die Worte deutlich aus und ich verstand.

»Früher oder später«, musste ich zugeben. »Das scheint der Lauf der Dinge zu sein. Nur Stärke kann Krieg verhindern, das wird sich niemals ändern, ob es uns gefällt oder nicht.«

»Nun … weißt du es.« Krystal lächelte schwach und drückte meine Hand.

Ich wusste, was sie meinte, verstand sie nun zum ersten Mal richtig. Ich begriff plötzlich, was es bedeutete, ein Schwert zu tragen, wenn man so gut damit umgehen konnte wie sie.

Wir blickten in den grauen Himmel, der sich langsam aufzuhellen schien. Hinter uns hielten sich Tamra und

Weldein an den Händen, die Pferde verband die Nähe ihrer Reiter. Tamra weinte nicht länger.

Krystal hielt meine Hand, aber die Knoten in meinen Eingeweiden fühlten sich nicht so an, als würden sie sich bald lösen, auch die Messer in meinen Augen stachen ungebremst weiter zu. Wer konnte sagen, wann ich wieder hören würde? Mit geschlossenen Augen dachte ich über die Drachen in meinem Tornister nach. Die Drachen – ich hatte zwar noch nie einen gesehen – würden eine Truhe zusammenhalten. Vielleicht war es am Ende doch das Handwerk, das alles zusammenhielt.

CXXXI

Vor dieser Verwirrung werden die dunklen Schiffe der Sonne flüchten, doch weder Berg noch Meer werden Zuflucht gewähren. Berge werden zu Staub werden und Meere versiegen, Asche wird alles bedecken und das Chaos wird sterben …

Desgleichen soll auch der Ordnung widerfahren, auch sie soll sterben, gemeinsam mit allen anderen Kräften, die die Welt verändern. Nur die Hände als Werkzeuge sollen dieses noch bewerkstelligen, und die Werkzeuge der Werkzeuge.

Denn eine Frau soll säen und ernten, aber nicht wie sie es wünscht oder die Ordnung es von den Samen verlangt, sie soll es stattdessen Sonne und Regen überlassen, dem Wasser und der Pflege, die sie den Früchten eigenhändig angedeihen lässt.

Die Geschichten sollen von Generation zu Generation weitergetragen werden, die Geschichten von Ordnung und Chaos und wie sie einst der Welt dienten, wie Maschinen diesen Dienst noch ausdehnten und wie am Ende Ordnung und Chaos eine solche Macht gewannen, dass sie die Himmel bedrohten und schließlich niedergeworfen werden mussten.

Und es wird die Zeit kommen, da werden die Kinder der Engel diesen Worten keine Beachtung mehr schenken und sie werden glauben, dass man das erntet, was man sät, und sie werden vergessen, dass dem nicht immer so war.

Doch weder Ordnung noch Chaos sollen besiegt werden, beide sollen schlafen und Generationen überdauern, sie sollen neue Kräfte sammeln und wenn das Ende der Zeit naht, werden sie wieder erwachen.

Das Buch Ryba
Lied DL [Das Ende], Originalfassung

Epilog

Krystal hielt meine Hand, als wir zum Stall gingen. Ich spürte die starken, geschmeidigen Finger, die Wärme unter der schwieligen Haut, und schloss die Augen. Die Stiche in meinen Augen ließen nach und ich fragte mich, wie lange uns jeder Blick an das Ende des Chaos erinnern würde und an all den damit einhergegangenen Tod.

Als ich meine Augen wieder öffnete, blickte ich in das eckige Gesicht einer Kuh, die im Pferch hinter dem Stall stand. Eine Gans flog vom neuen, schon wieder baufällig gewordenen Hühnerstall mit lautem Schnattern über die Kuh hinweg.

»Eine Gans … Ich habe nicht …« Ich drehte mich um und warf einen Blick zur Küchentür, wo Rissa stand und nur mit den Schultern zuckte. Ich unterdrückte ein Lachen.

Weldein wartete, als Anführer der Einheit saß er bereits im Sattel. Neben ihm saß Tamra auf Rosenfuß, sie war die Einzige, die dieses Pferd reiten konnte. Mit den nun eingeschränkten Sinnen glich sie ihre Blindheit aus, wenngleich sie diese nur in unmittelbarer Nähe einsetzen konnte in unserer nun weitgehend ordnungslosen Welt. Das Grau war zum Teil wieder aus ihren Haaren gewichen, jedoch nicht vollständig. Hinter Weldein und Tamra saßen Jinsa und Haithen auf ihren Pferden.

Krystals Haar glänzte nun mehr silbern als schwarz. Ich hatte mit meinen letzten Ordnungs-Resten und Fähigkeiten getan, was ich konnte, aber niemand würde uns nun für jünger als mittleren Alters schätzen.

»Ich bin froh, wieder zu Hause zu sein.« Krystal

wandte ihr Gesicht mir zu, sodass ich die Worte ablesen konnte.

Ich verstand, aber die Anstrengung pochte in meinem Schädel und ich fühlte mich schlecht, da ich genau spürte, dass auch Krystal unter diesen Schmerzen litt. »Schön, dass du froh darüber bist.«

Ich schloss die Augen, um sie von den Stichen, die ich fühlte, zu erlösen. Aus dem Norden bliesen bereits die ersten Winterwinde und vertrieben die Wolken vom blaugrünen Himmel. Wir umarmten uns für einige Sekunden und ich hielt meine Augen geschlossen, bis wir uns voneinander lösten.

»Ich werde heute Abend wieder zu Hause sein.« Ihre Lippen betonten ›zu Hause‹.

»Und morgen Abend?«, fragte ich neckend.

Der Boden vibrierte plötzlich unter dem Klappern von Hufen; die Kutsche, die von zwei Braunen gezogen wurden, blieb mitten im Hof stehen. Auf dem Kutschbock saßen der Kutscher und ein Wächter, mit einem Schwert und einem dieser hamorischen Gewehre bewaffnet, die man nun immer öfter sehen würde, so befürchtete ich. Beide trugen sie graue Lederkleidung und graue Stiefel. Ein einziges, neu gemaltes *A* zierte nun das Glas der Kutschentür und ich musste lachen, denn der Buchstabe war der Intarsie nachempfunden, die Wegel für den Schreibtisch geschnitzt hatte. Antona öffnete die Kutschentür selbst und sprang schwungvoll heraus.

Krystal sah mich an und schüttelte den Kopf. »Du wirst viel zu tun haben heute.« Sie berührte mein Handgelenk und dehnte die Worte genüsslich in die Länge.

Weldein saß auf seinem Ross und grinste.

»Meister Lerris?« Antona schritt zu mir herüber und wandte sich dann an Krystal. Sie stellte sich selbst vor, so nahm ich an. Das spürte ich und ich bemerkte auch Krystals stumme Belustigung.

Ich beobachtete die Lippen meiner Gemahlin und ergatterte die wichtigsten Wörter, den Rest riet ich. »Er erwähnte, dass er den Auftrag für eine Esszimmergarnitur von Euch erhalten hatte.«

»… er war … beschäftigt … Welt … retten …«

Wieder verstärkte sich der stechende Schmerz in den Augen, als ich mich auf Antonas Worte konzentrierte. Krystal zuckte innerlich zusammen, aber sie ließ sich nichts anmerken. Ich versuchte das Gleiche.

»Er … einige Zeit … nicht arbeiten.« Krystal unterdrückte krampfhaft ein Grinsen – das bekam ich mit – und ignorierte das Unbehagen, das ich ihr bereitete.

Antona lächelte sie schließlich an. Das Lächeln erstarb jedoch, als sie mich ansah. »Wann werden die Möbel fertig sein?«

»In weniger als einer Jahreszeit.«

»Das habt … schon vor einer Jahreszeit versprochen.« Sie pickte ein Staubkorn vom Ärmel ihrer grünen Seidenbluse.

Ich senkte meinen Blick zu Boden. Das hatte ich tatsächlich versprochen.

Antona wandte sich wieder an Krystal. Ich verstand nicht viel von dem, was sie sagte, aber sie deutete offenbar an, dass Krystal mich zur Arbeit anhalten und sich darum kümmern sollte, dass ich die Möbel baldmöglichst lieferte.

Mit welchen Worten auch immer Antona ihren Vortrag beendete, Krystal lachte darüber und nickte feierlich. Hinter dem Kutscher rollten Weldein und Haithen mit den Augen. Jinsa grinste nur.

Ich beobachtete Krystal, als sie antwortete.

»Ich habe … Aufgaben, aber ich bin sicher, dass er Euren Auftrag mit besonderer Eile erledigen wird.«

Antonas Blick wanderte von Krystal zu mir. »Aber auch nicht zu eilig.« Sie zwinkerte. »Bei so mancher Tätigkeit darf man nicht zu hastig vorgehen.« Dann verneigte sie den Kopf. »Ich freue … auf das Ergebnis Eurer Arbeit … alle anderen Aufträge.« Wieder ging einiges an mir vorüber, doch hoffentlich nichts Wichtiges.

Sie drehte sich um und stieg in die Kutsche. Wir sahen ihr und ihrem kleinen Gefolge nach.

Krystal lächelte und wandte sich an mich. »Andere Aufträge?«

Ich zuckte die Achseln.

»Du wirst das Haus vergrößern müssen.«

»Du führst etwas im Schilde.«

»Immer.«

Ich umarmte sie noch einmal und Weldein rollte die Augen. Tamra auch, aber sie legte ihre Hand auf Weldeins Arm, als ob sie nicht die meiste Zeit blind wäre. Auch sie führte etwas im Schilde.

Ich stand im Hof, als die fünf auf die Straße ritten, um nach Kyphrien zu gelangen, und sah ihnen so lange nach, bis sie am Horizont verschwunden waren. Die Gans streckte schnatternd ihren Kopf in die Werkstatt, als ich hineinging … Gänse schnatterten nun einmal und zumindest konnte ich sie im Augenblick nicht hören. Was hätte ich auch schon groß dagegen tun können?

Wegel hatte bereits den Besen zur Hand genommen und fegte den Boden unter seiner Werkbank, der sauberer zu sein schien als die Umgebung meines Arbeitsplatzes.

Ich holte das Zedernholzstück hervor, das in der hintersten Ecke der Werkstatt lag. Der Anblick tröstete mich ein wenig, half die Schmerzen zu mildern, die die Messer in meinen Augen verursachten. Ich betrachtete das Holz und plötzlich erkannte ich das Gesicht darin und wusste, dass das Bild, das ich von meinem Vater bewahrte, weiterbestehen würde. Ich konnte nur hoffen, dass ihn das erfreut hätte.

Dann nahm ich das Messer zur Hand.